新中国70年70部
长篇小说典藏

魏　巍

（1920—2008）

当代作家，河南郑州人。长篇小说《东方》获第一届茅盾文学奖。

新中国70年70部
长篇小说典藏

东方

上

魏巍——著

学习出版社
人民文学出版社

“新中国70年70部长篇小说典藏”
评审专家委员会名单

评审专家委员会主任：李敬泽

评审专家委员会委员（按姓氏笔画排序）：

丁　帆　白　烨　朱向前　吴义勤　何向阳
应　红　张　柠　张清华　陆文虎　陈思和
孟繁华　胡　平　南　帆　贺绍俊　梁鸿鹰
董保生　董俊山　谢有顺　臧永清　潘凯雄

项目统筹：吴保平　宋　强

目　录

第一部　山雨

第二部　火光

第三部　风雪

第四部　江声

第五部　长城

第六部　凯歌

第一部　山雨

第一章　故　乡

平原九月，要算最好的季节。春天里，风沙大，就是桃杏花也落有细沙。冬景天，那紫微微的烟村也可爱，但那无边平野，总是显得空旷。一到青纱帐起，白云满天，整个平原就是一片望不到边的滚滚绿海。一座座村镇，就像漂浮在海上的绿岛似的。可是最好的还要算是秋季。谷子黄了，高粱红了，棒子拖着长须，像是游击战争年代平原人铁矛上飘拂的红缨。秋风一吹，飘飘飒飒，这无边无涯的平原，就像排满了我们欢腾呐喊的兵团！

现在一辆花轱辘马车，正行进在秋天的田野上。老远就听见它那有韵节的车声。细小的铜铃声也很清脆。

这辆马车是从京汉路的一个小站上来的。一大早起，它就载着旅客，离开了那笊篱上垂着红布条的村野小店。小青骡子刚刚吃饱饮足，正像爬山没有经验的青年人，一上路就打冲锋，使得心疼的主人也勒它不住。早晨风小，草棵里露水很大，小青骡子蹄子湿漉漉的，走得十分起劲。不到小晌午，就赶出了三十多里。现在已经是正晌午了，太阳晒得人老是擦汗，可是它却慢下来，还没有赶到打尖的地方。赶车人由它走着，尽管人们催促，赶车人可有赶车人的主意。

这车上原有六名旅客，中途下去了两个，还是很挤。车尾上用绳子煞着高高的行李卷儿。小青骡子的料袋子，带着长绳子的小水桶，也在那里系着。车厢里两个妇女一个孩子就占满了。我们的主人公，坐在车前面，两条腿在车下不住地悠打着。他已经多年没有回到自己的故乡了。

他卷了一支大喇叭筒纸烟，含在嘴里，正在同人们亲热地谈话。因为天气热，他解开了军衣扣子，敞着怀，手里拿着军帽，露出一头浓发。他个子不算太高，但显得十分灵活敏捷。那一双眼睛，流露着坦白、直爽、快活，甚至还有一点顽皮孩子的神气。他同人们好像没有一点隔阂，跟那个抱孩子的妇女叫大嫂，跟那个十八九岁的姑娘叫大妹子，很快就混熟了。

“同志，你是哪村的？”姑娘问他。

“凤凰堡。”

“家里还有什么人哪？”

“有爹，有娘。”

“出去年头不少了吧？”

“有个几年子了。”

“我舅舅也在部队里，我这次去瞧他了。”姑娘接着问，“你在部队里做什么工作？”

“你猜猜看。”

姑娘歪着头端详了一会儿，说：

“你是个通讯员吧？”

“哈哈，你猜对了。”

他嘻嘻一笑。真的，在哪儿驻军，房东没有不把他当成通讯员的。部队一驻下，他在炕头上两条腿一盘，就同老乡家长里短地扯起来。满口婶子大娘叫得真甜，那些穷苦人眉开眼笑，没有不喜欢他的。他同那些通讯员差不了几岁，又常同战士们滚蛋子，一时真看不出有什么不同。等到部队集合起,他站在一百多人队列前讲话,这才知道他就是连长。

花轱辘马车慢悠悠地走着。路两旁,高粱穗又大又红,密密地排列着。满耳都是高粱叶哗哗的响声和蛐蛐的歌唱。当小青骡子的蹄声临近时,蚂蚱蹦跳着,展翅飞到远处。蛐蛐的歌声也停了。等到车轮过去不久,它们又唱起来。

“快醒醒吧,天下雨了!”姑娘忽然向那个赶车的身上拍了一下。原来他正抱着长鞭子打盹,小青骡子探头揪着高粱叶,车停下了。赶车的揉揉眼,轻轻地挥了挥鞭子,车又走动起来。

这一带,路两边都是高粱地。冀中土地肥美,庄稼人种地贪馋,地边儿紧挨着车道沟。大车走到这儿,就像钻进一个没有头的长胡同,碰得两边的高粱叶哗哗地响。不断有一两枝高粱,被风吹得垂着红穗,斜倒在路上。小青骡子走走停停,老是把头向两边探着,车已经走得越来越慢。

“你看把孩子热的!”那位大嫂用手给孩子遮着阴凉,对姑娘说,“来凤,你催催赶车的大哥快一点儿吧! 这样天黑能到家吗?”

“我保你吃饭以前赶到!”赶车的打着喜诨。

“嘻! 你看你多会耍嘴! 半夜赶到,不也是吃饭以前到家吗?”那个叫来凤的姑娘说。

人们笑了一阵。赶车的还是不慌不忙。一九五〇年那个时候,在冀中平原上,就有些富裕中农看上了赶脚这行买卖。地里活雇上个人用不了几个钱,他们赶一趟脚倒挣钱不少。这样倒腾两三年,就能买房置地。这匹小青骡子,就是赶车人的心尖子,他怎么肯累着它呀!

这时,我们的主人公忽然笑了笑。他把包袱上系着的小桶悄

悄解下来,用孩子的小褥子一盖,就挤挤眼说:

“赶车的,你那个给牲口饮水的小铁桶怎么不见了?”

“啊?”赶车的扭过头来,“糟了! 不知什么时候掉了!”

“我刚才还见着哩。”

“过那棵大柳树的时候还有吗?”

“有。”

“那,掉下的工夫不算大。”他把鞭子递过来,“麻烦麻烦,你替我赶一会儿,我去找找。”

“那你可得买包烟请请我!”

“行! 行!”

赶车的一踊身跳下车向后跑去。车上的姑娘媳妇拼命地忍住笑。鞭子换了主人,乓乓两声脆响,虽然并没有挨着小青骡子,但它已经觉得马虎不得,立刻丢下高粱穗子走得起劲了。蚂蚱飞溅着,烟尘腾起,姑娘媳妇格格笑着,很快就赶出了十几里,在预定打尖的村庄一家小饭铺门前停下了。

等赶车的满头大汗赶回来,这位年轻人正用小桶给牲口饮水哩。他摸出烟荷包,递给赶车的说:“你看,车也给你赶到了,小桶也给你找着了,也不让你买烟,来,先抽我一锅吧。”逗得姑娘媳妇又笑了一阵,姑娘笑得弯着腰,把眼泪都快笑出来了。

这时只听店里有人喊道:

“那不是嘎子吗? 嘎子!”

大家扭头一看,只见小店里走出一个胖乎乎的汉子,腰里系着水裙,肩上搭着手巾,赶过来用两只手攥着年轻人的手说:“嘎子! 你回来啦! 多少年了,还记得我呗?”

嘎子哈哈大笑说:“烧饼老王,忘了你可就没有烧饼吃了。”原来这人做的烧饼方圆三五十里出名,就得了这个绰号。

老王拉着他笑了一阵说:“快进来歇着! 嘎子,这些年你钻到哪儿来着? 这街上的人老念叨你,说,这么多年,也不知道我们的嘎子哪儿去了!”

大家到小穿堂屋坐下。赶车的问:

“他是哪个嘎子?”

老王眉毛一扬说:“你这人真糊涂! 坐你一路车,还不知道车上的大哥是谁! 他就是那个烧炮楼、打汉奸、捉日本鬼子的嘎子呗! 还有哪个嘎子?”

“哟! 他就是嘎子!”那个媳妇惊讶地说,“早就听人说嘎子长,嘎子短,我老想看看他那嘎样儿,这回说了一路话,还不知道是他!”

“他刚才还说自己是个通讯员呢。”姑娘用指头点着他说,“怪不得人叫你嘎子,你真嘎呀!”

“嘎不嘎,反正把我摆弄得够呛。”赶车的擦着汗,气喘得很不匀实。

老王弄明白是怎么回事,把脸一抹哈哈大笑着说:“人的心眼儿是七十二窍,他这心眼儿三百六十窍也多,连日本鬼子都斗不了他,你还斗得了他?”

姑娘说:“听说你扮新媳妇拿了大李村的炮楼,你是怎么装扮来着?”

嘎子只是笑。

“光龇着牙笑哩,你可说呀!”姑娘又催。

嘎子嘻嘻一笑说:“那一回,我们政委给我借了个大花褂子,还有四两粉。大花褂子我倒是穿上了,就是那粉,我搽了半夜也没搽白,弄得我困得不行。第二天在轿里,我抱着一挺机枪睡了一小觉,就走到了……"

姑娘格格地笑着,又问:

"那年,听说在这铺子里也打过一仗?"

老王正给大家做面条,小铁勺儿叮当乱响。这时扭过头来说:"你就别提了,差点儿没叫他把我吓死!"老王顺手一指,"那回嘎子就在这个地方坐着,他正端着碗冬瓜汤喝哩,我眼一扫,从对过来了一个日本兵,一个特务。把我的脸都吓白了。嘎子手疾眼快,把我那脏水裙一束,拿起抹布就抹桌子。那两个家伙一进门,嘎子就笑嘻嘻地迎上去说:'太君的请坐!'那两个家伙坐下了,我才放了心,就给那俩家伙张罗吃的。谁知道那个特务眼尖,浑身上下老是打量嘎子。嘎子正端着两碗汤走上去,那个特务突然说:'你是什么人?'嘎子说:'我是跑堂的。'那个特务说着站起来就要搜他,我心想坏了,可是嘎子嘻嘻一笑,说:'别忙,你先喝碗汤吧!'说着他把两碗滚汤兜头泼过去,烫得那两个家伙怪叫,正要掏枪,嘎子那把大净面盒子已经逼住了他们:'不许动!'……哈哈,他在我这儿喝了一碗冬瓜汤,捉了两个俘虏。可也真把我吓死了,好几天我心里还扑腾。"

"别说了,老王。"嘎子说,"那时候,你呀,就怕在你这小铺里打仗。"

"那也难说。"老王说,"我这政治觉悟是不高,可我一家老小就指望着这个小铺子吃哩!你在这儿一打,我这饭碗就得叫你踢了。可是你们也没少打呀!别人专爱在僻静地方躲着,夜里出来打;你倒好,专爱找热闹地方。你说说这明月店每逢大集,你哪回不来?倒是也沾了你的光,那些汉奸特务收税的,到底来混闹的少了。"

大家扯了一阵闲话，汤面、烧饼已经端上来了。大家匆匆吃过，付了钱，走出门外。

这时候，小青骡子也吃饱了。它是在街上吃的，面前摆着一条长凳，上面放着半筐青草，不用说，它早已习惯了这种打尖方式。

大伙上了车。听说嘎子回来了，有不少人挤到车前来看。弄得嘎子怪不好意思的，他笑着说："我是新媳妇吗？你们这么看我？"

"嘎子，你比新媳妇还稀罕哩！"一个老头笑着说。

"回去吧，乡亲们，有工夫再来看望你们。"

那辆花轱辘马车已经开动，它又滚动在那高粱叶像流水一样哗哗响动着的平原上了。

第二章　柳　笛

离开明月店，走了三十几里，前面就是梅花渡。那个姑娘和媳妇兴奋地说：“可到家了！”马车赶过堤坡，就看见了大清河。太阳已经平西，那一湾满荡荡的绿水，抹上了一层红色。对岸那棵老柳树上，系着一只木船。旁边有一个纸烟摊子，散坐着几个人。卖纸烟的正在晚风里收卷起他那白色布篷。

大伙下了车。赶车的摆着手喊：“老波哥！快摆过来吧！”

只听对面说：“老亨！你捎来好东西没有？”

“我可养活不起你们这帮大肚小子。”赶车的和对岸那几个人笑骂着。

说笑间，船撑过来了。撑船的和人们亲热地打着招呼，花轱辘马车上了摆渡，小青骡子单另由赶车的牵着，人们坐好，船就开动了。

过了河，大家随意付了渡钱，船家也不争执，只是对赶车的说：“老亨！你这人是光吃不拉，小心撑破了肚子。”赶车的打着哈哈。原来他来往过路熟了，也不拿渡钱，只在逢年过节带来一瓶半瓶酒，算作报酬。

进了梅花渡大街不远，姑娘和媳妇就嚷：“停下吧！到了。”嘎子用眼一扫，这一带都是一色青砖瓦房，占了小半道街。嘎子问：

“这不是许家大院吗？”

“是呀,”来凤下了车回答说,“现在我们就在这儿住呢,是土改时候分的。”

“怎么院墙不见了?”

“你说的是花垛口大高墙呀,早就拆了。几十家进出一个大梢门,真别扭,咱们又不防穷人,也不要他那个势派!”

“门口那眼井呢?”

“你眼花了,那不是吗?”来凤顺手一指。

原来那眼井就在眼前。水井旁边有一大块青石。嘎子看着看着,不由一阵激动,背过脸去。临分手时,那姑娘叫他嘎子哥,那媳妇跟他打招呼,他都没有听见……

出了梅花渡大街,这辆马车就滚动在迷离的月色中了。真是最快活的人也害怕孤独。嘎子顺手扯了一片高粱叶子,卷着卷儿,望着在夜色里微微发白的路。十三年以前,也是这样的黑夜,那个十一岁的嘎子,光着小黑脚丫,从家里逃出来,走的不就是这条路吗!在刚才那块大青石上哭的,不也是他吗!想起这段辛酸的往事,嘎子把那片高粱叶子扯碎了,滴落了一滴晶亮的眼泪,因为夜色的掩护,没有人知道……

一九三七年春季。一个大风天,又黑又瘦的小嘎子,正爬在一棵高高的榆树上去捋榆叶。树底下放着他的小棉袄和一双小鞋。他光着膀子,只穿着一条开花棉裤坐在树杈上,两只小黑脚丫在下面搭拉着。树枝上吊着小篮子,风一吹,小嘎子和他的小篮子就随风摆动。他愉快地捋着榆叶,还不时地唱一两句小戏。

他的伙伴小堆儿在另一棵树上。树底下有一个七八岁的小女孩,穿着小破花袄,在那儿挑野菜。

快晌午了，小女孩挑的野菜才刚刚盖住篮底子。她就仰着头喊："嘎子哥！给我扔下几枝儿吧！"

"那你可得接住！"

小女孩同意了。小嘎子用小镰砍了几枝扔下来，小女孩在树底下接。小堆儿在那边树上喊："小雪！我也给你几枝儿！"

小雪就在两棵树下来回跑着，笑着。突然，小嘎子一个不小心，镰刀掉下来了，不知碰到小雪哪儿，小雪蹲在那里哭起来了。

小嘎子赶忙下了树，一看小雪的小腿上，破了一个小口子，流出了几滴血。"别哭啦，还没瓜子皮儿大哩！"小嘎子伸手捏了一撮细沙，捂在小口子上。又说："你别告我妈，我给你做个柳笛儿！"

小嘎子腰里别上镰刀，像小猴子一样爬上柳树，砍了几根柳枝跳下来。他皱着眉头拧了好半天，才做成一支柳笛递给小雪。小雪开头有点儿不好意思，接过来一试，嘟嘟地响，不由得笑了，就一面嘟嘟地吹着，跑到那边孩子群里谝她的柳笛去了。

等到嘎子刚刚爬上榆树，就看见小雪一路哭着跑回来，说有人夺去了她的柳笛儿。

"是谁？"嘎子在树上探着头问。

"是谢家小子。"小雪哭着说。

一提谢家小子，小嘎子就知道是本村大地主谢香斋的小子家驤。

"他还骂我，"小雪越发哭得伤心，"说我娘还是他家的使唤丫头哩……"

小嘎子的小拳头攥起来了。

小堆儿也在那棵树上挥着拳头喊："下去，打他个财主羔子！"

小嘎子急手忙脚地两手抱着树干，哧溜一下就下了树，老榆树皮把他的小肚子擦了一道道红印。

“走,找他去!”小嘎子登上开花鞋,提着小破袄,在前面领着小雪。小堆儿也下了树,握着小拳头跟在后面助阵。

他们在村头一片枣树地里找见了谢家小子。那谢家小子跟嘎子差不多一般大小年纪,穿着蓝色茧绸小袄,头戴着缀着红珠子的小瓜皮帽,正把弄着柳笛吹呢。

小嘎子把小破袄往地上一撂,走上去说:“你干吗抢她的柳笛儿?”

“你管不着!”谢家小子瞪着眼说。

“我怎么管不着?那是我给小雪拧的。”

“树还是俺家的哩!”

小堆儿也抢上去说:“是你家的,你干吗不自己拧一个?”

谢家小子看他们人多,把柳笛往口袋里一装,拔腿想跑。小嘎子上去一把拉住,就伸手去夺那个柳笛。小堆儿也上了手,柳笛就扯破了。

“嘎子打人哩!嘎子打人哩!”谢家小子鬼叫起来。

“你还叫哩!”嘎子想,上去就是两拳头,把他那个小瓜皮帽也打掉了。小堆儿在一边助阵:“打呀,哎呀呀,打死王八我还喝汤呢!”那谢家小子一路大哭大叫着跑回去了。

大家打了胜仗,不由一阵高兴。嘎子望望天,天空也显得格外瓦蓝。他正想唱几句小戏,忽然想到篮子还在树上吊着,就拼命地跑起来了。小堆儿也跟着跑。弄得小雪都有点儿跟不上了,但是她老是想笑。

等到小嘎子提着篮子,一路唱着小戏回到家门口的时候,小嘎子瞅瞅太阳,心才有点慌。心慌的倒不是刚才那件平常小事,而是妈正等着他的榆叶下锅哩,已经晌午错了。但是他看了看满满一篮子榆叶,心想,随便编个什么瞎话也混得过去,就推开小栅栏门,走进了院子。

刚要跨进他那小破坏屋,只听屋里妈妈抽抽咽咽地哭,还听见爹粗声粗气地骂:“还哭哩!不是你那混账小子,怎么会给我惹下这么大事!”妈妈哭着说:“我孩子混账,可小孩子打架格孽的,也不能吐我一脸哪!”爹又说:“吐你一脸是小事,你没听见人家太太还说:你们要不想种我这地,就言一声!我看你没有地种,跟你那混账小子喝西北风去吧!……”

小嘎子一听,事情坏了!一时拿不定主意是进去好,还是不进去好。正犹豫不定,只见爹跨出门来,他扭头要跑,被爹上前一把抓住说:“你这小兔崽子可回来了!”说着褪下一只鞋来,按倒就揍。小嘎子觉得小屁股烟熏火燎地疼,就哭着喊:“妈呀,不怨我呀!不怨我呀!”“不怨你?我这一辈子背兴就背在你身上了!”爹一边说,一边不住地打。妈妈冲出来死拉硬拽,好半天才把父亲拉开。小嘎子的泪在地上流湿了一小片,篮子早滚到一边,满满一篮子榆叶撒了一地……

嘎子爹是个胆小怕事的人。因为他只有三亩来地,主要靠种谢家几亩租地过活。虽然一年起早贪黑,辛苦到头,粮食落不下多少,可是要失去这几亩租地,就更没有一点儿活路。刚才谢家婆娘来这里说了几句恫吓话,早已使嘎子爹魂失魄散。就在这个下晚,嘎子爹让嘎子洗了脸,给他拍了拍身上的土,空着肚子,硬拉着他到谢家赔罪。嘎子半道要溜,又被爹打了两巴掌,才赶进谢家大门。谢家婆娘和谢家小子大模大样地站在台阶上,他父子俩站在台阶底下,嘎子爹磕磕绊绊说了无数好话,又强捺着嘎子趴在地上磕了一个头,最后还说:“少爷,过几天到俺家去吧,叫嘎子给你做好多好多柳笛儿!”嘎子哭了,谢家小子笑了。

一回到家,嘎子就全身发烧,倒在破炕席上,饭也不吃。娘也没有吃饭,爹也没有吃饭,全家守着嘎子,嘎子满眶眼泪。他弄不懂这世界上怎么会有这样的事!他恨那个戴瓜皮帽的谢家小子,他恨那个鹰钩鼻子的谢家婆娘,他恨他们的花垛口、黑梢门。他也怨不讲理的父亲。他说着胡话,迷迷糊糊地睡了……

这当然不会是一件事情的终结。

过了没有几日,这一天日丽风和,谢家出门打猎。在大清河北,这家地主虽不算最大,可一切行动都颇有些势派。谢香斋在前面骑着一匹雪白大马。他兄弟谢清斋坐着一辆两套骡子的轿车。谢香斋的孩子家骧,谢清斋的孩子家骥也坐在里面。骡子带着满脖子的铜铃,双双地响着。后面跟着六个长工把式,每人的袖子上都套着皮筒子,站着一只大鹰。其中有三只黄鹰,三只“秃葫芦”,全戴着精致的小皮帽子,还垂着两个小皮耳朵。一到村外就在田里一字儿摆开,白马走在正中,不管是谁家的田,谁家的地,就这么平推着践踏过去。那辆轿车走走停停,在大道上随行观看。

小嘎子的家紧靠村南头,这时他也丢下活,立在墙头上看。多有趣呀,小嘎子一霎时竟忘记了这是谢家的大鹰。只见那两只腾起的大鹰,时高时低,盘旋飞翔。突然间,一只大鹰像疾箭一般地俯冲下来,好家伙,比嘎子站在高岸上向水里扎猛子还利索哩。说话工夫,场里一群鸡咯咯乱叫,小嘎子追上去救,他家的一只芦花公鸡已经溅着血死了……从此,嘎子不仅恨那个谢家小子,恨他们的花垛口、黑梢门,也恨他们家的老鹰。

给爹娘说是没有用的。他需要自己想一个主意,而且要什么人也不知道。

第一天,小嘎子没有想起什么主意。第二天,主意想起来了,他高兴得要命,可是白天玩得太厉害,晚上睡在那儿,睁开眼已经大天亮了。他打了自己两拳头,恨自己没有志气。第三天,他决定动手干,妈妈又叫他到姥姥家借东西,他叹了一口气,只有等到第四天……

第四天的晚饭,小嘎子吃得最饱,也就是说,比平常多吃了一倍的糠饼子和榆叶汤。他抹抹嘴,对妈妈说:“妈,小堆儿叫我跟他就伴哩,我去了。”“明天可早点儿起来。”妈妈说。他连声在黑影里答应,摸了一件什么往口袋里一掖就出去了。他的开花鞋踢里踏拉的,“就是这个讨厌。”他心里想。

浓墨一样的黑夜。小嘎子很快就走到了谢家的后门。“可不要碰见那条大黑狗。”这样一想,老像看见那条大黑狗闪着绿荧荧的眼要跳出来。他摸了摸自己的小腿肚子。“真是胆小鬼!”他骂了自己一句,又往前走。“要碰见人怎么办呢?”他又站住了。“不要紧,我就说找许大伯借东西。”这样想着,他就一闪身进了后院。

这是一个很大的院子。有两排矮房:一排是碾棚、磨房,一排是长工屋和马棚,那几只大鹰就养在紧挨着马棚的一间闲屋里。这是小堆儿对他说的。小嘎子一走进来,长工把式的屋里全点着灯。“糟了,人还没有睡呢。”他几乎嚷出声来,怨自己来得早了。要是不性急就更好了。一阵心慌意乱,他就往黑影里钻,一钻就钻到磨房里。

多么黑的磨房呀,黑洞洞的,什么也瞧不见。他蹲在磨道里,一时听见脚步声响,觉得有人要来套磨了;一时又觉得那个谢家小子站在黑影里说:“哈哈,我看见你在这儿藏着呢!”他的心老是怦怦地跳。“不要害怕！”他鼓励着自己，“只要等他们睡了觉，就能办事！”可是，时间是多么的长啊，简直比一年还长。他不断地把头伸出门外去看，终于对过小窗户上的灯光，一个个地灭了，好像合上了眼睛似的。他高兴得要命，现在只剩下那个鹰房的灯还亮着，只要这盏灯一灭，他就要立刻像小猫一样地蹿出去。嚓！嚓！这就没有什么好客气的了。

可就是这盏灯古怪，它老是亮着。还听见里边不断地喊：“呔！呔！”“嘘！嘘！”小嘎子想：“莫不是我进门不小心，叫他们瞅见了吧？他们许是知道有人来偷鹰了吧？”小嘎子火烧火燎的，再也忍耐不住，就钻出磨房来。他迎着鹰房的门口一看，只见黄鹰站在架上，那养鹰把式跟它面对面不断地挥着手，“呔！呔！”地喊着，弄得那鹰不时地扑扑翅膀，咕咕地叫。嘎子不知道这就是“熬鹰”，要让它终夜不能合一合眼，要熬去它那在山野里养成的举翅万里的性格，为这有花有鸟的庭院服务。嘎子不知道这些，暗暗地骂那个养鹰把式：“你的精神头倒不小！天这么晚了，还逗着它玩呢！”他又想：“哼！你总不能不拉屎尿尿！”嘎子的胆也大了，这次他没有钻进磨房里去，就往碾盘上一蹲，这座碾棚正对着鹰房。

夜静更深，斗转星移。不知熬了多长工夫，嘎子忽然惊醒，原来他也打起盹来。他揉揉眼，向鹰房一看，只见灯还亮着，可是已经没了人，也再没有那“呔！呔！”的喊声。“哈哈，你也困觉去了！”嘎子得意地想，摸摸口袋，轻轻跳下碾盘，就蹑手蹑脚地朝鹰房走去。一进门，就看见那六只大鹰，都栖在架上，腿上有一条红绸带子在架子上系着。它们用一只腿立着，蜷起一只爪托着嗉子。嘎子从口袋里摸出小镰，几天以前他就将木把卸掉，磨得飞快。现在他的计划就要实现了：要马上把鹰的脖子割断，然后神不知鬼不觉地溜回家去睡觉。“先杀那只大家伙吧,也许就是它抓的小芦花鸡。”说着,就立刻伸手去抓。谁知脚尖踮得老高,还是够它不着。他就把墙角那只独凳搬过来,爬了上去。他原先想,抓住它,嚓地一刀,无非是像杀鸡一样,可有什么难的;谁知伸手一抓,那恶鹰脖子挺起,咭咭乱叫,爪子一扬,弄得小嘎子顺手流血。小嘎子费了好大事,才捉住它的脖子,那鹰的长翅在他怀里扑啦啦的,打得他的半边小脸生疼。小嘎子割断红绸带子,把小镰放进口袋,用两只手才将它结结实实地捉住。这时其余几只鹰也惊动起来,扑着翅膀怪叫,把窗台上那盏小油灯也扇灭了。“糟了!养鹰把式要进来可怎么办呀?”小嘎子心慌意乱,抱着鹰跳下凳子就跑。他在院里摔了一个跟头,爬起来开开后门,拼命地向田野里跑去……“就是你们追上来,我也不给活的!”小嘎子掏出小镰,一边跑一边割鹰脖子,割了好几刀,才把鹰往地上一掼,那鹰在夜色里霍地腾起好几丈高,又从半空中掉下来,满地扑啦啦地打旋。小嘎子听见谢家大院一片喧嚷,接着是两声清脆的枪声……

这时,小嘎子觉得有无数追兵从后边赶来。有谢家的长工、养鹰把式,有看家护院的,还有谢家小子,他们全提着枪狠狠地追。他们的猎狗、大黑狗也伸着舌头在两边飞跑。嘎子越发跑得快了,不管方向,不管道路,不管庄稼地、柳子地,跌倒了又爬起来,他的一双小黑脚丫不停地向前跑去……

不知跑了多久,也不知走了多远,小嘎子听了听后边没有动静,脚步才放慢了。他觉得两条腿又酸又疼,有一只小脚丫也扎得难受,他摸了摸,不知道什么时候那只鞋早跑掉了。他坐在一棵小枣树下歇了一会儿。怎么办呢?回去吧,还脱得了爹的一场毒打吗?不又要趴到地上,去给那个混蛋小子磕头吗?不行,决不能回去。就是要饭，也不能回去。他站起来，又向那黑茫茫的大野走去。

走了很久，小嘎子下了一个土坡，忽然看到有许多星星在脚下闪动，原来是一条大河挡住了去路。“可不能过河！”他想，“过去河，谁知道是什么地方呀，以后想回家也找不到路了。”他就顺着堤坡走，进了一个黑魆魆的村子。一进村子，小嘎子觉得又累又饿，渴得难受。他找到了一口水井，井上没有柳罐。他见旁边有一块大青石，就坐上去等着打水的人。这时虽然鸡声四起，可是村庄还在沉睡，四外没有一个人影。小嘎子坐着坐着，第一次感到了孤独。妈妈现在干什么呢？小堆儿、小雪也看不见了，小雪的妈妈杨大妈也看不见了，她待自己多好呀。他哭了一阵，什么时候躺在石头上睡着的，自己也不知道……

小嘎子被人推醒的时候，已经大天亮了。他骨碌坐起来，揉揉眼睛，才看见是一个挑水的，穿着破棉袄，腰里束着褡裢，高高的个儿，满脸胡子，像父亲那么大的年纪，非常慈祥和善。那个人问他：

“小崽儿！你是哪里的呀？”

“我，我是大周各庄的。”他瞪着小黑眼珠随机应变地说。

“你怎么跑到了这儿？”

“可不能说实话。”他心眼里想，就说，“我爹娶了个后娘，把我赶出来了。”他翻翻眼睛，看那人是不是相信。那人怜惜地叹了口气，小嘎子才放心了。

等那人把水打上来，他立刻扒着桶鋬儿猛喝了一气，又觉着饿得难受，想要点吃的又张不开口，就说：

“大叔！你们吃过饭没有？”

“你还没有吃饭吧？”

他点点头。那人就说:“你跟我来!”说过,挑起水桶在前面走,他低着头在后面跟着。这时他才注意到自己光着一只脚丫,只穿着一只鞋子。自己觉得好笑,就干脆脱下来用手提着。

进了那花垛口大院,那人放下水桶,就把他领到长工屋里。又给他拿来几个红饼子,提了一壶水。小嘎子饱饱地吃了一顿。那人扫了扫炕,把条脏被子摊开,指着说:“这是我的铺,你睡吧!”说过,那人把门一关就走了。小嘎子躺在那儿,正在胡思乱想,只听窗外有人说话:

“唉!这孩子真可怜!叫后娘赶出来,腿都跑肿了。”正是那人的声音。

“老康!你认他做你的干小子吧!”另一个人说。

那人嘿嘿笑了几声:“我老康可没这个福气!”

从此以后,小嘎子就在这许家大院做了一名小做活的。不用说,这是老康向许家地主的求告。小嘎子白天喂猪,扫地,帮助长工们做各种杂活,晚上就挨着老康睡觉。由于老康对他十分疼爱,两人就如同父子一般。嘎子倒也觉得新鲜快活。却忽然有一天,小嘎子蒙着被子大哭起来,老康三番五次追问,他也不讲,原来有一件传闻刺疼了小嘎子的心。这件传闻轰动了方圆几十里的村镇。听了这传闻的人,有人觉得新奇有趣,有人再也压不住自己的怒火,有人暗暗伤心流泪,悲叹着穷人不幸的命运。

传说在四十里外的凤凰堡村,出了一个强盗。这强盗是一个八九岁的孩子,姓郭,生得聪明伶俐,胆大无比。有一天半夜,他越过了谢家大院一丈多高的围墙,杀死了谢家的黄鹰。这只黄鹰是谢家最心爱的宝贝,取名飞虎。这事情办得麻利干脆,连那些看家护院的都不知道。可是这孩子有一点儿失着,他丢下了一只小鞋、一把小镰，被谢家拣去。第二天谢家把他的父亲找来，桌上摆着两把鞭子，地上放着一桶冷水，向他提出了三个条件：第一，究竟把儿子窝藏到哪里，赶快交出；第二，将死鹰隆重安葬，要选茔地一座，做上等柏木棺材一口，刻墓碑一幢，雇响器四班以及其它花费，概由姓郭的负担；第三，在安葬那天，要由这孩子的父亲，亲自披麻戴孝送往墓地。这孩子的父亲只是哭，说情愿变卖土地，再买一只好鹰赔给谢家。那谢香斋看他不肯答应，皮鞭蘸凉水，打得他死去活来，还说："赔？这是南京一个大官买来送给我的，卖了你的皮你赔得起吗？"这孩子的父亲挨打不过，答应了头两个条件，唯独第三条就是不肯接受。一直打了好几个死，都用凉水喷过来，全身上下没有一块好地方。最后这孩子的父亲大哭一场答应下了。……风水先生选了墓地，择了"吉日"，给死鹰出殡下葬。出殡头一天，就在街中心搭起了一座高高的灵棚。出殡这天，四班鼓乐吹奏，死鹰用一匹蓝缎裹了，在柏木棺材里成殓。直闹到小晌午，这才响了三声火铳，开始起灵。那孩子的父亲，全身披麻戴孝，手里打着招魂幡，由两个看家护院的把式看着，走在死鹰前边。灵柩穿过大街，沿路还要设祭，让这孩子的父亲跪下磕头。"给你飞虎爷跪下磕个头吧！"谢香斋说。这孩子的父亲不肯，看家护院的就连推带搡，把他按在地上。一直闹到晌午大错，才将死鹰送到墓地埋了。据说，比庄稼人的坟头大好几倍。坟前还立了石碑，上面刻了一只大鹰，还刻了六个大字："谢家飞虎之墓"。埋葬完了，这孩子的父亲已经昏倒在地，后来来了好多邻舍亲友，才将他抬回家去……

在听到这段传闻以后的许多日子里，小嘎子心神不宁，他立志要永远永远和谢家势不两立，要迟迟早早为被污辱的父亲报仇。他曾经几次偷着要跑回家和仇人拼个死活，都被老康从半道上追回。不久,卢沟桥响起了炮声。又不久,那支戴着斗笠穿着草鞋的队伍就开到了冀中平原。人都说,这是好队伍,穷人的队伍,老康当了几个月的农会主席,就撇下小嘎子跟这支队伍走了。小嘎子也兴冲冲地跑到队伍里去,人家说他小,没有要他,小嘎子哭着回来。他又在这许家大院挨了两年,已经十三岁了,个子长高了些,就又跑去哀求,队伍上还是嫌他小,他直哭了一个下午。这次他早已下定了决心:就是你打我,骂我,我也不走了,我赖也要赖上这支队伍。

"小鬼,你还没枪高哩!"那个邓连长说。

"我就长不大吗?"他翻翻眼说。

"你走得动?看你多黄多瘦!"那个周指导员又说。

"我要吃点儿好的,模样马上就变过来了。"

连长、指导员哈哈大笑地说:"当八路军可是苦呀!你吃得了苦?"

"你们受得了,我就受得了。你们走到哪儿,我就跟到哪儿,你们一步也拉不下!"

"你叫什么名字?"

"我叫郭祥。别人都叫我小嘎儿。"

"唉!那就收下他吧。"

从此小嘎子就背起了一把黄铜军号,穿起了那身小大氅似的军衣,走在这支队伍的行列里转战四方去了。生活虽然很苦很累,可是他走得很快活,唱得很快活,因为在他脚下,是一条崭新的路……

这些事想起来就叫人心酸难过,可是又怎么能叫人忘得了呢?郭祥挥挥手,把那片扯碎的高粱叶子扔在车下。他心里想道:你们这些妖魔鬼怪，想当初是多么凶恶，多么猖狂啊！简直就像是搬不动的大山似的；可是现在呢？你们的威风哪儿去了？你们到底被推翻了，被踩到脚底下了！……想着，想着，不由地微笑起来。他望望天空，星星像也在对他微笑。

“到了！”赶车的用鞭梢一指，“那就是凤凰堡！”

车声在深夜，显得越发轻快，好像春夜的雨声……

第三章　母　亲

那辆花轱辘马车赶到凤凰堡村南，已是午夜时分。村庄寂静，夜风清冷。郭祥提着两个包袱，向村里走去。不知怎的，离家愈近，心里也越发忐忑不宁。

按常理说，一个人最熟悉的，莫过于家乡的路。那里一个井台，一个小洼，一株小树，一条田间抄道，都从童年起刻在了他的心上，直到老死，也不会忘记。因为在那座井台上，从三四岁就跟母亲抬过水呀，在那株小树上有他抹过的鼻涕呀，在那个小洼里他摔过一个碗挨过骂呀。这些童年时代说不尽的英雄业绩和同样多的丑事，都同这些一起深藏在记忆中了。郭祥还清楚记得，在他六七岁的时候，有一天拿了一支小竹竿儿，闭紧眼睛装算命瞎子，他竟从十字街口一直走到他家的小坯屋里。可是现在他沿着村南头走了一遭儿，却不能判定哪个是自己的家门。

郭祥记得他家的栅栏门前，有一株歪脖子柳树。母亲总是站在这株柳树下喊："小嘎儿！回来吃饭吧。"可是现在没有栅栏门，也找不到那株歪脖子柳树。郭祥的左邻右舍，原都是一些又破又旧的小土坯房，连个院墙也没有。现在却添了好几处砖房，围着秫秸篱笆。郭祥知道这是农民翻身以后盖的，心里十分高兴。可是究竟哪个门口是自己的呢？

他停下脚步。忽然记起，在他家的门旁边，有一个旧碌碡，他常常端着碗，蹲在上头吃饭。有一回不是还摔破一个大黑碗吗！那是小堆儿从背后冷不防给了他一家伙跌到地上摔碎的，他倒挨了大人两巴掌，还哭得怪伤心哩。……他拐回头走了几步，果然发现那个旧碌碡，在地上露出个头儿，想来这里是发过大水，它淤到地里去了。

郭祥放下包袱，走到小黑门前，叩起门来。一连叩了几声，里边没有一点儿动静。他又喊道："妈！我回来了。"喊了几声，听听还是没人答声。他心中疑惑，看见那边有一个墙豁口，就纵身跳了进去。走近北房一看，才看出房子没有门窗，没有房顶，屋里堆着破砖烂土，像是被烧毁的样子。院子里长满了一丛丛青草，秋虫细声鸣叫。他开门走出来，这时，月亮已经平西，像是一盏红纸糊得太厚的灯笼，挑挂在远处。郭祥心中一阵迷茫慌乱，不知道家里发生了什么变故。

正犹疑间，只听左邻的一扇小门呀的一声开了。从里面走出一个人来，咳嗽了一阵，问："谁叫门咧？"郭祥走上去，见是一个肩宽背阔的老人，披着衣服，须发都斑白了。郭祥辨认着，想起他就是扛了三十多年长活的许老秀。这个人是一位田园巧匠，耕作技艺，方圆三五十里驰名。他耕的地，不论地垅多长，比木匠打的墨线还直。地主雇他都要拿双倍价钱。郭祥走近去说："大伯，我把你吵醒啦！"许老秀说："这没有什么！同志，你是要号房吧？咱家地方宽绰，就是我跟老伴两个。"郭祥见他没认出自己来，又说："许大伯！我是嘎子呀。""你？你是嘎子？"许老秀凑到他脸上去看，叹息了一声，"唉，小嘎儿！你出去了这些年，也不捎个信儿，把家里人都快想疯了。"郭祥忙问："我家里的人呢？"许老秀又重重叹了口气，说："你娘这会儿临时在村东头住着。细情等会儿说吧，我先把你领去。"说着，老秀舒上袖子，把衣裳穿好,领着郭祥向村东头走。走了没有几步,老秀忽然停住,回身拉住郭祥说:“我看还是把你大娘喊起来给你做点儿吃的。你吃过饭,天也就亮了,再到你妈那儿去。”郭祥执意不肯,老秀也就作罢,边走边说:“小嘎儿,你可别拿老眼光看你大伯,咱家里生活可不像以前那么窄卡了。你大伯扛了几十年长活,还是光棍一条,如今总算有个家了。做点儿什么吃的也都便易。”郭祥说:“大伯,你几时结的婚哪?”老秀嘿嘿一笑说:“还不是土改以后！那年我就小六十了,有人给我提亲,我想年纪这么大了,还闹这个不怕人家笑话？又一想,一辈子也没成个家,找个人总是进门来有个说话的,出去了有个看门的。这人是东庄的,比我小两岁,人身子骨不算强,有个气喘病,可是待人强,心眼不赖!”

说着,来到村东一个栅栏门前,老秀轻轻架开门,两个人就走了进去。老秀叩着小东屋的窗棂说:

“他婶子！你家嘎子回来了!”

“谁呀?”郭祥听出是娘的声音。

“我是老秀。你家小嘎儿回来了!”

“唉！老秀,你老诓我干什么呢?”

“这回可是真的!”老秀嘿嘿笑着对郭祥说,“你看,你娘还说我诓她呢!”

“妈！是我回来了。”郭祥忙接上说。

只听屋里一声唏嘘,一阵响动,什么东西乓的一声跌在地上。门开了,母亲穿着一个破蓝褂子,掩着怀走出来,在门槛上绊了一下。月色底下,郭祥看见母亲老了,鬓发白了。

老秀笑着说:“他婶子,你看是诓你的不是!”

母亲走到郭祥身边,从上到下打量着他,围着他转了两三个磨磨儿,又扳过他的脸凑近看看,看着,看着,一头扎在郭祥怀里啜泣起来。郭祥鼻子酸酸地强忍住自己的眼泪。

"他婶子别哭了。"老秀立刻劝慰地说,"儿子多年不家来,家来了,这是大喜,你光哭反叫他心里难过。"

母亲拾起衣襟,擦擦眼,收住了眼泪。

老秀又劝嘎子早点儿安歇,说过回家去了。

娘儿俩进得房来,黑洞洞的。母亲在地上摸索了许久,原来刚才把灯碰落到地上去了。母亲拾起灯点上,又添了些油,从头上拔下一根针,把灯拨亮。郭祥记得,这还是多年前那盏破旧的铁灯。

母亲忙着到院里抱柴火准备做饭。郭祥把东西放在炕上,一看这座小东屋十分破陋。炕上只有一床粗布被褥。一个迎门橱,烟熏火燎成了黑色,还断了一条腿用砖头支着。外间屋有几个盆盆罐罐,一个郭祥幼年坐过的小板凳。郭祥心里疑惑,不知为什么经过土改,家里头还是这样。父亲也不见了,郭祥心头沉重,已经有了不祥的预感。

母亲抱了一抱烂豆秸,坐在灶前点着了火。郭祥抢过去烧火,母亲不让,她说:"孩子,你歇歇吧。你在外头这么多年,风里雨里,马不停蹄,不知道吃了多少苦啊!"

"在外头不苦。有吃有穿,同志们在一块儿可乐和哩!"郭祥安慰妈说。

"唉,别哄妈了,八路军吃的那苦你当我不知道?"

这时郭祥忍不住问:

"妈,我爹哪儿去了?"

这一问不要紧,母亲的泪,扑簌簌地迎着灶门口,像一串水珠似的滚落下来。

“你再见不上你爹了……”母亲擦了擦泪，极力克制着悲痛，接下去说，“自从你走后，因为一只死鹰，你爹让人硬逼着披麻戴孝，回来就病了半年，没有起炕。那场花费，把咱家的三亩地一指甲没剩通折卖给谢家了。就这么人家还说不够，还要你爹给他家做活顶账。我打死你家的鹰，我赔你鹰，为什么就不依呢？还是你杨家大妈眼尖，人家是故意杀鸡给猴看，好显显他谢家的威风势派，叫穷老百姓乖乖听他的！从那时候起，家里没吃没喝，妈就藏起个破瓢，本村张不开口，就到外村讨饭。要回点稠的，就热一点给你爹吃……孩子，我早知道你在梅花渡藏着，我没有给你捎信，一来怕走漏了风声，二来怕你知道了心里难过。妈只要受得了忍得住，就不能让你知道……

“你爹病好了些，谢家就找他去做活顶账，一个钱不拿。直到八路军过来，减租减息，这才算喘了口气。你爹就扛了板凳磨石，到各村去给人家磨个刀子剪子，挣点钱餬口。赶日本‘五一扫荡’，冀中地区变质，谢家就当了汉奸。谢香斋当了大乡长，谢家骧当上了警备队，威风更大了。修炮楼，修公路，派款派伕，不到一年，就要了二十几顷地，比原先的地多多啦。这一带村子，差不多都成了谢家的地了。那时候，家家没吃的，吃麦苗、树皮，谢香斋穿着长袍，戴着礼帽，拿着文明棍，在这街上一摇三晃，还跟穷人说：‘我这肚子不盛粮食子儿，净酒净肉！’隔了两年，八路的势力又壮起来，攻据点，拿炮楼，这帮兔子王八才夹着尾巴跑到县城里去了。可是日本一投降，国民党一来，谢香斋又升了县长，谢家骧又当了什么剿共队长，还是不断出来‘扫荡’。”

“妈，那时候我们开到西边打顽固军去了。”郭祥说，“直到张家口撤退，我们才返回来。有好几回离家只有十几里路，想回来看看你,也没有时间。”

“那没有什么,孩子,也就从你们大部队过来,妈才算出了口气。你们来了个‘一锅端’,县城打开了,把谢香斋也拿住了,就是不小心,让谢家骧这小子蒙混过去跑了。这时候,咱这里正闹土改,闹翻身,群众就把谢香斋要回来处治。那天诉苦大会,到了好几千人。谢香斋绑着两只手,耷拉着头,这会儿他可不威风了。你杨家大妈头一个跑到台上,一边哭,一边说,全场几千人没有不掉泪的。说到痛处,你大妈刷地把怀解开,大家看到她那胸脯紫乌乌的,奶都抽抽得看不见了。大妈指着怀说:‘谢香斋,这是你用大把香烧的不是?’谢香斋说:‘是。’大妈又说:‘这是你用红烙铁烙的不是?’谢香斋低声说:‘是。’大妈上去两个嘴巴子,说:‘谢香斋!我扒了你的皮,也不能解恨!’群众一齐喊:‘打死他!!!’‘打死他!!!’你爹这个老实头儿,窝囊了一辈子,从来不敢在人多的地方讲话,这回也上台去了。提起修鹰坟这事,说不上三句,一口气没上来就昏倒了。你杨家大妈大声对大家说:‘乡亲们!这鹰坟是谢香斋看着修的,今天得让他看着我们把它平了。他修这坟,不光是欺负老绵,是杀鸡给猴看,是镇压咱们贫农!是叫咱们贫农看的!今天我们不平了它,就不算翻身。’群众吼吼着:‘平了它!!!’‘平了它!!!’人们回去拿了铁锹,推着谢香斋,可街筒子朝鹰坟那里涌。孩子,那鹰坟就在咱村西不远,平时妈出来进去都绕着走,为的是一见它,就气得浑身打战。妈在人堆里挤着,拥着,就是掐不死他,也得咬他两口。等妈挤上去,坟也平了,那畜类也叫大伙打死了。妈砸了他两砖头,想起过去的事,想起你,总觉得没有出了这口恶气。妈坐在那里,哭了好大一阵……”

“妈,”郭祥说,“这些情况,我在外头也陆陆续续听人说过;就是我爹的事,人们都瞒着我。我爹到底是怎么死的?”

“他死得好惨哪!”母亲又落下泪来,沉了半晌才接下去。“土改时候,村里看咱家是赤贫户,分给了咱家九亩好地,一头黑母牛,谢家的三间东房。还有一个小箱子,一个大红立柜。你爹再也不用背着磨石板凳东村串西村了。你妈十七过门,什么时候见他,都是耷拉着头,哭丧着脸,这会儿也有了笑模样儿。人也爱干净了。有时候还帮我扫扫地,抹抹桌子。有事没事,都到地里转几遭儿。那条大黑母牛,成了他的心尖子,我说给它搭个牛棚,他老是牵到屋里,怕把它丢了。在谢家东屋里住了几天,想起以前受屈的事,还是心里不痛快,你爹跟我商量了一下,就把东屋拆了,在咱老庄户那里翻盖了三间铁桶似的北屋。使咱那旧房的土坯也修了个院墙。那工夫,你爹贪早恋黑,丢下这就是那,一天价忙个没完没了。我怕他累病了,他总说:‘干这么一点儿活,哪就累着了?’那年收成也好,咱家里就有了存粮,还添了好几床被窝。妈从来没过过这种舒心日子。

“那时候,别的县城解放了,可是新城县还没解放。你知道,这县城四面是水,铁杆汉奸王凤岗,就凭仗着这个地势跟咱作对。谢家骧又逃到这里,成立了还乡团。等野战军走远了,就瞅空儿出来烧杀。有一天早起,咱们这大黑母牛快下小牛了,你爹找了一只旧鞋正忙着准备,外面嚷嚷着敌人来了。我们跟村里人就慌慌促促往村南跑,在野地里藏了起来。你爹老惦着那个母牛,急得什么似的。天晌午错了,远远看着敌人往西走了。你爹提着那只旧鞋就要家走。你杨家大妈拽住了他,说谢家小子心毒手黑,诡计也多,不知道玩什么把戏,还是等等再说。他听也不听。我上去拦他,他一甩手:‘把小牛糟蹋了,你就乐意了!’说过,就往村里走。果然待了不到一顿饭工夫,敌人就卷回来,村里就响起枪,起了火。我知道事情坏了。等下晚我们回到村里，看见咱家和几户贫农家的房都点着了，你爹给人家弄了个开膛破肚，把心肝挂在树上，鲜血泼了一地，树身上还贴了一个条子：‘郭老绵，请你翻身去吧！’……孩子，这就是那个谢家小子干的……”

母亲哽咽着说不下去，伏在那满是尘土的风箱上，呼哒呼哒的风箱声也停住了。

“那谢家小子现在在什么地方？”郭祥问。

“听街上人说，咱们解放天津把他拿住了。他就装成当兵的，补在咱们部队里，不久就跑掉了。有人说他逃到了台湾……”

“他家还有什么人？”郭祥又问。

“他娘那个刁婆子还在村里，谢清斋的老婆死了，他们就在一起不清不白地混过。谢清斋的小子谢家骥，听说在北京上大学，家里还有个侄女叫俊色……”

“谢清斋那坏蛋，为什么不处理他？”

“他这人和他哥不一样，是表面好，内里坏。他哥是见穷人一说话三瞪眼；他是见穷人又说又笑，还打个哈哈。听说那修鹰坟的事，就是他出的主意。……他这一两年，在村里装得很老实。出门请假，回来汇报，屁大一点儿事，也故意到干部那儿请示。可是自朝鲜打起来，腰板又挺起来了。”

“他有什么表现？”郭祥警惕地问。

“什么表现？走在街上步子慢慢的，脖子梗着，见人阴阳怪气地笑。对，过去他从不看咱们的报，这几个月专门订了一份报，钻在家里看。他暗地里说：‘朝鲜打成了血胡同了，世界大战就要爆发了，美国人说话就要过来了。’昨儿后晌，他还到咱家来，把咱那个小红箱子拿回去了。”

“什么?”郭祥惊讶地问,“什么红箱子?”

“就是土改咱分他家的那个小红箱子,不大,上头描着金花儿。这是房子着火时候你金丝嫂给我抢出来的。那谢清斋一进门就瞅住它说:‘嫂子! 这小红箱子我看放到你这儿也没用,你看落的这土! 都快变成土疙瘩了。我拿回去擦擦,给你侄女盛几件衣服。’说着,就端起要走。我说:‘那可不行,这是俺家分的。’他边说边走:‘什么分不分的。嫂子,如今这世界可是不平和,这脑瓜儿还说不定是自己的不是自己的咧!’说着就把小红箱子抱走了。”

“他这叫夺取胜利果实!”郭祥愤愤地说,“你跟村里反映了没有?”

“我还没讲哩。”

“我明天找他。”

“你可别打人!”母亲警告他说,“你杨家大妈,是党里支委,你有事先跟她商量商量再办。”

“妈,你别把我当小孩看了。”

锅开了。母亲在一个瓦罐里摸了半晌,只摸出一个鸡蛋。她叹了口气:“你看我这记性! 昨儿晌午我才把小半罐鸡蛋换成盐了。多年不回来,想叫你吃个荷包蛋也吃不成。”

郭祥见母亲又有些难过,忙说:“妈,把它冲了喝吧,我喜欢冲的!”

母亲把那个鸡蛋打了,冲了满满一碗端过来。

郭祥从包里取出两封点心,解开了一封,捡了一块枣泥月饼递给母亲。母亲老是瞅着,半晌没有吃。

“妈,你吃吧。”

母亲轻轻咬了一小口,像寻思着什么,说:

“小嘎儿，我问你个事儿。”

“嗯。”郭祥端着碗应了一声。

“这以后还要打仗吗？”她的眼睛睁得大大的。

“只要有敌人，就会要打仗。”

“美国人真的会过来吗？”

“过不来！他们让朝鲜人民军快赶下海去了。”

母亲松了口气：“什么时候世界上没有这些畜类就好了。”

母子分别多年，话是说不尽的。等郭祥睡下的时候，满村鸡鸣，天已经亮了。

第四章　大　妈

郭祥匆匆吃了早饭，准备去瞧杨家大妈。

他没有见杨家大妈也有许多年了。这是他心目中最亲近最钦敬的人物之一。自郭祥记事起，两家就是近邻。他常常领着大妈的小女儿小雪去拾柴火，挖野菜，有时候就在杨家吃饭。他淘了气，大妈就把他偷偷地用管箩扣起来，使他免去父亲的追打。这一切，都记得是多么的清楚呀。郭祥在大清河南敌人的堡垒丛中活动的时候，就听说过大清河北有一位赫赫有名的杨大妈。游击战士们传颂着这样的歌谣：

杨树飘洒洒，
大妈赛亲妈。
只要找见她，
就是到了家。
饿了有吃喝，
负伤有办法，
安安生生睡一觉，
临走还送我烟叶一大把。

在那敌人的炮楼星罗棋布、汽车路密如蛛网的地带，有吃有喝也就很不容易，竟然负了伤还有办法，还能安安生生地睡上一觉，这是多么难得的一个去处啊。无怪这歌声这么动听地唱到了大清河南。人们还说，这大妈是“革命的五大员”：第一，她是炊事员。在她家里抗战人员来往不断，她家的灶火，每天要烧十几顿饭。只要你是抗日战士，有饭蹲下就吃。第二，她又是护理员。在她家的地道里，护理着轻重伤员。机会赶巧，你还能尝到她从集上买来的新下来的葡萄。第三，她又是情报员和侦察员。她有时扮作讨饭老婆，扤着破竹篮，拄着枣木棍，出没在敌人的炮楼附近；有时穿得干干净净，提着红包袱，到敌人占据的县城，去跟内线关系接头。最后，她还像个指挥员。在那敌情紧张的深夜，窗上遮着被子，门外站着哨兵，她和那些游击队长、政治委员、县委书记聚在一盏昏黄的灯光下，共看着一张地图。她披着衣服坐在炕上，听他们交流情况，分析敌情。她身向前倾，头微微低着，严肃地沉思。然后就毫不自卑地拿出自己的意见，就好像在讨论她的家事。她那特殊的细心、机敏与果断，和她那从游击队长们不知不觉学来的干脆、果决的手势，都流露着指挥员英武的格调。那些领导人也尊敬地喊她大妈，跟她交谈，跟她辩论，也不知不觉地把她看做自己中间的一个。听说巧袭小李村炮楼，就是采纳了她的主意。因此人们又把她的家称做“两部一站”，既是后勤部，又是司令部，还是情报站。它是党和游击队领导人的聚散地，是大清河北一个小小的抗战中心。

郭祥也像其他战士一样爱她，钦敬她，也爱唱“杨树飘洒洒”这支歌。但她活动在大清河南，属另一个分区，没有见到过她，更不知道她就是自己幼年的伙伴小雪的母亲。他也没想到，这位普普通通的近邻，成长得这样快，这样英雄出众。后来，因为杨大妈的名字太红，别说是自己人，就是炮楼上的伪军也给她取了一个外号，管她叫“老八路”。杨大妈从此就成为敌人指名捉拿的对象。

尤其是谢家父子,吃了她许多苦头,有好几次几乎被八路军捉住,也就对她更加仇恨,三天两头来找寻她。这时在伪军中还流传着一句口号,叫做“捉住杨大妈,金票有得花”。敌人对她的头,宣布了十万元“老头票”的悬赏,另外还要官升三级。这不但没有把大妈吓住,反倒更鼓起了她那战斗豪情。她常常拍拍自己的脑瓜儿,对战士们玩笑地说:“小伙子们! 你们可要好好保护你大妈的这个宝贝,我可没想到它这么值钱!”由于村里群众对她的掩护,再加上她机敏过人,她在这家和那家躲闪着,敌人捉她多次,她都机智脱险。随着环境的险恶,斗争的残酷,一些人叛变投敌。这些人吃过她的饭,睡过她的炕,知道她家隐蔽的地道口,给了她最大的威胁。她在家待不住了。她的丈夫和两个孩子就转移到外村亲戚家里。她从这时起,就行进在游击队的行列中。她和战士们一起风餐露宿,给战士缝缝补补,她不像民,又不像兵,老百姓都很诧异行列里的这位中年妇女。也就是从这时,当这支游击队转移到大清河南的时候,郭祥偶然遇见过她,才知道原来她就是那赫赫有名的大妈……

抗日战争末期,在某地的英模大会上,杨大妈被誉为“子弟兵的母亲”。不久,她又加入了中国共产党。抗日战争胜利后,国民党军队向解放区进犯,大妈就把她的女儿杨雪送到部队,让她参加了这一场新的斗争……

郭祥要去看望的,就是这样一位英雄的母亲。

他一边帮母亲刷锅洗碗,一边问母亲:

“大妈现在住在哪儿?”

“一说你保准知道,就是你闹事的那个地方。”母亲带着笑嘲弄地说。

郭祥一听,就知道说的是谢家。他羞愧地笑了一笑,故意装糊涂说:“我知道你说的是哪儿呀,我闹的事多啦。”说着就跨出门去。母亲觉着儿子回来什么也没有吃上,怪委屈的,就揭开炕席拿了几个钱上集去了。

郭祥缓步穿过小胡同,向村里正街走去。这凤凰堡原有四条小街,像一个方方正正的“井”字。“井”字中心,就是原来谢家小城墙式的大院。挨着大院是一些相形见绌的中农房舍,散在村边的就是贫农们又低又矮的土屋了。如今经过十几年激烈的社会变动,已经有了很大改变。村四外起了不少新房,因为盖得错错落落,杂乱无章,使郭祥绕了不少弯儿,才走上正街。那村中心的花垛口高墙,已经消逝得无影无踪,好像它根本没有存在过一样。只有从那两个被推倒的石狮子,才可以辨认出原来谢家的大门。郭祥不由想到,当他幼年走过这里的时候,总是觉得阴森森的,心老是一阵阵地发紧,连脚步走得都不自在。尤其走过这个门口,得时时提防着那几只大黑狗冷孤丁地蹿出来。连那两头石狮子,也觉得像是活的那样可怕。现在呢,那个门脸已经改换了样子,整个地被牵牛花爬严了,一眼望去,红澄澄的,总有好几百朵。牵牛的阴凉下,挂着“凤凰堡小学校”白底红字的牌子,从里面传出了孩子们整齐悦耳的读书声。这书声,带着十足的奶腔味,被秋风吹得一时高一时低,显得这乡村更加宁静、安详和可爱了。

郭祥知道,小学校占的就是谢家的第一套院,后面第二套院,就是现在杨大妈住的地方。那里新开了一个侧门,郭祥走进去,一眼就看见正房那高高的石阶,下面是青砖铺地,一点不错,正是多年前父亲领着他磕头赔礼的去处。谢家婆娘和谢家小子站在石阶上那一副带搭不理的样子,那尖刻讥讽的笑,一下出现在眼前,头轰地一下子像着了火似的。他定了定神,极力让自己平静下来。

他打量了一下这个院子,像是住了四家人。由于换了新的主人,那种阴森森的气氛没有了,现出一派农家风味。家家房檐下都垂着一嘟噜一嘟噜半干的红辣椒,地上晒满了一片一片的茄子干,院子里还系着好几根绳子,上面搭满了小白菜。东屋窗前有一个遮阴的南瓜架,垂着三四个金红色的大瓜,还挂着两个青秫秸莛儿扎的蝈蝈笼子。西房根种了一小片花,有三两棵鸡冠花,两棵很高的西番莲,一棵紫的,一棵白的,几个小盘盘似的花朵,都快要碰到窗格子上去了。

院子寂静无人。屋门虚掩着。人们大概都下地去了。郭祥正回身要走,忽听扑啦啦一阵响动,原来在南瓜架后面的墙拐角里,有一个十四五岁的半大小子,背朝外,光着膀子,穿着小裤衩儿,正蹲在那儿聚精会神地摆弄什么。郭祥问:

"大妈在这儿住吗?"

"嗯。"那小子头也不抬地说。

"她在家吗?"

"地里去了,你到地里去找她吧。"他还是不动身,一个劲地摆弄他的。

郭祥走近一看,原来这小子正抱着小白鸽子给它装鸽哨呢。他的肩膀上还站着一只小红嘴鸽子,歪着脑袋看人。他老是装不好,累得小圆脸上都是汗。郭祥看那眉眼,很像大妈,也很像小雪。就拍了他一把,问:

"你叫什么?"

"我叫大乱。"他这才抬起头来,一双调皮的眼睛巴眨巴眨的,"你是县武装部的吧? 有小刀不? 掏出来我使使!"说着就伸出手来，要到郭祥的口袋里去摸。郭祥摸出小刀微笑着递给他，他一面修理鸽哨，一面说：

“那里还有两只。”他顺手朝西房檐一指，那里悬着一只精巧的小木笼，“一只‘大鼻子’，一只‘菜花’。要是抱出蛋来，我把‘大鼻子’送给你。”

“现在送给我行不？”郭祥装作认真的样子。

“现在——”他翻了翻眼，“那得有条件！”

只听门外说：“什么条件？你个小兔崽子！”

郭祥还没来得及分辨是谁，大乱把鸽子一扔，抓起草筐就溜。郭祥回头一看，进来的正是大妈。她拿着一把镰，背着一大筐满是露水的青草，两只脚也是湿漉漉的。她披着一件不知道是谁留下的十分破旧的棉军衣，看来她很早就到地里去了。

“大妈！”郭祥欢快地叫了一声。

大妈也一眼就看准了他：“没错，你是嘎子！”她说着，放下草筐，快步走过来。

郭祥看到，她的面容虽然比以前见老，但是步伐还是那样敏快，眼睛还是那般清亮，流露着坚定和机警，丝毫没有减失游击战争年代赋予她的光芒。

郭祥迎了上去，大妈用两只手捧着郭祥的脸，仔细地看了看，竭力地控制着自己的感情。她把手一甩：“孩子，屋里坐吧。”她走到屋门口，又扭过脸指着大乱说：

“饶你一回！告你爹，叫他马上到集上去，就说嘎子回来了，晌午要吃茴香馅饺子。快去！”

大乱卖了一个鬼脸，一蹦两跳地去了。

大妈把郭祥扯进了西屋。郭祥看这屋子宽敞明亮。里间屋一铺大炕，也扫得十分干净。迎着炕贴了一幅毛主席像。只是屋子里的东西很少，不仅没有箱柜，连个迎门橱也没有，只有一张旧八仙桌子，一条长凳，显得异常空落。

“脱鞋，上炕！”大妈催促着说。

郭祥在炕上坐定，大妈不一时就烧开了水，又在灶里烧了几个红枣，将灰吹去，泡了两碗红酽酽的枣茶端上来。

随后，她也上了炕，把烟笸箩放在两个人中间。她抽旱烟袋，郭祥就卷大喇叭筒。

郭祥说：“大妈，你这几年生活还是很困难吧？”

“不算困难！”大妈说，“吃的有了，差一两个月的，吃点菜也能对付过去。”

“你这家具，我看怎么比以前还少啊？”

“家具？”大妈哈哈一笑，“连一块破铺衬，连你大妹子小时候的尿裲子，都叫敌人烧净了。他们对我不客气，我对他们也不客气。双方一样！”她仰起脸看看房顶，说：“就是这房没烧，他们还想着回来住哩！实在说，孩子，我真不愿住在这肮脏地方！以前把我卖到这家当使唤丫头，我受的是什么罪？你没见过，也听说过。你想，我住在这儿，想起来能不难过？可是我还要住！穷人不敢住，我就要领着头住。我要让他们看看，到底是谁把谁打倒了！他们一天价喊打倒共产党，叫他们看看共产党倒了没有！”

“对！就是要让他们看看。”郭祥猛力吸着大喇叭筒说，“不过你的身体还要注点意，我看不抵以前了。”

“没啥。”大妈挺了挺腰板，“我腿脚行，眼也挺好使。去年听说一个同志要结婚，我还扎了对绣花枕头给他寄了去。就是钻地道、睡高粱地多了，落下了个腰疼病，瞧了几次，白花了钱，也没治好。

我看一下半下不碍。”

“孩子，”大妈又拧了一锅烟点着，向郭祥身边移了移，缓缓地说，“说实在的，这穷，这苦，这病，都不算什么。就是有一件事叫我心里难过……”

郭祥见她眼圈发红，就听她说下去：

“穷算什么！你大妈原先比谁不穷？苦，你大妈比谁不苦？病，这又算什么！残酷时候，敌人三天两头来抓，不知什么时候活，什么时候死。这统统不算一回事。孩子，只有一点儿我受不了，我就是离不开八路。从事变以后，我那穷家，哪一天断过八路军呢？人来人往，不是干部，就是战士，不是大队，就是小队，弄得我没有时间渣儿，累得我站都站不住，只要同志们吃上喝上，我就心里痛快。可是猛古丁地都开走了，不知道开到什么地方去了。我睁睁眼，看不到一个穿军装的，你说这是怎么个滋味？我心里空落得像是没有个抓挠头似的。夜里睡不着觉，我就一个一个挨个儿想你们。你们的模样儿，家乡住处，脾气秉性，谁我也没有忘。可你们连个信都不给我打一封来……”

大妈滴下了眼泪。

“不能这么说，大妈，”郭祥说，“同志们都没有忘记你。”

“去吧，”大妈擤擤鼻涕，“那为什么不来个信？”

“大家忙呀！”

“忙？我问你：你们拉屎不？尿尿不？”

郭祥笑了。

“兔崽子，你别笑。”大妈把烟锅乓地一磕，“你回答我的问题！”

郭祥笑着说：“就是再忙，还能不拉屎尿尿！”

“着哇！”大妈说，“你们就用拉屎尿尿的工夫，也能给我写几个字嘛!”

大妈说着生起气来,把烟袋一放,两手向外推着郭祥,“去去去!”

“你不要,我还不走哩!”郭祥缩缩脖,装个丑样儿。

“不走,我就揍!”

“来吧,我代表大伙挨揍!这是光荣的。”郭祥说着,把头伸给大妈,“我看你还是舍不得吧!”

大妈扑哧一声带着泪花笑了。

郭祥接着装了一锅烟递给她,大妈盘着腿抽着,心平气和了许多。她问:

“南蛮子现在怎么样了?”

“哪个南蛮子?”

大妈跳下炕,把墙上挂着的一个装相片的镜框摘下来。用袖子轻轻擦了擦土,递给郭祥,指着其中一个说:“就是他!”

“嗐,我道是谁,原来是我们邓团长。”郭祥说,“他去年打兰州负了点儿轻伤,还在医院里休养呢。”

“我不信。”大妈说,“要是负了点儿轻伤,他会一直住在医院里?”

“确实,伤不太重。”郭祥带着笑安慰说,“现在快好了。”

“怪不得他不来信。”大妈又是怜惜又是赞叹地说,“这个人革命可真叫坚决。一打仗就往前冲,当了团长还是那股劲。他那爱人还是我介绍的哩!现在两口子过得怎么样?”

“很好。生了个白胖小子,听说有十来磅重。”

大妈笑起来,小烟锅子在炕沿上磕得乒乒地响。

郭祥看到,在这个四四方方的红枣木镜框里,挤满了军人照片。其中有他现在的团政委周仆,他现在的营长陆希荣,还有许多他不认识的人。这些人大都穿着当年的粗布军衣,也有的是农民打扮,手巾包着头,腰里束着皮带,皮带上掖着盒子。一个个面容清瘦,但精神奋发,姿态英武,充满了游击战争年代的风采。大妈对这些人一一问了一遍。可惜有许多人,郭祥不认识,未免使大妈感到遗憾。

她小心地把镜框挂在墙上,坐下来,轻轻叹了口气:

“小迷糊不知道哪儿去了,连个相片也没有他的。”

“哪个小迷糊?”郭祥问。

“你不准知道。”大妈摇摇头忧郁地说,“他年纪太小。他爹妈都叫日本用刺刀挑了,十一岁就参加了咱们军队。人猴瘦猴瘦,走也走不动,部队就把他托给了我。晚上不喊醒他,就给你尿一大炕。就那还非跟我钻一个被窝不行。天气热了,我说:‘小子,这么热你还要跟我钻一个被窝?’你猜他说啥?他说:‘妈,那咱俩就伙盖一个被单儿吧!’自他一来,大乱不能跟我睡一个被窝了,觉得吃不开了,就时常跟他打架,还说:‘这是我亲妈,你算哪里的野小子!’小迷糊就哭了。我说:‘小子,什么是亲的后的?你再长两年,好好抗日,你就是亲的;他不好好抗日,调皮捣蛋,我就把他轰出去。’小迷糊就笑了,说:‘妈,我一定好好抗日。’这小子其实也不迷糊,也知道待我亲。他见到别人乱使我的烟袋,就用小刀刻上记号,专让我使。他一直在咱家待了半年,后来部队又把他领走了。我真不愿让他走,弄得我哭了好大一阵。这多年,我老打听,谁也不知道他在哪儿。有时候做梦,还梦见他给我捅烟锅子呢……”

这时,只听屋门“哐啷”一声,大乱跳着走了进来。“报告!任务完成。”他故意装做军人的样子,在炕沿下打着立正,嗓音洪亮地叫。

“你看他那怪样儿！”大妈用烟袋冲他一指。

“我瞧瞧你的钢笔！”大乱说话就爬上了炕，扳住郭祥的脖子。

“下来！”大妈威严地晃晃烟袋杆儿。大乱手疾眼快，把钢笔抢到手里，拔开笔帽，在指甲盖上画起来了。

“你瞧见没有？”大妈指着大乱对郭祥说，“从小就是这样。不管是司令员，政委，一下就爬到人家脖子上。不是捅这，就是捅那。以前是让机枪班给他做弹弓，以后就死乞白赖地要子弹壳，换底火，翻造子弹，打枪，瞄准；你们都野战走了，这又玩鸽子。你瞧瞧他那脸蛋上是什么？”

郭祥这才注意到，大乱的左眉梢上有一个小小的窝窝儿。

“那就是他跟人家玩弹弓英勇负伤的地方！”大娘嘲弄地说。

大乱翻翻一双猫眼：“我的好处你干吗不说？”

“你有什么好处？”大妈说，“你不过就是给八路送了两回信！还差点儿出了大事。你有你姐姐去的多吗？小雪又给我送信，又在门口给我放哨，一站就是半夜，一次亏都没吃过。叫你放哨，你净打瞌睡！还自己吹，‘我要当通讯员，准是个好通讯员！’……”

“我不是把信团成蛋儿吃了吗？我又没暴露军事秘密！”大乱梗着脖子。

“我问你，”大妈又用烟袋指指，“今天你嘎子哥来，你这个好通讯员干吗不到地里喊我？”

“他也没对我说他是嘎子哥！”

大妈用手一指：“你听听！这小兔崽子嘴有多巧！”

“八路军可不许骂人！”大乱把头一歪，“你还吹自己是老八路呢，你让嘎子哥听听！”

“得，得，”郭祥笑着说，“你别喊我嘎子哥了，我看你小子比我小时候还嘎！”

“这都是八路军惯的。”大妈说，“我一打他，他们就拦住我，就把他惯到天上去了。你瞧着，我迟早要把你送到军队里去，叫八路军来管管你！”

“去就去。”大乱说，“我也不怕打仗！”

“老东西来了。”大妈说着欠身下炕。

郭祥静听，才听出“踢——啦”“踢——啦”的脚步声。就从这脚步声，也可听出这是那种性格缓慢但却扎实的人。郭祥真佩服大妈分辨风吹草动的好耳力。这也是游击战争年代养成的。

老杨大伯进来了。手里提着沉甸甸的一大块猪肉，怀里抱着一大捆小茴香菜。他向郭祥嘿嘿一笑，没有说出什么，手里的东西，一时也不知道放在哪儿好。

大妈接过东西，就皱了眉。她把小茴香捆一拨开，对杨大伯说：“你瞧瞧，这准不是今儿早起割的。一辈子想叫你办个漂亮事也难。”大妈把茴香择了择，哗啦舀了一瓢水，动手洗菜。又对大乱说：“去！磨磨刀。”

杨大伯不反驳，也不言声。从腰里摸出一盒“大婴孩”香烟，撕开个小口，抽了一支，抖抖索索地递到郭祥手里。然后佝偻着腰坐在炕沿上，从腰里解下旱烟袋，装了一锅，用胳膊夹住，打起了火镰。显见这盒烟，是他特意为郭祥买的。

这杨大伯比大妈大十五六岁，已经六十开外；郭祥看他那被烈日烤晒了一生的皮肤，还是红刚刚的，显得异常坚实。他的容貌和举止，都流露出朴实和善良。

大妈剁着肉馅指责地说：“嘎子多年不回来，你就找不着一句话？真是三锥子扎不出血来！跟你一辈子，没有把我屈死！……”

大伯还是不响，看来他听这话有多少遍了。

“我这个家，数这个脑瓜儿落后！”大妈又说。

“我，我怎么落后？”大伯开言了。

“嘎子说，你闺女也入党了，现在除了大乱，全家都是党员，就你一个挂翅膀的！”

“那，那是你们支部不讨论我。”大伯说，“你平心说，革命工作我少做了不？”

“没少做！”大乱正在那儿烧火，插进来说，“黑间开门，领道儿，号房，领柴火，领米，全是我爹。下大雪，牵着牛，尾巴上吊着扫帚，给八路军扫脚印，也是我爹。领着八路突围，摔得他乓地一个跤，乓地一个跤。八路来了，我爹就起来开门儿，回来往墙角里一蹲；我妈炕都不下，盘着腿一坐，衣裳一披，净动嘴儿，和人讨论讨论，像个司令员似的……”

大伯脸上露出笑容，看了看郭祥。

“烧你的火！”大妈斥责着，又面向大伯，“可你怎么不申请呢？”

“我不申请！”大伯说，“你有眼就看。”说过，他把烟锅乓地一磕。

“大伯，我给你写申请书！”郭祥把袖子一挽。

“不，不，”大伯连忙摇摇手，“侄子，你不知道，我六十多岁的人啦，递上去，支部一讨论不准，我脸上挂不住！”

“你条件也不够！”大妈说。

大伯欠欠身子：“我怎么不够？”

“凭你说这话就不够。”大妈一只手从面盆里伸出来，指着他，“那年，敌人把房子烧了，你说的什么？你说：‘看你住到哪儿？八路不管你了吧！'你不给我消愁，还给我添腻味，散布坏影响！我问你，你说了没说？"

"我，我，"大伯脸霎地红了，舌头打着结，"那是我的错误，影响是不太好。"

大妈像少女一般地好胜，乘机警告说：

"你听着！往后我们家一个落后的不要。"

"我看你也有点儿那个……"大伯还嘴，声音低低的。

"有点儿什么？"

"骄傲。"

"嫌骄傲，咱打离婚！"

"离就离吧，老用这话压我！"

"你别光欺负人哪，大妈。"郭祥笑得嘎嘎的。

"你不知道，小嘎儿。"大妈说，"按理，你是下辈儿，这话我不当讲。我这人说话就不管他上级下级，长辈晚辈。你想想，我十六七过的门，我花枝儿似的，他比我大十五六岁，要不是谢家那王八蛋，我怎么会落到这步！你说我心里屈不屈？"大妈的声调里带出了伤感，这是平时很少听到的。

郭祥从小就听说，大妈原先是谢家的使唤丫头，至于怎么嫁给大伯的，却不知细情。原来这也是凤凰堡的一段血泪故事。大妈是附近孙家庄人，也是谢家的一个佃户。有一年大旱，颗粒不收，大妈的父亲交不上租子，出于无奈，就将女儿以工顶债，这样到了谢家。大妈那年才十二三岁，每天挨打受气，自不用说。等到大妈长到十五六岁，由于人品出众，那谢香斋就生了歹心，要纳她做小。这大妈是宁折不弯的性子，哪肯答应，就在一天深夜只身出走，逃到一个亲戚家里。谁知第二天，就被谢家捉回。那谢香斋心毒手黑,狠狠地骂:“我娶你不成,也得把你毁了。”就找了三五个打手,将大妈的上衣剥去,由两个大汉扭住她的两个膀子,其余的点起成捆的香,伸到她怀里熏她,烤她,烧她,将她治得死去活来,整个胸脯都烧烂了。大妈的父亲听到此事,痛不欲生,就托人说情,情愿还清欠债,将女儿赎回。但是这个穷得当当响的贫农,衣食尚且无着,到哪里去找这笔款子呢?就放出话说,谁替他还了这笔账,就将女儿嫁他。这时杨大伯正在谢家扛活,已经三十多了,还没成家。亲戚邻友就撺掇他说:“老杨,你看这姑娘怪可怜的,你不如收留了她,大家帮补你一些,你再摘借摘借,也将就着把事办了。”杨大伯好容易将钱凑够,这才把大妈领到自己家里。大妈虽然逃脱虎口,但一看男人比自己大十五六岁,自不免有委屈之感。刚才大妈说的,就是这段心酸的往事。

她一边揉面,一面继续说:

“那时候,我真想跟他离婚,可是别说离婚,连离婚这个名词儿也不知道。我想,我这一辈子就算完了吗?夜里一宿一宿地睡不着,两只眼泪巴巴的,连枕头都打湿了。可是他睡得死猪似的,一点儿都不知道。我暗暗下了决心:我一定要走,要跑,我要走南闯北,任他狼拉狗啃,死就死了,活就活了。可是,我又一想,我也多亏了他!走东邻,串西舍,给我求医问道,洗伤抹药,我这伤才好了,是他救了我。我要扔下他走了,丢下他孤零零一个,谁照管他?我也对他不起。我不是亏了心吗?唉,算了,虽说他比我大这么多,可是心眼儿实在。人说,丑人还有个俊影儿呢!我这才有心跟他过了。直到八路军来了,共产党来了,同志们一天价给我讲这个,说那个,我就觉着这天也大了,地也宽了,眼也亮了,心气儿也高了。浑身上像长了翅膀,老想飞,想跳,想说,想唱。一个劲儿地追革命！奔革命！没有第二个心眼。伪村长要让日本鬼、白脖儿吃面条，我就要给八路军吃烙饼；他们要吃炒豆腐，我就要给八路炒鸡蛋；我一定要压倒他！因为这共产党、八路军就是我的。我要跟着他！扶着他！举着他！我不能听一个人说他一个不字。是水，是火，他说过我就过，他说跳我就跳！我恨不得把那些日本鬼、汉奸、地主、恶霸、国民党像苍蝇、跳蚤似的一个个掐死，捏死，一古脑儿地扫平！……”

郭祥看到，大妈的眼睛闪着青春时代的火星。从她那眼睛、眉毛、脸盘都可以看出，她年轻时是一个美丽的女子。她的声音一时又变得柔和起来：

“也就从这时候，我对他那不如意，才一点点儿淡了。到这会儿，总算有了个家，儿是儿，女是女，离婚，我才不离呢！你倒说‘离就离’，卷个小包袱儿，滚你的蛋吧！一晃几十年，我的好时候也过去了。小嘎儿，像现在八路军兴自由、当面挑，那多好！可惜共产党来得迟了……”她叹了口气，恨恨地说：“想起旧社会，真他妈的没有一条儿好处！”

“大妈，”郭祥笑着说，“这离婚是刚才你先提起的呀！”

“我是出出这股闷气，”大妈扑哧乐了，“也捎带着警告他一下！”

“要说心眼实落，大伯在凤凰堡得占第一！”郭祥有意安慰地说。

大伯高兴地瞅瞅大妈。

“说得也是。”大妈同意地说，“人也不算忒笨，他种的烟叶全村出名。抽着有那么一股格别的香味。挑到集上去卖，给人的斤两又大，一哄就抢光了。挑去十斤，最多只换回八斤的钱。”

“那，那，”大伯受了表扬，心里乐滋滋的，笨笨磕磕地说，“一个自己种的，咱能少给？让人家吃亏？”说着嘿嘿地笑了。

大妈把面揉得白生生的，不硬不软。馅儿已经拌好了，又汩汩地加进了不少香油。郭祥在炕上就闻见了喷鼻的香味。

“我显显手艺。”郭祥兴奋地叫着，急忙下炕。大妈拦住他说：“去你的吧！多少八路军我都伺候下了，还要你来？”说过，小枣木擀杖清脆地响着，不一时，箔帘上摆满了精致的小饺，包得又好，摆得又齐，像是一大盘初五六的新月。

郭祥看天还不到小晌午，就说：

“大妈，我瞧瞧齐堆去，回来再吃饺子行不？我跟小堆儿从小在一块儿，参了军他东我西，真想得慌，听说他不是复员了吗？”

“真是不巧！他昨儿个到省里开民兵会去了。”大妈说，“这孩子也是个人尖子，他是两次参军，两次复员，叫干啥就干啥。家里姐妹都出嫁了，留下一个瞎爹，饭也不能做，我正张罗着给他找对象哩！”

郭祥只好作罢，又卷了一个大喇叭筒，准备提起昨晚母亲所谈的问题，忽听窗外有一个非常柔婉的声音叫：“大妈在家吗？”郭祥听声音很生疏，不知道来的是谁。

第五章　金　丝

郭祥从纸窗上糊的小玻璃镜向外一望，见窗外站着一个个儿高高的美丽的女人。她约有三十左右年纪，一头丰茂的黑发，用酱紫色的卡子挽在脑后，脸色略显有些憔悴。她穿着黑色宽腿裤子，用白线和紫花线织成的小方格土布褂子。手里拿着鞋底子，一面低头做着活儿，一面柔声地说：

“大妈，我想找你谈个事儿。”

“快进来说。”大妈热情地招呼着。

“谁在屋里呢？”

“你进来呀，跟他相相面就知道了。”大妈开着玩笑。

她红红脸走了进来。靠着隔扇门，瞅了瞅郭祥，说：“咦！这不是大兄弟吗？长得这么老高了！”她说着温顺地垂下长长的睫毛，像是不好意思老瞅着别人似的。

郭祥一时想不起这个女人是谁。大妈说：

“小嘎儿！你小时候还穿过她做的鞋呢，你就把她忘了？”

经大妈一提，郭祥这才猛可地想了起来。

“谁说我忘了？这是金丝嫂子。”他连忙遮掩着说，“娶她那天，看的人真多，一挤把我挤到桌子底下去了，气得我一挺腰儿，桌子就翻了，溅了她一身水，我还挨了我妈两巴掌哩！”

金丝笑了。

这金丝是郭祥的远门嫂嫂。她是凤凰堡有名的巧女,能织各种色样的花布,还能剪花、绣花,做各种花鞋、花帽。她赶集上庙,最爱看的也就是这些花布,跟那花鞋花帽上的花样儿。凡是那些好看的,秀气的,经她眼梢一过,就能记住。她那颗心整个地就像印满各种花卉的画页。因此,她出的那花样儿,也就格外新鲜别致,逗人喜爱。许多外村姑娘,常常跑几里地前来求她,她比比,想想,一剪就是好几份让她们带走。她十八岁过门,丈夫郭云比她小四五岁,这使她很不如意。婆婆唯恐她走了,像亲闺女一样待她。她心软口软,别的话也说不出口来。有一夜,她摸着睡在身边的这个孩子,流着泪说:"我就拿你当亲兄弟看吧……"过了几年,郭云大了,八路军也过来了,郭云在村里当了青抗先的队长,她参加了妇女工作,两口子一齐入党,在一个屋子里举行了入党宣誓。这新的生活,新的斗争,竟使他们的爱情枯木逢春。不久,她动员郭云参加了八路军,要算是凤凰堡第一名"送郎上战场"的女子。在一些小事情上,她是那么绵软,可是在大事情上,她却能做出果断的决定。

几年后,郭云残废复员回来,参加了地方工作。后来担任了县抗联会的主任。隔长补短地家来,两口子过得很好,生了一个孩子。不料抗战胜利前夕,郭云在敌占区活动的时候被捕了。他坚强不屈,十分英勇。最后敌人使出了最残酷的手段,我们的这位年轻干部,就在一群日本狼狗的恶嗥里丧失了生命。这消息,对任何亲人该是多么沉重!而这个一向被认为是性格绵软的女子,在人面前,竟没洒过一滴眼泪。只是有一次,她趁婆婆孩子不在家,才悄悄钻到屋里,插起门来,整整哭了半日。有人发觉前去劝她,她在屋里洗了脸,拢了头,照照镜子,看看脸上没有一点儿泪痕,头上没有乱发,这才拿起针线活,开开门,安详地坐在那儿,装做做活的样子。

几年过去了。同志们——县干部们，村里的党员们，在闲谈中间，曾经透露出给她另找对象的意思。她总是脸红一红，笑一笑，也不答应。后来同志们批评她封建意识，她才说：婆婆年纪大了，年景又不好，她打算再织下几个布卖了，积攒下一些钱来，留给婆婆，好让这老年人不致挨饿。事情就这么一年年地拖了下来。因为她性子绵软，待人和善，村里烈属都喜欢接近她，党里也就分配她多做烈属方面的工作。她分的房子是地主谢清斋的，地方很宽绰，烈属中有几个和她年纪相仿的妇女，常常拿着活，到她家里来，跟她一起做活说笑。天气晚了，或是刮风下雨，她就留下她们跟自己做伴，她们像亲姐妹似的，一起用纺车声送走那风雨的长夜……

金丝靠着隔扇门站了一会儿，用眼扫扫大妈，见她忙不过来，就放下活儿，洗了洗手，赶过去帮助。大妈也不拦她。她包的这饺子另是一路：又小又巧，还绕着弯弯曲曲的花边。

“金丝！你找我要谈什么心事话呀？”大妈把身子靠向她亲切地问。

金丝的嘴唇发白，手指也有些轻微的抖动：

“我看他们又奓刺儿了！”

“谁？”

“还有谁！”金丝气愤地说，“谢清斋昨儿晚上跟我吵了一架，今天早起又吵了一架……他要不从那院里搬出去，我就搬出来！”

大妈脸上立时现出了怒容，把手里的饺子片一丢。

郭祥也睁大了眼睛，他要金丝详细谈谈。

“大兄弟，你出去多年，你不知道。”金丝说，“那年闹土改，村里看咱家是烈属，就把谢家的三间楼屋，三间东房分给了咱，指定谢清斋搬到村南头去。那谢清斋三天两头跟我说好的,要我答应他在东屋里先住几天,等村南那几间房修好了,马上搬走。我心想,住几天就住几天吧,心里一软就答应了,谁知道就把事情弄坏了……”

“你当初就不该答应。”大妈瞅了金丝一眼。

“是,是该怪我!”金丝红了红脸,“人家欺负我,我就恨人家;人家低下了头,我就又可怜人家。谁知道日久天长,他反倒找起我的茬儿。那些闺女媳妇,都爱找我做活,闷了爱唱个歌儿曲儿。孩子们也爱到楼上去玩。那谢家婆娘就咬着牙偷偷地骂:‘一天价唱,不知道唱啥哩!唱得人脑瓜仁儿疼!’孩子们在楼上一跳着玩,她就瞪起那黑豆眼:‘跳吧,把楼板儿跳塌,摔死你,你就不跳了。’我生了气,就催他们搬家。那谢清斋就说:‘他金丝嫂子,你别跟她一样,那球攮的娘儿们就不懂事。你放心,我早晚得搬,谁叫我过去剥削人哩!’……他们就这么耍赖皮,死赖着不走!看起来这些东西,就是不能可怜!”

她把饺子抖抖索索地放在箔帘上,又继续说:

“谁知道朝鲜一起战事,他们那气儿就更粗了。以前是小声地说,现在是大声地骂,见我在院里晒干菜,就骂:‘他娘的,这么大院子,弄得没个插脚地方!’昨天,我搬梯子想到楼屋顶晒点儿干菜,不小心碰下了一块瓦,他一下就从屋里跳出来,指着我说:‘我问你:你住过楼屋没有?冬天,你不扫雪,冻得楼屋裂了大宽的缝;秋天,你登梯爬高,登碎楼上的瓦。平时你招来一大群王八蛋孩子,恨不得把楼板给我揭走。你睁开眼看看你住了几年,把这楼住成个啥了?你知道不知道楼屋是怎么个住法?’气得我在梯子上直打哆嗦。我可向来没生过这么大气,我说:‘你知道是怎么个住法,你怎么不搬进来住呢?'他一连气冷笑了几声,说:'不住?是不到时候。到时候,你看我住不住!我不住,说不定还有人趴在地上磕头,求我去住咧。你这个娘儿们说话可别说绝了,这个世界可不大平和!'我说:'不平和你敢怎么的?'他嘿嘿一笑说:'那就骑驴看唱本——咱们走着瞧吧!'我说:'走着瞧就走着瞧!'……"

大妈脸色发青,也不插话,一个劲地听着。

"这是昨天下晚的事情。"金丝接着说,"今天早起,我就听院里那个谢家婆娘说:'伢不收拾咱收拾,横竖过不了几天,咱不就搬进去了!'过了不大会儿,我就看见谢清斋拌了一小桶石灰,手里提着,就来勾这楼屋的墙缝子。我就走出去说:'谢清斋!你这不是明摆着欺负人吗?'他说:'你把这楼住成了个这,我来收拾收拾,怎么算欺负你?'我看他还不停手,就一把夺过他的灰桶子说:'这楼屋是我的,用不着你拾掇!要这么着,连东屋你也给我腾了,这也是我分的,不能叫你白住!'他把袖子一挽:'你的?这房明明是经我爷儿们的手盖的,怎么就成了你的?你不斗我第二次,这房就不是你的!'那谢家婆娘也跳出来,指着我的脸说:'你的!你的!你的命还是阎王爷的哩!我问你,你男人是怎么死的?他要不丧良心,他就不能叫狗啃了。你还不知道是井里死河里死哩!'……"

金丝气得嘴唇都白了。一双手哆哆嗦嗦的,连饺子馅都装不进去了。

"要造反了!"大伯忍不住说。

"造反?"大乱把烧火棍一晃,"我他妈把他们全嘟嘟了。"

大妈沉思半晌,转向大伯,决断地说:

"你去,把小契找来!把整个情况研究一下。"

大伯在鞋底上磕了磕烟灰,把烟袋往腰里一掖,就蹶蹶地走了。

郭祥也把谢清斋昨天抢夺小红箱子的事告诉了大妈。

大妈点了点头,说:“我看他是先向孤儿寡妇开刀!”

正说着话,只听窗外有人唱道:

一马离了……西凉界……

不由人,一阵阵……泪洒在胸怀……

接着,一个人头戴破草帽,下身只穿着一个小裤衩,光着两条长腿,带着两脚稀泥,一只手拎着渔网,一只手提着两条黑鲇鱼走了进来。他把渔网往门口一丢,用京戏的道白说道:“末将参见元帅,不知有何吩咐。”

他一抬头看见郭祥,嘿嘿一笑:

“侄子,我一大早起就听说你回来啦。我想捞两条小鱼儿,咱爷儿俩喝两盅儿!刚下上网,忽听圣旨到,就把我给提溜来啦。”他眨巴着一双快乐的红眼睛,“你瞧,这两条黑鲇鱼可不怎么太好。”

“小契,”大妈打断他的话,“你这个治安员是干什么吃的!一天价打鱼,养鸟,喝酒,村里发生的事儿,你知道不?”

小契扑通把鱼撒在水缸里,见炕上有一盒“大婴孩”烟,拿过来就抽。然后不慌不忙地说:

“放心吧,情况掌握着哩!”

“最近有什么情况?”

“有谣言。”

“嘎子,”大妈说,“你把笔掏出来给我记记。”

小契抽了一大口烟,坐在炕上,从内衣口袋里取出了一个小本本,瞧了瞧说:“这谣言有四句:走了口上口,来了天上天,五洋闹中华,九女守一男。”

大妈寻思了一会儿问道:“这是什么意思?”

“你瞧,”小契用手指头从水碗里蘸了点水,在桌上画道,“这‘口上口’,不是个‘日’字吗?两个天字对着头,是个‘美’字。就是说:日本人走了,美国人就要过来了,要打世界大战!——金丝,给我找块破布,我擦擦脚!”

金丝找了块破布撂给他,插嘴说:“哼,他们就是盼望着美国哩!”

“这是不是谢清斋说的?”大妈问。

“还没弄清。”小契说,“反正不是他说的,就是一贯道王老元说的。”

“没弄清的,单另写在一张纸上。”大妈嘱咐着郭祥。“还有什么?”

“还有谣言说:五星红旗是代表黑夜,星星不能见太阳,太阳一出,星星就完了。”

“谢清斋还夺了胜利果实没有?”

“有,有。”小契答道,“前天谢家婆拿走刘二奶奶的一个簸箕,大前天拿走桂金家的一个笸箩。她还说:‘我那东西,除了我那二毛皮袄分给了谁我不知道,我那桌椅板凳,犁耢锄耙,就是粪叉子在谁家,我都知道。你现在不给我,你以后得敲锣打鼓给我送回来,我还不定要不要哩!’……另外,谢清斋还到了富农李建章家。”

“他搞什么来?”

“他半夜到了李建章家,把门一插,对李建章说:‘现在形势不同了,美国有好几百万大军开到了朝鲜,说话就进来了。今天盼,明天盼,这一天总算盼来了。我对你说,咱们可是一个阶级,以后要多联络联络。’还说:‘这几年可把我愁死了,他娘的,人走了赖时气，连屎壳郎落到头上还螫人哩！共产党一天价讲为人民服务，什么为人民服务？我看他对咱就是一党专政！’”

“他算说对了。我们就是要专他的政！”大妈冷笑了一声，“你是怎么听来的？”

“这你就不用管了。”小契眨巴着因长期熬夜变成的红眼睛，得意地望着大家。他把那“大婴孩”烟又燃着了一支：“我给你们说，那个当过土匪的张小孬，也奓刺儿了。大前天，他砍了许老秀一棵小树。许老秀把他扭住，问他：‘你为什么砍我的小树？’你猜这老土匪说什么？他说：‘砍你鸡蛋粗一棵小树算什么？赶到这年头儿了，要搁过去，房子也敢给你点了。’我已经让民兵把他送到县里。他在路上还说：‘他妈的，这群干部一天想弄咱，等以后变了天，都在咱手心里捏着哩！’另外，那个翟水泡胆子也大了……”

“哪个翟水泡？”郭祥问。

“就是在梅花渡炮楼上的那个翟水泡。”小契答道，“那小子当伪军小队长，见了老百姓，一巴掌下去，打得人顺嘴流血。他押着老百姓修汽车路，腰里掖着鞭子，打得老百姓爹妈乱叫。最近他在大街上公开说：‘搞个女人也算犯法，这是啥鸡巴年月！等着吧，等以后，老子随手抽出个金条，要三个五个，十个八个的娘儿们有的是！都给我在那儿摆着哩。’”

“你听听！”大妈扫了大家一眼，“刚刚闻见一股潮气儿，这些乌龟王八、虾兵蟹将都出笼了。要让美国人过来，他们不把天给你戳塌！”

“嫂子，首先你这个脑瓜就保不住！”小契指着大妈嘻嘻笑着，好像是一件很轻松的事情。“他们要过来，头一个杀头的是你，第二个就是我。这一点我心眼里清楚！”他搓着两只泥脚，脸色严肃起来。

“光杀你们俩吗?”金丝涨红着脸说,“我看咱凤凰堡大伙儿的头都保不住！他们连不懂事的小孩儿都恨死了。小孩儿们在我院里玩儿,那谢家婆就说:‘等我家家骧回来,这些小鸡巴孩儿也不能留,你瞧一个个的德性！都是共产党的种子!’”

“他们想砍我的头么,”大妈梗梗脖子,轮了大伙一眼,“我看不那么容易！日本人在这儿,我这头值十万;等美国人来了,你瞧着,我还得让他们给我涨价!”

“妈,再打仗我可不当通讯员了,我得扛机关枪去!”大乱插嘴说。

大妈没有理他,兴奋地立起身来,只顾说自己的:

“你瞧,那些地主、恶霸、国民党、帝国主义烂杂碎,对咱多不满意！骂咱们清算了他,斗争了他,可是早先咱并没有清算他、斗争他,他对咱们讲客气吗？你就说嘎子他爹,那个老实头儿,早先斗争了他家什么？清算了他家什么？他们是怎么对待他的？再说我,我个十二三岁的小女孩儿,弄到他家,我斗了他什么？分了他什么？他是怎么对待我的？……”她缓了缓气,把手一挥,“他们越讨厌斗争,我这人就怪,我是越爱斗争。一说斗争,我就来了精神！别看我这弱帮子,斗起来,熬个十个八个通夜,走个七十八十里地,也觉着没什么问题！……金丝！饺子下锅!”

锅里水已经开了,滚得咯荡荡的。

大妈说:“小契,金丝,你们俩都别走了。把嘎子妈也请来,都在这儿吃。咱们一边吃,再讨论讨论,集中集中。现在支部书记不在家,他到保定找工作去了。我的意思是,咱们讨论以后,我就去找村长,看是把谢清斋送到县司法科,还是在村里处理。反正这几天他夺的果实,得让他全吐出来,还得让他承认错误。他占金丝的东房,叫他马上搬出去!”

郭祥说:“大妈,我听你指挥!你看我干点什么?”

“你什么也别干。”大妈说,“你好好歇两天!你家那房也该拾掇一下。我让你大伯给你帮忙!”

郭祥笑着说:“我就没有发言权了?”

“不,不,”大妈比个射击姿势,“等美国人过来,你用这个去发言!”

金丝说:“我得家去一趟,家里已经做上饭了。”

“算了!你总是这么客气!”大妈说。

“你瞧我!”小契眨巴着红眼睛,“我一进门儿,就没想走。对了!我那儿还有半瓶酒呢!”

大妈一拍手说:“好,土改时候,咱们还在一块儿喝了一回齐心酒哩!今天咱们再喝它一回!”

小契跳下炕,唱着小戏拿酒去了。

郭祥的母亲正在家里给儿子包饺子,被大乱不容分说一路拖了来,还沾着两手面。

不一时,箔帘上那一行行新月形的小饺,绕着花边儿的小饺,就被金丝的巧手,推到正翻滚着的大锅里。它们不大会儿就漂浮起来,像一尾尾的鱼儿……

喝酒中间,大伯只是望着人笑,桌上切开的咸鸡蛋,一牙儿也舍不得吃。大妈趁人不在意,就往他碗里夹了两块。郭祥眼尖,用筷子指着大妈笑着说:

“大妈,我这才看出来,你那会儿说的话都是假的,最疼大伯的还是你呀!”

“你不知道,嘎子,他这人傻,别人要不结记着,他就吃不到嘴里。”

大妈说着,温柔地笑了。

第六章　村　长

真真是一场热闹的聚会。小契喝醉了，郭祥和大乱把他搀回家去。大妈心里有事，锅碗也顾不得刷洗，就动身去找村长。

这村长名叫李能，识字不多，但很有才干。人说："不怕事儿难办，只要李能的眼珠儿转一转。"他生着一双大眼，那滴溜溜的眼仁一转，就来了主意。上面下来什么工作，他都布置得头头是道，常常是最先完成；还能把工作经验，一套一套地汇报到区县里去。特别是他说话和气，对上对下，人缘全很好，因此在区县干部和村里群众中，他都很有威信。人们给他取了个外号，叫他"大能人"，说他跳到井里，也能找出个干地方儿。

据老年人说，他原籍不是凤凰堡人。是他爹逃荒用一条扁担把他挑来的。乍来时，他和父母就住在村东头的小庙里，靠讨饭过日子。后来他爹在谢家扛了长活，也就在这里落了户。他爹是一个极有心计舍命苦干的人，看扛长活实在落不下钱，就辞去了长活，白天打短儿，夜间编柳罐。每进来一文钱都捏得汗淋淋的。日久天长，竟买了几亩地。有了地，他心气儿更高了，家规也更严了。全家大小，白天下地里干活，黑间编柳罐，一年到头，只睡半宿觉。打下粮食，大部存起来，一年四季不是粗糠就是细糠。直到大年初一早上，才能吃一顿净粮食面做成的饽饽。这样经过二十年的苦拽，就零零星星置买了十五六亩地，勉强成为凤凰堡的一个中农。

可是李能一家已经筋疲力尽,李能的母亲像一个耗尽灯油的干捻子似的去世了。这时,发生了一件意外的事情。谢家露出口风,要李能的爹把邻近谢家的一部分土地转卖给谢家。这事真如同晴天霹雳,李能的爹死也不肯答应。谁知几天过后,半夜里突然来了一帮土匪,把李能绑架走了。李能的爹哭了几天几夜,才忍痛卖了十几亩地,把李能赎回。李能的爹从此变得半疯半傻,一天傻坐着,也不做活,也不说话,痴呆呆的。不久,他腰里又生了一个疮。请医抓药,剩下的几亩地不到半年就踢蹬光了,最后,人扶着他在卖契上画押的时候,他咽了气……

父亲的死,使李能对谢家非常仇恨,但又无可奈何。眼前黑茫茫的,看不见一丝出路。七七事变前几年,地主剥削农民还有一种很厉害的方式,就是贩卖料面[①]。只要抽上它,用不了多久,就会倾家荡产,乖乖地把土地交到地主手里。李能竟跳到了这个陷阱。不久,就把仅剩下的两间房子典押给谢家,又住到当年全家逃难住过的小庙里去了。瘦得皮包着骨头,披着破衣烂片,人不人,鬼不鬼,情景十分可怜。

直到八路军过来,强迫这些不幸的人把料面瘾戒掉,这才将李能挽救过来。大妈常常劝导他,分配他做一些抗日工作。抗日后期,他就已经是村里很顶事的民兵。不过他最出色的表现,还要算参加土地改革的斗争。

在那些日子,他仿佛突然有了用不完的精力,样样走在前面,表现得非常勇敢。那谢家也像其他地主一样狡猾,他们很早就听到了风声。一切值钱的东西,都埋的埋了,藏的藏了。农民们除了土地和笨重的农具外,几乎没有落到什么东西,所以又来了一次复

① 海洛因的俗称,是鸦片一类的麻醉剂。

查。在复查期间，李能手里拿着一根细长的铁钎，领着贫农团的人们，在谢家的屋里屋外，宅前宅后，向地下探寻着藏东西的地方。结果地主的夹壁墙被发现了，秘密的地窖也被发现了，找出了谢家不少的贵重衣物、用具。可是谢家的白银和元宝却一直没有找到。村里的贫农们都很焦急。李能饭也吃不下去，整日整夜地在谢家院子里转悠着，用铁钎将屋里屋外的地探遍了，还是没有结果。在人们已经失望的时候，李能灵活的大眼忽然发现，庭院里的一棵丁香树，有几片黄叶飘落下来。这正是六月天，为什么树上有了黄叶？仔细一看，树叶干巴巴的，像是移动过的样子。李能的眼珠一转，果断地说："刨这个地方！"贫农团的人们动手一刨，把树移开，果然发现了一个半人多高的大瓮，一打开，是满满一瓮亮铿铿的白洋和元宝。这是凤凰堡贫农团一个很大的胜利。从这时起，村里的贫农们对李能非常敬服。土改以后不久，李能就同其他一些积极分子参加了党的队伍。接着，又当选了这村的武委会主任。

经过土改，李能分了七八亩好地和一个小院，又娶了一个寡妇，还带来了一个十三四岁的小子。从此就结束了他那段悲惨的生活。过了几年，孩子长大了，劳动力又不缺，日子就一年好过一年。也就从这时候，他父亲当年那发家致富的灵魂又在他的身上复活了。但是，比起他父亲来，他是多么聪明的人哪！他睁着一双精明无比的眼睛，察看着他的周围，在这世界上探寻着一切可以找到的轻巧的门路。

有一天，他在街上闲坐，从人们的闲谈里，有一件事引起了他的注意。人们说，邻村里有一家张姓兄弟，因为不和分家了。分家以后，哥哥为了表示对分家不公的气愤，新盖了三间北屋，屋子的拱门上修了很好看的塑花。塑的是两枝大仙桃，红嘴绿叶，人人称赞。兄弟媳妇气不过,就怂恿丈夫也盖了三间房,跟哥哥那三间遥遥相对,并且赌气要找一个能工巧匠,做出更好的塑花来,压倒对方。房子盖好了,可是还没有找到塑花的人。因为哥哥门上的塑花,是方圆三五十里闻名的巧匠做的,再也没有人敢和他相比。李能听了,心里暗暗盘算,什么都是人做的,不妨试试。于是,他就到了那张家弟弟的家里,自称在大地方学过这行手艺,不做便罢,要做出来,如果盖不过对方,就一个钱不要。就这样把活接过来了。可是不要说雕塑,他连平常的泥水匠也没有做过。他就借口做准备,用了几天工夫,跑了十几个村子,凡是拱门上有塑花的,他都站下来细看。回到家里,就倒在炕上,闭着眼苦苦地揣摩。开工了,他就到了张家门上,画了又改,改了又画,直做了半个月,简直不成个体统。张家弟弟急了,他说:"你别急,常言说'慢工出细活',你这房子不是住了一辈子就不住了,将来传到孩子手里,也得叫他们看了高兴。"这样,他整整做了三十三天,才做成了。张家弟弟一看,这拱门周遭,被五颜六色的花朵快包严了,一眼看去,真是华丽非凡。村里不少人闹哄哄地挤在门前指点观看。这李能当场指给主人说:"常说会看的看门道,不会看的看热闹,这些花鸟都有个讲究。你看,这上面是凤凰戏牡丹,这就叫'花开富贵';这两边是菊花,'菊'和'举'同音,这就叫'举家欢庆';还有这下面,是笨鸟口衔莲花,为什么单塑个笨鸟?这也是取它的音,叫'辈辈连生'……"大家看着,尤其对那一嘟噜葡萄,感到有趣。那都是小孩玩的玻璃球嵌上去的,葡萄叶上还翘着用细铁丝做成的葡萄须,看去像真的一样。大家不由得称赞起来。他笑了一笑说:"这都不算什么,还有一个地方,你们没有看到。"他指了指门框,原来门框上摆着两小筒干电池。他一通电,忽然那凤凰的眼珠闪闪地亮起来,原来那里镶嵌着一个手电筒的小电灯泡儿。大家齐声叫起好来。主人夫妇眼花缭乱，笑得合不拢嘴儿。他们的愿望实现了，终于压倒了他们的哥哥。对于邻村这位素昧平生的巧匠，真是说不尽的崇敬和感激，大大宴请了他一番。席间又提出要跟他结为异姓兄弟。这使李能感到突然。不答应吧，挨不过面子；答应了吧，还怎么张口要工钱呢？但他那滴溜溜的眼珠一转，马上答应了。过了一个月，他借口要做一个小本买卖，要他的盟弟添个本儿。结果他这盟弟给了他大约比工资多一倍的钱——这就是李能独立决定生活道路时的第一个成功。

这个成功，给他的生活增添了不小的勇气。谁家的水桶漏了，他也敢答应换底；谁家的铁锅破了，他也敢答应修补；谁家的铜锁老旧得不管用了，他也能抠抠搜搜地给你修好。时间不长，他竟成了许多职业的大胆尝试者，因为他心灵手巧，竟是无往不胜。也就从这时，他得到了“大能人”的声名。

解放战争正炽热的时候，这地方，机关、部队、老百姓以及过路客商很多，可是飞龙镇只有一家车子铺，真是应接不暇。李能看准了这个机会，到车子铺喝了两次水，抽了一次烟，经过短期地观察研究，购置了些零件，就在飞龙镇这交通要道上挂起了“李能车子铺”的招牌。当天下晚，就有人推来了一辆车子，一进来就说：“喂，掌柜的，你骑骑我这车子，看看有什么毛病？”这真让李能挠头，因为他从来没骑过车，但他仍平静地不慌不忙地打喜诨说：“嗐，您太客气了！您就说吧，我给你快点修好，你好上路。”幸亏那个人没有坚持原来的方案。谁知第二天一大早起，就有人推来一辆车子，从来没见过这样的牌号。他心里惊讶，肚里为难，眼珠一转，张口要了一个大价，要一口袋小米，还起码要五天时间。谁知车主都一一答应下来。车主走了，他把车子卸开，面对着好多小零件，干瞪眼，就是找不到毛病。他一天一夜没睡觉，终于发现是千斤磨损了，就到别的车子铺讨了一个换上——就把那一口袋小米揪过来了。

那时候，国民党继日寇之后，对根据地进行了严密封锁，就是买一两煤油，一盒洋火，一包牙粉都很困难。这时，城乡的商人小贩，往往用各种方式把货物偷运出来，获取厚利。尤其是染料，要弄出一筒来，就能赚好几倍的价钱。李能的注意力又转移了。他把车子铺换下来的破旧零件，整成了一辆虽然难看但却很牢固的车子，就投身到这个带危险性的行业里去。他把染料装到车子的轮胎里，在大道上呜呜飞驰。这新的职业，带给他最大的成功，使他觉得他以往从事的那些"小勾当"，简直是一个可笑的笨汉的做法。

平津解放，大军南下，村长和支部书记都调去开辟新的地区了。这时李能就担任了村长。随着大城市的解放，李能面前展开了更广阔的天地。他来往于北京、天津、保定之间，有时贩运布匹，有时贩运铁器，有时驮来一些破旧衣服、布头子，在集上出卖，赚了不少的钱。时间不长，他已经置买了一辆胶轮大车，一匹大黑骡子，成为凤凰堡日子最红火的一家。

大妈匆匆走着。李能的家住在街东头，并不算远，不一时就来到了。这是一个大黑梢门，门前停着一挂崭新的大车，一个精干结实的小伙子，正端着半簸箕高粱给那匹大黑骡子加料，好像要走远路的样子。

"小锁！"大妈招呼了一声。

小伙子转过头来，他在太阳地里晒得满头是汗。大妈问："你爹在家不？"

"在哩！"那小伙子向家里摆了摆头，"可是我们马上就要走了。”

大妈顾不得细问，就走进院里。她好久没有来了，没想到院子有这么大的改变。她惊讶得几乎叫出声来。那正房东西间，都换上了明光瓦亮的大玻璃窗。从玻璃窗里，可以看见雪白的蚊帐。门上垂着竹帘。门口两边，一左一右摆着两大盆夹竹桃，开得红艳艳的。西边是一溜牲口棚，换了一个大青石槽，槽上拴着一个小骡驹。鸡窝也修得非常考究，还有两扇小木门。就是墙角里那堆煤，你都不可能看到主人有一点马虎。大块放在下面，中溜块在中间，小块摆在顶上，堆成了很整齐的宝塔形。特别使大妈惊讶的，这整个小院的地，平展展，光溜溜，竟同城里的洋灰地一模一样，不知主人是怎么搞的。

“他大哥在家吗？”大妈叫了一声。

“在，在，”只听门里一阵响动，竹帘一扬，走出一个身穿洁白裤褂的中年人来，正攥着一张葱花油饼吃着，两只手油晃晃的。他笑嘻嘻地随口谦让着：“婶子，你里边吃点儿？”话虽这么说，但他却把门挡了个严，唯恐大妈再跨进一步。

大妈斜了他一眼说：“你这院子拾掇得好漂亮呀！”

“嘿，什么物件都在人收拾。”他满意地笑了一笑，“其实并没有花几个钱！你就比如这烧了一冬的炉灰，你们怕都扔了，我是一小撮也没抛撒。你瞧这地，就是用炉灰搀上石灰砸的。你跟天津、北京那洋灰地比比，我看也不在以下。刮起风来，连一点儿尘土都没有。你再比如……”

“他大哥，我找你打算商量点事儿。”大妈打断他的话说。

“嗐，真不凑巧。”他皱皱眉为难地说，“我马上就得赶路！”

“你要到哪儿去？”

“到山里去。”

“到山里干什么?”

“哎呀,我的婶子,你怎么越过越糊涂了?”他把最后一块油饼塞到嘴里,“你算算再呆几天是什么日子? ……连八月十五你都忘了? 我得赶紧去拉一趟鲜货。”

“你明天赶早动身不行?”

“老天爷,你算算有多远哪!”李能扳着他那油晃晃的指头,“这儿离易县山边子,足有二百里路。来回四百挂零。今天傍黑,我得赶到梅花渡过河,明天这档子还不知道能不能赶到。办了货,马上往回返,怕还赶不上飞龙镇的大集哩!”

“你就不会让小锁去?”

“他? 秤高秤低,还看得出来;要说办鲜货他就不懂眼了。常说,‘有同行的货,没有同行的利’。年前我让他到山里拉核桃,差点儿没把我气死。人家跟他一样拉了一车,就比他多挣了半口袋小米! 再说,他还有他的事。我让他今天就得赶到保定,去弄一批镰刀回来,眼下正秋收,这也不能误了。”

大妈有些生气,但竭力忍住说:

“这么说,村里天塌下来,你也不管了?”

这李能异常机灵,听大妈口气不对,眼珠一转,连忙说:“好,好,你就简单地说一说。”他又回过头去:“小锁妈! 油瓶挂到车上了吗?”

“还没有哩。”竹帘里有人应声答道。

“你是死人吗? 屁大一点儿事也得我结记着!”

屋里人低声低气嘟囔着:“人家正刷碗呢。”

“刷碗,我们起身了,你不会刷吗? 你办事有没有一点儿计划？”他向屋里不满地斜了一眼。

屋里走出一个脸孔黄瘦的女人，也顾不得跟大妈打招呼，在牲口棚里找出一个黑瓷油瓶，提着到梢门外面去了。

“多膏点儿油！”李能在后面大声说，“来回几百里，拉上千斤货，不是闹着玩的！”

当——当——屋里传出很好听的自鸣钟的声音。

“两点了，”李能搓了搓手，对着大妈，“你说，你说。”

大妈不耐烦地从口袋里取出郭祥帮她写的纸片，递给李能：“你看看吧！”

李能皱着眉头看了几行。

“这是谁写的呀！这个乱劲！”他撇了撇嘴，“一个笸箩，一个簸箕，一个小红箱子，一个……这是什么意思？”

“什么意思？”大妈说，“这是地主夺咱们群众的胜利果实。人家听说美国出兵朝鲜，又骑到我们头上来拉屎了，你说这是什么意思？”

“有这样的事？”李能怀疑地说，“我看他们不敢！”

“怎么，你还不相信吗？”大妈接着把谢清斋这两天的猖狂活动说了个大概。

“他妈的！”李能骂了一句，“那谢清斋刚才还来我这里说，金丝和一群妇女，天天骂他。还故意把楼房碰坏来气他。他好心好意帮她收拾，金丝劈头给了他两脖子拐，打得他膀扇子都抬不起来了。”

“依我看，这不是小事儿，咱们得赶快处理！”大妈说。

“对，我们决不能让他们反水。”李能也说。

大妈这才显出欢喜的样子，说：

“那好。咱马上去找小契他们，开个支委会，今天下晚就把这事办了。”

“这，这……”李能的大眼珠来回乱动。

这时，小锁走进来说：

“爹，倒是还走不走？刚才老亨的大车已经过去了！”

“他怎么不等等我？”李能着急地问。

“他说再晚就赶不到梅花渡了。”

“这小子抓得真紧。”李能骂了一句，接着对大妈说，“就这样吧，婶子，你也别忒心急。咱们当领导的，重要的是掌握原则，不能听见风就是雨。等我回来，把事实调查一下再处理吧！”

李能说着就往外走。

这时大妈再也忍不住了。

“李能！你停一停。”说着，她赶了上去，“要像这样，我就有意见。”

“什么意见？”李能在梢门洞里停住脚步。

“我看人不要太顾自己了。”她愤愤地说。

“你说谁净顾自己？”李能也激怒了，“我比谁参加工作也晚不了多少，别这么教训我！”他瞪着鼓鼓的大眼睛，“我一九三九年就当民兵，提着脑袋干革命是为了自己？土改时候，我十天半月地不合眼，这是为了自己？请问，那谢家的大大小小三百多个包袱，是谁领着找出来的？那一大瓮白花花的大洋和大元宝是谁找出来的？带头的是我，得罪人的是我，可是我比谁多分了一指甲的东西？……”

“你没有多分，是支部对你抓得紧。”大妈也分毫不让地说，“你没有把谢清斋的狐皮袍子抱到你家里吗？依着你，金丝住的楼屋也得归你……"

"我没时间跟你争论！"他气昂昂地跳上了车，"现在革命成功了，自己想点生活，我看也算不了什么错误。"他向小锁把手一摆："快走！"

小锁把鞭一扬，鞭声清脆地响了一声，车走动了。

不一时，大车就走到村中间了，车上又传过来李能的喊声：

"小锁妈！你好好结记着小骡驹，可不能给我饿瘦了。"

接着，在大路上，扬起一片浓重的灰尘。

第七章　地　主

大妈站了好半晌，才呆呆地走开。她回头望了一眼这个大黑梢门，不由得腾起一种厌恶的情感。

她心里又是生气，又是难过。刚才来的时候，她是多么兴奋啊，她满心企待着，李能会把她接在小屋里，关起门来，开始一场低声的亲切的交谈，然后筹思一个巧妙的对策。在过去艰难的年月里，每当敌情严重的时候，或者是上级布置下一件重要任务，在灯光暗淡的小屋里，在夜色迷蒙的庄稼地，有过多少这样的交谈啊；尽管有时争得面红耳赤，可这是同志间才有的那种亲密、坦白和随便的谈话呀。而今天，她在李能的台阶前站了半天，竟连一句热情的话都没有，连往屋里让一让都不敢张口……他究竟要变成什么样的人呢？

她抬头望望，太阳已经偏西了，柳树上一树蝉声，叫得人心烦。她现在去找谁呢？自从老支书和老村长这两个凤凰堡的“顶梁柱”南下之后，村里的党支部只剩下五个支部委员：新任的支部书记是人们常说的那种“老好人”，怕得罪人，在支部发生争论时，常常是模棱两可，摇摆不定。大军渡江前，调南下干部，他也不愿去；胜利后，他听到出去的人当了县区干部，又后悔不及，现在跑到城里找他的老战友“找工作”去了。再就是村长李能，已经觉得担任村里的工作，对他的发家致富是一个妨碍。还有一个是青年团支部书记，出外办事还没回来，剩下的就是小契和她了。在村里发生了严重的敌情，地主阶级和一切封建渣滓们又蠢蠢欲动的时候，连支部委员们也召集不起来，大妈的心里怎么会不着急呢？她感觉到，胜利了，和平了，乡村的工作反而不如在战争的年月里来得顺手。

“问题一定要解决，决不能让谢清斋他们奓刺儿！”

大妈这样想着，拢拢被风吹乱的头发，擦擦脸上的汗，就往小契家里走去。

小契住在老村北，紧巴着村边儿。这是一个十分破旧的院落，说它破旧，还不如说是滑稽，你就是走过几个省，也难看到这样的地方。院子里的几面墙都没有了，可是唯独那个砖门楼却好端端地立在那儿。仿佛向人表示：“既然我的主人把我留在这儿，我只好听命；至于你们，客人们，你们爱怎么进来，那就一切悉听尊便。”原来，这也是分地主的一座院落，三面都是砖墙。几年前，小契已经故去的妻子建议养猪，没有砖垒圈，小契就把墙拆了一个豁口，打算日后补上。谁知这个盖房砖不够了要借五十，那个要垒鸡窝没有砖要借三十，既然墙拆开了，小契也就一律慷慨答应。这样，渐渐墙拆光了，就只剩下那座孤零零的被遗忘了的门楼，成为小契家最独特的标志。

大妈向院子里一看，里面也乱得厉害。墙角里堆着断了把儿的木锨，破了的犁铧，剩了两股的三股叉等等杂物。窗台上堆着男人、女人和小孩的破鞋，还有几个长了一层红锈的臭了的手榴弹。房檐下垂挂着山药干、破渔网和十几张野兔皮。

大妈看了一眼，轻轻地叹了口气，走进院子。

“小契！”大妈叫了一声。

听听没有动静。她料想小契酒还没醒，就推开了屋门。到里间屋一看,见小契果然四角八叉地在炕上仰着,打着呼噜,睡得正香着呢。他的一个五六岁的男孩,也拱在他的胳肢窝底下睡着了。

大妈看着这屋子,真是要多乱有多乱。两个大立柜,一高一矮,完全是缺乏计算地并排摆着。立柜的一个铜环上挂着一面孩子玩的小鼓,另一个铜环上,是小鼓的近邻——一个大葫芦,里面装着一只刚长起茸毛的小鸡儿,叫人怎么也想不到它们会摆在一起。绳子上搭满了衣服,七长八短地拖拖着。墙角里有一个没有靠背的罗圈椅,上面堆的也是衣服,羊皮袄的一条袖子搭到地上。墙上挂着一条车子带,顶棚上挂着两个粉纸糊的灯笼,一盏提灯。在这些杂乱无章的天地中,还有一架漂亮的穿衣镜,蒙满了灰尘,它鹤立鸡群地站在那儿,仿佛满含委屈地抱怨主人没有根据它的身价给以特别的优待。这里的一切东西,都好像悄悄地说:“主人哪,只要你稍稍地调整一下,我们就可以各得其所了。”可是在搭衣服的绳子上挂着的笼子里,有两只俊俏的白玉鸟,却毫不介意地轻灵和谐地歌唱着。好像说:“算了,算了,你们还是多多谅解一下主人的具体困难吧,当然,主人习惯上的缺点也是不可否认的……”

“唉,家里没个人儿就是不行。”大妈又叹了口气,坐在炕沿上去推小契,“醒醒!醒醒!”

“哎!……咱爷儿们多年不见了,再喝两盅!”小契迷迷糊糊地说。

大妈又推了他一把:“这个混球儿!你睁睁眼!”

小契睁了几睁,才把那双红眼睁开。

“我还当是嘎子呢!”他扑哧笑了。

说着一骨碌坐起来,揉了揉眼,关切地问:

“你到大能人那儿去了没有?”

“别提了。”大妈生气地说,“他不管。”

“为什么不管?”

“他正急着做他的买卖呢!”

“哼,我早看他跟咱不一心了!”小契跳下炕来,“走! 他不管,咱们管!”说着往外就走。

“看你慌的!”大妈指着他说,“你要到哪儿去?”

“到谢家去呀!”

“你就光着膀子去?”

小契嘿嘿儿一笑,跑到院里,从水缸里舀了一大瓢水,咕嘟咕嘟,一气喝下了半瓢。又舀了两大瓢水,弯下腰往头上哗哗一浇,水淋淋地跑回屋里,看也不看,从绳上揪下一件衣服就擦,边擦边说:“真痛快! 这个酒劲儿一点儿也没有了。嫂子,走吧。”

大妈移过一个油腻腻的枕头,让孩子枕好,又扯过被角儿给他搭上小肚子,两个人就走了出去。

“嫂子,”小契忽然想起了什么,“你看,要不要喊两个民兵来压压阵势儿!”

“不用。”大妈望着小契,高兴地一笑,“有你保镖就行了。”

大妈心情愉快,刚才的闷气一扫而光,两个人说说笑笑地走出了院子。

当他们走出这个孤零零站着的门楼时,大妈回头望了一眼,叹口气说:

“小契,你怎么就不听我的话呢?”

这声音沉重而又温婉,在大妈平常的讲话里,很少听到这样的调子。

小契疑惑不解地说:“嫂子,你说调查就调查,说斗争就斗争,我怎么不听你的话呢?”

“不,我说的不是这个。”大妈摇摇头,边走边说,“你瞧瞧你这屋子、院子! 猪窝似的,你都不兴拾掇拾掇!”

“我没有工夫儿。”小契说,“党里让我担任治安委员,一到黑间,我就睡不踏实,老怕出事儿。这儿转转,那儿蹲蹲,就到后半夜了。”

“白天呢? 白天你做什么?”

“白天……”

“又去抓鱼、捞虾、打小牲口去了,是不?”

小契像孩子似的羞涩地笑了。

“你再瞧瞧你那庄稼地!”大妈又指责地说,“种得像狗啃似的,别人打几百斤,你打五六十斤儿就是好的。怎么不越过越穷?”说到这儿,大妈叹了口气说,“自然,你也有你的难处。自打他婶子去世,里里外外都靠你一个人,工作又这么忙……不过,你也得抓紧一点儿!”

“不知道怎么搞的,河里一涨水,庄稼一倒,我那心就关不住了,就全被那些小东西勾了去了。要是不出去,就心里痒痒得难受!”

大妈忍不住笑起来,说:“你把这点劲头儿,分到庄稼地里一半,也就好了。”

“唉,说了容易做了难哪,嫂子。”小契说,“我给你实说吧——”

说到这儿,迎面过来了下地的人们,小契就把话停住了。等人们走过去,他才接着低声地说:

“我实说吧,嫂子。……环境残酷那当儿,打仗,给炮楼喊话,带担架队支援前线,跟同志们在一块儿,亲亲热热的,我觉得怪有劲儿的；胜利啦，和平啦，个人低着头儿啃一小块地，耕过来，耕过去，还是它！我就觉着没有劲儿啦。我嘴里没说，心里老是觉着没有什么意思似的！……种这么屁股大一片地，每年交几十斤公粮，这也叫革命？”

“怪！他跟我心里想的一样。”大妈心里暗暗地说，一时竟想不出说服他的词儿。只好说：

“可是你也得照顾影响啊！土改时候，你分的六七亩地，已经卖了一半儿；房也卖了；要不是你哥哥不在家，我看你住在哪儿？”

“好吧，”小契为难地说，“往后你就多监督着我点儿！”

说话间，金丝家已经到了。

这是一个青砖砌成的月亮门，迎门是一面白影壁墙，上面的山水画，已经有多处剥落。大妈每逢走到这里，想到当初作践她的谢家人们还在这儿住着，血不由得就涌上来。她稍微定了定神儿，把她那被风吹乱的头发往后一拢，和小契交换了一个眼色，就走了进去。小契的脸色也严肃起来，跟在大妈后面。

西房凉儿下摆着一张半旧的布躺椅，谢清斋正在那儿躺着看报。他的大腿压着二腿，高高地跷着，逍遥自在地晃动着。看见有人进来，他把脸孔遮得严严的，装作没有看见的样子。

“谢清斋！”小契首先威严地喊了一声。

“啊哈，我道是谁呢！主任、治安员来了。”他连忙起身，掩饰着惊恐的表情，满脸堆下笑来，“你瞧，我正看报哩。最近我不顾生活困难，专门订了一份《人民日报》，每天在这儿改造……您请坐吧！我，我去给你们沏茶。”

大妈用严峻的眼色止住了他。

他穿着一件半旧的黑缎子夹背心，劈开两只麻秆儿腿站着，个子又瘦又矮,脖子却伸得老长,看去像一只鹳鸟。他的一双小眼睛,眨巴眨巴地审度着眼前的局势。

“谢清斋!”小契拉长声说,“你最近在搞什么活动?”

“活动? 什么活动也没有呀!”他眏眏眼说,“国家的政策我了解,《论人民民主专政》我读了几十遍了,毛主席叫我们不要乱说乱动,我还敢有什么活动?”

“我问你,”大妈瞅着他说,“你为什么夺群众的胜利果实?”

“什么?”他把两只手一摊,装作异常惊讶的样子,“这是从何说起呀,这是?”

“别装糊涂!”小契冷笑了一声,“刘二奶奶家的簸箕,桂金家的笸箩,是谁拿走的? 你说!”

“哦哦,原来你说的这个!”谢清斋装作恍然大悟的样子。“是这么回事:那天我嫂子去磨面,什么家伙儿也没有,我说,你去借一借,乡里乡亲的,只要张开口,还能不让使! 就这么借来了,原来准备今天就还的,可可儿你们来了,真真是一场误会。”说着,他哈哈地笑起来。

“胡说!”大妈质问道,“你嫂子到刘二奶奶家说,现在要不给她,将来得敲锣打鼓给她送回去,你家借东西就是这么个借法?”

谢清斋打了一个搭儿,接着说:

“群众分我们家的东西,这是‘土地还家’,‘物归原主’嘛! 怎么还能叫群众给送回来? 我看我嫂子不准说过这话。”他扭过头对着东屋问:“嫂子! 你说过这话没有?”

“没有,我没有说。”东屋竹帘里传出一个硬邦邦的女人的声音。

谢清斋嘻嘻一笑:“你瞧,我说她不会说出这话嘛!”

“我去找桂金和刘二奶奶去，叫她们来对证。”小契拔腿要走。

“不忙。”大妈止住了他，又说，“谢清斋，我再问你，你把嘎子妈的小红箱子抱走，还吓唬她说，什么你的我的，这世道可是不平和，将来这脑袋瓜儿还不知道是谁的哩！你说没说过这话？”

“我我……是说过这话。”谢清斋的小眼睛一眨巴，“我怎么是吓唬她呢？实说吧，自从朝鲜起了战争，美国出了几十万兵，又有飞机，又有大炮，还有原子弹。你们干部、党员害不害怕，我不知道；我自己可是怕得不行。我儿子在北京上大学，美国人要过来，还不先割了我的头吗？……我看，你们党员儿心里头也不准不嘀咕这事儿！”

“你别吓人！”小契冷笑了一声，“美国人怎么来，叫他怎么滚回去！变不了天！”

“那太好了。咱们的解放军要有这么大力量，那敢情太好了。”谢清斋撇撇嘴，笑了一笑。

“小契，没有时间跟他谈这个。”大妈向楼屋一指，冲着谢清斋说，“你为什么到金丝的楼屋上勾墙缝子？你安的什么心？你这不是想变天是什么？”

“这，这可是我的一片好心哪！”谢清斋显出十分委屈的样子，“金丝的男人死得那么可怜，老是老，小是小，做活没有人手……”

“我没有下帖子请你！”金丝从楼屋里走出来说。原来她早就靠着门框，聚精会神地听着。

谢清斋转向金丝说：

“请不请，常言说，远亲不如近邻，你有难处，我也不能瞪着眼不帮忙呀。他金丝嫂，我们平常可都相处得不错呀！”

“谢清斋！”小契跨进了一步，把袖子一捋，“你再胡搅，小心我用大耳刮子扇你!"

"看这这这是干什么?"谢清斋向后倒退了一步,"有理不在高言,咱们慢慢地说呀!"

金丝从台阶上走下来,在谢清斋面前站定:

"我问你,这东房是分给我的,你为什么不给我腾房?说我的命还是阎王爷的哩,叫我井里不死河里死,这也是帮忙吗?你们说了这话没有?"

"是呀,你说过吗?"大妈厉声问。

"他金丝嫂,你再想想,我可没有说过这话。"谢清斋说,"这话是我那嫂子说的。她一个妇道人家,向来是刀子嘴,豆腐心,动起肝火,什么话也兴说。咱们这当干部儿、当党员儿的,可不能跟我那混账嫂子一样呀!"

小契见他编法儿骂人,怒不可遏,上去揪住他的脖领子。大妈把头一摆:

"撒开他,别脏了手!"说过,又转过脸对金丝说,"我站乏了,去给我搬条凳子,我要坐到这儿谈。"

凳子搬来了,大妈沉着大方地在凳子上坐定。

"站过来!我告诉你。"她指着谢清斋,充满了威严。

谢清斋闪着一双黑豆眼,迟疑地移动着脚步。

"依我看,你这个谢清斋还不算有本事!为什么自己拉出屎来还要吞回去呢?你要真有种,咱们面对面真刀真枪地干,背地里偷偷摸摸欺负孤儿寡妇,算什么能耐?!"大妈轻蔑地笑了笑,"你不是说这东房要斗争你第二次才是金丝的吗?"

"我,我说的不是这个意思,我是说……"

"说过有什么关系?"大妈打断他的话说,"你还有这点胆子,那很好;可惜你太沉不住气了,高兴得有点儿早了。美国人还远得很。就是来了又怎么样?按你想,美国人一来,全村人都得趴下给你磕头,求你老饶命,把房子、地都退还给你,你又搬到大楼屋里,吃香的,喝辣的,摆起你的威风势派!全村人又服服帖帖地给你种地,听你的支使!是不是?"大妈直射着他的眼睛,冷冷地笑着,"你办不到!永远也办不到!想当初,你家里又有县长,又有团长,还有蒋介石几百万军队给你们撑腰,多凶啊!多了不起啊!你们三天扫荡,两天清剿,炮楼都快修到我的炕头上来了。可是我问你,凤凰堡的老百姓低头了没有?杨大妈眨一眨眼没有?最后是谁滚蛋了?"

大妈声音清亮地笑了一阵。

谢清斋拿着的报纸轻微地抖动。

"谢清斋!"大妈提高声音说,"你不是要同我们斗第二次吗?我告诉你,你要斗多少次,我们就同你斗多少次!谅你也知道,杨大妈是搞斗争出身,在这方面我是不外行的。"大妈站起身来,"今天,这不算斗争,这只是先给你一个小小的警告:第一,你要马上停止一切反动活动,你要活动也由你;第二,把金丝的房子腾出来,限你半个月时间……"

"那,那半个月不行呀,村南头那房子太破了……"谢清斋说。

大妈没有理他,接着说:"第三,你夺的胜利果实,现在马上给我送回去!"

"嫂子,不,主任,"谢清斋说,"你看天也晚了,你们也够累了,我借的这些东西,赶明天送回去也就是了。"

"不,立刻就送!我亲眼看着。"大妈斩钉截铁地说。

谢清斋偷眼看了一下大妈,犹豫了一会儿,脖子伸得更长了。

小契用手一指:“你送不送?”

“我没说不送啊!”谢清斋撇撇嘴,向东房喊道,“嫂子,你给伢送回去吧,往后再难也别借了。”

只听竹帘里说:“我就是不送! 说我想变天,我就是想变天!”

“你耍刁吧,”小契向帘子里一指,吼道,“司法科有你蹲的地方!”

“你出来!”大妈眼都红了。

“别,别跟她一样。”谢清斋一面说好的,一面跑到东房台阶上说,“想找死吧! 你瞧瞧是什么地方? 你想变天,我不想变天! 新社会这么好,有什么要变的?”

说着,他揭开竹帘,到屋里咕哝了一阵,谢家婆娘才一手拎着笸箩,一手提着簸箕,迟迟疑疑地走出来了。她一副大白脸,鹰钩鼻子,仇恨地望着众人。

谢清斋在后面推着她说:“快快,快给伢送去吧,你老站在这儿干什么!”

“小红箱子呢?”大妈问。

“她拿不了,让她再送一趟。”

“不!”大妈果断地说:“你送!”

“谁送还不是一样啊?”

“谁有胆子夺,谁就有胆子送。”

谢清斋磨磨蹭蹭地回到屋里,把小红箱子抱了出来,瘦脸上冒着明晃晃的汗珠。

太阳已经落下去了,满院子的阴凉儿,只有金丝的楼脊明晃晃的。金丝的脸,又现出温柔的神态,从内心里发出微笑。

“正好,正是人们从地里回来的时候。”大妈愉快地想。她挥了挥手，“快走！”

谢清斋和谢家婆娘抱着东西在前，小契、金丝、大妈在后，走出了院子。

街上的人，果然已经不少。有在门口闲坐的，有背着草筐、牵着牲口陆陆续续往家走的，见到这情形，都围上来观看。孩子们，散学的小学生们，在后面跟了一群。

“奶奶，奶奶，这是干什么去呀？”有好几个小学生拉住大妈的手问。

“干什么？”杨大妈为了让大伙听见，故意高声地说，“你们瞧瞧吧，地主又想变天了。这是他们夺群众的胜利果实，现在让他们送回去！”

“他们还不死心哪！”有人说。

“哼，狗改不了吃屎！”有人接上去说。

小孩子唱起来：

> 呸，呸，呸，
> 顽固分子见了鬼……

人们拥着，扬起一片烟尘。一路上小契领导群众高喊着口号，往村东头刘二奶奶那个半瞎的孤老婆子家里去了。

第八章　消　息

郭祥已经家来四五天了。他看看母亲住的小东屋,房顶上长了不少乱草。他原想把草割一割,把房顶漏雨的地方泥一泥,等过了秋忙再说;谁知爬上房顶,脚一踏上去,就踹了一个大坑。原来苇箔早就朽了,房太老了。他决定干脆换换顶,就是往后离家日子长了,不管走到哪里也心里踏实。他这次家来,公家照顾了二百斤米票,加上自己积攒下的残废金,用来买了二十几个苇子和一些柳木椽子,就动了工。杨大伯和几位邻居,谷子顾不上打,就赶过来帮忙。郭祥光着膀子,穿着小裤衩儿,挑土和泥,钉椽子,铺苇箔,整整忙了一天,才把房子修好。他又把屋里屋外,拾掇得干干净净,连那盏点了好几辈子的老铁灯,也拿出来擦了。母亲里里外外一看,自然欢喜不尽。

这天,郭祥秋收回来,刚吃过晌午饭,正寻思着把母亲睡的土炕也泥一泥,只见大乱一溜烟跑来,叫:“好消息!好消息!”说着,拉起郭祥就走。郭祥挣脱手说:

“你别缠我,有什么好消息呀?”

“你到我家看看就知道了!”他说。

“你不说,我就不去。你这小子鬼名堂多得很!”

“好吧,告诉你,”他眨了眨眼,“你们队上来了一个人,说要找你。”

“你要蒙我呢——”

“要蒙你，我是小狗子！”

郭祥只好随他走去。他不时翻翻猫眼，瞅瞅郭祥，露出一脸鬼笑。

郭祥一踏进大妈的院子，果然听见屋子里一片欢笑声，有一种素日少有的欢乐气氛。

大妈在门口扫见郭祥，满脸是笑地说：

“嘎子快来！看看是谁回来了！”

郭祥往屋里一看，望见一个女同志苗条的后影，她裸露着两只圆圆的黝黑的长臂，正弯着腰儿洗头。短袖的白衬衣，煞在绿色的军裤里，脚上穿着一双鲜亮的白帆布胶鞋。

一听郭祥来了，她用手巾把脸一蒙，格格地笑着。

郭祥一眼就看出这是大妈的女儿杨雪，他少年时的伙伴。

“嗬！你也回来了。”郭祥走进门，愉快地说。

她把手巾往面盆里一丢，带着一头白花花的胰子泡儿，赶过来和郭祥握手。她的头发本来剪得很短，这一来更像一个男孩子了。

郭祥握着她的手，一边笑着对大伙说：

“瞧，人家多讲卫生，真是卫生人员儿！”

“卫生人员儿怎么的！比你这个大连长矮一头吗？”她甩开手，和郭祥并着膀比量着，“妈妈你看！我们俩谁高？”

“你不许提脚跟！”郭祥说。

“你站的是个高地方呀！”她说着，把郭祥推在一个小坑洼里，竭力挺起身子，仰着她那黑红俊气的脸儿，“看，我比嘎子还猛哩！”

大伯蹲在长凳上，见女儿出落得这么齐整、漂亮，一脸笑眯眯的。

许老秀也在这儿坐着，他磕磕烟灰：

“这闺女出去了几年，我看长了一个头还多！”

“可不！”大伯说，“我看她妈这年纪儿，还不准有这么高哩！”

“嗬！你今儿个也发言了。”大妈嘲弄地说，“你就不想想，她吃的是什么，我吃的是什么！你们家的扁担、大筐，没把我压到地底下去！”

杨雪带着一脸满足的神气，又去掬水洗头，听见这话，转过脸说：

“我也没有白吃饭哪，妈妈。一行军，我就给病号扛大背包儿；战斗时候背伤员，那些小伙子，哪个也不下一百二三十斤儿！我背着，就像闹着玩儿似的。你扛过吗，妈妈？”

她的眼睛叫胰子水螫得睁不开，尽力挤着，下巴颏上噗哒噗哒地往下滴水。

“哼，有你说的！”大妈努着嘴，却掩饰不住一脸幸福的微笑，“不管怎么说，你们是我的小崽儿！是我领导过的兵！”

“瞧！我妈又摆老资格了！”大乱说。

郭祥靠着炕沿，含着烟管，慢声细语地说：“这不能怪大妈！凡是老资格，嗓子眼儿里都长了块痒骨儿，到了节骨眼儿上，要不说两句，就老是痒痒地难受！”

大家哄笑起来。杨雪仰起脖儿笑得格格的，头发上的水也流到脖子里去了。

“算，算，你们别围攻我这个老婆子了。”大妈也笑了，“要不是我闺女回来，哪个也饶不了你们！”

杨雪洗了头，用干毛巾揉搓着她那乌油油的头发。

金丝一直在笑微微地望她，她那俏丽的眉眼，多么美，多么有神！她那黑里透红的脸膛，就像是垂在最高枝的苹果，过多地、贪馋地亲近了太阳。

金丝把她一把拉过来，坐在自己身边，无限爱慕地说："你瞧，我妹子长得多俊哪！"

"别夸我啦，嫂子。"杨雪有点儿不好意思，"人家都说我长得黑，管我叫黑姑娘。还，还叫我……"

"叫你什么？"

"叫我——非洲同志！"

杨雪伏在金丝的肩上笑了。

人们也笑了一阵。金丝问：

"妹子，你才到队上的时候，才十四五，爬山过岭的，走得动吗？"

"哼！他们哪个也拉不下我！"杨雪仰仰下巴颏儿，"有些大小伙子还累得张着大嘴哭咧！"

郭祥撇撇嘴："人家是马上干部，敢情一天走二百也不在乎！"

"你别揭我的底了！"杨雪说，"开头儿，一行军，我们卫生部的政委就把我抱到骡子上，走到哪儿，大伙老瞅我，弄得我可不好意思哩。往后一抱我上去，我就往下跳！"

她一低头儿，金丝见她的脖子后，有一条伤疤，像一个蚕儿爬在那里。金丝惊讶地说：

"呀！这是什么？"

"那是叫小虫儿咬的。"她微微一笑。

"什么虫？长虫吗？"

郭祥说："嫂子，你别听她胡诌，那是枪伤。"

"是呀，我本来说的就是小铁虫儿。"她巧辩着。

听说是枪伤，大妈急忙走过来，拨开头发瞅了瞅，责备地说：

“怎么负了伤，也不告妈一声儿？”

“你瞧啊妈！刚刚擦了一层皮儿，只流了几滴儿血，还没有瓜子皮儿大咧。”她辩白着，“再说，可逗笑哩！战斗就快结束啦，伤员也都抬下来啦，我们正在山坡上歇着，我想摘点儿红酸枣儿，给伤员们解解渴，刚爬上山尖儿，才摘了一小把儿，嗤——的一声，就碰上了。我觉着脖子挺湿的，还当是流的汗珠哩，真是，一点儿价值也没有。”

“不论你怎么说，都该告诉我。”大妈轻轻抚摸着她那一条紫红色的伤疤，由于怜惜，心里很有些不满。“按你想，一给我说了，就得把妈吓死！可你妈要真是那么落后，会送你参军吗？”

“好吧，好吧，”杨雪攀着妈妈的脖子笑着，“往后，在外头叫蚂蚁咬了一口儿，也给你来信！”

“你真能搅！”大妈推开她的手，说，“快说，我给你做点什么吃的？”

“我还是爱吃秫面饼卷小鱼儿。”

许老秀慨叹着说：

“人常说，美不美，乡中水！这孩子出去了这么多年，还是稀罕咱这家乡饭食。”

“可怪哩，”杨雪一面梳着头发一面说，“走了这么多地方儿，我就没觉着什么比这好吃。那年在冀东‘牵牛鼻子’的时候，过小西天，下了一天雨，爬了一天才爬到顶。什么吃的也没有。嘎子，那天你怎么样？”

“那天我们连里饿死了两个，我也饿得够呛。”郭祥说。

“嘿，那天我可会了一顿餐。我靠着石头一坐就睡着了，吃了一顿烙饼卷小鱼儿,可美极了!醒来以后,还直流口水呢。”

大妈叹了口气说:“别说了!反正你今天吃不上。等明天我让小契给你打点儿!”

杨雪说:“妈,那你就给我烙两张饼,我裹小葱儿!”

大妈马上让大伯去园子里拔葱,大乱烧火,自己动手烙饼。

许老秀说:

“闺女,你还有一样儿爱吃的,可惜回来得晚了,吃不上了。”

“什么?”杨雪问。

“甜瓜呀!我以前给谢家种瓜,你十来岁上就去偷,你就忘了?”

“哟!你见我偷瓜来着?”

“嘿嘿,我把你的小花鞋都捡着了。”

“我当你还不知道呢!”杨雪笑了,“实说吧,许大伯,那是我妈叫我偷的。”

“死丫头!”大妈转过脸,“什么时候,我让你去偷瓜来着?”

“妈,你就忘了?”杨雪笑着,“那年,老陆在咱家养病,想吃葡萄,你没买着,你就说:‘去,小雪,给他摘几个瓜解解馋!’大早起,我提了个小口袋儿就去了。一路我利用着地形,就爬到了一块棉花地里……”

“别夸大了!你那时候就知道利用地形?”郭祥撇撇嘴。

“一天看战士们练操,怎么就不知道?……那回我先趴在棉花地里,让棉花棵挡住我,一看,许大伯正坐在瓜棚里吧嗒吧嗒地抽烟哩。我爬过去,专拣大个儿的扭,一点都不害怕,心想,你看见了,你老腿老胳膊的,也追不上我。许大伯一咳嗽,我抱着瓜就叽里咕噜地跑了。那天吃得老陆半夜里直蹿稀,没把我笑死!”

说到这里,她禁不住又格格地笑起来了。

老秀也笑着对大妈说:

“嫂子,说实在的,那时候,我光觉着瓜少了,可就是不知道是谁偷的。后来我白天黑价在瓜棚里呆着,吃饭也不离那地方儿,有些好瓜,准备留种的,还做了记号,可是第二天又没有了。我真纳闷儿。明明没有人来呀!我想着想着,就害起怕来。人都说,这地方不洁净,怕是狐狸仙也稀罕上我种的大白瓜了。我也不敢言语,心里说:老仙爷!我许老秀一辈子也没做亏心事,这几亩香雪脆,也是给别人种的,你老要稀罕,就算我孝敬你的,我一个无儿无女的苦光棍儿,只求你不要缠我……”

人们笑得前仰后合,连温柔的金丝也笑出声音来了。

“呸!”许老秀止住笑说,“直到我后来捡了一只小花鞋儿,才知道是你!”

大妈用袄袖拭了拭笑出的眼泪:

“要说这丫头,从小是不算傻。”她情不自禁地夸起了闺女。

“残酷那时候儿,咱们家一天不断人儿,不是首长,就是战士,不是不担心哪!俺家门口,原来不是有块破影壁吗,不论白天黑价,五冬六夏,她穿着件小破花褂子,在那儿放哨。别人还当她在那儿玩呢。一刮风下雨,冻得她打嗝嗝;瞌睡上来,用小手掐自己的脸;顾不上吃饭,就吃块干饽饽,回来喝口凉水;几年里头也没出过一回岔儿!……这闺女有胆气,心眼也灵!有一回……”

“别夸我了,妈,看当着别人多不好。”杨雪不好意思地说。

“这是外人吗!”大妈反驳着;由于兴奋,只顾说自己的,“有一回,我们都逃出去了,只剩下她一个人,叫敌人堵了门,她出不去,眼一撒,看见同院一个没出嫁的闺女在晾衣裳,就叫:‘妈,我饿了,给我块饽饽！’一下弄了人家一个大红脸，到屋里给她拿出了一个红饼子，她接过来蹦着跳着就出去了……以后人家闺女说起这事儿，还红脸呢！……又一回……”

“妈！你把饼吹煳啦！”

果然，锅里冒烟，满屋子的煳味。人们笑起来。

大妈赶忙把饼翻过来，已经焦黑了一大片。大妈笑着说：“真是！人一高兴，也出事儿！”

杨大伯抱了一大掐绿盈盈的小葱走了进来，杨雪忙迎上去接了，用水哗哗地冲了几个过儿，切去葱根，扯出一张烙饼，就要裹小葱吃。大妈止住她说：“你先等等！”说着从桌底下的灰瓦罐里夹出了十几个咸鸡蛋，又搬开墙角里一些乱七八糟的杂物，露出一个小黑瓷坛子，尘土很厚，口上还压着大半截砖。大乱不转眼珠地向那儿望着，口水都快流出来了。

“瞧吧，老太太要献宝了！”郭祥望望大伙，诡笑着。

大妈也不说话，一脸是笑。搬开砖，还有一张猪尿泡在坛子口上紧紧地扎着，好容易才解开，一边用筷子在里面探着，一边说：

“年上我给你腌了一坛子，直等你到腊月。这又是今年春上腌的。要不是平日看得紧，准叫大乱都偷吃了。”

大乱哭丧着脸说：“过年你也不让人家吃，好的都腌上了！”

坛子口小，好半天才夹出三四方猪肉。大妈端到女儿跟前，用筷子指着，眼睛放光地说：“你瞧，都是好肉膘子！多厚！”

许老秀笑着说：“别说啦。再说，我们的腿可就走不动了！”说着站起来，推说忙着打场，出门去了。金丝也立起要走，大妈拦住她，扯过两张饼，卷了几个咸鸡蛋，让她带给孩子。

郭祥刚刚立起身来，杨雪喊住了他。

“你等等儿!”她严肃地说,“我要给你谈个重要情况。”

“什么情况?”郭祥问。

“目前形势。”她压低声音说。“朝鲜战争起了变化,你知道不?”

“人民军不是进展得很顺利吗?”

“开头是很顺利。”杨雪悄声地说,“不过,最近在一个什么仁川地方,美国军队登陆,把人民军的后路切断了……”

大妈正在切肉,也放下刀过来听着。

郭祥说:“怕是特务造谣吧?”

杨雪摇摇头,眉头微微皱着:

“是真的! 我临走那天,听上级说形势严重! 昨天报上就登出来了。我在火车上还买了一张《人民日报》哩。”

说着,就去翻她那褪了色的帆布挎包,翻了好久也没找到。

“大概是丢了!”她甩甩手,“反正美国人出动的飞机、舰艇很多。那地方也很重要。”

大妈脸色忧虑地问:“人民军还能退回来吗?”

郭祥也问:“这仁川究竟在什么地方?”

“谁知道呢!”杨雪说,“从前只听说有个高丽国,在我们东边儿……唉,我这文化水儿!”她叹了口气。

郭祥望着大妈:“能不能找本地图看看?”

“怕不好借。”杨大伯在外间屋里插嘴说,“谢家闺女人家上中学,这地理图我想不能没有。”

“不借!”大妈把头一摆。“那老狐狸,看到你借地图,就会猜咱恐慌了!”她寻思了一下,就吩咐大乱到小学校李老师那儿去借。

大乱慌忙跑出门去,刚走到窗外,大妈又喊住他说:“大乱!”

“哎!”

“看你慌的! 不要显出这种样子!”

地图拿来了。这是一本十分破旧的“中华民国”二十五年出版的《最新世界详图》。

郭祥和杨雪并着肩膀儿伏在炕沿上翻找着。朝鲜这一页翻出来了。他们有生以来第一次面对着这个狭长的国家,这块陌生的土地,在成百成千个密密麻麻的地名里,寻找着仁川这个地方。

大妈两手支着下巴,神情严肃地坐在炕沿上。大乱挤在姐姐的身后,伸着头瞅着。大伯,这个辛酸一生满脸皱纹的老农,坐在灶门口,含着烟管,也向这边凝望。他们都没有意识到,他们都是第一次如此关切着一个陌生的国家,陌生的土地。

找不到仁川! 仁川,它在哪里呢? 是在东,还是在西? 是一个有名的大城,还是一个无名的村镇?

最后两个人顺着海岸一个一个地找,才算找到了。

郭祥用一根掐断的火柴棒儿,当做比例尺,认真地量着从仁川到大邱的距离。

“咱们的人还能退回来么?”大妈又问。

郭祥把火柴棒掷在地图上,叹了口气:

“看样子有一千多里路呢!”

大家沉在思索里,屋里静悄无声。

隔了半晌,大妈语气坚决地说:

“咱们的人决不会叫他们消灭。可是,这一千多里路,一路打,一路走,有了伤员可怎么办呢? 也不知道有没有人照管他们? ……”说到这里,她转为愤恨,“怪不得谢清斋那么得意! 今天一大早起,他就在地里转悠,一扫见我,老远就笑哈哈地说:‘嫂子,今年这秋庄稼长得可真不赖呀！'笑得我这身上直冒冷气。我就知道有事。"

"咱们中国人刚扒上碗边儿，他们就又来了。"大伯含着烟管喃喃地说。

郭祥脸色有些发黄。他问杨雪：

"部队有没有什么行动？"

杨雪摇摇头说："没有传达。"

"光要听传达呀，"郭祥说，"你当了好几年兵，就不会闻闻味儿？"

杨雪噘着嘴说："光是让大家讨论，已经讨论好几次了。"

郭祥兴奋地把腿一拍：

"那就有门儿！你瞧着吧，不会没有行动！不会没有咱这个军！……反正我是呆不住了！"他的眼里射出小火焰似的光彩。一种征服敌人的渴望又在他的心底燃烧起来。

肉炖熟了。大妈整好摆了满满一桌子。郭祥陪着杨雪略吃了几片，就回家去了。

每个女儿家来，都是家庭的女皇。大妈只嫌杨雪吃得少，把大乱几乎放到一边儿。饭后，大妈把炕扫得干干净净，铺上新洗过的被单，把苍蝇也轰了，门帘放下来，才让女儿休息。一家人又忙着下地秋收去了。

晚上，杨雪挨着母亲睡下，母女俩的话，像抖开的线穗子，说个不尽。大伯和大乱早已入睡。谁家的鸡，已经叫了头遍。这时大妈从枕头上略略抬起，轻声地问：

"你有了么？"

"什么？"杨雪反问；其实她早知道说的是什么。

"对象。"

“我才不找呢！”她把头蒙起来哧哧地笑着。

“你把妈当成什么人了？”大妈生气地说，“你负了伤，也不告妈一声，这事儿也想瞒我！”

“人家不是正要对你说嘛！”她把头投到母亲怀里，低声地说，“定了。”

“谁？倒是谁呀？”

“老陆。”

大妈沉吟半晌。

女儿急了：“你觉得他怎么样？”

“人倒挺精干，长相也俊。”大妈寻思着说，“就是我觉着，觉着，他在咱家住的时候，好像不那么实在似的。”

“什么叫实在？”女儿不高兴地说，“人家是大功功臣，战斗上可出色啦，文化又高，再说待我可热情啦……”她把头移到自己的枕头上去了。

大妈见女儿生气，不言语了。大妈一生，只有在女儿面前有时收敛起自己的锋芒。

女儿也觉得话说硬了，改了口气：

“你提吧，妈妈。你提了我让他改。”

“我没有料到。”大妈试探着说，“我是想，你跟嘎子从小就在一处……”

“他呀！”女儿笑了。

“他怎么样？”

“人倒是很不错的。作战很勇敢，立功不少，就是爱犯点儿小错误。还蹲过禁闭。”

大妈有些吃惊：“当干部还蹲禁闭？”

“嗯,那是他当排长的时候。”女儿描绘说,“在娘子关,他领着一个排,攻下了雪花山,打得很好。一个女学生听说他的事迹,感动得流了眼泪,马上解下自己的表寄给他。表寄来了,你猜他在哪里？在禁闭室里蹲着哩……他违犯了俘虏政策。”

大妈笑了,宽容地说:“他是有点儿小孩脾气!”

“他见我嘻嘻哈哈的,从来也没有向我提过。”女儿又说。

大妈也不再说什么。她们刚合上眼,鸡已经叫第三遍了。

第九章 惊 梦

郭祥回到家里，已经是起晌时候。房门上挂着铁锁，母亲想必下地去了。他本想和泥抹炕，刚抓起扁担，就觉得淡淡的没有情趣。又到地里挑了两趟高粱，也觉得没有心花儿。他坐在门限儿上歇了一会儿，院子里的大榆树上，不知道有多少伏凉儿，它们的鸣声是那样无尽无休，令人心烦。

晚饭过后，他觉得精神困倦，就躺在炕上歇着。朦胧间，忽然听见窗外有人叫他："连长！连长！"仿佛是通讯员花正芳的声音。他问："小花子！你做什么来了？"只听花正芳说："你还问哩，部队早已经出发了！"郭祥腾身坐起，抓起小包袱就走。谁知推门一看，外面并没有花正芳的影儿。只见一个人，戴着顶破草帽，手里捧着一嘟噜黑乎乎的东西，直橛橛地立在墙角里。郭祥走近一看，原来是自己的父亲，面孔黧黑，还带着几道血迹。郭祥问："爹，你手里捧的是什么呀？"只见爹把那串黑乎乎的东西抖了抖，说："孩子，你不认得这东西么？这就是我的心，我的肝哪！是谢家给我挖出来的！他们把它挂到树枝上给我晒干了。孩子，你给我装进去吧！"郭祥哭了。他哭着说："你等着吧，爹，我一定给你报仇！"郭祥走着，跑着，跑着，走着，回到他的营房里，营房里已经空无一人，部队已经出发走了。他见一条大路上，有许多散碎的马粪。"部队一定是从这条路上走的！"他想，就顺着这条路拼命地追。追了好久，看见前头有一个挑担子的。追上一看,是司务长老康。“老模范!”他高兴地叫道,“部队还有多远哪?”老康只顾走自己的,见了他理都不理。郭祥走上去说:“老模范,你怎么不理我?”老康把担子一放,指着他,满脸怒容地说:“现在打仗了,你躲在家里,不敢到前边去。哼!我没看出来,原来你也是个落后分子!”郭祥气得跳起来,跟他争辩,老康还是不听。郭祥带着怒气继续向前追赶。远远望见尘土飞扬,有一支部队正在飞快地前进。“怪不得我老追不上,他们跑得多快呀!”他想。他跑步追了上去,可是越看越不像自己的部队。仔细一望,每个人的鼻子都是高高的,戴着船形帽,背着一色的卡宾枪。“糟了!追到美国人的部队里去了!”他正在嘀咕,只见几匹马冲到面前。有一个军官模样的人,洋洋自得地骑在一匹大白马上,用军刀指着他说:“姓郭的,多年不见了,你还认识我吗?”郭祥站定脚步,仔细一看,不是别人,正是谢家的大小子谢家骧。不由怒火腾起,心想,报仇的机会可来到了。他摸出驳壳枪,瞄得准准的。谁知一扣扳机,子弹臭了,那谢家骧在马上哈哈大笑。他正要把臭子弹退出来,继续射击,只见谢家骧命令士兵推出一伙人来,一个个都用绳子捆着。谢家骧大声说:“姓郭的,你认识这些人吗?”郭祥一看,不禁惊叫了一声,这里捆着的,正是他的母亲,还有杨大妈、杨大伯、杨雪、大乱、许老秀、金丝、小契以及全凤凰堡的群众。只见谢家骧把明晃晃的军刀抽了出来,说:“多谢美国人的帮助,你们今天总算又落到我手里了。姓郭的!我今天要当你的面,杀给你看!”说过,手起刀落,郭祥看见自己的母亲,那披着苍白头发的头,就滚了下来。他惊叫了一声,急忙扑上前去,被那白马的蹄子,踢昏在地。他在地上挣扎着,全身动转不得,喊也喊不出声来,好像被绳子捆着的一样……

“嘎子！醒醒，醒醒！”

郭祥醒了。睁眼一看，桌上那盏铁灯，暗幽幽的，母亲正深深垂着头坐在灯前做活。

他出了一身冷汗。

“嘎子，”母亲回过头说，“你刚才做什么梦呢，呜呜哑哑地叫？”

“我，我，没有做什么梦。”他含含糊糊地说。

“我听见你又是哭，又是笑，又是冲呀杀的，好像是打仗似的。”

“许是夜狐子把我压住了。”

“你瞧，”母亲责怪地说，“从小我就老是说你，睡觉时候不要把手压住胸脯，这么大了，还记不住！”

郭祥勉强笑了一笑，心里却酸辣辣的。那沉重迷离的梦境，像是还没有从这小屋里退去。

母亲做着针线，头垂着，像是对那件衣服说话似的：

“人说，梦是心头想。你离家走了，你爹也死了，我怕胡思乱想，弄坏身子，大白天也不敢一个人呆着，总往人多的地方挤。听人说说笑笑的，什么也不想；可是黑间一睡下，还是做不完的梦。不是梦见你，就是梦见你爹。一梦见你爹，就看见他……”

母亲停住针线，墙壁上晃动着她抖抖索索的身影。

“天不早了，妈，快睡吧！”郭祥赶忙截住她的话说。

“看你这领子破成什么了，还能穿得出去？”母亲说着，又继续缝缀起来。她的眼已经花了，常常扎错地方，显得很吃力。她嘱咐郭祥，将来到城市里，买一副老花镜给她。她说别的老婆们，都有老花镜，她也借着戴过，做起活来，得劲的不行。她流露出十分羡慕的样子。

郭祥看母亲的神色快活了些，就说：

“妈,我对你说一件事,你别着急。”

“说吧!”

“你不着急,我才说呢!”

“我不着急。”

郭祥鼓鼓勇气说:“我打算回部队去。”

“怎么?”母亲停住针线一愣,“你不是请了一个月的假么?怎么只待了七八天就要回去?”

“我在部队惯了,在家待着腻味得慌。”

母亲半晌无语,针线也停住了。

郭祥见坏了事,便坐起来,正想劝慰母亲几句,只见母亲摆摆手说:

“别哄我了,孩子,妈不是那种不懂事的。”她抚摸着郭祥的头,又说,“情况我已经知道了。走就走吧,你妈也知道工作重要。”

油灯上结着一颗很大的灯花。郭祥紧紧攥住母亲的手,心里真是说不尽的感激。

“小嘎儿,我还要问你一件事儿。”母亲轻声地说,“你跟妈说实话,你到底有没有对象?”

“没有。”郭祥坐起身来,摇了摇头。

“我跟你说,”母亲把声音放得很低,“有一天,我跟你大妈在树凉下纺线,说起小雪的亲事,我听你大妈老是夸你,我就听出话音来了。那闺女,我看比她娘年轻时候还俊!就是脸黑一点儿,我看那也没啥。你看呢?”

“她已经订婚了。”郭祥低下头,深深地叹了口气。

母亲一怔:“跟谁?”

“别问了。”郭祥心烦地说。

“唉!”母亲也叹了口气,“要不我把你姑家的闺女给你说说,那闺女也长得不丑!”

“妈,我困得眼都睁不开了,明天再说吧!”郭祥说过,脸朝里躺着去了。

母亲见孩子没趣,不好再问。匆匆缝好领子,插起针,也躺下睡了。不用说,郭祥根本没睡。他的情感,像海浪般地起伏着,而这些是谁也不知道的……

那少年时的青梅竹马,在他的心灵里留下了多少难忘的记忆啊！在蚂蚱飞溅的草丛里,他们争吃过也合吃过一个“蜜蜜罐儿”;在花生地里,他们偷扒过人家还没有成熟的花生,一同承受过欢喜和惊怕;在水塘边,他们迎着夕阳挨着肩膀洗过他们肮脏乌黑的小脚丫;在雨后,在僻静的树林里,他们烧着小铁筒儿,分尝过蘑菇的美味。至于那可笑荒诞的事情,当然也是有的。那是一个寂静的中午,他们一同拾柴火回来,白沙在地,蓝天如洗,他们就在那沙地上,插起三根草棍儿,小雪的小歪辫上插着一朵野花,他们双双跪下,万分诚恳地叩了三个响头,然后,“新娘”和“新郎”才背起柴筐手挽着手儿回家去了……这故事也只有那歌唱的蝈蝈知道。

此后,小嘎子因为一枚柳笛,一只黄鹰,离开了自己的家乡,也离开了童年时的伙伴。假若两人从此不再相遇,那童年时的友谊,也无非散失得像轻云一样;可是,谁让他们又偏偏相遇,在战争的烟火中,又有那样多的往还?

郭祥清楚记得,在战火重新燃起的一九四六年,一个九月的日子,他们正驻在易县城郊。那天,郭祥正蹲在村边和同志们说笑,有人冷不防从背后用双手捂住了他的眼睛。“去你娘的!”他粗鲁地说,“我早就知道你是花机关!”他说的“花机关”,就是本连最爱开玩笑的司务长。因为他满脸的大麻子，就被人奉送了这个绰号。谁知这一猜，倒引得周围的人哄堂大笑。他知道猜错了，探过手去摸那人的脸，没有摸到，又去摸那人的手，只觉得小小的，嫩嫩的。这是谁呢？除了连部那个调皮的通讯员还有谁呢？他就又粗鲁地说："我还不知道你是连部那个小鸡巴孩子儿！"这一说，又引起一场大笑，连给自己开玩笑的人，也格格地笑得撒开了手。郭祥回头一看，咦，原来是一个长得那么俏丽的脸色黝黑的姑娘！她穿着稍长的新军衣，打着绑腿，束着皮带，短发上嵌着一顶军帽。她两手交叉着站到那儿，脸红红的，望着他悄声不语。郭祥登时涨红了脸，仔细一看，才蓦地想起这就是他一别多年的童年时的友伴！从此，新的战斗岁月，又给他们童年的友谊续上了无数闪耀的珍珠！

自从小雪来到部队医院担任卫生员之后，就很惹人喜爱。自然，她年纪太小，饭不管凉热，拿来就吃；睡觉也不像个样子，睡着，睡着，就在炕上横过来了。不是把腿压在别人的胸脯上，惹起别的女同志的抗议，就是把被子蹬在炕底下，只抱着个枕头睡觉。至于行军、爬山，也免不了要给首长们、同志们添些麻烦。这是她有时候感到羞愧的地方。但是，就整个地说，她是一个多好的护理人员哪！她不像有些护士那样，嫌脏，嫌累，甚至害怕战士们身上的鲜血，仅仅为了克服这一点，就要经过很长的过程。她是不嫌脏的，因为在家里她不知给伤病员们端过多少屎尿；她是不怕血的，因为她跟母亲一起，给战士们洗过不知多少血衣。她是那样热爱战士们，在情感上丝毫不嫌弃他们。从小，她就攀着战士们的脖子打滴溜儿玩，今天，人家说她年纪大了，不断提醒她是"女孩子"，才使她稍稍收敛一些，但他们仍然是她亲密无间的哥哥。在郭祥负伤住院期间，亲眼看到他的童伴，这个小小的新任职的卫生员，是多么能干和劳苦。人们知道,血迹用热水是洗不掉的。十冬腊月,滴水成冰,就在那样的季节里,她的一双小手,一大早晨就泡在冰水里,洗呀,搓呀,洗搓着那一件件发硬的血衣。她的头发上染着霜雪,一双小手冻得像红萝卜一样。她一天要洗出好几十盆。有时她太困了,洗着,洗着,她的头深深垂着,短发搭到水盆里,搭到战士们的血衣上。“你歇歇吧!”同志们说。“你歇歇吧!”郭祥心疼地说。她抬起头,睁开眼,对着郭祥笑了,笑得很不好意思,笑得很羞愧,连忙又洗起来了。她干活永远是那么急,不干完就不愿停止,不管有多少!直到把干衣服缝好,送到战士手里,这才喘一口气,可是又跑到病房里说笑,给战士们唱歌去了。她走到哪里,哪里就有了生气,就是那死气沉沉的人,脸上也漾出了笑纹。大家尚且这样地欢迎她,何况她童年的友伴呢!

至于说郭祥从什么时候起,从什么事情上爱上了她,日子没有给我们这样的印记,事件也没有提供足够的凭证。常常是这样,一个人悄悄地爱上了另一个人,连他自己也不知道。而且,在相当长的时期里,郭祥自己也分辨不出,这究竟是一种同志之爱,兄妹之爱,或者是别的。渐渐地,他发现自己每次战斗胜利,总要留下一件心爱的胜利品悄悄赠给她,而且唯恐别人知道。渐渐地,他又发现,在两个战役之间休整的日子里,如果见不到她,就感觉到仿佛短缺了一点什么。

真实的郑重的爱情,总是那么难以启口;即使对于一个勇敢的人,也不能说不是一个难题。一九四七年红叶飘飞的秋季,杨雪办一件什么事,顺路去看他。临走,郭祥送她经过一道深沟。这道沟,长十里,名叫红叶沟。沟底一湾碧溪,两旁崖畔上,满是柿子树;柿子红了,叶子也红了,一眼望去,整个一道沟,都是红澄澄的。

杨雪在前,郭祥在后,他们踏着鲜艳的红叶,向沟里走去。

“是时候了!”郭祥四望无人,捏了捏驳壳枪的木壳子作了决定,“到那棵最大的柿子树跟前,就开始谈!”

他们走着,走着,眼看就要到那棵大柿子树的跟前了,郭祥的心猛然扑通扑通地跳动起来,不知怎的,被那棵老柿树隆起的粗根绊了个趔趄。

“摔着了吗?”杨雪回过头问。

“没有。”郭祥涨红着脸回答,心里骂,“真成问题!眼也不受使了!”

“还是到前面那块大红石头跟前谈吧!”他恢复了平静,又这样想。

前面,那壁立在溪水里的,其实是一块很大的青石,不过被爬山虎的红叶绣盖严了,所以看起来红通通的。

他们又这样走着,走着。眼看走到那块大石头处,正张口要说,“不行!”郭祥又忽然发觉自己的第一句话并没有想好。

一路上,杨雪絮絮不休地谈着伤员和女伴中的一些趣事,郭祥“嗯嗯”地应答着,实际上并没有听见。眼看已经过去六七里路。他想,爬过前边那道山坡,是绝对地不能够再迟疑了。

过了山坡,他鼓了鼓勇气:

“小雪!”他叫着她的奶名。

杨雪回过头来。

“你瞧我有什么缺点?”他竭力装作满不在乎的样子。

杨雪低头想了想,提了两条:一条叫做小孩子脾气;一条是在医院里休养的时候,跟别人吵过一次嘴。不过,她又补充说:“我自己的小孩脾气也挺大的。”

“我以后要坚决克服!”郭祥坚定地说，后面的话，又接不下去了。

红叶沟已经走出，迎面过来大队驮柿子的驮子。郭祥的计划就这样吹了。

“打过这次战役再说。像洋学生那样谈恋爱不行，下次我要单刀直入!”这是他回来路上所作的结论。

下次战役打得很好。郭祥率领的全旅驰名的“小鬼排”，简直可以说大获全胜。这次共抓了五六十个俘虏，还缴获了两门美式山炮，而且伤亡也不甚大。小鬼们真是高兴得要命，他们的排长领着头儿骑在山炮上，饭都不顾得吃了。别人休息了，睡觉了，他们还是不厌其烦地谈论着这两门山炮和自己的战斗经过。谁知敌人增援来了，接着就是一个一百二十里的长途行军。这一下小鬼们熬不住了，一边走，一边睡，有一个还差点掉到井里，队伍沥沥拉拉走得很不像个样子。“这哪像个打胜仗的样子?”排长懊恼地想。他发了脾气，谁知作用不大。他又编了几个有趣的故事，也没有起到应有的作用。郭祥开动脑筋想了想，“我非出一个花招儿不可!”他走着，走着，看见村边有几只大芦花公鸡，懒洋洋地在那儿漫步。他灵机一动，瞅瞅连的干部不在，从米袋子里掏出一把米来，然后就捉住了一只。那只鸡惊慌地咯咯地叫着，他解开怀，把它藏在怀里，又扣上了钮扣。走了几步，他就卧倒在路旁，两手抱着肚子叫道:“哎哟！哎哟!”小鬼们见排长病了，眨巴着睡眼围上来，有人掏仁丹，有人掏水壶，有人喊卫生员儿。这位排长见时机已到，钮扣一解，那只大芦花鸡噗啦啦地从人头上飞过，逗得小鬼们哈哈大笑，瞌睡被赶跑了。郭祥站起来说:“好了，戏法你们看过了，现在你们要好好地走！要走得有精神一些，前面就要过镇店了!”果然，小鬼们精神奋发,在镇店的大街上,走得很像个样子。

谁知一到宿营地,就出了岔儿。郭祥被带到连部。连长、指导员、副连长、副指导员四个人,直批评了他大半个钟头,对他别出心裁的鼓动方式,给予了彻底的否定。当然,这笑话很快就风传到整个的纵队。

杨雪前来看他。按照预定计划,本来到了实现那条“单刀直入”方针的时候,而且,缴获了两门山炮的小鬼排长,该是多么扬眉吐气呀!可是完全没想到竟出了这样的岔子!糟糕之极!郭祥懊丧地垂着脑袋瓜儿,躲起来没有和杨雪见面。“等到下次战役,恢复恢复名誉,再说不迟!”他作出了新的决定。

下次战役,郭祥他们果然又打得很好。雪花山悬崖上一座最险峻最坚固的堡垒被小鬼排攻克了,虽然伤亡较大,但为整个战役打开了顺利发展的道路。郭祥的战斗事迹,第一次登载在《晋察冀日报》上。《晋察冀画报》还刊登了郭祥和小鬼排的照片。一位女学生写了一封十分热情的信,外附一块怀表(她父亲的遗物),指名赠给郭祥。信上用激昂的调子说:“让这块表给我们的英雄指示胜利的时刻吧,它比在我的手里更有用!”信末还附了一首诗:

想起了我们的英雄,
像看见一只飞鹰,
你飞到了雪花山上,
雪花山也胆战心惊!

你两次被埋入土中,
又钻出来勇敢冲锋,
我们一定要向你学习,

把敌人的碉堡扫平！

旅政治部接到了这块表和这封信，专门派了一个干事去送给本人。政治部主任并且特别指示这个干事说，最好要团里或者营里召开一个军人大会，当众把信和表交给他，以扩大影响，增强斗志。干事到了团里，说明来意，谁知团政治处主任又是摇头，又是叹气地说："东西你送给他本人就是，反正大会是不能开的！"原来，这个仗打得比较苦，两个班长和郭祥心爱的几个战士都牺牲了。他们冲进碉堡的时候，敌人一直抵抗到最后才缴了枪。小鬼们眼都红了，有的说："毙了他妈的吧！"郭祥说："行！都是还乡团，老地主，比蒋介石的正规军还顽固，毙了没什么可惜的！"就这么着，把为首的一个反动军官打死了。因为违犯了俘虏政策，这个排的主要负责人，现在正在禁闭室里蹲着哩。这个干事只好找到禁闭室——一个农家的磨房——把东西交给他。他的眼泪啪啪地打在信纸上，把信纸都打湿了。

事后，有人编了段快板：

姑娘寄来一块表，
到处来把英雄找，
营部连部都找遍，
不知英雄哪去了？
原来英雄搬了家，
地方清静屋子小，
门口还有警卫员，
解除疲劳实在好。

郭祥的原定计划，就这样一次一次地吹了。他想，她是个好姑娘，而我的缺点这样多，老出娄子，就是她答应下了，心里也不痛快。不如推到来日再说。谁知,事情不知不觉中竟起了根本变化。

那是今年春季,部队完成了解放大西北的任务之后,就驻在银川附近的黄河岸上。这时的郭祥已经是连长了。有一个星期天,郭祥刚刚开罢了连务会,就见通讯员走进来说:

“准备点好吃的吧,有人找你!”

话没落音,杨雪就进来了。

郭祥见她容光焕发,头发乌亮,无论眼角眉梢,都带出喜滋滋的样子,衣服也穿得格外整洁,像是专意打扮过的。

“请坐吧,班长!”郭祥玩笑地说,这时的杨雪已经是护士班长了。

“别闹!”杨雪扯着他说,“你出来,我跟你谈个事儿。”

郭祥毫不迟疑,就跟她走了出来。“太好了,她倒先找我谈,我的心事叫她看出来啦!”郭祥一边走,一边高兴地想。

出了西门,城外有一个小湖。湖虽不大,却有不少的野鸭常常落在那里。岸边,有两株桃树,桃花开得特别的好。

他俩坐在桃树下,四外静悄悄的,只有战士结扎的一条木筏,在水边荡来荡去。

“有一件事儿,”杨雪红着脸,低着头说,“我早想同你谈谈。”

“你说,你说。”郭祥脸上兴奋得发光。

“咱们俩是从小在一块儿长大的。”她诚挚地望着郭祥,“你听了,一定要说实话。”

郭祥摘下帽子,搔搔头皮:“你就说吧。”

“你一定要好好儿地给我参谋参谋。”她又说。

郭祥焦急地又把帽子戴上,“小雪,你怎么变得这么啰嗦!”

杨雪笑了一笑,“有人追我。……你知道是谁?”她偏着头瞅着郭祥。

“我不知道。”郭祥笑了。哈哈，那还有谁！

“你猜一猜！”

“我猜不着。”

“猜一猜嘛！”

“这黑丫头要玩花招儿！”郭祥心里想道，就随口说：“是胡医生不是？”因为他住院时有些风闻。

“他呀！”杨雪用鼻子哼了一声，“我一辈子不结婚也不找他！最近开刀，连棉花球儿都给人缝到肚子里去了，还一天价擦雪花膏哩！”她大笑起来。

郭祥也笑了一阵。又猜：“是不是医院的李文书呀？”其实他明知道不会是李文书，虽然他也追得很紧。

“他呀！小脸儿长得不错，就是不像个男的！”她又咘咘地笑起来，显见她又想起什么有趣的事情。

郭祥说：“我猜不着！”

“从你们营的范围里猜吧！”她调皮地望了郭祥一眼。

郭祥笑而不答，心想：“你早晚总得归入正题。”

“我对你实说了吧！”杨雪脸上闪耀着幸福的光辉，望着湖水，“就是，就是……那个人哪，高高的个子，讲话声音挺洪亮的，还是一个大功功臣！你说是谁？”

郭祥的脸色紧张起来。

“是我们营长吗？”他惶惑地问。

杨雪点点头，笑了，接着问：“你看他行不？”

“你看呢？”郭祥躲过她的眼睛。

“我呀，我觉着他挺不错的。”她有点儿不好意思，“人家是大功功臣，战斗上很好；文化水儿吧，也不像我只埋住脚脖儿；在群众里头威信也高……而且对我挺热情的……”

郭祥脸色发白。

“你觉着他不行吗？”杨雪担心地问。

“不。”郭祥竭力地克制着自己，使自己镇定清醒。他把手一挥，“你可以下这个决心！”

说过以后，他还勉强地笑了笑。

第一次沉湎在爱情幸福中的姑娘，竟然未能察觉郭祥深深埋藏在心底的不曾吐露的情感！“好吧，那我就到营部回答他，他还等着我哩！”说着，她站起身来，把手里的草叶用力地掷到湖水里，走了没几步，就一蹦一跳地跑进城门去了。

这时候，郭祥再也控制不住自己的情感，因为四外无人，他已经忘记了自己是五尺多高的男子汉，望着湖水上刚才被丢落的草叶，眼泪刷刷地滴落在湖水里。可以说，郭祥第一次发现自己是那样深切地爱她。这时候，假若你遇到我们的主人公，你决不会想到，这就是当年在敌人炮楼丛中神出鬼没的嘎子，这就是攻克天险雪花山的郭祥，这就是那位遇事总有办法的永远欢乐的人物！只有孩子，才能像他哭得那么专心。有一只水鸭，大胆地飞到他的身边觅寻鱼虾，把头深深地探到湖水里，他都没有发现。有一个戴白帽子的回民老头，经过他的身边，他躲闪不及，就捧起湖水，装作洗脸的样子，眼泪还是照样地流到那碧清的湖水里去了。

“我应该给她写一封信。”他忽然闪过一个念头，“她爱我也罢，不爱也罢，我的这颗心，应该让她知道。”

他擦擦眼泪，掏出他那个写满了武器、弹药、军歌，以及各班发生问题的小笔记本，用那支蹩脚钢笔刷刷地写起来。虽然平时给文化教员作一篇文，使他深感头痛，现在却写得很快，不一时就写了好几页。

写完之后，他翻来覆去地看。

“多可耻呀！”看到第二遍的时候，他忽然骂了自己一句。“什么祝你幸福！这不是搞破坏吗？如果自己真心爱她，为什么要妨碍她的行动，使她精神不安呢？营长是我的老战友，为什么要影响他们的关系呢？这是一个共产党员做的事吗？……”

他抓起那封信，几把就扯得粉碎，把它狠狠地掷到湖水里去了。

…………

“告诉你，今后再不许想她！也不许做出任何对营长不利的事情！”当他在乱麻一般的思绪中严厉警告自己的时候，天已经亮了。小窗上流进来清泉一般的晨光。

第十章　分　别

郭祥辗转不能成寐。第二天一大早，就到大妈家辞行，告知她明天回部队去。大妈心如明镜，一听就知道是昨天的消息使他急了。

"你是怕打不上仗！"大妈指着他的鼻子说，"是不？"

郭祥笑了。

杨雪正在梳头，听说郭祥要走，嘴上叼着发卡儿，从里间屋走出来，说：

"我也要走！咱们俩就伴儿。"

"你马上走！"大妈生气地说。

"走就走！"女儿分毫不让，"形势一时一个变化，我还怕落后哩！"

郭祥正要劝杨雪多住几天，大妈瞅着他说：

"傻小子！我问你明天是什么日子？"

"中秋节呀！"郭祥说。

"是呀！"大妈说，"你出去了十三四年儿，明天是八月十五，撂下你妈独自个儿吃泪泡西瓜，你想想是什么滋味儿？"

郭祥沉默不语。

"就这么定了！"大妈决断地说，"吃好吃歹，明儿个在家团圆团圆。后天一早儿，我送你们俩上车，任你们飞上天去！"

他们就这样取得了协议。

郭祥回家对母亲说了。母亲原本也是这个心意，只恐怕拗儿子不过，没有敢提，现在听说儿子晚走一天，自然欢喜不尽。她把儿子的破衣烂袜找出来，该洗该补的，紧赶着做。另外，还托金丝给儿子做了一个小棉坎肩儿，准备在秋深冬初棉衣还没有发下的时节，好套在单衣里面。郭祥也抓紧时间，打场，抹炕，还把那个发黑的破风箱，也修理了一下，好使母亲日后做饭少花一点气力。

中秋节，招引着家人的团聚，也容易给孤零的老人们增添无端的悲凉。郭祥唯恐母亲想起那些悲惨的往事，就灌了两斤白酒，约请了大妈一家，金丝一家，小契一家共度佳节。这一晚秋风飒飒，月色满院。郭祥一开头就讲了几个有趣的战斗故事，特别是中秋夜袭占敌人据点吃西瓜吃得全连跑肚子的事，逗得大家哈哈大笑。最后，郭祥又偷偷告诉小契，叫他切西瓜时切一个奇数。按民间旧俗，在西瓜中部插花切开，如果瓜牙儿的数目是个奇数，一年内就会有添人进口的喜事。这一晚，小契切瓜时，果然母亲不言不语带着异常虔诚的神态注视着。小契在西瓜的绿皮上刺成了锯齿形，然后用力分成了两半。母亲就悄悄地数起来了，当她数到第九个时，望望郭祥，脸上充满了微笑……总之，这一晚母亲特别高兴，郭祥的部署取得了圆满的胜利。

第二天一早，郭祥就收拾停当，准备起程。他和杨雪本来打算徒步走，大妈坚持要雇一辆大车，而且说已经雇妥了，郭祥只好等着。谁知左等也不来，右等也不来，直到小晌午了，还不见影儿。郭祥急了，就跑去问大妈。大妈说："想是赶车的吃饭晚了，你且回去耐心地等他一会儿。"郭祥只好回家等着，看看天已近午，又跑去追问大妈。大妈只是笑，也不答话，问得急了，才忍不住笑起来说：

“小子,人都说你嘎,我看比起你大妈来,还是缺个心眼儿!”她笑了一阵,“放心吧,等明天再不让你们走,我就真是落后分子儿了。”

次日一早,果然街上响过一阵清亮的铜铃,一辆马车在杨家的门口停住。

郭祥和母亲走到大妈门口,一看赶车的还是老亨,而那匹小青骡子,已换成一匹又高又大的黑骡子,屁股蛋子圆墩墩的,像黑缎子一般明亮。

郭祥跟他打过招呼,带着笑嘲弄地说:

“你倒挺发财的,不几天就倒腾了这么一匹漂亮骡子!”

“光拉脚能挣几个?”他撇撇嘴,“前几天我跟你们村长拉了几趟鲜货,倒挺顶事。”

郭祥母子到大妈家坐了一会儿,等杨雪吃完饭,才一同提着包袱上车。这时候,除了小契、金丝、老秀等几家知近亲友,街坊邻舍来送行的,也很不少。人们纷纷慨叹着询问着一些类似的话:

“出去了这么多年,怎么住了几天就走了?”

“人家惦着工作哩,”有人代替回答说,“人家连长,还管着一百多号人哩,哪能像咱们似的!”

“什么时候再回来呀?”又有人问。

“别问这扯淡的话吧,”有人反对说,“当兵打仗,山南海北,这哪有个准儿!”

“嘎子兄弟!”一个大嫂说,“你二十大几啦,再回来,可得给我们带回来一个!要再是这么一个人,我们可不能让你进村儿!”

人们笑着,问着,郭祥笑着,应答着。有时同一类问话,甚至要回答好几遍。在杨雪那里,也围着一群人,大都是些老婆、媳妇和姑娘，嘁嘁喳喳更没个完。

这时候，本村最老的老人郭老驹，也扶着拐杖挤了过来，满头白发，胡子白得像银条似的。他早就一百岁开外了，可是每年老对人说是九十八岁。他也挤到郭祥的身边来了。

“老爷爷！”郭祥连忙亲热地招呼他，“您身子骨儿硬朗呀？”

“就是牙口儿不大好使了！”他指指自己的嘴。

“您多大岁数儿啦，老爷爷？”

“九十八啦！”

人群里马上扬起一阵轻微的笑声。他慢悠悠地转过头，瞅了大伙一眼，又往前迈了迈，抚着郭祥的肩头，缓缓地说：

“小孙孙！别忘了咱这个家！我这个孙子媳妇儿，”他指指郭祥的母亲，“一个人在家过日子，不容易！”

郭祥的母亲眼里噙着泪花。

“老爷爷！快让人上车吧！”人们纷纷地催促着说。

“我嘱咐他几句！等他下次回来，我怕就见不上了。”他神态庄重，一字一板地说，“小孙孙！咱们郭家，我记事儿，就没吃过饱饭。这几年，才扒上了碗边儿，吃上了舒心饭。这不容易！你在外头当兵，要好好看着，别叫洋鬼子、国民党再回来！他们再回来，只有等死，我是再也跑不动了……”

“你放心吧！老爷爷！”郭祥热血沸腾，在人群里高声说道。

“老爷爷！快让人上车吧！”人们又催促着。

“好，你上车吧！”老人叹息了一声。“多好的孩子！要是他爹活着，能看见他，该有多好！”说过，一滴老泪洒在车道沟旁的灰土里。

“别提他了！”郭祥的母亲用衣袖拭拭眼泪说，“要不是他用鞋底子死打，孩子怎么会那么小就跑出去！”

人们都心里难受,也埋怨老人多话。

小契看见这种情形,马上分开众人,摆手让郭祥、杨雪上车。又走到郭母的跟前说:

“嫂子,眼里别老出汗啦!叫我说,这两鞋底子打得好:一鞋底子打出了个功臣,再一鞋底子又打出了个连长。要是俺爹活着,我还想叫他打两鞋底子哩!”

人们笑起来。郭祥的母亲也拭去眼泪,空气变得舒缓了些。

郭祥、杨雪上了车。老亨把鞭梢一扬,马车刚开始走动,郭祥听见一个阴阳怪气的声音说:

“嫂子,别哭啦。孩子出去个三头二十年不回来,那算什么!这是为人民服务,是光荣的!”

郭祥一看,是地主谢清斋。原来刚才他背着个粪筐子,站在对面门台上看热闹,不知什么时候,也挤到人群里来了。

“唷!”郭祥喊了一声,把骡子止住。

“你说什么?”郭祥瞅着他问。

“哦,哦,侄子!我刚才听说你走,也赶来送送!”谢清斋满脸是笑,点头哈腰地说。

“我问你,刚才你说什么?”

“我,我,”他咂咂嘴,“我说你荣任了连长,又是人民功臣,真是太光荣啦!”

“光荣不光荣,只要打倒那些吃肉不吐骨头的家伙就行!”郭祥冷笑着说。

“那,那个自然!”谢清斋流露出得意的神态,“你走得这么急,敢是世道有点不平妥吧?”

“不平妥不是也很好吗?你这个粪叉子,就可以变成文明棍儿了。”郭祥又冷笑了一声，指着他对众人说，“你们大伙瞧瞧，凭他这个样儿还想变天！”

大伙瞅着他那尖嘴猴腮，小胳膊细腿的神气，瞅着他那穿着破缎子背心背着粪筐的架势，不由地哈哈大笑起来。

“别逗笑啦，侄子，”谢清斋隐藏起内心的激怒，“咱们都是一个立场。我就是担心美国的飞机大炮，怕咱们抵挡不住！”

“那你等着瞧吧！”郭祥响亮地说。

“好，我等着。下次回来，我请你喝胜利酒！”

“那太好了！”郭祥指着他说，“如果我碰到你们家的团长，我会把他送到俘虏营里，叫他来凤凰堡陪我们喝！到那时候，我们一定要喝个痛快！”

人们笑起来。

郭祥从老亨手里抢过鞭子，啪地摔了一个响脆，车开动了。

秋风飒飒，铜铃爽爽。现在，这辆花轱辘马车，已经载着我们的年轻人，离开了凤凰堡奔向西南。

按常情说，一别多年的故乡，一别多年的父母，匆匆一面，又即刻离去，该会有多么的惆怅和眷恋！可是我们的年轻人哪，在他们的远方，还住聚着另一个家庭，另一个世界。这个家庭，就是他们的战斗大家庭，在这个家庭里，充满了无与伦比的阶级友爱；这个世界，就是他们为革命理想献身的世界，而且，唯有这种一往无前的献身精神，才是他们的道德规范。他们就是在这个家庭，这个世界里长大的。尽管这个家庭经常与困难结伴，与呼啸的风沙和漫天的火光为邻，但他们离开了这个伟大的战斗集体就不能够生活。也许在战斗的间隙里，他们想过自己的故乡，自己的父母，也想过有一天能够回到他们的身边，吃几个煮鸡蛋或是煎小鱼吧；可是当他们真的回到家里，呆上三五天也足够了，再要延长，就从心里烦了，腻了，仿佛是住在旅店里的生客。这时候，他们发现，自己更其渴念的倒是那个战斗的家，倒是自己的首长和同生共死的伙伴。离开了他们，离开了斗争，就不能生活下去。何况今天，当远方又起了一场浩大的战争！

凤凰堡村西，有一大片垂柳围绕的水塘。送行的亲人们，站在水塘岸上，刚才连他们的倒影都看得见，现在马车拐上西南，就被那一簇簇的树丛影住了。杨雪正要转过头来，只见大乱从一片大麻子地里钻出来，向这边慌慌张张地跑着，后面还跟着一只小花狗儿。

杨雪挥挥手，朝着他喊："大乱！你来干什么？"

"送你们一截儿！"

大乱一边跑一边答话。等离得近了，才看见他背着一个小背包儿，斜挎着一个褪了色的军用挎包，里面鼓鼓囊囊不知装了些什么。他迈着大步，显出一副战士行军的英武样子。两个小脸蛋绯红绯红。那只小花狗一时舐他的脚跟，一时又跳跃着赶到他的前面，回过头向他摇着尾巴。

郭祥用手点着他说："说实话，你倒是来干什么？"

"送送你们哪！"他眨巴眨巴猫眼，"送你们到周各庄我就回来。"说着，就要伸手扒车。

杨雪从车厢里欠起身子，止住他说：

"你别蒙人儿！说，你倒是干什么？"

"嘿，"他嬉皮笑脸地说，"你们多年不回来，人家送你们一程就不行吗！"

"别装蒜啦，"郭祥笑了，"你这鬼名堂我一看就破！到了周各庄你说送梅花渡，到了梅花渡你说送固城车站，到了固城车站你又要送我们到部队，你是想让我们把你带到部队里去，是不？”

大乱脸上显出两个小酒涡儿，羞涩地笑了。他摆摆手：“好，算你猜对了！说干脆的，给你当通讯员你要不要？”

杨雪故意装出十分严肃的样子，斥责地说：

“你给娘说了吗？你给爹说了吗？像你这无组织无纪律的兵，哪里也不能要！你就是跟到固城，也不给你买火车票！”

大乱没有料到这最厉害的一着，脚步不由地慢下来。那只小花狗就凑上去舐他的脚后跟。

郭祥也绷着脸说：“兄弟！你要听话，等明年我回来，保准把你带去。你要不听话，我通知所有的部队，哪个也不收你。”

大乱在车下有气无力地走着，哭丧着脸，抬起头问：

“要是你说的话不算数呢？”

郭祥把腿一拍：“那你就骂我是小狗子好了。”

大乱迟迟疑疑地停住了脚步。车走远了。

等大车赶出很远很远，只要回头一望，还可以看见在那秋天的阔野里，站着一个背着小背包儿的孩子。他呆呆地在那儿站着，那只小花狗还在舐他的脚后跟哩。

杨雪鼻子酸酸地说：“说良心话，我真喜欢我这个弟弟。要不是可怜我妈，我真想把他带出去锻炼锻炼！”

郭祥点头同意：“要放到我们团里打几个滚儿，战斗作风准错不了！”说过，朝老亨背上拍了一掌，催促着说：“怎么样？我来替你赶一程吧！”

“算啦，嘎子兄弟，我知道你那一手！”老亨嘿嘿笑着，唯恐郭祥再使什么花招儿，就在猎猎的秋风中扬起鞭子，骡蹄子踏着落叶，发出了急雨般的响声。

第十一章　路　上

凤凰堡越来越远,渐渐隐没在发黄的树丛里。这时候,也许还有人在那里站着吧,也许还有人踮着脚尖在瞅他们的亲人吧;可是我们的年轻人,心里想着的却是远方,远方……

中秋已过,地里的庄稼大部收割完了,这时的平原又显得是多么的开阔哟。只有贫农们小心留下的三五株晚熟的高粱,摇曳着火红的穗子,点缀着平原的秋色。

“真是! 不回家想家,家来不到三天就腻味啦。你说是不是,嘎子?”杨雪盘起腿儿坐在车厢里,尽量把她穿着白胶鞋的脚压在腿底下,中秋过后的早晨,风已经很有些凉了。

“谁说不是!”郭祥吊着腿坐在前面车沿上,“一家来,第一天热乎,第二天就蔫乎了。门口转到屋里,屋里转到门口,直矗矗当街一站,没事拉叉的,像是叫牛笼嘴拘着似的。”

这时候,从北方靛蓝色的天空里飞过来一群大雁。杨雪用手一指:

“你瞧,这大雁也像咱们这些当兵人似的,今天飞到这里,明天飞到那里。”

“这话也对。”郭祥说,“不过咱们是哪里艰苦就到哪里去,这大雁倒是专找寻不冷不热的地方。”

那群大雁已经“咯儿嘎、咯儿嘎”地飞到头顶上来了。杨雪仰

起脸儿目送着它们,轻声唱着:

大雁大雁排齐咧,

后头跟着你老姨咧;

大雁大雁排好咧,

后头跟着你姥姥咧……

郭祥立刻想起,这是他们儿时常唱的一首曲儿。那时候,他们总是手拉着手唱着,来欢迎欢送那从故乡田野上飞过的雁群。

她一直把大雁目送到很远的地方,才转过脸来说:

“你还记得咱们小时候常唱的这支小曲儿吧?”

“你既是不喜欢我,还提这干什么?”郭祥心里懊恼地想。

杨雪以为他当真想不起来,就格格地笑着说:

“哈哈,连这你都记不得了?”

“真是记不得了。”郭祥乘机抓了抓头发,叹了口气。

真是最快乐的人也有烦恼的时候。我们的郭祥一向是多么快乐的人呀,真是人走到哪里,笑声跟到哪里,如果他那嘎样儿引不起你发笑的话,那就不成其为嘎子了。可是你瞅他现在,眉头皱成了一个疙瘩,多难受呀。

“究竟她是一个傻姑娘呢,还是装糊涂呢?”他又第几百次向自己提出这个叫人困惑的问题。郭祥想道:说她傻,她比谁不机灵啊!而且肯定她是有心计的。当她还是一个洗衣员的时候,她就能够说得出上百个药名。即使她周围的人,也说不出她究竟是什么时候学会的。她只不过是往病房里送送衣服,医生身边站一站,药房里转一转,说说笑笑,完全是一副心不在焉的样子,可是就在她那眼角一撒一撒中间,那些知识,早已经印花布似的印在了她那灵巧的心上。对郭祥印象最深的是一次晚会。那次,师里的文工队到团里来演戏，演出那天下午，一个女队员突然得了急病，不知谁出的怪主意，就把她临时“借”去了。她那时候还不识多少字，不能看剧本读台词，导演急得满头是汗，只好一句一句教她。临演出，台词才刚刚教完，全体演员都为她捏一把汗，心里扑通扑通地跳。结果，竟出人意料，不仅台词上没出什么大差错，而且她演的这个地主家的使女被赶出来的时候，表演得是多么真挚动人啊！她的泪真的流下来了。当时坐在台下的郭祥，掏出手绢儿，竟哭得像个泪人儿似的……能说她不聪明吗？可是，这位百伶百俐的姑娘，为什么，为什么对于一个长期倾心相慕的人的情感，就没有察觉呢？为什么，为什么她就不讲出口来呢？哼，她必定是瞧不起我，我以后不要理她就是。可是，正像往常一样，每想到这里，自己就又为她辩解：“你不要那样想，那会屈冤人的！你一个男子大汉，自己还讲不出口来，为什么倒去怨恨一个姑娘呢？”想到这里，他就暗暗对自己说：“郭祥呀郭祥！过去有那么多好机会，你偏偏一字不谈；现在生米已经快做成熟饭了，你还嘀咕这些做什么！”想到这儿，气得他把腿一拍，懊恼地说：“你真是一个混球儿！”

糟糕！郭祥一时没注意，竟说出声音来了。

“你说谁是混球儿呀？嘎子！”杨雪问。

“我是说……”郭祥抓耳挠腮的，“一个小虫子钻到我耳朵里去了。”说着，他就用手指头往耳朵里乱抠。

“别乱掏呀，”杨雪欠起身来着急地说，“让我瞅瞅！”

郭祥连忙摇摇手说：“不要紧，它自己会爬出来的！”

车轮滚滚，思绪纷纷。郭祥没有注意，马车已经上了堤坡，下面就是大清河的一湾清流。在贴近岸边的水面上，漂着不少早落的柳叶。

“可是，可是……”郭祥继续想道，“事情也不能全怪我呀！我本来是准备向她提出来的，谁知道正要开口哩，事前没有任何迹象，就突然起了那么大的变化！这究竟是怎么回事？等有了机会，我还是问她一问。”郭祥就这样做了决定。

一路上，人少车轻，赶得很快。中午略略打了个尖儿，太阳大高，就赶到了固城车站。

说是车站，其实除了一处票房，几家骡马大店，跟普通的乡村没有多少区别。两个人图节省，就将家里带来的烙饼让店家烩了烩，只出了个油钱。饭后，因为离上车还早，就到村头遛弯去了。

村南有两三棵老梨树，叶子红得耀眼，怪叫人喜欢。两个人就随便坐下歇着。远处有几家农户正在忙着打场。

“看起来，”杨雪说，“今年的大秋还是很不错的。”

“不错。”郭祥随口应和。

“你们营的庄稼也很不错吧？”

“不错。”郭祥又说。

“领导生产怕很不易吧？”

“头一年开荒，一点半点困难还断得了！”

“你们……你们营长的领导怎么样？”杨雪的脸红了一红，不过红得不算厉害。

“他，很有办法。”郭祥满口称赞地说；一面心里暗想，“你瞧，她到底把她高兴的话题引出来了。”

“别夸他啦。”杨雪撇撇嘴说，“要说战斗，工作，他是有一套；要说生产，恐怕他不在行。”

“你瞧，一提他，她高兴得眼睛都放光了。”郭祥想道，“我不如就趁这时候，把那个问题问她一问。”

他摘下帽子来，摔了摔土，装作很随便的样子问道：

“小雪，你能不能给我讲讲，你们俩到底是怎么样搞成的呀？”

“这个……”杨雪低下头格格地笑了一阵，“这有什么好说的！”

郭祥又带笑说：

“我记得你说过，就是天皇老子你也不谈这个问题。大概……这是烟幕弹吧！”

“怎么是烟幕弹呢？”杨雪笑着说，“一入伍，我就有爱人了，可热乎哩！”

“谁？”

“姓文。”

郭祥想不起一个什么姓文的，忙问：

“他叫什么？”

“他叫文化。”杨雪又格格地笑了一阵，然后收住笑说，“说真的，那时候我真迷上它了。你想想，一入伍，全班就数我文化低。有一回军邮交给我一封信，我就拿着到班里大吵大嚷：‘这是谁的信哪，快来拿呀！’人们一看，就哈哈大笑起来，把我笑得愣乎乎的，原来这就是我的信！连自己的名儿都不认识，多惨哪！我想，我要不好好学习，我就跟不上革命的发展，将来要变成废人了。我就下了决心。你知道，那时候，我一天要洗几十件血衣，晚上还要烫了，整了，只有天亮以前，悄悄起来，点上灯学一会儿，我哪里还有别的心思！再说那时候，我才十六七，懂得什么叫恋爱！有一次，我和护士大刘病了，留到后方，孔医生就托人给我送来一大包苹果，我一看那苹果真好，一气就吃了两三个。那大刘就龇着牙笑，还说：‘小杨，孔医生为什么单单给你送苹果呀？’我一想，对呀，这么多女同志，为什么单单给我送苹果呢？你瞧，我那时候儿多傻，想都没想一下就把人家的东西吃了！果不其然，第二天就接到了他一封信，里面写了那么多的碜话；我瞧着，瞧着，就哭起来了，连饭也不吃了。政委把我找去，问我哭什么哩，我把信一甩说，‘你瞅瞅吧。’政委一看哈哈大笑，他说：‘小杨！你这个小姑娘，还不懂得这个，每个女孩子都要过这一关的。你不同意，拒绝他就是了。’他最后还告诉我，应该学一点对付这种那种情况的办法，我这思想就武装起来了。追求我的，还真是不少，有当面献殷勤的，有派警卫员来给我送胜利品的，有借谈工作为名找我个别谈话的，还有一味死瞅你、死缠你的，通通叫我一个一个地顶回去了。从此以后，他们就给我取了一个外号，叫我是‘攻不破的堡垒’！”

“嘿，看起来我当时没有向她张口儿，还是对的。”郭祥心中想道，接着又问：“以后呢？”

“以后，”杨雪笑着，从地上拾起一片红叶，卷着卷儿，“我这‘堡垒’不就叫他给攻破了吗！……到底人家聪明人是有办法。”她瞅着那片红叶微笑着，音调里充满了赞赏。

“什么时候？”

“那也难说，”杨雪说，“我自己也是不知不觉的……那还是我在团卫生队工作的时候，虽然也听人说他这好那好，我根本就不在心儿。有一天，他突然跑到卫生队瞧病来了，我还是不在意，一直低着头在那儿练字。正在写着，写着，听得背后有人说：‘这小鬼学习可真努力！’我回头一瞅，原来是他笑吟吟地偷看我写字哩。羞得我就连忙把字捂起来了。他说：‘小杨，拿过来让我看看。’我说：‘这有什么好看的，像狗爬似的。’他又亲切地说：‘别小资产了，谁也要经过这个过程。我刚才看你写了好几个错字。’我看他挺庄重，不像是跟我打喜诨的，就把手挪开了。他弯下腰来，看得可严肃可仔细哩，接着就掏出钢笔，把错字一个个改了，一笔一画，比文化教员改得还认真哩。改过以后，说还有要紧事，就急急忙忙走了。我想，这人多亲切呀，多热情呀，人家虽说是营首长，一点架子都没有。隔了几天，他又瞧病来了，一见我就热情地说：‘小杨，这几天学习怎么样？’我就把学习中遇到的困难跟他讲了。他说：‘我也考虑了一下，你学习很积极，就是方法还不很对头。方法对了，可能快得多。’我一听就乐了，忙问他有什么巧法。他说：‘你会注音字母不会？’我说不会。他说我假若学会注音字母，就可以查字典，很快就可以看书了。一听说会看书，乐得我嘴都合不拢了。他又说：‘小杨，你别高兴！我可以教会你，但是我不一定每天都有时间。’我说：‘营长，我不能占你太多的时间，只要你到团部开会的时候，顺便拐个弯儿教我几个就好。’从这以后，我们俩就‘ㄅㄆㄇㄈ’起来了。”杨雪笑了一阵，沉了沉，又说：“人哪，真怪，有时候他时间长了不来，我还觉着怪别扭哩。当然，我也想过：他这么尽心竭力地教我，是不是还有别的意思？可是整整几个月，人家没有说过一句淡话，没有任何不庄重的地方，我呀，千万不要冤枉了好人！……哈哈，一直到我们的关系确定以后，他才向我坦白了，嘎子，你知道他说什么？……他说这就叫‘诱敌深入’！”

杨雪笑得格格的，靠在那棵老梨树上，把那片揉碎了的红叶扔到一边去了。

郭祥也勉强地笑了一笑。

“当然光这个也不行，还有哩。”杨雪收住笑说，“就在那些日子里，我平常接近的人，比如说护士大刘，我们卫生队的队长，还有侯医生，他们同我扯起闲话来，都不断称赞他。有一次，贺华姐姐病了，我去看望她。正好团长也在家。我在外间屋里帮他们的孩子洗尿布，听见里间屋里团长对贺华姐姐说：‘一个干部要全面很难。有的人是文的来得，武的来不得；有的人是武的来得，文的来不得。像我还能冲几下子，将来胜利了，搞建设了，准叫干部部门儿发愁。’又听贺华说：‘你瞧咱们团的干部，有没有是文武双全的？’团长马上说：‘怎么没有？我看一营营长陆希荣同志就是一个。’这时，我的心就跳起来了，但我还是装作毫不在意的样子，洗着尿布，支起耳朵听。接着贺华又问：‘他打仗很行吗？’团长说：‘嘿，他军校毕业分到我这营当排长，头一仗就打得不错。那时候，老实说，我这轻视知识分子的毛病还没有改，以前分来几个学生，平常训练还能来几下子，一到打仗就顶不住个儿了。陆希荣来的时候，我一看他高高的个子，人长得很漂亮，军风纪也很整齐，我心里说：哼，这人拿去演电影倒不错。临发枪，我话都没有讲一句，心里说，我不指望你完成什么大任务，你不要丢了我这枪就行。第一次打仗，他就赶上了走马驿伏击战。敌人突围了，眼看就要从那个山口子突出去，我问守山口的是哪个排，三连连长说就是陆希荣带领的三排。我一听就火了，我说，你为什么单把那个学生排长放在那里？要是这几十个日本鬼子跑了，我要撤你的职！……哈哈！谁知道，这小伙子还真的把鬼子顶回去了，这是我没有料到的。战斗结束以后，陆希荣背后对人说：“我来了几个月，今天咱们邓营长第一次对我笑了一笑。”是的，是的，我对他是的确比较满意的。’团长说到这里，贺华插嘴说：‘他文的方面也很行吗？’团长嘿嘿笑了几声，满口称赞地说：‘你没有听说过吗？他们家乡一带都管他叫“才子”，还有人说他从小就是个“神童”！人们说，他们县里曾经举行过一次中学生的作文比赛，他那时候只刚刚十岁，还没有上高小哩，他就去报名参加。好多人劝阻他，讥笑他，结果，你猜怎么样？他竟考了个全县第一！

据说作文题叫什么《中秋之夜》，这有什么好写的！可是他就写出来了。里边有这样的句子：“月儿升，秋风起，这时我仰望天空，也不知道是月走，也不知道是云飞。”你光听听这几句，有没有点儿才气？’贺华就笑着说：‘这几句就是写得不赖。’只听团长又说：‘这还不算，人家还写得一笔好字。那年执行任务路过他们县一座大庙，有人对我说，这庙里有一幢碑是他写的。我根本不信。下了马到里面一看，果然后面落的名字是：“后学十三岁少年陆希荣沐手拜书”。我当时想，吓，这人是不简单！是有点子名堂！再说，像这样的人，最容易骄傲了，可是他对我们团领导一直很尊重。不管大小事都来请示，虽然有些地方做得过分些。他对下级的关系也很好，很能同战士打成一片。你知道他还拉得一手好胡琴，会唱京戏，据说还很有梅派的味道。一有空，他就到班里去，同战士们拉拉唱唱，说说笑笑。有一次，我亲眼看见好几十个战士围着他，喊着：“再来一个！再来一个！”他又奏了一个曲子，仔细听，先是画眉，后是百灵，随后是鸽子、鹌鹑、布谷、黄莺等等各种各样的鸟叫。我一问，原来这个曲子叫什么《空山鸟语》，是他最拿手的。一个人的十个手指头有这么巧，这真是个多才多艺的家伙！……’团长说到这里，只听贺华说：‘这人就是不错。不知道他在家结了婚没有？’团长连声说：‘没有，没有，像他这样好条件，不知道哪个有福气的姑娘才配得上呢！……’我在外间屋里，最初是边洗边听，到后来就光是听忘记洗了。再往下听，谈话已经结束，灯已经熄了。实说吧，就是从这时候起，我的心才有点儿活……过了不多时，就过年了。你还记得吧，那时候咱们为了庆祝大西北的解放，大搞文化娱乐工作，我不是扮了一个坐旱船的姑娘吗？……”

杨雪望望郭祥，郭祥苦笑着点了点头。她又接着说：

“就是那天晚上，我卸了妆以后，他要送我回卫生队。谁知道在路上,他就直截了当地提出了问题,弄得我躲也躲不及,闪也闪不开,我这‘攻不破的堡垒’就垮台了!”

杨雪低着头笑了一阵,才抬起头来望着郭祥说:

“你知道他搞的这叫什么战法？他事后才告诉我,团长和贺华姐姐,还有卫生队的干部,都是他事先去说好的。他说他的战法,先是‘诱敌深入’,接着就是‘严密包围’,最后就是‘勇猛突击’,争取‘一举歼灭’！……你说说,叫我有什么办法!”

杨雪的脸透出幸福的红晕,就像飘到她脚下的那几片红叶似的。

这时候,传来火车威严的汽笛声。郭祥趁机站起身来说:

“快走吧,车进站了!”

两个人跑步进了检票口,不一时火车进站,车上人很挤,穿了好几个车厢,才找到了座位。火车在这里只停了一分钟,就长鸣一声,继续向南驶去。

这条纵贯中国大地的铁路线,穿过故乡的千里沃野,一直到祖国遥远的南方。如果是在平时,在郭祥情感平静的时辰,这条路该引起他多少回忆呀！自从党的军事力量发展到北方以来,这条先是日本帝国主义后是国民党反动派所占据的铁路线,就始终是铁路两边千百万群众的冲击目标。尽管敌人在铁路两侧挖了一两丈深的大沟,沿路筑了密密的碉堡,铁甲列车在不断地巡逻,从黄昏到拂晓都没有停止过更梆,可是十数年来,没有一个晚上不燃起爆炸的火光不响起袭击的枪声。有时候,几百里铁路线,就在同一分钟一齐瘫痪在熊熊的火光里。我们的郭祥,自从光着小脚板背着小马枪的时候起,就没有断过同它打交道。他能够一字不差地扳着手指头讲出从北京到石家庄每一个小站的站名;他记得在哪里放过炸药，在哪里打过铁甲车，在哪里歼灭过敌人某团某营；他也记得自己的哪个战友在哪里负了伤或者洒尽了自己的鲜血……不要讲整个国家，就是单讲夺取这条铁路也是多么不容易啊！而今天能够坐上自己的火车，在这条线路上飞驰，该是多么的愉快！要搁平时，他一定会说上一路，笑上一路，唱上一路，可是现在……

这条线路的路基，由于过去激烈斗争的年代损坏得过于严重，又没有来得及修得平整，车身晃悠得厉害，再加上明晃晃的夕阳直射车窗，不知什么时候，杨雪已经歪着脖儿睡熟了。她的黑发垂在了一个白发老大娘的肩头。

郭祥的思绪，现在像一团乱麻似的。除了平常千百次困扰着自己的那些想法之外，现在又增添了一种强烈的冲动，这就是要向她当面表白一下自己的内心。尽管这样做已经迟了，而且他丝毫无意来转变她的感情，可是他现在总觉得要把这些彻底地谈一谈，把自己经年累月埋藏起来的感情连根挖出来扔掉，这件事情才结束得痛快。从今以后，就再不想她，免得对自己也对别人产生任何的影响。是的，是的，就这么办吧。他要立刻把她叫醒，在前面路上已经越来越少这样的机会了……

时间已经到后半夜了。车声隆隆，大约正行走在一座大铁桥上。杨雪睡得很熟。当郭祥正要去推醒她的时候，他不由得从内心里惊叫了一声："天哪，你是在做着怎样的事啊！"他立刻意识到，刚才的想法是一种错误！我郭祥决不能做这样的事！对她表白自己长时间的感情，只不过图一时痛快，究竟有什么意义呢？有什么好处呢？难道这对别人已经形成的感情不会有损害吗？这不同样是搞破坏吗？何况她是我的知心朋友，营长又是我的上级和同志啊！想到这里，他的脑筋，豁然清醒过来。他甚至从内心里把营长和自己做了一番比较，觉得营长许多方面都比自己要强。杨雪同他一起生活，一定会得到他很多帮助，今后一定会进步得更快。他觉得自己不仅不应该烦恼，而且应当为她，为自己少年时代的朋友高兴……

火车轻快地向南疾驰。夜，大约已经很深了。全车厢的人都沉在睡梦里。不知什么时候，我们的郭祥也斜靠着车厢睡熟了。在橘黄色迷离的灯光里，可以看到他的头发覆盖着前额，嘴角含着笑容，在他那褪色的军衣的前胸上，还像孩子似的流着一小片提起来叫人害臊的口水。

第十二章　征　鞍

北京的秋夜是这样静谧，静谧得就像平静幽深的湖水一样。即使在这山雨欲来的时刻，你从外面也看不出它有任何不安的征兆。

可是新从外地来的一位年迈军人，却辗转反侧不能入睡。

他住在北京饭店的三层楼上。虽然这里是闹市区，但夜晚十一时过后，喧嚣的市声就已经平息下来。来往汽车很少。古旧的有轨电车，也玎玎玲玲地回厂去了。街头卖夜宵的摊贩，正在纷纷散去。偶尔有一辆三轮车走过，显得格外冷清。稀疏幽暗的街灯，也似乎昏昏欲睡。窗外，除了风吹落叶的簌簌声，几乎没有什么声音来打扰他。可是不知为什么竟是这样难以成眠。

他是今天奉急令从西安赶来的。自从大西北解放以后，他就被任命为西北军区司令员兼西北局的书记和西北军政委员会的主席。真是忙得不可开交。大前天，他同西北人民度过了开国后的第一个国庆节，还在庆祝大会上讲了话。会后正有一大堆事情要做，突然今天中午从北京飞来一架专机，接他到中央参加政治局会议。通知急若星火，要他即刻动身，一分钟也不要停留。这样，他连换洗的衣服也没有带，只带了洗漱用具，就从办公室赶到机场来了。同行者只有秘书林青和警卫员张秋囤两人。幸亏天气晴和，于下午两点二十分就飞抵北京西苑机场。接着就赶往中南海颐年堂了。

当他穿着一身褪了色的黄军服,风尘仆仆地走进会议厅时,显然会议早已开始。他立刻感到一种异乎寻常的严肃气氛。政治局委员们到得很齐,还有几位老总也列席了。人们见他进来,纷纷站起来同他握手。毛主席也站起来笑着说:“彭德怀同志,你来得好哇!”说着坐下来,又说:“恐怕催你催得急了一点,可是这有什么办法,是美帝国主义要请你来呀!”大家笑了一阵。毛主席又说:“我们的恩来同志早就警告过,说你不要过三八线,你要过了这条线我们就不能置之不理。可是人家就硬是不信,硬是过来了,我们可怎么办哪?究竟是出兵参战,还是听之任之。请你彭老总也准备发表意见。”毛主席说过,点了一支烟,继续听别人的发言,脸上又恢复了潜心思虑的表情。彭总一听讨论的原来是这样一个重大问题,不由心里一震,脸上也严肃起来。他一言不发地坐在那里,静静地抽着烟,听着一个又一个的发言,沉重地思虑着……

他听来听去,基本上是两种看法。一种是主张不出兵或暂不出兵,理由是:第一,我们连续打了二十二年仗,战争创伤极为严重,财政经济十分困难;第二,广大新解放区(三分之二以上的国土)土地改革还未进行,人民群众并没有发动起来;第三,国内大约有一百万左右的土匪、特务和国民党残余武装,还不断在各地骚扰破坏;第四,我军的装备相当落后,训练也很不充分;第五,打了这么多年的仗,一部分军民已产生了厌战情绪。……总之,我们还没有站定脚跟,一切都没有准备好,如果贸然出兵,将会使刚刚诞生的新中国遇到极大的风险。而另一种意见是积极主张出兵。理由是:第一,我们准备不够,美帝也准备不够。他们兵力不足,补给线过长,弱点很多,战争很难持久;第二,如果使美帝得逞,国内外反动派必然会嚣张起来，不仅国防边防会处于极为不利的境地，新生的人民政权也难以巩固；第三，三年以后再打，松口气当然好，但是我们这三年辛辛苦苦建设起来的东西，还是会被打得稀烂。既然如此，就不如打了再建设；第四，中国革命的伟大胜利，已经改变了世界力量的对比，产生了深远的影响，如果只看到本民族的利益，对朋友见危不救，袖手旁观，就会使世界人民对我们失望，这也将是难以弥补的……

会议开得很晚，还有多数同志没有发言，毛主席就把手里的纸烟熄灭，笑着说："我看美帝国主义要打，饭也要吃，还是明天晚上接着开吧！"说过，慢吞吞地站起身来，缓慢而又沉重地说："同志们，你们说的都有理由。但是别人要亡国，我们站在旁边看，不管怎样说，心里也难过呀！"这句话声音虽然不高，彭总听来却像雷鸣电闪一般震撼心魂。

他回到饭店，已感到相当疲劳，匆匆吃了饭就睡下了。可是会议上提出的问题，却依然在脑海里没有平息下来。从内心说，他是倾向于出兵的，可是事情是如此重大，关系到整个民族的兴衰存亡，作为党中央政治局委员，一言兴邦，一言丧邦，这是不能不严肃考虑的。这样考虑来考虑去，也就睡不成了。在平江起义以来的二十二年中，他什么地方没有睡过？你说是山高风寒的黄洋界，你说是烟雨泥泞的烂草滩，还是一点烟火也没有的破窑洞，只要下面有一束干干的草，上面有一条薄薄的军毯，就可以睡得那么香甜，哪管它枪声如潮，炮声震天。可是今天软软的床，厚厚的被却睡不着了。他看看表，午夜已过，忽然懊恼地埋怨起这张软床来："哼，准是我彭德怀没有福分，睡这样的鬼弹簧床不习惯啊！"说着，他扭开灯，立刻跳下床来，把床上的被褥枕头统统搬到地毯上。然后心安理得地躺下来。

然而，为时不久，就证实了这个硬板板也并不优越。于是，他下定决心，不睡了，干脆继续深入地考虑一些问题。

首先，他认真地考虑了那些不主张出兵的理由，觉得每一项都是确切的事实。他从西北来，也许体会得还要深切。想起人民的困难，他的眼前忽然又闪现出那幅终生难忘的图画。那正是解放大西北某个战役的前夕，他经过连夜行军来到一个村子，天还没有亮，他想叫开一家老乡的门休息一下，可是门却久久不开，过了很大工夫，才从里面出来一位瘦骨嶙峋的老人。进去用电棒一晃，原来全家五六口人，男女老少都赤条条地蜷卧在炕上，炕上连个毡片也没有。他这时才明白，这家人也许只有一套破烂衣服，此刻正披在那个老人的身上。看到这种景象，他立刻退出门去，眼里滚落了几滴灼热的泪水。从此这幅图画就像用火钎刻在他的心里，时时刻刻在警醒他，鞭策他。茫茫的大西北，约占祖国三分之一的版图，除了一小片老解放区，全是新解放的土地。这里该有多少那样的人家！所以西北一解放，他就定下一个决心：至少要让他们“都能过上中农的生活”。他为此没明没夜地干，并且做了许多计划和设想，可是这些都要暂时地放弃了。他想到这里，轻轻地叹了口气。忽然，那个熟稔的声音似乎又在耳边说：“你们讲的都有道理，就是别人要亡国，你站在旁边看，不管怎么说，心里也难过啊！”他接着念了好几遍这句话，越来越觉得分量不同，最后竟像千斤重锤落在心上。他自言自语地说：“是啊，是啊，别人都要亡国了，你站在旁边看，讲一千条一万条理由有什么用？如果这些理由不同朝鲜的危急情况联系起来，只看到本民族的利益，那就是一个民族主义者而不是一个国际主义者。”他觉得毛主席的话虽然不多，却是把爱国主义同国际主义结合起来了。想到这里,他深切感到毛主席的眼光、情感、胸襟毕竟不同,一种亲切崇敬之情油然而生,觉得这正是毛泽东伟大的地方。

“出兵是必要的!肯定是应该的!但是关键是能不能打胜。”他在地板上翻了一个身,又进一步想道,“军队的装备和国家的经济力量,毫无疑问是很重要的,但是革命力量和反革命力量相比,什么时候是处于优势的呢?”想到这里,他眼前又浮现出一幅图画。那是长征结束到达陕北安塞的一天,这时正是夕阳西下,秋风凛冽,举目一望,眼前只不过是一座荒凉的小城,山坡上只有几眼破破烂烂的窑洞。一支历尽艰险的饥饿疲劳的队伍,看到这番景象,也确实感到凄凉。有人就叹口气说:“唉!跑了两万五千里,到了这儿,想不到就是这么几眼破窑洞!”可是,今天看来,不就是这几眼破窑洞换来了一个崭新的中国?!……他不禁又想起胡宗南进攻延安的日子,那形势也是很严重的。胡宗南的兵力是二十三万人,而他指挥的兵力却不过两万三千人。那可真是“黑云压城城欲摧”了。可是不到一年时间,胡宗南就屁滚尿流滚出了延安。在他身经百战的一生中,无数这样的事实,构成了他牢固不拔的信念:真理的力量无坚不摧!革命的力量,只要它真正代表人民,就可以战胜千险万难!

他,长期的军事生活养成了一个习惯,不管睡得多晚也起得很早;可是今天却未免例外,待他醒来时,已经旭日临窗了。经过一夜的思虑,他心里格外清爽,就像这面承受阳光的窗子一样敞亮。不知怎的,他心里还腾起一种渴望,想找毛主席亲自谈谈,一来看望看望他,二来也倾吐一下自己的心迹。

这样想着,他就从地铺上坐起来穿衣服。警卫员小张推门进来，一看彭总在地下坐着，就皱着眉头说：

“你怎么睡到地板上了？”

“这里舒服噢！”他摸摸自己的光头，半开玩笑地说。

“舒服？我看还是这大沙发床舒服。”

小张嘟囔了一句。这小张来这里工作还不到半年，文化程度很低，字识不了几个，但是工作特别认真，为人又很忠实。只是有点认死理，爱同人抬杠，在彭总面前也免不了要嘟囔几句。彭总因为自己从小受苦，特别疼爱那些贫苦家庭出来的孩子，所以也从不计较。

“也不知道开什么会，风风火火的，这么急！”他一边整理床铺，一边又嘟囔起来，“弄得什么也没有带，我看洗了衣服换什么！”

“什么会？反正是个重要的会哟。”彭总笑着说。

“那当然，要不人家就不给你派飞机了。”

彭总穿好衣服，就推开前门站在阳台上。他朝下一看，人们正是上班时候，车流人潮，好不热闹。两边人行道上，一群群上学的孩子，戴着红领巾跳跳蹦蹦地走着，更使他看得神往。彭总一向喜欢孩子，简直喜欢得有点出奇。可是他自己却没有孩子，后来就把几个侄儿侄女收养起来。这时，他看见街上的孩子，就想起他们来了。

“过两天，把小白兔也接来吧。”他回过头对小张说。

“行。我找饭店再要间房子。”

“不好！你怎么能随便要！”

“不要，住在哪里？”

彭总转过身，指指地板：

“这地方就很好嘛！”

“真是……”小张嘟囔了一句,嘴撅起来了。

“你这个小鬼,”彭总批评道,“在兰州你就不注意关灯!我得跟你屁股后一个一个去关。这得浪费多少小米子呀!”

小张静静地听着,彭总瞥了他一眼,又说:

“哼,要是你在家里点灯,就不会这样了!”

“司令员,”小张说,“这你就批评错了,我们家从我记事儿就是不点灯的。”

说到这里,彭总也忍不住笑了。

下午,彭总同主席的秘书约好,决定提前到中南海去。因为距离很近,汽车只走了几分钟,便进了中南海的东门。他下了车,沿着一道弯弯曲曲的花墙信步走着。这时正是下午三点钟的样子,斜阳照着碧水,显得分外明净。岸上的垂柳,黄了一半,还绿着一半,长长的柳丝垂到湖水里。那一株株白杨,却满眼黄澄澄的,像挂满了金片一般,只要一阵小风就纷纷飘落下来。再往前走,有一座汉白玉筑成的玉带桥,横卧在秋水之上。桥左岸是伸到湖中的一座小岛,名唤瀛台,桥右岸就是要去的丰泽园了。彭总昨天来得仓促,一切都未曾细看,现在停住脚步,向对岸一望,只见那瀛台修在一座高坡上,层层叠叠的画楼掩映在黄绿相间的树丛之中,看去虽然壮观,只是年久失修,都破旧了。这边丰泽园的大门,也是如此,油漆都剥落得成了暗紫色,看去颇像一座古庙。这一切都说明,一个古老的国家刚刚新生,真是所谓百废待兴。

彭总向两个年轻的哨兵亲切地还了礼,就进了丰泽园的大门。穿过屏风,就是昨天开会的颐年堂了。这个方方正正的大院子,有两大棵多株海棠,叶子稀稀落落地快要掉净,但满树红澄澄的果子,却在阳光里红得耀眼,比春天的花还要可爱。

这时，一位年轻的秘书已经笑嘻嘻地迎了出来，谦恭有礼地说："主席早就起来了，正在等着您哩！"说过，就引着彭总转过右侧的走廊，向东面一个跨院走去。

这个跨院，门外有八九株高大的古柏，翠森森的，门上挂着一块绿色小匾，上刻"松竹斋"三个字，看去也是很古旧的了。秘书笑着说："这里以前叫'松菊书屋'，原是一个藏书的地方，因为离颐年堂近，开会方便，主席也就住在这里。"彭总踏着石阶进了门，院里又是几株参天古柏，还有一株挺拔的古槐，浓荫几乎遮住了半个院子。这院子东厢房是主席办公室，西厢房是书库，北房便是主席的住处了。秘书推开东厢房的门，正要把彭总让进办公室去，只听北房里有人用浓重的湖南乡音亲切地说道：

"还是到这里来吧！"

说着，毛主席已经从北房里走了出来。他穿着一件相当旧的驼色毛衣，披着一件褪了色的灰布制服，脚下是一双圆口布鞋，笑微微地站在台阶上说：

"彭老总，你来得好早啊！"

彭总快步赶上去，同毛主席握手，一面笑着说：

"主席，你看天都什么时候了？"彭总说着，眯眯眼看了看太阳。

"可是对于我，这已经是大早晨了。"毛主席笑着说，"你知道，我这个坏习惯已经有很多年了。"

说着，他那高大而微驼的身躯微微地弯了一弯，把彭总让进屋里。

彭总在沙发上坐下，四下一望，靠着墙壁都是书橱书架，摆得满满的全是书。里间屋是卧室，床头前也摆了几个大书架，那些发黄的线装书上，还插着不少小白条子。一张硬板木床上，各色封面的书籍竟占了半床，床头上搁着两盏蒙着布罩的高大台灯，屋里除了两张桌子，几只沙发，唯一的奢侈品，就是墙角里的那台落地式收音机了。

彭总望了望主席的面容，那头浓密的黑发在额头上还是齐崭崭的，白发并不多，只是比以前略显消瘦了些；他的神态仍像素常那样风雅安详，但认真看去，却又似乎掩盖着一些过度的思虑、疲劳甚至不安的东西。彭总问：

“怎么样，你还睡得好吧？”

“不是睡不好，是想睡不能睡嘅！”他微笑着说，“昨天晚上会一散，就来了两个忧国忧民之士，决心要来说服我。最后我讲，好吧，高岗同志，林彪同志，你们都是为党为国，有意见讲出来就好。你们的意见我一定考虑，我的意见是不是请你们也考虑考虑。他们走了不久，也就大天亮了。”

“他们在会上不是都讲了嘛！”

“讲是讲了，不过又搞来了不少材料。”毛主席接着说，“我们的林彪同志讲，美国一个军就有各种炮一千五百门，我们一个军才三十六门，太可怜了；坦克更不用说。他还讲，在没有制空权的情况下，如果没有三倍、四倍于敌人的炮兵和装甲兵，对敌人是根本顶不住的。老天爷，这可难了，什么时候我才能比敌人的大炮、坦克多三四倍呢？他们还要我一定考虑到一切后果。我看就是剩下一句话他们没讲，就是说，如果贸然出兵，我毛泽东将会成为千古罪人……”

由于最后这句话分量很重，彭总端在手里的茶杯忽然停住。室内一时沉静下来。停了半晌，彭总才轻轻地将茶杯放在茶几上。

这时，毛主席从烟盒里取出两支“中华牌”的香烟，递了一支过

来,一面笑着说:

“彭老总,你是不远千里而来,不知道考虑得怎么样了?是不是也来说服我了?……当然,多摆一些困难也没有什么,总是考虑得周密一点好。”

“我看可以出兵。”彭总性格坦率,说话一向开门见山。“我也是一夜没有睡好。想来想去,如果让敌人占领了朝鲜,同我们隔江对峙,这对东北威胁很大;加上它控制了台湾,威胁着上海、华东,它要发动侵略战争,随时都能找到借口。老虎总是要吃人的,什么时候吃,决定于它的肠胃。我看,不同美帝国主义见个高低,要想建设社会主义是困难的……”

“好!讲得好!”毛主席显然有些兴奋,反复吟味着,“噢,老虎是要吃人的。对!这是你彭德怀的版权!很可惜,这个常识并不是所有的人都懂得嘞!”

他似乎颇为感慨地叹了口气,抽了两口烟,脸上恢复了严肃的表情,凝望着彭总说:

“可是,彭德怀同志,这件事也确实有很大风险。第一,从我们说,不出兵则已,一出兵就要能解决问题。也就是说,准备在朝鲜境内歼灭和驱逐他们;第二,既然打起来,就要准备着美国同我们宣战,就要准备着他们至少要来轰炸我们的大城市和工业基地,使用海军来攻击我们的沿海城市,甚至到处轰炸,遍地下蛋,一直到最后丢原子弹……”

毛主席讲这些话时,不自觉地站了起来,双目炯炯,手势极其有力,仿佛要把他面前的什么东西推倒似的。显然他早已深思熟虑,下了最大决心。

“这个,我也考虑过了。”彭总刚毅果断地说,“关键是能不能打胜。打胜了，风险就小，打不胜，风险就大。我看最多无非是他们进来，我们再回到山沟里去，就当做我们晚胜利了几年！……即使这样，我看比起哈达铺咱们改编成陕甘支队要好些吧！”

毛主席听到这里，神采飞扬，眼也亮了，禁不住朗声大笑起来，震得一截长长的烟灰落到膝盖上去了：

“好，好，还是你彭老总啊！”

“这也是受到你的启发。”彭总诚恳地说，“昨天夜里，我对你最后讲的那句话，背诵了几十遍，最后总算通了。我在想，中国革命取得了伟大胜利，东方人民，世界人民，都在望着我们，我们怎么能给他们泄气呀！”

“对，对，”毛主席低下头深有所感地说，“我们的民族是伟大的，她应当对世界有所贡献；可惜在一个相当长的时期，这个贡献是太少了，这使我们感到惭愧……”

室内沉默了一阵。彭总又继续说：

“我们不能轻视敌人，也不能过低估计自己。我们在陕北，不就是几眼破窑洞？比胡宗南差远了，可是我们有群众，我们依靠着陕甘宁一百多万老百姓，就打败了胡宗南，现在有全国几亿人民，我就不信一定会失败！”

毛主席兴奋地点点头，含着深意地微笑着，在房间里踱来踱去。

“有些人哪，是只讲唯物论不讲辩证法，讲唯物论又不讲群众，讲辩证法又不讲发展，这叫什么哲学？”

说着，他望着彭总，笑得是这么动人，彭总也笑了。

接着，他像忽然想起了什么，脸上又浮现出一丝不易察觉的愁容，压低声音说：

“可是,这么一件大事派谁去啊? ……我同恩来、少奇、总司令都谈了,我们考虑到集结在南满的几个军,过去都是四野的部队,打起来也首先要靠东北支援,这样我们觉得派林彪同志去较为适宜。可是昨天晚上我试探了他一下,他显得很紧张,连忙说,他的身体很不好,每天晚上只能睡两三个小时……”

说到这里,他凝望着彭总,试探地问:

“彭老总,你最近的身体……”

“很好。”

“那么,这个担子是不是由你……”

彭总沉吟了一会儿,那坚毅的颚骨动了一动,两道浓眉一扬,抬起头说:

“我听候主席和中央的决定。”

毛主席深为感动,上前紧紧握住彭总的手,长出了一口气,说:

“这,我就放了心了!”

这时,忽听门外有人说:“主席在吧?”接着玻璃门轻微地响了一声,原来是周总理走了进来。他穿着一身整洁的银灰色制服,潇洒自若地站在门口,笑着说:

“哦,原来彭总也在这里。人已经来齐了,我们开会去吧!”

“好,好。”毛主席说着和彭总一起站了起来。

“你昨天的确太紧张了。”周总理转向彭总亲切地说,“事情决定得很仓促,头一天气候不好,飞机不能起飞。”

彭总笑了笑,觉得总理总是这样亲切和周到,事情办得有条不紊。

周总理说过,又转向毛主席说:

“会议今天可能结束不了,我看适当延长一两天也可以。这样重大的问题,还是让大家充分发表意见,这样统一思想才牢靠。另外,列席的同志,特别是几位老总也要请他们发言。主席,你看这样是否可以?”

“可以,就这么办。”毛主席把手一挥。

说着,三个人出了房门,沿着走廊说说笑笑向颐年堂走去。刚踏进颐年堂的院子,彭总猛一抬头,只见那两大棵海棠,在夕阳的红光里,就像两支红通通的火炬,燃烧在碧蓝的天空。他不禁赞叹道:“这两棵海棠真好!”主席和总理也停住脚步,仰起头来。总理说:“据说,这两棵海棠已经有三百年了,还这么旺盛!”毛主席点了点头赞赏地说:“是的,看起来,这也同我们这个古国一样,旧的枝条死去,新的生长出来,它自身的生命力也是不可低估啊!”说着,他们踏上颐年堂的石阶,只听里面笑语喧哗,大约人早已经齐了。

这次中央政治局会议又连续开了两天,十月六日晚上,彭总在会上发言,完全同意组成中国人民志愿军入朝作战,态度异常坚决。七日晚上又整整开了半夜,正式作出了出兵决定。随后,毛主席正式发出命令,立即组成中国人民志愿军,迅速向朝鲜境内出动,并任命彭德怀为中国人民志愿军司令员兼政治委员。这样,一副命运未卜的重担,已经牢牢实实地压在这个苦工出身的硬汉子的肩上,他个人的一切都无暇考虑了。人都说,彭老总是“苦命人”,什么地方艰苦就到什么地方去,事实确也如此。飞机已经给他准备好了,天一亮,也就是说十月八日一早,他就要飞往沈阳。

会议于七日深夜结束。彭总走出颐年堂,西天一弯月牙已将要落下去了,草丛里虫声唧唧,夜风清冷,身上已颇觉有点寒意。他将要走到停车场时,只听后面一阵脚步声响,回头一看,一个人急匆匆地跑了过来。那人边跑边喊:“彭叔叔!彭叔叔!”彭总停住脚步，路灯光下，看见跑过来一个个子高高的年轻人。他跑到彭总跟前，喘着气，但是很有礼貌地说：

“彭叔叔！您还认得我吧？”

彭总看了看，觉得有些面善，一时又想不起，就说：

“你是……”

“我在延安见过您，彭叔叔，我是毛岸英啊！”

彭总把他拉到路灯下，细细一看，才看出来了，就连忙拉住他的手，亲热地说：

“天这么晚，你怎么还没有睡？”

“我专门等着您哩，叔叔，您把我也带了去吧！”

“带到哪里？”

这年轻人附到彭总耳边：

“到朝鲜去啊。”

彭总吃了一惊，说：

“这可不行！”

“怎么不行啊，叔叔？”毛岸英感到意外。“我的目标很明确，就是要去锻炼锻炼。我自己小时候在上海流浪，没有机会学习，以后到苏联学习了几年，又只有点书本知识。父亲说我什么也不懂，我很有点不服，后来，我到晋西北参加了一年土改，我才信了。这次行动很伟大，机会很难得，叔叔，你就把我带上吧！”

这孩子就像他父亲那样，感情火辣辣的，辞意又如此诚挚恳切，彭总被感动了，语气也和缓了一些：

“你同你父亲讲了吗？”

“讲了，讲了，”毛岸英一连声说，“我父亲说他举双手赞成！”

彭总迟疑了。他再次打量了一下毛岸英。这个年轻人长得差不多同他父亲一样高了，穿着很不讲究，还是一身很旧的灰制服，上衣有四个吊兜，很像毛主席转战陕北时穿过的。小伙子站在那里，显得生气虎虎，泼泼辣辣，就很有些喜欢他。便随口问：

“你现在做什么工作？”

“我在一个机器厂当总支副书记。”毛岸英说，“我本来下了决心要搞工业，至少要搞上十年。我很想钻一钻工厂里到底怎样做党的工作……”

彭总笑着插上说：

“那不是也很好么？”

“不，一听说有行动，我就坐不住了！”毛岸英果断地说，“这次行动意义很伟大，我不能不去！”

彭总见他如此坚决，沉默了半晌，又说：

“这次出去，会遇见什么情况，很难讲啊……”

这年轻人异常机敏，也相当老练，早已听出话中的含义，立刻接上说：

“彭叔叔，请您相信，我精神上是有充分准备的。”

彭总一时无话。他上前紧紧握住毛岸英的手，又望了望松菊书屋那边透出的灯光，沉到深深的感动里，随后低声说道：

“岸英，那你就做准备吧，等我站定脚跟，就通知你。”

“哎呀，那我得等到什么时候？”

“嗐，不要急嘛！你已经是第一个报名的志愿军了！”

“彭叔叔，这我可不敢当，”毛岸英笑着说，“您才是第一名志愿军哩！”

彭总哈哈笑着，把手一挥，向汽车走去。确实的，他已经从心里喜欢上这个年轻人了。

彭总回到饭店，已经过了午夜。警卫员小张早就把小白兔接来了，这个五六岁的女孩子一直在房间里等着伯伯回来，后来就困着了。小张就安排她睡在地板上。彭总蹲下来，见这孩子盖着大被子睡得正香，小脸蛋红扑扑的，一头柔软的黑发，像满是茸毛的蒲公英似的散在枕上。孩子等了他这么久也没有等上他，这使他心里有点不落忍。他俯下身子，轻轻地把她抱起来放在软床上，严严实实地盖好，然后亲了亲，自己就又躺到地板上睡了。

早晨，彭总刚洗过脸，小白兔就醒了。彭总赶忙跑到床前，抚摸着她的小脸说：

“小白兔，你想伯伯了吗？”

“想了。我等你，你老不来。”

“对不起，小白兔，那是伯伯开会去了。”彭总笑着说，“来，伯伯帮你穿衣服吧！”

“不，我们幼儿园的阿姨说，要自己穿！”

“那好，那好。”

说着，彭总把她的小衣服一件件放在床头上，望着她。她把一只袜子穿反了，怎么也穿不上去，彭总笑着说：“看，还是伯伯来帮帮忙吧！”他提起小白兔的小红毛衣，一看肘弯和领口都破了，就说：

“小白兔，我给你买件新毛线衣好不好？”

“不，我不要，”小白兔说，“我就喜欢我的红毛衣。”

“不要，我看你以后穿什么！”

“下一次你回来我才要哩！”

“下一次？……下一次你还不一定要上要不上咧！”说着，他捏了一下小白兔的红脸蛋，“嗐，真是一个小傻瓜哟！”

“我才不傻哩!”小白兔把脑瓜儿一歪,“我知道你要回兰州。是吗?”

“不,不是兰州。”

“那是什么地方?”

“好远哟,等你长大就知道了。”

说到这里,彭总从小张的挎包里找出针线,就戴上老花镜,把那件小红毛衣抱在怀里缝起来。后来小张推门进来,把红毛衣接过去了。

随后,秘书林青也走了进来。彭总问:

“都准备好了吗?”

“准备好了。”林青说,“只是我们是否给西北局发个电报,因为我们来得仓促,什么也没有交代。”

彭总点了点头。

“家里呢,是否也告诉一声?”

“可以。电报后面加上一句。”

这林青,二十五六岁,作战参谋出身,精明干练,记忆力强,口齿清楚,笔头子也来得,而且还善于观察首长的心意。他很快就拟了一个电报草稿递了过来。

彭总戴上老花镜,看了一遍,然后拔出笔来,郑郑重重在草稿的末尾转告妻子的话中,添了八个字:“征衣未解,又跨战马。”林青接过来,看了又看,然后抬头望望彭总,望了望他那鬓角上初露的短短的白发,想起他戎马半生,从未得到过休息,心里无限感慨地说:“是的,是的,确实是征衣未解,又跨战马啊!……”但是这些话并没有说出来,只是眼睛湿湿地低着头向门外走去。

“小林!”彭总在后面又喊住他,“你从西北还带来不少文件吧?”

“是的。”林青站住说。

“那些文件不要带走,可以存在主席那里。”

“这……为什么?”林青有些愕然。

“你说为什么?”彭总反问,重重地瞅了林青一眼,每个字都很清亮地说,“因为这是战争!”

林青心里像注入一股热辣辣的东西,立刻激起一种出征的勇壮的感情,仿佛已经踏上战场,即刻就要同敌军决一死战。他响亮的回答了一声“是”,就迈着有力的步子,咔咔地走出去了。

两小时过后,在北京的西苑机场,一架深绿色的军用飞机,已经风驰电掣一般携着雷声凌空飞起,转瞬间升入高空,然后向着东北方向毅然飞去。它那一往无前的气势和勇猛无比的声威,确实就像战马一般……

第十三章 营 长

郭祥和杨雪,第二天中午赶到了西北闻名的古城咸阳。自从解放大西北以后,他们的军部就一直驻扎在这里。杨雪所在的军卫生部也驻在城里,郭祥的团队驻在城北,离城还有三四十里的路程。

他们下了车,在车站附近卖饸饹的小摊上胡乱吃了点东西,看见阅报栏下摩肩接踵挤了很多人。两个人挤进去一看,大吃一惊,报纸上的大标题是:“美国侵略军已越过三八线,正向北疯狂推进。”看报的人们在窃窃私议,脸上都带着一种忧虑的表情。

两个人无心细看,从人丛里挤了出来。郭祥扛扛杨雪的肩膀,低声地说:

“你瞅瞅,这回咱们俩赶回来,算闹对了!”

“可不,”杨雪也庆幸地说,“要呆在家,部队开走了都不知道。”

杨雪原定同郭祥一起到营里去看看老陆,然后再回卫生部去,这时她又改变了主意,不去了。郭祥劝她还是走一趟,杨雪摇摇头说:

“你快走吧,别给我出馊主意了!”

郭祥没有走出几步,她又喊住他:

“你等一等!给我捎个小条儿。”

说着,她掏出一个小本本儿,蹲下身子在膝头上写起来。写了不到几行，就哧楞撕下来，折叠好，交给郭祥，然后说：

“你可不许偷看，看了烂你的眼边儿！”

“那怕什么！”郭祥笑着说，“赶过年时候我再演傻小子，就省得化装了。”

郭祥装好信，就大步出了北关，沿着正北的大道走去。

咸阳城外，有不少秦汉时代的古冢，每一座都有一两丈高，一个一个像小圆山包似的坐落在原野上，上面长满了青草，给这座往昔繁华的旧都添了不少古意。这里比河北平原庄稼成熟得晚些，人们正在忙着秋收，田野里不时传来一两声秦腔的高亢的曲调。

郭祥走得很快，大约下午两点钟左右，已经赶到他们营连的所在地杨柳镇了。这是一座五六百户的乡村小镇，郭祥所在的三连就驻在村西头几十户低矮的农舍里。

郭祥一气赶了几十里路，并不觉累，还觉得能放开腿走走，比坐火车马车还要舒畅。他进得村来，远远就看见了自己连里的哨兵，心里说不出多么高兴，好像离开了多少日子似的。

他在门口，同哨兵热乎了好大一阵，才进了连部的院子。房东和部队都忙着秋收去了，院子里静悄悄的。郭祥往北房里一看，只有通讯员花正芳一个人迎着门静静地坐着，穿着白衬衣，在那里低着头做针线活呢。他的神态是那样专心，缝几针就停下来，察看一下针脚是否均匀，然后又接着缝下去。连长的到来，他仿佛一点都没有发觉。

这个花正芳，是全连中郭祥最喜爱的战士之一。他在战斗中极为勇猛、沉着，而平时却又腼腆得像个大姑娘似的，同人说话的时候，常常无缘无故地脸红。他又做得一手好针线活，人又长得十分漂亮，所以就得了一个“大闺女”的绰号。

郭祥见花正芳没有发现他,就故意放轻脚步,走到门边说:

“嗬,这是给谁纳袜底哪?”

“连长,你回来啦!”花正芳连忙站起身来,来不及敬礼,红着脸笑了一笑。“你瞧小牛那双袜子,简直没法补了,我想干脆给他换双底子!”

说着,他把针插起,连忙接过连长的东西,掂了掂,笑着说:

“这么沉!连长你给带来什么好吃的啦?”

“你瞅瞅!”郭祥笑着说。

花正芳一探手,抓出一大把红枣,放到嘴里吃了一个,说:“好甜哪!好几年没吃上咱们冀中的红枣了!”

“你给大伙分分!别叫小牛一个人抢了。”郭祥说。

花正芳跑出去拎了一大桶水来,郭祥在院子里拍打着身上的尘土,痛痛快快洗了一阵,一面说:

“最近有什么情况?”

“咱们种的棒子,可长得不错。这两天正突击秋收哩,连操课都停了。”

“我问的不是这个,”郭祥说,“形势方面有什么?”

“没有传达。光听说周总理有一个声明,说我们不能置之不理。”

“着哇!”郭祥笑着说,“这里面就有文章嘛!”接着他又叹口气说,“你也是个老兵了,什么事还要光听传达!你看后勤部门有什么动作?”

“你平常不是叫我们不要乱打听嘛!”花正芳望郭祥微微一笑。

郭祥也笑了。

“最近形势很紧张,”郭祥说,“你感觉到了没有?”

“怎么没有?”花正芳说,“房东老大伯前些时见了我就悄悄地问:老解放区都分地了,咱们这里啥时候分呀?现在也不问了,一天蔫不拉唧地没有精神……自从美国军队过了三八线,街上的东西价钱眼瞅着涨了很多。你瞅瞅,我买的这条毛巾,前些时才五毛,这几天就要一块,真把人气得……”花正芳这时脸又涨红了。“我看,他要真攻过来,我们就要顶住,再不然,我们就打台湾!”

郭祥很满意他的回答。接着又问了些别的情况,喝了两碗水,就站起身说:“我到营部见营长去。”

“你到营部怕找不见他。”花正芳一笑。

“他在哪里?”

“就在镇东头那座红大门里。人说是西安一个大皮毛商人的家。”

郭祥一惊,又问:

“他在那儿干什么?”

“大概快结婚了,”花正芳一笑,“正忙着布置新房哩!”

郭祥唔了一声,没有言语,接着整整军服,来到镇子东头。这里隔着一条河,对岸有好几十株大柳树。那座朱红大门就掩映在浓密的树荫里。

郭祥过了小桥,见大门虚掩着。推门进去,里面又是一重青瓦门楼,迎着门楼,是一座橘红色的油漆屏风。屏风上画着一棵古松、一个老寿星和两个献桃的童子。

郭祥刚要转过屏风,只听营长在里面说:

“潘先生,真是太麻烦您了!”

另外一个声音接道:

“哪里,哪里,营长你太见外了!”

郭祥转过屏风，看见一个肥墩墩的中年商人，正同一个通讯员把一架紫檀木镶嵌的大穿衣镜，从北房里搬出来，向西厢房走去。营长在西厢房的门口打着竹帘。郭祥见人们没有发现他，就乘机打量了一下这座院落。正面是一溜五间带走廊的高大北房，镶着大玻璃窗，垂着竹帘。两株很大的海棠树分列左右，结着红澄澄的果子。东西两厢房的门前，也各摆着两盆大夹竹桃。总之，在这个院子里，每一种大小摆设，都是二二编制，尽量让它成双成对，也许这里藏着主人的什么吉祥的意念。

穿衣镜抬到西厢房里去了。只听营长又说：

“潘先生，您真太热心了！我真不知道该怎么样地谢您！”

又听那位商人说：“陆营长，您说哪里话，咱们现在都是一家人嘛！您住到敝舍，就够我三生有幸了。再说，成亲这是终身大事，我就算帮你的忙，一辈子能有几回？”说过哈哈大笑起来，接着又说：“你看这穿衣镜，摆在哪里好些？”

他们似乎正在那里考虑着。这时候，郭祥按照军人礼节，喊了一声报告，揭开帘子走了进去。这是个两明一暗的房间，有着雕花隔扇。那架穿衣镜还摆在当屋，看来正在等待着最适当的位置。

郭祥向营长行了一个军礼。

“哦，哦……”他点点头，神情有些漠然，仿佛他的思想还没有从什么地方收回来似的。但是他立刻意识到自己不够热情，连忙走上前来握住郭祥的手说：“你回来啦！”

那位潘先生随便看了郭祥一眼，并没有给予过多的注意。他还接续着刚才的话题说：

“这架穿衣镜太陈旧了，放到新房里实在不成体统。不过这镜子是法国玻璃，货色不错，新娘用用也还方便……营长，您住到咱家里，真是请都请不到，需用什么东西，您尽管说。看还需要些什么？”

“不用了，不用了。”营长不胜感谢地说。

那位潘先生似乎沉思了一阵，说：“你看那边床头上是不是还要摆一张茶几儿？”

“实在不用了！”营长又说。

“我看还是有个茶几好。”潘先生神情认真，说着，连忙挑起帘子，对着北房喊道：“老三！老三！你把那个黑漆茶几赶快腾出来给营长用！”

“哎，哎！”只听上房屋里娇滴滴的声音应了一声。

潘先生显然为这娇嫩轻妙的应和感到满意，接着又笑嘻嘻地说：

“营长，失陪！等茶几腾好，你就让他搬过来吧！”他指了一下那个通讯员，就走出去了，并没有看郭祥一眼。走到帘子外，又回过头说：“营长，什么时候，喜日子定了，早点告我，您这喜酒我是吃定了！哈哈哈……”说着，一摇一摆地踱回上房去了。

“不知是个什么混蛋玩意儿！”郭祥望着他的背影暗暗地想。

只听营长感慨地说：

“你瞧，这新解放区的老乡，对待咱们多热情啊！”

说过，他沉吟了一会子，决定让通讯员把那架穿衣镜放到里间屋去。刚搬到里间屋，他左看右看，感到光线太暗，又改变了主意，让通讯员又搬出来，把它摆到外间屋的一个屋角里去了。这才满意地躺到一个帆布躺椅上，对通讯员嘱咐道：

“小张，我告诉你：我们住到这儿可要注意一些。这可不同一般老百姓家！对待房东必要的礼貌是不可少的！衣服鞋袜都要穿得像个样子。不要让人家笑话我们太土气了。去！你先把院子打扫一下！”

营长躺在躺椅上，正面对着穿衣镜，他不断打量着自己潇洒自若的仪容，露出悠然自得的微笑。

“郭祥，你瞅我这新房布置得怎么样？”

郭祥再次打量了一眼那紫檀木的八仙桌、太师椅、自鸣钟和墙上挂的一幅九美图，勉强笑了一笑，没有言语。

“你再到里面看看嘛！”营长又说。

郭祥掀起雪白的门帘，只见里面墙壁上糊着淡蓝色的花纸，一张有棚的雕花木床上，支着粉红色的绸帐。帐子里面摆着一对绣着喜鹊登枝的红缎子枕头。就是那一床绿不绿、黄不黄的粗布军被显得很不调和。

营长兴奋地走过来，扶着郭祥的肩头，再一次欣赏着未来的洞房的陈设。他还特意把那对大红缎子枕头，拿到郭祥面前说：

“这喜鹊登枝，绣得不坏吧！你估计得多少钱？”他没等郭祥回答，就兴奋地说，“其实并不贵！这是我到西安，从旧货摊上买的。可是你瞅瞅，谁也看不出来这是旧的！”

“就是这条花被单稍贵一些。”他放下枕头，把它摆正，又指着被单说，“其实，贵又能贵到哪里去？刚才潘先生的话说得不错，终身大事嘛，一辈子能有几回！”

他的眼睛望着那床黄不黄、绿不绿的旧军被，叹了口气：“就是这床被子太土气了。我已经对管理员说了，再到西安，买不起缎子的，就是麻葛的也换上一床！”

说过，又躺到躺椅上去了。

郭祥自进了这个院子，不知怎的，就有一种不舒服不自在的感觉,就像他小时候到谢家所产生的那种感觉似的。加上营长一个劲地说被子、枕头,心里就有些厌烦。但他一进门就暗暗警惕自己:绝不要嫉妒自己的战友,绝不要流露出哪怕是一丝一毫的不满。因此,他在极力地压制着。

"营长,"他转换话题说,"最近,有什么情况吗?"

"什么情况?"营长反问。

"我说的是,部队有没有行动的消息?"

"你听到什么了?"营长望着他。

"我完全是瞎估计。"郭祥笑了一笑,接着说,"你看,美国人有没有可能打过来?另外,我们有没有可能去打台湾?"

"嗐!"营长笑了一笑,叹了口气,"你这个同志呀,我早说过,是个好同志,可就是太不老练,听见风就是雨!你就不想想,我们打了多少年了?我们哪个人身上不是钻了好几个眼眼?我们老解放区,就说咱们冀中吧,已经快成了女儿国了。我们的经济方面也非常困难。要不然的话,上级为什么叫咱们在这里搞生产呢?现在战争刚刚停下来,我看一时半时决不会再打。再说,再说……"

"现在的形势,确实很紧张。"郭祥打断营长的话。"这次我家去,谣言很多,乌龟王八都猖狂起来了。我们村的一个老地主,竟然敢跑到贫农家里把过去分了的东西抢回去……所以,所以……"

"所以你就沉不住气了。"营长笑了一笑,"这是很自然的。你分了他的东西,他心里怎么能够满意?当然,一有机会,他就想捣乱。你找几个民兵,把他捆住送县就是了。"

他凝视着郭祥,拍拍郭祥的膝盖,诚恳地说:

"郭祥呀,我劝过你多少次了,你一定要好好提高自己的文化!现在形势不同了。部队进了城,要搞正规化了。战争年代那一套,光凭冲一下子,已经吃不开了。每一个干部在训练部队上,都要真正有一套才行。不然的话,”他瞅瞅郭祥,“那胜任工作就是有困难的。有人埋怨说:‘现在不打仗了,咱们老粗吃不开了。’埋怨什么?你积极提高嘛!当然,也难免会有少数人被淘汰!……”

“淘汰了,我就回家种地去。”郭祥说。

“瞧,打中你的要害,你就不高兴了!”营长哈哈笑了一阵。

郭祥忽然想起,口袋里还装着杨雪一封信,就一边掏信,一边说:

“小杨随我一道回来了。”

“她在哪儿?”营长兴冲冲地问,“她怎么没来?”说着把信接过去,笑吟吟地端详了好一会子,才慢慢把信打开:

希荣同志:

你的身体好吧?工作顺利吧?我已经提前回来啦!因为这些日子形势很紧张,我怕部队有行动,把我丢了。

我走以前,你提出的那个问题,我没有意见。就按照你的意见办吧。但是假若部队有新的行动,我的意思是把那个日子推迟。我已经在火车上再三考虑过了。请不要生我的气。

小杨于咸阳车站

营长看着看着,眉头皱起来,刚才嘴边的笑意消失了。

“多幼稚!”他把信往桌上一掷,叹了口气。“整个形势不了解,又不多用脑筋分析,这怎么行!……我要亲自去给她打个电话。”说到这里,他隔着竹帘喊道:“通讯员!”

那个正在院子里扫地的通讯员应了一声。

“等会儿把那个茶几搬过来!然后把门锁上。我先回营部去了!”

郭祥随着营长走出门来，刚刚走到屏风跟前，只听后面一声又尖又怪的声音：

“送客！送客！”

郭祥回头一看，并没有人，原来是上房廊檐下两个绿毛鹦鹉的叫声。郭祥来的时候，竟然没有发现。他带着一身鸡皮疙瘩走出那个朱红大门。

穿过小桥，营长连招呼也没打，就急火火地往营部去了。郭祥不知怎的，心里怪不舒服，慢慢地向连部走着。走不多远，听见有人喊他。一看，原来是本连的司务长老模范。不管离多远，郭祥只要看见他那身破旧的军衣，略略驼背的身影，就知道是他。郭祥兴冲冲地赶上去，几乎要搂住他说：

“老模范！你在这儿干什么？”

“我在这儿等你哩！”

郭祥看见他破旧的军衣上满是尘土，膝头上补着两个大补丁，那双踢死牛的山鞋也张开了口儿，有些怜惜地说：

“你是才从地里回来吧？老模范！岁数不饶人呀，我看你也得注点意了！”

“不说这个！”老模范把头一摆，“我要找你谈谈。”

“咱们回去谈吧！”

“不，”他又把头一摆，“我马上还要到后勤开会。”

说过，他朝着村北的几棵大树走去。郭祥恭敬地跟在后面。

这老模范，名叫康保，原来是梅花渡一户大地主家的长工。前文已经交代，十三年前，当小嘎子在那个可怕的黑夜逃到梅花渡的时候，他就是小嘎子在井台上遇见的那个救命恩人。从那时起，郭祥就喊他“大叔”，实际上早已是父子般的感情。以后，康保参军去了,本来想把他带走,因为他年纪太小,部队没有收留。两年以后,郭祥参军当司号员,老康已经是机枪班长了。两个人在一个连里,老康还是像父亲一般地关心着他。那个时候,郭祥还叫他大叔呢。老康觉得既是参加了革命,在连队里叫“大叔”总是不够顺耳,就叫郭祥改了。郭祥就叫他“班长”,但有时仍不免冒出一两句“大叔”来。郭祥当班长的时候,老康因为负伤体弱,就调到伙房当了炊事班长。等到郭祥当了排长,还是照旧喊他“班长”;老康则一直喊他“嘎子”。可是后来郭祥当连长了,在全连面前“嘎子”这两个字就喊不出口了,又怕影响他的威信,也就叫起“连长”来。这时候,郭祥对老康的称呼却比较容易解决,因为老康无论战斗、工作,样样为人表率,不知从什么时候起,这个“老模范”的名字就叫起来了,起初是全连、全营,后来是全团、全师,就是军首长也这样叫他。郭祥也就跟大伙一起喊他“老模范”。但是两个人不管彼此如何称呼,都可以使人体察到那种极其深厚的、无比关切的阶级感情。

老模范在前面走,回过头说:

“这次回去,家里怎么样?”

“我娘还好。我爹已经死了。”

“怎么死的?”

“谢家小子搞倒算死的,膛都开了。”

老模范站住脚步,半晌没有言语,又往前走。

两个人来到那几棵白杨树跟前坐下来。

“他们杀死我们多少人哪,”老模范把头一摆,“这仇没有个完!”他把他的一拃长的小烟管摸出来,拧了一锅烟。“可是有些人老是喊:革命成功了!成功了!该回家抱娃子去了!”

郭祥接过他的黑粗布烟荷包,倒了一些烟在自己的掌心里,一面问：

“出了什么事啦？”

“叫我看，有的人思想不稳定。”老模范说，“还有个老资格公开讲：他的任务已经完成了。……”

“你说的是‘调皮骡子’吧？”

“还有谁？”老模范说，“自从开到这儿生产，他没干几天活。一下地，他就装病，还哼哼，一吃饭就是好几大碗。你给他谈话，他就说，生产？我还回家生产去哩！指导员批评了他一次，他干脆不起炕了。”

郭祥越听越沉不住气了，把腿一拍：

“哈哈，这样人连革命都不想干啦，你瞧，我得好好整整他！”

“你又来了！”老模范瞪了他一眼。“你可是在这方面犯过错误！”老模范这口气可不大像对待上级。

郭祥偏过头笑了一笑。

老模范掖上烟锅，在苍茫的暮色里站起身来。

“咱们的战士是好的；我看就是思想工作跟不上去。有人一天价盘算着结婚，什么工作也不往心里搁，就不看看现在是什么形势！”说到这儿，他有些气愤，停了停，又说，“你要多经经心！不论什么问题，当干部的，总要在心里多走几个过儿。我怕你不了解情况，一回来又是和通讯员滚蛋子，打扑克，将来一打仗，这个连带不上去可就糟啦！”说着，他站起身来，踏着他那踢死牛的山鞋，走到坡岸下面去了。

天上已经升起一眉新月，郭祥向连队走去。他好几次回过头来，望了望那个略带驼背的身影……

第十四章　争　论

郭祥回到连部，正是人们秋收回来吃晚饭的时候。郭祥刚端起饭碗，那些排长们、班长们和战士们就川流不息地来瞧他们的嘎子连长来了。好像他们已经多年不见似的。那种战士们特有的欢乐与诙谐的谈吐，简直没有个完，小屋子掀起一阵阵的哄笑。郭祥带来的家乡红枣，还没有等待花正芳严格分配，就被人抢光了。满屋子吐了一地枣核儿。郭祥神情振奋，没有一点儿疲劳的样子。要不是老模范的告诫，一场扑克是少不了的。当晚，指导员向他介绍了连队的情况，等睡下来，夜已经很深了。

第二天一早，郭祥就盘算着他的计划。准备首先找调皮骡子个别谈谈。可是刚把手插到洗脸盆里，一班长就手里拿着一张纸片气急败坏地跑来了。

“调皮骡子跑了！”

他打了一个敬礼，就低下了头，摆出一副准备接受申斥的样子。

指导员刚穿上一只袜子，手抖抖索索的，另一只袜子怎么也穿不上去。他指着一班长说：

“你，你……你是怎么搞的？我早给你布置过，他是一个逃亡对象。”

班长的头垂得更低了。这场训斥是他早就预料到的。

郭祥使了个眼色,暗示指导员冷静一下。

“你瞧,叫他抓住时机了!”郭祥说,“这家伙精得很,他看我昨天才回来,睡得晚,就叫他抓住了。你手里拿的是什么?”

“这是他留下的信。”

郭祥接过来一看,是一张字迹歪歪扭扭的纸条:

敬爱的连首长:

现在革命已经完成了,我回去了。是我自已批准的。我知道你们可能受批平,没有法子,请多多原凉!以后到我家,我好好招代,还是朋友!明人不做安事。敬礼!

公物留下,枪也擦了。

王大发

郭祥气得把纸片一甩,从枕头下摸出驳壳枪,搭到肩上,说:

“估计是什么时候走的?”

“怕是下半夜。”

“可能走哪条路呢?是大路还是小路?”

“我刚追到村外,从那条小路上拣了一条毛巾,是他的。”

“唔!……那就从大路去追!”郭祥敏捷地说,“这家伙打过游击,有点心眼儿。”

说过,提枪要走,指导员拦住他,抢到头里去了。郭祥知道这个老兵不好对付,就喊:

“花正芳!你也跟指导员去,一定要把他抓回来!”

花正芳笑了一笑说:

“叫我说少就少一个吧。像他这样的老调皮兵,别说全团,就是全师也数头一份了。”

“快去!”郭祥摆出连长的架子,“我正要抓典型儿咧!”

花正芳一听这话音，连忙接过连长的短枪，蹿到院里去了。

这突然的事件，一下子破坏了郭祥的心情。他胡乱扒了几口饭，把筷子一摔，就领着部队下地去了。到地里也不说话，砍高粱砍得咔咔的，好像每株高粱也都成了调皮骡子。昨天晚上，听了老模范的劝告，他本来准备把他找来好好地谈谈，进行一番耐心的说服，决心改变自己那种“整一整”的政策。谁知道过了一夜，这家伙却乘自己疏忽麻痹之际跑掉了！

说起调皮骡子，郭祥一向认为“整”他也是不屈的。无论什么任务，他就是干了，也得给你尥几个蹶子。而且谁要说他调皮，他就会瞪着眼说：“这叫调皮？我比以前进步多了。你参军日子太浅，要提起我过去的事儿，得吓死你！”是的，他过去确有不止一桩事叫人哭笑不得。就是犯纪律，也比别人更富于创造性。比如有一次行军，他崴了脚脖子，掉了队，路上碰上一个老乡，正愉快地赶着毛驴，一路走，一路唱。原来这地方刚刚经过土改，小毛驴就是老乡分的。他就赶上去，拐着腿，进行宣传，先讲国际形势，又讲国内形势，然后就夸奖老乡的毛驴，最后表达自己坚决保卫胜利果实的决心。说得老乡满脸是笑，嘴都合不拢了，就说：“同志，看你这腿拐得多难受，你骑上去吧！”他一边推辞着，一边就跨上毛驴，在部队后面远远地跟进。这个例子，后来被兵团政委知道了，在政治工作会议上，作为约束不严的典型事例提出过严肃的批评，弄得军首长都脸上无光。虽然如此，但在郭祥的内心深处，也有几分喜爱他的地方。因为他最突出的长处，就是作战勇敢，而且战斗经验相当丰富，在节骨眼上，常常能解决一些问题。比如打徐水城，在进行巷战的时候，有一个大门总是突不进去，因为高房上有一挺机枪，封锁得特别严密。在这里牺牲挂花了二十多个，连一向敏捷的花正芳也负了伤。这时候，他满不在乎，并且洋洋自得地说："瞧老调皮兵给你来一手啵！"说着就装作要冲过去的架势，把他的大衣猛地往大门前一扔，敌人那挺机枪就哗——地扫了一梭子，等敌人发现受骗猛然一愣，调皮骡子已经蹿过去了。不一时，炸药放好，黑烟冲天，那座高房子就像害了大病似的瘫在那里。正是因为如此，他在连队里也颇有一些威信。领导上多次想培养他成为一个干部，因为他确实很老了，和他一起参军的人，有的已经当了营级干部，而他还是一个兵。但他对此毫不介意。你同他谈入党的事，他说："一天开会，麻烦死了！"你说要提他当干部，他说："我操不了那个心，哪有当兵自由！"你劝说得他急了，他就说："别谈了！别谈了！反正我跟你们走就是，革命成功了，我还是回去种我的地！"瞧，他现在真的实践他的诺言去了。

郭祥正在气恼，下午花正芳跑来说，调皮骡子已经抓回来了。果如郭祥所料，他正背着背包在大公路上大摇大摆地走哩！

郭祥急急回到连部的院子，见调皮骡子正坐在自己的大背包上端着小搪瓷碗喝水。他服装整齐，神态自若，完全不像一般开小差的样子。他喝完一碗，又伸出碗说：

"花正芳！还有没有？再来一碗！"

花正芳略显迟疑，他就说：

"怎么？犯一点儿错误，连水都不让喝啦！"

郭祥气更大了，走过去大声说：

"给我讲！你为什么要开小差？"

他端着碗，继续喝他的开水，满不在乎地拉着长声说：

"连长，别发那么大的火嘛！有什么事大不得了？慢慢商量嘛！"

“别耍贫嘴！”郭祥指着他说，“你讲，为什么要开小差？”

“有没有我的民主？”他把小碗放在地上，反问。“要容我说，首先，我这就不能叫开小差。你问指导员，我给他讲过多少次啦。你们光讲空话，不解决人家的实际问题嘛！”

郭祥要压倒他，咬定一条：

“我问你，你经过谁的批准？”

“那，那，”他把头一歪，“那你们都不批准，我就只好自己批准啰！”

气得鼓鼓的通讯员也忍不住笑起来了。小牛说：

“人家是老资格嘛，当然可以自己批准自己了！”

“小毛孩子！”调皮骡子的脸略红了一红，瞪着眼说，“解放军可不许乱讽刺人！”

正在喝水的指导员，把碗一放，站起来说：

“王大发！你仔细想想，全团全师甚至全军，谁像你这么调皮！你也革命好几年了，一贯地调皮、落后，难道你自己就一点也不感到惭愧？”

这句话像是刺中了他，他的脸涨红起来了。

“我，我……”他激动地打了几个嗝儿才说下去。“我，我承认调皮，但我并不落后。你们，你们说，我哪一次战斗不是冲在前面？我哪一次装过孬种，当过草包？从南到北，从东到西，我比你们谁少走了一步？我没有功劳，也有苦劳，没有苦劳，也有疲劳咧！可是你们，你们……”他激动地站起身来，“你们为什么说话不算数呢？……”

“我们什么地方说话不算数？你说！”郭祥气昂昂地指着他问。

“好，我说。”他充满激动，觉得自己十分理直气壮。“首先，打日本那时候，你们说，‘不打倒日本鬼子不回家’，是吧？打倒了日本鬼子，该让我回家了，你们又提出了一个‘不打倒蒋介石不回家’，是你们说的吧，嗯？现在这些都实现了，革命已经胜利了，你们为什么还不让我回去呢？……”他的嗓音嘎哑了，似乎流露出一点悲哽。

“你别哼哼唧唧的，”郭祥说，“你自己也得了胜利果实！”

“是，我是分到了土地，”他抹抹鼻子，“可是有了地没人种就能自己长出庄稼来吗？嗯？”

“你别忘了还有敌人！”郭祥声音更高地说。

“敌人？敌人在哪儿哪？你让我看看！”

花正芳插嘴说：“台湾，台湾就没敌人啦？”

“什么时候打台湾你叫我，”调皮骡子说，“哪个孬种不来！”

“昏家伙！”郭祥说，“美国侵略朝鲜，你知不知道？”

“他怎么知道？”小牛也插嘴说，“人家从来不看报，上课的时候画小人人儿！”

他轻蔑地翻了小牛一眼，显出不值一驳的样子，又继续说：“要按你们这么说，那革命就没有个头儿啦！只有当‘辈兵’啦！”

郭祥激怒而威严地说：

“先把他关起来！”

花正芳把调皮骡子押往禁闭室去。临出门，他还低声但用郭祥能听到的声音说：

“关禁闭算什么，有人当了排级干部还蹲禁闭哩！”

郭祥又气又恼，正要发作，忽然营部的通讯员气喘喘地闯了进来，打了一个敬礼：

“报告连长，指导员……”他喘得说不出话来。

“发生什么事了?”郭祥问。

“叫你们跑步到团部集合!”

“到底什么事呀?”指导员也问。

通讯员没有回答,一步蹿到门外,回过头说:“你们要误了事,我可不负责任!”说过,到别的连传达命令去了。

“快走吧,伙计!”郭祥立刻挎上枪说,“准是发生什么事了!”说着,出了门就向团部飞跑。已经跑了一天,十分疲劳的指导员喘吁吁地跟在后面。

果然,他们在团部驻地村东的一所古庙里,听到了政委报告的惊人的消息:自从美国侵略军在仁川登陆以后,朝鲜人民军的主力,被隔断在南朝鲜还没有撤回;向北推进的美国侵略军,不顾我国政府的警告,已经越过了三八线;现在朝鲜民主主义人民共和国的临时首都平壤市,已经陷于包围中。朝鲜人民的命运正处于最危急的关头。接着,政委宣布了毛主席、党中央的重大决定:要立即组成“中国人民志愿军”,抗美援朝,出国作战。本部队奉命立即停止秋收,擦洗武器,进行动员,三天后待命开动。

会议结束,已经后半夜了。郭祥刚离开那座倒塌的山门,就擂了他的指导员一拳,说:

“伙计,你的决心怎么样?”

“打呗!”指导员说,“那有什么说的!”

“对!”郭祥十分高兴地说,“毛主席这个决定,真是太英明了,真碰到我的心坎上了……过去,咱们打过日本鬼子、国民党,就是没有打过美国鬼子,这一回我倒要见识见识!我要问问他们:为什么要漂洋过海来侵略别人?”

两个人沿着村野小路走着,秋风吹得棒子叶飒飒地响。指导员又说：

“老郭，你不觉得动员时间太短吗？咱们连有一些人退坡思想很严重，他们要听说到外国去，能拉得动吗？”

“没有问题！”郭祥乐观地说，“咱们的战士，你还不了解么？尽管平时有人闹些个人问题，真正到了节骨眼上，倒是不含糊的。这是我多年的经验了。咱们俩分分工。一回去连夜开支委会。你跟别的支委专门搞动员；把那些落后家伙全包给我，我有办法！”说着，他鬼笑起来，不知道在打什么鬼主意了。

月色朦朦，原野苍茫。郭祥轻快地走着，完全忘记了还没有吃晚饭呢。他越走越高兴，不由地唱起歌儿来了。这是中国工农红军东渡黄河向抗日前线挺进时唱的歌子：

炮火连天响，战号频吹，决战在今朝，
我们抗日先锋军英勇武装上前线，
用我们的刺刀枪炮头颅和热血，
嗨，用我们的刺刀枪炮头颅和热血，
坚决与敌决死战！……
…………

“喂，算啰！算啰！”指导员笑着说，“看你这股劲！要是帝国主义知道，准说你是‘好战分子’！”

“可我是革命的好战分子呀！”郭祥停住歌声，笑了一笑，“我自己也觉着怪。一说打仗我这身上就来了劲儿！那年打保北战役，我害回归热，一直烧了七天七夜，到厕所去解个手，身子软得像面条似的；后来一听说咱们连担任突击任务了，我一骨碌爬起来，满身力气不知从哪儿来的，一抖劲，全身的骨头节噼啪乱响！”

说着，笑着，前面已经是杨柳镇了。

抗美援朝出国作战的消息,陆希荣在中午紧急召集的团党委会上就听到了。这个消息,使他感到意外。“为什么中央要作出这样的决定呢?为什么在中国大陆上连续二十二年的战争刚刚结束,国家困难重重,战争创伤十分严重的情况下,会作出这种带有‘冒险性’的决定呢?如果在国外能顶住敌人,那倒还好;假若一旦顶不住又怎么办?这将把刚刚成立了一年的新中国置于何地?这将把中国军队的威信置于何地?而且刚刚开始的恢复和建设工作,是否还要继续进行?”这一连串的问题,都浮到他的脑际来。但是他看到团党委的委员们,都在称赞着中央决定的英明,他也就没有勇气提出这些问题,而且在发言中,也勉强举出了几点理由赞美这个决定的正确。

这决定使他慌乱不安的另一原因,很明显对他正在积极进行的结婚准备,是一个意外的打击。回来的路上,他想起了许多事情。在抗日战争结束的那段“和平的日子里”,有人给他介绍了一个姑娘,刚刚见了一次面,几乎没有细谈,战争就爆发了。在解放战争中,东征西战,每天不是一百,就是八十地走,哪里还有闲散的岁月!在一次难得的休整期间,他结识了一家房东的女儿,她是多么温雅而又热情!可是却有人警告他,说那人是“地主成分”,当时正处在森严的土地改革期间,他不得不放弃。今天呢?当他预定的婚期,还不到一个月的时间,又传来了这一个突然的“决定”,马上就要投入一场不可知的战争!这一切使他过去的一个认识更加明确,更加强烈了。他认为:革命是有前途的,而个人却是没有前途的,在无休止的严酷的斗争中,个人的幸福是谈不到的。

他骑着马,缓缓地回到营部。躺下来,仍然思绪不宁。直到后半夜，心神才安定下来，一个鲜明的思想来到他的脑际：他要把婚期提前，尽管离部队出动只不过三天时间。

第二天一早，他匆匆布置了工作，然后就对教导员很客气地说：

“老陈，我到卫生部去一下，很快就回，你看行不？”

这老陈文化程度很低，工作能力也不如他，平时一贯对他百依百顺。听他这么说，就笑了一笑，点头答应。他立刻通知马号备马，又把马肚带亲自紧了一紧，一出镇就向南狂奔而去。

一直到咸阳北关，他才让马放慢了脚步，这匹枣红马，已经通身大汗，像水洗过的一般。连他自己的两条裤腿都湿了好大一片。在马缓缓走着的时候，他对即将到来的谈判作了一番考虑。他估计，杨雪对这仓促的决定，难免会有一些意见，因为一个姑娘对她一生的大事，总是不喜欢过于潦草。但是只要自己耐心说服，协议是可以达成的。

他经过咸阳大街，穿过钟鼓楼，幸好没有碰到军部的首长，就在卫生部看护连的门前高高兴兴地跳下马来。把马拴到大门里的一棵枣树上。

一个小护士正在南房值班，走出来嘻嘻一笑：

“哈，原来是陆营长来了！你找谁来啦？”

“我找你来啦！”陆希荣也开玩笑地说。

“呸！”小护士把头一歪，“我们班长正在北房开会哩，我给你叫去！”说着就想冲北房喊叫。

陆希荣摆摆手，连忙止住她说：

“别大张旗鼓的！”

陆希荣在南房里坐定。不一时，小护士回来说：

“你先等等儿,她马上就来。”

陆希荣同小护士说了阵闲话,等了一阵还不见来,他心情烦躁地说:“去,你再催催!”

一时,小护士又回来说:

“我们班长正发言哩!”

刚说着,杨雪进来了。小护士机灵地躲了出去。也许是天热的缘故,她的头发剪得更短了,看去简直像个男孩子。

“哎呀,我的营长,人家正发言哩,你怎么就不照顾照顾别人的威信!”她的脸色略略有点儿不满。

“嗬,瞧你,”陆希荣笑着说,“从家里回来,也不到我那里去一趟,别人跑了几十里来看你,你还生气! ……你瞧瞧这!”他指指自己被马汗浸湿了的裤腿。

几句话,就把杨雪刚才的埋怨吹得无影无踪,她的一双大眼睛瞅着他,笑了一笑:

“你干什么来啦?”

他没有答话,走上去,把她的两只手都握在自己手里。

杨雪红着脸,低声地说:

“情况这么紧,真的,你干什么来啦?”

“我到军司令部有事,顺便看看你,和你商量一件事情。”

“你说吧!”

“不,”陆希荣笑着,亲昵地说,“你要同意我才说哩!”

杨雪也笑着说:

“什么事,你可说呀!”

“不,不,你说同意!”陆希荣攥紧她的手说。

“瞧,不知道什么事儿,叫人家怎么同意呢?”她格格地笑出声音来了。终于她战胜不了自己的好奇心，把手从陆希荣手里抽出来，挥了一挥，决断地说，“好，我同意！你说吧！”

陆希荣用手点点她的鼻子，说：“好，这可是你说的！”然后他无限亲切地和杨雪并着肩膀坐下来，说，“部队马上要执行新的任务，你想必已经知道了！”

杨雪兴奋地点点头，说：

“我刚才发言已经说了，这次我坚决要去！”

“对，这是一个非常光荣的任务。”陆希荣郑重地说，“可是咱们的事怎么办呢？你看，能不能提前举行？”

“就在这几天？”

“对。”

杨雪犹疑了。她沉思了半晌，然后瞅着他，惶惑不解地说：“我不知道，你为什么这么着急呢？我也跑不了呀！”

“是的，确实太仓促了！”陆希荣显得十分诚恳，“我懂得这是一个姑娘一辈子的大事，太草率是会叫人不愉快的。”

“不，不是为了这个！”

“嗐，我知道你们的心理。这样办，我也是很抱歉的。”

“真的，不是为了这个。”

“那，那是为了什么？”

“我刚才说了，我要出国。”

“我同意你出国呀！”陆希荣说，“我就不懂这同结婚有什么矛盾！”

一句话，把杨雪说恼了。她站起身来，说：

“你要我腆着大肚子去看护伤员吗？你要我腆着大肚子去行军吗？”

说过，她跨出门外。“小杨，小杨！”陆希荣连喊了几声，她头也不回地朝北屋去了。

陆希荣怔怔地站在当院里。这时北屋的讨论会，大概还在进行，只听见一个女同志尖尖的声音说道：“人家正处在最困难的时期，我们决不能置之不理，见死不救！我们班决不能落后，还要克服不团结现象！我承认我自己过去爱闹小性子，也有点爱哭，这次我一定克服！希望同志们多多批评！……”

陆希荣看看表，已经下午五点多了，西房凉已经盖满了院子。他走到枣红马跟前，枣红马不断啃着树皮，咴咴地叫着。陆希荣无可奈何地解开了缰绳。

在回去的路上，陆希荣信马由缰地走着。他在想，虽然小杨平日有性急的地方，但从来不像这样。为什么她今天表现得这样决断？这样无情？为什么在婚期提前几天这样一个小小的问题上，竟不允许有商量的余地？很可能这不过是一种借口，用来掩盖其他的问题。他首先想到的就是，郭祥这个“嘎家伙”是不是在起着不好的作用。其根据是：第一，他们是老乡，在自己同小杨结识以前，他们就是很好的朋友；第二，即使自己同小杨建立关系之后，小杨也仍然爱去找他，同他打打闹闹，并不能认为是很规矩的；尤其是，第三，小杨这次的假期本来是一个礼拜，可是只呆了三天就同郭祥一道跑回来了。他们究竟在路上谈了些什么，又做了些什么呢？回来以后，她竟然来都没有来，并且来信要求把婚期推迟，这分明是某种迹象的可靠证明。第四，就是这次“谈判”。假如一个女人真正热爱一个男人的话，难道在大战即将开始这样宝贵的时间里，她竟会这样冷淡？此外，他又想到郭祥。这个人在战斗里一向诡计多端，连敌人都害怕他，对待同志也不会没有心眼。令人奇怪的是，最近，他到自己布置的新房里去，对婚事不仅没说半句祝贺的话，还一味谈乡村的阶级斗争，这也是叫人不能不怀疑的……

太阳已经快要落山。那马早就饿了，走几步就把脖子歪到庄稼地里。陆希荣拉马嚼子很费劲，气得他照着马头狠狠地摔了一鞭。

第十五章　政　委

这几天，部队处于极度的紧张和忙乱之中。

自从解放大西北，部队开到这里垦荒生产以来，已经将近一年时间。现在要顷刻间由和平转入战争，是何等的紧迫！秋收停下来了，刚刚收割下来的庄稼，在场里、院里、地里堆得到处都是。

战士们忙碌地擦洗着武器。后勤部门忙碌地领发弹药，缝制米袋，日夜不停地丁丁当当地打着马掌。除此之外，还要把主要时间用来作思想动员工作。为了严格保密，部队大都拉到村外的大庙里或森林里，对于出国作战抗美援朝的问题，每天都进行着热烈的讨论。

动员工作第三天中午，花正芳正在村头井台上洗刷碗筷，看见村外大路上，远远地跑过来一匹枣红马，马上坐着一个人，身量虽然不高，但从那挽缰绳的姿势看来，十分英武有神。一个骑兵通讯员，骑着一匹栗色马，倒挎着冲锋枪，紧紧跟在后面。

花正芳眼尖，早看出了是团政治委员周仆，就连忙跑回来叫郭祥。郭祥正躺在用门扇搭起的床铺上扯着呼噜睡哩。

“连长！连长！政委来啦！”花正芳一边叫，一边推他，推了几把，都没有推醒。

这时政委已经走了进来，惊讶地说：

“郭祥，你怎么睡大觉哇？”

郭祥揉揉眼站起来，冲着政委不好意思地一笑。

花正芳替他解释说："刚才我叫他迷糊一会儿，他已经一天一宿没合眼了。"

郭祥知道政委的烟瘾全团闻名，就从笔记本上扯下一张宽宽的纸条，抓起烟末，很熟练地卷了一个大喇叭筒，笑嘻嘻地递了过去：

"政委，这又是你常说的，没有调查研究，就没有发言权哪！"

"好，我接受！我接受！"政委接过大喇叭筒哈哈一笑。

"政委，"郭祥两手撑着膝盖，伸着脑瓜，瞅着政委亲切地说，"我看你这几天瘦多了！你的胃病，最近又犯了不？"

"不要紧！"政委挺挺身板，"我看再打几个回合问题不大！"

"你过于费脑筋了，"郭祥说，"你瞧别人三十岁没有事儿，你倒谢了顶了。"

"不能不操心哪！嘎子。"政委说，"团长又不在，这担子是够重的。"

"现在他的伤怎么样？"郭祥关切地问。

"他的臂部骨头肯定是断了，腹部还有弹片没有取出来。"政委叹了口气说，"我看这碗饭，他是吃不上了！"

政委把郭祥那个大喇叭筒刚刚抽完，就从口袋里掏出了一个小拳头似的烟斗，要郭祥汇报一下连队动员和准备工作的情况。郭祥的文化程度虽低，但记忆力很强。他把几天来擦洗武器，配备弹药，农产品的处置以及动员工作讲了一遍。最后的结语是：连队情绪异常高涨，今天下午就举行全连签名。据他看，到朝鲜打美国鬼子，那是绝无问题的。唯一有问题的就是调皮骡子。

"哦，调皮骡子！"政委微笑了一下，像是想起了什么有兴趣的事情，接着问，“他说不参加签名吗？”

“哼，这个家伙！”郭祥说，“前几天把他抓回来，我本来想同他好好谈谈，可是他脸都不红，还大喊大嚷，说‘革命已经到底’了！”

“经过这几天的动员呢？”

“在禁闭室关着哩，我没有让他参加动员。”

“看！”政委不以为然地敲了一下烟锅子，“你不让人家参加动员，他怎么会签名呢？”

郭祥撇撇嘴说：“你不信，参加也是白闹！”

“不成！”政委用烟斗指着他，用命令的口气说，“马上把他放出来，我亲自找他谈谈！”

郭祥应声站起来，对门外的花正芳说：

“去，快把调皮骡子放出来，带到这儿。”

花正芳去了，待了好长时间才回来说：

“报告连长！调皮骡子不肯出来。”

“什么？你说什么？”郭祥惊愕地问。

“他不肯出来。”花正芳又重复说，“他还提了两个问题，要求连长答复。第一，按照纪律条令，连首长关战士的禁闭只有三十六小时的权力，现在已经超过将近十二个小时，这是不是违法行为？他还说……”

“还说什么？”郭祥红着脸问。

“还说，要是违反规定的人不向他亲自道歉，要他出来是不可能的。”

郭祥抓了抓头皮，瞅了政委一眼；意思是：“你瞧瞧这家伙调皮到什么程度！”

政委也瞅了他一眼，笑了笑，没有答话；那意思却是：“我看你怎么处理这个问题。”

郭祥的黑眼珠骨碌骨碌转了一阵。

“这么着……”他把手一挥，“为了执行新任务，道歉算什么！走！”

说着，快步跨出房门，到禁闭室那边去了。

禁闭室隔着几座院落，也是一间农家小屋，门口站着一个枪上上着刺刀的雄赳赳的哨兵。

“喂，王大发！”郭祥这次没有喊他的外号，以便缓和紧张局势，“你出来吧！”

调皮骡子坐在炕沿上不睬。

“哈哈，王大发同志，”郭祥赶到他跟前，亲热地说，“因为战备工作紧，我把时间疏忽了。老战友了，我跟你道个歉还不行吗？”

调皮骡子慢慢悠悠地立起身来。刚才一声“王大发”，他那气就消了三分；一声“同志”，一声“道歉”，他那气就消了大半。这时他用比较平静的语调说：

“这并不是我一定要干部儿给我道歉的问题，这主要是正确执行纪律条令的问题！”

哨兵在门外瞅着他偷偷地笑着。他的脚步慢慢地向外移动，绝不肯走快；意思是：这是你请我出去的，并不是我要出去的。

“政委找你哩，你快走吧！”郭祥催促着说。

一提政委，他犹豫了一下，然而事已至此，不得不行。

他们来到了连部。一进院子，政委站在屋门口，老远就亲热地打招呼：

“王大发同志吗，快进来！”

调皮骡子赶到适当距离，用老兵才有的熟练动作，打了一个十

分标准的敬礼,然后红着脸说:

“报告政委,我最近犯了一个错误……”

“坐下来谈。”政委把面前的一张凳子,朝自己身边移动了一下。

这位老调皮兵,在首长面前从来不拘束,今天倒局促起来了。这一来是刚刚从禁闭室里出来;二来是因为过去的一件事情。那还是在周仆刚刚担任政治委员的时候,部队正攻打一个四面环水的县城,数次冲锋都没有成功。周仆来到突击部队中进行鼓动。他的鼓动十分有力,把大家的情绪鼓得嗷嗷叫。可是,这时候,却听到人丛里有一个不大不小的声音说:“哼,知识分子儿!会讲,打起来还不知道怎么样哩!……”周仆虽然听得清清楚楚,但并不介意。攻击开始时,敌人的子弹极为密集,周仆拿着短枪,首先踊身跳到齐胸深的水里,率领部队向城墙摸去。部队在政委的鼓舞下很快就一举登上了城头。事后这位老调皮兵,也不得不表示钦佩,并且发表评论说:“我看这个政委,还凑合!”事情虽然过去很多年了,但他每逢见到政委,总觉得心里疙疙瘩瘩的。他就是带着这种心情局局促促地坐下来了。

“王大发同志,”政委异常诚恳地说,“你是一个很老的同志了,为什么最近犯了那样的错误?”

王大发的头低下来了。

“大发同志,”政委又说,“你跟党走了这么多年,吃了很多苦,打了很多仗,是吧,大概你还负过两次伤吧,在这中间,虽然也有过一些缺点,但主要是成绩,你对人民还是有贡献的。”

“我,我……”王大发十分激动,“政委,除了你,谁说过我有贡献?他们都叫我调皮骡子,要是闹着玩儿,我没有意见,可他们把我当成不能改变的臭落后分子！"

政委瞅了郭祥和门外的花正芳一眼，磕磕烟斗说：

"谁要这样看，那他就是不对！"

王大发显得活跃起来了，没有等着政委让，就掏出小烟管主动地插到政委的烟荷包里。政委把他的大烟斗伸过来跟他对火。

"谈谈心吧，王大发，"政委说，"你为什么要把自己的光荣扔掉走那样的路呢？我想，你临走那天是不会不难过的。"

"咋不难过哩！"王大发鼻子酸酸的，"实说吧，政委，我不是逃跑了一次，我已经跑了四五次了。有时候，跑到村边，有时候跑出去二三里路，哭一鼻子又回来了。如果有一点儿办法，谁愿意离开咱们的革命部队呢？……可是，最后，最后……我鼓励自己说：走吧，王大发，现在革命到底了，任务完成了，你也算对得起人民了！"

"你究竟为什么一定要回家呢？"政委又问。

王大发低下头，没有说话。

"大发同志，"政委往前凑了凑，望着他的脸说，"是不是家里有什么特殊的困难？"

一句话不打紧，像一颗石子儿扔到古井里，激起了他内心深处的感情，他立刻眼圈发红，啜泣起来了。

"有话说嘛！"郭祥不耐烦地说。政委扫了郭祥一眼，叫他不要打岔。

"我，我，政委……"王大发含着两大颗眼泪，"俺娘在家要饭吃哩！"

"噢！"政委显然感到沉重，又问，"你不是贫农出身吗？"

"怎么不是？"王大发梗梗脖子说，"咱是一个穷得当当响的贫农。"

“那你没有分到土地?”

“分啦,可是又卖给人家喽!”王大发伤心地说,“我记事那当儿,俺爹就给财主家扛长活。我出来抗日了,俺娘在家还是饥一顿饱一顿的。我一抓上军队的白馒头,就想起俺娘,心里就难受!日本投降了,我想,作为中国人民一分子,我的任务完成了。谁知道,蒋介石这老狗又向咱发动进攻。直到实行土改,家里分了房子分了地,才算解决了生活问题。那时候,我探过一次家,俺家住到新分的宅子里,外面插着齐展展的秫秸篱笆,屋子里还有一个红漆大立柜。我在家没有待三天,就回到了部队。我这心气儿,你就甭提有多高了!可是谁也想不到这几年又起了变化!……”

“后来怎样了?”

王大发接着说:“自从家里分了地,俺娘觉得日子有指望了,心气儿比我更高。不管风里,雨里,泥里,水里,熬黄昏,起五更,把命都豁出去了。有一回麦子刚割下来,就下起了瓢泼大雨。俺娘怕粮食糟蹋了,就一趟一趟往家里背,还没背完,就受了寒得了一场大病。一病好几个月,没有起炕,又是请医生,抓药,就借了人家的钱。到底穷人家底儿太薄,没有办法,就把分的那儿亩地又卖了!去年临上西北,我家去了一趟,一看屋里立柜也没有了,连秫秸棒篱笆都拔出来烧锅了。最近我又接到信,说俺娘又扯起棍子要饭去了……我想来想去,心里就结了一个死疙瘩:革命这么多年,到头来还是有穷的,有富的,这革命不是白革了吗?”

“我们村也有这种情况。”郭祥皱了皱眉头,望着政委,“这个事儿我也有点儿纳闷儿。”

政委心情沉重地思索着,小拳头般的大烟斗吱吱地响。

“大发,”他询问道,“你说为什么会发生这样的事?”

“那,那,”王大发把手一摊,“那当然是因为我不在家,要不然,咋会有这宗事哩!”

“不,”政委摇摇烟斗,沉重地说,“大发同志,这就是小农经济的脆弱性呵!”

“什么脆弱性?”王大发第一次听到这个名词儿。

“小农经济的脆弱性。”政委又重复说,“你看看土改以后最近两年的情况:像你们家是因为干活受了累,得了场病,穷了;也有人是因为死了口人,娶了个媳妇穷了;还有的人是因为多生了几个孩子穷了。总之,一场风,一场雹子,一场大水都会使人变穷。你瞧瞧,这一家一户的小农经济,别说什么大风浪,连婚丧嫁娶都经不起,连一场病一个疮也顶不住。简直像是大风大浪里的一根苇眉子,你不知道明年会把你漂到哪里去!”

郭祥点点头说:“一点不错,就是这么回事!”

“那怎么办?”王大发困惑地问。

“我也正要问你嘞!”政委笑了一笑,“你不是说革命到底了吗?我问你,现在这个‘底’,你满不满意?”

“要是革了这多年命,地又卖了,你想想,我咋能满意呀!”王大发懊丧地说。

“对喽!”政委说,“这就是说:还得要继续往前走!还得要继续干革命!毛主席说,我们的胜利才是万里长征走完了第一步嘛!光实行土地革命,消灭封建主义还不行,我们还要消灭资本主义,建设社会主义,实行工业化,办农业合作社!用拖拉机!我们的贫农,要想在经济上彻底翻身,不继续往前走,肯定是办不到的!”

王大发低着头,十分严肃深沉地思索着。待了好半晌,喃喃自语地说:

“我的眼光看得太近了……”

屋子里充满了活跃的气氛。政委适时转了话题，悄声问王大发，知不知道部队就要执行新的任务。

“这，对我已经不是什么秘密了！”他眏眏眼，得意地说。

“你是怎么知道的？”郭祥一愣。

“看，人家当兵不是一天两天了嘛！”他老味十足地说。

“那么，你到底是什么态度？”

“什么态度？好比邻居失了火，都忙着去救火哩，我回到家往炕头上一待，还像个人吗？我不算白受毛主席的教育了？”

“到底是老同志嘛！”政委上去热烈地握住调皮骡子的手说，“王大发同志，关于你家庭困难的问题，我回去就叫政治处给县委写信，帮助你解决。”

这时，王大发红着脸，流露出一种羞涩和感激的表情。

政委收起烟斗，立起身来说：

“走，咱们一起到你们连开会的地方看看吧。”

三个人走出房门。花正芳在后面一拉郭祥的袖子，悄悄地说：

“关了几天禁闭没解决的问题，看人家政委几句话就解决了。”

“谁说不是！”郭祥说，“我这是拿着棒槌纫针，真他妈太简单化了。”

王大发跟在政委和连长后面，向村外走去。约走出一二里路，远远地听见前面小树林里，传来了一阵高亢的讲话声、喊声和掌声。

为了不打断会议的进行，政委悄悄站在一棵大树后面，观察着这个立过无数战功的连队。他们整整齐齐地坐在背包上。前面有一张方桌，摆着笔砚，铺着一面洁白的绸子，上面已经写了不少战士的名字。

指导员站在旁边正主持会议。一个黑瘦的、左额角上长着一个小肉瘤的同志正在发言。

“同志们,同志们！我就是这个态度儿!”他激昂地挥着拳头,几乎每讲一句就挥动一下,“美帝侵略朝鲜,还霸占我们的台湾,咱们,咱们,无论哪一个,都要把,都要把个人的问题,往后摆一摆!摆一摆！咱们只不过是个困难的问题,可人家朝鲜,朝鲜,是个生死存亡的问题！我,我就是这个态度儿！就是这个态度儿!完了!”

“对！对!”

“疙瘩李说得对!”

下面齐声喊着,热烈地鼓起掌来。

“这是我们的一排长。”郭祥小声介绍说,“这人战斗不错,就是性子急,凡是一句话,到了他嘴里,就不大受听。”

由于过度兴奋,疙瘩李额角上那个肉疱疱变成了紫红色。他抓着毛笔,一个劲地抖动。他还没有写完,调皮骡子王大发就走上去了。

他的突然出现,有人惊讶,有人微笑,使全场沉静了两三秒钟。

“关于,关于……”他的话究竟不像平时那么顺畅,“关于我本人的严重错误问题,我准备在另一次会议上进行专门严肃的检讨。我本人无论在纪律方面,个性方面,还有在眼光远大方面,的确是有很多缺点的……”

下面掀起了一阵低低的笑声。

“人家检讨哩,你们笑什么?”他瞪了瞪眼,又严肃地讲下去。“刚才一排长讲的,我觉得基本上是正确的。在朝鲜人民困难的时候,我们一定要把个人的问题往后头摆。你们都知道,我王大发过去在战斗上的表现。我不是吹牛,这次到了朝鲜,要是美国鬼子叫我瞄上,我说打他的脑袋,不能打中他的肚子! ……”他挺着胸,显得十分威武,仿佛已经站在战壕里似的。“同志们!”他喊了一声,“我就是这个决心:不打败美帝不回家!”说着,把右手中指放到嘴边。下面喊:

“不要这样! 不要这样!”

“调皮骡子,上级不提倡这个!”

可是,说话间,王大发已经咬破了中指,鲜艳的血珠顺着指尖吐噜吐噜地滚下来了。他就用这个手指在白绸子上歪歪斜斜地画上了“王大发”三个字。

下面热烈的掌声,比对其他人似乎还要鼓得长久。

掌声停下来时,已经上来了一个战士。这个战士长得十分魁伟高大,面貌淳朴,站在那里活像一尊天神。他跨着宽阔沉稳的步子走上台,一句话没讲,就深深地弯下腰抓起笔来。

“乔大个! 别把笔杆捏断了,这不是机关枪!”下面有人喊。

“乔大个,你怎么不讲几句?”又有人喊。

“你一年也讲不了几句话,讲几句吧!”

政治委员周仆深深地被这个战士所吸引,他不是意识到,而是感觉到在他身上隐藏着一种极其深厚的东西。他碰碰郭祥:

“他叫什么名字?”

“乔大夯。机枪射手。”郭祥回答,然后笑着说,“怎么样? 个头不小吧! 每次发军衣,都得拿到后勤部门另换。你瞅他那脚,能顶你两个大,鞋穿特号的还不行。饭量也大,可是干活、挖工事能顶两三个人!”

“讲几句！大个子，讲几句！”下面还在嚷。

乔大夯不得不放下笔，谦和地望着大家笑了一笑。

指导员也催促着说：“乔大夯，叫你讲你就讲嘛！”

“我，我觉着没啥讲的。”他声音虽然不高，但却十分清亮有力地说，“共产党叫我到哪儿，我就到哪儿！”

“好，好，讲得好！”

大家一片声嚷，热烈的掌声持续了几十秒钟之久。

“这是些多么可爱的战士啊！”团政治委员周仆十分激动，瞅瞅郭祥没有注意，就背过脸擦去那因为偶然不慎涌出的泪水。

第十六章　江　边

十月二十二日午夜，周仆刚刚躺下不久，就被值班参谋喊起来，递过来一封加急电报。他急忙披上衣服，扭亮那盏陪伴他多年的旧马灯，一看，原来是师部转发的兵团首长的电报，命令部队拂晓后立即由现地出发，在咸阳车站登车北上。

这就是说，比原来预定的出发时间，又提早了一天。周仆捏着那张印着红色横线的抄报纸，沉吟了片刻，隐约感到，朝鲜前线的形势，是更加紧急，更加严重了。

他急忙扣好衣服，来到作战室，同副团长和政治处主任商量今天的行动。为了给连营多挤出一些时间，他首先在电话上向各营下达了口头命令。

出发时间虽然只不过提早了一天，但也带给他们不小的忙乱。已经准备好的全团的誓师大会不能举行了。原来考虑到许多战士、干部的家庭生活都存在着困难，预定进行的一部分救济工作，也没有完成。再有一件麻烦事，就是来接管生产的地方部队还没有到，丢下来的鸡鸭猪羊，堆在场上的未曾脱粒的庄稼，如果任其不管，都会要遭受损失。

周仆和团干部研究着这些问题，最后决定：每连留下一个人，协同村里的民兵看管生产物资。对于南瓜、蔬菜等等生产品，就分赠给驻地的贫农们。

当这些问题处理完毕，离天亮还有两个小时。周仆就回到房子里，盖上他那件皮大衣，把灯扭暗，准备休息一会儿。可是总按捺不下激动的心情。两个小时后，他就要同他的团队一起，奔向那陌生的战场了。不消说，他对他的团队抱有坚强的自信。这种信心，不是一时形成的，是同他的十几年的战斗生涯结合在一起的。他坚信任何反革命的敌人，必将被一个一个地粉碎，但同时他也意识到，在他的面前，站着的是全世界黑暗势力的代表，是当今世界上头号的帝国主义。毫无疑问，这是一次严峻的考验。而这场考验，是只能胜利，不能失败的。假若打不垮敌人，顶不住敌人，那将不仅给朝鲜人民和中国人民带来可怕的后果，而且对东方人民和全世界人民的革命进程，都将发生极其不利的影响。他觉得，在这场考验里，作为团政治委员，作为这个部队的党代表，个人的粉身碎骨，那是不值一提的小事，但是，如果由于个人的疏失，工作没有做好，不能完成任务，那就是一件不能饶恕的罪过！

近几天来，当他越意识到任务的重大，对他的老战友团长邓军的思念也就越深。自从兰州战役——大西北决定性的一战，邓军腹部和臂部都负了重伤，已经整整一年不见面了。几次派人到医院里看他，回来都说，他的右臂已经锯掉，腹部的弹片也没有取出来。而且由于前后八次负伤，失血过多，身体过于衰弱，已经无法在部队继续工作了。前几天，据师里透露，准备派一个新的团长来，但是由于这个团是本师的主力，是一个有老红军基础的团队，人选迄今没有确定。这就使得周仆越发觉得肩上的担子是沉重的。周仆知道，即使邓军回来，自己的工作也绝不会减少，甚至两个人仍旧会像从前那样，不断地争吵几句；但是，他现在觉得，即使这个人在这里，不做什么工作，只要能听见他的声音，他也就不会感到自己的担子像现在这样沉重了。

周仆同邓军在一起工作——用他们俏皮的说法是“搭伙计”——是从当连级干部就开始的。那还是一九三九年的春天，周仆在延安抗大刚刚毕业，就到了敌后抗日根据地。那时候，他还是一个既没有工作经验更没有战斗经验的新手。当时就把他分配到现在本团的三连去作副指导员。临走前一天，许多同来的伙伴，都来为他祝贺。因为这个连队是一个战斗作风很硬的连队，这个连队的连长，就是闻名全军的在大渡河边立有战功的邓军。关于这位勇士惊人的英勇，有着许多纷繁的传说。当时，周仆对于自己能分配到这样一个英雄的连队，是多么高兴！暗暗下定决心要在实战里向这位勇士虚心学习。可是当他第二天到连队去的时候，那位个子并不十分高大、脸色乌黑、左脸上留着一条疤痕的连长，只接过介绍信随便地看了一眼，就勉强把司务长佩带的只能单发不能连发的驳壳枪分给他。当他事后发现这是全连最差最破旧的驳壳枪的时候，心里就颇不愉快。一打仗，又分配他搞一些在他看来是打杂的事情。例如管理伙夫担子，带担架，打扫战场等等。周仆是一个很聪明、敏锐的人，他很快意识到，自己虽在上级的命令上被公布为这个连队的干部，但在全连尤其在连长的心目中，还没有取得这个英雄连队的战士的资格。直到有一次，敌人迂回到后面，他带领炊事班将敌人打退，才看到邓军脸上的一丝笑容，作为对他这种行为的奖赏。事实上，只有这时候，他才被认可为这个连队花名册中的真正的一员。以后，周仆被提升为指导员，两个人就逐渐成为一对亲密的搭档了。

战火催促着人们的成长，也锤炼着人们的友谊。每当周仆回忆起邓军的时候，都深深地感激他对自己的帮助。这种帮助，不是通过上课，或者其他明显的教导，而是通过一种无形的影响。这种影响，尤其表现在邓军的那种任何时候都要压倒敌人，而决不被任何敌人所压倒的英雄气质。有时，当连队伤亡过重，在周仆看来，已经无法完成任务的时候，他却愈打愈勇，最后终于奇迹般地带领少数战士夺取了敌人的阵地；有时，被敌人团团包围，甚至被敌人“压顶”①，在周仆看来已经无法突围的时候，他却毫不沮丧，吩咐战士们用手榴弹投房顶上的敌人，终于寻隙突围。这种英雄气概，在部队被习惯地称为“硬”的作风，不仅感染了领导的部队，而且也深深地感染了自己。甚至在自己指挥作战中，也不知不觉采用了邓军的语调，仿佛他的某一部分，已经渗入到自己的生命中去了。而邓军在内心里，也非常感激他，尤其是在学文化方面。周仆初来时，邓军还不识多少字，一接到上级的文件，就两手捧着皱起眉头叹气。周仆下定决心，不厌其烦地每天教他几个字，在战斗频繁的日子里，也不忘记催促他，甚至强迫他学习，终于邓军能够看书看报了。当他捧着通俗小说看到有趣之处，像孩子一般笑起来的时候，对他的这位老伙伴也是充满着感谢的。

在周仆来到这个连队之前，曾经听不少人传说他的脾气古怪，但在真正接近以后，却感到这位在战斗中令敌人畏惧的勇士，竟像孩子一般的纯真。比如，他最大的乐趣之一就是听人讲故事。在战斗的间隙中，周仆无论是当他的指导员、教导员或政治委员，没有几个故事是交待不过去的。两个人甚至常常枕在一个枕头上讲故事。当讲到动人的地方，即使是千百年以前的事情，也会使他像孩子一般地淌着眼泪。

当然，他也不是没有缺点的。例如他过分地粗率。但是他也有一条最大的好处，就是对同志不抱成见。几个钟头之前，他向你跳起脚来发脾气，几个钟头之后，就会忘记得干干净净。你得罪了他，冲撞了他，也是一样。等你懊悔万分，怀着羞惭去向他道歉的

① “压顶”，抗日战争平原地区的口语。是指我军在房内，敌人占据了房顶。

时候,他会惊讶地说:“噢,你还想着这件事呀!”

在战斗上,他也存在着缺点的一面。这就是一打仗,他就要跑到最前面去,顾不得全盘指挥了。随着周仆指挥作战一天天熟练,他的这个缺点,不仅没有克服,反而发展了。每逢打仗,前面的情况稍一紧张,他就把驳壳枪一提,说:“老周,这一摊子我不管了!”说着就跑到战斗最紧张、最危险的地方。直到他面对面地看见敌人,亲眼看见战斗情况的变化,才算放了心。有时甚至要亲自用机关枪把敌人射倒,才觉得解气。他的这个特点,自然会给第一线的战士增添无限的力量和勇气,能够使最危险的阵地稳定下来,或者使最难攻的阵地被我们突破;但同时,也就常常忽略了次要方面。他的这个缺点,不止一次地受过上级的批评,周仆也屡次提醒他,他都满口答应,甚至红着脸承认错误,但是当第一线的情况一旦紧张起来,他就又抑制不住自己。如果这缺点在当连排长的时候,还不显得怎么明显,等到他指挥一个营,一个团,就显得越发突出了。周仆清楚记得,在围攻大同的时候,当他的营数次进攻水塔未下,他的眼都红了,从指挥所里一下跳出来,又说:“老周,这一摊子交给你了!”作教导员的周仆一把没有把他拉住,他已经冲到最前面去了。时间不大,水塔被占领了,但他也满身鲜血地被人背回来,原来他率领突击队冲锋时,冲得过猛,竟一下子冲到投弹组的前面去了。邓军,就是这么一位威猛无比的战士,在他的心目中,只有最危险的战线才是自己的岗位。

也许,正因为这样,周仆不能不分出很大精力来钻研指挥艺术。这样一来,邓军的勇猛的神威,不断地影响着、培育着部队,使部队保持着老红军的硬骨头作风;而周仆的灵活的指挥,也适当地弥补了邓军的缺陷。同志们私下议论,说上级把他们两个人配搭得很好，说他们是一粗一细，粗细结合。其实，更准确些说，这也同他们的友谊一样，是经过长期战火锤炼的合金！

多好的勇士啊！可惜不能参加战斗了！自己也不能再同他在一起了！周仆想到这里，不由得叹了口气。究竟派谁来当团长呢？他衡量着全军的团长和副团长，在内心里猜测着，判断着……

警卫员小迷糊打饭来了。周仆匆匆吃过，天色已经微明。为了察看部队的情绪，他就提前向村南的集合场走去。小迷糊拉着他那匹枣红马跟在后面。

论节气，还不到霜降，这里已经下了好几场霜。田野里，空荡荡的，只剩下一片片的红薯地和棉花地了。种下的小麦已经露出了绿苗。公路两旁的杨树，从树梢往下叶子已经黄了一半，还绿着一半，望去非常好看。那黄灿灿、厚墩墩的叶子已经落了不少，有几个孩子正在那里扫树叶呢。

周仆刚走出村口，就听见村北大路上由远而近传来一阵粗嗄的激越的歌声：

> 炮火连天响，战号频吹，决战在今朝，
> 我们抗日先锋军英勇武装上前线，
> 用我们的刺刀枪炮头颅和热血，
> 嗨，用我们的刺刀枪炮头颅和热血，
> 坚决与敌决死战！……

“三营过来了。”小迷糊指点着说。

周仆停住脚步，往北一看，前面一面红旗引导，三营在大公路上成四路纵队，排得整整齐齐地走过来。营长孙亮走在最前面，步伐十分英武。他是全团营长中最年轻的，干青年工作出身，一向把部队带得很活跃。今天，不用说，又是他选了这首红军东渡黄河的战歌来鼓舞部队了。

他们远远发现政委站在路边,歌声越发响亮激越起来。队伍走到近前,孙亮从队列里跑步出来,打了一个敬礼。

周仆问:“部队到齐了吗?”

“到齐了。”孙亮很有精神地回答。

“我看小伙子们的情绪很不坏呀!”周仆的嘴角带着满意的笑纹。

“政委,你说怪不?”孙亮凑近政委的身边说,“前些天,全营有八十多个病号,昨天只剩了三十多,今天早晨,我说把他们集合起来,送到卫生队去,结果一个病号都没有了。”

“一个都没有了?”

“嘿,一说打仗全好了,真比吃药还灵!”

“这是咱们部队的老传统啊!”周仆深有所感地说。他想起日本投降后的一九四五年和一九四六年,那时候,面对面的民族敌人打倒了,不少战士认为自己的任务完成了,要求复员,要求回家,要求解决婚姻问题和其他私人问题,曾经闹得很严重,每个部队都有好几十个病号。可是当阶级敌人在解放区的四围响起内战炮声的时候,那些恼人的问题,竟一霎时烟消云散,人人慷慨激昂开上前线,竟像没有发生过那些问题似的。多么叫人感到神奇!这些战士们,这些跟随着党战斗的工农子弟,在历史的重要关头,是真正通晓大义、照顾全局的。这些事,不止一次给了周仆最深的感动,使他对革命部队所具有的深厚的潜力,有着始终不渝的信心。

孙亮回到行列里去了。周仆还站在冷风里观察着在他面前行进的战士们。虽然今天的出发命令,因为要通过城市,明确要求他们“要特别注意着装整齐”,“尽量把新衣服穿在外面”,可是经过整整一个夏秋的劳动，这些草绿色的军衣都几乎褪成白色的了，许多人的肩头上、膝盖上，还打着显眼的补丁。周仆知道，这些衣服，每一天都浸透过多少遍汗水啊！要是有人从他们的服装上来判断他们的战斗力，那就注定要犯绝大的错误。

歌声停下来了，战士们愉快地说笑着前进。

周仆站在路旁问：

"同志们！冷不冷呀？"

"政委，你瞧，我还老出汗哩！"一个扛机枪的战士愉快地回答。

"政委要把大皮袄送了你，怕你更要出汗了！"另一个战士开玩笑地说。

那个战士指指自己的机关枪说：

"我这个皮袄，比他那皮袄还顶事哩！"

大家笑起来。

正谈笑间，只听前面集合场上一片声嚷："截住！截住！"随后，正在公路上行进的队伍，也混乱了，纷纷喧嚷着："截住它！截住它！"

周仆不知道发生了什么事，正要探询，只见炮兵连一匹大黑骡子顺着公路狂奔过来。随后又是两匹跟着那匹没命的奔跑。缰绳都拖落在地上。一个勇敢的战士，刚刚扑上去抓住缰绳，被那匹黑骡子带了几个跟头。等到大家发一声喊，一齐围上去的时候，那几匹骡子又转头跳下公路，向田野里跑去。顷刻间，已经跑出五六里以外去了。

第一天行动，就发生了这样的事故，真叫人心里有气。周仆大步走到集合场上，看见炮兵连的三门步兵炮歪歪斜斜，牲口套弃置在地上，卫生员正给一个被踢倒的战士裹伤。他把炮连的几个干

部找到面前,指着说:

“你们是怎么搞的?”

几个干部垂着头,默不作声。

沉了半晌,那个小敦实个儿的连长才说:

“我们大前天才回来,一看炮锈得不像样子,只顾忙着擦炮,没想到骡子搞生产太久了,一见炮就往后捎,怎么也套不上去,气得驭手给了它一鞭,就惊了,大概又跑回我们住的那山庄去了。”

“那你们平常呢?”周仆质问,“平常为什么不注意战备训练?”

“那可不能怨我。”炮兵连长也懊恼地说,“参谋处给了我们训练的时间没有?”

参谋长走过来说:

“政委,时间到了,是不是按时出发?”

“按时出发。”周仆气得挥了挥手,叫他们随后跟进。

部队出发了。集合场周围挤满了老百姓,大部分是那些衣服褴褛的贫农,他们恋恋不舍地望着出征的人们。

周仆在团直属队的先头走着。一路上,他还在想着炮兵连长的那句话:“那可不能怨我。”是的,是不能够怨他。一年以前,当部队驻扎在这里的时候,他自己的一切精力都集中到生产方面去了,当时真有点“刀枪入库,马放南山”的味道。以致今天突然接到战斗任务,枪也锈了,炮也锈了,他亲眼看到井台上擦洗刺刀的水都变成了红的。毛主席说,部队不仅是战斗队,工作队,而且还是生产队。很明显,自己抓住了后两个方面,又忽略了战斗队的方面。仅仅一年的和平生活,竟然就出现了这样的现象,这是多么深刻难忘的教训啊!自己刚才责备那个连长又有什么意义呢?如果邓军同志在这儿,看到这种情形,会多么难过。他心里引起了一阵深深的惭愧之感。他这样想着，想着，踏着落叶，不知不觉间，已经走出十里以外去了。

部队在咸阳登车东下，深夜时分过了郑州，继续北上，第二天下午，就奔驰在冀中平原上了。这里的每一座车站，每一条流水，每一座日本人和国民党反动派遗留下来的残破的碉堡，都可以引起他们长时间兴奋的谈论。他们挤在车窗门口，贪馋地看着目力能及的故乡的村庄、麦田以及路上的行人，来宽舒一下对家乡的离情。停车的时候，他们在站台上利用短短的几分钟，和站台上的服务员们说上几句话，也觉得特别高兴。看见谁的情绪沉闷了，那些党员们和一些懂事的班长们，就凑过去谈谈故事，扯扯闲篇儿，来宽慰伙伴，也鼓舞自己。直到山海关，车厢里也没有离开和冀中有关的话题，但是谁也没有提起自己的家，只是在心的深处，深深地祝福着自己的亲人！

列车走了三天三夜，于第四天中午时分，赶到鸭绿江边的城市丹东。

部队被指定在镇江山一带休息。他们都是第一次到丹东，这座背山面江的城市这样美丽，大大出他们的意想之外。可是走出车站不远，就感觉出她已经被战争的气氛笼罩了。柏油路上已经看到有美国飞机轰炸的弹坑，华丽的玻璃橱窗，没有陈设多少东西，刺眼地贴着纵一道横一道的纸条。街上的各种车辆都在急匆匆地奔驰。市民们脸上带着惶惶不安的神情，扶老挈幼，背着行李家具，在向市郊疏散。工人和学生组织起来的纠察队，袖子上戴着红箍，帮助警察维持秩序，指挥着疏散的人们。

管理员在半山上找到了一处民房，算做临时的团部。周仆还没有进房子，就被师部的通讯员喊走了。

师部组织的前方指挥所，是在昨天晚上提前到达的，临时设立在丹东军分区招待所的一间小屋里。师长报告了朝鲜前线的紧急情况：自从美国侵略军在仁川登陆后，不顾周恩来总理代表我国政府的严重警告，于十月一日越过三八线，向朝鲜北部大举进犯。至十月十九日，朝鲜民主主义人民共和国临时首都平壤市以及阳德、元山、咸兴等地，都已相继沦陷。朝鲜的临时首都已迁到东北部距鸭绿江不远的江界去了。敌人叫嚣要在感恩节（十一月二十三日）前结束朝鲜战争，正在举行疯狂的追击，向中朝边境逼近。现在敌人共集中了四个军十三万余人的兵力，分东西两线多路猛压过来。西线的美军第一军和英军二十七旅正沿铁路指向新义州；美二十四师和伪一师指向碧潼；另两个伪军师一路指向楚山，一路指向江界。东线的敌军，正由元山、咸兴迂回江界。战局是十分严重的。

师长随后传达了兵团的意图。为了控制朝鲜北部一定的地区，制止敌人的进攻，掩护朝鲜人民军北撤整顿，并且为以后的作战创造有利条件，决心占领龟城、泰川、球场洞、德川、宁远、五老里等地区组织防御。本师的任务就是争取在敌人到来之前抢占龟城。要求部队立即完成一切准备工作，于今晚渡江。

会议末尾，师参谋长给每团发了一份朝鲜作战地图。并告诉大家，每连配备的朝鲜族联络员，随后就到，要大家好好注意团结。

周仆回到他那在半山坡的团部，看见警卫班的战士们，正在穿新领来的棉衣，一边吵嚷嬉笑。原来这些棉衣是按照朝鲜人民军的式样做的。有的战士说：

“当了几年兵，还没穿过带大襟的衣服呢！”

“人们别把我们当女兵呀！”

“管它男兵女兵，只要暖和就行！”

他们见政委走来，抢先喊道：

“你那带红道道的军官服也发下来了！快试试吧！”

周仆刚待要穿，就听见山头上响起一排枪声，接着防空警报刺耳地呜呜地响起来。四外都有人喊：“防空！防空！”

顷刻间，街上的人们飞跑起来。不一时，一阵隐隐的沉重的隆隆声由远而近，在新义州的上空出现了敌机。人们开始数着一架、两架、三架，最后数不清了，大约有几十架敌机，像小黑乌鸦一样在新义州的上空盘旋起来。

“俯冲了！俯冲了！”人们喊着。

说话间，一支支黑色的烟柱升腾起来，大地在震动着，像滚过一阵沉雷一般。虽然隔着宽阔的江流，还震得窗玻璃呼哒乱响。

黑烟越来越浓，越升越高，不一时滚滚的黑烟笼罩了江东岸的半面天空，随着风滚到这岸来了。刚才还是碧澄澄的江水，也被照得黑乌乌的。在黑烟下面，穿白衣的朝鲜人向外散跑着，不少人抢向桥头，跑向江边。远远地可以听见他们的呼喊声。这时候，轰炸机停止轰炸，飞走了，野马式战斗机你上我下穿梭式地射杀着逃散的人们。

“政委！你看！”

小迷糊惊叫了一声。周仆顺着他的手指看去，一个背着孩子的朝鲜妇女，正被一架敌机追着踉跄地跑到江边，一梭子机关炮咕咕地扫射过来，那个妇女似乎犹疑了一下，就捂着孩子的眼睛跳到江水中去了。

这时候，周仆的心也像跟着这个妇女沉下去了，眼角上顷刻涌出热辣辣的泪珠。他急忙扶住一棵小树。

警卫班的战士，心像刀扎一样，恨不得立刻飞过江去掐死那些野兽们。许多人哭了,用衣袖擦着眼泪。

滚滚黑烟,继续涌过江来,涌到他们的上空,灰烬、纸片,纷纷落下。天空也显得昏暗起来。

周仆极力压制着自己的感情,正要召集各营汇报准备工作的情况,只听山坡下面喊:

"老周!老周哇!"

声音是这么熟稔和洪亮。由于他思想一下转不过弯来,眼睛也有些模糊,竟一下没有看出来是谁。

"那不是团长和小玲子吗?"

"是团子回来了!"

"团长!小玲子!"

警卫班的战士们乱嚷嚷地喊着。

周仆定睛一看,果然是团长邓军和小玲子正往山坡上走哩。周仆又是激动,又是振奋,同时又感到意外。

"老邓!"周仆激情地喊了一声,三脚两步跑了下去,一边说,"你这个怪人,是从天上掉下来的吗?"

老战友见面,真是无限热情,各人朝对方的胸脯上、臂上擂了好几拳。周仆用两只手去握他的右手,觉得木疙瘩的,一看,戴着一只手套,才想起他的右臂已经断了。这不过是才换上的一只假手。

"伙计,"周仆难过地说,"这只胳膊到底没有留下来吗?"

"少个把零件,问题不大。"邓军笑着说,"就是系裤腰带有点子费事。"

"哼,"周仆指指脑壳说,"要是少了这个零件,你就来不成了!"

"你说得对。"邓军笑着说,"那是发动机嘛!"

两个人说说笑笑，周仆拉着他的左手走到山坡上来。警卫班的战士们围过来，向团长敬礼问好，看他们的神色是很振奋的。

周仆把邓军让到小屋里坐下，亲切地凝视着他。这位负过八次战伤的老战士，比以前消瘦多了，那刚毅、黧黑的面庞，透出一些青黄，从山坡爬上来，已经有些喘息。虽然他尽力地压抑着，不让他的伙伴有所觉察。

周仆说："老邓啊，你这一年在医院很够呛吧！"

"嗐，真把人腻味死喽！"邓军好像刚吃过一服苦药一样，皱了皱眉头。

"你的身体到底怎么样？"周仆又问，"我看你脸上的颜色很不正的。"

"有什么不正？"邓军反驳了，"你让一个好人住一年医院，你试试看！"

周仆笑了笑说：

"我听说你肚子里有两块弹片，还没有取出来呢！回来的人都说，军队这碗饭，你是吃不上了。"

"乱说！"邓军批评道。"据我看，问题不大！"说到这里，他习惯地要挥动右手，只是肩头动了一动，"不谈这个！……先说说你收不收我这个兵吧？"

周仆用疑问的眼色看了他一眼，说道：

"老邓！说真的，你到底是怎么来的？"

"坐火车来的，比你大约晚两个钟头。"

"不，不是这个意思。"周仆说，"我是问你究竟怎么从医院出来的？对你我不能不小心一点。"他用手指点着邓军笑着，"你还记得吧，当连长那时候，你听说打仗了，伤没好，就从医院跑出来，没有多久，伤口化了脓，我挨了上级好大批评，还说我是‘自由主义’哩！你这个家伙，倒在一边高兴！”

邓军想起往事，哈哈大笑了一阵，然后说：

“这次受批评我负责嘛！老战友啰，马虎一点！”

“不，不成！”周仆摇了摇头。

“嘿，我就知道你这一关难过。亏得我多了一个心眼儿。”他得意地嘻嘻一笑，用洪亮的嗓音向房外喊道，“小玲子！打开皮包，拿介绍信！”

周仆接过一看，果然是一封出院介绍信，上面盖着鲜红的大印。

“怎么样？没有骗你吧！”邓军说着，仰着脸像孩子似的嘎嘎大笑起来。

小玲子站在一边，龇着牙笑。

“哼！这里面准保有鬼！”周仆看了看他俩的脸色，指着小玲子说，“你说！小玲子，这介绍信究竟是怎么来的？”

小玲子看了邓军一眼，仍然龇着牙笑。

“这小鬼！”周仆说，“对政治委员说话，可要坦白哟！”

“那，那，”小玲子讷讷地说，“那当然要有一个奋斗过程。”

“对，你就说说这个过程。”

“开头儿，他知道这个消息了，一天往院长、党委书记那儿跑好几趟。人家都说要掌握原则。后来，他听说你们要出发了，就给兵团司令员打了一个电话，我看见他的泪蛋蛋都掉到送话器里去了，这才……”

“胡说！”邓军瞪了他一眼，“我是打电话向他问好的。只是顺便提了一下，他就批准了。……哪里有那么多的零碎！乱弹琴！”

“算啰！算啰！”周仆制止道，“我马上通知师里。老邓呀，从我内心说，你不知道多么盼你！只是你这身体……”

“去去去！”邓军把手一挥，“我不承你这个空头人情！……快讲讲情况吧，这次谁当前卫？”

这时候，只见门口人影一晃，进来一个军帽下露着短发的穿着白胶鞋的女同志。大家一看，这不是杨雪吗？只见她神色沮丧，两个眼圈红红的，靠着门边也不说话。

邓军站起来，亲热地招呼说：

“怎么啦？小杨，怎么一见我就哭呀？”

周仆说：“小杨，有事快坐下来说。”

杨雪揉着眼，也不坐下，抽抽噎噎地哭出声音来了。

“有话就讲嘛！”邓军说，“不要婆婆妈妈的。”

“他们不让我出国。”杨雪伤心地说，“我们女的都不让出国。”

邓军问周仆有没有这样的规定。周仆点点头，然后说：

“不过，这也是为了照顾女同志……”

“谁要他照顾！”杨雪有气地说，“解放战争，我哪次不是百二八十地走，我比谁少走了一步！”

“国内究竟不比国外。”周仆笑着说。

“国外又怎么样？”杨雪翻了周仆一眼。

“哈，这丫头！你倒把我当做你的斗争对象了。”周仆笑了一笑，“同志，你的热情当然是好的，但是……”

“又是‘但是’，‘但是’，”杨雪不耐烦地说，“我就不喜欢你的‘但是’，你们这些人，就是靠‘但是’吃饭！”

“你说对啰！”周仆说，“我就是靠‘但是’吃饭。辩证法就少不了‘但是’。任何事情都有它的两个方面……”

邓军笑道:“可是,人家现在就是要的一方面哪!”

“好,好,”周仆也笑着说,“你和团长先谈。”说过,到外面开干部会去了。

邓军把杨雪拉到凳子上坐下,说:

“小杨,你听我说。据我想,这不过是一时的规定,主要是朝鲜的情况,现在一点也不了解,等到我们站住脚跟,那时候你们去,就更合适啰!”

“你说得好!”杨雪反驳道,“我问你,朝鲜妇女现在在那边环境合适吗?你把她们搬到哪里去?”

“你看你的嘴多厉害!”邓军找不到新的说辞,就大声说,“小杨,你参军几年了,你还有点儿纪律性没有?”

“你有纪律性!”杨雪翻了他一眼,“你为什么还提出要求呢?……你是怎么出院的?你当我还不知道!”

邓军说不服她,把桌子一拍:

“你这么说,我更不管啦!”

杨雪哭了。

女同志一哭,使这位久经战阵的勇士,也没了主意。邓军正要想几句话来安慰她,又怕更不能脱身。

哭了一阵,杨雪揉揉眼,收住泪,又改变腔调说:

“这样吧,团长,叫你公开批准,也确实有你的难处。”她非常理智地说,“那么,你就……你就……”

“怎么样?”

“你就把我悄悄带过去吧。”

“这怎么行?”邓军吃惊地说,“你又不是一个小物件,我装到腰里把你带过去,你是一个大活人呀!”

“不管什么办法，”杨雪说，“你就是把我装到大口袋里，当成粮食把我运过去也行。”

邓军哈哈大笑起来。

这时候，外面响起了哨音，听见有人喊道：

“集——合——了！”

随后，听见周仆在外面说：

“老邓，走吧！到时候了。”

邓军乘机脱身，和周仆一起下山。杨雪仍旧像孩子一样抽泣着跟在后面。

天色已是薄暮时分。各个部队已经向鸭绿江桥开进了。大街当中行进着骡马挽拉的大炮。新钉的马掌在洋灰马路上发出悦耳的蹄声。虽然他们携带的山炮和野炮，有些已经十分古旧了，但炮兵们并不因此减少自己的威严。他们昂着头，骑在高大的骡马上，神情依然十分威武。步兵们为了赶到炮兵前面，在街道两侧急进。

赶到江边，天已经黑下来了。对岸新义州的大火，不仅没有收敛，反而由于黑夜的到来，把东方的整整半面天都照红了。那大火照到江水里，好像江水也在燃烧。邓军和周仆这个团的先头营，已经在火光里踏上了江桥。

邓军和周仆在桥头停住脚步，回过头来，打算对杨雪最后说几句安慰的话，算作告别。

在火光里，可以看见她眼睛哭得红红的，低着头，额发也乱了，样子委实可怜。

周仆跨上一步，无限温柔地说：

“小杨，你听我说，只要我们过去站定了脚跟，你们一定会过去的。据我看，时间绝不会很久！”

“对，对，时间绝不会太久。”邓军决断地说，一面又拍了拍她戴着军帽的头，“已经这么大了，千万要听话呀！嗯？”

“好吧，我听话。”杨雪头也没抬，一扭身哭着跑开去了，跑了几步，又站住，回过头来，抽抽噎噎地说，“怎么说，对我们妇女还是瞧不起呀！”

邓军和周仆叹息了一声，跨上了江桥。一直走了很远，回过头来，还看见她揉着眼睛，站在火光里。可是渐渐地，新义州越来越近，在眼前是越来越近的火光，耳边是江水愤怒的波声。杨雪的啜泣，早已经被淹没在愤怒的波声和刷刷的脚步声里。

第二部　火光

第一章　开　进

由于敌情万分紧急，上级拨来五十辆卡车，令邓军和周仆的团队改乘汽车前进，务于拂晓前到达龟城附近。

现在，这支车队，已经穿过新义州，直奔东南。新义州的大火，越来越远地落在他们的身后了。

战士们拥挤不堪地坐在卡车上。没有笑语，没有歌声。刚才，从新义州的大街穿过时，那冒着火焰的窗口，那翘到大路上的粗乱的钢筋，倒塌的房屋和密密的炸弹坑，都使他们的心情分外沉重。各连都已作了传达：敌人其中的一路，正沿着这条公路疯狂冒进，时时刻刻有同这路敌人遭遇的可能。所有轻重机关枪都脱去了枪衣，准备随时迎战。

团长邓军和政治委员周仆，这时分坐在两辆卡车的驾驶楼里。他们的位置正处在先头营的后尾。邓军膝上铺着一小张龟城的地图，手里握着一支过去缴获来的美国的绿皮电棒，一时照照地图，一时下车瞅瞅手腕上的指北针，唯恐走错了方向，赶不到预定的地点。对于当前局势的全部严重性，邓军是了解的。根据敌情通报，气焰嚣张、多路猛进的敌人，有可能在一两日内压到鸭绿江边。在这万分危急的时刻，统帅部的决心是：由新义州、长甸河口和辑安三处渡江的大军，必须尽快地赶进，求得能在龟城、泰川、球场洞、德川、宁远、五老里一线阻住敌人，控制朝鲜北部一定的地区。只有这样，才能使自己站定脚跟，并掩护朝鲜人民军北撤整顿。如果进展迟缓，就会在鸭绿江南的狭小阵地上，陷于背水作战的不利境地。因此，他和周仆率领的这支部队，必须在拂晓以前进到龟城附近，争取明晚在龟城以南地区构筑阵地，进行防御。命令还强调说，当面的敌人美军二十四师和英军二十七旅，昨天就从安州突过了清川江，开始向定州和泰川冒进了。如果今晚赶不到龟城附近，天亮以后，敌人空军活动频繁，将给我军增加困难，抢占龟城的任务就难以达成了。

邓军心情焦躁，望望车窗外，真是夜色如海，车队就仿佛在海底里摸索似的。只有定睛细看，才能看出公路像一条若有若无的细蛇隐在夜色里。由于上空时时有敌机袭扰，过江前上级就规定不准开灯，车行得十分缓慢。邓军越发焦急起来，对司机说：

“像这样子，一小时能走几公里呀！”

“超不过十公里去！”司机没好气地说，“我一辈子也没这样开过车，不准开灯，把我的眼睛都使疼了！”

老实说，邓军也不很赞同这种规定。但既然规定了，就只好走一程再说。他转念一想，即使每小时走十公里，天亮以前，赶到第一个目的地新成里，也不是没有可能。想到这里，他的心稍微平静了些。谁知这时，前面车轮子吱咀一声，停下了，司机急忙煞车，也跟着停了下来。

邓军以为前面的车出了毛病，只好压住性子，掏出烟盒，给了司机一支，两个人一起抽起烟来。眼看一支烟抽完了，前边还没有一丝动静。

他打开车门，跳下车，止不住用他的大嗓门喝问道：

“搞什么鬼呀？为什么不开？”

“老邓，我看也许出了什么事了。”是政委的声音。原来他已经下了车，观察着前面的动静。

这时，从前面跑过一个通讯员，报告说：

“团长，前面走不了啦！路堵住啦！”

“什么堵住了？”邓军忙问。

“叫火堵住啦！”

“夸大！”邓军立刻指责说，“火还能把路堵住吗？”

“是这样。”通讯员说，“路两边的房子都起了火，火头子快连起来了，汽车开不过去。”

“能不能从旁边绕过去？”

“孙营长正探路哩，叫我来告诉你们不要着急。”

邓军挥挥手，先让通讯员回去。然后对周仆说：

“伙计，你等等，我先去看看。”

“咱们一起去吧。”

周仆说着，就随邓军沿着公路向前走去。警卫员和几个参谋也跳下车来，跟在后面。

刚刚转过山弯，就看见前面山脚下一大溜火光，好像通红的炭块一般阻住了去路。

他们加快脚步，走到大火跟前，果然，一座夹着公路的村庄，两边房屋都烧着了。房顶上的火苗卷着黑烟，已经连在一起。公路已经成了一个很窄的火胡同了。

邓军仔细观察着这里的地势，一边是山根，另一边是稻田和水塘。山根那里是肯定过不去的，稻田这边即使临时开出一条路来，也费时太多。正沉吟间，只见三营营长孙亮拖着两腿泥水从稻田那边走回来，还没有等邓军发问，就摇摇手说：

“不行！稻田那边河岸太高，就是绕过这个村子也上不去。我看，只有等火小点儿再过吧！”

“什么？”邓军瞪了他一眼，然后转过头对周仆说，“要我看，马上从这条公路上冲过去！”

“你是说从大火里冲过去？”

“对！”邓军把那支独臂一挥，“我看只要开得快，冲劲大，很可能闯过去！”

周仆沉吟了一下，立刻赞同说：“我看可以试试！”

邓军得到支持，立刻转过脸对司机说：“哪个先开？”

一个穿蓝皮猴的年轻司机，把烟蒂一丢，对车上的人说：“同志们，你们先下来，我来试巴试巴！”

说着，他跨上司机棚，把车门喀哒一关，立刻发动起来，好像一个人要往高处跳跃似的，先曲曲身子，做了一个准备；接着就呜噜一下闯进了火门，钻进那个火胡同中去了。那狂卷的火苗与呼呼的黑烟，顷刻像海浪一样分在两边，而后又合在一处。眨眼工夫，汽车看不见了，只听见隆隆的马达声由近而远。时间不大，就听见村庄那边，一个年轻的声音喊道：

“过——来——啵——！没——有——事！”

人们立刻活跃起来。那长长的车队，一辆接一辆地分开火的波浪，又继续向前开进了。

公路盘旋上山。当卡车到达山顶时，邓军南望山下，几乎叫出声来：在那黑茫茫的夜色里，目力所及，远远近近，竟有好几十处火光。真是令人触目惊心。那火光有大有小，有的看去像是人烟稠密的市镇；有的看去像是较小的村落；有的只不过是三五户的山野人家。那火势有的已经减弱、暗淡，像是已经烧尽了；有的却像着火的时间不长，那跃动的火舌，正如凶猛的怪物贪馋地舔着漆黑的夜空。一刹那间，邓军觉得朝鲜整个的土地都在燃烧。在每一处火光里，将有多少户人家世世代代的劳动毁于一旦；将有多少人妻离子散，无家可归！邓军联想起祖国战争的年代，帝国主义和帝国主义的走狗们，为了扑灭人民的革命，也曾经到处纵火想烧尽一切。而他们却无耻地诬蔑别人“杀人放火”，这些人是多么的可恨！想到这里，邓军不禁周身燃烧，热血沸腾，恨不得立刻扑上前去，杀尽这些人间的野兽。

汽车下得山来，沿着一条江流前进。邓军正要查看地图，忽然司机碰了他一下，说：

“团长！看，朝鲜人过来啦！”

路边是一片着了火的树林。借着火光，邓军看见迎面走来十多个身着白衣的朝鲜人，他们扶老携幼，正在公路边艰难地跋涉着。再往前走，迎面而来的朝鲜人三五成群，十个八个一伙，愈来愈多。他们有的背着背架，有的赶着牛车，妇女们头上顶着包袱，背上背着孩子。看来他们已经跋涉多日，脸色憔悴，步履艰难。尤其是那些六七十岁的老人和五六岁的孩子，他们在别人的搀扶下，几乎三步一站，五步一停。有的干脆坐在地上，或者躺在路旁的乱草败叶中。如果不是后面隆隆的炮声，他们真的是再也不愿挪动一步了。

邓军打开车窗，前面的炮声，已经清晰可闻。显然，这北撤的人群，这炮声，都足以说明，敌人是更加迫近了。可是，正当他更加焦急的时候，不知前面出了什么事故，车队又一辆接一辆地停下了。

邓军推开车门，急忙跳下车，迎着撤退的人群向前走去。原来前边是一座江桥，桥头上有一堆大火，火头子直冲天空。邓军只当是桥梁着火，心里蓦地吃了一惊。走到近处，才看见是一辆朝鲜汽车，在桥头被炸起火，正好堵住了去路。火光里，还有一辆被炸翻的牛车，一头被炸断后腿的老牛，血流得半边公路都是红的。桥上拥挤着北撤的人群，他们在火光里叫嚷着，从着火的汽车与被炸翻的牛车边挤过来。

三营营长孙亮站在路边，正同几个干部商量什么，看见邓军来了，指着那辆着火的汽车说：

“我们正准备拴上钢绳去拉呢，你看行吗？”

邓军点了点头。孙亮立刻指挥战士们先把翻了的牛车挪开；把断了腿的黄牛，也移到路边；然后在着火的汽车上拴上了三四根钢绳，好几十名战士一起用力拉起来。由于车轮已经烧坏，车体十分沉重，每次只能移动几寸远近。邓军急了，也混在人群里拉着。

正在这时，桥上有人吆喊着什么，邓军一看，原来是五六个朝鲜人民军的官兵，背着转盘枪，杂在撤退的人群里走过来。其中一个年轻的少尉，神色十分激动，边哭边喊，好像很不愿往北走的样子，前面一个人拉着他，后面几个人推着他。旁边还有一个上尉，像是向他劝说什么。等他们走过桥头，那个年轻的少尉干脆坐在地上不走了，一边哭喊着，一边向邓军他们叫：

“东木①呀！东木呀！东木呀！”

邓军放开绳子，忙把联络员找过来问：

“他在喊什么呢？”

“他不愿往后走了。”朝鲜族的联络员叹了口气说，“他喊：‘你们走吧！你们走吧！我是一步也不往北走了呀！我是一寸也不往

---

① 朝语：同志。

北走了呀!'"

那位年轻的少尉,发觉是在谈论他,又激动地喊起来。联络员解释说:"他可能把我们当成人民军了,他说他要求军官同志批准他,同我们一道到前方去。"

邓军深深为人民军这个少尉所感动,一种火辣辣的情感冲塞喉头,几乎使他一时不慎流下泪来。他真想冲上去对他们说:可敬可爱的朝鲜同志!你们是多么的英勇啊!你们抵抗的是全世界最大最凶恶的帝国主义!你们不仅对自己的祖国做出了贡献,而且对全世界的革命事业做出了伟大的贡献!现在的后撤,只不过是一时的曲折,看吧,人民是完全有力量扭转战局的。……可是邓军是一个不善言辞的人,他的这一切内心深处的情感,都未能表达出来;只是走上去,紧紧握住那位朝鲜少尉的手说:

"同志,你辛苦了!你辛苦了!……你们太疲劳了!你们先到后面去休息一下吧!"

那几位朝鲜同志,原先都把他们当做人民军了,可是看他们没有领章,没有符号,武器装备也不相同,不知这是从哪里来的一支军队。经邓军一说话,这才惊讶地叫起来:

"中国?"

"毛泽东?"

邓军笑了一笑,连忙摇手示意,要他们保守秘密。那位朝鲜上尉和几位士兵也抢上来同邓军拥抱。年轻的少尉用两只手捧着邓军的一只手抖动着,哭起来了,一边说:"我知道你们是会来的!我知道你们是会来的!"在火光里,可以看到他年轻的脸上流着两大行眼泪。

邓军这时再也抑制不住自己,一边说:"同志们平静一点!平静一点!”可是在他那饱经风霜的像铁块一般的脸上,已经滚过好几滴圆大的泪水。

这时,那位朝鲜上尉讲了下面的情况:自从敌人进迫平壤以来,他们在平壤以南地区,已经抗击了许多天,直到昨天,他们才从阵地上撤下来,全连只剩下这五六个人了。

谈到这里,他指了指那个年轻的少尉,特别激动地说:

“我们接到撤退命令,谁也不愿后退,尤其是他——金银铁同志。他一听说撤退,就哭起来了,无论如何也不肯下阵地一步。他说:‘我们身边是战友的尸体,后边是撤退的人民,我活也活在这里,死也死在这里,我们怎么能够丢下他们向后走呢!’我们费尽口舌,对他说:‘这是命令!’才把他从阵地上拖下来了。谁知道,刚才他看到美国飞机炸死了几个老百姓,就又哭着不肯走了。”

“我不是不往后退呀!”那位年轻的少尉金银铁又激动起来,攥着邓军的手说,“军官同志,前面就是我们的国境线哪!我们怎么能离开自己的祖国呢!怎么能抛开自己的人民呢!你再看看他们……”他指指面前川流不息的向北撤退的人群,指指那些牵着父母衣襟艰难跋涉的孩子们,“他们走一走,站一站,一天也走不了多少路啊!再说,让他们走到哪里去呢?”

“多么优秀的战士!这才是真正的革命军人!”邓军在心里暗暗赞佩地说。他正要安慰他们几句,霍然呼隆一声,火光陡地一暗,原来那一辆燃烧的汽车已经被翻到河岸下面去了。

战士们纷纷上车准备继续开进。

“同志们!再见吧!”邓军懂得安慰战士只有用战士的语言,他说,“我希望你们坚决服从上级的命令。你们暂时后撤,正是为了补充整顿,为了前进。我相信,时间不会很长,我们就会在一起并肩作战。战局一定会扭过来的！让我们在前线再见吧！”

“我们很快就会在前线上再见的！”那几个朝鲜战士声音洪亮地说。

等到汽车开动的时候，邓军看见那五六个人民军的战士，在那位朝鲜军官的指挥下，已经排成一列异常整齐的横队，一齐举起转盘枪，向车队致敬。

一刹那间，邓军从这几个朝鲜战士身上，看见了这支兄弟军队的不可战胜的威容。

汽车在北撤的人群中缓缓开过江桥，又驶上一座高山。山陡路险，一边是峭峻的陡壁，一边是望不到底的黑魆魆的深涧。由于司机看不见路面，又怕跌下深沟，车队开得越来越慢。邓军看看表，已是午夜时分。

周仆跳下车，赶过来说：

“老邓呀，你看这天气黑得很呀！”

邓军也跳下车，望望天空，不知什么时候，连微弱的星光也隐没了。莫说坐在驾驶楼里，就是对面也看不见人。

“老邓！”周仆说，“你看这样子还能赶到新成里吗？”

“到个鬼！”邓军没好气地说。

“我看咱们开灯干吧！”周仆提议说，“现在的根本问题是争取时间，失掉时间，也就没有意义了。何况，这样子很容易出事故呀！”

邓军立刻表示同意，其实他早就憋不住了。

命令传下去。在盘旋的山道上，车队立刻像一条蜿蜒的火龙急速奔驰。在轰隆的马达声里，你简直可以听到司机的欢腾的心声。邓军的脸色也显得开朗起来，他拍拍腿说：“哼，像这样子，还有一点机械化的味道!”

汽车一气赶了二十公里,下了高山,转到一座狭窄的峡谷里。公路两旁仍然是络绎不绝的北撤的人流。

陡然间,人群乱了,纷纷离开公路,向山根乱跑,一边向汽车摆手:

“边机一索[①]! 边机一索!”

接着,车上的参谋们急促地敲打着司机棚顶。这是事先规定的发现敌机的信号。

附近的几辆车立刻停车闭灯,可是前面的汽车,大约没有听见,仍然继续开灯行进。

邓军立刻下车,命令参谋们鸣枪告警。连发数枪,前面灯才闭了。

邓军正要等敌机过去,继续开进,可这时,接连有好几发红色的信号弹从山后直射天空。

人们一片乱嚷:

“特务打信号了!”

“特务打信号了!”

“这些龟儿子!”邓军狠狠地骂了一句。

时间不大,敌机就在头顶上盘旋起来,发出沉重的隆隆声。紧接着,投下了一长溜照明弹,飘飘下坠,把整个峡谷照得明晃晃的。长长的车队,已经完全暴露在亮光之下。

在这紧急时刻,邓军看见战士们仍然稳坐在车上,竟没有一个人乱动,心里暗暗高兴。立即让司号员吹号,命令各营连防空,战士们才跳下车,向山脚跑去。

---

① 朝语:有飞机。

邓军和周仆最后缓步离开公路，刚刚登上一座小山，从天空里咕咕咕，一串火溜子下来，前面一辆汽车被火箭炮击中，烟火升腾直上天空。几架敌机见得着了好目标，大肆轰炸起来，又是打火箭炮，又是扔汽油弹，小小一条峡谷，顷刻间烟火弥漫，整个峡谷都烧红了。

敌机整整轰炸了半个多小时才走。许多车辆已被击中起火。各营长都来请示行动问题。

邓军按捺着满心痛楚，说：

“老周呀，我不知道你的意见怎样，我的决心是：汽车没有炸坏的，仍旧乘车开进；其余的，立即丢下汽车，以急行军的速度徒步行进！”

“我完全同意！”周仆坚定地说。

邓军得到政委的支持，又把那支独臂猛地一挥：

“就这么办！”

时间不大，在弥漫着烟火的公路上，这支在中国大地上南征北战的部队，又迎着火光，迎着北撤的人群，在燃烧的土地上前进了。可以听到，前面是愈来愈近的炮声。

第二章　木　屋

在北朝鲜的一处深山里，半山间有一座木屋。这座木屋被风雨剥蚀得成了灰褐色，就像使用了多年的木船，被搁置在山崖上。现在，彭总就正在这木屋里，背着手，踱来踱去。

这里是一座矿山。陈旧的木屋很像是矿山的办公处所。山下有一条小河，小河边有二三百户人家的一个村庄，大约是矿工们聚居的地方。由于战事紧迫，工人们已经撤退了，村子里显得十分空荡。从高山顶倾斜而下的高架矿斗缆线，上面挂着好几个运送矿石的吊斗，此刻一个一个地停在半空中。彭总踱着步子，有时在门口停住，望望山下空虚的村庄和空中凝滞不动的吊斗。尽管他一生饱经忧患，在战地看见过无数惨象，但今天看到这些，还是觉得心头沉重。

自从他奉令入京直到今天，才不过十多天的样子，脸上已经明显消瘦。这是由于过度的思考与紧张的活动所致。十月八日——也就是他被任命为志愿军司令员的当天，他就飞到了沈阳，第二天就召开了高级将领的会议；随后又乘火车赶到了安东，对各作战师的干部，做了动员和部署。十一日的晚上，他就飞回了北京，亲自向毛主席作了汇报。十二日一早，他连口气也没喘又飞回沈阳，接着又乘火车到了安东。这时候，他本来可以在江边稍事休息，可是考虑到朝鲜政府希望我迅速出动的要求，为了早一点同金日成首相取得联系，也早一点了解前方的情况，他就在部队出动的前一天——十月十八日黄昏出发了。前面由朝鲜外相乘坐的一辆华沙牌小轿车引导着，他同一个秘书和两个警卫员共乘一辆小吉普，后面跟着一辆中卡和一辆卡车，由参谋长带着一部电台和工作人员乘坐。就这样，在暮色苍茫中踏上了朝鲜的土地，沿着山间公路向前驰去。前天上午，赶到了一个僻静的山村，在路边一所农舍里会见了金日成首相。在这次历史性的战友的会见中，他们交谈了当前的战况和作战方针，以及成立联合司令部的问题，以后就转移到这里来了。

在这座小木屋里，他已经整整等了一天。此时，可以说他正经历着一种少有的焦急心情。因为敌人是机械化部队，进展相当迅速，而我各路大军却是徒步行军，前进得相当迟缓。据昨天了解的战况，我军秘密渡江的当天，美第八集团军已经攻占平壤。随后，麦克阿瑟乘坐飞机，亲自指挥伞兵部队于平壤以北距中朝边境八十英里的肃川、顺川降落，以截击朝鲜人民军的后路。按照预定计划，我军本来企图在龟城、泰川、球场洞、德川、宁远、五老里一线构筑防线，阻住敌人，现在看很可能做不到了。另外志愿军的指挥机构和新任命的几个副司令员，正随同部队一起行动，还不知何时来到。还有一件不大也不小的事也使彭总心中不安，就是那辆携带电台的卡车，掉队了。开始还以为很快会赶上来，谁知过了一天多还渺无踪影。彭总的脸就沉下来了。

现在，这个指挥部的全部人马，就是一个秘书，两个警卫员和一个朝语翻译。为了保密，他们都已换上了朝鲜人民军的军服。警卫员小张正在木屋外的一棵大松树下烧水。新调来的警卫员小崔，是延边朝鲜族的一个青年战士，在旁边帮助他。从沈阳带来的一个很精致的煤油炉子,冒着蓝色的火苗,营营地歌唱着。秘书林青坐在松树下的一块大青石上,望望彭总的脸色,心里也不安起来,他长时间地凝望着山谷入口的地方,希望先头部队和载着电台的汽车能够奇迹般地出现。

白铁壶在深秋的寒风中冒着白汽,水开了。小张把祖国带来的饼干,还有特为彭总烤的馒头干拿出来,一面嘟哝着说:“早知道是这环境儿,从沈阳多带点东西来该有多好!”林青怕彭总听见这话,瞪了小张一眼,然后站起来,走到木屋的门口说:

“老总,已经九点多了,咱们开饭吧!”

彭总哼了一声,依然继续踱来踱去。

林青见彭总不动,又催了一句,彭总才慢腾腾地走出来,坐在那块大青石上。小张早把他那个使用了多年的旧茶缸刷洗干净,给他泡了一大缸子湖南绿茶。他随意吃了一块馒头干,就不吃了,只是一味地坐在那里喝茶。

这林青很能体察彭总的心理,一看他那两道浓眉几乎挤到一起去了,立刻宽解地说:

“我看电台可能很快就会上来。”

“本来昨天就该赶上来嘛,乱弹琴!”彭总不高兴地说,两个倔犟的嘴角也深深地弯了下来。

“很可能是走错路了;他们没带向导,又不懂话。”

彭总没说什么,似乎接受了这个解释。他喝了几口闷茶,又说:

“给两个团配了汽车,他们也该上来了嘛!”

这时有机群正从西面上空掠过,林青朝上一指说:

“就是有汽车也不行啊。白天不能走,晚上不敢开灯。也许还不如走路快哩!”

这时,金日成首相的指挥部派人送来两大草袋大米和一份特意用汉文书写的敌情通报。林青看着那份通报,不禁眉毛一扬几乎惊叫起来:

“哎呀,怎么到了我们后边去了?”

彭总一向不喜欢有人在指挥部表现出这种神态,他瞪了林青一眼,然后戴上老花眼镜,接过通报看起来。原来各路敌人都已经接近或越过了我们准备修筑防线的地区,尤其是西线东路的伪六师,已经越过熙川、桧木洞,正向楚山前进。他要过林青口袋里装着的那本袖珍地图一看,果然这路敌人已经到了现在指挥位置的右上方了。其他各路敌人也都逐渐逼近。

他再一次地陷到沉思里。过了半晌,他把地图交还林青,慢吞吞地站起身来,沿着一条山坡小道向上走去。林青一看彭总要上山,知道他心里着急,也不敢多问,就向小张使了个眼色,同小张一起,在后面紧紧跟上。

这时已是秋末冬初,浓艳的秋色已失去了昨日的光泽;加上暗云低垂,西风凄厉,更增添了一片萧森之气。山径上全是一层层的落叶,已由嫣红色变得紫郁郁的。树上的叶子还没有落净,一阵风来,飘飘飒飒,就像急雨一般落到地面。但是,在这暗淡的图画中,仍有一些灌木,密密地长着金灿灿的叶片,十分鲜亮,就像迎春花一般摇曳在秋风里。

彭总踏着厚厚的落叶在山径上走着。论爬山,在他年轻时那是没有比的;即是现在年已五十有二,这个征战半生的人,仍较常人为快。林青和小张在后面跟着,并不显得多么轻松。

彭总上到山顶,向南一望,不禁暗暗吃了一惊。原来山下自南而北一条公路，断断续续都是逃难的人群。他们大部分是身着白衣的农民，有的牵着耕牛，有的赶着牛车。老老小小，走得十分迟慢。仔细看，也有不少城市打扮的人羼杂其间，很可能是从平壤等大城市撤退下来的。彭总看到这般情景，不由暗暗担心：目标这样大，如果敌机一来可怎么办！……正沉吟间，只听小张喊了一声："敌机！"彭总举头一望，只见两架野马式战斗机，从山后像贼一般突袭过来。人群顷刻大乱，纷纷向公路两侧奔逃。可是公路上有一个人，好像吓傻了，他左盼右顾，只是站着不动。这时那两架野马式已经对准公路自南而北得意洋洋地扫射起来。公路上卜卜卜卜腾起一溜烟尘，烟尘过后，那个人已经倒伏在公路上了。彭总要过望远镜仔细一看，原来是一个壮年男子背着一个白发老翁，他们一起倒在黄土公路上，身旁流了一大摊血。

"这些狗娘养的！"彭总把望远镜递给小张，望着远去的敌机狠狠地骂了一句。小张望望彭总，见他的眼睛浮起一层微红，两个嘴角也搭拉下来。再看看望远镜接触眼圈的地方，湿漉漉的，似乎有泪水流过的样子，就掏出手帕来悄悄拭去，没有做声。

彭总转身向北望去，在公路的尽头，依然是连续不断的逃难的人流，连部队的影子也没有。面对着这样紧急的情况，他只好望着连绵的云山兴叹。

"我看老总还是回去吧！"善知人意的林青劝慰地说，"我一再计算，那个配备汽车的先头部队，至迟今晚也就到了。"

彭总依旧望着北方，没有做声。

"要不，这样——"林青笑着说，"首长先回去，我在这里望着；部队一来，我就去报告，也不误事。"

说到这里，彭总才勉强点了点头，缓步向山下走去。

果然,林青的计算不差,黄昏时分,第五军的先头团——邓军的团队已经开到。林青带着邓军来见彭总。邓军听说是去见一位首长,却不料踏进木屋一看,原来是彭总坐在那里。他不由自主地要举起右臂敬礼,肩膀只动了一动,才意识到自己早已失去了右臂。他似乎带着几分抱歉的神情行了一个立正注目礼,凝望着彭总。

“这是第五军的先头团团长邓军同志,他们的部队已经开到。”林青高兴地介绍说。

“好,请坐,请坐!”

邓军的到来,显然使彭总喜出望外。他站起身来,满脸都是笑容,正要上前与邓军握手,才看出只是一个空空的袖管,就握住他的左手,亲热地说:

“怎么,你这个独臂将军也上阵了?”

邓军像小孩似的羞涩地一笑。

彭总等邓军坐定,见他多少还有些拘谨,就笑着说:

“我们还是第一次见面吧?”

“不,”邓军说,“长征路上,行军的时候我见过您;打兰州以前,我还听过您的动员报告。”

“你也参加打兰州了?”

“我这只膀子就是在那里丢的。”

“噢!”彭总回忆着说,“那个仗你们打得不错。我听说有一个团长很能打,就是爱跑到前面去打机枪,后来还负了重伤……是不是就是你哟?”

邓军红着脸笑了。由于他的面色过黑,那阵红潮也不大看得出来。

“你们来得正是时候!”彭总宽慰地说,“如果你们再不来,可就误了大事。”

他说到这里,又问:

“不是给你们派了几十辆汽车吗?”

“差不多都让飞机给炸毁了,”邓军有些抱愧地说。“以后我们就徒步行军,战士们背得太重,加上粮食和干粮,总有五六十斤。”

彭总“唔”了一声,半晌没有言语,停了一会儿才说:

“确实苦了那些战士们……一个没有制空权,就带来了一系列困难。归根结底还是国家太穷哟!”

说到这里,他瞅了邓军一眼,又问:

“部队的情绪怎么样?”

“情绪蛮好。”邓军欣然回答,“不过,认识也不一样:一些人在国内打胜仗打惯了,把美军根本不放在眼里;一些人又因为同美军第一次作战,觉得心里没有底。个别怯战的人也有。”

“要特别加强政治工作,来发挥我们的优势!”彭总语气很重地说,“现在情况十分紧急。有一路敌人已经到我们后边去了。你们的任务没有变,要尽快插到龟城。如果龟城已经被敌人占领,你们就在龟城以北构筑阵地,来掩护后面的部队展开。”

“好!”邓军站起身来,表示庄严地受领了任务。

彭总把邓军送出门外,紧紧地握住他的手说:

“要告诉同志们:我们友邦的存亡,我们祖国的安危,还有我们军队的荣辱,都在此一战!”

邓军立刻觉得心里热烘烘的,像有一股强有力的热流,在胸中激荡奔腾。当他走到山坡下的时候,还看见彭总站在那棵大松树下向他招手。

前面有了部队，彭总的心就放下了一半。但是电台没有上来，仍不免使他恼火。熬到第二天晚九时，参谋长和电台队长终于携电台一起到达。参谋长立刻来见彭总。

这个参谋长名叫夏文，是从兵团副司令中选调来的。他担任过团、师、军以至兵团的各级参谋长，富有参谋工作经验，知识面也颇为广博。他身量不高，面孔白皙，温文尔雅，颇有一点文人风度。彭总过去并不认识他，但在这次组织部队渡江工作中，见他思想很有条理，办事精细，已经留下了良好印象。夏文由于电台掉队，心中甚为不安；平时听说彭总非常严厉，更增加了几分胆怯。所以一见彭总，首先把遭到空袭汽车被打坏的情况详细作了报告，彭总只看了他两眼，并没有再说什么。他那悬着的心就放下了一半。接着他把路上收到的电报交给彭总，把当前的敌情和各路大军渡江后到达的位置，也做了详细汇报，彭总的脸色渐渐明朗起来，那威严的下垂的嘴角才开始有了松动。

“我们的行动，敌人到底发觉了没有？”他抬起脸，异常关切地问。

“没有。”夏文的语气十分肯定。

“那些外国通讯社的消息你全看了？”

“全看了。美国人不单没有讲到我们出兵，而且多次讲到我们不会出兵。”

彭总的脸色越发明亮起来，全神贯注地望着夏文。夏文兴致勃勃地讲道：

“有一则美联社的电讯很有意思。它说，在汉城被占之前，对我们是否出兵，确实有过一些揣测；但是，现在倒认为不可能了……”

“为什么?”

“他们说:如果中共打算干涉朝战的话,就会在汉城在共产党手中的时候或者至少平壤在他们手中的时候参加。在两个京城都被攻占之后,大家就断定中国无意干涉了……”

“蠢家伙!我们不是公开告诉他们,不能置之不理吗?”

“是的,是的,”夏文连声说,“可是他们有他们的逻辑。那则电讯还说:中国官员包括毛泽东、周恩来在内,虽然作过一些刀剑铮铮的声明,从字义上毫无疑问地意味着,他们决不容许共产党朝鲜从地图上消失,可是许多有经验的观察家认为,有两个理由不能把这些声明照字面的意义接受。第一,因为正式出兵干涉,就会使共产党人在联合国取得一个席位的一切希望归于消失;第二,因为毛泽东被认为非常狡黠,决不至于伸手到朝鲜的烈火中取出俄国的热栗子……”

夏文说着,从电报堆里取出那则电讯递给彭总,彭总看着看着,不自觉地微笑起来,说道:

“这些资产阶级!连他们的细胞也是利己主义。”

夏文也笑起来,继续说:

“从军事上,他们也不相信我们出兵。美国第十兵团的发言人说,‘要不首先把我们的空军遮住,中国就不会派大规模的陆上部队。’我们的二十几万大军,神不知鬼不觉地过了江,直到今天敌人一点也没有发觉,这在军事上也称得上是一个奇迹。”

彭总见他颇有得意之色,瞅了他一眼,严肃地说:

“这个大意不得!最好到大规模打响之前,一直不要敌人发觉。”

夏文汇报完了,彭总来回踱着步子。他沉思了好大一阵,才停住脚步缓缓地说：

“现在的敌情还很严重，主要是各路敌人差不多都越过了我们预定的防线，我们的部队除龟城以外，恐怕都赶不到了。毛主席原来让我们构成一道防线，守一个时期，准备明年春天反攻，现在看，这个计划恐怕要改变了。”

“计划要改变？”夏文惊讶地望着彭总。

“是的，要改变。”彭总点点头说，“因为情况变了。这几天我已经再三地考虑到这个问题。现在敌人对我估计不足，正在分兵冒进，正是我们歼灭敌人的有利时机。我看还是用我们的拿手好戏——打运动战，打歼灭战，选择敌人薄弱的一路，予以歼灭。”他说着，右手握拳向左掌心里狠狠一击，说得十分斩钉截铁，显然他的想法已经成熟。

“要拟定新的作战计划吗？”

“不，不忙。”彭总坐下来说，“这只是我个人的想法，各位副司令员和副政委也许明天就会到吧，等他们来到，我们共同研究决定，然后再上报主席和军委批准。”

“好，好，”夏文说，“他们正随第三军行动，大约明天就可以来到。”

在夏文临离开这座木屋时，不自禁地以崇敬的目光，望了望这个身经数百战的人物，这个将要同他一同度过惊涛骇浪的人。心里悄悄地说：“他，确是实战经验丰富，善于临机应变，头脑机敏果断，确实名不虚传。”

几位副司令员和一位副政委，果于次日随同志愿军司令部、政治部的人员一起来到。他们就住在山坡下的那些农舍里。这个指挥机关是以一个兵团部为基础编成的，几个领导干部是从各个兵团选调的。第一副司令员秦鹏,十年内战时期就已崭露头角,到解放战争时期,已经是逐鹿中原、纵横大西南的名将了。他生得体魄魁伟,一副络腮胡子,颇有风采。特别是他那豪放不羁的性格,趣事轶闻之多,几乎风传全军。第二副司令员滕云汉,从东北一直打到海南岛,立下不少战功。他是南方人的那种矮个子,但看去极为精干,军事上足智多谋,很有心计。文化程度虽不太高,但战斗经验极为丰富,他从战士、副班长、班长、副排长、排长,一直当到了兵团副司令,作战勇敢,指挥沉着果断,把他放到一条战线上,那条战线立刻就稳定了。第三副司令员冯慧,军事、政治、后勤工作全干过,尤其擅长后勤工作。他高高的个子,脸上还有几颗麻子,性格特别温和,很能与人相处,别人开多大玩笑,他也从不气恼。此外,就是那位副政委齐至真了。这个人坦率乐观,隔几间屋子就能听见他那响亮的笑声。他上过大学,留过洋,作了几十年的政治工作,还出过两本小册子,在政治工作上自然是一个专家了。在干部使用上,彭总一向主张五湖四海,不抱门户之见。他看到,从各个野战军选来了这么多优秀的干部,心里非常高兴。在第一次见面会上,他曾说,“敌人自称是‘联合国军’,其实,我们也是一个联合国哟!”而调来的这些干部,由于彭总在全军的崇高威望,从内心有一种崇敬之情。所以很自然地就形成了领导核心。在各位领导干部来了之后,当天就开了作战会议,经过充分讨论,一致通过了彭总的意见:准备利用敌人分兵冒进之机,机动歼敌。

会后,彭总就回到他的那个木屋中去了,其他人也都回到山下的农舍里。夏文还没有坐定,就听见远处有沉重的隆隆声,接着山头上又响起了尖厉的防空号音。他走到院中一看,一群一群的敌机正凌空而过,总有好几十架,气氛很不寻常。为了怕发生意外,他立即让参谋通知全直属队注意防空，还特意通知了各位首长。当他来到山坡下的防空洞时，看见各位首长都来了，唯独不见彭总。大家也正在心神不安地议论这事。有的说："彭老总在国内打仗就不注意防空，现在这么多飞机，再不注意怎么行啊！"有的说："仗还没有打起来，如果统帅部先出了事，那问题可就大了。"大家议论纷纷，一致要参谋长亲自去把彭总拉来。夏文听大家讲得有理，就急火火地走出洞口。

他上了山坡，走到木屋跟前，看见警卫员小张正站在那几棵松树下警惕地望着天空。夏文急冲冲地问：

"小张，你怎么不叫首长去防空啊？"

"你去叫吧！"小张哭丧着脸说。

"林秘书呢？他怎么不去叫？"

"哼，谁也不行。"

夏文踏进木屋，看见彭总端端地坐在案前，面前摆着一个半旧的四四方方的大铜墨盒，正手执毛笔聚精会神地写着什么。林青无可奈何地坐在一边。尽管外面飞机的隆隆声震得窗纸索索颤抖，但对于这个光着头鬓角露出白发的老军人，却仿佛是另外一个世界的事情。

"彭总……"夏文低声试探地叫。

"你有事吗？"彭总摆摆头示意让他坐下。

"没有事……今天的飞机特别多……"

"唔，很可能敌人的攻势要开始了。"

他说着，头也不抬，把笔伸进墨盒蘸得饱饱的，又继续写下去。

夏文不忍打断他的思路，等他把几句写完，才又慢吞吞地说：

"我看飞机太多，今天得注意了……"

“是的！决不要大意。”彭总边写边说，“要告诉大家注意防空！”

“老总，我说的是您呀！”

“我?”彭总偏过头笑笑，“你们先去。你知道，我正给毛主席写那封电报。”说过，又写下去。

夏文一时语塞。这时，一架敌机声音很大，仿佛已经飞到头顶。远处还响起了沉重的炸弹声。夏文灵机一动，一面上前去盖墨盒，一面乘势说：

“还是到防空洞写吧，你瞧要下蛋了。”

彭总这才离开座位，推开门，仰起脸向上一望，只见一架敌机哇的一声掠了过去。他翻翻眼骂道：

“好个狗娘养的，看你能把老子吃了！”

他手里仍旧拿着那管戴月轩精制的七紫三羊毫的毛笔，站在那里观望了一会，用笔指了指山那边盘旋的敌机，笑着对夏文说：

“我的参谋长！你瞧，目标根本不在这里嘛！”说过，又从容地回到座位，伏在桌案上。

敌机在山那边狂轰滥炸了一顿，纷纷离去。彭总的电报已经写就。这已经是他多年的习惯，凡重要的电报都是亲自动手。写完他又细细地看了一遍，改了几个字，才交给夏文说：

“这是第一次战役的设想。请几位副司令和副政委都看一下，一个也不要漏掉。大家没有意见，再发出去。”

夏文拿着电报，走出了木屋。冷风一吹，他才发觉自己额头上都是汗水。他掏出手帕擦了擦，觉得背上也凉浸浸的，原来衬衣也早让汗水湿透了。当他走下山坡的时候，回过头望了望那座风雨剥蚀的木屋，觉得它更像是一只在惊涛骇浪中的船只了。

第三章　侦　察

邓军的团部设在山坡上的一片松林里。枯黄的陈年的松针积了很厚一层,踏上去软绵绵的。警卫员们就在这里铺上了两张淡绿色的雨布,作为他们团长和政委休息的地方。

经过一夜急行军,警卫员们靠着树干很快就睡熟了。尤其小迷糊,头枕着背包不住地打呼噜。邓军和周仆却静静地坐在雨布上,毫无睡意。和师部的电话线已经架通,师长在电话上两次催问敌人的情况。可是派出的侦察员还没有回来。

两个人望望山下,在灰尘飞扬的黄土公路上,向北撤退的人流,仍然三五成群络绎不断。他们的脚步是那样疲惫,行动是那样迟缓,就仿佛凝滞在那黄土路上似的。看到这种情景,邓军和周仆真恨不得立刻赶上前去顶住敌人,扭住敌人,可是现在敌人到底在什么地方还不知道,这是多么叫人凄楚难挨!

将近中午,最先派出的几个侦察员回来了。他们一致报告说:敌人已经到了龟城,炮火已经打到了龟城以北。

邓军立刻抓起耳机向师长报告。师长听完报告,像是沉吟片刻,然后问道:

"他们是亲眼看到的吗?"

邓军转过脸,对着几个侦察员严肃地问:

"你们究竟是不是亲眼看到的?"

“我们确实到了龟城附近。”一个侦察员解释说,“一路上逃难的老百姓都说敌人到了龟城。我们亲眼看到,敌人火炮的弹着点,落到龟城以北不远的地方。”

邓军把侦察员的话,如实做了说明。只听师长在电话里带着责备的意味说:

“这就不对!敌人的炮打到龟城附近,正好说明敌人并没有进占龟城。你听听炮声,这是远射程炮的声音!很可能这是敌人用远程炮火对人民军进行火力追击。”

邓军考虑着,没有答话。只听师长又说:

“这是一场新的战争,比国内解放战争更要严酷的战争。要注意个别人是否有怯战心理……要教育侦察员,情况一定要搞确实。不然,我们究竟是在龟城以北打击敌人呢,还是在龟城以南打击敌人呢?这就马上要影响我们的行动了……”师长可能考虑到自己新提升不久,不适合对一位老战斗英雄用这样的口吻,才又改变了调子说:“老邓呀!你觉得是不是这样?”

这邓军一向心胸坦荡,襟怀洁白。多年的革命生涯,锤炼了他极为坚强的组织观念。尽管今天的直属上级是不久以前的同级干部,而且是多年以前的下级,在他看来,在革命的道路上,这并不是什么不可理解的现象。刚才师长最后两句话的过分客气,倒反而使他有几分不快。他立刻说:

“请放心,我马上组织力量查清前面的情况!”

他放下耳机,转过身来,对着几个侦察员不满地瞅了一眼:

“叫你们到前面查明敌情,你们蹲到半路上看弹着点,乱弹琴!”

说着,他大步跨向前去,把正靠着大树酣睡的小玲子推了两把：

“快起！”

周仆见他要行动，瞅着他说：

“老邓啊，你要到哪里去？”

“到前面去！”邓军说着，把他那只假臂也摘下来，往地铺上一扔，“这劳什子打起仗来真碍事，先收起来吧！”

“你又来了！”周仆用食指点着他说，“我批评过你多少次了，什么事都要亲自出马！叫侦察参谋带他们去就不行吗？”

“侦察参谋当然也要去啰！”

“那你……”

“老伙计！”邓军拖长声说，“这一次倒是你盘算错了。你算一下，到天黑还有多长时间？等他回来，就是侦察确实了，我啥时候出发看地形呢？”

周仆脸上终于出现了微笑，算是一种默许。

很快，一支包括侦察参谋、联络员和半个侦察班的轻便小队下了山坡，插到灰尘飞扬的公路上去了。侦察参谋带领着三个侦察员跑步赶到前面，邓军和其余的人随后跟进。

天气灰蒙蒙的。一路上，依然是时断时续地撤退的人流。这时，邓军更清楚地看到他们疲惫的脚步和焦苦的面颜。他们的脸上、头发上和他们的白衣上，都蒙上了一层厚厚的灰尘。古老的牛车木轮，比人的脚步还要迟缓，咯噔咯噔地发出颠簸的车声。有几个妇女坐在路旁喘息着，一面擦汗，一面给孩子喂奶，以便继续上路。路上不断看到为减少重量而丢弃的包袱，还有那磨透了底的朝鲜的船形胶鞋。

邓军按捺着心头的痛楚疾步前进。一边留意着两边灰苍苍、紫郁郁的山峦,极力把沿路地形记在心底。

为了严守秘密,不暴露是中国人,邓军规定谁也不准说话。只让联络员去查问情况。结果一连问了几个老百姓,都说敌人昨天晚上就到了龟城。这些老百姓为了避开龟城,是从小路绕过来的。

邓军不管这些,命令侦察员继续前进。炮声越来越近了,就好像打在山那边似的。路上行人也越来越少;整个山沟,充塞着一种严森森的气氛。

公路盘旋上山,他们抄着小路爬上山顶。邓军放眼一望,山下是一块小平原。在公路通过的地方,仿佛是一片市镇。

侦察员一指:“那就是龟城了。”

邓军取出望远镜一看,虽然距离并不太远,但因为被一片湿濛濛的云雾笼罩着,混混沌沌,看不清楚。隔一会儿就有三四发炮弹打在城北附近的公路上,白烟缓缓地上升着,与低沉的云雾混在一处。

邓军收起望远镜,正要举步下山,侦察参谋回过身来说:

“三〇一!”他叫着团长的代号,“我看你还是在这里等一下,我们先摸进城去看看。”

邓军装作没有听见,只管向山下走去。侦察参谋见团长不理,只好快步赶到前面,以便防止猝不及防的意外情况。

公路上连一个人影也没有,越来越静得可怕。

在离龟城还有三里多路的时候,侦察参谋又返回来,几乎是用恳求的口气说:

“三〇一!请你还是等一下吧!虽说城里不一定叫敌人占了,敌人的侦察部队是可能有的。”

“好好,听你的。乱弹琴!”

邓军本来想再靠近龟城一些,这时只好甩甩手离开公路。他点起一支烟,用心察看着周围的地形。

时间不大,侦察参谋跑回来报告:龟城果然没有敌人。“他真精细!”邓军心里对师长暗暗佩服。

他们进得城来,穿过整整一条街,还不见一个人影,寂静得像是一座死城。只有自己的脚步声沙沙地响。这里,大约经过多次轰炸,有一些房子炸倒了,有些被震裂得歪歪斜斜,使人觉得仿佛只要用手一推就会坍在地上似的。街道上和住家户的门口,遗落着包袱、枕头和孩子的小胶鞋。可以想见,人们是怎样在侵略者的进迫下,匆匆离开温暖的家宅。

他们很想找到一个人,打探一下情况,走了好几家都失望了。他们转过十字街口,向南走去,有几只野狗被他们的脚步声所惊动,突然奔蹿起来,蹿到另一条街上去了。过后,全城更显得死一般的静寂。

“这里有人!”忽然,侦察参谋叫了一声。

邓军赶过去一看,原来在一间小茅草屋里躺着一个头上缠着白布的老妈妈。她似乎听见了响动,慢慢地坐起来,眼里流露着惊惧的表情。

“阿妈妮!”联络员首先走上前亲热地叫。

“阿妈妮!”其他人也跟着叫。这是他们作为志愿军学会的第一句朝鲜话。

朝鲜老妈妈拭拭昏花的老眼,看清他们是穿着人民军服装的时候,双手抱着联络员哭起来了。

遵照邓军的规定,仍然只有联络员问话。

“阿妈妮!”联络员掏出手绢替她拭了拭眼泪,“你老人家怎么没有走呀?”

“我走到哪里去呀?”老妈妈说,“前天,我的儿子、媳妇都要我走,我这么大年纪了,走得动吗!我不走还好,我要走,得连他们也拖累死呀!”

联络员指指她头上的伤口,问:

“你这头怎么啦?阿妈妮!”

“就是他们打伤的呀。”

“谁?”

“美国人和李承晚呀!”

大家顿时一惊。联络员急问:

“他们来了多少?”

“好像有……十几个。”老人回忆着说,“他们一来就问人民军逃到哪里去了,我说了一个不知道,他们就一枪把把我打得昏过去了。”

“他们什么时候走的?”

“刚走,时间还不长哩!”

邓军使使眼色,联络员安慰了老妈妈几句,匆匆走出门外。邓军说:

“很可能是敌人的侦察队。赶上去,抓他几个!”

大家兴奋起来。加快脚步出了龟城,一路向南追下去了。

穿过平坝子,来到一座山口。邓军一望,这是一道很狭窄的峡谷,两旁山势陡峭,草深林密,紧紧夹着一条公路,一派阴森森的。邓军正要嘱咐大家注意搜索,只见侦察参谋匆匆忙忙地从山谷里跑回来,兴奋地悄声叫:

“三〇一!三〇一!追上了。”

“哪里?”

“你来看!”

他兴奋得两颊绯红,兴冲冲地领着邓军他们进了山沟。走了不远,他往东面一座最高的山尖上一指,说:

“你看那是什么?”

邓军抬头一望,山尖上站着七八个人,因为他们的背景是天空,看得十分清晰。

机灵的小玲子,马上把望远镜对好,递给邓军,一边说:

“你看穿的还是白衣服哩!”

邓军接过望远镜一看,果然都穿着朝鲜式的白衣,正在那里东张西望,指指画画地谈论什么。

“不可能是朝鲜老百姓。”侦察参谋判断道。“这里正是敌人将要通过的要道,老百姓站在那里干什么呢?”

邓军“噢”了一声,继续凝神观察,见他们身上果然带着枪支。正凝视间,其中一个人挥了挥手,其余的人跟着他沿着一条羊肠小路走下山来。邓军立刻收起望远镜,把几个侦察员布置在靠西面山根的密林里,紧紧卡住一段公路,准备敌人刚一踏上公路,就施行猝不及防的袭击。

“听我的口令!”邓军掏出他的小花口橹子一晃,严厉地说,“谁也不能提前开枪!”

说过,他和小玲子也隐伏在一处深草里,全神贯注地凝视着对面山上。只见那几个人神态自若地、不慌不忙地走着,心里渐渐焦急起来,暗暗地咒骂道:“这些龟儿子倒挺自在!”

邓军觉得苦挨了好长时间,那几个人终于一个一个地下到公路上来了。这时,他尽全身力气,大吼了一声:

“站住！举起手来！”

邓军是有名的大嗓门，这时的声音更像洪钟一般，在山谷里惹起一阵回响。那几个人陡地一惊，正要拔枪抵抗，其中一个人摆了摆手，站定脚步大声回道：

“谁呀？是老邓吧？”

“三〇一！”小玲子惊叫了一声，攀住邓军举枪的左手，“你看，是师长来啦！”

邓军定睛一看，果然是师长洪川。他那轻捷矫健的身子，穿着朝鲜人的白背心和一件又肥又大的白裤子，头上还戴着一顶朝鲜老人戴的乌纱帽，粗粗一看，简直认不出来了。邓军瞧见他这身装扮，不由得哈哈大笑起来；连忙收起枪，跳出草丛，赶上去与师长握手。其他人也都纷纷地钻出密林，与师部的侦察员会面。

“老邓，你的八卦阵摆得真不错呀！”师长握着邓军的左手笑了一阵；然后，摘下乌纱帽擦汗。他的前额还不显皱纹，浓密的黑发齐崭崭的，看去比邓军要年轻得多。

“师长，”邓军笑着问，“你怎么跑到我前头啦？”

“这是跟你学的呀！”师长笑着说，“你过去不是常跑到我前头，跟我抢买卖吗？”

邓军知道他说的是过去当自己下级时候的事情，就笑了一笑。

师长吩咐其余的人隐蔽在树林里休息，然后拉了一下邓军的肩膀，坐下来低声说：

“现在的打法有一点改变。出国以前，我们原定在龟城一线构筑阵地，进行防御，阻住敌人，求得先站稳脚跟。但是从昨天出国的部队看，都没有达到预定位置。加上敌人前进的速度很快，如果再采用原来的打法，就会达不到原来的目的。现在敌人还不知道我们已经出国，因此，统帅部决定，利用敌人分兵冒进的弱点，主动地给以反击，争取消灭一路或几路，可能更加有利……”

“这个改变很好。”邓军插话说，“我们的军事思想向来就不赞成单纯防御。”

“是的，这个改变也特别合乎我的心意。我给你打过电话，就坐上吉普车来看地形，哈哈，想不到赶到你前面来了。”

“你在这大公路上白天行车呀？”邓军惊讶地问。

“管它！”他淡淡一笑，“飞机来了，就暂时避一避……真没想到有这样大的收获！”

“什么？”

“最理想的打伏击的地形！”师长兴奋地向这条沟一指，“这里你看到的只是一小段。越往里走越险要。来，我再陪你到山上看看！”

说过，他马上扯着邓军的左臂站起来，邓军推辞说要自己去，他马上说：

“老邓，你可不要忘记我是爬山虎呀！”

说着，师长抢步上了山坡，又沿着刚才的小道，嗖嗖嗖地爬上去了；邓军和小玲子跟在后面，看见师长那浑身使不完的精力，那充沛的朝气，真是暗暗地羡慕。

“你看，”师长等邓军爬上山尖，兴奋地一指，“老邓呀，我的老红军，你看像这样打伏击的地形，怕还不多见吧！”

邓军放眼一望，这条山沟曲曲弯弯，长约十里左右，愈往前愈险。许多地方是陡立的峭壁，简直像两道高高的石墙夹着一条通道。山上草深林密，便于屯兵，也便于出击。山沟尽头，又像喇叭口一样地张开了。

“我初步设想，”师长用手一指，“把两个团和另两个营的全部，都摆在这两面山上。由你团派一个营同敌人保持接触，边打边撤。只要能把它引进来，即使是铁，我们也砸得烂它！”

说到这里，他指了指喇叭口外二十余里处，那里烟笼雾绕着一座市镇。“那就是凤鸣里。现在查明美军二十四师的先头部队，已经到达那里。我刚才用望远镜已经看到了敌人的坦克。我们的部队今晚就要埋伏好。你准备派出的那个营，天明以前就要赶到凤鸣里附近。”说着，他又用穿着绿胶鞋的脚点了点地面：“我的指挥所就设在这里！……你看这个想法怎么样？”

“同意！”邓军兴奋地说。

师长得到邓军的支持，非常高兴。又说：

“可别客气，你还是我的老首长哩！”

“老落后喽！”邓军笑着说。

“姜还是老的辣呀！”

“对，我一定让敌人尝尝我的辣味！”

两个老战友爽朗的笑声，长久地萦绕在高高的山尖……

第四章　山　前

邓军和小玲子坐师长的吉普车回到团部，天色已近黄昏。

周仆看见团长不仅毫无倦意，而且满脸是笑，就亲昵地说：

“你这家伙，收获一定不小！”

“可不是么！”邓军说，“差点儿俘虏了一个师长哩。”说着嘎嘎大笑起来。

邓军一连气把一路的情况和师长的意图说了一遍。最后说：

“依我看，打响出国第一炮，问题不大！”

“小迷糊！快给团长热饭！”周仆兴奋地叫，一边又向小玲子挤挤眼说，“再给他一点奖赏！”

所谓“奖赏”，指的就是小玲子饭盒里的油炸辣椒。这邓军有个老胃病，一犯病，常常疼得满头大汗。关于这一点，周仆简直比一个妻子的关怀还要周到，常常劝他少吃一点辣椒。可是邓军没什么都可以吃得下，就是没有辣椒不行。战争时期，小玲子常年给他背着一个日本饭盒，里面总是盛着满满一盒子辣椒。周仆怕他犯病，有时就不让小玲子给他炒。吃饭时他一看没有辣椒，就发脾气，或者拿着筷子，闷闷地坐在那里，委屈得像个孩子似的。每当这时候，周仆常想，这样一个老同志，从来不怕牺牲，不怕流血，为了党和人民的事业，随时可以抛弃自己的头颅。但他所取于这人间者，既不是名，也不是利，更不是吃喝穿住；平生所好，不过就是抽几支烟,吃饭时能再有一点辣椒,就高兴得什么似的。如果连这一点也让他受委屈,自己心里也觉着难过。于是就在这种矛盾心情下,同他作了妥协。但说话的调子仍然又不免是严肃的:“今后一定要少吃一点啰!”“好好好,一定少吃一点儿!”一听说让他吃,他连声乖乖地答应着,又像孩子一般地笑了。

不一时,小迷糊端来了一饭盒热腾腾的白米饭。小玲子按照政委的眼色,把那个铝制的旧饭盒打开,拨出了一点炸辣椒,作为奖赏。那么一点辣椒,邓军三口两口就吃完了,又伸过碗来,叫小玲子:

“我的老天爷!你再赏给一点儿行不?”

小玲子看看政委的脸色,发现没有异议,这才用筷子又轻轻地拨了一点。邓军吃得满头大汗,连声说:

“真痛快极啦!”

他擦擦汗,点起一支烟,说:

“老周,你看用哪个营引诱敌人好些?”

周仆略一寻思,说:

“晌午你刚出发,孙亮就到这里坐了半天。东拉拉,西扯扯,我就看出他有心事。果然,最后吞吞吐吐地问:团里对他这个营究竟有什么看法……”

“什么看法!他这个营过去打得并不算太好嘛!”邓军打断说。

“是呀,”周仆接下去说,“我还没有回答,他就委屈地说:‘你们不说我也知道!’看来,他是有些不够满意。他最后说,三营所以战斗力弱些,并不是这个营的本质不好,是团里对他们的使用太少。据我看,这个意见是对的。战斗力弱的单位,使用在主要方向的机会越少;使用越少,战斗力也越弱。我看,今后可以多使用他们。”

“可以考虑，”邓军说，“不过，这是头一锤子买卖，有钢还是要用在刀刃上呀！”

“你是说让咱们的‘才子’去呀？”

“对喽！”邓军说，“我看还是让陆希荣去。这小子有点子鬼名堂，遇到意外情况也好应付。”

这周仆是那样一种政治委员：聪明，识大体，虽然自己担任着团党委书记，但在军事指挥上，从不勉强让指挥员接受自己的意见。尤其是在比较次要的问题上，很能让步。何况，他知道在邓军的心目中，是比较欣赏陆希荣这个干部的。于是就同意了。

因为时间紧迫，邓军一面通知各营作行动准备，一面召开了一个简短的会议，向各营干部传达了战斗任务。

会议结束，周仆把陆希荣单独留下来，问：

“老陆，你觉得这任务有什么困难没有？”

“牵牵牛鼻子，这有什么。”陆希荣满不在乎地说。

“困难是会有的。”周仆说，“第一次同现代化的敌人作战，又是白天在开阔地里转移；既不要硬顶，又不要稀稀拉拉让敌人识破。这就特别需要沉着呀！”

“那，当然要沉着！”陆希荣淡然一笑，“请首长放心好喽！……政委还有什么指示？”

陆希荣话语中隐约的嘲讽意味，使周仆心中有几分不快。但因为是战前，正是需要大家团结的时候，就克制住了。

邓军也听出话头不对，挥挥手说：

“政委的指示很重要嘞！你们回去要好好地研究一下。”

陆希荣潦草地打了个敬礼，走出小树林子去了。

天色刚黑下来，队伍就集合好，向龟城方向前进。为了严格保守秘密，按照师长指示，在接近龟城时，下了公路，沿着小路绕到了龟城以南。这时已近午夜。部队通过那条狭窄的山谷，夜黑风寒，松涛阵阵，抬起头，只能望见一小片星天，仿佛置身在枯井中，越发觉得阴森森的。

邓军指挥二、三两营，在峡谷的南端两列山岭上隐伏。严格命令部队做好伪装，保持肃静，不准发出任何火光。静候着后续部队的到来。一营的部队，由前面回来的侦察员引路，出了峡谷，继续前进。

走在最前面的是一营三连。郭祥在尖兵班之后，带领部队急匆匆地走着。在夜色里可以看到，驳壳枪在他身后卜浪卜浪地摆动，步态轻捷而大胆，好像惯于在夜色里潜行的狸猫一般。多少年来的夜间战斗，夜色不但不能增加他的恐怖，反而使他如鱼得水，真正成了夜色的主人。

出了峡谷，前面豁然开阔起来了。放眼望去，在那披挂着星斗的夜空下，有几堆火光，在寒峭的夜风里不停地摆动。

为了避免敌人的侦察部队提前发现，他们仍旧避开公路，沿着小路行进。部队静悄无声。大约又走了十里路，来到一座低矮的小山岗下。事先潜伏在这里的师部的侦察员告诉他们：敌人离这里只有几里路了。

部队停止前进。郭祥随着侦察员爬到小山岗上观察。第一眼看到的，就是远处一盏接一盏地奔驰的灯光，并且隐隐听到隆隆的汽车声。那些灯光一到那个黑魆魆的山脚下就熄灭了。侦察员说，那里就是敌人停驻的地方。

“很可能是运送弹药的汽车。”陆希荣判断说，“看来明天进攻是肯定的了！”

他立刻熟练地布置开队伍，就回到后面去了。郭祥到前面察看了地形,在一个小山包上设了一个班,作为全营的警戒阵地。然后回来督促全连积极构筑工事。

启明星升起的时节,已经构成了简单的工事。郭祥在背风处,正想打个盹儿,只听前面“轰隆”地响起了一颗手榴弹声。接着是一阵繁乱的卡宾枪声。他急忙站起身来爬上山头,枪声又沉寂了。

郭祥知道发生了敌情,正要带领一个班到前面支援,只见前面那个班慌慌张张地向回跑。郭祥厉声喊道:

“干吗跑下来?”

“敌人上来了!”

“敌人上来了!”

有几个声音慌张回答着,站住了。

“给我回去!”

郭祥带着他们,冲上去恢复阵地,一看并没有敌人。他心里十分恼火,用手一指:

“刚才是谁带头跑下来的?”

没有回答。

“到底是谁?”郭祥声音更大了。

“是我。”其中一个低声地说。

郭祥一看,是五班班长刘大顺,更有气了。这刘大顺,是解放战争末期他亲自解放过来的。人一向老老实实,不会说,不会道,工作埋头苦干,战斗也很勇敢。特别是在解放兰州的战斗中,同马家军拼刺刀非常英勇,因此提升为班长。不知现在为什么这样。

“哦,是班长带头啊!”郭祥挖苦地说,“你看见敌人了吗?”

“敌人是……是上来了。”

“有多少个?”

“像，像是有七八个……我扔了一个手榴弹，一慌……”

“有七八个，就把你吓死了，唼？”郭祥指着他，“我问你，是叫你来打美国鬼子的，还是叫你来丢人的？”

“我，我……”刘大顺羞愧得几乎要哭出来，“连长，你知道我过去，我过去……没有装过孬呀！”

“这次哩，这次为什么？”

“我，我……”

刘大顺把头垂到胸脯上，呜呜地哭起来了。

“你还哭哩！我干脆毙了你！”

郭祥大步抢上去，正要举起拳头，忽听后面有人叫了一声：

“嘎子！你又要犯错误啦！”

郭祥扭身一看，见老模范严肃地站在那里，就急忙收住了手。

“他又跟上来啦！”有人悄悄地说。

原来这老模范，方才见郭祥气刚刚的，就预料要出事。前面已经交代，郭祥自幼跟随老模范长大，虽然今天是老模范的上级，但在内心深处，仍然把老模范看做长辈；老模范也仍然像长辈一样地关怀着他，唯恐他一时冲动再犯错误。今天一看这情况就赶来了。

“好好，战后再说！”郭祥挥挥手，余怒未息地走到一边，“怕死鬼！我就是见不得这个！”

老模范又走到刘大顺的面前，严肃地说：

“大顺哪，你这个错误可真严重啊！这两天你也看到了，朝鲜人民家破人亡，叫人看着多难受啊！他们死了那么多人，我们的命就那么值钱！你看看你办的这事！……”

“老模范，我，我……我一定……”

不知什么时候，天色已经亮起来。可以清清楚楚看到刘大顺那结实的粗墩墩的个子，那朴实的容貌。他的脸上，有一条斜斜的很深的伤痕。这时，有两大颗眼泪，滚过他的双颊，跌落在熹微的晨光里……

"轰！"

忽然间，一枚炮弹在小山后面爆炸了。

郭祥作战经验极其丰富，立刻就听出是坦克炮的声音。往前望，在曚昽的哓色里，已经可以清楚看见敌人驻扎的村庄。村庄前面，有一排小黑点，一个接一个地向公路蠕动着，发出轰轰隆隆的声响。再往公路上一看，已经有一辆爬到公路上来了。

说话间，又是"轰"的一声，一枚炮弹落在山前。

"准备战斗！"

郭祥大喊了一声，并且习惯地捋捋袖子，仿佛立刻就要扑上前去似的。他的声音在这清晨听起来，是那样的年轻，那样的洪亮，听不出有一丝一毫的恐惧，顿时给大家增添了力量。

坦克震人的怪声愈来愈近。大家正注意前面，霍然间，一架敌机从左边哇的一声扑了过来。接着是两架，三架，共有七八架敌机盘旋起来。人们不自觉地抬起头来望着天空。

"注意公路！"郭祥又高声喊道。

话音未落，"吭吭吭"一连三发的坦克炮打到山脚。黑烟遮蔽了人们的视线。黑烟过去，已经可以看见坦克后面的步兵。入朝以来的第一次战斗，就这样展开了。

邓军的指挥所，设在离峡谷南端沟门不远的一座较高的山峰上。这里北可以望见师指挥所的山头，南可以望见峡谷以外辽阔的平川——现在正在进行激战的地方。邓军望着前面敌人浓密的炮火节节北移，一切都按照计划进行，心里十分高兴。但兴奋之中又包含着紧张,就好像端着满满一碗水,老怕它洒了似的。

这时,从东南方向出现了一架红头敌机,在峡谷上空盘旋起来。这架敌机很怪,既不扔炸弹,也不打炮,慢条斯理地哼哼着,好像飞不动的样子。有时还侧楞着身子向下面窥探。

“这是什么怪家伙呀!”

“简直像个老病号,真好打!”

战士们议论着。电话铃响起来。邓军连忙抓起耳机,是师长的声音:

“你们看见敌人的侦察机没有?”

“看见了。”邓军回答。

“一定要隐蔽好。”师长嘱咐道,“如果暴露目标,就会破坏整个计划的!要再通知部队一遍。你们的指挥所我看要搬下来一点,山头上留下两个观察员就可以了……根据情报,敌人对我们的出国行动,并没有发觉,只要我们保持隐蔽,就能取得胜利!”

邓军在深草丛里,对本团埋伏的各个山头,又细心地、逐个地察看了一遍。战士们一个个头戴着用半青半黄的秧草编成的伪装盔,伏在密林和茂草里,没有一个人乱动。整个山峰,静悄无声,更显得无比的威严。只有飞机声、坦克声和枪炮声,在山谷里响着回音。邓军为了慎重,又通知了各营,并按照指示,把指挥所也移到山坡上的一片密林中去了。

中午时分,战火渐渐接近了峡谷的沟门。敌人的坦克炮和榴弹炮,已经开始轰击峡谷两侧的山岭。那十几架野马式飞机也盘旋在峡谷的上空,开始了扫射和轰炸。有几处山林,已经被炸起火,冒起一团一团的黑烟。

这是极其重要的时刻。邓军正要离开指挥所到山顶上掌握情况，师长又来了电话，用严肃的声调问道：

“你看敌人发觉了我们没有？”

“我看没有这种征候。”邓军答道。

“对，”师长说，“我看他们并没有发觉我们。不过是进行威力侦察。通知部队，绝对不要慌乱。如果没有师的统一信号，随便提前开枪，或者轻举妄动，要立即执行战场纪律！”

“老周，我先上去了！”

邓军刚走出几步，只见观察员气急败坏地从山上跑下来说：

“三〇一！三〇一！……敌人的坦克炮堵住沟门，再不往前走了！”

“咱们的部队呢？”邓军问。

“只有少数进来了，其余的离开公路撤到两边山上去了。”

“你说什么？”

“撤到两边山上去了！”

“糟了！”周仆跌脚叫道，“向两边一撤，敌人还肯进来吗！”

邓军大步向山上冲去，一看，敌人的坦克果然停在沟门外，高高地翘着炮口，正向山上猛烈轰击。步兵已经缩到后面去了。一营的部队，除进来一小部分，其余都向两旁的山上撤去。邓军的脸色霎时变得又青又黄，掉下大颗大颗的汗珠。一场计划竟这样被破坏了。

他回到指挥所，沉思了好半晌，才抓起耳机。那小小的耳机，一霎时竟变得像有千百斤重似的。

他向师长报告了这意外的情况。最后请求说：

“看样子，原定计划是无法执行了……我建议利用敌人犹豫观望的机会，由我带领其余的两个营，用小迂回切断敌人一股，能捞多少就捞多少。总不能让他们白白地回去!”

“也只好这样。”师长沉吟了好半晌才说,“我现在用其余两个团的火力来支援你,希望你千万不要难过,好好完成任务。”

邓军立刻在电话上通知了二、三两营准备出击。接着就到了三营指挥所,亲自带着三营冲下去了。可是当部队刚冲到山下,敌人的坦克已经掩护着步兵退去。最先冲下去的一个连只打死敌人二十余人,缴获了一支半自动步枪。当连长把这支枪拿到团长的面前时,邓军一阵难受,用那只独臂捂住了心口,小玲子知道他的胃病又犯了,连忙上前扶住他,坐在山前的一块石头上……

第五章　胜利声中

疯狂冒进的敌人，遭到我各路大军的突然反击，开始全线后撤。当面的敌人也向泰川方向退去。

师里命令部队撤下阵地，在峡谷两侧隐蔽休息，准备黄昏后展开追击。

团部移在一条小山沟里。山坡上有两三户人家，老百姓已经撤退走了。小玲子和周仆把团长扶到屋子里。这邓军不愿在别人的面前显出一副苦相，也不说话，只是拼命地用那只独臂捂着胸口，黄豆般的大汗珠，不断从他的颊上跌落下来。

周仆看见团长疼得这样，真比自己的病痛还要难受。他瞅了小迷糊一眼：

"还愣什么，快去找医生来！"

"不要去！"邓军止住他，"顶一阵儿就过去了。"

"还是吃点药好。"

"不顶事。"邓军摇摇头，站起来，"我马上到一营去！老伙计呀，罪该万死呀，这是破坏了全师的作战计划呀！"

说着，又是一阵剧痛，邓军又捂住了胸口。周仆赶忙按着他的肩头坐下来，说：

"老邓，等一会儿，咱们俩一起去。"

这时，只听外面声音不高地喊了一声"报告"。小玲子拉开门，一营营长陆希荣低着头，在门口站着。他一向服装整洁，姿态英武，很有军人仪表；现在却满身灰尘，一脸倦容，好像一束尘封的纸花，失去了他不久以前的光彩。

“团长，政委，我，我犯了严重错误……”他的声调里充满了可怜，“我是来请求首长给我处分的。”

政委让他进来坐下，然后说：

“先把情况谈谈。”

“还有什么可谈的！”他在墙角里，把两手一摊，“我们对党、对人民犯下了这样大的错误，不，简直是造下了罪孽，不管具体情况怎样，反正我这当营长的，都要负绝对责任！我希望首长，绝不要因为我过去的一点点微不足道的功绩姑息我。我请求把我作为全师的典型，给我最严厉的处分。尤其在战争开始的时候，这对大家，对人民的利益，对战争的胜利，都是有好处的。”

“陆希荣！”邓军急了，瞪着他，“说！你为什么不按照指定路线撤退？”

陆希荣的手指，不易察觉地抖动了一下。

“不管具体情况怎样，我也不能把错误推到别人身上。只能怪我自己平时管教得不好。”他看了团长、政委一眼，又接下去说，“战斗一开始，我把三连放到前面，为了不让敌人看出我们的诱兵之计，就先把敌人狠狠地敲了一家伙，打死敌人好几十名。然后就把三连撤到后面去了。一路上实行轮番抗击，交互掩护着往后撤。虽然敌人的地面炮火很猛，飞机又低飞轰炸扫射，我们的撤退还不算是太没次序的。这一点恐怕首长在山上都看到了……”

说到这里，他又看了团长、政委一眼。

“你讲下去。”邓军嗯了一声。

屋里空气,松活了一些。陆希荣暗暗地吁了口气,又讲下去:

"坏就坏在战斗快接近沟口的时候……这时候,三连已经进了沟口,其余两个连正在进行最后抗击,敌人的坦克压过来,离得很近。由于二连连长不够沉着,就离开公路,撤到两边山上去了。我一看这情况,就急了,大声喊他们,叫他们,制止他们,也不知道是枪炮声激烈听不见呢,还是别的,就一个劲地撤到两边去了……就这样把整个的计划破坏了。我想,我想……"他显得格外难过,嗓音里有一点悲哽,"我陆希荣跟着团长、政委两位老首长战斗了这么多年,我的战斗表现,首长都是很清楚的,就是这一次,也可以派人调查……"说到这里,他呜呜地哭起来了。

"不要这样。"政委把头一扭,"事情会闹清楚。"

"你先回去。"团长说,"在事情没有处理以前,还要好好抓紧工作,负起自己的责任。"

"是。"陆希荣恭敬地说,"只要我陆希荣有一口气,我就要为党负责到底。"说着,恭恭敬敬地打了一个敬礼,走出去了。

两个人沉默了半晌,邓军说:

"我原来就料想,不会是陆希荣的问题。我们对他都了解嘛!这人战斗上一向不错,还立过大功,他怎么就会办出这样丢人的事?"

"是的,这事要详细调查。"周仆深沉地思虑着说,"不过,这一年的和平生活,我总觉得在他身上起了一些变化。"

"什么变化?"

"首先是兴趣。我发现他在吃、穿、住这些方面兴趣越来越浓厚了。"周仆回忆着说,"例如,他每到一个地方,都要住最漂亮的房子,只好都住在地主家里。有一次,让他住在贫农家里,他不认为这是进行工作的好机会,反而把管理员骂了一顿。这就不仅是住房子的问题,严格说,是阶级感情的问题。此外,还有两件事,使我很吃惊。一件是,他到了一次西安,看到旧货摊上摆着半瓶进口的雪花膏,不知是哪位姨太太使剩下的,价钱高好几倍,他倒把这半瓶雪花膏买到了手,准备结婚送给小杨。我听说以后,真恶心极了,找他谈了话,他硬不承认。还有一件,派他到南方学习兄弟部队的经验,回来时候带回来一张照片。猛一看,我还当是谁的剧照;仔细一看,不是别人,正是他!穿着龙袍,戴着清朝缀着珠玉的顶子。你道这是怎么回事?原来这是乾隆下江南,把自己的龙袍脱下来,赠给了某个寺院。这位老兄竟穿着这套龙袍,照了个相,还拿给人看!”

“有这样的事?”邓军好像不大相信。

“你去问问他吧。那次,我可真是动了火,立刻把他大骂了一顿。我虽然也常动火,但动这么大火倒是少有的。我说,‘你这是生活在二十世纪最先进的革命集团,倒装满了一脑子中世纪臭烘烘的垃圾!……’这件事,使他很不满意,背地里说:‘一件随便开玩笑的事情,也提到这种原则高度!这种政治委员不是靠本事吃饭,是靠吓人吃饭!彼此资格都差不多,你比谁也强不了多少,用不着摆出这副政治面孔!’……”

“这人恐怕是当了功臣以后骄傲啰。”

“我看不是一般的骄傲。”周仆说,“在杨柳镇上,有一次,我亲眼看到他同一个大皮毛商人在一起散步,谈谈笑笑,亲如家人。说实在话,我的确在注视着他这个人的思想动向,看他向什么方面转化。”

邓军思索了一阵,说:

“这人是有些小资产阶级意识。不过在知识分子中间,我觉得他还是聪明有为的,很有才华的。如果改造好,将来还是会为人民做许多工作的。处理他这次的问题，还是要实事求是。”

“那是自然。”周仆点了点头，又略略提高一点声音，“老邓呀，现在有一些苗头，是很值得注意的！自然，就绝大部分人来说，在长期革命战争里，锤炼了一种最难得的东西，这就是：天不怕，地不怕，敢于蔑视任何敌人的英雄气概。这才真正是革命的东西！可是，是不是还有少数人，脑子里还有资产阶级‘唯武器论’的影响呢？他们看到，敌人的飞机多了一点，坦克大炮多了一点，嘴上不说，心里总是觉着这些东西厉害。现在美帝国主义在全世界逞凶作恶，就是利用这种恐惧心理。这种心理，是一种迷信。怕鬼的人，正是因为心里有鬼，才会对鬼那样惧怕；要想不怕鬼，也就要先把思想里的‘鬼’去掉。我看，我们还需要做一些赶‘鬼’、打‘鬼’的工作！……”

“最重要的，是要杀出威风来。”邓军攥了攥拳头。

“对，要杀出威风来。”周仆接着说，“这是联系着的：你要赶‘鬼’打‘鬼’，才会杀出威风来；你杀出威风来，也就最后把‘鬼’赶跑了……我的具体意见是：马上把他们的问题调查清楚，明天开一个军人大会，首先从纪律上严格整顿一下。”

邓军欣然同意。周仆正要出去布置工作，机要参谋拿着电报走进来，兴冲冲地说：

“打胜仗了！打胜仗了！”

周仆忙接过电报，邓军也急忙凑过来看。

这是中国人民志愿军先遣兵团的第一号战报。

电报首先记述了第二军在温井地区同敌人遭遇，一开手就给了敌人一个下马威，全歼了伪六师一个整营和一个炮兵中队；接着又歼灭了四个营。其时，伪六师的先头部队已经占领楚山，正用炮火轰击我国边境，见势不好，急忙回窜，又在古场洞被第二军歼灭了一个整团。这个伪军师几乎完蛋了。电报接着记述了第三军的光辉战绩。该军在云山地区将敌包围,经过两天激战,把美军中有一百多年建军历史的骑兵第一师所属第八团和伪军一师的一个团全部歼灭。与此同时,第四军在东线长津湖以南黄草岭、赴战岭等地配合朝鲜人民军,以坚强的阻击,制止住了敌陆战一师和几个伪军师的疯狂进攻,并歼灭了敌人三千六百余人。

电报最后记述了素负盛名的第一军,正向敌侧翼迂回,敌人在我猛烈的反击和第一军的威胁下,已开始全线撤退。兵团部号召全军投入追击,尤其担负迂回任务的部队,必须行动迅速,以便能把更多的敌人,隔断在清川江以北。

"形势真好极了。"周仆愉快地说。

"瞧,人家是怎么打的!"邓军叹息了一声。

按理说,友邻部队的胜利,该使人多么兴奋呵,可是对此刻的邓军来说,没有完成任务的内疚心情,不仅没有减轻,反而更为加重了。周仆到外面给部队传达胜利消息,警卫员也到外面防空去了。邓军独自一人静静地坐着。他仔细打量了一下这座农舍,突然感到这曾经是多么温暖的一个农家啊！土炕上糊着油纸,明光瓦亮;炕角的一只小炕桌,也干净净的。这一切都使人想到,在这个房间里生活着一个勤劳的女人,一切都经过她勤劳的双手整理过、揩抹过。可是再一看门口,却丢着一顶小孩帽子,墙壁上还挂着一件黑裙,隔壁灶上一摞铜碗摆得整整齐齐,却没有放进碗橱。很可能是她刚刷好碗的时候,发生了敌情,她就匆匆忙忙地抱起孩子,抛开了这所屋子走了。她现在也许随着人群,风尘仆仆地奔走在撤退的路上;也许藏到深山密林中过着风餐露宿的生活;也不是没有可能碰上更为凶险的遭遇……而自己和自己这个团究竟为这个女人和孩子做了些什么呢？想到这里，邓军真是万分难过……

傍晚，接到正式命令，立刻停止正面追击，从东路迂回博川，以便把美二十四师的归路切断。

一路上虽然是山沟小路，但月色明亮，部队行动极为迅速。月亮正南时，已走出四五十里。这时，前面部队忽然停了下来，并且听见一片欢腾的语声：

"过来啦！过来啦！"

"是他们！"

邓军赶上去一看，见是三岔路口，一支部队正从东北方向下来，精神抖擞地向南疾进。邓军马上看出来，这是兄弟部队第三军从左翼插过来了。只听自己的部队悄悄地议论着：

"看，人家缴获的那卡宾枪！"

"一个班总有好几支哩！"

"那是什么，比卡宾枪长多了？"

"许是'自动步'，听说一次押八粒子弹。"

有的战士忍不住问：

"同志，是从云山下来的不是？"

"你怎么知道？"对方有人答话了。

"嘿！看那劲头还不知道！你们打得很不错呀！"

"小意思！只两个团，还不够塞牙缝的。"

"还缴获了别的东西吗？"

"汽车、大炮不少；还没打扫战场，就叫狗日的派飞机给炸坏了。"

人们热烈地问答着。

路边，石崖上有一股山泉。第三军的战士有几个下来用小搪

瓷碗接水,也被围起来了。有人捅人家的背包:

“这是什么,也是缴获的么?”

“北极睡袋。”

“什么?”

“通俗点说,就是鸭绒被。”

“好用么?”

“上面有拉锁儿。只要钻进去,一拉,正好像个口袋。”

“那抓俘虏才方便哩!”

人们哄笑起来。

第三军的这支部队过去了。还不断地听到人们议论着:“嘿,看看人家!……”“看看人家!……”

“嘿!看看人家!”在邓军的心里也是这样想的,但从本团战士的嘴里说出来,却又使他难受起来。刚刚缓和了一些的胃痛,立刻又像刀绞一般。他不由自主地又用那只独臂捂住了胸口,脚步也慢下来了……

“三〇一!三〇一!”小玲子眼尖,三脚两步赶上来说,“胃痛又犯了吧?”

邓军低声喝道:“你嚷什么?”

“歇一会儿再走吧!”

小玲子说着要来扶他,他把那只独臂一甩:

“别让政委看见。去,给我削根小棍儿!”

小玲子知道他的脾气,只好跑上山坡,用小刀削了枝小棍儿,递给他。他拄着小棍儿在山径上走着,虽然脚步略显异常,但任何人都不知道。只有小玲子心里热辣辣的,在朦胧的月光中,望着他那披着军大衣的身影……

第六章　青坪里

拂晓，部队抵达青坪里一带。按照预定的迂回路线，此去博川大约还有两夜行程；虽然大家心头火急，但由于敌人的空军限制了我军白天的行动，只好在这里宿营。

这是一座有三五十户人家的小村。四外群山环抱，山上是一片一片的松林。团部和各营都散布在松林里休息，只派各单位的炊事员到村里做饭。

上午，派到一营去的政治处干事，回来向团政治委员周仆作了汇报。二连连长承认了不按照预定路线撤退的错误。至于营长陆希荣当时是否制止了他们，他说没有听见；营长的通讯员刘二发，则一再作证，陆希荣当时确实发出了制止的命令。为了不拖延问题的解决，只好暂时作为悬案。

午饭过后，在一片较大的松树林里，召开了全团的军人大会。邓军当场宣布，将二连连长撤职；刘大顺也撤去班长职务，仍留本连当战士。团政治委员结合纪律问题作了严肃的讲话。在讲话中，对陆希荣作了不指名的批评，郭祥则受了表扬。

会议结束，一营刚刚带回驻地，只听哇的一声，一架野马式敌机擦着山尖突袭过来，盘旋在村庄的上空。

“糟了，”刘二发惊喊道，“发现我们了！”

“这纯粹是自找的。”陆希荣悻悻地说，“大白天，开这样大会，也不看具体情况！”

说话间，又有好几架敌机接连飞过来，一架跟着一架，盘旋着，轰轰的马达声响成一片。

“防空！隐蔽！……”陆希荣一面大声地向部队嘶喊着，一面向山脚的防空洞猛跑。这防空洞，是早晨一到这里的时候就开始挖掘的。入朝以来，每到驻地，这已成为通讯员的第一件工作。

陆希荣一口气跑到防空洞，慌忙钻了进去，又探出头来观望。这时，有几个炊事员，两个抬着大锅，一个挑着油桶，一个拿着菜刀、饭铲，正慢慢吞吞地往这里走。

“快一点嘛！你们快一点嘛！”

他大声嚷叫着；但那几个炊事员仍然不慌不忙，他发怒了：

“哎呀，我的老爷子！你们快一点行不行呵？”

“抬着饭哩，俺们抬着饭哩！”其中一个傻呵呵的声音远远地答道。

陆希荣看出是三连炊事员傻五十，又连忙催道：

“傻五十！你老人家快一点就不行吗？”

“反正不能把饭丢喽！”他一边走一边嘟嘟囔囔地说。一架敌机正转过来，他翻翻眼瞅了瞅，朝上啐了一口，用他那口蠡县话骂道：“娘的，赶先！刚做好饭，它就来咧！”

这傻五十，姓李，叫李五十，是一个老长工的儿子。因为他父亲五十岁才娶妻生子，就给他取名李五十。人长得膀乍腰圆，结实无比，一头浓密的黑发，眉眼也很清秀，就是天性过于憨厚，有点缺心眼，人都叫他傻五十。这傻五十是最喜欢表扬，不喜欢批评。刚才听见营长挖苦他，那嘴就撅得老长，把锅一放，也不隐蔽，直橛橛地站在那里。陆希荣又急又恼，又无可奈何，只得改口说：

“这五十真行！不管情况多紧，东西是一点不丢。”

傻五十马上傻呵呵地笑了，说：

“营长，你急啥哩，俺不怕，俺打过飞机！”

“好，好，快去隐蔽。”

炊事员们看见附近有几捆稻草，就搬过来遮住身子，贴着山根坐下。

“咕咕咕”“咕咕咕”，飞机开始向村子里扫射了。

“傻五十！”陆希荣又从洞里探出头来，“你们把那些反光的东西盖好一点不行吗？”

“什么？”傻五十愣愣地问。

“我说的是你们的油桶，菜刀……”

炊事员把油桶、菜刀又盖了盖。

“还有，那是谁，冲着太阳！”陆希荣喝道，“你的钢笔帽不反光吗？”

“哼，走，咱们到那边去。”傻五十嘟囔着，对其余的人说，“人家嫌咱目标大！”

说着，一伙人不满地抬起大行军锅，挑起油桶，走了。

“等一等！等一等！”陆希荣探出头来喊道，“谁说你们目标大啦？”

傻五十几个头也不回，抬着行军锅到那边树林子里去了。

“真缺乏教育！”陆希荣愤愤地说，“都是跟郭祥学的。在国内打胜仗打惯了，骄气得很！”

“轰隆隆……”敌机开始投弹了。

“注意观察！”他向洞外的通讯员喊了一声，然后连忙缩回小洞里去。

敌机投了一阵炸弹，又开始俯冲扫射。美国的“空中勇士”们，由于多日来没有遇到过什么抵抗，胆子越来越大，飞得比山头还低，简直像在山沟里游泳似的。他们把学来的起俯腾挪的本事全都施展出来，得意洋洋地扫射着从村子里跑出来的炊事员们和朝鲜的老弱妇孺们。

在山坡的一棵松树下，郭祥坐在驳壳枪的木壳上，眼睛滴溜乱转，观察着敌机的活动。

“你瞅这些龟儿子多英雄啊！”他学着团长的口头语骂了一句，又指了指转过来的一架敌机，对花正芳说，“你看见了没有？”

“什么？”

“美国人。”

“早看见了。”花正芳说，“他还歪着头朝下瞅哩！”

“真好打极啦！”郭祥一个劲地搓手，“你还记得红山堡打飞机吗？”

“怎么？你又想打啦？”

郭祥笑了。

“那可不行。”花正芳说，“营长说，没有他的命令，任何人不准乱打。”

“你们只要不报告，”郭祥挤了挤眼，鬼笑着说，“他钻在洞里怎么知道？”

说着，他把花正芳脖子上的冲锋枪一摘，满满两盒子子弹也要过去，在皮带上束好，就快步向山顶上走去。

“你可别犯错误呀！”花正芳在后面喊。

“我这是先给全连打个样子。”郭祥回过头说，“有人就是怪！飞机一来，怕得要命，恨不得地下裂条缝钻进去。他就没想想，飞行员是个人，你也是个人嘛！他蹲在你上头，地球一转，你不是也蹲在他上头吗？”

说着，他嘿嘿一笑，放开轻捷的步子，很快就冲到山尖上去了。

花正芳随后跟上。快到山顶的时候，郭祥把手一摆：“你先在下边等着！”说过，他习惯地把帽檐儿一歪，显出一副十足的老战士的派头，哗啦一声把子弹推上了膛，眯细着眼瞄了一瞄，就曲下一条腿来，采用跪射姿势，等待着敌机的临近。

那几架敌机已经转移到团部方向轰炸去了，独有这架敌机，仿佛还舍不得飞走，仍旧向一营隐蔽的小松林俯冲扫射。郭祥早就瞅准了它，等它正向下俯冲扫射刚要仰头升起时，哗哗哗哗地打了一梭子。由于郭祥只顾寻找合适的角度，站在光秃秃的山尖上，时间不大，敌机就发现了他。看样子，郭祥手持步兵火器的这种公然对抗，使这个空中飞贼激怒了。当它又盘旋过来的时候，就没有扫射那片松林，而是照直地猛扑过来。

“连长！”花正芳在下面惊喊道，“小心哪，对着你来啦！”

说话间，那架敌机对着郭祥俯冲下来，“咕咕咕咕咕咕咕”，一顿机关炮，打得山头烟火直冒，土石迸飞。那郭祥在多年战争中锻炼得无比敏捷，真像是一只战火中的燕子，早已迎着俯冲相反的方向，跃到一个土坎下面去了。

“怎么样，连长？”花正芳在下面问。

“汗毛也没碰断一根。”郭祥站起身，笑着说。

那架飞机上的美国佬，见没有击中他的对方，而且这个不值一顾的步兵又在那座秃光光的山顶上摆好了射击姿势，简直是更加激怒了。

“连长，”花正芳说，“你瞧，他一个劲儿地歪着脖子瞅你！”

“让他瞅吧，我又不是新媳妇儿！”

“小心，他要出坏主意了！”

说着，敌机又转过来，对着山头，带着吃人的怪叫扑了下来。

“投弹了！投弹了！”

花正芳一句话没完，“轰通”一声巨响，黑烟升腾起来，顷刻遮住了山头。小石块噗哒噗哒往身上直掉。

“连长！连长！”

花正芳一连声喊。正要冲上山头，只听烟雾里说：

“你嚷什么，它抓不了我的俘虏！”

烟尘飘散，只见郭祥在山头上安安静静地坐着，拍打着他的帽子。

“没有碰着你吗？”花正芳抬起头问。

郭祥笑了一笑：

“要专门炸一个人，也不那么容易。你瞧，他把蛋下到哪里去了？”

花正芳一看，也笑了。那个山背坡的炸弹坑，离他们还有一百多米远哩。

这时，郭祥觉得，既然那个飞贼肯同自己单独较量，就索性站起来，两腿劈开，采用立射姿势，向那架敌机猛射起来。

那架敌机，见地上的这个步兵对它愈来愈不放在眼里，竟然直起身子同自己对射，简直怒不可遏，气得连声音都似乎变了。它马上呜呜隆隆地怪响了一阵，连续降低了高度，不知它要要什么花招，在山头上简直可以看见这个飞贼的嘴脸和听见他愤怒的呼吸。

“他要干什么？”花正芳惊奇地问。

郭祥也判断不出这奇怪的行动，眯细着两个嘎眼睛，凝视着对方。

说话间，那架敌机在远处对准了郭祥之后，猛烈地加快了速度，一阵哇哇声，猛扑过来，眨眼间，带过来一阵极其强烈的巨风，简直像擦着郭祥的头皮似的，哇哇地冲过去了。郭祥站立不住，打了好几个趔趄，弄了一个屁股蹾儿坐在地上。

“糟啦，糟啦！”郭祥一连声喊。

“怎么啦，连长？”花正芳忙问。

“它把我的帽子摘走了！”郭祥骂道，“狗日的，是想把我一风煽倒呀，这叫什么战术？”

那架敌机，正像景阳冈上的老虎，平日谈之令人色变，但其实它那本事，也就是一扑、一剪，等到它那一扑一剪不顶用了，锐气先就减少了一半。但是由于他比起那老虎来更顾全自己的脸面，仍然不肯溜走。这郭祥一时跃到这边，一时跃到那边，一时跪射，一时立射，全随自己的方便，身子真是矫捷极了。没想到一个威风凛凛的、纵横万里的嗜血怪物，一个凭着一双铁翅膀而目中无人的近代化飞贼，同一个手持短兵火器的步兵，直打了近一个小时之久，仍然不分胜负。这真是战争史上少有的盛事。这时，只听松林里一片人声欢腾。有人在下面喊：

“连长！连长！让我们排打几下行不行啊？”是三排长的声音。

“连长！乔大个也要求试一试哩，行吗？”是一排长的声音。

“行喽！机枪班可以试试，用穿甲弹！”郭祥在山上兴冲冲地答道，“不过要隐蔽好，注意节省弹药！”

下面一片掌声。

郭祥立刻指定了几个山头，叫花正芳下去传达命令。

“回来，也让我打几枪吧！”花正芳说。

“我的傻兄弟！”郭祥拍拍冲锋枪，老味十足地说，“你就没瞅瞅我这是给大伙打气！这东西不顶事，还是机枪来劲！”

时间不大，在那架敌机飞过的地方，遭到了猝不及防的猛烈的射击。山谷间响起了悦耳的流水一般的回音。眼瞅着，那架敌机抖动着翅膀，升高了，最后，又向郭祥的山头打了一长串机关炮，发泄了满腔的怒火，才无可奈何地、无精打采地飞走了。

“好小子，再见吧！”郭祥向空中挥着手喊，“别抱屈呀，日子长着哩！”

说着，照着那架飞机，又兜屁股给了一梭子，山谷里很久地回响着那支冲锋枪清脆的枪声。但是，紧接着这枪声被松林里一片热烈的掌声淹没了。人们从松林里纷纷走出来，欢呼着。有人简直唱起歌儿来了。

经过近一个小时的滚打，郭祥浑身上下全是土，简直成了“土地爷”了。可是心眼儿里却无比的畅快，总想唱几句儿。按照他往日的习惯，每逢战斗胜利结束，他都是要坐在敌人炮楼的垛口上，两条腿儿垂在半天空，一边悠闲地悠荡着，一边唱几句他爱唱的那些歌儿。

“革命人永远是年轻呀……”

郭祥拍着土，刚唱了一句，就听下面有人拉长声喊：

“郭——连——长——！下——来——啵——！营长——喊你——哩！”

他心里蓦地一跳，停住歌，装作没有听见。下面又喊：

“营长找你哩！下来啵！”

“糟啦！”花正芳叹了口气，“劝你你不听，你瞧……”

“唉，这叫‘没法儿’！”郭祥神色懊丧，刚才的一股高兴劲儿，一下子跑到九霄云外去了。他把枪同空空的子弹盒往花正芳手里一递,拍拍自己的脑瓜说:“等着挨批吧!”

当他一拍脑瓜,才想起没有了帽子,着急地说:

“快,快帮我找帽子!看,不讲军人风纪又是一条儿。真没想到,这混蛋给我来了个‘摘帽战术’!”

花正芳急得在草丛里乱找乱摸,不见帽子的影儿。

“郭——连——长——!快——一点——!”下面又喊。

“下来啦!”郭祥暴躁地没好气地回答,跑上去把花正芳的帽子一摘嵌在自己头上,“我先借着戴一会儿!”说着,迈步下山,一步,一步,慢吞吞的,皱着眉疙瘩儿,一路走,一路编法儿,准备应付营长的询问。

下了山,穿过一道长长的松林,来到营部所在的山脚。陆希荣已经从防空洞里钻出来了,一脸怒容,正背着手,在防空洞口走来走去,走来走去。

郭祥走上前,恭恭敬敬地打了一个敬礼。

陆希荣装作没有看见,仍旧走他的;郭祥一只沾着泥土的手只好在自己的眉梢那里举着。陆希荣又走了两个来回,才停住脚步,问:

“郭连长!刚才,是谁叫你打枪的?”

一听叫“郭连长”,而没有称呼“嘎子”,郭祥立刻意识到事情严重了。不过他竭力想按照刚才在路上想好的计划,来挽回这不幸的局面。

“是这样,营长,”他满脸堆下笑来,“我是大错不犯,小错不断,有错儿你只管撸我好咧,可别生气……”

“我问的是,刚才,是谁叫你打枪的?”陆希荣的声音更严厉了。

“我，我……”郭祥仍旧按捺着性子，“是这样，营长，刚才我看见全营的伙房，都叫飞机捂到村子里了，我就不知不觉地想掩护他们一下，没想到……”

“你到底回不回答我的问题?”陆希荣用手一指，“我是问你，你知道不知道我的规定?”

“知道。”

“那么，你为什么不遵守我的规定?”

郭祥被挤到死胡同里去了，只好又堆下笑来：

“营长呵，这么多年，你还不知道我的毛病，我是有点儿游击习气！……”说着，走上几步，嘻嘻一笑，“营长，你有烟儿没有？给我一根抽抽，再批我行不?”

“我没有时间跟你打哈哈!”陆希荣严厉地说，“你一贯在首长面前搞这一套，来混过你的错误！今天不行!”

郭祥脸上的笑容消失了。

“我问你，”陆希荣向前跨了一步，然后背着手，叉开两腿，站得稳稳的，“你在大众面前，公然违反我的规定，你心目中还有我这个领导吗？我再问你，这个营的营长，究竟是你呀还是我？……哼，我早看出来，你在国内有几仗打得还可以，就觉着自己满不错了，尾巴就翘起来了，处处想把我踹到黑窟窿里，把你显出来。告诉你吧，你还嫩得很，我还没有死!”

“我压根儿没有这种肮脏思想!”郭祥抗声说。

“你有什么思想，你自己知道。”陆希荣冷笑了一声，“今天的事情就是一个明显的例子。你讲讲，你的行动是什么动机?”

“我没有动机。”

“没有动机?”陆希荣又冷笑了一声，“是你不敢说出来！任何人做任何事情都有他的动机。你是看我打伏击没打好，受了批评，上级表扬了你，你就觉着好机会到了。是不是？”

“你，你说什么……”郭祥恼了。

“那么，你为什么不执行我的规定？”

“因为你的规定是挨打战术！”郭祥大声说。

“什么？你说我是挨打战术！”陆希荣黄黄的面皮立时涨得通红，“好哇，你批评我！我问你，敌机本来要走了，你又让它多在这里炸了一个钟头，你这是什么战术？今天全营的损失，你要负完全责任！我要马上讨论对你的处分！”

第七章　团党委会

团部住的这边,也叫青坪里。小山庄的旁边,有一道清俊的溪流。溪边是一块大青石,很像是朝鲜人淘米洗菜的地方,邓军和周仆披着一身灰尘,正蹲在这块大青石上洗脸。刚才在敌机轰炸中,他们亲自率领部队救人救火,大部分老百姓被救了出来,由于提水工具不够,火却没有完全扑灭。有的房舍仍旧旋卷着大团大团的黑烟。

“老邓,”周仆一边捧水洗脸一边说,“敌人对我们一点都不放过,我们也得想点办法呀!”

“我真担心,敌人发觉了我们的行动,这个仗又打不成。”邓军忧虑地说。

周仆擦过脸,看见邓军仄楞着身子用一只手洗,很吃力,手巾老拧不干,就急忙抢过来帮他拧干,递给他。

“嗐,”邓军叹了口气,“我简直成了幼儿园的小孩子了。”

正说话,郭祥从那边皱着个眉头走过来,打了个敬礼。

“嘎子,”周仆上下打量了他一眼,“你怎么弄得像个土地爷似的?快来洗洗!”

“我找你们有事。”郭祥刚一张口,泪就吐噜噜流下来了。

“哈哈,”周仆笑起来,“你这个乐观派,怎么搞的!”

周仆捺着他的肩膀,一同坐在草地上,把手里的毛巾递给他。

他接过来擦了两把，就把政委的毛巾擦得乌黑，自己一瞅，不好意思地放到旁边去了。

“营长要处分我。”

“为什么？”

“嘎家伙！”邓军说，“准是又调皮了。”

“这，这次没有。”郭祥庄重地说，“刚才，飞机欺侮我们，实在太不像话了，我忍不住，就随便给了他两枪，营长就说我违反了规定。”

“什么规定？”周仆忙问。

“不准打飞机。”

“唔？”

周仆沉默了。他低下头，手指在膝盖上不断地捏拢又放开，放开又捏拢，最后握成了拳头，“好，好。”

“政委，你，你……”郭祥的脸色变了。

“不，不，”周仆摇了摇手，“我是说问题暴露得好。”他把脸转向邓军。“我已经在考虑这个问题。这问题看起来小，实际很重要。这是究竟让敌人从精神上压倒我们，还是我们从精神上压倒敌人的问题。你说打，我说不打，这是两种思想，究竟谁的意见对呀？……”他停顿了一会儿，又说下去，“出国以来，天天在敌人飞机翅膀下过日子，咱们对消极防御，恐怕也强调得多了些；有人就觉得敌人的飞机碰不得了，飞机一来，就扎到洞里去，连工作都不做了。这不是叫敌人从精神上压倒了吗？一个部队不怕一次仗两次仗没打好，要是叫敌人从精神上压倒了，那就是很危险的。”

“这几天的确有些人不像样子。”邓军生气地说。

“现在离天黑还有两个钟头，”周仆扭过脸看看太阳，“我看马上召开团党委会，专门讨论这个问题，来统一统一思想。你看怎么样，老邓？”

邓军表示同意。通讯员立刻去传各位党委委员。

周仆让郭祥先到一边休息，等会儿列席这次会议。郭祥站起身要走，周仆又数落他说：

“哼，打起仗来是英雄好汉，哭起来像个娃娃。你说，你像个连长不像？没有一点政治风度！”

“我，我是没有政治风度儿。”他嘻嘻一笑，跑到警卫员那里去了。

小玲子正在房子里给首长烧开水，他一见就喊：

“小玲子，先给我倒一缸子！”

“首长还没喝哩！”小迷糊说。

“快把人干死了，优待优待嘛！”

小玲子倒了一大缸子递给他，笑着说：

“我的大首长，你怎么又犯错误啦？”

“你们这些当通讯员警卫员的，脑子就是简单。”他很认真地说，“我以前当通讯员那当儿，除了打仗，就是两个饱儿，一个倒儿；当了干部，才知道难哪，问题简直复杂得很。你们以后当了干部就知道了。”

“哈哈，”小玲子点着他说，“犯了错误还想教训人哪！”

“错误？”郭祥梗梗脖子，“现在还不知道是东风压倒西风，还是西风压倒东风咧！”

在团长政委那边，郭祥刚刚离开，陆希荣就到了。他竭力抑制着自己的怒火，想在首长面前显得平静。

“政委，”他显出很恭敬的样子，向政委身边靠了一靠，“我觉得出国以来,部队的确存在着一些关键性的问题。如果不好好解决,对执行战斗任务是很不利的。”

“什么问题?”周仆瞅着他问。

“我想首长老早就看到了,”他谦恭地说,“就是纪律问题。我觉得我们营特别严重。上次打伏击,二连连长不执行命令,首长已经正确地解决了。没想到军人大会刚刚结束,紧接着又发生了——”

“什么问题,你可说呀!”周仆又问。

“刚才敌人飞机来了,大家都隐蔽得很好,本来不会发生什么事情,谁知道三连连长不听营里的号令,乱打一气,惹得敌机轰炸了一个多小时,全营伤亡了二十多人……”他看了看团长、政委的脸色,又继续说,“郭祥同志的确有许多优点,可是这种不遵守纪律的毛病,如果不管严一点,给以必要的处分,对他本人也没有好处……”

“你准备给他什么处分?”周仆凝视着他。

“这,这主要靠首长考虑。”

“你的意见呢?”

“我的意见不够成熟。”他沉吟了一会子,“我觉得,撤职是太重了一些,一般警告似乎又轻了一些,是不是行政上记大过一次,党内给以当众警告比较合适?”

周仆扫了他一眼,没有说话。

邓军忍不住了,瞪着他,严肃地说:

“陆希荣!你是怎么搞的?二连连长是右倾,郭祥是积极求战,怎么能相提并论?……他本质上很好嘛!”

“团长,你说得对。”陆希荣接上说,“过去,我也认为这同志本质很好，后来有些事情，简直不敢相信。不过有些是牵涉到私人问题，我不愿讲。”

“你可以谈。”周仆说。

“我觉得，在上级面前讲一个同志的坏话不好。”他迟迟疑疑地说，“不过，首长一定让我讲，我也只好讲了。”他看看周围无人，小声说：“你们知道，小杨，本来就要同我结婚了，回了趟家，就变了，拒绝举行婚礼。他们俩是一道回来的，走了一路，这里面究竟有什么问题，我还不清楚。这些个人问题，我也不愿追查，上级了解就算了……”

“先开会吧。”周仆说。

大家站起来，向小玲子烧水的小屋走去。周仆看看门口，已经横七竖八摆了四五双鞋子。还没有进门，就听郭祥在里面嚷：

“谁搞点捐献，提提情绪！”

“对！谁搞点捐献哪？”孙亮也说。

“噢，又冲着我来啦。”周仆一面弯腰脱鞋，一面说，“好，好，小迷糊，给他们拿出一包。”

“小迷糊，拿两包吧！”人们怂恿着。

“这些个烟筒！”小迷糊说，“就不看看什么环境儿！”说着，在皮图囊里摸索了好一阵子，才取出一包红盒的“大生产”牌香烟，丢在炕上。

“小迷糊，你可真保守呀！”

“你这个农民意识！”

人们抽起烟来，靠着墙坐了一个圈圈儿。小屋子里顿时弄得烟腾腾的。

周仆向大家扫了一眼，眼光停住了，他指了指郭祥和孙亮的脚，带有责备的意味说：

“你们俩怎么不脱鞋呀？”

“穿了脱，脱了穿，太费事了。”孙亮红着脸说。

“我穿的是五眼儿鞋！”郭祥把腿一伸。

“五眼鞋就长到脚上啦？”周仆批评说，“已经讲过好多次了，你们当党委委员的，当干部的，都不带头儿，怎么做得彻底呢！遵守朝鲜人民的风俗习惯，这是主席规定的呀，我的同志哥！……好，下次我们要专门召开一次党委会，讨论这方面的问题。”

郭祥和孙亮脱了鞋，放到门口。

团党委委员，除副团长到师里汇报以外，都到齐了。周仆宣布：把“要不要打飞机？”作为本次团党委会的中心议题。

青年干事出身的营长孙亮，年少气盛，一开会就打冲锋，常常是头一个发言。现在大家又笑眯眯地看着他。

“先说就先说！”他笑了一笑，“照我看，这是一个不成问题的问题。过去我们在国内就常打，在红山堡，在二道沟，在大同都打下过。现在敌人飞机一多，好像就成了问题。按我看——”他捋捋袖子，“你不打，它越来越凶，它敢许来揪你的头发哩！”

人们笑起来。

“你们别笑，”他接着说，“昨天晚上行军，我碰到第二军的同志，他们说，有一架敌机追杀撤退的老百姓，俯冲射击，飞得太低了，一下子撞到电线杆子上去了。”

“真疯狂！”

“该死！”

人们愤恨地说。

“所以，一定要打！”他挥挥拳头，“可是现在光搞消极防空，有个别干部,甚至不准战士唱歌、讲话——”

“为什么?”周仆掩住小本儿,停住笔问。

“说是一讲话,飞机就听见了。”

“真是奇谈!”周仆把膝头一拍。

“你们知道,我们营本来比较活跃。”三营是以文化娱乐工作著称的,曾经得过全师歌咏比赛、战士业余演出比赛的奖旗。孙亮说到这里,声音低了些,脸上不好意思地红了一红,“可是现在呢,听不到歌声了。我看再不打,连气也别出了!”

“来,孙营长,抽上一根儿!”郭祥赶忙抽出一根烟,替他对着,亲热地递过去。在孙亮发言的时候,他一会儿直直腰板儿,一会儿咳嗽两声,眼珠儿笑得简直像要发出声音来了。

“说漂亮话容易得很。”陆希荣斜了孙亮一眼,心里暗暗地说。

“打,是应该打,”小学教员出身、外号“老秀才”的二营教导员李芳亭,瘦长脸上出现了极其严肃的表情,“不过,还是要冷静!关键是能不能打得下来。如果打不下来,再弄一大堆伤亡,不但收不到预期的效果,反而会受到上级的批评。我看,可以先等等看,看看其他部队有什么经验,再动手不迟。总之一句话:我们还是要冷静,宁可失之于谨慎,切勿失之于鲁莽!”

陆希荣欠欠身子,看样子要发言了,但是他又抑制住了自己。

“他,他说的什么‘字话’?”郭祥在孙亮耳边悄悄地问。

“就是要谨慎!”周仆带有嘲讽意味地说。

“是需要慎重考虑。”正在作记录的组织股长崔国彬停住笔,说,“我们出国还没有正式打仗,在飞机的轰炸下就伤亡了好几十名。我觉得现在不是打不打飞机的问题,而是使大家重视防空的问题。政治工作也要跟上去。现在怕飞机的,固然也有;可是轻视飞机的，满不在乎的，还是绝大多数。飞机一来，不说隐蔽，还照样大摇大摆地走，你劝他躲一躲，他把眼一瞪：‘几架破飞机，它能抓了我的俘虏？’……他不知道破飞机也能打死人哩！我们所以有这么多伤亡，就是这些‘假大胆’暴露目标造成的！”

“我完全同意以上同志的意见。”陆希荣看到发言的机会已经到来，就立刻接上去说。“我觉得，现在不是该不该打飞机的问题，而是如何强调纪律性，如何加强管理教育的问题。有人讲，部队有些不够活跃，”说到这里，他故意不看孙亮，但是孙亮那只伸在香烟盒边的脚，却不易察觉地动了一动，“这并不是没有打飞机造成的，这是一些人造成了许多无谓的伤亡造成的。”他顿了顿，又说，“飞机上是敌人，当然应该打，这没有什么值得讨论的。值得讨论的，是我们的工作方法。毛主席告诉我们，要一切从实际出发，要按具体情况办事，这是应当引起注意的。无论什么工作，我们都要看看时间、地点、条件。有人讲，在国内也打下过飞机，对！可是那时候蒋介石的飞机有多少，现在美国人的飞机有多少？那时候的飞机有多少种类，现在的飞机有多少种类？那时候的飞机是什么速度，现在的飞机是什么速度？据通报，敌人的飞机有一千四百五十多架，集中使用在北朝鲜这个小地方。敌人的通讯联络都是近代化的，你发现了几架敌机，一打，马上就会像捅了马蜂窝，勾引来很多架，让你走不脱，弄一大堆伤亡，这对完成战斗任务，有什么好处？你要硬打嘛，那也行，可是用什么去打呀，不要说高射炮，高射机枪也没有，就用步枪、手枪去打吗？用手榴弹往天上扔吗？我们营个别干部就有这种冒险情绪。照我看，打的结果，只能是遭到更大的伤亡！……”

“我问一声，这些日子不打飞机，为什么也有伤亡？”郭祥冷孤丁地捅出了一句。

“我是说,打起来,就会有更大的伤亡!”陆希荣的声音更高了,“就以刚才的事件来说,由于你想出风头,乱打一气,使全营伤亡了二十多个,不就是活生生的例子吗!”

“不对!”郭祥立刻接上说,“营长,你把事情说颠倒了:是全营伤亡了二十多个,把我气坏了,我才打的。哼,要是不打,恐怕还会伤亡得更多哩!”

“再说,打飞机怎么能算是出风头呢,你们为什么不去出这个风头?”孙亮也愤愤不平地说。

“不要激动!”周仆挥挥手,“可以慢慢讨论。”他又回过头:“参谋长!你也讲一讲嘛。”

参谋长扶了扶眼镜,他一向是从容不迫的:

“依我看,消极防空也要注意,积极防空也要注意。好像并没有什么矛盾。不过,在目前说,要是团首长决定打的话,需要严格控制。起码要由团统一掌握。如果每个营连都随便打起来,就会浪费很多弹药。”

“还是不要统得太死吧,”政治处主任说,“如果一个连发现情况有利,报到营,再报到团,等到批准,飞机早跑了!”

周仆看发言差不多了,扛了扛团长的肩膀:

“老邓,还是你来讲一讲吧!”

“我没有什么讲的。”他扫了大家一眼,把那只独臂一挥,“就是要打!只要是敌人,地下的要打,天上的也要打!爬着的,滚着的,飞着的全要打!”

使人顿时觉得,这间小屋容纳不下他那洪钟一般的声音。他的声音,看来更适宜于在荒原大野间,在炮火硝烟中作战斗的呼喊。在这间小屋里，立时震得人耳朵嗡嗡地响。

屋子里空气变了。一种强大的无声的热流，闹嚷嚷的，热辣辣的，倾注到人的血管中去。

郭祥不由自主地把舌头一伸愉快地笑了。炕上那盒烟，别人都抽了一支，他已经抽了两支了；现在他伏下身去，又从里面抽出了一支。

那几句话也使得周仆精神振奋，神采飞扬。他"嚓"地划了根火柴，燃着了自己的烟斗，动人地微笑着，瞅着烟斗里细小的火花。这是多么勇敢、多么热情、多么有力量的手在支持他啊！对于一个党委书记来说，还有什么比得上这种支持更为可贵呢！

"同志们！我看不用多讲了，"他沉了沉，提高声音说，"我看，刚才团长的话，就是我们入朝以来第一次团党委会最好的结论！"

当然，他说不讲了，并不真的就是不讲了；人们知道他燃着他心爱的大烟斗，就是他——一个党委书记，在形形色色思想纷然杂陈的丛林中，已经跋涉过遥远的路程，到达了一个站口的信号。他们，那些党委书记们，他们的职业注定了，在他们的一生中，要永生从事这种没有止境的没有终点的跋涉。而且他们还要力争自己成为党的神经系统中一根尽可能敏锐的神经，来感触，来分析，来鉴别，不仅从词句本身，而且从词句背后洞察出哪种意见真正体现了人民的利益，哪种意见能推动革命的前进。

周仆发言了。从刚才同志们的发言中，他不仅从正面意见中增强了自己的信念，充实了自己的勇气；而且也从反面意见那里汲拾了合理的因素。他严厉批评了消极防空中所发生的右倾现象，要求积极展开对空射击；同时，也指出了那种粗心大意满不在乎的毛病，要求把消极防空同积极防空正确地结合起来。在这里，他觉得毛主席提出的既要在战略上藐视敌人，又要在战术上重视敌人的辩证法，像明灯一样照亮着自己的思想。当他分析着这些情况的时候，还是比较平静的，可是当他提到下面一点，就情不自禁地激动起来。

“出国以来，我们没有强调积极防空，我们也有错误。但是有人就觉得敌人的飞机碰不得了，一到地方就钻洞子，工作也不做了，战士们嘲笑他们，叫他们是‘防空司令’，你们各营，有这种‘防空司令’没有？”他严肃地问。

孙亮笑着说：“我们那里有个管理员，人就叫他‘防空司令’。”

“你们那里呢？”周仆又瞅着陆希荣问。

“有，可能有，”陆希荣红着脸说，“不过还没有发现。”

周仆又接下去说：

“有人害怕有了伤亡，不能完成战斗任务；想一想，如果让‘防空司令’多起来，能不能完成战斗任务？”周仆竭力想抑制自己的激动，但是不能做到。接着又说：

“有人讲，做工作要从实际出发，对！这是党的教导，这是毛泽东思想。但是从实际出发有两种态度：一种是积极的态度，用革命的精神，促进事物向积极的方向转化；一种是消极的态度，在现代化敌人的面前，在困难面前，不敢动一动。我们每个人都可以考虑一下，对自己作一个判断。”

说到这里，他瞅了陆希荣一眼，陆希荣像立刻被手指头戳了一下似的低下头去。周仆接着又说：

“有人还讲，做工作要看时间、地点、条件。这也很对。但是他的意见，实际上是说，只有有了空军，有了高射炮才能打敌人的飞机。大家都清楚，我们的飞行员有的刚跨进航校的大门，有的正在抽调。我附带问一句，昨天来电报调的飞行员，你们选好了没有？”

“还没有哩！”

“不好找！条件太严了。”

人们纷纷回答。还有人问：

“能不能少调几个？”

“不行！少一个也不行。而且要挑最勇敢、最优秀的，纪律性也最好的。这是政治任务！”周仆严肃地说。接着，又回到原来的题目上来，“你们看，我们的飞行员还没有出发，还在这里驾驶‘11’号的汽车哩！”人们笑起来。他接着又说：“这就是说，我们还要等他们进学校，学文化，练技术，才能飞上天去。那么，在这以前呢，我们怎么办？按个别同志的意见，就是瞪着眼睛干等。这真是典型的挨打思想，挨打战术！……”

郭祥歪着脖儿，向门外的小玲子挤了挤眼。

“有些人只讲条件，条件，”周仆批评道，“但是他却忘记了一个最重要的条件，这就是人，人的主观能动性。忘记了主观能动性，革命者还能有什么作为呢？当然，客观的可能性是前提，这是丝毫不能背离的；可是，在这个前提下，只有充分发挥主观能动性，这才是一个革命战士应抱的态度！”

“总起来说，”他把烟斗含在嘴里抽了一口，已经早熄灭了，只好重新拿在手里，“今天最重要的问题，就是从精神上压倒敌人或者被敌人压倒的问题。我觉得在我们党的面前，不能有第二个选择！”

最后，他又转向陆希荣说：

“希荣同志，我希望你立即取消你的规定！”

“并没有正式规定，只不过临时讲过那么一次……”陆希荣吞吞吐吐地说。

会议结束了。

在人们走出房门很远的时候,又听见后面喊:

“等一下! 等一下!”

大家回头一望,见政委站在门口,迎着明晃晃的夕阳,托着那支熄灭了的烟斗叫道:

“下一次,专门讨论一次尊重朝鲜人民风俗习惯的问题,不要忘了!”

“知道了!”

人们在远远地回答。

第八章　幽　谷

部队迂回到博川附近,敌人又继续向南撤退了。

邓军十分懊恼,脸板得像铁块似的。小玲子看他颜色不对,知道他的老毛病又犯了;吃饭时候,从饭盒子里有意给他多拨了一点油炸辣椒,想讨他的欢喜。哪知道他随便吃了几口饭,就把饭碗一推,到门外房檐下坐着,也不说话,只是一个劲儿地抽烟。

小玲子急得没法儿,想找政委谈谈,政委一早起就到外面去了。只得在大门外等着。小晌午了,才看见政委从山上下来,脸色十分振奋,两只脚在草丛里蹚得湿漉漉的。小玲子赶上去,悄声说:

"政委,你快看看去吧,团长的别扭劲儿又上来了。"

"他怎么啦?"

"谁说话他也不理。我刚才催他出去防空,催得急了,他把眼一瞪:'你怕死,你去!'你看,这是干什么!……敌人跑了,他不高兴;可也不是我下命令让敌人跑的呀!"

"小玲子,"周仆亲切地安慰道,"你跟团长多年了,也不是不知道他的脾气。你别理会,他这是六月天下大雨,就那么一阵。你怎么连这个委屈,都受不了?"

"不,不是这个。"小玲子说,"政委,你不知道,他这几天行军,都是勉强跟着走的,一边走一边捂着肚子,不叫我跟你们说。今天早起,只吃了几口饭……像这样下去,我瞧着难受……”

小玲子的嗓音里像堵塞着什么。真是,人世上,也许只有从同志和战友的情感里才能找得出这种由衷的关切和无比的纯真。周仆见他快要哭出来的样子,连忙止住他说:

“好好,我劝劝他。”

周仆跨进院子,故意咳嗽了一声。邓军装作没有看见,头也没抬一抬。

“怎么样,老邓,吃了饭吗?”周仆走上前亲切地问。

邓军只管一口一口地抽烟。

周仆走上去,同他并着膀儿坐下。又问:

“老邓,生谁的气呀?”

邓军抽得只剩下一个烟蒂,又取出了一支磕了磕点上,也不答话。

周仆突然想起,过去邓军愁闷时,他曾用过一种有效的办法。这人虽说年纪不算小了,却最爱听故事。时常提出要求:“老周哇,给我讲一段吧!”“不行,我没有时间。”“讲一小段儿!”他是那么诚挚,使你不能不答复他的要求。他们曾经这样送走了多少等待战机的恼人的时刻。有时候,两个人竟枕在一个枕头上,讲到深夜。讲到动人处,邓军常常像孩子一样含着满眶的眼泪……周仆想起这事,就拉了邓军一把,说:“有什么大了不起的,来,我给你讲一段《西游》,猪八戒过稀柿胡同,最精彩了!”

“我不听嘛!”他使劲把烟灰一磕。

周仆知道用老办法不成了,站起身,在院子里走了两个来回,停住脚步,严肃地说:

“不讲也罢,我们就谈正事。现在下面对你有很多反映!”

“你讲!”他把头抬起来了。

“可以讲,就怕你受不了。”

周仆扭过头,对着小玲子一笑,然后又绷起脸:

“他们说,团长打仗行是行,就是爱放空炮。党委会做决议打飞机,为什么不打了?”

“见他的鬼！谁说我放空炮?”他拍拍落在腿上的烟灰,站起来,“我马上布置去!”

“你布置,咱们也要商量商量呀!”

“你讲!”他气昂昂地又坐下来。

周仆笑了。他掏出大烟斗,装了满满一锅儿,从容不迫地说出了自己的计划。邓军的脸色,仿佛被一阵阵小风吹得云散天开,渐渐明朗起来。仅仅因为不好意思的缘故,才没有马上露出笑容。他故作平静地问:

“你说的这个鬼地方在哪里?”

“你去看看,过山就是。”周仆用手一指。“那地方真好极了。上次伏击没打成,我们再打它一次。人跑了,我们就打飞机的伏击！对部队既安全,又不要花什么本钱。只要几捆柴火就够了……”

“我马上布置去!”

邓军说着站起身来,大步跨出院子。临走到门口的时候,忽然停住脚步,头也不回地说:“刚才不是对你。”

“好哇!”周仆说,“你给我怄了半天气,还说不是对我！回来再算账吧。”

邓军走出门去,当他独自一人时,羞赧地笑了。

第二天一早,天色似明不明,周仆和邓军他们就匆匆吃过早饭,小玲子和小迷糊灌满水壶,带上干粮,一起动身上路。他们翻过一道山,沿着一条山径,向一座山谷走去。山径草深露浓,走了不远,裤腿已经湿了半截。入朝几天以来,白日是烟,夜晚是火,耳边是日夜不断的隆隆的飞机声,看到的不是撤退的人群就是炸翻的牛车。虽然朝鲜山川秀丽,也无心观赏。今天心里稍稍宽敞一些,几个人一路走,一路看,觉得这山谷十分清幽可爱。秋天,是朝鲜最美丽的季节。许多杂树叶子变成金黄,枫树却一片火红,它们同翠绿的青松错落在一起,真是一匹人间少有的锦缎。现在虽然已是晚秋时候,枫叶变得紫郁郁的,但那青松黄叶,却依然好看。他们走了七八里路,还没有看到一处人家。山径愈来愈窄,有时被很厚的一层落叶遮住。路旁那条山溪也愈来愈细,渐渐地像细蛇一般隐在苍黄的草丛里,只有从它那偶尔消失又偶尔传出的丁冬之声,才知道它还在陪伴着行路的人们。

"这地方可真清静!"小玲子叹赏道。

"要不就叫仙女洞啊!"周仆随口说。

"真有仙女么?"小迷糊问。

"当然有啰,"邓军笑着说,"可是一打盹儿,就看不到了。"显然他是同小迷糊开玩笑,因为小迷糊有一个瞌睡病儿。

"不管你咋说,反正总有个缘故。"小迷糊反驳说。

"仙女还不少哩!"周仆也笑着说,"每一座山头,有一位仙女。小迷糊,你看见了没有?"

小迷糊往山头一瞅,什么也没有看见。大家哄地笑了。

"别瞅了,"周仆笑着说,"这些仙女唱歌唱得可好听哩,等会儿就知道了。"

说话间,来到山谷尽头。半山上有一座小庙,小庙旁有一眼清泉。大家随便掬着泉水喝了几口,就爬上山头。在几株松树下,已经挖好了简单的掩体,土台上摆着一部电话机,一个电话员正守候在那里试线。按照邓军和周仆的策划,全团每个连抽轻机枪两挺,每营抽重机枪一挺,由一位连长指挥,配电话机一部。全团由孙亮统一指挥。这些昨天晚上都已准备完毕。

红日已经露头,山谷里只有一两片淡淡的晓雾。邓军严肃地审视了每座山头,看见伪装作得非常好,心里十分愉快,就说:

"快坐下吧,这就是咱们今天的钓鱼台了。"

说着,点上纸烟。周仆也把他的大烟斗燃起来,含在嘴里,脸上充满微笑。

电话铃响起来,孙亮请示开始的时间。邓军拿着耳机转过头,说:"老周,我看就开始吧!"

周仆点了点头。

"马上开始!"邓军对着送话器发出了命令。

时间不大,只见这个不大不小的山谷里,在一片一片小树林的上空,升起了一二十缕青烟。早晨没有风,一股股青烟正悠然自得地袅袅上升着。

"小玲子,"周仆笑吟吟地说,"你看像炊烟不像?"

小玲子点点头,笑着说:"就凭这个钓鱼呀!"

"不要它来,它紧跟着你;要它来敢许还不来哩!"小迷糊说。

等了半个小时左右,还没有飞机的影子。邓军急了,说:

"打仗时候,就是这个味儿最不好受……老周,我看还是你来一段吧!"

"你说什么?"

"来一段故事,不论什么。"

“哼，”周仆说，“我追着给你讲，你都不听，现在又想听了？”

“静一下！”小玲子向大家摆了摆手，“你听，来了！”

大家一听，什么声音也没有，只有山腰上的泉水丁丁地响。

“见你的鬼！”邓军说，“你脑子里想的吧！”

“不，不，我肯定有。”小玲子自信地说，“我这耳朵一向是不会错的。”

果然，一句话没完，大家就隐隐听见由远而近的飞机声。转眼间，两架野马式战斗机已经飞到山那边，盘旋在他们驻地的上空。这时候，人们真想伸出一只手把它拉过来。

邓军急忙抓住送话器喊：

“把火加大一点！加大一点！”

终于，那两架野马式敌机飞过来了。围着这座山谷盘旋了不到一圈，接着就降低了高度。

小玲子指指山谷中袅袅上升的“炊烟”，高兴地说：

“这些家伙，发现了目标儿，在上面不定多高兴呢！”

“我要是飞行员儿，我就不这么傻。”小迷糊说。

“别吹！”周仆瞅了他一眼，“这就叫各有各的优越性：上面有上面的优越性，下面有下面的优越性。”

说话间，“轰！”“轰！”炸弹投下来了。第二架飞机也紧跟着它的伙伴，翘起尾巴扎下来。

几乎与此同时，山头上响起了急促而紧密的机枪声。

“哗哗哗哗……”

“哗哗……”

“哗哗哗哗……”

从枪声里，周仆简直可以听到机关枪手们那极度兴奋的呼吸。

多日的闷气，随着枪火喷发出来了。周仆的心也兴奋地跳动起来，快乐地说：

"小迷糊，仙女唱歌了！好听吧！"

邓军挥挥手让他们不要讲话，对着送话器大声喊道：

"孙亮啊，这不是吓麻雀呀，一定要节省弹药！"

只听耳机里回道："我一定注意！我一定注意！"

时间不大，枪声稀疏下来。由狂热的猛射变成了沉着冷静的狙击。那两架野马式敌机把带来的炸弹倾入了山谷之后，似乎已经发现了一两处山头上的狙击手们，立刻调转方向，用机关炮同山头上的人们对射起来。战斗了约一个小时之久，仍然不分胜负。

周仆和邓军都焦急起来。周仆说：

"怎么打不准哪，老邓，是不是前置量[①]留得不对呀？"

邓军的眉头皱成了一个疙瘩，没有说话。

正沉吟间，小玲子忽然跳起脚兴奋地叫：

"打中啦！看哪，打中啦！"

大家一看，果然其中一架，像醉汉似的蹒跚着，向下坠落，翅膀扑扑啦啦的，连声音都变了。

"打中啦！打中啦！"附近山头上的喊声也传了过来。

"再加几枪！再加几枪！"小迷糊跳起脚喊，仿佛射手们能听见他的喊声似的。

但是，这架飞机眼瞅着就要碰上山头的时候，却没有继续坠落，好像一个病人打了一支强心针似的，渐渐地又趋于平稳，使劲地哼哼着，跟它的伙伴一起飞走了。

人们一直目送它飞了很远，像是刚抓到手的一只鸟儿飞去了，

① 军事术语：在射击运动中的目标时，要依据目标物运动的速度，瞄在目标物的前方。

脸上带着无限惋惜的表情。谁也没有说话。山谷里飞机炸起的烟柱，已经渐渐飘散。顿然间显得十分岑寂。整个山谷都仿佛在轻轻地叹息。一开始点起的“炊烟”，有几缕依然在安静地袅袅上升着。

周仆觉得需要鼓励大家的情绪，把自己本来不高兴的心情，压止住，拿起耳机故作高兴地说：

“头一仗嘛，打伤一架，我看这就不错。好好地鼓励大家，不要泄气。可以把射手们集中起来，开个诸葛亮会，把经验总结一下。休息休息，明天再打。”

周仆讲完，邓军又把耳机接过来，说：

“我完全同意政委的意见。据我看，没有打准的基本原因，恐怕是没有迎头打。一定要提高勇敢性！打飞机是硬碰硬，没有勇敢，是决打不下来的。”

远远看到，射手们和弹药手们纷纷从树丛里钻出来，到山谷里集合去了。周仆和邓军两个人席地而坐，研究着刚才对空射击的问题。太阳偏到东南，两个人正准备下山休息，刚刚走下山头，小玲子忽然停住，说：

“停停吧，又来啦！”

大家停住脚步，凝神静听，把耳朵都使疼了，还是什么也没有听到，只有那湾山溪丁丁冬冬的低唱。但是，由于是小玲子讲的，又不敢不信。

果然，时间不大，对面草帽峰上“乓——乓——”地响起了防空枪声。

邓军少有地亲昵地望了小玲子一眼：

“你这个小鬼！真是个好通讯员儿的材料儿！又是千里眼，又是顺风耳!”

“我本来就是通讯员出身嘛!”小玲子扬扬眉毛高兴地说。这邓军当面表扬他的警卫员并不太多。

邓军说着,把小玲子带着的驳壳枪抽出来,向孙亮开会的方向,“乒乒乓”一连打了三枪,这是催促他们迅速进入阵地的信号。

几个人快步返回山头,看见开会的人们正各自向自己的山头飞跑。有的进入阵地,有的还没有进入阵地,这时敌机已经飞到了上空。

人们举目凝望,这次共来了十架敌机。为首的一架是红头的指挥机,紧跟着是一架校正机,再后是四架野马式,最后是四架蚊式飞机。它们排列着威风凛凛的阵势,一来就打圈子,看样子是直扑这个目标而来。沉重的隆隆声,震动着群山。

“都下到工事里去!”邓军命令道。说着,自己也跳下掩体,紧靠着电话机,眼望着天空。

那十架敌机盘旋了两个圈子,忽然,为首的那架红头指挥机,打出好几颗红色的信号弹来,一闪一亮,像小鼓似的“卜卜卜”响了一阵。然后就闪开去路,绕到圈外。接着,其余四架野马式和四架蚊式,立刻降低高度,改变队形,成一路纵队,一架跟着一架俯冲下来。顷刻间,山谷中烟火弥漫,群山震动,那架校正机则仍在原来的高度,不慌不忙地哼哼着,给它的伙伴观察着轰炸效果。

轰炸效果当然是有的。最明显的,就是山谷中的一大片树林被炸中起火,有几缕“炊烟”被吞没了。但是边远处有三两缕“炊烟”,轰炸过后,仍然舒卷自如,像抒情诗般地袅袅上升……

孙亮几次要求开枪射击,都被邓军制止住了。他对着送话器大声喊:

“孙亮！你沉着一点好不好？敌人的胆子还小得很，等它们再飞低一点！”

敌机轰炸过后，见没有什么动静，胆子渐渐大起来，连续降低高度，向山头低飞扫射。机枪射手们同空中敌人一场激烈的对射战又展开了。

最激烈的对射战，集中在山谷左面的双尖山上。那里隐伏着的不知是哪位射手，射击极其沉着，常常是当飞机俯冲时，发出迎头痛击的火力。开始是几架敌机，最后几乎是全部敌机都集中对付他，一架跟着一架向他俯冲轰炸扫射。但是，由于山势陡峭，多数炸弹全落到山尖下面去了，卷起的黑烟顿时遮住了山尖。就在那黑烟里，仍然听见他那顽强的猛烈的机枪声。

“这家伙真能顶住个儿！”邓军叹赏地说。

“那是谁呀，老邓？”周仆说，“快让大家支援他才好。”

说着，刚要拿起耳机吩咐孙亮，只听小玲子惊叫了一声：

“糟啦，汽油弹落上去了！”

大家一望，一架俯冲的敌机刚刚拉起，山尖上呼地闪出一大溜暗红色的火光，像倒下一股血水似的，顷刻间燃烧成一片。当第二架敌机接着又扎下来俯冲扫射的时候，那火焰中，出人意外地又响起了激烈的机关枪声，可是只打了半梭，射击声就突然中断了……

一种不幸的预感，罩住人们的心头。

周仆抓起耳机，立刻吩咐孙亮派人到双尖山上去了解情况。最后又问：

“你知道这个战士的名字吗？”

“听郭祥刚才说，叫乔大夯。”

“噢，是他呀！”

周仆立刻想起，出国签名会上的那个大个子。他体魄雄伟，性格温厚。据说这人最不爱讲话，但那天的几句话，却是那样扣人心弦，感动得自己当时流下了眼泪。周仆觉得这个一向不引人注意的战士，身上有一种说不出来的极其深厚的东西。现在在双尖山上那堆火焰里的，难道就是他吗！

周仆望着那座跃动着火焰的通红的顶峰，一时觉得这个身材高大的射手，全身都燃烧着烈火，心头上不由得一阵火辣辣的。正在这时，一架敌机又猛扎下来，还没有来得及开火，出人意外地，在那通红的火焰之中，突然间“哒哒哒哒哒”“哒哒哒哒哒”又响起了一阵极其猛烈的机枪声。眼看着那架敌机，噗地冒出一股火来。

“打中了！打中了！”小迷糊和电话员都跳起脚喊。

“这次，我完全肯定！”小玲子学着团长的姿势，把手猛地一挥。

果然，那架敌机拖着长长的烟带，斜过双尖山，一头栽到另一座山谷里去了。

远远听到每个山头都传过来欢腾的喊声。

邓军立即命令孙亮派人前去搜捕俘虏。小玲子想去，却不敢提；小迷糊不管这一套，马上说：

“让我也看看去吧。我长这么大，光挨飞机炸了，还没在近处看过飞机哩！”

周仆笑着点了点头。吩咐说：“告诉他们，一定要捉活的！”话音还没落地，小迷糊已经一溜烟跑远了。

邓军正要利用有利时机，布置进一步打击敌人，这群敌机已经争先恐后地往上钻，很快升到了一千公尺的高度，而且拉开了距离，也不俯冲了。可以感觉出，在它们之间，已经产生了一种看不见的无形的恐怖。红头的指挥飞机，大约也被这种恐怖所感染，跟跄地抢先向南飞走了。

双尖山的峰顶，依然烧得通红。周仆正在担心，孙亮在电话里报告：那个名叫乔大夯的战士，已经下了阵地，只负了一点轻伤。这使得周仆更加高兴，很想马上去慰问他。可是又担心家里有事，就同邓军一起动身下山。

当周仆走下山岭时，不知怎的，对这座幽谷颇有一点恋恋不舍的样子。也许人们对他们战斗过的地方，尤其是打了胜仗，实现了他们心愿的地方，都是这样的。他一边走，一边看，这山谷啊，仿佛由于刚才炸弹和枪火的轰鸣，使它显得更加清幽可爱了。仙女洞下的山泉声，又像管弦乐一般传来，忽高忽低，时断时续，有如一根看不见的细丝，抚爱着、缠绕着这座山谷，仿佛不愿立刻走去似的。尤其神奇的，动人的，是那早晨点起的“炊烟”，经过轰炸，依然有三两缕在袅袅上升。也许战士们昨晚堆的柴火多了一些，此刻，它不仅袅娜多姿，毫无倦意，而且在这无风的中午，经太阳一照，一缕缕蓝莹莹的，像永远扯不断似的上升着，上升着……

第九章　军中便宴

周仆、邓军和小玲子下了山，沿着来路穿行在幽谷里。这是入朝来最和暖的一天。太阳已近中午，山径上湿漉漉的落叶和草丛中的露水，已经晒干了。刚才的轰炸，使那些将要脱枝的黄叶，又落下了一层。由于心情愉快，几个人一遍又一遍谈着刚才的事情，脚步走得分外轻快。

小玲子满脸喜色走在团首长的前面。他十分聪明，只要你说半句话，他就能猜中你下面的意思。尤其是他的机警，真有过人处。你就是在几千人里头，也难挑出这样的警卫员来。他仿佛全身都长着耳朵和眼睛，在别人没有听出声音的时候，他首先听出声音。在夜色如漆失迷道路的深夜，他能首先判断出村落的方向。他不像有些警卫员那样，总是紧紧跟在首长的身后；他常常是根据不同的环境和情况，有时在后，有时在前，有时在你看不见的地方。现在，刚刚下山，他就想到是不是还有没炸的炸弹，会危及首长的安全，这样，他就又跑到周仆和邓军的前面去了。

不消说，邓军此刻十分高兴。早晨那种不愉快的心情，已经一扫而光。他像许多南方人一样，本来不会唱京戏，唱出来也不是个味儿，用他的口语说，就是“乱弹琴”，但这“乱弹琴”的京戏，他竟然一连唱了好几句，唱得周仆不由得哈哈大笑起来。

“别笑，别笑。”忽然小玲子停住脚步，向草丛里谛听着。听了一会儿，又蹑手蹑脚地向前走了几步，然后回过头悄声地说，“没错儿，山鸡。”

大家停步静听，果然草丛里有“咯咯咯”“咯咯咯”的鸣声。

“老周，那不是么！”邓军兴奋地叫。一面掏出他的小花口撸子，在膝盖上一蹭，哗哒一声，把子弹推上了膛。

由于他说话声音一向过大，噗啦啦地，惊起了五六只羽毛花丽的野鸡。邓军举枪射击，有两只应声落到草丛里，其余的带着悦耳的羽声飞过山那边去了。

小玲子跑过去，把两只野鸡从草丛里捡起来，笑着说：

“刚才轰炸的时候，我就瞧见它们，一时飞到这里，一时飞到那里，最后都飞到山那边去了。没想到这会儿它们又回来了。”

邓军没有理会这话，把小撸子往枪袋里一插，自豪地笑着，说：

“老周，你看我的枪法怎么样？”

“别吹！”周仆也笑着说，“人家打飞机，你打野鸡！”

邓军哈哈笑了一阵。周仆从小玲子手里接过野鸡来掂了一掂，说：

“简直可以炖一大锅！我看把乔大夯也请来吧，慰劳慰劳我们的勇士！”

“好主意！”邓军亲昵地看了自己的伙伴一眼，“你这脑瓜就是来得快呵！”

一回到家，小玲子就忙着烫鸡拔毛。小迷糊也赶到了，腰里掖着一把崭新的手枪，手里提着一大块烧得黑乎乎的铝片，满脸笑嘻嘻的。团长政委正在休息，小迷糊也不管他们睡着了没有，推开门，就嚷着说：

“给，这是那家伙的手枪！”

周仆坐起来，接过枪看了看，交给邓军，忙问：

“这家伙还活着吗？”

“活着？那是下辈子的事。”小迷糊笑了一笑，“这家伙穿着小皮夹克，下巴刮得精光，就是脑壳壳酥了，溅得那玻璃上都是脑浆子了。”

“看，说的多砢碜！”

“本来就砢碜嘛！”小迷糊把头一歪，“我还当飞机有甚了不起哩，就是那么一个小房房，带个翅翅，里面插着不大一门炮……”

周仆瞅了瞅小迷糊提着的一大块飞机皮，说：

“怪不得人说你农民意识，要这干什么？”

“吃饭用手抓呀？”他不满意地反问了一句。“光借老百姓的铜勺勺，丢了又说犯纪律了。用这做小勺勺多理想，又有意义，我们当场就剥了它的皮，把它分了。”说着又从口袋里掏出几张照片，一张纸片，“你们再看看这是什么？”

周仆接过来一看，在其中一张照片上，这个瘦脸的胡子刮得光光的流氓，搂着一个裸体的日本女人，坐在自己的膝盖上。周仆皱着眉，自言自语地说：“这种人无耻到这种程度！使你无法理解，是在什么样的情况下照出来的！”说着把照片往邓军手里一递，说：“来，看看他们的西方文化！……现在他们向全世界推广的就是这种东西。”

邓军接过来，恶心地吐了一口，把它挼成一团，扔给小玲子，让小玲子填到灶膛里去了。

“那是什么？”小迷糊指着那块四四方方的纸片。

周仆独自拿着那块纸片，看着看着，不自禁地微笑起来，抬起头问：

“今天几号了?”

“十一月三号。”小玲子在那边屋里回答。

“这可真有意思!”周仆笑着说,“这正是今天晚上日本东京大戏院的戏票!”

“真的么?”小玲子从伙房屋探过身子,抓过一看,大笑着说,“这出戏他肯定是看不上了。”

“这种人! ……”周仆指着那位美国飞贼的相片,“白天在人家的国土上追人,杀人,制造孤儿寡妇的血泪,到晚上刮刮脸,洗洗澡,穿得整整齐齐,坐在大戏院里看戏,这就是他们的职业! ……今天他们得到了最适当的惩罚!”

“让他们看着吧,现在只不过刚开始哩!”邓军把那只独臂一挥。

这时候,忽然外面喊了一声“报告”,周仆推门一看,郭祥领着一个高大的战士站在面前,正是那个被邀来赴宴的机枪射手。他肩宽背厚,十分魁伟,看去比郭祥高一个头还多。他的两个军衣前襟,烧了好几大块,连扣子都扣不上了,只用皮带紧紧束着。他的头上扎着绷带,戴着一顶小得十分不相称的帽子。他敬过礼以后,脸上带着憨厚谦逊的微笑,眼睛温顺地低垂着,显得有些拘谨。

“嘎子,”周仆笑着对郭祥说,“我今天是请乔大夯同志来的,你怎么也跟来了?”

“不管首长请谁,”郭祥嘻嘻一笑,“只要叫我陪客就行!”

“快进来吧!”邓军在屋里亲热地招呼着。

郭祥总是像猴子似的敏捷,脱去鞋就进屋坐下了。那乔大夯却慢腾腾地脱下他那双千缝万补总有好几斤重的大鞋来,小心地整整齐齐地放在一边,然后才弓着腰进了屋。他一进来,使这房门、小屋顿时显得窄小了许多。他本来最不习惯盘腿，但是那双一尺多长的大脚刚刚伸出，就马上蜷回来了。他仿佛对自己如此奇伟的躯体反而感到有些羞愧似的。

“乔大夯同志，”周仆握住他那只多茧的有力的大手，说，“你这次打得很不错呀！”

“这是咱们团第一次用轻火器打下了喷气式。”邓军也亲热地瞅着他。

乔大夯登时脸红了。他一向最怕首长当面表扬，竟一时找不出恰当的词句，嘴张了几张没有说出话来。

周仆见他有些拘谨，改口开玩笑说：

“今天咱们团长的成绩也不错。人家打飞机，他也打‘飞鸡’；人家打下了一架飞机，他倒打下了两架‘飞鸡’，正在锅里炖着哩。也没有什么好准备的，你们就尝尝‘飞鸡’肉吧！”

“政委，”郭祥说，“您别谦虚了，我刚才在大门口就闻见香味儿了。”

“待会儿你只要别打冲锋就行。”小玲子在厨房里接口说。

经郭祥一提，大家一闻，果然满屋子都是山鸡诱人的香味。入朝以来，谁也没有见过一片肉了。

周仆看见乔大夯两个大襟烧得焦一块煳一块的，头上又裹着伤，就问：

“乔大夯同志，你这伤怎么样？”

“不咋的。汽油弹溅上了一点儿。”他笑了一笑。

“当时真把人急坏了。”周仆说，“我们一看整个山头都烧红了，就知道汽油弹投到你的工事那里去了……”

“离我还有好几步哩！”他又笑了一笑。

“大个儿真行!”郭祥满口称赞说,“我瞅见他上身全着火了,叫他下去,可人家就不慌,把个火帽子一摘,衣服一脱,就穿着白衬衣,又抱着枪打起来……要不是弹药手赶快用土把火弭死,他这身棉衣就甭要了。”

“帽子呢,”周仆指着乔大夯头上那顶小得很不像样的帽子说,“这准是借来的吧?”

“他那帽子早就成了灰壳壳了。”郭祥眨了眨眼,“有个问题,我附带向上级反映一下:上次我打飞机,敌人给我来了个摘帽战术,我那帽子也找不着了。直到现在我还和通讯员合戴一顶帽子。上级是不是给后勤说说,给我们俩一块儿补充补充?”

“后勤就那么方便?”邓军瞪了他一眼,“你这家伙一打仗就丢帽子,这是老毛病了……”

“也就是怪,”郭祥打断团长的话说,“一打仗,我这脑瓜儿就火烧火燎地,像蒸笼似的直冒热气,有帽子也戴不住。”

“小玲子!”邓军对着灶火间喊了一声,“把我的包袱翻翻,我记得还有一顶单帽,给大夯同志找出来。”说过,又转向郭祥嘲讽地说,“你还和通讯员合着戴一顶吧,我不管。”

在一片欢乐的气氛中,乔大夯也显得比刚才自然了一些。时时随着别人的说话,浮现着微笑。周仆又接着原来的话题说:

“我看还是请大夯同志谈谈打飞机的经验吧!”

“对,谈谈体会。”邓军也说。

“我,我……”乔大夯的脸,又有些涨红。他觉得“经验”“体会”这些高级字眼,都是干部们做了什么大工作,做总结报告的时候才使用的,仿佛和自己挂不到一起似的,何况是在首长面前。他笨磕了半天,才说:“我,我觉着没有什么体会……”

“大个儿！你就说吧。”郭祥从旁建议道，“自己的首长嘛，说错了怕什么！”

“我觉着，我觉着……”乔大夯思索了一阵，结实而有力地说，“还是要沉着！比方说，飞机迎着你扎下来了，它恶狠狠的，好像说：‘我要吃了你！我要吃了你！’这时候，我连眼也不眨，心想，你也就是比我多长了个翅膀，你打住我我活不了，我打住你你也活不成！等它跟我面对面了，我就喊：‘哪里逃！开个花吧！’……”

他最后一句声音很大，惹得人们哄笑起来。

“好，好，你说下去。”周仆兴致勃勃地说。

他陪着别人笑了一笑，接着严肃地说：

“我一想起被炸死的朝鲜人，一想起他们把朝鲜炸成这样子，我这气就大了，真恨不得抱着机枪飞上去，把它一个个都揍下来！”

周仆又兴奋地问：

“大夯同志，最紧张那时候，我们看见火焰把山尖包严了，你的机枪突然中断，是不是卡了壳了？”

“不，政委，”乔大夯又憨厚地笑了一笑，“我是给敌人解除顾虑哩！我看他们的胆子还是太小，就收住枪等了一会儿，让他们飞得再低一些，再低一些。果不其然，他们飞得更低了。我就趁它向下猛扎的时候，迎头给了它一梭子，它就冒火了……”

大家听得十分振奋。山鸡的香味也越发诱人。周仆转过脸问：

“炖熟了吧？”

小玲子揭开锅，大团的热腾腾的白汽扑出来。他用筷子拨了拨，看看颜色，说：“许差不多了。”

不知什么时候，郭祥已经蹲在灶火跟前。他接过小玲子的筷子,说:“我替你尝尝!”说着夹了一块,嚼得满嘴流油,一边说:“真香极啦,再炖可就要烂了!”

“好,好,准备开饭。”周仆说。

小迷糊立时端进来一个小炕桌,上面放着朝鲜老百姓的铜勺铜碗,还有房东大嫂送的一碗酸菜。周仆说:

“你看朝鲜人民多热情,入朝这几天,吃了人家多少酸菜,可别忘给大嫂的小孩盛一碗哪!”

说过,他又转过脸对乔大夯说:

“大夯同志,我和团长商量过了,准备召集全团的轻重机枪射手,请你介绍一次经验。你看怎么样?”

“这,这……”乔大夯又紧张起来了,“政委,你派我别的任务吧,我的情况,连长知道。”一边说,一边直瞅郭祥。

“政委,”郭祥笑着说,“你派他这个任务,比让他再打几架飞机还难。平常班里头开会,他每次都是一句,两句。今天讲的比他几个月讲的还多哩。”

“你这看法不对。”周仆说,“什么都是锻炼。大夯同志讲一讲,这叫现身说法,比我们讲要有作用。这次打下一架飞机,不只是一架飞机的问题,也不单单是军事技术的问题;这是说明了一种思想的胜利。前几天,有一个战士手被飞机打伤了。别人问他是怎么伤的,他就把手一伸,说:‘我这是叫纸老虎咬的。’别人说他是讲怪话,他就说,‘这算什么怪话?人家本来是铁老虎,你偏瞪着眼说它是纸老虎。纸老虎能把我的手咬一个洞吗?’我让乔大夯同志去讲一讲,就是让有这种思想的同志想一想,为什么乔大夯同志拿着轻火器,在十架飞机的围攻下,能够把一架野马式打下来?这说明什么问题?究竟是帝国主义厉害,还是人民厉害?”

“这么说，大个儿，你就讲讲吧，”郭祥说，“这也很有政治意义！”

山鸡已经端上来了，除了给朝鲜孩子留的，连肉带汤整整三大铜碗。炕上放着一搪瓷盆大米饭。加上小玲子、小迷糊，大家盘着腿围了个圈圈。周仆首先盛了一碗干饭递给乔大夯，大家就动手吃起来。

“这山鸡味儿是不错呀！”周仆叹赏道。

“味儿真鲜！”人们纷纷说。

“这要归功于咱们团长。”周仆称赞道，“真不愧是老长征，举起枪这么乓乓两枪就下来了。”

邓军精神振奋，接上说：

“这算什么！同志们，有机会我亲自下手给你们炖狗肉吃！叫你们看看我的手艺。”

为了对团长表示奖赏，周仆给小玲子使了个眼色；小玲子会意，马上从饭盒子里拨出了一点油炸辣椒。眼瞅着邓军的嘴角那儿出现了笑纹。又是山鸡，又是辣椒，不一时就吃得满头大汗。

关于郭祥吃山鸡的情况，比人们预料的稍显文雅。虽然他吐骨头十分敏捷迅速，但一般来说，抢得并不算太厉害。而且他把主要的着眼点放在鸡爪上。两只鸡的四只爪子，都被他挑出来吃了。吃到痛快处，就把饭碗、筷子一放，两手捏着啃起来，油滴子都滴到袖子里去了。

周仆用他那精细的观察注视着餐桌的情况，立刻发觉宴会的主要对象——乔大夯，过于斯文。他菜吃得很少，每一次从菜盆里挑最小的，半天才夹上一块儿。而且饭也小口小口地吃，吃得很少很慢。最奇异的是他吃饭时的情态。他端着饭碗，不断笑微微地瞅着它,从内心里流露出一种极其珍爱的样子,仿佛不愿意把它一下子吞到肚子里似的。

周仆不断地催他劝他。邓军也从炕桌上抬起头来——他自成了一只臂膀以来,只好伏在桌上吃饭了——挥着筷子:

“冲呀,大个子,往上冲呀!”

“我吃着哩。”他笑了一笑,又夹起一小块儿。

“唉,你这姑娘样子! 怎么战斗作风一点也没有了?”

邓军说着,夹起很大一块,放到他碗里。周仆也给他夹了一块。但是他把这两块吃完,又是老样子。周仆不由得叹了口气。

周仆、邓军放下碗,劝大夯再多吃些。“我饱了!”他接着把碗也轻轻地放下了。这时候,郭祥向政委悄悄使了个眼色,走出门外,周仆跟了出去。郭祥悄悄地说:

“你看大个儿吃饱了么?”

“我看没有。”

“嘿,还差得远哩!”郭祥说,“你知道他饭量有多大? 他能吃两三斤干面的饭食,四两重的大馒头,不吃不吃就是十几个。要干起活来,也能顶三四个人,三四百斤重的大麻袋,一扛就起,用不着费什么大劲。听人说,在旧社会,给地主扛长活,就因为他吃得多,没人雇他。那些地主老财,专门在农忙时候雇他打短儿,掏一个人的工钱,让他干三四个人的苦活……政委,你想他今天只吃了两小瓷碗,怎么会够呀?”

“那他平时在班里吃饭怎么办哪?”周仆关切地问。

“在班里他也不肯多吃。”郭祥说,“人家吃三碗,他吃两碗半就放碗了。别人说:‘大个儿,你可吃呀!’他就笑一笑,说:‘我饱了!’你没听见他刚才说么:‘我饱了!’……就是这话。”

“你们可以照顾照顾他嘛。”周仆说，“这是特殊情况。”

“是呀，”郭祥说，“我经常对炊事班讲，打饭给他们班多打一点。他们班也很体贴他，总让他多吃，他有一次感动得哭起来，说：‘我这肚子小时候吃糠咽菜把它撑大了，给大家添了多少麻烦！今天我是一个共产党员，怎么能老沾大家的便宜呢？’……”

周仆的眼睛湿润了。本来就很敏感而容易激动的周仆，这时又有些压抑不住自己。这是一个多么伟大的战士！对于一个优秀的战士说来，冲锋陷阵、临危授命的那种考验也许是容易度过的；可这是每天每时都存在着的考验啊！周仆答应立即解决这个问题，准备告诉后勤给他们连多发两个人的粮食。最后又叹了口气，对郭祥说：

“可是今天呢，你能不能让他吃够？……据我想，他已经放下饭碗，恐怕是不会再吃的了。”

郭祥两只猴眼，咕碌碌，转了一转，把手一挥：

“我有办法！”

周仆招手要团长出来，一起到门外散步去了。

郭祥回到屋里，立时满面愁容，往墙上一靠，也不言声。

“连长，出了什么事了？”乔大夯轻轻地问。

“唉，别提了。”他叹了一口长气，“团长、政委都生气了。”

“为什么？”

“还不是为你！”

“为我？”乔大夯吃了一惊。

“可不是嘛。”郭祥说，“首长今天是专门请你，一看你这么忸忸怩怩，都生气了。”

“那咋办哩？”

“赶忙吃吧。”郭祥把嘴一撇，“还问咋办哩！”

“我已经放下碗了呀！”大夯为难地说。

“那有什么！”郭祥说着，抓过他的碗，不由分说，就盛了垒尖一碗。

在郭祥严格监督下，不到一刻工夫，剩下的那半盆饭，已经底儿朝天了。

两个人整整衣服，去向首长告辞。

团长、政委正在院子外面站着，用刚刚学来的几句半通不通的朝鲜话，同房东大嫂比画着说话。邓军回过头喊小玲子：

“单帽找出来了没有？”

小玲子早就准备好了，把一顶风吹日晒早就褪色了的旧军帽，递给大夯。邓军让他戴上试试，然后又打量了一眼，品评着说：

“小是小一点，比刚才好看多了。”

小迷糊也把政委的一件单军衣送给大夯，让他拆了补棉衣用。政委没有多余的军帽，小迷糊把自己的单帽拿出来送给郭祥。郭祥一把抓过来，嵌在头上，连声说：

“好事儿！好事儿！”

“好事儿？”小迷糊嘲讽地说，“你只要别再说我农民意识就行。我这人是该拿的就拿，不该拿的，你别想叫我拿出来！”

“首长还有什么指示？没有我们就回去了。”郭祥立正着说。

“好吧，”周仆说，“介绍经验的事儿，好好帮助大夯同志准备一下。”

说过，周仆走上去同乔大夯亲热地握手。他感到自己的一只手显得小了许多，反而被一只多茧的有力的而又是那么热诚的大手，紧紧地握住了。他感觉出，一种真正是强大无比的力量，顷刻间传到了自己的全身。

乔大夯跟在郭祥后面向来路走去。一路上,他的脸一直是红通通的,处于深深的感动中。他觉得自己是一个普通而又普通的战士,简直谈不到有什么贡献,而自己受到的尊重却是多么过分啊！当他想到自己是第一次来团部,在首长这里就一气吃下去小半盆干饭时,心里是多么羞愧啊！……

第十章　小　试

云山战后，我各路大军乘胜猛追。在我连续突击下，特别是我左翼志愿军第一军，自清川江左岸迂回敌人，给了敌人极大威胁。迫使敌人只以一部据守清川江北岸的滩头阵地，其主力全部撤到了清川江南。

这是中国人民志愿军出师以来的第一个战役。这一仗共歼灭美伪军一万五千八百余名，使美国侵略者迅速占领全朝鲜的狂妄企图化成泡影，开始稳定了朝鲜战局。志愿军能不能顶住敌人，能不能站住脚跟，这一个出师以前最令人担心的问题，已经用事实作出答案了。

现在第五军第十三师，包括邓军、周仆的团队，已经进到博川之南。美二十四师主力退到清川江南的安州去了，在江北只留下一部兵力和一部伪军来保障主力的安全。邓军和周仆的团队，正隔着一条山谷与敌对峙。

这天清晨，早雾还没有完全散尽，邓军就爬上山头，观察着敌方的阵地，很想从中找出弱点来，打它一仗。后来，从他脸上浮现出的笑容来看，这种弱点是被他找到了。尽管小玲子几次提醒他注意天空的飞机和敌人的炮弹，他都像没有听见的样子。

“小玲子，请政委来一下。”

说着，他走下山头一坐，点着烟，静静地思考着。不一时，周仆从山背面的隐蔽部里走出来，在半山腰里仰起头问：

“老邓，看出点门道没有？”

“你上来吧。”他笑了一笑。

周仆走上来。他们在山头上隐住身子，邓军兴奋地指了指敌人阵地左翼的一条山腿，说：

“我想把它切下来！”

说过，他把脖子里的望远镜递给周仆。周仆从望远镜里看到这条黄苍苍的山腿，一直伸到我们的阵地前，敌人正在那里三五成群地活动着，很像是修筑工事。周仆又和敌人的整个阵地联系起来观察了一番，觉得这条山腿确实是比较孤立，比较突出的。

“行！”他把望远镜还给邓军。

“就是敌人太少了，看样子最多超不过一个连的兵力。”邓军颇感遗憾地说。

“这样更好！”周仆笑着说，“就是一个排也行，只要歼灭得彻底。反正我们这一次是醉翁之意不在酒啊！”

两个人会心地一笑。

自从上次打伏击没有成功以来，两个人经常商谈着一个问题，就是无论如何要争取打上一仗，使自己的团队能够摸摸敌人的“底”。虽然，第一次战役的胜利，从整个部队说，已经解决了这个问题，但是按照周仆的看法，别人的经验并不等于自己的经验，把别人的经验变成自己的体会，还必须通过自己的实践。尤其是，还要使广大士兵群众都要能获得这种切身的体会。因此，尽管第一次战役已经宣布胜利结束，两个人仍然千方百计地在寻找机会。至于在这种做法的后面，隐藏着什么样的雄心，这就是两个人谁也没有告诉的心灵的秘密了。

小玲子见地形看完，就催促他们下山。但是这两个人望着那条苍黄的山腿，还在那儿兴奋地商谈着一些细节。忽听小玲子叫：

“炮弹过来了，快下去吧！”

话音刚落，一枚炮弹“轰隆”一声落到山后去了。接着，又是两发落到山前，两团白烟缓缓地上升着。

“下去吧，下逐客令了。”周仆笑了一笑，扯着邓军走下来。刚离开不远，有两三发炮弹已经落上了山头。

“你们总是这样，不撵不走。”小玲子有些不高兴地说。

“好好，接受你的批评。”

周仆笑着说，拍拍灰土，同邓军回到山背后的隐蔽部里。这是小玲子他们在山壁上挖出来的一座狭小、潮湿的防空洞，地上铺着些山草和一块雨布，里面摆着一部电话机，只能盛三四个人。周仆坐定，立刻就对邓军说：

“老邓，你就向师里要求吧！说得恳切一点。不行的话，我再要求第二次。”

事情出人意料的顺利，师长批准了。

邓军立即将团的意图通知各营，进行战斗准备。时间不大，一营的通讯员刘二发喘吁吁地跑来，送来营长陆希荣的一封信。周仆拆开一看：

邓团长
周政委 二位首长：

我怀着最急迫的心情，向你们写这封信。上次打伏击没有完成任务，虽然上级并不认为这是我的过错，但是严格检讨起来，作为一营之长，我毕竟有很大的责任。每当我回想此事，就觉得万分痛心。这次，我希望上级务必给我营一个机

会，使我营担任突击任务。我们争取一定要打一个翻身仗！一定要发扬我们团英勇顽强、能攻能守的战斗作风，打得更好，更硬！这绝不是我一个人的问题，这对提高全营今后的士气，都有莫大好处。望首长务必答应我营的要求！千万！千万！盼复。

此致

敬礼！

陆希荣

十一月五日

周仆把信交给邓军。邓军看着看着微笑起来，他对信中提到的“一定要发扬我们团英勇顽强、能攻能守的战斗作风，打得更好，更硬！”的话，感到特别满意。这些话，是入朝以来，邓军一有机会就对干部战士们讲的，今天他觉得自己的下级领会了自己的意思，格外觉得愉快。他把信随手一丢，说道：

“这个家伙！一看打不好就急了，真跟我这脾气差不了许多！”

周仆没有答话。邓军用询问的眼色瞅了他的政治委员一眼。周仆沉静地说：

“我在考虑他写这封信的出发点是什么。”

“嗐，你呀，”邓军带出不赞成的语气，“我看你这人也有片面性。因为几件事印象不好，就把他看扁了……”

电话铃响起来。是陆希荣的电话。

邓军握着耳机，听了几句，就对着送话器喊：

“你这个家伙！真沉不住气，刚来了信，就要答复。我还要同政委好好研究一下嘛！”

只听对方热情地说：“首长可千万考虑一下我们的要求呀！”

“好好做准备!”

邓军放下了耳机,对周仆说:

“干脆答应他们好啰!不管怎么说,一营是我们的拳头。不把他们的威风打出来,下次完成任务还是个问题。”

在这个角度上,周仆也点头同意了。

当晚黄昏以前,陆希荣率领各连长仔细观察了地形,确定以三连从正面进攻,一连迂回切断敌人的归路,二连作为营的预备队。二三两个营也都选定了佯攻的方向。入朝以来,由于炮兵运动迟缓,一直没有跟上来。团里只有轻型的迫击炮,要想压倒敌人的优势炮火是不可能的。根据两天来的情况,敌人为防止我军进攻,一到晚上就进行拦阻射击,在敌我之间的通路上,筑成一道火墙。为了避免敌人的拦阻,决定在第二天午夜时分进行偷袭。

第二天午夜,月落星明,西风劲烈,敌人的炮火刚刚稀疏下来,我进攻部队已经潜入敌阵。当各佯攻方向打响时,郭祥率领富有夜战经验的三连,已经摸上了第一个小山头。那里的敌人,都睡在长方形的土坑里,一发现情况,只有少数人钻出睡袋,鬼哭狼嚎地逃掉了,大部分被手榴弹和冲锋枪打死在睡袋里。郭祥片刻没停,接着向第二个小山头发展。

由于敌人已经有了准备,照明弹此落彼起,顿时照耀得如同白昼。第二个山头上,好几挺轻重机枪顺着山坡猛扫过来。冲在最前面的四班,冲了好几次都没有冲上去。四班长负了重伤,接着排长也负了重伤,队伍就被压在山坡上的草丛里。

郭祥借着照明弹的亮光,冷静地观察着敌人火力点的位置,正在踅摸对策,只听后面有人喝骂道:

“郭祥!你不要装孬!是不是要我替你带上去呀!”

郭祥听出是营长陆希荣在辱骂他。回头一看，竟一时未能看出他在什么地方。想回他几句，又觉得这绝不是闹意气的场合，就极力压住怒气，继续观察敌人。这时听见后面陆希荣又喊：

“我命令你，亲自给我带上去！带不上去，我要你的脑袋！”

接着，又听见“砰砰”两枪，从背后打过来，落在附近。

郭祥自参军来，虽在别的方面受过批评，但是从来没有在战斗上受过指责，不由心头火起，再也按捺不住。他立刻夺过花正芳的冲锋枪跃身而起，直向山坡上冲去。敌人的机关枪“哗哗”地扫了过来。

花正芳陡然间出了一身冷汗，立刻追上去，不由分说，将郭祥捺倒在草丛里，连声说：

“连长！连长！你可不能这样！”

接着，通讯员小牛也上来紧紧拉住郭祥。

花正芳一面示意小牛将连长拖紧，一面抄起四班长留下的步枪，咔的一声上起了刺刀，对郭祥说：

“连长，你还要指挥全连的呀！……你瞧着，我马上把四班带上去！”

说着，在敌人机枪的间歇里，几个跃进，就扑到前面去了。这花正芳平时腼腆得要命，一说话就脸红；枪声一响，他却立刻变得像一只雄鹰，不仅惊人沉着，而且动作极其敏捷灵活。你真不知道这两种性格是怎样奇妙地统一到一个人身上来的。现在他在照明弹的亮光里，一时跃起，一时卧倒，十分巧妙地利用着地形，就仿佛子弹不足以伤害他那强壮而秀美的身躯似的。不到一刻工夫，他已经跃进到四班那里去了。并且远远地听到他喊：

“不要慌，同志们！我来代理班长。”

花正芳一面指挥机枪射击,吸引敌人的注意;一面让两个战士带着足够的飞雷滚下山坡,从侧后悄悄地迂回过去。不一时,只听“轰轰”几声巨响,像大炮弹落在敌人的工事里,立刻掀起一团团浓烟,敌人的机枪喑哑了。

“冲啊!”花正芳猛喊了一声,一跃而起,带着四班冲上去了。

一顿手榴弹和飞雷,打得整个山头硝烟迷漫。硝烟里发出一阵阵的怪叫声和哭喊声,同战士们狂热的冲杀声混成一片。花正芳看见有十几个敌人狼狈地向后面逃窜,急忙喊道:

“别让敌人跑了!”

说着,挺着刺刀追上去了。有四五个战士也紧跟着他猛追上去。那些美国兵穿着大皮鞋,又笨又重,跑出来没有二十步远,就被他们追上。在花正芳前面的是一个身材又高又大的美国佬,花正芳刚要挺起枪来刺他的后背,他歇斯底里地怪叫了一声,转过身来,挺起刺刀防护着。在照明弹的亮光里,花正芳看见他满脸大胡子,两个眼绿莹莹的,露出恶狼一般的凶光。这个美国佬连声喊了几句什么,其余的敌人也纷纷站住。战士们立刻喊起杀声同他们拼在一处。

那个大胡子美国佬一面向花正芳逼近,一面狂叫着,又喊过两个人来。他们开头仿佛有些胆怯,后来看清了这个中国兵,只不过是一个年轻娃娃,胆气就壮了,三把刺刀一起向花正芳逼近过来。

这花正芳是全连闻名的“蔫大胆”,敌情越严重越是沉着。此刻,他清醒地意识到冲上来的人少,如果喊别的同志来相助,就会马上引起慌乱。他想,只要刺死一个,就会改变这不利的局面。于是,他立刻避开三个人的缠绕,闪到大胡子的侧面,一心想把大胡子首先刺倒。那两个美国兵跟过来包围他,他就像车轮子一样打转。那个大胡子，看到三个人整不住他，又气又急，瞪着绿眼珠，一个劲地猛刺过来。由于用力过猛，花正芳一闪，使他扑了个空，摔倒在山坡上了。花正芳手疾眼快，早把刺刀扑哧一声插到他的后背里。那两个家伙像鬼似的尖叫了一声，其中一个由于恐怖发狂地扑了过来。花正芳见来势凶猛，又向侧面一闪，乘那个家伙转身之际，顺手在地上抓了一把沙土，劈脸打去。当那个美国佬正在揉眼的时候，花正芳的刺刀，已经深深地探进他的肚子里去了。剩下的那个年轻的美国兵，拔腿就跑，花正芳没等他跑出几步，就追上去，把他结果在生长着杂草的朝鲜的山坡上……

花正芳正要带人冲向主峰，郭祥在后面叫住他：

“花正芳！你先等等。”

花正芳收住脚步，郭祥赶上来告诉他：主峰上有一挺重机枪打得十分猛烈，要他特别注意。原来花正芳拼刺刀时，精神过于集中，那么激烈的机枪声，竟然没有听见，两只手仍然端着枪，保持着拼刺刀的姿势。一经提醒，他这才注意到那挺重机枪“卜卜卜卜卜卜……”一个劲地射击着，简直连一点间隙都没有。抬头一望，连那挺枪出口的红火舌都看得见了。

郭祥立刻调过两挺轻机枪，对着红火舌射击。连着打了好几十发子弹，那挺重机枪竟毫不理会，依然喷着火舌，射击一点也不间断。

“这个敌人真凶得很！”郭祥愤恨地骂着，“战斗一开始，我就发现它了，真是帝国主义的忠实走狗！”他吩咐花正芳，从侧面绕上去，争取首先炸掉它，给大家打开通路。

花正芳等几个人，又要了几个飞雷，就从侧面的深草丛中，悄悄地迂回过去。快接近山头的时候，花正芳发现那挺机枪子弹打得很高，觉得十分奇怪。爬到近处一看，见那挺重机枪在壕沟沿上高高地架着，后面并没有人，而机枪却不停地发射着。他心中犯疑，平日常听说美国科学发达，不知道发明了什么自动化的武器。他本想投出一个飞雷，但为好奇心所驱使，不由地又向前爬了两步。凝神一看，原来坑里趴着两个人，其中一个手里正在牵动着什么。花正芳为了捉活的，立刻瞄着其中一个打了一枪；接着一跃身跳到战壕里，一脚踏在那个美国兵的背上。俯身一看，这才闹清楚，原来重机枪的扳机上垂着一根细绳，这根细绳在他手里还牵着呢！

花正芳立即俘虏了他。郭祥带着人也攻上来了。担任迂回的一连已经切断了敌人的归路，把那些美国佬绝大部分打死在他们自己仓促挖成的长方形的土坑里。由于事先战士们学习的英语口号“缴枪不杀”，发音不准，美国兵听不懂，那位担任重机枪射手的美国兵，就成为今天晚上第一次试探性交战的唯一的俘虏。

按照花正芳的介绍，郭祥在那挺带绳子的重机枪旁边好奇地欣赏了好一阵子，正要找人把它搬下阵地，猛不防脚下一滑，跌了个仰巴跤，原来他踩到机枪旁边那好大一堆弹壳上面去了！

“嗬，想不到这儿还有埋伏呢！”他嘻嘻一笑。

人们哈哈大笑起来。

由于这块阵地防守不利，按照团的预定计划，立即将部队撤回。

第二天一早，陆希荣就穿得整整齐齐地到团部汇报战斗情况。他神情活跃，精神愉快，首先把取得胜利的原因，归功于团的领导的英明和正确；接着把自己的指挥以及抓俘虏的情况，讲得绘声绘色，使团长、政委和团里的参谋们不时地发出一阵一阵的哄笑。周仆要求马上把俘虏送到团部来。

押送俘虏的是通讯员花正芳和文化教员李风。李风是全连唯一会说英语的大学生。从一早起，就被派去给这个二十六七岁的俘虏反复解释了我军的俘虏政策，还让他饱饱地吃了一餐热饭。俘虏恐惧的神情减少了许多，一听说要往别处带他，顿时又紧张起来。他身子长得又长又细，两条大长腿拖着一双高腰儿皮鞋，像是一个长腿鹭鸶似的在山径上迈着脚步。他的帽子不知丢到哪里去了，蓬着一头乱发，整个下巴都是黑胡茬子。他一边走，不时地回过头来，偷偷地瞅瞅，看花正芳他们有没有什么行动。花正芳由于胜利带给他的兴奋，红脸蛋像涂了油彩似的那么好看。此刻，他内心里警惕，但脸上却显出泰然自若的神情。

转过一道山弯，美国俘虏发现李风落到后面去了，就马上以极其敏捷的动作，从手腕上脱下一只金壳手表，回过头，抖抖索索地向花正芳递过来，脸上浮现着讨好的微笑。

花正芳轻蔑地看了一眼，摆摆手，让他收回去。

俘虏迟疑了一下，又从里衣的口袋里掏出一个皮夹子，摸摸索索地取出两个金戒指和一大卷钞票，同那只手表一并托在掌心里。显然，他以为花正芳不要他的金表，是由于嫌少的缘故。

“这些人，真的只认得钱哪！”花正芳心里嘲笑地想，摆摆手，仍然叫他收回。

俘虏看了花正芳一眼，显出极其惊愕的样子，像木鸡似的呆在那里。等他在这个年轻的中国人民志愿军的脸上发现了怒色，才耸耸肩，两手一摊，把他的东西收回去了。

在他装钞票的时候，皮夹里有一张写得很精致的纸片，掉落在地上，花正芳小心地拣了起来交给李风。大家不一时来到团部。

周仆正在半山腰一处较平整的地方同几个通讯员说笑。俘虏看见花正芳和李风都向他敬礼,知道这是一位官长,又显出惊慌的样子。后来发现周仆的脸色并不怎样严厉,而且摆手叫他坐下,他才变得轻松了一些。

"你叫什么名字?"周仆问他。

李风刚刚翻译过去,他就很快答道:

"我是美军步兵第二十四师第二十五团的上等兵琼斯,美洲南部维尔基尼人。"回答完以后,他又添加道:"长官先生,我将尽量地回答您所提出的而为我所知道的一切问题,如果您感到需要的话。"

"很好。"周仆微笑着说,一面想,"这个敌人看来比日本人要好对付。"

周仆首先问了一些当前军事上需要知道的一些情况,琼斯几乎是问一答十,做了非常周详的回答。周仆很想了解当前同自己对阵的资本主义世界最强大的军队,究竟是什么样子,就又向琼斯发问道:

"你能告诉我,你们为什么要侵略朝鲜吗?"

"侵略?"琼斯惊讶地看了周仆一眼,"也许你们这样讲是合适的;但对我们来说,是执行联合国的警察行动,是为了防御共产主义的威胁。麦克阿瑟一开始就对我们讲了。"

"你相信这样的话吗?"

"至少到现在为止,我相信这样的话。"他说,"据我所知,的确,你们有你们的生活方式,我们有我们的生活方式,而你们却不允许我们保有自己的生活方式。"

"那么,我问你一个带有常识性的问题,"周仆说,"你知不知道美国距离朝鲜有多远呢?”

“也许是五千英里,如果我的记忆不错的话。”

“这就对了,”周仆笑着说,“那么五千英里,也就是说一万五千华里之外的朝鲜,怎么会威胁到你们美国的生活方式呢? ……就先说你本人吧,你感觉到了这种威胁没有?”

“自然没有。”

“那么,你为什么来参加这场战争?”

琼斯耸了耸肩,沉了半晌,才说:

“我是否可以谈谈纯粹是属于我个人的见解。”

周仆点了点头。琼斯说:

“你们想必可以看出,我不是一个新兵,我已经有十年的军龄。我每月的薪金是一百八十五美元。如果再待上十年,就可以退休,领取百分之五十的薪金。万没有想到,又发生了这该死的战争。”他摇摇头,叹了口气。“老实说,不管北朝鲜打败南朝鲜,或者南朝鲜打败北朝鲜,对我说来,都没有任何实际意义。也许你们不相信,我是在美国上船的时候,才知道我们要帮助的‘李承晚’这个名字的。对共产主义,我既不了解它,也不愿去了解它,而且我相信我这一生也没有要了解它的兴趣。在我看来,赶快让我回家,坐在树荫下喝一杯清凉的啤酒,倒是有趣得多。如果不是麦克阿瑟越过三八线,我此刻也许已经坐在家里准备过圣诞节了。麦克阿瑟本来告诉我们,打到三八线可以回家,谁知道又让我们跨过了三八线,结果把中国人招引来了。我可以确实地告诉你:当我们一听说出现了中国军队,许多人的脸色都变了。我认为,同中国人打仗,这是一件最可怕的事情,除非最愚蠢的人,才会作出这种决定。你试想一想,同中国打起来,即使你一个人打死他十个,你也不能最后战胜他。麦克阿瑟——这是一个骄傲放纵的人——在越过三八线的问题上犯了最愚蠢的错误。想到这一点,我真想用绳子把他吊起来。我们许多人都知道,回家是没有多少指望了……”

周仆听到这里,不禁笑了起来,提醒他说:

“假若到了你可以用绳子把麦克阿瑟吊起来的时候,你也就不会被迫地来进行这场战争了。”

“那,那的确是这样。”他点头承认,但又接着说:“不过,下一次选举,不管是麦克阿瑟,或者是杜鲁门,都再别想得到我的选票了!”

“琼斯,”周仆提着他的名字说,“在这一点上,我觉得你这个老兵还知道得不算太多。你到了俘虏营里可以从容地和你的伙伴去讨论思索这个问题:究竟是你的一张可怜的选票在决定美国的政策,还是华尔街的垄断资本集团在决定美国的政策?”

“我觉得,”琼斯争辩说,“无论如何,我们美国毕竟是最民主的国家。我们有言论自由。我可以站在大街上骂杜鲁门。至少在目前来说,他是我唯一可以理解的政府!”

“是的,你可以一方面站在大街上骂杜鲁门,”周仆嘲笑说,“但是另一方面却又不敢不坐上到朝鲜来的轮船,去从事你所不愿从事的战争。这就是问题的实际!难道你不觉得是这样的吗?”

琼斯低下头去,不说话了。

“这就是问题的悲剧所在。”周仆在心里沉痛地想道,“什么时候,当美国人民越来越多的人真正想通了这一点,那也就是他们有希望的时候。不管早一天,晚一天,这一天是终究会到来的。”

琼斯也觉得不宜于破坏刚才谈话所形成的良好气氛,立刻转了话题。

“我是不是可以谈谈对贵军的印象?”他停了停,看看周仆脸上表现出高兴的样子,就接下去说,“我绝不是当面奉承,但是我必须把一个有经验的老兵所作出的判断告诉你们。我觉得贵军的武器虽然差一些,但是作战素养真是高极了。不瞒您说,我同德军、日军都作过战,也见过不少的军队,我可以说,没有任何一支军队有如此熟练的夜战技巧,有如此敏捷的动作,简直像天生的打仗专家。”说到这里,他用敬佩的眼光看了花正芳一眼,“如果我的眼力不差,仿佛就是这位年轻的先生俘虏我的。我简直丝毫没有察觉,他的脚已经踏在了我的背上。这种夜战技巧真是难以想象……”

花正芳想起昨天晚上的情况,微微一笑。琼斯又说:

“但是,我也要附带地解释一件事情。因为他在俘虏我的时候,不免会对我的射击方式感到奇怪。当然不能说这是很正常的。但也不是什么不可理解的。我刚才说过,我参加过第二次世界大战,我可以对你们说,我不是胆小鬼!我得过紫心奖章和奖状。我比我们团里可以称之为勇敢的人要勇敢得多,在这一点上我并不是轻视他们。可是那次大战是什么样的战争呢?我们出发的时候,美国的少女们从大街上拥上来同我们接吻,那么多的人给我们送行,我们是带着满心激动去投入战斗的。而这一次呢?虽然上面也说是保卫朝鲜人的自由,可是我从朝鲜人的脸上,怎么也看不出需要我们的保护。我就是这样丧失了自己的战斗意志。我觉得,既然这个战争同我个人和我的祖国都没有关系,那么,我就看不出为了一百八十五美元怎么可以作为我必须付出生命的代价!因此,我就想,只要枪口大致对准了方向,管它子弹飞到什么鬼地方去吧!……”

谈话结束了。周仆告诉他要把他送到俘虏营去。

“长官先生！请允许我向您直接提出一个需要证实的问题，就是生命问题是否有可靠的保证？”

周仆再次向他作了郑重的保证，他的脸上才出现了笑容，并且跨上一步，显出极其恭敬的样子，说：

“长官先生，我本来不该再麻烦您了，但是在德国人那里我有作俘虏的经验，因此，我必须再向您提出一个问题，就是俘虏营的伙食方面有没有足够的保证？”

“你放心好啰！”周仆笑了一笑，“有我们吃的，就有你吃的。”

琼斯笑了。真是从心里笑了，连忙说：

“那么，再见吧，长官先生。请允许我向您表示一个美国老兵的敬意。可以毫不夸大地说，在我的一生中，我们的谈话够得上是最愉快的一次。”

俘虏带下去了。

李风把路上拣的四方纸块交给周仆，说：

“政委，还有这个你还没有看呢。”

“你翻翻吧！”

李风念了一遍。原来是一张“护身符”：

“不论是谁，身带此符者，将免除一切危险。上帝将赐予他以神力，不怕刀枪与剑炮，不会受伤或被敌人俘虏。阿门……”

“这大概就是那些混蛋的随军牧师发给他们的。”周仆指着“护身符”说，“他们就用这么一块烂纸，再加上几十个美元，想鼓起一个士兵的勇气。据我看，这是做不到的。”

说过，他扭过头喊团长：

“老邓，快来看看吧！你不是要摸敌人的‘底’吗？这个‘底’就在这里。”

第十一章　小鬼班

在清川江北岸，邓军和周仆为了使大家对美军都来亲自摸摸“底”，接连又打了两个小仗。孙亮所在的第三营，一举歼敌一个多连，第二营歼敌两个多排。在对空射击中，又接连击落敌机两架。这时候，在兵团司令部的通报上，第一次出现了步兵第三十七团的番号。通报上还有这样的句子：“尤其值得重视的，该团在我方目前尚缺少高射武器的情况下，竟以轻火器接连击落敌机三架，这一经验是大大值得推广的。”就是这么一句简单的话，给了那些艰辛战斗的人们多少抚慰啊！这时候，你再到三十七团去，就会发现气氛有很大不同：邓军对人真是特别客气，特别热情，一见面就给你倒水、拿烟，甚至会陪你打一场扑克。当然，随着打扑克，那些偷牌、抢牌、赖牌之类的现象，即使对邓军来说，也不是注定可以避免的；如果凡事认真的小迷糊在场，那面红耳赤的事情也就多起来了。不过从总的说，从基本上说，多起来的还是愉快的笑声。

为了照顾该团不致过于疲劳，并且为了准备下一个战役的作战，师里命令他们撤到花溪里一带休整。另派少数部队与敌保持接触。

花溪里在舞童峰下，距此三十余里。部队黄昏出发，一路上，情绪十分活跃。对于一个革命部队来说，胜利就是欢乐，是部队生活的维他命。没有胜利，就如同树林困于干旱，那缺少水分的树叶,就要蔫奄奄地垂下头来;而有了胜利,即使有很大伤亡,也依然郁郁葱葱,像披着春雨含笑。

三营真是人欢马叫,歌声此落彼起,好像故意显示他们一贯的活跃作风似的。你一听就可以想象到,孙亮此刻不定多得意哩。这种得意,分明还含有这样的意味,就是说:“你们瞧瞧嘛,我们一向不被重视的三营,比起团的主力如何?”

郭祥敏感地察觉了这一点,当然不甘示弱。他在他的连队跑前跑后,组织唱歌,碰球,说笑话,真够红火热闹。为了激发大家的情绪,他差点拿出最厉害的法宝。一九四九年一月古都北京解放,团里举行庆祝时,他和团长邓军两人,扮了两个傻小子,穿着大红裤子,手拿破芭蕉扇子,一老一少,秧歌扭得十分出色,简直全场雷动。郭祥今天一时兴起,又想在路边扭几下,但转念一想,出国只打了两个小胜仗,实在不值一提,心潮涌了几涌,就被他按捺住了。

就三连说,最活跃的要数小鬼班了。他们的歌一支接一支,不重样儿,拍子扣得也准,简直有点文工团的水平。在这次战斗中,小鬼班打死了十几个敌人,并且同敌人拼了刺刀。其中三个小鬼刺死了一个美国佬,还缴获了好几支卡宾枪。难怪今天唱得特别起劲。郭祥一听小鬼班唱歌,脸上就不由自主笑眯眯的,显出一副十分欣赏的样子。

说起小鬼班,不用说是清一色的小鬼,最大的十九岁,最小的才十六岁。列成班横队,齐崭崭的,简直像一条舍不得轻易使用的精致的手枪子弹那般可爱。对于三连历届的连长、指导员来说,小鬼班都是最受宠的。就是碰上个别脾气暴躁的连长,他们受的委屈也比较少。讲起小鬼班的历史,怕就没有多少人能讲清楚了;这不仅要追溯到抗日战争,还要追溯到十年内战的中国工农红军时代。本师的政治委员(他因病正在国内休养),这位经过长征的老红军,就曾经是这个小鬼班最小的小鬼。据他提供的材料,这个小鬼班的红小鬼们,绝大多数是被国民党残杀了的红区干部的孤儿和在战斗中牺牲的红军战士的子弟,也有一部分是在地方上不能存身的儿童团的干部。他们多半都是在连长、指导员面前,经过一番哭哭啼啼,才“赖”上那身不合身的军衣的。由于成年人的体恤,就把他们单独编班,在战斗时,摆在次要方向。可是,这些小家伙们,常常表现出惊人的勇敢,他们的战果,往往意料之外地出色。人们渐渐发现,小鬼班的战斗作风,就其韧性来说,是有它的弱点的;但就它的猛劲来说,却仿佛更够味,更像是革命生涯酝酿成的一杯醇酒。尤其是他们那种特有的活跃,常常把全连都带动得人欢马叫。于是无论指挥员还是政治工作人员,都无意再把他们解散了。

岁月在战火中流逝,人们在战斗中成长。小鬼们都以革命的天真无邪的挚诚送走了青春的年华。他们或者成长为干部,或者献出了年轻的生命,一个一个离开了小鬼班。而与此同时,在中国的大地上,又有多少被国民党残杀的革命群众的子弟,又有多少革命烈士的子弟,更有多少在地主的猪槽边抢猪食的放牛娃放猪娃,他们抛开辛酸的童年,泡在泪水里的童年,来到荒烟漠漠的行军路上,来到传来军号声的大路口,来到正开早饭的军营里,几乎同走在他们前边的小鬼完全相同,也是赖着哭着才穿上那身不合身的军衣,被编在小鬼班里。随后就开始了轰轰烈烈的一生。虽然小鬼班已经过去了多少代,而奇异的是,这个班的作风,却一如当年,仿佛现在生活在这个班的成员,依然是那些几十年前的小鬼们。

至于说到小鬼班的战绩,从来没有人做过这种统计,当然也就更难查考了。如果碰上几个当年小鬼班的成员聊起这些事情,那就可以肯定,小鬼班缴获的步枪不说,单是轻重机枪,恐怕二十辆三十辆牛车是拉不动的。至于捉到的俘虏,那也难以数计。如果不怕揭底的话,在现在指挥千军万马的将军中,恐怕也不是没有当年小鬼班的俘虏吧。

要带好小鬼班,有一条基本的经验,这就是选什么样的班长是带有关键性的。历届的连首长为了怕把小鬼班的作风带坏,在选择班长上都是很严格的。总的说,选小鬼班的班长要有两方面的条件:第一,在战斗作风上,要真正是勇猛作风的优秀代表;第二,又要本身非常活跃,适合小鬼们的口味。据了解,在三十七团现有的干部中,三营营长孙亮,就曾经是当年小鬼班最活跃的班长之一。因为他有些文化程度,文化娱乐工作搞得相当出色,以后就当了党支部的青年委员。再以后就当了营、团的青年干事,副教导员和营长。至于本连连长郭祥,你很容易就猜想到他曾经是小鬼班的成员和班长。他自然不能说没有缺点,但在战斗和活跃两方面,都是很理想的。他把这个班带得非常好,立过许多战功。有一次他们班攻下敌人的炮兵阵地,缴获了好几门山炮,把小鬼们高兴坏了,郭祥领着头骑在大炮上高声唱着战歌。却没有小心,被摄影记者拍了去。如果你有时间,在旧日出版的战地画报上还是可以找得到的。

以后历次选择的班长,也都不错。例如那精明能干的小玲子,就是其中之一。花正芳也当过几天副班长。可是自此以后,就越来越难以挑选了。不是战斗很好而本身不够活跃,再不就是本身虽很活跃,但战斗上却不足以作为小鬼班的表率。或者是两者俱备,但却早已经不是小鬼了。因此,在咸阳曾经开了几次支委会,都没有定下来。最后，只得破例，选定七班长爱兵模范陈三作为小鬼班的班长。

这陈三长工出身，是土改后以贫农团长的身份带头儿参军的。听人说，仿佛还当过几天村长。自参军后，战斗一贯英勇沉着。不但本人战斗经验丰富，而且善于带领新战士作战。就第一个条件说，显然是够得上的。就第二个条件说，本人虽没有那种欢蹦乱跳式的活跃，但是人情通达，幽默健谈，并不显得古板。而且最大的特点是，为人十分和气。他对人是不笑不说话，同是一句话，从他嘴里说出来，叫人格外受听。他的宽脸上，贴近鼻子的地方，有那么几颗小浅麻子儿，由于他是那样地和颜悦色，使人觉得连那几粒小浅麻子，也怪叫人喜欢似的。根据以上情况，支委会作了几次分析，才最后作了决定。于是他就以三十八九岁的年龄，破例地荣任了小鬼班的班长。支部的估计不差，在他担任了小鬼班长以后，对小鬼们确是怀着一种特别深沉的挚爱。行军时候，他总是睡在炕底下，让小鬼们睡在炕上。冬天让小鬼们睡热炕头，夏天让他们睡凉炕头。小鬼们行军累了，他给他们烧水烫脚。有人累得睡着了，他就把他们的鞋袜脱下来，帮他们洗脚，然后把针尖消了毒，给他们一个一个地挑泡。分发东西的时候，他总是让小鬼们先挑，剩下来是自己的。由于小鬼们爱丢东西，到用着的时候又急得要命，陈三也就特别注意保存各种各样的物件。他的背包是全连最大的，像一个无所不有的万宝囊。两年前他自己丢了一支钢笔，钢笔帽却保存着；等到别的小鬼丢了笔帽儿，他就取出笔帽来给他配上。在他的万宝囊里，据人说皮带就有好几条；哪位小鬼丢了皮带，他就把他批评一顿，然后抽出一条，嘱咐你仔细使用。他还爱保存各种各样的偏方儿，哪个小鬼有病，药不凑手，他就给你配偏方治病。

他对这些小鬼们不但不觉得麻烦，新战士一到连队，他还到连部要求：“连长！分给我两个小家伙吧，我把他带出来！”他对这些小鬼们，是怀着多么深沉的热爱啊！小鬼们也特别地喜欢他，给他起了一个外号，叫“老保姆”。遇到出公差勤务，就不让他们的班长去，总是说：“班长，你这么大岁数了，我们一个人多干一点儿，就有了你的啦！”

对郭祥来说，自然是非常喜欢小鬼班的。不妨说，小鬼班是他手里的一张王牌。是战斗的王牌，也是文化娱乐的王牌。今天一听小鬼班的歌声，你瞧他不由自主就笑眯眯的。

在大家的欢迎声中，小鬼班又唱起了一支新歌。这支歌从来没有听到过，怪新鲜的，歌词是：

雄赳赳，气昂昂，
跨过鸭绿江，
保和平，卫祖国，
就是保家乡。
中国好儿女，
齐心团结紧，
抗美援朝，
打败美国野心狼！

这支歌是这么响亮激越，唱出了在这燃烧的国土上行进的中国儿女的感情。郭祥听着，听着，眼前又出现了火光、波涛、北撤的人流和几千里外的茅屋，心头不由一阵火辣辣的。

郭祥等候在路边。不一时小鬼班过来了，背着一色的小马枪，一个个脸孔红红的，服装也穿得特别整齐，显得十分英武。他们仿佛有意让连长接受检阅似的，步伐愈加有力，歌声也愈发响亮。走在前面的，是他们的“老保姆”陈三，背着一支大三八，和他那全连独一无二的大背包，或者说他的“万宝囊”。他脚下的鞋子已经相当破旧，他一向是补了又缝，缝了又补。但是熟悉情况的人敢予肯定，他那“万宝囊”里藏着新鞋，而且会不止一双，但这都是给他的小鬼们准备的。现在他也很卖劲地唱着，尽管他的声音、嗓门对比之下使自己深感遗憾，但可以觉出来，他在努力使自己的脚步跟上那青春的脚步，使自己的声音跟上那年轻的声音。

郭祥夹进小鬼班的行列里走着。一般说来，郭祥到小鬼班，往往有截然不同的两种姿态。有时他显得相当严肃，摆出一副指示工作的样子；有时却又不分彼此，混打混闹，同小鬼们滚蛋子，滚到炕底下来。也有不少时候本来决定要采取第一种姿态，结果出现了第二种姿态。唉，事实就是这样。现在他是按第一种姿态讲话的：

“陈三哪，这是谁教的歌呀？”

“连长，你瞅瞅，除了咱们的‘文艺工作者’还有谁呀！”陈三和气地笑着。

这位“文艺工作者”，像个瘦猴似的走在班长的后面。他今年大约十六岁了，是北京市一个工人的儿子，高小毕业后上不起学，就在街上卖报。他是在人民解放军举行入城式那天参军的。人聪明伶俐，特别地爱好艺术。小时候拣煤核儿，拾到一小段铅笔头儿，就画起来，画完就收到口袋里，不舍得丢，一直把那铅笔头用完。此外，他也很爱好音乐，常同下来的文艺工作者接近，很快学会了识谱，还不断地在墙报上写个小稿表扬好人好事，也偶尔在小本上写几句诗。因为他有这些长处，也就成为文艺工作通向连队的天然渠道，他不断地把一些新歌介绍到连队里来。这样，很快他就被选为革命军人委员会的文化娱乐委员，并且得到了“文艺工作者”的绰号。但是，他这个“文艺工作者”同别的文艺工作者一样，不是没有缺点的。例如他的军风纪就不见得比别人更整齐，也许由于钢笔漏水，手指头上甚至脸蛋上经常有那么一块块蓝墨水。他还有一个毛病，到老根据地，群众把他拉到家里，给他一些花生红枣之类的东西，他开始拒绝，但是劝着劝着难免就“坚持不住立场”了。此外，他还有一个特别大的弱点，就是害怕胳肢，你只要用手一比，装作胳肢他的样子，手指头还没到，他就嘎嘎地笑个不停。因此，每逢到宿营地，他就抢先挨着墙睡，以便随时对付他的敌手们……

刚才班长提到他，使他多少有点不好意思。

“这歌子很好。”郭祥称赞着，又问，“罗小文！你是跟谁学的？”

“我是从师宣传队抄来的。”罗小文介绍说，“这叫《志愿军战歌》。是一个战士的作品，北京一位有名的作曲家，看他写得很好，就给他配了曲子。”

“嘿，真不简单！这个战士也够得上‘文艺工作者’了。”郭祥眏眏眼，半开玩笑地说，“罗小文！在咱们连，你也算作家了，你也写一个嘛！”

“咱，无论政治水平艺术水平，都还差得远哩！”

“你别迷信那个。先把你们小鬼班这次拼刺刀的事编进去，只要能鼓舞士气就行。”

“他写的诗，我瞅见了！”“小钢炮”在后面叫。

“你怎么偷看别人的日记？”罗小文脸红了。

“好好，我道歉！道歉！”“小钢炮”一连声说。

这“小钢炮”，名叫张墩儿，小圆脸儿，自幼就长得敦敦实实，力气大，声音又响，一说话，就像炮弹出口。连里人就送了他一个绰号，叫他是“小钢炮”。一百次班务会，他九十九次检讨说话冒失，可又改不过来。

“写诗就是为了宣传嘛，还怕人看?”郭祥把话岔开说，“小罗！以后有了新歌儿，就赶快教给全连，不要犯本位主义！”

“连长！”班长陈三忙笑着解释道，“人家小罗可注意整体哩，就是连里集合不容易，没有时间。你说是不?”

“‘你说是不?’”郭祥学着他的口头语，神态显出严肃的样子，“你别替他们打掩护了。说实在的，我就担心你这个‘老保姆’把他们宠坏了。”

“连长可好！对我们一点照顾都没有。”“小钢炮”在后面又“开炮”了。

“怎么没有照顾?”郭祥笑着问。

“这次战斗，为什么不让我们打突击呢?”

“小钢炮”一开头，其他人也跟上来了，纷纷说：

“是呀，为什么不让我们打头阵?”

“嘿，要让我们当突击班呀，早就突破了。”以消息灵通著称的“小电台”王乐也乘机发表评论。

“嗬！你们这是来围攻我呀！”郭祥笑着说，“依我看，这小鬼班只有两个老实人：一个是你们班长，一个就是咱们的‘小蔫儿’郑小锁。”

“我也有意见！”郑小锁露出一口小白牙说。

“嗬！都有意见哪！”郭祥郑重地以教训的口吻说，“我告诉你们：你们如果想担任突击队，就要锻炼拼刺刀。这一次，人家花正芳一个人拼死三个美国佬；你们哪，三个人拼死一个美国佬，这就差多了……”

“我们没有机会嘛!!!”小鬼们欢叫。

“没有机会？对,是没有机会。”郭祥说,“可是,战前也有人说：‘美国佬那么老大个子,拼刺刀怎么拼哪？’现在你们该体会到了：拼刺刀并不决定在个子大小,关键是看有没有压倒敌人的意志！个子小,你可以捅他的肚子嘛！我以前在小鬼班,碰上大个子,我就专门捅他的肚子,我不相信就捅不进去！再说,这次你们缴获了十几支卡宾枪,就想把枪换了;你们以后还拼不拼刺刀啦？没有答应你们,还有人哭鼻子哩！哼!”

真没想到,连长会把这不光彩的事端出来,一个个红着脸不言语了。步子也没有刚才有劲了。

“唉唉,我的傻同志们!”陈三怕影响小鬼们的情绪,连忙解释道,“咱们连长,他是一连之长,怎么能光照顾咱哩。就是下次战斗,他想让咱当突击班,也不能打嘴里说出来呀！从另一方面说,他嘴里虽然不说出来,经过咱们一提,脑子里可也就有了印象。等下次打仗,突击班的任务,还能跑得了吗？唉唉,我的傻同志们,你们说是不?”

“嘿嘿,你真能说!”郭祥瞅了陈三一眼。

小鬼们格格地笑起来。一度严肃的空气,又松弛了。

“嘿,真美呀!”罗小文往前面一指,“你们看,那大概就是舞童山吧!”

大伙一看,在黄昏的余晖里,东边天际有两座深蓝色的山峦。一高一低,它那分明的轮廓,很像一对对舞的朝鲜少男少女。女孩在拤着腰儿翩翩起舞,男孩蹲下身子仰着天真的头。据说,在那两座山峦下面,就是他们要去的花溪里了。

第十二章　苹果园

山沟越走越窄，在夜色里越发显得幽深了。看去很近的舞童山，夜晚十时才走到跟前。星光迷离，一切都看不清晰，只能模糊分辨出，三面山坡上都是树林，村庄也不知道在什么地方。耳边是一片飒飒的风声和潺潺的水声。

直到提前设营的老模范从半山上下来招呼部队，大家才知道到了花溪里了。

小鬼班被指定到半山上的一座独立家屋那里宿营。陈三领着小鬼们爬上坡去。开开柴门，是一座很大的院落，院子里种有不少树木。穿过小径，来到那座房子门前，静悄悄的，没有一点人声。小鬼们喊了几句“阿妈妮”，没有回应，只有风吹着一扇没有关好的房门，呼哒呼哒地响。

“唉，老乡还没有回来呢！”人们凄然地说。

他们已经不是第一次遇到这样的情况了。陈三命令大家放下枪和背包，先把屋子收拾一下，准备安歇。

“小电台”的一只脚刚刚踏进门里，就惊讶地叫：

“班长，你来闻闻，这是什么香味？”

“小钢炮”抢到门边，闻了一闻，说：“是，可香着哩！”

“我早闻出来了，是苹果的香味。”罗小文说。

陈三一边脱鞋一边笑着说：“小罗，你大概是想吃苹果了吧！”

“不信,你就点灯看看。”罗小文又说。

陈三脱了鞋,从挎包里摸出一个小蜡头儿,点着一照,果然屋里堆了小半炕苹果,一个个,又大又红。那大个儿的,像小饭碗似的,上面还蒙着一层白霜,像摘下来还不太久。

“好家伙!比我们西山的苹果,看着还个儿大哩!”“小钢炮”赞美着。

“那小个儿的,其实也不错。”罗小文评价着,“这种品种,很像咱们的国光苹果,又脆又甜。”

人们七嘴八舌地议论着。

“糟了!”陈三心里暗暗嘀咕道,“怎么把小鬼班偏偏分到这个地方来啦。当然,一般地说,不至于发生什么问题;但是俗话说,不怕一万,就怕万一,假若个别小鬼掌握不住吃了一个,那影响够多不好啊!……现在最好的办法,就是让他们赶快睡觉,只要睡着,就没事了。”

他想到这里,就说:

“同志们!咱们今天走了好几十里,也有点累了。我看咱们先把苹果往一边归拢归拢,早点休息吧。”

小鬼们脱鞋进去,纷纷动手执行班长的命令。陈三又说:

“人家这苹果许是出口的东西,怕碰伤皮,咱们再手轻一点儿!”

苹果被轻轻地堆到墙根去了。

大家打开背包睡下来。陈三本来想挨着苹果睡,以便制造一个隔绝地带,但解背包的动作慢了一步,罗小文已经在那个位子铺好躺下了。

蜡头已经剩了很短,为了省下来下次使用,只好将它熄灭。

苹果的甜香一阵阵怪醉人的。虽然陈三有意把谈话的主题引到别的方面,可是今天晚上不知怎的,谈来谈去又扯到苹果上面去了。

“小罗,你吃过苹果没有?”“小钢炮”在黑暗里问。

“你呢?”罗小文反问他。

“我们西山里有,八月十五,我在集上看见过。”“小钢炮”回忆着说,“小时候,我要买个尝尝,我奶奶就说,那东西不好吃,还没有红枣甜哩。我们院子里有一棵枣树,一到红屁股门儿的时候,我就用秫秸搒下来吃了。你呢,你吃过没有?”

“我,我当然吃过。”罗小文有些自豪地说,“我以前在北京卖报,卖了钱,实在馋了,就到水果店里买一个。不过回了家,挨打的时候是有的。比较起来,我吃柿子的时候比较多,那东西便宜,个儿又大又甜。”

“柿子不错!”“小电台”也插嘴说,“那大磨盘柿子,到冬天结了冰渣子,又凉又甜,比冰激凌还好吃哩!”

“你吃过冰激凌吗?”有人问。

“柿子就很好,我吃冰激凌干什么!”“小电台”反击了一句。

人们哄笑起来。

“瞧,又谈起来了!”陈三担心地想。他觉得像这样谈下去,肯定没有好处。尤其是对他们班的“文艺工作者”小罗。他想起小罗在老根据地的时候,一次被房东老大娘拉到家里,一定要他吃花生、红枣,他那立场就表现得不够坚定。而且,陈三注意到,在他刚才收拾苹果的时候,仿佛咽了好几口唾沫。这也不能说是一种好的征候。何况现在他又离那一大堆苹果最近!……想到这里,他想拿出电棒照照,又怕伤害这小鬼的自尊心,影响到团结。正没有主意，只听罗小文说：

“不知道怎么搞的，我老觉着嗓子发干。”

“是呀，我也觉着干得厉害。”“小钢炮”说。

“嘿，看他们越来越接近正题了。”陈三觉得事情发展到危险的边缘，就立即坐起来，摸着自己的水壶说：

“同志们！谁喝水呀，我这里还有多半壶哩！”

“我喝！”

“我喝！”

小鬼们纷纷嚷着。陈三首先把水壶递给罗小文，说：

“小罗，你路上领着大家唱歌辛苦了，你多喝点儿！”

“班长，你先喝吧！”罗小文说。

陈三挡着水壶，装做喝了几口的样子，然后抹抹嘴递给罗小文。罗小文喝过，又递给别的小鬼们，不一时就喝了个精光。

“同志们，你们看天气也不早了。”陈三收起水壶躺下来，说，“我有一个很有趣的小故事，老是装在肚里忘了跟你们说。现在我给你们讲讲，你们听了，就马上睡觉好不好？”

“好，好。”小鬼们抢着表示赞成。

“今天我不给你们讲那些老得没牙的故事，要讲就讲一段新鲜的。”他轻声慢语地开了个头儿，然后问道，“这次咱们出国作战，咱们的毛主席有三天三夜没有睡着觉，这故事你们听说过吗？”

“没有，没有，你快讲吧！”

“我的好班长，你别急人了。”

小鬼们纷纷嚷着，兴趣立时被提起来了。

“对，我就讲讲这个。”陈三说，“你们都听说过，咱们毛主席一直是夜间办公，一工作就是一个通夜。等到天大亮了，才躺下来休息。几十年都是这个样子。可是临到咱们出国以前那几天，他的小鬼白天看他，白天没有休息；晚上看他，晚上没有休息。催他休息一会儿，他躺下来，也翻来覆去睡不着，一会儿就又坐起来了。到了三天头上，小鬼就急了，心想：这样下去，可怎么得了哇！就走过去说：主席，不论你多忙，也得休息休息呀！现在全国刚刚胜利，那么多的事情，当然一定是很忙的；可是一个人不休息，能够支持多久呢？毛主席听了这话，很感谢他，对他笑了一笑，但是又说：小鬼啊，我不是不睡，是睡不着啊！小鬼就又说：是啊，我也看出来您是睡不着觉，您是有心事啊！毛主席点点头，笑着说：一点不错，我是有心事哩！……”

小鬼们静静地听着，一点声音也没有。陈三很满意故事的效果，又以讲述人的资格发问道：

“你们猜猜，主席有什么心事？”

“依我看是这么回事。”才思敏捷的罗小文立即回答道，“人常说，美国侵略军是资本主义世界的第一流军队，志愿军的武器差得太远，究竟出去顶不顶得住，那当然是会担心的。”

“这看法不对！”“小钢炮”立即否定道，“咱们的军队是毛主席一手缔造、培养起来的，放到哪里不打胜仗？他还不知道咱们吃几碗干饭？”

“是呀，”陈三又接着叙说他的故事，“毛主席的那个小鬼也是这么问他，说：主席，咱们的志愿军出去，你是不是有点不放心哪？主席听了哈哈大笑说：我要是不放心，怎么还让他们出去？这支军队不管把它放在什么最艰苦、最危险的地方，我都放心得很。跟美国侵略军交战，那更是没有问题。美国少爷兵只有顶不住他们，他们怎么会顶不住美国少爷兵呢！这个小鬼想了一阵，又说：那么，主席是不是担心他们出国后的群众纪律问题？主席这时候摸了摸小鬼的头，说：你真是个聪明的小鬼！总的来说，咱们的军队有三大纪律八项注意的光荣传统，同志们的纪律观念很强，在这方面不会发生大的问题。但是我担心的就是极个别觉悟不高的同志，比如，比如……见了人家有什么好吃的东西，就坚持不住立场了，结果增加了朝鲜人民的困难，又影响了整个军队整个国家的声誉。所以我这几天翻来覆去睡不着啊！……这故事下面就不用再讲了，毛主席亲自作了几项规定：要尊重和爱护朝鲜人民，要尊重朝鲜人民的风俗习惯；要尊重朝鲜的党和政府，尊重朝鲜人民的领袖金日成同志；要爱护朝鲜人民的一山一水一草一木……”

“哈哈，”罗小文格格地笑起来了，“班长，这故事大概是你瞎编的吧！”

“你瞧你这个小罗！”陈三严肃地说，“我怎么能随意瞎编？”

“那你是从哪里听来的呢？”其他小鬼也兴致勃勃地追问。

“反正是有人讲过。”陈三肯定地说，“至于究竟具体是谁，我记不清了。你们知道我是快四十岁的人了，我这记忆力，哪能跟你们这些小脑袋瓜比哩！”

“嘿嘿，班长，你是怕我们偷吃朝鲜老乡的苹果吧？”罗小文机灵地笑着。

其他小鬼接着也都悟出了故事的用意，格格地笑起来了。

“你瞧你这个小罗！”陈三轻微地责备道，“你瞧你说的这话！我怎么会怕你偷吃老乡的苹果呢？谁不知道，小罗这次一出国，对群众纪律就是非常重视的。上次住在那个什么地方，你看见一个朝鲜老妈妈年老体弱，防空跑不动，不是还替她挖了一个防空洞吗！叫我看这就是体会到朝鲜人民的困难，表现了很高的觉悟！

嘿嘿，像这样的同志，别说偷吃苹果，就是你把苹果塞到他嘴里去，他也不会吃的！……其他，像‘小钢炮’‘小电台’等等同志我觉得也是这样。”

“我们还要争取作爱民的模范班呢！”“小钢炮”兴奋地叫。

“依我看，到明天咱们把老乡的苹果拾掇起来。”罗小文建议道，“我刚才看见那间屋里有许多草袋子，可能是敌人一来，老乡们顾不得装就逃难去了。咱们帮助老乡装起来，贴上封条，免得别的班里个别觉悟差的来串门，少了一个两个对我们也影响不好。你们都赞成不？”

“好主意！好主意！”小鬼们纷纷地叫。

“小罗的脑子真灵！”陈三乘机鼓劲说，“咱们明天一早起来就干！”

罗小文和那些小鬼们都高兴得什么似的。

这陈三自调到小鬼班工作以来，对小鬼们的脾气摸得透熟。比如吃表扬不吃批评就是这个班显著的特点。他的前任们，由于一些人对这方面掌握不善，小鬼班的情绪常常忽高忽低。高起来一跳八丈高，低时候就耷拉着脑瓜哭鼻子。在这一点上，陈三比起他的前任来要熟练得多。他把表扬同批评结合得非常好。他紧紧掌握住以表扬为主，决不以批评为主。但是为了不使小鬼们骄傲，表扬的时候，也挂一点批评，而批评的时候，又夹一些表扬。他这种工作方法，使全班经常处在生气勃勃、热气腾腾的情绪之中。此外，小鬼们还有一个特点，就是爱听故事。陈三识字虽不多，但是为了领导好这个班，千方百计地从报刊上搜集一些故事，以便随时使用。以上两个方法，再加上他一贯的模范作用，就使他的小鬼班，渐渐跑到全连的前面去了。

陈三见大家情绪很高,在黑地里得意地笑了一笑。又说:

“同志们,你们该实现我的条件:赶快睡了。明天起来还要评功呢,咱们战斗不错,工作也别落后了!你们说是不?”

小鬼们甜滋滋地入睡了。

陈三从小鬼们各不相同的鼾声里,分辨着他们先后入睡的时间。等他们全部都睡熟的时候,他悄悄地摸出那一小段蜡头点着,照了照小鬼们各自的睡姿,替他们把被窝一个个盖好。那些红艳艳的苹果,因为堆得太高,有几个滚下来了,滚到罗小文的脸蛋旁边,好像要同他红红的脸蛋媲美似的。

“唉唉,我的小鬼们多听话啊!”陈三熄了蜡头躺下来。这时候,如果你站在窗外细听的话,在小鬼们的鼾声里,你完全可以分辨出他那壮年人的声息,就像在白天的合唱里,你可以分辨出他那力求与年轻人合拍的歌声……

第十三章　溪　畔

沿着花溪里向北，走上七八里，就是团部的驻地。在这一带，蜿蜒着一道浅浅的山溪。山溪两边，全是苹果林，一直连到半山。树上的叶子已经落了大半，剩下的也变得紫郁郁的；但是因为战事的缘故，苹果却没有摘完。有的剩下半树，一眼望去，红澄澄的；有的还剩下少数留在高高的枝头；有的已经落到地下枯黄的草丛里。大约它的主人们，刚开始采摘，就匆匆地向北撤退了。

自从邓军、周仆的团队移到这里，向北撤退的朝鲜群众，已经陆续回来。在条条山径上，到处可以看到面目黧黑的憔悴的人们，三五成群地重新返回他们的家园。尽管在长途跋涉中，有人失去了年老的父母，有人失去了年幼的儿女，但是毕竟他们又回到故土来了。第一次战役的胜利，有如一声震天的春雷，劈开了阴霾的长空，立即改变了黑云压城的局势。人们已经重新站定脚跟，对未来充满了新的希望。

邓军和周仆的团队，驻在舞童山下，正利用战役间隙，进行评功、总结战斗经验和练兵。每逢战斗下来，简直比战斗还要紧张，这已经是中国革命军队的老传统了。部队移来的第三天早晨，邓军和周仆吃过早饭，准备到各营看看。刚刚走出院子，下面山径上远远走过一个人来。小玲子兴奋地叫：

"你看，那是不是小杨来了？"

大家一看，那人穿着志愿军的棉军衣，走得十分轻快，倒是有点像是女同志，但怎么会是小杨呢？周仆随口说：

“别胡诌了，小杨恐怕还站在鸭绿江边哭哩！”

小玲子又凝视了一会儿，说：

“我肯定是她！”

因为小玲子在这方面有压倒的威望，人们也就不急于争辩了。

大家立在山坡上等着。那人越来越近，果然是护士班长杨雪，小玲子用刚学来的朝鲜话，开玩笑地喊：

“夭东木①！这里来！”

杨雪也看见了他们，脸上现出微笑。她紧跑了几步，上了坡，打了一个敬礼。

周仆抢上去同她握手，笑着说：

“刚才我还以为是人民军的夭东木呢，原来是你呀！”

“你是怎么来的，小杨？”邓军嘿嘿笑着，也伸出手来，但杨雪却不同他握手，一边掏出小手绢擦汗，一边说：

“怎么来的？我是一不靠情面，二不靠照顾，光明正大，正南巴北，奉了命令来的。”

邓军望着周仆笑了一笑：“你们看，小杨对我意见蛮大嘞！”

“拍你的桌子去吧！”杨雪笑着，半真半假地说，“从今后，什么事我也不找你了！”

“你不要逞强！”邓军说，“要不是我们站住了脚跟，怕你现在还来不了嘞！”

“哦，这么说，这‘抗美援朝’，叫你们男的包了算了！”

周仆和小玲子、小迷糊在一旁只是笑。

---

① 朝语：女同志。

“老邓！我看你有三张嘴也斗不住她。”周仆笑着说，“你这军事指挥员也不判断一下情况，军后勤离这里三十里地，人家一大清早跑来了，想必天不亮就动身了。快招呼人家吃饭去吧，恐怕还有别的紧急任务哩！”

“什么紧急任务？”杨雪红着脸反问。

“我怎么知道哪！”

人们说说笑笑又回到院子里。这也是一座幽雅的小苹果园，人们围着一个小石桌坐下。小玲子忙着给杨雪打饭，邓军忙着给陆希荣打电话，通知他这个喜讯。

杨雪心里高兴，嘴里反说：

“给他打电话干什么？我主要并不是为了看他！”

“那主要是为了看谁呢？”周仆笑嘻嘻地问。

“这么多老战友，还有你这老首长，哪个不许看哪！”

饭打来了，杨雪一边吃，一边谈着别后的情况。周仆说：

“上次在鸭绿江边，我只顾应付你哭鼻子了，也忘了问杨大妈她老人家怎么样了？”

“还是老样子，就是情绪不高。”杨雪说。

“为什么？”周仆有些惊奇。

“你想想嘛，周政委，”杨雪说，“你是了解她的，我妈一看不见‘八路’，任干什么也没心思了。她说，我那‘八路’都开到什么地方去了，怎么连信也不打一封？是不是把我这个碜老婆子忘了？她还特别说到你。”

“说我什么？”

“她说，别人文化低，写信困难；那老周写信也困难吗？他在我这儿的时候，大妈长，大妈短，叫得倒很甜哪！”

周仆的脸色不易察觉地红了一红,赶忙说:

“你就没解释几句,工作忙啊!”

“不说忙还好;一说忙,我妈那气就更大了。”

“好,好,我一定给大妈写信去。”

杨雪吃完饭,已经坐不住了。周仆向邓军眏眏眼说:

“还是让人家执行主要任务去吧!”

“对对,”邓军笑着说,“我几乎又犯了一个错误。”

人们哄笑起来。杨雪红着脸恫吓说:

“你们等着,将来也有我说嘴的时候!”

说着,她站起身来,连跑几步,已经出了园门,向着一营的方向走去。

这杨雪入朝已经好几天了。正如她宣称的那样,她们是奉兵团的命令过江来的。人们没有忘记,志愿军分三路大军渡江的时候,她们为了那不愉快的命令,流下了大量的眼泪。尽管当时的命令,具有显明易见的理由,而且确实是出于对女同志的爱护,但她们却无论如何也“搞不通”。那几天晚上,眼巴巴望着自己的部队前进而滚下眼泪的,绝不只是杨雪一人。被战火照得通红的鸭绿江水为证,全志愿军各军的女战士们,她们洒下的眼泪,就是用几只汽油桶也装不完。这真是中国革命史上最动人的景象之一。这些革命的女战士们,是有着多么忠诚、纯洁而又勇敢的灵魂!她们在平时被认为是狭窄、好计较小事的性格,突然间变得又光辉,又伟大,简直比某些男性更真纯!

尽管这样,但是坐在统帅部的并不是老妈妈,他们决不为既定的决心而动摇。还是在第一次战役胜利之后,部队站稳了脚跟,才宣布了女同志入朝的命令。这一来,女同志的情绪来了个一百八十度的大转变，你看她们跳啊，笑啊，唱啊，在鸭绿江里洗啊，涮啊，简直把鸭绿江都要吵翻了。嘿，确实的，女同志们的性格，有一部分是同儿童相近的。

可是在宣布命令以前的十多天里，她们的日子却不是那么容易度过的。她们天天到江边上望着对岸的火光，听对岸传来的炮声，猜测着、议论着战事的进展。尤其是那些有了爱人的女同志，她们一方面担心自己的爱人完不成任务，愿意他们成为英勇无比的杀敌英雄；一方面又担心他们的安全，不愿意他们受到意外的危难。总之，就是这种矛盾心理，既要他们成为英雄，而又活着回来。战争啊，最激烈的战争，与其说是在炮火弥天的战场，毋宁说是在女人们的心中。

在留驻鸭绿江边的这些日子里，杨雪第一次出现了不眠的夜晚。大军渡江那天，杨雪本来有机会同陆希荣话别，但由于她的整个情绪都集中在要求出国的问题上，竟把这件事情忘了。她含着眼泪在江边站了一个通夜，等天亮转回驻地的时候，她才想起是办了一件多大的憾事！

此外，还有一件事，使她感到特别不安。那是在咸阳临出发的前三天，她怀着慷慨激昂的情绪，正在班上发言，陆希荣来了，同她谈结婚的事情。她当时真是怒不可遏，同他大发了一场脾气，说出了最难听的话。事后想来，她觉得自己的意见还是对的；可是态度再好一点就不行吗？这不会使他感到难受吗？想到这里，她觉得有一点对不起他。想再见面的时候，好好同他解释一下。可是到了鸭绿江边，因为自己一心一意要求出国，竟把这件事情忘在脑后了。现在到哪里去同他解释呢？让他背着这种不愉快的情绪走上陌生的战场，该是多么难受啊！

在过去的战斗中,陆希荣的功臣的称号,和文武全才的声誉,早就在杨雪的脑海里积累了一个英雄的形象。她丝毫没想到并且根本没有去想他是不是能经得起这场新的考验。她更担心的,恰恰相反,倒是他会不会由于过度的轻率招致不必要的损失。有些从前方回来的人,常常有意无意夸大前方战争的激烈程度,尤其是把敌人的飞机,说得厉害得不得了。一天晚上,杨雪就做了一个梦,梦见满天的飞机,乱飞乱撞,就像小时候看到的风雨之前的蜻蜓一般,把陆希荣带的部队压住了。正在着急的时候,只听有人大喝了一声:“不要怕!”接着站起来一个顶天立地的巨人,手里拿着一把大扫帚,在天空里一抡,就把那些烂蜻蜓似的飞机,打得纷纷落地。下面掀起一片喝彩声。她仰起头一看,这个巨人正是她的未婚夫在对着她笑呢。可是醒来以后,又不免使她担心,不知道如此激烈的朝鲜战场,自己的未婚夫究竟在怎样度过。

终于传来了第一次战役的胜利,杨雪随着她的伙伴们无限兴奋地来到前方。来到前方,不但没有宽舒对陆希荣的思念,反而更加急迫地想看看他。医院的政委也许是猜到了自己的心情,或者是按一般的人情世故,提出来要他们见一见面。可是她却说:“去看他干什么!才分别了几天哪!”过后,她又为自己这样的回答有些后悔。幸亏陆希荣的团队移防到近处,政委又一次提出了这个问题,她才说:“好吧,既是你们一定要我去,我就只好去一趟吧!”周仆的判断不差,她确实在天不亮的时候就动身了。

山沟里静悄悄的。杨雪顺着舞童山下的一条山径走得十分轻快,就像那路旁轻盈的山溪似的。她那黑里透红的脸膛不时地浮现着害羞的微笑。仿佛面前的山山水水,都是有情有义地在那儿看她,迎接她,善意地取笑她。

七八里路，对这位南征北战的女战士，简直不要很多时间。可是快要走到花溪里的时候，她的脚步慢下来了。“入朝才几天哪，就主动跑来了，多不害臊啊！”她嘲笑着自己。她相信一营的人们也都会这样嘲笑自己。一般地说，当着众人，她是有办法对付这样那样的嘲笑的，可是起心里来说，对这种嘲笑不是没有几分畏惧。正在这时候，在她低头走着的时候，猛听得前面有人喊了一声：

“小杨！”

她的心怦怦地跳起来。这熟稔的声音啊，就是不抬起头，也知道是谁。一点不差，是陆希荣站在路边等她。

“也许他没有生我的气吧！”她高兴地想，真想立刻跑上前去，跑到他的身边。不知怎的，她的脚步反而更慢了。还是陆希荣大步赶过来，把她的两只手都握在自己的手里。

“你瘦了！”她望着他，低声地说。

“在这个地方儿，还胖得了？”他淡淡地一笑。

两个人拉着手儿走着。

“这一阵儿你工作上还顺利吧？”沉了一会儿，她问。

“你从团部过，关于我，你听到了什么？”

“没有。”

“唉，我告诉你，”他叹了口气，“这次出国，头一仗就挨了批。本来是一个连长的错误，政委也记在我账上了……你说什么？跟他提提，我才不提呢！我要用事实来纠正他的认识。最近这一仗，我坚决要求主攻，就是要他们看看，我陆希荣是怎样的。”他又从鼻子里笑了一笑。

“你也别忒骄傲了！”杨雪告诫他，又笑着问，“这次打得大概不错吧？”

“马马虎虎。歼灭了敌人一个整连。”他笑了一笑，“一上阵地，我就发现了敌人的弱点。方案是我提出来的。战斗开始，只十多分钟就突破了敌人的阵地。哼，想不到你的那位老乡，在敌人的火力下可表现得不算太好，后来硬让我用驳壳枪把他逼上去了。我当时对他说：‘你要不上去，我马上砍了你的脑袋！’……”

“你说的是嘎子吗？”

“不是他是谁！”

“他一贯勇敢，不怕死呀！”

“哼，不怕死！”他又从鼻孔里笑了一声，“谁也没钻到谁肚子里去看……小杨，有一件事，我早想问问你。”

“什么事？”小杨看他很严肃，停住了脚步。

“就是……就是……”

“干吗吞吞吐吐的！”

“我想问你：你从家里回来以后，为什么不答应同我结婚？”

“哈哈，是这个呀！”杨雪笑起来了，“我正要向你解释哩，我当时态度是不够好。不过，你这个人哪，也不替我想想，我结了婚，有了孩子，还能在前方待得住么？”

陆希荣并不相信这种解释，勉强地笑着说：

“此外，还有没有别的原因？”

“什么原因？”

“比如，比如……在这个期间，你是不是对别人比对我有更大的兴趣？”

“噢，你还会怀疑人哪！”杨雪把手从陆希荣的手里抽出来，用指头点着他说。

“这没有什么奇怪。”陆希荣说，“爱情本身就是自私的东西。

在这个问题上,是谈不上什么拱手相让的。”

“你……你这是什么怪论?”

“这怎么是怪论呢?”陆希荣笑着说,“正是因为我爱你,才怀疑你呀;如果一点怀疑都没有,还能说有爱情吗?”

“要这样说,我可以不要你的爱情。”杨雪生气了。

“算了,算了,”陆希荣见杨雪噘嘟着嘴,连忙走上去扶着她的肩膀抚慰地说,“干吗一见面就争论这无聊的问题?你只要答应我结婚,我就什么怀疑也没有了。你知道离开了这些日子,我……”

杨雪没有说话,心中想道:“我本来是怕他生气才来的,干吗又引起他的不愉快呢?”

“小杨,你能不能说上一句?”

“还说什么!……头天抗美援朝胜利,第二天就举行……你只要不怀疑我就好。”

她又把手放在他的手里,跟他走去了。刚才由于激动,着急,一时说不明白,她眼角里出现了一颗小小的几乎看不出来的泪珠。

新中国70年70部
长篇小说典藏

新中国70年70部
长篇小说典藏

东 方

中

魏 巍——著

学习出版社
人民文学出版社

第三部　风雪

第一章　寂　寞

自从在柳叶黄落的村头,送走了女儿,送走了郭祥,杨大妈心里就空落落的不好受。是担心儿女们的远行么?不是。是想把孩子拴在自己的身边么?更不是。大妈不是这样的母亲。当战争与革命的风暴在这块土地上旋卷的时候,孩子们也有来有去,有时候,连丢到锅里的鸡蛋没煮熟就匆匆走了,大妈却从来没有这样的心境。

可是,自从轰轰烈烈的土改斗争平息下来之后,尤其是自从她心爱的"八路"离开她远征他方,就好像把她的心,把她的生命带走了一多半。此后,随着革命的发展,一批又一批的老干部、老伙伴,也随军南下,更使她觉得村子空旷冷落了许多,生出了一种深深的寂寞之感,仿佛人们把她生命中最繁华的年月也带走了。这次女儿和郭祥的离去,只不过使她这种寂寞的心情更加难挨罢了。

此外,村子里的工作状况,也是她心情不愉快的一个原因。按理说,全国解放了,强大的敌人打倒了,事情应当更为顺手;但情况恰恰相反,有许多事情是叫人不满意的。例如,地主谢清斋利用美军出兵朝鲜的时机,大造谣言,反攻倒算,如果放在过去,支部一定会立即召开紧急会议,商讨果断的对策;可是大妈找到村长兼代理支部书记李能的门上,得到的却是漠不关心的回答。这个村子里的"大能人",更关心的却是个人的发家致富。大妈觉得同志们过去半宿半宿地坐在一起,热情地、亲密地研究问题的情景,仿佛已经很遥远了。这一切,究竟在起着一种什么变化?这一切变化,究竟说明了什么问题?大妈虽然说不清楚,但这种景象带给她的却是忧虑和不安。她仿佛觉得在村子里的什么地方,生长起一片黑森森的暗影,在威胁着人们。

每逢大妈心情不好的时候,跟小契谈谈,就觉得畅快一些。可是最近几天小契也不来了,不知道他家里发生了什么变故。按照历年情况,秋后庄稼一倒,小契最快活的节气就算到来了。他常常不等庄稼打完,就擦好了火枪,准备了足够的火药。这时候,你们谁也不能再责备小契懒散了。天还不亮,他就从炕上一骨碌爬起来,在黑影里摸着饽饽篮子,抓两块干饽饽掖在怀里,然后就背起火枪走了。窗户纸似明不明的时候,就可以听见他那充满情致的枪声。平原上,林不密,草不深,庄稼一倒,狐狸、野兔只有钻到菜畦里躲藏。小契,这位热情的业余猎人,对这个规律抓得很紧。顺手的时候,一天能够打到二十几只。如果拿到集上,能换不少钱,可是,小契有小契的看法:"人对东西不能看得那么值重。"在他闪着快乐的红眼睛,哼着梆子腔回来的路上,不等到家,他的收获物就剩不下多少了。因为一路上,总是会碰到赞美他枪法的人,或是赞美野兔肥美的人。剩下一两只,他就拿到卖卤煮鸡的老头那儿代煮,然后同他的朋友"下酒"。从凤凰堡到梅花渡,三里五乡,有多少人尝过小契的野味啊!尝过野味的人,免不了要热烈地称赞;越称赞就引出小契越多的诺言。这种循环法就不断促进了这种"不取分文"的业务的发展。这样,他一天比一天出去得早,一天比一天回来得迟。并且常常怀着未能按期完成的遗憾心情,把猎获物送到别人家里,向人致以深深的歉意。由于我们的治安员这种热情非凡的性格,用他的话说,从县区干部一直到剃头的、修脚的、劁猪的、镟驴蹄子的，都有他的朋友。谈起这一切，小契是多么的惬意啊！……可是，今年当这个快活的季节来临的时候，却不仅没有听见他的枪声，连面也没有露。

这天中午，大妈耩完麦子回来，忽然想起，早些时，小契叫给他留几升麦种儿，想必他的秋播还没有插手呢。匆匆吃过午饭，就让大乱撑着口袋挖麦种儿。大伯连着摆手说：

“不用喽！”

“为什么？”

“看！我说不用喽就是不用喽！”大伯长长地叹了口气。

大妈觉得话中有因，就停住手追问。大伯只是咂巴着小烟管，不言声儿。急得大妈把口袋一摔：

“你这个老家伙！倒是说呀还是不说？”

大伯这才吞吞吐吐，神色凄然地说：

“他又卖了地了！……”

大妈顿时心里一惊：“你干吗不告诉我？”

“他怕你再批评他，叫我千万别对你说。”

大妈脸色发黄，无力地坐在炕上，低垂着头，心中十分难过。这小契家几辈儿都是房无一间、地无一垄的贫农，他本人曾经同大伯一起在谢家扛活。自从八路军来了以后，手里才有了七八亩地。可是他今天卖去一亩，明天卖去二亩，已经卖了三次，只剩下不到四亩地了。他分的三间房子也卖给了别人。要不是他哥哥参军在外没有回来，他搬到他哥哥分的房子里暂住，连个遮蔽风雨的地方也没有了。小契每次卖地，大妈的心都像刀割一般的疼，曾经含着眼泪对他进行过多次的批评。小契也发誓照大妈的话做，可是现在又第四次卖地了。眼瞅着他又回到从前赤贫的境地。他同他的孩子今后可怎样生活呢！……想到这里，一向坚强的大妈，不由得飘下一点泪来。

“我一定要去问问他，看他倒是怎么想的！”

大妈拾起她那个蓝褂子的前襟拭拭泪水，走出门外。大伯在后面说：

“你可别净跟人家吵啊！”

大妈理也不理，走出院子去了。

她脚步沉重，觉得走了很久，才望见小契那个你走遍天下也难得遇见的大门——没有任何院墙的大门。大妈每逢看见这个大门，没有一次不叹气的。

她正要进屋，听见小契仿佛给什么人劝酒：

“来，来，再喝一盅！”

“不，够啦，够啦！”

“你想想，咱们多少日子不见面了？”

“好好，再添一丁点儿！”

“真没治了！”大妈懊恼地想，“刚刚卖过地，就又同人们喝起来了！”

大妈进了当屋，正想冲进去呲打他几句，揭开门帘，见小契陪着的是两个生人，正围着小炕桌兴致勃勃地喝着。小契的儿子小旦儿也守着一个桌子角，两只手抱着一个猪蹄儿正在啃呢。小契见大妈进来，急忙抓起酒壶斟酒，满脸堆笑地叫：

“快上来坐，嫂子！没有外人！”

大妈勉强压住火，打量了两位来客一眼。一个二十多岁，乡村干部打扮，穿着紫花布的庄稼小褂，戴着顶蓝色的解放帽儿；另一个却是六七十岁的白胡子老头儿。真奇怪，这么不同年龄的朋友，不知道他是怎么弄到一个炕桌上来的。

小契见大妈不动,又跳下炕来,端起酒盅劝说:

“嫂子,快上去!我说没有外人就是没有外人,这位是——”他指了指那位乡村干部模样的青年,“这位是大楼底的治安员,我的同行。我们认识好几年了。”他又指了指那个白胡子老头儿,“这一位大伯是,是……”他显然忘记了老人的名字和村名,卡住壳了。

“我是河那边小王庄的。”那个老头挺有精神地接上去说。

“对对,他是小王庄的王大伯,织铜箩的。”小契说到这儿,又对那老者一笑,“我们认识也快有一年了吧?”

“可不是,我今年春天过你这儿……”老头也哈哈一笑,“这才叫‘有缘千里来相会’哩!”

大妈一听,这大楼底,这小王庄,一南一北,都在三十里以外。心里又急又气,当着人不好细问,又不好发作,勉强笑一笑,然后对小契说:“今儿晚上,你到我那儿去一下。”说过,就回身走了。

傍黑时候,小契来了。他头发长长的,穿了件破黑褂子,少了两三个扣门儿。他往炕上的被摞子上一仰,懒懒散散地说:

“嫂子,你喊我什么事啊?”

大妈把头一扭,没好气地说:

“你出了这么大事,都不告我一声儿!”

“没什么大事呀!”他眨巴眨巴眼。

气得大妈用烟袋锅冲他一指:

“我问你,又卖地了没有?”

“哦,是这事儿呀!”他像儿童一般羞赧地笑了一下,然后满不在乎地说,“是,又去了他娘的二亩!”

“小契!”大妈沉痛地说,“你今天‘去了他娘的二亩’,明天‘去了他娘的二亩’,你有几个二亩？我问你现时还剩下多少?”

“还有亩半。”

“是村北那一亩半不是?”

“是。”

“那地紧傍着大路,还有一条小道儿,一亩半也不够了。”大妈叹了口气,“你就没想想,你就是不吃不喝,孩子还要吃呢！你让他跟着你喝西北风么?”

“这有么法儿!”小契神色凄然地说。

“你就非卖地不行?”

“你说可有么法儿!”小契又苦笑了一下,“前年你弟妹得了那么一场大病,请先生吃药,欠了好几十万。临死,用了一个材,又欠了好几十万。最近一天价堵住门要账,弄得我们都出不去了,还怎么搞工作呀！气得我一咬牙就把地卖了……唉,车到山前必有路,像咱们这种主儿,也就是走一时说一时吧！……”

小契的嗓子像被什么堵住了。大妈也难过起来,沉了沉说:

“这事儿,你怎么就不事先告我一声儿?”

“你一家紧抓紧挠,还不够吃哩,”小契叹了口气,“告诉你,不是叫你白替我难受么!”

大妈半晌不语,把小烟笸箩推到小契面前,声音比刚才柔和了一些,又劝说道:

“我知道你有你的难处;可是,小契,你也忒价的没志气了。你那胡吃胡喝,怎么就不改改？你刚卖了地,就又请人吃喝去了,我要不是亲眼碰见,你敢许还不承认哩!”

“嫂子,这你可就误会了。”小契从被摞子上抬起身来,一边卷着烟一边说,“这两个人,都是好几年的老朋友了。人家大远来瞧我,我能让人家饿着肚子回去?我小契宁肯自己挨饿,也不能把财帛看得那么值重!”

大妈把烟袋锅子一磕,说:

“兄弟,你别这么说,我并不是劝你小气。有人把一个钱看得比磨盘还大,那种人我最看不上眼。可是你那朋友多得像满天星,你想想,你一天到晚,还有干活的工夫没有?……再瞧瞧你那认识‘好几年的老朋友’,连人家的名字都不知道!我问你,那一老一少你是怎么认识他们的?”

说到这儿,小契禁不住笑了:

“要说也简单。前年有一回出门,刚出村一上堤坡儿,就碰见一个人守住辆破自行车子叹气。我本来已经走过去了,心里忽然咕容了一下子:‘他想必是车子坏了,人家走到咱这地方儿,不帮忙也得出个主意。’回转身一问,果然是车子上丢了个螺丝。我一瞅车上驮了一小捆烟叶,车把上挂着一个小手巾包儿,兜着四五个小窝窝头。我一想,这绝不是跑买卖的,那些投机倒把的家伙,在集上大吃二喝,用不着带这个。一问,果然是个村干部,生活有了难处,驮一点家里的烟叶到县城里去卖。家里孩子还等着吃哩。我就由不得自己,转来转去帮他找那个丢了的螺丝。找了一阵,没有找见。我就给他出主意,到马店集上去修。怕他走岔了道儿,就领了他一截儿,离咱这家门口就不远了。这时候,我这心由不得又咕容了一下子:‘我一天价玩车子,车子兜里,或许那个破抽屉里,说不定有这么个螺丝,要能找到,就省得人家到集上去了。’这样,我就把他让到家里。东翻西找,找了好半天,也就算是巧,把那种螺丝找出来了。也就到了吃饭的时候。他立刻推车子要走,我这心就由不得又咕容了一下子:‘他耽搁了这么长时间,集也散了,烟叶还没有卖,那几个小窝窝头哪里够吃?晚上回不到家,准得挨饿。何况这是同志们哩!'我就不管他怎么推辞,吃了饭才让他走了。"

大妈笑着说:

"这时候,你那心眼里就不咕容了,是不?"

小契也笑了一笑,又接着说:

"说起认识那个老头儿,那更简单。今年春上,有一天,我正在屋里吃饭,见一个人,老向我院子里张望,我当是坏人,就立刻放下饭碗,从小玻璃镜里仔细看他。原来是一个白胡子白眉毛老头,像个老仙翁似的,挑着一副担儿站着,脸上笑眯眯地正望我那月季花哩。看那样儿都出了神了。像他那样爱花的人,我还是第一次遇见。我就想,既是劳动人,请他进来看看何妨。我在屋子里招呼了一声,他竟没有听见。我就赶到院子里说:'老大伯,进来看吧!'老头儿也不客气,就进来了,说他平生就是爱花,还夸这花千好万好。到这时候,你就不能那么小气,一共两棵月季,就挖给了他一棵。可就是忘了问他的名字,今天给你一介绍,就出了笑话:光知道他是织铜箩的。"

屋子里的空气和缓了许多。小契想必是喝酒口渴,从缸里舀起半瓢凉水,咕咚咕咚一喝,就立在当屋发表他的论点:

"人一穷,就有人戳脊梁骨。说我小契是好交朋友穷的。嫂子,你可别信这话。人交朋友怎么会穷?我交朋友是工作需要。我以前做情报工作,现在做治安工作,两个眼黑达糊的还行?言谈笑语间,情况就掌握了。再说,朋友们也没有亏待我。就说大楼底的治安员,人家听说我卖了地,怕我不痛快,走了三四十里来瞧我,这是你花钱也买不到的。那织铜箩的老头,养了菊花,就赶快给我送来了两盆:一盆紫的,一盆黄的,可喜欢人哩。要说我的朋友多,嘿嘿,是不少!说句逗笑的话,我在集上理发都不用花钱……"说到这儿，他的脸上走过一道自豪的笑纹。接着又说："有人说我懒派。是，是有一点懒派，有缺点，你不承认还行？可不能说我全是懒派。一年到头，不管五冬六夏，为了防止出事儿，整个后半夜，我都在村里村外转悠。大白天，你不让我多少睡一会儿，我这身子骨能不能顶住？……"

大妈心如明镜，知道小契说的全是事实，不能屈他。就说：

"小契，你说的这些，别人不知道，你嫂子我还不知道？你心眼好，工作积极，对党，对群众，都是一百成，没有半点虚假。数九寒天，全村人都在被窝里睡得暖和和的，你穿着个小薄棉袄儿，挟着个单打一，大半夜大半夜地转悠，饿急了，就回去啃块凉饽饽。到底是谁在村里支持着工作，你嫂子嘴里不说，心儿里明白。"

几句贴心话，说得小契黑胡茬子都充满了笑意，连声说：

"嫂子，你也别净夸我。"

"不是夸你，这都是实事儿。"大妈接着说，"可是，小契呀，有一件事儿，我不知道你经心了没有。你想想，闹土改那时候，咱村分了地的贫雇农，这几年有多少户又卖地了？"

"总有个一二十户。"小契说，"反正头一份是我。"

"一二十户？三十户也出头了！"大妈说，"那天，我让你大哥帮我算了一下，全村三百二十三户贫雇农已经有三十三户卖了地，有卖一亩二亩的，也有卖三分五分的。你想想，咱们那'八路'打了多少年的仗，死了多少人，才分到手里几亩地，每一亩一分地，都是用血换来的。可是没有几年工夫，那地又转到别人手里了，转到老中农、暴发户手里了。我一听说有人卖地，脑瓜仁儿就疼，就像割我的肉似的。要是听说党员卖地，不光难受，还加上有气。翻身，翻身，好不容易翻过来了，这不是又往人家磨盘底下钻么？年上秋里发大水，今年春上闹春荒，听说咱那贫农，东家卖地，西家卖庄窝，我这心就像地陷似的往下沉。这可怎么着啊？这样下去，不是要咱政府实行第二次土改么？小契，这些情况，你就不想一想？……今天，我一听说你卖地，我这气就大了，真恨不得把你抓过来，劈头搂你两个耳刮子！”

“嫂子，”小契在黑影里难受地说，“你当这卖地的滋味儿好受？前些时，我听说吕黑棍想要地，就托人去说，你猜这个老中农说什么？他说：‘那“翻身地”再好我也不要，我要就要正南巴北的“祖业地”！’我一听就火了，难受得我好几天吃不下饭。要不是怕犯政策，我，我……后来，听说咱们的村长‘大能人’想要地，又托人去说，你猜他说什么？他说：‘我本来不想要地，可是同志们有了困难，我也不能瞪着眼瞅着，就算帮把手吧！’他买了我的地，给我最便宜的价钱，还算是帮我！要不是卖棺材的堵着门口要账，我就是把地白送了人，也不给他……”

“哦！他又买了你的地啦？”大妈精神震动，手指哆嗦着，半晌没有言语。停了一刻，才气愤地说，“党员买党员的地，你说说这叫什么！……我看他现在是变了，你跟他说句话，他哼哼哈哈，都不想睬你，会他也不想参加，你说怎么办？连个支委会都开不成！”

“他瞧不上我，我还瞧不上他咧！”小契把腿一拍，“他是‘大能人’，我也不是实疙瘩傻子。可是，人跟人思想不一样，我就是饿死，也不走他那条道儿……人不能叫财帛迷了心窍！”

天黑下来了，只有靠近窗口的地方，有一点微弱的光亮。大妈难受地低垂着头。

“算啦！算啦！”小契从炕上跳下来，“嫂子，你别难受。用不着费那么多脑子，车到山前必有路！什么事情到时候就有办法！”

“你倒心宽!”大妈抬起头看了他一眼,“又是‘车到山前必有路’!你父儿俩靠这亩半地真够吃么?现在车已经到了山前啦,你那路在哪儿呢?”

“我说有办法就有办法。”小契嘿嘿一笑。

“什么办法?”

“我去找周政委去。让他给我谋个事儿,给公家看仓库也行。”

“你是要离开这里?”大妈吃了一惊。

“实说吧,这乡村工作我也觉得没意思了。过去虽说残酷一点儿,干着倒挺有劲儿,这会儿种二亩地,交十斤八斤公粮就叫革命?”

大妈一听急了,身向前倾,点着小契说:

“哈哈,怪不得!你是想把地卖了,远走高飞呀!我问你,这村儿里的贫下中农怎么办?军烈属怎么办?让他们都去找周政委么?你工作还管不管?地主还管不管?”

小契闷着头不言语了。

大妈正要说服他,只听墙外一个女人的声音喊道:

“小契叔在这里吗?”

小契走到屋门口,冲着墙外答道:“在哩。”

“快家去吧,你家小旦儿正哭着找爹哩!”

小契叹了口气说:“我回去看看。等安置小旦儿睡了,我还得查夜哩!”说过,跨出门去。

大妈急忙下炕,追到院子里说:

“小契!反正你不能走!”

小契没有回答,走出大门去了,脚步声愈来愈远。

一种无可言状的孤寂之感涌上心头,大妈悄悄地哭了。她哭,不是因为她不坚强,是因为她没有找出眼前的路。

第二章　取　经

大妈怀着彷徨苦闷的心情，到县里找张书记谈了很长时间，就像一阵清风那样，吹散了眼前的迷雾。她匆匆忙忙吃了两块红山药，喝了一碗菜白粥，就跑到小契家来。

小契父儿俩正蹲在当屋小炕桌旁边吃饭。炕桌上堆着七八个白面卷子，还有一盘紫乌乌的熟猪肉。小旦儿那孩子一只手攥着个大白面卷子，一只手抓着肥猪肉片子，吃得正香着呢。大妈一看就知道这是用粮食在街上换的，不由得叹了口气：

"小契呀，别人的话，你怎么一句也不听啊？像你这样个吃法，还能吃几天哪？"

小契把头一摆，用下巴颏朝屋角盛粮食的瓦罐一指，说："嫂子，你瞅瞅！我们父儿俩就是变成小家雀儿，也吃不了几天了。"

大妈走过去一看，灰瓦罐里只剩下小半罐棒子糁儿；再往盛粮食的大缸探了探手，最多也不过几十斤红高粱。大妈把手缩回来，神色有些凄然。

小契看看大妈的脸色，宽解地笑了一笑，说：

"这也没啥！……过一时说一时！反正我也不打算在这儿待多少天了。"

"你就当真要走？"

"这还有假?!"小契又笑了一笑，"把这点粮食吃完就走！人常说：‘人逢喜事精神爽，闷来愁肠瞌睡多’，一点不假！我今儿个往炕上一仰就睡误了。一听，门口有敲梆子的，孩子跑来说，卖白面卷子的来了，说着口水都流出来。看着真叫人可怜！我想，反正快走了，还给谁细着！就舀了两升高粱，换了两斤卷子。这时候，正好又来了个卖熟猪肉的，一问，是条瘟猪，也不贵，我就一不做，二不休，让孩子吃了再说。早吃完早走！”

“依我看，你走不了。”大妈说。

“你看我离不开孩子，是不？”小契看了旦子一眼，凄然地说，“我准备送他到姥姥家去。”

“不，不，我说的不是这个，”大妈摆摆手，凑到小契耳边，悄声地说，“上面下来任务了！”

“什么任务？”

“党的任务。”大妈严肃而有点神秘地说，“社会往前走了。上级叫咱们先试验办农业合作社哩！”

“什么合作社？”

“也就是集体农庄，把地统统伙在一起，搞社会主义。”

“你别诳人了吧！”小契不相信地笑了一笑。

“怎么诳你？”大妈镇着脸说，“自从那天你一说要走，我就到县里找大老张去了……”

“你见着他了？”

“我们直谈了大半宿哩。”

小契眨巴着眼问：

“他提我了没有？”

“他还能忘了你？”大妈说，“我一见他，还没说上三句话，他就问：‘我的老伙伴呢，他现时生活怎么样？’我就照实说了，我说，‘他生活可是不强,房也去了,地也卖了!’……”

“唉唉,”小契立刻打断她的话,“你看你说这个干什么！他批评我了没有?”

“没有。”大妈摇了摇头,“他只是叹了口气,半天才说:‘这也是难免哪！像小契这样的干部,一心扑革命,扑工作,饭也顾不上吃,觉也顾不得睡,地里打粮食自然就没有别人多,遇见三灾两难,不卖地怎么办?’……”

“还是他,他……了解我。”小契的红眼睛里闪着隐约可见的泪光。

大妈沉了沉,又接着说:

“我把这村困难户的情况都跟他谈了,他说,不光咱这个村,别的村,全县也都是这样。没有想到土改以后,阶级分化这么快。他还说,要不办合作社,过不了几年,连小契这样的人都得端人家的饭碗,给人家当长工去。”

小契的手指头像风里的小树叶子似的颤抖着,低下头去,没有说话。沉了半晌,站起来说:

“照我看,咱们老区就是该迈这一步了。咱们辛辛苦苦闹革命为了什么？死了这么多人为了什么？你看,现在有些人,一心发财致富,捣腾买卖,连个会都不愿开,这革命就是为了他们革的吧?”

小契气呼呼地,舀了半瓢凉水咕咚咕咚一喝,把那个空瓢乓地往缸里一丢:“叫我看,咱们干脆把地,把东西都伙伙在一块儿,吃饭干活最好。”

大妈见小契情绪有些起来了,心中暗暗高兴,就乘势说:

“我听大老张一说,心花都开了。我就对他说,樱桃好吃树难栽呀,这样的好事,没有人领头去办,也是枉然。说到这儿,大老张就说:‘小契呢,你不会叫他领着头干么?’我说,嗐,你别提小契了,人家正慌着到外头找工作哩!你去亲自跟他谈谈吧,我说下大天来也是不行……”

“看看,”小契把手一甩,“你在那儿老提这干什么!他骂我了没有?”

“大老张听我这么一说,就哈哈一笑,说:‘你别听他,那是故意给你说着玩的。只要你把这件大事跟他一提,你就是用大棍子抡他他也不走。’他还说:‘你想想,嫂子,八路乍来那时候,很多庄稼人想出头又不敢出头,在凤凰堡头一个站出来的是谁?抗日,土改,站在最前面的是谁?不都是我那个老伙伴么?你这次跟他一说,他要不冲到前头那才怪哩!’”

“这,这大老张……”小契的嘴唇颤抖着,一颗圆大的热泪珠,跌到他粗糙的大手上。沉了半晌,才抬起头来,说:“嫂子,别提那些事了,你看该怎么办,就分派我吧!”

“你不走了?”

“不走啦!”小契把腿一拍。

“那就好。……”大妈的眼角里也像有一颗明亮的露珠闪落下来,笑了。她说:“你是不知道我这心哪,自从那天你一说要走,我这心就像吊到半天云里,没着没落的。咱村的复杂情况,你也不是不知道哇!”

小契长长地叹了口气,说:“我要有一点办法,也不会想到走这一步。”

两个人谈话的工夫,小旦这孩子竟吃了两三个卷子,一盘紫乌乌的瘟猪肉,剩得也不多了。吃完,也像他父亲似的,抓起大瓢咕咚咕咚喝了一气凉水,然后把大瓢乓地扔到水缸里。接着,就跑到院子里玩起来，不是学他父亲追小牲口，就是两腿劈开，摆出架势学撒网打鱼，还在外面喊：

“爹，咱到河边去吧，再撒它一网！”

“你瞅瞅，”大妈笑着说，“长大了，又是一个小契！”

小契站起来，冲着门外喊：“你给我滚到一边去！”一面又回过头嘿嘿一笑，“不知道什么时候，我这作风都叫他学上了。”

大妈听说小契不走了，像千斤重担落地，多日来的抑郁孤寂之感，为之一扫。由于心情愉快，她把到城里去同张书记谈的话，都同小契谈了。小契也像饮了一杯浓酒似的，精神振奋起来。共同的新任务，又一次锤炼着他们的友谊，使他们彼此都觉得心头热烘烘的，像听到新的冲锋号音，渴望着继续奋发前进。

小契从他的口袋里翻了半天，翻出一个烟头抽着说：

“嫂子，这办社好是好，可是咱们一点经验都没有，真是狗咬刺猬，不知道从哪儿下嘴。”

“我也不知道两条腿该先迈哪一步。”大妈面带愁容地说，“咱们是不是先在支委会上研究一下？”

“跟谁研究？”小契气呼呼地说，“七个支委：两个南下了；一个不在家；王老好工作没找着，在北京他女婿那儿享福；大能人不照面，你耽误他一分钟，就像挖他二两肉似的。前几天，他刚从天津捣腾洋布回来，今天天不明又去北京，不知道捣腾什么。我查完夜，刚往回走，影影绰绰看见一个人往村外奔，我当是坏人呢，扑到跟前一看，原来是他……”

“反正咱们不能等着！”大妈决断地说，“听大老张说，饶阳县有个耿长锁，办了一个‘土地合伙组’，到现在已经七年了。我真想去看看，可又一想，离咱这儿好几百里，要走着去，来回得半个月，咱们俩手头都紧,连个盘缠钱也没有……”

听到这里,小契忽然眼睛一亮,说:

“嫂子,你可认得姚长腿么?”

“咋不认得?”大妈说,“那年他扒上火车,砍死了两个日本兵,还撒了好多传单,以后选上民兵英雄,我们还一道去边区参加过群英会哩!”

“对对,就是他!”小契说,“我上个月在集上听人说,他到耿长锁那儿去过,回来净讲耿长锁的事儿。咱们是不是去找找他?”

大妈兴奋地把两手一拍,说:

“这倒好!”

“可也不近哪,小二百里子哩!”

“那算什么!”大妈把头一摆,“我当年跟着八路行军,还不是一样地走!”

“嫂子,年纪不饶人哪!”小契笑了一笑,指着外间屋放的一辆破车子说,“我到集上找点零件,抓紧时间把它修修。然后把你带上,要是顺利,有大半天也就到了。你看行不?”

大妈把手一挥:“好,就这么办!”

事情就这么定了。大妈心情愉快,脚步轻松地回到家里,对待老大伯的态度也颇与平时不同。第二天一早,天还不甚明,就推老大伯起来,到集上去卖烟叶。小契饭都吃不上了,当然不能让他准备盘缠。小契这边也忙碌起来。他的这辆破车,还是抗日末期部队送给他的胜利品,由于零件缺损太多,好几年没有骑了。当然也正因为过于破旧,没有被他的主人卖掉。大妈刚走,小契就跑到镇子上,东找一个零件,西找一个零件,因为那些人都尝过他那“小牲口”的美味,也都热情地帮助他。小契又经过整整一天的时间,才勉勉强强修理上了。第三天一早,就把那辆破车子推到大妈门口。大妈早已准备好干粮,并且换了一身干净衣服。大伯把他们送到村口上路。

那小契由于这些日子情绪不佳,头也没剃,脸也没刮,头发胡子都长得很长。不知临时从哪里扯出一件小破棉袄披着,看去很不像样。但却精神抖擞,就像过去执行战斗任务似的,有说有笑,推着那辆破车子,一直走在前面。刚到村口,他就停住车,指指车座后的行李架说:

"上车吧,嫂子,这就是你的宝座。"

"小契,"大伯瞅着那辆破车不放心地说,"到底行不行啊?"

"没问题!"小契把头一扬。

"我这还是大姑娘坐轿——头一回哩!"大妈笑了笑,侧着身子,坐在车座后面,一只手还提着盛干粮的手巾包儿。

小契等大妈坐好,紧推几步,就飞身上车。刚一上去,那车就吱吱呀呀地响起来。没有走出多远,遇到一个水垄沟,由于没有前后闸,小契一时来不及,就把大妈翻到水垄沟里去了。

大伯急忙跑过去,大妈已经站起来,幸好垄沟里没水,大妈拍了拍土。

"小契呀,你,你……"大伯结结巴巴地,"我说你骑慢一点!你嫂子这身子骨可不算强!"

"快回去吧!"大妈呲打着大伯,笑了一笑,又上了车,"这么大年纪了,说这话叫人听着多寒碜哪!"

"到底是老夫老妻哟!"

小契也笑了一笑。这次他手握双把,聚精会神地蹬起来。这一对亲密的战友,这一对贫农出身的共产党员,在晨风里踏上了正南的土路。破车吱吱呀呀地响着，在早晨布满白霜的大野上，留下一道清晰的印痕。

从凤凰堡到徐水的姚家庄有一百七八十里，小契鼓着劲想一天赶到。开头也还算顺利。谁知五六十里以后，由于齿轮过于老旧，链子就不断脱落。三里一停，五里一站，还不到一百里路，天就黑了。只好在一个村庄里借宿。为了省钱，两个人没进饭铺，吃了点携带的干粮，喝了点凉水。小契又连夜修车，很晚才安歇。不料第二天车子的里带又出了毛病，漏了气，只好步行，天黑也没有赶到。第三天早晨，将车子推到一个镇店地方，把带补好，这才在上午十时左右赶到了姚家庄；不巧姚长腿刚刚出门，到十五里以外赶集去了。

大妈一向性急，自然不愿久等，两个人又赶到集上来找老姚。幸而集不大，只转了半趟街，大妈就停住脚步，往前一指，说："你看，那不是老姚是谁？"小契一看，路旁人丛里有一个出奇的高个子，三十几岁年纪，小头，长腿，穿着一件褪了色的日本人的破军大衣，只搭到膝盖那里。他正同人高谈阔论，不时地嘎嘎笑着。集上人多声杂，大妈连着喊了好几声，长腿姚才转过脸来，惊讶地说：

"是你呀，杨大妈！"

说着分开众人，迈开大长腿，三脚两步就赶了过来，双手捧住大妈的手摇晃着说：

"大妈，你是从天上掉下来的，还是从地下钻出来的？"

"我是叫人家背了来的！"大妈指指小契的破车子，微微一笑。接着给他们两个做了介绍。

"大妈，"长腿姚满脸是笑地说，"自从那年咱们到边区开会，眨眼好几年了，老想去看你，总也不得空。"

“别说漂亮话了!”大妈说,“你大妈要不来,谁也不去看我。”

“哈哈,大妈还是这个脾气。”长腿姚嘎嘎笑了一阵,“这回来,怕有什么重要的事儿吧?”

“就是找你!”大妈用指头点着他说。

“走,到我家去!”

长腿姚拉着大妈。大妈告诉他已经去过了,要找个清静地方谈谈。长腿姚拗不过,只好跟大妈来到村外,小契推着破车子跟在后面,三个人避开人多的地方,在一个打麦场里靠着麦秸垛坐下来。

老姚掏出半盒纸烟,大家抽着。大妈开门见山地说:

“老姚,听说你这个大长腿到耿长锁那儿去过?”

老姚笑着说:“你是不是想成立合作社呀?”

“嗐,我这么大年纪了,还能办合作社?”大妈笑了一笑,“是别人托我问的。我问你,你到他那儿去过吗?”

“去是没有去过,他的事儿我还是听到不少。”老姚说,“我老想见见他,跟他谈谈,可总是没有机会。前两个月,我从北京开战斗英雄大会回来,路过保定,住在招待所里,碰到一个庄稼老头儿,穿个小白粗布褂儿,蒙着块白手巾,留着稀零零两撇小胡子,非常和善,说话也细声细气的,说实话,我当时没有怎么注意他,后来才知道他就是咱冀中鼎鼎大名的耿长锁!真是把人后悔死了!”

“我问你,他那社办得怎么样?”

“听说,势派大极了!”老姚兴奋地说,“过去咱们这里的财主,一说家里拴几套马车,轿车,槽上有十几匹大牲口,就算了不起了;可耿长锁那社,早晨钟一响,人欢马叫,花轱辘大马车能摆出大半道街,干起活来,你说是小伙老头儿,你说是闺女媳妇,都是唱着歌往前冲。”

大妈笑了，眼睛瞅着老姚，笑得动人极啦。

“不说别人，我就纳闷儿，”大妈说，“这一家一户还吵包子闹分家哩，这么多户合到一块儿能行么？”

“分的粮食多呀！”老姚说，“他们每户比起单干那阵儿能多分好儿百斤，他怎么不干？真是拆都拆不开。听说，他村里有一个富裕中农，是个种地把式，又是个土圣人，一直不服气，跟他们竞赛了好几年，看谁的产量高，到底还是输了！再说，再说……”长腿姚又点起一支烟，带着无限敬佩的神情说道，“人家耿长锁那真可以说是大公无私，公家的便宜硬是一丝不沾，这就把大家团结住了。他在村里还当着支部书记，土改时候分房子，他自己不分，让贫雇农多分；临到扩兵，先把自己的小子送出去；社里要盖油坊，没有砖瓦木料，就把自己准备的砖瓦木料借出来。这耿长锁年纪也不小了，身子骨不算强，常到这里那里开会，又不会骑车子，社里人怜惜他，说给咱们长锁买个小毛驴吧，让他骑着也省点劲。可是耿长锁笑着说：‘这可使不得！你们想想，过去地主催租子，就是骑着个小毛驴儿，背着个算盘，这儿串串，那儿串串，我也骑上这个，成了什么啦？’所以这会儿，他不管到哪儿开会，还是蔫不唧地在地下走。开完会回来，哪怕还有一个钟头，也得到地里去，跟大伙一块劳动。夏天耪地，又热又累，到地头上谁也不愿动了，这时候，他总是蔫不唧地提起水罐子，到井台上拔了水来，说：‘同志们，喝水！喝水！’……”

“真不赖呆！”小契眨巴着红红的眼睛，羡慕地问，“他是什么时候入党的？”

“入党嘛，跟咱们也差不许多。”老姚说，“可是人家心里有路数呀！什么问题，都想得远，想得宽。你比如说，他们村有四个孤儿，大的十一二，小的六七岁，托给本家管，到时候给那么一点粮食，饿得孩子直啼哭。孩子的姥姥来了，一手拉着一个，哭哭啼啼地要入社。这时候，社才办起四年，只有十五户，家底也确实很薄，有人就说：‘多来了两个长嘴物，咱们的社就办好咧？’有的说：‘多来些这样的人，大伙再拿上棍子要饭吧！破篮子和打狗棍还在棚子底下放着哩！’可是耿长锁还是耐心说服啊，说服啊，把孩子收下了。冬天有棉，夏天有单，柴米油盐样样都得结记。长锁在县里开会，一下大雨就坐不住了，怕房子不结实，砸住了孩子们……”

“这人思想就是好！”小契点头赞叹着。

“思想好，这是一方面；另一方面，也是成社的优越性。”老姚纠正说，“要不是成社，这些没爹没娘的苦孩子，就是想安插也没法安插呀！”

大妈沉在思索里，想起小契、金丝、郭祥他娘，瞎老齐……这些凤凰堡的穷户们。

长腿姚看看太阳，已是正午时分，就立起身来，把沾到他那件日本军大衣上的麦秸拍打了拍打，说：

“大妈，也就是这些材料了。”

“怎么，你要走？”大妈抬起头问。

“我下午还有事儿哩！”

“不行！”大妈果断地摆摆手，要他坐在原来的地方，“我还有好多问题没问哩。我问你，他这个社倒是怎么办起来的？”

老姚又坐下来说：

“一九四三年腊月天，毛主席让咱们组织起来闹生产这件事，你还记得不？”

大妈手扶额头，思索了一阵，说：

“仿佛谁在地道里给我念叨过。”

“对，就是这个时候。”老姚说，“他那地方，虽然不像咱们这里残酷，也是三里二里一个炮楼，加上闹灾荒，卖儿卖女的，无其数。耿长锁还饿死了一次，又被救过来，他的老婆也带着孩子讨吃去了。这时候，党根据毛主席的指示，在这里组织了个隐蔽经济组，拨给他们二百斤小米，让他组织几户打绳卖，好救个活命。开头只有四户人家，白天黑夜在一块打绳，赚一点钱餬口。可是等到开春种地，问题来了：各家回去种地，就顾不上打绳，打绳组就得散；打绳组散了，又没得吃。他们就干脆把地合起来，成了一个土地合伙组，一班种地，一班打绳。这耿长锁，你别看他绵绵软软的，他是一条道走到黑。他这社也经过几起几落，变大又变小，变小又变大，可是一直坚持下来。嘿嘿，没想到，这就是咱冀中的第一个农业合作社！转眼间，人家早跑到咱们前头去了。”

大妈笑着说：“你这个长腿，也没人家跑得快呀！”

“可不，”老姚说，“那时候，我专门研究怎么扒火车了！”

长腿姚说到这里，又立起身子，赔笑说：

“大妈，我可真该走了。”

“你到底有什么急事啊？”

“大妈，我给你实说吧，”老姚显出一副神秘的样子，弯着腰，附在大妈耳边，悄悄地说，“我也结记着成社哩。今天区干部来，我们商量开头一次会。”

“好好，那我不留你。”大妈说着，朝小契丢了个眼色，仰起脸望望太阳说，“到吃饭时候了吧？”

小契立刻会意，跳起来双手拉住老姚：

“对对，这饭可不能不吃呀！走，咱们在集上喝两盅去！”

“下一次，下一次……”老姚想挣脱身子。

“你听我说，老姚，”小契紧紧抓住他的肩膀，“你同我这老嫂子是熟人了；可咱们俩是头一回见面呀，是不？你要不去，那就是瞧不起我。”

大妈也站起身，拍拍土，从旁挖苦说：

“老姚，你是不是怕花钱哪？嗯？”

几句话说得老姚没了主意。大妈又使了一个眼色，小契一手推起破车子，一手拉着老姚，往集市中心走去。街道旁边，搭了一溜布棚，都是卖小吃的，有卖烧饼馃子的，卖熟猪肉的，还有卖大碗面、豆腐脑儿的。热闹的叫卖声，使那些食物，增添了格外诱人的香味。小契支起车子，选了一处有卖酒的地方坐下，用他那在客人面前素有的慷慨豪爽的风度喊道：

“先打半斤！”

两个人热热闹闹地喝起来。大妈量不大，心思又不在酒上，只喝了小半盅儿，就问：

“老姚，你还没有说，那入社的人，有的劳力多，有的劳力少，有的地多，有的地少，打下粮食，可怎么个分法？”

“先搞地五劳五！”

“什么叫地五劳五？”

“你干吗问这么细呀？”老姚擎起酒盅笑着，“你是不是也想成立社呀？”

“这个你就不用问了！”大妈也笑着说。

“你呀，心眼就是多！”

“这可是一贯的了。”小契附和着说。

三个人都嘎嘎地笑了。

第三章　待月儿圆时（一）

当凤凰堡的贫农们，在古老的土地上探索一条新路时，朝鲜战场正酝酿着一个震动世界的战役。

朝鲜的十一月，已经弥漫着漫天风雪。整个朝鲜地势，东部高，西部低，愈往东风雪愈大，长津湖已经封冻，成了一片白茫茫的雪原。西部战线，虽然较为和暖，但清川江和大同江靠边岸的地方，也都结了一层薄冰。

经过第一次战役，中国人民志愿军已经站定脚跟，清川江以北的朝鲜人民在陆续返回自己的家园。但是，在弥漫着风雪的大路上，仍旧不时可以看到背着孩子的妇女和无家可归的孤儿。他们还穿着单薄的衣服，在战线的附近徘徊彷徨，等候着战线的推进，等候着去找失散的亲人，等候着回到清川江南，大同江南，临津江南。

社会秩序依然相当混乱。地主、富农分子，乘机猖狂活动。志愿军初战的声威，并没有也不可能熄灭他们复辟的渴望。不论白天夜晚，他们都在暗处给敌机指示目标。尤其一到夜晚，在部队集结的地方，在车队行动的地方，在指挥部，在临时仓库的周围，只要敌机一来，就会有暗红色的信号弹，从丛林里，从山背后，接二连三纷纷飞起。只要稍有疏忽，他们就会在志愿军汽车的车厢下，偷偷地塞上燃烧物，使汽车在开动以后燃烧起来。他们还在朝鲜人民中拼命地散布谣言,说“中国人是待不住的”。但是与此同时,必胜的信念,革命与复仇的烈火,也在朝鲜人民的心中熊熊燃烧着。公路上开始出现了修路的人群,其中绝大多数是朝鲜妇女,有的还背着孩子。他们在呼啸的寒风里穿着单薄的衣裙,拿着铁锹大镐,填补着炸弹坑,好让志愿军的车队能在黄昏以后通过。黄昏一来,公路上就更加热闹了。在志愿军车队的两侧,还有一列列“牛爬犁”的长队,帮助志愿军把粮食弹药运送到前方。赶车的也多半是老人们和妇女们。朝鲜的青壮年大多数到前方打仗去了,他们就把生产和战争勤务的重担,英勇地担承起来。从中国来的战士们,看到这种种情景,看到他们那单薄的衣裙,英勇的姿态,心里热烘烘的,真说不出是怜惜,是钦佩,还是感动!通过这一切,都使人感觉出一个英勇的党,正在进行着坚忍不拔的活动。

激烈的战争迅速冶炼着两国人民的友谊,正像严冬孕育着春天最美好的花蕾。志愿军出国还不到一个月,就同朝鲜人民无比亲密地生活在一起了。在一个月以前,这些生活在中国茅屋里的农家子弟们,对朝鲜是多么陌生啊,而现在他们同朝鲜父老是那么亲近,到处都可以听到“阿妈妮”、“吉文衮东木”[①]的亲切呼唤,到处都可以看到志愿军战士给朝鲜农家劈柴,朝鲜姐妹到清泉边为志愿军顶水,就好像他们本来就是一个和睦的家庭。他们都很快学会了彼此语言中最需要的词汇。他们彼此讲的既不是朝语,又不是汉语,而是被混合起来的第三种语言。他们就用这种语言,配合眼神和手势来倾谈当前的斗争。“米国撒拉米”,“李承晚”,“嘟嘟嘟”,“统统地死掉”,这就是他们共同的心愿。

雪在飘落。轻盈的雪花盖住了森林,盖住了山峦,盖住了被燃

① 朝语:志愿军同志。

烧弹烧成的灰烬，也盖住了被残杀者的新坟。似乎这土地上的一切，都被那单纯美丽的颜色掩盖住了。但是，在风雪迷茫的旷野，在要路口，在大道边，却竖立着一支支令人注目的标语牌。它钉在一支支木棍上，插在混着焦土的雪地里。上面用粗黑的毛笔字写着："欢迎中国人民志愿军！""朝中人民友谊万岁！"……北风一阵阵卷过，木牌摆动起来，就仿佛有人拿着它、摇着它呼喊似的，就仿佛要让人懂得它更深刻的含义似的。志愿军战士们，每当他们披着风雪走过，心头该是如何激动！他们懂得朝鲜人民的愿望，这是要胜利者继续胜利，前进者继续前进！

这时，为了巩固与发展胜利，在长江南岸组成的志愿军部队继续渡江入朝。这些南国的儿女们，穿着只适合于他们故乡的薄薄的棉衣，戴着大檐帽，正顶着棉花桃一般大的雪片，向东线急进。西线也调整了部署。第五军由博川调到西部战线的左翼——德川、宁远地区。现在郭祥所在的这个团，正同李承晚的第八师对抗在德川以南。

一次战役结束后的这段时间内，敌我双方都只限于争夺有利的前进阵地。从敌人方面来说，半个月以前，中国人民志愿军在朝鲜战场上极其隐蔽极其突然地出现，是完全出乎他们意料之外的。他们颇像是一群准备就餐的食客，杯盘已经摆好，饭菜已经端来，正要系上餐巾，举起刀叉，却从窗外突然飞进一块砖头，把桌上的一切砸得粉碎。又好像一个将要跑到终点的人，突然挨了一闷棍，而昏倒在地。因为从他们资产阶级的思维方法看来，一个刚刚诞生一年的新中国，满身战伤，满眼困难，自己尚且没有站稳脚跟，怎么能又怎么敢站起来支援他人呢？尽管周恩来总理发出了"不能置之不理"的庄严警告，在他们看来，不过是做做样子虚张声势而已。他们不懂得,大概也永远不会懂得,中国共产党人,在枪林弹雨中成长起来的中国的战略家们,尤其是在惊涛骇浪中掌舵的英明的舵手,是不会依据他们那种卑鄙又愚蠢的思维方法办事的。这就使得杜鲁门、麦克阿瑟这些蠢家伙犯了一个绝大的错误。但是犯了错误不等于即刻认识到这一错误。他们把部队撤到清川江南,稍作整顿,就又企图抢占有利阵地,积极准备下一步的行动。

郭祥的连队在德川以南的阵地上,连续进行了几天的战斗。这里有一座苍鹰岭,是附近的制高点,敌我反复争夺数次,终于被我夺取到手。此处山势陡峭,地高风寒,时令又正值秋末冬初,开始是连绵的秋雨,转眼间就变成了漫天的雪花。由于敌机日夜狂轰滥炸,给运输工作造成极大困难。虽然丹东、辑安等处物资堆积如山,却不能按时运到阵地上来。炊事员能够送来一些煮熟的棒子粒儿和冰冻的山药蛋,就算很不错了。郭祥见战士们体力不足,唯恐挖工事犯"形式主义",就到各个班的阵地上串,用他那"鼓动工作和模范作用相结合"的老办法干起来了。大家有圆锹的用圆锹,没有圆锹的用刺刀,从冻得邦硬的山头上,挖出了一些掩体来。郭祥满心高兴,准备给敌人一个重重的打击。谁知道第二天早晨,敌人攻上来,只打了个把小时,就传来了撤下苍鹰岭的命令。郭祥满心眼的不舒服,不知发生了什么变故。

部队撤回到比苍鹰岭矮得多的一块高地上。排长疙瘩李这位全连有名的急性子,急冲冲地说:

"连长,这到底是怎么搞的?"

郭祥还没回答,他就又说:

"一天讲苍鹰岭这么重要,那么重要,怎么刚抓到手,就放弃啦?"

“叫我说呀，谁也别问。”调皮骡子王大发坐在他的掩体里，擦着枪，慢条斯理地说，“当兵的说当兵的事儿：叫你攻，你就攻，叫你撤，你就撤。攻有攻的理由，撤有撤的理由。”

人们笑起来。郭祥说：

“调皮骡子，你出国好长时间不讲怪话啦，现在大概又憋不住了！”

“这怎么也叫怪话？”调皮骡子神色自若，继续擦枪，“比如说，要让你攻，那当然就要讲：苍鹰岭是战略要地喽，是通熙川的要道喽，是通江界的要道喽；要让你撤呢，那当然也有一大堆理由。”

“照你看，撤退的理由是什么呢？”有人发问。

“我？我是什么水平儿？”调皮骡子笑了一笑，“现时恐怕咱们连首长还不知道哩！”

调皮骡子的话一点不错，郭祥也在歪着脑袋纳闷。

下午，占领苍鹰岭的敌人，继续向我进攻。这次抗击的时间稍微长了一点，就又接到命令，让撤退了。

“说不定，有点名堂哩！”郭祥暗暗地想。“这次我得好好地掌握掌握上级的意图！”

第二天，敌人进攻时，郭祥这个连打得噼噼啪啪、稀稀拉拉的，敌人虽然占领了阵地，但是不前进了。

时间不大，团里来了电话：

“你是郭祥吗？”电话里传来团长威严的声音。

“嗯嗯，我是郭祥。”

“你是怎么搞的？”团长发脾气了，“为什么打得这么稀泥软蛋？你的作风到哪里去了？”

郭祥正要回答，立刻又传过来严厉的声音：

“今天晚上,你把阵地给我夺回来!”

说过,不容回话,只听耳机“卡嘚儿”一声就挂上了。

这天晚上,郭祥的连队打得很猛,一个反击就把上午失去的阵地夺回来了。第三天早晨,敌人继续前进。郭祥正在周密地组织火力,准备硬顶,团长又来了电话:

“你是郭祥吗?”电话里又传来团长威严的声音。

“嗯嗯,我是郭祥。”

“你是怎么搞的?”团长质问道,“我看打消耗战你倒是个能手。你的灵活性到哪里去了?”

郭祥刚要回话,对方“卡嘚儿”一声又挂上了。

郭祥放下耳机,缩了缩脖儿:

“怪怪! 软又说忒软了,硬又说忒硬了,这个劲儿可真难拿呀!”

由于郭祥所在的第一营,过于疲劳,第三营接换了他们,继续抗击。在郭祥看来,已经到了十分有利的阵地,但是仍旧看不出我方有任何动静,心里不免焦躁起来。

这天黄昏,西天上刚刚露出一弯小金月牙儿,团部通讯员来传郭祥,叫他即刻到团部去。郭祥自然十分高兴。按照已往的经验,只要到了团部,他就可以对当前的行动,猜出七成八成。

团部设在一个很狭窄的小山沟里,只有一户人家。郭祥沿着小径,踏着月色,哼哼着小曲儿,不一时就来到小屋门前。小玲子同小迷糊正在洗碗,顺手指了指屋后的山坡,说团长政委刚刚吃过晚饭,到那边散步去了。

郭祥举头一望,山坡上有三五株高大的古松,松树下抽烟的火星一闪一闪。郭祥沿着小径向山坡上走,看见两个人披着军大衣,在两块大石头上坐着，正在那儿举头赏月呢。

郭祥刚要走上前去，只听两个人在悄悄谈话。

“老周，你看，上钩了吗？”

“怕是上钩了……不过还要攻一两下。”

“太猛又不行！”

“那当然。”

“彭总对情况的估计，就是准得很哪！”

“当然……我看妙就妙在这一次极其成功地利用了敌人的错觉。我记得在《论持久战》里，主席就专门讲到过这个问题。”

“是的，直到现在，敌人还认为我们是‘象征性的出兵’呢！”

“蠢家伙！一开始，他们就估计我们不敢出兵，后来又猜测我们是保卫鸭绿江水电站。”

“怪！这些反动派都是主观主义者。”

“这是由他们反动的立场决定的。第一，他们瞧不起刚刚站起来的中国人民；第二，把我们也看成是民族利己主义者，怕打烂自己的坛坛罐罐。”

“可是，他这个弱点给抓住了……从军事上说，这一步退得实在好，敌人会更觉着他的估计是正确的。”

“老邓，这才叫指挥艺术咧。退一步可以进两步哟！”

接着是轻微的笑声。停了片刻，谈话又继续着。

“今天旧历几号了，老周？”

“看它的样子，可能初四五吧。”

“不不，初二三，月牙儿尖。我小时候放牛，每天都回来得很迟；看惯了的，这我知道。”

说到这儿，只见团长用手指头点着月亮说：“这家伙！你要不理会它呀，快得很，几天就圆了；你要盼它圆哪，它就硬是不圆！”

郭祥仰头看看月亮，果然还缺大半边呢。

政委嘎嘎地笑了起来，接着说：

“老邓啊，路还没有走到，光圆也不行啊！”

郭祥也偷偷地笑了。他猛然觉得偷听首长讲话不大好，就故意把脚步弄得很响，然后又喊了一声“报告”。

“是嘎子吗？你什么时候来的？”邓军瞪了他一眼。

“我刚到呀。”郭祥笑着，打了一个敬礼。

“怎么一点声音也没听到？”周仆问。

“刚才我看首长正在这儿赏月哩，就没敢大声惊动你们。”

“是呀，我们正在这儿赏月哩！”周仆急忙接上去，笑着说，“团长想家喽！叫我陪他看看月亮。”接着又问：“你喜欢月亮吗，嘎子？”

“我呀，”郭祥笑了一笑，“我喜欢月亮圆了的时候。像大银盘似的，往天上一挂，多喜欢人哪！”

听到这个，周仆不笑了，和邓军对看了一眼。郭祥赶忙改口说：

“不过，月亮太圆了我也不喜欢。那年打松林店，月亮真圆，敌人的火力又稠，打了好几个冲锋，都没有打上去。当时我抬起头看看它，真想一枪把它揍下来！”

“是呀，太圆了，对作战也很不利。”周仆说着，放心地笑了。

“走，到房子里谈正事去吧！”邓军说，“上级要材料，让我们写一写李伪军的作战特点，咱们凑凑去！”

“行行，”郭祥高兴地说，“这些家伙，是有些特点儿。”

他们一起走下山坡，到屋子里去了。

郭祥回到连里的时候,战士们纷纷围过来问:

“连长,带回来什么好消息呀?”

“好消息可真不少。”郭祥嘻嘻笑着,高兴地说。

“快给我们讲讲。”

“头一件,”郭祥一板一眼地说,“各民主党派发表了联合宣言,拥护咱们志愿军抗美援朝。”

战士们吵嚷道:

“我们早就知道了!”

“连长,你别给我们打喜诨了!”

“好,你再听第二件,”郭祥又绷着脸说,“咱们祖国成立了抗美援朝总会,专门来支援咱们。”

战士们吵嚷得更厉害了:

“哎呀,这消息更老得没了牙了!”

“别逗了,连长,说真的!”

“说说咱们现在的行动!”

“到底撤到哪里才算完哪!”

“噢,你们问的这个?”郭祥装作醒悟过来的样子,接着摇了摇头,“团里是纹丝没露。”

可是他说到这儿,不由自主地仰起脸,对着月亮笑了一笑。

“你就连一句半句也没听到吗?”

“没有。”

“连长,那你就判断判断!”

“我的好同志!”郭祥把两只手一摊,“团里纹丝不露,叫我可怎么判断哪!”郭祥说到这儿,又情不自禁地仰望着弯弯的月牙儿笑了。

“连长,”小钢炮诧异地问,“你老望着月亮笑什么哪?”

“我呀,”郭祥蓦地一惊,随口说,“各人有各人的心事呗!”

“那,你有什么心事呀,连长?”

“我呀,”郭祥说,“咱们这些天净吃煮棒子粒儿了。我一看见月亮,就觉着它像一张大白面饼似的,要是一钢炮轰下来,咱们全连也够吃几天的。”

人们笑起来,情知再也挖不出东西,也就带着惋惜的神情散了。

第四章　待月儿圆时（二）

一弯偃月，像把金色的镰刀，照着这座停产的矿山，照着半山间的木屋。木屋前的几棵古松，把树影投了一地，就像浓墨泼洒的水墨画一般。彭总披着军大衣，在松树下走来走去。他不时地抬起头望望月亮，似乎在思索着什么。清冷的山风一阵阵传过来山谷间小河的水声。

警卫员小张，常常是从他的脸色上来判断前线情况的。刚刚入朝时，他那脸绷得像铁板似的，充满着一种无畏和刚毅之气。直到一次战役结束，才显得轻松了些，脸上有时露出笑容。现在呢？小张不好判断了。因为他既不显得高兴，也绝不是忧愁，似乎是一种不安在袭扰着他，饭也吃得不多。

中国志愿军在朝鲜的出现，引起了全世界的纷纷议论。对这支部队的实力，人们尤其注意猜测。尽管志愿军已经进行了第一次战役，但在美军的统帅部里，却认为这只不过是一支“象征性的部队”。当彭总最初听到这个消息时，不禁喜形于色，就像我们的诗人捕捉住了灵感一般。当时，在作战室里，参谋长正端着蜡烛同彭总一起看地图，从烛光里看见他的脸色非常动人。对于敌人暂时撤退之后重新发起的攻势，他本来说还要再看一看，现在他却用有力的手指向图上的清川江南一指，决断地说：

“那就放他们进来吧！”

“放他们进来?”夏文不禁一惊,端蜡烛的手也停住了。

“嗯。”彭总点点头,又指了指地图上清川江北浓密得几乎成了黑色的线团,说,“他要飞虎山也送给他。”

“飞虎山也送给他?”

“对,”彭总用手指一扫,指了指纳清亭、安心洞、新兴洞、牛岘洞、凤德山一线说,“可以一直让他们进到这里。”

“噢!原来是利用敌人的错觉,诱敌深入啊!”聪明的夏文没有言语,望着彭总含有深意地一笑。这时一串灼热的蜡液,滴落在他的手上,他似乎也不觉得,连连地点头说:“好,后面这个战场我们比较熟悉,供应线也可以缩短一点。”

彭总眼角一扫,见夏文的手上落了许多蜡油,就轻轻地接过蜡烛放在桌案上。接着在地图下来回踱着步子,一面沉思着说:

“但是,诱敌部队一定要注意动作适度。既不能死顶,也不能一触即退。特别要告诉他们,不能使用重火器!”

夏文坐在桌子旁边,仔细地倾听着,记在一个小本上。

“还有,绝对不能丢一个伤员,也不能有一个人被俘。如果哪个部队发生这种事,部队首长就要负完全责任!”

彭总说到这里,声调显得有些严厉。

最后,彭总同夏文一起走出作战室,西面山顶正悬着一弯细眉般的新月。彭总停住脚步,指指那弯新月轻松地说:

“大概等到它圆了的时候,我们就可以动手了!”

彭总的计划,得到志愿军几位领导人的一致赞同,而且很快得到毛主席的批准。彭总本人的雄心就更足了。他把整整两个军——第一军和第五军隐蔽地摆在左翼,就像两只时刻可以扑出的猛虎,准备随时向敌后猛插迂回;而正面却故意向敌人示弱,进行着有一搭没一搭的抗击。但是这计划实施以来的一周内,却发现敌人异常谨慎,每天只前进两三公里。特别是自我撤出飞虎山阵地之后,敌人没有前进多远就停住了。在一连三天里,敌人每天出动五六百架以至一千架各种类型的飞机轰炸鸭绿江口的公路桥梁,海军的"空中袭击者"和"空中海盗",以每枚重两千磅至三千磅的炸弹轰炸新义州至惠山镇,但地面部队却没有什么动静。这就不能不使彭总产生疑问:为什么敌人不前进了?就好像一条大鱼,刚刚接近钓钩却忽然停住,似乎要游开的样子。这又是为什么呢?

彭总抽烟一向不算太多,现在却抽了好几支了。他抽烟很猛,几口就抽下小半截子,烟蒂的火光不断在月阴里明明灭灭。天上,那把金色的镰刀,离山岗只有几丈高了。

他终于停住脚步,把林青叫过来说:

"马上请参谋长来,把敌情资料也带着。"

不一时,夏文就披着大衣从山坡下急匆匆走来,彭总同他一起回到木屋里。

这座木屋经过小张的反复整顿,已较前整洁。但变化却不多,桌椅还是原来矿上的,只不过添了彭总的一张行军床,墙上挂满了作战地图罢了。

彭总让参谋长在椅子上坐下来,然后自己坐在行军床上。

"为什么这几天敌人不前进了?"他问。

"我也很纳闷。"夏文说,"几个副司令也很着急。"

"是不是我们的企图暴露了?"

"不会,现在还没有这种迹象。"

"伤员呢,有没有丢?还是个别人被俘虏了?"

"这个,各部队都执行得很严格。同时战斗很从容,也不会发生这种事情。”

“那么,是不是有人用了重火器,顶得太厉害了?”

“各部队连迫击炮都不准使用,我还落了不少的埋怨呢!”

彭总默然。他沉思了一会儿,又问:

“那么,敌人究竟是怎样估计我们的呢?”

“到现在为止,敌人仍然估计我们不过六七万人。”夏文说,“不过我们的撤退把敌人搞迷糊了。各通讯社都说,共军的撤退使联合国的统帅部莫测高深。他们对我们为什么要撤退猜测很多。一家通讯社综合为五条:第一,估计我们可能在等待政治解决;第二,估计我们在聚集供应品;第三,估计我们可能在等待援军;第四,估计我们可能转移到另一条战线;最后一条估计说,也许是他们完全不知道的一回事……”

彭总听到最后一条,几乎要笑起来。他问:

“有军队方面的资料吗?”

“这里有一份美军第八集团军发言人的估计。”

夏文说着,找出那份材料递给彭总。彭总戴上老花镜看起来:

“中国军队在其高级领导人没有采取对战争进程有影响的行动以前,可能与联军避免发生战斗。四天来,我们很少与敌军接触,甚至不知中共军的所在地,这是一个非常令人迷惘的局势。”

彭总看到这里停了一会儿,又接着看下去:

“中共军几乎和他们的出现一样出人意料地撤退了。他们在联军采取守势的时候,没有受到压力就自行撤退,从他们撤退的范围之大来看,他们的撤退仿佛是有意的。”

彭总的心猛地跳动了一下,把“仿佛是有意的”那一句,又重复看了一次。然后把那篇电讯放在行军床上,沉吟了一会儿,说:

“可见战术上还有毛病。为了示弱，没有掌握住分寸，撤退得快了，面也大了。”

夏文的脸不易察觉地红了一红，没有做声。

彭总又问：

“还有其他的材料吗？”

“今天的电讯正在翻译，可能快送来了。”夏文说，“路透社的消息讲，英军认为当前的局势是一种‘假’局势。‘假’局势的形成有三条：第一，由于中共的干涉已经挽回了他们的面子感到满意；第二，由于他们想建立一条缓冲地带；第三，或许是由于寒冬的降临，他们企图借严冬的帮助，使联合国军遭到拿破仑式的大溃败。”

彭总听到最后一句，感到兴趣了。他摸了一下自己的嘴角，微微一笑：

“只有这个估计还差不多！”

但紧接着他的脸色又严肃起来：

“可见一个秘密想长久保持不容易噢！”

这时，一个参谋送材料来了。彭总抬头一看，却是毛岸英。此刻他身着人民军的绿呢子军服，已经是姿态英挺的青年军官了。他恭恭敬敬地行了一个军礼，然后笑微微地递过材料来，说：

“彭叔叔，现在全世界都在猜测我们的行动呢！”

彭总接过材料，让他坐在身边，亲切地问：

“你的目的达到了吧，现在习惯不习惯？”

“彭叔叔，”毛岸英说，“我在晋西北农村还是吃过一点苦的，在陕北也种过地，这里不过飞机多一些就是了。”

“他小时候在上海流浪，也吃了不少苦头。”夏文插上说。

“彭叔叔，你看过《三毛流浪记》吧？”毛岸英说，“我除了没偷人东西，没给有钱人当干儿子，别的都跟三毛一样。睡马路呀，给人拖地板呀，擦皮鞋呀，从垃圾箱里找破烂呀，全干了。上海有个外白渡桥，黄包车拉上去很费力，我跟弟弟岸青就在后面帮着推，推上去人家给几个钱……”

“那时候，你多大?”彭总问。

“我十岁，岸青八岁，还有个小弟弟才三岁。”

“不是组织上把你们送去的吗?”

“是的，可是后来组织被破坏了，经济来源断绝了，那家房东就翻了脸，叫我们出去给他挣钱，挣不来就劈头盖脸打我们。有一次，把我弟弟的头都打破了，我就背起弟弟去流浪……”

“你那个小弟弟，到底哪里去了?”

“不知道。”毛岸英痛苦地说，“有一天，我跟岸青出去讨饭，回来一看，没有他了，直到现在也不知道他在哪里。”

彭总听到这里，凄然无语。毛岸英也就把话收住。

他望了望墙上的作战地图，作为敌军标志的小蓝旗，又插到了清川江以北，就冲口问道：

“彭叔叔，为什么还要向后退呀?”

“你觉得退一下不好吗?”彭总笑着反问。

“不好!”毛岸英说，“我觉得，开始出国没有底，慎重还是对的；但是第一次战役已经打赢了，敌人很恐慌，为什么反而撤退呢?”

“那么，你的看法? ……”

“我的意见就是乘胜发起进攻，从清川江打过去。”

这个年轻人，在统帅面前如此唐突，无异班门弄斧，夏文确实吃了一惊。他偷眼望了望彭总，见彭总的脸色并没有变化，还眯着眼笑眯眯地问：

“听说你参加过苏德战争？”

“是的，那时我是苏军的坦克中尉，曾经乘着坦克一直打到波兰。”

“听说斯大林还奖了你一支小手枪，是吗？”夏文插了一句。

“是的。”毛岸英略显腼腆地一笑。

彭总眯着眼睛又问：

“你觉得那个战争，和这里的味道一样吗？”

“不一样！大不一样！”毛岸英说，“那里是飞机对飞机，大炮对大炮，坦克对坦克，现在咱们同敌人的装备相比太悬殊了。”

“这就对啰！”彭总说，“条件不同，战术也就不同。现在敌人是高度现代化的装备，我们呢，武器倒很齐全，什么日本的，德国的，美国的，甚至还有北洋军阀时代的，简直像个历史兵器展览会了。你拿这样的装备，去进行阵地战，展开粗鲁的进攻，正是以我之短击敌之长，你觉得有胜利的把握吗？”

夏文也望着毛岸英，和气地解释道：

“这次撤退，是有深意的。彭总利用敌人的狂妄心理，故意示弱，是将计就计。这一着是很高明的！”

“什么高明不高明哟！”彭总笑道，“这都是我们在长期革命战争中形成的一套，也可以说是中国独特的战术。现在我们就是要用这套战术，使美国人吃点苦头！”说到这里，他望着毛岸英亲切地说，“《中国革命战争的战略问题》你看过吗？”

毛岸英笑着点了点头。彭总说：

“不过，还要深刻地领会哟！”

毛岸英用钦敬的眼光望着彭总，说：

“我确实需要很好学习，我父亲就说我还不懂中国的东西。”

“彭叔叔,夏叔叔,你们商议军机大事吧,我走了。”

他走到门口时,又回过身来说:

“材料里有一个麦克阿瑟总部发言人的谈话,比较重要,请叔叔们看看。”

说过,又打了一个敬礼,径自去了。

彭总没儿没女,特别喜欢孩子和年轻人,一到了他们面前,他那铁板一样的脸,就立刻明朗生动起来。同毛岸英的几次接触,觉得他和那些娇生惯养的孩子颇不相同。他泼辣大胆,有斗争勇气,不怕吃苦,而且谦恭有礼。所以心里很喜欢他。等毛岸英走出很远,他还望着门外笑眯眯的,自言自语地说:

“这孩子不错!”

“我看这孩子很有出息。”夏文也说,“他一天同参谋们滚在一起,一点都不特殊。晚上睡在地铺上,就铺那么一点点草,盖一床薄薄的毯子,还说,这比我在上海流浪时睡马路强多了。”

“真是苦难折磨人也锻炼人!”彭总深有感触地说,“毛岸英八岁就跟他母亲一起蹲监狱,据说,把杨开慧绑赴刑场的时候,他还抱住妈妈的腿不让走,被国民党兵一枪托就打开了。我想这些他是不会忘记的。”

这时,夏文已经把那份麦克阿瑟总部发言人谈话的报道找了出来。

“我还是念一下吧!”说过,他凑到蜡烛下念道:

“发言人说:总部仍然弄不明白,在通往鸭绿江的路上,敌人究竟是想进行防御战,还是准备新的攻势。发言人意味深长地说,除非了解敌军的实力,对于这问题是不能答复的。又说,过去敌人在进攻之前先行撤退,这种撤退与近十天来在西北前线上的撤退一样,但也不能断定，敌人已经决心退到他们事先选定的防御阵地。这个声明也许部分地解释了联合国军在西北前线采取谨慎态度的原因。”

彭总眯着眼聚精会神地听着，念完以后，他又要过那份材料反反复复地看过，然后点起一支烟，在屋子里来来回回地踱着步子。

“也许敌人有一半猜中了我们的意图。”夏文满脸忧色，叹了口气，“也许这个鱼钓不成了！”

彭总没有立刻回话，又转了好多来回，才又坐到行军床上，声调缓缓地说：

“还不能那样认为。”他习惯地摸了摸嘴角，“敌人基本上还是处在迷惑不解的状态。他们对我们的企图虽有猜测，但有几个基本方面没有改变。第一，由于第一次战役并没有打疼他，敌人至今仍然估计我们不过六七万人，仍然过高地估计他们自己。前几天还有个美国将军说，在当前的战线上，没有任何东西可以阻止他们。如果中国共产党要一个十五英里的缓冲地带，就让他们在鸭绿江的那边来建立吧。至于说，他们的统帅麦克阿瑟，自从仁川登陆之后，尾巴已经翘到天上去了。根本不把中国人放在眼里。他们的狂妄心理，到现在并没有改变；第二，他们的战略方针是速决战，随着严冬降临，他们急欲摊牌的心理，只会越来越迫切；现在他们很谨慎，只不过是暂时的现象，很快就会改变的。”

说到这里，他注视着夏文说：

“一个决心下定，就不要轻易改变。就说钓鱼，也要有耐心嘛！”

夏文吟味着彭总的分析，点了点头，眼睛里流露出一种敬佩之情。他望望地图上彭总那披着军大衣的身影，背微微地弓着，一霎时觉得他真像是一个老渔翁，沉着而又坚忍地坐在波涛汹涌的岸上。

“当然,战术上也要采取一点措施。抗击不要太稀拉了,有时还可以适当地反击。这样前一个时候的缺点就弥补了。你还可以同几位副司令研究一下。”

蜡烛将尽。木屋中已觉寒气袭人。彭总送夏文走出门外时,那弯偃月,已经将要落山。彭总在那几棵古松下停住脚步,举头望了望月亮,带有鼓励、安慰的意味说:

“不会待几天了,你看她不是快圆了吗!”

夏文含笑点头,把大衣裹紧,走到山坡下面去了。

第五章　待月儿圆时（三）

每逢吃饭，常常是志愿军首长们议事的时候。但是今天吃早饭，彭总一直心事重重，沉默无语，而且匆匆喝了两小碗稀粥就回去了。

自从那天晚上他同参谋长研究军情以来，又是一周过去了。其间诱敌部队虽然进行了局部反击，迷惑了敌人，但敌人仅前进了几公里，就又止步观望。彭总心里也不禁忧烦起来。几位副司令员知道他的心事，也不怪他。

彭总一走，人们就活跃了。首先是那位第一副司令员秦鹏。他大约半个月没有刮胡子，在那张赤红的脸膛上，黑乎乎的络腮胡子，已经斐然可观。他一向爱同女同志和年轻战士开玩笑，这里没有女同志，那几个警卫员就成了他开玩笑的主要对象。

"小鬼，我提个意见行不行啊？"他对值班警卫员说。

"首长对伙食有意见，你就多指示吧！"警卫员含着笑说。

"什么手掌脚掌！"他把头一摆，"我是说，往后开饭，能不能早通知我一声？"

"怎么，先通知你一声？"

"对，先通知我，我先吃个半饱，不然司令员吃得快，我们吃得慢，显得我们都是大肚儿汉了。"

因为他同警卫员玩笑惯了，警卫员也开玩笑说：

“你本来吃得就不少嘛!”

大家笑起来。

第二副司令员滕云汉,是南方人中典型的小个子。他黑而瘦,两眼炯炯发光。他看了秦鹏一眼,也开玩笑说:

“刚才,司令员在这里,你怎么不提意见哪!”

那个高个子一说话就笑的冯副司令,像忽地想起了什么,笑眯眯地问:

“咱们军队里都传说,你是天不怕地不怕,在毛主席家里也很随便,就是有点怕彭总,这话可是真的?”

秦鹏仰起下巴颏哈哈一笑:

“也不能说是怕。只能说,在别人面前,我都放得开,就是到了他那儿,我就有点拘住了!”

“那是为什么呢?”其余的人也都有兴趣地问。

“说起来,也是从吃饭上起的。”他边吃边说,“我总觉得他是个怪人,又是个苦命人。打了一辈子的仗,苦差事都是他,享受的事从不沾边儿。红军时候,别人到下面去,都是加一个菜,他下去就没有了。不是不给他,是一加菜他就骂人,谁愿讨这个没趣!抗战开始那一两年,还不算困难,他同国民党一个将军谈判回来,经过我那个地区。那地方出鳜鱼,我就想招待招待他。可是,我不敢哟,我想起他那怪脾气,就不免顾虑重重。而不招待呢,又确实于心不忍。于是,我还真是从他的随行人员那里做了一点调查研究,并且再三说明只是一点鳜鱼而已。等到吃饭时候,先上了一大盘鳜鱼,我特意观察了一下他的神色,仿佛颇为高兴的样子,我这心就放下来了。心想,老总到外面跑了一趟,可能见了世面,也开通了。谁晓得第二道菜——一只清炖鸡刚端上来,还没有放稳,他那脸色就起了变化，从春天冷孤丁一下变成了秋天。大家刚才还是欢声笑语，这时候气氛一下变了。我那心就嗵嗵地打起鼓来。彭总也像在极力克制着，没有立刻说出什么。但沉默了一两分钟，他还是说出来了：'秦鹏，你不是说请我吃鳜鱼吗？'我知道，这是一个讯号，说明什么事情要发生了。管理员也傻了眼，神色慌乱，不知所措。他站在我对面，一个劲给我使眼色，意思是下面还有两个菜，究竟还上不上呢？我心里七上八下。一面想，算了算了，别给自己找麻烦了；一面又想，我那苦命的副总司令！多么可怜！他享受过什么呢，什么也没有。他当团长后的第一道命令，讲的就是两件事：第一件是军官不许拿鞭子，不许打骂士兵；第二就是取消连排长的小伙房，同士兵一起吃饭。平江起义以后，他对自己就约束得更严格了。论功劳是功勋盖世，论享受是两袖清风！一身破军衣，再加一双破草鞋！说实话，世界上哪有这样的将军！想到这儿，我就下了决心：上！豁出来挨批吧！我就向管理员悄悄地把头一摆，那道鳜鱼丸子就冒着热气端上来了。果然，不出所料，彭总的眉头立刻拧成了一个疙瘩，两个嘴角也搭拉下来，鼻子里哼了一声，说：'你们是向延安看齐呀，还是向西安看齐？'我连忙赔笑说：'彭副总司令，这也是鳜鱼，不过做成丸子罢了。'彭总听也不听，为了给我一点面子，不至于把我弄得太难堪，勉强扒了两口饭，把碗一推，就下席去了。"

"好厉害的家伙！"冯副司令笑眯眯地说。

"嘿，在这一类事情上，他对我还算是客气的哩。"秦鹏颇为得意地说，"不过，从此以后，我在他面前也就再也不敢随随便便。有什么办法，我天生是一匹野马，他天生是一个拿笼头的，我见他自然也就有点……"

人们又笑起来。那个警卫员也笑眯眯的，仿佛说，谁不让你戴上笼头呢！

人们刚要离开饭桌，防空号就响起来，接着传来敌机沉重的隆隆声。参谋长夏文向门外探头一看，说：

“快出来吧，阵势好大哟！”

几个人全走出来，站在一棵大核桃树下抬头观望。只见大队的流星型喷气式敌机，正编着整整齐齐的队形向北飞行。过去一批，又是一批，像是没完没了的样子。

“看起来，敌人的攻势要开始了！”秦鹏望了望众人说。

“恐怕已经开始了。”滕云汉闪动着一双小而明亮的眼睛。

说着，从南方飞来一架大型座机，显出一副慢悠悠的不慌不忙的样子，上下左右都有战斗机护卫着，向北飞来。由于早晨高空的寒气，喷气式战斗机划过一道道白烟，这些白烟把那架大型座机严严实实地包裹住了。大家惊奇地注视着这架座机，它向北飞了一程，就回过头兜起圈子来。接着，飞机上放出一阵广播喇叭声，一个粗嗄的男低音在说着什么。那声音时高时低，飘忽不定，一时听不清楚。

“你听，用英语广播呢。”秦鹏说，一面又招呼参谋长，“老夏，你注意听听吧，这里都是土包子，就你还学过几天洋文，我学过几句早就忘光了。”

“我也不行。”夏文谦虚地笑了一笑，一面支起耳朵谛听着。

说话间，飞机又从南面转过来，飞得近了，声音也更清楚了一些。

“是麦克阿瑟这老家伙在广播。”夏文扫了大家一眼。

“什么，是他？”人们惊奇地问。

夏文挥挥手，叫大家不要说话，又继续谛听着。

直到飞机远远地飞到东面，夏文才转过身来，为大家翻译：

“麦克阿瑟说，这个战争本来在感恩节就可以结束。后来由于不明国籍的军队的出现，使形势复杂化了。但是他认为，在联合国军面前，并没有什么不可克服的障碍。从本日起发动的攻势，是圣诞节结束朝鲜战争的总攻势。也就是说，这场战争将在圣诞节之前结束，他的士兵们就可以回到家里和家人一起过圣诞节了……”

“哈哈，到底还是来了。”秦鹏笑着说，“那就请他们到天堂过圣诞节吧！”

正说话间，山那边嗵嗵几声巨响，接着有四架敌机，一架跟着一架窜过来，飞得很低。秦鹏机警地用眼一扫，然后对参谋长说：

“恐怕要对我们打主意了。你快点去把彭总请出来吧！”

“我上次就没有完成任务……”夏文有点儿为难地说。

冯副司令眯眯一笑，说：

“我去。”

“好，好，”秦鹏说，“你是他的棋友，你去合适。”

所谓“合适”者，一来他是彭总亲密的棋友，两人于楚河汉界之间，厮杀与和谈交织，笑语共棋子齐飞，自然颇不拘谨；二来这位副司令肚子大，脾气好，平时与别人笑骂中应付自如，无论别人开多大玩笑，也从不气恼。有了这两条，执行这个特殊任务，自然最合适不过的了。

这冯慧个子高，步子大，一面仰着脸观望低飞的敌机，一面快步上了山坡。等他穿过那几棵古松，踏进那座木屋时，看见彭总站在地图下，手里拿着他那个象牙包边的放大镜，正凝思默想地看地图呢。桌案上电报稿纸铺得平平的，墨盒已经打开，一支七紫三羊毫的毛笔,也脱去笔帽,搁在墨盒沿上,就像他刚刚离开桌案。林青和小张正立在门口愁眉苦脸,彷徨无主。冯慧一看这里还若无其事,就急了,忙说:

“彭老总,敌人的攻势开始了,今天飞机很多,你知道吗?”

“知道了。”彭总显出一脸轻松的神色,说,“总算把他们盼来了。”

冯慧见彭总不动声色,仍然拿着放大镜看地图,就轮了林青和小张一眼,假意训斥说:

“飞机快下蛋了,你们也不着急,对首长的安全怎么这样不负责呀! 快,搀司令员到洞里去!”

冯慧又是说又是挤眉弄眼。林青和小张心里明白,正迟迟疑疑地动手来搀彭总,彭总已经走到桌案前坐下来。他搁下放大镜,慢吞吞地拿起那管毛笔,说:

“去去,你们先走,我写个电报马上就来。”

冯慧一听外面满山满谷都震荡着隆隆的飞机声,不容再迟疑了;就笑眯眯地走上前去,夺过了毛笔,盖上了墨盒,一并交给了小张,说:

“司令员,你还是到洞里写吧!”

“冯麻子! 你这是干什么?”彭总瞪着冯慧。

“我这是配合你防空嘛!”冯慧嘻嘻一笑。

“你太不沉着!”

“对对,我太不沉着。”

“你这是怕死!”

“对对,不光我怕死,我还怕你死哩!”

冯慧嬉皮笑脸,不容分说就把彭总的膀子架起来;林青也趁势上来搀着；一齐拥出了木屋。

这时，第一架敌机已经开始俯冲扫射。等到彭总几个人走到松树下时，第二架敌机又俯冲下来。冯慧一看不好，连忙把彭总摁在地上。“咕咕咕”一阵机关炮，打得前后左右都是烟尘，松枝纷纷落地。冯慧看看彭总没事，就喊了一声“快跑！”连忙搀起彭总跑进防空洞去了。

大家刚定了定神，小张在后面一手拿着电报纸、铜墨盒，一手提着暖瓶，也气喘吁吁地跑进来。彭总见他脸色苍白，一点血色也没有了，就说：

“小鬼，怎么把你吓成这个样子？”

“谁知道为什么！”小张噘着嘴，满脸不高兴地说，“你刚离开屋子，你那行军床就让机关炮穿了四个大洞；我看着那几个大洞，越想越后怕，腿都软了。以后再这样我就调动工作。”

“你看连警卫员也提意见了不是！”冯慧笑着说，“还说我怕死哩，要不是我采取果断措施，恐怕咱们俩就下不成棋了。”

彭总双手抚在胸前，笑着说：

“感谢马克思在天之灵！”

说过，又拍了拍小张的肩膀说：

“小鬼，我就向你道个歉吧！”

小张这才笑了。

这时，洞外急火火地跑来一个年轻参谋，站在洞口说：

“彭司令员，参谋长让我向您报告：毛岸英和高参谋没有跑出来！”

“为什么不出来呀？”彭总着急地问。

“他们正在作战室值班，一步也没有离开。”

彭总默然，知道这两个年轻人，为了忠于职守，在铁与火的瀑布中，仍镇定地坚守在自己的岗位。

“去，快把他们救出来！”彭总说。

“已经去人了。”

彭总的脸绷得像铁板似的。林青挤过来，望了望彭总：

“还是我去一趟吧！”

“好，快，你去一趟！”彭总把手一挥。

林青略停了停，趁一架敌机刚刚过去，就蹿出了洞口，向山坡下跑去。彭总站在洞口，向村中一望，只见几架敌机正此伏彼起，得意洋洋地进行轰炸扫射。其中一架敌机向下俯冲投弹时，没有声响，却立刻腾起一大片火光，随着滚滚的浓烟蔓延开来。附近一片声喊：“投汽油弹了！投汽油弹了！”接着敌机又投下不少汽油弹，火光愈来愈大，黑烟也愈来愈浓，整个村子烟尘弥漫，浓烈的汽油味已经飘到洞口。小张几次劝彭总到里面去，彭总仿佛没有听见的样子，只呆呆地望着村中的烟火一动不动。

半小时后，林青从烟雾中跑回来，浑身上下都是灰尘泥土。他站在洞口外拍了拍帽子，喘着气低声说：

“他们俩都不行了！”

“还能抢救吗？”彭总急迫地问。

“不，已经烧得不像样子。”

“尸体还有吗？”

“不要问了。”

林青说到这里，从口袋里取出一块手表，抖抖索索地递给彭总，说：

“这是毛岸英的，我从地上捡起来了。”

彭总接在手里，面色顿时变得苍白。他垂下眼睛，望着这块已经破旧的罗马牌手表，久久不动。他不禁想起中南海的那个月冷风寒之夜，这个年轻人追着他要求出国的情态，是多么诚挚，多么动人。而且事后才知道，他那时还正处在新婚未久的甜蜜之中。出国以后，尽管艰苦不同一般，他还颇有一点革命乐观主义的精神，就在前几天的晚上，他还热情地提出自己的建议。这是一个多么可爱的年轻人啊！可是出国刚刚一个月，他就为这个伟大的斗争献出了生命，怎不令人难过！何况他还是中国人民领袖的爱子呢！彭总想到这里，觉得热泪将要涌出，就急忙背过脸去，向洞子的暗影里走了几步。

“将来回国，把表交给他的妻子吧。”彭总把表交给了林青。

敌机已去。几个小时后，在一个僻静的小山坡上，举行了两位烈士的简单的安葬仪式。彭总到场，在墓前脱帽致礼，默立甚久。其他志愿军首长也都来了。在他们走到山坡下时，参谋长夏文问道：

“这件事，要向毛主席报告吗？”

彭总沉吟半晌，未曾回答。几位副司令员纷纷建议，此事可暂时不报主席。理由是，朝鲜战争爆发以来，主席焦心苦虑，每日休息甚少，听说已经瘦了。在这种情况下，如果听到此不幸消息，精神上将会受到很大打击。不如以后情况缓和时再说。

彭总一时无语，在那个小山洼里往返走了好几趟，才站下来：

“不，还是要告诉他。他是个伟大的政治家，不会受不住的……他把孩子送到这里，自然会有精神准备。”

既然彭总说了，大家也就不再坚持。夏文又问：

“高参谋呢，通知他家里吗？”

彭总又沉思了一会儿，说道：

“那就先不要说，因为他的妻子再过三个月就要生孩子，听了这消息，年轻人怎么受得了哟！”

大家点头称是。彭总又补充说：

“打听一下，最近有谁回国，可以买几件小孩儿衣服，给她捎去……”

下午，彭总在作战室召开会议，专门研究当前作战问题。第二次战役的方案早已作过研究，现在又根据新的情况加以调整。战役的中心环节，是将进攻之敌诱到预定战场以后，在西线左翼首先歼灭几个伪军师取得突破，然后以大力实施迂回，切断西线美军退路，加以歼灭。在迂回的兵力上，原定是两个军，毛主席来电认为不够，提出要三个军。彭总和其他将领都认为这是一个异常卓越的意见，但是由于后勤保障有问题，如左翼再增加一个军，存在着很大困难。大家决定再次向上请示。会议临近结束时，又研究了成立西线前线指挥所的问题，副司令员滕云汉提出愿担负此项任务。彭总深知他实战经验极为丰富，常常能使危急的战线趋于稳定，也就欣然同意。

晚饭后，滕云汉准备乘车登程。彭总和其他几位首长一面散步，一面送行。他们来到公路边，一辆插着伪装的吉普车正整装待发。

滕云汉行动敏捷，快步走到车旁，回过身来说：

“彭总，你还有什么指示吗？”

“什么指示哟！”彭总微微一笑，“本来是我的差使，都让你抢了！”

滕云汉一笑，登车而去。很快就消失在淡淡的月色中。

大家回转身来，猛一抬头，一轮饱饱满满的黄铜色的圆月，已从山岗上涌起，犹如巨大的车轮一般。秦鹏不禁失声叫道：

“好圆的月亮啊！”

彭总停住脚步，默默地望着那轮圆月，自言自语地说：

“等到这一天，好不容易啊！”

第六章　大炮与手榴弹

当敌人正向前推进的时候，完全没有料到，隐蔽得很好的我军，突然发起了强大而猛烈的反击。这一反击，首先是我西线集团的左翼第三军和第五军开始的。当面的敌人李伪军第七师和第八师支持不住，连夜向德川、宁远方向后退。但是被毛泽东军事思想所武装的中国部队，是不会以击溃敌人为满足的，他们一方面从正面紧紧地抓住敌人，一方面迅速地大胆地从侧翼迂回包围。

郭祥所在的第十三师，正向德川、宁远之间急进，准备迅速插到德川以南，完成对伪七师的包围。

但是，在部队将要到达大同江边的时候，敌人的侦察部队提前发觉了我军的行动。时间不长，敌人便把浓密的炮火转移过来，封锁了我军前进的道路。邓军和周仆所率领的前卫团，便被阻止住了。

那炮声像滚雷一般，"轰隆隆隆"，"轰隆隆隆"响得简直不分个儿。邓军和周仆登高一望，见山口外火光闪闪，把山谷照得通红，像砌起了一道火墙一般。为了避免无益伤亡，指令部队停止前进。但是等了好长时间，炮火仍然没有间歇。看来，敌人是用许多门炮组成了交互射击。邓军和周仆怕这样等下去延误时间，影响全军行动，就命令前卫营的孙亮，利用敌人炮火的短小间隙，猛突过去。

时间不大，孙亮就派人报告，说一个排还没有突过去就伤亡了一半。

邓军和周仆焦虑不安,看看表,已经过半夜了。师里两次派人来催,说决不能影响全军的行动。邓军猛然站起来说:“老周,我到前面看看。”

“怎么,你要带部队去冲?”周仆问。

“过不去,我就不信!”

说着邓军要走,周仆拦住他,说:

“你先等等。你能听出炮弹的出口声有多远么?”

“多不过十多里路。”

“那就好。”周仆说,“看咱们能不能找到他的位置。”

说着,他邀邓军一起爬上山去,作战参谋和小玲子跟在后面。

到了山顶,周仆和邓军站定脚步,向前方凝神观察。这里弥漫的硝烟已经不能遮住他们的视线。凭着明亮的月色,望见两三道错错落落的山岭外,是一道宽阔的大川,升腾着白茫茫的雾气。就在正前方那一带雾气里,一片火光,一明一暗,就同打闪一般。周仆用手一指:

“你瞧,就在那里……就是看不出是在江南是在江北。”

“在江对岸的可能性较大。”邓军寻思着说。

“我看,先把这些鬼家伙干掉!”周仆瞧着他的伙伴,“可以派一支小部队,向东绕十几里路偷渡过江,然后插到他们的后面……老伙计,你看行不行啊?”

邓军沉思了一会儿,把手一挥:

“行! 就这么办。”

“你看叫谁去呀?”

“叫三连去。我看嘎子还灵活一点。”

决心一定，他们立刻下山。

“老伙计！”邓军在路上说，“你这家伙，脑袋里还真有些点子。”

“你们听，团长表扬我啰。”周仆笑了一笑，接着说，“确实，我总在想，我们在政治上是处于绝对优势，可是在装备上却处于劣势。敌人正好相反。这就是敌我双方的基本情况。这样我就考虑：以劣势装备怎样来战胜优势装备呢？这里面的规律就需要找一找。”

“嗯，你把你考虑的结果讲讲。”

“嗐，现在还只是一种想法。”周仆笑了一笑，“不过我觉得，我们既然拥有政治上的绝对优势，就应该把这个优势充分发挥出来。用我们的长处来弥补我们的短处，来抵消敌人的长处。我们在战术上也需要多从这方面着眼。”

邓军和周仆下得山来，立时派参谋把任务传达给一营。郭祥接到任务，真是高兴万分，用他的话说，这是“天上掉下来的好差事”，“团部这一次还表现得慷慨大方”。这里到东南江边，完全是高山大岭，没有正经道路，他们就凭着北极星，在山腰里摸索前进。

他们爬过一座高山，沿着狭窄的小沟走了很长时间，还没走到江边。正在焦急时，听到花正芳说：

“连长，你听，这不是水声吗？”

郭祥仔细谛听，山那边好像起了大风似的。急忙登上山头，往下一望，几乎惊喜得叫了起来。偏南一轮圆月照着江水，白茫茫一片，像一条白色巨蟒，蜷曲在山谷里。敌人的炮兵阵地，就在江对岸偏西十数里处，那里不断腾起一片红色的火光和一阵阵炮弹的出口声。那闪光一时把江水照得通红，随着又暗淡下去，变成白色，好像这条巨蟒不断变换着颜色似的。看来敌人正聚精会神地用炮火拦阻我正面部队的前进，而对于这支小部队的到来并未察觉。郭祥喜不自胜,即刻带领部队下山,来到江岸。

部队伏卧在冰冷的沙滩上,静等着渡江的号令。但郭祥却不动声色,一时望望敌人的炮兵阵地,一时抬起头望望月亮,仿佛并不着急的样子。跟在他旁边的花正芳,不免心中纳闷:“怎么这时候连长还有心赏月呀?”就忍不住说:

“连长,快过去吧!”

郭祥没有理他,仍旧抬头望着那轮明月。花正芳又说:

“可千万别把时间误了。”

“稍等一等。”郭祥用肩膀碰了碰他,并且顺手指了指月亮旁边的一大块黑云,那块黑云正向着月亮飞驰。花正芳才会心地笑了。果然几分钟工夫,那轮明月已被黑云遮住,地上昏蒙一片。郭祥陡然立起身来,把手一挥,压低嗓音说:

“快,过江!”

说着,抢先跳进冰冷的江水里。随着战士们的脚步,江边的薄冰发出一片碎裂的响声。

到了中流,江水已经齐了人们的腰部。激流卷起的波浪,溅到人们的脖子里,棉裤成了千斤重的水袋,坠得迈不开脚步。冰冷的江水就像刀割一般。但是战士们高高地举着枪支,互相搀扶着,顽强地向对岸前进。郭祥不断地压低嗓音喊着:“把步子放稳一点!”“不要掉队!”“小钢炮!把小罗搀起来!”“快到江边啦!”他的语声,有力地驱散着寒冷,鼓舞着人们。

过了江,郭祥立即指挥部队向敌人炮兵阵地的后侧斜插过去。没有走出多远,在呼啸的北风里,棉裤就冻得硬邦邦的,打不过弯来。郭祥往地下猛然一蹲,噼噼啪啪,碎裂的冰块立时落了一地。战士们也都学着他们连长的样子,走一阵,就往下蹲一蹲。不一时,就从侧后接近了敌人。

这时,在炮火的闪光里,清清楚楚看见敌人的牵引车,在公路上摆了一大溜,前面是大炮,有十五六门。眼看离敌人一二百公尺了,敌人还没有辨清他们是谁,仍然一个劲儿地向我正面部队发射。多么有利的战机!如果来一个突然开火该有多好。可是人们这时才发现,枪栓已经冻得拉不动了,手榴弹盖子也拧不开了。“怎么办哪?”“班长,怎么办哪?”人们纷纷悄声地问。这时候,敌人已经发觉了他们,好几挺机枪一齐横扫过来。调皮骡子大声喊道:

“嚷什么!还不快往枪栓上尿尿!”

一句话提醒了人们。这办法果然很灵,枪栓拉开了,手榴弹盖也拧开了。郭祥扬起驳壳枪朝前“啪啪”地打了三枪,接着高声喊道:“同志们,立功的时候到了!冲啊!”人们跟着郭祥呐喊着,一顿手榴弹盖过去,敌人的炮兵阵地顿时烟雾弥漫。还没有拉开枪栓的战士,就挺着结着冰花的刺刀冲了上去,也有人抓起石头猛投过去,砸得大炮的钢板丁当乱响。敌人的炮兵哪见过这个阵势,吓得扔下炮弹乱钻乱跑。警戒炮阵地的步兵,还企图抵抗,也都被战士们用刺刀、枪托打翻在地。不到几分钟的工夫,敌人的炮兵和他们的十五六门大炮,已经做了俘虏了。

郭祥心中高兴,坐在大炮上,像一位威严的将军一样在那儿发号施令,指挥战士们看管俘虏,清查缴获。时间不大,我正面部队就突破了敌人的阵地,压了过来。团长、政委也随后赶到,他们显得特别高兴。周仆笑微微地,用慰问的口气说:

“同志们,今天够冷了吧?”

“不冷!!!”大家愉快地说。

“不冷?”周仆笑着说,“刚才过江,连我的马都叫冰水扎得一蹦一蹦的,差点儿把我翻到江里……”

“可是人不是马呀!”

战士们豪迈地笑着。郭祥也笑嘻嘻地说:

“首长,这次我算尝到了甜头儿,找到了窍门儿。”

“什么窍门儿?”邓军问。

“以后,我希望上级专门组织小部队摸敌人的炮兵。这些笨家伙,只要摸到它跟前,还不如咱们的手榴弹顶事哩!”

邓军含笑点头。接着命令郭祥立即整理部队,向德川以南的公路猛进。

后续部队也都赶上来了。拂晓以前,在德川西南的一带高地上,完成了对李伪军第七师的包围。使郭祥感到遗憾的是,他们这个连没有参加最后的围歼,只不过是在远远的一带山林里担任警戒罢了。

天已经亮了。这时大家才发现,棉衣外结着白花花的一层薄冰,像是冰甲似的,上面还疙疙瘩瘩粘着许多沙子和石子儿。战士们抽出刺刀往下刮着。飕飕的西北风一阵阵吹来,这时候人们才觉得彻骨的寒冷。

“冰棍儿! 冰棍儿! 大同江的冰棍儿!”小钢炮在地上蹦跳着,笑谑地喊。

调皮骡子见他背上还粘着两三颗鸭蛋大的鹅卵石,就笑他说:“我看,你去卖冰糖葫芦去吧!”

人们笑起来。

“调皮骡子这回可表现得不错!”小钢炮说,“一泡尿就把问题解决了!”

“赶评功的时候,我提议给他记上一功!”小罗也凑热闹说。

“这算什么?”调皮骡子把脖子一扭,老味十足地说,“革命战士嘛! 有一分热,发一分光嘛!”

人们又笑起来。

刚刚过午,就传来了胜利消息:友邻第三军已将包围在宁远城的李伪军第八师全部消灭。下午,太阳偏西时候,这里战场上的枪炮声,也突然激烈起来。看样子我军已经发动了总攻。人们站在山头上远望着,突然看见敌人阵地上,有一个像大蜻蜓似的黑东西,慢慢地离开地面,愈升愈高。

“看,那是什么?”

“直升飞机!”

人们纷纷嚷吵着。说话间,那架直升飞机像醉汉一般地飞过来,郭祥刚要组织对空射击,直升飞机已经噗噗啦啦地向南飞过去了。半个小时以后,传来了消息:被包围的伪七师,除一小股溃散外,已被全部歼灭,还抓了七个美国顾问。只有伪七师师长灵活,抛下他的部队和美国顾问,抢上了那架直升飞机。郭祥直抓脑瓜子,觉得刚才没有打掉它,可惜得不行。

郭祥接到命令:立刻到苍鹰岭以南的大山里去搜剿一股溃散的敌人。

第七章　课　本

郭祥的连队,立即同兄弟连队插到了苍鹰岭以南,封锁了大小道路,第二天拂晓以前开始搜山。果然在树丛里,雪窝里抓到了好几十名又冻又饿的俘虏。郭祥派人把俘虏送往营部,随即整队下山。山脚下有一座较大的村镇,这就是他们被指定休息的地方。

天色阴暗,乌云低垂,仿佛又要下雪的样子。远远向山下望去,那座村镇有好几十缕升起的黑烟,一时高,一时低,正在断断续续地飘散着。

“那里怕还有敌人吧?”花正芳提醒郭祥。

郭祥没有回答,加快了脚步。

背坡的雪很深,阳坡的雪却将要化尽。山径已经清楚地显露出来,人们走得更快了。将要下到山脚,郭祥让部队停止下来,在山坡上观察了一会儿。这所村庄就像死了的一样,看不见一个人影,听不见一点人声。

为了防止万一,一向机警的郭祥,把小鬼班派到前面搜索,随后带队下山,向村庄前进。在快要赶到村边的时候,只见小鬼班站住了,并且有人吃惊地叫了一声。

接着小罗跑回来报告,说村外发现了两具朝鲜人民的尸体。

郭祥赶过去一看,只见路边一株松树下,躺着一个浑身都是泥土的朝鲜姑娘的尸体。她的短小的白上衣被撕破了,两个乳房已被割去,血肉模糊的胸膛露在外面,鲜血已经凝成紫黑色,头发散乱,嘴半张着,眼睛瞪得怕人。在离她十几步远的地方,是一个防空洞,防空洞门口倒着一个三十多岁朝鲜男子的尸体,紧握着拳头,从侧面也能看出他狂怒的脸形。他的头被打破了,鲜血流了一地,旁边丢着一根沾满血迹的铁棍。……

围过来的战士们,禁不住打了一个寒战,有的人眼泪立刻模糊了眼睛。郭祥脸色铁青,命令战士们把姑娘的尸体移到僻静处,自己折了两枝很大的松枝遮住了她的身子。然后向村子里继续搜索。

刚刚走到村口,一幅骇人的景象,又把人们惊呆了。这里有一株高大的白杨,杨树上用铁丝捆绑着一个赤身裸体的老人。面前是一大堆柴火的灰烬。他的全身都成了赤红色,上身前倾,早被烧成弓形。连白色的树干,也被熏黑了一截。最刺眼的,在他的小腹上,还用长钉子钉着一张四四方方的印刷品,上面盖着朱红色的大印。郭祥以为是敌人贴的什么传单,凑近一看,原来是一张朝鲜民主主义人民共和国的土地证。

郭祥不禁打了一个寒战,猛可地想起自己的父亲被"还乡团"开肠破肚,把血淋淋的心肝挂在树上的情景,心里一阵剧痛,就好像那根钉子是钉在自己身上似的。他让战士把老人从树上解下来,自己伸手把那根钉子拔掉,把沾着血迹的土地证仔细折好,压在死者的身体下面,然后忍痛继续向村子里搜索。

他们穿过几条街,满街都是鸡毛、猪毛。除了一些狼藉的尸体以外,仍然看不见一个人影,听不见一点人声。这是连一点哭声也听不见的村庄!

郭祥在村南口停住脚步,正要吩咐战士们去掩埋死者,猛然瞅见村南洼地里有一个穿着白衣白裙的朝鲜女人,正弯着腰在那里挖掘什么。那个女人一抬头,看见郭祥他们在村口出现,突然惊叫一声,连忙丢下她挖掘的东西,向近处的一片松林里飞跑。

“快喊住她!”郭祥吩咐人们。

“噢包! 噢包哮[1]!”花正芳用他尖尖的声音喊着。

“阿妫嬷妮[2]!”郭祥也喊。

那位朝鲜妇女听见喊声,反而跑得更快了。花正芳见她不肯站住,一边喊一边追了上去。

郭祥正要喊住小花子,叫他不要追;只见那个朝鲜妇女猛然停住脚步,转过身来,显出十分英勇果敢的样子,一挥手,狠狠地扔过来一个圆圆的小东西,接着“轰”的一声,在树林边上霎时腾起了一片蓝烟。

郭祥知道她误会了,连忙对联络员小李说:

“快告诉她,我们是志愿军!”

“噢包哮! 我们是中国人民志愿军!”小李用朝语一连喊了几声。

“我们是中国人民志愿军!!!”大伙也跟着喊。

对方没有答话,躲在一棵松树后面,沉着地窥视着。

待了好半晌,她试探着在松树后面露出身子。等她完全看清出现在她面前的这支部队时,她才走出树林,向花正芳连跑了几步,喊了一声“吉文衮东木”就抱着花正芳的臂膀哭了。

郭祥他们立刻赶上前去。看样子这是一个二十七八岁的十分强壮的劳动妇女,手里握着一个小甜瓜手榴弹,身上沾满了泥土。她紧紧地拉着花正芳,哭个不住。

“阿妫嬷妮! 别哭! 阿妫嬷妮!”郭祥心里火辣辣的,连声

---

① 朝语:喂,喂。“噢包哮”更客气些。

② 朝语:大嫂。

地说。

联络员小李把郭祥的话翻过去,朝鲜妇女拾起胸前的飘带拭着眼泪,待了好半晌才说:

“我的男人和孩子全叫治安队杀死了!……我一颗泪也没掉;可是见了你们,就再也忍不住了!”

“治安队跑远了么?”郭祥急问。

“早晨跑的。”女人收住泪说,“我在大山上看见他们向南跑了,就下山来刨我的孩子。孩子叫他们活活摔死,扔到那边大坑里啦!”

“在哪里?”

“就在那里。”她顺手一指刚才刨土的地方,“他们摔死了五十多个劳动党员的孩子,都丢到那个大坑里了。我想把我的孩子挖出来,再看他一眼,给他另埋一个地方。可是刨出来一个看看不是,再刨出一个看看又不是……”

说着,她把手榴弹系在腰际,领着大家来到大坑旁边。这是一个两丈见方的新挖的土坑,上面只盖了一层薄薄的新土。一个地方露出了半个孩子头,一个地方露出一只肥胖的小脚丫儿。在一个角里,扒开了一个坑,湿土上显露着深深的指印。大概就是这个朝鲜女人刚才伏在那里扒土的地方。

同志们再也忍不住了,许多人背过脸,眼泪洒在土坑旁边的湿土上……

“阿妫嬷妮!”郭祥声音喑哑地说,“我看你就别再找了;既然都是党员的孩子,就让他们在一起吧!”

“可也是……”朝鲜女人点了点头,“你们不知道,他爸爸多喜欢他!我总觉得把他们父子俩埋在一处,也是对他的一点安慰似的。他临死也没有见这孩子一面……”

“他爸爸是怎么死的呢?”

“被活埋的。”女人说,“那还是敌人第一次打到这里的时候,他在山上当游击队。有一夜下山侦察,被治安队抓住了。这些坏蛋,在村西挖了一个大坑,把党员和群众活埋了二百多个。他们把我的男人也绑到那里,叫他对着大坑站着,然后对他说:‘你的死就临头了!快认错吧,你为什么分我家的土地?’我男人就说:‘认错?我当初留下你一条狗命,这就是我最大的错。’那些家伙就往坑里推他,他瞪着眼说:‘滚开!你们瞅着,我下去站着死,不能眨一眨眼!’他高声喊着‘朝鲜劳动党万岁!金日成万岁!’就跳下去了。志愿军打过来,敌人逃走了,我才把他挖出来,他真是站着死的!……”

朝鲜妇女的脸上,这时候流露出一种庄严、自豪的神情。沉了沉,她又说:

“敌人害了我的男人,这回又来害我的孩子。治安队说:‘孩子虽然不是党员,可他是党员的孩子,也不能留!’”

“孩子几岁了?”一个战士问。

“才刚刚四岁呀!”女人说。她目光直直地望着土坑,“同志,你不知道,我这孩子长大多不容易……解放以前,我们一家一坪土地也没有,是给日本人看坟地的,生活苦得不用提了。解放以后,我们家分了九百坪水田,八百坪旱田。看见生活有指望了,心里一痛快,这劲儿就像用不完似的。我们两口就不分白天黑夜没命地干活。我白天下地,夜间织布;我男人白天种地,夜间开会,没有一点空闲。我怕孩子耽误干活,种地、打场就把他放在家,拴在柱子上,下面用东西垫着,让他觉着像背在妈妈背上似的。我就是这么哄他。晚上织布,我把大枕头竖起来,把他拴上,一边织布,一边逗着他笑。小孩长大了，不能拴他了，我一下地，他就追到地里吃奶，我就又吓唬他：‘你要吃奶，我就叫内务署把你抓去。’我的孩子，就是这么长大的……这孩子，谁都夸他好！还不到四岁，你把钱放到小筐里，他就能端着小筐去买东西。村里人都喜欢他，不是这家把他藏起来，就是那家把他藏起来，故意让我着急。把我急得快要哭了，他们才把他放出来……他爸爸死了，我没有让他知道。别的小孩说：‘你爸爸叫治安队抓去打死了！’他说：‘我爸爸没有死，我爸爸到平壤去了，金日成将军叫他赶大车呢！’说到这儿，他还把小拳头一伸：‘我叫我爸爸回来，把治安队统统杀死！’就是这话，也传到治安队耳朵里去了，他们就下狠心要害我这个四岁的孩子……”

大家静静地听着。朝鲜女人又接着说：

“治安队一来，就把我和孩子抓去，关在村西仓库里。那里陆陆续续抓来了三百多人。孩子不懂事，看见这里又黑又闷，就哭着说：‘妈妈呀，妈妈呀，把我放出去吧，放出去吧，我以后再不碍你干活了！’叫得许多人滴了眼泪。头一天，治安队没有动手，谁知道他们正在挖坑呢。第二天一早，仓库门刷啦一声打开，进来三四个狗东西，治安队长就指着我说：‘朴贞淑！你们一家过去有点太高兴了吧。你们分了我几坪地，把孩子绑在柱子上干活，我看你高兴得着了迷了。今天，我来替你照看照看这个孩子，让你往后干活也清静清静！’我一看，他们要抢我的孩子，就急了，我就说：‘你们这群没有人性的狗东西！你们杀了他的爹还不够，连这个不懂事的孩子也要毁掉么？告诉你，你们在这里是待不长的！’这个坏蛋，嘿嘿冷笑了一声，说：‘朴贞淑！我也告诉你：日本人在这里待了五十年；这次美国人进来，要待上一千万年！’说着就来夺我的孩子。孩子哇哇地哭着，朝我的怀里钻，两只小手紧紧地拉住我的裙子不放。这时候，我的心都要炸了，可是全身捆绑着动转不了，我就用脚踢他们，用牙咬他们。他们一枪把就将我打昏过去。等我醒过来，孩子已经没有了。整个屋子的人都哭个不住。他们告诉我，孩子临被抢走的时候，那些狗东西还在后面哗啦哗啦地拉着枪栓吓唬他，孩子一个劲地哭喊着：'我不敢啦，我不淘气啦，我再不吃奶啦！'时间不大，治安队就进来说：'你们别哭啰！你们的孩子已经埋起来了，到明年春天让他发芽！'……"

土坑周围的战士们，起初是悄悄地抹泪，这时已经有人抽抽搭搭地哭出了声。

"是谁在哭?!"只听郭祥大声喊道。他目光炯炯地扫视着自己的连队，"今天，朝鲜老百姓，需要的是报仇，是敌人的血，不是我们的眼泪！"

他的喊声立刻止住了哭声。

"他们让我们的孩子发芽！"郭祥咬着牙说，"让他们瞧着吧，我们先要这群狗杂种在地下发芽！"

同志们静静地凝视着郭祥，只见他的嘴唇咬出了一排血印。……

"阿妈妮！"郭祥转过脸问，"关着的三百多人呢?"

"已经烧死啦！"朴贞淑说。

"全烧死了么?"人们惊问。

"统统烧死了。"朴贞淑说。"治安队把我的孩子摔死以后，又逼着我们去给他摘棉花，我就偷跑了。我一个人坐在大山顶上，想哭，又哭不出一滴眼泪，就是把我的心割开，也出不了这口恶气。我想，古话说，仇要以血来报。我们是独木桥上遇到的对头，有你无我，有我无你，我真恨不得把敌人抓过来，把他们咬死，吃了他们的肉。我就跑到深山里找到了游击队，恳求他们给我两颗手榴弹，准备下来报仇。天亮以后，我在大山头上，望见仓库起火了，接着治安队向南逃跑。游击队去追敌人，我才回到村里，一看关在仓库里的乡亲们全烧死了。……我就跑到这里来刨我的孩子……”

“同志们！”郭祥用他那燃烧得成了玫瑰色的眼睛扫了大家一眼，庄严地喊道，“大家看看这些阶级敌人，这些反革命，残忍到什么程度！他们不是人，他们是两条腿的野兽！他们想用血洗来镇压革命，想用斩草除根把人民吓倒；但是人民是斩不尽杀不绝的，是吓不倒的！这里被惨杀的，都是我们的阶级兄弟，他们的仇就是我们的仇！他们的恨，就是我们的恨！我们出国，就是要坚决为朝鲜人民报仇，让那些狗杂种多付出几倍的血！”

“坚决为朝鲜人民报仇!!!”

“坚决消灭敌人!!!”

大家掀起怒涛般的口号声。

郭祥又继续大声讲道：

“现在，我们马上行动，到街上去，到仓库那里去掩埋朝鲜同志的尸体。不要让他们的尸体暴露在外面……”

“不要动！”有人突然打断郭祥的讲话，在人群后面喊了一声。

郭祥回头一望，见政委周仆，披着他那件半旧的军大衣站在那里。原来他已经来了多时，由于人们精神过于集中，没有发现。

人们静静地注视着他。他的脸上似乎也有几滴泪痕。他走向前来，同朴贞淑握了握手，然后转向大家。

“同志们，关于掩埋尸体的事，其他连正在做，你们不必去了。我建议你们立刻展开一个讨论。”他提高声音说，“今天，你们看到的事情，听到的事情，就是咱们出国以来最重要的一课。这是敌人用人民的鲜血给我们上的一课。他们既然给我们上课，我们就要好好讨论。我希望每个同志都好好想想：这些反动家伙们为什么这样的残暴？他们是依靠什么势力竟敢这样疯狂？根据同志们的体会，中国的地主同朝鲜的地主有什么不同？如果美帝国主义打到我们的祖国，会不会出现这样的情况？甚至更严重的情况？我认为，要多想想这些问题，对提高我们的觉悟是有好处的……”

“现在就讨论么？”郭祥问。

“马上讨论。把部队带到那片树林子里去。”

郭祥从一个战士的背包上，抽出一把圆锹，铲了几锹土，把露出来的半个孩子头和一只小孩腿盖上，然后就带着他的连队往小树林子里去了。

周仆让联络员小李留下来，陪同自己安慰朴贞淑，同时动员她到别的连队讲述自己的经历，来教育部队。朴贞淑点头答应，随着小李向别的连队走去。

周仆来到松树林的时候，战士们已经开始了讨论。他们坐在自己的背包上，枪靠右肩，深深地低垂着头。他们每一个人都在思索着自己的经历，自己的一生。这些在中国苦难的大地上生活过来战斗过来的人们，每个人都不缺少苦难的过去。这些苦难，就像地下深厚的炭层一般埋藏在他们内心深处。没有人能够说出这些炭层的储量和它的深度。刚才政委提示的问题，正像一把深入地层的大火一样，把这一切又重新照亮，重新燃烧起来。

阴沉的天空，不知什么时候飘起了雪花。它静静地落上战士们的栽绒帽，落上战士们的肩头，很快就积了薄薄一层。但是战士们仍然低头沉思，仿佛没有觉察似的。

在初战中，以刺死三名美国兵而闻名全团的花正芳也站起来发言了。这个平时温和腼腆的青年，一向说话不多，今天却攥着斜挂在胸前的冲锋枪，气昂昂的。一开始他的声音又尖又亮，但是一提过去，就说不下去了。

“我是在老解放区长大的，俺爹是贫农团长……”他断断续续地说，“自从实行土地改革，地主就把我们恨死了。国民党拿着美国武器一过来，他们就组织了‘还乡团’，跟在后面。就同这里的‘治安队’一模一样。他们专门做了一块很大的钉板，上面是一排排的长钉子，走到哪里就抬到哪里。俺爹被抓住以后，他们就把他浑身上下扒个精光，然后就指着俺爹说：‘你不是领着头闹翻身吗？今儿个，我们就叫你来个大翻身！’说着，就把俺爹推倒，逼着在钉板上滚。他们还举着鞭子叫：‘翻哪！再翻！给我翻个够！’没有多大工夫，俺爹就半死不活，全身上下连一块好地方也没有了……最后，这些狗东西又把俺爹扔到大河里，还恶狠狠地说：‘共产党不是叫你们吐苦水吗？今儿个我叫你给我统统喝进去！’……”

花正芳哽咽着说不下去，停了好半晌，才握紧冲锋枪大声说道：

“看了今天的事情，我更清楚了，天底下的穷苦人是一家呀！我一定要坚决为朝鲜人民报仇，把那些披着人皮的豺狼统统消灭！……”

花正芳的话音未落，调皮骡子王大发就挺身而起。他的眼睛不知什么时候哭得红红的，但神态仍然十分矜持，不愿意叫人看出他是很悲伤的样子。

“要诉苦，我的苦比谁也不算少；要讲地主的反攻倒算，我也不是见过一次两次。”他竭力使自己的发言，保持着平静的语调。“我不记事的时候，就被卖到别人家里，刚脱了开裆裤就给地主放猪。

你们再苦,恐怕还是跟爹娘一块睡觉的吧,糠糠菜菜总还有得吃吧,我呢,大冬天,冻得我和猪一块睡觉,饿得我从石槽里抓猪食吃……”他倔强地把头一摆,“这全不说。再说,你们再苦,总是有父母的吧,受了冤屈,总是可以找父母去哭一场吧,我呢,直到八路军来了,父母才把我找回。以后国民党又来了,就因为分了几亩地,狗地主把我父亲捆上,从高房上往下面摔,一次不行,两次,三次,直到把我父亲摔得七窍出血……狗地主说:‘这就叫彻底大翻身!’……”他咬着牙控制着自己的感情,终于没掉下一滴眼泪。停了一会儿,又接着说,“今天,我不想多谈这一方面的问题。我想谈的主要是我自己的检讨。现在回想起来,自从全国解放,蒋介石王八蛋逃到台湾,我就对形势的认识发生了错误。我觉得反动派的八百万军队全消灭了,他们再成不了大气候了。人民的江山已经坐牢稳了,我可以歇歇气去鼓捣鼓捣我那个穷家了。可我就没有想到,天底下还有受苦的人们,就在离我们不远的地方就有人受苦。特别是还有帝国主义,反动派兴妖作乱,时时刻刻都想推翻我们,让我们把吐出来的苦水再喝进去。现在想起来,我完全不符合革命战士的水平!我觉得我对不起党,对不起祖国人民,也对不起这些被杀害的朝鲜人,对不起那个朝鲜大嫂,更对不起埋在大坑里的五十多个三四岁的孩子……”

说到这里,他再也克制不住自己,抱着枪,坐在背包上,哭了。

这时,只听后面“扑通”一声,一个战士歪倒在地上,接着几个人围上去喊:

“刘大顺!刘大顺!”

“他怎么啦?”郭祥忙问。

“他晕倒了!”六班长一面把刘大顺托在肘弯里,一面回答。

郭祥抢过去一看,只见刘大顺满脸泪痕,脸色煞白。他急忙招呼卫生员打针,六班长摇摇头说:

“不要紧,他这人有个气迷心症,待一会儿就过来了。”

讨论会行将结束,周仆正准备给战士们讲讲话,这时,只听树林外传来一阵急雨般的踏踏的马蹄声。他往林外看,只见两个骑兵通讯员带着他的枣红马飞奔而来,到了面前,跳下马打了个敬礼。

“报告政委,团长说有紧急任务,请你马上回去。越快越好。诉苦教育也马上停止进行,叫部队赶快准备干粮。”

周仆点点头,立即翻身上马,随着通讯员,向团部驰去。

雪在不停地飘落着,越下越大了。鹅毛般的雪片,顷刻间已经盖住了森林,盖住了山峦,也盖住了还在冒烟的灰烬,和那一处处被残害者的新坟。白雪啊,飘扬的白雪,你是惯于用你那单纯美丽的颜色,来掩饰这人间的一切的;纵然你暂时遮掩住这块土地上的斑斑血迹,但是你怎能掩盖住人民心头的伤痛,平息人们燃烧的仇恨呢!医治这伤痛的,平息这怒火的,在这世界上只有一种东西,这就是这伤痛和仇恨制造者的血。

第八章　闸门（一）

周仆飞马赶回团部，在山沟沟门的一家茅屋前翻身下马。

他一面扑打着雪花，朝屋里一望，只见邓军正迎着门口的光亮，伏在炕上看地图呢。他手里拿着一根火柴棒，在地图上聚精会神地量着。直到周仆走到门口，开始脱鞋，他才抬起头来，把火柴棒往地图上一丢，说：

"哎呀，老周，你跑到哪里去啦？"

他没等周仆回答，就从口袋里掏出一封电报，说：

"快瞧瞧吧，大买卖来啰！"

周仆接过来，坐下一看，这是一封志司转发军委的特急电报：

> 庆祝你们歼灭伪二军团主力的大胜利。
>
> 这一胜利，已经造成战役迂回的有利条件。望我左翼第五军迅速迂回缚龙里一带，第四军迂回肃川、顺川一带，坚决截断美二师、二十五师及骑一师自价川至平壤的逃路。以上部队应该不怕一切疲劳，排除万难，勇猛前进。

周仆一连读了几遍，一时挺挺腰板，咳嗽几声，一时又摘下帽子，搔搔头发。他的头发上冒着热气，脸色红通通的，显得格外兴奋。

"能轮上咱们团吗？"他问。

"这你就不用操心啰！"邓军冲他一笑，"咱们团的前卫。"

“是你争取的吧？”

“当然。”邓军又笑了一笑，“不过，命令很严，限我们明天早晨八点以前必须赶到。”

“这缚龙里到底有多远哪？”周仆一边问，一边伏下身子望着地图。

邓军拾起火柴棒，指指德川，然后顺着大同江弯弯曲曲的黑线，一直指到价川下面的缚龙里，说：

“我量了好几遍了，一百四十多里，不会再少。”

“敌人离缚龙里呢？”

“比我们近多了，最多五十多里。”

“唔，这就是说，我们在远两倍的路程上，用两条腿同摩托车赛跑。”

“对啰。”

周仆沉吟了片刻，说：

“你看能不能提前出发？”

“你说是白天出发吗？”邓军抬起头问。

周仆点了点头。

“这恐怕不行。”邓军说，“如果暴露了企图，敌人跑得更快，就更难抓住它了。”

“要是把伪装搞得好一点呢？”周仆寻思着说，“今天正好下雪，大家把棉衣翻穿，飞机不大容易发现目标，这样就争取了时间……不过要经过师里的同意。”

邓军立刻抓起耳机同师里通话，竟得到了批准。

半个小时以后，邓军和周仆率领的前卫团，已经出现在风雪弥漫的大道上。这支部队的每个成员，都按照严格的规定，把棉衣棉裤的白里冲外穿着，绿色的栽绒帽也蒙上白毛巾，小白包袱皮系在脖子里，像斗篷一样披在身后。霎时间变成了一支白盔白甲的队伍，在白色的山峦间向前急进。

为了免得动员工作延误时间，周仆把大部机关干部分插在各个连队，一边走，一边向战士们说明任务的重要。邓军和周仆把自己的乘马留在后面，收容病号。他们俩在队伍里串来串去，同战士们亲热地打着招呼，给大家鼓劲。

有两批敌机在上空出现，部队就隐伏在路边的雪地里，一点也没有暴露目标。天黑以前已经走出二十余里。随后就拐上了一条通向西南的山间小公路。虽然上空乌云沉沉，但毕竟是月黑夜，再加上白雪的反光，道路并不算太黑，这支部队就放开脚步奔驰起来。在静静的山谷里，只听见一片唰唰的脚步声。这支军队，在井冈山以来的几十年的革命战争中，练就了一种罕见的行军力。它既不是一般地走，又不是跑，而是介于走与跑之间的飞速地坚韧地移动。在朦胧的夜色里，有时你觉得它轻悄得竟仿佛像离开地面似的，远远望去，真如同一条长蛇向前飞行。

午夜时分，已经赶了八十多里。疲劳和困倦开始袭扰着人们，速度慢下来了。而且这时，部队已经离开小公路来到大同江边，走的是蜿蜒曲折的江边小路。这里一边是山，一边是水，山势陡峻，路径窄小，那些习惯于一边行军一边睡觉的老兵们，在这里也不能充分发挥他们的特长了。不断地有人跌下山坡，接着又爬上来，跑几步跟上部队。尤其在黎明之前的这段时刻，人们的困倦达到顶点，整个部队就像喝醉了烧酒一般，歪歪斜斜，简直是在睡梦中行进。前面如果有一个人停下来，后面马上就会有一连串“车厢”顶撞上去。

郭祥的连队，同样被这恼人的困倦袭扰着。但那些老兵们，例如调皮骡子这样的人，自有其一贯地对付这种困倦的方针。他们不但善于在行进中睡觉，尤其能利用三五分钟的小休息。一般人唯恐掉队，是不敢在这短暂的时间里放胆熟睡的；他却不然。他同他的背包一起拦路躺着，大模大样地像睡在自家的热炕上似的。只要部队一走，就会有人把他踩醒。虽然挨上一脚，却能够睡上甜甜的一觉。得失相较，还是比较合算的。

天亮时，已经赶出了一百二十里路。人们的精神振奋起来。再加早晨的冷风一吹，顿时清爽了许多。这时雪早停了，但大家被汗水浸透的棉衣棉帽，却结了很厚一层霜雪，连眉毛、胡须都成了白的，简直像从喜马拉雅山来的“雪人”。大家彼此谑笑着，也使一夜的困倦为之一扫。

离缚龙里越来越近了。朝鲜向导说，再过一道山就是缚龙里了。人们的心情越发不安起来，不知敌人是否跑掉。大家不由自主地加快了脚步，最后的十几里路，简直是跑步前进。

郭祥率领着自己的连队，滋滋地往前直钻。因为他们是前卫连，生怕误事，他那栽绒帽的帽耳朵，早在几十里以外就翻起来；可是又没有系好，一走就呼扇呼扇的。驳壳枪在身后拨浪拨浪的，他嫌碍事，把它插在背后的皮带上。他一边往山上爬，一对黑眼珠咕噜咕噜地观察着周围的动静。还没有爬上山顶，就听见一阵嗡隆嗡隆的摩托声。开头他还当是敌人的飞机，正要招呼部队注意防空，跑到山顶的花正芳喊：

“连长，快快，敌人的汽车过来了！”

郭祥三脚两步嗖嗖地爬上去，往山下一看，只见贴着对面山脚一条公路，有十多辆十轮大卡车正一辆接着一辆由北向南疾驰。

“好，兔崽子，到底赶到我们前边来了！”郭祥在肚子里咕噜了一句，立时喊：

“六〇炮快上！快给我堵住！”

六〇炮手赶上来，没有使用炮盘就发射了。顿时在卡车中间升起了几团灰黑色的浓烟。前面的卡车飞快地跑过去了，后面的三辆犹豫了一下，慢下来。郭祥立时命令三排冲了下去。

坐在车上的敌人，为数不多，他们仓皇地还击着，时间不大，就结束了战斗。三排的战士们欢腾地吵嚷着，说笑着走上山来。郭祥一看，前面押着的是十多名惊慌的俘虏；战士们走在后面，每个人怀里都抱着一大抱饼干、罐头、香烟和酒。小鬼班的小鬼们，一个个笑嘻嘻的。有的说：“我还没打过这样的仗哩，一开头就先来个慰劳！”有的说：“他知道咱们赶路辛苦了嘛！”有的说：“过去是蒋介石当运输队，现在是他们亲自来搞运输了！”还有人说：“什么运输队，这是不折不扣的慰劳队！”

他们一上来，抢着把东西放在连长面前。还有人当场把成条的纸烟打开，十分大方地一盒一盒往人的怀里扔。整个连队都沉在欢腾的气氛里。可是郭祥的脸色却显得不太高兴。小钢炮说：

“连长，你怎么啦，打了胜仗你还不高兴呀？”

“我的傻同志！”郭祥说，“你看我们跑了一百四十多里路只咬着敌人一个尾巴，大队人马怕是过去了吧？”

他立时把文化教员李风找来审讯俘虏。原来这是美二师的后勤部队，准备先把物资运往平壤。整个美二师、二十五师和骑一师的主力都还在后面呢。郭祥一听，立刻神采飞扬，如果不是在俘虏面前，他真会跳起来，翻几个斤斗，才能发泄他那股高兴劲儿。

刚把俘虏押送下去，营长陆希荣和邓军、周仆已经赶上来了。

郭祥报告了情况，邓军的黑脸上露出极其动人的笑容。他聚精会神地察看了周围的地形。北面不远处就是缚龙里，骑着公路，错错落落地约有几百户人家，南面不远处是大同江，一条正南正北的公路正穿过这道长长的峡谷。在峡谷最狭窄的地方，有一座六七十米高的小山，像一只大拳头似的正好卡住公路。邓军和周仆、陆希荣商量了一会儿，确定把这里作为防御的重点，由郭祥带领三连扼守。二连作预备队。陆希荣带领营部和一连伸到大同江边，打击南面可能增援的敌人。其他两个营也分别布置在公路东西两侧较后面的山岭上作为机动。团指挥所和迫击炮连设在后面的高山上。部署完毕，邓军命令部队立刻带开，尽快地挖掘工事，准备死守，坚决不能放过一个敌人。

郭祥兴冲冲地把部队带到指定的小山上。他知道敌人的炮火会比较猛烈，阵地上不宜布置过多的兵力，正面只放了两个排，把一个排隐避在侧翼，为了突击方便，还把一个班伸到山脚贴近公路的地方。郭祥深知即将到来的将是一场恶战，对工事的要求分外严格。为了给大家鼓劲，他把棉衣一脱，撂得远远的，露出他在运动会上赛跑得奖的背心，挖掘起来。整个阵地上，发出一片小锹小镐和冻土搏战的丁丁当当的响声。

八时许，太阳已经升起老高了，望望北方，静悄悄的公路上还不见一个人影。人们焦躁起来，纷纷问道：

“连长，敌人怎么还不来呀？”

“许是俘虏撒谎了吧？”

正在这时候，由远而近，传来轰隆轰隆的摩托声。郭祥往远处一望，公路尽头，出现了几辆汽车，红色的霞光照得挡风玻璃明晃晃的。接着又出现了坦克，随后又是无数的汽车和坦克疾驰而来。

顷刻间，汽车和坦克连成的长队，一眼看不到头，看去总有七八百辆、千把辆的样子。汽车上满载着戴着钢盔的步兵，车后拖着大炮，气势汹汹地涌了过来。

“准备战斗！”郭祥无限威严地大喊了一声。

在第一声枪响之前，即使老战士也不免处于一刹那的紧张状态。何况敌人今天是这样的阵势！虽然郭祥明明看到战士们的手指已经贴近了扳机，仍然习惯地大喊了一声，来给同志们助威壮胆。

敌人越来越近。现在已经清楚看到：前面是四辆吉普，后面是十多辆卡车，再后是十多辆坦克，再后又是数不尽的汽车和坦克。沉重的摩托声和坦克嘎啦嘎啦的怪响，响成一片，就像发了大水似的，整个山谷都震动起来。

“关键问题，是先打坏前面的汽车，来堵住坦克，这仗就好打了。”郭祥冷静地想。

“听我的口令！”郭祥又喊道，“集中火力，先打汽车！”

直到汽车开近山脚，郭祥才把驳壳枪举起来，“乓乓乓”一连打了三枪。

三枪过后，轻重机枪和六〇炮突然猛烈地开火了。顿时，卡车上的美国兵，恐怖地怪叫着，纷纷跳下车来，乱藏乱躲。有的钻到汽车下，有的往坦克的后面拥，鬼哭狼嚎，乱成一片。六〇炮很快地修正了偏差，准确地打在卡车上，有几辆卡车立时冒烟起火，有两辆小吉普，本来已经开过去了，这时又蒙头转向地掉过头来，翻在路旁的车沟里。有一辆通讯车，由于它的突然刹车，后面的车辆仰着两个前轮，好像一匹马扬起前蹄，搭在它的车身上面去了。

“好哇！打得好哇！”

战士们在战壕里跳起脚高喊着,各个山头上都传过来雷动的欢呼声。

团里的迫击炮和重机枪也开火了,他们集中轰击和扫射着后面卡车上的步兵和跳下车向后逃命的步兵。那些步兵成堆地死在汽车下和离开汽车不远的地方。有的还没跳下车就被打死,头冲下从车厢上倒挂下来。

郭祥为了彻底把公路堵死,吩咐前沿班立刻出击,把前面的十几辆卡车统统击毁。在一片手榴弹的火光中,汽车纷纷冒起几丈高的黑烟。滚滚的黑烟立时布满了山谷的上空。

“好哇,到底把狗日的堵起来啦!”郭祥微微一笑。

被打蒙了的敌人,逐渐清醒过来。他们开始明白,如果不夺出一条路来,全军覆灭就在眼前。于是,卡车后面的那辆坦克嘎啦嘎啦地向前爬着,像猪拱地一般,把前面冒烟起火的卡车一辆一辆地都拱翻到公路下面的深沟里。

郭祥一看急了,正要派人去打坦克,这时候,只见从前沿小鬼班的散兵坑里跃出一个人来,提着手榴弹向坦克追去。坦克一边跑,他一边追,向坦克滚动的履带里插手榴弹。连插了两次都滚落下来。这个战士见不成功,抓住坦克上的铁环,一腾身就攀了上去。他拼命地去掀坦克上面的盖子,但是怎么也掀不开。坦克已经驮着他走出老远了。只听小鬼班班长陈三粗喉咙大嗓地喊:

“小钢炮下来!小钢炮快下来!”

“下来啵!别让敌人把你驮走啰!”小鬼班的小鬼们也用他们尖尖的声音喊着。

眼看坦克开出有一里多路,小钢炮才无可奈何地跳下来了。

第二辆坦克也开动了。一边跑一边示威性地连续开了几炮。

郭祥一看第一辆坦克跑了，第二辆眼看又要跑脱，急得额头上的汗珠乓乓直掉，马上大声喊道：

“谁去打第二辆坦克?”

阵地上忽地站出三十多个人来，一片声嚷：

“我去!”

“我去!”

花正芳扯扯连长的袖子，无限诚恳地几乎是用哀求的语调说：

“连长，你不是早就答应过我啦?”

“我就不行吗?”调皮骡子王大发在那边喊，“什么任务也挑不上我!”

“还是花正芳有把握些。”郭祥心里咕哝了一句，立即说道，“花正芳，你去!”

郭祥的话还没有落音，花正芳已经放下冲锋枪，提着一支从别人手里抢过来的爆破筒，冲下去了。他的动作极其敏捷，很快地就追上了第二辆坦克。他巧妙地避开坦克上机枪的射击，把那支爆破筒牢牢插进履带里。为了不使爆破筒滚落下来，拉了火以后，还扶着它走了几步，直到快爆炸时，才跳到路旁的车沟里。只听轰隆一声巨响，坦克的履带哗里哗啦碎断在地上，不动了。阵地上顿时掀起一阵欢呼声。

这时候，第三辆坦克惊惶地焦急地开动起来，一面用机枪疯狂地扫射，一面向前疾驰。花正芳早已从路沟里露出头来，等到这辆坦克开到身边，一腾身就攀上去了。他这时的棉衣还是白里冲外，在硝烟弥漫之中，远远望去，就宛如一只白鹤，高高地站在乌龟背上。这小伙子真沉着得惊人，他慢慢地坐下来，就仿佛坐在自己的车上，不慌不忙地揭去手榴弹的盖子，把导火索用舌尖舐出来，套在手指上，然后向前探着身子，就像一个有经验的捉蝈蝈的孩子一样，悄悄地把手榴弹向坦克的瞭望孔伸近。不料此刻，盖子突然打开，一个美国兵的头露出来，花正芳急忙转身去抓美国兵的头发，已经迟了，只听“砰砰”两声枪响，花正芳身子一歪从坦克上滚了下来……

郭祥眼都红了。正要找人打这辆坦克，不知什么时候，调皮骡子早已站到面前，怀里抱着一捆集束手榴弹，腰里还插着两个飞雷。他用一种哀求的眼光望着郭祥，激动地说：

“连长，我一辈子不说软话，现在非说不可了！……不管我多么落后，咱们也是老战友了……咱们俩有意见是另外一个问题，可你不该不给我任务……”

“你是要炸这辆坦克吗？”

“这还用说！……连长，人家都打坦克立功，你就不许给我一个机会，叫我补补过吗？”

调皮骡子说着，眼泪都快要掉下来了。郭祥把手一挥：

“好好，你去。”

“你瞅着吧。”调皮骡子喊了一声，顺着山坡扑了下去。

王大发刚要接近坦克，坦克上的机枪向他疯狂地扫射着，逼得他抬不起头来。这时，只见这个饱有战斗经验的老兵，一扬手投过去一颗手榴弹，倏地腾起一团浓烟，接着就钻进浓烟里逼近了坦克。他把一捆集束手榴弹放在履带下拉了火。只听“轰隆”一声巨响，坦克不动了。

“这家伙倒是有战斗经验！”

阵地上的人们赞叹着，正为他的成功高兴，哪知这辆坦克仅仅受了伤，履带并未炸断，待会儿又呼隆呼隆地响起来。它向前爬了几步,想从那辆被击毁的坦克旁边硬挤过去。试了几试没有成功,为了离开这个危险地带,就倒着向北开去。调皮骡子看见坦克要跑,就飞也似的追上去,攀上了坦克。为了接受刚才花正芳的教训,就干脆坐在顶盖上,一边冷静地寻找窍门。坦克向北越开越快,眼看接近了大队汽车,隐伏在道沟里的敌人一齐向他开枪射击。阵地上的人们都替他捏了一把汗,纷纷喊着:

“快下来,调皮骡子!”

“不要大意呀!”

但调皮骡子并没有跳下来,而是在密集的弹雨中,不慌不忙地把他那个瘦身子贴在坦克上。他的一只手似乎在油箱处摸索着什么。突然一个腾身滚下来,接着火光一闪,顷刻腾起一大团浓烟和沉重的雷声,那辆坦克已经不动了。

“好哇! 起火了! 起火了!”人们欢腾地喊着。

这时,花正芳已经被救起,背到山后。

郭祥连忙走过去,看见花正芳静静地躺在山坡上,肩胛上流出了一大片鲜血,把棉衣的白里染得通红。他那俊秀的脸,越发显得苍白,眼睛微微闭着,就像睡着了一般。卫生员正剪开他的袖子,匆忙地包扎着。

“小花子! 怎么样啊?”郭祥伏下身子轻声地问。

他微微睁开眼睛,望着郭祥。

“我大意了……”他抱歉地并且有几分羞涩地笑了一笑。

“伤口很疼吧?”

“几天就好了……”他又温和地一笑。

郭祥仔细看看负伤的部位,不像伤了肺,才放了心。叫卫生员赶快把他送到绑扎所去。卫生员刚背起他走了几步,他又叫卫生员停下，回过头，低低地叫了一声：

“连长……”

郭祥看他有话要说，连忙赶上去。

“连长，你的两双袜子已经补好……打在我的背包里了，你叫他们取出来吧！……”

“好，好。”郭祥连声答应着，心里热烘烘的。

“我很快就会回来的！”花正芳又笑了一下，把头搭在卫生员的肩头上，走下山坡去了。

郭祥回到原来的位置，见调皮骡子喘吁吁地飞跑上来。他的帽子不知什么时候掉了，满头满脸的土，就像土地爷似的。

“刚才打住你了没有？”人们问。

“枪子儿什么时候也不找我。”他傲慢地一笑。

“好好，”郭祥上前握住他的手说，“打完仗马上给你评功！”

“什么功不功的……”调皮骡子满不在乎地把手一摆，“连长，先别说这，我要马上向你报告一个非常重要的情况！”

“什么情况？”

“你来看，”调皮骡子转过身，往北一指，“在那辆破坦克后面，第三辆和第四辆都是弹药车。”

“看准了吗？”

“我刚才在坦克上看得真真的。”

郭祥兴奋地把手一挥，高声叫道：

“乔大夯！”

“有。”乔大夯在机枪阵地上用粗憨的声音应了一声。

“准备燃烧弹！”

乔大夯把燃烧弹推上了枪膛。

郭祥发出射击口令,只打了半梭,第三辆和第四辆卡车的车头已经扑出火来。不一时,就听见“轰轰”几声巨响,接着震天动地的爆炸声不分个儿地响起来。隐避在路沟里的步兵,又是一阵鬼哭狼嚎,乱跑乱钻。附近的坦克、汽车也争着向后倒退,搅成一团。顷刻间,烟雾弥漫,充塞了整个山谷,炮弹皮和被炸起来的汽车碎片在阵地上“日日”地飞落着。连我们的战士也不得不暂时躲在战壕里。

战士们纷纷嚷着:

“连长,你也快蹲下来吧!”

“好好。”郭祥连声答应,取出一支美国纸烟点着,脸上出现了得意的孩子式的微笑。

第九章　闸门（二）

弹药车的爆炸，给人们带来了一种特有的欢乐气氛。尽管山谷里硝烟弥漫，乱飞的弹片和土块，在阵地上噼啪乱掉，人们还是从工事里伸出头来探视着，那种兴致，真好似正月十五看红火热闹一般。直等爆炸声渐渐稀落，浓烈的硝烟渐渐飘散，才看见公路一旁的稻田里，尸体狼藉，像是秋收时节的谷个子，一个个地横倒在那里。那些没有炸死的美国兵，发出一阵阵呼天唤地的哭叫。有人吃力地想爬到比较隐蔽的地方，有人把头伸到泥沟里喝水。公路旁边的五六株白杨树，只剩下了一棵，其他几株都被炸断，连同树脑袋歪到地上去了。附近的汽车被炸得东倒西歪，残缺不全地匍匐在公路上，冒着一缕缕的烟火在燃烧着。还有一辆，四轮朝天仰在路边，很像是向后抢路逃走的时候滚下去的。公路已经严严实实地堵起来了。

这时候，敌人大概已经明白，如果不摧毁卡在公路上的这个小小的支点，单凭坦克、汽车猛闯过去是办不到的。郭祥偏着脑瓜冷静地观察着战场上的动静。只见缚龙里以北的敌人纷纷跳下汽车，在路旁集结。车队里夹着的坦克，也一辆接一辆地离开车队，在缚龙里以南一字儿排开。汽车牵引的大炮，也在公路上掉过头来，把炮口对准我军的阵地。郭祥意识到，一场恶战即将到来，在阵地上巡行了一遭，命令大家充分地做好准备。

果然时间不大，有十几发炮弹在阵地前后左右爆炸了。郭祥根据经验，知道敌人开始了试射，随即命令部队迅速隐蔽。接着，一发烟幕弹打在山坡上，腾起一团乳白色的烟雾。随后，就是成排的坦克炮弹和榴弹炮弹如疾风骤雨一般猛袭过来。这座五十多公尺长、十多公尺宽的山脊，顿时像惊涛骇浪中的船只那样颠簸着，郭祥坐在小土洞里，身子不断地被掀动起来，冰冷的泥沙不住地灌进脖领里，硝烟呛得喘不过气。他把鼻子用袖筒笼着，肚子里狠狠地骂道："好狗日的，反正有你露面的时候！"

这场疯狂的轰击，大约进行了二十分钟。轰击刚停，郭祥就从工事里露出头来。一看，敌人约有一个连的兵力，已经像羊群一般接近山脚。这些装备齐全的戴着钢盔的美国武士们，正弓着身子，伸着大长脖子，好像鹳鸟一样地迈着大长腿，小心翼翼地向前移动。

"同志们！为朝鲜人民报仇的时候到了！"

郭祥大喊了一声，想来鼓舞大家的情绪。但自己却听见这声音出乎意外的微小，才知道自己的耳朵被炮弹震得有些不好使了。

阵地上的工事，有的已被炸坍，战士们纷纷地从泥土里钻出来。幸好他们事先塞住了枪口，包住了枪机，立即把泥土抖掉，摆好了射击姿势。乔大夯刚才脱去了棉衣，把机枪包着像婴儿一般地搂在怀里，现在又把它摆在射台上。

郭祥本来想把敌人放得近近的，却没有料到前沿的小鬼班已经开火了。主阵地上的两个排接着也开了火。敌人被打死二十几名，其余的跟头趔趄地蹿了回去。

郭祥很有气，立时跑到小鬼班那里，大声地问：

"是谁叫你们先开枪的？"

小鬼们本来情绪很高,嘁嘁喳喳地议论着什么,现在你瞅我,我瞅你,傻眼了。班长陈三这个温和的中年人也涨得满脸通红。

“这事怨我。”陈三急忙承担责任说,“是我一时没有制止住他们。”

郭祥不理他的回答,继续质问说:

“你们是从哪里学来的‘赶鸭子’战术?”

说着,他往前一指:

“你们瞅瞅!你们打死了多少?跑了多少?……对敌人,我们不是要赶跑它,是要消灭它!你把它赶跑,他会第二次来进攻你。你们说合算不合算?”

“当然不合算。”小罗回答说,“是刚才那阵炮把我们打恼了,一瞅见敌人就忍不住了。”

“忍不住也要忍!”郭祥使劲把臂一挥,“要咬着牙忍着,把敌人放得近近地打!光把敌人赶跑,我们对得起昨天那位朝鲜大嫂吗?对得起一大坑被惨杀的孩子吗?”

大家默然无语,仇恨的火再一次燃烧着人们的心。陈三咬着牙说:

“连长,你就瞧下一次的!”

郭祥又跑到几个排长那里,一一吩咐他们:

“如果谁再把敌人远远地赶跑,要受到严格的处分!”

郭祥刚刚布置完毕,敌人的第二次炮击开始了。接着又是一个连的步兵开始冲锋。大家眼看着敌人爬上了山坡,郭祥还没有发出射击信号。

山坡上寂静得可怕。连美国兵爬山呼哧呼哧的喘气声都听得真真的。

小司号员的心怦怦地跳着，他把号嘴儿贴在嘴唇上，悄声地问：

"该吹了吧？"

郭祥没有言声，目不转睛地盯着敌人。

敌人以为经过如此猛烈的炮击，山上已经没有人了，就大着胆子爬到山洼里。这里距我阵地只有二十五米左右。此刻，只听山头上吹响了"嘟—嘟—嘟—"三声长号音，接着，手榴弹像一片黑乌鸦一般纷纷盖下来，事前早已测好距离的几门六〇炮，也一个劲地向敌群里猛砸。山洼里，顷刻腾起一片蓝色的烟海。敌人四散奔逃。战士们纷纷跃出工事，居高临下地用机枪、冲锋枪猛扫着，就好像围猎一群乱冲乱窜的野兽一般。等到这股伤亡过半的敌人狼狈回窜的时候，隐伏在山侧的机动排早已迂回到山脚等候，又是一阵猛打。敌人纵有坦克、大炮也无法支援这批可怜的家伙。时间不大，他们就横躺竖卧在这片小小的洼地里。能够最后逃出这围歼的，已经没有多少了。

战士们打得兴致高极了。机动排的战士们穷追不舍地痛打着逃下阵地的敌人。为防止敌炮杀伤，郭祥赶忙让司号员发出信号把他们撤回。

"对，对，就是这么个打法！"郭祥连声称赞着，鼓励着他的连队。

战士们迅速地从敌人的尸体上搜集着武器弹药。这一切还没做完，阵地上空，接连不断地出现了敌机。总有三十多架，围着这一带山峰盘旋起来。敌人的坦克炮又打过来一发烟幕弹，白烟缓缓地上升着。郭祥知道，这是地面火力在为它的飞机指示目标。果然时间不大，为首的一架敌机俯冲下来，向阵地轰炸扫射。有几颗炸弹落到山后去了。

郭祥见来势不善，正在思谋新的对策，调皮骡子跑过来说：

“连长，我这个小兵子提个建议行不？”

郭祥瞪了他一眼：

“这是什么时候，你还说俏皮话咧？”

“嗐，我这穷嘴，成了习惯！”调皮骡子抱歉地一笑，“连长，你看先把主力撤到山侧面行不？……等一会儿专门来揍敌人的步兵。”

郭祥一向重视军事民主，见他说得有理，立即采纳，把一个多排撤到山侧面去了。

这三十多架敌机的轮番轰炸，以后再加上坦克炮和榴弹炮的集中轰击，简直像要把这块狭小的山头翻转过来。整个一座山陷于烟笼火罩之中。等到敌人的步兵接近阵地，炮火和轰炸暂时停止的时候，郭祥率领部队立即冲上阵地。山头和山坡，全是大炸弹坑套小炸弹坑，焦煳煳的一片。所有的工事，几乎全被摧平。

这一次郭祥的连队打得更猛了，像前次一样，又把敌人的一个连大部歼灭在山洼里。一堆一堆的死尸，堆满了山洼，连脚都插不进去；一摊一摊的血，涂红了山岗，低洼处，已经积起了血水……

这时，团部的通讯员捎来了团首长的慰问信，说要给全连立功，还询问有什么困难。郭祥指着山坡上敌人的尸体，对通讯员说：

“你回去告诉首长，叫他们放心吧，就说我们情况很好，没有困难。你还要对政委说：昨天的事，我们绝不会忘记，今天就是为朝鲜人民讨还血债的时候！我们准备把这个小山变成一座闸门，不管敌人来多少，都要让他们碰死，一个也过不去！”

通讯员把话带回团部，邓军和周仆听了都非常感动。

“这样的干部，放到什么地方，就是叫人放心。”周仆满脸是笑，赞赏地说。

“今天打得还可以啰！”邓军也微微一笑。

按照这位身经百战的团长的习惯，能够称上“打得可以”，这已经就是了不起的评价了。

“这样的干部，”周仆显然兴犹未尽地说，“你就是把他放在水里火里，他也硬是顶得住，一点也不叫苦。你看，他还懂得给我们做工作，来鼓励上级的情绪！”

“哼，”邓军嘲笑说，“像这样的人你还不愿要哪！”

“你说什么，我不愿要？”

“你忘啰，政治委员！”邓军说，“人家参军的时候，又黄又瘦，你还说，小鬼呀，你走得动啊？”

周仆想起当时的情景，也笑起来了。

他们的指挥所设在高山尖稍稍下面一点的地方，在山坡背面挖了一个简陋的土洞。但他们并没有躲在土洞里，而是在山尖上观察着整个战场。他们刚才是多么担心哪，生怕敌人从公路上闯过去，尤其是在三十多架飞机和几十门火炮集中轰击三连阵地的时候，这座小山已经被飞腾的烟火完全吞没。看到这种危险情况，邓军一方面组织火力来支援他们，组织对空射击来减少敌机对他们的威胁，一方面也做了阵地万一失守的准备。谁知烟火散去，这个经过洪涛冲击的闸门，仍旧顽强地屹立在那里。那一眼望不到尽头的千把辆汽车和坦克组成的长队，仍旧像一条长蛇似的僵卧着不能移动一步。看到这种情景，怎么会不叫人高兴呢！

邓军和周仆正在商量下一步如何支援三连，忽然上空响起炮弹的啸声，接着在缚龙里村南的稻田里爆炸了。有几团蓝烟缓缓地上升着。

小玲子急匆匆地走过来说：

“报告首长，这炮打得很奇怪呀！”

“怎么回事？”邓军回过头问。因为他正同政委商量问题没有在意。

“你看，要是敌人打的，怎么会落在那个地方？要是我们打的，我们又没有这样的大炮！”

邓军和周仆凝视着那团缓缓腾起的蓝烟，沉吟间，又是连续两发，在原来的地方爆炸了。

“莫不是从南边打过来的？”邓军机警的眼睛闪了一闪。

“我百分之九十可以肯定。”小玲子说，“我仿佛听见出口声是从南边传过来的。”

“很可能，是增援的敌人。”邓军沉思着说。

他立即命令山尖下面的步行机员，通知一营营长注意观察南面的情况。时间不大，就来了报告：远方公路上已经发现了敌人的坦克。

“听见了没有，你们一定要把南面的敌人坚决顶住！”邓军对着步行机喊。

“请首长放心吧，”耳机里回答，“只要有我陆希荣在，阵地就不会丢掉。”

邓军带着微笑取下了耳机。

他急忙返回山尖向南观察。终于在大同江南的公路上，看见敌人的坦克像绿色的小甲虫一样一辆一辆地出现了。他急忙举起望远镜，在十几辆坦克的后面，已可看见满载步兵的汽车，正沿着公路向江边疾驰。

一直等到看见敌人的后尾，邓军才放下望远镜，轻蔑地一笑：

“最多不超过一个团的兵力……看样子，我们防御的重点还是北面。转移了注意力可就要上当啰！”

周仆点点头，同意团长的看法。

不一时，敌人的坦克已经开到大同江南岸。他们发现江桥已被我军炸断，随即展开战斗队形涉水渡江。一面开进，一面向北岸我军阵地疯狂地打炮。步兵也都下了汽车，躲躲藏藏地挤在坦克后面跟进。一连阵地上的轻重机枪和六〇炮也开了火，有不少的美国兵被打死在大同江的冰水里。

天空中盘旋的敌机，开始在一连和一营营部的阵地上扫射轰炸，顷刻间腾起了一片滚滚的烟火。

南面增援部队的到来，和那突然激烈的枪炮声，使北面被阻的敌人得到极大的鼓舞。显然他们认为最后突破围困的时刻已经来临。缚龙里村南的坦克和北面公路上的榴弹炮群，以空前猛烈的火力，又盖住了三连的阵地。飞机在拼命地狂炸着。敌人的步兵也在缚龙里以北迅速集结，准备作最后的猛攻。

邓军预料到这会是规模最大的一次猛攻，如果不给三连以强大的支援，阵地就会有突破的可能。他立刻想到，必须更周密地组织火力，特别是充分发挥迫击炮的威力，在敌人步兵冲击的开始，就给以大量的杀伤，这样才能帮助郭祥守住这个狂涛冲击中的闸门。

想到这里，他立刻跑下山尖与迫击炮连通话。可是当他抓住电话耳机，还没说完，就看见小玲子从山尖上跑下来，脸色也变了，一连声急迫地叫：

“团长！团长！阵地被突破了！”

邓军蓦地一惊;但脸上神色不露,仍旧把话说完,然后放下耳机,上了山头。

“老邓呀,你看这是怎么搞的?”

周仆向南面一指。邓军一看,敌人的坦克已经过了江到达北岸,前面几辆已经爬上了公路,正向前呜噜呜噜地开进。在一连和一营营部的阵地上,人们正纷纷向下撤退。

邓军登时气得脸都黄了。

他把驳壳枪从小玲子身上抽出来,话也没有交代一句,就气昂昂地大步跨下山尖。过去在情况危急的时刻,他临到前边去还说一句:“老周,这一摊你掌握吧!”现在连这句话也没有,就向山下飞步走去。

“老邓! 老邓! 你等一等!”

周仆在后面喊。邓军理也不理,顺着山坡向南去了。

小玲子知道拦阻无用,就紧紧跟上。周仆对两个通讯员使使眼色,让他们也跟着去了。

他们在山腰里穿行着,在一个山垭口碰上了撤退的人们。

“站住!”邓军威严地用驳壳枪一指,“谁叫你们撤退?”

“是营长叫我们撤退的。”人们纷纷说。

“我们本来打得很好,忽然传下命令叫我们撤退。”其中一个说。

“你们的连长、指导员呢?”邓军问。

“都牺牲了。”

“营长呢?”

“我们也不知道。”

邓军立刻命令他们占领阵地,射击敌人的步兵。

小玲子眼尖,在山梁上发现了陆希荣。他正弯着他那细长漂亮的身材向北奔跑。

“截住他!”邓军大声喊道。

通讯员飞步跑上山梁,把陆希荣截回来了。

他脸色苍白,强作镇静地站在邓军面前。

“说! 你为什么撤退?”邓军用驳壳枪一指。

“团……团长,你别生气……”陆希荣口吃地说。

“我问你,你为什么撤退?”

“不……不是我要撤退,是坦克冲到我们后面去了。”

“怕死鬼!”邓军斥骂着,“冲到后面就不能打啦?”

邓军当着战士的怒骂,显然刺痛了他。

“我希望上级不要随便污辱一个同志。”他抗议地说,“我陆希荣绝不是担心自己的生命,我是顾惜一二百个战士的生命。留在那里,是让他们白白送死! 别人可以对他们的生命不负责任,我是营长,我不能不对他们负责! ……”

“好个狗娘养的,我算认识你了!”

邓军那只独臂把驳壳枪一挥,照着陆希荣哗哗哗哗地打了一梭子。

小玲子是个有心眼的人,唯恐首长一时激怒,处理问题发生偏差,早把团长的臂膀轻轻一碰,一梭子弹从陆希荣的头顶上飞了过去。

小玲子接着解劝了几句,让人把陆希荣押往团部。

前面传来一片“哈罗、哈罗”的怪叫声。邓军抬头一看,原来一连丢掉的山头,敌人已经爬上去了。这座山比附近几个山头都高,如果让敌人占去,对于三连和其他阵地都将处于不利地位。邓军迅速下定决心,必须乘敌人立足未稳之际,立刻把阵地夺回。然后再进一步消灭公路上的步兵和坦克。

他迅速整理了部队,指定了代理连长,指示了反击的道路;然后走到一架重机关枪面前,用他那洪钟一般的声音喊道:

“同志们!共产党员们!现在我们已经把几万敌人包围住了,北面的部队很快就要压过来了,敌人马上就要完蛋了。我们放走一个敌人,就是对祖国人民对朝鲜人民犯罪。现在我命令你们,马上夺回自己的阵地!……你们都知道,我是掩护十七勇士强渡大渡河的机枪射手,今天,我要亲自掩护你们夺回阵地!……”

说过,他立刻在重机枪后面卧倒。重机枪立刻发出激烈而又匀称的哒哒哒哒的点射声。其他的轻重机关枪也随着发射了。对面山头上的敌人纷纷倒下。战士们勇气百倍,哇的一声冲了上去。

已经进入沟口的坦克,显然发现了目标。“吭、吭、吭”几发坦克炮弹打过来,落在附近。飞起的弹片和土块噼里啪啦地落了他们一身。

“团长!团长!快转移一下。”小玲子在旁边叫。

邓军不理,一个劲地射击着。他刚才的满腔怒气,仿佛都要倾注到这个重机枪筒里喷发出来。他脸颊上的那条伤痕,越发像一条红色的蚕趴在那里。

“吭!吭!”又是几发坦克炮打在附近。

小玲子见情况十分危险,连忙上去扯邓军的衣服,邓军把眼一瞪:

“什么事你都拦我,你看这是什么时候?”

话没落音,“吭、吭、吭”几发炮弹在眼前爆炸了。

小玲子急忙把团长扑倒,用身体来掩护他,已经来不及了。硝烟飞散，看见他的裤腿上，炸开很大一团棉花，血从裤管里汩汩地流出来。小玲子急忙把他背到背坡石崖底下，掏出救急包施行急救。由于失血过多，他一时陷于昏厥状态。小玲子怕发生危险，一面找通讯员回团报告，一面背负团长下山向绑扎所走去。此时小玲子非常懊悔，他想如果刚才自己再坚决一点，把团长硬拖下阵地，或者自己的动作再快当一些，就不会使这个老红军战士再负第九次伤了。自己跟他多年，熟悉他的一切脾性，而今天竟连这一点也没有做到，这是多么严重的失职啊！想到这里，他的泪水随同他的汗水一起洒落在地上。其实他自己的腿上也负了轻伤，一面走一面洒着血滴，却一点也没有察觉……

一连已经顺利地恢复了失去的阵地，把敌人打下去了。周仆正自高兴，却没有想到传来团长再次负伤的消息。在战场上负伤，这是常事，但是这个负伤过多，带着未愈的战伤赶到鸭绿江边的老红军战士，仅仅在一个月后又负了伤，却使他深为难过。他一面埋怨自己没有拦住他，一面又痛恨陆希荣由于动摇招致了严重后果。想到这里，他的牙咬得紧绷绷的。

但是，当前紧张的情况，却不允许他去想这方面的问题。他看到一连虽然恢复了阵地，而敌人的坦克和步兵却从公路上拥了过来。先头一辆坦克，已经将要接近三连的阵地，快要同原先被三连击毁的坦克碰头了。南北两方的敌人虽然中间隔着一些被击毁的坦克和汽车，但他们都已经彼此看到了。这使双方的情绪顿时都高涨起来，“哈罗、哈罗”的吵嚷声，嘘嘘的怪叫声，响成一片。情况是这样的危急：现在三连要应付的，不是一方面的坦克而是两方面的坦克，不是一方面的炮击而是两方面的炮击，不是一方面的步兵而是两方面的步兵……

沉着！沉着！绝对不要慌乱！这对指挥员是最重要的。在这危急的时刻，周仆再一次提醒自己。这也是邓军平常谈到战斗经验时对自己一再说过的话。

“当今之计，是如何给三连以强大的支援。”周仆心中想道。他准备一方面继续采纳邓军的方案，在北面，以集中的迫击炮火，来杀伤进攻的步兵；在南面，他准备以孙亮的三营，突击敌人的后尾，减轻对三连的威胁。

决定之后，他立即在步行机里对孙亮作了布置。话还没有说完，南北两个方面的敌军，已经对三连的阵地同时发起了进攻。

两方面的坦克和榴弹炮的轰击，加上飞机的狂炸，使三连的阵地又笼罩在浓烈的烟火中，瞅不见了。两个方面的步兵也开始了行动。这次北面的敌人，大约出动了一个营左右的兵力。按这个狭窄的地形来说，本来是展不开的，但是敌人为了拼命争夺最后的出路，已经不顾一切。密密麻麻的戴着钢盔的美国兵，拥挤在狭窄的公路上向前蠕动着。依照周仆的命令，具有高度素养的迫击炮手们，大大发挥了他们的威力，打得敌人一片一片地倒下去，相当有效地迟滞了敌人的前进。而南面的敌人，却由于我军火力的薄弱，很快地攻上了三连的阵地。

可是在三连烟笼火绕的阵地上，不仅看不见一个人影，也听不见一声还击的枪声。直等敌人爬到半山，还不见一点动静。周仆捏着一把汗，心中也狐疑起来。正在着急，只听烟雾里发出一片杀声，接着手榴弹在山坡上开了一片蓝花，敌人跌跌爬爬地滚了下去。

南面的敌人刚打下去，空中的敌机一架接一架地向三连的阵地俯冲，凝固汽油弹一个接一个地投掷下来。每投下一个，噗的一声闷响，阵地上就立刻腾起一大团赤红色的烈火。顷刻间，整个阵地都陷入赤红色的火焰之中，就像一座火焰山一般。此时，北面的敌人乘势拥到山脚，很快地向山上冲去。在这最紧急的时刻，周仆的心陡然间就像地陷似的往下一沉。他嘴里没说，心里却意识到三连的阵地怕是保不住了。正要命令其他的连队前去接应，突然间，从蒸腾的大火中飞出二三十个火人，头上身上冒着呼呼的火苗，发出惊人的杀声向敌人扑去。他们有的人挺着明晃晃的刺刀，有的端着黑乌乌的机枪，有的人提着手榴弹，有的人高高地举着枪把，一齐狂喊着向敌人扑过去了。在这一刹那间，正在向上拥的敌人，发出一片惊慌的惨叫，正要掉头逃窜时，英勇的战士们已经赶上去同他们扭在一处，拼在一处……

就在这时，在北面敌人的后方，有许多支灿烂的绿色的信号弹，已经在朦胧的暮色里一支接一支地飞起来了。

阵地上立刻欢腾起来。

周仆吁了一口气，在步行机里对孙亮说：

“行动吧，你们要立刻插断南面敌人的后路，让他们一个也跑不掉！”

第十章　闸门（三）

随着黄昏的降临，一场大围歼战开始了。

我正面各军的到来，使周仆大大出了一口长气。看来本团所担负的最沉重的任务，已经接近完成。但是紧接着师里就来了电话，让他们提高警惕，防止敌人在受到正面的压力时继续向南突围。

周仆重新做了一番布置，把全团的指挥交给副团长，然后向三连走去。他要亲自去慰问这个经过残酷战斗的连队，并设法加强三连的阵地。

周仆一生经历过无数次的战斗，但今天在三连阵地上发生的一切却使他毕生难忘。这样一支仅仅持着轻火器的连队，竟然在要冲上阻住了数万现代化的敌军。他们不仅抗住了地面的敌人，而且抗住了天上成千上万吨钢铁与烈火的倾泻；不仅抗拒了一面的敌人，而且抗拒了两面敌人的夹击。他们真像是一座不可动摇的闸门，硬是阻住了铁的狂涛与火的洪流。尤其当阵地就要失守的最危急的时刻，从滚滚的烈火里，竟然跃出几十个火人来，这种壮烈景象，连他自己都惊呆了。就像一个栽培花木的匠人，反而为那些绮丽非凡的花朵感到惊异一样，他真为自己的部队骄傲，为自己的战士骄傲。他觉得一种更强大的信心油然而生。在日常工作中，他把党的意志辛勤地灌输到部队中去，而这种意志现在反以更强大的力量像经过变压器的电流一般倾注到自己的心田。

在整整一天的鏖战中，他随着这块阵地的安危心潮起伏。时而焦急，时而担心，时而兴奋。当成吨的炸弹、炮弹和燃烧弹落在三连阵地的时候，就像砸在自己心上似的。他真恨不得飞上这块阵地，同战士们一起把敌人推下去。中午时分，他就知道郭祥的连队有了很大伤亡。经过刚才那场惊心动魄的激战，他们的伤亡如何，郭祥的安危如何，不能不使他更加系念。

他下了山，脚步愈走愈快，连小迷糊和通讯员都有点跟不上了。在接近三连所占的小山时，望见山坡上焦煳煳的弹坑愈来愈密，战斗开始前的积雪，已经无影无踪，剩下来的枯黄的草丛已经染成了黑色。他们爬上山坡，深一脚浅一脚地向上走，接近山顶的地方，完全是炮火翻犁了好几遍的虚土。山上的工事已经看不到了，变得凸凸凹凹奇形怪状。这就是他的勇士们据守的地方。

山上静寂无声。周仆大声问道：

“三连在哪里?”

没有回应。

“三连连长!”小迷糊也跟着喊。

还是没人应声。

两个通讯员看见这般情景，就抢到周仆前面，嗖嗖嗖往山顶跑去。刚跑出几步，迎面霍地从炸弹坑里跳出一个人，大喝了一声，挺着刺刀猛扑过来。等他看清是自己人时，才收住脚步。

这个战士身躯高大，浑身上下的棉衣烧得一片一片的，露出焦煳煳的棉花。他脸上被硝烟熏成了黑色，两眼通红。周仆赶过去一看，才认出是乔大夯。他的机枪想必打坏了，此刻握着一支步枪，上着明晃晃的刺刀。

周仆没有等他敬礼，就用两只手紧紧攥着他那只被硝烟熏黑的大手，感动地说：

“大夯同志！你辛苦了！”

“俺们红三连要坚决守住阵地！”他大声说。

“你们的连长呢？”

“俺们红三连，就是剩下一个人，也要守住阵地！”他又宣誓一般地说。

小迷糊以为他没有听清，忙说：

“政委问你，连长在哪儿？”

“请首长放心！”他舐了舐干裂的嘴唇。“俺们红三连还有二十三名战士，五个共产党员，二十三支步枪！”

大家才知道他的耳朵被震聋了。

小迷糊就蹲下来，用手指头在虚土上写了一个“郭”字。

“他，他负了重伤，抬下去了……”乔大夯嗓音嗄哑地说，“刚才敌人往下撂汽油弹，噗的一个，噗的一个，俺们身上都烧着了。他就领着俺们在地下滚。火没弄灭，敌人就上来了。他就跳起来，大喊了一声：‘同志们，为朝鲜人民报仇的时候到啦！为祖国为毛主席增光的时候到啦！一三排掩护，二排的同志跟我冲啊！’说着，他顺手拎起一把小圆锹，就冲下去了……”

大家睁大眼睛听着，乔大夯又接着说：

“这时候，同志们就跳起来，跟着他冲下去。炮班的人，急得抱着六〇炮弹，也冲下去了。伤员们还没有绑扎好，把卫生员一推，就拖着白绷带冲下去了，卫生员也举着夹板冲下去了。我看见他们身上还呼呼地冒着红火苗，我就拼命地喊：‘脱棉衣呀！脱棉衣呀！’他们也顾不得，就带着火扑到敌人群里。连长用小圆锹劈死了好几个敌人,最后负了重伤。我赶忙跑上去,把他的棉衣扒下来,他已经不省人事。我摸摸他的心口,还有热气,就把他背下来。指导员和副连长也牺牲了,我就喊:'同志们! 不要慌,现在我代理连长!'……你看,这就是他劈死敌人的铁锹!"他指了指烧黑的地面上,一把沾满血迹的圆锹。

郭祥的负伤,使周仆的心头感到异常沉重。

接着,乔大夯告诉周仆:他已经把剩下来的战士们编成了两个班,一个班隐蔽在小山的侧后,一个班到前面山坡上抢运烈士的遗体去了。

周仆又握了握乔大夯硝烟染黑的大手,转向了小山的侧后。他们在炸弹坑里爬进爬出地走了一阵,看见陡峭的山壁上,挖了一排小洞。许多炸弹和炮弹不是落上山顶就是落在山下的大沟里,小洞并没有炸塌。他暗暗赞叹郭祥的精细。这里的十几个战士正在洞口擦枪,不知谁喊了一声"政委来了",就都纷纷跑过来。周仆看见他们每一个人的棉衣,都被烧得焦一片煳一片的,不少人的头上、臂上、腿上扎着绷带。他怀着无限的感动同他们一一握手。激战以后同志们、上下级的相聚,是多么令人激动啊! 他们觉得面前的政委,就是他们在这世界上亲人中的亲人,或者说是一切亲人的化身。他们仿佛多少年没有见到政委,眼泪直在眼眶里打转。

终于有人忍不住了,那是小罗。

班长陈三斜了他一眼,意思是提醒他注意上下级之间的礼仪。

"怎么样,小罗?"周仆抚摩着他肩头上一块被燃烧弹烧过的地方,亲切地问,"还顶得住吗?"

"小罗这次可打得不错!"陈三夸奖说,"在节骨眼上,人家还提口号哩。南面的敌人上来的时候,有人慌了,他就立刻喊:'同志们,沉住气！不要忘记昨天那个朝鲜大嫂,不要忘记被活埋的孩子!’他这口号可真起了作用,同志们的火头子呼地又上来了,一个反冲锋,就把敌人砸下去了……看起来,不怕战斗经验少,就怕没有锻炼的勇气!”

周仆微笑地看了陈三一眼,心里说:“怪不得人家说陈三会做工作,你瞧他又抓紧我在这儿的机会,给他的战士打气哩!”

那小罗见班长当着上级表扬他,又感动又不好意思,挺挺腰板,严肃地说:

“请上级瞅着吧,我小罗一定要锻炼成红三连合格的战士!”

“好好。”周仆连声称赞说,“你的业余文艺工作是全团都知道的,你还要锻炼得能文能武!”

周仆又望着虎头虎脑的“小钢炮”,见他头上缠着绷带,就笑着问:

“小钢炮,你怎么样？伤重不重?”

“不重不重!”小钢炮显出不屑一提的样子,“这伤简直没有一点价值!”

“怎么没有价值?”

“你看,我满心眼想打一辆坦克,急得满脑瓜子汗,也没找到下嘴的地方,还叫敌人推下来摔了一家伙!”

“小钢炮后来打死敌人不少!”陈三又见缝插针地鼓励他。

“到底打死多少敌人,我也记不得了。”小钢炮说,“我是个没心人。开头儿,我还记着数,准备给我妈写信,一打到热闹工夫,就统统忘了!”

周仆看同志们情绪很高,鼓励了大家几句,就转到了小山的前面。

走下山顶不远，他突然停住脚步。眼前出现的是一幅多么惊心动魄的景象啊！这就是刚才烈士们带着满身的火焰同敌人进行壮烈搏斗的地方！

在浅淡的暮色里，周仆看到烈士身上的棉衣，有一些余烬还在燃烧，断断续续地冒着丝丝缕缕的青烟。他们有人掐着敌人的脖子把敌人捺倒在地上；有人同敌人死死地抱着烧死在一起；有人紧紧地握着手榴弹，弹体上沾满了敌人的脑浆；有人的嘴里还衔着敌人的半块耳朵。附近还有几个六〇炮的弹坑，弹坑边躺着烈士，成堆的美国人倒在烈士的周围……

周仆再往下一望，从山腰到山脚，美国人遗弃的尸体，乱糟糟地盖住了整整一面山坡。尤其在那个山洼，那些戴着钢盔、穿着皮靴的长大而笨拙的尸体，密集得一个压着一个，一堆连着一堆。他们以各种各样的姿势，横七竖八地躺在积了很深的血水里。其中许多尸体，头冲北，脚朝南，看得出他们是遭到突然的反击惊慌后退中被击毙的。郭祥的"闸门"，就是这样把那些远渡重洋的恶狼一批一批地砸死在这里，碰死在这里。看见这种情形，周仆真想大喊一声：杀人犯们！那些以侵略别人的国家、破坏别人的幸福为职业的杀人犯们，那些在手无寸铁的人民面前无比残忍而在战士面前胆小如鼠的卑劣的野兽们，你们认真地瞧瞧吧，这才是你们迟迟早早必然会得到的下场！

周仆站在山坡上，热血上涌，思绪翻腾。眼前仿佛又飞出火人的巨大身影，耳朵里仿佛又听到他们震天动地的呐喊。这些火人们，这些不知恐惧为何物的人们，他们究竟是一种什么样的部队，什么样的战士啊！他们是下凡的天神吗？不，他们不是天神，他们就是那些朴素得不能再朴素的战士，是同自己朝夕相处的战友和同志。然而，他们却的的确确像无畏的天神，也可以说他们就是为劳苦大众复仇的天神。世界上有任何一种反动力量，可以打败这样的部队吗？没有，过去没有，今后就更不会有，而是相反，它们终究要被这样的战士所打败！

周仆沉吟间，只听有人“哎”了一声。

他转眼巡视，只见一个抢运烈士遗体的战士，抱着烈士的头坐在地上，好像在低声哭泣的样子。他赶过去一看，是刘大顺，他低着头，眼泪像小泉水似的涌流下来。

“你，你怎么啦？”周仆忙问。

调皮骡子和其他战士也赶过来问：“你怎么啦，刘大顺？”

“断了……”他指了指烈士的手指，难受地说。

周仆一看，那位烈士紧紧地抱着敌人，嘴里衔着敌人半块耳朵。由于双手抱得过紧，分都分不开，以至于烈士的手指被掰断了。

周仆的心，不禁引起一阵酸辣辣的疼痛。在场的人，也都十分难过。停了一会儿，周仆才说：

“别难过啦，同志们。我们应该很好地向烈士学习。你看他们对敌人多么仇恨。对敌人不仇恨，或是恨得不够，就不会有真正的勇敢！……”

话是对大伙说的，可是刘大顺却觉得，政委仿佛是针对自己讲的。

“政委……”他并没有抬起头，“我，我想找你谈一次话。”

周仆亲切地说：

“我也早就想找你谈谈，可惜没有抓紧时间。……昨天在诉苦会上，我见你昏倒了，我知道你心里是很难过的。”

“我，我……政委，”他被政委的话所激动，流下了眼泪，话也说不成句了，“我越想越不该犯那样的错误；看看同志们，我觉得我够不上一个红三连的战士……”

周仆上前握着他的手，安慰他说：

“大顺同志，我们绝不会根据一时的表现，来断定一个同志的……大家还是快把烈士的遗体运到后边去吧，免得待会儿炮火再伤着他们。”

刘大顺恋恋不舍地撒开手，望望政委，眼睛里流露出一种坚决的与感激的神情。

周仆亲自用手理了理烈士的遗体，由刘大顺他们抬往后面去了。

随着夜色的降临，北面的战斗越发激烈起来。炮火的闪光，有如打闪一般，照得山谷一明一暗。红色的曳光弹在夜空里纵横交叉，来往飞驰。不一时，敌人的照明弹也打起来了，越打越多，照得山谷如同白昼一般明亮。夜航机也轰隆轰隆地出现在阵地的上空。

周仆回到山顶的时候，二连已经按照命令前来接防。三连的代理连长乔大夯，班长陈三和代理班长调皮骡子围着政委，要求把他们继续留在阵地上。

“让我们打到底吧，俺们红三连能坚决守住阵地！”乔大夯说。

周仆摆摆手说：

“你们已经很辛苦了，下去休息一下再说。”

“战斗还没结束呀，政委，我们怎么能下去哪？”陈三说，“这不是我个人的意见，我个人倒没什么，这是战士们的意见哪！”

“我们人少，顶一个排还不行吗？”调皮骡子也接上说。

“不行，这是命令！”周仆决断地说。

“俺们红三连……”乔大夯又要说他的红三连了。

小迷糊打断他的话,附在他耳朵上使劲地喊:

“政委说啰,这是命令!”

大家看政委脸色严峻,才不言语了。乔大夯慢腾腾地卸下刺刀,插在皮鞘里;又从地上拣起他们连长那把带血的圆锹,扛在肩上;迅速地整理了部队,带着二十二名战士,走下凸凹不平的阵地。

“真不愧是井冈山下来的连队!”

周仆自言自语地说,在炮火的闪光里,望着他们坚强的背影。

第十一章　追　击

周仆向新上来的连队介绍了三连的经验，帮助做了动员，然后就回到指挥所里。

这次到三连去，一方面，使他受到强烈的感动，对自己的部队增强了高度的自信；一方面，也使他对陆希荣的可耻行为愈加愤慨。这个动摇怕死的家伙！几乎使整个的战役行动落空，几乎使数万的杀人犯从眼前溜掉。局面虽然挽救过来了，但却使部队遭到了多大的损失！带着未愈的战伤赶到鸭绿江边的团长，又再次负伤；遭受两面夹击的郭祥，至今生死未知；还有许许多多人，为他的行径付出生命和鲜血。想到这里，他真想把陆希荣叫来，痛骂他一顿，叫这个怕死鬼明白他犯下的是什么罪。

但是，他不能这样做，他是政治委员，他没有任性行事的权利，同时，紧张的战斗情况也不允许。他只好抑制住满腔的怒火，来策划当前的战斗。

这一夜，围歼战打得十分热闹。陷入包围的美军第九军的主力，包括美二师、美二十五师、骑一师一部和土耳其旅，拼命地抢夺有利阵地，企图混过这个难挨的长夜；而出现在公路两侧的我第二军和第三军，却利用这个难得的黑夜，大施身手，向敌人展开了猛烈的进攻。枪炮声，喊杀声，以及令敌人丧魂落魄的呜呜哇哇的小铜号，此起彼落，有如阵阵狂潮，在几十里长的山谷里回旋激荡。

越来越多的汽车、坦克被击中起火，仿佛一条长长的火龙。周仆利用这个有利时机，命令本团的第二营、第三营立刻发起突击，集中力量歼灭由南向北增援的敌人。

至拂晓时，这部分增援的敌人，已被周仆的团队消灭在山谷里。整个的围歼战又打了一天一夜，已经歼灭了敌军的大部。枪声逐渐稀落下来。十一月三十日傍明，师长来了电话，说一部残敌正向西面安州方向逃窜，命令部队即刻转入追击。

周仆的团队即刻撤离阵地，沿着山沟小道向西北方向插过去了。

三连这时只有二十三个战斗力，加上司务长老模范所率领的八名炊事员，一名运输员，总共只有三十二人。但他们这支短短的小行列，在整个大队里，情绪仍然十分高涨。暂时代理连长的乔大夯，扛着一支步枪，一个劲地在前面传话："三连，跟上！跟上！"

刘大顺今天特别显得与众不同。别的战士们穿的是焦一片煳一片的棉衣，他却在棉衣上套上了崭新的单军衣，脖子上围一条崭新的白毛巾，脚上也换上了崭新的球鞋。这双球鞋，同志们只在过年的时候看见他穿过一次，以后就收到小包袱里去了。他背上的背包也不见了，只背着一个炒面袋，一个水壶，一双新鞋。他的这身穿戴，无疑引起了同志们的注意。

"刘大顺，你的背包呢？"走在他后面的小罗问他。

"出发时候，我，我……找不到了。"他含含糊糊地说。

"你干吗穿这么新哪？"小钢炮也问。

"我，我……"他没有回答出来。

"说呀，大顺，"小钢炮开玩笑地说，"你是不是走亲戚去呀！"

刘大顺被大家问急了，板起脸，愣乎乎地说：

“我，我冷得慌！”

大家看他话音里露出不满，也就不往下问了。

调皮骡子瞪了小罗和小钢炮一眼，用教训口吻说：

“嗐，你们这些新兵蛋子！见什么都觉着稀罕。像这么简单的问题，你们动动脑筋不就明白了吗！”

在薄明的山路上，部队飞快地行进着。大约走出二十多里，就听见前面闹吵吵的，说有的连队已经抓到俘虏了。乔大夯怕他的“红三连”落后，带着人们一个劲地朝前钻。前面是一座四五百公尺高的大山，山头正罩在旭日的玫瑰色红光里。大家喘着粗气，拼命地向山顶上爬着。

快爬到山顶的时候，乔大夯让大家隐蔽在下面，自己先爬上山顶进行观察。太阳虽然出来了，但是早雾很大，山谷里白茫茫一片，背坡的积雪也有些晃眼，看了好大一阵子，才看见山脚下小树林附近有三个敌人，好像是坐在那里吃东西的样子。乔大夯叹了口气，咕咕哝哝自言自语地说：“追了半天，还不够塞牙缝子！……唉，抓几个就算几个吧！”

小罗、小钢炮和其他战士都纷纷嚷着说：

“我去！”

“我去！”

刘大顺看见这么多人来争，急得满脸通红，话也说不成句了：

“同……同志们！同……同志们！……”

一个将近三十岁的人了，因为嘴头笨，说不出来，竟急得像要哭出来的样子。

调皮骡子把头一歪，不满地说：

“哎，你们这些人，就不看看人家是什么心情！”

说着,他对乔大夯使了个眼色,把头向刘大顺一摆。

乔大夯会意,接着说:

“同志们别争了,还是把这个任务给了刘大顺吧!”

刘大顺用感激的眼光,望了调皮骡子和他们的代理连长一眼。

乔大夯对刘大顺说:

“大顺同志,我们在山上掩护你,你可要一定完成任务。”

说着,又派了两个新下班的炊事员跟上他。

刘大顺早已看好了接近敌人的道路,就带着两个新战士悄悄地钻进树林里。

这片松树林一直延伸到敌人左边。他们迅速隐蔽地穿行着,踏着积雪下了山坡。看看到了树林尽头,才发现离那三个敌人还有一段距离。那三个敌人正在那里坐着吃东西。有一个人仿佛吃完了,手一挥,把一个罐头盒子当啷啷地扔到旁边。刘大顺提着枪沉吟了一下。他想,如果贸然钻出树林,敌人发现,势必拚命逃跑,也就难得抓住活的。他再一看,敌人后面有一块一丈多高的大红石头。如果绕到大石头后面,从那儿突然出现,这几个家伙就跑不掉了。想到这里,他就吩咐那两个新战士就地停止,瞄好敌人;然后就向旁边悄悄地绕了过去。

他是一个老兵,利用地形地物异常熟练,一切坡坎、灌木丛、小坑小洼都成了他隐身的地方。不一时,就来到大石头后面。由于即将到手的胜利,使他的心兴奋得怦怦直跳。他想,即使你插上翅膀,也逃不出我的手心了。想到这里,他紧握着冲锋枪跃身而起,从大石头后边猛然跳了出去……

啊哈!哪知就在这一瞬间,面前出现了完全意想不到的情况。原来山坡上坐着二三百美国兵正在匆匆忙忙地用饭,一见他,发出一片惊喊声，乱哄哄地都站了起来。刘大顺一愣，正要开枪射击，他的枪口已经被一个满脸黄胡茬子的美国兵紧紧抓住。接着慌乱的敌人趋于镇定。他们发现，这个中国志愿兵只不过是一个人，于是发出一阵狂叫，拿着卡宾枪成扇面队形包围过来。

即将陷入重围的刘大顺，一看敌人要来捉他活的，心想，“我是共产党的兵，决不能当俘虏。今天就是死了，也要找几个垫背的！”说话间，他抽出手猛力地向敌人脸上挥了一拳，接着飞快地从腰里掏出一颗飞雷，一拉导火索就投在地上。他的意思本来是要与敌人同归于尽，没想到脚下是一面斜坡，那颗飞雷咕咕噜噜地滚了下去。接着“轰通”一声巨响，就像落下一颗大炮弹似的。黑烟起处，正在扑过来的敌人和那个满脸胡楂的家伙，不知道他使的是什么武器，掉过头乱吼乱叫地跑开了。

飞雷的浓烟一散，刘大顺看见敌人没命地乱哄哄地向前逃去，精神为之一振。心想：“今天我非削倒你几个不行！”就端着冲锋枪猛扫起来。那两个新战士也赶了上来，他们一面扫，一面追，一面喊：“兔崽子们！哪里跑！”紧紧跟着混乱的敌群，打得十分痛快。山上的同志们也纷纷开枪射击。这时敌人只嫌跑得慢，把身上的东西纷纷丢掉，卡宾枪也扔了。其中一个军官，皮带不知何时丢掉，用一根绳子串着手枪束在腰里。现在他也感到不便，一面跑一面将绳子解开，把手枪丢在地上。这时满地都是卡宾枪，刘大顺干脆把自己的冲锋枪往身后一背，随手捡起一支卡宾枪就打。子弹打完，往旁边一丢再换一支。打得真是万分高兴！心想：“哈哈，连子弹都替我压好啦！今天我就打个便宜枪吧！”

这些魂不附体的美国兵，虽然个大腿长，拼命猛跑，但他们平常都是坐汽车的，又穿着笨重的大皮靴，哪里有我们的战士行动迅速？不一时，刘大顺就插在了敌群中间。前面一股，后面一股，夹着刘大顺向前猛跑。刘大顺忽然一转念头：如果像这样追下去，还是难得抓住多少活的；说不定敌人还有跑掉的可能，不如先抓住一股再说。于是他陡然反过身来，大喝了一声："站住！"接着朝天空"哗哗哗哗哗哗"地横扫了半梭子。后面那股敌人就纷纷地举起手来，在稻田里"噗通"、"噗通"地全跪倒了。有些人不知什么时候把皮靴也脱下扔了，光着两只脚。一个一个用充满恐惧的蓝眼睛，望着刘大顺，哆哆嗦嗦像筛糠一般抖个不住。

刘大顺巡视了一遍，见没有一个带枪的，就命令他们放下手来，跟他一起到山上去。但是他的话那些人一句也听不懂，还是高举着手跪在那里发抖。刘大顺没有办法，就走到俘虏身边，一个一个地往起拉，谁知拉起一个，他马上"噗通"一声又跪下了，两只手举得更高更规矩了。刘大顺忽然想起，挎包里还带着一沓子英语传单，也许能解决这个问题，就立刻掏出来往人群里一撒。那些俘虏唯恐发生误会，一只手捡起传单抖抖索索地看，另一只手还照样举着不放。看完传单，他们高兴了，恐惧情绪有了很大缓和，但是那些人仍然没有放下手站起来的样子。

"老天，这可怎么办哪！"刘大顺在肚子里咕哝了一句。如果这样下去，说不定还会出现什么意外。他左思右想，忽然灵机一动，想起自己还会一句朝鲜话，说一说看灵不灵。想到这里，他就比了一个投降动作，把帽檐冲后一歪，向东面山上一指，然后大喊了一声：

"巴利巴利卡[1]！"

谁知这句朝语倒收到了意外的效果，俘虏里有一个懂朝鲜话

① 朝语：快快走。

的,他向人们咕哝了几句,接着就跟着刘大顺喊起来:

“巴利巴利卡! 巴利巴利卡!”

眼看着俘虏们呼噜呼噜地全站起来了。刘大顺心里真是惊喜莫名,想不到自己学会的一句朝鲜话,今天竟发挥了这样大的作用。于是他又兴奋地挥着手喊:“巴利巴利卡!”那位会朝语的美国兵,像特别表示友好似的,跟着刘大顺喊。刘大顺喊一句,他喊两句:“巴利巴利卡! 巴利巴利卡!”俘虏们就一个跟一个爬上了山坡。

刘大顺和两个新战士在旁边押着他们。他们一只手抓住灌木丛的枝条,另一只手还照旧举着。刘大顺虽然看着别扭,但又无可奈何。俘虏们一面向山上爬,一面偷偷瞅刘大顺,指指他腰里的飞雷,咕咕哝哝地议论着,意思是:好厉害的家伙! 他带的究竟是什么武器?

刘大顺注视着那个帮他喊“巴利巴利卡”的美国兵。他苍白而瘦弱,穿着破烂的呢子服,两只赤脚已经在石头上碰破了。刘大顺就把自己背着的一双新布鞋取出来,一挥手扔给了他。他用感激的眼光望了望刘大顺,穿上了新鞋,“巴利巴利卡”喊得更卖劲了,简直像俘虏群里的指挥官一般。俘虏们也走得更快了。

刘大顺在山顶上受到了人生难得的欢迎。同志们像是多少天没有见过他似的,都跑过来跳过来抢着跟他握手。这个说:“大顺同志,你这次可打得不错!”那个说:“大顺同志,你辛苦了!”刘大顺黑乎乎的方脸盘充满了笑意,连嘴也合不拢了,一连声地说:“没啥! 没啥! 好打! 好打! 这一回我算彻底摸着纸老虎的底了!”

同志们哄笑着。小钢炮本来吵嚷得最凶,可是他却敞着嗓子,制止别人:

“同志们！我说同志们！你们别嚷行不行啊？你们让大顺同志多少歇一会儿行不行啊？”

小罗不知从哪里找来一件大衣，连忙铺在地上，不由分说地就把刘大顺捺到大衣上坐下了。

调皮骡子的脸上充满得意之色，他以刘大顺积极支持者的身份说：

“看，我这点预见性怎么样！”

乔大夯笑眯眯的，立刻把俘虏清点了一下，然后对两个战士说：

“快把俘虏送到营部，就说刘大顺同志活捉美国鬼子六十四名！”

“不不，”刘大顺急忙站起来，指着行列里一个黄脸皮高鼻梁的土耳其兵说，“我看这个不准是正牌的，咱还是向上报六十三吧！”

人们又哄笑起来。

这一天，各个连都抓到不少俘虏，只有极少数敌人逃到安州。

由清川江北撤回安州的所谓“联合国军”第一军，包括美军第二十四师、英军第二十七旅，以及李伪军第一师，也正由安州向平壤狼狈溃退。因此，周仆的团队没有得到休息，就继续向南追击。

这支敌军害怕遭到与美第九军同样的命运，逃跑得异常狼狈。他们抛弃了一切辎重，焚毁了自己的粮食仓库和军火仓库；汽油用完的汽车，引擎发生故障的坦克，都立即炸毁在路边；他们把大量的将要在圣诞节分发的包裹、邮件，也都投到火堆里。由于他们不断遭到我军的打击，不少汽车被打坏了，他们不得不一部分人乘车，一部分人步行。那些步行的士兵们，一见汽车、坦克，就狂喊乱叫地去追，想爬到汽车、坦克上去，不少人被轧死在公路上。还有许多人，为了走得快些，扔掉了自己的皮靴，随后，北朝鲜的严寒，又逼得他们不得不用破布片缠着他们的脚，这样反而使他们在冰冻的公路上走得更加艰难。他们之中，许许多多的人得了"吃惊病"，只要有一声枪响，就会把他们吓得乱嚷乱叫，呜呜地大哭，发狂地乱跑。当他们被我军俘虏以后，还神志不清，只要有一点响动，就又哭喊起来："共军！共军！""中国军队！中国军队！""我要回东京去！""我要回美国去！""我要回檀香山去！""我不要待在这可怕的地方！"

这就是美国人自称的，美国历史上空前未有的"黑暗时代"，或者叫做"黑暗的十二月"。

然而，就在这个"黑暗的十二月"里，他们对朝鲜人民残忍的烧杀，不仅没有放松，并且创造了"辉煌"的记录。他们为了把不得不退出的地方变成荒漠无人的地带，他们逼迫一切居民离开自己的房子，先把房子放火焚烧，然后把年轻的妇女运走，把其余的居民，用机关枪和卡宾枪杀死在田野里。那些为虎作伥的地主武装治安队们，还编出谎言恐吓人们："你们退不退？美国人就要往这里丢原子弹了！你们快到三八线以南过自由幸福的生活去吧！"当人们被逼着走出村庄不远，就死在猝不及防的枪声里。有谁能够计算出他们在这次撤退中究竟屠杀了多少善良的人民！在公路两侧，到处是尸体和鲜血，到处是灰烬和大火，向南追击的中国人民志愿军部队，就是这样踏着血泊，穿过大火向前疾进。

这天傍晚，三连路过一个较大的村镇，想找一个向导，可是一个人影也看不见。出得村来，看见前面一个小山头上白花花的，大家当做是一片没有融化的积雪，也不以为意。当前面的部队刚刚接近山头，霍地黑压压的一大片乌鸦飞了起来。大家心里蓦地一惊。走近一看，原来是被残杀的朝鲜人民的尸体，有老人，有妇女，有孩子，一个挨着一个，有八九百人。不知道有多少战士在这里洒下了他们的眼泪。可是他们不能停下来，他们没有时间去掩埋他们。等部队一过，那一大片乌鸦在天空中打了几个旋子又黑压压地落在那个小山头上去了。战士们回头远望，看见这种情景，心里真像是刀绞一样。有不少的战士哭出声来。他们一面擦着眼泪，一面加快脚步，踏着敌人的坦克、汽车留下的印痕飞速前进。

可是，当大家正着急向前赶路的时候，三连发生了一件相当意外的事情：炊事班的傻五十躺下来不走了。他背着一口很大的行军锅，正正地横躺在公路上。

乔大夯来到他跟前说：

“傻五十，你怎么啦？”

傻五十闷着头不说话，还把脖子往旁边一扭。

“五十，有话你可说呀！”老模范说。

傻五十照旧一声不吭。

乔大夯感到急躁解决不了问题，亲切地说：

“你是不是病了，五十？”他有意去掉了那个“傻”字。

“我没有病！”他硬橛橛地冲出了一句。

“那你为啥不往前走哇？”

傻五十把脖子又扭到另一边去了。

“我知道啦，”老模范和颜悦色地说，“人家五十每天行军，一步也不掉队；到地方还要挑水做饭，也真够累的。来，这行军锅让我背着！”

老模范本来已经替别人背了两个背包，像个小驮子似的，现在他又来抓行军锅上的背带，傻五十把他一推：

“我自个儿会背嘛！”

调皮骡子赶过来说：

“你们怎么忘啦，一把钥匙开一把锁呀！看我来帮助你们动员动员，保准一说就灵！”

这傻五十，从小爹娘就去世了，一直在地主家里当小做活的。土地改革以后，分了地，还分了三间大北屋。就是因为缺个心眼儿，闺女们都不愿嫁他。可是傻五十着实地忠诚憨厚。村里动员参军，他第一个报名。他对这一点也很自豪，动不动就说：“我是翻身来的！”他一贯工作很好。但凡有什么不顺心的事儿，只要说给他找个对象，就立刻乐得眉开眼笑，一天愁云都不见了。现在调皮骡子又想起这个办法，就往傻五十面前一蹲，有眉有眼地说：

“五十儿！依我看，他们说的都不对你的心坎儿。你一不是病，二不是累，就是有一桩不顺心的事儿。你干脆放心好了，俺们村有一个闺女，也是孤苦伶仃，从小就没了爹妈，托我给她说个婆家，说非要嫁个解放军不行。等打败美国鬼子，咱们回国的时候，我给你介绍介绍，你说行不？”

调皮骡子自料他的这番贴心话，其成功是毫无疑问的；哪知傻五十把眼一瞪：

“去！你这个臭调皮骡子！”

说过，他的脖子扭得更厉害了。

事情不单没有成功，调皮骡子上面还加上了一个“臭”字，这真是完全出人意料之外。

大家真不知道怎样才好。

直属队过来了。政委周仆从队伍里走出来问：

“什么事呀？”

人们纷纷说：

“五十，首长来了，你还不起来？”

傻五十欠欠身子，又不动了。

周仆带着笑弯下腰来，说：

“李五十同志！你心里有什么不痛快的事，给我说说，我来给你解决。”

“你诓我不？”他把脖子扭过来问。

周仆扑哧一声笑了，说：

“我是政委，诓人还行么？”

“我对乔大个有意见！”傻五十把脖子一梗。

“有什么意见哪？”

“我对老模范也有意见！”他又说。

乔大夯和老模范都愣了，想不到扣儿结在自己身上。

周仆连声说：

“好，好，对什么人有意见都可以提。”

傻五十把头仰起来，望着乔大夯质问：

“为啥你们有俘虏不让我抓？为啥你们不让我给朝鲜人民报仇？”

乔大夯解释道：

“这是你没有机会嘛！”

“五十，咱们在伙房也是为了革命啊！”老模范说。

傻五十挺挺腰板，坐起来：

“为啥让别的炊事员下班？就是不让俺去？俺是不是翻身来的？”

问题明白了：原来今天早上，乔大夯找老模范商量，为了加强战斗班,把伙房四个比较年轻的炊事员都调到班里。他直憋了一天气没有吭声,刚才看见被残杀的朝鲜人,就再也憋不住了。

至于说为什么没有要他去,自然因为他“缺个心眼儿”,而这是无论如何也不能作为正面理由来解释的。因此大家都默然了。

周仆略微沉吟了一下,问了问炊事班确实不需要那样多的人,就说:

“好吧,李五十同志,你就到战斗班里去吧。你是‘翻身来的’,可要好好干哪!”

傻五十笑了,像成熟的石榴那样自自然然地咧开了嘴儿。

“刘大顺是解放来的,还抓了俘虏哩!我,我是翻身来的!”

他说着一跃而起,向政委打了一个敬礼。

“五十同志,”周仆又嘱咐说,“什么时候伙房需要调你回来,你可得服从组织分配呀!”

“行!行!”他慌慌张张地答应了一声,也不管众人,就背起大行军锅飞也似的追赶队伍去了。

周仆出神地望着傻五十背着大行军锅的背影,溶没在苍茫的暮色里。

周仆耳边,是一片欻欻的脚步声,有如横扫的急雨一般,向平壤方向急进。

第十二章　会　师

一九五〇年十二月五日，周仆率领的团队进入了烟火弥漫的平壤城。

美国军队是在十月二十一日侵占这座城市的。在这一个半月的短短的时间里，他们做尽了一切坏事。他们抢走了这里的一切珍奇之物，作为出征的“纪念”；他们在“接收”的一座大酿酒厂里大喝特喝，然后任意闯进住宅里去强奸妇女，行凶杀人；他们把朝鲜人拴在吉普车上活活地拖死，用开水把人活活地烫死，作为自己行乐的手段；他们用细长的卡宾枪子弹，使整个城市泡在血水里……然后在他们撤离的时候，又纵火焚毁了这座闻名的东方古城。

整个城市都在燃烧。一栋栋的平房，在烈火里轰轰地倒塌着，楼房的窗口喷着长长的火舌。升腾的黑烟遮没了太阳。在街上追击的部队，灰烬在肩头上顷刻就落了一层。枪声还没有停下来，在燃烧的街道上，已经出现了一伙一伙欢迎的人群。市民们有的抬着木桶，有的顶着饭罐、菜盆，一面挥着热泪，一面向中国战士们欢呼致敬。

然而，战士们一步也不肯停，他们挥挥手来表示心中的谢意，又飞步追赶敌人去了。

大同江桥，也在烈火中燃烧着，战士们不顾一切地在钢架上爬行。

第二天薄暮时分，周仆率领的追击部队进抵沙里院附近。听到前面十余里处的山谷里枪声大作，周仆心中诧异，急忙问团参谋长雷华：

“老雷，是不是别的部队插到咱们前面去了？”

“不大可能。”雷华边走边说，“咱们是全军的先头团，走得又不慢，谁的腿那么长呀！”

“那么，这枪声是怎么回事？”

“据我看，很可能是敌人自己发生了误会。”

周仆沉吟了一会儿，摇摇头说：

“也不大可能：第一，天还没黑，第二，敌人的通讯联络是很方便的……会不会是朝鲜的游击队同敌人接触？”

“游击队？战斗规模不会这样大。”雷华又说。

周仆点点头，承认雷华说的也有道理。他笑了一笑：

“不管怎么说，只要敌人肯把他的胶皮轮停上一停，就是好事。”

于是，他命令部队加快速度，向枪声响的地方驰进。

但是部队向前走了半个小时左右，前面的枪声渐渐疏落下来，又听不到了。

周仆实在纳闷。走在先头的二营来人报告，说在前面的公路上，发现了大批敌人，已经掉过头来，看来要对我军的追击行动进行反扑。

“这太好了！”周仆高兴得几乎喊出声来。心想，“你只要让我黏住，再跑就没有那么容易了。”随即命令部队就地停止，吩咐二营迅速抢占左近一座高山。自己同参谋长也急忙登山，准备仔细观察情况。

他们刚刚爬上山顶,前面已经接火,发出断断续续的枪声。

周仆在暮色苍茫中向前眺望,看见二营的一个连已经爬上那座较高的山头上去了;从公路上上来的敌人,也在抢同一座山头,由于朝鲜地势北高南低,才刚刚爬到半山。山顶上的火力哗哗地向下面倾泻着,阻挡着他们的前进。但是这股敌人显得很不寻常,他们在倾泻的弹雨里,丝毫没有害怕的样子,照旧沉着地勇敢地向山上猛扑过来。周仆越看越觉得不对劲儿,碰了碰雷华说:

“老雷,我看恐怕不是敌人吧? 敌人哪有这样勇敢哪!”

“噢,不像,不像!”参谋长说。

周仆急忙向小迷糊要过望远镜,在朦胧的暮色里,看了好一会子,说:

“敌人怎么没有戴钢盔呀?”

雷华在望远镜里看了一会儿,也说:

“转盘枪! 背的是转盘枪!”

“看准了吗?”

“看准了,看准了。”

周仆兴奋地说:

“老雷,你看是不是从南朝鲜撤回来的人民军哪?”

“唔,很有可能。”

于是,周仆立即命令司号员发出停止射击的号音,然后让旗手把团队的军旗在高山尖上竖立起来。

先头连的枪声停下来了。旗手站在山尖上高高地举着军旗。红色的军旗,好像一只将要展翅飞腾的红色的大鸟一般,翻舞在晚风里。

时间不大,对方的山头上,也出现了一支镶着蓝边的红旗,接着枪声也停止了。

“同志们！走！快看看他们去吧！”

周仆兴奋地喊了一声，带领人们飞快下山，赶到前面去了。

前面公路上一片欢腾。两支无产阶级的军队已经不分彼此不分行列地拥在一起。周仆看见人民军的战士们，还穿着夏季服装，由于长途跋涉，许多人鞋子破了，还有人打着赤脚。但是他们佩着肩章，背着转盘枪，依然是那么精神抖擞。他们狂热地拥抱着志愿军的战士；那些一向不习惯于拥抱的中国战士，也紧紧地拥抱着他们的战友们。“同志，你们辛苦啦！辛苦啦！”“冬木，苏格哈斯米达！苏格哈斯米达！”[①]人群里传出无限深情的语声。由于他们彼此心情激动，语言不通，他们只能以自己的热泪来补充自己的语言。

周仆还没有走到人群里面，就有一个年轻的人民军战士紧紧地把他搂抱住了，嘴里说着他听不懂的话。周仆抱着他，看着他那年轻的脸，看着他那单薄的在山林里剐破的夏季服装，是多么的激动啊！他想对他说：亲爱的朝鲜同志！你们打了多少仗，吃了多少苦，走了多远的路啊！你们是多么勇敢啊！全世界都称赞你们是英雄的人民，你们的确是受之无愧的。你们遭受的一切艰难困苦，难道仅仅是为了自己的祖国吗？不，你们是为了整个东方，为了全世界进步人类的革命事业。周仆的眼泪也悄悄地流到那个年轻战士的肩头上去了。

正在这时，不知哪个人民军战士领着头喊了一句：

“中国共产党满塞！毛泽东满塞！”

人民军的战士们跟着大声呼喊起来。

周仆的心震动得更加厉害，他从那个战士的肩头上，举起手臂

---

① 朝语：辛苦。

高呼着：

“朝鲜劳动党万岁！金日成将军万岁！”

他的战士们也跟着他喊起来了。

口号声此伏彼起，震动着山谷。两支语言不通的军队，在这两句口号里倾泻着自己的感情。

这时，人群里传来一阵纷乱的低语声，接着自动地闪开一条通路，有几个朝鲜人民军的军官挤了过来。联络员碰了碰周仆，低声地说：“人民军的师长过来了！”周仆抬头一望，为首的一位中年人，身材高大魁伟，红脸膛，褪色的呢制服上，佩着将军的军衔。周仆立刻迎上去，打了一个敬礼。

“是你呀，老周！”

将军握着他的手，惊喜地用汉语喊了一声。

周仆端详了一下，也惊喜地喊着：

“你！你是崔俊同志！”

两个人紧紧地拥抱起来。崔俊轻轻地拍着周仆的肩膀，充满激动地说：

“我的老战友！我的好同志！现在你们可来到啦！”

周仆也紧紧握着崔俊的手，激动地说：

“自从敌人在仁川登陆，同志们的心里都像着了火似的，恨不得飞到朝鲜战场……”

“周仆同志，这我是能够想象到的。”崔俊说，“从大邱、釜山北撤的时候，我就对同志们说：中国同志是会来的！他们不可能不来，不可能不动。果然时间不长，就听到了你们出国的消息。同志们都从内心里感谢你们，在最困难的时候，给了我们这样大的援助……”

“快别说这样的话了，崔俊同志。”周仆说，“你和许多朝鲜同志过去在中国，同我们一道吃苦菜，吃黑豆，难道是为了你们自己？我还记得你负伤的时候……”

“老周，别提这些旧事了。”崔俊打断他的话说，“事实会证明我们两国人民的友谊，是最深厚，最纯洁的友谊。让历史学家们去评价它们吧！”

战士们也都纷纷地围拢过来，来看这一对老战友的会面。

周仆转了话题说：

“崔俊同志，前面的情况怎么样？敌人跑出很远了么？”

“不远，刚才被我敲掉了一股。”

崔俊指了指远处的一大堆美国俘虏，豪迈地一笑。接着又用手指头敲着旁边一个人民军战士枪上的转盘，轻轻叹了口气，“可惜这个空了；不然的话，我看他们是跑不掉的……”

周仆命令参谋长通知部队准备继续前进。又紧握着崔俊的手说：

“你们这次北撤，恐怕遇见了不少困难！”

“困难？隔断在敌人后方，自然会有一些困难；”崔俊淡淡一笑，“可是敌人要想把我们吃掉，也不那么容易……我们已经在敌人后方，打了两个多月的游击，什么野草都吃遍了。就是缺乏子弹。这枪饿肚子比人饿肚子还叫人难受。只要补充些弹药，我们就可以立即投入大规模作战。”说到这里，他又微笑了一下，说：“周仆同志，要说困难，难道你们到这里作战会没有困难？不，不能没有困难，但现在不是谈困难的时候。”

周仆团队的战士们，这时纷纷从自己的背包上取下鞋来，还有人把少量的烟末，也倒出来分给人民军的战友们。但是人民军的战士们推让着不接受。志愿军的战士说：“同志，你辛苦啦！”人民军的战士就说:“你的辛苦,我的辛苦的没有。”人民军的战士绕着弯跑,志愿军的战士们就捧着鞋在后面追。周仆和崔俊看见这种情景都深受感动,战士们总是更加能体会到战士的困难。

周仆说:

“崔俊同志,你就让他们收下吧!”

“好,”崔俊欣然点头,转向大家用朝语说,“同志们,这是我们最亲密的战友,既然他们赠送你们,你们就谢谢他们吧!”

周仆乘崔俊讲话的时候,走到了小迷糊旁边,悄声地问:

“皮包里还有几包烟哪?”

“可能还有五包。”

“什么可能,到底还有几包?”

“五包。”

“通通拿出来,交给师长的警卫员。”

被称为“老保守”的小迷糊,这次异常慷慨,把五包“大生产”牌香烟一古脑取了出来。

崔俊眼尖,急忙拦住说:

“你要干什么,老周,烟我早就戒了。”

“不不,你那烟瘾是戒不掉的。”周仆嘻嘻一笑,“你还记得,反扫荡的时候,咱们俩一块在山洞里抽树叶吗?”

“你的记性真好!”崔俊也笑了,转过头对警卫员说,“那就收下来吧。”

周仆这个团的战士们,已经回到他们的行列里,又继续前进了。

周仆再一次紧紧握住崔俊的一双大手,说:

“再见吧,崔俊同志,以后我们见面的机会恐怕是很多的。”

“是的,我们很快就会赶上来的!”

崔俊也使劲握了握周仆的手,让他去了。但是周仆刚刚走出不远,崔俊又赶上去说:

“老周,你等一等。”

周仆停住脚步。崔俊说:

“我忘了问你,我熟悉的老战友,还有哪些来啦?你的老伙计呢,来了没有?”

“你说的是老邓吧?”

“对呀,我们的战斗英雄,他来了没有?”

“他还能不来?原来出国没有他,他伤没好就赶来了,前几天才负伤下去。”

“伤重不重?”崔俊关切地问。

周仆本来想说不轻,但临时又改口说:“不……重。”

崔俊半晌不语,接着又问:

“洪川呢?他现在在哪里?”

“现在是我们的师长。”周仆看看表说,“一个小时以后,他就会赶到这里。”

“那太好了,我等着他。”

崔俊又挥挥手,叹口气说:

“老周,你去吧!老战友见面话总是说不完的……”

周仆随着部队走出很远,很远,还看见崔俊和他的衣着单薄的战士们站在那里,向他们不住地招手。他发现连续追击的战士们,不但不感到疲劳,步伐反而更加有力。他知道,一种新的力量,又注入到战士的心中。毫无疑问,两国军队的会师,使得我方的战斗力量更加强大了。

第十三章　另一个“围歼”

周仆所在的第五军追到海州郡以东地区，乘着十轮大卡车的敌人已经逃到三八线以南去了。兵团司令部考虑到徒步追击难以收效，遂下令停止追击。

东线部队在冰天雪地的长津湖畔的作战，也接近尾声。被围攻的美军第十军，遭受了惨重的伤亡，其残部逃到东海岸的连浦、兴南港地区，在大量的海空军掩护下，正狼狈地从海上逃跑。

轰轰烈烈的第二次战役结束了。这次战役，由于志愿军指战员的高度牺牲精神，取得了震撼世界的伟大胜利。东西两线我共歼敌军三万六千余人。其中美军两万四千余人。解放了朝鲜民主主义人民共和国的首都平壤以及北半部的广大土地，迫使敌军全部撤退到三八线以南，从进攻转入防御。特别是被隔断在敌后的朝鲜人民军与志愿军胜利会师，大大增强了我方的力量。战争的主动权，已经转入我方。全军上下都浸沉在极度兴奋的胜利的气氛里。

然而，在这胜利的喜悦里，周仆心中却总有一种隐隐约约的不快之感。这种情绪，随着战役的结束而更加明显了。他一遍又一遍地想着在缚龙里发生的事情。为什么在本团一个重要干部身上会发生那样严重的问题？如果当时不是团长和郭祥他们挽救了危局，阵地真的被敌人突破，那造成的会是什么局面哪！想到这里，心里越来越惦记邓军和郭祥的伤势，也越来越憎恶陆希荣，甚至一想起他那长长的个子都觉得可厌。

这天早晨，因为菜蔬困难，伙房给他炸了一盘辣椒下饭。本来是一番好意，谁知这盘辣椒往上一端，他的脸色就起了变化，瞅着辣椒半晌没有说话。

小迷糊还以为政委不喜欢吃，就解释说：

“就这还是找了半个村子才买来的哩！”

周仆哼了一声，拾起筷子懒洋洋地吃着。小迷糊哪里知道这盘辣椒触动了政委的心事，使他又想起了他的伙伴邓军。他胡乱吃过早饭，就给军后勤打电话，了解邓军和郭祥的伤势。军后勤回话说，他们的伤势很重，尤其郭祥仍处于昏迷状态。

周仆感到一种难忍的痛楚，本来预定明天召开的团党委会议，改在当天下午举行。

天又落起了大雪。刚刚过午，党委委员们已经冒雪先后来到。到会的有三营营长孙亮，二营教导员李芳亭，参谋长雷华，政治处主任马骏，组织股长崔国彬。一营教导员陈国发，也被扩大来列席会议。副团长没有到会，他在前几天就已被调往俘虏营管理俘虏去了。最后到来的是一营营长陆希荣，他脸色阴沉地挤在墙角里，装出一副故作镇静的样子。

孙亮带来了几包缴获的美国香烟，相当地活跃了会场的气氛。尽管他表现得十分大方，但仍不免最后被同志们“打了土豪”。大家盘着腿围在一起，热烈地谈叙着战役中一切有趣的事情。陆希荣局促不安地坐在一旁，觉得无话可说，即使插上两句话，别人也表现相当冷淡。他突然变得仿佛像一个陌生人一样坐在那里。而他的旁边却是一个热闹的、无比亲热的战斗家庭。

周仆竭力使自己的情绪与屋里的气氛相调和,但是他的脸色仍然显得严峻。

“政委谈谈形势吧,”孙亮活泼地说,“东线打得怎么样啊?”

“比我们这里可艰苦多喽!”周仆说,“昨天师长讲,东线部队出国太仓促了,还穿着长江以南的棉衣,戴着大檐帽,就投入了作战。那地方山又高,雪又大,零下三十多度。发生了许多冻伤。粮食也接济不上,大概有几天没有吃上饭。听说有的连队看见敌人逃跑干着急冲不上去,又冻又饿,有些班成散兵队形趴在雪地上起不来……可是就在这种条件下,还是在新兴里歼灭了美七师的一个团零两个营,把柳潭里、下竭隅里的美陆战第一师打成了残废。”

人们纷纷赞叹着。

“听说这陆战一师是敌人的王牌?”孙亮问。

“吹得凶!”周仆说,“美国人吹嘘,说这个师有一百七十五年建军的历史,曾经四次出国,从来没有打过败仗。还说,如果共军能打败这伙人,那么他们就赢得了朝鲜战争,甚至也许全世界的战争!……他们还吹,这个陆战师承认他们也许有一天会被打败,如果那一天太阳从西边出来的话……”

人们笑起来。

“我倒希望下次战役能碰碰它!”孙亮搓了搓手。

“下次战役?恐怕你碰不上它吧,”周仆笑了一笑,“听说它们被运到大邱、釜山休养去了。”

“这些可怜的家伙!”周仆接着说道,“在十几天以前,他们还把麦克阿瑟看做是穿军服的圣诞老人,还相信他的话,准备打到鸭绿江过圣诞节呢!”

“依我看,人家也部分地达到目的了。”孙亮慢条斯理地说,“好多人不是到碧潼俘虏营过圣诞节去了吗?”

人们又是一阵哄笑。

周仆看时间已到,就宣布会议开始。他简略谈了谈当前的形势和工作,接着就转入正题,略略提高了声音说:

“今天的会议,主要是讨论陆希荣同志严重的右倾错误,和对他的处分问题。”

尽管会议的内容,早已通知了人们,但因为“严重右倾”这个字眼本身的分量,还是产生了一种少有的严肃气氛。顿时屋里一静,连雪花打着细格门窗的轻微的沙沙声,都能听见。

人们斜视着陆希荣,沉静了好几秒钟,眼睛里流露着鄙视、不满和愤怒的神情。

“这是党的会议!”终于陆希荣的脖子梗起来了,“我希望我们的党代表说话公正一些。”

周仆极力控制着自己,不使自己的行动和语言超出一个政治委员的身份。他勉强地笑了一下,放缓语调说:

“有什么不公正的地方,可以讲。”

政委出人意料的平静,使陆希荣感到几分慌乱;也因此更加激怒了他:

“我要求周政委客观地全面地来审查我陆希荣的历史。我陆希荣参加革命,不说身经百战,大小仗也打过几十次了,我要求一次一次地来审查我在战斗上的表现。我要求个别领导人不要急于下结论,不要夹杂任何个人的情绪……”

“好嘛,让我们就来首先研究一下你在缚龙里战斗中的表现。”周仆舍弃开陆希荣设置的重重障碍,平静地说。他好像是领导冲锋的班长,在对方重重的鹿砦、铁丝网的前面发现可以接近目标的地方。

陆希荣的手指不易觉察地抖动了一下。他用激愤的脸色掩饰着自己的慌乱。

“审查任何一次战斗都可以。”他大声地说，“缚龙里战斗，缚龙里以前的任何一次战斗，摩天岭战斗，南天门战斗，大小胡庄战斗，南北齐战斗，太原登城战斗都可以，如果能够说明我右倾怕死，我可以立刻把我的大功功臣的奖状交出来，也可以把它扯掉。”

“好好，大家来讨论吧。”周仆说，“陆希荣同志，据我看，不要说一张立功奖状，就是十张奖状也不能管一辈子……既然你不是右倾怕死，为什么临阵脱逃，把部队撤下来?”

陆希荣像被挤到墙角里似的，不得不面对这个问题。

“我要求上级认真地了解一下具体情况。”他说，“撤退?不错，是撤退了。但是在什么情况下发生的?是在敌人的坦克突破阵地之后，我才同部队一起撤下来的。在这种情况下，这个连不撤下来，就会被敌人消灭，就等于给敌人送礼。我不能不对战士的生命负责。我没有权力使战士的生命遭到无谓的牺牲。”

坐在陆希荣旁边的孙亮咳嗽了一声，这是他发言的信号。

“希荣同志，”他侧过脸瞅着陆希荣，“你说你要对战士的生命负责，那么，你为什么就不对三连，不对郭祥他们的生命负责呢?你说你的阵地被突破，你为什么就不想到全团的阵地被敌人突破?”

陆希荣受到猛力的一击，有些慌张，连声说：

“唉唉，老孙，你不了解实际情况嘛!”

孙亮斜了一营教导员一眼。这位教导员一直神色不安地坐在那里，脑子里像正进行着激烈的斗争。

“还是让陈国发同志讲讲吧，他是很了解具体情况的。”

大家都听得出来，这是孙亮有意将他一军。

“对对，老陈讲讲。”大家也跟着说。

陈国发感受到强大的压力，立时满脸通红，彷徨四顾，不知说什么好。

周仆实在看不下去，瞅着陈国发说：

“陈国发同志，你这自由主义可不是一天半天了！你对他的问题总是包着不讲，问题发展得这样严重，你要负一定的责任！”

“我我……我这不是准备讲嘛！”陈国发摊摊手，又胆怯地瞅了陆希荣一眼，“我也觉得他似乎有一点儿情绪不够太饱满……向缚龙里穿插的时候，路上他就说：‘你看我们这些上级！要像这样用兵，不等打仗就拖死了。’到了缚龙里，大家一听说敌人还没有过去，都高兴得嗷嗷叫；可是他那脸色非常难看，我估摸着，他的思想是还不如敌人已经过去，在后面追一追更好一些……”

“老陈！”陆希荣愤怒地叫道，“大家是要你讲事实，并不是叫你来这里讲脸色，讲估摸！你怎么知道我有这种思想？”

“让人家讲下去嘛！”孙亮给陈国发助劲。

“事实？我后面有事实！”陈国发的声音也略略大了一点，显然陆希荣的质问某种程度激怒了他。“到了缚龙里，他虽然不高兴，还是向团里要求把我们营放在正面。我就想，他的战斗责任心究竟还是强的。谁知道团里真的批准了，他的脸色都变了。他悄悄跟我说：‘老陈！这一回可是拖不过去了，我这一百多斤肯定要撂到这里了！’还说，还说：‘我死了，我的家当都送给你，我的这块表，请你给我保存着，以后替我送给小杨，做一个最后的纪念。’……”

“老陈哪！老陈哪！”陆希荣一连声叫着，“我们可是老战友呀！

我们在一块就伴儿可不是一天半天呀！你你你，你把这些开玩笑的话搬到党委会上，是什么意思？……再说，再说，我那些话正是表明我为革命牺牲的决心！我是说，就是扔掉这一百多斤，也要坚决地完成这个重要任务！”

听了陆希荣的一番话，陈国发又有些犹豫不决起来。周仆发现刚刚出现的突破口，眼看又被对方用感情的火网缝合在一处。立刻说：

“老战友是崇高的称号，但是不能用它来藏垢纳污。越是老战友，就应该更加不讲情面，就应该讲得比别人更加深刻、更加彻底。不然，老战友还有什么意义呀！……陈国发同志，你说对不对？”

“对，你讲得对。”陈国发低着头说，“我过去领会错了。我总是怕伤了感情，影响双方的关系，工作也不好搞。遇见事，我就想，老战友了，出生入死的不容易，哪里有那么多原则好讲，一天价摆着个政治面孔干啥？凡事不如大事化小，小事化了，你给上级讲了，他还得受批评，弄得双方都不好看。”

“哼，瞧瞧你这思想！”周仆瞅了他一眼，“你接着讲下去。”

一度动摇的战线又趋于稳定，陈国发恢复了勇气说：

“我们把部队带上阵地，我就发现营长把指挥所选得离前面太远了。我说，如果敌人的炮火切断了我们的联系，我们掌握不住部队的情况，是要犯错误的。他就说，‘这不是打游击，这是近代化的战争！你还是考虑考虑你的政治工作去吧！’我怕影响两个人的关系，也就没有坚持。后来南边增援的敌人攻上来了，南北两面的炮火都打到我们的阵地上，他就钻在洞里不出来了；还悄悄对我说：‘老陈哪，怎么办哪？你看两面的敌人都来夹击我们，就凭这稀稀拉拉几个步兵能顶得住吗？’我说，‘守不住也得守，不然要犯严重的错误。'他就不言声了。接着,前面报告,敌人的坦克开始渡河。他又对我说:'老陈哪,你可要认真地考虑一下现在的形势。郭祥那人可是个滑头鬼,如果他要一撤,我们俩会要当俘虏的!'我怕争论起来,弄得双方都不愉快,就没有理他。不一时,又报告敌人的坦克冲过了河。前面的战斗十分激烈。我怕阵地有失,就坐不住了。我对他说,我到前边看看去,亲自去掌握一下。他就说:'那很好,我就在这里掌握全盘。'可是我还没有走到一连的阵地,就看见一连撤下来了,说是营长让他们撤下来的……据我估摸,他开头想让我先说出来后撤的话,好让我跟他一块儿分担责任;我没有同意。后来,他觉着一个人跑下去错误太明显了,就传下了后撤的命令。据我后来了解,前面战士们已经打退了敌人一次冲锋,守得是很好的。"

这时,陆希荣的眼睛里射出一种类似仇恨的凶光,看了陈国发好几秒钟,然后低下头去。

"随你去说!对一个同志的错误任意扩大,是不会有人相信的。"他喃喃地说。

陈国发涨红着脸,不满地说:

"我夸大你的错误了吗?有些事我还没有说哩。一次战役,二连连长不按照预定的路线撤退,也是向你请示过的。"

周仆惊奇地问:

"二连连长不是承认是自己的责任吗?"

"不是这样,政委,"陈国发说,"当时敌人的炮火封锁了山口,二连连长就向他请示,可不可以向旁边撤退,他就点了头。事后政治处下来调查,他怕暴露,就悄悄找到二连连长说:'你先把责任承担起来,我保证不让你受处分!要不咱们俩都得挨批,事情就不好办了。'二连连长受了处分,才知道上了当,跟我偷偷地讲了……"

"通讯员不是说,他下了制止撤退的命令吗?"

"那也是假的,都是他布置的。"

周仆长长地叹了口气,用烟斗冲着陆希荣一指:

"唉! 老陆,你瞧瞧你这叫什么作风!"

孙亮挺挺身板儿,瞧着陈国发说:

"有一件怪事儿,我想问问。传说陆希荣同志,一听说出国就缝了一个大白被单子,据说是专门防原子弹用的,到底有没有这样的事儿?"

问题提得令人吃惊,顿时引起一阵轻微的骚动。

"说呀,老陈,有没有这样的事儿?"人们纷纷追问。

"我,我这不是准备说嘛!"陈国发又胆怯地看了陆希荣一眼,低着头说,"是在出国头一天让房东做的。"

屋子里发出一阵沉重的叹息声和嘲笑声。

陆希荣满脸通红,接着像一头狮子似的暴怒了。

"这是造谣! 这是诽谤!"他叫喊起来,"不错,我是做了一条白被单;但是,陈国发同志,你怎么能证明我是害怕原子弹呢?"

"你,你你……"陈国发一时急得说不出话来,"你说,这回打仗可跟以前不一样了,美国人是很可能要丢原子弹的……你还劝我也做一条。"

陆希荣几乎要站起来的样子,声音越来越大了:

"陈国发同志! 我有什么对不起你的地方? 你对我有意见的话,你可以明讲嘛,为什么要起害人之心呢? 你的话不是歪曲、扩大,就是你估摸着,你怎么能用自己不很干净的心理来估摸别人呢? 你这些估摸的话,有谁相信呢? 不要说别人,首先咱们英明的周政委就不会相信，我们的孙营长、李教导员以及在座的每一个同志都是不会相信的……”

“陆希荣！你老实一点！”周仆厉声说，“你不要在党的会议上玩弄旧社会的一套。”他本来并没有准备这时候发言，可是陆希荣刚才的丑相实在引起他深深的厌恶。“依你说，陈国发同志把你估摸错了，照我看，他还没有认清你的本质。依你说，陈国发同志起了害人之心，照我看，有害人之心的是你！一点不错，是你！”他用手向陆希荣一指。

“有什么事实？”陆希荣抗声地说。

“你听我讲。”周仆说，“第一，出国不久，你三番五次地跟我们讲，郭祥同志勾引小杨，要挖你的‘墙脚’。要我们开展对郭祥的斗争。我后来问小杨，知道你完全是无中生有，陷害同志；第二，清川江北岸的战斗，你继续在火线上打击报复，企图借刀杀人，来达到你陷害郭祥的目的；第三，就是这次缚龙里战斗，你私自下令后撤，不但是出于你的右倾保命，而且同样有一个不可告人的目的，你想让郭祥腹背受敌，被敌人消灭……我看，你还是把这种丑恶的个人主义思想，右倾怕死的思想，向同志们作个交待吧！”

陆希荣脸色煞白，浑身发抖，连嘴唇都哆嗦起来。

这沉重的打击，激起了他的狂怒。他陡然间站起来，哆哆嗦嗦解着胸前的纽扣，然后猛地把衣襟扯开，露出他的伤疤。

“好哇，你个周仆！”他狂怒地指着自己的伤疤，“我问你，这是不是个人主义？这是不是右倾怕死？”他接着又弯下腰去挽自己的裤腿，指着另一块伤疤，“我再问你，这些伤疤是不是狼叼的？狗啃的？我对人民的贡献，不单全团知道，全师知道，全军都知道，连兵团司令他都知道！今天你朝我的头上倒屎罐子，你想把我陆希荣搞臭,这是办不到的！我再告诉你一句:这是办不到的!”

他气昂昂地大步跨到门口,把门咔的一声拉开,立刻冲进来一股寒气,雪花也飘进来了。他又回过头说:

“我早就把你看透啦！你一不懂军事,二不懂政治,你就是专门靠整人吃饭。你不是组织这批人整那批人,就是组织那批人整这批人。你就用这种手段打击别人,抬高自己,来树立你的威信。你看哪个同志多少露一点头儿,在上级面前比你吃得开,在群众面前比你威信高,你就拼命地打击他,好把你显出来。你一贯居心不良,你唯恐天下不乱,你把我们团整个党的生活搅得乌烟瘴气！我今天对在座的所有同志都没有意见,就是对你周仆有意见！你今天成心打击我,我正式告诉你:我不参加你组织的会议!”

说着,他探身拿起一只棉鞋,扑打着雪花,就要离开会场。

“陆希荣同志！你给我回来!”周仆充满威严地喊道,“你蔑视党的会议是不允许的。”

陆希荣拿着棉鞋刚要穿,迟疑了一下。

周仆继续响亮地说道:

“你退出会场,只能说明你害怕真理,害怕揭露你的问题。如果你还有一点党的观念,如果你对在座的同志还有一点点尊重,你就不应该出现这种行动!”

政治处主任马骏也激怒了:

“陆希荣同志,不管怎么讲,你这种行动是错误的!”

“坐下嘛,有话慢慢讲嘛!”一向老成持重的二营教导员李芳亭说。

“坐下！坐下!”大家纷纷地说。

在陆希荣迟疑的一刹那,孙亮机灵地站起来,咔哒一声,关起了那扇细格窗门。他拍了拍陆希荣的肩膀说：

“老伙计！坐下吧，这可是党的会议呀！”

陆希荣走又不是，回又不是，犹豫片刻，只好尴尬地回到原来的位子坐下来。

“我向同志们郑重声明，”他为了掩饰自己的尴尬，立刻来了个急转弯，放低声音说，“我并不是蔑视党的会议，蔑视在座的同志，也不是害怕揭露我的问题……我确实是对政委个人有意见，当然我刚才的冲动是不对的。”

“这种人，总忘不了要花招！”周仆心中暗笑，“一个个人主义者，即使是一个有才能的人，也是多么愚蠢哪！”

“好嘛，那很好嘛！”大家纷纷趁坡下驴地说。

陆希荣突然察觉，那只沾着雪花的棉鞋还在手上，一时不知放在哪里才好。陈国发接过来，给他放到门外。

战线总算又趋于稳定。

“我刚才也未免着急了一些。”周仆暗暗检查道，“这种会议，还要耐心，再耐心才是！”

“希荣同志，”他把语调放缓和了许多，“你过去的功绩，同志们是不会否认的；但是你入朝以来的右倾保命，也是事实。我们不能用功绩掩盖错误，用优点抹杀缺点。还要很好地挖出问题的根子：为什么你过去勇敢现在勇敢不起来啦？为什么你的战斗意志衰退了？只有挖出根子，虚心改正，才能解决问题。每个同志都要动动脑子，帮助希荣同志找找这个根子是在什么地方。”

他的语调虽然和缓，事实上是发出了新的战斗号召。就好比一个打开突破口的指挥员，又指挥他的部队进入纵深战斗，向着最强固而又最隐蔽的核心堡垒接近。

“还是让陈国发同志多谈谈吧!”孙亮提议。

“哼,这家伙对我倒抓得紧!”陈国发心里咕哝了一句,不满地看了孙亮一眼。

“对,对。”大家也响应说。

“我,我这不是正准备说嘛!”陈国发带着几分焦躁回答;而心里却想,“唉,说就说吧,反正我们的关系也保持不住了。”

“我思谋着,他的斗志到了解放战争末期就似乎起了变化。”他沉吟了一阵,慢腾腾地试探着说,“眼看全国快胜利了,他的变化就越明显了。有一次,他从医院养伤回来,我说,‘你回来得太好啦,新的战役快开始啦,我们又在一起就伴儿啦。’他就叹了口气说:‘老陈哪!你算算你是我的第几个教导员哪!第五个啦!我怕陪你陪不到底啦。’我说,‘别说泄气话了,你看全国眼看就解放了。’他就扒开衣服,让我看他过去的伤口。他说:‘老陈,你数一数这伤,有多少处了?每一次都是差这么一点儿!下一次,就是打不住致命的地方,我也顶不住了。血流得太多了!我现在一听枪响,脑瓜仁就苏苏地痛。你瞧一个战役要死多少人哪!’我就说,快别说这话了,要是让同志们听见,不开展你的斗争才怪!……”

“你你,这是什么时候的事情?”陆希荣眨眨眼,装出异常惊讶的样子。

“太原战役以前。”陈国发说。

“这就不对了!”陆希荣冷笑了一声,“如果我抱定这种思想,咱们营能够先登城吗?上级给我记的大功是错误的决定吗?我的指挥位置比你靠前得多吧?”

“那你是有自己的企图。”陈国发也有些急了。

“什么企图?”

“你自己知道。”

“我不知道，你说。”

“那时候，团里缺参谋长。你……”

“你这是纯粹的诬蔑！”

“不，是你自己讲的。”

“我？我说什么？”

“你你，你说：‘老陈，打完仗，我恐怕要到团里工作去喽！’我说：‘有消息吗？’你说：‘这还不明显！你把几个营长比一下嘛！’那时候，你的情绪呼噜一下子高涨起来。你还说：‘老陈哪！好好干哪！沙锅子捣蒜，一锤子买卖呀！’……”

大家几乎同时冷冷地望了陆希荣一眼。

陆希荣把头往旁边一扭，悻悻地说：

“看，几句玩笑话，今天都成了原则问题！”

周仆示意陈国发，继续讲下去。陈国发说：

“打下太原，他一看提拔的不是他，当团参谋长的是三营长雷华同志，本营的副营长孙亮同志也到三营当了营长，他的情绪就嗯噜一下子又下来了。他抱着上级发下来的提升命令发呆了，坐在那里总看了有两个钟头。那天，太原城里锣鼓喧天，大街上的老百姓扭着秧歌欢庆解放；他一个人买了两瓶酒，喝得醺醺大醉，还搂着我的脖子说：‘老陈哪！老陈哪！我的前途完啦！’我说：‘老陆，你看全国的形势多好，革命都快胜利啦，怎么能说没有前途？’他说：‘革命有前途，个人没前途哇！……过去打仗，不能说我不勇敢吧；工作方面不能说我不积极吧；这次攻城，第一个打开突破口的是谁？上次打姚家寨，第一个登上城墙的是谁？不说别的，单说我缴获的轻重机枪，一个房子也盛不下。可是革命给我的是啥？我个人得到的是啥？现在全国快解放了，革命也成功了，农民得到了土地，工人改善了生活，连那些不革命、反革命的人都当起大官来了，我得到了什么呢？连一个老婆都没捞着！我得到的就是这么一身伤疤，一身臭汗！这不成了革命不如不革命，不革命不如反革命么？这不是革命有前途，个人没前途么？……'我忙说，'快别说了，叫战士听见影响多不好啊！你这不是从个人主义立场看问题吗？'他把眼一翻：'老陈哪！你也来给我上政治课了，别说漂亮话打官腔吧，谁能够没有一点儿个人主义？没有个人打算的人是没有的！'我就说：'算了，算了，等你思想搞通就好了。'他就大声说：'我一辈子也搞不通！我躺在棺材里也搞不通！为什么提拔别人不提拔我？上次没有，这次又没有！雷华是什么东西，我哪一点比不上他！你说是德的方面，才的方面，资的方面，大家可以摊开来，逐点逐条地比嘛！哈哈，他现在爬到我的头上去了。还有孙亮，过去我一直领导他，我当排长的时候，他还在家端着大黑碗喝白粥哩，我当连长的时候，才不过是我们连小鬼班的班长，现在也跟我一般齐了。周仆当排长，比我早不了几天，现在人家是团政委了。某某和我是同一期军校的同学，当时也并不怎么突出，现在是师长了。跟我的几个通讯员，现在都是连级干部了，再打一两仗，说不定还赶过我去哩。老陈哪！我辛辛苦苦地闹革命，打了十年仗，我现在算是个什么呀？我的前途在哪里呀？……'我当时看他情绪很坏，就说，'你这些意见，如果不好意思提，我可以帮你提提。'他马上说：'那可绝对不能提，你只要提一个字，他们就会说你是个人主义！'……"

"陈国发！"陆希荣尖锐地质问道，"一个同志酒后说了几句可能不太妥当的话，能不能拿到党委会上作为批判材料？"

“你平时也说过的。”陈国发说，“你还说过你有一个‘十年计划’？”

“什么十年计划？”大家惊奇地问。

“他平时很佩服咱们兵团的齐司令员，说他二十七八岁就当了师长。他说：‘按我这份才能，你看我多大岁数上能当师长？’我说我判断不出来，他说：‘按我的计划，我不希望超过这个年龄。’”

人们几乎笑出声来，有人嘲弄地说：

“这个计划不是没有完成吗？”

“是呀，”陈国发说，“他自己就讲：‘我今年已经快三十岁了，已经超过齐司令做师级干部的年龄两三年了，连团级也不是，还有什么干头？我觉得一点精神劲也提不起来了。我这点革命性就像是用完了似的。’……”

人们忍不住笑起来了。陆希荣又羞又恼，悻悻地说：

“大家可以想想嘛！上级的干部政策是不是没有一点问题？！”

“当然有问题啰！”参谋长雷华涨红着脸说，“上级专门提一些‘不是东西’的人，却不提那些盖世无双的才子！叫我看问题大啦！”

周仆严肃地瞅了雷华一眼，带着批评的意味。意思是：不要在党的会议上讲反话，这会有损于一个党委委员的风度。

他又示意陈国发继续讲下去。陈国发说：

“自从解放大西北，咱们住在杨柳镇，他同一个皮毛商人关系特别亲热。他经常到那个商人家里，同他的女儿、姨太太喝酒、打牌……”

“什么？你说什么？”周仆一惊。

“他经常到商人家里喝酒、打牌。”陈国发又重复说。

“你说清楚一些!”陆希荣愤怒地叫道,“并不是我要去,是人家三番五次地请我。人家对咱解放军那样热情,我们应该冷冷淡淡吗?这是一个军民关系问题,党的影响问题,政策纪律问题。再说,打牌只是随便地玩玩,并没有赌钱。你要向上级谈清楚些!”

“是,我是要谈清楚。”陈国发也强硬地说,“他们还送给他一对绣花枕头,一个上面绣着‘甜蜜之梦’,一个上面绣着‘祝君晚安’。都是商人的女儿亲手绣的。他们还结了干亲……”

“什么?什么干亲?”周仆追问。

“商人有个一个多月的小孙子,拜他作了干爹。他同商人的女儿平常都是哥哥妹妹相称。叫得可热乎着哪!……他准备结婚买的那些东西,钱都是从商人那里借的。”

周仆气得脸都变了,沉了半晌才咬着牙说:

“陈国发,你真可以说是个自由主义的典型了。他同资产阶级发生了这样密切的关系,你都没有讲呀!”

“我看,不能说这个人是一般的资产阶级。”陆希荣立即反驳说,“人家原来也是劳动出身,因为遭了天灾,从山西逃到西北,开头用两个肩膀挑东西,每天挣得还不够吃哩!以后摇拨浪鼓儿,卖布头儿,人家的家产是这么一点一滴积起来的。”

“这浑家伙,立场已经完全变了!”周仆愤怒地咬咬嘴唇,没有冲出口来。

“从这以后,他的思想变得更厉害了。”陈国发继续说道,“有一回,他跟我说:‘老陈,我过去太傻了,现在我对一切都看透了。古人说,富贵于我如浮云,弄个一官半职又值得几何!人一辈子归根结底还不是吃一点儿,喝一点儿,痛快一点儿。只要有一个好老婆,一个温暖的小家庭,手头稍许宽裕些,风吹不着,雨打不着,日子过得平平妥妥，不要老是打仗流血，也就很不错了。像人家潘掌柜的，不是照样生活得很快活吗？’此后，他的思想就完全集中到组织小家庭的上头去了。他还说，小杨长得不错，就是太土气了；那个商人的女儿很大方，可又不太漂亮。要是两个人的条件结合起来有多好啊！……”

陈国发说到这儿，又痛切地检讨了自己的自由主义的错误。随后大家展开了批评，几乎每个人都谈到过去对于陆希荣的认识是很不够的。

孙亮对陆希荣的批评特别尖锐、猛烈，最后还说：

“我想对团的领导同志提点意见。”

周仆把一个烟蒂撕碎，装到烟斗里，正要擦火，停住了。

“陆希荣同志的问题发展得这样严重，我看团的领导也要负一定的责任。”孙亮极其坦率地说，“过去团的领导对他是一贯地迁就，只有表扬，很少批评。总认为他特别能干，说他‘军事来得，政治也来得’；群众也夸他是‘才子’，是‘司令员兼政委的材料儿’，他自己也就不知道吃几碗干饭了。实际上，他的工作很漂浮，他能把准备干的工作，汇报是已经做的，说得头头是道，天花乱坠；他也能把已经做过的工作，向你请示做法，来表示对上级的尊重。可是团里也不检查就相信了。我们提出意见还说我们不虚心！我希望领导上以后接受这种教训，别再把干部给惯坏了。”

“这一炮开得好。”周仆心中想道；一面点起烟斗，对着孙亮微微一笑。

随后讨论了对陆希荣的处分问题。孙亮、雷华、马骏都主张开除党籍，李芳亭、崔国彬主张留党察看。最后，周仆做了总结发言。他早已把烟斗灌得满满的，做了充分准备。

“关于陆希荣同志的问题，同志们谈了很多，我不准备多讲了。”他竭力使自己的发言保持平静的语调。“我认为，他的问题是十分严重的。他已经由极端的个人主义发展到了严重的立场动摇。”周仆观察了一下大家的脸色，看对自己的结论有无异议，然后又接着说：“在胜利前夕，在党的七届二中全会上，毛主席曾经指出，我们之中的一些人，会被资产阶级的糖衣炮弹击败。据我看，陆希荣就是第一批被这种糖衣炮弹击中的一个……”他本来想说“一个可怜虫”，但话到了嘴边，又觉得不合一个党委书记的身份，就把那个词删略去了。他又用分析的语气说：“为什么呢？为什么他会被击中呢？这就因为他本身具有浓厚的个人主义。”他转脸向着陆希荣说：“陆希荣同志，我们并不否认你有一定的才能，也不否认你过去的功绩，但是你有一个最根本的也是最起码的问题没有得到解决，这就是你参加革命究竟是为了什么。是为全世界劳动人民的解放呢，或者是为了把自己造就成一个‘伟大人物’？是全心全意为人民服务呢，或者是为了向人民索取优厚的报酬？根据刚才揭发的材料，我看你的动机是不纯的。我们需要告诉你，参加革命不是经商，不是放高利贷，不是把自己放入银行收取利息！假如有谁抱定这样的目的参加革命，那他是肯定达不到目的的……我希望你要好好地考虑！”

“关于对你的处分……”周仆说到这里沉吟了一阵，脑海里引起了一阵斗争。一个声音说：“开除他！开除他！一个多么令人憎恶的家伙！”另一个声音却说：“要慎重！要按党的精神办事！只要有一线可能，就要给他以自新之路！”这时，他又唯恐人们看出他的犹豫，便划了一根火柴，慢腾腾地燃着熄灭了的烟斗，然后才说：“我看还是留党察看为好。”

周仆的话音未落，就听陆希荣怒冲冲地喊了一声：

“我不同意！我不同意！”

大家一看，陆希荣面孔抽搐着，再一次地狂怒了。他站起身来，大声地说：

“周仆！今天你组织的会议，完全是造谣、诬蔑和打击人的会议！我要到上级党委去控告你！”

他说着，咔的一声把门拉开，蹬上鞋了，头也不回地去了。

屋子里霎时又冲进来一股寒气，雪花在门外已经积起了很厚一层。

“哼，我看还是开除的好！”孙亮愤怒地叫。

“不，还是留党察看。”周仆在地上乒乓地磕着烟灰……

第十四章　在亲人心里

好消息亲人知道得最早,坏消息亲人知道得最迟。

陆希荣犯错误的事,后方医院很快就传开了,杨雪却蒙在鼓里。在一次偶然的机会里,她才知道。

医院设在德川以南几条偏僻狭窄的山沟里。汽车开不进来。她同伙伴们每天夜里到沟口的公路上接收伤员。担架少,伤员多,杨雪自恃体力强健,常常背着伤员向山沟里运送。

那些负伤的战士们,真有一股硬劲。尽管深夜的寒气和卡车的颠簸使他们的伤口疼痛难禁,也不愿一个女同志来背负自己。可是杨雪有杨雪的办法,她的头发一向剪得很短,在执行任务的时候,就通通塞到帽檐里,再加上她的个儿稍高,这样就把许多战士瞒过去了。当别的女护士还在公路上同伤员们争执的时候,杨雪早就走到前面去了。

前方的伤员下来得越来越多,杨雪也就越发挂念陆希荣,挂念前方的战斗。尽管她的性格泼辣大胆,也还是害怕打听消息会受到同伴们的嘲笑。一次,她背着伤员走到半路上,看看前后无人,才问:

“同志,你是哪个单位的?”

伤员听出背他的是个女同志,在她背上不自在地动了一下,说:

“十三师，三十七团的。”

“哪个营的？”

“同志，我下来走吧，我的伤并不重啊！”

“不不，”杨雪继续问，“你是哪个营的？”

“一营红三连的。”

“真巧！”杨雪的心扑通了一下，又问：

“你们……你们连打得不错吧？”

“我们打退了敌人十五次冲锋，生把几万敌人给卡住了。”他的声音充满着兴奋。

“你们……连长打得怎么样？”她本来想说“营长”，到了嘴边又改口了。

“嘿，真是难比！”他带着无限敬佩的口气。

“营长呢？”

“一个大熊包！”战士气愤地骂道。

“什么？你说什么？”

“要不是他贪生怕死，我或许不会负伤哩！”

伤员很气愤，把他们受夹击的情形简要地说了一遍。

杨雪像被石子绊了一下似的，打了个趔趄，步子慢下来。

“同志，让我下来走吧！”伤员以为她走不动了。

“不，不。”杨雪艰难地迈着脚步。

听到亲人的丑事，真比自己劈头挨了两记耳光还要难受。但接着她又想：这可能吗？这个一向在战斗上表现很好的人，有可能做出这样丢人的事吗？一个战士在战场上看到的有限，事情未必会是这样。

“刚才说的情况，是你亲眼看到的吗？”

“我到了绑扎所,同志们都这样说。”

“这就对了,”杨雪带有批驳的意味,“自己没有弄清,还是不要乱讲的好。”

“怎么,你认识我们营长吗?”

“我,我……不认识。”她含含糊糊地说。

这个出人意料的消息,给杨雪带来深深的震动。尽管她设想了许多理由来否定它,还是不能驱除心情上的不安。她迫不及待地想证实事情的真相。

拂晓时,她听说郭祥也负伤到医院里来了,就急忙跑去看他。

郭祥被安置在九号病房——山沟最里面的一间农舍里。杨雪轻轻推开房门,看见地下躺着五六个伤号,一个女护士正在厨房间里给他们烧水。那些伤员都是在前方绑扎所临时急救后就抬下来的,血衣也没有换,冻得邦硬。蒙着的小绿被子上结着一层霜花。杨雪看见郭祥闭着眼挨墙躺着,连被子也没有,只盖着一件大衣。头上缠着厚厚的绷带,脸色蜡黄。棉军裤被烧得焦煳一片,露出发黑的棉花。一双黑胶底棉鞋,鞋带系得紧紧的,鞋底上沾满了血泥,好像是在血水里蹚过似的。杨雪轻轻地揭开大衣,看见郭祥只穿着运动员的背心,臂上也裹着伤。下肢又是一片一片的烧伤。杨雪看见自己所熟悉的人,自己少年时的伙伴,伤得这样重,止不住心里难过。她不忍心叫醒他,轻轻地给他盖好,然后帮他去脱沾满血泥的鞋子。

鞋子刚脱下一只,郭祥睁开了眼睛,茫然地望着她,说:

“小牛,你为什么还在这里?”

“嘎子,我是小杨。”杨雪凑近他说。

“我问你,你为什么还在这里?”他的脸色充满怒容,“我要你给团首长报告情况，你为什么还待在这里？说！你是不是害怕？”

旁边烧水的女护士插嘴说：

“郭连长，这是你的老乡看你来了。”

“快去，没什么道理好讲！”他的臂膀动了一动，没有抬得起来，“你快去告诉首长：我们决不能给祖国，给毛主席丢脸！我们红三连的阵地是守得住的！……南面的阵地丢了，敌人要夹击我们，问题不大！据我看，问题不大！让他们来吧，来吧，我有办法对付！来得越多越好，我要让他们通通碰死在这里！你告诉首长，我用党性保证！……”

“嘎子哥，你，你真的不认识我啦？”杨雪的眼里涌出泪水。

“不要开玩笑，快去！”郭祥镇着脸说，“有手榴弹的话抬几筐来！……其他的意见，对营长的意见，以后再提……”

杨雪心中一跳，忙问：

“你对他有什么意见哪？”

“意见？当然有意见！”他满脸怒容地说，“我什么也不提，这不是提意见的时候！……”

其他几个伤员，都被惊醒了，纷纷说：

“以后再谈吧，他的伤很重啊！”

女护士也对杨雪说：

“班长，等会儿换了药再来看他吧，送伤员的说，他头上还有弹片没有取出来呢！”

杨雪不听。等郭祥睡熟，又去给他脱另一只沾满血泥的鞋子。鞋子脱去，袜子却扒不下来，原来郭祥的脚早冻肿了，用手一摸，冰凉冰凉。杨雪坐下来，毫不犹豫地解开怀，把郭祥的两只冻脚紧紧地抱在胸前，用棉衣严严实实地捂住。不知是由于感动，还是由于对少年朋友的怜惜,或者是一种隐隐约约的未经证实的羞愧,她的泪扑簌簌地洒在胸前的棉衣上……

但是,她仍然不能相信,不愿相信,也不敢相信自己的未婚夫真的犯了那种可怕的错误。假若那是一件真实的事情,那是多么可怕呀！她甚至想都不敢想了。

野战医院的工作,是十分繁重和困难的。那些年轻的女孩子们,白天在病房里值班,夜间要到公路上去接收伤员。还要挤出时间,到山上砍柴给伤员烧火取暖,砸开冰冻的溪流给伤员洗绷带和血衣。每天只能轮流睡上三四个小时。杨雪是争强好胜的人,又是一个班长,样样不愿落后,休息的时间就更少了。但即使在这样忙碌和劳累中,这个恼人的问题,还是像黏在脑膜上似的不能驱掉。而且她明显感到,在这以前,但凡提起前方,提起战斗,人们,尤其是她的女伴们,总是少不了提起陆希荣给她开几句玩笑;而现在却表示出明显的冷淡,或者故意从话题中避开。这也不能不使她的心里增添了难受。

几天以后,有人告诉她,邓军团长也负伤到医院里来了,住在另一个所里,只隔着一个山梁。她决定抽空去看看她。

这天,杨雪照顾伤员们吃过午饭,就一路小跑爬过山梁。她踏着积雪一边走一边张望,看见山坳坳里有一座孤独的茅屋,有三两株乌黑的松树盘着屋顶。小玲子正背向着她,猫着腰儿在山坡上劈劈柴呢。

要搁平时,杨雪一定会悄悄地扑上去,给他开个玩笑;可是现在一点这样的心思也没有了。她蔫蔫唧唧地走到小玲子身边。

小玲子的斧头被劈柴夹住了,累得他满头冒着热气,没有转过身就说:

“小杨，你先屋里去吧，我马上就完。”

“你怎么知道是我来啦？”杨雪笑着说。

小玲子直到把那根劈柴挣开，才直起腰来，笑着说：

“嘿，你在山梁上走着，我就看出是你。……怎么啦？你比前些时可瘦多啦！”

杨雪轻轻地叹了口气，向屋子里一指说：

“他……伤重不重？”

“炮弹皮已经取出来了，好多了。”

杨雪脱了黑胶棉鞋，露出一双半旧的绿线袜，轻轻地推开门走了进去。

炕上放着一个火盆。邓军的枕头垫得高高的，正躺在那儿静静地看书。

“小杨来啦！”他掩起书，微微一笑。

杨雪把火盆朝邓军那边移了移，盘着腿坐下来。她打量了邓军一眼，看见他那严峻的黑脸，比以前更加消瘦了。

“又负伤了，出国还不到一个月呢！”她心疼地说。

“这也是件好事，连过去没有取出的炮弹皮子都取出来了！”他满意地笑了一笑，“他们还要把我送回国去！别人在这里能治，我就不能治？我这命比别人就那么值钱？现在还不是治了？……哼，我知道他们的计划！”

“你说的是谁呀？”

“谁？还不是军首长他们！他们老想叫我住院。你别看这条鸭绿江，过去容易，要再过来可就难啰！”

他收住笑，细细地打量了杨雪一眼，说：

“小杨，你怎么瘦得这么厉害？”

“我死我活，你们别管！”杨雪把脖子一扭。

“干吗这么大的气呀？”

“你说说你们对别人的关心表现在什么地方？……我问你，老陆在前方到底怎么样了？他到底是不是犯了错误？”

邓军脸色沉重，半晌没有说话。

“有就是有，没有就是没有。我不希望你们瞒我……”杨雪的眼睛含着泪花。

话虽这样说，但杨雪却在内心里希望邓军的回答是否定的。她像等待判决一样睁着大大的眼睛望着邓军。

邓军叹了一口长气，说：

“小杨，我觉得实在对不住你！……过去我看错这个人了！”

杨雪的脸立时变得煞白，手也在火盆上瑟瑟地发抖。

“唉，真正认识一个人，不容易呀！”邓军无限感慨地说，“过去，我只看重了他才的方面。只看重了他能说会道。只看了他一些表面现象……没有想到他是这样一个人，几乎害了我们全军。我不仅对不住你，也对不住党，对不住革命。我回到前方，要向同志们检讨我的错误……”

杨雪最迫切知道的问题，已经得到了回答。杨雪最害怕证实的问题，也终于得到了证实。她再也控制不住自己的感情，她觉得屈辱，难过，她想在这里大哭一场，又怕正在隔壁屋烧火的小玲子嘲笑，就两只手捂着脸，推开房门，匆忙地蹬上鞋子跑出去了……

邓军、小玲子都没有喊住她。她一直向山梁上跑去。她爬过山梁，看看四外无人，才坐在一块石头上嘤嘤地哭泣起来。

世界上那些没有出息的男人，为自己的亲人带来多少这样屈辱的眼泪啊！

杨雪哭了足足有一个小时，心里惦记快到了给伤员打水的时间，就急忙收住眼泪，系好鞋带，站起来向山下走去。她蹲在小溪边，从冰窟窿里掏了两捧水洗了洗脸，拢拢乱发，在水里照了照，才装作没有发生任何事情的样子，回到病房。

杨雪虽然工作照常，但精神上却起了显著的变化。她话说得少了，而且变得不敢看人。她处处怀疑伙伴们在嘲笑自己。三十七团的战友们谈起缚龙里战斗，她也觉得是有意地议论她，讥讽她。她平常那种爱说爱笑爱逗的风度，也像落叶一样不知道被吹向什么地方去了。

几天以后，她终于病倒了，发着高烧。她同陆希荣前前后后的事情，好像演电影片子似的在眼前重现。她几十次几百次地向自己提出同一个问题：为什么自己一向认为很好的人，会发生这样的丑事？在脑子里，一时出现的是一个崇高的、可爱的、聪明能干的形象，一时出现的却是一个卑琐的、可耻的、丑恶的形象，仿佛这两者结合不到一起似的。她开始搜索他们认识以来记忆中的每一件事情，从新的角度上来思索它的含义。她把她平时绝对不愿考虑的甚至带有反感的同志们的反映，也重新思考。思想上渐渐露出一线光亮。陆希荣的个人英雄主义的面貌渐渐地清晰起来了。她觉得一切都是由于自己筑起了一道感情的帐幕，才把那些丑恶的自私的东西掩盖起来。是的，这是一道多么可怕的帐幕啊！有了这道帐幕，自己不但看不出坏的，而且把坏的也看成是美好的。她回想起入朝前夕，陆希荣竟丝毫不考虑自己入朝的热情和心愿，要求在入朝之前的三天时间里结婚，他表现得是多么自私！这件事她本来在当时就不满意，但是接着自己就为他辩护：他是为了爱自己才这样做的。她又想起，她同郭祥一起就伴回队，也引起他很大怀疑,这本来使自己感到不快,但是接着自己也以同样的理由为他找到合理的解释。她还想起今年夏天他从南方回来,笑嘻嘻地送给她一张照片,照片上的陆希荣竟穿着皇帝的龙袍。她当时十分生气,就把这张照片撕了。但过后自己又为他解释,这不过是一时的玩笑。现在平心一想,在陆希荣的内心深处:考虑的是人民的利益么?是无产阶级的利益么?不,不,考虑的是他个人。可是这一切都被个人情感的帐幕掩盖住了。现在才看清楚:在他那堂皇的外表下,掩盖着一个多么卑鄙丑恶的灵魂!想到这里,她深深地痛恨自己……

在翻腾的思绪中,母亲的面容也浮现在自己的面前。她想起回家的第一个夜晚,她曾在母亲的耳边透露了自己的婚事。当时母亲的反应就是冷淡的。母亲曾经明明白白地告诉她:这人不老实。可是她当时是多么的反感哪!母亲老早就告诫过她:“你的婚姻我不管,随你自己。可是我告诉你,我们家是一个革命家庭,你要找一个跟穷人不一心的人,找一个嘎渣子回来,你不要登我这个门!”可是看看现在,自己找的不正是一个跟穷人不一心的嘎渣子吗?我的母亲是一个革命的母亲,英雄的母亲,我是她的女儿,从小就跟着党闹革命,难道我能够同一个资产阶级的个人主义者在一起生活么?我能同这样贪生怕死的家伙在一起白头到老吗?不,不能,不能,不能!我要立刻同他一刀两断!……

她决定立刻给他写信。屋子里墙上挂着一盏小小的油灯,半明半暗。女伴们因为劳累一天,睡得很熟。她看了看那只嘀嘀嗒嗒的马蹄表,已经五点多了,再过一个多小时值夜班的同志就回来了。她鼓了鼓劲,挣扎着身子坐起来,披上衣服。深夜的寒气,从挂着的雨布缝隙里吹进来,使她咳嗽了一阵。她从墙上取下那盏小油灯，放在枕头附近，然后又拿过军用挎包，打算取出几张纸来。她首先一摸，摸出自己保存的一大沓陆希荣的信件，又一摸，摸出一本信笺，也是陆希荣买来送给她的。过去她都是当做珍品保存，今天却使她起了一种深深的厌恶之感。甚至不愿用手指去触动它。她立刻拉开厨房的隔扇门，把那些东西在灯头上点着，投到灶洞里去了。她守住灶洞门直等那些信件烧尽，才从挎包里取出自己用白报纸订的小本子，伏在枕头上写信。……她那支金星钢笔是多么不好用啊，一点点墨水也早已冻住，需要不断地呵气。她写了又撕，撕了又写，扯下了十几张纸来，才把那封信写成。写成以后，想了一想，又在信封后面写了"请军邮同志速送快交"几个大字，然后，小心地用手绢擦去因偶然不慎洒到信封上的两滴眼泪，才装到衣袋里，准备一早寄发。

这时，天色已近拂晓。敌人的夜航机，还在时远时近地嗡嗡着。杨雪正要准备躺下，忽然听见一阵轰轰隆隆的爆炸声，把小小的灯头也震熄了。她揭开雨布推开房门一望，只见南面一片火光。看样子轰炸点正在沟口的公路上。杨雪心里一惊，一定是送伤员的卡车到得晚了，被发现了目标。她急忙穿衣，准备前去抢救。衣服还未穿好，就听外面响起了急促的哨音，随后是看护长的喊声："集合！集合！快到公路上救人去！"等护士们起身的时候，杨雪已经在厨房里喝了半瓢凉水，把短发通通塞在帽檐里，向着火光冲天的地方跑去……

第十五章 琴 声

郭祥施行手术后的第三天，渐渐清醒过来了。

担任特殊护理的小刘，显得格外轻松愉快。早晨一面给郭祥喂饭，一面喋喋不休地数说着他几天来处于昏迷状态中的“笑料”。

“嘎子连长，”她笑吟吟地说，“你知道你把我当成谁啦？”

“当成谁啦？”郭祥笑着问。

“你把我当成你们的团政委啦。”她哧哧地笑着说，“你还举起拳头喊：报告政委，我一定坚决地完成任务！我们红三连是不含糊的！……想想看，你是不是这么说的？”

“你怕是胡编的吧？”

“你问问别人哪！”小刘朝别的伤员扫了一眼，又说，“你再想想，你把小杨当成谁啦？”

“当成谁啦？”

“你呀，你把她当成你的通讯员啦。人家给你脱鞋，你逼着人家去团部报告。人家说，我是小杨，你就说，知道，我知道你是小牛！你要不马上走，我把你毙在这儿！”

郭祥不好意思地笑了一笑。

“咱们所长也来看你了，你想想你把他当成谁啦？”小刘又笑着说，“你把他当成美国鬼儿啦。人家来慰问你，你喊着：你上！你上！我一铁锹劈死你！”

小刘绘声绘色地说着，还举起汤匙猛地朝下一劈，逗得别的伤员也笑起来。郭祥也像孩子一般羞涩地笑了。

小刘把落到眉眼上的一缕短发掠到耳边，又说：

“现在说起来怪逗笑的，可当时就像怀里揣着二十五个小老鼠，真是百爪挠心哪！给你输血的时候，差点儿没把人急死！咱们这个护士班，血型不是A型的，就是B型的，再不就是AB型的，一查你的血型是O型的，把人们都快急哭啦。咱们小杨的泪蛋子，一个跟着一个乒乒地掉。她的血型是AB型的，她说：‘我这没出息的，真是个天生的剥削阶级呀！到真正需要我的时候就没用了。’文工团的一个女同志也来给你献血，一查是O型的，就是血管太细，像是跟针头捉迷藏似的，把人家也给急哭啦！……”

“我到底输的是谁的血呀？”郭祥忙问。

“谁的？就是她的呀！”小刘说，“人家给你输了二百CC。抽到一百CC，她的脸色就变白了。医生说：‘停停吧，你支持得住么？’她满不在乎地把头一摇，笑眯眯地说：‘你是看我这血管太保守吧，医生，你别看我这血管细，血并不少。再说，这血是给谁的？是献给一个英雄的。我的血能够流在英雄的血管里，跟英雄的血流在一块儿，真是我最大的愉快！’瞧人家文艺工作者，也真叫会说，咱就是有这个感情，也表达不出来呀！”

“她叫什么？”郭祥深受感动地问。

“她叫徐芳。”小刘说，“人家是个提琴手。歌也唱得好听着呢！乍一听，那嗓门就像广播里的。”

“唉，”郭祥叹了口气，难受地说，“人家是个女同志，怎么能让她输这么多血呢！”

郭祥把手伸在面前，久久地望着，好像要辨认出那个女同志的鲜血,是怎样在他体内流动似的。小刘送到他嘴边的一匙米汤,他也忘记喝了。

"小刘,你能把她找来么?我想看看她。"

"行行,"小刘一口答应着,"你快喝完,我马上去。"

小刘打发伤员们吃完饭,拾掇了屋子,就跑出去了。不一时,就回来说:

"稍待一会儿就来,她正在三病房给同志们拉小提琴呢。"

郭祥只好耐心等着。他觉得等了好长时间,才听门外有一个非常清脆悦耳而又有些稚嫩的声音说:

"小刘,倒是谁找我呀?"

"快进来看看就知道了。"小刘笑着说。

在照满阳光的细格窗门上,出现了一个戴着军帽、身材苗条的女孩子的身影。

接着窗门呱哒一声,随着一股新鲜而凉爽的空气,进来了一个脸色鲜红、眼睛乌亮的女孩子。她梳着双辫,背着一把提琴。蓝色的大头皮靴上,沾了一圈积雪。

她微笑着,用乌亮乌亮的眼睛看了大家一眼。

屋子里出现了一刹那的静寂,这个美丽的女孩子的到来,仿佛使屋子里增添了某种欢悦的可是又不安的气氛。连郭祥这个一向活泼的、无拘无束的洋相鬼,也不知道从哪说起了。

"你,你是徐芳同志吧?"郭祥结结巴巴地说。

"你,你是嘎子连长吧?"徐芳学着他的口吻顽皮地说。一面伸出冻得红红的冰凉的小手去跟他握手。

屋子里的人们都笑起来。

郭祥没有料到,这位姑娘初次乍见,就跟他开了个小小的玩笑。

郭祥等她坐定,又结结巴巴地说:

“我非常感谢你……听说,你给我输血的时候,脸都变白了……我……”

“是谁说的?”她用那乌亮的眼睛翻了小刘一眼,“小刘,准是你说的,我什么时候脸变白了?”

“你,你当时……”

徐芳立刻打断她的话,对郭祥说:

“你别听她胡嘞。我这么大一个人,抽这么一丁点儿血就变色了?……我要是个男的,打仗负了伤,我还要你们给我输血呢!可是……唉,”她长长地叹了口气,“我要是睡了一宿觉,忽然间变成一个男的有多好哇!在那炮火连天的地方,同敌人一枪一刀地干,该多有意思!就是负了伤也多有趣呀!当然,当然,我又想,也别一上战场就打中我最重要的地方……”

人们哄地笑起来。郭祥笑得嘎嘎的,因为震得伤口发疼,皱了皱眉头。

“笑什么!”徐芳认真地说,“坦白嘛,有什么说什么嘛!”

小刘笑得眼泪都流出来了,上气不接下气地说:

“还,还打仗哪!……连臭袜子都不洗,穿脏了就往被子底下一掖;衬衣扣子掉了也不缝,也这么往怀里一掖;鞋穿脏了也不刷,去穿别人的鞋子。你要说她,她就那么对你扑哧一笑……”

“你别揭人家的老底了。”徐芳也不由地笑着说,“人家不是正在改造着嘛!”

屋子里充满了欢愉的活跃的气氛。刚才那种男女之间的拘谨状态,已经被这位天真活泼的姑娘给打破了。

郭祥恢复了常态，说话也不眼望着别处了。

"小徐，"他改变了称呼，"你是咱军文工团的么？"

"是呀！"

"我怎么没见你演过戏呢！"

"我是搞音乐的。"徐芳拍拍搁在腿上的提琴，"有时候，偶尔演一下。要我演姑娘，行；要我演媳妇儿，我就不干！"

"这是为什么呢？"郭祥笑着问。

"反正我就是不干。"她沉着脸儿，用乌亮的眼睛望着大家，"为什么我非得给人家当老婆呢？"

人们又笑起来了。

"小徐，"郭祥带着笑问，"你是什么时候参军的？"

"你瞧我像个新兵蛋子，对吧？"她瞅着郭祥。

"不不，不是这个意思，"郭祥连忙改口说，"我是问你怎么参军的！"

"说起参军，可逗人呢！"她兴致勃勃地说，"我是去年十月一参军的。你知道这是什么日子？"她哧哧一笑，"看，你们猜不到！这还是我十六岁的生日。听说国庆节定在这一天，可把我乐坏了，乐得我一跳八丈高，还在妈妈的床上打了好几个滚儿。你看多巧！多有意思！我们的祖国新生啦，我也新生啦，碰到一块儿啦！上午，我在天安门前面游行，看见毛主席把红旗升起来，许多老同志，许多解放军都兴奋得掉泪啦。我想这新中国的到来，恐怕是非常非常不容易的，我也就跟着哭啦。我拿着一束紫色的西番莲，我的小泪点子就洒在西番莲上。我望着毛主席，高高地举起花跳起脚欢呼着，很想把我的这朵小花举到天安门上，举到他的胸前。我一个劲地喊：'共产党万岁！毛主席万岁！'我的声音非常大，连我自己听起来都觉着奇怪,好像不是我自己的声音似的。下午回到家里,把花裙子脱了,想休息一会儿,一点也睡不着,心情还是那么激动。我想,就在今天,我一定要做一件不平凡的事情,应当是最美好最有意义的。就在这天半夜,我悄悄地离开家,参加了咱们的军队……我的参军经过,要简单说呢,就是这样;如果你们不讨厌,我还可以说详细点儿。"她嘻嘻一笑。

"你说,你说。"郭祥连忙应声。

"说吧!"其他几个伤员也兴致勃勃地说。

"这可从哪儿说起呢,"她低头一笑,望着她的小提琴,"好,就从这儿说起吧……你们猜,我小时候,在这世界上最喜欢的是什么?猜不着吧,我最喜爱的,就是好听的声音。文学我也爱,美术我也爱,一切好看的风景,好看的色彩我都爱,可是比较起来,我最喜欢的,还是好听的声音。各种各样好听的乐器不必说了,就是自然界的声音,也让我特别动心。我爱听春天早晨布谷鸟叫,我爱听黄昏时候小河哗哗哗哗的流水声,晌午的时候,一只蝈蝈在庄稼地里也叫得特别有味,夜里起了大雾,我爱听大杨树上一整夜噗嗒嗒,噗嗒嗒地向下滴水。我还爱听那高空的风声,盛夏的雷声,黄河的波涛声,暴风雨来临以前天空中轰轰隆隆的响声。我觉得它们特别叫人振奋。清明时节孩子们吹起柳哨,呜呜咩咩,乡村过年,用高粱秆儿做成的谷穗,风一吹,劈里劈崩乱响,我都觉着特别迷人。真是的,我觉着没有一种好听的声音,不叫我喜爱的。我听见这些声音,就入了迷,能站在那儿听好半天。我妈总说:'傻孩子,你傻呆呆地站在那里干什么?'她不知道,这些声音已经悄悄地钻到我心里去啦。我总傻想着,如果一个写曲的人,能把这些声音都写进音乐里该有多好。也许我将来能把这些写进去吧。在乐器里面,各种乐器,大鼓,小锣,管子,二胡,各种琴类,我没有一样不爱。要是比较起来,我最喜欢的要算小提琴了。为了买一把小提琴,我哭了三十六次,才到了手。因为我父亲死了以后,家里很不富裕,买一把好提琴,要好多钱哪。我买到小提琴那几天,夜里连觉都不愿睡了,整半夜拉着它,早晨醒来,发觉我还抱着它睡呢。我在学校里简直是混日子,那些乱七八糟的功课,一点儿也听不进去,一天到晚想着我的提琴。这都是解放以前的事情。解放以后,咱们军的文工团到我们学校演出,你不知道我当时瞧着他们多羡慕呀!特别是那些女同志,穿着军衣,梳着双辫,在马路上咔咔一走,多神气呀!她们把我的魂儿都勾了去了。我就三天两头去找她们。她们还听了我的演奏。她们说我拉得不错,很有才能,就是内容不好,只是一派田园牧歌,既没有旧中国人民的苦难,更没有人民的斗争。她们说我还不懂得生活,不懂得革命。她们给我讲了许多英雄故事,许多她们在前线上的活动,还给我抄了许多革命歌曲。一下子给我打开了一个新的世界。我拉着那些革命歌曲,革命英雄们的形象像高高的山峰一样出现在我的面前。我从聂耳、星海的曲子里,像真的听到了黄河的涛声,战斗的炮火和千军万马的呐喊。我想着,什么时候我也像这些女同志一样,在炮火连天的战场上,同我们的英雄们在一起战斗,一起前进啊!这才真正是人生最有价值的事情。那些女同志参军的时候,不正是我这样的年龄吗!我为什么就不能这样呢?这个念头一产生,就再也去不掉了。可是同我妈妈一谈,妈妈却不同意,这样一直拖到我刚才说的十月一这天。这天晚上,我像着了魔似的,再也抑制不住了,我决定用最大的努力来说服妈妈。谁知道跟妈妈一提,妈妈哭啦,她说我爸爸死后,她带我长大是如何如何地不容易。我看不能说服她，灵机一动，就说：‘妈妈，你放心吧，我不去也就是了。’她说：‘好，这样才是好孩子呢。’到了半夜，我怕她没有完全睡熟，就故意地咳嗽了两声，听听没有一点动静，我这个‘好孩子’，才轻手轻脚地起来，就像小耗子似的，悄悄地从墙上取下小提琴，背在身上走了。一直走出胡同口，我才回过头来，鞠了一个躬，说了两声：‘再见吧，妈妈！再见吧，妈妈！’……”

“不简单！不简单！”郭祥又是赞赏又是鼓励地说。

一个伤员指指她腿上的提琴，插嘴问道：

“这就是你带出来的那把提琴吗？”

“是呀！”她用手抚摸了一下已经破旧了的黑皮琴套，又接着说，“要说决心哪，不能说没有；要说锻炼哪，可就差得太远太远了，简直等于零。这次抗美援朝，我的情绪真是高极了。我坐在鸭绿江边，望着滚滚江水，我想啊，想啊，在那过去的年代，中国的革命英雄们，中国的劳苦大众，创造了多少震天动地的革命业绩！只要一想起这些，我的心就像我的琴弦一样颤动不停。我想，我为什么出生得那么迟呢？为什么我不早几年赶上那轰轰烈烈的战斗呢？我究竟是块钢铁还是一块废渣呢？现在好了，伟大的战斗到来了，一个最好的锻炼考验的机会到来了。我一定要锻炼，要考验，要同英雄们一道前进。我一定要把自己锻炼成为一块钢铁，哪怕不是第一等的优质钢也好，但是绝对不能成为一块废渣。我坐在鸭绿江边，听着对岸的炸弹声，看着对岸的火光，我甚至想到我和我的小提琴一起倒在血泊里，可是小徐芳不是在血泊中悲伤而是在血泊中微笑。唉，唉，你简直不能想象我激动到什么程度！就在这种心情下，我给母亲写了一封信，还附了一首小诗……”

“什么诗呀？”郭祥有兴致地问。

“算啦，算啦，说这干什么！”徐芳低下头哧哧一笑，有点害臊的样子。

“说一说嘛！”伤员们催问。

“你们可不要笑！要笑我就不说了。”

“念一念看！”

“一共也就是那么四句儿。”

徐芳非常不好意思地慢腾腾地念道：

“身为中华女儿，
来到朝鲜战场，
一旦壮烈牺牲，
且莫哀怨悲伤。”

徐芳念过，把头一低，笑着说：

“看你们这些人，多臊人哪！”

“诗写得不错嘛！”大家笑着说。

“什么不错呀，”徐芳说，“倒闯出祸来了。我妈接到信，就哭起来。她老人家不看这个‘一旦’，只看这个‘牺牲’，还跑到天桥找到张铁嘴去算了一卦。你看，这完全是没有意料到的。”

“你当时不提什么牺牲不牺牲的，可能好点儿。”郭祥抑制着笑说。

“对呀！对呀！可是当时太激动了呀！”徐芳说，“现在看，首先想到牺牲，不首先想到胜利，这种情感本身就有点儿不太健康，不不，很不健康！你说对吧？”

郭祥笑了一笑。

“你，你这个嘎连长怎么不说话呀？”徐芳说，“你在战斗里是怎么想的？”

“我？”郭祥笑了一笑，“我只有一个字儿：狠！我琢磨的是，怎么能多敲掉它几个！”

“生死问题，你一点儿都不考虑？”徐芳乌亮的眼珠闪也不闪地望着郭祥。

“生死？”郭祥一笑，“我这一百多斤，撂哪儿算哪儿，反正跑不到地球外面去。只要对人民有利，我就干。革命少我一个人，没有什么大了不起的！”

徐芳把乌亮的眼睛睁得大大的，望着郭祥，深思着，显出无限景慕的样子，最后从口袋里掏出一个红皮小本子，把郭祥的话抄在扉页上。

郭祥怪不好意思，把头一偏：

“嗐，你抄这个干吗？这些平常话！”

“不不，”徐芳咬着下嘴唇儿抄自己的，抄完了才说，“这可不是平常话。很可能，问题的关键就在这里。一个人要是把自己看得太重，是不会有牺牲精神的。你的话是不是这个意思？”

“对，是这个意思。”郭祥兴致勃勃地说，“干革命，豁不出一百多斤儿不行！集体利益，个人利益，哪头轻哪头重，决不能含糊。人民大众本来是‘一万’，你看成个‘一’，自己本来是个‘一’，你看成‘一万’，这就非出毛病不可！一个人如果老想着我多么了不起，我一死地球就不转了，他怎么肯为大众去牺牲呢？好战士死了千千万，从个人说生命是停止了，可是斗争胜利了，历史前进了，人民大众生活得更好了，革命向前发展了。这就是他们用生命换来的代价。”

“毛主席说：‘人应该毫无自私自利之心。’”

“对，对！就要这样。”

“嗐,”徐芳叹了口气,“看起你们,真叫人惭愧死啦。我这人一会儿骄傲得不行,一会儿又泄气得不行。这次文工团分做两半儿,一半儿到前方,一半儿到后方。没想到把我分到后方,我就怄气,觉得上级瞧不起我。谁知道来这儿一考验哪,我觉得处处不如人家。特别是小杨,人家真是一枝开放在炮火硝烟里的红花,而我不过是一棵可怜的小草儿。人家不管做什么事儿,都毫不犹豫,真是英勇果敢,快马俐当。你就说洗血衣吧,人家砸开冰窟窿,一洗就是几十件,把手冻得像小红萝卜似的,叫冰渣儿划成小血口子,也不喊一声疼,叫一声冷,还哼歌呢。可我呢,一看那么多的血,就不敢正眼去看,就捧着血衣哭啦。小杨说:‘小徐,你是不是嫌脏呀?’我说:‘我怎么会嫌脏呢?这是革命战士的血,这是世界上最干净的东西……可是他们怎么流了这么多的血呀?’小杨说:‘傻妹子,革命是要代价的呀,没有这么多人流血,革命怎么能胜利呢!’我就把我的眼泪和战士们的鲜血一起冲洗在冰水里……你看,这也是一个感情问题。平常我以为自己很聪明,在实际工作里,却不如他们有办法。伤员们乍来,没有大小便器,这可怎么办哪,急得我直想哭。可是人家小杨,仰着下巴颏儿,眼皮翻了两翻,就说:‘别犯愁,你跟我到山上去。’我想,山上有大小便器呀?就跟着她去了。我们爬山越岭,到了战斗过的地方,小杨从雪地里扒拉出许多美国兵扔掉的罐头盒子,还有好多死美国兵的钢盔。小杨笑着说:‘你看,这不是大小便器!’把我也逗笑了,我说:‘小杨姐,你可真有办法。不过当初那些造钢盔的人,可是没想到它还有这样的用处!’我们俩咭咭嘎嘎地在山头上笑了好半天。你们现在用的不就是这些东西吗?恐怕世界上还没有任何一个医院用美国兵的钢盔来做大小便器吧!……”

郭祥他们嘿嘿地笑着。徐芳又讲下去：

“可是叫我给伤员们去接大小便的时候，唉呀，我觉着真个要臊死人了。小杨就对我说：‘勇敢一点儿！小徐，勇敢一点儿！这都是咱们的阶级弟兄！这都是咱们的亲哥哥，为什么要这样害臊呢！’她这话果然很灵，我也就不那么害臊了。可是我去接大小便，不是使劲捏着鼻子，就是戴个大口罩。端着大小便往外走，把胳膊伸得直直的，远远的，看也不看就倒出去了。这是为什么？这还不是嫌臭嫌脏吗？人家小杨，就一点儿也不嫌脏，一切干得挺自然。她对我说：‘小徐，你慢慢就习惯了。世界上只有脏的思想，没有脏的工作。我们小时候，妈妈给我们擦屎刮尿，没有人说妈妈的工作是下贱的。妈妈也并不嫌我们脏呀！这是为什么呢？就是因为她从心里爱我们。只要我们从心眼里热爱我们的阶级弟兄，也就不嫌脏了。’听小杨一说，哎呀，我觉着我还有许多问题没有解决，我的思想实在太差劲了。想起这，我真惭愧死啦！为什么我就不能跟她一样？”

“这得慢慢来呀！”郭祥笑着说。

“我知道，你这是安慰我呢！”她翻了郭祥一眼，“我去年十六今年十七，比刘胡兰牺牲的时候还大两岁呢。”

“你……你父亲是做什么工作的？”

“你是问我的家庭成分吧？”她机灵地一笑，“小资产阶级呗！干我们这行的，你不用问，十个有八个是小资产阶级。我爸爸当了一辈子中学教员，已经死了，像我这成分还要算好的哪！”

他们正在热烈地谈着，只听厨房间里扑通一声，把人们吓了一跳。一看，原来小刘坐在小凳子上打盹，一下子摔倒在地上去了。人们不由得笑起来。徐芳急忙要去扶她，她已经从地上爬起来，揉着眼说：

“真把人困死了。将来胜利回国，我非睡他个八天八夜不行！”

“我今天替你值夜班吧。”徐芳说。

“你呀！你睡得像个死猪，把你卖了还不知道谁卖的呢！……你在这里净穷扯些什么呀？干吗不把你的宝贝提琴拉一拉呢？”

她的建议立刻得到热烈的响应。

“好好，小徐拉一个吧！”大伙纷纷说。

“拉个什么曲儿好呢？”她歪着头儿。

“来个‘雪花满天飘’吧！”郭祥兴高采烈地说，“我最喜欢这个歌儿了。”

“我也喜欢这个曲子。”徐芳说，“我一拉起这个曲子，我自己就好像看见满天飘着雪花，刘胡兰扢着一个竹篮，带着笑，正在那山野路上走呢！”

徐芳说着，把她那不长不短的乌黑的发辫扔到后面，打开黑皮琴套，取出一把擦拭得十分光洁的提琴。她调了调音，就把那鲜红的脸儿微微一偏，轻轻地贴在提琴上演奏起来。

这是多么优美的悦耳的声音哪！郭祥、小刘和那几个伤员的脸色，都不自觉地出现了微微的笑容。开始郭祥还想，这么一个小小的东西，怎么会发出这么好听的声音来呢，究竟是那几根丝弦的奥妙或者是她那奇异的手指呢？接着他就忘了这个念头，随着那乐曲的抑扬，郭祥的面前好像飘起了漫天的雪花，一个英勇果敢的姑娘，正面含笑容，扢着竹篮儿行走在那山野路上，她的身上也像披着一层美丽的雪花似的……

徐芳演奏的第一段，只是乐曲，演奏第二段的时候，就随着乐曲轻声唱了起来。她的音色，真是奇妙无比，也许因为年龄的缘故，略显尖嫩一点儿。大家正沉浸在美的享受中，突然听到门外有一个声音叫：

“徐芳！徐芳！”

叫喊的人，声音里似乎还带着一点不满的意味。

“徐芳！你出来一下！”外面又喊。

“你们文工团的谢同志叫你呢！”小刘说。

“讨厌！”徐芳只好停下来，带着愠怒，蹬上鞋子，走出去了。

门口不远的地方，站着一个个头不高的青年。他穿着军衣，围着花围脖儿，白皙的脸孔上还戴着一副黑边眼镜。

徐芳走到他面前说：

“谢福畴！你叫我干什么？”

“我想跟你谈谈。”他笑着说。

“你没听见我正给伤员演奏么？”

“没有听见哪。”他扬扬眉毛，“要是听见，我怎么能打断你哪！”

“你有话快说。”

“咱们到那边谈好不好？别吵了人家伤员。”

徐芳跟在谢福畴后面，来到离病房稍远的地方。

“你快说吧！”徐芳说。

“小徐！”谢福畴亲切地说，“你看，咱们来到这儿执行任务，时间不短了，也许快回去了。团里规定，叫咱们创作个小歌剧，现在还没有影儿。每天不是上山砍柴，就是端大小便，回去可怎么交账呀？”

“依你说，这大小便就不要端了？”

“不不，我绝不是这个意思。”谢福畴分辩说，“这里都是我们的阶级弟兄，我们能够为他们服务，这是求之不得的，是我们一生莫大的荣幸。你最初还有点儿嫌脏，我连眉头都不皱，这你是知道的。问题是这两项任务都要完成。如果光是照顾伤员，我们文艺工作者同一般的护士还有什么区别呢？现在虽然艰苦，睡眠严重不足，还是要发扬艰苦奋斗的精神，挤出一部分时间来搞创作。而且我们搞出的东西，艺术性还不能太低。你觉得怎么样？”

徐芳垂着头，没有说话。

“徐芳，”谢福畴轻声地唤了一声，走近她，“我觉得，最近你对我的态度是不是有点儿冷淡？”

徐芳仍然不响。

“我觉得，我们之间是否产生了什么误解？”谢福畴望着她，显出一副痛苦的样子，“我觉得，你从前对我并不是这样的。你从前曾经给了我许多崇高的鼓励，也给了我较高的评价。尤其是决定出国的前夕，我在咱们文工团第一个报名，还写了血书。虽然上级不提倡这个，但我确实抑制不住心头的激动。我觉得我必须这么办，才能表达我的决心，表达我对党的热爱！在旧社会，我也是一个穷孩子出身，是贫农成分，我尝够了人们的白眼。我只是靠了一个亲戚的帮助，才上了几年大学。如果不是党解放了我，我有什么出路？我觉得就是粉身碎骨，也难以报答党的恩情。因此，党的号召我必须积极响应，我必须报名参战。你那天晚上看见我写血书，把你感动得哭了，你说我是一个有革命志气的青年。我难以形容内心是多么感激你。我觉得你的鼓励给我增加了巨大的、无比的力量。在我的内心里，对你充满了崇敬。我认为你是一个少见的女子。你有崇高的思想，火一般的热情，和不同寻常的艺术天才！你的提琴有着无限的前途，将来成为第一流的小提琴手，我敢肯定是有希望的。你的……”

“谢福畴！”徐芳涨红着脸打断他，“你倒是想说什么呀，你直爽点儿。”

“我我……”谢福畴的眼珠在眼镜后面转了一转，然后停在眼镜边上望着她，“我这是蕴藏在内心里的感情。如果再不把它说出来，是不对的。真的，我觉得你对我的每一句话都有莫大的价值。我已经发现，我在生活里不能缺少你对我的鼓励、安慰、批评和劝导。假若没有这一切，我就会觉得寂寞和难受。可是，可是我觉得你对我的态度发生了变化。也许我的神经有点儿过敏，而你的态度并没有改变。不过，从我主观上感到，来到这里以后，你对我不那么亲热了，而对那些伤员们，对那些对你毫不了解的人，倒是亲近得多。徐芳！我希望向你说明，我们俩彼此之间还是比别人更了解。从文工团的人说，也没有比我们俩更了解的。我们俩的感情……”

“哈哈，你对我还安着这个心哪！”徐芳冷漠地笑了一声，“要知道你这样，我早离你远远的了。”

徐芳说过，扭头就走。

“徐芳！徐芳！”谢福畴追上来说，“我希望你不要误会，我并没有要求你马上确定什么关系呀！”

徐芳不理，继续走着。

“你等一下！你等一下！”谢福畴着急地说，“咱们那个小歌剧，我已经有个构思，咱们研究一下不好吗？”

“你自己研究去吧。”

徐芳说过，就回到郭祥所在的病房去了。

在她的背后，是一对充满着冷漠而恶毒的眼睛。

第十六章　雪　夜

雪夜。在前方,也有动听的锣鼓声。

锣鼓声总是很喜欢人的。一听它那“咚咚锵,咚咚锵”的声音,就立刻带给人一种欢乐的情调。这一点,别的乐器就难以媲美了。这大概是因为,只有欢乐的人才肯去击打欢乐的锣鼓。当然,也有人觉得它太聒噪了一些,可是你在远处听它,尤其在深夜听它,你就不会有这种感觉了。它比笙箫管笛更令人振奋,但却同样的韵调悠扬。

现在周仆正坐在知琴里的一个茅屋里,守着他那盏旧马灯,动情地听着远远近近的锣鼓声。这是各连的战士们,正在赶排节目,准备明天的庆功大会。几天以前,各兄弟军已经从一百公里到一百八十公里的远处,隐蔽地突然地迫近了三八线。一场新的搏战就要开始了。

二次战役结束以来的十多天里,周仆虽然忙碌,但却特别愉快。整个师的穿插成功,受到了志愿军司令部的通报表扬。本团虽然因为陆希荣的事件受到批评,但整个成绩是肯定的。红三连的事迹轰动了全师全军,军党委决定给全连记一大功,并且准备赠“红上加红”的锦旗一面,明天由军政治部主任前来授奖。三连在缚龙里表现出色的干部和战士们,如郭祥、花正芳、王大发、乔大夯等都记了大功。带火扑敌的烈士们追赠了英雄称号。军的油印小报《古田报》专门发表了《学习红三连的战斗作风，做到攻如猛虎守如泰山》的社论。整个部队充满着喜悦和欢腾。周仆是一个敏锐的人，他很懂得抓住当前的有利形势，就像军事上扩大突破口那样，把部队从实战中生长起来的强大信心和战斗意志变得更加坚韧，并且把它注入到下一次战役中去，使它进一步开花结果。

在这期间，陆希荣的问题也得到了处理。师党委根据批判从严、处理从宽的原则，党内给以留党察看的处分，行政上降职，到第六连担任连长，在下一次的战斗里继续考验。

周仆正在准备明天庆功大会的讲话，电话铃丁丁零零地响起来。

他拿起耳机，是师长的声音。

"老周哇！派出的侦察组回来了没有？"

"可能快回来了。"周仆听出师长的声音有些焦急，又添加说，"等他们回来，我立刻向您报告。"

"千万不能大意。"师长说，"如果回不来，要再派一个侦察组去。你知道，这件事关系到全军的行动。"

周仆连声答应，又宽解地说：

"现在雪下得很大，我量了一下，已经有一尺深了。我估计咱们最担心的事情，可能没有问题。"

"靠估计不行！"对方纠正道，"我刚才也到外面走了一下，雪是不小，但是风并不大。现在风比雪重要。能够厉厉害害地刮上半夜才好。"

"请首长放心吧，"周仆说，"如果两个小时内他们回不来，我马上再派一个组去。"

说过，他挂上了耳机。

周仆原来的构思被打断了。他的心飞到了几十里外白茫茫的临津江畔。现在离新的战役发起只有两天时间,而这条江水还没有完全封冻。据昨晚报告,靠近江的两岸倒是结冰了,但江心的激流,却翻滚着黑魆魆的波浪。这正是全军上下所一致关心焦虑的问题。

周仆在屋子里待不住,披上他那件半旧的羊皮大衣正想到外面看看,只听门外喊了一声报告,是陆希荣的声音。

“政委在么?”他在门外低声地说,带着可怜的音调。

“你进来吧。”周仆说。

他在门外扑打了扑打雪花,脱去靴子,弓着腰走了进来,带着从来少有的恭谨打了一个敬礼。

“政委,我想找您谈一件事。”他脸色忧戚地说。

“坐下谈吧。”周仆说。

他拘拘束束地坐在周仆的对面。

“政委,我想向您声明,我对您并没有意见。”他望着周仆,显出十分诚恳的样子,“过去,我总认为您打击我,现在我从内心里觉得我的认识错了。您不但不是打击我,而且是真正的关心我,爱护我。通过这次教育,使我认识到您那坚强的党性。我参军这么多年了,经历过的政委,也不是一个两个了;我不是故意当面奉承您,像您那高度的原则性和爱护干部的精神,的确是很少见的……”

“你究竟要谈什么事呀?”周仆皱皱眉,平静地问。

“我的错误的确是极端严重的。”他停了停,显出十分痛心的样子。“其实我的毛病,政委您早给我敲过警钟了,可是我不自觉,一直沿着错误的道路走。我要早听了政委您的话,也不至于发展得这样严重。现在回想起来,真叫人痛心!”他低下头去,掏出手绢拭了拭眼睛，“就是在这次犯错误以后，您还万分诚恳地耐心地来教育我，挽救我。政委这样对我，真使我说不出来的感动，我一辈子也忘不了政委……”

他说着说着，哭出声音来了。

“快不要这样。”周仆说，“问题不在于犯这样那样的错误，更重要的是对错误的态度。革命的道路还长得很，只要真心改正，还是来得及的。”

“政委，你不要误会呀，政委，我这可是真心改正啊！”他抬起头望望周仆，敏感地分辩着。

“是真心就好。”周仆点了点头，“你找我，还有没有其他的事？”

“有一件事……我想请政委帮助。”他吞吞吐吐地说。一面从口袋里取出一封揉皱了的信，交给周仆。

周仆展开信，就着马灯来看。

“你仔细地看看吧，政委，”他忧伤而又气愤地说，“我真万万没有想到，在我处境最困难的时期，接到小杨这样的来信！你瞧瞧，她把侮辱的字眼，什么‘怕死鬼’，什么‘个人主义’，什么‘罪恶’，都加在我的头上！她说她把我看错了；依我看，我是把她看错了！就是普通的同志关系，应该在这样的时候，来增加我的痛苦么？依我看，她同我脱离关系，原因并不在这里，这不过是一种借口！”

周仆把信交还给他，神情严肃地问：

“那么，依你看，原因在哪里呢？”

“这不是很明显吗！任何人都可以看得出来。”他从鼻子里冷笑了一声，“她是听说我降职了，如果我还是营长，她就不会提出这样的问题！当然，也还有另外的原因……”

“什么原因？”周仆凝视着他。

“这不必再说了,我过去向首长反映过这个问题。”

“你说的是她同郭祥?……”

“就是这么回事。”他气愤地说,“我接到这信,已经三天三夜没合眼了,我翻来覆去地分析这个问题。我敢肯定出不了这两个原因。”

周仆半晌没有说话,抑制住愠怒,冷冷地说:

“那么,你要求我帮助什么呢?”

“她脱离,我不脱离!”

“你对她印象这样坏,为什么要同她保持关系呢?这是什么问题?”

陆希荣没有即刻做出回答。

“你可说呀!”

“我……我……”他嗫嚅了半天,仍然没有能够讲出来。

周仆瞪了他一眼,问道:

“那么,你要我做些什么事呢?”

“我要求政委:以党委的名义给她去一封信,指出她这种思想是要不得的!”

周仆已经按捺不住了,但仍极力用平静的语调说:

“不行!”他把手一挥,“这是个人问题,你不要想利用组织来达到你的目的。”

“组织也应当关怀个人哪,政委!”

“组织应当关怀个人,但是个人任何时候也没有权力把组织当做利用的工具!”周仆望着他说,“陆希荣同志,你参加了这么些年的革命,当了这么长时间的党员,但是你根本不懂什么叫组织。你把一切关系都看成是个人的利害关系,组织在你眼里不过是可供利用的工具！我对你说，你们的关系能否维持，个人可以商量，组织也可以帮助调解，但是想利用组织这是办不到的！”

周仆显然有些激动，又继续说道：

“同时，我还要奉劝你，在党内生活中，还是要老实一些，不要从个人利害出发，在背后随意地诬蔑一个同志。你刚才谈到，你对小杨的印象那样坏，可为什么又抓住她不放呢？问你，你没有回答。你是不是认为她给你增加了痛苦，你也拖住她，来给她增加痛苦你才愉快呢？”

陆希荣突然改变了刚才毕恭毕敬的态度，满脸愠怒地说：

“好吧，那我们就谈到这里。”他立起身来，“我现在才明白，我们俩任何时候都没有共同语言。我还想坦白地告诉你，周仆同志，你虽然可以当政治委员，上级也很重视你，但你并不能理解人，理解人的痛苦，我在你领导下工作是不愉快的。”

他说过这话，哗啦推开屋门，急匆匆地走出去了。

两个小时以后，响起了一阵急促的电话铃声。

二营教导员李芳亭报告说：陆希荣在查哨时被特务打伤，倒在雪地里。

周仆立刻打电话，命令团保卫股长前去搜查。

过了一段时间，电话铃又急促地响起来。保卫股长要求周仆最好能够亲临现场。

周仆喊起了小迷糊，匆匆披起了他那件旧羊皮大衣，出了门，沿着山径向靠近沟口的一簇人家走去。夜色被雪光照得相当明亮，但是雪很深，山径完全被大雪掩盖住了，没有走出几步，雪就灌到靴筒里。大雪仍在继续飘落，大朵大朵的雪片不断地飞到脸颊上。

周仆赶到二营六连的驻地，陆希荣已经被抬到屋子里去了。大门口站着一簇人正在嘁嘁喳喳地低声议论。周仆赶到跟前一看，这里有二营教导员李芳亭，保卫股长李刚，政治处主任马骏，还有团卫生队的医生和几个担架员。

“特务捉住了没有？”周仆忙问。

“捉个鬼吧！”那个低矮粗胖的保卫股长冷笑了一声，“这是自伤。”

“自伤？”周仆一惊，“确实吗？有根据吗？”

“这种事别想瞒我。”保卫股长摸摸他的少白头，又冷笑了一声，“你去看看，连伤口都是黑的。”

“的确是自伤。”医生也说。

“要搞确实。”周仆说，“这种事可不能马虎。”

“这还有什么不确实的？”保卫股长说，“他还事先伪造了特务的脚印，结果一查是他老先生自己的脚印。……这个怕死鬼还真是煞费心机哪！依我看，他还是没有经验。”

周仆怒火上升，推开院门，大步闯到屋子里。

陆希荣长长的身子蜷曲在地上，正在大声小声地呻吟。一看政委进来，哼得更起劲了。

“政委呀，政委呀，”他带着哭腔喊，“我这个人怎么这样倒霉呀！……眼看新的战役要打响了，我下定决心要进一步地考验自己，洗刷自己的错误，谁承想狗特务一枪就把我打倒在雪地上了！”

周仆弯下腰往他的裤腿一看，果然腿肚子上黑乌乌的一片。

“我，我真倒霉呀，政委，”他还在喊，“我真想不到呀！”

“你真不觉得可耻！”

周仆厉声地说，把门一关，就走了出去。

“把他马上送卫生队！”他吩咐人们，“处分问题以后另外讨论。”

“他们都不愿抬他。”医生指指几个担架员说。

“让他自个儿走吧！”一个担架员说，“我是干革命来的，不是来抬怕死鬼的！”

“我还怕脏了我的担架呢！”另一个说。

“还抬他干什么？”第三个说，“这种人你只要让他到后方去，叫他在地上爬他也干。”

人们止不住哄笑起来。

“快抬走吧！”周仆把手一挥，“他不愿革命，就让他走。这种渣子，什么时候都会有的！”

“叫抬就抬吧！”几个担架员扛起担架，嘟嘟囔囔地朝院里走。

周仆叹了口气，若有所思地说：

“看起来还是估计不足，想不到他会走这一步。”

“这也难怪。”李芳亭说，“他感到他追求的一切都破灭了。前几天，他降了职来到六连，我就赶忙跑去跟他做工作，劝解他，安慰他，他反而说：‘老李，你别再给我上政治课了，我一切都完了。你们都是前程远大的人，你们就好好干吧！’……瞧，这是什么话！”

周仆点点头说：

“确实，这是一个个人主义者的毁灭！”

周仆回身向团部走，胸脯里像塞了一团脏东西似的恶心和难受。

走了不远，忽听前面路边有人唤他。是侦察班长老牛的声音。周仆大步赶过去，见雪地里站着三个人，浑身上下都是雪，像三尊白皑皑的石膏像一般。

“你们可回来啦！”周仆抢上去同他们握手。一只只大手，全冻得像冰棍似的。

“没问题啦，政委，没问题啦！”老牛兴奋地说。

“江心也封冻啦？”

“都冻住了！”

“冻得结实不结实啊？”

“结实极了！”老牛说，“我们在冰上爬到江心，江面上的冰咔叭咔叭直响，这里一声，那里一声，我们生怕冰薄，把我们漏下去。后来我们站起来，跺一跺脚，没事儿，跺了好几十脚也没事儿。正好这时候，哧的一声来了一发炮弹，在附近爆炸了。我走过去一看，冰窟窿呼呼地朝外冒水，伸手往下一摸，冰层足有半尺来厚，别说是人，就是大炮也过得去！我们当时真想把这冰背一块回来给首长看！”

周仆高兴得哈哈大笑，从内心里涌起一股强烈的热爱，他真想用双手抱着来亲亲这些可爱的战士们。

“你们到南岸去了没有？”周仆又问。

“去啦，去啦，”老牛说，“我们还怕别的地方冻得不实，一直爬到南岸。身子也冻麻了。这时候，要能站起来跺跺脚，活动一下，搓搓手，那可太美啦！可是我们一动也不敢动。我们要一享这个‘福’，暴露了秘密可不是玩的。这个滋味，可不如打几个冲锋痛快！”

“好好，我马上把这情况向上级报告。”周仆又亲热地握握他们的手，“你们赶快吃饭休息去吧！”

周仆心中十分愉快，迈开快步向团部走去。敌人的夜航机在云层里时远时近地嗡嗡着，丢着照明弹。在照明弹的亮光里，可以看到大朵大朵的雪片，好像万万千千只白蝴蝶，得意洋洋地翩跹飞舞。各个连队赶排节目的锣鼓声，也显得更加起劲，更加动听了。

第十七章　狂欢声中

志愿军总部充满一片欢快的气氛。

第三次战役，于一九五〇年的除夕之夜突然发动，迅速突破了敌三八线的防御阵地。中国人民志愿军与朝鲜人民军并肩作战，经过连续七昼夜的进攻，前进了八十至一百一十公里，歼敌一万九千余人，将敌驱赶到北纬三十七度线南北地区，使汉城又重获解放。这一胜利使全世界为之震动，敌人内部吵成了一片，而全世界的进步人士却眉开眼笑。许多人都认为，把敌人赶下海去，解放全朝鲜，已经是指日可待，而坐在志愿军总部的这位五十三岁的光头军人，披着一件旧大衣在雪地上转来转去，经过反复考虑，却下了一道命令，让他指挥下的数十万大军断然停止追击，就地休整。

二次战役之后，志愿军总部已经移到平壤附近的君子里了。彭总也就离开了他那个半山坡上的木屋，搬进这里的新居。由于他在个人防空上那种众所周知的不在乎的态度，早有人向军委反映，毛主席和周总理都来过电报，要求指挥所"速建坚固的防空洞，万勿疏忽"。指出"疏忽"已经是一种批评，"万勿疏忽"那就带有足够的严格意味。参谋长拿到这样的电报，自然笑逐颜开，彭总也就失去了最后的抵抗能力。但是也考虑到这位司令员不愿住防空洞的心情，于是聪明的参谋长就想了一个办法，紧紧衔接着石洞口，盖了一间木板房。里面是洞，外面是房，平时就在房内办公，遇到空袭,不用出屋就到了洞内。这无疑是一个绝妙的折中方案,彭总自然乐于接受。于是他就搬到这个新居来了。

由于小张的辛苦经营,室内已经布置得很像样子。四外板壁上糊了旧报纸,挂着军用地图。除了那张遭子弹打穿又经过补缀的行军床外,小张还用空子弹箱垒了一个颇大的写字台,上面铺着黄色军毯,摆着他那个象牙包边的放大镜和大铜墨盒,乍一看相当堂皇。窗外,树木不少,如果是夏天,浓密的绿荫将会严严实实地盖住这座新居;而现在不过是疏枝朗朗,霜花满树而已。

今天,彭总显得特别悠闲。昨晚我驻朝大使来电话说,苏联大使将于今天前来拜访,但不知何时可到。今天又是星期日,没有计划别的事情。小张升起了一大盆木炭火,给彭总沏了杯湖南绿茶。彭总一面喝茶,想起了几乎忘记的前几天吩咐小张的事。原来小张在家里有一个未婚妻,在兰州时彼此通信很勤,前几天,彭总忽然发觉小张很长时间不去信了。彭总问起这事,小张满不在乎地说:

"我已经去过信,跟她吹了。"

"为么事吹了?"

"我嫌她土。"

"噢,你嫌她土?"彭总火了,"我问你,你是从哪里来的?你晓得我是干什么的?告你说,我就是捋扁担出身。没有农民,我们能把天下打下来吗?"

小张挨了一顿猛批,不言声了。沉了半晌,才结结巴巴地说:

"我本来还是挺喜欢她的,就怕将来别人说她土。"

彭总哼了一声,指着他说:

"土?我看就是有点土气好。刚进城几天,你就忘了本。明天赶快给她去封信道歉!”

小张连忙点头答应。但是,因为军务繁忙,彭总却把这件事忘了。今天才又想起来。

“小鬼,我跟你说的那封信,你写了吗?”彭总喝着茶问。

“写了。”小张红着脸说。

“能给我看看吗?”

小张很不好意思地从上衣口袋里把信掏出来。彭总戴上老花镜,接过信看道:

小绵同志:

我狠对不住你,我们的事叫首长知到了,我认识到自已黯误了,我狠难受,我是一个革命战士,这是不应该的,我愿和你好,请你元凉。

张秋囤　一九五一年一月七日

彭总看完信,点点头说:

“这就对头了嘛!就是错别字太多,来,我替你改改。”

说过,他烤了烤手,从桌子上捡了一支粗大的铅笔,把里面的错别字一个个改正了,还指着这些字对小张说:

“知道不能写成这个‘到’,我跟你说过好几次了。‘错’字你也给搬了家,来来,我看着你写一遍。”

小张红着脸,接过铅笔,像拿着几十斤重的东西似的,一笔一画,把几个错字都重新写了一遍。彭总笑着说:

“后面再添个‘敬礼’呀!想想还有别的话没得,真是个傻家伙!”

小张嘿嘿一笑,听见外面有脚步声响,就慌慌张张把信收到口袋里。彭总抬头一看,几位副司令员已经说笑着走了进来。冯慧手里还提着一个小白口袋，他在彭总眼前晃了一晃，笑着说：

“今天是个空儿，咱们杀一盘吧！”

“好，杀一盘！你这个臭棋……”彭总说。

“嘿，先别这么说，咱们三盘两胜，定个名次，由老秦当裁判，往后就别瞎吹了。”

“好好，由秦鹏当裁判。”

冯慧在桌案上把棋盘铺好，然后解开小白口袋，哗哗啦啦就把那又白又大的象牙棋子倒出来。这副象棋，是林青特为彭总从国内带来的。因为彭总没有别的嗜好，偶有空闲，也就是看看书下下棋罢了。没有想到这副象棋，倒为他们送走了不少令指挥员担心不安和焦虑难挨的时间。今天彭总看见阵势摆开，非常高兴。第一轮就由他同冯慧对阵，两个人分坐在桌案两侧，秦鹏和滕云汉坐在桌案正中观战。小张给每人沏了一杯湖南绿茶。炭火红得像桃花一般好看，室内真是温暖如春。

彭总与冯慧是老对手，各人都很熟悉对方棋路，所以下起来就像疾风骤雨挟着冰雹，棋盘上一片乒乓之声。很快彭总就胜了一局。那冯慧也不甘落后，接着也赢了一盘。第三盘是关键的一局，双方都慎重起来。最后彭总一步不慎，陷入重围，急得额头上渗出小小的汗珠。那冯慧为人随和，下棋并不特别当真，他平时常笑嘻嘻地来找彭总“杀一盘”，无非看他昼夜劳神几无宁时，让其稍舒心胸而已。现在看到这般情景，就走了两次闲步，果然彭总反败为胜，乐得眉开眼笑。

接着，下面是彭总与滕云汉对阵。这滕云汉与冯慧风格不同，就像他真的在打仗一样，每一步每一子都是死打硬拼，寸步不让。两个人都认起真来，这棋就下得有看头了。双方刚刚展开，滕云汉的边炮一个偷袭,就将彭总的一个"车"吃了,而且他眼疾手快,早把那个"车"紧紧捏在手里。彭总尚未出师就折了一员大将,很不甘心,就说:"这个不算!"那滕云汉哪里肯依,连声说:"君子举手无悔!举手无悔!我们住的是君子里,大家都要学君子嘛!老秦,小张,你们都来评判评判。"秦鹏以裁判员的身份笑道:"这个棋也不算怎么高明,不过事先约定不能悔棋,那就给了他吧!"彭总挥挥手说:"好好,那就让你一步!"说过,就皱起眉头想新的步子。果然经过惨淡经营,把滕云汉一个"车"弄成了死车。"这就叫瓮中捉鳖!"彭总笑着说,"有意见吗?没得意见,我要拿起来了。"说着,把那"车"轻轻地捏在手里。

这时,林青拿着几页油墨未干的新闻消息推门进来,脸上堆满笑容,兴冲冲地说:

"都是好消息!解放汉城把全世界都震动了,全国人民高兴极了,天安门前彻夜都在狂欢!"

"什么?天安门前彻夜狂欢?"彭总的眼睛离开棋盘,严肃地问。

"是呀,男女青年们唱歌呀,跳舞呀,闹腾了一夜,跟五一节、国庆节差不多了。"

"噢,你念一念。"

林青带着极其兴奋的情绪念了好几页,果然,国际国内一片赞扬之声。彭总摆摆手,让他停住。他刚刚吃掉的那个"车",也从他手里突噜落到棋盘上,从脸色看已陷入庄严的沉思,似乎吃掉那个"死车"的兴奋也消失了。大家望着彭总,不免有些诧异。

"现在汉城在手里,大家狂欢;如果丢了呢,该怎么办?"

大家一时沉默无语。彭总沉了沉,又说:

“这样不行！我们的宣传有毛病。前些时我就发现，总是把胜利写得那么轻易。有的文章还说，要把敌人赶到大海里去，如果赶不到海里，你怎么办？汉城也保不住，丢了汉城你怎么办？我觉得，越是困难，越要看到有利条件，越要有信心；越是胜利，就越要冷静，越要看到不利方面。这才是指挥战争的辩证法嘛！那个大名鼎鼎的麦克阿瑟，不就吃了这个亏吗？”

人们笑起来。

“这是个真理，也很通俗易懂。”秦鹏笑着说，“就是做起来不容易哟！”

彭总郑重地说：

“今后，不管司令部、政治部，发消息都要特别注意。为这件事，我还要向军委写个电报。”

这时，司令部电话报告，中国驻朝大使已经陪同苏联大使拉古列耶夫来到。大家忙收拾了棋盘。连刚才那个成为斗争焦点的“死车”也收到小白口袋中去了。滕云汉望着自己已经渐居优势的布局被收去，还带着没有征服对方的遗憾心情，静静地喝着绿茶。不一时，山坡下响起了汽车喇叭声。彭总和几位副司令员迎出门外，看见拉古列耶夫同蔡大使已经从山坡下走了上来，后面还各带了一名翻译。那位苏联大使头戴皮帽，身穿貉绒领的藏青色大衣，不过四十多岁，面孔红润，精力充沛，还颇有一点矜持的神气。经蔡大使介绍后，他握着彭总的手既热情而又有节制地说：“今天我能见到中国最有名的将军之一而深感荣幸。”彭总也笑着说：“我非常欢迎您的来访。”然后把他们迎入屋内。

拉古列耶夫脱去大衣，摘掉帽子，由小张挂在门旁。彭总请大家坐下，自己同秦鹏坐在行军床上，小屋子竟挤得满满的了。彭总让小张给大家沏上绿茶,端上一大盘色彩鲜艳的朝鲜苹果,作为待客之礼。

“拉古列耶夫同志来,是想同司令员探讨一下当前朝鲜战局的问题。”蔡大使说。

“很好。”彭总点点头,望着拉古列耶夫等待下文。

“我们得到一个很重要的情报。”拉古列耶夫望着彭总郑重地说,“自从我们收复汉城之后,美国人正准备全面撤退。”

“全面撤退?”彭总等翻译讲完,怀疑地看了拉古列耶夫一眼,摇了摇头,“不知道,也靠不住。”

“即使靠不住,但敌人全线动摇却是不容置辩的事实。”拉古列耶夫立即反驳了一句。他肚子里像早就藏着什么火气,仅仅为外交官某种礼貌的外壳克制着。“我有一个疑问,不知是否可以提出来?”

“请讲吧。”

“现在,敌人已经面临着全面崩溃的总形势,朝鲜战争完全可以一气呵成;我不能理解,为什么志愿军突然停止追击,在三十七度线按兵不动?”

“噢,原来是这样。”彭总望了望这位年少气盛看来并未经过多少磨练的大使,觉得有点啼笑皆非。他苦笑了一下,望了望秦鹏,示意他做番解释。

秦鹏绝顶聪明,立刻会意,略微寻思了一下,从容说道:

“关于停止追击的问题,司令员是同我们慎重研究才决定下来的。我们所以要这样做,有下面几个原因:第一,自志愿军入朝已连续进行了三个战役,没有得到休整补充,部队已经十分疲劳;第二,补给相当困难,大量汽车被炸毁,粮食和弹药都供应不上;第三,也许这是最重要的原因,就是我们如果继续追击,补给线势必延长,供应会更加困难,而敌人却可以利用朝鲜地形狭长的特点和海空优势,随时在我们后方登陆,那是十分危险的……”

彭总听到这里,脸色严峻,缓缓地说:

“再说,敌人绝不是什么全面撤退。这是假象,是在诱我南下。我彭德怀不是麦克阿瑟,我是不会上这个当的!”

“那就要失去一次最有利的时机和一次最难得的机会!”拉古列耶夫两手一摊,耸了耸肩,带有轻蔑意味地笑了一笑,“事实上这也就等于延长了朝鲜战争。在世界战争史上,还从来没有看到过胜利之师不追击的!这真使人感到奇怪。”

彭总的脸色难看起来了。所有在座的人都为拉古列耶夫这句刺耳的话感到不安。彭总终于站起来说:

“战争不是儿戏!像你这样搞法,是会把军队和人民都送掉的!难道你要敌人第二次在我们后面登陆吗?”

彭总说过,只说了一句“我还有事”,就转身走出去了。

谁也没想到,今天的会谈是这个结局。蔡大使和几位将领都深为不安。无论如何,也不应使这位大使感到冷落。大家纷纷用“兄弟之间也难免会有分歧”的话来打圆场,尤其是蔡大使和冯慧都发挥了突出的作用。拉古列耶夫也感到自己作为外交官未免失礼,气氛才渐渐缓和下来。但是由于拉古列耶夫的预定目标无法达成,坐了不久也就起身告辞。

当几位副司令员最后离开这个房间的时候,外面已经飘起轻盈的雪花。几个人在山径上一面走,一面还在窃窃私议。

“今天的事会算完吗?”滕云汉轻声地问。

“当然不算完。”秦鹏说,“他还会告状的。”

“向哪里告状?”

“自然是向斯大林。”

“斯大林会听他那些话吗?”冯慧插问。

“我看不会。”秦鹏说,“斯大林同志也是伟大的军事家。”

秦鹏说到这里,不禁回过头去,望着彭总那个防空洞兼木板房的居室,满怀感慨地默默想道:他确实是个难得的统帅!不管敌人多强大,情况多危急,他都从不畏惧;而漫天的凯歌也不能使他陶醉,在大胜利面前,又是如此冷静。今天,脾气虽然大了一些,但朝鲜战场上可能出现的一场巨大不幸,已经避免了。

他们走到山下时,雪花在地上树上已经落了一层,山径上那些大大小小的树,都显得更加美丽了……

第四部　江声

第一章　征服“死亡地带”（一）

春天，在朝鲜，山阴的积雪还没有化尽，就漫山遍野开起了金达莱花。一丛丛，一片片，放眼望去，真好像一片桃花的海。

它们开得这样早，早得令人惊讶。就仿佛一夜之间相互约齐了突然开放似的。其实这是人们没有在意，它们早在冰雪的严冬就孕育好了自己的花蕾。

郭祥在野战医院整整“窝憋”了一个冬季。照他的话说，这简直是白白地误过了两个战役。在这期间，他听说部队在除夕之夜突过了三八线，一举解放汉城，把“联合国”军的总司令麦克阿瑟也打下了台，心里真是痒痒得难受，有几天几晚没睡好觉。为了争取早日出院，他用了不止一种手段做了重大努力。他总结了过去住院的经验教训，起初用的是非常耐心地、有礼貌地提意见的方式，但结果无效。接着又下定决心，装作安心休养的样子，处处遵守院规，想争取一个“模范休养员”来提高威信，以便说话算数。在这种指导思想下，他确实做了不少事，比如帮助护理员打开水、扫地、收拾病房，帮助别的休养员洗衣服、捉虱子、端大小便，还积极地开展宣传解释工作、文化娱乐活动，主动地说笑话、打扑克，活跃大家的情绪，甚至在小组会上以严肃的态度批判不安心休养而想早日回到前方的同伴等等。这种新方式，确实产生了立竿见影的反应，受到了院方好几次的口头表扬。可是等到真的提出出院请求，却被一笑置之，没有下文。郭祥恼了。“哼，这些人！就是不如前方首长好说话！”他立即下了这样的结论：看起来，好方式还是不行。尤其当他听说新的兵团已经从国内开来，新战士已大批地补入连队，新的战役不久就要开始，他就更沉不住气了。他一天提三次，三天提九回，遇必要时，还拿一点颜色让人看看。如果不是小杨作风严厉，很可能还会出一点小小的纰漏。这样终于把所长吵烦了，在他养得差不多的时候，批准了他。郭祥就这样“熬”到了出院的日子。

徐芳这些日子常找郭祥谈“战斗材料儿”，郭祥也常听她的演奏和歌唱。两个人已经很厮熟了。这天，徐芳听说郭祥要走，心里怪留恋的，就瞅个空儿前来看他。谁知病房里、护士班里、所部，都没有他的影子。想问问小杨，发觉小杨也不见了。她心中疑惑，就信步沿着溪水向上走去。走了老长一段，果然见了两个人在几株大松树那边坐着呢。徐芳嘻嘻一笑，就猫着腰儿，蹑着脚儿，悄悄地绕过去，藏到一棵大松树背后，偷偷地看。只见小杨坐在溪边正低着头给战士洗血衣，洗绷带。由于中午的太阳已经有些炎热，她只穿着一件发白的单军衣，高高地挽起袖管，一双赤脚踏在潺潺的溪水里。郭祥随便地披着棉大衣，在一块白石头上坐着。他话也不多，只是凝视着溪水戏弄着白白的绷带，把它牵得老长老长。仿佛他来这里就是为看这条绷带似的。

“这倒是搞什么名堂啊，多逗人哪！”徐芳偷偷笑着，“有什么话可快说呀！”

终于，郭祥开口了。

“我今天晚上就要走了。”他用一支草棍拨着水里那条长长的绷带。

对方黝黑的长臂略停了一停，但是无话。

“你不是讲找我有话说吗?”郭祥抬起眼望望她。

“我又忘了。”她低声一笑。

郭祥叹了口气,把草棍扔到溪水里:

“那,我回去收拾东西去。”他说着站起身来。

“你呀,你慌什么!”她停住手,一条长长的绷带拖到溪水里,“这几个月,这几个月……你帮我做了那么多工作,我,我心里,真不知道该怎么谢你。”

说到这里,她停住了。

“就是这话?”郭祥又问。

“对。”杨雪没有抬头。

“完了?”

“完了。”

“那,那,”郭祥急得涨红着脸说,“那我就收拾东西去了。”

郭祥迈步要走,杨雪带着哭嗓说:

“嘎子! 你说我还能说什么呢? ……你是块金子,我是块废渣,我瞎了眼了! ……我还有什么资格说别的话呢?”

杨雪说到这里,终于忍不住哭出声来。泪珠子乓乓地落在溪水里……

郭祥慌得赶快从口袋里揪出一条脏污的手绢递给她。

徐芳在松树背后,忍不住扑哧一声笑出声来。

郭祥、杨雪一惊,急忙回过头来,徐芳已经一溜烟咕咕嘎嘎地跑了。

“这死丫头!”杨雪从水里跳出来,光着两只脚板儿去追,还捡起小石子投她。

徐芳跑了老远老远,才停住脚步,笑得眼泪都流出来了。她心中暗暗想道:“天哪！这是干什么呀！同志们在一块待着有什么不好,干吗非要闹恋爱呢?”

郭祥提前吃了晚饭,太阳老高就开始上路。

同志们都劝他等到下半夜,乘坐运伤员的回头汽车。可是郭祥有郭祥的计划。他想:我休养了好几个月,身上各种零件怕都不好使了,我得先走出三五十里去,好练练腿劲。

他出了野战医院这道山沟,跨上宽宽的公路。春风吹飘着他的大衣,这时的郭祥真像鸟儿出笼那般畅快,高兴得都要唱出来了。敌机在天上嗡嗡着,他睬也不睬。看看公路上静悄无人,果真忍不住唱起了他最喜欢的一支歌子:“革命人永远是年轻呀……”可惜这支歌太短,很不过瘾。于是又来了一支。这样越唱越快活,把自己参加革命以来学会的那些歌子,《义勇军进行曲》啦,《大刀进行曲》啦,《在太行山上》啦,《红缨枪》啦,凡是想得起来的,几乎唱了一个过儿。不知不觉已经走出几十里路。

天色刚交黄昏,公路上便热闹起来。那些从北方来的满载弹药、粮食、蔬菜以及锣鼓家伙的卡车,便一辆接一辆地出现了;走在公路两侧的是人民军、志愿军的战士们,来自中国东北的扛着担架戴着大皮帽子的民工们,以及赶着牛车运送弹药的朝鲜老乡们;由朝鲜妇女组成的修路队,也扛着铁锹,顶着大筐,从各条山沟里拥到公路上。他们喧嚷着,交谈着,歌唱着。这个充满着生命力的有声有色的大千世界,都仿佛是随着黄昏的降临突然从地底下涌现出来似的。郭祥杂在人群里兴致勃勃地走着。突然听到一声嘹亮激越的汽笛声,原来是一列火车也从白天待避的山洞里爬了出来。这里的火车头可不像国内的那些机车。那些机车一个个被工人们打扮得油光乌亮,就像才从理发店出来的漂亮的“黑小子”。这里的火车头却完全是另外的风采。它的两侧披着钢甲，浑身上下都是厚厚的黄尘，就像经过终年激烈的鏖战从泥土里滚过几百次的战士。从黄昏到黎明，它要同敌机的追击和截击整整搏战一个通夜，直到天亮才藏在洞子里。也许它觉得在洞子里窝憋得太久了，一出洞口就长长地怒吼了几声，喷着滚滚的怒气。然后才“共洞——共洞”地开始迎接新的征程。郭祥觉着它那股劲简直跟自己才出后方医院差不多，看来什么东西老憋着它是不行的呀！

这些战地后方的特有景象，给了他十分新鲜惬意的感觉。郭祥直到走累了，才搭乘了一辆满载弹药的卡车。他高高地坐在弹药箱上。一路看到公路的要道口上，还设有朝鲜的女警察。这些英姿飒爽的女战士们，身着深蓝制服，一律剪短发，后脑上戴着镶有红线的无檐军帽，手里握着红绿小旗。所有的车队都必须听她的号令。不管敌机如何轰炸，她们也不离开自己的岗位。当车队到来时，她把绿旗哗地一抖，车队就可以放胆前进了。一直等你过去很久，脑子里还深深地刻印着她们那严肃、坚毅而又勇敢的姿态。她们给这战地的后方，增添了多少战斗风采啊。

郭祥看着这一切，真觉着心里长劲。人民的力量是更加有组织更加强大了。

但是下半夜，汽车过了三登，开到松街里附近时，公路被堵住了。从模糊的夜色里可以看到，前面停着汽车的长队。

那个从上海来的瘦小而敏捷的司机，跳下车问：

“公路炸坏了吗？”

“那倒好说。”路旁一个正蹲着抽烟的司机回答，“这里是杜鲁门的新名堂：定时炸弹！”

“多不多？”

“听说有一二百个。已经响了大半夜了。”

这个上海司机把袖子一捋：

“能不能冲过去?”

“要能冲,不早就冲过去了?”

这个司机没好气地把烟头一丢,正要说什么,只见远处火光一闪,接着“轰”的一声巨响,把他的话打断了。

“你听,就是这个!”他接着说,“隔几分钟就响这么一次……我要抓住杜鲁门,也不杀他,也不剐他,我就把他捆到定时弹上,叫他尝尝这个滋味儿!”

他的话把人逗得笑起来。

郭祥扒着炮弹箱子跳下车,对那个上海司机说：

“走！咱们到前面看看。”

两个人快步向前走着。沿路多半是弹药车,一台顶着一台,总有一二百辆。走了好大一会儿才走到头。定时弹又“轰”、“轰”地响了两声。

公路上黑压压地围了一大簇人。只听里面乱纷纷地喊道：

“谁有急救包？谁有急救包?”

“先把他抬到车上去吧!”

“不不,先止住血再说。”

郭祥从人群里挤进去。借着星光,看见地上躺着一个人,司机们正在给那人裹伤。

“喂喂！同志！你看清楚了没有?”人们问他。

“我刚过桥洞不远,就碰上了……”那人低声地抱歉地说。

人们又性急地七嘴八舌地问：

“你看能不能冲过去?”

那个上海司机也插进来大声问：

“对呀，把大灯打开，能不能一鼓气冲过去？”

“不，不行。”那个负伤的司机摇摇头说，“我看见前头黑乎乎的，像一个大炸弹坑……”

“绕！能不能从旁边绕过去？”

“不行。”他又摇摇头说，“一边是铁路，一边是河……”

人们纷纷地叹了口长气。

这时，霍地火光一闪，“哐唧”一声巨响，又一颗定时弹爆炸了。这一颗因为离得较近，被炸起来的沙石，在人的头顶上降落着，地面上响起一阵沙沙的声音。

人们的心头又是一紧，一齐举起头来望着前面。前面黑魆魆的一片，更加显得阴森恐怖。那里好像有无数的声音叫喊着：这里是名副其实的死亡地带，你们过得来么？你们过得来么？你们过得来么？

人们的心情越发烦躁。有主张立即冲一下试一试的，有主张等定时弹炸得差不多的时候通过的，有主张先去搬掉定时弹的，也有主张立即派人到几十里外去找工兵的，还有主张先把车辆向后疏散免遭空袭的。彼此互相否决对方的意见，乱纷纷的，不能得到一致的结论。

正在这时，车队后面发出一响清脆而尖厉的枪声。接着，传过来几声急迫的叫喊：

“防空！——防空！——”

“B29 过来喽！”

大家屏神一听，果然从北方的天空传过来沉重的隆隆声。时间不大，一架夜航机头上亮着一盏红灯，屁股上亮着一盏绿灯，由远而近，不紧不慢地飞到了顶空。空气顿时紧张起来。人们最担心的情况终于出现了。

这时,主张冲一下试一试的那一派立刻占了优势。

“冲吧,快冲!”有人焦急地喊。

“要再不冲,丢下照明弹,可就砸了锅啦!”又有人喊。

人们喧嚷着。有几个年轻气盛的司机已经跨上车去,嗡嗡隆隆发动了马达,准备飞机一过头顶就开车前进。

只听一声有力的坚决的喊声止住了人们:

“不行! 同志们,沉着一点!”

这是郭祥的声音。他正蹲在地上,眼望着前方,扎紧他的鞋带。他已经把笨重的棉裤脱去,扔到了一边。

“同志们,你们先等等,我去侦察一下。”他说,“哪位同志哥有电棒儿?”

旁边有人递过来一支长长的三节电棒。

郭祥等夜航机转过去,把电棒捏了捏,电很足,显得非常满意。他顺着公路朝前一打,前面是一道隆起的铁路路基,下面是一个桥洞,公路穿过桥洞延伸到前面。被定时弹炸起的碎石头在公路路面和两侧落了一层。桥洞口还有两三个黑乎乎的东西。郭祥把电棒往那里一打,凝神细看,果然是三枚又黑又大的定时炸弹。

“嗬! 还有把门的呢!”

郭祥骂了一句,把棉大衣往旁边一甩,正要举步前进,手却被人拉住。郭祥一看,是那个上海司机。

“贺同志! 贺同志! 这可不行呵!”原来郭祥上车时对他说“姓郭”,他听成“姓贺”了。

“怎么不行?”郭祥笑着问。

“你这个新同志,恐怕没有经验吧!”那个上海司机看他穿的棉军衣很新,把他当成新战士了。

“是呀,这可不是闹着玩儿的!”别的司机也说。

“新同志也可以锻炼锻炼嘛!”郭祥一笑。

话音未落,桥洞那边又是轰的一声巨响。爆炸的红光闪过,前面黑魆魆的,越发显得神秘莫测。

“你听,它们又在欢迎我哪!”

郭祥对大家笑了一笑,甩开那个上海司机的手,以他那久经战阵的敏捷灵活的步伐向前跑去。

第二章　征服“死亡地带”(二)

郭祥的战斗动作一向非常娴熟，在激烈的炮火中，他简直就像敏捷的飞燕一般。今天，他的精神更是高度集中。他一路扫着电棒儿，不一刻，就从那三个定时弹的身边闯进桥洞去了。

过了桥洞，他贴着路基的南半壁稍微定了定神，就又向前走去。走了不远，看见路面上洒了很大一摊鲜血，想必是刚才那个司机负伤的地方。他用电棒儿向公路两旁一照，喝，总有好几十个黑咕隆咚的大家伙，横七竖八地躺在那里。有的侧棱着身子斜插进地面，有的直矗矗地栽到泥土里，有的在地皮上只露出个脑瓜儿。它们好像不是从天上掉下来的，而是从地底下钻出来的一群怪物，一个个露出不同的怪相，恶狠狠地望着郭祥，还仿佛狞笑着说：“来来来，你敢挨近我么？只要你敢在这里停上几秒钟，等着你的就是死亡！”

郭祥从鼻子里冷笑了一声。真正的战士懂得：在通向胜利的路上，不是铺着天鹅绒般的地毯，而是铺着人血和钢铁。他迅速但是毫不慌乱地用手指清点了炸弹的数目，特别是对公路威胁最大的那些黑怪物们。正在这时，只见火光一闪，轰隆一声，郭祥立即往下一蹲，被炸飞的石头，有的像茶壶那么大，向下扑通扑通乱落。郭祥头一偏，一块石头砸到肩头上，好像挨了重重的一拳。他急火火地骂道：“狗东西！你就凭这个想把我吓退么？”

面对死亡，只有沉着和无畏，才能拔掉死亡桩，开拓生命的航线。

郭祥接着又往前走。定时弹再响时，他干脆连蹲也不蹲了。走了一截儿，就看见一个很大的炸弹坑，已经把公路截断。距炸弹坑二十几米处，有一个直橛橛黑糊糊的大家伙，将近一人来高。郭祥走过去，用电棒一照，喝！这个定时弹比别的要大得多，腰里还挂着两个人铁耳环。他不由得激灵了一下子，向后倒退了几步。“唔，这个家伙可要好好对付！”他在肚子里咕哝了一句。

为了彻底查明情况，郭祥又走出半里多路。除了路面上又发现两颗之外，公路两侧，倒是越来越稀少了。他立刻得出结论：只要把那个大炸弹坑填平，把路面上那两颗搬掉，可能的话，再把离公路过近的几颗加以清除，就可以通车。

主意一定，他就连走带跑地向回奔去。

司机们见他飞一般地蹿出桥洞，都纷纷拥上来围住他问：“情况怎么样？贺同志，情况很严重吧？”

“没有问题！没有问题！”他信心十足地说。

“刚才响了好几个，没有炸住你么？”那个上海司机关切地问。

“没有，没有。”他笑了一笑，“就是让小石头子儿碰了一下儿。”

他把刚才的情况讲了一遍，接着提出建议：要组织一个二十人的突击队，选举一个队长，带着绳子，立即去排除炸弹，填平弹坑。

司机们听了都很高兴。一说组织突击队，立时闹嚷嚷地站出了一大片。郭祥只拣身强体壮的挑，不多不少，挑了整整二十个，分成两个班，指定了班长。那个上海司机，虽然个子小一点，因为面子上挨不过，也挑上了。至于队长，大家异口同声，要“贺同志”担任。郭祥笑了笑说：“既是这样，我今天也就不谦虚啦！”

一切准备停当。为了振奋情绪，郭祥在整队时把口令喊得特别响亮，还带着几分杀气。然后把袖子一捋，说：

“同志们！不用问，我也猜个八成九成，你们不是党员儿，就是团员儿。你们是怕者不来，来者不怕！我没有什么可多说的。这些定时弹，纯粹是杜鲁门的吓人战术！你要怕了，他就该咧开他的老嘴笑啦。不行！我们不能叫敌人笑，应该叫敌人哭，叫杜鲁门抱着脑瓜儿哇哇地哭！”

他的话确实给人助劲。人们高高地昂起头来，纷纷说道：

“走吧，快走吧，没有问题！”

“贺同志，我们听你指挥。”

“好。”郭祥应声走到队伍前面，把电棒一打，前面立刻出现了一旁斜插着三颗定时炸弹的桥洞。他指着说：“你们看见那三个把门的没有？大家一定要沉着，动作要快，可别慢吞吞地让它给你打敬礼呵！”

行列里发出一阵笑声。

郭祥见过于紧张的气氛已经消除，随即命令大家以间隔五公尺的距离跑步前进。

他带着头在前面跑，不断地鼓动着，提醒着，告诫着，很顺利地穿过桥洞，到了大炸弹坑旁边。心里正自高兴，忽然铁路路基上“轰”“轰”两声巨响，在耀眼的火光里，好像雷电挟着沙石土木乱飞，连一截铁轨也飞到半天空去嗡嗡地响。碎石子劈头盖脸地落了人们一身。

郭祥连忙提醒自己，填炸弹坑一定要快。可是存在着一个问题：要去取石头，必须从二十米外那个大黑怪物附近通过。谁知道它什么时候响呢？万一响了，大家全无准备，会造成多么大的伤亡！

郭祥一瞅大伙，全望着那个大黑家伙发愣。还有人悄悄地指着说：

“那，那是个什么东西，是定时弹么？”

“嚯，好家伙！总有一人来高。”

“比一个人可粗得多啦！”

郭祥听人们说话的声音不那么高了，好像怕那个定时弹听见似的。这不是一个好的征候。如果情绪一有变化，任务就难完成。郭祥想道：“这是个节骨眼儿。我必须给大家助一助劲，长一长胆。就是牺牲了，只不过我一个人，这样就可以保住大伙。”他想到这儿，立刻从一个司机的手上抢过一支卡宾枪来，迈开大步，走向那个特号的黑森森的定时炸弹。他在离那个黑怪物只有一步远的地方站定，然后回过头大声地说：“快干哪！同志们，我给你们担任警戒！”

说着，他从容不迫地搬了一块石头，放在一伸手就可以摸到定时弹的地方，坐了下来。又拍拍怀里的卡宾枪说：

“同志们！你们就放心大胆地搬吧。它只要一有响动，我就打枪，你们就赶快卧倒。”

“那可不行！”那个上海司机大声地说。

“快过来吧！”人们也跟着嚷。

“没有关系！”郭祥笑着说，“它在这儿休息了一天一夜都没有响，偏偏我来了它就响啦？……大伙快干吧，时间要紧，后边还等着我们哪！”

“干哪！人家一个新同志都不怕，我们怕什么！”

“对！干哪！”

人们大声喊着，纷纷脱去棉袄，一趟一趟地抱着石头飞跑，把石头扑通扑通地扔到大坑里。

在这个充满着恐怖神秘的地带，不时地从这里或那里突然发出一大团耀眼的火光，接着是一声沉重的轰鸣。一时忽而在南，一时忽而在北，一时忽而在高高的火车路，一时又忽而在低洼的河岸。被炸起的土块碎石，在人头上哗哗地落着。然而人们就好像忘记了这一切，跌倒了爬起来，拼命地奔跑着，去填塞那个弹坑。郭祥抱着卡宾枪，食指不离扳机，不断地借景生情地喊着鼓动口号。

带着红绿灯的夜航机不死不活地哼哼着，在天上出现了，郭祥就及时地喊：

"没有关系！同志们，没有关系。还远着呢，我在这儿给你们看着它哪！"

郭祥在那个大黑怪物旁边坐了一些时候。开始他还觉得没有什么，时间一长，心里就暗暗嘀咕道："这个黑家伙究竟什么时间响啊？人们传说，它里面装着一个类似钟表的东西，它的秒针不停地向着预定的爆炸时间移动，撞针也不停地向着引火帽推进。而现在它究竟距引火帽多远了呢？也许还有很长时间，也许就在眼前。"这样一想，就仿佛听见定时弹里发出一种"咔哒、咔哒"的声响。这个黑家伙也仿佛更加狞恶和丑陋地瞪着他说："我马上就响！我立刻就响！你是什么人，胆敢在我的身边逞英雄好汉！快快地滚开去吧，我立刻就叫你粉身碎骨！"郭祥听见这声音，从鼻子里冷笑了一声，也瞪着它说道："你这个混蛋东西，你这个丑八怪！你不要企图吓我！我不吃你的吓人战术。你要想让我从你身边慌慌张张地逃走，这不过是你的妄想！"那黑怪物也狞笑了一下，又说："既是这样，那你就蹲在这里。但是，你可不要后悔。我可以马上让你丧失宝贵的生命，丧失你活着可以得到的一切。我可以立刻让你那凤凰堡的母亲，热爱你的小杨，以及你的一切亲人和战友失声痛哭！我可以立刻让他们抛出大把的眼泪！……你瞧着吧，这马上就可以成为现实。"郭祥又瞪了它一眼，轻蔑地笑着："这种威胁，只能对胆小鬼有用。你把我当成什么人？我是一个共产党员，一个人民的战士。生命是宝贵的，但是我从来不把我的生命看得比革命重要，我从来不把个人的生命看得比人民的生命宝贵。我是一个贫农的孩子，是自愿参加革命来的。我生在苦水里，长在战斗中。我既不怕眼泪，也不怕鲜血。为革命战斗是我光荣的职业，征服敌人是我最大的愉快，为人民献身是我最大的幸福。无论是占领一座城市，攻打一座碉堡，还是夺取一块小小的阵地，我都可以献出生命。因为我的生命正是要用来碰碎旧社会这座大城堡或大或小的一块的。哼，你对我的威胁是全然没有用的。如果有死亡挡住去路，我就要给死亡以死亡！"……

他同那个大黑怪物的对话还没有讲完，那边响起一片欢腾的语声，弹坑已经填平。

郭祥最后瞪了那个大黑怪物一眼，才缓步离开了它。他用电棒一照，大家浑身上下都是泥疙瘩，一个个全变成泥人儿了。但每个人都显得分外高兴，又说又笑。还有一个胖胖的司机给郭祥开玩笑说：

"贺同志，你在那儿蹲着，这滋味可不怎么太好受吧？"

"没啥，没啥。"郭祥笑着说。

"不准！"那个司机摇了摇头说，"你在那儿蹲着，连我这脊梁沟里都直冒冷汗。"

“我也没闲待着，”郭祥又笑着说，“我还跟它进行了一次个别谈话呢。”

大伙情绪很高，和刚进入炸弹区的紧张气氛已经大不相同。郭祥接着领人们去搬路面上的两个定时炸弹。虽然四外仍在不断地爆炸，可是人们却毫不畏惧地大呼小叫地前进着。还有人高声唱起《中国人民志愿军战歌》。一唱百和，胆气越发豪壮。在爆炸声里，在烟尘与火光里，人们带着歌声在这个“死亡地带”行进。

赶到那两个定时弹跟前，那个上海司机抢着去套绳子。一见他去，人们呼噜呼噜全拥上去了。郭祥马上制止人们，只准一个人去套。绳子套好，就像拽死猪似的向着河岸拉去。人们愈走愈快，愈走愈快，到后来就跑起来了。第一个很顺利地拉下河岸，第二个也没出事，人们的瘾头儿来了，又要求去拉距公路最近对车辆威胁最大的炸弹。又拉掉了两个。可是拉到第三个，刚刚送下河岸，还没有解绳子，就“轰隆”一声爆炸了。河岸炸下去很大一块，绳子也炸断了。幸好人们卧倒得快，才没有负伤。

郭祥用他那思索问题的习惯姿势，背着两只手儿，转了两个磨磨儿，一想：不对！这些人都是全国各大城市报名参加抗美援朝的技术人员儿，如果拉的中途炸弹响了，一下子就会伤亡一二十个，车就没人开了。想到这里，就说：

“同志们！你们已经干了老半天，也够累的。任务已经基本上完成，能通车了。要是咱们耽误时间太长，飞机一发现咱们的弹药车，可就不合算啦！大伙还是快回去开车吧！”

司机们心里痒痒的，还想再拉几个。郭祥笑着说：

“我的工人老大哥，你们讲点儿组织性儿嘛！我可是你们自愿选的。”

司机们只好收拾东西,拎起棉衣回去。

郭祥跟着大家向回走,却不知怎的老有一种不舒服的感觉。刚走过那个填起的弹坑,就听见后面有一个声音在叫:“郭祥!你的任务果真完成了么?……”郭祥回头一望,刚才跟他在一起的那个黑森森的大黑怪物,还直矗矗地立在那里。它那两个大铁耳朵耷拉得那么长,越发显得凶恶丑陋,满脸都是狞笑。郭祥刚要举步,它又讥讽地叫:“郭祥,今天是你胜利了,还是我胜利了?哈哈,我说你不敢动我,你果然就不敢动我!等一会儿汽车过来,你瞧我毫不费力地就把它崩上天去……”

郭祥的步子挪不动了,终于停住脚步。

“不错,一点不错,我的任务没有完成。”他的脸颊和耳朵都在发烧。“我郭祥跟着党东征西杀多少年了,我经过成百次的战斗,我跟敌人面对面地拼过刺刀,我的刺刀真正饮过敌人的鲜血,我俘虏过成百成千的敌人,今天难道就让一个小小的定时弹给整住了?”他生气地把手一挥,“这定时弹再厉害总是个死家伙。它既是人造的,人就能破!我过去也见过民兵摆弄地雷。它无非有一个活动的撞针,只要想法拆掉,它也就不神气了。我为啥不去试巴试巴?”

这念头一起,就是千钧之力也收它不住。两只脚就像被什么牵引着似的,向着那个大黑家伙走去。

当走到定时弹跟前时,郭祥又觉得脑袋胀得很大,全身发紧,觉得问题并不那么简单。这时仿佛又听见那黑怪物嘲笑说:“哈哈,你既是没有这种胆量,就赶快跑走好啦,干吗又来充英雄好汉?”郭祥立刻镇定下来,他暗暗地对自己说:“别慌,你一定看准门路才能下手。”于是他捏着电棒儿,把这个黑家伙上上下下仔仔细细地打量了一番。它一头大,一头小。郭祥想起,过去装地雷的时候,引火帽和撞针都是藏在大头这边。我就先从这边试试。决心下定,郭祥就狠狠地吐了口唾沫,指着那个大黑家伙骂道:“杜鲁门,我今天要不把你开膛破肚,就算输给了你!”说着,就挽了挽袖子,从地上拣起一块石头,开始动手。他照着定时弹大头的螺丝盖,先轻轻地敲了一下。听听里面没有动静,就接着敲起来。他听听敲敲,敲敲听听。定时弹的螺丝盖在夜色里溅着点点火星。郭祥捏着电棒儿的手都攥出了汗水。终于,螺丝盖松动了,他立刻把它拧开,里面便露出了螺丝扣。郭祥轻轻地按了一按,没有动静,就从里面慢慢地掏出弹簧,拆掉撞针。他把那弹簧和撞针抛得远远的,又使劲地朝着呆立在面前的废铁壳蹬了一脚,长长地吁了口气。

郭祥胆子越来越大,对离公路过近的定时弹,又破了几颗,才向回走去。这时,突然桥洞以北火光冲天,接着“轰”、“轰”两声巨响,像是桥洞那几颗爆炸了。郭祥穿过桥洞一看,三颗定时弹,已经炸了两颗,路基被掀去好大一块。仍有一颗紧紧地把着洞口。原来郭祥前两次穿过桥洞,都没有来得及细看,现在一打量这家伙,比刚才那个黑家伙还粗还大。它大模大样地横躺在那里,足有一千磅不少。而且和前几个也不一样,脑袋上还带着风翅。如果让它爆炸了,整个桥洞都得叫它掀翻,今天晚上就别想通车了。郭祥狠狠心,决定把它拆掉。同时心中暗想:这家伙怪头怪脑的,可要小心对付。

决心一定,郭祥往地上一蹲,就来拧它的风翅。

远处司机们向这边乱打电棒儿,一边喊道:

“那边是贺同志不是?”

“是呀！”郭祥回答。

“你干什么哪？”

“我瞅瞅它！”

“不行！快回来吧！快回来吧！”

“我马上就回！”

郭祥照旧拧他的。可是憋出一脑袋汗，那个风翅还是纹丝不动。郭祥火了，想不到好几颗定时弹都卸开了，这家伙这么费劲。他把电棒干脆往地上一放，一下骑在定时弹上，用两只手扳住风翅，使劲地拧起来。

拧了好大一会儿，风翅还是没有松动的样子。

“我还是用石头把它敲开吧！”郭祥心中暗想，但马上又否定了，“不行！要是敲不好，一触动撞针可就糟了……”

郭祥用袖子擦了擦汗，又寻思着：“现在问题在风翅上，不敢惹它，就别想制服它。难道我敢敲别的地方，单单不敢动它？对！敲吧，先轻轻地敲它一下再说。”

想到这里，郭祥随手拣起一块石头，两腿夹着定时弹，聚精会神，向着风翅敲打了一下。这一敲不打紧，只听“嗞——”那风翅突然呜呜地转动起来。愈转愈快。郭祥急忙用手去挡，哪里挡得住，眼瞅着风翅带动撞针，撞针直往后缩。郭祥一看不好，撞针再往后去便要爆炸！赶快跑吗，不行！这里正是桥洞，要是炸塌，今晚就别想再通车了。不能走！不能走！就是粉身碎骨，也不能走！……

一个人，当他把个人的生死丢在一边，就会产生多么大的勇气！郭祥立刻镇定下来，向地下扫了一眼，随手拣起一块被炸碎的枕木的木片，往风翅空隙里猛地一插，死劲地别住，风翅不转了。他乘势使劲抓住撞针，猛地往外一拉，就把它拔了出来。这个躺在这儿假装睡觉的吓人怪物,也就这样完蛋了。

那个上海司机见郭祥老是不来,唯恐出事,就快步跑过来想把他拖走。一看郭祥正骑在定时弹上,手里托着撞针,一下惊呆了。呆了好一会儿,他才向人们大声喊道:

"快来看哪,定时弹完蛋了!"

司机们一窝蜂似的欢呼着拥上来,抢着跟郭祥握手。有的说:"贺同志,你的胆子可真不小哇!"有的说:"贺同志!你的贡献可太大了!"有的说:"贺同志,你八成当过工兵,为什么还保密呀!"有的说:"谁说他是新同志,据我看,他要不是个班长,也起码是好几年的老战士了。"这时的郭祥,也许是由于刚才的紧张,也许是由于过分的劳累,浑身疲乏得不得了,脸上却带着孩子式的恬静的微笑……

"你一定要告诉我,贺同志,"其中一个司机异常激动地说,"你到底叫什么名字?是哪个单位的?我到前方要马上写一封信,叫你们连长给你记功!"

"先别说这,"郭祥笑着说,"哪位同志有烟,先给我一根儿!……"

当满载弹药的卡车,一辆一辆从桥洞穿过的时候,司机们还看见他们的"贺同志",坐在定时弹上静静地抽烟哩。仿佛他愿在那被征服的黑怪物身上多坐一会儿似的。那轻快地呜呜响着的汽车轮声,也像在热情地赞美着:

胆敢征服死亡的英雄,
永远是生活的开拓者。

第三章　孤　儿

春宵夜短。在这一点说,朝鲜的赶路人,不甚喜欢春夜。

在定时弹区域耽搁得太久了。距拂晓已经没有多长时间。司机们都想用速度来弥补误失的路程,卡车一辆接一辆地向前鸣鸣飞驰。

现在,郭祥已经被那位上海司机待如上宾地请到驾驶楼里。他看到沿途都是向前开进的二线兵团,知道新的战役很快就要打响,自然更怕赶不上时间。他不断地向他的这位熟人提出加快速度的劝告。并且不分彼此地把司机的烟荷包打开,卷起一支又一支的大喇叭筒,还亲自吸着送到司机的嘴巴里,作为他鼓舞司机加快速度的另一种方式。这位上海司机性格沉着,技术高超,口衔纸烟,手扶舵轮,就好像一个出色的骑手,同他的这匹铁马粘在一起似的,简直把这辆小嘎斯开得要飞起来了。

但是司机毕竟更加担心车辆和弹药的安全。当驾驶楼的夜光表将近四时,司机就提出来应该赶快找一个宿营的地方,以便把车辆隐蔽起来,免得遭受敌机的袭击。郭祥不在乎这个。不是说:"再开一小段儿!"就是说:"不要紧,前边还有好地方哪!"这样一程一程地赶,不觉东方的天空出现了淡青色的晨光,敌人的早班飞机已经在远处出现了。

司机急忙刹住车,跳下来。看看前不挨村,后不靠山,一条大

公路,躺在空旷开阔的山谷里,连一处可隐蔽车的地方都没有。司机摊摊手,叹口气说:

“喏,听你的话弗要紧,糟啰!”

郭祥下车,左看右看,前面几十米外,只有一处十分破落的小院,被炸弹震得东倒西歪,还紧紧挨着公路。他走过去一看,里面有几间小房,一间草棚,还有一个门洞,这门洞刚刚能容下一辆卡车,就满脸带笑地走回来说:

“没问题!没问题!”

“那地方行吗?”司机怀疑地问。

“连咱们住的地方都解决啦。”郭祥笑着说,“你别看这个目标儿明显,越明显敌人越不在意!我包你今天没事儿。”

司机到小院里看了看,情绪有点不高。但此刻没有别的办法,只好依了郭祥,把车开到大门洞里。

院子里冷落无人,残破不堪,连门窗也没有,看样子主人逃出去已经不是一时半时。厨房里一口铁锅,也早被敌人砸成碎片。两个人无处做饭,只好随便吃了几把炒面,到附近小河里喝了点冷水。那司机因为过于疲劳,不上几秒钟就呼呼入睡。郭祥披着大衣坐在院里看车,不一时也打起盹来。

这郭祥在长期游击战争的生活里,养成了一种异常警觉的习惯。即便是入睡以后,一种轻微的风吹草动,也能把他惊醒。他刚要入睡,就听见草房屋里的稻草簌簌地响。凝神静听,声音又没有了,以为是晨风吹的,也就没有在意。待了一会儿,稻草又簌簌响动起来,他就半睁着眼睛,观察着草堆的动静。只见稻草向下滚落着,仿佛有人在里面蠕动似的。“莫非藏的有坏人吧?”郭祥心里跳动了一下,就站起来,向着草堆大喝了一声:

“谁？快快出来！”

草堆的簌簌声立刻又停住了。郭祥为了防人暗算，跑到屋里把司机的卡宾枪拿出来，用枪筒一拨，原来是一个朝鲜小姑娘睡在草窝里。也许因为刚才郭祥的声音太大了一点，小姑娘的眼睛睁得大大的，带着惊恐的表情。

郭祥怕惊吓着她，连忙把卡宾枪往墙上一靠，对她笑了一笑：

“小姑娘，巴利巴利！”

小姑娘的恐惧消失了，从草窝里钻出来。郭祥一打量，她约有十一二岁，眼睛又黑又亮，留着齐眉的娃娃头，穿着一个小脏褂儿，褪了色的黑粗布裙子上剐了好几个三尖口子，光着两只小黑脚丫儿，头发上身上粘得都是草棍儿。由于她穿得过于单薄，在早晨的冷风里，冻得瑟瑟发抖。

郭祥连忙脱下棉大衣，给她披在身上，指指房子问：

“这是你的家么？”

小姑娘不懂，郭祥又改用朝鲜话问：

“你的，当辛吉比[①]？”

小姑娘摇了摇头。

“你的吉比在哪里呢？”

郭祥虽然加上手势，小姑娘还是不懂。她不是这家的人，这一点是肯定了。可是她的家究竟在哪里，她是怎样到这个地方来的，却无法知道。

“阿爸基的有？”郭祥搜索着他有限的几个朝鲜词汇，又问。

小姑娘听懂了，指了指墙上靠着的枪：

---

① 朝语：你的家。

“米国撒拉米[①]的，砰！砰！”

“阿妈妮的有？”郭祥接着问。

小姑娘又用小手指指天空：

“米国边机[②]的，嗵！嗵！”

说着，她的眼里涌出泪圈；又掀起黑裙，让郭祥看了看她的小腿，小腿上扎着一条脏污的绷带。

这就是说，她的爸爸、妈妈都被美国人杀害了。她也负了伤。原来在他面前站着的是一个朝鲜孤儿。

郭祥心中恓惶，急忙把她搂过来，把她头发上粘的草叶草棍儿，一根一根拣掉。忽然想起，这孩子不知从什么地方流落到这里，这里人也没有，她一定还没有吃饭。就急忙到驾驶楼里去找炒面袋子，一看只剩下一小把了，就把它倒在小姑娘脏乌的掌心里。小姑娘看来很饿，连着吞了两口，就噎得咽不下去。郭祥眼里看着，心里难受，寻思着让小姑娘好好地吃上一顿才好。又想，司机单独执行任务，不会不带粮食，就爬上车顶去翻，果然翻出半袋大米，还有一个被烟火熏黑的军用饭盒。郭祥不由心中高兴，跳下车，把饭盒往地上一放，拍拍米袋，对小姑娘笑了一笑，用中朝混合语说：

“大大的，爬比毛羔[③]！”

这一来，把愁眉愁眼的小姑娘也逗笑了。

这小姑娘，一眼就可看出是穷人家的孩子。她看见郭祥提着饭盒去河边打水，自己就跑到外面去拣干柴枝子，等郭祥打水回来，她已经拣了好大一抱，用小黑裙子兜着。郭祥把饭盒支好，把火刚刚点着，她就把郭祥推到一边，自己动手烧火。从她的模样动

---

① 朝语：美国人。
② 朝语：美国飞机。
③ 朝语：吃饭。

作,都可以看出,她从小小的年纪起就从勤劳的母亲那里承受了劳动的习惯。郭祥看到小姑娘这般勤快,越发觉得她可爱了。

郭祥心想,要让这孩子吃得痛快一些,得多少弄点什么菜才好。可是弄点什么菜呢?他皱着眉头寻思了一阵。一抬头,看见一对乌黑的小燕儿,正在房檐下的泥窝里露着头呢喃低语。心想,我何不出去转转,如能打几只鸟儿,也是蛮不错的。于是,他把司机的卡宾枪往肩上一挂就走了出去。

电线上倒是落着几只麻雀,郭祥嫌它太小,没有动它;树上有几只乌鸦,他又嫌它的肉酸,没有动它;等了好久,才飞来一只喜鹊,人都说这是一种吉祥的鸟儿,又不忍心打它。郭祥放眼一看,不远处,有一片小松树林,就迈开大步向那里走去。真是老天不负苦心人,郭祥在这里发现了好几只野鸽。他的枪法虽准,只打下了一只,其余的就离开树林飞走了。他追出去一二里路才又打下了一只。心里又怕小姑娘等得着急,只好提着两只瓦灰色的野鸽满头大汗赶了回来。

这时候,小姑娘已经把饭做熟。郭祥对于这一套并不生疏,他把两只野鸽拿到泥里滚了两滚,就埋在灶火里。时间不大,就发出一阵阵诱人的香味。小姑娘知道这是款待她的,郭祥一望她,她就对这位叔叔不好意思地一笑。

估摸野鸽快烧好了,郭祥折了树枝儿,给小姑娘用小刀刳嚓了一双筷子;又从驾驶楼里翻出一包咸盐,在饭盒里的小菜盘里沏了一点盐水;然后从火里扒出野鸽,扯去泥皮,让小姑娘蘸盐水吃。小姑娘虽然很饿,却无论如何不肯先吃,还把野鸽蘸了蘸盐水,送到郭祥的嘴边。等郭祥咬了一口,她才不好意思地一小口一小口地吃着。

他们互相劝让着,争执着,把司机给吵醒了。司机从屋里揉着

眼打着哈欠走出来,用惊讶的眼光打量了小姑娘一眼,说:

“这是从哪里跑来的小丫头呀?”

小姑娘连忙有礼貌地站起来,文文雅雅地给司机叔叔施了一个鞠躬礼,然后把野鸽用手举着送到司机的嘴边。

“吃吧,你就吃吧,”郭祥满脸是笑地从旁劝说,“你要不吃,小姑娘是不肯吃的。”

司机只好咬了一小口,小姑娘才满意地笑了。

小姑娘吃完饭,已近中午。郭祥同司机因为过于困倦,直睡到下午三四点钟才醒。醒来时,小姑娘已经把饭做好了。满满一盒热饭在火上煨着。小姑娘却坐在大门外,像哨兵一般睁着警惕的眼睛,给他们看守车辆哩。

两个人又感动,又不安。郭祥说:

“你看,我们本来要照顾她的,她倒成了我们的小炊事员儿了。”

“不简单! 不简单!”司机也赞不绝口地说,“这样的孩子,将来长大肯定是有出息的。”

三个人正围坐在屋里吃饭,忽的一架敌机贼一般地哇的一声从头顶上飞过去了。

接着,在不远的地方,响起一阵咕咕咕的机关炮声。

小姑娘立时站起来,打着手势,要她的两个叔叔卧倒。

“伊留奥不梭①!”郭祥摇摇头笑了一笑。

小姑娘见他们满不在乎的样子,急得用汉语说:

“叔叔,不行! 不行!”

一面说一面用小手想把他们捺倒。

郭祥知道这孩子并不是出于害怕,而是担心两个“叔叔”的安

① 朝语:没关系。

全，就笑着对司机说：

“我看咱们还是乖乖地服从命令吧，别把小姑娘给急坏了。”

说着，他拉了司机一把，两个人就乖乖地躺下来。

小姑娘点点头，非常满意地望了他们一眼；然后手扶着门框观察着敌机的行动。

敌机在附近盲目地扫射了一阵飞走了。

黄昏，司机刚把卡车开出门洞，小姑娘已经抢先坐到驾驶楼里，满脸笑吟吟地准备上路。

“小姑娘，你要到哪儿去呀？”郭祥手扒着车门问她。

小姑娘没有听懂，仍然微笑地点了点头，招呼郭祥赶快上车。

“不行啊！”郭祥摇摇手，“我们是要到前方去的。”怕她听不懂，又做了一个打枪的手势，说：“砰砰砰砰！”

“砰砰砰砰，顶好！”小姑娘拍着手笑着。

那位上海司机把手一摊，说：

“瞧，糟啰！”

小姑娘看见他为难的神色，先是一怔，接着哇的一声哭起来。一边哭一边说：

“我的吉比的没有，我，叔叔的一块儿！……”

她指指郭祥，指指自己，把两个手捏在一处。

郭祥掏出手绢给她擦着眼泪，心中犹豫不定。

“快决定吧，”司机说，“你把她带到前方去能行么？”

“丢在这里也不行啊！”郭祥皱着眉头说，“她这么小，晚上一个人钻到草窝里，要是碰上坏人可怎么办？”

说着，他跨上车，把车门咔地一关，说：

“走吧！”

小姑娘一下攀住他的脖子,笑着,把温热的眼泪流到他的肩头上去了。

卡车徐徐开出门洞。前面远处,敌机投下的照明弹已经在天空挂起。在苍茫的暮色里,他们又踏上了新的征程。

第四章　家

车到军后勤，已是拂晓时分。郭祥唯恐赶不上执行任务，早饭也不及吃，就同朝鲜小姑娘匆匆上路。早上，春寒袭人，郭祥把军大衣给她披在身上，大衣拖着地，踢里拖落的，赶到连队时，太阳已经老高了。

在市边里附近的一条山沟里，郭祥好不容易打听到自己的连队，哨兵却不许他进去。这位来自四川的新战士，态度十分认真，对他进行了再三的盘查。老模范在屋里探头一望，见是郭祥，慌忙跑出来，把郭祥的两只手都攥住了，说：

“真想不到是你呀，嘎子，你回来啦！”

戴眼镜的文化教员大李和朝语联络员小李，也从屋里跳出来，向郭祥打了一个敬礼，抢着同郭祥握手。一边说：

“连长，我们可把你想坏了！”

老模范转过脸对哨兵说：

“你们不是天天吵着要向郭连长学习么？这就是他！”

哨兵恭恭敬敬向郭祥行了一个持枪礼，用钦慕的眼光注视着他。

老模范拍拍那个四川战士异常厚实的膀臂，对郭祥高兴地说：

“你瞧瞧，咱们这四川兵怎样？他们都是经过剿匪反霸、土地改革来的，觉悟高，能吃苦，一提打仗就嗷嗷叫。别看这些小敦实个子,扛着大木头爬山,你空着手都跟不上! ……我保你到时候带得上去!”

“好,好。”郭祥乐得眉开眼笑,又问,“老家伙们都从后方医院回来了没有?”

“差不多全回来了。”

“花正芳呢?”

“回来了,现在是一班班长。”

“大个子呢?”

“乔大夯现在是机枪班长。他们演习去了,等晌午你就全看见他们了。”

文化教员大李插嘴说:

“现在老模范当了咱们的指导员了。疙瘩李也回来了。孙亮营长调到咱们营了。”

郭祥十分高兴,笑着说:

“看这阵势,又可以干个痛快的了!”

小姑娘规规矩矩站在郭祥身后,文雅地微笑着。她见郭祥同这些叔叔握手,也走上去向每个人鞠躬,还温柔地说:“朝斯米达[1]!”“朝斯米达!”

老模范拉着她的手,抚摸着她那乱蓬蓬的头说:

“这小姑娘是从哪儿来的?”

“一个孤儿。”郭祥叹口气说,“她非跟我来打美国鬼子不可。这可怎么办哪? 真让我犯了愁了。”

大家走进屋子,老模范拉着小姑娘的手坐在自己身边。

“别犯愁,暂时先把她安插在伙房里。”老模范说,“现在好多连

---

① 朝语:好。

都收养了孤儿，也都是这个办法。"

"能照管得好吗？"

"咱们四次战役前就收容了一个。后来托人送回祖国去了。临走，全炊事班都舍不得他。老吕头那么大年纪，哭得像个泪人儿似的。孩子吃喝没问题，衣裳破了，粗针大线的，我也能缝几针。孩子在外面，没人管，饥一顿，饱一顿，夜里连个睡觉地方都没有，如果再碰上坏人，可不是玩的。跟着咱们，凑合着，虽说享不了福，怎么比流浪也强。"

"打起来，可怎么办？"

"现在的事，走一步说一步吧。"老模范叹了口气。

小姑娘非常聪明，她从大家的眼色里看出是在说她，紧紧握着老模范的手说：

"叔叔！这里能收我么？"

小李把她的话翻译过来。老模范连声说：

"收！收！"

小姑娘眼里流着幸福的泪水，一头扎在老模范的怀里。

住在隔壁的炊事班，听说连长回来了，放下切菜刀、擀面杖，一窝蜂似的赶来。他们鞋也没脱就闯到屋里，向郭祥敬礼，握手，把郭祥围了个风雨不透。

炊事班长老吕头，赶迟了一步，钻不进来，在门口挥着两只面手喊：

"这连长就是你们的啦！让我握握手行不？"

郭祥连忙从人头上把手伸过去，同他握手，亲热地说：

"老班长，你身子骨儿还挺好哇，关节炎又犯了没有？"

"不毬咋的！"老吕头神情豪迈地说，"犯了几回，让我一挺就挺过去了。”

“看精神多好!”郭祥伸起大拇指称赞着,“你真成了老来红了。”

老吕头笑得满脸皱纹像开了花似的,说:

“我有什么不乐和的!”他晃晃两只面手,“你算算咱们红三连得了多少面奖旗!临津江边开授奖大会,军政治部主任亲自给咱们发奖,我掰着指头一算,红军时代不说,咱们连已经得了三十二面奖旗!我一听人们说:‘这红三连就是不简单哪!’乐得我这心都飞到云彩眼儿里去啦。油担子往肩头上一放,就像没有分量似的!”

“别人越这么说,咱们连可越不能骄傲!”老模范插嘴说。

“指导员,我不过说说我这心里的乐和劲儿。”老吕头笑嘻嘻地分辩着。

老模范说:

“老吕头,有一个任务,你愿意接受呀?”

“什么任务?”

老模范指指朝鲜小姑娘,说:

“这是连长带来的一个孤儿,把她托给你收养着吧?”

老吕头瞅了小姑娘一眼,犹犹豫豫地摇了摇头。

“怎么?”

“不行。”老吕头又摇摇头,“上次你们把小朴那孩子交给我,刚热乎乎的,你们就愣把他弄走了,弄得我心里空落落地难受了好多天,情绪老转不过来。……”

老吕头说着,连眼睛都潮潮的了。

老模范微笑着说:

“要是你不愿意，我就把她交给别的班里。”

“就放在连部吧！我照看她。”联络员小李接上说。

“你？”老吕头斜了小李一眼，“毛手毛脚的，你照看得了？”

说着，老吕头已经磨蹭到小姑娘身边，蹲下来，抚摸着她那乱蓬蓬的头，用朝鲜话心疼地问：

“你几岁了？”

“老爷爷，我十岁了。”

“你叫什么？”

“白英子。”

“你出来多少天了？”

“记不清了，好多好多天了。”

两个人用朝语流利地问答着。然后，老吕头叹息了一声，对大家说：

“这孩子出来至少有个数月了，你看这头上脏的！衣裳挂破了，伤口也没有换药。”

他拉着小姑娘的小手站起来，说：

“走，英子，跟我到伙房先把脸洗洗！”

说着，拉着白英子的小手走出去了。

老模范望着老吕头的背影微笑着。

郭祥惊讶地说：“这老吕头会的朝鲜话还真不少哪！”

“要论说朝鲜话，除了联络员就数他了。”一个炊事员说，“以前小朴那孩子在这里，两个人一天到晚说个没完，可热乎着哪！”

炊事员们渐渐散去，老模范反复地端详着郭祥，带着几分怀疑地问：

“你这伤倒是好了没有？”

“不好,人家就让我出来啦?”郭祥一笑。

“不准!”老模范说,“瞧你脸色黄得厉害。”

“你瞧瞧去,后方医院全是这个脸色。”郭祥说,“在那地方,好人也得给憋坏了。”

老模范碰碰他的肩膀,悄声说:

“你说实的,是不是开的小差儿?”

“小差倒是没开,”郭祥把他那黑眼珠骨碌一转,笑着说,“就是临走时候,没有通知他们。”

“你看你看,我就知道这里头有鬼!”老模范用手一指,然后批评说,“这可是你的老毛病了。要让连里同志知道,这影响够多不好哇!”

“下次,下次一定注意。”郭祥故意低下头说。

“又是下次!我看你这次怎么向上级交待。”

“帮帮忙!你去替我说说。”

“要说,你亲自说去!”

“你这个指导员可真厉害。”

“就是要憋憋你才行!”

老模范神色极其严肃,把头歪在一边。郭祥扑哧一笑,掏出来一个信封,规规矩矩往小炕桌上一放,说:

“这一回,你可憋不住我喽!”

老模范展开一看,又是介绍信,又是出院证,又是鉴定表,就用手指头戳着他说:

“真是嘎家伙!你还找我寻开心哪!”

“别说这,”郭祥洋洋得意地说,“你先瞧瞧我的鉴定!”

老模范展开鉴定表,离得远远地笨笨磕磕地读道:

该同志于一九五〇年十一月入院。在休养初期，一般表现尚好，能安心休养，遵守院规，并能帮助护理重伤员，给重伤同志端大小便，帮助护士打扫病房，尤其突出的是能够在伤病员中开展文化娱乐活动，起到了活跃情绪的作用。曾获得本院多次口头表扬，并准备选为模范休养员。但该同志在后期没有再接再厉，出现了严重的不安心现象。虽经再三说服，仍然固执己见，态度很是主观。该同志回队后，望领导上多多加强教育。

老模范念完鉴定表，笑着说：

“进步肯定是有，就是没有坚持到底。”

“我的老天！”郭祥说，“坦白说，我这一辈子，能抓上这么一张鉴定表回来，已经很不易了！”

两个人都朗声大笑起来。

满满一盆面条汤已经端来。小姑娘也回到连部。郭祥一看，小姑娘像换了另一个人，手脸脚丫洗得干干净净，更显得秀气了。头发也刚刚洗过，还没有干，发出一股肥皂的香味。她的脏污的小褂和裙子已经脱去，穿着一件异常肥大的军衣，挽着袖子，拖落到膝盖上。她满脸是笑，一跳一蹦地走进屋里，坐到郭祥身边。

“刚才，那个老爷爷可太好啦！”她说，“我以后就跟着他吗？”

老模范和郭祥笑着点了点头。

“这就是我们的家吗？”

“对！这就是我们的家！”郭祥笑着说。

“还发给我枪吗？”

“以后打仗，我缴一把小手枪给你。”

郭祥让小李把话翻给她。

小姑娘的脸笑得像一朵花似的,把筷子一放,说:

“叔叔,我给你们唱一支歌儿吧!”

说着,她立起来,用她那极不熟练的汉语唱着:

东方红,太阳升,
中国出了一个毛泽东……

她那细嫩的带着奶腔的声音,唱得老模范和郭祥的心里热烘烘的。

饭后,郭祥站起来,要去团营报到。老模范拦住他说:

“你等一等!咱们连新来了一个同志,天天念叨你,说你们是自小的朋友,已经十多年没见过面了。他说,你一回来,就马上告诉他,他还给你带着一封重要的信哩!”

第五章　新来的老战士

“这倒是谁呀?”郭祥仰着下巴颏儿纳闷。

“你想想看,”老模范笑着,“他一来就说:这个臭嘎子在这儿当连长啦！嘿,他同我在桃园里偷过桃儿,梨园里偷过梨儿,大洼地里拾过柴,泥坑里摸过鱼儿,大河里打过水仗,庄稼地里捉过蝈蝈儿,秋天扫树叶,春天吹柳笛儿,还钻在草窠里合吃过一个蜜蜜罐儿……你说是谁?”

郭祥笑了,笑得怪迷人的。他说:

“是齐堆吧?”

“对啦。”

“这小子！他不是复员了吗?”

“是呀,”老模范说,“他说:诸位是盏长明灯,小弟是块烂火石。不用我,把我放到墙旮旯里,我也不埋怨;要用我,敲打几下,我也能点个火儿,冒股烟儿。”

“这小子,怪话连篇!”郭祥笑着说,“他来以后表现得怎么样?”

“不错,着实不错!”老模范满意地说,“来了不多天,人们就奉送了他两个外号,一个叫‘大肚皮’,一个叫‘钻探机’。”

“什么意思?”郭祥有兴趣地问。

“是这么回事,”老模范解释道,“他这人文化程度不算很高,可肚子像个大仓库,玩意儿实在不少。他能给大家说三国,讲西游,说起革命故事，更是没个完。还能说相声，编快板儿，编小剧儿。各种乐器都能摆弄几下，尤其笛子，吹得忒好。来了不几天，人就选他当了俱乐部主任。走到哪儿，活跃到哪儿。再加上小罗这个‘文艺工作者’，现在咱们连比起三营还活跃哩！”

“怎么又叫他‘钻探机’呢？”郭祥笑着问。

“他这人的钻劲可真不小。”老模范说，“不管遇上什么难题儿，他把眉头一皱，说：‘来，研究研究！’你比如，他一听说小钢炮和花正芳打坦克负了伤，他就吃了心儿，非研究出打坦克的办法不行。凡是遇上敌人被打坏的坦克，他就像被粘住了似的，左看看，右瞧瞧，还钻到坦克里，一摆弄就是大半天，连饭都忘了吃……你的钢笔、手表、打火机出了毛病，只要让他瞧见，你别请他，他非给你修好不行。嘿，你去瞧瞧他的挎包，不是钳子，就是镊子，不是螺丝钉，就是螺丝母，说不清从哪儿来的那么多杂七麻八的零件！一到休息时间，他那儿就成了修理铺啦！”

“这小子！他比我从小就有耐性。”郭祥笑着问，“他这会儿在哪儿哪？”

“他领着一个班，正练习打坦克哩！你等着吧，晌午就回来了。”

“不，我马上去看看他！”

郭祥立起身来，问明地点，就沿着山径向沟口走去。

走出二里多路，郭祥看见公路附近停着一辆被击毁的白五星坦克。炮筒和机枪早已经被人拆卸走了，四外长着乱蓬蓬的杂草和几枝盛开的金达莱花。

有一个战士正在草窠里向坦克匍匐前进。其余的七八个人在旁边注视着。

坦克里不时地发出一阵密集的敲小洋铁桶的声音。

当那个战士快接近坦克的时候,坦克里的敲击声更稠密了,紧接着发出一声威严的喊声:

“停止!”

那个战士还在继续爬行,一扬手,把一个大石块,“当”的一声投在坦克的尾部。

“不行！你阵亡啦。”坦克里说,“你仔细研究一下坦克的死角在什么地方。重来!”

那个战士只好离开坦克,又从新的角度匍匐前进。

郭祥悄悄站在旁边,没有惊动他们。但是一个老战士发现了他,对着坦克兴奋地叫:

“班长！连长回来啦!”

“什么？你说什么?”坦克里问。

“郭连长回来啦!”

只见坦克的顶盖打开,钻出一个身材低矮但十分粗壮的战士。他肩宽背厚,浑身上下一般粗,乍一看,活像一枚大炮弹似的。使人感到,他浑身蕴藏着使不完的精力。

他扑通跳下坦克。望着郭祥,滚圆的脸盘上充满欢乐和惊奇的表情。

“真是你呀,嘎子!”他忘情地喊了一声;又嘿嘿一笑,“这样叫,对首长太不尊敬了吧?”

郭祥在他那厚实的胸脯上一连擂了几拳,才握住他的手说:“你这家伙！旧意识倒不小哩。”

郭祥和战士们一一握手,嘱咐他们继续演习。然后同齐堆坐下,掏出大烟袋荷包,卷起大喇叭筒来。

他一边卷烟,一边歪着脖儿笑着,望着他小时候的伙伴,把一支足有一拃长的大喇叭筒,递给齐堆:

“你这小子,不是复员了吗?”

“又把我给号召来啦!”齐堆点着火,笑了一笑,“我这人只有干‘土八路’的命儿。一九四五年大反攻,号召参军,我干了没有几个月,说是和平了,让我复员了。一九四八年,迎接全国革命的新高潮,号召参军,这次还好,我干了一年多,从北方打到南方,又把我选成复员的对象。指导员找着我说:‘齐堆!你复员吧!’我说:‘干吗让我复员?’指导员说:‘现在胜利了,国家要开始建设了,参加建设也是非常光荣的!’我说:‘指导员,这身军装,我还想穿几天,把我这份光荣让给别人行不?’指导员说:‘这就不太好啰!你是共产党员,应该起带头作用。’好,我只好领了几百斤粮票,卷铺盖卷儿回家。临走那天,敲锣打鼓地欢送,一帮小青年还在我耳朵边喊:‘响应号召是光荣的!回去参加建设是光荣的!’我回家把铺盖卷儿一放,还不到三个月,就又动员抗美援朝。杨大妈跑到我家里说:‘齐堆!你倒怪沉住气。现在大伙都参军到朝鲜去,打美帝,打国际反动头子。这可不是平常事儿,比过去还光荣哩!’我这就又背上挎包来啦。临走那天,又是骑大骡子大马,敲锣打鼓地欢送,人们还攥着拳头喊:‘响应号召是光荣的!参加抗美援朝战争是光荣的!’……你瞧,不到几个月,我就光荣了两次,还白赚了公家几百斤粮票!”

说得郭祥叽叽嘎嘎笑了一阵。

“你别笑!”齐堆说,“你们这当首长的,关心我一点好不好?别到时候又把我‘光荣’回去。”

“你别得了便宜卖乖。”郭祥鬼笑,“你的收获也不小哇!”

“什么收获?”

“你怎么明白人装糊涂呀?”

“哦哦,你说的是个人方面吧?”齐堆哈哈一笑,“不错,是找了一个对象。你怎么听说的?”

“不光听说,还见过哩。”

“瞎说!”

“你说,是不是梅花渡的?”

“对呀!”

“你说,是不是叫来凤的?”

“对,对呀!”

“你说,是不是高鼻梁儿,说话像打机关枪似的?”

“对呀! 对呀!”齐堆惊奇地说,“你真见过?”

“当然。”郭祥说,“这次家去,我们俩就伴坐车走了一道儿。这姑娘可真不错。前些时大妈来信了,说给你介绍的就是她。”

齐堆立刻笑得嘴都合不住了。

“老实说,我压根儿也没敢想这样好条件儿的。”齐堆说,“你知道,我爹眼又瞎,脾气又倔。家里三间小破北屋,大雨大漏,小雨小漏。我自已本身更没有啥条件儿。我想,不管丑俊,找上一个,能伺候伺候他老人家,做做饭看看家也就行了。哪知道杨大妈心气高,一介绍就介绍了她。我一看这闺女,思想进步,作风朴实,聪明伶俐,人才出众,还外加敢想敢干,别说三里五乡,就是全县也难找。我对大妈说,这可万万不行。在这个问题上别犯主观主义。真是做梦也没想到,人家痛痛快快就答应了。我真是唱了一出《花子拾金》,觉得她简直就像是从天上掉下来似的! ……”

“这关系最后定下来了没有?”郭祥笑着问。

“你听我说，”齐堆兴奋地讲下去，“没有这事的时候，我饭也吃得香，觉也睡得甜。她这一答应，倒弄得我坐不定，立不安，老觉着，她非迟早从我手里飞了不行。说话这就到了抗美援朝。有天傍晚，她去找我，一见面，就跟我谈形势。我一瞅，她是来搞包围迂回的战术儿。我就说：‘来凤同志，你别绕弯儿啦，你是不是想来个送郎上战场呀？’她扑哧就笑了。我说：‘来凤同志，你瞧我这背包带子、小挎包儿、小洋瓷碗儿，还有黄碗套儿，一点儿都没有丢，早就准备着哩。什么时候报名，我拍屁股就走。’她就说：‘齐堆同志，看样子，我还是真没看错了你。你有什么顾虑，也跟我谈谈。’她这一问，我就不言语了。我齐堆穿上军装当战士，脱了军装当民兵，从小儿就是从枪子儿里钻出来的。既不怕苦，也不怕死，打美帝更是一件乐和事儿，我有什么可顾虑的！可是别的方面，我确确实实地不放心。第一，她虽说答应了这件婚事，可是并没有过门，我把这个孤苦伶仃的瞎爹靠给谁呢？第二，我们俩简直谈不上什么恋爱过程，时间短，感情浅，再加上她人年轻，条件好，这婚事她妈本来就不赞成，我这一走，还不是鸡飞蛋打！……她见我不言语，一个劲儿追问我，我就把头一个顾虑说了。谁知道人家爽快得很。她说：‘老大爷的事儿，你就放心。凤凰堡、梅花渡一拃拃远，我腿脚又快，两头照顾着点儿。保证老人不能受制，地也不能给你荒了。’我说：‘这怕不行。你娘就你一个闺女，家里地里的活儿都指着你；再说，咱们这儿的风俗还有些落后，一个没过门的闺女跑来跑去，还不叫人把牙给笑掉么？’听到这儿，她把脖子一扭，说：‘你走你的，别管这个。前怕狼，后怕虎，什么事也干不成。光听蝲蝲蛄叫唤，你就别种地了！’”

“嗬！这姑娘可真有点儿革命的劲头儿！”郭祥满口称赞地说。

“可是，我把人家的觉悟性给估计低啦！”齐堆满带自我检讨的口气说，“开头儿，我只看她模样儿强，没想到人家的心眼儿更强。我承认这方面又犯了主观主义的错误。她追问我还有什么顾虑，我这第二个顾虑，张了张嘴儿怎么也说不出口。最后还是人家说：‘你是不是对我有点儿不放心哪？’我就笑着点了点头儿，说：‘也不能说不放心，不过，你这条件儿高，我这条件儿低，我总觉着不那么般配。’人家一听，长叹了一口气，说：‘嗐！你这个人哪！我原先怎么答应的你：我一不是图你的房，二不是图你的地，我就是图你那为国为民的一片心！’她还说：‘要不是共产党、毛主席领导得好，要不是你们解放军南征北战，我个穷丫头哪会有今天！我不能亲自上前线一枪一刀儿地拼，自己就够难过的了，我还能变心吗？……’说着她就哭啦。几句话胜过开山炮，震得我那心晃晃动，我那不值钱的泪珠子，就呜噜一下子不分个儿地掉了下来……”

“不简单！这姑娘不简单！”郭祥一连声地赞叹着。

齐堆停了好一会儿，才接着说：

“有些话你听了就忘，有些话能叫你记一辈子。来凤同志这几句话，就像是拿刀刻在我这心上似的，什么时候一想起来，就格外叫人长劲。过了不几天，我就戴着大红花骑着大骡子走了，她就在人群里舞着红绸子扭着秧歌送我。我这心轻松得不行，一个劲儿地想：快！早一天赶到前线去！见了美国鬼儿，我要像砍瓜切菜似的干它一场。”

说到这里，他望了望战士们，看是不是在注意他；然后往郭祥身边凑了凑，压低声音说：

“嘎子，我跟你说，我不来是不来，一来就是有决心的……现在，你是我的领导了，可不能忘咱们原来的关系。嗯？你明白我的意思吗?"

"什么意思?"郭祥笑哈哈地问。

"你看你看,你这个人!"齐堆说,"这话就够明白了嘛!"

"你是不是说,以后有什么重要任务,叫我多想着你一点儿?"

"看,这话多丑气!"齐堆把两只手一摊,"你心里有数就行喽,干吗非把话说到这个家业!"

齐堆神情愉快,把烟头一扔,站起来说:

"咱们晚上再聊,我先照顾他们演习去!"

"你不是找我有重要的话么?"

"刚才不是说啦,"齐堆用两个手指头一捏,笑着说,"最重要的,也就是那么一点儿!"

郭祥笑了笑,又问:

"你给我捎的信呢?"

"是这么回事儿。"齐堆又坐下来说,"你妈叫我给你捎个信,说她身子骨挺好,叫你不要结记她。"

"我妈的身体是挺好吗,齐堆?"

"是很好,临来还跟我说了老半天话呢!"

"她的眼不大好使,"郭祥抱愧地说,"临走,我说给她买副老花镜也没有买。"

"杨大妈也叫我给你捎个口信,"齐堆说,"她正在家带头儿组织农业合作社哩。"

"什么,合作社?"

"对,就是咱们过去常说的集体农庄。"齐堆解释道,"自从你们走了以后,大妈可是苦恼了一个时期。她说,孩子们都到前线打仗去了,我这把老骨头可该干点儿什么。以后县委指示她:试办合作社。这可投了她的心思,她就扑着这个目标儿,不顾命地干起来啦。这可是平地起凸堆,要从没有脚印儿的地方踏出一条路来。”

“你看,有门没有?”郭祥兴奋地问。

“难哪!”齐堆叹了口气,“咱村儿的情况,你知道。这事儿一提出来,就有好几个村干部抵抗。尤其是李能那小子。把大妈的头发都快愁白了。依我看,她这工作比打美国鬼儿还困难哩!”

一提起凤凰堡的情况,郭祥顿时神色严肃,夹杂着一些愁容。停了半晌才说:

“临来大妈说什么啦?”

“她怕你分心,叫我不要说这些困难。”齐堆说,“她叫我告诉你:不管怎么样,她要和群众一道把社办成。绝对不能叫村里的贫农、军属、烈属没有饭吃。她还说:孩子们在前线打仗流血,我就在后方办社会主义。我不能等孩子们回来,空着两只手儿去见他们!”

齐堆钻进坦克同他的战士们演习去了。郭祥一边看着战士们向坦克匍匐前进,眼前却不断浮现着杨大妈坚毅的身影。仿佛看见她穿着破旧的蓝布褂儿,披着满身风尘,正精神抖擞地行走在故乡的风沙里……

第六章　家乡早春

当朝鲜的山巅还留着积雪的时候，家乡的平原上，已经透露了早春的信息。

平原上，春天风大。往往黄沙漫天，有时候把窗户纸都刮得成了暗红色。村头上刚刚吐芽的柳树，院墙外结着密密红骨朵的杏花，还有刚刚返青的麦田，全笼在黄黄的风色里。

提起春天，人们会立时想起暖暖的风，细细的雨，红红的花，绿绿的草，平静无波的春水与和煦的太阳。多少年来，人们把春天比做软绵绵、懒洋洋的女神，仿佛她刚刚午睡醒来，带着一脸温柔腼腆的微笑。其实，生长在中国北方的人们，很难有这种体会。他们觉得，春天，倒更像是一个远途跋涉的风尘仆仆的战士。不错，她有着女性的温柔，但是她却更具有着战士的灵魂。

春天，究竟是什么时候来的？这很难讲。可以肯定，并不是柳绿花红的时候，而是比人们的感觉更早。在千里冰封万里雪飘的严冬，她已经在衰草的下面和枯枝的里层孕育着强大的生命；她已经在人们看不见的地方，磨好了辉煌的长剑，束好了绿色的战裙。当人们远远望见河岸的柳丛现出一片若有若无的淡淡的绿烟的时候，她已经不知经过多少次搏战了。至于芳草遍地，繁花似锦，不过是她献给人间的战果，却不是她开始来临的时日。

夺取阵地，要经过勇猛的冲击；巩固阵地，更要作顽强不息的战斗。尤其早春天气，这是春天的暖流同寒冬的余威相互搏战最激烈的季节。因为严冬的余威并不愿退出阵地，而春天却一心要占领人间。这时候，欲暖乍寒，忽晴忽雨，正说明它们的鏖战互有得失，胜负难分。在早春的夜晚，你听那彻夜不停的风声吧，一时高，一时低，一时传出千军万马的呼喊，一时传出鼓角的激鸣，这就是对垒的双方进行着你死我活的反复的搏战。

大风刮了整整一夜。大妈一宿没大合眼。成社的事一直压在她的心头。自从她同小契“取经”回来，就同本村几户贫农和烈属进行了商量，平素比较知近的几家都很赞成。她的心气儿很高。可是同李能一说，他却很不热情。他推脱说：要等支部书记王老好回来，再开支委会讨论。等王老好回来，他又不肯照面。直到昨天晚上，在家里挤着他，才哼哼吱吱地答应今天参加开会。现在连开一个支委会都这么困难，大妈怎么会不难过！加上夜里风大，窗户纸一直呼哒呼哒地响，弄得一夜也没睡成。

早晨起来，大妈一看，窗纸已被风吹破，窗台上，炕上，破旧的被窝上，细白的沙土落了厚厚一层。外屋从门缝里灌进来的沙土更多，整整打扫了大半簸箕。院子里被风吹落的干树枝子，乱纷纷地落了一地。

大伯一起，就披着破大袄挎起粪筐，到外面拾粪去了。大妈把大乱也轰起来，让他到外面捡干棒去。

破旧的风箱呼哒呼哒地响着。大妈一面烧火做饭，一面想着心事。她想，预定今天召开的支委会，无论如何要把它开成。尽管大能人答应得很好，大妈还是很不放心。她匆匆把菜粥做好，也顾不上吃，就到李能家里去了。

大妈每次跨进李能的大黑梢门，都引起一阵不快。因为她发觉，自从李能改建了他那镶着大玻璃窗的房子之后，并不喜欢人们进去。他们一见人来，就匆匆忙忙地迎上来，表面往屋里让，其实是拦住你的去路。好像你的穷气会扑了他似的。因此，大妈一进梢门，就停住脚步。果然，明晃晃的玻璃窗后面人影一闪，李能的媳妇早三脚两步抢出来了。

“婶子，你屋子里歇着吧。”她正正地截住大妈的去路，又说，“你侄子刚走！”

“刚走？”大妈急问，“到哪儿去啦？”

“到飞龙镇集上去啦。”

“不是说好了要开会吗？”

“他说，叫你们先开着。他有急事儿。”

大妈心里十分有气，当着他媳妇的面又不好发作。

“婶子，你不到屋里歇一会儿？！”李能的媳妇虚假地让了一让，就回到那个有大玻璃窗的房里去了。

大妈愣了愣，只好走出那个大黑梢门。

“不开不行！”她愤愤地想，“你就是条泥鳅，我也得把你抓住！”

她决定，立刻到飞龙镇去。

傍明时停息下来的黄风，现在又刮起来了。凤凰堡离飞龙镇虽只有十五里路，中间都是河滩，大风一起，黄沙滚滚，好像遮起一道黄色的帐幕，连几里以外的村庄都看不见。大妈的腿脚一向很好，连年轻人都跟不上她，这是她在游击战争年代，经常随着部队行军转移练出来的。但是，今天一阵阵扑面的风沙，打得她睁不开眼，她不得不走走停停，有时还得背着脸倒着迈步。足足走了两个小时，才听见飞龙镇嘈杂的市声。

这飞龙镇有两千多户，光街道就有二三里长，是方圆几十里有名的大镇；今天又逢大集，人特别众多，大妈一时哪里找得见他。她在人丛里挤拥着，串街过巷，直到傍午时分，还没有找到李能。大妈究竟上了几岁年纪，早上又没吃饭，觉得又累又饿，有点心慌。想买点东西充饥，身上又没有带钱。只好找到一个有井的去处，扶着人家的桶鋬儿喝了一肚凉水，坐下歇了歇，才觉得心里安定了些。

大妈心中气恼，正想回返，这时遇见凤凰堡一伙乡亲，说李能在牲口市买牲口哩，就立时站起身，向村北走。

大妈走了不远，望见李能牵着一匹明光锃亮的大黑骡子笑嘻嘻地迎面走来。他一走三晃，十分洋洋自得，连脚步都有些轻飘飘的。

"我的婶子，你怎么也赶集来啦?"他愉快地打着招呼。

大妈心里十分不满，反问了一句：

"你说我为什么来啦?"

"唉唉，我的婶子，你就多包涵着点儿!"他嘻嘻地笑着，又回过头去瞅了大黑骡子一眼，"我是实实在在来不及啦。我早就听说庞各庄这匹骡子要出手，要是晚到一步，过了这个村儿可就没有这个店儿啦!"

说着，他把大黑骡子往大妈身边牵了牵，拍了拍它那肥墩墩圆滚滚的屁股蛋子，满脸是笑地说：

"你瞧瞧这身架！这膘！浑身连根杂毛都没有，简直像黑缎子似的！你说咱全凤凰堡有没有这样一匹骡子？……依我看，比当年谢家拉轿车儿的那一匹还显着威势。你估估看，得值多少?"

大妈斜了一眼，没有答言。

"你估不准吧，"他笑了一笑，用手指比了个"八"字，"就这个数儿！我给他七百五十万[1]，那小子非要九百万不行。直嚷嚷了这

[1] 当时一万元，相当于币制改革后的一元。

么半天。说心里话,九百五十万也值。要是一块儿套上我那匹大青骡子、小黄骡子,拉一千多斤货,简直就像闹着玩似的。用不了几趟就挣回来了……呃,你再看看这口!”

他一边说,一边去掰大骡子的嘴。大骡子高高地仰着脖子抵抗着,回避着。

“娘的,你还不老实哩!”他骂了一句,终于使劲拉住嚼子,用强而有力的手把牲口嘴掰开,指着说,“你看,一点不错,还刚刚五岁口哪! 用上个十年八年不成问题。你,你再看……”

“李能!”大妈截住他的话头,忍住气说,“咱计划那会,你倒是开不开?”

“开呀! 开呀!”李能一连声说,“我再买根鞭梢儿,咱们马上就回。”

大妈只好忍着气跟着他。跑了好几个小摊儿,试验了好半天,才买了一根鞭梢儿,这时已经晌午错了。

大妈催李能快回,李能仰起脸看看太阳,眼珠儿骨碌骨碌转了几转,笑着说:

“婶子,你是不是先走一步,我保证随后赶到。”

“你还要干什么?”

“我跟你实说,你出来得晚,我出来得早,我一早起吃了两张小饼儿就起身啦。我这肚子饿得咕咕直叫。我先随便点补点补去,随后就到。”

大妈怕他再要什么花招儿,就说:

“你吃去吧,我等着你。”

两人来到饭铺门前,李能在一棵树上拴好骡子。李能虚假地笑笑,用一种既不失礼貌,而又决不是邀请的口吻让了一让:

“婶子，你不进去吃上一点儿?!”

说完这话，不等大妈回言，就走进去了。

大妈带着满头满脸的黄尘，饥肠辘辘地坐在店铺门外的石阶上。里面是锅勺的乒乓乱响，和一片嘈杂的说笑。她从眼角里扫见，李能满面红光高踞在座位上，守着一大盘肉，一锡壶酒，正在细斟慢酌，不慌不忙地吃着，一面津津有味地同一伙熟人谈着他今天再也离不开的关于大黑骡子的话题。大妈不由一阵难过，低下头去。她想起，土改以前一个风雪交加的夜晚，有人来告知说，村里有一个贫农饿倒在炕上不能动弹。那是谁?那就是在店铺里守着酒肉细嚼烂咽的李能。当时大妈立时取下饽饽篮子，兜了一兜红高粱面的饽饽，冒着鹅毛大雪，连夜推开他被大雪封着的屋门，把饽饽递到了他的手里，感动得他流下了一大把眼泪。“婶子，我是一辈子也忘不了你。”这就是他当时说的。土改时，他在村里当民兵，在大妈家里吃喝也从来不分彼此。而到了今天，他连虚假的谦让都不敢多说上一句。大妈忽然意识到，她和许多贫农同李能之间的距离，已经像隔着深远难测的云雾似的变得十分遥远了。

“再来一壶吧，李村长，”一个声音说，“人逢喜事精神爽啊!”

“不不，你们知道我的酒量。”李能说，“再来上半壶就可以了。”

大妈孤零零地坐在门台上，足足等了一个多钟头，李能才酒足饭饱、脚步蹒跚地走出来。已经过午多时。他一面从树上解下骡子，一面打着饱嗝说：

“婶子，劳你久候啦!”

大妈没有说话。她本来是一个性如烈火的女性，要搁平时她早就发作起来。但她一想，这很可能是李能的诡计，故意激起她的愤怒，把事情闹崩，以便使会议不能举行。想到这里，她用最大的克制力忍了下来。

两个人沿着河滩的大路,在黄色的风沙里向回走着。李能看来喝过了量,脚步歪歪斜斜,有些不稳。

"还是走快点吧!"大妈催促着说。

"我看你也忒着急了。"李能还击了一句。

老实说,李能心里也有点儿不大高兴。今天能买到这么出色的大黑骡子,在他看来,这不仅是自己历史上的一件大事,也应该是轰动全凤凰堡的大喜事。今天在饭铺里,连那些伙计,连那些外村人都对他这匹骡子赞不绝口,而大妈,这个平素关系不错的人,却自始至终不赞一辞。哼,谁知道她心里是怎样想的?如果不是眼热那才怪哩!想到这儿,他又想起一连串类似的事情,例如他置买第一匹骡子的时候,他置办大车的时候,他去拉山货回来的时候,他安装大玻璃窗的时候,他去天津、北京、保定买卖货物的时候,他添置土地的时候,他把用不完的钱借给别人的时候,都没有看见她表示出什么热情。甚至从大城市买一两件稀罕的物件回来,她都看着不很顺眼。而且不仅仅是她,连知近的乡亲都是这样。显见的,这些人都在内心里嫉妒他!讨厌他!甚至仇视他!然而,各人走各人的路,各家过各家的生活,谁不满意就让他不满意吧,谁嫉妒、讨厌、仇视,也都由着他们吧。他就是抱的这个态度。可是,最近呢,这个女人却忽然要组织什么农业合作社,究竟是什么企图,这不是明明白白的吗?哼,什么事想瞒过我大能人,这是办不到的!

他带着满脸愠怒,偷偷地横了大妈一眼。

两个人走了一程,李能终于发问道:

"婶子!我就解不开,这办社的事儿,三里五乡都还没有动手,干吗你抓得这么紧哪?”

“这是上级的指示。”大妈说,“走社会主义的道儿,抓紧点儿叫我看没有坏处。”

“没有坏处?”李能冷笑了一声,“你就不想想谁有这个经验!办社就这么容易? 这不是吹糖人儿,吹口气就成。”

“没有经验,我们就照着人家耿长锁的脚印儿走。要是不办,什么时候儿也没有经验。”

李能甩甩手,叹口气说:

“要想说服你可是真难。我再问你,你征求过群众的意见没有?”

“征求过了。”大妈说,“已经有十几户拍着巴掌赞成。只要咱们几户党员干部,拧成一股绳儿,一带就起,我看先成个小社儿没有问题。”

“你说的都是哪几家呀?”

大妈举出老秀、金丝、郭祥他娘、桂金、刘二奶奶,还有瞎老齐和小契等几家。没等大妈说完,李能就打了一个冷战,心里暗想:“果然不出我之所料!”接着,他从鼻孔里冷笑了一声,说:

“他们当然赞成。”

大妈瞪了他一眼,说:“你这是什么意思?”

“什么意思?”李能把嘴一撇,“你瞧瞧这些户! 不是孤儿,就是寡妇;不是瘸腿,就是瞎眼;不是馋鬼,就是懒汉;不是缺车,就是少马,全是两个肩膀扛着一个嘴的货。你要合你跟他们合去,要把我合进去我就不干。我知道他们是什么企图!”

“什么企图?”大妈愤愤地问。

“有人心里清楚。”李能又冷笑了一声。“这不是秃子头上的虱子——明摆着吗？他们就是想吃我这个肉疙瘩户，想从我身上解决困难，想叫我养活他们。干脆说，他们是想共我的产！”李能心里郁积的愤怒，再也抑制不住地迸发出来，“我早知道有人对我不满意了！我刚能吃上两碗饭，就有人看着不顺眼了！连我买双袜子，支个蚊帐，买个暖瓶，都有人看着眼气。我要问问是不是我李能再披上麻包片他们就高兴了？我再问，这革命到底是为了什么？是不是为了改善生活？为什么我的生活刚提高了一点点儿，他们就这么不满意我？你说说，这是不是合乎党的政策？……”

“革命是要改善大家的生活，不是改善你一个人的生活！”大妈打断他的话说，“办社是走共同富裕的道儿，不是谁想共你的产。我们都长着手，用不着靠你养活！”

“对呀！对呀！”李能说，“可是谁不让他们改善呢？那树上明明结着果子，他不去摘；一出门就满地是钱，他不去拣，那能怨谁呢？不错，我的生活是比别人高些，手里是比人们活泛些，可是我既没有偷谁，又没有抢谁，我是辛辛苦苦合理合法挣来的。土改那当儿，大伙一块翻了身，我比谁也没多分，谁比我也没少分。到现在，干吗有的好过，有的不好过了？你就拿小契来说，他跟我地一般多，人口一般多，我下的是什么辛苦，他下的是什么辛苦？他日上三竿不起炕，一天到晚换烧饼麻糖吃。等到他起炕时候，我早走出三四十里路了。我操的那心就别提了，你看看我这头，一年工夫头发就白了一半。到现在小契弄了个屁眼精光，我好不容易积攒了个家业，叫我跟小契合在一块儿，这不是共产是什么？对你明说吧，这办不到！我是贫农成分，我不是地主！”

他的嗓门高极了，还不断挥着手，像发表演说似的。连骡子都被惊得向后倒退了几步。

大妈再也抑制不住愤怒,用手点着李能说:

“李能！我看你也忒价地不知道害臊了。我问你,你还是个党员不是？土改以后,你就像个大皮球撒了气,你那革命性儿不知道跑哪儿去了。大伙的事儿全不在你心上,找你开个会,就像挖你二两肉似的。你跑买卖,投机倒把,放高利贷,倒是很积极。你走的是条剥削的道儿！你说你不是地主、富农,叫我看你是一个劲儿地朝这个道儿上走！村里的贫农,跟你说句话,你都爱答不理,把下巴颏儿翘得高高儿的！谁一进你的院子,你就把人拦住,怕沾上穷气。你哪里还像个党员？你说小契日上三竿不起炕,他为了全村不出事儿,一年到头夜里不敢合眼,别人不知道,你也不知道吗？你们一天大酒大肉吃着,小契买一两次死猪肉,你就在村里散布他的坏话,弄得全村老少都戳他的脊梁骨,说他是个懒汉。他死了老婆,按同志情义,你该借给他几个才是,不,你一个不借,到了把他的几亩地算计到你手里。这小契是一心为公,没有一点私心,倒是你叫鬼迷住了心窍。你说成社是贫农们共你的产,我倒想问问,你这‘产’是打哪儿来的？土改以前,你披麻包片那时候,你这大能人干吗不去发家致富？”

“你别动不动就用这话噎我!”李能愤恨地叫,“土改我分了巴掌大一块地,提过来提过去,倒成了我一辈子的短处了？”

“多提一提,叫我看有好处。”大妈驳斥道,“谁要好了疮疤忘了疼,那就该叫他多想一想。这成社就是为了叫咱们的子孙后代不再像你那样披麻包片。这不是要共你的产,这是叫大家走共同富裕的道儿。你说贫农们想靠你养活,想吃你这个肉疙瘩户,你想错了,这用不着！贫农们都长着手,都能土里刨食儿,用不着靠谁！你懂不懂,我们办的是社会主义！这是毛主席给我们指的道儿!”

大妈一派话,说得李能满脸通红。他的手指头索索地抖动着,恶狠狠地望着大妈。

“社会主义!共同富裕!说得好听!”他又从鼻子里冷笑了一声,“哼!叫我看是各人有各人的目的,各人有各人的企图!”

“你说我是什么企图?”

“你自己心里明白。”

“我不明白,你给我指出来!”

“嘿嘿,要叫我说出来,那就不好听了!”他冷笑着,把嘴一撇,“你是想在上级面前讨好,你是想显出你自己能干,你是想保住你的模范!你是觉着,这些年儿,你这模范叫上级扔到一边去了,谁也不提你了,你想把你自己再露出来!”

几句话,像鞭子一样重重地落在大妈心上,噎得她说不出话。

李能的脸上浮起胜利的微笑,又刻毒地加了一句:

“怎么样,婶子,我估摸的差不离儿吧!”

大妈气得浑身发抖,步态有些失常。

“好哇李能,我真没想到你坏到这步家业!我只能怨自己过去对你的认识太不够了!”她沉了一沉,又提高声音说,“你觉着什么话解恨你就说吧。我明白告诉你,这办社的事儿我是铁了心啦,你想用几句话把我打下去,这办不到!你知道,过去日本鬼子也没把我打击下去,国民党、蒋介石、地主、还乡团都没有把我打击下去,凭你李能想把我打下去,我看也不那么容易!……不管怎么样,今天的会是非开不成!”

两个人争辩了一路,一直来到支部书记王老好的门首。

什么时候都是心平气和的王老好,正坐在小黑门楼外面的门墩上晒太阳。他那本来就有些肥胖的身子,自从到北京他女婿那儿回来以后,显得更加肥胖了。

他听见两个人尖锐激烈的争论,显出很不耐烦的样子,懒洋洋地站起来,连连摆着手说:

“唉唉,我的老天爷,你们别争了行不?都是自己人嘛,好说好商量,有什么解决不了的?!你说说,让群众们听见了,显得多不好哇!嗯?”

“老好叔,”大妈指着李能说道,“你说他今天办的这事可对呀不对?”

“唉唉,”王老好叹了口气,“依我看,你们俩说得都在理儿。他大妈,你一心急着成社,是为了把咱村的工作搞好,想叫咱凤凰堡走到前头;村长呢,他是觉着现在条件儿不够,慢走一步,先看看再说,这样稳稳当当。我觉着也挺在理儿。”

“不不,”大妈接口说,“他是说咱们成社是要共他的产,是要吃他的肉疙瘩户!”

“共他的产?”王老好低着头考虑了一阵儿,犹豫地说,“这,这,这个说法恐怕有点儿不妥。可是大乱他妈,你也想想,李能这几年,又是跑里又是跑外,风里来,雨里去,挣起这么个家业,叫我看着实也不容易。你今天叫他跟那些穷户搅到一块儿,他心里也难免委屈得慌。你有你的好心,他有他的难处,我看你们俩都别走极端。”

大妈有些气愤,瞅着王老好严肃地说:

“老好叔!你抹了一辈子的稀泥,今天你还在那儿抹呀!按你说,我们俩都在理儿,有一个不对的没有?他说我成社是为了显显自己,也是对的?”

李能也不满地说:

“是呀,我们俩有一个不对的没有?大叔,她说我走的是资本主义的路,快成了地主、富农,这话也对?”

大妈和李能两边一挤,急得王老好直抓脖子,这是他遇到难题时的惯常表现。

“唉唉,你叫我怎么说?你叫我怎么说?”他显出极其为难的样子,“要说不对,依我看,你们两方面都似乎有那么一点儿不妥当的地方儿。不过,话说回来,谁又能没有一点缺点儿?你们俩都要多多包涵。他多说一句儿,他也长不了一块儿;你少说一句儿,你也少不了一块儿。你要叫我说哪个不对,我不能木匠的斧子——一边砍哪!你们说是不?”

大妈真气急了,指着他说:

“你干脆说,这社还成不成啦?”

“唉唉,你叫我怎么说呢,你叫我怎么说呢,”王老好又抓起脖子,“这事儿我也做不了主哇!嗯?你说是不?”

“今儿的支委会还开不开?”大妈又问。

王老好摊摊手叹了口气:

“这,这,这怎么开法儿?这怎么开法儿?要不再等几天,等大伙气都消了……”

这时远处一片声嚷,不一时,金丝一只手拿着鞋底气喘喘地跑来,对大妈说:

“大妈,快走!瞎老齐跳到井里去啦!”

“你,你说什么?”大妈急问。

“瞎老齐跳到井里去啦!”

“为什么事?”

“不知道。小契他们正在那儿捞他哩!”

大妈立刻向人声喧嚷的地方小跑着。王老好远远地跟在后面。李能牵着他的大黑骡子回家去了。他一面走一面带着怜爱的眼色望着他的大黑骡子，准备给它多多地加几把料，因为整整一天没有喂它，恐怕它早就饿得够呛了。

风声呜呜，黄沙弥天，看来并没有停息下来的样子。

第七章　来风（一）

大妈赶到出事地点，小契他们已经把瞎老齐打捞上来。幸而井里水浅，又救得及时，没有酿成重大事故。那瞎老齐已是将近七十的老人，虽然没有喝多少水，但井下水寒，捞上来时，冻得浑身直打哆嗦，光张嘴说不出话。

大妈叫小契赶快把他背回家里，换上干衣服，盖上被子暖着。待了好半晌，瞎老齐才慢慢缓过气来。问明情况，才知道是轮流给老齐挑水的李能不负责任，水缸里一点水也没有了，他急着做饭，就提了一个桶磕磕绊绊地摸到井上，结果失足掉到井里去了。

大妈想起自己作为军属代表，竟发生了这样的事情，不由一阵难受；想起李能处处妨害工作，又不免气愤。她一面吩咐金丝给瞎老齐做饭，一面又问瞎老齐说：

"老齐哥，梅花渡那闺女这几天怎么没来？"

"她来干啥？"瞎老齐倔声倔气地说，"我让她回去了。"

"干吗让她回去？"

"干吗？"瞎老齐扭扭脖子，"一个没有过门的大闺女，就南跑北奔的，三天婆家，两天娘家，你瞅着这个像话？"

"哎，你这个老脑筋！"大妈笑起来，"你不是有困难嘛！"

瞎老齐又把脖子一扭，愣倔倔地说：

"我自个儿克服！"

“还‘克服’呢，”小契哈哈大笑说，“你已经‘克服’到老龙王那儿去了!”

“我自个儿克服!”他重复说，还用他失明的眼睛瞪了人们一眼。

正在烧火的金丝也温柔地微笑起来。

“老齐叔这老脑筋，可不是一天半天了，”她温和地说，“我当姑娘那时候，他就这样儿。有一回，他家引弟跟我们一块儿唱歌跳舞，他在台底下冷孤丁地把烟袋锅子一伸：‘引弟！你给我下来！什么豆豆豆、索索索的!’”

“金丝，你别跟他算老账了。”大妈笑着说，“他那老脑筋，叫我看比我们家那个老东西还强多着呢。八路才来那时候，我已经是有了两个孩子的人啦，那老东西还死死地看着我。别说去开会，就是见你坐在门口做活儿，也不顺眼，动不动就把个死眼珠子一瞪：‘你，你为啥单单坐在这儿做活儿？你瞧谁哩?’你要是还他两句，他亮着鞋底子就打上来了。我开头儿怕他，没少挨他的臭鞋底子。后来，我的胆子就壮起来了，给村里报告，妇救会开会斗争他，儿童团到门口啦啦他，这才把他斗草鸡了，到底向我承认了错误。看起来这封建堡垒、老顽固，还得不断地攻着点儿！你一松劲，他那气就壮起来了。你说对不对，老齐哥?”

老齐知道大妈编法儿说他，心里不同意又不好当面反驳，只好相应不理。

“老齐哥，”大妈又笑着说，“到明儿我还是把梅花渡那闺女叫过来吧!”

“不，不用。”他斩钉截铁地说。

“总得有人做饭才行啊!”

“有米我就能下锅。”

“看,还挺哩!”大妈笑起来,“那地也该耕了,你能瞎摸着把种儿撒到地里去呀? 再说,你要出了三差两错,叫小堆儿在前方知道了,我们可怎么对得起他!”

瞎老齐不吭声了。

大妈回到家,天已经黑了。整整一天,就吃了这么一顿晚饭。第二天一早,又起身往梅花渡去。

梅花渡街当间,有一口水井。一个穿着素花粗布夹袄的姑娘,正在那儿打水。大妈眼尖,老远就瞅出那是来凤。大妈望着她那健壮而又秀气的背影,向她跟前笑眯眯地走着。走到她身边她还没发觉哩。人说这闺女像个假小子可真不假,只见她用扁担钩勾着桶鋬儿,三晃两摇,沉甸甸溜溜平一大桶水,就像闹玩儿似的提上来了。

“闺女,让我喝口水行不?”大妈在她背后逗笑地问。

来凤猛一转身,扬着眉毛说:

“咦,是你呀大妈! 你怎么来啦?”

“你不去嘛我还不来!”大妈笑着说,“闺女,这几天你怎么不到婆家去? 是不是害臊啦?”

“光明正大,这有什么可害臊的!”来凤带着气说。

“那你怎么不去?”

来凤把扁担哗啦一声往井台上一戳:

“我两头受制! 那边儿不让我待,这边儿不让我去!”

“怎么,你妈也不让你去呀?”

“可不。”姑娘有气地说,“有些人吃了饭没事儿,专门瞎唧唧。什么伺候个瞎公公咧,什么图房没房图地没地咧,什么开天辟地没见过没出阁的闺女跑到婆家去咧，多啦。我妈耳根子软，就不让我去啦……我把人家动员到前线去了，说的话不算数儿，我多对不起人哪！我将来怎么见人家呀！”

大妈把昨天瞎老齐失足落井的事，讲了一遍。来凤听了眼角湿湿的，好半天没有言语。接着哗啦一声，把扁担勾住桶鋬儿说：

“大妈，咱们快家去吧，你也帮我说服说服去！要是我妈不愿意，我就远走高飞，两个家都不要了。”

说着，她担上两大桶水，扁担儿颤悠悠的，一溜烟儿走在前面，脚步又轻又快，就像没有好多分量似的。

来凤家住的，正是过去许家地主的三间东房。一个黄瘦的女人正盘着腿儿坐在炕上纺线。炕下放着一架被烟熏火燎变成黑色的破织布机子，机子上有织成一少半的方格花布。来凤母女正是靠着几亩薄地和这架织布机子支撑着这个贫农的家庭。

来凤妈见大妈进来，显出并不十分欢迎的样子。只平平淡淡地说了一声“来啦”，就照旧低着头纺线。大妈见她心中不悦，就赔着笑脸说：

“嫂子，你也不歇一会儿，看把你累成啥模样儿啦！”

“光歇着，吃啥哩？”

来凤妈把纺车拧得嗡嗡直转，头也不抬一抬。

来凤斜了她妈一眼，正想发作，大妈使了个眼色，一跷腿儿坐在炕上，又笑着说：

“嫂子，你心里有什么不痛快的事儿，你就给妹子说说。我帮补不了你别的，姐妹们说几句贴心话儿，也能叫你心里宽绰一些。依我看，你守了大半辈子寡，可没少作难，在梅花渡也算个苦人儿了，要不是土地改革，还不定回得来呢。现时，苦日月总算熬出来了,孩子也拉扯大了,来凤又出落得这么好,你也该松松心,痛快痛快了。别为了值不值当的小事儿,愁坏了身子。"

纺车不转了,来凤妈的一滴眼泪悄然落在衣袖上。

"松心?我到哪儿找松心哪!"她神色凄伤地说。"几十年啦,我顾前顾不了后,顾左顾不了右,顾了家里顾不了地里。她爹头天死,第二天我就把小凤拴在枕头上,扛上小锄儿去耪小苗。头回下地,不知道哪块地是自己的,左问右问,到地里已经小晌午了。心里又惦着给孩子吃奶,一边哭一边耪,地垄沟可没少喝我的泪珠子。回来时候,心里迷迷糊糊的,又走到别的村子里去了。直到天黑才到了家,孩子已经哭不出声来,光能张着小嘴儿喘气。这孩子跟着我可没有享过一天福啊!……"她拾起破袄的前襟拭拭眼泪,"如今孩子长大了,我思谋着,怎么也得让她这辈子过个舒心日子,能找个人住到咱家,我早早晚晚也能见得着她。这下可好,一下就寻到了凤凰堡,还没过门,就得伺候个瞎公公!……她大妈,人都说你是个模范老婆儿,你为人做事,我样样儿赞成,可你干吗给我的孩儿找个瞎公公呢?……"

"你看,你看,又是这一套!"来凤有气地说。

来凤妈把手里的布缝往炕上一扔:

"我心里有话嘛,你还不让我说!"

大妈半真半假地瞪了来凤一眼,说:

"来凤,这就是你的不对了。老人家有话,你就得让她说出来。她一说出来,心里不就痛快了吗!再说,你听听你妈的哪句话,不是为了你好!"

来凤妈一听这话,气早消了一半,连声说:

"你可说的!你可说的!她要懂得这个不就好了?"

说着，大妈又连忙往来凤妈跟前凑了凑，亲热地说：

“嫂子，咱这闺女的亲事，你不知道我在心里虑过多少过儿了。人都说这个瞎公公不好，其实依我看，倒是睁眼的公公好找，瞎眼的公公难寻。怎么这样说？你瞧，这三里五乡，谁家里有那么有出息的小子？在家里是民兵英雄，在外头是战斗功臣，根底正，人才强，有胆有才，不说百不挑一吧，也是打着灯笼难找。再说她公公，眼是怎么瞎的？是为了咱们穷人瞎的。闹土改那时候，谢家小子带着还乡团，来抓领导土改的干部。干部跑不及，就藏到他家的堡垒里。咱们那亲家就让还乡团给抓住了，非让他找出堡垒口不行。咱们那亲家可不是软骨头，硬是梗着脖子一句话不说，气得还乡团要枪毙他。谢家的大小子说：‘枪毙，太便宜了，不如给他留个纪念。’就命令人抓了两大把石灰往他的眼睛里一捂，生生地把他的眼揉搓瞎了……嫂子，今天咱们那闺女伺候伺候他，既是应分该当，也是为咱穷人做一份好事，为在前线上的女婿尽一份心。你说咱们可有什么不乐意呢？”

来凤妈低下头沉了半晌，没有言声。好半天才说：

“我不是说，咱那闺女不该去伺候他；就是外人的话难听呀，人都说，开天辟地也没听说没过门的闺女就跑到婆家去的！”

“光听蝲蝲蛄叫，你就别种地了！”来凤在一边咕嘟着嘴说。

“对呀！对呀！”大妈连忙接上说，“有些话听得，有的话就听不得！过去的老皇历已经不顶用了。我就愿当个新派儿。八路才来那时候，提倡放脚，好多妇女搞不通，你要去查脚，她伸出一只叫你检查，另一只还缠得紧紧的。我就不这样儿，一说放，我第一个响应，穿着袜子走得噔噔的。我还收了好多裹脚条子，给八路做了军鞋的底子。后来反扫荡，敌人来捉我，我跟着八路行军，百儿八十地走，一步队不掉。要是嫂子你这脚呀，早就当了俘虏，让人装上汽车运到‘满洲国’去了。你说是当新派儿好，还是当老派儿好？”

大妈一边说，一边还伸出脚跟她比，弄得来凤妈也忍不住笑起来了。

来凤妈高兴了许多，瞅着闺女说：

“老傻呵呵地站着干什么，还不赶忙给你大妈做饭去！”

大妈连连摆手说：

“不啦，不啦。我是到县里去，商量成社的事儿，路过来看看你。你知道成社的事儿有多难哪。我想叫来凤早点去，也有这个意思：叫她给我搭个手儿！”

大妈说着，下了炕，往门外走，一面又回过头笑着问：

“来凤，你什么时候去啊？”

“明儿一早就去。”来凤说，“把铺盖卷儿也搬了去！”

“对，还是你那话：听蝲蝲蛄叫你就别种地了！”

大妈一边说，一边向着县城的大道，扬长走去。

第八章　来凤（二）

凤凰堡人们吃早饭的时候，一件稀罕事儿轰动了这个村庄。

人们，尤其是那些老婆们、姑娘和媳妇们，都在津津有味地议论：

"你真看见了么？"

"看见了，看见了。"

"走的大路，走的小路？"

"小路？就从这大街上大摇大摆走过去的。"

"也没骑马，也没坐轿？"

"还骑马坐轿哩，干人一个，连个人送都没有。背着个大包袱，踮踮踮踮走得可快着哩！"

"哎哟，我的老天爷！她就不害臊么？"

"害臊？头都不低，谁给她打招呼，她就点点头儿，对你一笑。"

"咦，这疯闺女！可真给咱凤凰堡兴了新规矩了。"

"快看看去吧，老奶奶，快快！"

"走走！我刷了碗立时就去。"

瞎老齐家，只有三间小破坯屋，院墙塌得只剩半人多高。院里院外挤满了嘁嘁喳喳的年轻妇女们和老婆们。也有少数年轻小伙站在墙头外面观看。孩子们吵吵嚷嚷地从人群里钻到最前面去。

瞎老齐披着大破袄坐在院墙外一块大青石上，脸色并不十分高兴。来凤刚刚放下铺盖卷儿,人就挤了满满一屋。屋小人多,吵嚷的不行。孩子们趴了一窗台儿,把窗户纸也捅破了。来凤看见这阵势儿,就干脆走到院里。她坐在小板凳上,用一条新毛巾擦汗。

院里人越挤越多。姑娘媳妇们趴在伙伴的肩头上偷偷地议论:

“你看,连身新衣裳都没有换。”

“那不是,换了双新鞋,换了根新头绳儿!”

“她穿那小方格花布,倒挺是个样儿。”

“人家手不笨,自己个儿织的!”

“模样儿倒长得挺俊。”

“就怕缺点心眼儿,脑子少根弦儿。”

“你怎么知道?”

“看,有心眼儿还办出这事?一说来,背着大铺盖,噔噔噔噔就闯来了。你哪儿见过?”

人群里流过一阵低低的笑声。

这时,又赶来一批看新鲜的。后面的人往前涌,把前面的人都挤到来凤跟前来了。有几个孩子也挤倒了。

来凤把孩子们扶起来,说:

“看,婶子大娘们,你们到底挤啥哩呀?”

“挤啥哩,我们看你哩,看新媳妇哩!”人们纷纷笑着说。

“那你们就看吧,”她也笑着说,“慢慢看,别挤,反正我也跑不了呀!”

人们一阵哄笑。笑声里又是一阵嘁嘁喳喳地议论:

“看,人家一点儿也不害臊!”

“脸都不红一红！”

“我们过门那阵儿，头上顶着块大红布，把脸遮得严严的，在轿里都不敢掀一掀；这可好，你问一句儿，她答一句儿。”

“你没听人说，如今的闺女脸皮厚，迫击炮，打不透！”

这一句虽是低语，但声音不小，引得哄笑声立刻滚过全场。笑声才住，一个媳妇带有挑逗的意味笑着问道：

“妹子，你这就算过来啦？”

“可不过来啦！”来凤笑着说。

人们霎地静下来，听着她们的对话。

“我问你，”那个媳妇说，“等小堆儿兄弟回来，这喜事儿还办不办？”

“人都过来啦，还办什么！”

媳妇又惊讶又惋惜地叹了口气，说：

“说真的，连轿都没坐，你不觉着冤哪！”

“这冤什么！”来凤笑着反问，“你非坐在人家的肩膀头上噶悠噶悠才算不冤？你非叫人吹吹打打像耍猴似的才算不冤？”

人群哄地笑起来。有人说：

“你看这闺女可真能说！”

来凤见那媳妇脸刷地红了，又乘胜追击说：

“嫂子，你来时候坐轿了呗？”

“哟哟，看你倒找寻上我了！”那媳妇红着脸说。

“你坐了几里？”

“多不过半里，她娘家是小于庄的！”有人插嘴说。

“哟，才半里地！”来凤笑着说，“要是我，坐个百儿八十里的才过瘾哩！”

人们嘎嘎大笑起来。那个媳妇脸色绯红,动作慌乱,连声说:“瞧你这个闺女!瞧你这个闺女!”捂着脸往人群里一钻跑了。

“再坐一会儿吧,嫂子!再坐一会儿吧!”来凤说着,一面轻声地低低地笑。

为了摆脱人们的纠缠,来凤站起来,抓起靠在墙上的扁担,对人们说:“婶子大娘们,嫂子们,咱们干活儿去吧,等有工夫的时候,我再陪着你们拉闲篇儿。”说着,哗里哗啦挑起水桶,从人群里挤过去到井台上去了。

人们也都得到了很大满足,发着各式各样的议论,一路说笑着渐渐散了。

瞎老齐人口虽少,土改时候却分了一个能盛五六担水的大水瓮。平时很少挑满过,今天却被来凤挑得满当当的,那个破水瓢都快浮到外面去了。来凤放下水桶,又抄起扫帚打扫院子。这时候,几个老婆儿,还兴犹未尽地围着坐在大青石上的瞎老齐悄悄说话。

只听一个说:

“他老齐叔,依我看,这闺女也算行喽!”

“行喽?”老齐硬橛橛地说,“你听她刚才颠三倒四说了些啥!”

“疯是有点儿疯,可是模样儿挺俊。”

“俊不俊,能顶吃顶喝?”

“干活儿可真不赖。”

“不赖?不能光看眼皮子活!”

“唉唉,他老齐叔,”一个说,“你这瞎公公,有人伺候也该知足了。叫我说,你这命儿就算不错。”

“不错?”瞎老齐反驳说,“南跑北奔的,时间长了哪保得住?年轻人在家守着都不行,还说这!”

一个声音赶快制止道：

“别说啦，她在那边儿怕听见了！”

“听见就听见！”瞎老齐声音一点也不减小，“反正咱这坑养不了她那鱼！”

听到这里，来凤停住扫帚心中想道：“嘿，怪不得人说我这公公是个倔公公，真一点儿不假。往后，我得编法儿让他高兴才行。”

自此以后，来凤在老齐家两手不停地干活儿。长期以来，这个又孤又瞎的老人少人照顾，使这个家显得又穷又破，又脏又乱。院墙没有栅门，屋门没有门插儿。院里不是鸡粪，就是烂草。屋里这里一只臭鞋，那里一只烂袜。那炕上的被褥，不知多少年不拆洗了，就像黑铁皮似的。瞎老齐身上的衣裳，又脏又破，虱子爬得到处都是。大妈和金丝她们，尽管偷工摸夫地来拆洗整顿一番，时间一长又是老样子了。来凤一连忙活了好几天，院里院外，炕上炕下，旮旮旯旯，全打扫得干干净净。又买了几张白麻纸，把窗户糊得明光瓦亮。还抽空到野地里拾了几大筐柴火，烧了几大锅热水，把被褥都拆洗了，把瞎老齐满是虱子的衣裳，煮了又煮，烫了又烫。一时换不下来的棉衣，也让他脱下来，把虱子扫落到火堆里，把虮子一个一个地挤死。这家虽然还是那个缺柴少米的穷家，但因为添了这么一个人，却立时显得有条不紊，面目一新。

终于，在这个孤苦的盲老人的脸上，出现了若隐若现的笑容。来凤心里也畅快起来。可是为时不久，情况又发生了变化。由于来凤帮助大妈出去做了几天建社工作，瞎老齐嘴里没说，脸色却显得不大高兴。一天，来凤开会回来，看见他一个人盘着腿儿在炕上孤独地坐着，脸上显得虔诚而又神秘，两手捧着一个小圆木盒，在哗啦哗啦地摇着。摇了一阵，哗啦往炕上一倒，里面滚出好几个清朝时代的铜钱。然后,他瞎摸着,把铜钱一个个拾起,一共是六个,自上而下排成了一溜儿。接着又一个一个去用手指来辨认铜钱的正面和反面。随后脸色变得十分阴沉,低头不语。

来凤知道他正为什么事在算卦哩,也就没惊动他。把饭做好,就盛了一碗,端到公公面前,恭敬而柔顺地说:

“爹,你吃饭吧!”

“我不吃!”他气昂昂地说。

“爹,我今天有事儿,回来得晚了点儿,恐怕你早就饿了。”

“你放到那儿!”他把脖子一扭,“不吃就是不吃!”

来凤见他气大,正要耐着性儿解劝,还没有说完一句,老人把手里的小圆木盒儿往下一蹾,跳下炕,摸摸索索地到院里去了。

来凤一手端着碗,一手拿着筷子,在后面追着说:

“爹,当小的有什么不对,你只管说,说了我就改。可千万别饿坏了身子……”

瞎老齐站住脚步,回过头问:

“我问你,你来的那天是初几?”

“是四月四号。”

“不,你说阴历。”

来凤寻思了一阵,说:

“是三月初三吧!”

“你想想这是什么日子?”瞎老齐咆哮说,“这不是黄道,这是黑道!还是个寒食,鬼节!你你,你干吗单挑这个日子?”

“我没有多想。我……”

来凤正要分辩,瞎老齐立刻打断她:

“你没多想!哼,你那当娘的也没多想?怕你没存心多待吧，嗯？”

瞎老齐说着，把手一甩，又摸到门外那块大青石上坐着去了。

来凤只好把碗端回到屋里，往灶台上一放，哭啦。

她哭了一阵儿，转念一想，自己叫着自己的名字说：“尹来凤呀，尹来凤呀，你哭啥哩呀，你是一个青年团员，你连这点儿困难都经不起么！他老人家生长在旧社会，怎么能没有一点旧思想呢，他多少年来一个人独自生活，半路失明，心里哪能那么舒畅！就是把这事放到我自己身上，我不是也会发脾气么！再说，是我把人家的孩子动员走的，老人没有拦挡，也就很不错了，还能叫人家不发一点气么？他在前方跟敌人拼命，每天不是子弹就是炮弹，我在后方连一点儿气都受不了么？只要他们两方面高兴，受点气就受点气吧，这又算得了什么呢！来凤呀来凤，瞧你的泪珠儿多不值钱哪！恐怕还是你的锻炼很不够吧！……”

她这么一想，自己又深感羞惭。待了一会儿，估计公公的气消了，才把饭热了热，重新盛在碗里，给老人端去。

清明过后，下了一场春雨。家家户户都忙着春耕播种。可是许多贫农家，不是没有牲口，就是没有农具，不是没有种实，就是没有吃的。老齐家就更是这样。幸亏大妈从县里给贫农们贷了一部分种子，来凤借了一个破耧，杨大伯又来相助，这才没有误了农时。

耩地那天，杨大伯扶耧，来凤拉耧。这来凤虽然像小马一般的健壮，可是近来缺少吃的，体力也就赶不上从前。最近以来，她看瓦罐里粮食不多了，就只给公公吃点稠的，自己喝点儿稀的。这天早晨，破例吃了两个饼子，开头儿还很有劲，等耩了一亩多地，就觉着饿得心慌。又硬撑着拉了一阵儿，忽然眼前一黑，腿一软，就向前扑倒在潮湿的田野里。

慌得杨大伯赶快撒了扶手，赶到前面扶起她说：

“闺女！闺女！你怎么啦？”

“不咋的。”她停了停，轻声地说。

杨大伯见她满头满脸的汗水，乌黑的短发湿漉漉地粘贴在前额上，不住地喘气，就说：

“闺女，是不是太累啦？要累咱们就歇一歇。别说你一个闺女家，这种活就是两个大小伙子也够累的。”

“不，不，”来凤定了定神，勉强笑着说，“是我一时不在意，一个小坷垃把我给绊倒啦。”

说着，她站起身来，拍拍旧花格夹袄前襟上的湿土，跑到地头上端起大肚儿瓦壶，就着它的小嘴儿，咕咚咕咚一气喝下了一半，精神为之一爽。心想：“那在前方的人，不也常常饿肚子么？难道饿肚子就不打冲锋了？干！”这样一想，精神立刻振作起来，抹了抹嘴唇上的水珠儿，说：

“大伯！把它耩完。”

说着，跑上去，从湿垄沟里拾起绳套，套上肩头，又扑着身子拉起来。种子在耧里发出轻微的响声，和她那滴滴点点的汗水，一起落在未婚夫家的田土里。在中国的大地上，有着多少不知名的妇女们，她们用同样艰苦的脚步配合着前线上的步伐，用自己忠贞的心应和着丈夫们的杀声！

来凤勤苦的劳动，终于传到老人的耳朵里。一天，来凤从地里回来，听到屋里老人家正同一个人静静地谈话。

“写吧，你快给我写吧！”老人说。

“到底写什么呀？”另一个声音问。

“我知道你们有字眼的人会编。”老人笑着说，“你就说那孩子不赖，比亲闺女待我还强。”

“你不是嫌人家太疯了么？”

“唉，年轻人你不管严点儿还行？”

“老齐大伯，”另一个声音笑着说，“你不说人家是兔子的尾巴长不了么？”

“我，我，我什么时候说过这话！？”

“听人说，你在她面前连笑都不笑，表扬的话没有说过一句儿。”

“那，那倒是真的。”老人说，“这，你还不懂，年轻人不能夸，你一夸，就把她举上去了。”

这话引起另一个人叽叽嘎嘎的笑声。

站在窗外的来凤也几乎笑出声来。心里说：“不夸你就不夸吧，谁指着你表扬呀！我比起人家前方的人还差得远呢，我连人家一个小指头儿还赶不上呢！只要你们父儿俩两头喜欢，也就是我的福分了。”

她捂着嘴儿，因怕笑出声来，一扭身子又跑到外面去了。

第九章　密　计

凤凰堡的建社工作受到重重阻挠，杨大妈不得不到县里求援。县里派农业科长来亲自监督这一工作。春忙过后，开了一个支部委员会，在会上农业科长狠狠批评了李能一顿。李能善于看风转舵，只好乖乖答应带头入社，而心里对杨大妈却是说不出的痛恨。回到家里，他变得像饿狼一样疯狂，屋里窜到院里，院里窜到屋里，一连摔了好几个红花细瓷碗，踢死了两只小鸡，还跑到槽上挨个儿地摸着他那两匹骡子一头骡驹，失声痛哭。一边不住地骂："你个臭老婆子！我算毁到你手里了！"

地主谢清斋自从去年反攻倒算，造谣破坏，被大妈和小契送到县里，一连管押了好几个月，最近才放回来。表面上似乎老实了一些。并且从金丝的院子里搬了出去，住到村南三间普通的农舍里。可是这天，他忽然显得十分兴奋，迈着他的两只小短腿儿跑回家里，把他那穿着破缎子坎肩的瘦小的身子往躺椅上一仰，就哈哈大笑起来。

"你笑啥哩?"谢家婆娘拐着两只小脚过来问他。

"有办法了！有办法了！"他摸了摸他的小兜兜嘴儿，仍然笑个不住。

谢家婆娘把大木瓜脸一扭，把她那一年到头老是耷拉着的肉眼皮微微一抬：

“这是啥年月！你还有心花笑哩。”

“你沏壶茶去，我慢慢说。”谢清斋摆摆手，“用我那把小瓷壶儿！”

那婆娘虽然穷了，但服饰穿戴仍然和一般农民不同。她那已经秃了的头顶，并没有妨碍她把剩下的头发梳得溜光，还挽着一个乡下很少见的香蕉纂儿，秃顶的地方，抹了些锅底烟子，所以乍一看，仍然是乌油油的。她扭搭到小柜那里，取出一把异常精致的小白瓷壶儿，有小酒壶儿那么大，续了点水端过来。谢清斋端详了端详那上面的山水和“富贵于我如浮云”的诗句，悠悠然呷了一口。

“你没给我续点茶叶？”他抬起头问。

“早就剩一点碎末末了，你还当是从前哩！”

“真他娘的！现在是一睁眼要什么没什么！”他恨恨地叹了口气，“要搁从前，我是要龙井有龙井，要雨前有雨前，连龙团珠、碧螺春我都喝得不爱喝了。”

那婆娘把肉眼皮一耷拉，不赞成地说：

“就是有好茶叶，清肠寡肚的，你有啥香东西可消化的？……提起这，我，我恨不得把他们一个个攮死！”

“好好，不说这。”谢清斋呷了几口茶，把小瓷壶儿往桌上一放，“我对你说，现在可是有办法了。”

“办法儿，办法儿，一天价说，也没见你那办法儿在哪儿！”那婆娘冷笑了一声，一双小脚前站站，后退退，“年上刚拿回咱们一个簸箕，一个小红柜儿，就让人家卡住脖子坐了几个月官店！差点儿没把脑袋给赔进去。”

因为她那双小脚儿老是站不稳，就干脆回到炕上盘着腿儿坐着去了。

“那事儿我是办得太性急了一点儿。”谢清斋笑了一笑，“那时候，我看美国人过来，也就是三两个月的事儿，也就没有稳住定盘星儿。没承想他们硬叫顶回去了。这就叫忙中有错儿。依我看，办法得改。现在我给你说，好机会可是到了。”

“什么机会？”

“这机会可是千载难逢：他们窝里反了。”他得意地哈哈大笑起来。

“谁们？”

“还有谁？大能人和臭老婆子呗！他们为成社闹翻天了。大能人说：‘有她就没有我，有我就没有她！’”

谢家婆娘的大木瓜脸出现了一丝笑意，把下垂的眼皮翻了翻，可并没有翻起多少：

“这是听谁说的？”

“你问这干吗？”谢清斋瞪了女人一眼。

婆娘又转过话头：

“你倒是想咋办哩？”

“咋办？”谢清斋在躺椅上忽地坐直身子，小眼睛里迸出恶毒的凶光，“我看，得首先把臭老婆子除了！”

“那李能也不是个好东西！”婆娘咬着牙说，“土改时候，他也斗得咱们不轻！”

“对，对，”谢清斋一连点着他的小脑壳说，“可是，那坏根儿还是在臭老婆子那里。这共产党跟共产党也不一样，有人吃硬，有人吃软，这死东西软硬不吃，是个王八吃秤砣，铁了心的死共产党！我觉着在别人手里，还多少有点活泛气儿；她那两个眼盯着你，叫你浑身发毛，气都喘不过来。你想想这些年，咱们哪一天不吃她的亏，背她的兴！”他把声音又压低了一点儿，“咱想法儿把大能人拉过来，就能借他的手把臭老婆子除了。”

那婆娘把嘴一撇：“你说得容易！”

“依我看，也不甚难。”他摸着几根稀零零的黄胡子轻蔑地一笑，“这大能人你别看他咋呼得凶，他这种党员儿不过是红萝卜——红皮白心儿。你瞧他这几年闹了个小家业，一听成社就慌了神了。还搂着他的骡子哭哩，说他那‘阶级兄弟’要吃他的‘肉疙瘩户’！哼，咱们谢家以前是什么家业，土改那时候我也没像他这么慌过。叫我说，这是活该！土改那时候，你光顾的分东西哩，你斗得那么起劲儿，你就没想想我这个‘肉疙瘩户’！这回也该你尝尝这个滋味儿了。”他仰在躺椅上，哈哈笑了一阵，又坐起身子说：“这共产党就是怪。吃了饭没事儿，他就琢磨斗争。不斗这个，就斗那个，看谁的生活冒了点尖儿，就慌着把你掐掉。反正他是要弄得没穷没富才行。那世界上，有君就得有臣；有上就得有下；有人骑马，就得有人喂马；有人坐轿，就得有人抬轿。要光是骑马坐轿的，那谁喂马抬轿哩？没穷没富还成个啥世界？……好，我正愁着没法儿，这一下他们窝里反了。这才是东风自与孔明便咧！”

“你倒是想起了啥法儿？”婆娘微微抬起眼皮。

“这法儿是一试就灵。”谢清斋奸笑了一下，“他大能人再能，我叫他往西他就不能朝东。就看这法儿你肯不肯用了。”

“我？”婆娘吃了一惊，“我有啥本事？”

“嘻嘻！”他又是一笑，“你们女人的本事可大得很嘞。”

“你，你……”那婆娘抬起眼皮骂道，“我这么大年纪了，你还叫我去勾人哪？”

谢清斋哈哈大笑，连忙说：

“把你丢到十字街儿也没人要！不不，我不是这个意思。”

“那你是什么意思？”

“我说的是，是，是咱那闺女俊色。”

那婆娘一听急了，跳下炕，指着谢清斋骂道：

“你这个老不死的，你说什么？她是我的亲闺女，也是你的亲侄女，她个黄花幼女，你就叫她去干这事！你倒是安的什么心哪！嗯？”

“你，你听我说……”

“去你的！”女人不许他还口，“自你哥死了，你跟我不清不白的，闲话就有几大篓了，你，你还要……”女人说着，呜呜地哭起来了。

“哎哎，你声音小一点儿嘛！”谢清斋长长地叹了口气，往躺椅上一仰，“人说，这妇道人家头发长见识短，真一点儿不假。”

“你见识长！”女人倚着炕沿，一面垂泪，一面反驳道，“反正你把我闺女送给个穷小子我就不干。我这闺女就不说是龙生凤养，也不是那般小家子女。找不见合适的，我就叫她等着。等我们家老大他们打回来再寻人也行。”

谢清斋叹了口气说：

“你哭了半天，还不知道谁死了呢！我不是要她结婚，我是要她去……”

“要她去勾人，是不？”

“真是！干吗要说得这么难听！”谢清斋把头一歪，“《王司徒巧施连环计》你听说过没有？《昭君和番》你听说过没有？没有，是吧！妇道人家什么也不懂。这都是上了书的，是古已有之！我就不懂这有什么不好，闺女还是你的闺女，又少不了一块儿！”

女人更有气了，把眼一瞪：

“不管你怎么说，我就是叫俊色等着，一直等到我们家老大打回来。”

谢清斋也有些急，但还是耐着性子，赔着笑说：

“你他娘的，真是擀面杖吹火，一窍不通！……你那脑子就不会拐一点弯儿。等！等！可你倒等得着哇！老蒋天天喊：‘反攻大陆！反攻大陆！’喊得倒响，可就是光打雷不下雨。我也看透了，美国要不出兵，不起世界大战，怎么也是不行。可美国人又没出息，手里又是飞机，又是大炮，又是原子弹，你眼巴巴地等着他，倒让人家三戳两打地就推回去了。弄得我白白地坐了几个月官店！你，你瞧我这身上瘦的！”

他说着把他的破青缎子坎肩掀起来，让那婆娘看，又一连长叹了两声：

“等！等！谁都让我等！我不是不愿等，我是不能等，我是没法等呵！他们躲到台湾怪美，说大话也不费劲，说小话也不省劲，话专挑好听的说；可我是天天在人家的眼皮子底下，只要一个不经心，多说一句话，就会立刻挨一顿臭骂：‘这个老地主，又不老实哩！’说不定马上会飞来杀身之祸。我出一回村，也得向那些毬干部请假；我串一趟亲，也得向那些毬干部报告；我说一句话，还叫我坦白坦白我的思想活动。我，我，一年到头，一天到晚，我是在爬刀山哪！只要稍微松松手，就会掉下来，落个粉身碎骨！我，我，他们还一个劲儿地叫我等着。等他们反攻回来，别说人，连咱们的骨头早就朽了。”

那婆娘蔫不唧地沉着个木瓜脸靠在那里，不言声了。

谢清斋神情激愤地站起来，把他那瘦小的躯体移动了几步，教训道：

"哼，你这个妇道，我的话你还不爱听哩。"他用一个手指头指着自己的脑瓜儿，"你懂不懂，我这个地方儿比你明白！你光想害了你闺女，你就不捉摸捉摸我这里面的意思。跟别人说话是一点就透，要给你说话，就非露个底朝天不结。让我告诉你：这大能人只要上了手，头一步，就可以把那臭老婆子除了；只要把臭老婆子赶下台，紧接着第二步，咱就可以改变成分；成分一改，把咱这地主帽儿一摘，接着第三步，咱那俊色就可以入团入党；入了团入了党，第四步不就可以当干部么？只要当上了干部，就是老大他们不打回来，不又是咱们的天下了么！你别慌，到了那时候，咱就可以打着共产党的旗号办事了。凡是斗争过咱们的穷小子，你看我一个一个地收拾！我给他们戴上反党分子的帽子，叫他们死了也没个地方喊冤去！你就等着瞧吧！"

说到这里，紧紧地闭起了他那小兜兜嘴，嘴角下垂，眼里又射出一股凶光。

那婆娘的肉眼皮这次略微抬得高了点儿，带着惊讶赞服的神情瞅了瞅他。沉了一会儿才说：

"那，那……勾人的事儿也不容易。"

谢清斋刚坐回到躺椅里，一听这话，往后一仰哈哈大笑起来。

"哈哈，不容易！哈哈……"他边笑边说，"叫我看，你要勾他，这一百个男的，有九十九个半搁不住劲儿。"

好半晌，他才停住笑声。

"给你实说吧，我这主意也不是平白无故的。"他又笑了一笑，"有好几回，我瞧见大能人一个劲儿地瞅咱们俊色，跟他娘的看见鲜鱼的馋猫似的。再说，他跟他老婆关系也不强。这事儿我早就研究了好多天了。”

“你他娘的也不是个正经东西!”

那婆娘骂了他一句,两个人都哈哈地笑起来了。

在笑声中,突然听得窗棂上有人“砰砰”地敲了两声,两个人吓得面如土色。谢清斋在躺椅里索索地颤抖起来。

只听外面说:“好哇!你们俩好狠心哪!”

接着风门吱吜一声,进来一个十八九岁的姑娘。这姑娘虽然长得不算十分出色,但身材苗条,衣服格外合体,尤其两条细长的辫子,结着粉红色的丝带,给她增添了不少的艳丽。她把提着的书包往炕上一掼,就咕嘟着嘴坐在那里。

“我的老天爷!你差点儿没把我吓死!”谢清斋长长地吁了口气,走上几步,笑着说,“俊色!刚才的话,你听见啦?”

俊色把脸一扭:“反正让我嫁个穷鬼不行!”

“穷鬼?哈哈,现在只有穷鬼才是好成分哩!”谢清斋挖苦地一笑,“何况,人家早就是凤凰堡的首户了,现在比你还穷?”

俊色又把脸往那边一扭:“人家有媳妇你不知道?”

“有媳妇没媳妇有啥关系!”谢清斋哈哈一笑,“我要是个女的,笑上三笑,要不叫他跟那个黄脸婆打离婚,就算我姓谢的没有本事!”

俊色把辫子一甩站起身来:

“不管怎么说,反正你没有为我着想。我爹死得早,我们娘儿俩跟着你,没想到你这么逼我。叔,你要再这么逼我,我就离开这个家!我死我活,你就别管了。”

俊色说着就往外走,谢清斋岔开步把她拦住,厉声说:

“好哇,你还给我颜色看哩!人家天天骂你是地主崽子你也不恼，骂你是财主羔子你也不恼，动不动查你的成分，查你的思想你也不恼，当叔的说你一句，你就恼了。你说我没有为你着想，你昧良心哩。我过去买房买地，人家说是搞剥削哩，就说是剥削吧，不是为了你们是为了谁？这会儿我一天到晚思前想后，劳心劳神，人家又说是反攻倒算哩，就说是反攻倒算吧，不是为了你们是为了谁？现在眼看黄土已经埋到我的脖子这儿了，我已经闻到土腥气了，就是受罪还能再受几天？我不是全为了你们吗，倒红口白牙地说没有为你着想！可是看看你，你平常说要为你爹报仇，叫你去干一件小事，你就不愿去了。你爹天天夜里给我托梦，说‘兄弟呀！兄弟呀！我的仇你们啥时候才给我报哩！’我一醒就是一枕头眼泪。我还当孩子们有出息哩，不承想你早就把你爹的仇忘了……”

说到这里，谢清斋用双手捂着他那个皱褶重重的瘦脸，歪到躺椅上，张着老婆嘴呜呜地哭起来。又边哭边说：

“你们娘俩有本事，你们享你们的福吧，反正我是活不长了……”

那婆娘也泪涔涔地走上前来劝解说：

“他叔，孩子年轻不懂事，有话你只管说，你哭啥哩！”

“我说？我可说得了哇！”他边哭边说，“按你们说，俊色不是亲的，我才往火坑里推她。家骥那孩子可是我亲生亲养的吧，我不是把他派到朝鲜去了吗！在共产党窝里干勾当儿，又是火线，比这不危险吗？你们说话可不要屈心！”

俊色傻呆呆地坐在炕上，沉了半晌才为难地说：

“我也没说一定不去，可这样的事儿我真不知道该怎么办哪！”

谢清斋听得俊色的话有了活气儿，连忙止住哭声，擦擦眼说：

“这才是孝女哩！只要你乐意，那办法好说，你同你娘商量商量就知道了。”

这时候，在谢清斋像核桃皮一样的皱脸上，又恢复了刚才得意的笑容。

俊色的神情平静了许多，走到她叔身边悄声地问：

“我哥到了朝鲜有消息吗？”

“没有，没有，”谢清斋神秘而又得意地说，“不过，他是很会抓机会的。”

第十章　临津江畔

四月，临津江北，大军云集。

这是又一次新的大战役——第五次战役的前夕。也是志愿军战士们在朝鲜度过的第一个战斗的春天。东风吹来，一阵暖似一阵，那一树树的杏花、桃花、苹果花、梨花，在朝鲜人的茅屋前、古井旁，以至被炸毁的断墙边，依然开得很好。那漫山遍野的金达莱，就更不用说了。战士们的情绪，也正像这些耀眼的花朵一样，在"一夜催开花千树"的东风里，显得闹嚷嚷的。

至于说我们的主人公郭祥，恐怕还得加上一个"更"字。他在后方医院里经过了那么长难挨的日月，现在既然鸟儿出笼，鱼儿入海，还不好好地"干一场"吗！再加上后续兵团源源到来，确实令人兴奋鼓舞。当他随着部队向前开进的时候，一路上看到有多少部队呀！真是前不见头，后不见尾，人欢马叫，整个的公路就像汹涌的江流一般。这些新来的小伙子，个个生龙活虎，虽然背着很重的东西，仍然昂首阔步，恨不得一步跨上战场。郭祥心里暗暗赞美，一路上不断地同他们打着招呼："同志们，哪一部分的呀？"对方也笑嘻嘻地回答："胜利部的！"再不就是："黄河部的！""长江部的！""珠江部的！"郭祥心里说："好，你保守秘密吧，我也不问了，反正你是从鸭绿江那边来的，不久咱们战场上见。"

郭祥的连队，同样因为补充了许多新战士而显得生气勃勃。

这些新战士全国各地都有,而独以四川省为多。这些四川兵,一个个全是小敦实个子,特别地能吃苦,能爬山;而且觉悟高,动不动就说:“我是经过剿匪、反霸来的!”“我是经过土地改革来的!”郭祥真是从心眼里喜爱他们。而他们也同样地喜欢郭祥,见了他总是笑嘻嘻地问:“连长,什么时候有任务呀?”“连长,战役什么时候才开始呀?”郭祥总是凭着老兵的预感和老经验回答:“快啦!快啦!”一说“快啦”,这些战士就高兴得跳起来,好像他们的连长是什么总参谋部的决策人物。

终于,在战士们的渴盼中,部队从集结地向前开进了。经过连日行军,到达了临津江边。

这时,却发生了一桩意外的事件。

这天午夜,郭祥正在茅屋里熟睡时被推醒了。他一骨碌坐起来,睁眼一看,老模范像是刚从外边闯进来的样子,鞋也没脱,一面喘气,一面对着他的耳朵悄声地说:

“出事了!”

郭祥不由得眉毛一耸,摸了摸他的驳壳枪。

“教导员刚把我叫去了,”老模范说,“军部文工团的一个团员,把一个参谋打死,抢走一份机密文件,不知道跑到哪里。军部通报,要求每一个前线部队都要加紧盘查。”

“这事是几点钟发生的?”郭祥寻思着问。

“黄昏以后,可能在八九点钟。”

老模范接着叙述了关于这一事件的较为详细的情况:军部的一个参谋,带着一个通讯员到师里送作战文件,临出发前,一个文工团员和他同路。走到一个偏僻去处,这个文工团员忽然说他肚子疼,接着就倒在地上打起滚来,爹呀妈呀地乱叫,要求通讯员到附近的部队去请医生。参谋信以为真,就答应了。等通讯员请了医生回来,看见参谋倒在血泊里,胸口上中了好几粒子弹,头也被砸烂了。参谋的秘密文件、通行证和手枪全被劫去。通讯员向前追了好远没有追上,才回来做了报告……

“也忒麻痹了!”郭祥咕哝了一句,然后揭开雨布,推开门,抓过他那双粘满黄泥的胶底棉鞋,一面穿,一面问:

“这人叫什么名字?有什么特征没有?”

老模范说:“通报上讲,是个矮矮个子,瘦尖脸,戴着个黑边眼镜,围着条花围脖儿。叫谢……谢福畴……”

郭祥的脑海里立刻浮现出那个尖嘴猴腮、脸带三分笑、经常从眼镜边上看人的丑恶的形象来。他不由得把大腿一拍:

“就是他!”

老模范不禁一愣,说:

“啊?你认识他?”

“我在医院里见过他。”郭祥说,“那时候,我就看他很有点像是谢家地主的小子谢家骥,可是这小子从小就在北京上学,好多年不见了,不敢认。我还盘问过他一次,问他原籍是哪里人,他说他祖祖辈辈都是北京人。我看他的样子有点慌,形迹确实可疑,我就写了一封信给文工团,要他们查查。要不就是信没有寄到,要不就是他们忒麻痹大意了。他现在叫谢福畴,你听这个音,不是要向我们‘复仇’么?”

郭祥说话间,把鞋带、腰带都系得紧紧的。把两个通讯员也喊起来。在黄昏的烛光下,他取出一条明晃晃的驳壳枪子弹,哗的一声全压在弹槽里。

“我先到前边哨位上看看。只要口子把住就有办法。”

郭祥说着，跨出门去。两个通讯员紧紧地跟着他，穿行在窄窄的山沟里。

夜很静，只有敌人的夜航机在天空不死不活地哼哼着。

他们约摸走了二十来分钟，来到本连最前面的哨位上。这里有一个班，正好卡在沟口。前面不远处就是临津江了。郭祥询问了战士们，战士们都说黄昏以后没有人在这里通过，才放下心来。

郭祥向战士们交代了任务，就坐在一块大石头上，警惕地望着周围的一切。江对岸的敌人，每隔十分钟左右，打几发照明弹，照得江水白茫茫的。照明弹熄灭，夜色就显得更加浓黑了。恐慌的敌人，还不时地打一两梭机枪，红色的曳光弹在江面上划着弧线，嗤嗤地落在江水里。

几个小时过去了。启明星已经在东方升起。郭祥心中想道："只要今夜跑不出去，就好办。"正寻思间，忽然见一个黑影从北面急匆匆地走来，郭祥立刻掏出驳壳枪机警地等待着。等那黑影走到跟前，一看，原来是老模范。他对郭祥摆了摆手，叹口气说："回去吧！已经跑了。"

"你说什么？"郭祥一惊。

"晚了。"老模范说，"刚才电话通知，在我们出来以前，他已经化装成侦察员，从另一个口子混过去了。"

这时的郭祥，紧握着枪把，默然望着对岸，心里恨恨地说：

"谢家骥！你跑吧！你复仇吧！总有一天，我要把你们这伙吃人肉、喝人血的家伙统统消灭！"

第十一章　溃　灭

第五次战役,终于在四月二十二日下午五点三十分开始了。

当手表上的分针,刚刚指到6字,红色和绿色的信号弹霍然腾空而起,接着挂满了临津江北岸的上空。几乎是在同时,我方的大炮像怒涛一般轰鸣起来。对面陡峭的江岸上,一排一排像小坟包似的地堡,在金黄色的斜阳中,刚才还看得清清楚楚,顷刻之间,全笼罩在滚滚的黑烟里。

"好啊! 打得好啊!"等待冲锋的战士们跳起脚欢叫着。

炮兵们今天特别来劲。头两次战役,敌人跑得快,他们没有赶上。第三次战役炮弹少,又打得很不解气。再加上步兵们的一些闲话,是够叫人窝火的。现在好了,他们满腔的怒火全发泄出来了。

不久,敌人的大炮也还击过来。炮弹落在江这岸和江心里。一条江水顿时波浪四溅,掀起一个个高高的水柱。敌人的战斗机和轰炸机也接着一架一架出现,沿江轰炸扫射。顷刻之间,江两岸宽阔的山谷里,火焰腾腾,硝烟弥漫,就像起了大雾一般。

一九五一年元旦,突破临津江的那次战役,郭祥没有参加上,已经够遗憾的。这次,他的劲憋得特别足,想把突破任务抓到手里。可是,事与愿违,没想到整个团都作为预备队放在后面。这位一向自称"突破口的干部"反而被扔到炮兵后面来了。

前面不远就是一个炮兵阵地。他看见这些身体高大的小伙子，把破棉衣扔到一边，有的穿着衬衣，有的穿着背心，光着两条黑黝黝的大膀子，抱着炮弹，汗也顾不得擦，一个劲地往里装填。炮班长们抖着小红旗，扯着嗓子喊：

“为保卫祖国——开炮！”

“为朝鲜人民报仇——开炮！”

“为毛主席增光——开炮！”

尽管敌人的炮弹不时落在附近，弹片和土块雨点般地落下来，他们就像没看见似的。只要炮弹不落到炮上，他们就一个劲儿地打出去，打出去！在所有的兵种里，郭祥最乐意干的还是步兵，但此时此刻却羡慕起炮兵来了。

天色渐渐暗了下来。陡然间，在我方阵地上空又腾起了三颗灿烂夺目的绿色信号弹。接着是两挺重机枪把红色的曳光弹交叉着射向空中。一刹那间，远远近近都响起了冲锋号声。冲击开始了！千万个战士从战壕中一跃而起，发着喊声，扑到滚滚的江水里。借着炮火的闪光，可以看到他们的身影，在急流中前仆后继地冲击前进。

时间不大，对面黑黝黝的江岸上，闪动着密集的手榴弹爆炸的火光，有一支部队已经占领了滩头阵地。一小时之后，对面的黑云岭上，接连飞起了三颗红色的信号弹，以它诱人的色彩告诉人们：敌人的防线被冲开了缺口。

正像战争中经常会有的变化那样，主要方向可以变成次要方向，次要方向也可以变成主要方向。郭祥所在的这个师，本来担任佯动，现在却首先突破了。

师里命令：作为预备队的这个团，立即渡江扩大战果。

郭祥率领他的连队，飞步赶到江边，奋身跳进齐腰深的江水里。虽然江水冰冷刺骨，没有一个皱眉头的。郭祥心中暗暗高兴。到了江心，江水已经渐渐漫过人的胸脯。霍然，一个炮弹落在近处，激起的水柱像瀑布一般劈头盖脸地打下来，灌到人们的脖子里。有的人被冲倒了。郭祥一抹脸上的水珠，骂道："你疯狂吧，看老子过了江再说。"他挥着驳壳枪，高声喊着口号："同志们！跨过江去就是胜利！"跌倒的战士们又爬起来，高举着他们的枪支继续前进。

过了江，人们爬上一丈多高的江岸。这里一座座倒塌的地堡还冒着熊熊的火苗；战壕里和平地上到处是敌人横七竖八的尸体，破碎的军衣冒着烟，发出一阵阵焦煳的气味；不远处有几辆被击毁的坦克，履带断落在地上，长长的炮筒呆呆地指向北方；有一辆小吉普向南侧着身子歪倒在小沟旁，主人不知哪里去了，马达声还嗡隆嗡隆地发动着……

部队沿着黑云岭的山脚，向左拐进一条狭窄的山沟。这里林木茂密，有好几处树林着火，陈年的残枝败叶，在地上堆了很厚一层，也冒着烟燃烧着。人们绕着火在山坡上蜿蜒地行进。

拂晓时分，部队正在行进中，听到前面有人用响亮的声音问道：

"上来的是几营呀？"

郭祥一看，师长披着军大衣，坐在路旁一块大青石上。旁边站着几个参谋。警卫员牵着马。

郭祥立刻跑上去打了个敬礼，报告说：

"是一营。"

"哦，是郭祥呀！"师长笑着说，"你这个'突破口的干部'，这回也落到后边去啦！”

“首长不给任务嘛！”郭祥咕嘟着嘴说。

“那是不到时候。”师长笑了一笑，“快把你们营长和各连干部找来，我等你们老半天了。”

不一时，营长孙亮和各连干部到齐。师长亲自带他们爬到山坡上，用手向西面山下一指：

“你们看，这就是现在的情况。”

大家在苍茫的晓色里，往山下望去，江两岸仍然烟火弥漫。右翼进攻部队虽然突过了临津江，但都在江南滩头阵地上趴着，正遭受着敌人炮火的压制，不能前进。

“从另一方面看，这也是好事。”师长指指西边的敌人说，“现在美军正向汉城败退，留下这个傻瓜英二十八旅担任掩护。他在这里硬顶，就说明我们还有歼灭他们的可能。”

师长说着，叫参谋把地图铺在草地上，指着英二十八旅后面的七峰山说：“你们要赶快迂回到这个地方，把这个口子卡死，争取把他们彻底消灭！”

大家的脸上，立刻充满了笑意，刚要离开，师长又叫住他们：

“这次发下去的反坦克雷，都带上了吗？”

“都带上了。”孙亮说。

郭祥眨巴眨巴眼说：

“全连才发了十个！”

“那就节省着打嘛！”师长把手一挥。

正像人们说的，“打过三八线，凉水拌炒面”，每个人解开炒面袋子，吞了几口炒面，喝了半壶凉水，就又继续前进。这时大家的棉衣还是湿漉漉的，晓风袭来，就像披着冰甲。但是人们为新的胜利鼓舞着,这些似乎早就忘了。

天刚过午,就插到了七峰山。这是一条不过三五十米宽的窄山沟,两旁耸立着七座险恶的山峰,紧紧夹着一条二级公路。贴着公路有一个十几户人家的小村。村边是一片树林。林中还有好几棵参天古柏。孙亮查看了地形,就把队伍布置在七峰山上,并命令郭祥的连队抽出一个排,伏在树林里。

郭祥亲自带领这个排在树林里挖战壕。刚挖了不到半人深,就听见北面由远而近传来一片嗡隆嗡隆的马达声。

"是坦克!"郭祥把手里的小铁锹一扔,对排长疙瘩李和全排大声喊道,"准备战斗!"

话音未落,北面山梁上已经露出一辆草绿色的重型坦克。它跷着长长的炮筒,大模大样地沿着公路从山坡上奔驰下来。那隆隆的巨响,震得地面的小草都微微颤抖。

"报告! 我先去炸!"

郭祥一看,爆破组里跳出一个四川来的脸色红红的新战士,他提着两个反坦克雷,跃出战壕就冲上去了。

坦克哗哗地向他射来一串子弹,他一时心慌,距离坦克四十多米,就把反坦克雷投出去了。轰隆一声,只在坦克前面掀起一团浓烟。说话间,坦克已经嘎嘎地来到面前,他把手臂一挥,这一次又用力过猛,投到坦克后面去了。

郭祥正要派第二个人去炸,坦克已经加快速度从公路上驶了过去。轻重机枪打了一阵,在坦克上就像敲小锣似的,只不过为它送行罢了。

新战士跑回来,满脸通红,眼里含着泪珠,难过地说:

"我没有完成任务! ……"

“把两个反坦克雷也报销了。”不知是谁还低声地咕哝了一句。

不用说，郭祥也很懊恼。十个反坦克雷，已经少了两个。要搁过去，他一定会说：“你是怎么搞的！”可是想到老模范对自己一次又一次的劝告，话到嘴边又咽了回去，改口说：

“秦德让，没有什么，看下次的！”

接着对全排大声说：

“大家沉住气，不要慌！不见兔子不撒鹰，爆破手一定要接近了再打！”

郭祥最善于掌握战士们的情绪，几句话就使新战士们的情绪稳定下来。

说话间，北面山梁上出现了第二辆坦克，上面坐满了戴着钢盔的步兵。这辆坦克还装置着广播器，一边向山坡下开动，一边用生硬的中国话喊道：

“中国士兵们！跟我们到汉城去吧！那里有姑娘等你……”

“打这个狗日的！”郭祥大声喊道。

说着，他顺手从通讯员手里夺过一支冲锋枪来，瞄准坦克上的步兵，哗哗地打了一梭子。轻机枪接着也开了火。眼瞅着那些步兵从坦克上纷纷滚落下来。但坦克仍然继续向前开进。

“这个大家伙，要是再炸不住，对战士的情绪就有影响了。”郭祥在心里掂量着，正要派一个老战士去炸，只见班长花正芳晃了晃手里的反坦克雷，用恳求的声音说：

“连长，叫我去吧！”

郭祥点了点头，说：

“小花子！可要接受上次的教训哟！”

花正芳从壕沟里跃出，像一只小燕子似的迅速接近了坦克。

手起弹落,轰隆一声巨响,坦克呼地蹿出一大团紫红色的火焰,顿时燃烧起来。坦克没有滚出几步远,就停住不动了。

“打中了!打中了!”战士们高兴得跳起脚喊。大家的情绪也像这红色的火焰一样呼地一下全起来了。立时有两个新战士跑过来说:

“连长,下次我去吧!”

“下次我去吧!”

郭祥见大家的情绪起来了,心里甚为高兴,立时笑着说:

“慌什么!坦克有的是,多着哩!”

紧接着从山梁上下来了第三辆重型坦克。坦克上满载着步兵。看来开这辆坦克的家伙技术高超,也比较沉着,它在山坡上略微停了停,似乎看了看形势,接着就一面打炮,一面打机枪,凶猛地扑了过来。看看接近了着火的坦克,它突然把车头一转,下了公路,想从稻田里冲过去。由于转得过猛,开得又快,一下子把坦克上的步兵全甩下来了。郭祥他们趁势一阵猛打,惊慌失措的敌人,已经忘了抵抗,只顾往坦克上乱爬。可是开坦克的家伙,根本不管这些,一个劲儿地往前猛跑。有好几个敌军步兵被轧断了腿。还有一个正在坦克的前面伸着手往上爬,忽然一声惨叫,坦克从他身上轧了过去。可以看到,他的整个身子被轧到污泥里,与地面平了,活像一幅照片上的平面像。只是头上的一撮黄毛,翘起在地面上,想是被坦克的履带挠起来的。

由于这辆坦克速度过快,眨眼之间,已经开过去了。大家就追着在后面猛打。一心想抓俘虏的傻五十,愣呼呼地跑到最前面,敌人一个步兵刚刚攀上坦克,就被傻五十抱住了腿,想把他抻下来。那个家伙死抓住坦克不放。疙瘩李擎着一个反坦克雷,想打又不

敢打,急得什么似的连声叫道:

“傻五十,快撒手! 快撒手!”

傻五十撒开手,不满意地往后看了一眼,疙瘩李的反坦克雷已经飞了出去,坦克立刻蹿出一大团火焰。驾驶这辆坦克的家伙似乎还不甘心,又带着火跑了一阵,终于吭哧吭哧地卧在那里不动了。

越过山梁的第四辆重型坦克,上面的人特别多,一层一层爬得满满的。郭祥他们用机枪一打,一个军官模样的胖家伙,立刻跳下来,喊了一句什么,接着步兵纷纷跳下坦克,向着树林子冲了过来。说话间,敌我相距只有十几米左右,郭祥喊了一声:“打呀!”立刻站起身子端着冲锋枪猛烈地扫射着。大家全从战壕里站起来了。双方面对面地猛烈对射起来。刚才一心想抓俘虏没有得手的傻五十,这时不知怎的,一眼瞅准了这个胖军官,抄起一把小圆锹就迎了上去。那个胖军官见他来势凶猛,举着手枪的手哆嗦了一下,一枪没有打中,傻五十已经扑到了他跟前,举起铁锹猛劈过去。不想旁边有一棵两搂粗的大树,那个胖军官一闪身子躲到大树后面去了。傻五十劈了个空,气更大了,就绕着树追。两个人围着大树转了好几个圈子。傻五十急中生智,猛地调转头来,那个胖家伙躲闪不及,被傻五十一锹劈下了半个脑袋,扑通一声,像个大口袋似的倒在地上。

冲过来的敌人,大约被打死一半,剩下十几个见事不好,掉过头向小村子跑去。

这时,停在那里的第四辆坦克,也掉头想跑,被几个战士追上去炸毁了。

郭祥正准备派一个班,去消灭逃到村子里的敌人,齐堆走过来说：

“我看搞点政治攻势吧，好抓几个活的！”

“对！你不提我倒忘了。”郭祥点了点头，一面扶着额头想了一下，问：“那个‘缴枪不杀’怎么说？什么诺哈姆？”

罗小文立刻接上说：

“哈罗！葛弗阿普，诺哈姆！（Give up，no harm！）”

“对！就是这！”郭祥说，“小罗，你就领着喊吧！”

小罗立刻把两手圈成个喇叭筒，用尖尖的声音喊起来。大伙也跟着喊：

“哈罗！葛弗阿普，诺哈姆！”

“哈罗！葛弗阿普，诺哈姆！”

这一喊，果然有效，时间不大，就从向南的窗口里伸出一面白旗。白旗反复摇摆着，有一个重浊的声音传过来：

“图——向！（投降）……”

“图——向！（投降）……”

大家都很惊奇，纷纷说：

“他们怎么还会说中国话呀？”

郭祥笑着说：

“这有什么稀罕！谁要跟中国打仗，首先就得学会这两个字！”

大家都笑了起来。

俘虏们一个个低垂着头走过来，一面用惊惧的眼光偷看他们，一面不约而同地往下摘手表和大金戒指，抖抖索索地托在手掌上……

大家立刻摇手拒绝。

俘虏们互相看了一眼，又用惶惑不解的神情注视着战士们。

仿佛说:这是怎么回事?为什么会有这样的事?在面前站着的,真是一支无法理解的奇怪的军队!

俘虏中有一个四十来岁的老兵,佩着下士军衔。他的手臂被打断了,用另一只手托着,显出十分痛苦和疲倦的样子。他看见近处有汪泥水,一屁股坐下,伏下身子就喝。郭祥制止了他,叫一个战士把水壶递过去。他一气就喝了多半壶,送还水壶时感激地望了战士一眼。郭祥又连忙找卫生员给他包扎伤口。俘虏们紧张不安的情绪渐渐消失了。

这时候,郭祥正要指定人把俘虏带下去,突然头顶上哇的一声,一架喷气式战斗机贼一般地掠过去了。接着又是一架,两架,三架,围着山谷盘旋起来。俘虏们十分惊慌,有的立刻卧倒,有的乱躲乱藏。

郭祥忽然灵机一动,指指飞机,对齐堆说:

"你看,能不能叫俘虏们发挥点作用?"

齐堆眨巴眨巴眼,笑着说:

"我看行喽!"

于是,郭祥立刻叫通讯员把后边阵地上的文化教员李风喊来。这位高个子戴着眼镜的大学生还真有两下子,马上就同俘虏们嘀里嘟噜地讲起来。俘虏们欣然同意。有一个俘虏取出一面英国国旗铺在稻田里,其余的人站在旁边。飞机过来的时候,他们就举起帽子向空中摇晃着。时间不大,几架敌机就转到别的地方嗡嗡去了。

这时,从山梁上过来的第五辆、第六辆坦克,也都被战士们用反坦克雷击毁。紧接着又驶过来第七辆。这辆坦克与众不同,不仅高大得出奇,而且凶神恶煞似的,一面走,一面向外喷火。公路旁边的几间房子，阵地前面的草地和灌木丛，顷刻之间都熊熊地燃烧起来。

可是在这节骨眼上，反坦克雷一颗也没有了。郭祥显然有些着急，高声问道：

“同志们！谁要这个大功？”

一时无人答话。在这紧急时刻，只见齐堆胳肢窝夹起一个大炸药包，不慌不忙地说：

“连长，这回你可该还愿了吧？”

郭祥连声说：“行，行，你去。”

这齐堆不愧是个老兵，他没有从正面去，三脚两步蹿到小村子里，然后借着房子冒出的浓烟，从背后迅速地接近了坦克。接着一个腾身就攀了上去。这时，坦克还继续喷着火，车身也摇摆得很厉害。只见他一只手紧紧地抓住坦克，一只手安好炸药包，用嘴咬着拉了火，一纵身跳了下来，滚了几个滚儿伏在地上。顷刻间，火光一闪，像响了一个大炸雷似的，整个坦克喷出几丈高的火焰燃烧起来。

阵地上顿时腾起一片欢呼声。

天色已近薄暮。这条山谷本来就窄，加上火盛烟大，强烈的汽油味和硝烟味，呛得人直打喷嚏。坦克上的火焰跳跃着，飞卷着，红通通的，在暮色里显得更加耀眼了。

北面的枪炮声，也一阵紧似一阵，像潮水一般由远而近直压过来。看来包围圈已经越来越小了。

这时，由两辆坦克作前导，一大群黑压压的步兵从北面溃逃下来。

郭祥指挥轻重机枪和六〇炮一阵猛砸，坦克停住，那群黑压压的步兵惊慌失措地散开，卧倒在稻田里。

郭祥心中想道："这回来的人多，如果硬冲，免不掉有漏网的；何不再发挥点政治攻势的威力？"想到这儿，喊上李风，一起来到英国俘虏那里，用平和的语调说：

"现在，你们的部队已经被完全包围了。我们的上级已经下了总攻击令。在这个时候，你们愿不愿意喊喊话，多挽救几个人的生命？"

李风把话翻过去。几个俘虏面面相觑，犹豫了一阵。其中一个怯生生地问：

"可以不提自己的名字吗？"

"可以，可以。"郭祥点点头说。

那个负伤的下士看了别人一眼，神色有些激动地说：

"先生，我首先必须向您表示，对于共产主义我是一无所知的，不理解的，或者未尝不可以说，是不感兴趣的。但是，我也必须同时向您表示，我是参加过第二次世界大战的老兵，我见过许多国家的军队，可是从来没有见过像你们这样的军队。有两点印象是很明显的：第一，我认为，你们是世界上最勇敢的军队；第二，我还认为，你们是世界上最人道的军队。因此，我对先生您的建议，是乐意接受的。"

接着，又有两个俘虏表示愿意喊话。

郭祥鼓励了他们几句，就叫李风带着他们三个人到前面来。

他命令阵地上立刻停止射击。李风首先领着战士们喊了一阵"缴枪不杀"的口号，接着又用英语喊道：

"请注意！请注意！现在由你们的人讲话。"

那个英军下士，在大树后面站起身子，从口袋里掏出一张旧报纸,别人帮他卷了个大喇叭筒,他就用重浊的嗓音“哈罗,哈罗”地喊起来。其余两个俘虏,偶尔进行一些插话。

对方一声枪响也没有,在静静地听着。

下士讲完,停了好一会儿,对方答话了。

郭祥问:“大李,他们说的是什么呀?”

“他们问:有没有危险,能不能回家。”

“你们过来看看就知道了!”下士流露出不屑一答的声调,立时回答了对方;并且指着他那条伤了的手臂,激动地说:“我的伤口就是他们给绑扎的!”

隔了一会儿,就传过来英语夹着生硬的中国话:

“图——向!(投降)”

“图——向!(投降)”

这时,远远看到,那两辆坦克的顶盖也先后打开了,钻出好几个人,纷纷跳下坦克,跑到稻田那边。

等到郭祥派人过去的时候,一百多名英国兵,枪支已经扔在一旁,垂着头,跪在深浓的暮色里……

整个战场上,枪声稀落,战斗已近尾声。

郭祥爬上北面山梁一看,公路上到处是被击毁的坦克,燃烧的汽车,一丛一丛火光,总有十几里长。这个为掩护美军撤退而留下来的英国皇家二十八旅,它们的大部,包括这个重坦克营,就这样覆灭了。

战士们除吞了几把炒面,已经一天多没有吃饭。这时候,他们把新缴获来的罐头用刺刀挑开,一边吃一边谈笑着:“这个就是英国皇家二十八旅呀!”

“据说,还是精锐哩!”

“嘿,叫我看也稀松平常。”

“不过,武器确实不错。”

特别是那些新战士,高兴得像小孩一样,抱着新缴获的机枪,这里跑到那里,那里跑到这里,遇见郭祥就说:

“连长,把这个给了我吧!”

郭祥笑着说:“你背得动?”

“我咋背不动?”新战士说着就扛起来,哼着歌儿走了。

这时营长孙亮带着一些干部也下来了。大家纷纷说:“嘎连长,给点什么纪念品哪!”这郭祥平日常抽别人的烟,今天大方极了,一下拿出好多黄铁盒包装的英国的“555”牌香烟,每人好几盒。大家一边抽,一边说:

“今天的仗,打得可不错呀!”

郭祥满脸是笑地说:

“这回发下的反坦克雷真好使,一粘上坦克就燃烧。营长,以后再多发给我们几个吧!”

“说起这,还有点来头哩。”孙亮神秘地眏眏眼说。

“什么来头?”

孙亮喷了一大口烟,悄声地说:

“为了增加反坦克武器,主席曾经发过两个电报。这就是在那以后送来的!”

郭祥点点头,感慨地说:

“想起二次战役,打坦克有多难哪!战士们爬上坦克,干着急没有办法,花正芳就是那次被打伤的。当时急得我满身是汗,棉衣都湿透了,真恨不得替他咬开那个盖子……主席真是时时刻刻都想着我们。”

第十二章　控诉书

第二天，郭祥和他的连队在山坡上的小松树林里休息待命。

郭祥参加了班里的战斗检讨会回来，看见李风躲在一个大石崖下，坐在背包上，低着头，聚精会神地在写什么。他笑着问：

“大李，又偷着给你爱人写信了吧？”

“哪里！哪里！”大李把脸抬起来，也笑着说。

郭祥说：

“你们这些知识分子就是行。叫我三下五除二就完了，你们一提笔就没个完，写信还得描写个风景儿，什么山呀，水呀，云呀，月呀，像一部长篇小说。”

“连长，你的信不长，可是写得勤哪！”李风笑着说，“你给小杨写信，光我就碰到好几次了。”

郭祥哈哈大笑，用手一指：

“瞧，你的反击炮火比美国鬼子来得还快。今天不管怎么说，你得让我欣赏欣赏！”

郭祥说着，就过来抢信。李风并不躲避，嘿嘿一笑，说：

“连长，你又犯主观了！”

郭祥抓过一看，是一个黄皮硬壳的笔记本，已经在口袋里磨损了。一揭开，里面都是曲曲弯弯的外国字，还夹着一张西洋年轻女人的照片。郭祥问：

“这是谁的?”

李风说,这就是那个英国下士写的半本笔记。昨天夜里送他们上汽车到俘虏营去,他很激动,掏出手绢,擦了擦眼泪。汽车开动后,才看到地下有这个本子,想是他掏手绢的时候失落的,送还他已经来不及了。团政委听说,命令赶快翻译出来……

“写的还有点儿意思吗?”郭祥问。

“有点儿意思。”李风说,“他们的装备那样好为什么打了败仗,叫我看这是一个很好的注解。”

“好,我也看看!”

郭祥说着,接过李风的译文,坐在松软的草地上,点着一支英国“555”牌香烟,一面抽着,一面看起来……

（一）

我本来深信:二次大战带来了持久的和平。那时候,我带着凯旋而归的心情离开了军队,与可爱的丽萨结了婚。我们相信,再也不会遭受另一次大战的不幸了。

然而,战争爆发了! 今天我突然接到被征召入伍的通知。真是没有想到,没有想到……

晚上,我把这个消息告诉了丽萨。丽萨哭了。她问我:朝鲜究竟在哪里? 朝鲜与我们有什么关系? 我无法回答她,因为这同样也是我想不通的问题。而且特别使我愤恨的是:我的后备期只剩了一个月,也许到不了朝鲜就到期了。为什么他们一定要召回我,召回我这个已经结婚的人?

（二）

我拖着沉重的步子去报到。在那里我看到那些后备兵们，一个个脸色灰暗，没有话，比我的心情好不了多少。

军衣发下来了，我们谁也不理它，照旧穿着便服，又坚持穿了四天。

头天演习，雨打湿了军衣。第二天演习，我们又都穿上了便服，以致弄得演习不成。

（三）

一个礼拜后，举行了一次大演习。正在射击时，一个家伙大声哭叫起来，在射击场上乱跑乱钻，只好把他送入医院。终于以“战争恐怖病”而退伍。事后才知道他是装的。他和他的妻子在街上散步，被我撞上了。他说：“你们不要讥笑我，我实在没有旁的选择。我可以毫不惭愧地告诉你，我不愿到朝鲜去，因为我不理解为什么进行这场战争。”

这以后，很多人的病和伤口都“犯”了，为了不上船，尽量装得严重。

这种情形，我从来没见到过。

（四）

行前放了两个礼拜的假。签了一份保证书：如不按时回来，就受到军法审判。

在这期间，我到我父母的家里告别。我的妈妈哭了。我的父亲喝得醺醺大醉。他拍着桌子骂道：“这是一场该死的战争！应该让决定参战的混蛋们去尝尝炮火的滋味！”

虽然我和我的丽萨整天待在一起，并且出去郊游了两次，但已经没有任何乐趣。它仿佛已经被什么人夺去了。

（五）

启程的时间到了。

当我们到达扫桑浦敦时，有谣言说，我们不会离开英格兰，要留下来等待朝鲜事变的发展。这种看法，像肥皂泡一般很快地破灭。船只和军乐队都准备好了。

我们在这个可诅咒的日子——一九五〇年十月二日十四时上船。

军乐队吹奏起来。通常他们总受到出国人的欢迎，可这次却挨够了臭骂。士兵们纷纷向他们头上掷便士，叫他们滚开点；还向他们喝倒彩；我听见不只一个人喊道："如果你们这些家伙为这个感到愉快，那你就来代替我吧！"

再见吧，英格兰！

再见吧，我们的亲人！

但是，我们究竟是否还能再见呢？

我们十分难过地离开了我们的国家……

（六）

船没开到海面，谣言又传开了。说我们到第一个港口马耳他后就回来。我们每时每刻都在等着无线电广播——战争结束了！

可是哪有这样的事？我们不过是用自我欺骗来安慰自己的灵魂。

（七）

不久，又传来相反的消息，说后备兵在紧急关头，必须再服十二个月的额外役，仿佛在军人宣誓书上这样写着。可是谁也不记得这项条文，就拼命找宣誓书。最后找到一份，大家似乎在这时才发觉自己从来没有念过宣誓书，按照这个混蛋文件，可以无限制地把自己留在军队里。

那时我刚十八岁，选举还不到年龄；可是签订这个出卖我一生的法定文件时，我又是及龄了。

我的一生完了！完了！

（八）

黑云沉沉，白浪滔滔。

在船上，我们唱起了第一支歌——《后备兵的悲歌》：

在一个寒冷的十月天，
“温得拉西帝国”号运兵船，
离开了欢乐的英格兰。
向东，向东，
满载着打仗的后备兵，
他们像牲口一样地哀鸣……

咩！咩！咩！
我们是多么可怜的小后备兵！
咩！咩！咩！
有人领取五星上将的薪饷，
我们却向死亡深渊飘零！飘零！

咩！咩！咩！

英格兰请听我们的呼声：

咩！咩！咩！

究竟为什么，为什么啊，

要去参加这该死的朝鲜战争？

（九）

在海上，传来令人振奋的消息：联合国军突破釜山之围，在仁川进行了两栖登陆。谣言再度传来，说我们只要在朝鲜逗留一个短时期，就可以回国了。

接着，像晴天霹雳一般，传来了中国军队开进朝鲜援助北朝鲜人的消息。实在令人震惊，而又摸不着头脑。几乎我们每个人都朦胧地意识到，跟这个神秘莫测的大国打仗是非常不幸的。

（十）

一九五〇年十一月十二日到达朝鲜。接着乘火车到水原，控制细壁里游击区。

我们弄不清中国人的问题，加上无味的口粮，情绪很坏。谈话的大部分集中在中国人怎样干的问题上。有人说，中国只是为了保卫鸭绿江水电站，不会干预这场战争。我认为，这话是有道理的。他们的国家刚刚建立，为了另一个国家的利益，干吗要冒那么大的风险？

（十一）

一连几天，都是联合国军向鸭绿江推进的消息。

突然,让我们开赴前线。中国人已经真的参加了战争。

我们到前方时,看到美军正川流不息地撤退。真是怪事!为什么美国佬在撤退,倒让我们去担任掩护?士兵们人人心里都不痛快。

排里有三个士兵开了小差。可是大家说:“祝他们一路平安!假若我不为老婆孩子着想,我也早跟着他们溜了。”

这是我第一次听到对逃亡者给予宽恕。

(十二)

在一座废墟上,我看见一个朝鲜少女,她的眼光一碰上我,手里的锅突然掉在地上,摔碎了,接着像野马般地逃去。

活见鬼!她是发疯了,还是有什么毛病?在这里看到的任何女人都会以为我要去强奸她。难道她不知道我是来这里保护他们的么?为什么他们不感谢我们从红色的威胁中把他们拯救出来?

(十三)

我渐渐明白了……

在撤退中,我们看到田野里的谷物、柴草和朝鲜人的房子,都被美国人点着了火。

这些美国佬见东西就抢劫,强奸更是常见的事。英国军队不知羞耻地也在这样干。这就是这个战争的真实情况!

难怪,这里的女人看到我们都感到害怕。

(十四)

在掩护美国人撤退中,我们祈祷着,希望中国人和朝鲜人不要来得太快。

深夜,我们在大山上担任警戒。我低下头来,一次又一次地向上帝祷告:

主啊,和我同在吧,
你看这夜色沉沉,寒意袭人,
我的勇气的小火花已经暗淡,
千万别让中国人来袭击我们!

生活的情调虽已改变,
我要生活,我并不是懦夫,
但我难以和我的亲人分离,
主啊,让我的心志牢固……

(十五)

我们向南撤退了二百哩,到了汉城。

在这些天里,"打背包"已成为后退中一句流行的话。连土耳其、泰国兵都学会了这句英语。只要班长一说"打背包",就立刻拿腿就跑。

这天我想到酒吧间里痛饮几杯,一看里面挤满了上级军官,我就恶作剧地高喊了一声"打背包",不料倒害了自己,因为连军官和酒吧间的伙计都惊走一空。

(十六)

我们在汉城北挖工事,同时准备逃生的路。

就在这时,我们收到了国内寄来的报纸。报上说我们都很想到朝鲜打仗。还说我们讲过这样的话:“假若到朝鲜去得太晚,赶不上寻开心,我们会很难过。”这些混蛋话立刻引起了骚动。如果那些记者在场,一定会被打得鼻青脸肿,叫他们干不成报道工作。

(十七)

十二月末,总部说:“不会再退了,这对士气是有害的!”

真他妈的见鬼!战争是美国人挑起来的。我们是英国人,正相反,我认为只有撤退才对士气是有益的!

(十八)

一九五一年一月一日,我们守在脱离补给线的一个山地,大家管它叫做“死谷”。夜十七时突然接到命令:向水原撤退。多么叫人兴奋,这一下就可以撤退四十到五十哩了!一个伙伴说:“撤得越远越好,赶快离开这座死谷吧!”我说:“最好还是离开朝鲜,因为整个朝鲜都是一座死谷。”

(十九)

到水原后,计划又改变,决定进攻。

指挥官知道士气很坏,集合全旅讲话。他问:“你们要不要回家呀?”大家齐声回答:“要回家。”他接着说:“既然这样,那么你们就必须先向北去,然后才能回家。”

真没想到,这个私生子竟说出这样的话!

(二十)

在向汉江前进中,有两枚小小的迫击炮弹落在我们中间,伤了五个人。要在二次大战中，没有人会去注意这样的事，这一次却造成两个士兵的逃亡。

（二十一）

我们参加了连攻击战斗。我心里空落落的，确实就像缺少一件东西似的。中国人的一挺机枪，竟压得我们两个班不敢移动一下。昔日的战斗意志到哪里去了？士兵们对战争已经没有了胃口。

另一个排也是这样。他们攻击，并不是一直线地前进，而是每个人都想躲在最后。他们的班长是我的好朋友，我看见几乎只有他一个人在作战，我就喊起来："你们如果不爬起来帮助他，我要打死你们这些贼种！"但是我们排何尝不是这样！

（二十二）

中国人撤回到三八线以北。

两天后，我们接受了埋伏巡逻。排长问谁愿去，全排二十九个人，只有一个年轻的正规兵报名。从此以后就只好派公差了。

（二十三）

倒霉透了！我们又回到三八线上的那座"死谷"里。

我在胡思乱想：假若我还能回到家里，我一定到狄望痛痛快快地过一个假日。我计划这次假日，将在我回到家乡一两个礼拜之后举行。参加的人将有格林夫妇、比尔贝夫妇、丽萨和我自己。

杰克、肯,还有他们的妻子,将在我们出发前一天到达伦敦。我租好汽车去迎接他们。

那天晚上,我们将见到麦菲和他的新娘子,一同出去游玩。

我们离开我住的地方,到什么地方去过夜,第二天早上继续往狄望前进,到艾克斯特用茶……

(二十四)

连日来,传说中国军队增加了。果然今天向我们开始了大举进攻。

美国佬部署在我们后面远远的地方,这些讨厌的家伙,是否又让我们英国人担任掩护?

不知怎的,这一次我老是摆脱不掉一种不幸的预感。昨天夜里,我做了一个噩梦,一群中国兵在猛烈地追击我,我拼命地跑着,跑着,忽然脚下出现了黑森森的深不见底的悬崖……

这是否是上帝给我的启示呢?

郭祥一口气读完译文,又点起一支英国“555”牌香烟,深有所感地说:

“可见士兵不愿意打,就是武器再好也没有用。我看这个矛盾他们不好克服。”

他把译文送还李风,又问:

“下面还有吗?”

“没有了。”李风说,“下面他只好到俘虏营再写了。”

郭祥笑着说:

“叫我看，他们旅长那句话倒没说错：‘你们只有先向北去，然后才能回家’，他以后倒是可以见到他的丽萨了。”

“不过，他得要首先感谢我们。”李风也笑着说。

这时，营里的通讯员跑来，要郭祥和老模范赶快到团部开会，准备接受新的战斗任务。

第十三章　将军渡

郭祥和老模范赶到团部，会议已经开始了。

会议是在松树林里进行的。在两棵高大的松树之间，牵着一道绳子，挂着一幅很大的军用地图。团政委周仆正在讲话。他总结了第一阶段的战斗，宣布了战役第二阶段的开始。

不过最使大家兴奋的，还是团长邓军的归来。他穿得整整齐齐坐在前面，静静地抽着烟，一向严肃的、被战火熏黑的脸上，流露着笑容。坐在草地上的干部们，也都望着他微笑着，似乎说："又该打个漂亮仗了！"好像未来的胜利很快就要到手似的。他们对团长的这种信心，不是一朝一夕形成的，是经过多年战斗形成的。

这自然使郭祥十分高兴。但会上也出现了意外的事，周仆正在表扬七峰山打坦克的时候，顺便讲到，要把花正芳调到团里担任侦察排排长。并且当着大家问：

"郭祥，你有意见吗？"

"没，没意见。"

郭祥嘴里虽这么说，心里却不免舍不得。周仆像看出了这一点，立刻说："心疼也不行啵，今天晚上就要到职。可不能犯本位主义！"

当晚，郭祥把剩下的罐头拿出来，请花正芳吃了一顿。临走，又帮他提上挎包，送了好几里远，才恋恋而别。

五次战役的第二阶段，是以东线为重点，西线为钳制方向。行动开始后，经过东线部队的勇猛突击，将李承晚的伪军第三师和第九师的后路切断，在志愿军和朝鲜人民军的亲密协同下予以歼灭。与此同时，我军向西线的美军也展开了进攻。但狡猾的敌人，一触即退，不到四天时间，我军即进到北汉江江边。

北汉江南接汉江，是朝鲜中部一条有名的江水。邓军和周仆所率领的团队，位于师的后尾，于昨天黄昏前到达北岸将军渡。这里江面很宽，总有四百公尺。有一座贮水、发电共用的水泥桥，横跨在江面上。桥东是深不可测的水库，桥西是一米多深的江水。像这样一个险要去处，本来预计要经过一场艰巨的战斗，哪知今天早晨经过兄弟团一个拂晓袭击，没有费多大事就夺取了。

在晓风残月中，邓军和周仆踏上这座长长的江桥。邓军的那只空袖管不时地被江风飘起。小玲子拉着他的那匹久经战阵的黑马，小迷糊拉着周仆的那匹漂亮的红马，远远跟在后面。

这时，邓军望望周仆，若有所思地说：

“老周，你看敌人是在搞什么鬼名堂呀？”

“你是说，敌人的抵抗很轻微，是么？”

“是呀！你看，这几天刚一沾上，他就跑。是不是在引诱我们？”

“我也有这个怀疑。”周仆点点头说，“朝鲜地形狭长，这是个特点。敌人总想诱我南下，然后利用他的海空优势，在我们后面登陆。这一点，毛主席早就指出过了。”

“看起来，我们要特别注意才行。”

过了长桥不远，山边有个岩洞，电话员们正在忙碌地架线。邓军和周仆进去一看，这个自然洞挺不小，能盛二三十人。虽然岩壁上长满青苔，头顶上不断噗嗒噗嗒滴水，也算是很堂皇的指挥所了。

中午，天色变得阴沉，不一时，下起了零星小雨。邓军和周仆正吃中饭，前面的枪炮声突然激烈起来。沉重的榴弹炮和清脆的坦克炮，就像打在近处的山头上似的。富有战斗经验的邓军，立刻意识到情况起了变化；正要叫参谋询问，响起了急促的电话铃声。二营营长在电话中报告：敌人的步兵，在二十多辆坦克的掩护下，向他们的阵地开始了反击。

“你们一定要坚决顶住！”邓军对着送话器大声喊道。他的话还没讲完，就被一片隆隆的飞机声淹没了。

“一架，两架，三架，四架……”小玲子站在洞口，仰着脸数着，“嗬，今天来得可真不少哇！”

邓军和周仆到洞口一看，敌人的野马式战斗机，总有二十多架，一架跟着一架在前面的阵地上俯冲着。

接着，敌人密集的排炮也打过来，在桥头上腾起一团一团的黑烟。

周仆一向很锐敏，望望邓军说：

“老邓，你看敌人是不是要夺这座桥哇？”

“唔，很有可能。”邓军沉吟说，“看样子，是企图切断我们的退路，把我们的部队消灭在江南。”

接着，师长来了电话。邓军接过耳机，只听电话里亲切地说：

“老邓呀，你们那里热闹起来了吧？”

师长对邓军一向很尊重，这分明是一句客气的问讯。邓军立刻笑着说：

“热闹点儿好嘞！开的弹药铺，卖的子弹头，咱们干的就是这个买卖嘛!”

“可也不能大意哟!”师长提醒说,“现在其他部队前面也都出现了情况,很可能是敌人的全线反击。现在你们守的那座桥,是全师全军的退路,也是敌人进攻的重点。你们一定要坚决守住! 什么时候,全师全军撤过江来,你们才能离开。”

“师长放心好喽!”邓军对着话筒响亮地说。

他那充满信心的声音,显然使对方感到快慰。师长沉了一下,又问:

“你们全团都过去了吗?”

“江北面还留了一个营。”

“那就不必过去了。”师长说,“我再拨给你们一个炮营,在江北支援你们,归你们统一指挥。”

邓军和周仆立即进行了研究,调整了部署。周仆给各营教导员打了电话,用他火热的语言做了动员,鼓励大家坚决守住江桥。

敌人封锁江桥的炮火,相当密集,隔一两分钟,就是一阵排炮打过来。小玲子在洞口观察着,忽然惊叫道:

“首长,把闸门给打开啦!”

“你喊叫什么!”邓军瞪了小玲子一眼,走出洞口一看,这座桥,原有五个闸门,关着两个,现在关着的那两个闸门,一个被炮弹炸开,一个被炮弹打穿了一个大洞,滚滚的江水像奔腾的野马一般向桥西倾泻着。原来桥西的江水就有一米多深,现在已经完全没有徒涉的可能了。

邓军点着一支“555”牌香烟,沉思良久,慢慢抬起头来,望着周仆说:

“老周,我有一个想法。”

“什么想法?”

“我看不一定合你的意啰,”邓军笑着说,“你是不是先到江那边去?”

“你这是什么意思?”周仆的黑眼珠一转。

“没有什么意思。”邓军连忙带笑解释说,“你看,江那边还有一个营,一个炮营,也要有人指挥嘛!”

“你别哄小孩儿啦!”周仆用手指点着他,鬼笑着。

“这怎么是哄你呢!”邓军分辩着,“待会儿电话线打断了,那边没有人好好组织也不行嘛!”

“算了,算了,”周仆把手一摆,“至少今天我不听你的!”

邓军显然有点生气,把那只独臂一挥:

“那好,以后你对我有什么建议,我也不听。”

说过,像孩子似的把头一扭,周仆笑了。

说真的,周仆不是不理解自己的战友内心深处的感情。他了解邓军正像熟悉自己手上的指纹。长期的革命战争,形成了邓军一个深刻的观念:是否经得起战争的考验,或者说怕死不怕死,几乎是他评价一个人的首要标准。周仆在跟他就伴做指导员的时候,就受过他那双毫不含糊的眼睛的检查。但是,当战争情况真正危急的时候,他自己又要理所当然地站在最危险的地方,而把较安全的地方让给自己的同志。就好像他当战士时把好的地形让给别人一样自然。今天的情况就是这样。而且,据周仆推断,他刚才一定经过反复思考,才找到这个借口。可是作为政治委员,怎么能够在危险的时候退到后面去呢?只好让他不高兴一阵罢了。

这时二营报告:击毁了敌人三辆坦克,敌人的第一次冲锋已经被打了下去。

可是，不到一个小时，敌人的炮火又密集起来，第二次冲击又开始了。一个年轻的参谋为了统计敌人炮火的密度，手里拿着一把黄豆，响一声炮，他就丢一个黄豆在他的茶缸里。开始一丢五六个，后来一丢十几个，再以后炮火打得呜呜地像刮风一样，已经分不清个儿，他不得不叹了口气，中止了他的工作。

邓军斜了他一眼，不以为然地说：

“土参谋！你老数那个干什么？”

“他是为了做战后总结。”周仆笑着，代为解释说，“大概是上级作战部门有要求吧。”

“是为了做总结，也是为了还账。”年轻的王参谋露出白牙一笑，“等咱们大炮多了，也叫龟孙们尝尝咱们炮火的滋味。”

半小时后，出现了紧张的情况。二营营长在电话中报告：有一个排的阵地失守。从这个阵地上只下来三个人，其中有两个是负伤的……

邓军立即命令：把失去的阵地夺回来。并且指示江北的炮营进行掩护。

半个小时后又恢复了阵地。

阵地就是这样一个一个地反复争夺着。下午四时，情况突然恶化：敌人避开正面，向东迂回，在十二架飞机和六十余辆坦克的掩护下，攻占了一连的阵地，已经到了团指挥所的侧后方。……

当一营营长孙亮在电话里报告到这儿，邓军严厉地说：

“你马上亲自组织部队给我夺回来！”

“团长不要动气。”孙亮在电话里说道，“我保证把阵地夺回来！但是我有一个意见……”

“什么意见？”邓军问。

“我请求你无论如何先过江那边去。我不瞒首长，情况实在是很紧急的。过了江也是一样指挥……”

邓军不等他说完，就打断说：

“过江不过江，这是我个人的问题；你赶快把阵地夺回来，这是全师全军的问题。你快点去！我马上让炮火支援你。”

“不管怎么样，我有这个意见……”

对方说到这里，邓军已经“卡嚓儿”一声把电话挂上了。

邓军点上烟，猛抽了几口，陷在深沉的思索里。他觉得自己刚才的话虽然无可指摘，却未免有点过分。如果是一个作风软的人，那就有理由怀疑，他催自己过江，是为了他自己好走。但孙亮不是这样的人。他像郭祥一样，都是十四五岁参军，曾经多次负伤，每一次都是伤不好就提前回来。他在指挥上也很机警，尤其在灵活巧妙上胜过自己。他刚才提出的问题，只能是出于对上级的深切关心。这是只有在革命的部队才有的啊！想到此处，心里一阵热乎乎的。他偷偷地望了周仆一眼，正好与周仆含笑的眼光相遇，那眼光似乎说：“老伙计，你怎么不到江那边去呀!?”他很不自然地把头转到一边去了。

时间不大，就传来了令人愉快的消息：一连失去的阵地已经夺回，而且在郭祥的三连参加下，又击毁了敌人五辆坦克……

石洞里的光线，渐渐暗下来。邓军看看手表，已经将近下午五点。也许因为炮声稀落的缘故，洞子顶上的滴水，又噗嗒噗嗒发出清晰悦耳的响声。

黄昏以后，这个军的所有部队，已经像蜿蜒的长龙一般，井然有序地从长长的水泥桥上撤回了江北。

周仆忙着组织部队运送伤员。运送完毕，已经后半夜了。这时候,这个保卫将军渡的团队才开始转移。

在石洞门口,邓军遇到孙亮。孙亮愉快地说:

“团长,现在你可该过江了吧!”

“那就用不着你说喽!”邓军望着他微笑一笑。尽管月光迷离,也可感觉出他的笑容是多么动人!

“那咱们就一块走吧!”周仆也笑着说。

“不行呵,政委,”孙亮说,“我们营还有十二个战士隔断在敌后了,我还得等一等他们。”

“当然要等,我们一个战士也不能丢。”邓军看看表,说,“时间还宽裕,我们干脆和你做个伴吧!”

两小时后,那十二个战士回来了。他们握着团长、政委和营长的手,兴奋地诉说着自己不平凡的经历。

等到邓军、周仆的脚步踏上江桥,已经又是晓风残月时候。邓军的那只空袖管又不时地被江风吹起。小玲子和小迷糊拉着一匹黑马一匹红马跟在后面。这一切都倒映在碧清的江水里,像来时一样。不同的只是两匹马不断地嘶鸣着,好像埋怨它们的主人没有让它们尽量驰骋似的……

第十四章　虎鸣山口

当我军撤过北汉江向北转移之际，敌人以美、李四个军共十三个师的兵力，用摩托化步兵、炮兵和坦克组成的“特遣队”，向我展开疯狂追击，企图将我消灭在北汉江以北。我则坚决阻止敌人，掩护部队节节转移。在北汉江以北的漫长战线上，整日炮声隆隆，烟尘蔽日，战斗十分炽烈。

邓军和周仆的团队，由于连日战斗，过于疲劳，掩护任务已由其他部队接替，他们位于师的先头向北转移。部队简直是一面睡眠一面行进。

这天拂晓，部队刚刚到达宿营地，小玲子忽然听到一阵敌机的隆隆声，跟平时很不一样，就对邓军说：

“团长，今天恐怕要注意一点儿！说不定要轰炸什么地方。”

邓军正靠着一棵松树休息，一面抽烟一面满不在乎地说：

“你怎么知道？”

“你听这声音多沉！决不止三架两架，说不定还有重轰炸机。”

周仆已经在一块雨布上躺下来，这时也欠起身子，笑着说：

“既是小玲子发出警告，我看还是不要大意的好。”

话刚说完，四架 F86 型喷气式战斗机已经越过上空。接着，又有十余架大型运输机自南向北飞来。运输机刚过，后面又是四架战斗机。邓军和周仆觉得情况不对，连忙起身跑到山岗上便于观察的地方。只见运输机向北飞了一程，就掉过头盘旋起来，八架战斗机在上空掩护着。整个山谷都回荡着震耳欲聋的隆隆声。

“这些龟儿子，到底要搞什么名堂嘞？”

邓军话刚落音，只听小玲子叫：

“跳伞了！跳伞了！”

邓军和周仆顺着小玲子的手指向北一望，在那布满雨云的铅灰色的天空里，果然看见一个发亮的白点。接着，又是一个，又是一个。顷刻间，就有十几个小蘑菇似的降落伞在天空里飘飘摇摇地下坠着。每架运输机飞到那里都像拉屎一样撒下一批，不到一刻工夫，北面的天空已经被星星点点的白蘑菇布满了。

“赶快拿地图来！”邓军叫了一句，眼睛仍然没有离开北方的天空。

小玲子从图囊里找出一张附近的地图，邓军立即展开，铺在地上，周仆也赶忙蹲下来看。邓军皱着眉头，咬紧颚骨看了一会儿，用食指沿着公路向北，点着一个山口说：

“这些龟儿子，很可能要抢占虎鸣山口，切断我们的退路。”

周仆凝神沉思了一会儿，点点头，同意团长的判断；并且指了指山口以南的一大片开阔地说：

“跳伞的地方，很可能就在这里……你看这地方离我们有多远？”

邓军用他有经验的手指量了一下，说：

“也就是三十华里左右。”

“那怎么办？”周仆用眼色这样说。

邓军望望北方天空的伞兵，一部分已被远山遮住，一部分仍在高空飘摇下坠，立刻果断地说：

“我看马上派一个营,跑步前进,消灭敌人的伞兵。如果让伞兵占领了虎鸣山口,那就麻烦啰！那就不是我们一个团的问题,整个军都要被敌人切断了。”

周仆沉吟了一下,脸色严肃地说：

“一个营的兵力似乎不够。我们团的主力可以随后跟进。”

两个人计议已定,立即在电话里向师部做了报告。师长完全同意他们的意见,指示他们尽快行动。

两个人跑到一营,马上下达了作战命令。尽管部队已经十分疲劳,当他们了解到局势的严重,都立刻振作起来,胡乱吃了些干粮,做好伪装,一路小跑地向虎鸣山口急进。

敌人跳伞完毕,运输机已经纷纷返航。那八架战斗机为了掩护伞兵,仍旧在上空不停地盘旋。孙亮和郭祥唯恐耽误时间,一个劲儿地督促着部队。只是在敌机俯冲扫射时才略略隐蔽片刻。即使这样,到达虎鸣山口附近时,已经是两个小时以后了。

孙亮把部队隐蔽在山林里,随后带着郭祥等几个连长,还有随同执行任务的团侦察排长花正芳,到前面一座小山上观察情况。前面是一道东西大川,相当平坦开阔,距虎鸣山一带山岭,总有两千公尺。在宽广的开阔地上,多是荒废了的稻田,有不少星星点点的降落伞委弃在乱草里。一条笔直的公路延伸过去,有一座两山对峙的山口,那想必就是虎鸣山口了。在山口两侧的高山上,隐约看见有不少的人影在活动。孙亮心中暗想:“看样子,敌人把山口早抢占了。如果白天发起进攻,这样的开阔地,势必遭到很大伤亡;如果等到夜间攻击,又会影响到部队的行动。”正寻思间,只听山口右侧的一座村子里“哒哒哒哒……”响起一阵重机枪声。紧接着又是一声手榴弹响,然后又停息了。心里正惶惑不解,只听郭祥在一旁叫道：

“营长！你瞧村西出来人了！”

孙亮往村西一看，果然从村子里陆陆续续出来十几个人。走在前面的几个人个子高些，低着头走得很慢；走在后面的几个人个子低些，肩上好像扛着什么东西。他们出了村子，走了一节就拐上那条公路，奔向虎鸣山口去了。

“会不会村子里有我们的部队？”郭祥诧异地问。

“如果村子里有我们的部队，山上的敌人为什么不向他们打枪呢？”孙亮沉思着说。

“也许山上也是我们自己的人。”

“不一定，战斗哪会这么快就解决了？”孙亮说，“我看还是让花正芳先去侦察一下再说！”

说着，他马上向花正芳布置了侦察任务。

花正芳和几个侦察员立刻换上便衣，乍一看很像朝鲜农村中的青年。他们掖上短枪，就向那个村庄奔去。

孙亮留下郭祥观察情况，自己和别的干部回去做战斗准备。

郭祥蹲在小山头上，聚精会神地注视着村子里的动静。过了半个多小时，还不见花正芳他们出来，心里不免一阵阵烦躁。正想再派人去，远远望见花正芳和那几个穿便衣的侦察员，不慌不忙地从村子里走出来，后面还跟着三个穿军衣的。他们一面走一面还像在交谈着什么。看看走得近了一些，花正芳首先跑过来兴奋地说：

“报告连长！人民军的同志来了。”

郭祥兴奋地“噢”了一声，接着问：

“敌人呢？敌人的伞兵呢？”

“不到一个小时就被他们消灭了。”花正芳兴冲冲地说，“刚才是他们正在肃清残敌，剩下几个家伙也活捉了。”

“好快哟！”郭祥两眼放光，又是羡慕又是赞佩地说。

说着，几个人民军的同志已经来到山下。郭祥用眼一撒，为首的是一个个子高高的英挺俊秀的青年军官，肩上佩戴着上尉军衔，后面跟着两个背转盘枪的年轻士兵。郭祥立刻跑下山坡迎上前去。花正芳指着军官介绍说：

“这位是人民军的金连长！”

“苏古哈喜米达！”郭祥一连声用朝鲜话道辛苦，并且同他们热烈地握手。

花正芳笑着说：

“连长，你就同他说中国话吧，金连长的中国话说得熟练着呢！”

郭祥点点头，满口称赞说：

“同志，你们这个仗，打得实在太干脆了！”

“那是我们离得比较近。”金连长谦逊地说。

“你们是什么时候到的？”

“今天拂晓，我们就过了虎鸣山口。”金连长说，“一发现敌人跳伞，崔俊师长就对我们说，这是要切断志愿军同志的退路，我们不能向北撤了，赶快返回去消灭伞兵，就是拼剩下一个人，也要控制住这个山口。我们赶回来的时候，敌人刚刚占领这座村子，脚跟还没站稳呢。”

郭祥深为感动，立刻转过头对花正芳说：

“你赶快把这些情况报告营长，就说崔俊师长率领的部队在这里。”

说过,就拉着金连长和两个人民军的战士一块儿坐下,掏出烟荷包和小日记本,撕下几条纸来,给他们每个人卷了一个粗大的喇叭筒,来表示自己此时此刻唯一能表达的敬意。

郭祥一面抽烟,一面端详着这位年轻军官,觉得有些面善,但又想不起在哪里见过。突然脑海一亮,想起刚出国的一个夜晚,漫天的火光,北撤的人流,在一个桥头上,有一个人民军的少尉,神色十分激动,无论如何也不肯向北移动半步。当时把郭祥和许多人都感动得淌下了眼泪。后来还是团长邓军亲自劝说了一阵,那位少尉才向后去了。郭祥记得那个少尉的名字叫金银铁,面庞很像这位连长,但又不敢确定。就试探地问:

"你认识金银铁同志吗?"

"你怎么认识他?"金连长惊愕地说。

郭祥把上面的情况说了一遍,赞叹地说:

"我对这个人印象很深。当时我想,一个国家要有这样热爱祖国的革命战士,这个国家就是打不败的!"

金连长笑着说:

"那你也过于夸奖他了,像他这样的人在人民军里多得很呢!"

"噢,看起来你就是金银铁同志吧?"

金连长粲然一笑。郭祥激动地攥攥他的膀子说:

"想不到我们在这里又见面了。"

金银铁也激动地说:

"我们北撤以后,在中国边境休整了一个时期,很快就赶上来了。这几个月可真打得痛快!"

郭祥笑着说:

"现在不过是暂时后退,过些时我们一定要再打回来!"

“好哇,我们一块儿好好地干哪!”

两个人谈得十分亲热。接着,郭祥就掏出了他的小日记本子。说起他的小本子,还真是有些特点。这里面鼓鼓囊囊地夹了好多同志们的照片,简直像个大肚子的孕妇。至于本子,记的东西倒并不太多。朋友们的名字、签字和通讯处几乎占了半本。入朝以后,新的历史行程又增添了大量的朝鲜同志。其中有朝鲜人民军的战斗英雄,人民军医院的女护士,里、面①的劳动党委员长,郡委员会的厨师、警卫员等等。只要他打开这个日记本,各种各样微笑的面孔,就会闹嚷嚷地呈现在眼前,而且还似乎在说:“郭祥同志,你怎么好久不来信哪?”现在,郭祥又把这个本子笑嘻嘻地递到金银铁和那两位战士的面前了。

“金银铁同志,现在咱们就算认识了,签个名儿留个纪念吧!”

当这几位新认识的朋友,正在彼此签字留念时,孙亮已从那边兴冲冲地赶来。他紧紧握着金银铁的手激动地说:

“金连长!我已经把你们的胜利向上级报告了。我们师团首长,都非常感激你们,要我们很好地学习你们的国际主义精神。现在请到我们营部坐坐吧。下午我还要亲自到你们团里去,向你们表示感谢。”

说着,几个侦察员一窝蜂地拥上去,拉着金银铁和那两个战士,走向一片密林去了。

---

① 相当于区一级的行政组织。

第十五章　黑云岭（一）

自从撤过北汉江后，敌人继续向我追击。郭祥所在的第十三师，奉命转移至黑云岭一带进行阻击。

一九五一年春季雨水多，突过临津江以来，三天两头落雨，许多战士的鞋子都走坏了。指导员老模范夜晚行军，白天就给战士们补鞋。他的挎包里，装着麻绳，锥子，碎皮子，钉鞋工具，简直就像个鞋匠。郭祥的几双鞋也送给了战士们。在临到黑云岭的这天夜里，他自己穿着朝鲜老大伯送给他的一双草鞋。这双草鞋开始穿上很得劲，后来就在跋山涉水中，碎断在一个山坡上了。郭祥干脆打着赤脚走了半夜。直到天蒙蒙亮，坐在路边小休息时，人们才发现他赤着脚，裤管挽得高高的，两腿黑泥，有一个脚趾头还碰得血糊糊的。通讯员小牛不禁惊叫了一声：

"呀！连长，你，你没有穿鞋呀？"

郭祥把脚一伸，笑着说：

"这不是穿着哩吗！你瞧，一双又黑又亮的高靿儿大马靴！"

大家轰地笑起来。但是小牛却不免有点心疼和惭愧。他想起花正芳在连部时，给连长补袜子，做袜底儿，甚至做鞋子，而自己昨天夜里竟没有发现，真是太粗心了。想到这里，他涨红着脸说：

"你怎么就不说呀！我还缴获了一双黑胶鞋给你存着呢。"

郭祥看出他的心情，连忙笑着说：

“好，好，拿来试试！”

小牛急忙从背包里面抽出来，郭祥接过鞋，到路边炸弹坑里涮了涮脚，往脚上一登，特意夸奖道：

“嘿！这个合适！就跟比着我这脚做的一样！”

小牛这才宽心地笑了。

部队继续行进。郭祥回头一望，老模范走在连队的后尾，不知替谁背着个大背包，架在自己的背包上，像个小驮子似的。郭祥看在眼里，疼在心里，想起他这么大年纪了，白天给人缝鞋，晚上行军当收容队，心里老大不忍。想抢过他的背包吧，明知道这倔老头不干。这么想着，他就往路边石头上一坐，把头一低，装作无精打采的样子。

老模范过来了，走到他身边，关切地问：

“嘎子，你怎么啦？”

“光往后撤！我这思想可能有毛病了。”

老模范一听，严肃起来：

“你当连长，还闹思想，怎么带一连人？”

“我这只是个人闹闹，不影响大家。”

老模范用手一拉，说：

“快走吧，到宿营地我们好好谈谈。”

“我走不动啊，老模范。”郭祥苦笑着说。

“来，我给你背上背包。”

“那我也走不动啊。我这两条腿像灌了铅似的，拉都拉不起来。”

老模范叹口气说：

“我连你也背上。”

“你别打喜诨了，老模范，”郭祥又苦笑了一下，说，“你已经背了两个背包，还怎么背我？”

“这好办。”老模范说，“我把背包卸下来，你先背上，然后我再背你。”

“这办法许行。”

郭祥勉强点了点头。等老模范把两个大背包卸下来，他往身上一背就一溜烟跑了。

“这嘎小子！”老模范在后面追着说，“你跟他在一块儿，一个警惕性不高就得上当！”

东方已经透出一派青紫色。在朦胧的晓色里，看到前面有一带大岭，黑森森地横在半天云里，就像铁城一般，俯瞰着这条公路。郭祥猜想着，这大约就是黑云岭了。

到达山脚下的宿营地时，天色已经大亮。敌人的早班飞机开始在头顶出现。南边传来了隐隐的炮声。为了防止敌人空袭，只由指导员老模范领着炊事员到村里做饭，其余的人就隐蔽在山坡上的松树林里。

这时，大家饿得肚子咕咕直叫，把目光都集中到小牛的半袋炒面上去了。郭祥就笑着对小牛说：

“小牛！别保守啦，你就把那半袋炒面共了产吧！”

小牛省下的这半袋炒面，是为了连首长在最困难的情况下用的。有好几次他自己饿得吐酸水，都没有舍得吃。今天哪里肯拿出来。但又不好明说，就支支吾吾地咕哝了一句：

“你们忍忍吧，快开饭了……”

“小牛，”有人开玩笑说，“你要拿出来，将来战争胜利了，回到祖国，我好好请你！”

“他才不肯哪!”又有人笑着说。

郭祥把手一摆,笑着说:

“小牛,阶级兄弟有祸同当,有福同享,你就拿出来算了!”

小牛这才拧拧支支地、慢吞吞地把炒面袋子解开,倒给每人一小把儿。有人吞得过急,一下呛到嗓子眼里咳嗽起来,引起一阵哄笑……

“小牛!”郭祥嘱咐道,“你多倒给大个儿一点! 他干活儿多,不抗饿。”

这乔大夯平时能吃两三个人的饭食,昨天只喝了两碗粥,已经饿得可想而知了。但他却不接受,还笑着说:“我倒不觉着饿,留着让小牛吃吧!”

“大个儿!”郭祥说,“你要不接,别人谁肯吃呢?”

乔大夯推脱不过,才带着羞愧地伸出一只大手来。小牛刚倒了一丁点儿,他就把手收回去,连声说:“行了,行了。”

小罗无限香甜地吃了一小把儿炒面,跑到小河沟里喝了几捧凉水,就精神起来了。他坐在背包上,仰着下巴颏问:

“连长,你说咱们这个艰苦劲儿赶得上长征么?”

“你说呢?”

“叫我说,许差不多了。”小罗闪着一双明亮的大眼,美滋滋地说,“人都说,‘打过三八线,凉水拌炒面’,现在炒面也没有了,这两天净吃野菜,就差没有煮皮带了。昨天我喝了两三碗野菜糊糊,刚喝下去还挺舒服,没走上二十里路,肚子就咕咕地提抗议啦。这时候,我就想起红军战士们。过去我老觉着,没有赶上当红军,没有赶上长征,是很大的遗憾;现在一想,咱们的困难快跟红军差不多了,就高兴起来啦,觉着背包也轻啦。后来我还唱了两遍《三大纪律八项注意》歌儿呢。”

“小罗，你这精神倒挺不错。”郭祥笑了笑，亲切地说，“可是要比起革命老前辈来，我看咱们还差远哩。听咱们老团长讲，长征那时候，苦就苦在失去了根据地，一直被敌人追着，没个落脚的地方。现在呢，有个伟大的祖国站在咱们后面，还怕什么！不过就是敌人的飞机疯狂一些，东西一时运不上来，以后慢慢就会改变。你说是不？”

小罗点点头。忽然想起了什么，又问：

“连长，在最苦的时候，你心里是怎么想的呢？”

“哈哈，你这个小鬼！”郭祥鬼笑着，用手一指，“你这个文艺工作者，是向我搜集材料儿吧？”

“我搜集材料儿干什么！”小罗红着脸说。

“好，好，你只要不是搜集材料儿登报，我就告诉你。”郭祥笑着说，“说坦白点儿，刚参军，我也觉着有点苦。那时候我才十三四岁，一走一百多，哪受得了？有一回，我脚上打了五六个血泡，实在走不动了，就坐在路边哭起来。后来，一位首长把我抱在马背上，我才把眼泪一抹笑啦。那时候，我为什么觉得苦呢？因为我没有政治觉悟，不懂得为什么吃苦。后来经过党的教育，我才渐渐明白，我们生活在世界上到底是为了什么。我看人活一辈子，不能像小家雀似的，给自己造一个小窝窝就算了事；更不是积累点资本，好爬上去出人头地。我们的目的，就是为了把吃人肉、喝人血的旧制度彻底砸碎，建立起一个崭新的世界，没有剥削、没有压迫的世界！要说幸福，人民的幸福就是我们的幸福！除了人民的利益，我们没有别的期求。”

“那么，你个人最大的快乐是什么呢？”

“我最大的快乐么，”郭祥笑笑说，“就是在战场上消灭敌人！只要把敌人的堡垒炸塌，把敌人的防线冲破，把敌人彻底消灭，然后把俘虏一牵走下阵地，我就比别人要亲还乐！”

小罗眯细着眼，蛮有兴致地听着，又问：

“连长，昨天夜里，你两只脚碰得血糊糊的，也不觉得苦么?”

“我可以告诉你，小罗，”郭祥笑着说，“只要我想起过去，就觉得不苦。我从家里跑出来，给地主当小做活的，就很少穿鞋。冬天两只小脚丫冻得像红萝卜，实在吃不住劲儿，就把脚伸到牛粪里取暖，看见老母猪尿尿，也赶快把脚伸过去。这是什么生活？这是鬼也不愿过的生活！”他的眼睛射出火光，声音里充满着愤恨，沉了沉又说，“这苦和苦可不一样：以前那种苦，是给人当奴隶，受屈辱的苦；现在我们是堂堂的革命战士，是为人民吃苦，这种苦多吃一点，就越接近胜利。这样一想，也就不觉得苦了。我觉得这种苦再大，也比让别人用鞭子赶着强！你说对不，小罗?”

小罗正听得津津有味，营部通讯员来传郭祥，叫他跟营长看地形去。

郭祥往起一站，觉得裤子松嘟噜的，想往紧里煞一煞，一看皮带上眼眼不够了，就问：

“谁有锥子呀?”

一个战士在挎包里摸了一阵，把一个锥子递过来，笑着说：

“入朝以来，我已经钻了好几个了。”

“那不要紧，”郭祥一面扎眼儿，一面笑着说，“祖国东西有的是，丹东车站上堆得像山似的，等运过来，恐怕你还得往另一边扎眼眼呢！把你这锥子好好保存着吧，可别丢喽！”

“那敢情好！”那个战士也笑着说。

郭祥把他那细腰煞得紧紧的，嗖嗖地往山上爬。

孙亮早在一座歪脖山上等候多时。他平时是个活跃分子，今天的神色却相当严肃。郭祥从他的脸色上已经看出情况严重。

等各连连长到齐，孙亮招呼大家席地而坐，然后说：

“你们都知道，敌人正以十三个师的兵力，组成了一个‘特遣队’，向我们疯狂追击。现在的情况是，我们东线的部队还没有完全撤回。敌人的企图，就是要从我们这里打开缺口，来迂回包抄他们。所以，情况是相当严重的。我们的任务，就是在这里坚决阻住敌人，来掩护他们安全转移。什么时候东线部队转移完毕，我们的任务才算完成。”

说到这里，他又加重语气问：

“你们听清了没有？”

“没有问题！”郭祥把头一摆，“战士们早就想打一打了！”

“老往后撤，心里真不是个味儿。”其他连长也说。

“可也不要大意！”孙亮扫了大家一眼，“我们当面的敌人是美军骑兵第一师。据说，这个师有一百多年建军历史，是由骑兵改装成机械化的。再说，我们当前也有些实际困难。因此，一定要用点脑子才行。”

区分任务的时候，郭祥的眼睛睁得大大的，一个劲儿地望着孙亮。

“你是又怕摊不上任务吧？”孙亮微微一笑。

“不不，我不是这个意思。”郭祥笑着说。

“这回不让你当预备队就是了。”孙亮说，一面回过头指了指那一带弥漫着云气的高山，“那一带就是黑云岭，团的主力和团指挥所就在那里。我的位置就在这里。”说过，他又用手指了指前面靠右边的那座山，说，“郭祥，那座像狮子头的山你看到了吗？”

郭祥看了看，那座山确实像一只昂着头的狮子，还向两边伸出了两条前腿。一条南北公路到这里正好转了一个弯子，转到东边去了。孙亮说：

“那就叫狮子峰，就分给你们吧。”

“行，行。”郭祥愉快地说。

郭祥回到连队时，老模范和几个炊事员抬着两大行军锅饭正好来到松树林里。战士们眉开眼笑地围过来，目光都集中到饭锅里啦。调皮骡子还用筷子敲着小洋瓷碗，愉快地说：

“嗨，真没想到还是八宝饭呢！”

郭祥一望，果然饭锅里除了绿盈盈的野菜，还有大米、小米、玉米、豇豆、绿豆，稠糊糊的，就高兴地问：

“老模范！怎么今天的饭这么全乎哪？”

“这可不是容易的。”老模范一边用他那条破旧的毛巾擦着汗，一边说，“咱们可得好好地感谢朝鲜人民哪！他们看见我们挖野菜，心疼得不行。有一个朝鲜老大娘还流着眼泪说：‘中国孩子们来帮咱们打仗，怎么能光让他们吃野菜呢！’这就是她们东家一把，西家一捧凑起来的。要不是他们，我看今天的饭是吃不成了！”

一个战士感动地说：

“指导员，咱们吃了饭可得好好干哪！”

“对，好好干哪！”战士们大呼小叫地应和着。

每个人都狼吞虎咽地吃了几大碗，气氛马上活跃起来。调皮骡子还拍着肚皮说：

“咱们这当战士的，不要求别的，只要肚里有饭，枪里有弹，就能消灭美帝王八蛋！”

有人反驳说：

“你这话不对！我们饿着肚子就不干啦？”

“当然，你这话也有一些道理。”调皮骡子说，“不过，一般地说，我这话也是攻不破的！”

大家掀起一阵哄笑。

吃过饭，郭祥和老模范做了战斗动员。大家的战斗情绪又处于那种“嗷嗷叫”的状态。战士们纷纷嚷着：

“我早觉着该好好打一下了！”

“咱们打过三八线，现在又退回去，朝鲜老百姓跟着咱们往北撤，叫人看着心里多难受啊！”

在一片沸腾的热情中，郭祥和老模范把这个久经战阵的连队带上阵地。一场艰苦壮烈的搏斗又要开始了。

第十六章　黑云岭（二）

接火的第一天，敌人只对狮子峰作了试探性的进攻；第二天，就以一个连的兵力，集中攻击两个山腿。进攻三次均被击退。当晚，山下车灯闪闪，马达隆隆，运兵卡车频繁来往，直闹腾了半夜。这些征候都说明，次日将有更大的战斗。

第三天一早，太阳刚刚露出东边山嘴，战士们唤做“老病号”的炮兵校正机，已经来到了头顶。接着四架“黑寡妇”也围着山头盘旋起来。经过半个小时的轰炸扫射，敌人的炮火就开始了集中轰击。战士们隐蔽在猫耳洞里，身子震得不断地颠簸着。敌人的炮火刚刚延伸射击，郭祥就从工事里钻出来，只见满山蒸腾着烟火，松树枝干落了一地，整个山顶山谷雾气沼沼，天昏地暗。尽管战士们已经纷纷钻出工事，他还是叫司号员吹了一声长号音，警醒人们注意这个万分重要的时刻。随着硝烟的稀薄，可以看到，满山遍野的敌人已经佝偻着身子，像羊群一般爬上山来。粗粗望去，总有一个多营的兵力。看样子不仅要攻占两个山腿，而且要直取主峰。

按照郭祥的一贯打法，爱把敌人放得近近的。这次却改变了主意，首先命令三门六〇炮，向两个山腿之间密集的敌人射击。他还鼓励战斗兵中岁数最大的炮班班长说：

“老广东！你光在旧军队就当了十二年的班长，技术是大家都知道的，今天你可要为抗美援朝做出点贡献哪！”

这个老爱把军帽戴得低低的老兵，并不答话，只略点了点头，把眼一眯缝，一个急速射，一连五六发炮弹像小黑老鸹似的飞上晴蓝的天空，一个接一个正正地落在密集的敌群里爆炸了。其他两门也接着打起来。一大团一大团蓝色的烟花顿时在这个小山谷里连成一片。拥挤在两条山腿中间的敌人，惊慌地惨叫着，乱糟糟地分向两边卷去。刚刚跑到两个山腿上，郭祥又大声喊道："向两边打！"

"吭！吭！吭！"蓝色的烟朵又立刻开放在两条山腿，敌人不得不再次卷到中间。这时候，主峰上的重机枪和两条山腿上的轻机枪，一齐猛扫过去。敌人鬼哭狼嚎，丢下几大片死尸，向山下溃退。

"同志们！反击啊！"郭祥高喊了一声，夺过小牛的冲锋枪跳出了战壕。在激越的冲锋号声里，战士们一窝蜂似的追了下去。一阵手榴弹和冲锋枪，又把敌人打死了大半，只剩下少数敌人连滚带爬地向山坡下逃去。

当大伙追到山腰时，郭祥急忙叫司号员发出停止信号。疙瘩李急火火地说：

"连长，怎么刚出击就停止啦？"

"快回到工事里去！"郭祥把手一摆，"我说我傻，疙瘩李，你怎么比我还傻呀？"

大家刚刚进入工事，敌人的排炮已经猛烈而密集地盖了过来。仿佛带着一肚子失利的怨恨，不断地在头上咆哮着，咆哮着。

这一天击退了敌人三次冲锋，打死打伤的敌人总有好几百人。整整一面山坡和两条山腿上，布满了敌人横躺竖卧的尸体。山上的工事，也被敌人的炮火打得稀烂。山坡上黑乌乌的。一片片山草和松树的枝干还在燃烧着，冒着一缕一缕的青烟。

黄昏时分，郭祥正在山坡上督促战士们整修工事，小牛兴冲冲地跑过来说：

“连长！师长要你接电话呢！”

“什么？你说什么？”郭祥有点不相信自己的耳朵。

“师长给你来电话了。”小牛又说。

郭祥连忙回到猫耳洞，只听耳机里说：

“你是三连连长吗？是郭祥吗？”

郭祥一听，果然是师长的声音，连忙回答说：

“是我。首长，你很好吧？”

“我很好。”师长愉快而亲切地说，“最辛苦的还是你们哪！”

“还是首长辛苦。”郭祥笑吟吟地说，“我们蹲在前边的人最痛快啦！特别是今天！”

师长在电话里哈哈大笑：

“对，对，就是要这个劲头！你们今天打得很顽强，又很灵活。我看火力的组织和反击都比较好。我代表师党委，慰问你们全连同志。”

“好好，我一定把首长的鼓励传达给大家。”郭祥说，“不过我们也有许多缺点，现在还没有发动大家来总结呢！”

“这次同美军骑一师交手，战士们有什么反映？”

“大家都说，他们看起来很凶，其实也没有什么了不起的。要是倒个过儿，叫我们攻他，有十个狮子峰也攻下来了。”

电话里又传过来一阵笑声：

“他是反革命军队嘛，跟我们怎么能相比呢！”略沉了沉，师长又问，“你们现在有什么困难？”

郭祥在长期革命战争中，形成了一个牢固的观念：愈是战斗危急，就愈是不能叫苦。他响亮地回答说：

“我们没有困难。”

“同志，你在说假话啰！”师长说，“这么激烈的战斗，怎么会没有困难？我知道，你们人不会太多了，弹药恐怕也很少了。”

“今儿晚上，我们准备到敌人死尸堆里搜集弹药。”

“我也准备再给你们抽一些去。”

稍停了停，电话里又问：

“你们现在忙什么呢？”

“我们在加修工事，准备明天敌人进攻。”

“光这个恐怕不够吧，”师长说，“敌人来了，你们‘欢迎’，晚上恐怕还得搞点‘欢送’吧？”

郭祥布满红丝的眼睛，霍然一亮：

“首长是不是说，晚上去袭扰他一下？”

“对啰！”师长笑着说。“但是兵力也不必多，一个加强班就可以了。我们的目的，就是从精神上去折磨他！压倒他！使他明天进攻的能力减弱。”最后，他又以有力的声音说，“尽管这是防御战，也要下决心把这个骑一师打成残废！”

电话上这一席朋友式的交谈，使得郭祥感到特别温暖和愉快。他拍打拍打满是战尘的帽子，擦了擦脸上的泥土，立时召开支委会，传达师长的指示。谈到袭扰敌人的任务时，话没落音，几个班长都抢着要去。齐堆不慌不忙地说：

“干什么事，都不能凭主观愿望，应当客观地看。”

“客观地看，应当由谁去呢？”人们问他。

“当然是我喽！”齐堆笑着说，“打麻雀战，是我的老行当嘛。”

人们笑起来。

郭祥和老模范都笑着表示同意。

夜静时,随着熟悉的手榴弹声,山下的敌人就像乱了营似的,机枪、步枪胡乱地射击着,直闹腾了半夜。其实,齐堆他们早睡到战壕里打起呼噜来了。

这个“欢送”的办法实行以来,不但有效地迟滞了敌人的进攻,而且使得敌人渐渐精疲力竭。随着各个部队这种小型反击的加强,敌人进攻的势头大大不如以前。据经常参加夜袭的齐堆回来报告说,敌人在帐篷里累得像死猪似的,动都不愿动了。邓军得知这种情况,给师长打电话说:“师长啊!你能不能给我点兵力呦?你如果能给我一个完整的营,我可以马上给你抓两千俘虏来,当面交货!”可是师长只能在电话里长长地叹口气。这对指挥员也许是最大的遗憾和惋惜,看到面前满盘香喷喷的猪肉,就仅仅因为缺少筷子硬是夹不到嘴里。

哪知第五天,情况发生了变化。这个精神沮丧、遭到巨大伤亡而残废了的美国老牌部队被撤下阵地,由另一个师接替,向黑云岭继续猛攻。

这时,阵地上的人数已大为减少。郭祥的连队名义上还是三个排,实际上每个排只不过十几个人。尤其是扼守左边山腿的三排,只剩下调皮骡子王大发等三名战士。黄昏,郭祥和老模范踏着大大小小的弹坑来巡视阵地,看见这三个战士,眼睛都是红的,浑身血迹和泥土,就像从土里钻出来似的。可是,他们仍然蹲在工事里,警惕地守卫着阵地。郭祥心里深为感动,同时也思虑着,明天如何应付敌人的进攻。

他把老模范拉到旁边,坐在炮弹坑的边沿上,悄声地说:

“你看这个阵地,明天怎么个守法?”

“我看，再拨过来几个人也不行，这样力量都单薄了。”老模范思忖了一会儿说。

郭祥点了点头。

“要不我过来吧，我也当过几天机枪射手。”老模范捋捋袖子。

“不不，”郭祥把手一摆，“正在节骨眼上，政治工作没人掌握哪里能行？”

“你就说吧，嘎子。在这个时候，你还客气什么！”

郭祥舐舐干裂的嘴唇，试探着说：

“你看我们能不能唱出‘空城计’呢？”

“空城计？”老模范惊问，“你是说把人撤了？”

“我说的是这个山腿儿。”郭祥解释说，“我们不是缴获了好几箱迫击炮弹吗，把它全埋在这个山坡上，再配合上六〇炮消灭进攻的敌人。这样免得人地两亡。”

老模范沉吟了一阵子，点点头说：

“兴许能行。不过可得请示营里。”

他们回到主峰，在电话上请示了营长。营长表示同意。可是，派小牛去撤回这三个战士时，却发生了麻烦，其中自然是以调皮骡子为首。

“撤退？……这是谁的命令？”他红着眼珠子，大声地问。

“连长的命令。”小牛说。

“连长？”调皮骡子梗着脖子，“军长也不行！”

“那你听谁的呢？”

“我听毛主席的！”他说，“毛主席叫我撤，我就撤！”

“哈哈，你这个调皮骡子！”这话刚到了小牛嘴边，怕影响完成任务，又咽回去了，连忙改口说：

“我到哪儿给你请毛主席去？毛主席不是叫我们‘一切行动听指挥’吗？”

“反正动摇的命令，我不能执行！”

幸亏这时候老模范来了，详细地解释了这次的计划，他才哼哼唧唧地答应了。临离开山腿时，他还不断地回过头去望了又望，眼泪刷刷地流下来：

“老模范！我不是不愿执行命令啊。许多同志都在这儿牺牲了，不给他们报仇，我哪儿有脸下阵地呢！”

“我们一定要给他们报仇！”老模范像老妈妈对孩子似的温言相劝，才把这个浑身血迹和泥土的老兵拉回到主峰去了。

当晚，郭祥派人把几十发迫击炮弹搬下去，每个炮弹的引信都和手榴弹绑在一起，埋在左山腿的山坡上。然后把手榴弹弦拴上一根长绳子，牵到一侧隐蔽的地方。由一个战士埋伏在那里。

初升的太阳迎来了第七个激战的日子。这一天敌人轮番进攻两个山腿。当敌人在炮火的掩护下，两次攻上左边的山腿时，都被郭祥指挥着几门六〇炮，劈头盖脸地砸了下去。第三次，敌人的指挥官似乎发了狠，用了一个多连的兵力，像羊群一般密密麻麻地爬了上来。这时主峰上“嘟——嘟——嘟——”响起了三声长号音，接着那面山坡上伴着轰隆轰隆的雷声，腾起大团大团的火光和浓烟，把整整一条山腿都掩盖住了。浓烟过后，只见山坡上又盖上一层横躺竖卧的尸体，剩下的少数人发出一阵阵惨叫，滚滚爬爬地跌下山去。

由于阵地上人员过少，在防御战的第八天，郭祥不得不收缩兵力，固守主峰。狮子峰的两条山腿，遂被敌人占领。这时候，阵地上出现了一种奇怪的胶着状态：进攻主峰的敌人，由于几天来挨打挨怕了，攻到主峰之下五六十米的地方，既不前进，又不后退；郭祥的连队，时时准备应付意外，剩下很少弹药，也不敢轻易射击。

在这危急的时刻，忽然听见前面左山腿上广播喇叭一阵嗞嗞啦啦的怪响，接着是一个中国人喊话的声音：

“中共士兵们！中共士兵们！……”

“这不是谢家骥么！”郭祥的耳朵猛地支楞起来，眼珠子立刻红了。

果然，那声音继续说：

“我叫谢福畴，是原中国人民志愿军第五军的文工团员。因为我也是一个中国人，现在我愿站在同胞的立场，对你们讲几句话……”

老模范首先挥着臂高声喊道：

“你是什么中国人哪？你是汉奸！”

“你是条狗！是美帝的走狗！”小罗也用尖尖的声音跟着喊。

“对！”郭祥说，“就是要把他骂倒，不能叫他压住我们！”

谢家骥继续在广播喇叭里叫：

“你们的情况我是很了解的。你们的炒面已经没有了，子弹也不多了，你们已经尝够了美国——不，联合国军飞机大炮的滋味，你们已经面临绝境，再也没有生路啦。你们何苦再守下去呢？……”

“为了消灭你这个狗杂种！”小罗的反驳，引起大家一阵哄笑。

谢家骥显然有些发急，在广播里又继续叫：

“你们如果再执迷不悟，我们的飞机大炮马上就轰你们。你们知道联合国军的飞机大炮是够厉害的，你们的破武器是没有用的！”

郭祥捋捋袖子，用高嗓门喊道：

“飞机大炮厉害，你为什么不敢露面呀？把你那个狗头露出来,试试我的破武器!”

对方没有答话,也没有露头,大家又是一阵哄笑。

广播喇叭里又嗞啦了一阵,无可奈何地叫:

“中共士兵们!不要再受共产党的欺骗了。他们是嘴甜心苦。他们把别人的土地分给你们,为的是叫你们给他卖命……”

“闭住你的臭嘴吧!”调皮骡子红着眼,立即答道,“我们不是为几亩地革命,是为了消灭你们这帮吃人肉喝人血的王八蛋才来革命!”

“好好,调皮骡子你说得对。”郭祥连声称赞着,“你再问问他,他是地主崽子不是?”

“喂,喂,谢家骥!你是地主崽子不是?”

对方没有答话。待了好半晌,又恫吓道:

“你们如果再不醒悟,是没有好下场的!蒋委员长就要反攻大陆了,很快就要回来,到那时候就晚了。你们还是快打死你们的干部,缴枪投降吧!……”

“你们别做梦啦!”小罗又尖声喊道,“蒋该死的骨头变成灰也回不来!”

“缴枪?缴给你几个子弹头吧!”调皮骡子乒乒乒向着喊话的地方一连打了三枪。

“那不顶事!”郭祥连忙制止,一边又转回头问老广东,“剩下几发炮弹了?”

“三发。”老广东低声说。

“那个大喇叭你看准了没有?”

“看准了。”

郭祥把手一挥说:

“那你就打上一发，别叫这个地主崽子穷嚷嚷了。”

老广东眯细着眼，测好距离，十分精心而又慎重地打出了这发炮弹，一团蓝烟立刻盖住了那个大喇叭，当它刚刚又叫喊“中共士兵们”的时候哑巴了。

敌人由于占领了两条山腿，我们打枪又很少，再加上刚才广播的叫嚷，一时来了劲，有人竟哇啦哇啦地唱起歌来。

“连长！”小牛说，“你听敌人唱歌哩！”

郭祥一听，脸都气紫了。在长期革命战争中，使他养成了这种性格：只能压倒敌人，绝不能被敌人压倒。敌人在他面前的任何狂妄行动，都会使他不能容忍。他高声说：

“同志们！我们是共产党的部队，是打不垮、压不倒的！他们唱，我们也唱！”

“对！他们唱，我们也唱！”老模范也放大嗓门说。

“唱个《东方红》好不好？”郭祥问。

“好！！！”大家齐声回答。

郭祥用他那因连日激战略显嘎哑的嗓子，带了一个头，立刻，在冒着一缕缕蓝烟的狮子峰上，响起了《东方红》的歌声……

这是一支中国人民最熟悉也最心爱的歌曲。多年以前，当一个普通农民用高亢的陕北民歌的曲调，唱出他创作的歌词时，他也许没有想到他是代表了中国大地亿万人民的心声。由于他对党和领袖深沉的热爱和朴实而宏大的感情，这支歌已经成为人民心中的歌和心中的诗。人们经常在各种场合唱它。但是此情此景却似乎有一种特别强烈的东西在感动着自己。当这首歌从他们干裂的嘴唇发出的时候，他们心潮激荡，热血沸腾，似乎看见伟大领袖就在自己身边，就在自己眼前。顿时周身充满了力量和勇气，当前的敌人和困难都显得更加渺小了。

午后，在左翼友邻阵地上，枪炮声突然激烈起来。不一时，营里电话通知说，情况可能发生变化，命令留下少数兵力，其余的撤退到二线阵地。郭祥好说歹说，老模范才率领连的主力撤下去了。郭祥只带着乔大夯、小牛等十几个战士担任掩护。

半小时后，有八架敌机在阵地上狂轰滥炸。通营里的电话线已被炸断。接着，左翼友邻部队的阵地被敌人突破。当面的敌人也攻了上来。把敌人击退时，每人剩下的子弹已不过三五发、十几发了。乔大夯的轻机枪和老广东的六〇炮俱被炮火打坏，他们都拿起阵亡者的步枪坚持战斗。

郭祥看到这种情况，正要组织转移，敌人一扑面子又攻了上来。郭祥知道子弹不多了，就高声喊道：

“同志们！用石头砸呀！”

说着，从垒工事的石头堆里捡起了一块，向离他十几米的敌人劈脸打去，一个家伙惊叫了一声，抱着满脸是血的头滚下去了。

同志们也都纷纷捡起石块，劈头盖脸地向敌人砸去。这时有五六个敌人已经快扑到乔大夯身边，高大有力的乔大夯，竟把一块四五十斤的大石头高高举起，向着敌人猛力砸去。在一片惊叫声里，有两个敌人躲闪不及，登时被砸得脑浆迸裂，倒在地上。由于乔大夯用力过猛，那块大石头顺着山坡猛滚下去，敌人惊叫着闪向两边，就像打开了一条人胡同似的。敌人竟一时忘了打枪，望着这位天神般的勇士被惊呆了。

显然，这种局面已经不能恋战。郭祥正要准备向后撤退，听见后面响起了激烈的机关枪声。回头一望，黑压压的敌人已经占领了侧后的山头，正用密集的机关枪弹封锁了他们后撤的道路。很明显，从预定的道路撤退已经没有可能。于是他立即指挥部队向右翼的玉女峰转移，打算绕路过去向团的主力靠拢。

连郭祥在内，这时只剩下八个人。他们边打边退，撤到了玉女峰上。敌人见他们没有子弹，气焰顿时嚣张起来，哇哇乱叫着，紧紧追着他们，也不打枪，一心想抓他们活的。

这时，又发生了意外情况，走在最前面的小牛，突然回过头，有些惊慌地说：

"连长！后面下不去了……"

"你慌什么！"

郭祥瞪了他一眼。赶过去一看，下面是一座黑森森的断崖。断崖上长着一些乱草、枯藤和杂树，离下面的山坡总有五六丈深。郭祥心里立刻明白：为党，为祖国，为朝鲜人民最后献身的时刻已经到来。

"就是死，也不能慌慌乱乱，叫敌人瞧不起我们。"

他一面想，一面从容地转过身来，坐在一块大青石上；然后摆摆手，把大家招到身边。

"同志们！最后考验我们的时候到了。"他的神态严肃而又深沉，"我们都是劳动人民的子弟，是自觉自愿出来跟着共产党毛主席干革命的。虽然有的是党员，有的还不是党员，大家都受过党的教育。我们无产阶级誓死不做敌人的俘虏！今天就是我们跳崖牺牲了，也要让敌人知道：共产党的战士是不可征服的！……"

"对！我们只能为祖国增光，不能给祖国抹黑！"小牛紧握着冲锋枪，用他年轻的尖音响亮地说。

乔大夯一向说话简单，今天仍不例外，他望了大家一眼：

"我看这没有啥，咱们跳吧！"

“跳吧!!!”人们都抢着说。

郭祥脸上走过一丝笑纹,显然对大家的表现感到满意。他接着说:

“你们还带着什么文件、笔记本没有?都拿出来烧了。叫狗日的什么也摸不着。”

大家从口袋里把文件、笔记本、家信、入党志愿书等等都掏了出来,堆在石崖下。小牛刚划了一根火柴点着,只听山顶上监视敌人的战士喊道:“敌人上来了!”

郭祥知道只有小牛的枪里还有十几发子弹,就把他的冲锋枪抢过来,三脚两步爬上山顶。几个战士也跟了上去。只见敌人大呼小叫地攻上来。郭祥略略把帽檐儿一歪,用跪射姿势,乒、乒、乓、乓,一连打倒了五六个敌人。其余的敌人马上卧倒在那里不动了。

郭祥回过头问:

“小牛!烧完了没有?”

“还没烧完哪!”小牛蹲在石崖边拨着火说。

“你不要慌。他上不来!”

这时,只听山坡下喊道:

“中共士兵们!快快投降吧!你们再也跑不了啦!”

郭祥一听,又是谢家骥的声音。他的目光从左到右搜寻了两遍,才发现谢家骥穿着一身黑裤褂,戴着窄檐草帽,在远远的一块大石头后面探出身子,举着一个轻便的扩音喇叭喊着。郭祥一双眼睛登时红得像要淌出血来,刚要瞄准,谢家骥又闪到大石头后面去了。气得他愤恨地骂:

“姓谢的兔崽子!你有种,到前面来吆!”

对方显然也看出他是郭祥，举着喇叭说：

“姓郭的嘎小子！你今天已经跑不了啦！我马上就要来审判你：你们为什么要分别人的土地？”

“那是因为你们吃人太多了，喝血太多了！你等着吧，我们还要审判你哪！”郭祥一搂扳机，乒乒两枪，只见谢家骥举着的喇叭，跌落在地上，谢家骥哎哟了一声，抱着右臂，扭头就跑。

郭祥死死瞄准他，又一搂火，只打了个空机。原来刚才打出的已经是最后两发子弹。

这时，只听小牛在山崖下叫道：

“连长！已经烧完了。”

郭祥望望谢家骥歪歪斜斜的背影，长长地叹了口气。他带着最大的遗憾，缓步走下山顶。

在山崖下，他带着极其热烈的情感，跟每个同志亲切地握了握手，然后对大家说：

“同志们！死对一个革命战士不算什么。今天我们是为祖国人民、朝鲜人民而死，是为无产阶级、共产主义事业而死。这个死是光荣的、愉快的。”他走到小牛身边，把小牛腰里仅剩的一个反坦克雷拿过来，交给乔大夯说：“大夯同志！你是共产党员，你到山顶上去掩护大家，我先来跳！”

说过，他走到石崖边，从容地摘下帽子来，拍了拍土，把它戴正，又把脖子里的纽扣扣上，风纪扣也扣好。这一切，就像平时要出操一般。小牛激动地扑上去，拉住他的手叫了一声：“连长！”似乎想要说什么。郭祥推了他一把，把右臂举起来，高声喊道：

“共产党万岁！毛主席万岁！”接着，一纵身就跳下去了……

“共产党万岁！！！毛主席万岁！！！”小牛和几个战士也跟着连

长高呼着,接着跳了下去……

这时候,敌人哇哇地叫着攻上了山头,乔大夯投出最后一颗反坦克雷,顿时山顶响起了一声震天动地的雷声。这雷声在峭壁深谷中不绝地滚动着,回荡着,就像为我们的英雄唱的颂歌一般。在烟雾还没有消散的时候,乔大夯那个高大的身影一闪,也消失在黑森森的断崖之下……

第十七章　黑云岭（三）

黄昏。团指挥所笼罩着一片严肃的气氛。

邓军话也不说，只是坐在那里一支接一支地抽烟。

周仆刚放下电话，就又拿起耳机来：

“摇观察所？”

观察所摇通了。周仆焦灼不安地问：

“前面下来人了没有？”

“没看见有人下来，政委。”

“狮子峰没有下来吗？”

“没有。”

“玉女峰呢？刚才不是响了一阵枪声吗？”

“枪声早就停止了，政委。还是一个小时前向您报告的那样。”

“那几条小路，你们注意观察了没有？”

“都注意观察了。”

“我说的是每一条小路！都没有忽略吗？”

“政委，我们都反复地看了。到现在为止，连个人影儿也没有。”

“不要松懈。要继续注意观察！”

“是。”

周仆放下耳机，看看表，长长地叹了口气：

“已经一个小时二十分了。我就不相信,他们一个不剩地被消灭了。难道敌人会抓了他的俘虏? 这不可能!”

邓军没有答话,喷了一口浓烟;把那只空袖管一甩,从石崖下走了出去。

小玲子看他又要到山顶上去亲自观望,就连忙挎着望远镜跟了出去。周仆和小迷糊也离开洞子。其实,他们从山顶上下来至多不过二十分钟。

在长期革命战争中,他们没有计算过,实际也无法计算从自己的身边倒下了多少可爱的同志。每当一个战友牺牲时,自然都引起他们内心的痛楚,但这种痛楚都默默地化为对敌人的仇恨,深深地埋入心底。表面上则很少过多地流露出什么。尤其邓军,他是最反对那种“婆婆妈妈”的了。他认为,那是与革命者的刚强性格不吻合的。可是,今天他却不能解释,郭祥的迟迟不归竟引起他如此的不安。

邓军和周仆登上山顶。刚才狮子峰和玉女峰上空,有一大块火烧云,赤红鲜亮,就像刚刚从熔铁炉里夹出的铁块一般;现在似乎已经冷却了,只在边沿上还有一层暗红。整个的天空,被越来越重的暮色染成了铁青。狮子峰和玉女峰也变成墨绿色了。邓军和周仆都举着望远镜往来寻觅。他们总希图忽然之间在什么容易忽略的地方,发现几个人影。尽管在这苍茫的暮色里,他们已经没有可能发现什么,可是还不停地望着,望着……

“首长下去吧,望不见了!”经过小玲子的一再催促,两个人才勉勉强强地收起望远镜,沉默地、缓缓地走下山去。

回到指挥所,周仆慢慢地燃起烟斗,说:

“老邓! 你看要不要派一个侦察班去接接他们? 也许他们隐

蔽在什么地方，白天不便行动。”

邓军点了点头。

不一时，年轻的花正芳被喊来了。他在石崖外面打了一个敬礼。尽管环境艰苦，他依然穿得很整齐。身上剐破的地方，都由他那一手好针线精细地缝补过了，显得十分干净、利落。而且可以看出，自当了侦察排长之后，也显得更加沉着和老练了。

周仆简单地介绍了前面的情况，随后交代任务说：

“今天夜里，你亲自带一个班，到狮子峰、玉女峰一带，去找郭祥他们。三连可以派一个人，充当向导。他们是死是活，一定要搞清楚。是活，就要接回来；如果牺牲……”

“把尸体也要运回来！”邓军把左臂一挥。

“如果实在有困难，”周仆连忙补充说，“也要掩埋妥善做上记号。”

“我一定完成任务！”花正芳说。

在黄昏暗淡的光线下，看不见他脸上的表情，但从他的声音里，略微听到一点嘶哑……

天黑以后，花正芳率领着一个班，下了黑云岭，潜行在黑黝黝的山谷里。

这一行总共是八个人。其中有三连派来的老战士调皮骡子王大发。要搁平时，他见到花正芳，一定会同年轻的排长开开玩笑，但今天却因郭祥他们的生死未卜而显得格外严肃。他走在最前面，领着这支小部队在山径上快步行进。

当夜，银河横空，星光明亮。这些惯于夜行的人，脚步轻捷，行动神速，就像一条小蛇在草叶上沙沙地飞行。即使这样，花正芳还是觉得行动不快，恨不得一步跨到狮子峰下。在他眼前，不断浮现出郭祥亲切熟悉的面影，仿佛看见他正负着重伤，伏卧在那边的草窠里。

前面就是狮子峰山脚。花正芳叫大家停下来，观察了一下动静。山谷静悄悄的，只在山顶上传来时断时续的铁锹声，像是敌人正在挖掘工事。他看看没有什么情况，就吩咐大家在山坡上下搜索寻觅。直找了半个小时，也没有发现什么。花正芳轻轻地叹了口气，又领着人们朝玉女峰的方向去了。

刚刚摸到玉女峰下，突然间，山顶上响起了一阵“哒哒哒……”的机枪声。因为离得过近，就像在头顶上震响似的。人们不由得伏倒在草窠里。花正芳沉着异常，注意到红色的曳光弹直向谷底飘去，知道这不过是敌人一种惊恐的表现，并不是真的发现了什么，就摆摆手，叫大家不要理会。人们按照预先划分的两个小组，开始在草丛中分头寻觅。

这里的枯藤、野草总有一人多深。花正芳用手拨开草丛，睁大了他那双明亮的猫眼，特别认真地搜寻着，唯恐有丝毫的遗漏。正搜寻间，断崖下的那个小组，向这边发出一闪一闪的暗淡的红光。那是红布包着的电棒所发出的联络信号。花正芳一阵惊喜，连忙大步赶了过去。只见调皮骡子呆呆地站着，凑到他的耳边，声音嘎哑地说：

“找到了一个，牺牲了。”

“是连长吗？”花正芳心里一阵发紧。

“不是。”

花正芳拨开草丛，用手捂着电筒一照，一位烈士静静地卧在草丛里。仔细一看，认出是本团百发百中的神炮手老广东。他的帽檐儿仍旧像平时那样戴得低低的，神态安详，半眯缝着眼，就像瞄准一般。他的手里还紧握着摔断了枪托的枪支。花正芳俯下身子，用手摸了摸他的胸口，已经冰凉。看来已经牺牲多时。

花正芳正要继续寻觅，忽然山顶上打起一颗照明弹，在空中晃晃悠悠，照得满地雪亮。大家赶快隐伏在草丛里。直到照明弹熄灭，大家才又继续找寻。

不一时，又找到了四位烈士的遗体。经过调皮骡子仔细辨认，这里有在七峰山因打坦克未成而难过万分的四川新战士秦德让，有党支部的组织委员陈兴国，还有给乔大夯充当弹药手的李保田、王东林。但是郭祥、小牛和乔大夯却仍然找寻不到。花正芳更加焦灼不安，心头一阵阵酸楚，暗暗想道："如果是一齐跳崖，连长怎么可能不跳呢？如果他还活着，人又在哪里？就这样离开吧，连长根本没有找到；在这里继续蹲着，又怎么办？……"

一个侦察员见他怔怔地站着，在他耳边催促着：

"排长，快下决心吧！"

"再找一遍！"他声音嘶哑地说。

于是，大家又拨开草丛仔仔细细地搜寻了一遍。仍然没有找见什么。调皮骡子建议道：

"依我看，还是先把烈士掩埋了再说。"

花正芳表示同意。他们就分别把几位烈士背到我方阵地的山坡上。掩埋前，花正芳他们把烈士的军衣上上下下整理了一番，还用手绢蘸着溪水给他们擦净了脸上的血迹。调皮骡子砍了几个木橛，刮了一刮，用歪歪斜斜的字迹记下了他们的姓氏，插在他们的墓前。大家在默默的悼念中，把自己的战友托付给朝鲜的山水。

这时候，花正芳仰起头来，望望三星，还不到午夜，就宣告决心说：

“现在连长生死不明,我们怎么能回去呢? 你们看,是不是到玉女峰南边抓几个俘虏,带回去讯问一下? 至少有点头绪才好。”

“我看行喽!”调皮骡子说,“根据现在的情况,这办法还是比较好的。”

其他人也都表示同意。于是这支小队紧紧装束,沿着玉女峰右侧的山沟又出发了。

花正芳派出两个侦察员走在前面。自己带领其余的人,隔了一段距离随后跟进。这一带,是花正芳他们经常活动的地方,轻车熟路,行动迅速,不到一个小时,就接近了沟口。

花正芳让大家停下来,隐蔽在路边的草丛里。过了十几分钟,还不见前面两个侦察员回来报告。正要亲自到前面察看,只见对面并排奔过来三条黑影。待黑影走近,才看出是两个侦察员架着一个俘虏。花正芳从草丛里钻出来,挥挥手让他们停住。

一个侦察员指指俘虏,轻轻地说:

“是个哨兵。这老先生正在那里打瞌睡呢!”

花正芳见这个俘虏又瘦又小,嘴里塞着一条大毛巾,一个劲地筛糠,贴近一看,原来是个十六七岁的李承晚兵,不禁失望地说:

“抓这么个小崽儿,他能知道什么! 还是抓个美国兵才好。”

说过,他让这两个侦察员一边看守俘虏,一面在沟口担任警戒。自己带着其余的人继续前进。

出了沟口,见玉女峰下,有一大片帐篷,少数点着暗淡的灯火。山坡上有一座独立家屋,距帐篷总有五六十米的样子。一个哨兵在帐篷那边,也离得较远。花正芳心中暗喜。他留下四个人警戒和封锁帐篷里的敌人,自己亲自带着一个侦察员向独立家屋摸去。

花正芳用猫一样轻的脚步,摸上了台阶,听了听没有动静,就把门轻轻一提,慢慢向外拉开。屋子里黑糊糊的,什么也看不见,只传出一阵呼噜呼噜的鼾声。他让那个侦察员端着冲锋枪,自己用蒙着红布的电棒一照,在昏暗的光线下,看见有六七个敌人,枪支靠在一边,全钻在北极睡袋里,像死猪一样酣睡着。他把一个睡袋的拉锁轻轻拉开,一看,是一个满脸皱纹的老兵。他觉得太老了,怕路上跑不动,倒惹出麻烦,就把拉锁又轻轻拉上。当然,花正芳这样做,倒不是怕他伤风感冒,为的是他惊醒了也一时爬不出睡袋。花正芳接着又拉开了第二个睡袋,这个人看去年轻精干,花正芳比较满意,立即确定为当选的对象。第三个虽然年轻,脸色苍白,很像是刚患过重病的样子,花正芳嫌他太衰弱了,没有理他。第四个满脸大胡子,尽管年纪略显大些,看去却颇为粗壮,花正芳认为也将就了。对象选定,花正芳立即让侦察员叫进两个人来。他们这时是四个人,两个人对付一个,看准"对象",一声极轻微的口哨,很快把毛巾塞进两个人的嘴里。然后抓起睡袋口,像背死狗似的扛到了外面,往地下一丢。接着用冲锋枪对准他们的胸口,逼他们剥去温暖的睡袋。这两个家伙完全吓呆了,不停地哆嗦着。花正芳一挥手,由两个侦察员押着他们向沟口跑去。

花正芳和调皮骡子等四人在后面担任掩护。估计他们已走出很远,就分别在独立家屋和帐篷里投了几个手榴弹。敌人登时乱了营,一片鬼哭狼嚎,乱跑乱窜。花正芳和调皮骡子他们用冲锋枪干了个痛快。等到敌人架起机关枪还击的时候,他们已经远远地消失在如海的夜色里……

他们回到团部,天色已经大亮。周仆听说仍未得到郭祥的下落,迫不及待地立即在山坡上对俘虏进行了讯问。

首先被讯问的是那个自称吉斯的大胡子老兵。因为其余两个一直惊魂不定，完全是一副吓瘫了的样子；他则比较活泼，流露出一种欣幸脱离战场的欢快。

周仆通过联络干事，首先向他了解了一般情况，接着问他：是不是参加了进攻狮子峰的战斗。

“什么狮子峰？”吉斯惶惑不解地问。

联络干事把那座山峰指给他。

“噢，您原来说的是小直布罗陀呀，军官先生。”吉斯恍然大悟说，“这些天，我们都是用这个诨号来称呼它的。因为在我们看来，它也许是地球上最狭窄、最难通过的地带了。我们的司令官说，我们必须通过它来包抄你们的部队。可是，我并不认为这样做是聪明的。因为当这个遥远的目标还是未知数的时候，我们自己的航船已经在礁石上被撞碎了……”

周仆发现他是个问一答十的健谈者，怕他扯远了，连忙提醒他：

“你是否参加了这场战斗呢？”

“参加过。我的确参加过，军官先生。”吉斯坦然承认，并深有所感地说，“而且我不无根据地认为，这是我所有参加过的包括第二次大战在内的一次最残酷的战役。骑兵第一师和我们二十四师在这一带至少伤亡了八九千人。仅仅在小直布罗陀，伤亡的也有近两千人。我自己的连队只剩下六七个人，这并不是什么奇事。我要永远感谢上帝的是，我就是这六七个幸存者之一。而且，即使像我这样的人，也已经累得筋疲力尽，连骂人、说开心话的力气都没有了。你们昨晚把我抓来，应该说，绝不是偶然的。”

周仆急于了解情况，又问：

“你参加了最后一天的攻击吗？”

“是的,先生。”吉斯点头说,“我最幸运的地方也在这里。如果我早几天就参加对小直布罗陀的攻击,那也许就没有我们之间现在这次谈话了。因为最后两天,守军的弹药已经不很多了。这对我这个老兵来说,是显而易见的。因此,我和我的同事的心理是:最好等我们的炮火把他们消灭得一个不剩,我们再冲上去占领阵地。可是,当我们看到山头上没有动静,鼓起勇气冲上去的时候,我发现你们的士兵真是沉着得令人吃惊!直到距离十几码远,他们才好像突然间从地底下钻出来,向着你的胸脯开火。真是可怕!先生,我应该对您说,直到现在我也不能理解:为什么我们那么厉害的炮火,他们就硬是不怕?他们哪里来的那么高的勇气?我当时的确认为,这恐怕是有上帝保护他们的缘故。说不定在这次战争里上帝是站在你们一边,尽管你们是无神论者。”

周仆微微一笑,插话说:

“不是上帝,是人民!是人民站在我们一边。”

“当然,这是你们的看法。”吉斯耸耸肩膀,把手一摊。

这时,联络干事给了他一支烟。吉斯点着,更高兴了。周仆又接着问:

“昨天的战斗,你看到我们的人有什么行动吗?”

“噢,我的确遇到一些不可思议的奇事。”吉斯说,“昨天,我清清楚楚听到你们的士兵唱歌。我敢保证这不是传闻,是我亲耳听到的,而且是被我们包围的时候。最后他们还向我们——在我想是他们已经没有了弹药——抛下几十磅重的石块。特别是他们面临生命危险的时候,在小直布罗陀的右翼跳下了悬崖绝壁。当时的确把我们都惊呆了。坦白地说,我从来没有见过这样勇敢的军队!我确实做过严肃的考虑:和这样的军队作战,是毫无希望的。

在任何情况下,我们还是不要同中国人打仗的好。”

周仆笑着说:

“我相信,你的这个结论是很宝贵的。”

由于他一心想知道郭祥的下落,没有多谈,接着又问:

“我们的人跳崖以后,你们下去搜索过吗?”

“没有,我肯定没有。”吉斯连连摆手说,“当时我想的只是,赶快把我轮换下去,以便离开这个可诅咒的地方。而且我确实认为,我们只是在他们没有弹药的情况下才侥幸占领阵地的。我们干吗还要去搜索呢? ……”

吉斯的谈话虽然提供了不少情况,但对郭祥的下落,仍然没有答案。这使周仆的心情不仅没有得到宽舒,反而更加挂心了。郭祥既然没有被俘,又找不到他的尸体,那么,他究竟到了哪里? ……

周仆把敌人的混乱和被削弱的情况告知了邓军,并且说:

“现在时机多好! 如果手头有兵力,出击一下该抓多少俘虏呵!”

邓军沉思了一阵,坚定地说:

“至少也要把阵地夺回。我们可以把机关人员和轻伤员再组织一下。”

当他们把自己的决心报告给师长的时候,师长在电话里显得并不着急,并且有些神秘地说:

“不要慌嘛,同志! 据我看,快了! 快了!”

第十八章　雨　中

事过两天，师长打的哑谜就清楚了。原来另一个军要来接防，争强好胜的师长在接防前举行了一次较大的反击。在这次反击里，他们组织了一切可以组织的力量，全部恢复了失去的阵地。然后才办理交接，奉命转移。遗憾的是，虽然进行过多次搜寻，郭祥他们还是没有下落。

在向后方转移途中，三连只剩下三十多人，仍然精神饱满地行进在这个英雄部队的战列里。当然，这是由于指导员老模范进行了很好的工作。在这些日子里，郭祥的失踪，不能不引起他特殊的系念。读者知道，当郭祥还是一个不懂事的孩子，就跟他像父子般地生活在一起，参军以后两个人又共同生活在一个战斗的家庭。他对郭祥是怀着一种何等深厚的阶级兄弟之情。但是，想到当前的情况，他不能不把自己的感情压到心底，尽力把担子挑得更好。

说起老模范，实在与那些爱说空话的人毫无共同之处。他是一个说一句走两步的共产主义的实践家，是一个甘愿把自己的骨头磨成碎粉只要对革命有用的人。他当指导员和别人的道路也有些不同。别人一般是由班长、排长、副指导员到指导员；或者是由宣传员、文化教员、副指导员到指导员；他则是由炊事员、炊事班长、上士、司务长到指导员。只是在入伍后当了几年机枪射手，以后因为年纪大就到炊事班了。而且他的发展阶段，是很难划分的。

当他当上士的时候，还做着炊事班长、炊事员的工作；当了司务长，又做着上士和炊事班长的工作；当了副指导员，又做着司务长、上士的工作；及至当了指导员，也断不了跑到厨房里去给病号做饭。连他的装束打扮在内，仍然是一个老炊事员的形象。

三连是一个历史悠久的老红军连队。连队里还留下来一口红军时代的大铜锅，同志们管它叫“红军锅”。这只红军锅究竟是什么时候到三连来的，恐怕全师甚至全军也没有人能说清楚了。根据邓军的回忆，长征时炊事班就背着它；过雪山前，还喝过这锅里煮的辣椒汤呢。长征到达陕北时，这个炊事班的人全部都牺牲了，只有一个司务长在背着它。抗日战争爆发，红军东渡黄河。此后，这只红军锅就落在老模范这个河北平原老长工的肩上。他背着它，穿过了说不尽的风霜雨雪，走过了说不尽的无名山水，终于用自己的脊背驮着它跨过了中国历史上两个重要的时代。今天这口红军锅又随着他们越过鸭绿江来到朝鲜战场。尽管他现在是指导员了，由于他体会到炊事工作的艰辛，行军中一有机会，就又把这口大铜锅抢过来背上它，迈着坚实有力的脚步，继续在崎岖的山路上前进。

今年的雨季似乎有提前到来的样子。部队转移以来，仍不时落雨。这天黄昏出发，天还晴得蛮好，落日的余晖照得山头明晃晃的。队伍刚爬上山顶，天又阴沉起来，一个星星也不见了。不一时就飘下了零散的雨点。这时候，老模范正帮一个战士扛着一挺轻机枪兴冲冲地走着。刚刚转过一段山间隘路，就听后面有人惊叫了一声，接着是大铜锅在石头上磕碰的声音，当啷当啷地滚到山坡下面去了。老模范见出了事，立刻把机枪交给那位战士，来到连队后尾。因为夜色已浓，只能模模糊糊看见几个人在悬崖边站着，就急火火地问：

“谁掉下去了？”

“我们班长。”一个炊事员说，“他许是得了夜盲症了，还瞒着我们。刚才转弯，一脚蹬空就跑了坡了！”

老模范对着黑魆魆的深沟，拉着长声喊道：

“老吕头！——老吕头！”

下面没人应声。老模范急了，一手打着电棒，一手抓着灌木的枝条，下了陡坡。一个炊事员也放下担子跟了下去。大约下了二十多丈，才看见老吕头背着大铜锅倒在一块梯田里，正挣扎着往起爬呢。老模范连忙把他扶起来，说：

“老吕头！把你摔坏了吧？”

“不毬咋的！”老吕头在密密的雨丝里仰起斑白的头，“刚才我好像睡了一小觉似的。”

老模范上前去解铜锅的背带，一面又问：

“摔伤了没有？”

“不毬咋的！”老吕头挣扎着站起来，抻了抻胳膊腿，又说。

老模范扒开他的袖子、裤腿一看，见碰了好几处伤，连忙解开急救包，给他扎好。接着就抓起那口几十斤重的大铜锅，熟练地背起来。那个炊事员要来抢，老模范一挥手说：

“你搀着老吕头吧！”

他们往山上爬着。老模范边走边告诫说：

“老吕头啊！你干吗老跟别人抢这口铜锅呢！你这么大年纪，又得了夜盲症，以后可该接受教训了。”

“你比我也年轻不了几岁！”老吕头一面吭吭哧哧地喘气，一面不服气地说。

“可是，我比你壮实多啦！”老模范说，“再说，我当炊事员比你时间也长。”

那个炊事员接上说：

“指导员，叫我看，你们谁也甭争论了。我们班长这么干，也是你留下的作风嘛！”

两个老家伙哈哈笑起来。老模范说：

“不能说是我留下的作风，我还是跟老红军学的哩！”

三个人爬上公路，几个炊事员争着来抢铜锅，老模范哪里肯放，连忙摆摆手说：

“快，快，快点赶队伍吧，别麻缠了！”

一个炊事员叹口气说：

“老模范哪老模范哪！你就不想想，你这么大岁数了，老这么干能行吗？”

“怎么不行？”老模范把脖儿一梗，“我摔打出来了！”

“我摔打出来了！”“我吃苦吃惯了！”这就是老模范抢挑重担时的一句老话。

老模范背着大铜锅，一个炊事员用小棍牵着老吕头，其他炊事员挑起了担子，又在无边的风雨里快步前进了。

午夜过后，雨停风息。队伍下了山，行走在宽阔的公路上。老模范和老吕头一边走一边谈心。老吕头说：

“老模范！咱们连这几仗都打得不错。可现在又剩下三十几个人，要下来什么任务能完成吗？”

“你别担心。”老模范说，“祖国人民支援着咱们哪！咱们到后面一补兵，呼啦一下子又是一百多人，到时候又够你老吕头忙乎的了。”

“这我倒不怕。”老吕头笑着说，“我就是怕人少。过去做几大锅饭，现在一锅都吃不完。一看吃饭的人少了，我这心就像泡在醋缸里似的，酸得难受。”

“不要这样,老吕头!”老模范说,“过去我当炊事班长那时候,也是这样。后来我就明白了:这革命是需要代价的。你就买个锅碗瓢盆,不花钱也不行啊!就说咱们这个大铜锅吧,在这锅里吃过饭的人,伤亡的、残废的是不少,可是咱们不是换来了一个新中国吗?听咱们邓团长说,毛主席上井冈山,开头人很少,吹一声哨子就集合起来了。你看今天多少个军!多少个兵团!革命事业发展得有多大!”

“这倒也是。”老吕头点点头,隔了一会儿又问,“咱们的连长有消息吗?”

“现在还没有。”老模范宽解地说,“不过他肯定没有被敌人抓去。我看一定有希望回来。”

“这可是个好人哪!”老吕头说,“到现在也不知道他是死是活。这些天,全连同志都吃不下饭,多盼望他能回来啊。我看他不光打仗好,心地也好。他平常见了我,不笑不说话,就像我是他的长辈似的。你做错了事,他就批评你,批评过就完了,从来也不记恨人!就是你顶撞了他,他也不记恨你。他那心就像一潭清水,一眼就看到底了!”

老模范一时没有说话。老吕头忽然意识到,谈这个话题会引起老模范的伤感。停了一会儿,又问:

“老模范!白英子现在不知道怎么样了?”

“有小杨照顾她,我想不会错吧!”

“以后再有朝鲜孤儿,你们别再托给我了!”老吕头显然有意见地说,“刚熟一点儿,你们就领走了。”

“那不是因为要打仗么?”

“那倒也是……可是现在休整了,你们谁也不提把她领回来叫我看看。”

“到后方去许有机会，老吕头。”

“我还用降落伞给她做了一条小裙子呢，一直在我小包袱里包着，你们谁到后方医院去，给她捎去吧！眼看天也热了。”

老模范连连点头答应。

拂晓，他们赶上了自己的连队。

部队正坐在路边休息。

这时，有一个掉队的战士，正步履艰难地从他们面前经过。老模范用眼一撒，看见他的一只鞋子前后都张了嘴儿，用一条带子和两条破电线勉勉强强地捆着，脚趾头也碰破了。老模范亲热地打招呼说：

“小伙子！你是哪个单位的呀！”

“军部通讯营的。”他说。

“你穿的是什么鞋呀？”

“人家穿的是新式凉鞋！”调皮骡子打趣地说，“前面是蛤蟆张嘴儿，后头是鸭蛋出气儿！”

大家笑起来。小伙子低头看看，也忍不住笑了。

老模范招招手说：

“小伙子，来！你坐下歇一会儿，我给你缝缝！”

“你会缝呀？”小伙子迟疑地说。

“你就快脱下来吧！”人们乱哄哄地说，“这是老模范的补鞋铺，有名的了。”

小伙子眯细着眼，望着老模范刻满皱纹的赤红脸，好大阵子，才说：

“噢！你就是老模范哪！”

老模范亲手帮他解开带子和电线,把鞋脱下来。接着从背包里拿出钉鞋工具。细麻绳在那根一寸多长的大针上是早就纫好了的。他用两腿紧紧夹住那只不像样子的布鞋,穿锥引线,简直像老鞋匠一样熟练,不一会儿就缝好了。最后又嘴里含着小钉子,举起小锤子,结结实实地钉上了一个前掌。用手又摸了摸,把钉子尖砸得平平的,这才递给那个小伙子,说:

"试试,看怎么样?"

小伙子往脚上一蹬,乐了。他向老模范招招手,留下一个极其动人的笑容,迈开轻快的大步赶队伍去了。

"老模范!你的鞋铺又开张了?"

老模范一看,原来是团部的王参谋,挎着一个皮图囊,拄着一根小棍儿,从后面赶上来。老模范笑着说:

"怎么,你这个作战参谋也掉队了?"

王参谋走到老模范身边,扶着他的肩头坐下来,说:

"我这胃不争气。昨天出发前一点也吃不下,到后半夜就饿得撑不住了。你这儿有什么吃的没有?"

他说着,就来捏老模范的挎包,并且鬼笑着说:

"我知道你这个老习惯!"

的确,老模范自当炊事班长起,就有这么个习惯:总要留点什么吃的,例如剩饼、剩饭、锅巴、山药蛋之类,装在自己的挎包里。这些东西他自己一点不吃,纯粹是为了给同志们应急。同样的,他自己并不抽烟,却有一个专门装烟的大口袋。每发下零用费,他几乎全部买了叶子烟,装在口袋里,偷偷地打在背包里面。平时不露,专门来解救那些焦躁不安、嗷嗷待哺的"烟民"。在本连当过战士的王参谋,对他的这个"老习惯"自然是知道的了。

老模范用审查式的眼光，看了一下王参谋的脸色，认为情况属实，就把王参谋的手一推，笑着说：

“别趁火打劫了，还是我自己来吧！”

说着，他从挎包里掏出一大包黄灿灿的锅巴，分给王参谋一大块。其余的人也都纷纷围上来，一大包锅巴顷刻就分完了。老模范乐呵呵地望着大家噶崩噶崩地吃着。

“你也吃点嘛，老模范！”人们说。

“不行！”他连忙摇摇手，“这东西太硬，我这胃受不了！”

这时候，忽然有人在那边半哼半唱起来：

熬了一宵又一宵，
没有坦柏[①]好心焦；
无奈何来把噢包[②]叫，
噢包又说噢不扫[③]……

老模范一看，是调皮骡子，正在那边靠着背包半躺着唱呢，就说：

“又是你！你怪腔怪调地唱这个干什么？”

“我这是引起领导的注意嘛！”调皮骡子笑着说，“老模范！快救济救济吧，我是实实在在瘾得够呛了。”

“对，对，老模范，把你的小仓库打开，救济救济！”人们纷纷响应着。

“喝！怎么你们全知道我有存货呀！”老模范笑着说，“这回你们可判断错误，没有了。”

---

① 朝语：烟。
② 朝语：喂。
③ 朝语：没有。

“不，不，我们不信！”人们说。

“你要说没有，我们就搜！”调皮骡子说。

“可只有一小把儿。”老模范让步说，“你们抽了，可不许再要！”

“行，行。一个人抽一口也行。”

于是，老模范从背包里伸进手去，摸索了好半天，掏出一大把黄灿灿的烟叶子。“烟民”们兴高采烈，纷纷从小本上撕下卷烟纸，卷起喇叭筒来。顿时，山岗上飘起了烟草的香味，驱散了一夜的辛劳，唤起了笑声与歌唱。

这时的老模范却坐在一边，笑眯眯的。

临到宿营地，天又落起雨来。部队住在一个小村里。战士们坐在温暖的地炕上，和朝鲜的老大爷、老大娘们用半通不通的中朝混合语亲热地叙谈着，和孩子们说笑着，就像到了家里似的。一夜行军的疲劳顿时去了一半。

老模范查看了各班。他对群众纪律抓得特别紧，看到大家的衣服被雨淋湿，怕乱烧老乡的柴草，就集中买了来分给各班烤衣服，还把战士们穿破的鞋子收了来准备缝补。正在这时候，小罗匆匆忙忙地跑来说：

“指导员！有一个战士抱老乡的柴火。”

“谁？”

“不知道是哪个连的。”

“你没有制止他吗？”

“制止了，他不听。还说，头都不要了，烧一把柴火算什么，我也不能从家里带来。”

“你没有问他是哪个连的？”

“问了，他说，你管不着！”

老模范心中甚为不安,立时陷入严肃的思索。他感到这不是个别战士拿了一把柴草的问题,而是最近环境变得艰苦以来,有些干部对纪律抓得不是那么紧了。有些人进门不注意脱鞋了,出发以前,也做不到水满缸了,甚至地也不扫了。在这个时候,如果不提起团党委的注意,发展下去是不好的。

饭后,老模范挽起裤腿,披上雨衣,冒着雨赶了十多里路来到团部。

周仆光着两只脚,正坐在老百姓的小屋里看文件。一看老模范来了,他马上放下文件,笑着说:

“老模范！这一阵儿没把你累垮呀?”

“累不垮!”老模范也笑着说。随即向政委打了个敬礼,脱了两只大泥鞋,挂起雨衣走进来。

周仆见他穿了身褪色的旧军衣,补了好几个大补丁,摸了摸,还是湿的,就说:

“你怎么也没换身干的?”

“我还没来得及换呢。”

“没来得及?”周仆一笑,“你别哄我了。你把新衣服都给了别人,开个英模会,还得跟别人借。你也做得太过分了。”

“嗐,还是叫小年轻的穿吧。”老模范说,“我胡子拉碴的,穿那么新鲜干什么!”

周仆拉他坐下,老朋友似的凝望了他好大一会儿,关切地说:

“老模范！你可有点瘦了。我听说前几天,你那老病又犯了。人都说:老模范是越生病,干得越邪！我看,以后还是注点意好。”

“我只要不躺倒,病就撂不倒我。”老模范笑着说,“要是一松劲儿,可就起不来了。病就是这么个东西:你千万要拿住它!”

“那也要看具体情况嘛!”周仆笑着说。

“不,总起来说,松劲不行!”老模范坚持说,“抗日战争那时候,摆子快来了,我就爬山,一顶就把它顶回去了。这也不是一次两次的经验。”

周仆知道老模范冒雨前来,必定有事,就说:

“老模范!你是不是来探问郭祥的事?……临下阵地,师长又派侦察连去找了一趟,还是没有下落。”

老模范沉默了一会儿,说:

“不,我是来给党委提个意见。”

“提什么意见哪?”政委笑着说。

老模范把刚才发生的事和最近观察到的问题说了一遍,周仆脸上的笑容消失了。老模范接着说:

“这可是个原则问题。咱们的军队一建立,毛主席就提出三大纪律八项注意;临出国又发了指示,叫我们爱护朝鲜人民的一山一水一草一木。可是现在有人倒说,我们来到这儿,头都不要了,烧把柴火算什么,这是什么思想?……”

“好,好,你讲下去。”周仆的神色严肃起来。

“问题是为什么会发生这样的事?”老模范继续说,“政委,你是我的老上级了,你知道我说话不会拐弯抹角。依你看,最近在这方面抓得怎么样?”

周仆的脸有点红,但依然微笑着说:

“我最近在这方面确实抓得不紧……本来是想召开一次党委会的。”

“确实该讨论讨论了。”老模范说,“咱们团平时纪律还不错,环境一艰苦,就抓不紧了。为什么?我看主要是有温情主义。一看战士们太艰苦,就想马虎一点算了。其实这是害了战士,也害了革命。政委,我可是吃扁担,屙扁担,直不笼统一下子,对不对全说出来了……”

周仆心情激动,紧紧握住老模范的手说:

“谢谢你,我的好同志!我认为,在这个节骨眼上,你击中了我的弱点,给了我一个很重要的帮助!……今天下午,我们就开党委会。”

他一直把老模范送到门外,在濛濛细雨里,久久地望着这个老长工出身的指导员略略驼背的背影。他觉得,这背影在眼前越来越显得高大,而自己却多么渺小啊!他发现自己,虽然比老模范多读过几年书,受党的教育更多,职位更高,但在关键时刻,老模范却常常比自己坚定得多,看问题明确、尖锐得多。想到这里,他颇有一点惭愧之感。他觉得,自己对这位模范人物的认识还是很不够的。表面上看,这个人物的模范事迹,只是一些平凡的生活琐事。联系起来看,就会发现他有一个多么美丽的灵魂!十多年来,你从他身上里里外外都找不到一点是“为我”的东西。周仆清楚记得,在抗日战争最艰苦的年头,有人告诉老模范,他的妻子在敌占区要饭,他听到后,没有一声叹息,没有一滴眼泪,仍然精神奋发地工作。那时候每个月一块钱的零用费,他也大部分给同志们用了。他确确实实是从来不想到自己。在他那口大铜锅里吃过饭的一些同志,早已经是团长、师长甚至是军长了,而他却仍然心安理得地、十分愉快地背着他的大铜锅在满是风雨的道路上前进。他是只低头拉车、不抬头看路吗?不是。他对同志是无比的热情和谦和,但是当他看到谁损害党的利益,就把他那斑白的头一摆,毫无顾虑地进行严肃的斗争。今天的事,就是其中的一例。周仆觉得,老模范是那种把自己的一切一点不剩都献给革命还嫌不够的人，是真正有着共产主义觉悟的“毫不利己专门利人”的典型。对于这个人，自己是应该如何认真地向他学习啊……

老模范那坚强的、肩宽背厚而又略显驼背的背影，已经隐没在山谷的烟雨中了。可是周仆却还站在那里呆呆地望着……

“老周，你老在雨地里站着干什么呀？”

周仆从沉思中惊醒，回头一看，原来是团长回来了。两个人到了屋里，周仆把老模范提意见的事说了一遍，最后激动地说：

“老邓，我看这样优秀的同志，应该增选为团党委的委员，这对加强党的战斗力是大有好处的。”

邓军欣然同意。在下午的党委会上就通过了。

第十九章　洪　水

这一时期,在后方也是很艰苦的。

由于敌人“空中绞杀战”的加紧,铁路时断时修,运送伤员的列车,有时要六七天才能到达丹东。大批伤员不得不临时安排在朝鲜的民房里,临时搭成的棚子里,甚至桥洞里。杨雪她们每个人常常要护理一百多人。跑到这个屋里,又惦着那个屋里;跑到那个屋里,这个屋里又有伤员呼叫。真是忙得脚不沾地。打饭打水,常常肩上挑着一副桶,手里还拎着一个桶,总是一溜小跑。每天能睡上两三个小时,也就很不错了。再加上物资十分缺乏:伤员下来没有小碗,她们就找一些罐头盒子,砸巴砸巴,给伤员使用;没有绷带,她们就把自己的被单扯了,消消毒,给战士们裹扎伤口。真是恨不得身上长出一百只手来,应付当前的一切。直到大批重伤员运送到祖国去了,小杨她们这才缓了一口气,躺下来安安静静睡了一觉。这一觉可不短,一下就睡了三天。第四天,这群年轻的姑娘们才真正醒来,跑到溪水边好好地洗了一个脸,梳了梳头。小杨还特意把那面裂了纹的包着红边的小圆镜子掏出来,大家都抢着照了一照,又嘻嘻哈哈地笑着,说着,唱着,投入了新的工作。

黑云岭阻击战开始以后,又有大批伤员下来。医院的条件,仍然没有显著改善,再加上三天两头下雨,更增添了新的困难。这些天,不断有这里那里桥梁被冲断的消息,重伤员仍然无法转运。小杨她们除了护理伤员，还要到山上割草打柴，怕天气连阴下去，烧水做饭都难办了。

这天，滂沱大雨整整下了一日，吹了熄灯号，还没有停的样子。杨雪安置白英子睡下以后，就抓起两个凉窝窝头，一边啃着一边上了夜班。为了不惊动伤员，她蹑手蹑脚地摸到灶火间里，悄悄地坐下来，模模糊糊听见里间屋还有人在时断时续地谈话。声音很低，雨声又大，一时听不清楚。她侧起耳朵来，听见一个声音说：

"嗐，今天又没吃饭。这样下去受得了吗？"

杨雪蓦地一惊，心里想道："这里住的八个重伤员，每一个都是自己刚才喂过饭的，怎么说没吃饭呢？"

正在纳闷，只听屋里又谈论说：

"吃饭？照看那么多伤员，哪还有时间哪！"

"有一回，我看见她叼着半块窝窝头就睡着了。"

"嗐！别说是一个姑娘，就是三个棒小伙也累垮了！"

"粮食也恐怕不够，你瞅人瘦多了！"

停了一会儿，谈话又继续着：

"下次，叫她跟咱们一块儿吃不行吗？"

"不行啊！那是人家医院的纪律！"

"纪律？咱们就不会来一个……"

"来个突然袭击！"

刚说到这里，有人"嘘——"了一声，谈话就中断了。

杨雪听到这里，禁不住偷偷笑了。原来他们在订秘密计划哩，警惕性还挺高呢。这时候，杨雪真想冲过去对他们说："喂！你看我不是很好吗？哪里有你们说的那么严重！"

接着，又听见一声深沉的叹息：

“嗐！这么些天了，她一天价围着咱们转，喂水喂饭，接屎接尿，还哄着我们，我们简直成了小孩子了！”

“我比你们来得都早。”另一个声音说，“小杨怕我生褥疮，还给我做了一个褥垫儿。我那时候还昏昏迷迷的。等我清醒了，才发现她的棉衣大襟鼓鼓囊囊的，跟别人很不一样。我一摸，里面装的尽是稻草。我说：‘你怎么装这个呀？真成了草包将军了。’她也跟我开玩笑说：‘当个草包将军怕什么呀，这里装的是金丝草，赛丝绵，又挡风，又挡寒。’后来别人才告诉我，我的褥垫儿就是她的一条单裤和她大襟上的棉花做的。”

“听说，她的被子也给了伤员，”另一个接上说，“大衣给了那个朝鲜小姑娘了，最后只剩下一个枕头，晚上睡觉就盖点儿草。”

“嗐，”又是一声长长的叹息，“直到现在我身上还装着她二百CC血呢！一个女同志，怎么受得了啊！抽了血回去就喝两碗盐水……”

谈话又中断了。他们仿佛都沉到深深的感动里。

沉了一会儿，一个声音用坚决的语气说：

“一定得让她跟着咱们吃！哪怕咱们少吃一口呢。”

“我考虑过了，你们说的那个突然袭击不行。”另一个接上说，“我倒有一个办法……”

“什么办法？”一个声音急火火地问。

“下次我们挤住她，就说：你要不吃，就是嫌我们脏！——这个办法准行，因为她就怕你给她提到原则高度！”

人们低低地笑起来。

这边的杨雪，被战士们美丽的灵魂深深地震撼着。她感到战士们真是太可爱了！太可爱了！她真想跑过去说：“同志们！亲爱的同志们！在这个伟大的战争里，我不能变成个男的，亲手到第一线一枪一刀地杀敌人，就够让人惭愧的了。我在后方做了这么一点点微不足道的事，又算得了什么呢！你们那样感动，只是因为你们的心地好，并不是我的工作有什么了不起的。只有你们，才是决定胜负的人，也是付出最大代价的人。而我，只不过是用自己的手洗去你们身上的血迹罢了，哪里值得你们这样称道呢？”

里间屋已经传出匀称的鼾声，杨雪也倚着灶台打起盹来。外面的大雨，却一阵紧似一阵，并且滚动着坦克炮一般的雷声。但是因为杨雪太困倦了，竟然像没有觉得似的。

睡梦间，小杨模模糊糊觉得有人推自己的肩膀：

“小杨！小杨！你醒醒！”

杨雪听声音像是徐芳，揉了揉眼说：

“是小徐吗？出了什么事啦？”

“小杨姐，你快去吧！”徐芳拉着她的膀子说，“我整不了啦！”

“到底什么事啊？”

“有一个伤员闹得厉害，非要我马上找他们连的指导员不行！你快看看去吧！”

这徐芳虽是文工团下来的，看见护士少，经常参加值班。但是遇见情况，还是不知道怎么处理。杨雪见她这么着急，就连忙扯起裙子后裾往头上一蒙，冒着大雨来到五号病房。

她们刚刚脱了鞋，把门拉开，就听见里面喊道：

“你们是谁呀？站在门口的是谁呀？有我们班的人没有？你们快给我找指导员哪！快找指导员哪！”

在昏黄的烛光下，杨雪看见那个挨墙躺着的三十多岁的班长。他是这里伤势最重的一个，因为头部还有弹片没有取出，有时昏

迷,有时又处于亢奋状态。杨雪怕头发上的雨水滴到伤员脸上,摘下帽子来拧了一拧,趁势擦了一把,走上去,伏下身子轻柔地说:

“李班长!你好好地睡一会儿,等天亮了,我们给你找指导员去。”

这话丝毫没有发生作用,那位伤员还是照旧喊着:

“不行呀,我心里难受得很哪!你们快给我找指导员哪!”

“你找指导员干什么呢?”杨雪又轻柔地问。

“我要向指导员做检讨呀!我打下来阵地没有守住呀!我是一个共产党员,我对不起祖国,对不起党,对不起毛主席呀!……我心里难过得很哪,你们快给我找指导员哪!……”

杨雪见他那昏暗不清的眼睛里,涌出满满的两眶泪水,滔滔不绝地滚下来。她急忙掏出小手绢给他擦泪,被他一手掌就挡回来,继续喊道:

“你们不给我找,我要自己去!我要到前方去!我要到前方去!……”

他那像小泉眼一般的眼泪,顷刻就在枕头上湿了一大片。杨雪和徐芳也被这个战士的伟大的革命责任感所激动,止不住飘下了几点泪水。杨雪擦了擦眼睛,极力压住自己的感情,并且用带有几分威严的语调说:

“李班长,你听我说。毛主席的好战士都是听命令的。你在前方听命令吗?”

“我听啊!”伤员回答,声音显然小得多了。

“那么在后方呢?毛主席的好战士要不要听命令呢?”

“听。”他几乎带着几分温柔地答道。

“对嘛,这才是好同志嘛!”杨雪又换成温和的调子说,“你不是要找你们指导员吗？我就是上级机关派来的，跟你们指导员一样。你对我们检讨了，也就是对你们指导员检讨了。李班长，你是一个好同志。你在前方打得很好。你不是还立过功吗？……”

“立功不立功有什么！”他反驳道，“为的是祖国嘛！你们说对不对？”

杨雪听到他反驳，更高兴了，这说明他有几分清醒了，就顺着他的话茬说：

“是嘛，你说的对嘛！我们并不是为了立功，是为了保卫祖国，为了朝鲜人民，为了消灭帝国主义才打仗的。你看这样说对吧？”

“对，这样说才对。”他认真地说。

感情的高峰过去了，谈话已经进入一般讨论的范围。杨雪很是高兴。这时只听他又说：

“你是政治处的张干事吧？”

“对，对，我就是张干事。”杨雪随口回答。

“你坐下来，我还有话跟你说呢！”

杨雪本来是一条腿跪着，连忙坐在他身边，给他擦了擦眼泪，又整了整枕头。叫徐芳舀了一小罐头盒水，一匙一匙地舀给他喝。

伤员喝完水，又亲昵又郑重地说：

“张干事！你回去一定要告诉指导员：我的伤不重，我就快要回去了。有什么任务，我一定保证完成。你叫他把那支冲锋枪给我留着，我那支枪挺好使的。张干事，我给你说，我有一条经验：什么敌人都是搁不住打的！……”

五号病室的伤员几乎全被吵醒了。杨雪逐个地巡视了一遍，把被子都给他们掖好。刚要离开，那边一个截了下肢的伤员，又叫住她：

“你过来！小杨！”

杨雪连忙走过去。

“小杨！”他几乎是用孩子在母亲面前说话的声音说，“我今儿个怎么一天没有看见你呢？”

“我来的时候，你睡着了。”杨雪笑着亲切地说。

“你在我这儿稍微坐一会儿不行吗？一分钟也不行吗？”

“行，行。”杨雪连忙在他身边坐下来。

“小杨！”他望着杨雪，“我真不知道该怎么感谢你。……我截肢以后，不能再到前方去，真是太难过了。经过你给我做解释，我这思想才像开了一扇小窗户似的敞亮多了。我们祖国，真有那么一位无脚拖拉机手吗？”

“当然有。”杨雪笑着说，“我还能哄你吗，小陈？”

“我也相信你不会哄我。”小陈说，“这些天，我一合眼，就好像真的坐在大拖拉机上，呜噜呜噜地开起来，比我有脚的时候还走得快呢！”

杨雪笑了。走到门口时，还听见他在后面说：

“小杨！到明天你可一定来呀！”

“好，好，我一定来！”

杨雪连声答应着，在廊檐下登上她那双黑胶鞋，在泥水里吱哇吱哇地走了。

“真神！”徐芳望着杨雪的背影暗自钦慕地说。刚才自己手忙脚乱的事，杨雪一来很轻易地就解决了。看来还是杨雪对战士的思想感情体会得深啊！

杨雪回到灶房间，打了个盹儿。陡然间，一个炸雷像打在房顶上似的，把自己从梦中惊醒。走到门口一看，闪电一个接着一个，照得外面明晃晃的。急风挟着暴雨,像瀑布一般倾泻下来。

“像这样大雨,不知道河里的水涨得怎么样了?”杨雪心中不安地想着,正要到所部去问,只见雨地里走过一个人来,气急败坏地喊:

“小杨!小杨!快到所部去!发大水了!”

杨雪听见是所部通讯员小王的声音,连忙吩咐护理员把伤病员喊起来,接着急火火地向所部跑去。这时院子里和街道上的水已经有脚脖深了。

所部点着一盏马灯。已经谢顶的老所长坐在那里,全身像从水里刚刚捞出似的。看样子,他刚从外面回来。几个班排长围着他,正在请示什么。气氛显得十分紧张。

杨雪刚踏上台阶,老所长就问:

“小杨!你们院里进了水没有?”

“已经脚脖深了。”杨雪说。

“情况很严重!”他严肃地说,“中午我到堤坡上去看,河里的水还只有半槽,现在已经出了槽了!西边山洪也下来了!现在村子已经处于被洪水包围的形势。这鬼天气!简直是配合美帝向我们进攻。”

“怎么办呢?”人们纷纷地问。

“最重要的是保住伤员。”他说,“中午,分部就通知我们,如果情况严重,就用火车把伤员转移出去。已经派人到铁路上去看,大概快回来了。”

说着,扭头看了看那个旧马蹄表。表针正指着凌晨一点。平常这只表,滴答滴答走得很清脆,现在已经完全被外面的风雨声、雷声掩盖住了。

不一时，司务长披着雨衣，拿着电棒从外面回来，在院子里就摇摇手说：

“不行了！铁道已经叫水淹了！”

这时的老所长，脑门上出现了几粒黄豆大的汗珠；但是声音仍然很镇定地说：

“同志们！现在是考验我们的时刻。我们一定要对伤员同志的生命负责，还要保证村里老百姓的生命安全。你们回去立刻把门板、铺板卸下来，扎成木筏子，把他们转移到山上去！”

杨雪往回返时，急风暴雨之势已过，雷声也渐渐远去，水势却越来越大。这时震人心魄的，倒不是暴雨声，而是山洪滚动的沉重的隆隆声和河水暴涨的怕人的哇哇声。这两种声音搅成一片，像要立刻把这座小村庄吞噬下去。迎着闪电四外一看，这座离河不远的村庄，已经完全泡在白茫茫的大水里。站在当街，就像站在滔滔的大河里一样。暴涨的河水和下来的山洪正汇合起来向村庄逼近。

杨雪回到院里，水已经有膝盖深了。轻伤员们和护士们见杨雪回来，都围过来问：

“小杨！怎么办哪？”

“所部决定往山上转移。”杨雪说，“大家赶快卸门板，扎木筏子！”

一声令下，大家立刻丁丁当当地干起来。木筏子倒是钉成了，就是往水里一放，浮不起来，经不住人。

一个伤员提议说：

“咱们还是上房吧！”

杨雪果断地摇了摇头，说：

“不行！现在水还涨呢。房子叫水泡塌，损失就更大了。”

“那可怎么办哪？”

这时，几十双眼睛都盯着杨雪。杨雪把一缕乱发往帽子里塞了塞，沉着地说：

“办法倒有，就是还要请示一下。”

这杨雪自幼生长在大清河边，对应付发大水有过一些经验。刚才她从村边经过时，就注意到那一片粗大的栗子树了，她想，把伤员送到树上，不是很好的待避所吗！

正好所长出来巡查，杨雪同他一说，所长同意；于是就立刻动员大家把门板摽在树上。

这时虽雨停风息，水势却继续猛涨不已。河水和山洪搅成一团，像千万头狮子吼叫着要扑过来。但是因为有了明确的办法，大家反而镇静了许多。等树上的门板摽好，他们又立刻分了工，女护士把伤员背到树下，男护士在树上接。轻伤员互相搀扶着，在激流中转移。村里的老百姓，也扶老携幼，向着那一片大栗树林子拥去。

杨雪正要找白英子，给她在树上安置个地方，看见她扶着一个伤员，头上顶着东西在水里走呢。这个小姑娘自来到医院，就是这么积极、勇敢，总是抢活儿干。杨雪到山上打柴，她就抢斧头、镰刀；杨雪到伙房打饭打水，她就抢瓷盆、水桶；杨雪到病房去，她也在后面颠颠颠跟着，端盘子，拿镊子，给伤员喂饭喂水，简直成了一个小看护员了。而且她学了许多汉话，中朝混合语说得很是熟练，跟伤员一聊就是老半天的。现在杨雪看见她在这么深的水里搀扶伤员，很不放心，就上去一把拉住她说：

“瞧！大水都淹到你的小胸脯子了，你能行吗？”

白英子翻翻眼，用熟练的中朝混合语说：

“小杨姐！我的怎么的不行啊？关系的没有哇！”

杨雪不容分说，把她头上的东西抢过来，紧紧拉着她，和伤员一起向栗树林走去。到了树下，杨雪抱着她，高高地举起来，男护士在树上接着，把她拉到树上去了。杨雪临走，还带着几分姐姐的尊严嘱咐说：

“小英子！你可不许再下来了。”

白英子坐在门板上，悠打着两条小腿儿，一面拧着小裙子上的水，歪着短发齐眉的头，笑着说：

“小杨姐！你的去吧，关系的没有哇！”

“不管关系的有没有，你都不许再下来了！”杨雪沉下脸儿，再一次郑重地说。

杨雪把房东老大娘也搀扶着越过激流，送到树上，接着就去背重伤员。那位李班长，这时却颇为清醒，见杨雪要来背他，十分难过地说：

“小杨啊！听说我前半夜给你找了麻烦，弄得你没有休息，这会儿又来背我！”

杨雪笑着说：

“这有什么呀，李班长！你负了这么重的伤，我能够背你，还觉着是光荣呢！”

杨雪一面说，一面动手来背。这位班长是个山东大汉，身躯高大，为了不使他的腿拖在地上，杨雪将他的两条腿紧紧抱在胸前。李班长连声叹着气，在背上说：

“唉唉，小杨呵，我长了这么大个子，你个女同志，怎么背得起哟？”

“你看，这不是背起来了吗！”

杨雪背着他，顽强地跨过激流。他在背上一直“唉唉”地叹着气，直到把他送到树上，他还难过地说：

“小杨啊！叫我怎么报答你呢？我原来有一块表，也叫炮弹给炸坏了……”

“这个好办。”杨雪在树下仰起脸笑着说，“李班长，等你伤好了，再到前方去，多牵几串俘虏来不就行了！?”

李班长含着泪笑着说：

“这个，我办得到！我办得到！”

这杨雪一向体力强健，像小牛犊子似的充满了使不完的精力。在军的小报上，曾被称为“铁打的姑娘”。过去背伤员，常常三十二十地背，并不觉得怎样。可是毕竟前一时期劳累过度，不久以前又两次输血，所以背到第八个伤员时，就觉着浑身无力，两腿发软，竟两次跌在水里。伤员在背上看见她的头上满是泥水，难过地说：“小杨！看把你累成什么样儿了，快让我下来走吧！”这话使她比受了最严重的责备还要难过，终于以最大的毅力，跨过激流，把伤员送到树上。

等全部伤员、群众都上了树，水已经漫过了胸脯。徐芳又跑回去拿她的提琴。杨雪在树下站着，一直等到她来，连声说：“快快，小徐！我的老天爷！这是闹着玩的吗?”说着，就让徐芳踩着自己的肩头攀上去了。这时的杨雪已经没有一丝力气，攀着树，好几次都上不去。一个男护士从树上跳下来，用力举着她，才勉勉强强上去了。

东方已经发白。放眼望去，四外一片汪洋。当那浑浊的黄流，漫过村庄，从战士们的脚下汹涌滚过时，尽管快要舐着栗子树的绿叶,但却奈何不得那些坚强的人们。这时候,在栗子树繁茂的枝叶间,传出一阵阵悠扬的琴声。它在这样的清晨响起,显得特别清亮而又激越,像一首战歌似的,以不可战胜的调子,越过水面,飘向远方,飘向远方。——这是徐芳应战士们的请求,把那支《刘胡兰》选曲又高高地奏起了……

黄流滚滚,琴声袅袅。徐芳今天琴拉得特别有感情,特别深沉动人。因为自她到医院以来,她有许许多多感受。她曾在日记上写道:“真是不到医院,不知我军士气的深度;不到医院,不知我军医护人员的伟大!”在徐芳心底沉积的感情,今天怎么能不从她的手指上泄露出来呢!

第二十章　金妈妈

这次洪水，据朝鲜老人说，是几十年来所罕见的。幸亏时间不长就消退了。满地都是烂泥浆，房屋倒塌了不少，自然又给朝鲜人民增加了很多困难。杨雪她们，除了护理伤员外，还帮助朝鲜人民盖房垒屋，工作就更加繁忙了。

关于郭祥失踪的消息，尽管大家极力瞒着杨雪，但她还是零零碎碎地听到了一些，使她陷入严重的不安和焦思苦念之中。这天，从朝鲜人民军转来了一个伤员，正是三连的通讯员小牛。这意外的消息，使整个医院为之轰动，大家纷纷去打听郭祥的下落。杨雪不好马上去，等人们散去，才悄悄来到小牛的病房。

小牛的两条腿都已摔断，内脏也受了重伤。他的精神本来挺好，可是一见小杨，没有说上两句话，就哭了。

杨雪抚慰地说：

“你不是回来了吗，小牛，还哭什么呀？”

“小杨，我对不住你！”他抽抽咽咽地说，“我没有跟连长一块儿回来……”

杨雪立时热泪满眶，背过脸去擦了一擦，勉强压制住自己的情感说：

“你是怎么回来的呢？”

“跳崖以后，我也不知道自己什么时候醒的，一睁眼就满天星了。”小牛说，“我动了一动，浑身的骨头像酥了似的，疼得满身是汗。我强忍着爬过去找同志们，摸摸他们，一个一个，都牺牲了……”

“你找着你们连长了吗?”杨雪着急地问。

“没有。”小牛摇摇头说，“我在草棄里爬过来爬过去找，就是没有他。乔大个也没见。我没辙了，才往回爬。爬到小河边，要搁平时，我一步就跳过去了，可这时候怎么也过不去。幸亏遇到朝鲜人民军的侦察员，才把我救了。”

听到这儿，杨雪又问：

“小牛，跳崖是你先跳的，还是他先跳的?”

“是他先跳的。”小牛说，“他跳的时候，我一把拉住他，本来想跟他说：咱们俩一块跳吧，如果我摔不死，还可以照顾你。他误会了，当我要说什么软话，把我一推，就跳下去了。”

“敌人到底来过没有?”

“我不知道。”

“你就一点动静也没听见?”

“仿佛是两声枪响，把我惊醒了似的。其余的我就什么也不知道了。”

杨雪看实在问不出什么，只好作罢。最后察看了小牛的伤势，安慰小牛说：

“小牛，你就好好养着吧。你年纪轻轻，我看你的腿是能养好的。”

“你看我还能上前线么?”小牛睁大着眼问。

“能，能。我看没有问题。”

同小牛的谈话，没有带来一丝宽慰，反而更引起她对郭祥的渴念。在郭祥离开医院的这一段时日里，她常常觉得对不起郭祥。

这不仅因为郭祥对她始终如一的爱情，长期没有被她察觉；而且她深深感到，在纷纭的生活之流中没有辨出一片真金；再加上过去自己虚抛的感情，更使人多么地愧悔啊！杨雪的这种心情老像一团乱丝似的在心头缭绕不去，总想有朝一日能对郭祥痛痛快快地倾诉一番。可是郭祥如今却生死不明，他此刻究竟在哪里呢？有谁能告诉她一个可靠的信息呢？……

亲爱的读者，要交代我们主人公这一时期的经历和下落，恐怕还要费较大一段文字。

前文已经叙明，那天玉女峰的跳崖，乔大夯是最后一个。这个身躯高大的机枪射手，如果要落在平地上，恐怕就没有生还的希望了；但他没有落在平地，而是被峭壁上的一棵小树架住。那时幽谷中暮色渐浓，晚烟腾起，天还没有完全黑下来。他就抱住小树定了定神。看看下边还有一两丈高。他听见敌人占领阵地后，胡乱吆喝了一阵，向下打了一通枪，并没有下来搜寻，才放了心。等到天黑，他就抓住壁上的葛藤，攀缘下来。他心里结记着那些跳崖的同志，就轻轻地爬到他们身边，一个一个地察看，见他们都牺牲了。小牛的两条腿已经摔断，叫了好几声，也没有回应。最后，他在一片灌木丛上，发现了郭祥。郭祥已经昏迷不醒，摸摸胸口，还有些热气，心脏也似乎在微弱地跳动。大夯喜出望外，就紧紧贴着他的脸，附在他的耳边，轻轻地叫："连长！连长！"只听郭祥哼了一声，再叫又没回应了。大夯就把他带木壳的驳壳枪轻轻取下，佩在自己身上。然后，就把郭祥背起来，一只手在后面托着郭祥，一只手提着他那支带刺刀的步枪，下了山坡。

下到谷底，向北走出不远，忽然听到前面有咔咔的皮鞋声和

“哈罗、哈罗”的呼唤声。大夯知道是敌人，就警觉地隐伏下来。接着，对面响起了哒哒的卡宾枪声，像飞蝗一般的子弹，从头顶上嗞嗞地穿过。大夯看到敌人发现了自己，唯恐再伤着连长，就紧紧背着郭祥绕道向西走去。

大约走出三十米远，敌人又大着胆子追了过来。大夯回头一望，有三个家伙，已经离得只有几步远近，看样子想要抓他活的。他一看脱身不得，只好把连长轻轻放下，端起枪，大喝了一声，向着最近的一个敌人猛力刺去。这个敌人猝不及防，当即“扑哧”一声被刺进肚子里去，随着惊慌的惨叫，倒在地上。那两个回头要跑，也被大夯赶上去，捅了个透心凉。其余的敌人，早已吓得魂飞魄散，不敢再追。大夯也生怕敌人追赶，连忙背起郭祥，甩开大步急火火地向西猛奔。

这乔大夯本来想往西走，再绕路向北，不意山径曲折，迷失了方向，竟沿着向西南的一条小公路走下去了。由于心里急，步子快，一下就走出二三十里。大约走到半夜，觉得口干舌燥，正好路边有一道山溪，就将郭祥轻轻放下，摘下小搪瓷碗，舀了大半碗水，端到郭祥嘴边，一口一口地喂着，谁知竟喝下去了。大夯非常高兴，自己也喝了个痛快。正要继续上路，只见公路上扫过来一派贼亮的汽车灯光，说话间，一辆辆的卡车呜呜地飞驰过来。大夯一望，车上坐的都是戴着钢盔的美国鬼子，不禁暗暗吃了一惊，才知道路走错了。他急忙用一丛茂草遮住郭祥，自己也伏在草丛里。卡车一辆接一辆地从他们身边飞驰而过。大夯心中想道：“不管怎样，总要先离开公路才好。”车队过去了，大夯就背起郭祥，沿着山溪拐进一条窄窄的山沟。

这条山沟草茂林密，人烟稀少。大夯沿着一条羊肠小路，曲曲弯弯，又行了数十里，才看见山坡上有两三户人家。此时天色已近破晓。为了防备意外，大夯首先将郭祥隐蔽在草丛之中，悄悄来到一所独立家屋附近，藏在一棵大树后面观察动静。大约等了半个小时左右，茅屋的门才“哗嗒”一声打开，出来了一个朝鲜老妈妈。看去她有五十多岁年纪，面容消瘦，鬓发斑白，穿着破旧的白衣白裙，打着一双赤脚。她在廊檐下略站了一站，就登上船形胶鞋，走到牛棚里去。接着，牵出一头已经衰老的黄牛，架开柴门，到下面小溪边饮牛去了。

饮牛回来，老妈妈又到小溪边顶了一瓦罐水，接着就弯着腰在院子里劈柴。她那粗筋隆起的老手举着斧头，劈了几下就显出很吃力的样子。大夯见她的房舍、穿着和举止，都像一家贫农，就轻轻地走进院子，叫了一声：

“阿妈妮！让我来帮你劈吧！”

尽管乔大夯怕惊着她，当她抬起头来，看见乔大夯那一身的血迹和泥土，还是着实吃了一惊，手里的斧头也“乓哒”一声跌落下来。

大夯见她惊慌，赶快指指自己的帽子，用生硬的朝鲜语轻轻地说：

“阿妈妮！我是‘急文衮’哪！”

一声“阿妈妮”，一个“志愿军”，比最周详的介绍信还灵，比电流还快，立刻稳定了朝鲜老妈妈的情绪，沟通了他们之间的感情。她把乔大夯上上下下打量了一番，就紧紧攥住他的一只大手，抖抖索索地哭了。

大夯把郭祥背到屋里，老妈妈看见他衣服破烂，浑身血泥，昏迷不醒，一种无限的痛惜之情，深深地激动着她。她一面“哎呀，哎呀”地叹息着，一面慌慌忙忙地铺上被褥，取出枕头，安置郭祥躺了下来。她伏下身子,垂着斑白的头,眼泪扑嗒扑嗒跌在郭祥的胸脯上。在这中间,她说了许多话,乔大夯都听不懂,听懂的只有“阿德儿”[①]一词。

老妈妈稍稍平静下来,就到外面把柴门紧紧闭上;回来从柜子里取出两身男人衣服,叫他们换了;把他们的枪支和带血的军衣都藏到牛棚里。接着就去给他们烧水做饭。

老妈妈给大夯做了大米干饭,给郭祥做了大米粥,又从坛子里夹出一些朝鲜酸菜,都用大铜碗盛着,用小炕桌端了过来。她一面亲热地招呼大夯吃饭,自己坐在郭祥身边,拿起小铜勺儿亲自来喂。此时郭祥仍旧处于昏迷状态,白米粥放到嘴里也不知道下咽。老妈妈无可奈何地叹了口气,又来喂水,倒是喝了不少。

此后一连三天都是如此。郭祥好像永远睡不醒似的酣睡着。尤其是他一口饭不吃,使老妈妈忧心如焚。这天,老妈妈出去了好半天,然后用裙子包着点什么笑微微地走回来。一倒出来,原来是五六个大红苹果。她连忙跑到厨房里煮成了苹果酱,兴冲冲地端到郭祥嘴边,拿起小铜勺儿来喂。她想郭祥一定会顺顺利利地吃下去,谁知郭祥只吃了两小口,就咽不下去了。眼瞅着老妈妈脸上一度出现的喜色消失了,怔怔地端着铜碗,不知怎样才好。大夯也急了,附在郭祥耳边轻轻地叫:

“连长!连长!阿妈妮给你东西吃呢!”

只听郭祥哼了一下,再叫又不应声。这时老妈妈再也抑制不住,把铜碗往炕上一放,哭了……

但是第四天,老妈妈正给郭祥喂水的时候,郭祥哼了一声,接着慢慢地睁开眼睛,醒了。老妈妈高兴得拿着铜勺儿的手都轻轻

---

① 朝语:儿子。

地战栗着,说:“我的——‘阿德儿’——醒来了——哟!——”这句话大夯虽然听不懂,可以听出她是在拉着长声唱着说的。大夯也满脸是笑凑上前去说:

“连长!你可醒啦!”

郭祥望望老妈妈,望望大夯,又望望这所朝鲜小屋和自己穿的朝鲜服装,眼光里显出一种惶惑不解的神情。他问:

“这,这是什么地方?”

大夯见他开始说话,更高兴了,连忙笑着说:

“这是敌后啊!连长。”

“敌后?”他仿佛对这个词儿很生疏而又费解的样子,重复地问,“什么敌后?”

“我们来到敌人后边了。”大夯认真地解释着,向周围一指,“这里四外都是敌人。”

“我怎么到这儿来了呢?”他又问。

“因为我们跳崖以后,走错路了。”

“跳崖?什么跳崖?”他又显出惶惑不解的样子。

大夯看出他得了脑震荡,尽管恢复了知觉,但是记忆并未恢复,就把这一段战斗历程,详详细细地叙说了一遍。当他听到大夯刺死了三个敌人的时候,还微微一笑,望望大夯,显出满意的样子。他沉吟了片刻,又接着问,

“跳崖的同志们呢?”

“都牺牲了。”

“小牛呢?”

“也牺牲了。”

只见郭祥的眼里,像有一粒火星似的闪动了一下,接着又问:

“我们的阵地呢?”

大夯见他有些着急,连忙说:

“恐怕早恢复了。”

老妈妈觉得他刚刚苏醒,不宜说话过多,就向大夯使了个眼色;又连忙把昨天熬好的苹果酱端过来喂他。郭祥竟然吃了不少。老妈妈给他擦了擦嘴,几天来第一次松心地笑了。

从这天起,郭祥的精神一天比一天见好。由于他同朝鲜老百姓接触多,会的朝鲜话也多,就同老妈妈不断地谈叙家常,亲昵得如同母子一般。从这些叙谈里粗略得知:老妈妈姓金,年轻时嫁给一个贫苦的农民,因为逃避地主的债务,迁居到这个名叫金谷里的小村庄已经几十年了。她生了一个女儿,两个儿子。女儿在十二岁的时候被卖去当了童工,至今还在釜山的一个纺织厂里。大儿子早年就参加了金日成将军的朝鲜人民革命军,在长白山一带与日本军队作战中牺牲了。二儿子结婚不久也走了他哥哥的道路,两年前偷越过三八线,投奔北方,现在是人民军的一位排长。家里只剩下老两口和一个儿媳。美国鬼子向南撤退时,要把她的儿媳拉走,老妈妈的丈夫抓起铁锨跟敌人拼命,两个人都被打死在当院里。老妈妈说到此处,指了指山坡上的两座新坟。

像一般朝鲜的母亲那样,老妈妈又问起郭祥的家世。郭祥比画着,粗略地说了。当说到自己的父亲被地主开膛破肚时,老妈妈流着眼泪,深有感触地说:

“中国的,朝鲜的,一样!”

老妈妈又问起郭祥的母亲多大年纪。郭祥把两只手翻了五番,又伸出了两个指头。老妈妈说:“噢,比我还小一岁呢!”

“不过,头发也花白了。”郭祥说着,轻轻地抚摩了一下老妈妈的鬓发。

“中国的妈妈好。”老妈妈不胜感叹地说，“她们的孩子在朝鲜大大的辛苦！”

郭祥不等她说完，就连忙接上说：

“中国的阿妈妮，朝鲜的阿妈妮，汉戛基[1]！中国的阿德儿，朝鲜的阿德儿，汉戛基！阿妈妮，你同我的妈妈汉戛基！”

老妈妈笑了。

说话间，已经过去了一周。但对乔大夯说，这日子却过得令人难熬。这倒不是因为他在敌人窝里担惊受怕，而是担心自己食量过大，怕老妈妈粮食少，以后难以度日。而且，他早就发现老妈妈不同他们一起吃饭。每到开饭，她不是说吃过了，就是借口有事要等一等才吃。这乔大夯像实心的竹子那么老实，但也还是有个心眼儿。这天中午，他吃过饭，就装着睡了。老妈妈把通厨房的门，“噶哒”一声关上。不一会儿，就听见厨房间有碗筷响动的声音。他悄悄地爬起来，在门缝里偷看。这一看不要紧，乔大夯登时难过万分，热泪滚滚，抱着头坐在那里半天没有言语。这时，正好郭祥醒着，连声地叫：

“大个儿！大个儿！你怎么了？”

大夯一时说不出话，抽咽了好半晌才说出了一句：

“阿妈妮在那儿吃野菜呢！”

郭祥心中也十分难受，用袖子擦擦眼说：

“我们还是早点走吧！”

“这怎么行？”大夯说，“你头部、腿部的伤还这么重，怎么能通过敌人的封锁线呢？”

---

① 朝语：一样。

"不不，"郭祥说，"我似乎觉着有点儿力气了，头也没有那么痛了。就是腿不争气，你明天扶着我锻炼锻炼！"

正在这时，听见外面有推柴门的声音。大夯顺着窗上的破洞往外一看，只见一个鬼鬼祟祟的人，戴着平顶窄边的洋草帽儿，留着小日本胡子，已经推开柴门闯了进来。老妈妈也似乎听到了响动，一溜小跑地迎上去，用身子将那人拦住。两个人站在那里说了几句，那人才假笑了一声，勉勉强强地走了，一边走一边还回头向院子里偷看。老妈妈等那人走远，把柴门紧紧闭上，慢慢地回到屋里。

大夯把刚才的情景告知郭祥。郭祥指指外面，用朝语问：

"阿妈妮！刚才什么人来了？"

"一个地主。"老妈妈面带愁容地说。

郭祥暗暗吃了一惊，又问：

"他来干什么？"

老妈妈比画了半天，郭祥才明白：那地主说自己的猫丢了，到这里来找一找。郭祥心里登时焦灼不安起来，不知什么迹象引起了敌人的怀疑。很明显，敌人虽然走了，决不会就此罢休。如果地主把治安队或美国人勾来，自己的生命事小，老妈妈可怎么办？

郭祥想到这里，就说：

"阿妈妮！我们走吧！"

"什么？你说什么？"老妈妈惊愕地扬起了眉毛。

"我们，北面的'卡'哟！"

老妈妈听到这话，激动地张开两臂把郭祥抱住，用半通的中国话说：

"这个的不行！不行！"她指指自己的胸口，又指指郭祥和乔大夯，“有阿妈妮，就有你们！……办法的我有。”

这天，老妈妈提前做了晚饭，喂了郭祥，又硬逼着乔大夯把两大铜碗饭吃下去。大夯不吃，她就拿起铜勺儿来喂，弄得大夯脖粗脸红，怪不好意思，只好把两大铜碗饭都吃下去了。饭后，她又找出一条绳子，把被褥捆好。等天色黑下来，就叫大夯背起郭祥，带上枪支，自己顶着被褥，把屋门、柴门全都锁了，自己在前面引路，上了屋后的山坡。

山坡上有两座新坟。绕过新坟，有一条弯弯曲曲的小径。因为草深路小，小径几乎被掩盖得看不见了。大夯紧紧跟着老妈妈的脚步，穿行在山腰里，向着一条更幽僻的山沟走去。

约摸走了十几里路，在迷离的月光下，看见前面有一座高高的悬崖，上面长着两三棵古松。悬崖旁边是一个陡坡，被长年的流水冲得坡坡坎坎。老妈妈走到这里停住脚步，打打手势，叫乔大夯要小心一点。接着，就攀着灌木丛，上了陡坡。大夯也跟了上去。没提防，有几只宿鸟，从脚下惊起，扑棱棱地飞到山那边去了。大夯不由得打了一个趔趄，定神一看，悬崖旁边，有一个自然洞，洞口有半人来高。老妈妈把包袱放下，叫大夯把郭祥也放下来。两个人就猫着腰钻了进去。大夯划了根火柴一看，里面地方倒不小，完全可以直起腰来，中间还有一块平平的石头，像一盘大炕。老妈妈用裙子拂了拂上面的土，又钻出去，抱了一抱蒿草铺上。接着又展开被褥，铺得平平的，让大夯把郭祥抱进来躺下。

老妈妈临走，抚摩着郭祥的头说：“阿德儿，好好睡吧！关系的没有。”说过，慈祥地笑了一笑，就出了洞口走了。

第二天天还不亮，老妈妈就把饭送来。还拿来了两个铜碗，两把铜勺儿，一把砂壶。饭和酸菜都很多，足够一天吃的。砂壶是供他们烧水用的,这个洞子角里就不断地滴答着清冽的泉水。老妈妈为了在天亮以前赶回,没有停多久,就下山去了。

“这样下去,总不是个办法。”郭祥心中想道。“阿妈妮一早儿就送了饭来,她想必过了半夜就得起床。做了饭,又得摸着黑,爬山过岭。就是自己的亲生母亲也不过如此。何况阿妈妮已经这么大年纪,长此下去,有个三长两短,可怎么办呢?……”想到这里,他的泪蛋蛋就滚到枕头上去了。再加上洞子里丁冬丁冬的滴水声,也更使他难以入睡。

天还没有大亮,大夯就轻轻地起了床到外面观察动静;刚转回来,郭祥就挣扎着坐起来说:

“大个儿!老这样子可不行啊。你今天扶着我走几步吧!”

“连长,”大夯笑着说,“叫我看还不行呢。”

“怎么不行?”郭祥说,“老这么躺着,就是块铁也生锈了。”

大夯从洞角的水汪里,舀了半铜碗水,给郭祥湿了手巾,让他擦了擦脸。郭祥显得更精神了,扶着大夯,就要下来。大夯劝他不听,只好用力搀扶着。哪知他的左脚刚一沾地,疼得“哎哟”了一声,差点儿跌到地上。脑门上的汗珠子也乓乓地落了下来。

“逞强不行啊,连长。”大夯轻声地埋怨着,“老百姓常说,伤筋动骨要一百天呢。”郭祥一时无话,只好在铺上老老实实地坐下了。

哪知进洞的第三天又出现了意外情况。

这天早晨,老妈妈没有来山上送饭,郭祥他们还以为有事误了,并不在意。可是晌午过后,大夯出去望了多次,也不见踪影。郭祥就怀疑,是不是出了什么变故。天黑以后,他正要派大夯前去探问,老妈妈来了。她把盛饭的瓦罐往地上一放,一面喘气,一面抱歉地说:

“阿德儿！把你们饿坏了吧？”

郭祥划了根火柴一看，见老妈妈头上扎着绷带，白衣上还有几缕血迹，吃惊地问：

“阿妈妮！出了什么事了？”

老妈妈摇了摇头，笑着说：

“没有什么，你们快点吃吧！”

郭祥和大夯，都着急得什么似的，向阿妈妮表示，如果不讲，这饭就不吃了。老妈妈才告诉他们：昨天晚上，治安队突然闯到她的家里搜查，问她的儿子是否回来了。最后，没有搜查出什么东西，就把她打了一顿，抢了一些东西走了。

郭祥和大夯听了，心中十分难过。郭祥觉得，自己作为一个革命战士，不能保护人民，反而使阿妈妮受了连累，怎么还能住下去呢？就拉着阿妈妮的手说：

“阿妈妮！我的伤也好得差不多了，你就让我们走吧！”

老妈妈听郭祥又说要走，显然生了气，好半天没有言语。待了一阵，才咕哝了一句什么，接着站起身来，一面撩起裙子擦泪，一面钻出了洞口。

“阿妈妮！阿妈妮！”

郭祥一连叫了两声，见老妈妈没有答言，就对乔大夯说：

“大夯！快，快去喊大娘回来！”

大夯猫着腰出了洞子，又叫：

“阿妈妮！阿妈妮！你回来一下。”

可是老妈妈已经下了陡坡，头也不回地走了。

“真糟！”郭祥捶着床铺，后悔不迭地说，“我又犯了主观主义……”

第二十一章　朴贞淑

这乔大夯真是一个忠诚的战士。他每天天不亮就起来，站在那几棵古松下，观察动静，守卫洞口。

昨天晚上，老妈妈生气走了，也使他深为不安。总盼望老妈妈今天能早点来，好同她解释解释。谁知天色已经发白，还不见她的踪影。正狐疑间，只见那边小路上，出现了两个人影。因为山谷里还很幽暗，一时看不清楚。待走得切近，才看出前面走的那个，穿着白衣白裙，顶着瓦罐，正是老妈妈；后面跟着一个年轻妇女，穿着黄衣黑裙，顶着一个白包袱，两只手轻快地摆动着，晨风吹拂着她长长的飘带翩翩走来。

大夯一面告诉郭祥穿衣起床，一面到陡坡下去接。老妈妈把瓦罐交给大夯，兴奋地说：

“阿德儿，我给你们带了客人来了！”

说着，就把那个年轻妇女引进洞来。老妈妈指指她，笑着对郭祥说：

“你们走的事，就对她说吧！”

那位年轻妇女放下包袱，掏出小手帕擦了擦汗，热情而大方地赶过来与郭祥、大夯握手，并且用比较熟练的汉语轻柔地说：

“同志，你好！”

郭祥连忙请她们坐下，大夯端来两铜碗泉水。那位妇女一边

喝水,一边反复地打量着郭祥,忽然问:

"你,是不是连长东木? 我们见过面吧?"

郭祥仔细望了望她,觉得确实在哪里见过,但又一时想不起来。

"苍鹰岭,你的到过?"她问。

"到过。"郭祥点了点头。

"苍鹰岭南面,有个小村子,美国人、治安队杀人大大的,你的到过?"

"到过。"

"有个女人,在万人坑里刨她的孩子,你的见过?"

"噢! 是你呀,朴贞淑同志!"

郭祥猛然间想起来,她就是蹲在土坑旁边刨孩子的女人。不过那时候,她的面容消瘦,头发散乱,两眼射着仇恨的火光;现在则是双颊绯红,神情开朗,举止老练。她原来的头发还挽着圆髻,现在已经剪成短发了。

"那件事我的不会忘记。"朴贞淑说,"那是我跟志愿军第一次见面哪!"

郭祥怕引起她的痛苦,没有往下谈,接着问:

"朴同志! 你怎么到了这里?"

"那时候,我一心想拿起枪报仇,郡人民委员会留我在后方工作,我没有同意,就参加游击队了。"

郭祥见她的汉语说得如此流利,惊异地说:

"你的中国话,说得很不错呀!"

"我是侦察兵。"她笑着说,"志愿军侦察队的常去。'中国马鹿'[①]小小的会!"

---

① 朝语:中国话。

“嘿,可不是小小的,是大大的咧!”

她笑了。喝了半铜碗水,她正正身子,显然要把话纳入正题:

“听阿妈妮说,你们要走?”

郭祥点了点头。

“真的要走?”

“真的。”

“北面的去?”

“对,回部队去。”

朴贞淑指指老妈妈,笑着说:

“真的要走,找她的不行!”

“那我们可找谁呀?”

“找她的领导。”

“她的领导?”郭祥一愣,“怕就是你吧?”

“不不,”她连忙摇摇头说,“我,小小的!”

“那,可找谁呀?”

“金日成将军!”

“哎呀呀,朴东木!”郭祥苦笑着说,“你可真能绕弯子!”

朴贞淑弯着腰笑了一阵,然后收住笑说:

“连长东木!你们的来,我们队长的知道。走不走,听他的说话。”

“你们的队长,怎么说呀?”

“他说:伤好了行;不好,坚决的不行!”

“我早就好得差不多了!”郭祥对乔大夯挤挤眼说,“是吧,大夯?”

大夯既不否定也不肯定地憨笑着。

“不，你说的不行，”朴贞淑笑着说，“我要亲自的看。”

说着，她挽起郭祥那肥大的裤腿。右腿比较正常，左腿还粗得像根柱子似的，而且有一处显然变形。她指指那只粗腿叫了一声：

“哎呀！你看，这怎么的能行？至少一百天的要啊！”

“哎哟，我的老天！”郭祥把嘴一咧苦笑着。

朴贞淑用她那双小手轻轻地抚摩着他的左腿，像医生似的眯细着眼思量着。探察了一会儿，就两只手掬着捏了一阵。然后从包袱里取出一瓶樟脑酒，用棉花蘸着擦了一遍。最后，取出两条薄木板儿一夹，就要用小绳缠起来，郭祥用手一拦，说：

“朴东木！这个的不要！”

“缠上的好！不缠的不好！”朴贞淑不听他，一面缠，一面开玩笑说，“腿坏了，将来媳妇的困难！”

乔大夯憨厚地笑着说：

“连长已经有了。”

“他的有？”朴贞淑笑着问，“哪里？什么的干？”

大夯讲起杨雪，郭祥咧着嘴儿笑微微地听着，心里美得不行。朴贞淑望着郭祥笑着：

“将来带我去，一定的看！”

说到这里，夹板儿已经结结实实地捆好了。

老妈妈过来，摸摸夹板儿，看来十分满意，望着郭祥胜利地一笑。

郭祥摸摸被捆上的夹板儿，苦笑着说：

“朴东木！不是我们不愿意留在这里；阿妈妮的生活多困难哪！她给我们做大米干饭，自己偷偷地吞几口野菜，叫我们怎么能住下去呢？”

说到这里,大夯深深地垂下头去。

“这个,关系的没有。”朴贞淑摆摆手,说,“我们游击队粮食大大的有。”

“这个倒是其次,”郭祥又说,“阿妈妮这么大年纪了,爬山过岭送饭不说,还担着多大的风险哪!前天夜里,她就被治安队打了。要是以后……”

朴贞淑掠掠她的黑发,带着轻蔑的神态说:

“治安队,关系的没有。我们游击队办法的有。阿妈妮,我们的保护。”

接着,她身向前倾,眼里充满笑意,无限温和地说:

“这些问题的不想,好好的养。回去的问题,办法的有。”

说着,她的两个黑眼仁,放射着光彩,撩开长长的黑裙,腰里露出一支二号手枪。并且指指北方,压低声音,有些神秘地说:

“那里,我来来往往地常去。伤养好了,我送你们北方的‘卡’哟!”

经她这么一说,郭祥和大夯的心都松快了许多。她又转身把包袱解开,从里面取出了一二十个大红苹果,一木盒鸡蛋,一些零星药品,特别是还有一大把金灿灿黄烂烂的烟叶。

“这是我们游击队小小的慰问。”她笑盈盈地说。

郭祥知道,她们这时的物质条件多么困难,何况又处在地下状态!这些东西还不定费了多大劲找来的呢。郭祥一连声地感谢,嘱托她向游击队的同志们问好。

烟叶这东西,郭祥已经多天没有见过它了。今天一见,不自觉地老是瞅着它。女人观察问题总是很细,早被朴贞淑看出来。她连忙挑了两个大叶,用小手揉碎,放在铜碗里端过来。郭祥的小本儿已经在玉女峰上烧了，摸了半天没有摸出一块纸头。还是乔大夯从自己的小本儿上撕下几片纸来，郭祥卷了一个特大号的喇叭筒点着。那淡蓝色的烟环在这个小洞子里撞击着，愉快地舞动着，就像演员们在空中表演她们婀娜动人的舞姿似的。郭祥立刻显得精神起来，同朴贞淑活泼而愉快地交谈着。

“朴东木！”郭祥一面抽烟，一面笑着说，“你那支枪是什么牌的，可以让我看看吗？”

“怎么不可以？”朴贞淑立刻撩起黑裙，从腰里掏出来，递给郭祥。

郭祥展开包枪的红绸子，端在手里一看，是一支崭新的“枪”牌撸子，擦得明光锃亮，枪上的烧蓝简直能照出人影来。他在手里掂量着，不由得赞美道：

“这种牌子很好！能顶上两把盒子的威力。我们的同志也很喜欢它。”

“这还是李承晚的一个侦察排长送我的哪！”她笑着说。

“是你把他俘虏了吧？”

“对啦！”朴贞淑笑着说，“那还是敌人向南撤退的时候，领导上叫我俘虏的抓。没想到，他就碰到我手里啦！”

乔大夯也接过枪去，玩赏了一会儿，交还给她。她用红绸子爱抚地擦了一擦，装回到枪套里；一面兴致勃勃地谈起这段故事。在敌人向南撤退的时候，李承晚吓唬老百姓，说美国人就要丢原子弹了，不往南跑，就得通通炸死。又是骗，又是逼，弄得非常混乱。她就混在逃难的人群里，寻找机会。正走着，人民军的迂回部队把前面的桥梁炸断了。这时候，有一个男侦察兵走过来说：“你看桥过不去了，我家离这里不远，你就到我家里歇歇去吧！”她一打量这个男侦察兵，身上穿着人民军的服装，里面套的却不是人民军的绒衣，怀疑他是傀儡军装扮的，就笑着答应了。他们一同走了十几里路，经过一个村庄，她就说："你看太阳快下山了，路上不好走，咱们就在这里安歇了吧！"那个男侦察兵同意了。她就偷偷跑到联络处报告。联络处的人就顺着她雪地上的脚印，把她同那个男侦察兵一同逮捕了。这个男侦察兵，果然是傀儡军的侦察排长。

"这支手枪，就是他的吧？"乔大夯问。

"对啦。"朴贞淑笑着说，"要是那时候这个的有，才用不着费这么大事呢！"

郭祥异常赞赏地听着，接着又问：

"看起来，你是常在敌占区活动的了？"

"对啦！"朴贞淑把一缕黑发掠过绯红的面颊，笑着说，"敌人的心脏，就是我们的岗位。"

郭祥瞅了一眼她的黄褂黑裙，说：

"你出发侦察，多半都是穿便衣吧？"

朴贞淑点点头，说：

"不过，有时候我农民妇女的扮，有时候学生的扮，也有时候军官太太的扮。有一次我难民的扮，找了一个孤儿背着，跑到敌人的厨房里要饭吃。虽然被打出来了，可是厨房里摆了几摞碗，每一摞多少，我眼一撒，早看清楚了，我就根据这个向上级报告了敌人的人数。"

"你恐怕遇到不少危险吧？"郭祥笑着问。

"小小的，小小的。"她谦逊地笑着，说，"不过，有一次倒是紧张一些……"

她说，人民军准备攻打三八线南一座县城，叫她了解这个县城的敌情。可是这里敌人戒备异常森严，没有法子进去。后来打听到，敌人这个部队里有个姓李的司务长，是邻县的人，家里有妻子和两个孩子。她就大胆决定，冒充这个司务长的妻子。她找了两个孤儿，背上一个，牵上一个，装作逃难的样子，向着敌人的防线闯去。敌人的岗哨盘查她，她说得头头是道，装得惟妙惟肖，敌人的岗哨就半信半疑地将她放过去了。她一连闯过了六七个岗哨，一路上观察了敌人的碉堡、工事和兵力情况。最后敌人把她安置在一个地方，告诉她，李司务长到几十里以外的地方去了，明天一早就赶回来；并且派了一个老头监视着她。她无法脱身，时间又一点一点地迫近。她心生一计，就偷偷地把房门涂上肥皂。直到后半夜老头睡熟，她才背上小的，拉上大的，悄悄地跑出来了……几天后，人民军就向这个地方发动了进攻，消灭了敌人。为这件事，授给了她一枚二级国旗勋章。

郭祥望着她那温柔、谦和的神态，听着她这惊人的英雄事迹，真不知道这两种性格和品质，是怎样奇妙地糅到一起来的。郭祥从许许多多朝鲜妇女的身上，都看到了这样的结合。几个月前，郭祥见到她时，还是一个普通的劳动妇女，想不到今天已经变成这么英勇机智的女战士了。革命战争，是以多么神奇的速度催促着人们的成长啊！

想到这里，他以衷心敬佩的心情，高高地竖起大拇指说：

“朝鲜妇女，大大的好！”

“中国妇女，大大的好！”朴贞淑连忙说。

“你的成绩很大啊，朴同志！”郭祥又说。

“小小的！小小的！”朴贞淑的脸涨得更加绯红，头深深地低下去了。

老妈妈见他们无尽无休地谈着，把双手一拍说：

“这饭的还吃不吃啦?”

大家这时才发觉阳光已经射进洞口,总有九十点钟了。朴贞淑抱歉地笑着说:

“怨我,怨我,吃饭的忘了!”

说着,端过瓦罐,给郭祥盛饭。因为碗不够,只好轮流来吃。饭后,他们又继续亲密地谈着。朴贞淑除了问起郭祥、乔大夯的经历和战斗,还问起他俩详细的通讯地址,并且说:

“以后,胜利了,我的中国的看看!”

“我们太欢迎啦!”郭祥和大夯一齐热烈地说。

为了保守秘密,朴贞淑和老妈妈直到天黑方才离去。

从此,郭祥的情绪渐渐稳定下来。不久,乔大夯提出不要老妈妈送饭,而由自己在洞里做饭的建议,也在几番争论之后被接受了。这就使他们的情绪进一步稳定。经过一个多月的休养,郭祥已经能在户外行动。这时候,他就又提出回队的要求。双方经过一场激烈的争论,最后以再留半月作为双方可以接受的折中方案。

洞中的日子尽管慢得烦人,预定的行期终于到来。这一天,老妈妈和朴贞淑都来得很早。她们还带来了雪白的朝鲜打糕,朝鲜冷面,一大瓶米酒和几样酒菜,简直像举行小小的宴会一般。朝鲜人像湖南和四川人那样爱吃辣椒。其中的一样菜就是整个的青辣椒,裹上面糊用油炸的。郭祥特别爱吃,没有吃上几个就满头大汗。大夯因为食量大,吃东西一向很拘谨,这次也在大妈不断地劝促下,大大地饱餐了一顿。

黄昏时分,诸事准备妥善。郭祥和大夯那两身满是血泥的军衣,老妈妈早已洗得干干净净,细细密密地缝缀好了。郭祥他们要换,朴贞淑为了防备万一,还是叫他们照旧穿着朝鲜便衣,准备以后给老妈妈捎回。为了保障郭祥他们的安全,游击队还抽出了一条子弹,高兴得郭祥把他的驳壳枪擦了又擦。朴贞淑除了手枪外,还另带了几个小甜瓜手榴弹,挂在裙子里面。临行前,郭祥和乔大夯提出要将洞里的锅碗家具给老妈妈送回,被朴贞淑拒绝,督促他们赶快上路。

老妈妈一直送他们下了陡坡,出了小沟,到了前面的岔路。这一整天,她都是强颜为笑,一直压抑着自己的情感。直到这时再也压制不住,一只手拉着郭祥,一只手拉着大夯,哭出了声。郭祥和大夯来到这里整整五十八天,想起这五十八天里老妈妈的深情厚谊,真是百感交集。三个人一时都啜泣着说不出话。朴贞淑也鼻子酸酸的,因为任务在身,不住地督促着:

"快点走吧！快点走吧!"

郭祥抱着老妈妈说:

"阿妈妮！你就跟我的亲娘一样,我一直到死也忘不了你！……"

老妈妈抽抽咽咽地说:

"阿德儿,我们还能再见面吗？……"

朴贞淑把这句话翻过来,郭祥心头火辣辣的,立时宣誓一般地说:

"阿妈妮！我们一定要打回来！您老人家多保重吧!"

郭祥和大夯走出很远,还不断地回头张望。尽管夜色迷茫,他们不可能看见什么,他们还是望望老妈妈站立的地方,望望那高崖上两三株古松掩蔽的洞口。……

郭祥的情感有如大海的潮水一般,不断地卷着汹涌的浪涛。他的心似乎在低唱着:

阿妈妮啊,我朝鲜的母亲!

你的恩情我感谢不尽。
我本是普通的中国战士，
为人民打仗是我的本分。

毛主席的嘱咐谨记在心，
国际主义的大旗要牢牢掌稳。
普天下的工农都是我的父母，
我要为你们永远献身。

我的贡献是多么微薄，
并没有尽到战士的责任。
而你对我像亲生的儿子，
你的恩情就像江水滚滚。

再见吧，亲爱的好阿妈妮，
再见吧，难忘的朝鲜母亲。
报答你只有复仇的枪声，
我一定要在雷霆中降临！……

朴贞淑轻快地走在前面，郭祥和大夯随后，沿着深草掩盖的小径，穿行在夜色里。这朴贞淑经常往来于敌我之间，路途很熟。一路上尽量避开敌人占据的交通要道、大小村镇，走的尽是些荒山野岭，偏僻小道。

大约走了三十余里，正要下一个山坡时，远远望见山坡下有两三盏明亮的灯火。再走近些细看，原来是座洋灰桥。桥头上一座碉堡，正好卡住路口。桥上有两三个人影，端着枪踱来踱去。郭祥正盘算着如何通过，朴贞淑停住脚步，回过头摆摆手说：

“关系的没有。下面的过！”

说过，领着郭祥、大夯从一侧下了山，向东斜插过去。他们沿着河岸走了半里多路，朴贞淑指指河水说：

“这里水不深，我们就从这里的过！”

说着，她把裙子一撩，就跳到哗哗的河水里。郭祥和大夯也紧跟着徒涉过去。他们沿着一条田间小道，走了十几里路，朴贞淑停住脚步，回过头说：

“就在这里歇歇吧！”

几个人在田塍上坐下。朴贞淑笑着问：

“连长东木！你的腿不疼？”

郭祥把那只伤腿一伸，笑着说：

“这些日子，确实把它养娇了。到目的地还有多远？”

“一半的有哇！”

“那一半不好走吧？”

朴贞淑指了指前面两座黑魆魆的大山头，说：

“那两个山上敌人的有，不过离得远，关系的没有。最后，麻烦小小的有。一定要拂晓以前的赶到。”

“那我们还是赶快走吧！”

三个人快步过了前面的山口，又走了二十多里，已可看到火线的景色。山上燃烧着一片一片的火光。照明弹此落彼起。山谷间不时像打闪一般闪动着红光，随后是炮弹的出口声，显然是敌人的炮兵阵地。再往前走了一程，连零落的枪声也听见了。从东到西，这里的天空都是红蒙蒙的。朴贞淑所说的最后一道关口，大约就是敌人的前沿。

朴贞淑尽量避开大小道路，绕过敌人的纵深阵地，来到最后一座山口。她停住脚步，附在郭祥耳边悄声地说：

“你们这里的等等。前面敌人哨兵的有，我前边的看。”

“如果遇上敌人呢？”郭祥低声问。

“我办法的有。”

她在星光下微微一笑。

郭祥不听她的，拔出驳壳枪，说：

“我们还是一块去吧！”

“不行！”朴贞淑十分决断，“这个——我的任务，你的任务的没有。”

说着，她不由分说地把郭祥、大夯摁倒在草窠里，撩开裙子，掏出她那把二号手枪，向前面摸去。

说实在的，如果让郭祥自己去执行这个任务，那倒没有什么；现在由一个女同志去替他侦察情况，却不免为她的安全担心。他全身的血液都好像停止了流动，全部注意力都集中在听觉上了。时间在无声的静寂中难忍地度过。几分钟以后，只听敌人的哨兵用朝语大声喝问道：

“谁？……”

朴贞淑没有应声。

“口令！”接着是拉枪机的声音。

郭祥陡地一惊，在草窠里挺起身来。

“我是老百姓。”朴贞淑声音不高地说。

“老百姓？来干什么？”

“我老娘病了。”是朴贞淑沉着而温和的声音，“放我过去吧，官长。我送你钱！”

接着是几秒钟的静寂和咔咔的脚步声。就在这一瞬间，忽听朴贞淑用威严的尖声喊道：

“不准动！举起手来！”

“乒哒”一声，是枪支落地的声音。

几分钟后，草窠哗哗地响动着，朴贞淑挺着她那支手枪，把一个战战兢兢的李承晚兵押了下来。

“快走！”她极其果断地向郭祥把手一摆。

三个人押着俘虏，越过山口猛跑起来。走了还没有五十步远，后面响起了枪声，敌人追过来了。

郭祥把驳壳枪一扬，笑着说：

“你们先走，这回可该轮着我了！”

“这个的不行！”朴贞淑仍然十分决断，“我的任务的有，你的任务的没有！”

说着，她坚决地挥挥手，让郭祥他们先走，自己伏卧在路侧。

敌人一面打枪，一面顺着公路猛追过来。朴贞淑擎着小甜瓜手榴弹等待着，看看离得近了，就猛力投了过去，“轰轰”两声，手榴弹像她青春的生命一般开放出明亮好看的花朵。敌人暂时被阻止住了。

朴贞淑追上郭祥他们。正行进间，忽然听到前面响起一阵嚓嚓的脚步声。郭祥蹲下身子一看，发现有十几条黑影迎面走来，正要拔枪迎击，朴贞淑抢上来拦住道：

“可能是我们的人到了！”

说着，她击了三下手掌。对方也击了三下，并且用朝语喊道：

“噢包！是朴贞淑同志吗？”

“是我。”

朴贞淑一边答应，一边迎了上去。不一时，一队背着转盘枪的朝鲜人民军走过来。朴贞淑指着为首的一个对郭祥说：

“这是人民军的侦察排长，他专门的接哟！”

那位排长抢上来同郭祥、大夯热烈地握手，并且说：

“连长东木！你的大大地辛苦！”

郭祥一连声说：

“谢谢同志们！谢谢同志们！”

这时候，后面的敌人又追了上来。侦察排长摆摆手，说：

“连长东木！巴利巴利，后面休息的去！”

当山谷里响起激烈的枪声，朴贞淑他们已经押着俘虏安详地走上山坡。她同郭祥和大夯愉快地谈笑着，步子显得特别轻快。晨风吹拂着，她的双颊越发红艳，衣襟上的飘带不断高高地扬起，简直就像飘飘的仙子似的。她的护送任务确已完成，前面再走不远，就是朝鲜人民军的阵地了。

第二十二章　浪滔滔

郭祥和大夯回到部队,真好比从天而降,同志们奔走相告,上上下下都欢喜不尽。郭祥的老战友们,近的挤空儿来看望他,远的也在电话上讯问。大家见了他,少不得在他的胸脯上亲热地擂上几拳,欢迎这个“嘎家伙”的意外归来。郭祥也少不得一遍一遍地把这一段经历讲给同志们听。大家听了金妈妈和朴贞淑对待志愿军的那种感情,都感动得掉了热泪。有谁能说出中朝人民所结下的生死之谊是多么深厚啊!

以上这一切,读者都是会想象到的。如过多叙述,反而要浪费笔墨了。令郭祥惶惑不解的是,大家向他叙说了许多别后的情况,却没有一个人提到杨雪。再说,他的归来,几乎成了轰动一时的新闻,杨雪怎么会不知道呢?可是既没有她一个电话,也不见只字片言到来。这都不能不使他感到奇怪。因为自己在人前又不便动问,就钻到闷葫芦里去了。有一次,他实在忍耐不住,就问老模范:

“咱们连这一次负伤的有多少人哪?”

这个问题,他本来早已问过;老模范以为他忘了,就重述了一遍。接着,他又问:

“这些人都送到哪里去啦?”

“大部分送回祖国去了。”

“其余的呢?”

“其余的送到了军的野战医院。”

“医院的情况怎么样?”

“医院的情况么,不错,很好。”

老模范不再往下谈了。郭祥实在忍不住又问:

“白英子那孩子现在还好吧?”

老模范的眼睛暗了一下,神情有点慌乱,支支吾吾地说:

“那孩子还好。”

说过,假托有事,就忙别的去了。

郭祥更加狐疑起来,不知出了什么变故。

部队自移防到西海岸以来,补充了大批新战士,正在加紧练兵。郭祥想给杨雪写封信,也没有写成。这天早晨,部队在海边上演练完毕,收操回村。郭祥坐在一块大石头上歇了一会儿,正望着滚滚的浪涛出神,听见后面有轻轻的脚步声,郭祥扭头一看,见徐芳穿着连衣裙,垂着双辫,背着背包和小提琴,正蹑手蹑脚地走过来。她见郭祥已经发现了自己,就停住脚步笑着说:

“您躲在这儿想什么呀?”

郭祥马上立起身来,笑着说:

“小徐,你怎么搞起突然袭击来啦?我刚才一点也没有看见你。”

“我可老远就看见是你。”徐芳赶上来同他热烈地握手,笑着说,“郭祥同志,你这一次可真把大家都急坏了。我们还以为你真的去见马克思了呢!”

“不会!不会!”郭祥笑着说,“我本来到马克思那里去报到了。可是他老人家捋了捋大胡子,摩摩我的脑瓜儿,笑着说:‘你这个小伙子干吗老抢先哪,回去!回去!你的任务还没完成哪!’这不是,我就又回来了。”

徐芳格格笑了一阵。郭祥笑着问：

“小徐！你这次下来有任务吧？”

“我就是奔你来的。”徐芳笑着说。

“找我干什么呀？”

“因为你是我们那个剧本的主人公嘛！”徐芳把背包、提琴放在大石头上，坐下来。她摘下帽子，一面擦汗，一面说，“你的事迹，我们文工团早听说了。我们本来想好好采访一下，有的同志性急，说这样怕赶不上趟了，还是先编起来再说。结果一夜之间就突击出来了。又连着排了几天，就给首长们审查。谁知道首长和机关的干部们一看，都不满意。说根本没有写出英雄的思想感情，在中朝友谊方面也没有写出深度来。这才又重打锣鼓另开张。大家下定决心：一定要把英雄的思想感情挖出来……”

“你也参加了这个集体创作？”郭祥笑着问。

“也就是敲敲鼓边儿。”徐芳说，“我主要是为了配曲。主力是几个有经验的老同志，他们随后就到。我们已经商量好：这次一定不惜时间、精力，一天不成两天，两天不成三天，不把你们的思想感情、精神境界挖出来，决不罢休！”

郭祥听到这里，登时出了一脑门汗，勉强笑着说：

“徐芳同志，叫我看，你们就别编了，我这次没有完成任务，心里就够难受的了。就说跳崖吧，我们不做敌人的俘虏，这是革命战士最起码的了，有什么可写的呀！如果一定要写，也别拼死命来‘挖’。上次就有个记者来挖乔大夯的思想感情，大个儿端端正正地坐在那里，风纪扣扣得又紧，不一会儿工夫就汗流浃背，把两层军衣都湿透了。事后，大个儿跟我说：‘我的老天！这还不如打仗轻松呢！’”

徐芳忒儿的一声笑起来，说：

“这一次，你们可以充分准备准备！”

郭祥怕再说下去打击徐芳的情绪，当然更想了解杨雪的情况，就转了话题，问：

“小徐，你从后方医院回来多长时间了？”

徐芳听到他提起后方医院，眼里立刻出现了慌乱的表情，慢吞吞地说：

“总有一个来月了。”

“你在后方医院，情况还很好吧？”

“好，好。”她含含糊糊地回答着，提起背包要走，“我先到连队看看去，以后再细谈吧。”

郭祥越发觉得可疑，上前把她拦住，说：

“小徐，你再稍待一会儿。我问你，小杨现在怎么样了？”

这话不问还好，提起小杨，徐芳眼圈一红，立刻低下头去，不言声了。

郭祥更着急了，忙问：

“你快说呀，她到底怎么样了？”

“她，她牺牲了。”徐芳抽抽咽咽地说。

“什么？你，你说什么？”

“她已经牺牲一个月了。”

郭祥一听，登时全身一震，两眼发黑，脚下的土地直往下沉，好半天没有言语。海风呜呜吹着，只听见一阵一阵哗哗的浪声。

“郭祥同志，我知道这消息对你意味着什么。”徐芳拭着泪说，“来以前，我本来决心不告诉你。可是，你是一个久经锻炼的人，有坚强意志的人，我觉着，老是瞒着你，也不是个办法……”

“你说吧，小徐，我受得住！”郭祥略略抬起头说。

“那是在一个月以前，”徐芳的声调稍许平静了些，“我跟小杨姐姐在车站上转送伤员，回来的时候，天已经亮了。我们刚刚走到村边，看见有四架野马式飞过来。这本来是平常的事。可是，这时候，特务分子从山背后打起了几颗信号弹，飞机就围着村子转起来了。小杨一看不好，就赶快敲钟报警。轻伤员纷纷往防空洞里猛跑。敌机接着开始了轰炸。又是扔汽油弹，又是打机关炮，好几处房子都着火了。小杨是情况越紧张她越沉着。她见我在地下趴着，就说：‘小徐！不要慌，咱们赶快背重伤员去！同志们在前方没有牺牲，决不能叫他们死在后方。’说着，就飞跑到着火的病房去了。我也跟着她跑去。我从来没看到她的腿脚这么快，弹片、子弹、泥块、石头像雨点似的落着，她全不在意。她一连背出了七八个重伤员。这时候，在防空洞口上，她忽然想起了什么，就问我们：‘小英子呢？你们谁见小英子了？’一个护士说：‘她跑去搀伤员了。’小杨着急地说：‘哎呀，你们没有拦住她呀？’那个护士说：‘你可拦得住呀！她把小脑瓜一歪，就跑出去了。’一个伤员说：‘你们到四病室看看吧，她把我刚刚搀出来，就一溜烟跑回去了。’小杨一听，立刻箭也似的向四病室猛跑。这时候，四病室已经起火，像火车头似的冒着一团一团的黑烟。门窗也烧着了，小杨就从火门子里扑了进去，把白英子背了出来。原来这孩子被塌下来的木头砸伤了。小杨背着她一面跑，一面昂起头看着敌机。这时候，一架敌机俯冲下来，扔了一个炸弹。炸起的黑烟尘土把她们遮盖住了。黑烟过去，我们看见她们还在地上趴着，我们都一连声喊：‘小杨！小杨！快跑呀！’她还是纹丝不动。我们就知道不好，跑到跟前一看,才看见小杨伏在小英子的身上昏过去了。她身上中了好几块弹片,身边流下了好几摊血。小英子正搂着她的肩膀哭呢……

“这时候,敌机已经飞走了,伤员们,医院的人们全围过来看她。我轻轻地把她往起一扶,她睁开了那双像启明星样的两眼,望着大家有点不好意思地笑了。她那本来有点红黑的脸,这时却像一朵白牡丹似的。医生们欢喜地说:‘不要紧,快抬去抢救!’我们就把她抬回到住处。因为伤势过重,她又昏迷过去。手术包扎以后,我和小英子一直守着她。等到后半夜,我给她喂水,她才慢慢地睁开了眼睛。她望望我和小英子,微微一笑,安详地说:‘小徐,你们歇一会儿吧,我这伤太重,不一定能支撑到明天了。’小英子一听,眼泪汪汪地说:‘你会好的!你会好的!’我也急了,我说:‘小杨姐,你怎么说这个呀!我还等你好了,一块儿给伤员们演节目呢!’小杨姐就抚摩着小英子的头说:‘小英子!你是个好孩子。朝鲜战争早晚要胜利的。你要好好学习,等胜利了,好好建设你们的国家。’说过,她又拉着我的手说:‘小徐,咱们俩虽然在一块儿时间不长,就像亲姐妹似的。你替我写一封信,好好安慰安慰我爹我妈。我们村阶级斗争很复杂,我妈在村里工作很难。叫她遇见事不要着急,好好保重身体,不要难过。也告诉我弟弟,不要老是贪玩,将来有机会,可以到部队去。’说过以后,我看她老是深情地望着我,好像还要说什么,嘴张了几张没有说出来。沉了好一阵,才说:‘小徐,你把我那挎包拿来。’我从墙上取下挎包,放在她头前,她翻了翻,取出她常用的一个小红梳子,一面包着红边的小圆镜子,还有一个一直保存着舍不得用的笔记本。她把那个笔记本递到小英子手里,然后又拿起红梳子说:‘小徐,我也没有别的东西,这个就留给你吧。’说过,又拿起小圆镜子,眼圈一红,说:‘直到现在,我也不知道他是死是活。他要回不来,那就不要说了;要是他活着回来,你就把这给我嘎子哥留个纪念吧。你对他说,他是一块真金,我,我对不起他……'说到这儿,她的泪刷的一下流下来,再也止不住了。小英子和我全哭了。我说:'小杨姐,你不要想得太多,你一定会好起来的!'她摆摆手,又从口袋上取下自己的钢笔,说:'还有这支钢笔也留给他吧,我记得他那支笔老漏水儿,已经不好用了……'她把笔递到我手里不久,就咽了气。"

徐芳说到这里,又掏出手帕拭泪。接着从挎包里取出一个红绸包儿,递到郭祥手里。郭祥展开,里面包的就是那支杨雪用过多年的黑杆金星笔和那面包着红边的小圆镜子。那面镜子看来比水晶还要晶莹,比雪还要洁白,比银子还要明亮。郭祥本来在极力地克制着自己,嘴唇上咬出了一排血印,现在睹物思人,泪如泉涌般地倾泻而下……

"把她埋在哪里了?"待了好大一会儿,他问。

"就埋在松风里旁边的小山上了。"徐芳说,"我们把她的全身都擦洗得特别干净,然后用白布裹了。头也给她洗了,梳了。小杨姐姐样子一点没有变,就像她睡着了似的。埋葬那天,到了很多人,除了工作人员、伤员,还有松风里的群众和郡里的干部。白英子和朝鲜的妇女们哭得特别哀痛。郡人民委员会的干部说:小杨是一个伟大的国际主义战士,是中朝友谊的象征,他们还要呈报金日成将军……"

郭祥深深地垂下头去。

徐芳又是安慰又是感叹地说:

"郭祥同志,不要说你,我们谁不喜欢她呀!伤员们要是一天不见她,就要问:'小杨呢?她到哪儿去啦?'我乍到医院,看到战士的血就害怕,到病房里也觉着气味难闻,给战士端大小便,还戴着厚厚的口罩。可是小杨姐姐呢？她的一生，都是守着伤员度过的，我就从来没有见过她嫌脏的时候。她对战士的感情多深厚啊！……什么时候，我才能锻炼得像她那样呢！”

郭祥心潮澎湃，思绪如麻，徐芳刚才的话他大部分没有听清。他略略抬起头，说：

“小徐，你先到连里歇歇吧，我随后就回。”

徐芳知道他心中难过，想独自待一会儿，就叹了口气，背起背包、提琴，独自回村里去了。

大海正起着早潮。暗绿色的海水，卷起城墙一样高的巨浪狂涌过来，那阵势真像千万匹奔腾的战马，向着敌人冲锋陷阵。当它涌到岸边时，不断发出激越的沉雷一般的浪声。郭祥望着大海，默默地想着他少年时的伙伴，他的同志和战友的一生。他仿佛看见这个矫健的女战士，短发上戴着军帽，背着红十字包，面含微笑，英姿勃勃地踏着波浪向他走来，对他亲切地说：“嘎子哥！你在这儿傻待着干什么呀？我是一个贫农的女儿，一个人民的战士，一个共产党员，今天我所做的，不过是自己应尽的一份责任罢了。有什么可伤心的呢？你自己不是也常说，为普天下的劳苦大众流血牺牲是我们的本分么？……只要你在战场上多杀敌人，为被害的人民报仇，使人民早日得到解放，那就是我的心愿了……嘎子哥，快快回营去吧！……”这时候，郭祥的泪不绝地倾泻到咸涩的海水里。奔腾的海水啊，世界上一切形形色色的反动派们，它们吞噬了多少人民优秀的儿女！它们在这大地上，在他们亲人的心里造成了多么深的伤痛！但是，人民的伤痛都将化成仇恨，人民的仇恨都将化成勇敢，就像这漫天的海水一样，终将冲毁一切反动派的统治。今天，郭祥的胸中，就像面前这大海的狂涛一般不断地奔腾着，翻卷着……

第二十三章　伤　痛

失去亲人是人生最大的伤痛之一。也许能医治它的只有时间,而它需要的时间又是多么漫长。

杨雪牺牲的消息,不仅夺去郭祥大片大片的泪水,而且那种惘然若失的情感一直在心之深处据留不去。可叹这个一向乐观顽皮的人,第一次尝到此中苦味。他很想到松风里杨雪墓前看看,但又难以启口。杨雪的形象总在他面前时隐时现。白天领着战士们出操上课,心里还好一些,到了晚上便又难以入睡。这天,他随同连队打了一天野外,着实有些疲劳,回来吃过晚饭便躺倒了。

矇眬间,他沿着一条清清的溪水走着,在溪水边,看见杨雪正睡在平平的白石头上。她的短发散落着,枕着自己的手臂,仿佛睡得很熟。他走上前去推了推她,她才睁开那启明星般的眼睛,慢慢地坐起来,笑着说:

“我刚要歇一会儿,你怎么就把我推醒了?”

郭祥非常抱歉地说:

“小雪,人都说你死了,我是来问问,到底是真的还是假的?”

杨雪笑着说:

“我怎么会死呢!我是累了,想歇一歇,躺在这儿就睡着了。”

郭祥看了看溪水边,她洗好的血衣,果然摞得像小山似的,还有几条绷带在溪水里牵得老长老长,就点了点头,说:

“那人们怎么都说你死了呢?”

“嘎子哥,那是人们在哄你哩,看你对我的心真不真!”她笑着说。

“噢!要是这样,我也就放心了。”郭祥说,“小雪,你不知道,我在敌人后方,藏在一个大山洞里,乔大个在洞口守卫着我;那时候,我真是天天想你,夜里还梦见你,只是怕乔大个笑话我,从来没有对他说过。”

“我不也是这样!”杨雪叹了口气,说,“人说你在玉女峰跳崖了,可是又没有你的尸首,我的心天天都在悬着。我到玉女峰去了好几次,把那里的草都翻遍了,也没有找见你。我想就是死了,给我个确实的消息也好,可是谁也不知道你是死是活!后来我就飞过了敌人的阵地,找啊,找啊,好不容易才找着你藏着的山洞。你那山洞口不是有好几棵大松树吗,我就到了那里,看见乔大个守卫着你,你在洞子里睡得甜甜的,我怕惊动你,也就没有进去。有时候,我还站在山洞口上边望你呢!……”

“小雪,”郭祥也坐在那块白石头上,“我心里有几句话,老想对你说说。几年以前,咱们俩在红叶沟,一起走了十里路,我也没有对你说成,今天我还是想对你说说。”

杨雪笑着说:

“那时候你为什么不说呢?”

“我不就是害臊么!”

“前后一个人都没有,你还怕谁听见呢?”

“还有树,有水,有山,叫它们听了,我也觉着害臊啊!”

“嗐,嘎子哥,你真傻呀!”

“是的,我的确很后悔;可是今天我真要对你说了。”

“今天又用不着说了。”杨雪笑着说，“你的心我看见了，我的心你也看见了，还说它干什么呀！”

“不过，我要不说总是一块心病。”

杨雪嫣然一笑，大大方方地仰起下巴颏说：“那你就说吧！”

“可我还是想到红叶沟去说，咱俩一起到红叶沟吧！”

“行，咱俩到红叶沟去。”杨雪说着站起来，“我现在会飞了，我就带着你飞到红叶沟吧！”

杨雪说着，挽着他的胳臂就飞了起来……很快很快，下面已经可以望见那条终生难忘的碧水潺潺的红叶沟了……

霍然一阵巨响，把郭祥惊醒。他仔细听了听，原来是敌人的夜航机在邻近村镇的轰炸声。郭祥回想刚才的情境，又觉得似梦非梦，望望窗隙间透过的月光，听听风吹树叶的沙沙声，心头更觉凄绝。

郭祥想起明天还有工作，本想强迫自己再睡一会儿，可是院子里又响起了持续不断的“嗵——嗵——”的捣米声。郭祥看了看表，还不到凌晨三点，房东大嫂已经起来舂米了。朝鲜的臼臼不像中国，是用一节粗树干中间挖成个深窝窝。杵也是木杵，两头粗中间细，倒很好看。可是当这位阿妹妈妮的木杵一声声响起时，郭祥的心就隐隐作痛。原来这位朝鲜大嫂，三十刚过，丈夫就被美国飞机炸死了。给她留下了两个孩子，一个五六岁，一个两三岁，还有一个小叔子，不过十一二岁，头上还长着一个大疮，整天疼得龇牙咧嘴。前几天郭祥才将她的小叔子领到卫生所开了刀，略略好一些。可是家里田里全部生活的重担，都压在这个中年女人的肩头。谷子刚刚成熟，她就在田里把谷穗掐下来，用丈夫留下的木架背回来，把谷穗放在一个大木盆里，光着一双脚踩着。又是烧火做饭，又是到河边顶水,从早到晚,忙个没完没了。就是这样,两个不懂事的孩子,还一天哭闹。她走出门去,孩子就哭着追出门去;她进得门来,孩子就哭着追进门来。两个孩子都光着屁股,头发锈成了一个疙瘩,身上很脏,也没有时间调理他们。一次她从田野背着一捆柴火回来,那个三岁的小女儿哭得没法,她的心软了,就放下柴火,扯开胸前的小白褂,小女儿就从她的胳肢窝下钻过来吃奶,一只小手还把另一个奶紧紧捂住,仿佛怕那只奶会跑走似的。看见这些,郭祥觉得她的日子过得多么艰难!今天,这位阿妳妈妮天不亮又起来了。她那木杵一声一声都是这样沉重,仿佛敲在自己的心上一样,听来觉得格外酸楚。他觉得她平时少言寡语,并没有说过什么,有时甚至还笑着打个招呼,可是她心中的伤痛,恐怕正与自己相同。而怀着这种伤痛的人家,又何止千家万户,万户千家!这不都是帝国主义者造成的吗!它们给予人们的苦难,其凄惨处,还不仅仅是血肉模糊的尸体,而且还有留在人们心上的长期难愈的创伤。想到这里,郭祥又增添了对帝国主义的一层憎恨。恨不得马上结束整训,再次狠狠地拼杀一场。

这些天,老模范见郭祥一天天消瘦,心中不免忧虑,虽然劝慰他多次,情绪也没有转过来。这天忽然接到军里一个通知,让郭祥去参加志愿军政治部召开的英雄模范大会,老模范心想,这一下好了,让他出去活动活动,见见世面,心里畅快一些,情绪兴许能好起来。这样就很快地通知了他。本军的英雄模范人物很多,参加这次会议的仅有二三十人。大家乘着一辆卡车,奔驰了一个通夜,才来到志愿军总部。

这郭祥虽然平时说话随便,不拘小节,本质上却是一个谦逊的人。他在典型报告会上,看到这么多的英雄人物,听到这么多惊心动魄的事迹，觉得真是山外有山，天外有天，各有千秋，群星灿烂。其实聚在这里的，不过是其中的代表，要说起整个志愿军的英雄，那就真像是银河一样宽宽的光带。郭祥越听越有兴致，就特意把他平时不舍得用的小本儿拿出来，用歪歪扭扭的字记下别人的长处。他确实地钻到会议中去了。可是，有一天，他听了几个女护士的报告，那些事迹同杨雪大同小异，特别是来自东线的一个女护士，她的年纪同杨雪相仿，也留着一头齐耳短发，当她报告到如何在风雪弥漫的长津湖畔，把战士冻肿的双脚揣在自己的怀中时，郭祥顿时又想起杨雪，想起杨雪给自己暖脚的情景，别人都在热烈地鼓掌，他却低下头涕零不止了。从这时起，杨雪的形象又不绝地在他眼前时隐时现，又是几个晚上没有睡好。

这天上午，郭祥正在松树林里参加小组座谈，被带队的组织干事叫出来。那个干事很高兴地说，彭总准备找一些战斗英雄分别谈谈，现在就让他到彭总那里去。郭祥一听这突如其来的消息，就愣了神儿，不禁抓耳挠腮地说：

"现在就去？"

"对对，现在就去。"组织干事点点头，指指旁边一个很敦实的挎手枪的战士说，"他是彭总的警卫员小张，你就跟他去吧！"

这郭祥一向很放得开，可是他见过的最大的"官"就是他们军长了，今天听说人民解放军的副总司令，又是赫赫有名的志愿军的司令员要见他，他就不知道怎么好了。这时，他觉得自己是这样的平凡和渺小，简直没有做出什么事，见了司令员可说什么好呀！他这样想，神色上就不免有些迟疑和慌乱，红着脸说：

"我，我可是一丁点儿准备也没有。"

"不要准备，随便谈谈。"小张笑着，宽慰地说，"彭总也随便得很，他听说你在敌后一个山洞里藏了几十天，主要是想看看你。”

郭祥一听主要是“看看”他，更不自然了，他可有什么可看的呀！无奈小张已在前面走了，郭祥只好随着他向一面山坡走去。

彭总依旧住在那间依洞而建的小房子里，房子外开出一小块平地，周围有好几株大树，给予这里浓密的绿荫和鸟声。尽管地上掉了几片早落的黄叶，但是天还不算冷，彭总光着头、穿着一件白衬衣，正坐在一张小圆桌旁边看电报。这也正是他们几位领导人下象棋和打克郎棋的地方。那边克郎棋的棋盘上还散落着不少的棋子。

郭祥跟在小张后面，轻手轻脚地上了山坡。

“报告司令员，那个战斗英雄来了！”小张走到彭总身边说。

本来郭祥一路上拼命压制自己的激动，想平平静静地、大大方方地给彭总打一个敬礼，万没想到小张却冷孤丁地说出这样的话。他的脸登时红了起来。“战斗英雄”，这是随便说的吗？在这位身经百战、千战者的面前，也能随便说吗？他确实太不好意思了。可是这时彭总已经放下电报，摘下老花镜，笑微微地站了起来，郭祥只好红着脸，用力地磕了一下脚跟，打了一个十分标准的敬礼。

彭总紧紧握住郭祥的手，用一双深邃的眼睛，足足打量了他好几秒钟，才撒开手，指指旁边的小木椅说：

“坐吧！”

两人坐下，彭总又让小张拿烟。小张对郭祥特别热情，从屋里拿出一包“大中华”，还抽了一支递给郭祥。郭祥觉得在彭总面前抽烟不大合适，就小心地放在小圆桌上，说：

“我不大会抽。”

“不大会抽？”彭总望了望他那被大喇叭筒熏得发黄的手指，哈哈大笑着说,“恐怕还是个老资格哩!”

郭祥也不禁笑起来,立刻点着,头一口就吸下了小半截子。

“你那个连,在二次战役中间打得不错。”彭总说,“报上的通讯我也看了。那个记者说,仿佛你们没有多少伤亡,这真实吗?”

“那次我们连,加上炊事员只剩下三十几个人了。”郭祥答道。

“是嘛,所以我多次说,写新闻报道一定要真实。像那样写法,把敌人都写成了豆腐,也就不能让人民正确地理解战争。”

彭总很有兴致地望着郭祥,接着又问:

“听说你在敌后一个山洞里藏了好几十天?”

“五十八天。”

“那你是怎么生活的呢?”

“有一个朝鲜老妈妈,给我们天天送饭。”

“她有粮食吗?”

“很困难。开始她让我们吃粮食,她吃野菜;以后就靠游击队接济。”

“那里游击队好活动吗?”

“也很困难。游击队很小,主要采取隐蔽活动。不过他们很坚决,我们就是靠一个女游击队员领着,穿过敌人的战线才回来的。”

彭总听到这里,一面点头,一面深有感慨地说:

“朝鲜妇女很伟大,这一点我感触很深。她们在战争中失去了丈夫,失去了儿子,忍受着最大的痛苦,还默默地承担着艰苦的劳动。我每次坐车外出,看到她们在冷风里穿着单薄的衣裳,背着孩子在那里修路,心里就有一种说不出的滋味。”

这时,金妈妈,朴贞淑,还有最近那位朝鲜大嫂的形象,都一个一个地闪现在郭祥的心头,使他沉入深深的感动之中。

忽然，彭总抬起头，望着郭祥问道：

“你们住的那一带，老百姓还有粮食吃吗？”

“粮食早就很困难了。”郭祥皱着眉头说，“我看到不少老百姓，每天到地里找早熟的棒子，掰一些回来舂舂，加上一些野菜吃。我住的那家房东大嫂也是这样。我们连每次做饭都要多做一些，因为一到开饭，孩子们就围过来了，我们怎么也不能叫孩子们看着。……”

“你们这样做很好。”彭总点点头说，“今年朝鲜水灾很大，据说是几十年来少有的。我们参加战争的目的就是为了朝鲜人民的生存，今天怎么能够看着他们饿饭呢？郭祥同志，假若我们志愿军全体人员，每天每人节省一两粮食，你看有困难吗？”

“我看没有困难。”郭祥立刻挺挺腰板响亮地说，“战士们都会拥护。”

“不过，战士们也有困难。他们体力消耗很大，粮食也不算很足。”彭总思忖着自言自语，仿佛他已思考过多次。他停了停，又望着郭祥，“部队得夜盲症的人还多吗？”

“已经比以前少了。我们连还有几个没有治好。”

“主要是营养不足，维他命缺乏。你可以让他们吃点野菜，熬点松针水喝。这办法很有效，我调查了好多人。”

彭总沉吟了一会儿，很认真地说：

“虽然军队和人民都有困难，我们总是比老百姓好些。为了人民，我们也应当苦一些。挨饿这个滋味我是知道的。我十三岁那年，有一天天还不亮，我就光着两只脚，踩着露水上山砍柴，因为没吃饭，砍了一会儿饿得实在砍不动了，就倒在地上睡着了。父亲上山来找，一看我睡在地上就有了气，他扯了一根柴棍子，吆喝着：

‘你偷懒，我要打死你！’我心里十分难过，我哭着说：‘昨天晚上我只吃了一碗糠粑粑，今天早晨也没吃饭，我全身发软，哪里还有力气砍柴呢！’我父亲也哭了。……挨饿那个滋味可不好受啊！”

彭总说这些话时，感情很沉重。显然他对自己童年和少年时的悲惨生活，印象很深。因此，他对人民的疾苦，有一种特殊的敏感和关切。今天谈起粮食，又不禁忆及往事。也可能他发觉自己谈得远了，就把话收回来，望着郭祥说：

“你今年多大了？”

“二十五了。”

“多大参军的？”

“十三岁，是赖上的。”

“噢，你还是个年轻的老干部哩！”彭总笑着说，“有对象了吗？”

由于彭总平等待人，郭祥渐渐活跃起来，虽未恢复常态，“大中华”的香烟，也抽了好几支了。万没想到彭总忽然问到这个，一时觉得很难回答。就红着脸慌慌张张地说了真话：

“我，我不准备结婚了……”

“怎么？”彭总对他的回答颇感诧异，又笑着问，“结婚晚一点可以，怎么不结婚了？”

“我本来有一个朋友，她牺牲了。”郭祥心里酸酸地低下头去。

“是志愿军的吗？”

“是，是我们军的一个护士，她是为救朝鲜儿童牺牲的。朝鲜政府给了她‘国际主义战士’的称号。”

“我仿佛在《志愿军》小报上看到过，是叫杨雪吗？”

郭祥心中一震，如果不是在首长面前，他很可能抑制不住自己的情感，勉强回答了个“是”，又低下头去。

“看来,你是很爱她的!”

郭祥点了点头。

“当然,你会很痛苦。”彭总说,“我们参加革命的人,许许多多同志都有过这种痛苦。拿我说,我的两个弟弟都让蒋介石杀了,我心里能不痛苦?长征以后,我们许多红军家属,都让国民党反动派斩草除根了,这些同志心里能够好受?可是有什么法子来医治这种创伤呢?办法只有一个,就是把精力全部放在工作上、作战上,这样你的痛苦就减轻了。你钻到痛苦里就会脱不出来。我的体会,只有革命的胜利,工作的进展,可以弥补个人的伤痛。”

郭祥认真地听着,吟味着老一辈的生活经验。

“毅力也很重要。”彭总又继续说,“我这个人就是有股犟脾气,既吃了它的亏,也沾了它的光。我在湘军当兵,有一次派我当侦探,被抓住了,刑法很厉害,有一次实在受不住了,想承认,可是第二天又坚持起来,到底让我挺住了,最后闹了个取保释放。”

彭总说到这里不由哈哈大笑,郭祥也笑起来。

谈话结束时,彭总一直将郭祥送下山坡。一个摄影员正在山坡下徘徊观望,拿不定主意是否采取行动。平时彭总一直反对摄影记者给自己照相,他常常说:“你‘咔嗒’一下,得值几斤小米呀!”有时甚至会转过脸去,把摄影记者弄得很窘。所以摄影员犹豫了很长时间,没有敢贸然走上山坡。谁知这次不同,彭总面含笑容,远远地就跟摄影员打招呼说:

“小李,来给我们俩照一个吧!”

这时,小张正在旁边,看见彭总的举动有些不同寻常,就跟彭总开玩笑说:

“司令员,你不说‘咔嗒’一下几斤小米啦?”

彭总瞪了小张一眼，训斥道：

“乱弹琴！给英雄模范照相，我什么时候这样讲过？”

摄影员小李兴奋异常，用摄影记者才有的那种敏捷步伐跑过来，十分精心地给彭总和郭祥照了一张合影。

拍完后，小李与小张偷偷地相视而笑。

第二十四章　阴　谋

杨雪牺牲的消息，已由部队的政治机关正式通知了她的家属。凤凰堡的人们也很快就知道了。

这消息使凤凰堡的革命群众深为悲痛，而对阶级敌人则简直是一个难得的喜讯。

地主谢清斋得知此事，可以说比一般群众还早。因为他的反革命策略已经得到实现，他的侄女同村长李能不仅关系暧昧，而且已经有了七八个月的身孕。村中的各种消息，包括农业社甚至党内的各种争论，各项工作措施，都能早早地传到他的耳朵里。他的思想和意志也能经常地和及时地在社委会、支部委员会中通过李能反映出来，不过改一改名词和说法罢了。

凤凰堡的阶级斗争，已经进入了短兵相接的阶段。

这天，当谢俊色把杨雪的牺牲告诉家里，谢清斋全身都感到舒畅，他往躺椅上一仰，拍掌大笑说：

“又少了一个！又少了一个！”

“都炸成肉酱才好哩！”那谢家婆，两个肉眼泡也笑成一条缝了。

“这就叫：不是不报，时辰不到。”谢清斋拉着长声说，“我早就说过，白分人家的土地，天老爷是饶不过的！”

“你也别忒高兴了。”那婆娘抬抬木瓜脸说，“眼下咱们还不是照样受制！”

“你别急嘛，咱们一步一步地来。”他低下秃脑瓜想了一阵，压低声音说，“我瞅准了，这当儿，那臭婆子心里不定多难受哩，就抓住这个机会来打击她！叫她不死也脱层皮！”

“也不那么简单。”俊色腆腆她的大肚子说，“那臭老婆听说她闺女死了，泪都没滴一滴儿。还跟人们说：‘我闺女在朝鲜牺牲得值！要退回几年，我也报名到朝鲜去！’”

“你别听那个。那是装英雄叫人看的！”谢清斋把小兜兜嘴一撇，“以前金丝的男人叫日本洋狗啃了，她当着人就没有流一滴泪，还带着笑跟人说话呢，可是家去把门一插就哭个没完。……再说，这闺女是臭老婆的心尖儿，她怎么会不心疼？这机会，可是打着灯笼也难找啊！”

那谢家婆娘抬抬肉眼皮，说：

“有什么办法没有？”

“办法有的是。”谢清斋得意洋洋地一笑，“不是吹的，我这脑瓜特别灵，只要略微一转，就够他们喝一壶了。”

接着，他从躺椅上起来，迈着小短腿走到门外，像老鼠出洞一般看看左右没人，就进来压低声音说：

“现在不是正秋收吗，瞅个空儿，把社里的粮食，偷着背上两口袋藏在那臭婆子家里，她就跳到黄河里也洗不清了。”

“那叫谁去？”俊色望着他叔。

“谁去？当然是叫大能人找人去。”谢清斋说，“我们一露头儿，不就露了馅儿了。”

“不知道他肯不肯办？”

“他咋不肯？”谢清斋说，“这次入社，把他的三条大骡子一牵，就像剜了他的心似的,把臭老婆早恨透了。趁机会把社搅散,我看他乐意干。再说,你现在同他那关系,"他睃了一眼俊色鼓起的肚子,"他也不敢不肯。他要敢说半个不字,你就对他说,你准备到县里去坦白,看他勾结阶级敌人该当何罪?——你说他敢不敢?"

"你可真是个老狐狸!"俊色咬着她那细长的辫子笑了。

谢清斋忽然想起了什么,又睃了睃她的大肚子,有些不满地说:

"俊色,你可千万不能蒙头转向啊!我原来叫你拉他,是为了给咱家报仇,是为了改变咱的成分,入了党把权抓到手里,并没有说要搞真的。没想到你弄成这样,连门也出不去!等办了这件事,还是把肚子里的东西打掉才好。"

"叔!你咋说起这话?"俊色伤心而又气愤地说,"我弄成这样!是为了谁?到这会儿又怨起我来,这拉人的事就那么容易?"

"算了,算了!先不说这个。"谢清斋摆摆手说,"还是把刚才说的事儿,快快办吧!"

果然,几天以后的一个早晨,发生了不愉快的事件。

正当凤凰堡这个艰苦创业的小社,迎接第一个金色的秋天,社员们喜气洋洋准备分取劳动果实的时候,人们发现社里少了两口袋谷子。看场的又正好是大妈的儿子大乱和另一个社员。他们说,夜里没有发现任何情况,只是在天快亮的时候,他们打了个盹儿……

场上乱哄哄地挤了很多人。有本社的社员,也有本村的群众。社里的干部,差不多都在场。只有小契几天以前就到县里开会去了。

今春以来,创业的艰难和党内外复杂而激烈的斗争,使得大妈一下子老了几岁。她现在变得又黑又瘦。当她的心正在承受巨大的悲痛时，今天又出了这事，急得像着了火似的指着大乱骂道：

“你这个没出息的东西！你知不知道这是咱们社头一个收成？哪儿睡不了觉，你跑到这儿来睡觉了？”

“老虎也有打盹的时候。”大乱嘟嘟囔囔地说。

大妈见他还嘴，更加有气，顺手抽了根棒子秸要打，被众人拦住。李能蹲在那儿摆摆手，说：

“算啦，算啦！打孩子能解决多少问题？”他接着冷笑了一声，“我就纳闷儿：咱们这儿是老解放区，好多年没出这种事了，怎么成了社倒出些稀罕事儿？”

大妈冷冷地看了他一眼，还没有接话，他悠闲地吐着烟圈儿，又慢条斯理地说：

“咱们平常是怎么跟群众讲的？建社的优越性呀，共同富裕呀，夺高产呀，结果粮食还没分就丢了，大伙儿生产的还不够偷的！”

“李能，你可不能这么说。”大妈尽力地按住火气，“这建社是走社会主义道路。个别坏人偷东西，我们要严肃处理。怎么能硬拉到一块儿？”

“反正我不背这个黑锅！”李能说，“问题查不出来，咱们人人有份，特别是咱们这些当干部儿的！”

“你看怎么个查法？”

“搜！”李能站起来大声说，“咱们挨家挨户地搜！”

群众一听也恼了，乱纷纷地说：

“搜就搜吧，谁怕这个！”

“搜不是好办法。”大妈沉吟着说，“我们应该慢慢调查。”

“肚子里没病，就不怕吃冷黏糕！”李能扯着嗓子叫，“我是副主任，先搜我那儿，我不怕搜！”

“你不怕，别人就怕啦？”大妈气愤地说，“要搜，就先到我家去！”

李能巴不得大妈说出这话，心中暗暗高兴，但嘴里却说：

“这怎么行！你是模范，还是先搜我好。”

大妈不理他，在前头领着向自己家里走去。李能紧紧跟在后面。众人簇拥着来到大妈的小院里。这时又来了一些看热闹的，挤了满满一院子人。

“婶子！”李能奸笑着说，“今天咱们是为了弄清问题，可不是故意给谁难看。”

“你就开始搜吧！”大妈把头一扭。

“嗐，真是没法子！”李能显出十分为难的样子，“既是这么说，也只好警察打他爹——公事公办了。”

说过，他先到屋里看了一看，又在房前房后转了一转，最后来到柴草棚里，把乱柴火一扒，就露出了圆鼓鼓的两个大口袋。大家登时一惊。大妈和大伯的脸变得煞白。原来绝大部分群众的心理，都是出于对李能的气愤，想急于证明大妈没事，却不料被这意外的事件惊呆了。

“这可怎么说呀！”李能冷笑了一声，“我那婶子！我那社主任！真叫人想不到哇！你是咱全县、全省都鼎鼎有名的模范，你是咱解放军非常爱戴的拥军模范，你怎么办出这种事呀！你要是真揭不开锅，只要张张口，跟大家说一声儿，跟我说一声儿，多的没有，借个三斗五升的，谁能不给你？谁能眼睁睁地叫你饿着？唉呀呀，你怎么就……”

“这是有人栽赃！有人报复！我会查出来的！”大妈气得浑身战抖，眼也红了。

“婶子，叫我说，你就别犟嘴啦！”李能故意显得心平气和地说，“你说栽赃，那栽赃的是谁呀？要说报复，你办社辛辛苦苦的，群众感谢还感谢不及，谁来报复你呀？干吗要报复你呀？我的婶子，别觉着面子上过不去，我也知道你有你的难处。特别是我那大妹子死在朝鲜，连个囫囵尸首也没有落着，全村的人谁不心疼，谁不可怜你？我就为这事几天几夜都没合眼。我早想提出建议，讨论一下对你的救济问题。没想到还没讨论，就出了这事！”

这些话比喂了毒药的刀子还要毒辣，大妈气得脸色苍白，浑身战抖，嘴张了两张，哇地吐出一大口鲜血。金丝上前扶住她，哭了。来凤指着李能气愤地骂道：

“李能！你说的是人话吗？”

“不要这样，来凤！”大妈用袖子擦擦嘴说，“你叫他把毒水吐完！”

“我吐的是毒水，你吐的是什么呀？”李能冷笑道，“为人不做亏心事，不怕三更鬼叫门。婶子，你没有偷，干吗着这么大急呀？”

这时，人群里有一个十分魁伟的老汉，在鞋底上磕了磕烟灰，气昂昂地挤过来。大家一看，是社里的副主任许老秀。他虽已须发斑白，但双颊赤红，眼睛像儿童一般明亮，一副紫铜色的胸膛袒露着，显得十分坚实有力。他走到李能面前，站定了脚步。

“李能！你今天也欺人太甚了。”他用旱烟袋一指，“你从光屁股眼儿就跟着你爹要饭，你老根上也是一个贫农。是共产党、毛主席领导你分了地，翻了身，杨大妈和村里的群众都帮助过你。没承想你今天变了，你把阶级兄弟当做仇人。你说那话就跟地主老财一样恶毒。我看你那心里里外外都变黑了。你咬定说,偷粮食的是杨大妈,叫我看,她压根儿不是这种人。为了成社,她把命都豁出去了,把心都操碎了,她今年还不到五十,头发就变白了。她为的什么?还不是为了社会主义,为了咱们群众!相比之下,你怎么样?你是一个心眼儿赚钱,贱买贵卖,投机倒把,放高利贷,发家致富。为了你那两头骡子,你哭爹骂娘,恨不得马上把社搅散……"

"老秀叔,你可不能屈枉好人!"李能打断他说,"把社搅散,我从来就没起过这心。"

"你有没有,你自己明白。"老秀冷笑了一声,继续说道,"革命不是光凭嘴说。我们是干革命,不是说革命。你看看人家杨大妈是怎么待人行事:刚成社那当儿,大家伙粮食缺。有一天正耪小苗,王合群昏倒在地头上了。杨大妈就问他:'合群!你是不是病了?病了就歇一歇。'合群才眼泪汪汪地说:'大妈,说实在的,我不是病,是我还没有吃饭呢!'大家听了都很难过。人家杨大妈立时就说:'合群,你怎么不早说,俺家还有红高粱呢,你先背一斗去。有咱们社就不能叫你饿着。'合群说:'这不行,大妈,你日子过得窄卡,我借了你的,你又没吃的了。李能家粮食多,我不如去摘借几升。'可是你李能是怎么对待他的?你连门都不让他进。你在屋里听见他的声音就往外跑,好像祸水一下就泼到你头上,急得你连门限都忘记迈了,一下绊了个狗吃屎。"

人们哄堂大笑。李能涨红着脸,嗫嚅着:"这,这……"

"我这不是说瞎话吧?"许老秀接着说,"合群跟你说了半天好的,大叔长大叔短地叫你,你一个粮食粒儿都不借给他。这就是你干的好事!后来,还是杨大妈把粮食给合群背到家里,自己一家子去吃野菜。李能!我问问你:像杨大妈这样的人,会不会去偷社里的粮食？你要有一丁点儿党性，怎么会说出这话？”

“对，对！老秀大伯说得有理！”人群里有人喊道。

“大妈不是这样的人！”人们纷纷地应和着。

李能的势头大减，两个大眼珠骨碌骨碌地转了几转，立刻撇撇嘴笑着说：

“她是啥样的人，不由你说，也不由我说。那两口袋粮食怎么解释呀？它是从天上掉下来的？它是长着翅膀飞过来的？……不错，我这婶子办社是很积极，可是为了什么呀？这事我一直不明白，噢！现在我才清楚了：原来各人有各人的目的！这就应了那个古话：‘人为财死，鸟为食亡’，‘人不为利谁肯早起’呀！像这样办社，谁还有信心哪！”

“李能！你不要血口喷人。”大妈用手指着他说，“我总要弄个水落石出！”

“哈哈，这还不算水落石出？”李能又指了指那两口袋粮食冷笑起来，“算了，算了，叫我看，这事已经够清楚了。至于怎么处理，由我们党内讨论决定。大家先回去吧。不过有一条，大家一定要注意保密。俗话说，家丑不可外扬，何况我婶子是一个有名的模范，传出去对她的威信是有影响的。一定不要再向外传了！千万千万……”

“乡亲们！你们等等再走。”大妈向大家招招手，沉着地、镇静地走到人群前面。她望了望大家，然后盯着李能说，“你的话说完了吧？”

李能不敢正视大妈的眼睛，把头扭到一边去了。

“你要是没有说完，你就接着说；你要是说完了，我就来说两句。”大妈见他没有回话，就望着人群说，“今天的事，我心里明白，大伙心里明白，那些打击陷害我的人，也心里明白。我看今天的事，还不是两口袋粮食的问题，这是有人想把社搅散，这是一场阶级斗争！这些坏家伙，你们听着：我们走的是社会主义的道儿，这是毛主席、共产党的指示，我们走这条道儿是铁了心的，是粉身碎骨不回头的！你们的如意算盘是要落空的！”大妈冷冷地望了李能一眼，又接着对大家说：“乡亲们！你们不要为我伤心难过。战士们在前方冲锋陷阵，免不了流血牺牲；咱们在后方搞阶级斗争，也不能不拿代价。以前，环境残酷那当儿，日本人，国民党，他们的势力多大，他们悬赏钱捉拿我，追我，搜我，捕我，放火烧我的房子，用枪堵我的洞口，都没有压倒我。这会儿，他们想用造谣、诬蔑、打击、陷害来压倒我，更是做梦！依我看，他们不过是一些老鼠，苍蝇，蚊子，跳蚤，他们老觉着钻在黑窟窿里搞阴谋别人不知道，其实他们比猪还蠢，撅撅尾巴我就知道他拉什么屎！让他们跳吧，蹦吧，瞎嗡嗡吧，跳到半天云里才好呢，摔死了可没人来可怜你！……”

李能的手指抖动了一下，涨红着脸，竭力装出若无其事的样子。大妈盯了他一眼，又继续说：

“有人想趁我闺女牺牲来打击我，他们觉着可找到好机会了，只要三拳两巴掌就能把我的情绪打下去。依我看，他们又想错了。闺女牺牲了，我是难过；可我并不伤心，还觉着光荣！因为她是响应毛主席的号召去朝鲜的，是为了打美帝死的，是为了掩护朝鲜儿童死的。她死得值！死得有骨气！她不是怕死鬼！毛主席没有白教育她，党没有白引导她。我这老鸹窝里飞出了一只凤凰，我这当妈妈的也觉着光彩。我不要谁来救济我，可怜我，更不要李能这样的人来可怜我。请乡亲们放心吧，我决不能因为这事灰心丧气。我要是泄气了，就对不起党，对不起大家，也对不起我闺女！我就不配做她的妈妈！今天的事不算完，我要请求党，请求上级彻底追查处理，叫那些躲在黑窟窿里搞阴谋的坏家伙现现原形，骑驴看唱本——咱们就走着瞧吧！”

大妈说完，人群里掀起一阵热烈的掌声，就像快要熄灭的火堆陡然泼上汽油一般熊熊地燃烧起来。人们纷纷地呼喊着：“讲得好！讲得好！”“大妈讲得有理！”许老秀等一伙贫农社员，人人眉开眼笑。金丝因为过于激动，睫毛上闪动着一大颗泪珠。来风尖着嗓音喊：

“这事不算完，一定把栽赃的坏家伙抓出来！”

“把坏家伙抓出来！”群众纷纷地喊。

李能的脸一阵红，一阵白，两条腿索索地颤抖着。

来风眼尖，她看见支部书记王老好蹲在一个小旮旯里，正要趁机溜走，就三脚两步上前拦住说：

“也让咱们的王书记说几句吧！”

“好，好。”大妈说，“老好！你也说几句吧！”

“这这这……我可有什么说的！”他神情慌乱，舌头像打了结似的，左张张，右望望，不知怎样才好。那架势真叫人哭笑不得，全场的人都望着他。

李能也不满地斜了他一眼，着急地说：

“咱们村发生了这样严重的问题，你这当领导的就没有一个态度？”

“你叫我可怎么说！可怎么说！”他张皇地望望李能又望望大妈，“我不能站在你这一边儿，也不能站在她那一边儿。你说有人陷害栽赃，我没抓住谁的手，你说你没有拿，那粮食又明明就在这里。叫我可怎么说？我看还是‘和为贵’，大事化小，小事化了，粮食先背回去,以后慢慢再说,千万别伤了和气……”

“老好,你又来这一套了。”大妈指着他说,“叫你放屁都不会放个响的!”

“叫你这一说,偷东西就白偷了。”李能也指着他说,“像这样办社还能办下去吗?”

王老好两颊上的肌肉哆嗦着,显出十分为难的神气。他把两只手一摊:

“看,看,你们又把我夹在中间了。总是两个磨扇夹一块肉,这个日子可叫我怎么过呀!”说着,不管人们拦阻,硬是从人群里逃出去了。

由于大妈的坚决请求,几天后,区里下来一个干部。这个人外号叫“醉死狗”。因为他专爱住在地主、富农和李能那样干部的家里,有好吃好喝的来招待他。有一次,他在一个地主家里吃得醺醺大醉,一出门就吐了一大摊。两只狗抢着去吃,一只一只都醉倒了。所以得了这个名儿。这次到来,李能和他是老酒友,早就亲亲热热地迎到家里,喝了半夜。第二天上午就开始了所谓调查。下午就把大妈找去,酒气扑人地说:

“杨大妈!你是咱们区的一个老模范了,怎么做出这种事呀?咱们共产党员,不怕犯错误,就怕不承认错误。那粮食明明在你家里,这是不容否认的事实,你怎么反咬一口说是陷害呢?你办社积极,这是附近都知道的,可是千万不能带着私心干革命啊!你还是好好检查一下,在全体社员面前做个检讨,我可以说服大家从宽处理……”

“满口胡唚!”大妈把手一摆,“你说的这个不算!”

她扭头就走,回到家里时浑身发烧,大伯摸了摸她的额头,烫得就像火炭儿一般。

第二十五章　城　市

邓军的妻子贺华，这时随部队的留守处，住在北京西南郊的长辛店镇。邓军知道杨雪的牺牲会使大妈万分难过，就给妻子来信，叫她把大妈接到城里小住，好散散心，度过那些难挨的日子。为此她专门到凤凰堡来接大妈。谁知大妈一心牵挂着村里的斗争，并没有到城里来的意思。经过小契、老秀、金丝、来凤等一伙人的一再劝说和督促，才勉勉强强到长辛店来了。

大妈是第一次来大城市。实在说，她坐火车也是初次。过去，她随游击队行动，也到过铁路附近，但只听见过火车的隆隆声，却不知道它究竟是什么样的怪物。一九四四年，她到山里参加英模会，曾经越过铁道。那天深夜，敌人的一辆铁甲车阻住去路，是部队掩护着硬从敌人的子弹下冲过去的。那时候，提起火车，简直像凶神恶煞一样，充满恐怖和神秘之感。今天，当她坐上人民的火车，觉着又新鲜又美气，就像刮风似的，一展眼就是几十里路，心里着实高兴。到了北京，贺华首先领着她游览了天安门和故宫。她看到那雄伟的城楼，巍峨的宫殿，金瓦红墙，垂杨绿水，一处处都使她不绝地赞叹。出了故宫，她在天安门前的金水桥上坐了很久。她深情地望着毛主席的巨幅画像，望着毛主席亲手升起的第一面五星红旗，不禁流下了热泪。她抚摩着汉白玉栏杆，在心里喃喃自语地说："毛主席呵毛主席！您老人家辛苦了。多亏您的好领导，我们才有了今天！同志们的血没有白流，大家的辛苦没有白费，这些统统都是我们的了！我们决不能叫敌人再夺过去，哪怕再流这么多的鲜血！”

大妈究竟心中有事，只游览了两天，就推说累了，要回到凤凰堡去。贺华死乞白赖地劝她再游游颐和园，大妈才勉强答应。

这天早晨，贺华领着大妈，向公共汽车站走去。长辛店大街，平日并不热闹。这座曾经震动过全中国的古镇，除了铁路工厂那个年代久远的老烟筒之外，许多地方还保留着古老的风貌。街上青石铺地，两旁是小饭铺和骡马大店，平日还有骆驼队缓缓走过。可是今天却显得热闹非凡。大妈她们刚走出胡同口，街道两边已经挤满了人。其中大部分是穿着蓝制服戴着大盖帽的铁路工厂的职工，还有他们的家属、市民和戴着红领巾的孩子。他们手里有的拿着红红绿绿的三角小旗，有的拿着鲜艳的花束。商店门口还拥挤着青少年组成的腰鼓队、秧歌队和别的文艺宣传队。他们的脸上都涂着油彩，男孩子头上包着羊肚手巾，女孩子腰里系着红绿彩绸，细长的红色的腰鼓，在早晨的阳光里红得耀眼。他们人人脸上都带着欢笑地期待着，不断地踮起脚向北张望。

大妈问一个女孩子：

“今天这是欢迎谁呀？”

“你还不知道哇？”女孩子笑着说，“最可爱的人就要来了！”

“来三个志愿军！”一个男孩子插嘴说，“里头还有一个英雄哩，一个人就活捉了六十多个美国鬼子！”

大妈一听志愿军归国代表要到，就对贺华说：

“你看挤也挤不过去，要不今天就别去颐和园了。”

话音未落，街北头第一道彩门处，响起了噼噼啪啪的鞭炮声。

人们一片声嚷："来啦！来啦！"接着锣鼓和腰鼓敲了起来。乐队奏起《中国人民志愿军战歌》。人们举起红绿小旗和鲜花高呼着：

"欢迎志愿军归国代表！"

"欢迎最可爱的人！"

"坚决支援志愿军！"

大妈在人丛里拥挤着，看到的只是鲜花、红旗和挥动的膀臂。她和贺华做了几次重大努力，才挤到前面。往北一看，三辆小吉普车已经缓缓驶过第一道彩门，被一支男女少年组成的腰鼓队拦阻住了。鼓声咚咚，红绸飘飘，腰鼓队就在当街人们围成的大圆圈里表演起来。戴着高顶礼帽的"杜鲁门"和打着八卦旗的"李承晚"，装作抱头鼠窜的样子在前面跑，扮成朝鲜人民军和中国人民志愿军的孩子，端着步枪在后面追。"杜鲁门"和"李承晚"不时地被绊倒在地上，大呼救命，引得大家一阵阵哄笑。腰鼓队一面龙腾虎跃地击着腰鼓，一面用鼓槌指着他们，高声唱道：

嗨啦啦啦啦，嗨啦啦啦，
嗨啦啦啦啦，嗨啦啦啦，
天空出彩霞呀，地上开红花呀，
中朝人民力量大，打败了美国兵呀，
全世界人民开口笑，帝国主义害了怕呀！
嗨啦啦啦啦，嗨啦啦啦……
…………

这歌子人人会唱，人人爱唱。孩子们一唱，全场都跟着唱起来，并且击掌打着节拍。加上场上的"杜鲁门"和"李承晚"不时地现出丑态，更使人精神百倍，愈唱情绪愈高。小吉普车上的几个志愿军战士，满脸是笑，也不自禁地击掌应和着。整个的长辛店镇就像沸腾了一般。

街中心有一个身躯高大的中年人,他穿着褪了色的灰布工人装,手里拿着一面小红旗,脖子上挂着一个哨子,跑前跑后地忙碌着。他是二七铁路工厂的工会主席,是今天活动的组织者。人们不断地招呼他:

“大老郝! 他们占的时间太长了,还有我们哪!”

“知道,知道。”大老郝笑笑说,“我掌握着哪!”

大老郝跑过去,向小学老师指指手表,咕哝了好一会儿,腰鼓队才停下来。可是小吉普还未开动,腰鼓队的少年们就拥到车前,争着跟志愿军代表握手。有的还爬到车上去。大老郝急得满头是汗,连劝说带扒拉,好容易把人支使开,一个年轻妇女举着一个两三岁的小男孩,挤到车边说:“同志! 同志! 跟我们的孩子握握手吧!”小孩子也举着两只小手往车上扑。为首的志愿军嘻嘻笑着,就把他接过来抱在怀里。“志愿军叔叔! 志愿军叔叔!”小孩儿一边叫,一边用小手摸志愿军的脸,抠志愿军的奖章。志愿军代表亲了亲他,刚要送还给他的母亲,没想到孩子张开小嘴哇的一声哭了。一边哭一边还说:“我要志愿军叔叔! 我要志愿军叔叔!”大老郝埋怨那个妇女说:“唉,你怎么把他弄到车上去啦? 今天的节目还多着哪!”那个年轻妇女红着脸说:“是他要去嘛!”大老郝没法儿,满口袋乱摸,还问旁人:“你们谁装的有糖?”小孩把小嘴一撅说:“我不吃糖! 我要到朝鲜去!”这时大老郝幸亏一低头,看见自己脖子上挂着的哨子,就摘下来,嘟嘟一吹,对孩子说:“你要这个不要? 你拿着它,咱们俩一块到朝鲜打鬼子去!”小孩儿一接,大老郝乘势把他抱过来,交给他的母亲。小吉普车才缓缓地开动。口号声又震天动地地喊起来:

“坚决支援朝鲜人民！”

“打倒美帝国主义！”

“抗美援朝胜利万岁！”

小吉普车缓缓地开进了第二座彩门。其实也不过走了十多丈远，又被一个新的节目拦截住了。

这个节目离大妈不算远，看得更清楚了。只见一阵锣鼓过后，从人丛里出来一只华丽的旱船。彩色的船篷下，坐着一个年轻姑娘，红色的船舷垂着绿绸。扶着船头的老艄公白发苍苍，垂着一尺多长的白胡子，穿着青衣，扎着黄色丝绦，就像旧戏《打渔杀家》中的肖恩一样。当他把船引进场内，喊了一声“开船哪！……”接着拉开架势，挥动木桨，那船就轻快地跑动起来。绿绸飘呀飘的，就像真的在水波上行驶似的。这场舞蹈没有对话，整场都是由轻快的管弦乐伴奏着。演唱的曲调是《妇女自由歌》。随着曲调的情感，船只时快时慢。最后叙述到解放一段时，船只就像要在平地飞翔起来。人群中发出雷鸣一般的掌声。

大老郝看看表，好几次向老艄公和年轻的姑娘使眼色，但他们仍然忘情地划着，愈划愈快。大老郝无奈，只得把小红旗一摆，他们才停下了。年轻的姑娘从船里钻出来，老艄公也把木桨一丢，摘下假发和白胡子。这时候，大家才看出，原来扮演者是两位五十多岁的老太太。她们一面笑着，一面跑上去同车上的志愿军握手。人们欢声雷动，又是一阵暴风雨般的掌声。

大老郝也赶上去笑着介绍：

“这两位都是我们厂的家属。这位姑娘，不多不少，今年整整五十，老艄公眼看快六十了！……”

三个志愿军异常感动，紧紧拉着老太太的手说：

“老大娘！刚才把你们累坏了吧?”

“不累！不累!”扮演年轻姑娘的老太太一面擦汗,一面笑着说。

“我给同志们实说吧,”扮演老艄公的老太太说,“一解放,我就像年轻了十多岁似的;听说同志们在前方打胜仗,我这心劲儿就跟二十几岁的姑娘们也差不多!”

人群里有一个年轻姑娘,又使眼色,又打手势,嘟哝着说:

“妈！你就别说了。”

人们都哄笑起来。大妈也笑了。

小吉普车又缓缓地行进,渐渐驶近了大妈身边。她睁大眼睛望着那几个代表:第一辆车上坐着的那位,约有二十几岁,像个年轻干部;第二辆车上的那位则简直是一个孩子,脸上还长着嫩嫩的茸毛;第三个面孔黧黑,身体粗壮,看去有三十来岁,他时时流露出一种羞怯的神情。这第三位正是郭祥连队的刘大顺,不过大妈不认识罢了。大妈望着他们,想着他们在朝鲜的艰苦斗争,不由一阵激动,眼睛立刻被泪水模糊住了。如果不是初次到大城市的那种拘谨,她真要冲上去拉住他们,抱住他们。等到她用袖子擦干泪水,想再仔细看看他们的时候,车子已经驶过去了。

在第三座彩门前,车子停住。三位志愿军代表和陪同人员都下了车。刚走出几步,人丛中不知谁喊了一声,一伙年轻工人一拥而上,把三个代表都抬了起来。长辛店的妇女代表尖声喊着:“不行,不行,还有我们哪!”硬从工人手里夺走了一个抬着。这几个志愿军代表,大约是第一次遇到这种场面,局促不安地喊着:“不行！不行！不能这样！不能这样!”尤其第三个代表,脸色涨得像红布一般,连声哀求道:“同志！同志！把我放下来吧!”可是没有人听他们的，事实上沸腾的人潮和喧闹的锣鼓早已把他们的声音掩盖住了。在他们的脸上，已经分辨不出是滚动的汗珠还是大颗的热泪。为首的一个举着膀臂激动地高呼着：

“共产党万岁！”

“祖国人民万岁！”

“光荣归于伟大领袖毛主席！”

大老郝也领着工人们喊：

“中国人民志愿军万岁！”

“抗美援朝胜利万岁！”

这时，夹道欢迎的人群，文艺宣传队，已经汇成一股洪流，可街筒子地向前涌去。他们狂热地呼着口号，敲打着锣鼓，抬着志愿军代表前进。这座古老而光荣的市镇，这座在二十八年前工人阶级与敌人进行英勇搏战的市镇，确确实实是沸腾起来了。

大妈和贺华也随着人群的激流，卷过长辛店车站，卷过当年血战的火神庙遗址，卷过铁道，到了二七厂附近的广场。

大会开始了。工会主席大老郝致了欢迎辞。抗美援朝分会的负责人也讲了话。接着就是几个志愿军代表做报告。他们英勇斗争的事迹，不断引起热烈的掌声和狂热的欢呼。尤其是那位活捉六十多个美国鬼子的代表，讲到那些鬼子跪下缴枪的时候，人们的掌声持续了好几分钟之久。青年人兴奋地举着拳头高呼口号，老年人激动地流着热泪。百余年来深受帝国主义压迫的中国人民，听到这些是何等地扬眉吐气啊！

大会的最后一个项目，是给志愿军献礼和捐献飞机大炮的活动。大老郝刚一宣布，人们就纷纷拥上台去。有的手里拿着红绿纸包，有的手里拿着慰问袋，都要亲手递到志愿军代表的手里。附近村庄的农民,把一大筐一大筐的鸡蛋也抬上去了,弄得台子上放不下,大老郝他们只好又帮助抬下来,放在台子附近。农村妇女们也手里拿着她们自己做的鞋子,你推我拥地走上去。有一个青年妇女,还当场念了她绣在鞋上的四句诗:

英勇志愿军,
人人爱在心;
穿上这双鞋,
踩死美国兵。

念完以后,还要求一个志愿军当场穿上她的鞋子。为首的那个代表,不愿辜负她的热情,就立刻登在脚上。会场上登时响起了一阵热烈的掌声。

掌声过后,一个上了年纪的面孔黄瘦的女工走到台上。她手里小心翼翼地托着一个木盒,神色激动地对着麦克风说:

“同志们!我也是咱们长辛店的。我父亲就在二七那天,被反动派打死在大街上了。我男人后来也被国民党杀害了。全家就剩下我孤零零一个。我隐姓埋名,才到一个纱厂里上了工。那时候,我怕就怕死了没有棺材,落得个狼拉狗啃;就省吃省喝,攒下一点钱来。这不是,我攒了十几年,才攒下这三十块白洋。现在多亏毛主席、共产党救了我,全国解放了,我的生活有保证了,再也不用担心死了没棺材了。志愿军在朝鲜一口炒面一口雪,跟敌人拼命,才保住了我们的好生活,我怎么能不感激他们呢!今天我要把这三十块白洋全捐献出来,给志愿军买飞机大炮,狠狠打击美国强盗,保卫住朝鲜人民,保卫住我们的国家!”说过,她双手托着木盒,颤巍巍地递给志愿军代表,说:“同志们!你们就收下吧!”

几位志愿军代表的神色十分激动,迟疑着没有马上去接。为首的那个用手拦着说:

“老大娘!你的心意我们领了。你还是留下一些自己用吧!”

大老郝也在一旁说:

“嫂子!你再考虑考虑,别拿这么多啦!”

她涨红着脸说:

“我现在有吃有喝,你还叫我考虑什么?!”

说着,她把那个木盒子往志愿军手里一塞,就走到台下去了。人群里响起一阵激动的掌声。

接着上台的是一个满头银发的老工人,留着整齐的白胡子,双目炯炯有神,带着几分倔劲。他抱着一个一尺来长的粗大的竹筒,庄严地往桌上一竖,向台下望了一眼。

大老郝笑着站起来,正要介绍他,他把手一摆:

“用不着介绍,长辛店的大人小孩都认得我。”他捋捋白胡子,庄严地说,“刚才我那个侄女提到二七罢工,我跟他爹都是那时候闹开辟的。他爹死在长辛店大街上,我被那些王八蛋关在保定大狱里。他们把我们吊在大梁上,用烙铁烙我们,用皮鞭抽我们,打得死去活来。”他说到这里,把怀一敞,露出一条一条紫色的斑痕,又提高声音说:“同志们!为什么我们会吃这么大亏?为什么我们的人被杀的被杀,被抓的被抓?还不是因为我们没有枪吗!没有自己的军队吗!现在,咱们有了枪,有了自己的军队了,敌人在朝鲜一露头,就把它打了一个稀里哗啦,屁滚尿流!”说到这儿,台下卷过一阵笑声。他回过头望了望志愿军代表,又接着说:“可是我们的军队武器不好。我听说咱们的志愿军在朝鲜吃不上饭,钻防空洞,我这心就难过。我们工人阶级,应当把他们装备起来!把我们的小老虎插上翅膀！毛主席号召我们增产节约，支援志愿军，我们要坚决响应！我们每个月，一定要多出几台‘黑小子儿’①，前方战士不怕流血，我们还怕流汗吗？为了捐献飞机大炮，我和我老伴、孩子开了个家庭会，决定每个月拿出工资的十分之一。这不是，我就找了这么个竹筒，钻了个小眼儿，每个月一发工资，就先把捐款装到竹筒里。谁也不能乱花！现在，我代表全家向大伙宣布：我们这个捐献，一直到抗美援朝胜利那一天为止！”

说过，他双手捧起竹筒，以半鞠躬姿势，献给志愿军代表。一位代表激动地举起竹筒高呼着：

“向工人阶级学习！”

“工人阶级万岁！”

这口号立即激起下面狂热的雷鸣般的欢呼：

“志愿军英雄们万岁！！！”

“毛主席万岁！！！”

“坚决打倒美帝国主义！！！”

“抗美援朝胜利万岁！！！”

在中午的阳光下，鲜艳夺目的红旗又高高地举了起来，口号声像大海的波浪直传到远处。从他们的声音中，可以感到一种与敌人血战到底的强大意志，一种一往无前的英雄气概，就好像战场上冲锋陷阵的呐喊，要立刻把面前的敌人扑灭似的。这一切，都使大妈深深感到：中国人民确实是站起来了！站起来了！

大妈和贺华回到工厂左近的家里，心潮久久不能平静。直到夜深仍然不能入睡。

秋风拍打着纸窗。电焊的银光，照得窗纸一明一暗，就像打闪

① 长辛店铁路工人对火车头的爱称。

一般。工厂的喧嚣声，比白天还要激越。那机器隆隆的响声，沉重的汽锤声，像机关枪一样的哒哒的铆钉声，铁锤的敲击声，以及火车头粗憨的吼声和喷汽声，汇成一片。这里简直就是一个名副其实的战场，不过在这儿作战的不是拿枪的兵士，而是穿着油腻工作服的挥汗如雨的人们。

大妈躺在床上，在她眼前，仍然不断地闪动着鲜花，红旗，喧嚣的人流，挥动的膀臂，以及志愿军代表和男女工人激昂的面影。尤其是那个满头白发的老工人怀抱着竹筒的形象，那个又黄又瘦的女工托着木盒的形象，在面前不断出现。大妈还是第一次同城市的工人阶级接触，他们那种大公无私的品质，有我无敌的英雄气概和开阔的胸襟，给了她很深的印象。这一切都使她兴奋激动，更引起她深深的不安。她知道邓军夫妇要自己出来散散心，是一片好意；可是村子里的斗争是那么紧张，敌人的阴谋还没有查清，自己的心揪成了一个疙瘩，怎么能住下去呢？

夜已经很深了。大妈听见邻家老是发出"嚓——嚓——""嚓——嚓——"像是金属摩擦的声音，间或夹杂着笑语声，不知在干什么。搅得大妈更觉心烦。贺华睡了一觉醒来，听见大妈老是翻身，就说：

"大妈，你怎么还没睡着呀？"

"你听听，"大妈说，"隔壁这一家里干啥哩呀，老没个完。"

贺华一听，笑了，说：

"他们是给志愿军炒炒面哩。一听前方干粮接济不上，咱们的周总理就马上发出号召：家家户户炒炒面。他老人家还亲自到处视察，把袖子一挽，抄起铲子就同大伙一块儿干起来了。你瞧瞧，把大伙的劲儿鼓得多足！"

“咱们的总理,真是走遍天下也难找啊!”大妈赞叹地说,“管理咱们这么大个国家,一天得有多少事,又是国内,又是国外,又是打仗,又是建设,哪件事不从他心里过呀,真是把心都操碎了。”

“可不是么,”贺华说,“真是儿行千里母担忧哇,连战士们吃饭穿衣的事,都在他心上挂着哩。刚出国,他听说有的部队冬装来不及补充,就一天打两次电话催问:工厂做出来了没有,上了火车没有。为了搞好后勤工作,今年一月份,他还到了沈阳。听说战士们戴大盖帽不方便,他就叫改成解放帽;听说套头式的单衣负了伤不好脱,他就叫改成对襟的;朝鲜丛林多,行军作战棉衣容易剐破,他就嘱咐后勤部门把棉衣轧上绗线。……”

“有这样的好领导,怎么会不打胜仗呢。”大妈感慨地说,“总理对前方的战士,真比亲娘结记得还周到哩!”

听了这一切,大妈的心情越发不能平静。她觉得从领导到群众都在拼命干,自己躲在这儿,倒成了个大闲人。这样对得起在前线上牺牲的孩子么?想到这里,她从枕头上欠起身说:

“闺女,我明天要走。”

“不是还要到颐和园吗?”

“不,我哪儿也不去了。”

“大妈,再待一天也不行吗?”

“别说了,闺女,我已经定了。”

第二十六章　聚　歼

谁也没想到,大妈这么快就回到凤凰堡来。

来看望大妈的人很多,夜深时才纷纷散去。小契刚起身要走,大妈叫住他,说:

“你先别走。有点事咱们还得商量商量。”

“明天说吧。”小契笑着说,“你今天也够累了。”

“坐了几十里马车,哪就累着我了?”

大妈说着,又瞪了大乱一眼:

“你在这儿干什么!去!到外面瞅着人去。上次要不是你,也不会出这么大事!”

“犯了点儿小错误,没完没了!”大乱嘟哝着,下了炕。

“披上件褂子!”大妈在后面说。

大乱相应不理,走出去了。

这时屋子里只有大妈、大伯和小契三人。小炕桌上放着一个烟笸箩,一盏棉籽油灯。大妈盘着腿儿坐在炕上,拧了一锅烟,在灯上吸着,然后低声说:

“小契,你刚才不是说,镇反运动布置下来了么?”

“布置下来了,可是村里纹丝不动。”小契说,“我问大能人这个工作怎么办,他说:‘咱们村有什么可镇压的?地主、富农都挺老实。谢清斋出过点儿问题,是过去的事了。现在表现不错,恐怕要考虑给他摘帽子了。不能再搞唯成分论。翟水泡虽然当过汉奸，现在劳动很积极，将来选劳动模范恐怕是个对象。'我又去问老好。老好说：'唉，现在的运动怎么这么多呀？一个没完，又接上了一个。先看看别的村怎么做吧。'这就是他们的那点儿积极性！"

"积极？"大妈从鼻子里冷笑了一声，"革命革到他头上了，他还积极？你说李能有没有点儿恐慌？"

"里紧外松。"小契笑着说。

大妈停了一下，又问：

"那偷谷子的事，有点儿头绪没有？"

"有人说，那事发生头两天，翟水泡到李能家里喝了大半夜酒。"小契说，"最近翟水泡花钱很冲。三天两头到小铺里吃喝，一开口就是：来上半斤！……不过证据还没有抓着。"

大妈低着头沉思了一阵，又问：

"谢家那闺女怕快生产了吧？"

"已经几个月不出门了。据说人一去就盖着大被子装病。"小契抓抓头皮，说，"这事我得向党做检讨。"

"你做什么检讨？"大妈一笑。

"我没尽到责任哪！"小契说，"她跟李能的关系，我早就看出来了，也费了不少工夫，怪！就是抓不着他。不知道是在什么黑窟窿里干的。"

"那种事儿也不是好抓的。"大妈表示谅解，又拧了一锅烟，沉思着问，"小契！你看这些事应该从哪里下手？"

"我早盘算好了。"小契鬼笑着说，"从今天起，我豁着不睡觉了。我看她把孩子生出来往哪儿放，只要抓住就是证据。"

"这也是一方面。"大妈点点头，说，"我们要发动群众。还要叫他们里头的人起来揭发。”

“叫谁起来揭发呀，嫂子？”小契笑着说，“这可不是容易办的。”

大妈笑着问：

“你看，李能的媳妇怎么样？”

“不行。”大伯插嘴说，“那人胆小得厉害。”

“再说，你也进不去。”小契说，“那李能对她看得严极了，根本不让出门。”

“就不会想办法么！”大妈笑着把烟灰在炕沿上磕掉，“我们先把李能叫出来开会，然后叫金丝到他家去……我看那媳妇三天两头挨骂受气，也够受了。”

“那就试试吧。”小契说。

第二天下午，乘李能出去开会，金丝拿着鞋底子，低头做着活儿，来到李能门首。

这金丝和李能的媳妇，都是飞龙镇的娘家，乡亲近邻，从小就是一块儿打草拾柴的姐妹。土改时候，又是贫农团朝夕过从的伙伴。可是自从李能成为这村的首户以后，她就渐渐来得少了。说实在话，她看到李能的两扇大黑梢门，就像看到李能冷酷的脸色一样，觉得扑出一股阴森森的冷气，叫人心里发怵。特别是自今年起，李能不知从哪里弄了一只狼狗，更使金丝感到厌恨。前文早有交代，金丝的男人就是被日本人的这种狼狗咬死的，平日见了狗都不愉快，何况是这种狼狗！所以每逢走到这里，就远远地避开。今天是奉了大妈之命，不得不再三克制。

“桂珍姐在家吧？”她在踏进梢门洞时喊了一声。

话还没落音，就从里面窜出一只尖耳黄毛的大狼狗来，汪汪地嗥叫着，两条前腿跷得有一人来高。幸亏金丝早有准备，顺手扯起一根棍子抵挡着,那狗才没有扑到身上。

随着狼狗的吠声,竹帘一掀,走出一个面孔黄蜡蜡的女人。她一面喝退狼狗,一面笑着说:

“是你呀,大妹子,多少日子不见你了。”

“你们家养了这么只大狗,谁还敢来呀!”金丝勉强笑着说,“刚才我差点儿没叫它给吓死!”

那女人脸红红的,带着几分歉意说:

“都是他叫养的。为了这,不知道得罪了多少乡亲!”

看样子,这女人犹犹豫豫的,决不定是往屋子里让好,还是不让好。因为按照李能的嘱咐,这类客人统统都应该拒之门外。可是金丝毕竟是一块长大的姐妹,她犹豫了好一阵,才怯生生地说:

“还是到屋里去吧!”

“你要不怕沾上穷气儿,我就去歇一会儿。”金丝笑着说。

桂珍掀开竹帘,把金丝让进屋里。屋里也和一般农家大不相同。一般农家,都是当屋放着一张破床,床上放着案板瓢盆一类杂物。这里倒很有点地主家的派头,中间放着条几、八仙桌子,两边各放着一把太师椅,椅子上还铺着红布椅垫。条几上那座大自鸣钟,擦得明光锃亮。两边的隔扇门都挂着雪白的门帘,里间屋的摆设就被遮挡住了。

那女人让金丝在太师椅上坐下。金丝觉得还是先说明来意为好,就说:

“桂珍姐,我要没有事儿,也不会来麻烦你。前几天我爹病了,叫我给他捎几个钱去。我盘算来盘算去,还是你手头宽绰一些,不知道能不能先借我几个,等我粜了粮食,就马上还你。”

那女人一听借钱,叹了口气,十分为难地说:

“这,恐怕还得跟他说。说实在的,我是一个钱也不能做主……前些时,我娘也是病了,没钱抓药,我给她捎去了两块钱,就把我打了个臭死。我就是给他家当牛做马,也得给我个草料钱吧……”

说到这里,那女人把头一低,眼圈红了。

“桂珍姐,你也不要作难。”金丝劝慰地说,“我今天来,一是跟你借钱,也是为了来看望你。咱们姐儿俩,多年都没有说过知心话了。”

金丝见这女人脸色蜡黄,双眼无神,就像枯木死灰一般,已往的神采竟一点也不见了,不禁难过地说:

“桂珍姐,这几年,你怎么老成这样？是不是有什么病呀？”

桂珍像触动了心事,眼圈一红,说:

“我也不知道是不是病,老觉着心口像压着块大石头似的……妹子,说实在的,我怕活不长了。”

桂珍说着流下泪来。

“唉,你怎么年轻轻的就说这话！”金丝说,“你还是叫我大哥请个先生看看才好。”

“还请先生看？他巴不得我早死哩！”桂珍拾起衣角拭着泪说。

“唉,他怎么会有这个想法?”金丝说,“你们两口儿以前感情不是挺好吗？现在日子过好了,对你应该更好才是。”

“才不是这样呢,金丝。”桂珍气愤地说,“要说以前,感情是挺不错的。可是自他跑买卖,有了钱,就把我不当人看。动不动就是:‘你这个蠢东西！’‘你这个死土鳖！’‘你这个榆木疙瘩！’有一回,他请人吃饭,我给他忙活了一天,饭都没顾上吃,他连问都没问。可是有一回我忘了喂他那只狼狗,他就瞪着眼说:‘你这人就是不安好心,成心想把我的狗饿死！’说着就甩了我两耳刮子,打得我顺嘴流血……在他家我真还不如一条狗呢……”

说到这儿，她用双手捂着脸哭出声来。哭了一阵，又接着抽抽咽咽地说：

“我在他家真是坐大狱啊！他给我规定了三条：第一条不准我出门；第二条不许人来串门；第三条不准我跟乡亲们说话。有一回，我出去使碾子，跟来凤说了一会话儿，回来他就追问我：‘你跟她说什么了？你不知道她跟杨大妈是一伙吗？’我说：‘我是你娶来的，不是你买来的，我说什么你管不着！’一句话惹恼了他，抓住我的头发就往墙上磕，还恶狠狠地骂：‘过去的女人讲三从四德，现在的女人都成了小霸王了。’到了晚上，还把我扔到院里，不让我进门。整整冻了我一夜，那是十冬腊月天哪，金丝……要不是我还有个小锁，我早跳井死了……”

桂珍说到这儿，放声大哭。金丝一阵火辣辣地难受，急忙掏出手绢，给桂珍擦泪，自己的鼻子一酸，也掉下泪来。

这时候，院子里“啪哒”一声响，桂珍陡然一惊，当是李能回来了，登时吓得面如土色，马上止住哭声。金丝隔着帘子一看，原来是那只狼狗在院子里跳跃嬉戏，把几只鸡吓得飞到房檐上去，扁担也碰倒了。

“我大哥也忒价不像话了！”金丝气愤地说，“咱们老解放区，哪有这样对待妇女的！要搁头几年，咱们把他拉到妇救会说理去。”

桂珍见不是李能回来，定了定神，才接着说：

“还说理呢，他从今年开春起，就跟我要打离婚。他说：‘你要是有困难，我可以给你几个钱。好狗不挡道，咱们好离好散！’”

“他是不是有外心啦？”金丝瞅着她问。

“他，他……”桂珍怯生生地把话停住，不敢往下说了。

“你就只管说吧，”金丝鼓励她，“有我们给你做主。”

“我，我……”桂珍眼泪汪汪地嗫嚅着，“他不让我说呀，金丝。我要说了，马上就活不成了……”

金丝再往下问，还是这几句话。再加上时间不早，那女人坐立不安，时时彷徨四顾，生怕李能回来，金丝也只好安慰了她几句出门去了。

她回去向大妈做了汇报。大妈说：

“金丝，这就是成绩。咱们一次不行两次，两次不行三次，四次，五次。就像八路军打炮楼似的，非把它攻破不可！”

大妈的烟锅子，在炕沿上磕得乓乓地响。她脸色红润，神采飞扬，就像战争年代，她披着衣服和指挥员们商议军机大事的那种神态。斗争越激烈，她的精神劲儿就越足。她在斗争中锤炼的这个性格，大约是不会改变的了。

几天后的一个夜里，谢家发生了麻烦的事：俊色的孩子生下来了。

屋子里点着昏暗的油灯，窗上蒙着厚厚的棉被，谢俊色躺在床上呻吟。

谢清斋变得异常烦躁，不断地唠叨着：

“看，早听我的话，哪有这事！”

孩子不知趣地在床上呱呱地哭起来。谢清斋瞪了谢家婆一眼，凶狠地骂道：

“你还不快把他的嘴捂住！还像个没头的苍蝇似的乱跑什么？等天一亮，我看你把他藏到哪儿去！”

“你说怎么办吧！”谢家婆坐在炕沿上，没有主意。

“我早就说过了。”谢清斋说，“要是叫村里人知道了，就得把李能追出来。他也完蛋,咱们也完蛋!快!趁早把他弄死,趁天不亮弄出去一埋,俊色装几天病,也就过去了。别人抓不住把柄,就没有事。"

"我早就知道你没安好心。"俊色在炕上嘤嘤地哭起来,"你把我一块儿弄出去埋了算啦……"

"你那心思,我也早看出来啦。"谢清斋气愤地说,"我原来叫你去搞个表面儿,你就干成真的;我早就叫你把他打掉,你哼哼哈哈地拖到现在;现在生下来了,你又想保住这个孽障。你那心早就变了。李能说跟他老婆离婚,你就信了。你是想跟他过一辈子!你要向共产党投降,你就投降去吧!你爹的仇也别报了。我真想不到受了你这个连累……"

"这都是叫你害的!"俊色从炕上仰起头说,"到这会儿弄得我人不人鬼不鬼的!"说过,呜呜地哭起来。

"唉!"谢家婆把手一拍说,"我看谁也别怨谁了,还是快想个办法吧!"

这时外面鸡叫头遍。谢清斋把腿一拍,就离开躺椅站起来,决断地说:

"这不是,天就快亮。我是一家之主,得听我的!"

说着,就走到炕边来抢孩子。那俊色早有准备,推了他叔一把,挣扎着坐起来,把孩子抢在怀里,哭着说:

"我不连累你们!我自作自受!"

说着,下了炕,登上鞋就往外跑。谢清斋和谢家婆一下没有拦住,已经跑出门去。

谢清斋和谢家婆一下慌了神,气急败坏地喊:

"俊色!俊色!"

“不行，不行，你快回来！”

只听大门哐啷一声，俊色已经跑出去了。谢清斋跳出门就追。那俊色虽是产后不久，身子虚弱，但是一股怒气撑着，竟跑得很快。谢清斋在门限上又跌了一跤，爬起来时，俊色已经出了胡同口，向野地里跑去。

“俊色！俊色！”谢清斋又不敢大声嚷，一路小声喊着，一边向前追赶。一直追到村外，追了小半里路，见俊色并没有停下来的意思，就着急地喊道：

“俊色！俊色！你回来，我依着你！”

俊色的脚步慢下来，但是并未停住。谢清斋又说：

“俊色！我依着你还不行么？咱们快回去吧！”

俊色迟迟疑疑地停住脚步。谢清斋连忙赶上去，说：

“唉唉，你这傻孩子！我刚说了句玩笑话，你就当成了真的！来来，快把孩子递给我，我给你抱着，咱们快回去吧！要是碰见人，那可不是闹着玩儿的！”

俊色因为刚才跑得过急，已经喘成一团。一个冷不防，怀里的孩子被谢清斋一把夺了过去。等她急忙上前去抢夺时，那孩子的脖子已被谢清斋紧紧掐住，连哭都没哭出一声，已经断了气了。

谢俊色像鬼似的尖叫了一声，乓乓地打了她叔两个耳光，然后往地下一坐放声大哭起来。

“算了，算了！”谢清斋忍住气说，“你这闺女也忒死心眼了，这还不是为了你好！”

说过，他拎着那个死孩子，离开大路，向着一大片柳子地急匆匆地走去。正在这时，从柳子地钻出两个人来，兜头将他拦住，大喝了一声：

“谢清斋,你干什么?”

谢清斋听出是小契的声音,大吃一惊,一连倒退了几步,抖抖索索地站住。原来小契和一个民兵早在谢家门口守候多时,看见俊色和他往外跑,就闪在一旁,随后绕着路追了过来。

“说! 你要到哪里去?”小契又喝问了一声。

“我,我……我跟孩子拌了几句嘴……她跑出来了……”谢清斋说。

“你手里提的什么?”

“几,几,几件衣服。”

谢清斋说着,直往后退。小契上前一看,吐了一口唾沫,冷笑了一声:

“走! 抱着你的衣服,到村公所说理去吧!”

此时,天色已经发亮。这消息一传十,十传百,闹哄哄地来了许多人,拥到村公所去看。小契命令民兵站好岗,前来报告大妈。大妈说:

“快,快去堵住李能。今天他是唱主角的,别让他跑了。把王老好也喊来,咱们一块审讯!”

说着,大妈和小契一起奔李能家来。那李能刚出了梢门洞,就被他们拦住。李能披了件黑夹袄,一面舒袖子,一面故作镇静地问:

“这是干什么呀,街上乱哄哄的?”

“你还不知道哇?”大妈笑着说,“村里出了事了,咱们快到村公所看看去吧!”

“不,不,”李能把两个眼珠一转,“我的一个亲戚病了,我得去瞧瞧他。”

李能说着,闪身要走,被小契一把拦住。大妈笑着说:

“村长,村长,你是一村之长。村里没有主事人,怎么能处理呀!”

李能明知脱身不得,只好随着他们往村公所来。院子里乱哄哄地挤满了人。小契把人吆喝开,让民兵维持好秩序,然后进了屋子。屋子里早已摆好两张桌子,桌后放了四把椅子。大妈让王老好和李能坐在中间,自己和小契坐在两边。来凤坐在一头担任记录。首先由小契简要说明早晨的情况,接着就开始了审讯。

先带上来的是俊色。大妈叫她坐在桌前的矮凳上。那闺女头发散乱,用双手捂住脸哭个不住。李能看了一眼,就连忙看着别处,脸色变得煞白。他的两只手本来搁在桌上,因为一直抖个不住,就欠欠身子放到下面去了。

“谁来问哪?”小契说,“我看还是村长问吧!”

“你是治安员,你问。”李能满面怒容地说。

“我问也行。”小契满不在乎地说,“俊色,你知道共产党一贯是宽大政策,对于地主、富农的子女更是区别对待。既然村里出了这事,就不能不弄清楚。我问你:这孩子是谁掐死的?”

“是我叔掐死的。”谢俊色哭着说。

“孩子是谁的呢?”

俊色只是哭,不言语了。

小契又一连问了几遍,俊色最后才哭着说:

“你去问我叔吧!都是他叫我干的。”

小契看问不出什么,就叫她下去,把谢清斋带了上来。

谢清斋熟练地鞠了一个躬,翻起黑豆眼瞅了一瞅,低下了头。小契叫他坐下,厉声地问:

“谢清斋！你在村里搞阴谋活动,你知罪吗?”

“这可屈死人了!”谢清斋掀动着他那小兜兜嘴说,“自从上回我犯了错误,坐了几个月看守所,我后悔得不得了。回来以后,我在家劳动,出去请假,凡事一概不问,我搞什么阴谋活动了?”

小契厉声说:

“那孩子是不是你掐死的?”

“那孩子一生下来就是死的,”谢清斋说,“一个活人我掐死他干什么!”

小契用手一指,说:

“你侄女已经承认了,你还赖账?”

“我,我……”谢清斋说,“她要那么说,我有什么办法!”

小契又问:

“这孩子究竟是谁的?你要老实交待!”

李能在座位上颤抖了一下,定定神,把桌子猛地一拍,说:

“谢清斋!你一定要老实交待!如果胡说八道,小心你的脑袋!”

谢清斋抬起头,和李能暗暗地交换了一下眼色,又低下了头。大妈眼尖,早看在眼里,略略欠起身子,说:

“你要照实说!”

“快说!有什么可犹豫的!”小契也加了一句。

“我,我……我不是不愿说;”谢清斋的眼珠骨碌了一阵,“我是不敢说。”

“有什么不敢说呀?”大妈问。

“他在村里有权有势,”谢清斋说,“我要说出来,我这命也完了。”

“天皇老子犯了法也不行,你就快说!”小契把手一挥。

“要说这事,快有一年工夫了。”谢清斋说,“他天天夜里拿着枪在俺家窗户前头转悠,一瞅见俺睡觉了,就摸进俺家来找俊色。那闺女经常鼻涕一把泪一把地啼哭,可是俺们这被管制分子谁敢吭一声呀!”

“你到底说的是谁?”小契厉声问。

“你别着急呀,治安员。”谢清斋带着三分笑说,“究竟是怎么回事,你比我还清楚哩! ……今天早起,你跟我一块到柳子地里,你不是还说:‘快埋了吧,可别让人知道!’……”

“你这个毒蛇!”小契没忍住,一下愤怒地叫出声来。

“你着什么急呀,小契!”李能轻松地笑着说,“不是讲的实事求是么,你可叫他说呀!”

“对啦,我们讲的就是实事求是,差一分一毫都不行!”大妈从座位上立起来,吩咐把谢清斋带下去;又向外叫了一声,“金丝!”

金丝拿着鞋底子走了进来。

“证人来了没有?”大妈问。

“来了。”金丝说,“在外头等着呢!”

“请进来说吧!”大妈招了招手。

屋子里进来一个面色蜡黄的女人。正是李能的老婆桂珍。她头上缠着一条白布,渗着血水,摇摇晃晃地走了进来。李能一见大惊失色,指着她骂道:

“你,你来干什么? 快给我滚!”

李能说着,离开座位要来推她。大妈一把拦住,笑着说:

“李能! 这可不是你打老婆的地方。她自己要来说话,你可着什么急呀?”

李能傻瞪着两只大眼,无可奈何地坐下来。大妈又笑着说:

“来来来,桂珍,你先坐下。有什么话,你就对大伙说吧,不要害怕。”

做记录的来凤,往旁边挪了挪,亲切地扶着桂珍坐在身边。

桂珍由于过分激动,紧张,刚张嘴要说,李能又指着她叫:

“这是谈公事的地方,不是谈家务事的地方。你要随便混说,你要负责任的!”

“你别吓唬我,李能!”桂珍的声音虽不很高,但显得极其坚定,“说实在的,我往常是很怕你。怕你跟我离婚,怕你宰了我。可是这会儿我不怕了。过去,是我瞎了眼,没有看透你。现在,我不能跟你这只狼在一块过了。”

“你们大伙听听,她净说了些啥!”李能把两手一摊。

“我说了些啥?”桂珍说,“我现在后悔话说晚了。什么事我都替你包着,瞒着,为了不伤你的脸面。没想到你越来越坏,我真对不起乡亲们。”

李能把桌子一拍:

“我做的事都光明正大,没有什么可隐瞒的!”

“光明正大?”桂珍从鼻子里冷笑了一声,“今年春上,你就跟地主的闺女勾搭上了。我们家她也来过,她那狗窝里你也去过。后来,你怕小契他们发现,就专门叫翟水泡在自己家里给你挖了一个地洞,干那见不得人的事。这就是你那光明正大!……谁要不信,就到翟水泡家里看看去吧!”

在场的人都不禁吃了一惊。李能的脸像块白纸似的,浑身瑟瑟地抖个不住。

“李能!有没有这样的事啊?”大妈瞪着他。

“这，这……”李能的头低到桌子下面去了。

“他跟俊色勾上以后，就拿我不当人看，提出跟我离婚。”桂珍接着说，“我不愿离，他就打我，骂我，想把我折磨死。他跟俊色有了孩子，就逼得我更紧了。他还跟我说：‘要搁过去，允许有三房四妾的，你要愿意在我这儿，也没有什么。可是现在不行啊，现在是一夫一妻制，我跟她已经有了孩子，你也得为我着想着想！你要真有困难，给你几个钱也行。’这就是他说的。这几天，眼看地主的闺女快生产了，他一看包不住，这才慌了神，又来央告我：‘你说不离就不离吧，咱们也是老夫老妻的了。可是有一个条件：俊色把孩子生下来，就抱到你这儿，你就说是你生的。你也别出门，装做坐月子的样子，事情也就过去了。’我没有理他。昨儿晚上，他又来逼我，真把我气急了，我就说：‘我不能养那个见不得人的狗杂种！’这一下可气恼了他，就揪住我的头发，把我的头使使劲往炕沿上磕，后来我就昏过去了。你们大伙瞅瞅吧，我这头就是昨天夜里叫他磕的……反正我是活不长了……”

桂珍说到这里，放声大哭起来。正在做记录的来凤，也停住了笔，泪珠滴到纸上。大妈气愤地问：

“李能！你说有没有这事？”

李能深深地低下头去。

“到底有没有呀？”小契又问。

李能的嘴唇动了动，几乎像蝇子哼似的应了一声。

众人好容易把桂珍劝住，她喘了一阵，才接着说：

“你们看他平常对人嘻嘻哈哈的，在官面上也像个人似的，不，他不是人，他是吃人的狼！瞅准了谁就狠狠地叼你一口。他在村里最恨的就是大妈，还有小契和一伙贫农们。他说大妈成社是故意共他的产,掐他的尖儿,生活再也没有奔头了。他头一个就想先把大妈除掉。那两口袋谷子的事就是他栽的赃……”

“桂珍,你怎么越扯越远了?”李能抬起头,瞪着她说,“那天我到他姥姥家去了,根本就不在家,这事你不知道?”

“你别蒙人了。”桂珍接着说,“那是你故意去的。头两天你就把翟水泡请到家里喝了大半夜酒。你答应事情办成,给他五十块钱,还答应发展他入党。以后把大妈换掉,就由他来当支部委员。你还打算下一步搞掉小契。大妈和小契都搞掉了,你就给谢清斋摘掉地主帽子,然后发展俊色入党,让她来担任支部书记……他确确实实地是想要变天!”

李能听到这里,猛然站起来,脸上的肌肉抽搐着说:

“这纯粹都是胡编乱造!我再也不能听下去了。”

李能迈步要走,被小契双手拦住,按在座位上。大妈带着笑说:

“是真是假,不是还要订对么?你着什么急呀!”

“我没有胡编,也没有乱造。”桂珍沉着地说,“那些话都是你跟翟水泡和俊色亲口讲的。”

李能又站起来,走到大妈面前,显出一副万分委屈的样子,捶胸顿足地说:

“婶子,你可千万不能相信这个泼妇的胡言乱语呀?我承认,我偶然不慎,在生活作风上出了一些毛病,但这都是生活小节的问题。我对党,对人民是非常忠实的。尤其对你,婶子,我一贯是非常尊敬的。我在背后从来没有议论过你,没有说过你一句坏话。那泼妇说的什么栽赃,什么变天,完全都是造谣诬蔑!我真想不到,我在家里拍了她两下,她就这样地陷害我。婶子,别人不了解我，你了解我。我从小就跟我爹逃荒到凤凰堡来，住在村东头的破庙里，吃没吃，喝没喝，要不是共产党……要不是你……”

李能说到这里，两手把头一抱，伏在桌案上干嚎起来。

大妈望了大伙一眼，然后对李能说：

“我看你也不用忒委屈了。你都干了些啥，大家心里清楚，你心里也明白。今天下午，县委书记就要到咱村来。还要专门开会来讨论你的问题。到时候还有你发言的机会。我们也会尽量来挽救你。不过，你的态度一定要端正，不要耍两面派。确实，你过去要饭，受苦，土改那阵儿也表现不错。可是这几年你变了，你那立场，思想，感情全变了。你跟党走的不是一条路，跟党也不是一条心了。你爱的是地主、富农，恨的是贫下中农。地主富农放个屁，你就赶快去办。我看你成了他家的‘穆仁智’了。老实说，你比谢清斋那样的人还要危险！因为他们没有共产党的帽子，你戴的是共产党的帽子；他们拿的是黑旗，你是打着红旗骗人。那些坏蛋，就是靠着你这样的人来兴风作浪。李能！我看你还是好好地想想，把你那一套见不得人的事都端出来吧！”

“你这话，我坚决反对！”李能红着眼，面目狰狞地望着大妈。

“那就会上解决吧！”大妈说着，又转向王老好，“你有什么意见没有？”

王老好还是那句老话：

“没有。”

第二十七章　送　别

果然，县里的张书记当天下午就来到凤凰堡村。经过半个多月的调查研究，这场复杂而激烈的阶级斗争和党内斗争总算闹清楚了。最后宣布开除了李能的党籍。一贯搞调和主义的王老好，受到严厉的批评，在支部改选时也落选了。党内外的领导班子进行了改选和调整。由杨大妈担任党支部书记。小契和许老秀担任党支部副书记。小契仍兼任公安员，许老秀担任村长。金丝和来凤也被选到支部委员会，金丝担任组织委员，来凤担任宣传委员兼青年团的支部书记。此外，还选了一个残废军人担任民兵连长。整个领导班子面目一新，朝气蓬勃，大大增强了党的战斗力。对于作恶多端的老地主谢清斋和汉奸翟水泡宣布送县法院严加处理。谢家婆在村中进行管教。此外，张书记还召集了许多县区干部到凤凰堡来参观翟水泡家偷偷挖的地下室。在那个地下室里，青砖铺地，裱糊得雪洞一般。床上铺设着大花被褥，绣花枕头，摆着茶几茶碗，暖瓶酒壶。壁上还贴着一副过去在地主家常见的对联："美酒饮至微醉后，好花看到半开时。"参观者人人触目惊心。活生生的阶级斗争给大家上了生动的一课。经过这一番处理，凤凰堡的革命群众，人人拍手称快，斗志昂扬，前进的步伐更快了。

接着，抗美援朝的参军运动又布置下来。杨大妈已经早有算计，当天晚上，等大乱入睡，就笑着对大伯说：

“老头子，咱们商量个事儿。”

大伯听她的语调很少有这么温和，就知道有事，忙问：

“你想说什么呀？”

大妈笑着说：

“人都说，你这人老实巴交的，没啥能耐。叫我看，你在大事儿上可不糊涂。党的号召，你总是带头响应。就说抗战那时候吧……”

“你今天怎么啦？”大伯打断她的话说，“你要叫我干什么，就直说吧！”

“也没别的事。”大妈笑着说，“参军的事，县里布置下来了。我思谋着，这个事儿咱可不能落后。”

“你是说叫他……”大伯望了望炕上睡着的大乱。

“对啦。”大妈说，“我想送他参军。”

大伯沉吟了一阵，说：

“他太小了吧？”

“你看，你看，”大妈说，“我就知道你要扯后腿。”

“不是扯后腿，”大伯涨红着脸声辩，“我是说再等一二年……”

“再等一二年，美国鬼子打出去了，还要你干什么？！”大妈把头一扭，声音提高了。

“他今年才刚刚十五。”大伯说，“你叫他当战斗兵吧，他走不动路，背不动东西；你叫他当通讯员吧，他屁事不懂，调皮捣蛋，没个稳当劲儿。你瞅着，去不了几天就得叫人家首长送回来……”

“谁说我走不动路？谁说我背不动东西？谁说我调皮捣蛋？”大乱冷孤丁地从炕上坐起来，梗着脖子，瞪着两只猫眼。原来这机灵鬼刚才打呼噜是假装的。

大妈乐了，笑着问：

“你这嘎小子,没睡着呀?”

大乱不理会他妈,只管冲着他爹进攻:

“你别隔着门缝看人。我偏偏要当战斗兵!等我弄个大功回来,看你说什么!”

大妈哈哈大笑。

“你有这份志气,那敢情好。”大伯也笑着说。

“就这么着吧。”大妈用做结论的语调说,“明天一早,叫你爹领着你报名去!”

几天以后,凤凰堡也像中国大地上的千千万万村庄一样,掀起了轰轰烈烈的参军热潮。这个热乎劲儿,和土改翻身后那种热火朝天的参军劲头不相上下。不过那时候是为了保田保家,这时又增添了出国作战的新荣誉。母亲送儿,妻子送郎,兄弟争相参军的佳话,真是数不胜数。凤凰堡本来只要五名新兵,结果一个星期之内,就超过了三倍。而且,在凤凰堡还真出现了一件新鲜事儿,村东头一对新婚夫妇,结婚还不到一个月,新娘就送她的丈夫到村公所报名来了。当然,这和来凤的现身说法,深入动员也是有关系的。战争的正义性,正以它无比深厚的力量激励着伟大的人民。

参军的新兵们,准备明天就要到县城集中。晚饭过后,大妈正在家给大乱拾掇东西,只听门外自行车铃响了几声,接着有人喊道:

“大妈在家吧?”

大妈一看,县里的张书记推着车子走了进来。大妈赶忙把他让进屋里,笑着问道:

“老张,你怎么这时候来了?”

“我跟你商量点事。”张书记坐在炕沿上说,“我们县委几个同志研究了一下,都觉着你家大乱是不是不要去了。”

“这是为什么?”大妈一愣。

“我们觉着,一来孩子太小,二来……”张书记本来想提到杨雪的牺牲,但说到这里又改了口,“根据你的具体情况,我们看大乱还是不要去了。”

“我有什么具体情况?”

“你这种精神当然是好的。”张书记说,“可是你的两个孩子已经出去了一个,而且为国牺牲了。你们家对革命已经做出了贡献。这一点乡亲们和组织上都很清楚。如果跟前一个不留,将来家里生活也会有些困难。”

“有什么困难?”大妈笑着说,“我们老两口也没有七老八十的,身子骨都还硬邦着呢!”她凑近张书记的身边说,“老张！我给你说心里话:自从我闺女牺牲,你不知道谢清斋、李能那些王八蛋多得意！他们觉着这一下可把我的情绪打下去了,再也起不来了。从那时候起,我就下了决心:一定要让我的第二个孩子参军！我要叫他们看看,我们共产党,我们贫下中农是压不倒的！前面死一个,后面就要补上一个,前面倒下一个,后面就要冲上一个！他们想变天,是变不了的!”

“对,对,就要这样。”张书记频频点头。

大妈给他拧了一锅烟递过去,又接着说:

“我越想越觉着朝鲜这个仗不平常。我们还没出国,谢清斋就天天看报纸,探消息,造谣言,气一下高起来了。为什么?因为他觉着变天有指望了。嘎子给我来信说,谢清斋还把亲儿子派到朝鲜去,跟我们斗。这不是想借外国人的力量把我们打下去吗?我早就看透了:这个仗是非打不可,还一定得打胜！为了胜利,我献出一两个孩子算什么！老张，你就别再劝了吧！”

张书记沉在深深的感动里，见她如此坚决，也就不便再劝。

第二天，是个响晴的秋日。早饭过后，凤凰堡的群众纷纷奔赴村南的大场，去欢送出征的人们。村庄的小街两旁贴满了红红绿绿的标语。广场上早已经搭好了台子。“欢送子弟兵抗美援朝出征杀敌大会”的红色横标，在秋风里不断地翻卷着。台下站满了参军战士的亲属和本村的群众。台上坐着杨大妈、许老秀等村干部。小契今天是司仪，手里拿着大喇叭筒，跑上跑下地忙碌着。参军的新战士有二十余名，在台上坐了两排。他们每个人都蒙着崭新的白羊肚手巾，背着小包袱，那里面多半是一双家做的布鞋和一些零碎用品。会议开始后，杨大妈和许老秀代表本村的群众，给他们每个人胸前都挂上了一朵瓷盘大的红花。他们每个人都笑微微地也带着几分羞怯地承受了这份光荣。杨大妈和许老秀代表党和行政讲了几句勉励的话。家属代表和新战士代表也讲了话。他们差不多都是第一次在这么多的人面前讲话，讲得既简短又朴实。讲话完毕，小契就冲着柳树林子高喊了一声：“把马带过来！”会场上顿时锣鼓声起，鞭炮齐鸣，一伙小青年把二十多匹各色马匹、骡子，牵到台前。小契一个个扶着他们上马。个子小的，他就摆个骑马势，让人登着腿跨上去。一边还笑着对他们的亲属说：

“有什么体己话，快来说说吧！”

人群里的那位新娘翠玲，既不靠前，又不靠后，羞羞答答地站着，立时成为大家注意的对象。人们纷纷说：

“翠玲！有话快去说说！”

“对，再去嘱咐几句。站那么远干什么呀！”

“人家昨天晚上早就说了！”

这一下弄得翠玲面红耳赤，进又不是，退又不是。大妈上前拉住她，笑着说：

“闺女！过来！别脸皮薄。说说就说说，那怕什么！”

说着，她把翠玲推到马跟前，把缰绳交到她手里，又笑着说：

“这才叫送郎上前线呢！”

人群里立刻掀起一阵哄笑。

人们正待起身，人丛中有人喊道：

“别走！你们等等！”

大家一看，见瞎老齐扶着拐杖在人群里挤着。来凤急忙跑过去把他搀过来。

“老齐叔！你有什么事啊？”小契问。

“叫他们给我家齐堆捎句话。”老人说，“就说他媳妇待我不错，叫他在外头放心。”

“爹，你别说了。”来凤红着脸说。

“看，这怕什么！”老人反驳了一句，又接着说，“叫他在外头给我狠狠地打！碰上美国鬼多抓几个，问问他们：为什么到别国杀人放火！……”

“行行，老齐爷！我们一定给你把话捎到。”参军的小伙们在马上说。

小契见诸事齐备，指挥几个小青年“嗵，嗵，嗵”放了三声喜铳。接着锣鼓队在前面开道，新战士乘马紧跟，亲属们分别左右，全体群众随后跟进。小契领着人们边走边呼口号：

“欢送子弟兵上前线！”

“抗美援朝，保家卫国！”

“打倒美帝国主义！”

新中国 70 年 70 部
长篇小说典藏

新中国70年70部
长篇小说典藏

东 方

下

魏 巍——著

学习出版社
人民文学出版社

第一章　枫叶红时（一）

一九五一年秋，枫叶红时，朝鲜前线正进行着粉碎敌人“秋季攻势”的激烈战斗。

五次战役之后，我军由战略进攻转入战略防御，开始执行毛主席指示的“持久作战，积极防御”的作战方针。而在敌人方面，由于连续遭到我五个战役的沉重打击，被歼十九万人，兵力不足，士气不高，也被迫转入战略防御。战线基本上停止在三八线南北地区。

在这种情势下，于七月十日敌人被迫接受了停战谈判。但是敌人对谈判并无诚意，仍继续加强准备，补充兵员，增加海、空、炮、坦部队，扩大李伪军，以求一逞。

七月，正值雨季，在朝鲜发生了几十年所未有的洪水灾害，工事不断坍塌损坏，道路桥梁冲断多处。再加上敌空军进行的“绞杀战”，使我粮食弹药不能及时供应。为了改善这种状况，全军上下，前方后方，部队机关都投入到这一严重的斗争中去，一面战斗，一面抢修公路桥梁，构筑粮弹仓库，同时调各高炮部队集于公路、铁路两侧，掩护抢修抢运。这时，敌人乘我们的困难，发动了“夏季攻势”。

自八月十八日起，美李军纠集了约三个师的兵力，向我东线的朝鲜人民军阵地发动了进攻。人民军在粮弹不足的困难条件下，与敌人反复冲杀七昼夜，毙伤敌一万六千余人，于八月二十四日阻止了敌人的进攻。二十七日，我反击大愚山阵地，又毙伤俘敌八千余名。九月九日，美陆战一师、美二师及伪八师又再度组织进攻。人民军表现了大无畏的英雄气概，巧妙地发挥了步兵火器特别是迫击炮的威力，予敌人以大量的杀伤，打得敌人闻风丧胆，弃尸累累。被敌人称作“伤心岭”的战事，也就出现在这个战役之中。与此同时，我志愿军部队为积极配合东线人民军作战，发起了有限目的的进攻，占领了西方山、斗流峰等要点。这次战役，敌人虽然突进我阵地二至八公里，但却付出了伤亡七万八千余人的代价。敌人的“夏季攻势”，就这样被粉碎了。

但是，敌人贼心不死，九月末，为夺取开城战略要点创造条件，又纠集了美骑一师、美三师、英联邦一师（英二十八、二十九两旅及加拿大二十五旅）及泰国二十一团和菲律宾营等，向我西线部队发动了“秋季攻势”。敌军在大量空军、坦克和炮兵的支援下，向我高旺山、积山里至朔宁，天德山至安峡两个方向展开了猛攻。这次战役虽然残酷激烈，但却孕育着朝鲜战争的一个转折。

郭祥所在的第十三师，五次战役后移至西海岸一带进行了休整补充，进行了“持久作战，积极防御”战略方针的教育。本次战役开始前即开赴前线，正在迎击着敌人凶猛的进攻。

激烈的防御战已经进行了二十多天。在敌人进攻的主要地段上，差不多每个阵地，每天都要打下敌人数次至十数次的冲锋，每个阵地都要经过反复的争夺，许多阵地被敌人大量的炮火轰成了焦土。他们就是在这样严重的情况下经受着考验。

邓军和周仆的团指挥所设在一座山岗的背坡，实际上不过是仓促挖成的两个土洞。一个是作战室，一个是邓军和周仆的住房。山岗上长满了青松和红枫，土洞前还有一道浅浅的溪水。虽然山上山下落了不少炮弹,但是因为地形选择得好,洞子却安然无恙。尤其在那没有被炮火损伤的地方,仍然红叶满山,看去比红花还要鲜艳好看。

这天上午,因为二营方面战斗炽烈,邓军一早就到二营视察去了。只有周仆留在指挥所里。中午过后,敌人的几次冲锋虽被打退,但是前沿支撑点却被敌人夺去了一处。周仆不免有些焦躁。这时,哨兵进来报告说:

"政委,山下过来了几个人,我看像师长来了!"

"哎呀,怎么没有通知一声!"

周仆说着站起来,走出洞子一望,山下有四五个人,已经绕过那个大炸弹坑,上了山坡。为首的一个,正是师长,他以一向轻捷的脚步嗖嗖地向山上爬着。警卫员在后面给他拿着大衣。不一刻工夫,其余几个人已经掉在他后面去了。周仆急忙迎下山去,向他的这位"抗大"的老同学略显随便但是亲切地打了一个敬礼,笑着说:

"一号,你爬山可真有两下子!"

师长回过头向他的警卫员和两个参谋扫了一眼,笑着说:

"哼,要说爬山,他们哪个也跟不上我!"

"不过,说实在的,谁也怕跟你一块爬山。"周仆笑着说,"你一爬山就拿出比赛的架势,谁受得了啊!"

警卫员和两个参谋也笑了。

周仆把师长让进自己的洞子。洞子很小,刚刚能直起身子。靠里放着两张行军床。壁上挂着一盏陪伴周仆多年的旧马灯,还有一幅标着敌我态势的地图。这里唯一的奢侈品,就是从美军缴获来的一个煤油炉子。不用说,这是警卫员小迷糊搞来的。他见上级首长来到，立刻提了一壶水来，把炉子点着。不一时，小炉子就发出轻盈的声音哼哼起来。

师长坐在行军床上，端详着周仆说：

“老周，怎么几天不见，你就变成瘦猴儿了？”

“你比我也强不了多少嘛！”周仆望望师长清瘦的面容笑着说。

“是不是吃的不够了？”

“那倒还过得去。”周仆拿出他那小拳头般的大烟斗和烟荷包晃了晃，笑着说，“就是这个困难哪！……这几天，我们老邓饭倒是吃不下多少，烟是一支接一支。我们有两个参谋，烟瘾也够瞧的。他们抽完了，就向我发起进攻。”

“你要不提，我差点儿忘了。”师长笑着说，“我还给你们带来了两条‘大生产’哪！”

师长立刻喊警卫员把烟拿进来，周仆接过交给小迷糊说：

“给参谋们拿出两包。剩下的给团长存着。没有我的话，一概不许乱动！”

这一切都是在轻松、亲切的形式下进行的。但是在周仆的笑容后面，却掩藏着深深的不安。他暗暗想道：“师长到前面来，肯定同本团失去了一〇〇高地有关，否则，为什么要亲自来呢？”想到这里，不免有些难受。当他燃起大烟斗，一抬起头，发现师长正瞅墙上的地图，就更加确定了这一点。于是，不等师长动问，他就带着检讨的口气说：

“今天我们打得不好，把一〇〇高地丢了。我们准备晚上把它夺回来！你看，是不是把反击计划向你汇报一下？”

“不，老周，不忙。”师长笑着说，“说实在话，我今天是到你这里找办法来的。”

周仆惶惑不解地说：

“一号，你怎么对我也客气起来了？”

“不，不是客气。”师长再次郑重地说，“主席指示我们：持久作战，积极防御。这是我们当前的作战方针。可是究竟怎样具体地贯彻这个方针，并没有真正解决。我本来想召开一次师党委会，大家来认真研究一下，当前情况又不允许。所以我就跑到你这儿来了。”

周仆对师长一向怀有钦佩的感情。自从当连级干部起，他就以作战勇敢和战术思想积极著称。多年频繁的战斗，不仅没有挫折他的锐气，而且像纯钢的刀锋，愈磨愈加锋利。此外，他还非常爱用脑子，喜欢钻研问题，善于总结经验。今天看见他如此郑重严肃，就知道他有一些问题要讲，就一面抽着大烟斗，聚精会神地静静地听着。

“这个防御战已经打了二十天了。”师长闪动着他那深邃的布满红丝的眼睛望着周仆。“这些天，我们虽然丢掉了前沿若干支撑点，却毙伤了敌人八九千人。总的说，打得还是很不错的。但是也要看到另一面，我们的伤亡也比较大。这就提出了一个问题：我们能不能以更小的代价来换取更大的胜利。不然的话，我们怎么来体现这个持久呢？”说到这里，他沉了沉，又继续说：“在战斗最激烈的那几天，我曾经提出‘与阵地共存亡’的口号。这几天我一直在思考着这样提是否正确。前天三十团的三营营长最后带着十几个战士坚守阵地，整个阵地都轰成了焦土，他们没有叫一声苦。最后只剩下几个人，还不肯向我说明真实的人数。当时我问这个营长：‘你们守得住吗？’这个营长说：‘一号，你放心吧！我们坚决与阵地共存亡，就是剩下一个人也不能丢了阵地。’结果说这话不久，这个营长就和几个战士牺牲在阵地上……这件事使我十分难过。难过的倒不是别的,而是我提出这样的口号,造成了人地两亡。当然,不是说这样的口号应当一概否定,在扼守某些要点时,还必须有这种精神。就是今后也需要这样做。可是,作为指挥员,却不能单纯依靠这个口号来搪塞自己的责任。我们必须认真地在战术技术上解决一些问题,也就是说能够找出一些守得住的办法……”

“事实上,我们也采用了一些办法。”周仆说,“例如兵力上的前轻后重,火器上的前重后轻;还有适时的撤退和反击,来夺回失去的阵地……”

“对,我们是采用了一些办法,”师长接过来说,“但是,这些办法都没有从根本上解决问题。当前敌我双方的基本情况,还是像过去一样:敌人仍然占有装备上、火力上的优势,而士兵的战斗力则很差,这是由它的战争非正义性所决定的。相反,我们在政治上处于绝对优势,在武器装备上则处于劣势。双方力量的消长,必然会有一个过程。这是很清楚的。但是我们不是机械唯物论者,我们不能等待改善了武器装备才去战胜敌人。我们需要发挥主观能动性,需要现在就拿出办法来抵消敌人的火力优势。老周,说实在话,这些天我都没有好好睡觉,一直在考虑这个问题。可是,遗憾得很,我没有想出什么办法。昨天晚上,我的脑子才霍然一亮,想起主席的话,‘只有蠢人,才是他一个人,或者邀集一堆人,不作调查,而只是冥思苦索地“想办法”,“打主意”。须知这是一定不能想出什么好办法,打出什么好主意的。’我看我就犯了这种毛病。所以,今天我就跑到你这里来了。”

周仆由于精神过于集中,没有注意茶壶的水已经沸腾起来,被冲开的壶盖,呛啷一声滚在地上。他连忙拾起壶盖,熄了火,倒了满满一茶缸水，端到师长面前，然后笑着说：

“说真的，我们只是忙于应付情况，这方面的经验还没有好好总结哪！”

师长端起茶缸，一面吹散热气，一面问：

“你们有没有一些单位，这次打得比较好，而伤亡又比较小的？”

“这当然有。”周仆笑着说，“我们的三连打得就比较好。他们前两天，打下敌人几十次冲锋，自己的伤亡还不到二十个人。”

“怎么，还不到二十个人？”师长的眉毛一扬。

“如果我记得不错，大概是十八个人。”

师长神情兴奋，笑着问：

“郭祥这个嘎家伙，他又出什么鬼点子了？”

“据说工事修得比较好。”

“什么样的工事？”

周仆一时回答不出，涨红着脸说：

“我们还没来得及看呢……听他们营长说：敌人要打炮的时候，郭祥吹一声哨子，他们就隐蔽在工事里，外面只留一两个哨兵观察；等到敌人炮火一停，他们就跳出来反击敌人。”

“大家都是这样打法。”师长显然不满足地说，“问题是：为什么别人的工事被炮火摧毁了，他们的工事没有被摧毁呢？”

周仆一时回答不出，师长不禁埋怨道：

“老周，你们当政治干部的，也要多关心点军事嘛！”

周仆正要回话，只听前面的枪炮声骤然激烈起来。他急忙跨出洞子，对着作战室问：

“王参谋！前面有情况吗？”

王参谋从另一个洞子里钻出来，说：

“据刚才二营报告,敌人正掩护着抬死尸呢!”

师长立刻从洞子里走出来,叉开脚步问:

“在哪个阵地前面拉死尸呀?”

“八连。”

师长严肃地说:

“你告诉八连,一个也不能叫敌人抬走!”

“敌人已经放了烟幕。”

“放了烟幕,就不好办了?”师长把手一挥,“给我向烟雾里打!”

参谋应声退去。师长偏着头看了看太阳,又看了看表,已经下午三点钟了,就转向周仆说:

“我要到三连看看。”

周仆脸上立刻显出为难的样子。他的大眼睛闪了几闪笑着说:

“依我看不要去了。我把郭祥找来,跟你详详细细地汇报一下,也是一样嘛!”

“不,我要亲自看看他的工事。”

“你看天也晚了。”周仆指指太阳说,“我们走到也看不清了。”

师长笑着说:

“你这个老周真有一套。上次你说太早,这次你又说太晚,我知道你搞的什么战术!”

“好好,既然这样,那我就陪你一块去吧!”

周仆跑到作战室,给团长打了电话,叫他赶快回来。接着又招呼小迷糊说:

“你把那烟再带上几盒,那里还有一个烟鬼呢!”

小迷糊给周仆拿上大衣,随同师长出发。不一刻工夫,这位外号“爬山虎”的师长,又嗖嗖地跑到人们前面去了。

第二章　枫叶红时（二）

越过一道山梁，他们就沿着山边的小径穿行在峡谷里。山径上堆满了厚厚一层落叶，还夹杂着敌人不惜血本从飞机上撒下来的大量传单。脚步踏上去，发出索索的响声。山谷里的稻田，已经抢收完毕，高粱只扦去红穗，剩下的高粱秆儿在飒飒的秋风里摇摆着。

他们愈往前走，炮弹坑愈多。矮矮的松树和灌木的枝条都被烧得黑乌乌的。敌人的炮兵校正机，在头上不死不活地哼哼着，一阵阵排炮不时落在这边和那边的山谷里。师长毫不理会，只偶尔抬起头来望望那架校正机，照旧走自己的。快要接近前面山口的时候，团部带路的小通讯员，忽然停住脚步。他长得又虎势又机灵，圆乎乎的小脸上，闪动着一双猫眼。他把冲锋枪往后一背，沉着小脸说：

“首长们！前面就是敌人炮火封锁区。平时我服从你们，这会儿你们可得听我的了！”

师长望望他那天真而又异乎寻常的严肃的神态，不由得微笑起来。

那个小鬼又说：

“等会儿，敌人的排炮一落地，我们就猛跑过去，谁也不许慢腾腾的！”

“好，好，我们大家都归你指挥！”师长点点头笑着说。

说话间，一阵排炮打在山口，立刻腾起一片黑烟，接着是一阵轰隆隆的巨响。小鬼喊了一声“跑啊!”接着猛跑了几步,回头一看,师长和周仆只不过加快了一点脚步,并没有跑。小鬼急得什么似的,两个猫眼骨碌一转,从挎包里拿出两个蒜瓣,一个鼻孔里塞了一个,连声喊道:

“快快! 毒气! 毒气!”

小鬼说着,箭似的猛跑过去。师长和其他人也不自觉地跟着他跑了起来。等到跑过山口,大家才放慢了脚步。师长一面喘气一面擦汗,说:

“什么毒气,我怎么没闻见味儿呀?”

“我也没闻见什么!”周仆说。

参谋们纷纷地问:

“小鬼! 你闻见了没有?”

小鬼脸偏向一边,眨巴着一双猫眼鬼笑着,还现出两个小小的酒窝儿。师长斜了他一眼,说:

“哼! 别问了,我们这些老兵都叫他骗了!”

大家哄地笑起来。

师长有兴趣地望着小鬼,问:

“这个小家伙,你多大啦?”

“十六啦。”他眨巴着眼。

“你什么时候参军的?”

“才不几天儿。”

“好,不几天儿,你就学会骗人啦!”师长哈哈笑着,又问,“你叫什么名字?”

“杨春。”

“他的小名叫大乱,是凤凰堡杨大妈的儿子。”周仆代为介绍说，“自从杨雪牺牲以后，杨大妈就又把他送来参军了！”

“噢！……”师长感情深沉地应了一声。隔了半晌，才感慨地说，“真是一位英雄的母亲！我好多年没有见她了。”

师长赶上几步，和杨春并着肩膀走，一面说：

“杨春！下次给你妈妈写信，一定替我问个好。我在你们家养过伤，你一提她会记得我的。”

说过，师长又抚着他的肩头说：

“小鬼！你这次来朝鲜，可要好好干哪！”

杨春咕嘟着嘴说：

“我有心好好干，就是他们不放我到前方去。”

“这还不算前方吗？”师长笑着问。

“这算什么前方！我要到步兵连去，一枪一刀地干。”

师长回过头对周仆笑着说：

“你看你的这个兵思想还不通哪！……看起来，这小嘎子，跟郭祥是一类角色！”

大家向前走了一程，向左拐进一条更窄的山沟。这里弹坑十分密集，几乎一个挨着一个。许多大树被炮火拦腰斩断，地皮烧得乌黑。周仆指指前面一座歪脖山说：

“前面就是鸡鸣山了！”

话刚落音，从前面矮树丛里跑出两个人来，向师长恭恭敬敬地打了一个敬礼。师长一看，正是三连连长郭祥，后面跟着一个挎冲锋枪的小通讯员。他们虽然满身泥土，但都扎着皮带，把腰煞得细细的，裤脚也用带子扎紧，显得十分利索英武。

师长显然很高兴，一面赶上去握手，一面带有批评的意味说：

“又不是外宾，还来接我们干什么！”

“我们怕首长认不得路。”郭祥笑嘻嘻地说,“你看这山都打成秃子的脑瓜了,要没人带,怕你还真找不到哩!”

师长见郭祥精神抖擞,满意地望着他笑了一笑:

“你们这一次打得不错,听说还有一些创造,所以我要来亲自看看。”

“创造?”郭祥不由一愣,红着脸说,“我们没有什么创造呀!”

“一号今天主要看你们的工事。”周仆解释说,“你先领我们看看,随后找几个人座谈一下。”

郭祥点点头,领大家上山。一时绕过大炸弹坑,一时跳过歪倒的树干。整个山坡,果然被打得像瘌痢头似的。再往上走,已经分不出弹坑,因为经过炮火反复地耕犁,已经成了一片暄土。郭祥回头看见师长和团政委深一脚浅一脚的,心中老大不忍地说:

“一号,你要了解什么情况,打个电话,我跑一趟不就行了?干吗非要亲自来看?”

“嗯,有些事就是要亲自看看才行。”师长从暄土里拔出腿说。

师长和团政委的到来,一方面使郭祥兴奋和感激,一方面又担心首长的安全。好在天色已经黄昏,正是前线上沉寂的时刻,只偶尔有几发冷炮落在附近。郭祥打定主意,想尽快地带他们看完工事,免得发生意外。在这一点上,周仆正与郭祥的想法相同。但师长却想利用这个机会,得到更多的东西。在这个经过炮火洗礼的阵地上,他的步态越发从容,煞像一个爱好风景的人,贪馋地观察着周围的一切。

师长站在交通壕里,首先看了看敌方。可惜暮色苍茫,只能看到敌人阵地的轮廓,和炮弹出口时的闪光。山下有一条小河,像一条曲曲弯弯的白蛇,静静地躺在敌我之间的山谷里。在我方的阵地上，师长立刻发现山顶上只修了一些假工事，真正的工事却修在半山腰里；根据自然地形，挖了一道半圆形的交通壕，就像罗圈椅的椅背一般。交通壕里修了若干有掩盖的火力点。在暮色的掩护下，战士们正在抢修被炮火打坏的工事。堑壕里发出一片小镐小锹的响声。师长顺交通壕走着，一面同战士们握手，一面进行亲切的慰问。指导员老模范和排长们，也纷纷赶过来向师长敬礼。整个连队都因为师长的到来，显得十分兴奋激动，听得出小镐小锹的响声都有点不一样了。

在交通壕外面的山坳里，也有镐锹的响声传来。师长往下一看，那里有一片模模糊糊的人影，就随口问：

"那里在挖什么？"

"正在埋敌人的死尸呢。"郭祥答道，"这几天天气热，死尸都发臭了。要不埋起来，明年春天瘟疫流行，对群众也不好。"

师长点点头，又问：

"在这个凹凹里打死的敌人不少吧？"

"伤的不算，光死的也有七八百头。"一个战士插嘴说，"胜利以后，在这儿开辟个苹果园，收成准错不了。都是上等肥料！"

人们笑起来。师长回头一望，见这个战士生得像小炮弹似的，精力充沛，性格幽默，很逗人喜欢，就问：

"你叫什么名字？"

"他叫齐堆儿。"郭祥笑着介绍说，"现在是我们的四班长。是我们连的老资格了。上次，打敌人喷火坦克的就是他！"

"首长不认识我，我可认得首长哩！"齐堆儿笑着说，"一号，你当营长的时候，一讲话老爱说：'同志们！这次打仗，我们一定要用刺刀杀出威风来！'有没有这话？"

师长的脸上浮出微笑，眯细着眼说：

“东西庄那次拼刺刀，有你吗？”

“有哇！”齐堆儿兴奋地说，“那时候，我年纪小，一个日本鬼子把我拦腰抱住，摔倒了。他骑在我身上，正要下毒手，我一瞅，他皮带上挂着个小甜瓜手榴弹，我就嗖地拉开了弦。吓得日本鬼子撒腿就跑，我就用他的手榴弹送他回了‘老家’。那次，你还奖给我一个小本呢……”

“噢，是你呀，小调皮鬼！”师长哈哈大笑起来，上前握着他的手说，“你不是复员了么，怎么又来了？”

“有一分热，发一分光嘛！”齐堆儿笑着说。

郭祥老是担心首长的安全，见齐堆说个没完，就向他挤挤眼说：

“齐堆儿！首长的时间宝贵，你快领他看看你们的猫耳洞吧！”

齐堆会意，领着师长沿交通壕向前走去。走了不远，就看见交通壕的里壁上，有一个半人高的小洞。平常的猫耳洞，只能容纳一两个人，这个却是斜挖下去，像是很深的样子。郭祥和齐堆在头前领着，师长和周仆猫着腰随后钻了进去。里面黑洞洞的，什么也瞅不见。大约走了五六米远，师长停住脚步问：

“现在每个洞能盛多少人？”

“能盛一个班的兵力。”郭祥说，“敌人一开始炮火急袭，我们就钻进来待避，外面只留少数人观察。”

“出击来得及吗？”

“来得及。炮火一延伸，我们就立刻跑出去，一点都不误事。”

师长沉思了一会儿，用手指敲敲洞顶：

“一般的炮弹能顶得住吗？”

“没事儿。”郭祥笑着说，“上面的积土有两米来厚呢！”

“如果口子被堵住呢？”

“那边还有一个出口。”郭祥答，“原来的猫耳洞都是孤立的，一是盛人少，二是联系困难。我们就把它连起来了。”

郭祥说着，就转了一个“U”形的小弯儿，领着大伙从另一个洞口钻出来。

师长显然很高兴，拍拍土，回过头久久望着洞口，就像鉴赏什么艺术品似的，自言自语地说：

“噢，问题原来是这样解决的！”

沿着交通壕，都是这种“U”形的工事。

师长又问：

“还有别的工事吗？”

郭祥指指山的左侧说：

“那边挖了个屯兵洞，首长还看不看？”

“当然要看！”师长笑着说，“到哪里去找这么好的大学呀！”

说着，就随郭祥转到山的左后侧。这里有个一人高的洞口，是从山腹掏进去的。师长和周仆随着郭祥走进去，原来是一公尺来宽的一条甬道，约有十公尺长。壁上削了几个小土台，点着几支蜡烛。借着昏黄暗淡的烛光，看见地上铺着柴草，放着背包。再往里是弹药和武器。郭祥解释说：

“前面猫耳洞不需要放过多的兵力，所以我们就挖了这个屯兵洞；再说一守好多天，弹药也要有个存放的地方。”

师长点点头，说：

“看起来这比猫耳洞坚固多了。”

“炮弹落在上头，就像敲小鼓似的。”郭祥笑着说，“前几天，敌人向这个山头打了好几千发炮弹，连我们的汗毛都没碰着一根。”

大家笑起来。周仆笑得眯着眼说：

“今天的座谈会，我看就在这儿开吧！”

不一时，参加座谈会的支部委员、小组长、活动分子都已来齐。师长和周仆坐在战士的背包上，大家围拢着他们，散乱地坐着。周仆刚掏出他那小拳头般的大烟斗，郭祥就凑过去了。周仆笑着说：

“喝！你的动作倒不慢哪！”

“政委，你就快让我们共点产吧！”郭祥嘻嘻地笑着说，“我们已经好几天没有闻到烟味了。”

“要不是我早有准备，怕还过不了这一关呢！”

周仆说着，让小迷糊掏出烟来。郭祥竟以主人的身份，会抽烟的每人甩了一支过去，大家在烛头上燃着，会场的气氛立刻活跃起来。

周仆笑微微地望着师长，等待他发表讲话。

师长一直埋头在沉思里。这时抬起头说：

“还是大家多谈谈吧。比如说，你们这个创造，是怎么发展起来的？”

郭祥美滋滋地喷出一大口烟来，说：

“齐堆！你先说说！这种工事还是你们班先出现的哪。”

“这都是我们连长的主意。”齐堆转向郭祥，“还是你先说吧。”

“这哪里是我一个人的主意？”郭祥说，“为这事，我们支部不知道研究多少遍了。”

“齐堆，叫你说你就先说。”老模范说。

“开头儿，我们班修的是掘开式工事。”齐堆说，“费了好大劲往山上扛木头，一两天才修成一个。结果几炮就打坍了。再说，木头也不好找。我去找连长解决木头问题，连长就对我说：‘齐堆！你是个老民兵了,在日本鬼子猖狂那时候,你那地道是怎么挖的？现在没有木头,你就不能把那个猫耳洞挖深一点?’一句话使我开了窍,这样就越挖越深。开头能盛下三两个人,后来就能盛半个班了。因为互相联系很不方便,连长又叫我们把它掏通,这就成了现在的工事了。”

齐堆说完,又笑笑说:

“叫我看,这也是叫敌人的炮火逼的。”

郭祥插嘴道:

“从客观上说,是叫敌人的炮火逼的;可是五次战役以前,为什么就没有逼出这样的工事呢?”

大家都瞅着郭祥,他又继续说:

“因为那时候,我们许多人都有速胜思想。什么‘从北到南,一推就完,消灭美帝,回国过年’。就像咱们政委说的,这是‘一瓶牙膏’的思想。好像美帝国主义,还没有一瓶牙膏的寿命长。我自己就很典型,出国的时候,牙膏只带了半瓶……”

人们哄笑起来。郭祥又接着说:

“自从西海岸休整,传达了毛主席‘持久作战,积极防御’的作战方针,和‘零敲牛皮糖’的指示,我这种思想才纠正了。我就想,光战略上藐视敌人还不行,还要做到战术上重视敌人。牛皮糖一口吃不下,就敲它个十年八年。有了持久作战的决心,才会有持久作战的办法。如果还是我以前的想法,谁肯花力气去修这样的工事呀!”

大家都点头称是。接着又有几个战士发言。最后,周仆看大家说得差不多了,就望望师长说:

“还是请一号讲几句吧!”

“好，好，我讲几句。”师长笑了一笑，庄重地说，“说实在的，我从内心里感谢同志们的伟大创造。因为你们解决了当前朝鲜战场上一个很重要的问题，也就是在我们的装备还没有充分改善的条件下，如何抵消敌人火力优势的问题。对我们指挥员说来，这是一个一直没有解决的问题。但是同志们在毛主席战略思想的指引下，通过实践把它解决了。这就是同志们的伟大贡献！”师长望望大家，兴奋地说：“现在你们的工事，已经不是一般的野战工事，而是一种新型工事的雏形。这种工事在朝鲜战场上出现，意义很大。毛主席指示我们的‘持久作战，积极防御’的作战方针，可以得到贯彻了，战线也可以从此稳定并向前发展了。在这方面，我看不仅是一个战术技术的问题，而且具有战略意义。”

大家静静地听着。

“当然，我不是说你们的工事已经就很完美了；因为它是一个新事物，还需要继续研究，改善，提高。”师长沉思片刻，又接着说，“就比如，你们前面那些小坑道吧，积土显得薄了一点，还没有抵挡重磅炸弹的抗力。洞子过于狭窄，口子也小，出击还不算方便。”他又打量了一下这个屯兵洞，说，“再比如这个屯兵洞吧，你们的想法是好的；但是如果把它打通，以这条主坑道为骨干，再同前面的支撑点联系起来，这就会形成一个完整的防御体系。那就任凭敌人倾泻他的钢铁吧，他的人别想上来，上来就叫他回不去！正像齐堆同志讲的，他们都是上等肥料，将来在这儿开辟苹果园，倒是很理想的。齐堆同志，到那时候，咱们俩就在这儿帮助朝鲜人民种苹果树吧！……”

大家哄笑起来。周仆把臂膀一扬，也笑着说：

“光你们俩就够啦？到时候，我也算一个！”

人们又笑了一阵。

“我今天不准备多讲了。”周仆在笑声里接着说，“我们一定要按师首长的指示，把现有的坑道工事，继续改进提高。我们要克服一切困难，把山打通，筑成一座攻不破砸不烂的地下堡垒。如果敌人不罢手，我们就在这里活活地磨死他们！”

这时，洞口外火光一闪，接着洞顶上发出一连串咚咚咚咚的响声，确实就像敲小鼓似的。壁上的蜡烛微微地摇曳着。敌人实行炮火袭击了。

周仆望望师长，笑着说：

“座谈会是不是就开到这里。你看敌人给我们打送行炮呢！”

“他那个送行炮倒不要紧。”师长一笑，“要紧的是客走主心安哟！”

郭祥和老模范送师长一行人出了坑道。周仆忽地想起了什么，把老模范拉到一边悄声地问：

“老模范，最近嘎子怎么样？情绪转过来了吧？”

“劲头很足。”老模范说，“他这人一上阵地就没事儿；一松下来，怕就要想起那件事了。”

“最近有表现吗？”

“没有。就是临上阵地以前，有时候，他悄悄地拿出那个小圆镜子来看。”

“什么小圆镜子？”

“就是小杨留给他的一面小圆镜子，还有一支钢笔。”

“这也很难免哪！”周仆叹了口气，“他对小杨的感情是很深的。以后你要多安慰他。”

“自从上次政委交代，我跟他谈了好几次了。”

说到这里,只听师长在前面喊:

“老周哇!这地方你不让我们多待,你在后头老磨蹭什么呀!”

周仆疾步赶上前去。一行人说说笑笑离开鸡鸣山阵地。师长多日来锁着的眉头舒展开了,感到特别的轻松愉快和充实。在归途上,他深有所感地说:

“老周,主席讲:在人民中间,实在有成千成万的诸葛亮。确实一点不错!今天,我觉得群众给我上了最深刻的一课!”

周仆也点点头,深思着说:

“是的,历史就是这些普通人创造的。不过,你今天也给我上了很好的一课!”

第三章　归　来

师长回到指挥所，把这种坑道工事的雏形和自己的改进意见，立即报告上级机关。在同一个时期内，许多参战部队也先后出现了类似的工事。彭总对群众的这一伟大创造非常高兴，不断让志愿军司令部发出通报。各级领导机关都很重视，经过综合提高，迅速地在整个部队推广起来。

当时，尽管作战任务繁重，炸药不足，工具缺乏，但是经过全军上下群策群力，自制了许多工具，创造了各种方法，在敌机敌炮的威胁下，一面作战，一面向顽石进军。就凭着一双顽强的手，终于掏通了从东海岸到西海岸的高山大岭，形成了以坑道为骨干与地面堑壕相结合的防御体系。并且由前沿扩张到纵深，从步兵扩张到其他兵种，从前方扩张到后方。到朝鲜停战为止，志愿军构筑的大小坑道总长一千二百五十余公里，约等于中国从连云港到西安间一条石质隧道。他们挖的战壕和交通壕共长六千二百四十公里，比万里长城还长。全部工程可用一立方公尺的土墙环绕地球一周半。这一纵横连贯的坑道工事，后来被人们称誉为“地下长城”。它的出现确实是战争史上的奇迹。看到这种奇迹的人，都不能不惊叹人民创造力的伟大和毛主席群众路线思想的伟大。

我军在粉碎敌人“秋季攻势”中，共毙伤敌人七万九千余人。敌人仅前进了三至四公里。随后，我又乘敌疲惫之际，发起了有限目的的反攻，将阵地大部夺回。从此，战线就在三八线上稳定下来。随着毛主席“持久作战，积极防御”作战方针的深入人心，随着坑道工事的逐步提高和完善，随着祖国人民支援工作的加强，朝鲜战场的形势，从前线到后方都起了巨大的变化。这种变化，对于离开朝鲜战场一段时间的人，感觉是尤其明显的。

一九五二年的春末夏初，刘大顺正从祖国归来。他是去年秋季参加归国代表团回到祖国去的。在这段时间里，他受到祖国人民无与伦比的最热情的接待。这是只有人民对待自己的英雄、自己的爱子才有的那种接待。可以说，在祖国的每一天，都是在鲜花与锣鼓，笑脸与欢呼，热烈的拥抱和感激的眼泪中度过的。这一切一切，都在他的血管里灌注了一种无穷的力量，使他感到即使粉身碎骨也难以报答人民的热情。他在祖国待不下去了，只是一天又一天地盼望着重新奔向朝鲜战场，重新回到自己的连队。终于这个愿望实现了，在北京城飘满槐花浓香的时节，他们告别了祖国，重又踏上朝鲜的土地。此刻，他正和本军的其他两位代表坐在一辆吉普车里，在滚滚的黄尘中奔向前方。

这是从新义州穿过平壤直通前方的一条干线，公路显然已经加宽了。天色刚刚黄昏，公路上已经沸腾起来。那些白天不知在哪里待避的卡车，这时都从一条条山沟里钻出来，加入到这个前不见头，后不见尾的庞大车队。整个公路黄尘滚滚，就像一条奔腾的黄龙一般。

这些卡车，看去都是很够味的。它们一个一个都像风尘仆仆的战士，周身披满厚厚的黄尘，插着飘飘飒飒的树枝。司机们还特意在挡风玻璃上方绑上一块翘起的木板，为的是在月夜行进时遮蔽玻璃的反光。两只小灯上也都罩上半圆形的铁片，远远看去，只像手电筒的光亮。看见它们的这种战斗风采，不能不使人产生一种由衷的敬意；因为它们积累起来的每一个吨公里，都不是平坦的旅途。在将近两年的时间里，它们要穿过多少风霜雨雪的寒夜，要通过多少火箭、机关炮、定时炸弹的袭击和多少炸弹坑的颠簸啊！然而，它们已经像一个能征善战的战士，对这一切都应付裕如，显出一派沉着、从容的神态，在公路上飞驰。

在公路两侧行进的，多半是成群的朝鲜老人和妇女。男的拿着铁锹镢头，背着背架，女的头上顶着筐篮，还有少数人背着她们的孩子。他们都是到敌人轰炸最猛烈的交通路口或者桥梁附近去的；为的是一旦公路、桥梁被炸，就随时抢修，保证车队的通行。在战争的数年间，不论哪个夜晚，你都可以在炸弹的火光中看到他们的身影。现在，他们的神态，比起战争初期是更加镇定和更加乐观了。特别是那些年轻的妇女们，她们一路上谈笑着，还常常向司机们招一招手。司机们也向她们报以感激的微笑。尽管双方没说一句话，也已经传达了为共同目标战斗的伟大情感，汽车立刻加大了油门更快地奔向前方。

防空哨也明显地增多了。这项创造虽出现在五次战役之前，因为过于稀少，还没有发挥应有的作用。现在不同了，在每条大小公路上，每隔一段距离，就有一座防空哨所。一个人站在山头上担任对空警戒，一个人站在哨棚里指挥车辆，一个人随时准备处理各种紧急情况。因为有了他们，司机们的安全感大大增强了，整个公路上的车队显得井然有序。天一黑下来，远远近近卡车上的大灯就全打开了。当卡车驰上山顶时，往下一望，就像一条蜿蜒的火龙缠住山腰。只要一声防空枪响，它们便像有感觉的怪兽一般顷刻合上了眼睛，只在夜色里缓缓行进；飞机声刚过去，接着就又开灯飞驰。刘大顺想起刚出国的时候，也坐过一两次汽车，那时行车是多么艰难！开灯走吧，飞机上的机关炮打下来还不知道；闭灯走吧，累累的弹坑，陡峻的山岩，不是翻在炸弹坑里，就是滚下又黑又深的山沟。尤其在漆黑的夜里，司机的眼睛睁疼了，还是看不见，只有让助手跳下车在前面引路，一夜走几十里，还不如人走得快呢。那时候人们说，什么时候能发明一种没有摩托声响的汽车就好了，这样就可以听见飞机声了。现在好了，实践出经验，斗争出智慧，绵延的防空哨把整个北朝鲜的公路都变成了有神经有感觉的生物，只要有一点威胁，它就作出了锐敏的反应。不管敌机多么猖狂，公路上的车辆照旧扬着飞尘不绝地驰骋。

站在哨棚下的战士，手里拿着红白两色小旗。当他们把三角形的小红旗一摆，阻住你的去路时，那就是说前面还有炸坏的桥梁没有修上，还有弹坑没有填好，还有定时炸弹需要注意；如果他把小白旗带着啵啵的风声嗖地向前一抖，那就是说："前面情况正常，同志们，加油干吧！"司机们就会立刻加大油门，一辆辆汽车就像听到冲锋号的战马一般冲上前去。

看到这一切变化，刘大顺是多么兴奋啊！他对两个伙伴说：

"你瞧这防空哨多带劲！运输痛快多啦，往后再不会一口炒面一口雪了。"

"听说普遍建立防空哨，还是周总理下的指示哩。"一个伙伴说。

"周总理真是太辛苦了！"另一个说，"他除了协助毛主席指挥作战，许多后勤运输都是他亲自组织。听说他常常得不到休息，有时候，只能在汽车里睡一会儿。"

大家说说笑笑，不知不觉来到清川江边。司机招呼了一声：

“注意，前面要过桥了。”

刘大顺借着汽车的灯光往前一看，清川江大桥早已被敌机炸毁，有三分之二的桥身歪斜着倾倒在冰水里，不禁问道：

“这桥过得去吗？”

司机助手小李，是个活泼的年轻人，立刻笑着解释道：

“不，他说的不是这个。”

刘大顺等几个人左看看，右瞧瞧，并没有发现别的桥梁。正在纳闷，汽车已经哗哗地开到江水里，水波刚刚能埋住轮子，就像漂在江面上的船只一般。仔细一看，原来是一座从来没有见过的水下桥。

几个人不禁又是惊讶又是赞美地叫了一声。

“哈哈，你们几个功臣，连这个都没见过呀！”小李嘻嘻地笑着说，“这都是咱们工兵的创造！有的比这还巧，你白天看是座坏桥，夜晚铺上几块板子就能照样通行。”

“真是越斗争办法越多！”刘大顺赞叹地说。

午夜时分，小吉普越过一座大山，追赶上前面的另一个车队。从山上往下一望，车队盘旋而下，就像一条火龙似的。小李仍在滔滔不绝地说着，司机提醒他说：

“别大意了，前面快到安州了吧？”

安州车站，是敌人空中绞杀战的重点之一。每逢遇到这种地方，司机都是很警惕的。果然下山不远，前面传来防空哨报警的枪声。

就在这一刹那间，刚才那条在地面上奔腾前进的火龙，突然间消逝得无影无踪，就像它不曾存在过似的。小吉普也立刻闭了灯，在漆黑的夜色里徐徐行进。小李推开车门谛听着，重轰炸机发出特有的沉重的隆隆声正由远而近。

这时只听小李惊叫了一声,并且急火火地说道:

“你们看,前面还有人开着灯哪!”

司机停了车,跳出车门一看,果然前面远处,还有一盏灯亮着。司机也急了,立刻说:

“是不是他没有听见防空枪呀?小李,你打一枪!”

小李立刻取出冲锋枪,向开灯方向的上空打出一发子弹。谁知那盏灯眨了眨眼,接着又亮起来。说话间,重轰炸机已经飞临车队的上空。气得小李气愤地骂道:

“防空哨真是太麻痹了!这么多弹药车是闹着玩的吗?”

话音未落,沉重的炸弹声已经在亮灯的地方轰鸣起来。灯光熄灭了。接着是几片大火燃烧起来。敌机大约倾泻下五六十个炸弹才哼哼着满意地飞走了。

司机和小李都很气愤。小李说:

“这样不负责任的防空哨,非向上级汇报不可!”

小吉普开到防空哨前。在一个简陋的棚子下,站着两个满身风尘的战士。小李把车门推开就说:

“刚才那边亮着灯,你们怎么不管哪?”

这话把两个战士问愣了。其中一个反问:

“你说的是哪边亮着灯啊?”

“就是那着火的地方。”小李气昂昂地用手一指。

两个战士交换了一下眼色,立刻哈哈大笑起来。其中一个把旗子一摆,说:

“伙计,快赶路吧!这个不关你们的事。”

小李正憋足劲要查问他们的姓名番号,司机悄悄拽了他一把制止住了。小吉普又继续开向前去。小李转过脸问：

“班长，你怎么又不让问了？”

“你还问啥？”司机手扶方向盘微笑着说，“那是他们自己搞的鬼名堂，是专门指挥敌人往大山沟里卸炸弹的。”

刘大顺和其他两个功臣也都恍然大悟。其中一个拍拍小李的肩膀说：

“小李，我们离开朝鲜大半年了，是不了解情况；怎么你这天天跑车的人，也差点儿弄出大笑话呀！”

人们哄地笑起来。小李也红着脸笑了。

小吉普轻快地行驶着。下半夜又闯过两个重点封锁区。但是世界上没有绝对顺利的事情，由于车子在炸弹坑里终年颠簸，长期失修，在刚刚接近一个山顶时抛锚了。司机和助手整整趴在车下修了一个多钟头，才重新发动起来。为了夺回失去的时间，司机打算用速度来弥补，把车开得飞也似的。可是，季节不饶人，夜光表指到北京时间三点半的时候，天色已隐隐地发亮了。

这时，又正巧行驶在平坦宽阔的坝子上，道路两旁连一棵树也没有。司机嘴里没说，从那急切的轮声里就可以听出他此刻的心情。从经验判断，敌人的早班飞机很快就会出现。为了大家的安全，小李早把大半个身子探出车门，用一双明亮的眼睛警戒着海蓝色的天空。

天色越来越亮，东方已经透出微红。这时幸好路边伸过一条小路，不远处有十多户人家。司机立刻掉转车头，向小庄子驶去。这个小庄子傍着一座小山，树木浓密，鸟声引人。有几个朝鲜妇女正在井边汲水，还有几个朝鲜老人抱着孩子坐在树下抽烟。他们一见小吉普来到，都满脸堆下笑来。人们一跳下车，他们就忙着给车子寻找隐蔽的地方。

车子刚刚开到几棵栗子树下,就传来一阵隆隆的飞机声。大家抬头一看,一架五个头的重轰炸机,正由四架喷气式战斗机掩护着自南向北飞来。说话间已经飞到了村庄的上空。

这时几个志愿军战士都深感不安,特别是司机同志,脸上的笑容立刻消失了。因为他的车子虽然找到了待避所,但却生怕暴露目标给朝鲜老乡带来灾祸。正在这时候,一个朝鲜小姑娘带着兴奋和欢乐的尖音叫道:

"中国边机!中国边机!"

"明明是美国飞机,怎么说是中国飞机呢?"刘大顺在肚子里咕哝了一句。

"过来了!过来了!中国边机!中国边机!"

小姑娘跳起脚欢叫着,一面用小手指着北方。

刘大顺向北一望,果然从一块蔷薇色的云彩里,钻出了两只银燕,正披着旭日的霞光,拖着长长的烟带,向南飞来。中国志愿军空军的参战,虽说已经听到过,今天亲眼看到它却是第一次。他望着它们那英勇灵活的身姿,雷霆万里的气势,觉得是多么美妙多么带劲啊!此刻他真想向他们大喊一声:"同志们!年轻的空军同志们!你们来得好啊!大家盼望你们已经不是一天了,敌人独霸天空的恶气已经受够了,快快赶上前去为人民讨还血债吧!"

听见小姑娘的吵嚷,正在做饭的朝鲜妇女也纷纷从厨房里跑出来,仰起头来观看。有两个朝鲜姑娘,不断挥舞着她们彩色的飘带,仰着脸动人地微笑着,好像飞机能够看到她们的手势似的。

那两只银燕,看样子早已发现了对面的敌人。它们立刻变换队形,一架担任掩护,另一架以轰炸机为目标直冲过去。敌机的队形顷刻大乱。过了一刻，它们仿佛镇定下来，想凭数量上的优势，反扑制胜。此时天空中你来我往，像穿梭一般，不断发出机关炮的咕咕声。大家抬起头聚精会神地望着，因为敌众我寡，不免为两只银燕担心。

大家正在眼花缭乱时，只听小李惊叫了一声：

“糟了！”

“怎么啦？”大家忙问。

“你看，那只银燕叫敌人咬住了！”

大家顺着他的手指一看，原来其中一只银燕英勇非常，它正拼命紧跟着重轰炸机，却不想背后被一架敌机偷偷地追上来，距离愈来愈近。情况真是紧张万分。刘大顺不自禁地喊出声来：

“同志！同志！注意后面哪！”

正在这千钧一发的时刻，那只小银燕就像听到他的喊声似的，突然一个下滑动作压低了坡度，后面那架敌机哇的一声从它的头顶上飞了过去。紧接着那只小银燕又昂着头爬了个高儿，仍旧追着那架重轰炸机，看看追到近处，机头上“咕咕咕”吐出一串火球，眼瞅着那架重轰炸机呼地冒出一团火来，像醉汉似的晃了几晃，拖着一个大黑尾巴一头栽下去了……

“好哇！打得好哇！”人们欢喜若狂地鼓起掌来。那些朝鲜老人和妇女们，脸上都笑得像开了花似的。连怀里的孩子，也拍着小手尖叫着：“朝丝米达！朝丝米达！”

几架敌机发现轰炸机被击落，顿时慌乱起来，纷纷向南逃去。两只小银燕儿越发精神抖擞，穷追不舍地向南追下去了。小银燕飞远了，已经看不见了。但是它们刚才纵横驰骋时留下的一道道白色的烟带，仍然像一个孩子天真烂漫的画幅一样印在海蓝色的天上。

压在司机心头的那种歉疚不安的心情，早被晨风吹得无影无踪。他坐在栗树下笑眯眯地抽起烟来。直到一个阿妈妮拿着大瓢笑眯眯地走来帮他淘米的时候，他才想到该做饭了。

饭后，刘大顺躺下很久，还兴奋得不能入睡。布谷鸟在远远近近动人地啼唤着。他一闭上眼睛，那几只银燕就又在眼前穿梭飞翔。再加上一路上的经历，使他感到朝鲜战场的变化太大了，几乎每走一步，都感到人民的力量在生长。在这中间，自己的贡献是多么的微小啊！……他掰着指头计算着今晚的行程，喃喃自语地说："也许今天一夜就可以赶到前线了！……"

第四章　地下长城

刘大顺回到团里，受到团首长邓军和周仆的亲自接待。大家听到祖国人民对志愿军的那种非同寻常的热情，深为感动。周仆立即通知政治机关，让刘大顺给每个连队都做一次归国报告，要把它作为当前一项重要的政治工作。同时，也考虑到刘大顺回连心切，答应他可以先回连看看。这样一来，刘大顺更高兴了。

一大早，刘大顺就随同通讯员杨春，穿行在开满野花的山径上。早雾还没有消散，在时断时续的炮火声里，不时地听到布谷鸟圆润的悦耳的啼声。山谷的稻田，水平如镜，朝鲜妇女正在弯着腰插秧。只是在炮火袭来的时候，才暂时躲避一下。从这里也可看到，战线已经稳定下来。

两个人沿着山径走了一程，拐上公路不远，见公路正中插着一个大大的木牌："严禁通行"。地上还用白灰撒了粗粗的一道白线。杨春满不在乎，刚刚跨过白线，就听见旁边粗声粗气地大喝了一声：

"你们干什么？"

接着从防空哨的地下室里钻出一个哨兵，持着枪跑过来，带着责问的口气说：

"你们没有看到这个牌子吗？"

"我们到前边有任务。"杨春说。

“有任务也不行!”哨兵说,“敌机刚刚扔了细菌弹,任何人也不能通过!”

杨春、刘大顺往远处一看,果然公路两侧的草丛里,有十几个深灰色的弹壳,在阳光下闪闪发亮。附近地面上还有一些散乱的纸片。这杨春也像许多农村来的子弟一样,科学知识比较少;尽管敌人的细菌战,从今年一月就已经大规模开始,仍然不很在乎。对敌人投下来的苍蝇、蚊子、跳蚤、老鼠、兔子、鸡毛、死乌鸦等等,有时还当做笑话来谈。今天看见哨兵这么认真,不得不压低调门说:

“同志,你就放我们过去吧,我早就打过防疫针了。”

“打过防疫针也不行!”那个哨兵愣乎乎地说,“你把细菌带出去,这不是你一个人的问题,这是整个部队、整个朝鲜群众的问题。”

杨春见他这么倔,就批评说:

“你这个哨兵也忒价机械了。定时弹我都不怕,几个细菌怕什么!它就正好沾到我身上啦?”

“你准是个新兵蛋子!”那个哨兵也毫不客气地说,“你们上级对你进行过细菌战的教育没有?”

两个人眼看就要争吵起来,被刘大顺连忙劝住。这时,从防空哨的地下室里钻出一个年纪稍大的战士,看去像防空哨的班长。他走到杨春面前,和颜悦色地说:

“同志!不是我们不让你过去;确实,这是一场很严重的斗争。刚才我们已经通知防疫站了,他们很快就来,你们先到那边房子里稍等一会儿,用不了多大工夫,也就可以通过了。”

一席话说得杨春无言答对。刘大顺扯了他一把,两个人就到那边房子里去了。

这是公路边一座被炸弹震得歪歪斜斜的农家小屋。小屋前有一个遮阳的小棚子。旁边就是防空哨的地下室。这就是遍布在漫长的公路线上的那种防空哨所。刘大顺和杨春走进房子一看，里面墙上贴着祖国的画报，粉碎敌人细菌战的标语，防疫公约，还有一首快板诗人毕革飞的快板诗，写得很有趣，题目叫《杜鲁门搬救兵》：

狗急跳墙兔急咬，
杜鲁门急得求跳蚤，
蜘蛛、蜈蚣和苍蝇，
蛤蟆、老鼠都请到。
紧急开个圆桌会，
杜鲁门出席做报告：
是人都说你们最下流，
我杜鲁门生来就认你们品质高。
我求你们来帮助，
因为你们服从精神特别好。
培养你们十来年，
今天该着出马了。
每个带上细菌百万亿，
这武器肉眼看不着。
见了朝中人民和军队，
狠命毒害狠命咬。
要把他们全害死，
牲畜庄稼毁灭掉；
留下蒋、李子子孙孙当走狗，
给咱溜溜舔舔背钱包。
如果世界人民反对细菌战，

我就闭着眼睛硬说不知道。

…………

两个人边看边等,不大会儿,防疫站的人们已经赶到。杨春、刘大顺向门外一看,男男女女来了十五六个。有中国人,也有朝鲜人。他们全穿着白色的隔离衣,戴着白帽子,一色长统黑皮靴。身上背着喷雾器,瓶瓶罐罐,手里拿着铁锹、扫把、草捆等物。为首的一个有三四十岁,戴着深度的近视眼镜,脖子里挂着照相机。防空哨的班长迎上去说:

"张助教!今天扔下的玩艺儿可不少啊!"

"不要紧!我们还是先搜集一下标本,然后就进行处理。"张助教淡然一笑,说,"现在敌人还不认账哩!哈利逊[1]就说,他们'过去没有进行,现在也没进行任何细菌战',我们就让全世界人民看看吧!"

说过,他让大家放下笨重东西,戴上口罩,扎起袖口,先带上五六个人径直地向细菌弹奔去。他咔咔地照了几张相,接着就指挥人们搜集标本。人们分散在公路两侧,在细菌弹周围弯着腰巡视着。一时这边惊叫了一声:

"好家伙!李奇微[2]肚子上还长着毛,正向外爬哩!张助教,我们还要吗?"

"要,要,都装到瓶子里!"张助教远远地回答。

不一时,那边又嚷起来:

"杜鲁门还要不要?这一个肚子又圆又大!"

"怎么不要?"张助教严肃地说,"品种可能不一样。赶快把它

① 美国谈判代表。
② 美军前线司令。

夹住，别让它钻到地缝里去。"

杨春心里痒痒的，很想跑过去看看；又怕那个倔家伙训斥他，没有敢轻举妄动，就仰着下巴颏问防空哨的班长：

"他们说的李奇微、杜鲁门是什么呀？"

"这是他们的术语，"班长笑着说，"待会儿你就知道了。"

话没落音，那边一个女防疫队员对着刚张开嘴的细菌弹，尖声地叫：

"哎呀！好臭！这里麦克阿瑟有好几十个，我们要几个呀？"

张助教摆摆手说：

"那个已经不少了。你挑三四个大的就可以了。"

不到一刻钟工夫，人们已经拿着大瓶小罐走回来。杨春、刘大顺挤过去一看，里面装的有肚子上长毛的苍蝇，肚子又圆又大的蜘蛛以及臭气熏天的死老鼠，死乌鸦，还有许多不知名的青绿色的甲虫，在瓶里蹦蹦跳跳……

"你们给他们取的这些名儿还是挺不错的。"杨春笑着说。

"叫我说还是太客气了！"张助教推了推他的眼镜，望着杨春说，"实际上他们比这些带菌的毒虫残忍得多。因为他们毒害的不是一个地区，而是整个地球，整个地球上的人类！"

接着，张助教指挥人们背上喷雾器去清除这些害虫。一团一团银灰色的烟雾，立刻把这块地区包围住了。然后他们又把这些毒虫赶到一处，用柴草烧起一堆大火来。烟火里不断发出哔哔喇喇的声音，冒出一股一股难闻的臭气。最后又刨了一个大坑，把烧死的毒虫统统埋掉，才算结束了这场紧张的战斗。

这时候，防空哨那个愣倔倔的战士才看了杨春一眼，挥了挥手，意思是：

“你这个不遵守纪律的新兵蛋子,现在可以过去了。”

杨春他们沿着公路走了不远,就看见一条一人多深的交通壕,贴着山边子伸向前方。两个人跳进交通壕里走了很久,渐渐上到山顶。刘大顺这才看出,交通壕已经不是一条,而是前后相通,左右相连,四通八达,通向各处。它们在万山丛中蜿蜒起伏,忽而直下谷底,忽而飞上陡峭的山岭,简直像祖国的万里长城一般。

两个人向前走了一段,来到十字路口。这里插着一个很大的木牌,写着醒目的大字,南北的箭头是“北京路”,往东是“上海路”,往西是“延安路”。刘大顺笑着赞美道:

“这里名堂还真不少呢!”

“你还没看到地下长城呢!”杨春笑着说,“再过两座山,就是你们连的洞子了。”

两个人沿着“北京路”,说说笑笑地走着。刘大顺忽然抬头一望,只见西面天空里有四个银灰色的大气球,下面好像被什么紧紧地系着,在晨风里轻轻地飘荡。刘大顺指着气球问:

“那是什么?”

“那就是板门店谈判的地方。”杨春说,“美国代表哈利逊,天天坐直升飞机来,可是不好好谈,净坐在那里跷着腿吹口哨儿。”

“叫我看,不打不行!”刘大顺说。

“我看也是。”杨春说,“狠狠戳它两下子,他就不敢那么调皮捣蛋了。”

他们又穿过两座山,向东一拐,在交通壕的尽头,出现了一个洞口。杨春指了一指说:“到了!”刘大顺走到跟前一望,洞口有一人多高,两边的石壁上刻着一副对联,上联是:“稳坐钓鱼台”,下联是:“零敲牛皮糖”。洞顶上还有三个大字:“英雄洞”。他连声称

赞道:

“这个对联编得好!”

“上级也说编得不错。”杨春说,“咱们政委讲,两方面是联系着的:有了毛主席‘零敲牛皮糖’的指示,才出现了坑道工事;有了这样的工事,也就可以更好地来贯彻毛主席的指示了。”

刘大顺又问:

“这是谁编的呀?”

“谁?”杨春笑着说,“还不是你们嘎连长的点子。”

“嗬,他还不简单哪!”

刘大顺一边说,一边进了坑道。坑道口旁边的墙壁上挂着四四方方一块红布,上面贴着战士们的墙报。报头就叫《地下长城》,下面写着“英雄洞落成专号”。刘大顺凑近一看,第一篇文章,是本连“文艺工作者”小罗的作品,题名《坑道谣》:

高高山上挖坑道,
山肚子里把洞掏;
石头尖,插云霄,
英雄斗志比天高。
人人争做老愚公,
硬把山腰凿通了。
甭爬山,甭过壕,
前山通到后山腰,
四通八达赛长城,
能攻能守真正妙。
B29,小油挑,
投弹又把机枪扫;

咱们坐在坑道里，
抽着烟卷听热闹。
他排炮，咱不管，
坑道口上放个哨；
单等步兵到跟前，
饿虎扑食全吃掉。

大顺看后哈哈大笑，接着向里走去。杨春从挎包里掏出电棒照着，在昏黄的光线里，大顺看到，两边都是一个个的小房间，战士的被褥铺得整整齐齐。此外还有粮库、弹药库、水库，以及锅炉房、洗澡间等等，真是应有尽有。大顺笑着说：

"简直像个住家户了！"

"你们嘎连长就是这么要求的。"杨春说，"他讲，敌人要不罢手，我们就在这儿蹲了。他想打十年，二十年，我们都坚决奉陪！"

杨春说着，又用电棒朝斜上方一照：

"你看到这个地方没有？"

大顺一看，坑道在这里发了个岔儿，像楼梯一样盘旋而上，就问：

"这是什么地方？"

"从这儿上去就是战斗工事。上面还有个炮兵观察所呢！"

两个人又往里走。坑道深处，透出一片黄色的光亮。走到近前，是一个较大的房间，壁上土台里燃着一支蜡烛。一个电话员正坐在那里守机子。杨春问：

"人都到哪儿去了？"

"都到下面突击工事去了。"电话员说。

"连长、指导员呢？"

“指导员到三号,连长可能到二号去了。”电话员说,“杨春,这位同志是谁呀?”

杨春笑着说:

“唉呀,怎么连你们连的归国代表也不认识?”

“噢,是刘大顺同志呀!”电话员笑着说,“我来的时候,他已经走了。我们还没有见过面呢!”

电话员说着,连忙起来让座倒水。两个人略坐片刻,就出了坑道口,向二号阵地走来。

二号阵地是连的主峰向左伸过去的一条山腿。两个人沿着交通壕走了不远,就望见一个洞口。这个洞全是青色的坚石,上面布满了一道道镐痕。洞口上贴着一首诗,写得非常有力:

满手血泡满手茧,
镐头磨尽柄震断。

大锤砸得地发抖,
石屑迸上九重天。

抗美援朝决心大,
万道钎痕是誓言。

工事铸成钢铁墙,
敌人死在阵地前。

大顺一面吟味着诗句,一面向里走去。洞里地上每隔不远,就燃着一堆松木“明子”。借着红艳艳的光亮,看得到周围的大青石上都是密密的钎痕。显然这个洞就是这么一镐一钎刻出来的。两人走了不远，就听见坑道深处，传出有节奏的沉重有力的敲击声。迎着松木明子的光亮，看见一个高大的背影，正举着镐头，沉着有力地、不慌不忙地一下一下向石壁刨去。看来他的精神过于集中，两个人来到他的背后，他也没有觉察，仍然一镐一镐地刨着。由于石头过于坚硬，镐尖下去，随着飞迸的火花，只能留下一道白印，落下一些碎末；刨十几二十几下，才能啃掉核桃大的一块。他的一尺多长的镐头，只剩下五六寸长，简直像个端阳节的大粽子了。大顺不由心头一阵热乎乎的，在他的背上轻轻拍了一下，说：

“大个儿，你该歇一歇啦！”

乔大夯扭过头来，手脸乌黑，像刚从炭坑里钻出来似的。他一把攥住刘大顺的手，热情地说：

“你回来啦！”

刘大顺嘿嘿笑着说：

“大个儿，你怎么这么黑呀？”

“都是让这东西熏的。”乔大夯指指松木明子。

刘大顺对石洞撒了一眼，说：

“这么一点一点抠，抠到什么时候，怎么不用炸药崩呀？”

“这么多山都要打通，哪有那么多炸药？”乔大夯说，“干这个就是要有点儿耐性儿。”

“要叫我就不行。”杨春插嘴说，“还不如叫我干点别的。”

乔大夯笑着说：

“杨春，你把这山比做帝国主义，把石头比做杜鲁门的脑瓜儿，挖起来就有耐性儿了。”

杨春笑了一笑，问：

“你知道连长到哪儿去了？”

“他跟我们排的人到山底下扛木头去了。”乔大夯说，“你们到山后边瞅瞅，恐怕快回来啦。”

大顺和杨春出了石洞，顺着交通壕向山后走去。果然看见一伙人正扛着大木头向山坡上爬。一面爬，一面唱着劳动号子。领唱的正是郭祥。他肩上扛着木头，手里还打着拍子。大顺和杨春仔细一听，乐啦，他随口编的歌词非常有趣：

（郭）　上山要猫腰唠，
（众）　上山要猫腰唠，
（郭）　两眼别乱看呶，
（众）　两眼别乱看呶。
（郭）　都来加把劲啊，
（众）　都来加把劲啊，
（郭）　把它扛上山呶，
（众）　把它扛上山呶。
（郭）　上山干什么呀？
（众）　上山干什么呀？
（郭）　开个小饭店哪，
（众）　开个小饭店哪。
（郭）　卖的“花生米”呀，
（众）　卖的“花生米”呀，
（郭）　还有铁鸡蛋哪，
（众）　还有铁鸡蛋哪。
（郭）　叫声美国鬼哟，
（众）　叫声美国鬼哟，

（郭） 不怕你嘴巴馋哪，

（众） 不怕你嘴巴馋哪。

（郭） 专门等着你呀，

（众） 专门等着你呀，

（郭） 来个大会餐哪，

（众） 来个大会餐哪。

（郭） 一吃一伸腿呀，

（众） 一吃一伸腿呀，

（郭） 一吃一瞪眼哪，

（众） 一吃一瞪眼哪。

（郭） 这是什么饭哪？

（众） 这是什么饭哪？

（郭） 伸腿瞪眼丸哪！

（众） 伸腿瞪眼丸哪！……

郭祥不知什么时候学的，听起来简直跟建筑工人们的调门一模一样，还故意挂了点天津味儿。加上他的声音又是那样的饱满和愉快，更增加了强烈的感染力，把战士们一个个煽得像欢叫的小火苗似的，比合唱队还唱得抑扬有致。不一会儿工夫，就把那些大木头抬到了山顶。可惜的是最后两句过于逗笑，战士们没唱完就格格地笑了。

大家放下木头，一面擦汗，一面说笑。大顺和杨春迎上前去。郭祥把眼一眯细，笑着说：

“这不是刘大顺吗！你回来啦！”

他一面说，一面快步抢过来同大顺握手。又说：

“你这次回国半年还多了吧？”

“有八九个月了。”大顺笑着说。

战士们也围上来，纷纷同大顺握手。有好几个战士说：

“大顺，什么时候跟我们做报告呀？”

大顺脸红红的，腼腆地笑了一笑。

“看，人家屁股还没沾地儿，就给你做报告呀！”郭祥一面说，一面拉着大顺，“走！到连部去。”

杨春随随便便地向郭祥打了个敬礼，说：

“任务完成，我回去了。”

“大乱，”郭祥笑着说，“你是嫌我们连的伙食不好吧？”

“你老叫人的小名干什么！人家是没有大名还是怎么的？”杨春不高兴地说。

“好好，以后叫你杨春同志还不行吗！”郭祥转过脸对大顺笑着说，“别看人小，自尊心可强着哩！”

“你别跟我开玩笑。你对人最不关心了！我托你的事什么时候给我办哪？”

“你说的是调动工作的事吧？”郭祥摇摇头笑着说，“那事不行！你要下连，你自己到团首长那儿说去。别走私人路线。”

“我现在谁也不求了。”杨春得意地说，“团首长已经批准啦，我三两天就来。”

“真的？”

“哄你是小狗子。”

郭祥一愣：“那你还托我干什么？”

杨春鬼笑着说：

“嘿，我就是测验测验你，对我是不是真关心哪！”

“瞧，你这小子比我还嘎！”

杨春笑着,一溜烟下山去了。

郭祥领着大顺进了一号坑道,来到连部。他拿起大暖瓶倒了一大缸子开水,给大顺放到子弹箱上,笑嘻嘻地问:

“大顺,你瞧咱们连的工事怎么样?”

“真想不到!”刘大顺赞叹地说。

“这还不算完!”郭祥颇有一点自得的神气。“你看见今天扛的木头了吧,除了加固坑道口,我还准备叫木工组给大家做点枪架、碗架、小桌子、小凳子。一切都要长期打算。只要敌人不罢手,我们就跟他磨下去,直到把它磨垮磨死为止。我要试试帝国主义到底有多大力气。就像一盏灯,我不相信它没有熬干的时候!”

他掏出烟荷包,一边卷他的大喇叭筒一边问:

“你这次回到祖国,都到了什么地方?”

“北京,西安,兰州,银川,玉门,新疆,差不多大西北都跑到了。”

“怪不得这么长时间!”郭祥把卷起的喇叭筒在蜡烛上点着,抽了一口,然后仰起脸儿,眼里放出光彩,笑微微地问,“你们见到了毛主席吗?”

“见了。”大顺头一低,略带羞涩地说。

“还有咱们的周总理、朱总司令,你们全见到了吗?”

“全见到了。”

“他们的身体怎么样?”

“我仿佛觉得,比相片上的要瘦一些。”

“那是肯定的。”郭祥说,“我们新中国才建立,事情那么多,再加上这么大一个战争,他们真够操心的了!”

“那天我实在太激动了。”大顺说,“不知怎么的,大泪珠子乓乓直掉，一句话也说不出来。那时候，如果主席说，你把前面那座大山炸平，我也会马上抱着炸药扑上去。”

“可惜我一直没见过他们。”郭祥轻轻叹了口气，惋惜地说，“解放战争，我们的部队好几次离西柏坡只有几十里路，可惜的是没有这个机会。”他把那个大喇叭筒一连抽了几口，又接着说，“那天修工事太累了，我盖上个大衣就睡着了。看见主席披着大衣，挂着望远镜，和周总理、朱总司令一块儿说笑着，从那边高山上走下来。我连忙跑上去给他们打了个敬礼，他们笑着问：‘郭祥，工事修得怎么样？三号坑道打通了没有？’我说，‘报告首长，快打通了，用不了几天了。’毛主席很高兴，就走过来一只手握着我的手，一只手扶着我的肩膀笑着说：‘郭祥啊郭祥！党培养你也有十多年了。你可要好好干哪！这场战争的意义是很伟大的。打得好不好，不单对东方，对全世界人民都有很大影响。你可不能粗心大意啊！我们是只能前进，不能后退，只能打胜，不能打败！……’我正要向主席表决心，通讯员把我喊醒了，要不我还得跟主席谈下去呢……”

郭祥的大喇叭筒一闪一闪，照见他的脸色充满幸福的红光，就好像真的有这番经历似的。

沉了沉，郭祥又问：

“你这次回国，祖国人民很热情吧？”

“真是没法说了。”刘大顺说，“我们在玉门油矿做了报告，工人们抱住我们一边哭，一边说：‘我们每天一端起饭碗，就想起最可爱的人是不是吃上饭了？睡在被窝里就想起，最可爱的人是不是睡暖了？不是你们一口炒面一口雪，我们怎么会有这么幸福的生活呢！……’在新疆，有个一百零三岁的维吾尔族老大娘，听说我们去了，她骑了一匹马，驮着三斗麦子，拿着四万五千元人民币赶来了。她说:‘孙子,我是一个穷老婆子,没有别的支援你们,这麦子是我秋天拾的,这钱是我纺线挣的,送给你们,表示我一点心意吧。’这种事在各个地方都说不完……”

“祖国人民真是太热情了!”郭祥深深地慨叹着说,“要不是他们全力支援,凭什么打这么多胜仗啊!”

“他们感动得我哭了好多次。”刘大顺说,“我最受不了的,就是每到一个地方还要来抬我们,女同志也抢着来抬。还说,‘抬着最可爱的人,累也不觉累,沉也不觉沉。’这时候,你不让抬也不行,往下跳也不行。感动得你直想哭。我老想,自己究竟做了什么贡献,值得人民这样热爱呢?人民的热情,我觉着就是粉身碎骨也报答不完……”

“你说得对!”郭祥望着他激动的面容,认真地说。

“连长,你知道我是有错误的。”刘大顺接着说,“这次回来,过鸭绿江的时候,我心里好难受。想起开始入朝,我的觉悟实在太低了,我确实不理解这场战争……”

“这都是过去的事了!”郭祥把手一摆,“人的觉悟都是从低到高嘛。要说那时候,我对你的态度也是有缺点的。如果不是老模范帮助我,我也差一点儿犯个错误。”

说到这里,刘大顺带着几分羞愧笑了。

郭祥立即变更话题,说:

“大顺,你这次回到朝鲜,看到变化不小吧?”

“变化这么大,真想不到!”

“这就是正义战争的力量!”郭祥严肃地说,“可是,敌人还是不老实。按说,我们提出,以三八线作为停战线是很合理的。因为西线我们在三八线以南,东线敌人在三八线以北,两下面积大约相等。可是敌人硬要把停战线划在三八线以北，企图不打一枪占领一万两千多平方公里的土地。理由就是要他那个'海空军优势的补偿'。这不是地地道道的强盗逻辑吗！直到粉碎了敌人的夏、秋季攻势，歼灭了它二十五万人，这才又回到谈判桌上来。现在以实际接触线为停战线，他们倒是承认了，可是还不断捣乱。不是在帐篷里吹口哨，就是往会场区打炮弹。依我看，还得要好好打一打才行！"

"有什么消息吗？"刘大顺两眼放光地说。

郭祥压低声音，神秘地说：

"快了。我们连快调到第一线了……我还准备向上级提一个建议……"

"什么建议？"

郭祥笑而不答，隔了一会儿才说：

"也没有什么，到时候你就知道了。"

这时，通讯员喘吁吁地闯进来，兴奋地叫：

"连长，三号坑道快打通了！"

"真的？"

"两边说话都听见了！"

郭祥猛地从铺上跳下来，匆匆拿起一尺多长的大电棒，说：

"大顺，走！咱们看看去。"

郭祥出了坑道，在交通壕里一溜小跑。大顺和通讯员在后面喘吁吁地跟着。刚到三号坑道口，就听见里面闹嚷嚷的。郭祥赶到里面一看，陈三正领着他的小鬼们发疯似的掘着。小钢炮见连长来了，立刻呼雷撼天地叫道：

"连长，快通啦！快通啦！"

“真的能听见说话吗?”

“不信,你听听!”

大伙收了镢头,郭祥侧着耳朵一听,对面呼嗵呼嗵的掘土声,已经离得很近。光听见欢腾的嚷叫声,就是听不见说些什么。郭祥喜滋滋的,立刻把袖子一捋,说:

“我也来几下子!”

说着从陈三手里抢过镢头,就同小钢炮并着肩膀干起来。时间不大,忽然一个大土块呼嚨一声滚了下来,郭祥把身子一闪,看见对面已经出现了一个圆圆的大窟窿,老模范正光着大膀子探过头来看呢。郭祥立刻攥住他的手,哈哈大笑地说:

“好哇! 老模范,你又把老长工的架势拿出来啦!”

“我就不信,赛不过你们这群小嘎子!”他用手指着小钢炮他们说。

人们哈哈大笑,抢上去跟老模范握手,跟对面的人们握手,竟像多少天没见面似的亲热。欢腾的喊声震得坑道嗡嗡地响。

郭祥把刘大顺从后面扯过来,说:

“老模范,你看看这是谁?”

“噢! 这不是大顺吗!”老模范从窟窿那边攥住他的手说,“你赶得好巧啊!”

“他是专门来参加三号坑道落成典礼的!”郭祥代替他回答。

人们轰地笑起来。那堆松木明子,因为空气流通,也烧得更加明亮,更加红艳了。

第五章　夺取中间地带

不久,郭祥和他的连队调到了一线。

一个时期以来,由于我军集中力量修筑坑道工事,主动出击较少,敌人相当疯狂。白天经常在大炮坦克掩护下,抵近我工事前沿进行破坏,夜间也经常出动小部队进行骚扰。这对郭祥来说,自然是不能忍受的。

一个晴朗的下午,师长来到前方视察一线阵地。在他走下观察所,快出坑道口的时候,郭祥赶上去说:

"一号,我想提个建议。"

"什么建议?"师长停住脚步。

"意见不一定合适。"郭祥笑着说,"可是要不提出来,心里老像有个小虫子咕容咕容地痒痒得难受。"

"恐怕是手心又发痒了吧?"

"首长这么说也行。"郭祥笑着说,"我们的工事修得很坚固,也带来了一个缺点。有人光把它当成防炮洞了。我看,修坑道工事,不过是依托,更重要的,还是为了吃掉更多的敌人!"

"对嘛!"师长神色严肃地说,"我们一贯反对消极防御,毛主席一直是这样讲的。"

"这么说,我们最近的活动就少了一点儿。"郭祥说,"敌人白天用步兵抵近我们的前沿,用飞机大炮破坏我们的工事,晚上也出来捣乱。夜间活动,本来是我们的拿手好戏嘛!"

"你的意见呢?"

"我的意见——"郭祥以坚决的语气说,"是加强小分队的夜间活动,夺取中间地带。这出戏,应该由我们来唱主角!只许我们在敌人头上尿尿,不许他在我们面前吐痰!"

师长对他的这位"好战派",从上到下深为赞赏地望了一眼,满意地笑着,点点头说:

"我这次来,就是为了解决这个问题的嘛!"

说过,他又压低声音说:

"我们师党委很快就会做出决定。你们可以先派出个把班到前面去试试!"

郭祥紧紧攥住师长的手,高兴得笑了。

他送走师长,在铺上装作睡觉的样儿,盘算起怎样组织这一次的活动。不一时,被大家叫做"老保姆"的小鬼班长陈三,含着小旱烟管走进来。他先汇报了一件无关紧要的小事,接着就笑嘻嘻地问:

"连长,这个任务你准备交给谁呀?"

郭祥暗暗吃了一惊,想不到消息走漏得这么快。他装作若无其事的样子,说:

"什么任务?"

"嗐,连长你就别瞒我们了。"陈三仍旧笑嘻嘻地说,"这个任务你就给我们班吧!"

"你是听谁说的?"

"我不过是个判断。"陈三笑着说。

"判断?不对!"郭祥说,"我刚才正同师长讲话,扫见背后有个黑影儿，一扭头又没有了。你坦白说，是谁偷听了？”

“是杨春从那儿过，其实他也不是故意偷听的。”陈三红着脸，为他辩解说。

“这个嘎小子！”郭祥说，“你可要好好注意他！我说把他放在连部吧，你偏把他要去，还说，‘给我个小嘎儿吧，我把他带出来！’瞧，你把他带成什么样儿了？”

“嗐，连长，我以后管严点儿，也就是了。”陈三嘻嘻笑着说，“你瞧，我们班有好几个新兵，还没有跟敌人交过手呢，让他们先出去打个小仗，锻炼锻炼，对以后打大仗很有好处。你说是不？再说，连长，您自己也常讲，朝鲜战场就是个大练兵场嘛！”

郭祥显然被说服了，把手一挥说：

“好好，我同老模范研究研究。”

这个对上对下都和颜悦色、善于说服人的陈三，满面含笑，磕磕他的小烟管，向他的小鬼们报告好消息去了。

第二天黄昏以前，下了一阵小雨。幸好很快雨霁天晴，西方山顶上现出一弯细眉般的新月。光线说明不明，说暗不暗，正是夜间活动的良好时刻。陈三和他的小鬼班就在这时候轻装出发了。

交通壕里还有一些积水，他们在积水里吱哇吱哇地走着。临下阵地，陈三停住脚步，回过头来，再一次检查了每个人的着装，摸了摸每个人的手榴弹捆得紧不紧，鞋带松不松，指定杨春等三个新战士走在中间，这才迈步下山。

这里，敌我之间，是五六百米宽的一条山谷。山谷中有一道浅浅的小河。原来两岸都是稻田，现在却长满了一人深的荒草。陈三领着小鬼们分开草丛静静地行进着。大约走了半个小时左右，才到了预定的设伏地点——一个五六所房子的小村。根据平日的侦察,这是敌人的小部队经常出没的地方。

陈三迅速侦察了周围的地形,在小河和房子之间,把他的三个小组布置成一个小小的口袋。说老实话,在三个新战士中,他最担心的就是杨春。倒不是怕他临阵畏缩,而是怕他轻举妄动。因为据几天来的观察,他早就不以新战士自居了。陈三有意地让他挨着自己,免得发生意外。

时间不大,那一弯新月就落下去了。山谷里黑沉沉,静悄悄,除了这里那里几声零落的枪声以外,只有小河哗哗的水声。

他们趴在湿漉漉的草地里,直到午夜时分,还没有发现一点动静。杨春开头还老老实实地趴着,聚精会神地望着对面的无名高地;时间一长,小动作就越来越多,不是拍打脖子里的蚊虫,就是抓痒痒,显得越来越不耐烦。终于他向陈三爬了两步,轻声地问:

“班长,天什么时候了?”

“快半夜啦。”

“敌人恐怕不来了吧?”

“心急喝不了热黏粥,干这玩艺儿就是得有点耐性儿。”

正在这时候,忽然听见河对面无名高地东侧的洼地里,“呱!呱!呱!”一群野鸡噗喇喇地惊飞起来,带着好听的羽声从他们的头顶上飞过去了。

陈三立时把头昂起来,谛听了一阵,随后轻声地说:

“你瞧,敌人出动了吧!”

“你怎么知道?”

“嗐,你想想,三更半夜的,要是没有人惊动它,它怎么会飞起来呢?”

“我们冲吧!”

杨春高兴起来，立刻去掏手榴弹，陈三摆摆手说：

“先等一等。那边有一条小路，通我们的阵地，敌人很可能是袭扰我们去了。”

“那怎么办？”

“好办。我们到他回来的道儿上去伏击他。”

“要是他不从原路上回来呢？”

“一般说不会。因为他去的时候没有发现情况，回来走原路比较放心。”

陈三说过，从挎包里摸出一个蒙着红布的电棒，向我方阵地绕了几个圈儿，接着就把队伍集合起来，极其肃静地蹚过小河，向刚才野鸡惊飞的地方悄悄摸去。

陈三找到那条小路，又布置了一个口袋：把小钢炮和罗小文带的两个组布置在小路两边；自己仍旧带着杨春、郑小蔫趴在小河南边不远的一个土坎下，紧紧卡住敌人的归路。果然，时间不大，在我方的阵地上响起激烈的机枪声和手榴弹声。显然，夜袭的敌人已经摸上我们的阵地。杨春望望手榴弹爆炸的红光，笑眯眯地瞅了他的班长一眼，心里暗暗佩服地说：“嗬，这个老同志还真有一套呢！”

半小时过后，杨春听见哗啦哗啦的蹚水声。凝神一看，已经有三个大黑影蹚过河来，连哼哧哼哧喘着粗气的声音都听见了。但是老班长仍然不动声色，丝毫没有发出射击命令的样子。杨春忍不住了，刚把手扣上扳机，就被班长踢了一脚。直到十几个敌人都跑过河，钻进包围圈以后，班长才取出他的小喇叭“嘟——嘟——”吹了两声，这是向全班发出的射击信号。登时冲锋枪和手榴弹向着敌人劈头盖脸地打去。

敌人遭到猝不及防的打击,在包围圈里懵头转向,乱跑乱钻,很快就被小鬼们击毙在地。那杨春一心想抓活的,瞅见一个胖大的敌人向东逃去,穷追不舍地追赶着。那家伙因为过于紧张,绊了一跤,等爬起来时,杨春已经冲到面前。他看杨春个儿小,就一把将杨春抱住,在杨春胳肢窝里乱抓乱挠。杨春一抬头看见他的脖子后面挂了顶钢盔,心想,“你抓我的下面,我就抓你的上面”,就猛地抽出右手,抓住他的钢盔,狠狠地往后一拽,钢盔的带子顿时勒得敌人喘不过气来,手也松了。杨春乘势将他踢翻在地,骑在他的身上。可是那家伙究竟力气大些,带子一松,刚缓过气来就又紧紧抓住杨春的两手,想翻过来。幸好陈三、小钢炮赶到,才将那家伙捆上。

小钢炮一看敌人那么老大个子,埋怨说:

“你怎么不揍死他,跟他摔起跤来了?”

“我光想捉活的了!”杨春说。

陈三知道这地方不能久停,立刻向小钢炮发出命令:

“你带上全班快撤!”

“你呢?”

“我在后边掩护你们。”

“班长,我跟你在一起吧!”

“服从命令!快!”

小鬼班刚刚过河,敌人阵地上的照明弹就一个接一个地打起来,照得整个山谷明晃晃的。接着,敌人各个地堡的机枪像雨点般地盖过来,小鬼们伏在草地里,被压制住了。

这时候,小鬼们看见自己的老班长,从一个弹坑里站起来,向河这边挥着手高声喊道:

“同志们不要慌！我掩护你们。”

他一面喊一面举起冲锋枪，向山头上的敌人“哒哒”地射击着。红色的曳光弹，像一缕缕红线向敌人的地堡飞去。顷刻间，敌人无名高地上各个地堡的机枪，都调转了方向，向着陈三射击。小鬼们一个个心里热乎乎的，在小钢炮的率领下飞快地撤退了。

正在敌人的机枪疯狂射击的时候，我方的迫击炮在敌人的山头上轰鸣起来。在敌人的地堡前，闪着一团团橘红色的火光。这显然是我们的炮火进行掩护。陈三借此机会，迅速跳出弹坑，越过莽莽荒草追上他的小鬼们。小鬼们一个个高兴得什么似的，都争着要替班长背枪。陈三摆摆手，和蔼地笑着说：

“我比你们一步也没多走，怎么就累着了？”

小鬼们乱纷纷地欢叫着说：

“班长，你已经这个岁数儿了，你瞧我们多年轻呀！”

这话果然。小鬼们虽然经过一夜的战斗，经薄明的凉风一吹，一个个的脸蛋都绯红绯红的，像涂了一层油彩似的，看去更可爱了。

最后，还是杨春眼尖，一个冷不防把班长的冲锋枪抢了过去。这时候，他才发现班长的衬衣袖子上有一片殷红的血迹，不禁惊叫了一声：

“班长，你负伤了？”

“刚擦伤一层皮。”陈三笑着说，“回去你们可别乱嚷。要让上级知道了，我就得到后方去，咱们就不能就伴了。”

小鬼班回到阵地，受到郭祥和老模范的热烈欢迎。他们对这个干净的小歼灭战，尤其是活捉了一个上尉排长，深为满意。正好军文工团的一个演唱组来到阵地，徐芳背着她的小提琴也来了。

郭祥握着她的手热情地说：

“徐芳同志！你们来得太巧了。你给小鬼们唱个《刘胡兰》吧！”

徐芳笑着说：“上级号召我们现编现演，要搜集一些新鲜材料儿，来配合当前任务哩。”

“新鲜材料儿有的是。”郭祥笑着说，“你比如我们这个老班长陈三，在带领新战士作战方面就很典型。要能编出来倒很有现实意义哩！当然，还有那位配角，”他指了指远远坐着的敌人的上尉排长，“他带了一个排出来找便宜，在阵地上被我们消灭了一半，剩下一半跑回去，又被小鬼班连肉带汤喝了个干。最后就剩下他一个，正蹲在那边哭哩！你也可以找他谈谈，我想他是深有体会的。”

人们哄笑起来。

夺取中间地带的战斗，就从这天开始了。

第六章　钢铁战士

随着整个战线小部队活动的开展，敌我之间的中间地带，已经不是什么真空地带，而是我军十分活跃的狩猎场了。这种仗规模虽小，因为便于发挥我军近战夜战的特长，往往能成班成排地全歼敌人。这样，不仅掩护了我军修筑坑道工事，而且打击了敌军的气焰，限制了敌人的活动，把斗争的焦点推到敌人的前沿去了。

在这期间，调皮骡子王大发这个班，是少数没有摊上任务的单位之一。再加上班里人风言风语地说："咱们班长要不是调皮骡子，早就轮上了。"这些话更使调皮骡子吃不住劲。所以这天郭祥来到班里，他就不冷不热地说：

"连长，你也到我们落后班来转转？"

郭祥一听味道不对，连忙坐下来说：

"你这个——"他本来要叫他调皮骡子，又临时改口说，"王大发同志，有什么意见哪？"

"班长落后，全班也跟着落后。"调皮骡子把头一歪。

"没有人说你落后嘛！"郭祥和蔼地笑着说，"入朝以来，大家对你的印象早改变了。就是有时候叫你'调皮骡子'，也是为了亲热，没有别的。"

"这，我倒并不在乎。"

"那你是为了什么呢？"

“班里有人说,要不是调皮骡子担任班长,任务早到手了。”

“嗐,怎么能这样看!”郭祥笑着说,“要求任务的人这么多,总要有先有后嘛!再说,这伏击越往后越难打,我早就盘算着,让你挑大头哩!”

俗话说,话是开心斧。调皮骡子听到这儿,扑哧一声笑了,就像石子投进池水里,脸上漾着欢乐的波纹。

“嗐,连长!”他说,“你干吗不早告我一声儿,弄得我这些天连觉都睡不香!”

郭祥笑了笑,正起身要走,他上前拦住说:

“连长,你先等等!我还有话跟你谈呢。”

郭祥见他的神色很少这样庄重,就重新坐下,掏出烟荷包,递给他一小条纸,一块卷起大喇叭筒来。那调皮骡子涨红着脸,手指头一个劲地抖索着,烟末几乎撒了一半,还没有卷上去。老实说,这位老资格就是在兵团司令面前,也一样谈笑自若,今天这么忸怩,是很少有的。

郭祥瞅了他一眼,笑着说:

“大发,你有话可是说呀!”

调皮骡子迟疑了半晌,才涨红着脸说:

“你们到底对我有什么看法儿?”

郭祥笑着问:

“你怎么问起这个?”

“我今天就是要了解这个。”调皮骡子固执地说。

“我以前不是说啦,”郭祥笑着说,“你在战斗方面,吃苦方面都没有说的。”

“别的方面呢?比如说我的家庭出身方面?”

“这当然没有问题。谁也知道，你是穷得当当响的贫农。”

“思想方面呢？”

“思想方面么，”郭祥说，“据我看也有很大进步。”

“既是这样，”他激动地说，“你们要我的翅膀长到什么时候？”

郭祥见他十分激动，连忙笑着说：

“关于你的入党问题，我们正在准备讨论。”

“噢，还在准备！”调皮骡子叹了口气，“我跟毛主席干革命这么多年了，到今天还是个非党群众！当然，这主要怨我的思想觉悟太低。可是思想是变的嘛，觉悟就不能提高啦？说实在话，过去我干区小队，最多就看到我们那个县。一说出县，看不见村头上那棵歪脖柳树了，就慌了神了。幸亏党一步步引导我，打开了我的眼界。后来我又认为，只要打败蒋介石、国民党，革命就算到‘底’了，就可以回家去捋锄把子了。自从政委跟我谈了话，我才知道毛主席说的：夺取全国胜利，这只不过是万里长征走完了第一步，一出大戏，只演了个头儿。从这时候，我的思想才敞亮了，就像老在小山沟里走，一下子爬到山顶上似的……”

郭祥忽然想起了什么，笑着问：

“大发，你过去不是常问，这‘革命到底’的‘底’到底在哪里？现在找到了没有？”

调皮骡子的脸红了一红，有些不好意思地说：

“关于这个问题，我过去确实搞不清楚。这次入朝，我看到朝鲜人民的苦难，就更觉得帝国主义可恨。我就想，光看到自己的国家解放了，看不到帝国主义还在全世界捣乱，怎么能算觉悟高呢？现在我明白了：这个‘底’就是帝国主义统统完蛋，一切反动派在地球上统统消灭，共产主义彻底实现！也许，建设共产主义，我赶不上；可是豁出我这一百多斤，给共产主义清除清除障碍，垫垫地基，我还是有用的……连长，我看你们不会不要调皮骡子这样的人吧！？”

调皮骡子说着，由于过分激动，两颗黄豆一般的大泪珠子，终于克制不住跌落下来。郭祥心里也热辣辣的，攥住他的手说：

“大发同志，我承认过去对你的看法有些偏差，对这问题抓得不紧。”

“算了，”调皮骡子把头一摆，“我不是一定要领导上向我承认错误。你们知道我心里想些什么也就行了。”

郭祥忽然想起什么，问：

“大发，你母亲现在怎么样了？”

“没有问题！”调皮骡子愉快地说，“她来了信，说杨大妈的合作社办起来以后，我们村也跟着办起来了。俺娘这会儿吃有吃的，烧有烧的。每天一睁眼，小儿童就把水缸给她挑得满溜溜的。她身子骨弱，社里专门给她派轻活，只要拿着长竹竿吓唬吓唬鸟雀就行了。”说到这儿，调皮骡子满脸是笑地说，“这个社会主义，我以前不知道什么样儿，看起来还就是不简单哪！”

两个人又欢洽地谈了一阵，最后，郭祥立起身来，郑重地说：

“王大发！你把任务好好考虑一下。因为敌人吃亏吃多了，现在打伏击可要特别耐心才行！”

“这就请领导上放心吧。”调皮骡子笑着说。

郭祥临到洞口，又回过头笑着说：

“王大发，我也给你提个意见：以后说话你少带点刺儿行不？”

“刺儿有刺儿的用处。”调皮骡子笑着说，“今天，我要是说：‘连长，你有时间没有？咱们谈谈。’你一定会说：‘好好，等我找个时间。’说不定拖到什么时候！你瞧，我刚说了个‘落后班’，你马上就坐了下来。”

“嗐，怪不得人说你是调皮骡子！”郭祥用手点了点他，笑着走了出去。

正如郭祥所料，现在打伏击是越来越困难了。

在对面无名山的两侧，各有一道较宽的山沟。右侧那条沟，我们取名为“八号沟”。沟口外有一块小小的高地，上面有三五株挺拔的白杨。这里经常隐伏着小股的敌人，准备打我们的伏击。郭祥计划以反伏击的方式，来歼灭这股敌人。为了提前到达，让调皮骡子这个班认真做好伪装，天色刚交黄昏就提前出发。

可是，事与愿违，这支七个人组成的小分队，在草丛里忍受着密密的蚊蚋的侵袭，直到凌晨三点多钟，还不见敌人的影子。

夏日昼长夜短，按实际情况，已经该回去了。但是由于调皮骡子长久没有摊上任务，求战心切，仍然纹丝不动地聚精会神地伏在草丛里。

终于，副班长李茂——一个个子短小的四川人忍不住了，他从草丛里爬过来，悄声地说：

“班长，敌人恐怕不来了吧？”

“你是不是想回去呀？”调皮骡子瞪着眼说。

“不，我是说可不可以摸敌人一下子，抓一两个回去也是好的。”

“这行！”

调皮骡子本来也有这个想法，就欣然同意。他决定自己带一个组打正面，让李茂带一个组从侧翼绕上去。动作要求“隐蔽迅速”，“抓一把就走”。

可是李茂的那个小组刚下了小高地，还没有走出多远，轰隆一声巨响，就像落到他们身边一个大炮弹似的，眼瞅着三个人在火光里倒了下去。调皮骡子心想，说是炮弹吧，又没听见炮弹出口声，想必是中了地雷。接着，敌人的照明弹打了起来。调皮骡子见情况不妙，就三脚两步地跑过去，看见李茂和另外两个战士都负了重伤，倒在草丛里。他当机立断，马上命令其余三个战士把伤员的手榴弹解下来，然后背着他们迅速撤退；自己在后面担任掩护。这时山头上敌人的轻重机枪已经像雨点般地扫射过来。

天色已经微明。调皮骡子估计敌人很有可能下山追截，那三个同志背着伤员也不可能走得太快，危险仍然是存在着的；就提着好几挂手榴弹和子弹，重新回到小高地上，蹲在一个炸弹坑里，监视着山上的敌人，准备着将要来临的一场恶斗。

果然，时间不大，从山坡上下来三十几个敌人，大呼小叫地去追那几个背伤员的战士。调皮骡子是闻名全团的射手之一。他冷静沉着地瞄准敌人，立时就打倒了几个。敌人不敢追赶，就调转头把小高地包围起来，想来抓他活的。

“好狗日的！你的野心倒不小哇！”

他狠狠地骂了一句，接着把一颗颗手榴弹，都趁空隙咬开盖子，把弹弦舐出来，在面前摆了一溜。这一切都做得从容而又迅速。因为他已经清醒地估计了眼前的形势：此刻突围不仅不可能，而且还会使他的伙伴不能脱险。如果能多拖一些时间，同志们的安全也就愈有保证了。

在他这样想着的时候，东面的坡坎下钻出来五六个敌人，一面打冲锋枪，一面冲上来。调皮骡子不动声色，等敌人冲到三十米处，接连投过去三颗手榴弹，打得敌人滚的滚，爬的爬，只剩下一两个蹿回到坡坎下面去了。

调皮骡子的嘴角，轻蔑地笑了一笑。一回头，后面有两个敌人，正从草丛里悄悄地爬过来。调皮骡子装作没有看见，也不惊动他，只等这两个家伙爬到七八步远，才突然转身，举起冲锋枪，给他俩点了名。其中一个翻了两个身死在那里，另一个钢盔被击穿，脑袋一歪就伏在那里不动了。

调皮骡子接连打垮敌人两路进攻，心中一阵高兴。加上我方炮火这时也向无名山进行间歇射击，心里更受鼓舞，胃口就大起来。他心中暗想："如果能多多杀伤敌人，突围还是有希望的。"

这时，只见南边坡坎下草棵一动，摇摇晃晃地露出一顶钢盔。他刚举起枪来准备搂火，又立刻停住，原来那顶钢盔是用一根小棍儿顶着。他低声地骂了一句："还跟我来这个花招呢！"就没有理它。过了一会儿，坡坎下伸出两个脑袋，一伸一缩。调皮骡子心想，"让他们过于胆小反而不利"，就仍然不加理睬。果然，敌人的胆子渐渐大起来，坡坎下先后伸出七八个脑壳，悄悄地爬上了坡坎，试探着向弹坑接近。等他们进到适当距离，调皮骡子才抓起一个大个儿飞雷，一扬臂，嗖地投了出去。轰隆一声巨响，登时像大炮弹一般掀起一股浓烟。他怕不解决问题，又一连投了几个手榴弹，半个山坡雾沉沉的。烟气消散，这七八个敌人大部被炸死，只剩下两个撅着屁股往回爬，也被调皮骡子补了几枪，趴在塄坎上不动了。

调皮骡子觉得很过瘾，正自高兴，忽然背上像有人捶了一下，一扭脸，一颗小甜瓜手榴弹从背上滚下来，在炸弹坑里滴溜溜乱转。他来不及思索，就把手榴弹抓在手里，立起来一扬手投了回去。手榴弹还未落地就轰隆一声爆炸了。几乎与此同时，他听见背后“哒哒哒”一串冲锋枪声，背上一麻，就昏倒在弹坑里了。等他清醒过来，觉得浑身无力，肚子里热乎乎的；低头一看，腰里的皮带钻了好几个洞。他把怀解开，肠子已经流出来，像小茶碗那么一坨，垂在裤腰上。鲜血顺着两条裤腿流个不住。

这时，调皮骡子心中想道：“今天我已经打死了快二十个，早够本了。我要能坚持一下，再打死几个，就纯粹都是赚的。”

这样一想，精神又振奋起来。他一看左臂上还缠着白毛巾，那是昨天晚上夜间战斗的联络记号，就想把它解下来，垫着它把肠子塞进去。可是刚刚解下毛巾，猛一抬头，四五个黄毛脸的敌人已经冲到面前五六步远，正要来抓他活的。他登时怒火冲天，霍地立起身来，一只手用毛巾捂住肚子，一条臂夹着冲锋枪，一阵猛扫，把四五个敌人都打倒了，怕他们装死，每个又补了一枪。这时候，他的肠子已经流出了一大坨，站立不稳，又坐在弹坑里……

他冷静地清查了一下弹药。手榴弹只剩下两枚，子弹也不多了。他很后悔，刚才一时发怒，消耗了过多的弹药。他把剩下的子弹从梭子里扣下了两粒，装在口袋里；手榴弹也留下一颗：准备在最危急的情况下，留给自己。这位老战士，由于过度地自信，是很少有这种心境的；但是眼前的情况，使他不能不作最后的准备。

可是出人意料，敌人既没有撤退，也没有再上来，竟形成了一种奇怪的僵持局面。天色不知什么时候阴沉起来，一阵狂风过后，跟着来了一阵暴雨。调皮骡子忽然灵机一动，自己叫着自己的名字道：“王大发呀王大发！你不趁机突围，还在这里傻等什么？”这么一想，就用那条毛巾垫着，想把肠子塞进去；结果竟塞进了一多半，剩下一坨实在塞不进去，只好忍着疼痛把腰带往紧里扎了扎。接着，一手提着枪，一手拿着手榴弹，走出弹坑。避开北面的敌人，从西面绕了出去。

在雨烟的掩护下，调皮骡子顺利突围，艰难地跋涉在草莽里。如果说在刚才紧张的情况下，他觉得身上还有些力气；等走到河边，回头看看后面并没有敌人追赶，就觉得实在走不动了。他站在河边，稍微休息了一下。此刻他最怕的就是在河里滑倒，如果那样，就很可能爬不起来。这样盘算了一会儿，就想在近处折一根树枝。没想到，一根并不很粗的小树枝儿，用尽全身力气竟然折它不断。没奈何，只好拄着冲锋枪，极力稳住步子，才过了那道不足一丈宽的小河。

过了河，两条腿就像绑了两块大石头似的，每迈一步都像有千百斤重。他只好走几步，歇上一歇，又接着走。他觉得走了很长很长时间，回头看看，并没有走出多远。由于草深路滑，一脚蹬空，跌倒在坡坎下面，顿时又昏迷过去。过了很长时间，他才苏醒过来。看看天色像快要黑了的样子，雨还没停。他挣扎了好几次，都没有站起来，心里不由生气地骂道："王大发呀王大发！你也是一个老战士了。大江大河过了多少，今天就这几步路，你怎么就走不了啦？你还争取入党呢，你还埋怨支部没有讨论你的入党请求呢！每个共产党员都应当是钢铁战士，你连这点困难都克服不了，还谈什么入党啊！"他对自己的责备果然有效，抓着灌木丛，拄着枪把硬是站了起来，又开始了比平常几千里路还要遥远的征程……

正在他艰难地跋涉时，忽然听见后面沙沙地响。他吃力地转过头去，见草丛向两面微微摇摆着。他蓦地一惊，以为是敌人追过来了，就停住脚步，把子弹哗的一声推了上去，静静地等待着。时间不大，听见草丛那边一个人说："我看他不会叫敌人虏去。别看这家伙平时大大咧咧，到关键时刻是很过硬的！"另一个说："很可能是负伤了,你看小高地上的炸弹坑里好大一摊血哟!”第三个说:“你怎么知道是他?”第二个又说:“你没看见那一堆手榴弹弦吗!还是得顺着血印找才行!”又一个说:“要是不下雨就好了,一下雨血印也看不见了。”说到这里,只听一个人用命令的口气说:“大伙散开一点,在草棵里仔细拨拉拨拉。就是把这草地翻遍,也得把他找着!”调皮骡子听出,说这话的正是自己的连长郭祥。

他心里一阵热乎乎的,就尽全身的力量喊了一声:“连长!我在这里!”但是想不到自己的声音这么微弱,加上雨声又大,简直就跟没有喊出来似的。他只好把手指探上扳机向空中放了一枪……

郭祥披着雨衣,拨拉着草棵赶过来,看见调皮骡子浑身上下已经成了一个血人。他一只手用冲锋枪拄地,一只手用毛巾捂着肚子,脸色像块白纸,一点血色也没有了。郭祥马上扶住他,接过冲锋枪,紧紧握着他的手,激动得说不出话。

“我没有完成任务……”调皮骡子一句话没有说完,眼泪就刷刷地流了下来。

“这不怪你。”郭祥鼻子酸酸地说,“主要是我对敌人的地雷估计不够。”

同志们也都赶过来。乔大夯连忙把肩上的担架放下,郭祥亲自扶着调皮骡子上了担架,脱下雨衣,给他盖上,亲切地抚慰说:

“大发同志,不要难过。你这次不顾一切危险,掩护同志,比抓几个俘虏,我们还高兴呢!”

大夯和另一个战士抬着担架,走在前面。郭祥等人在后面跟着。在临到后方医院去的岔路口上,调皮骡子忽然叫住郭祥说:

“连长,你可别忘了把团员的介绍信给我转去啊!”

郭祥扶着担架亲切地说:

“大发同志,我忘了告诉你,你的入党问题已经通过了!”

调皮骡子的眼睛又涌出一股明亮的泪水,滴落在担架上。雨,还在哗哗地下着。郭祥他们站在路边,一直目送着担架,消失在白茫茫的烟雨里……

第七章　地雷大搬家

一连几天，郭祥很恼火。不仅因为调皮骡子这个班遭到很大杀伤，而且敌人越来越多的地雷，大大限制了小部队的活动。从前面回来的人说，敌人敷设的地雷，不仅数量多，种类也多。除了踏火雷，绊脚雷，还有什么跳雷，照明雷等等。据说那种跳雷，触动它时能够凌空而起，给地面的人以大范围的杀伤；照明雷也很讨厌，它常常使夜间活动的人暴露在强光之下。因此，每当郭祥布置夜间活动时，都不能不首先考虑到这个讨厌的怪物。他觉得自己的手脚简直像被人捆绑起来似的难受。

于是，他和老模范开了一次支部委员会，专门讨论这个问题。结论是：不能有依靠工兵的思想，不能抱消极等待的态度。因为工兵们在后方运输线上担负的任务已经够繁重了。会上郭祥提议，由他本人亲自带领一个班，到前面先去"摸一点经验"。但是，这个建议刚刚提出，就被人用话截住。说话的不是别人，正是那个被群众称为"小诸葛"的齐堆。他是同郭祥一起创造了"坑道工事"之后提升为排长的，而且是党支部的宣传委员。他以一向不慌不忙的架势，摆摆手，笑嘻嘻地说：

"常言说，杀鸡不用牛刀，你们掏耳屎也用不着大马勺嘛！像这种事儿，只要找一个当过民兵的，埋过地雷的，带上一两个人，先去取一个来，研究研究，也就行了。"

“说我嘎，你比我还嘎！”郭祥嘿嘿笑着说，“讲了半天，你推荐的不就是自己个儿吗！”

齐堆扑哧一声笑了。郭祥又笑着说：

“现在的妇女，觉悟性就是高，一来信就是：‘我也不缺吃，不缺穿，就缺一张报功单。’齐堆，说实话，是不是来凤又向你要立功喜报了？”

“这个，就用不着向领导详细汇报啦。”齐堆笑嘻嘻地说，“人家那信，比你说的可就丰富多喽！”

任务就这样落到齐堆手里。

齐堆表面上诙谐健谈，大大咧咧，实际上却十分爱动脑子，处事无比精细。他选择的出发时间，比小部队通常出动的时间要早。这是因为：第一可以出敌意外；第二便于观察，免得黑灯瞎火地蹬上地雷；第三，他准备去的那个小高地，也就是调皮骡子力战群敌的地方，敌人往往白天占据，日落前撤回，正可以利用这个空隙进行活动。齐堆还考虑到，执行这种任务，人多了反而容易招致伤亡，所以他只挑选了身强力壮的小钢炮张墩儿与他随行。

下午两个人提前吃了晚饭，扎好伪装。齐堆看看太阳，在正西偏北方向还有一竿多高，由于斜照着敌人的山头，正是敌人不便观察的时候，就立刻下了阵地，穿行在一人多高的草丛里。这时敌我之间，除了偶尔打两发冷炮之外，整个山谷里显得颇为宁静。

在临近调皮骡子王大发力战群敌的那座小高地时，齐堆向小钢炮摆了摆手，停住脚步。他聚精会神地观察了一会儿，见山上没有动静，才慢慢地向山脚接近。没走多远，突然草丛里一阵响动，两个人以为中了敌人的埋伏，立刻端起木把冲锋枪准备射击。谁知仔细一看，原来是被惊起的两只野山羊，惊慌地向山上逃去。刚刚跑到山坡上，只见火光一闪，接着轰隆一声巨响，冒起一大团黑烟，两只野山羊已经被炸飞了。小钢炮瞪着两只圆溜溜的眼睛，说：

“排长！这是哪里打来的炮哇？”

齐堆笑了一笑说：

“炮怎么会没有出口声呢，这恐怕就是咱们找的敷雷区了。”

小钢炮怕排长受损失，把袖子一捋，说：

“我先上！”

“不，不，”齐堆笑着说，“起这玩艺儿，可不能学莽张飞。”

说过，他让小钢炮走在后面，拉开一段距离，然后小心翼翼地向山坡上接近。面前的小树，石头，他都作了仔细的观察。这样轻手轻脚地走了十几步远，忽然觉得脚上像是被什么东西绊住。弯下腰仔细一看，才发现是一根葱绿色的细铁丝，比头发丝粗不了多少。他连忙把腿缩回来，顺着铁丝向旁边走了几步，看见一棵幼松下，摆着一个扁圆形的绿色的铁盒子。这齐堆虽然自称是“老”民兵，实际当时年龄很小，对地雷并没有真正摆弄过；见识这个从大洋彼岸来的“洋玩艺儿”，更是初次。按照他事后的说法，他就蹲下身子，跟那个洋玩艺儿“相起面”来。那个扁圆形的铁盒子上，凸起了一个一寸多高的雷帽，有墨水瓶盖那么大，上面有一个小铁环，铁环上系着好几根绿铁丝牵往别处。只要碰着其中一根，就会雷鸣电闪般地怒吼起来。齐堆望着它，轻蔑地笑了笑，指着它说：“今天，你就是老虎，我也得拔掉你的牙；你就是毒龙，我也得扳掉你的角！为了给同志们摸索点经验，今天我就跟你干了！”

他想到这里，就转过身来，对小钢炮说：

“小钢炮，你站远一点！你要注意我的动作。如果我这么起它，没弄好牺牲了，你就接受我的教训，下一次换一个办法。”

小钢炮一把拉住他说：

“排长，这可不行！你还要指挥打仗呢，让我先来起吧。”

齐堆嘿嘿一笑，说：

“还是我经验多。小钢炮，你快走开一点！”

小钢炮见他决心已定，只好离开一段距离，眼巴巴地瞅着。齐堆随即全神贯注地思索起来。他想，那个连着绊雷丝的铁环，一定是发火的地方，必须首先把它弄断。于是，他就一只手轻轻地扣着铁丝，一只手掏出钳子去咬，只听嘎嘣一声，铁丝断了。他把几根绊雷丝全部咬断，就松了一口气。可是，敌人为什么把地雷埋着一半留着一半？这里边又有什么鬼名堂呢？俗话说，“小心没大岔”，他就去扒地雷周围的土。土扒开了，用手试探着往下面一摸，并没有碰到什么，他就发了狠，一只手小心地扶着雷体，一只手用力一扳，就扳了起来。他将它高高地托起，凝视着它，低声喝道：

“龟儿子！你炸吧！炸吧！”

可是待了一两分钟，仍然不见响动。齐堆这才长长地吁了口气。那边小钢炮看见排长高高地托着地雷，连忙跑过来又惊又喜地说：

“排长，你这个老民兵就是行，怎么一扳就扳起来了？”

齐堆笑了一笑，说：

“光扳起来不行啊，你瞧着，我还得给它来个开膛破肚呢！”

小钢炮说：

“排长，你不是说背回去才拆卸吗？”

齐堆说：

“我憋不住这股劲儿了；再说咱们闹不清楚，路上碰响了也不是玩儿的!"

齐堆说过,想找个保险的地方拆。他用眼一扫,旁边不远有一条交通沟,就端着地雷走过去,把它放在沟沿上,然后捋捋袖子,指着地雷说:"看咱们俩今天谁整住谁!你只要一冒烟,我就把你推到沟里去!"

他首先察看雷帽。发现雷帽衔接处是螺丝口,心想:"你既然能拧上去,我就能拧下来!"主意一定,他就转过脸对小钢炮说:

"小钢炮,你还是先到那边待一会儿,我现在准备先从左往右转,如果出了差错,你就再起一个来,倒过来拧。今天,无论如何我们得把它破了。"

小钢炮本来正伸着头聚精会神地看着,听了这话,翻了一眼,说:

"一到节骨眼上,就把我支使开了。"

"嗐,这也是工作需要嘛!如果一块儿都炸住了,那咱们俩就在这儿休息吧,谁也甭完成任务了。"

小钢炮只好离开。这里齐堆就挽起袖子,瞪大眼睛,开始旋动起来。他尽量使自己沉住气,可是等到把雷帽拧下来,衬衣已经黏黏糊糊地贴在背上了。

他长长地吁了口气,看看雷帽,里面装的是弹簧和撞针。再看看雷体,雷管和底火还附在上面。齐堆唯恐还有什么鬼名堂,就一遍又一遍地察看着雷管和雷体衔接的地方。他试着拔了几下没有拔动,心想,既然拔不动,那就可能是拧上去的。接着轻轻一拧就拧下来了。

最后,只剩下雷体了。但是他还不放心,就抱起它向空中一扔,只听咕咚一声,像一块石头落地那样稀松平常,只不过砸了一个小坑。这时，他几乎兴奋得喊出来：

“美国佬！你们的看家法宝完蛋了！”

小钢炮跑过来，又是钦慕又是兴奋地把他的排长抱住了。齐堆兴奋地说：

“小钢炮，你等着，我再给你抱几个‘老虎娃’去！”

“排长，”小钢炮笑着说，“你怎么也学起莽张飞了？你先教会我，咱们俩一块儿抱‘老虎娃’不好吗？”

齐堆连连点头说：

“好，好。”

不过几分钟，小钢炮就出师了。他们俩便在山坡上搜寻起来。这时候已经完全没有刚才的紧张情绪，简直像在西瓜地里挑瓜似的，不一会儿就起了十几个各式各样的地雷。小钢炮统统把它装到事先准备好的大口袋里，往肩膀头上一扛，乐呵呵地说：

“今天收获确实不小！排长，咱们得胜回朝吧！”

齐堆抬起头望望天，太阳刚刚落山，明月已经升起。他颇有点恋恋不舍地说：

“小钢炮，你看天还早着呢！咱们把这些玩艺儿背回去搞训练，当教材，也用不了这么多呀！还是给敌人留下几个才好。”

“什么？还给他们留下？”

齐堆笑着说：

“这玩艺儿既是他们造的，也叫他们自己尝尝它的滋味嘛！”

小钢炮立刻两眼放光，一连声说：

“行！行！”

于是两个人兴冲冲地向小高地的山顶爬去。过了山顶，就到了向敌面的山坡上。在这里他们左寻右找，终于发现了一个隐蔽的防炮洞。洞口向南,朝着敌人的阵地。他们悄悄摸进去,借着月光一看,里面堆放着许多电线,还乱扔着饼干纸和罐头盒子。洞里拉着一根电线,通到洞外的单人掩体里。果然,敌人白天就躲在这里,依靠两边的单人掩体观察我军情况。小钢炮立刻说:

"排长,我看就在这儿埋上一个吧!"

说着,就撂下大口袋,取下小圆锹,在洞口要挖,齐堆摆摆手说:

"你在洞口挖,只能炸住一两个。他人多了,一定往里挤,你在里面埋上一个,就给他来个连锅端了。"

两个人埋好后,盖上了一层薄薄的干土,扔上了一些碎纸片、罐头盒子,使它恢复了原状,然后才出了洞口。

他们顺着交通沟向下走了不远,看见有几棵大杨树,树底下被踩得光溜溜的,旁边一块扁平的大青石,附近还有一个小水洼。齐堆停住脚步,指着树底下说:

"小钢炮,你看,这准是敌人乘凉的地方。敌人在山上挨了炸,一定会跑到这里喝水休息,咱们给他留点小点心怎么样?"

小钢炮欣然同意说:

"好!那就再留下一个。他要休息,就叫他们彻底休息吧!"

最后,他俩又在各交通路口埋上了几个,这才带着一身轻松跨过峡谷,轻轻地哼着歌儿回到了自己的阵地。

当他们把十几个光怪陆离的洋怪物从口袋里倒出来的时候,郭祥把他们的手攥了老半天,最后瞅着齐堆,笑眯眯地说:

"行!行!我看你这个老民兵还真有两下子!等天一亮,我就给你召集人办训练班。"

训练班办起来了。教员、材料都现成。这也许是训练班中最短的训练班,从学员入学到结业仪式,通共还不到一个钟头。到下午，郭祥就抽了两个班，区分了作业地区，准备一到黄昏就准时出发，作为实际的毕业考试。

在这一天里，最不宁静的是小钢炮，觉也没有睡着，饭也没有吃好。因为他老跑到前沿去看，他和排长给敌人留下的几份礼物，是不是起到了作用。中午，在小高地的后面，冒起了两缕黑烟，却没有听到爆炸声，更使他坐卧不安。他跑到齐堆那里说："排长，今天的太阳给咱泡上啦！往日走得那么快，今天怎么就不动窝了？"

好容易挨到太阳落山，明月升起。齐堆和小钢炮各带了一个班，分赴指定地区。直到月落乌啼胜利归来时，郭祥看到的地雷就不是一口袋，而是满满的几口袋。真是五光十色，应有尽有。郭祥说：

"不是说给他们留下一些吗？怎么都带回来了？"

齐堆笑着说：

"连长，给他们留下的已经够吃喝一阵的了；如果再多，也是浪费。不如咱们留点存货，总有用着的时候。"

"也好。"郭祥两个眼珠一转，立刻决定说，"在咱们阵地前面也埋上一些，叫这些不花钱的洋玩艺，也给咱们看看家吧！"

小钢炮回来时，更是兴奋无比。一跨进门就喊：

"起到作用了！起到作用了！"

郭祥笑着问：

"小钢炮，起到什么作用，你倒是说呀！"

"嗐，你就别提了。"小钢炮说，"那个洞子，简直进不去人了，一踹进去，黏糊糊的都是血。我摸进去一看，里面露着一只脚，还穿着大皮靴。我就喊：'缴枪不杀！'他也不应声。我心想，你别装蒜，就抓着靴子往外一抻，你说是什么，原来是敌人炸掉的一只大腿！"

整个洞子的人都哈哈大笑起来。

这时，团里来了电话。郭祥一听声音就知道是团里周政委。他在电话里问：

"执行任务的人都回来了吗？"

"都回来了。"

郭祥接着把执行任务的情况讲了一遍。政委显得很高兴，但是紧接着说：

"你们不要满足，不但要自己搞好，还要帮助友邻。从明天起，你们准备派出十个教员，带着地雷到各部队讲课。"

郭祥连声应诺。下边政委用又严肃又亲切的声调说：

"郭祥同志！你们搞的这个'地雷大搬家'，发挥了群众的主动性和创造性，在全军起到了一定的作用。但是在有些方面，你们比起一些先进连来是落后了……"

郭祥听到这里，耳朵一支棱，咽了口唾沫，把耳机攥得紧紧的，听着政委下面的话。

"比如说现在开展的冷枪冷炮活动，有些连队硬是打得好啊！你听说过'狙击兵岭'吗？"

"没听说过。"郭祥回答。

"哦，这个连队可真了不起！"政委用煽动性的调子说，"他们是中线一个有名的连队。这个连队在一个多月时间内，光用冷枪冷炮就打死敌人四百多名，简直快够一个营了。敌人害怕得很，把他们占的山头叫做'狙击兵岭'。这不是我们授予的称号，是敌人给他们的称号！"

政委好像故意让郭祥思索了一会，又接着说：

"可是，你们为什么就没有取得这样的战果呢？是积极性不高吗？不会，你不存在这个问题。恐怕还是打大仗的思想作怪，瞧不起这些‘小打小闹’。郭祥同志，你有没有这个想法？”

“有。”郭祥坦率地承认道，“我老是想，我们在这儿泡的时间不算短了，干脆把无名高地拿下来算了。”

“哈哈哈……”政委爽朗地笑起来，“我就知道你是这个思想。当然，无名高地要争取早一天拿下来。但是狙击活动也不能放松。我们要从‘零敲牛皮糖’这个总方针上好好领会领会。昨天我在师里开会，师长还特意叫我给你捎一句话呢！……”

郭祥的耳朵又支棱起来，攥紧耳机问：

“师长说什么了？”

“师长说，前天他在你们友邻看地形，看到无名山的敌人送饭换岗都大模大样地走；有一个家伙还站在那辆固定坦克上向我方张望。师长对这件事很生气。他说，我们前面不是四马路，干吗让敌人大模大样地走？应当把他们打得像狗爬，把他们打到地底下去！”

郭祥涨红着脸，一时没有言语。政委在电话里问：

“郭祥，你有什么意见？”

“没有意见。”郭祥说，“政委，请你报告师长，我们坚决把敌人打到地底下去！”

挂上耳机的时候，郭祥擦了把汗，长长吁了口气，说：

“嗐！现在这个形势，真是长江后浪催前浪，稍微不注意，就落后了！”

“政委到底说些什么呀？”齐堆问。

郭祥笑着说：

“嘿，他这政治工作就是有两下子！你刚轻松一点，他就提出了新任务，叫你想骄傲都没有时间……快快，快去找指导员开支委会吧！”

第八章　又一个“狙击兵岭”

常言说,“响鼓不用重槌敲”。自从团政委点出三连的问题之后,郭祥就立时召开了支委会,首先对自己打大仗的思想进行了自我批评。接着对“怕捅马蜂窝”的思想也捎带着给了几炮。随后经过研究,选出了本连的特等射手,组成了步枪组,机枪组,还有六〇炮和祖国新来的无坐力炮合编的冷炮组,区分了地段,划分了责任。第二天,狙击活动就轰轰烈烈地开展起来。大家都憋足劲,要向“狙击兵岭”看齐。

果然不出所料,狙击活动遭到了敌人强烈的报复。又是飞机,又是大炮,很疯狂了一阵。但是都被他们硬顶过去。郭祥还特意把无坐力炮秘密运到前沿,敲掉了无名山上敌人设置的那辆固定坦克,狙击活动就更顺利地开展起来。无名山上的每一条大路小路,敌人出没的每一个场所,都受到狙击手们的严密监视。只要敌人一露头,就会猝不及防地倒在狙击手们的枪弹之下。真是把敌人打得晕头转向,屁滚尿流,偶尔出来一次,就像老鼠出洞一般。开始敌人还去拖死尸,死尸拖不回,还得赔上三个五个,最后连死尸也不拖了。当时,我们的快板诗人毕革飞,曾写过一篇快板,专门记载此事。诗曰:

狙击手,真活跃,
你一枪,我一炮,

不打死靶要打活目标。
展开狙击大竞赛，
个个都把战机找。
敌人在工事一露头，
叭地一枪应声倒。
敌人出来拉尸首，
又是射击好目标。
你要愿意要尸首，
我们负责给你造！
零零碎碎吃喝你，
最后把你全吃掉！

在这场狙击大竞赛中，“创造杀敌百名狙击手”的口号，具有极大的吸引力。青年战士们，人人奋勇，个个争先，都想最先突破这个光荣指标。特别是那个十六岁的小鬼杨春，简直着了迷。这匹刚刚戴上笼嘴的小马，在老保姆陈三得力的领导下，虽然进步不小，但是按陈三的说法，始终没有把他那种过剩的精力完全转化为建设的积极性。平时，不是到这个班偷偷拆卸机枪，就是到那个班摆弄别人的炮。这一下可好了，他的全副精力都集中到这方面去了。每天天一亮，他把帽檐儿一歪，就抱着一枝枪，伏在射击台上，用一双圆圆的猫眼搜寻着自己的猎物。有时候为了减小自己的目标，他甚至脱个光膀子，把帽子也染上黄泥，伏在交通沟沿上观察。远远看去，他那在庄稼地滚过的身体简直同黄黄的泥块没有两样。由于他这样不辞劳苦，今天打中三个，明天击倒五个，他的记录表一直像响箭一般地直线上升。他本人也越打越上瘾，越打越来劲。每天只嫌太阳落得早，只嫌天色亮得迟。就是夜间做梦，也不断地喊:“打中了！打中了!”一边喊,手指头还在不断地扳动。这样,在一个月结束的时候,他的毙敌数已经达到五十八名,不要说在全连,就是在全营也遥遥领先了。

有人分析说,他所以能取得这样的成绩,是由于他那精确的射击技术。确实不能否认,他从小就是一个玩弹弓的好手,到现在他那圆乎乎的小脸上,还有一个小小的疤痕,就是他的战友给他留下的光荣纪念。但是如果全面考察,他那善于捕捉战机的积极性,却是他克敌制胜的主要原因。例如他击毙的第三十个到第三十三个敌人,就很能说明这个问题。那一天,敌人对我们头天的狙击活动恼火透了,一早晨就来了四架敌机,在阵地上狂轰滥炸。这时候,大家都躲在洞子里防空,唯独找不见他,把郭祥和陈三急得什么似的。你猜他在哪里？他就在最前沿的山坡上,全身插满了松枝,伪装成一棵幼松,用跪射姿势屹立在漫漫的硝烟之中。因为平时敌人不敢露头,现在见他们的飞机正在施展威力,纷纷从地堡里钻出来观看,有的还鼓掌大笑。就在这时,小杨春举起枪来,叭,叭,叭,三枪打倒了三个敌人。吓得敌人又赶忙钻回到地堡里,这场热闹也没有看成。事后,郭祥责怪他说:“你这个家伙,怎么不防空呀?”小杨春龇牙一笑说:“我要防空,还到哪儿去找这个好机会呀!”

说到这儿,我们不妨揭破这小鬼的一件秘密。它甚至已经到了绝密的程度,以致使得料事如神的郭祥、工作深入的老模范以及朝夕相处的陈三都摸不清底细。

那还是今年春暖花开的时节,从祖国寄来了大批的“慰问袋”,小杨春也理所当然地分到了一个。这个袋子里装了几十块水果糖,还有一封短短的信。从信上看,来信人年纪很小,字迹稚嫩,一笔一画,像是刚会挪步的孩子,比杨春那打飞脚的字好不了多少。

信上写道：

亲爱的志愿军叔叔：

我妈妈每天给我一分钱买糖。我没有吃。现在我给叔叔寄去。希望叔叔吃了我的糖，多打死几个美国鬼子！我要向叔叔学习，长大了，也要去抗美援朝。

李毛毛

当时，接到慰问袋的这位十六岁的“志愿军叔叔”，不用说是颇受感动的。因为他平生以来第一次作为一个人民的战士受人尊敬。他当时就在自己的小本上写了一首诗：

慰问袋，六寸长，
慰问糖在里面装。
昨天我吃一块糖，
糖儿对我把话讲：
你吃糖，想一想，
祖国人民的心意可记上？

按照小杨春原来的计划，这糖本来是准备立功之后才吃的。但是，毕竟我们这位“志愿军叔叔”修养方面还有些不足，今天一块儿，明天一块儿，也就吃完了。只剩了个空空的小口袋还包在包袱里。这次支部号召“创造杀敌百名狙击手”，小杨春忽然想起这个慰问袋来，如果打死一个敌人，就把一枚小石子装进去，装满了一百枚，将来寄给这位小朋友，岂不是一个很好的纪念？这样就暗暗下了决心。但是，这小鬼鬼心眼不少：一来这计划还不知道能不能完成；即使能完成，事先透露出去，还是会被人传为笑柄。他自己这样那样的“娄子”已经够多了，何必再给人增加一份谈话的资料呢？于是就把这事定为“绝密”一级，对人绝口不谈。只是在打死一个敌人后，才选一枚晶莹可爱的小红石子，乘夜深人静，悄悄丢到那个未曾见过面的朋友的口袋里。

事物的发展过程总是曲折的。最初几天，他的冷枪不算得手，接着就跨入胜利的坦途，每天都可以打死一两个甚至两三个敌人。有一天，这是多么值得回忆的一天，他竟然创造了打死五个敌人的最高纪录。应该说，连里给他分工负责的地区也是比较理想的；从无名山右后方到前面地堡的一条通道，是敌人每天往前边送饭送水、运输弹药的必经之路。那天中午，小杨春正光着膀子伏在交通沟沿上察看，从无名山后出来了三个敌人，前面一个人抱着碗碟，中间一个挑着大锅，后面一个人提着帆布桶。这小鬼颇有算计，他想，如果先打前面的，后面两个就会跑掉；如果先打中间的，两头的也容易逃脱。他仔细看了一下地形，第一个人的前面是一个较陡的山坡，跑过去有点费事；中间的那个挑了很重的东西，也容易收拾；只有最后那个回头跑很容易溜掉。主意一定，他就首先瞄准那个提帆布桶的。这小鬼的枪法确实高明，只听“叭”的一声，那家伙已经应声而倒。中间那个挑大锅的见事不好，仓皇回顾，究竟是往前跑还是往回跑，一时拿不定主意，等到他刚刚撂下挑子，小杨春的枪弹已到，他就打了一个趔趄，趴到他的大锅上了。这时候，前面那个敌人正在“哈吃”“哈吃”地往坡上猛爬，刚要爬上坡顶，被小杨春“叭”的一枪，就一个倒栽葱倒了下来，在山坡上打了十几个滚，滚到了山坡底下。小杨春料到敌人要来拉尸，就静静地等着。过了半个小时，敌人见没有动静，才从地堡里钻出三个人来。杨春故意不理睬他。等他们把死尸的脚套上绳子刚往回拉，杨春突然开枪，接连又放倒了两个，只剩下一个仗着脚杆子长跑回到洞里去了。杨春虽然不免有些惋惜，但还是高高兴兴地哼着歌儿，选了五枚最好看的红石子，投到那个慰问袋里。

但是，紧接着就产生了日益增多的困难。因为敌人的浅近纵深的每一条道路都被我控制起来，干脆不出来了。白天不换哨，不值勤，不送伤员，不拖死尸，甚至也不送饭，这一切都被迫地改在夜间进行。这时候，冷炮组及时地改变了手法，对敌人的必经之路，事前测好距离，实行夜间封锁。但是对于杨春这个步枪手却失去了用武之地。他心中暗想："你把送饭改在夜间，这可以；但是你吃了饭不拉屎总是不行！"于是杨春就提前起床，专门封锁敌人的厕所。正好这厕所在一座高坡上。这天早起天似亮不亮，敌人陆续不断地从地堡里钻出来到厕所里去，杨春没有管他。单等敌人从厕所里出来，就一个一个地点名。有一个敌人刚钻进厕所就提着裤子往外跑，等到他连滚带爬地下了土坡，杨春就叫他一命呜呼了。光这一次就打死了敌人四名。事情传开，其他狙击手也纷纷学习杨春的先进经验。谁知这样一来，敌人连拉屎撒尿都用罐头盒子装着往外扔，这不能不说是朝鲜战场上的一种创造。

看来，事情已发展到山穷水尽的地步。一个神枪手，即使能百发百中，没有目标，又到哪里去射击呢？这不能不给杨春和他的伙伴们带来一定的苦恼。确实的，在狙击运动临近第二个月的末尾，也就是杨春把第九十五个红石子丢进小口袋之后，一连几天，都没有"进货"了。

在这关键时刻，郭祥来找杨春，一看他闷闷不乐的样子，就笑着问：

"小机灵鬼，怎么不高兴了？买卖开不了张啦，是不？"

"你明明知道，还故意问我。"小杨春咕嘟着嘴说。

郭祥摸摸他光着的小肩膀，笑起来：

“都怪你没有学过辩证法嘛！一条道走到黑。你要敌变我变，高敌一着才行！”

“敌人连拉屎撒尿都不出来，还有什么办法？”

“那，你就不会想个办法引他出来？”

这句话使杨春大大开窍。他在床上直翻腾了半夜，第二天一早，在他的交通壕里出现了一个草人，头戴军帽，身穿军衣，两条袖子在风里飘来荡去，潇洒自若，颇像一个大军官看地形的样子。他还专门邀请了罗小文作他的助手，在交通壕里掌握着这个草人，时而低一低头，时而挺一挺胸，装作向无名山贪馋地观看。而这个草人的主人，却依然光着膀子，歪戴着黄泥帽，睁着一双圆圆的猫眼，悄悄躲在侧翼。果然，待了不大一会儿，就从地堡里钻出一个人来，他首先探了探脑袋，看看没事，接着就又钻出了一个，架上了机枪。等到哒哒哒的机枪声还没有响完半梭，这两个可怜的生物已经倒下去了。这时候，就像连阴天忽然出现了明丽的太阳，许久不见的笑容，又出现在杨春那圆乎乎的脸上。

几天后的一个早晨，杨春正在搜寻猎物，忽然发现对面交通壕里站着三个敌人，都戴着明晃晃的钢盔。杨春不由喜上眉梢，正准备瞄准射击，觉得不对劲儿，定睛细看，不由得哈哈大笑道：“这鬼东西也想学我哪！”他一面找他的助手罗小文向那几顶钢盔射击；一面在一侧静静地守候。果然小文的枪声刚响，一个敌人就露出头来，等他架好枪时，他的脑袋已经软软地搭在交通沟的沟沿上了。

这时候，杨春的小红石子已经投到第九十八枚。可是，天底下的事就是这么巧，在只差两枚就要满百的情况下又被卡住。看来，敌人对我们阵地上出现的“大军官”一类，显然也丧失了兴趣。

终于杨春忍受不住，在一个不眠之夜去找郭祥。

“你是不是又开不了张啦?”郭祥笑着问。

“师长一天到晚说：‘把敌人给我压到地底下去！’现在可好，压是压下去了，可就是不出来了。”

郭祥哈哈大笑着说：

“那还是因为你不学辩证法嘛！把它压进去，还可以把它再抠出来嘛！”

“抠出来？怎么就抠出来了?”杨春忽闪着一双猫眼，感兴趣地问。

“你等着瞧！”郭祥眨眨眼，笑着说，“我保证明天八点钟以前给你抠出来，叫你打个痛快。”

“你别说着玩了。”

“看，我什么时候骗过你！”郭祥说，“一准的。至于说我把它抠出来，你打上打不上，那就在你了。”

显然，郭祥是有准备的。当晚，他已经把两门无坐力炮取下炮架，秘密地运到了前沿阵地，对冷炮组、机枪组和步枪组也都作了相应的布置。

第二天拂晓前，郭祥又检查了一遍。天色刚一放明，他拿起五寸长的小喇叭嘟嘟一吹，两门无坐力炮就向两个最近的地堡突然开火，连续打了三发，顿时，两座地堡在一团团黑烟里揭开了盖子，接着乱糟糟的敌人，就像蜂群一般钻了出来。有的向别的地堡跑，有的向山后跑。接着步枪组和机枪组的狙击手们也开了火。这些人都是本连的特等射手，弹不虚发，敌人顿时就倒下了一片。杨春一连几天没有开张，简直像个大肚饿汉遇到满桌的饭菜一般，撂倒一个,又是一个,一连就打死了五个。剩下的一部分敌人刚刚跑到山后,几门六〇炮按照事先测好的距离又向山后打去。两个地堡的敌人,大概剩下不了几个。等到敌人的炮火还击的时候,狙击手们早已进入坑道,在那里喝水抽烟了。

郭祥一边卷粗大的喇叭筒,一边拍拍杨春光光的小肩膀,笑嘻嘻地说:

“机灵鬼,怎么样?没有骗你吧!”

杨春龇着牙笑了,两个小酒窝也显露出来。因为他正在盘算着要选五枚最美最红的石子儿,投到慰问袋里。多日来的愿望已经实现:他可以向他未曾见面的朋友写信了……

第九章　绣花人

郭祥就是这种性格：当敌人在他面前嚣张的时候，他是不能忍受的；而当敌人被他压倒了，“老实”了，他又会感到寂寞。自从开展狙击运动以来，经过两个月的零敲碎打，共打死敌人一千二百余名。敌人白天已经不敢露面。这时候，郭祥望着无名山叹起气来。

一个炎热的中午，郭祥刚撂下饭碗，通讯员就跑进来报告说，团长来了。他急忙跑出洞口，望见团长邓军正甩悠着他那只独臂，慢悠悠地顺着交通沟走上来，后面跟着警卫员小玲子，还有侦察排长花正芳等人。在炎热的阳光下，团长那一张被战火熏黑的脸，黑里透红，显然他的体力已经因为战局的稳定得到了恢复。他的神情也流露着愉快，和战争初期相比，他那威严的神态也显得和蔼了。

郭祥把大家迎进坑道，在幽暗的烛光下走了二三十步，才拐进他那一丈见方的连部。房间正中是一张新做的松木桌子，两边是他和老模范的床铺。他让大家在铺上坐了，接着卷了一支又粗又大的喇叭筒，递给邓军，笑嘻嘻地说：

“团长，咱们在这儿蹲的时间不短了吧？”

“你又不耐烦了吧，嗯？”邓军微微一笑。

“我倒没什么。”郭祥装出一副坦然的样子，“就是战士们反映不少。他们说，要再这样蹲下去，身上都长毛了！”

“真会夸张！”

“呃，团长，这怎么是夸张呢？现在敌人白天不敢露头；夜间出去打伏击吧，十次有九次扑空。我看再不动手，恐怕就要影响士气了。”

邓军悠然自得地喷了一口烟，笑着问：

“你看我来的意思是什么？”

郭祥眼睛里像两朵小火花似的一亮：

“是不是要拿无名山哪？”

邓军点了点头。郭祥手舞足蹈地说：

“那太好啦。我当你又来督促我们打冷枪呢！”

“不过，要真正准备好了才行。”邓军说，“军师首长都跟我谈了话。要我们像绣花一样组织这次战斗。”

“像绣花一样？”郭祥觉得有点新奇。

“嗯，军长就是这么跟我说的。他说，‘老邓呀，现在打的是现代化的敌人，像你过去当排长的时候，那么一冲不行啰！你见过你老婆绣花没有？’我说，‘我见过。’他就说，‘对，就像你老婆绣花那个样子！’……”

郭祥忍不住，嘎嘎地笑起来。

“确实的，我过去是太粗啰！”邓军认真地说，“这一次，我这老粗手也要拿拿绣花针了。我考虑，无名山前面，敌人的地堡，工事，我们是比较熟悉的。可是它后面到底有什么？我们并不清楚。我想今天晚上伸到无名山的后面去，就潜伏在那里，明天白天好好地看一看。”

“什么？你要到敌人阵地的后面？”郭祥吃了一惊。

“怎么？我就不能去呀？”

“不是说你不能去，团长，”郭祥笑着说，“像这种任务，我跑一趟也就行了。”

“你当然要去。”邓军说，“迫击炮连连长也要去。咱们三个一同去。”

“这……团长，你还是再考虑考虑。”

“考虑什么？”邓军把那只独臂一挥，“军师首长，还有咱们周政委，他们考虑了好几天，才批准了，现在你又来拦我？……”

他不等郭祥表态，就站起来，说：

“不谈这个！走，你先领我到观察所看看。今天晚上，我们准备午夜零点准时出发！”

午夜，银河横空，繁星灿烂。邓军、郭祥和迫击炮连连长陈武三个，早已准备妥当，悄悄下了阵地。郭祥腰里插着一把二十响的驳壳枪走在前面，邓军居中，陈武在后，不一刻工夫，就进入到阵地前那一片漫漫的草莽里。他们带的东西很简单：除了望远镜、水壶和一小袋干粮之外，每人还带着两颗手榴弹。这是临下阵地之前，邓军特意向战士们要来的。其意义不说自明：一颗是用于敌人，一颗是留给自己。

在这一片野草漫漫的荒谷里，郭祥曾经活动过多次，对他早已是驾轻就熟的了。但是今天夜里，他却老像怀里揣着一个小兔似的嘣哒嘣哒地跳。他一面在荒草中觅路前进，一面还在不断地嘀咕：究竟应不应当让他的老团长去执行这样的任务。自然，对于这个身经百战的长征英雄来说，是无所谓的；但是万一发生了什么意外，自己对上级、对全团的同志怎样交待呢？……郭祥越想越觉着担子沉重，也就格外地小心谨慎起来。他走一小截，就停下来谛听一下周围的动静。邓军还不断在后面戳他的脊梁骨：“快一点嘛，莫耽误时间啰!”

快到河边,敌人的探照灯突然亮起来,它那粗大的光柱,像白色的巨蟒一样卧在无名山的前面。郭祥立即停住脚步,摆摆手让团长和陈武伏在草丛里。直等了一刻多钟,探照灯转移了方向,郭祥才扶着团长涉过那条小河。因为他知道河里的石头很滑,上面长了很厚的青苔。

过了河,他们向东斜插过去,直奔无名山左侧的山口。距山口不远,有两三户人家。按预定计划,由侦察排长花正芳和一个侦察员事先在无名山后选择好潜伏地点,然后在这个小村里等候他们。当他们到达这个荒芜的小村时,花正芳和那个侦察员从一人深的草丛里钻出来。郭祥低声地问:

“前边有什么情况没有?”

“没……什么,就是……公路上,来往汽车多一些。”

郭祥听出,花正芳的声音有些颤抖。由于担心团长的安全,想不到这个在敌人眼皮底下无比沉着的人,今天竟会紧张到这种程度。

“潜伏地点选好了吗?”邓军若无其事地问。

“选好了。”

“那就快走,莫耽误时间啰!”

花正芳立刻把冲锋枪一提,和那个侦察员走在前面,向着无名山左侧的山口前进。这里因为距敌人很近,山头上敌人修工事的声音,听得十分清晰。显然由于我军火力的加强,敌人已经在忙着加固工事了。

穿过山口,就是一条新辟的小公路,从敌人后方直通无名山的山脚。花正芳刚要跨过公路,一辆卡车亮着灯光开过来。花正芳急忙打了个手势,让大家伏卧在草丛里。顷刻间,那辆卡车载着一大车木头,压得车帮咯吱咯吱地开了过去。花正芳引大家过了公路,沿着无名山后的一道山沟向西走了不远,来到一个山坡上。这个地方林木丛密,与无名山隔沟相望,观察十分方便。看来邓军相当满意,立即堆下笑说:

“这地方就不错嘛!”

“不过,”花正芳的声音仍然有些颤抖,“我们背后头顶上就是敌人,离咱们最多只有五六十公尺。”

“那没有什么!我们的声音可以小一点。”邓军决断地把手一挥。于是几个人就在这树木丛中坐了下来。为了首长的安全,花正芳和侦察员提着冲锋枪向下移动了十几步远。

天刚一发亮,邓军就举起望远镜,在枝叶的缝隙中观察起来。这时候,山谷里还弥漫着白茫茫的雾气,一时还看不十分清楚。几阵晨风一吹,早雾消散,郭祥一望,这里距无名山的山脚不过百多公尺,中间只隔着一湾浅浅的山溪。山上修筑工事的敌人,由于畏惧我军的冷炮,大部分钻进了地堡,只有少数人还在挖土。山腰上有两道交通壕,像两条黄色的带子垂下绿色的山岗。下面就是密密麻麻的地堡,像乱坟包似的一时看不出头绪。细细一看,才看出是两个地堡群,分布在无名山的两侧。

郭祥正在凝神观察,忽听扑棱棱一声,一只斑鸠正好落在两三步远的一棵小松树上,正歪着脖儿向下察看。郭祥蓦地一惊。忽然想起看过的一出戏:花木兰在巡营瞭哨时,不正是看到鸟鹊惊飞判断敌人来袭的吗?这样一想,郭祥心里又忐忑不宁起来,觉得这次没有坚决阻止团长来是一个错误。他怀着极为懊悔的心情,屏神静气地盯着那只斑鸠,既希望它赶快离去,又怕将它惊飞……

而邓军这时却正举着望远镜，全神贯注地，简直是贪馋地观察着他的目标，既像是喃喃自语又像是对郭祥说：

"你瞧，这些鬼东西，多狡猾！地堡完全修在死角里，没有足够的曲射炮火是不行的。哼，你还劝我不要来，不要来，不来怎么能行啊，嗯？……"

"团长，你声音小一点吧！"郭祥目不转睛地望着那只斑鸠，提心吊胆地说。

"声音小一点可以。"邓军仍然举着望远镜，没有转过头来，"可是你一定要注意啊！最近兄弟部队打了一仗，伤亡不少，没有抓多少俘虏，就是因为后面那些地堡没有敲掉。这是血的教训哪！……嗯？……你叫陈武把图标得精确一点，每个地堡都不要漏掉。嗯？……"

郭祥因为眼望着斑鸠，没有应声。一阵风吹过来，那只斑鸠随着树枝摇来荡去。

邓军似乎察觉到郭祥不很在意，放下望远镜，转过头说：

"你张望什么？看地形你也不注意！"

因为邓军转动了一下身子，碰着了树枝，那只斑鸠扑棱棱一声飞了。邓军仰仰头：

"什么鬼家伙？"

"一只斑鸠。"郭祥小声地说。

"斑鸠有什么好看的？！"邓军沉着脸说。

郭祥看看敌人的阵地没有动静，才放下心来，望着邓军恬然地一笑。

邓军望望陈武，这位瘦高挑、脸孔白皙、有点斯文的迫击炮连连长，正佝偻着身子，拿着一支红蓝铅笔，聚精会神地在军用地图上标记地堡的位置。邓军轻轻地“嘘”了一声，向他招了招手，他即刻轻轻地移动着身子，向这边爬了两步。邓军问：

“地堡都标上了吗？”

“都标上了。”他温顺地回答，接着指了指地图上那些蓝色的斑点。

“老陈哪，”邓军嘱咐说，“位置可要搞精确呀！”

陈武点点头，又是温和地一笑。实际上，他连射击计划都在心里酝酿好了。

邓军又举起望远镜观察起来。也许他一面看一面就在构思未来的战斗部署，精神显得十分集中，似乎旁边的一切动静都与他无干的样子。

一轮红日推上东方的山顶，照得整个山岭红彤彤的。目标物显得越发清晰。郭祥看了几遍，都已记在心底，就又打量无名山的四周。他忽然发现，在无名山西侧的山口，贴着山脚停着一辆坦克。上面杂七杂八地盖着一些树枝，如果不是它那缠着青草的炮筒有些异样，简直很难发觉。郭祥正凝视间，从炮塔里钻出一个人来，接着又钻出了一个。两个人站在炮塔上正向这边瞭望，一边还用手指点着。郭祥又是一惊：“是不是刚才斑鸠惊飞起来，叫这两个家伙发现了？”正在嘀咕，两个坦克兵已经跳下坦克，向这个方向走来。郭祥嗖地把驳壳枪抽了出来；又怕花正芳他们过早开枪，立时出了一身冷汗。

他正准备报告团长，邓军举着望远镜说：

“郭祥，你看清楚了吗？”

“看清楚了。”

“哼，我说你没看清楚。”邓军仍然举着望远镜说，“你说敌人的指挥所在哪里？就在右下方那个比较大的地堡里嘛！你看那个洞口，电线快有一把粗了。记住，一开始就要把它敲掉！……听到了吗？嗯？”

“过来了！团长，过来了！”郭祥望着那两个坦克兵，离他们只有五六十米，立刻把驳壳枪张开了机头。

“你怎么老精神不集中？嗯？”邓军放下望远镜，转过头问，“什么过来了？”

郭祥用嘴巴往前一指，邓军这才看见那两个敌人。他把郭祥的驳壳枪轻轻一按：

“等一等！我看不一定是发现了我们。”

果然，那两个家伙又朝前走了几步，就在小溪边蹲下，捧着水洗起脸来。这时，正巧我方的一颗迫击炮弹“嗵”的一声落在山坡上，这两个家伙脸也顾不得擦，撒腿就跑。他们几乎用跑百米的速度，跑回坦克边，又钻进乌龟壳里去了。

邓军和郭祥看着他们的狼狈相，几乎笑出声来。

接着，邓军和郭祥又聚精会神地观察了无名山与周围敌人的联系，以及敌人可能增援的道路。中午时分，这些工作就已经全部完成。他们吃了一点干粮，喝了点水。郭祥想到团长一夜没有休息，真是够劳累的，就说：

“团长，你就扒住那棵小树打个盹吧，我来观察。你到底是四十开外的人了。”

这次团长倒很顺从。他笑着点了点头，就攀着那棵小树，微微地闭上了眼睛。其实，他哪里是在休息，他是在继续构思着他那还没有作完的“文章”呢。

郭祥时而看看敌人的阵地，时而看看顶空的太阳。太阳就像定在那里似的一动不动。整整一个下午，真比一年的时间还长。

一直熬到天黑，他们才离开潜伏地点，向着无名山的山口走去。不过，这一次郭祥不是走在前面，而是提着驳壳枪走在后尾。他不时地回过头来，提防着从后面可能发生的一切……

直到踏上自己的阵地，郭祥才长长地吁了口气，抻抻陈武的袖子悄悄地说：

“我的老天！咱们的团长可真是要绣花了。”

第十章　布谷声里

战斗绝不能靠侥幸取胜，更不是靠指挥员的感情冲动和主观臆断。它在很大程度上决定于战前的调查研究和周密的准备工作。无名山的一举攻克，全歼了敌人的一个加强连，就是其中的一个范例。

这种小型的攻歼战，按照当时的习惯说法，叫做“挤阵地”。就是在敌人完整的防御体系中，瞅准敌人的弱点，经过周密的准备，一口“啃下一块”来。这种办法也很使人眼馋。如果这个部队啃掉了一块，那个部队就要向他的上级请示了：“军长呀，我们前面的高地是一个弱点哪，我们该啃它一口啦！”“你们有把握吗？”“嗐，我们已经研究过多次啦，我们的团级干部已经钻进敌人的铁丝网里看过啦！”好，不久，那里也就啃下了一块。尽管每次不过消灭敌人一个整连或整排，但这些数字加在一起也很可观。仅一九五二年夏秋之间一个多月的时间内，在整个战线上，就歼敌二万七千多人，几乎顶上战争初期的一个战役了。这也是对“零敲牛皮糖”战略的一个很好的实践。

攻克无名山，就引起了连锁反应。不久各友邻也都采用了这种“绣花战术”攻占了各自的目标。这时，整个前线，都沉入到胜利的欢乐之中。军师首长对邓军、周仆这个团深为满意，专门派了文工团到阵地进行慰问演出。徐芳也带了一个演唱组来到无名山。

郭祥特别高兴的是，在黑云岭和自己一起跳崖的小牛也回来了。他双腿摔断后，一直住在医院里。这次回来，郭祥攥着他的手简直不愿撒了。还扒起他的裤腿，一面看，一面反复地问：

“真的全好了么，小牛？”

“全好了，全好了。”小牛一连声说，“我觉着比以前还利索哩！”

“夸张！”郭祥学着团长说话的腔调，“哪有这样的事么！”

小牛见他不信，马上蹦了个高儿，笑着说：

“你瞧，完成什么任务也没问题。”

小牛的归来，自然使郭祥又想起了杨雪。这天中午，人们都去看演节目，在坑道的一个小房间里，只剩下他和小牛，郭祥就悄悄地问：

“小牛，你刚到医院那时候，见着小杨了吗？”

“见着了。”小牛说，“人民军把我一送去，她就去看我了。”

“她跟你说什么了没有？”

“她问我，你们俩到底是谁先跳的，怎么就没有见着他？我对她说了，过两天她又来问。那些时我看她是一心惦记着你，人都瘦了。”

“她还说了些什么？”

“她还说，我相信他绝对不会让敌人抓去，他是一定会回来的。”

郭祥心中激动，在下级面前，极力克制着自己的感情。沉了一会儿，又问：

“她的坟到底在哪里，你知道吗？”

“知道。就在松风里旁边一座小山上。那里有一片松树林。今年清明节，我和医院的人，给她扫墓去了。我看见朝鲜人男男女女，大人孩子去了不少。”

最近以来，由于争夺中间地带，攻打无名山，郭祥真是倾注了全部心力，很少想到别的。今天谈起杨雪，他那平静的心波，不禁又像涨潮似的狂涌不已。等小牛看节目走了，他就盖上大衣，打算假寐片刻。朦胧间，看见杨雪穿着一身雪白的护士衣，笑眯眯地飘然走来。她的脸色比平时还要新鲜红润，眼睛像星星一样明亮，并且显出一副悠闲的样子。她一进来，就往郭祥身边一坐，笑着问：“嘎子哥，你看人家都准备攻武威山、白云岭呢，你怎么在这儿闲待着呀！是不是拿下一个无名山，就满足啦？”郭祥连忙解释道：“不会，不会，我正盯着武威山、白云岭呢，你瞅着，下一步我就得把它啃下来。”郭祥接着也开玩笑地问：“小雪，自你参军，我就看见你忙得厉害，不是洗血衣，就是给伤病员喂水喂饭。你今天怎么这样闲在呀？”杨雪笑着说：“我正在医院休养呢。因为好久没见到你，就瞅空看你来了。”郭祥说：“怎么有人说你死了，是真的么？”杨雪笑着说：“哪儿的话？我只不过负了点轻伤，过一阵子就养好了。伤员们还等着我工作呢！”……

不知什么响动，把郭祥惊醒。他望了望洞壁上的油灯，灯光摇曳，一片寂静，只有连部的那只旧马蹄表滴答滴答地走着。回想刚才迷离的梦境，更增添了对杨雪的怀念。这时，他不自禁地从挎包里取出杨雪那面小圆镜子来看。看着看着，忽然听见门外有人长长地叹了口气，郭祥赶忙把镜子装到口袋里，装作睡着的样子。

徐芳进来了。她笑着问：

“嘎子连长，你刚才在那儿看什么呀？”

郭祥揉揉眼，坐起来，故意打了个哈欠，说：

“刚才？我迷糊了一会儿，什么也没有看哪！”

“不,不,”徐芳说,“我刚才看见你手里拿着个亮晶晶的东西,你是又想我小杨姐姐了吧!”

“嗐,你这么年轻轻的,怎么就眼花了?”郭祥勉强笑着说。

徐芳也就不便再问,又叹了口气说:

“我们演节目,你怎么没有去呀?”

“你就多原谅吧,小徐。昨天夜里挖工事,我一宿也没合眼。”

两人一时无话。郭祥忽然想起在医院时,曾经看见徐芳袖口里老是露出她那件红毛衣,就试探地问:

“小徐,你会织毛衣吗?”

“多少会一点儿。”徐芳笑着说,“你要织什么呀?”

“我想请你织个笔套儿。”

“笔套?噢!”徐芳一笑,“是装那支金星钢笔的吧?”

郭祥不好意思地一笑:

“我怕把它磨坏了。再说一天摸爬滚打的,说不定什么时候就从口袋里蹿出去,丢了。”

“行,行。”徐芳满口答应。

沉了一会儿,郭祥又说:

“要是你能再织一个,更好。”

“什么?”

郭祥慢吞吞地掏出那面光闪闪、亮晶晶的镜子,眼睛里燃烧着热情的光辉:

“你比着它的大小织。最好是用赤红色的线。要不装上,时间长了,也会磨坏。”

徐芳完全为郭祥对杨雪的深情所感动。她连连点头答应,眼睛望着郭祥,心中暗暗想道:“这是一个多么好的人哪!他不但对革命是那么的忠诚坚定,在个人感情上也是多么忠贞不渝,多么深沉和真挚啊！难怪杨雪说他是一块真金了……”

正在这时,小罗跑进来,说：

“小徐,你快看看去吧,傻五十有意见了！”

“什么意见?”郭祥抬起头问。

“他没有看上节目。”

“他为什么不去看哪?”

“他给大家烧开水去了。开水烧好,戏也演完了。”

郭祥笑着说：

“这个傻五十！没有看上,就以后看嘛！还能为他一个人专演一台戏?”

“这个好办。”徐芳笑着说,“我们这次来,定的计划就是不漏掉一个。”

徐芳说过,辫子一甩就跑出去了。

十几分钟以后,徐芳就背着她的小提琴,和另外两个男同志出现在山后边伙房的坑道里。炊事员们到山下背粮去了,剩下傻五十情绪不高地躺在一个小炕上。他见文工团的同志来了,才坐起来,扑哧一声乐了。

徐芳坐到他身边,笑着说：

“五十同志,我们给你演节目来了。”

傻五十不好意思地说：

“给我一个人演?”

“那有什么？你刚才给大家烧开水去了嘛！”

徐芳先给傻五十读了军政治部的慰问信,接着就在坑道口演起来。节目都是新编的,短小精悍,新鲜活泼。一个男同志唱了一段京东大鼓:《邓团长昼看无名山》。徐芳唱了她最拿手的《刘胡兰》选曲《雪花满天飘》,还有《白毛女》选曲《北风吹》。特别是其中还有两个节目是专门歌颂傻五十的。一个是《李五十大战松树林》,是根据傻五十用小圆锹劈死英国军官的战斗事迹编的。还有一个相声叫《李五十的火箭炮》,讲的是去年冬天,有一次敌人偷袭,他们班同摸上来的敌人打起了交手仗。当时,傻五十勇猛无比,跳上战壕一阵猛打,把冲锋枪的两梭子子弹都打光了。他急忙返回防炮洞去取手榴弹,不小心绊了一跤,爬起来看见迎面一盆烧得正旺的炭火,他怕耽误时间会使前面的同志吃亏,就端起这盆炭火来,朝着交通壕外的敌人劈头打去。猛然间,一大团红光化作无数火球四处飞溅,敌人一阵怪叫,纷纷逃命。一个被捉住的俘虏兵还抖抖索索地说:"你们的火箭炮真厉害啊!"相声讲的就是这段故事。

傻五十听了,眉飞色舞,高兴得鼓掌大笑。

这次演出,一共五六个小节目。傻五十始终全神贯注。由于他的感情极其纯真,看到高兴处,就嘻嘻笑个不住;听到情节悲苦处,就泪流满面。所以这三个演员,也因自己的这位观众反应强烈而深为满意。

演出完毕,傻五十极其热情地给每个人舀了溜边溜沿一碗开水端过来。还从挎包里把祖国人民慰问的糖通通拿出来招待。别人不吃,他就把糖纸剥了,往你嘴边摁,一面还说:"吃吧,吃吧,这是祖国来的!"

徐芳也为他的热情所感动,看见傻五十衣服破了好几处,就立刻掏出针线包,坐下来替他缝补。一边缝补,一边说些闲话。

连里流传着一个人所共知的笑话。有一次傻五十负了伤,被朝鲜老百姓抬到人民军的医院里。一位女护士对他非常热情，关心备至，还给他输过一次血。他内心十分感激，想说句感谢话，还说错了，把人家弄了个大红脸。原来他叫人家“阿妈妮”，而那人还是不到二十岁的姑娘。

徐芳想起这段故事，一边拽着他的袖子给他缝补，一边笑着说：

“五十儿，你管人家朝鲜姑娘叫‘阿妈妮’，有没有这事儿呀？”

“这个……是有。”他红着脸承认道。

“你干吗这样叫呢？”

“我看同志们管朝鲜大娘叫‘阿妈妮’，就当女的都得叫‘阿妈妮’了。”

大家哄的一声笑起来。

傻五十也不见怪，沉了一会儿，感情真挚地说：

“我也不识个字，你们替我写封信吧！”

“给谁？”

“就是给那个姑娘，她待我真好。我的小本上还留着她的通讯处呢！”

“行，行。”三个人一齐说。

正缝补着，徐芳看见一个虱子从傻五十的领子里爬出来，就把针往自己胸前一插，捏住虱子，在指甲上噶嘣一声就挤死了。

“五十，你这虱子怎么不捉捉呀？”她笑着问。

“你瞅我哪有空儿呀！”

“你脱下来，我给你捉捉！”

“你不嫌脏？”

“脏什么？我在后方医院，经常看见小杨给伤员捉虱子呢。”

其他两个男同志说：

“现成的开水，干脆给他烫烫吧。他那衣裳也早该洗了。”

傻五十还要推辞，徐芳不由分说，让他把外衣脱下，把他被子下的脏衣服也找出来，全用滚开水烫了，泡在一个大盆里。把衣服洗净涮好，才离开洞子。临走，傻五十把他们的手都握疼了，还用极其热诚的眼睛望着他们，说：

“同志们！下次战斗见！你瞅着，我不能白看你们的戏！我李五十是翻身来的！”

徐芳这个演唱组在无名山待了一个星期，把他们预定的计划——演出节目，辅导连队文化活动，帮助战士缝补衣服，搜集创作材料等几项任务都完成了。临行时，郭祥、小罗直把他们送过炮火封锁区，才放心地让他们走了。

徐芳每次下部队，都感到心灵上更加愉快和充实。这一次更是如此。不同的是，又多了一层无以名之的恋恋不舍之情，总觉得时间太短了，仿佛没有待够似的。直到离开很远很远，她还回过头望无名山的阵地呢。

这时，已是盛夏景色。他们六七个人说说笑笑沿着曲曲弯弯的山径走着，耳边是不绝的蝉鸣和丁冬的溪水，眼前是看不尽的白云，绿树，野花和稻田。虽然太阳晒得徐芳老是掏出小手绢擦汗，也使她深深地沉醉在美的享受之中。路上，她看到不少伐木头的战士，“杭育、杭育”地把大树干从山上抬到路边，一个个敞着怀，有的光着膀子。他们的肩背厚极了，膀子圆圆的，又黑又红，闪着汗光，像红铜一样好看。她觉得战士们不仅灵魂美，就是体格也是美的。

田野上，这里那里的丛林深处，不时传过布谷鸟婉转的啼唱，仿佛它们在远远地互相问讯互相应答似的。徐芳从小就喜欢布谷鸟叫。她觉得,这种鸟,不管在露水湿润的早晨,还是在宁静的中午和朦胧的月夜,听来都各有情趣。尤其在炮火声里,她觉得它们的啼声更为动听和充满诗意。她一面走,一面听,心里暗暗想道:如果将来写一个战役的交响乐,摘取一点儿布谷鸟自然的音韵,那才显得够味呢……

太阳老高,他们就赶到了师部。这是一个二十多户的浓荫遮蔽下的小村。村边都是栗子树。树上挂着一串串绿色的毛茸茸的圆球,就像古代英雄冠上的盔缨一般。紧挨村边是一个小学校,校舍被炸坏了,从废墟上还露出两株未曾被压毁的木槿花,绽开着粉红色的花朵。

栗子树下,一个年轻的女教师,正教一群孩子跳舞。她穿着有花边的葱绿色的裙子,态度十分文雅。大约她们的风琴被砸坏了,她就用手打着节拍,用自己的歌声轻轻伴奏。孩子们尽管穿得很不整齐,但是精神很好,光着小脚丫在发烫的土地上欢快地跳着。显然,各方面的工作都已走上轨道,处处显示着战局的稳定。

进村不远,在一个高高的台阶上,就是师部了。台阶下是一个打谷场。徐芳看见场上围着十几个人,都是本师的团长、政委。他们好像刚刚吃过晚饭,都穿着白衬衣,在那里悠闲地站着看热闹。徐芳走近一看,原来邓军正和一个十一二岁的小女孩逗着玩。小女孩穿着小蓝裙子,光着脚丫儿在前面跑,邓军拿着小树枝儿,飘着另一只空袖管在后面追。井旁边有一棵小枣树,小女孩怕追上她,就爬上了树,越爬越高。她见邓军够不着她了,就摘下小青枣,来投邓军。邓军也嘻嘻笑着拾起小青枣进行还击。那小女孩很机灵,她投中邓军就嘻嘻地笑,邓军投中她,她就装哭。所有的团长、政委都站在小女孩一边,师长也在那里呐喊助阵。小女孩每投一个,师长就喊一句:“小贞子,打呀,打米国撒拉米!”小女孩的士气越发高涨。当一个小青枣嘣的一声正正地击中这位“米国撒拉米”的头顶时,邓军装作被打败的样儿,把头一抱,引起一阵哄笑。师长拍掌大笑说:

“今天,老邓这个节目精彩。我看比他那年春节装傻小子还够味哩!”

徐芳一伙人也忍不住笑了。

周仆一扭头,看见徐芳他们,就赶过来握手。大家也都亲热地围过来。师长立刻以主人的身份,大声招呼道:

“警卫员!给文工团的同志们搞饭嘛!”

“我们还是到文工队吃吧!”徐芳笑着说。

“你这个小徐!”师长说,“这里还不是一样啊?快放下背包洗脸去!”

警卫员拿了几个洗脸盆放在井边。这是一眼泉水井,清澈极了,里面放着一个大瓢,一探身子就可以舀上来。徐芳一行人就在井边放下了背包,乐器。干部在那边围着小桌打起了扑克。周仆在一边悠闲地散步。

徐芳洗过脸,就站在一边,掏出杨雪送她的小红梳子拢头。周仆望望她,笑着说:

“小徐,我看你比以前结实多了,脸也有点晒黑了。”

“晒黑点好。”她笑着说。

“怎么晒黑点好呢?”

“晒黑了,人们就不说我是新兵蛋子了。”

“看,还是小孩心理。”周仆笑起来,说,“你们这次收获不小吧?”

“收获大极了。”

“材料收集得不少,是吧?”

“不,不仅是这个,我觉得战士们真可爱。”

“什么地方可爱呀?”

“什么也可爱。灵魂,姿态,体格,都很美。”

说到这儿,周仆从上到下望了这位女孩子一眼,不胜感慨地想道:“革命战争真是锻炼人! 自从认识她,到现在不仅个子长高了半头,思想也提高得多么快呀!”他点点头说:

“小徐,我看你入了门了。”

“怎么叫入了门呢?”徐芳诧异地问。

“因为衡量一个知识分子,最主要的就是看他同工农群众的关系,同工农群众结合的程度。这是主席讲的。”周仆解释道,“当然这个锻炼的路程很长。一个知识分子要想锻炼成比较健全的革命者,至少要过三关……”

“哪三关哪?”徐芳感兴趣地问。

“这不过是我个人的体会。”周仆笑着说,“第一个,恐怕就是劳动关;第二个,就是生死关;第三个,就是名利关。前两关都过了,第三关也未必过得去。不扔掉那些私心杂念,还是会在生活的礁石上碰得粉碎。”

徐芳陷入沉思里,拿着小红梳子的手停住了。待了半晌,说:

“过这三关我都有决心。就是很可能我还没有过去……就拿第一关来说吧,刚入朝那会儿,一行军就露了馅儿。要说背的东西,比战士轻多了,一个背包,一个米袋,一把提琴,加上我那几本书,也不过三几十斤。有一次,碰上军里政委,政委说:‘小徐呀,今天路程可远哪，行不行啊？把你那背包放到我马上吧！’当时，我一口就谢绝了。哪知道下半夜，爬过一个大黑山，就走不动了，就好像我这背包有千百斤重似的。我心里就后悔了，刚才不把背包放在马上，现在想放也放不成了。趁大家休息，我就跑到僻静处，想偷偷地来个精兵简政，把不必要的东西扔掉一些。可是翻来翻去，哪些是不必要的呢，牙膏、牙刷吗，不用说是必要的；香皂吗，也不能扔，何况只剩了半块；扔掉被子、鞋子吗，那怎么行？米袋自然可以扔，可是第二天就要红着脸去吃别人肩上的东西，多可耻呀！剩下的就是我那把提琴了，可这比我的生命还重要，丢掉它，我还到前边干什么呀！想到这儿，我就把所有的东西统统背上，追上了队伍……嗐，提起这，真要臊死人了。”

徐芳低下头羞怯地笑了一笑。周仆也笑着说：

“这是个锻炼过程嘛！”

徐芳接着说：

“你说的第三关，我也许还没轮到；第二关我倒有些体会。去年冬天，我到前方来，公路桥炸坏了，只有铁道上一座悬空桥。这座桥有三十几米长，下面有四五层楼房高，两边没有栏杆，枕木之间都是空的，往下一看，是滚滚流水，我的头就蒙了。当时我想，只要一脚踩空，我这个小命就玩完了。可是我看到战士们毫不犹豫地刷刷地踏着枕木闯过去了，我就叫着自己的名字说：‘小徐芳呀小徐芳，你看战士们多勇敢哪！你不是要锻炼吗，你是怎么锻炼的呀？’我这么一狠心，一咬牙就踏上了桥板，你说呢，也就过来了。”

“对，对，就是得有这股狠劲儿！”

“政委，”徐芳迟疑了一下，笑着说，“你不也是知识分子么，你是怎么锻炼的呢？”

“我？还是得感谢党，感谢这个时代，感谢工农同志。”周仆笑着说，“至于说主观上，也得靠你说的那股狠劲儿嘛。对待自己的缺点和弱点，我的体会是，决不要客气，要抓住它不放，经常发起进攻！另一个重要方面，就是向工农同志学习，具体说，我从老邓身上就学了不少。”

徐芳看着她手里的小红梳子，微笑着说：

“小杨姐姐对我的影响也很大，就是好多地方我还没有学到。”

说到这里，她忽然想起了什么，笑着问道：

“政委，我好久就想问你，你干吗取了这么个名字？是不是‘仆人’那个‘仆’字？”

“对，对，就是‘仆人’那个‘仆’字。”

“你是不是说，要立志做一个人民的仆人？”

“对，至少我是这样提醒自己和勉励自己。”周仆笑着说，“我也取过不少别的名字，什么‘伟’呀，‘刚’呀，最后还是换成了这个字。”

徐芳点点头，开玩笑地说：

“现在跟美国跑的‘仆从国’，不也是这个‘仆’字吗？”

“对对，也是这个‘仆’字；”周仆笑着说，“不过，我这个仆从，是比他们要忠实得多的仆从。”

说到这里，两人都哈哈地笑了。

这时，师长在那边喊：

“老周哇！你们在扯些什么呀？开会啰！”

桌上放着散乱的扑克，人们纷纷向台阶上的作战室走去。徐芳扫见那屋里挂着大幅的作战地图，悄声地问：

“你们开的什么会呀？是不是要打武威山、白云岭了？”

周仆神秘地笑了一笑，也走到台阶上去了。

第十一章　在五面包围中（一）

由于我军准备工作极其充分，士气高昂，各友邻配合得力，那个大家天天眼巴巴望着的战略要点武威山和白云岭，终于被我十三师一举攻克。不久前，长期对峙的无名山，现在已经成了他们的大后方——师部的所在地了。在我们小部队经常出没的荒谷里，在王大发那些英雄战士洒下斑斑血迹的地方，又升起了袅袅的炊烟，朝鲜人民已经纷纷回来，重整他们的家园。在无名山后——现在应当说山前了——那道浅浅的山溪边，已经成为后方战士们和朝鲜妇女们洗衣的地方。每当郭祥走到这里，想起不久前和团长潜伏时自己那种紧张的情景，不禁哑然失笑，仿佛是很久以前的事了。

这时的郭祥已经提升为营参谋长，正在师文化训练队学习文化。接着老模范也提升为副教导员。三连的连长由齐堆担任，指导员由陈三担任。整个部队加紧修筑坑道工事，巩固既得阵地。

自从五月份以来，板门店谈判，一直僵持在战俘遣返问题上。双方遣返全部战俘，这本来是很合理的；但是美方坚持所谓“自愿遣返”，实际上是要强迫扣留我方的战俘。他们捏造说，不能遣返全部战俘，是因为战俘自己不愿遣返，他们“必须保护这些战俘”。事实上，他们不仅把战俘当做毒气、细菌武器的试验对象，还把蒋介石和李承晚的狗特务安插到俘虏联队中来，强迫战俘在身上刺字，中国战俘左臂上要刺上一幅国民党的“国旗”，右臂上要刺上“反共救国”四个大字，胸前要刺上一幅地图，背上要刺上“跟台湾前进，向大陆反攻”的反动标语。上半身的肌肉差不多全刺遍了。刺墨是要流血的，因为墨不好，经常溃烂化脓。这种令人发指的恶行，我方被俘人员当然不能接受。就在板门店的谈判桌上进行激烈争辩的时候，在南朝鲜巨济岛的战俘营中，发生了一桩惊人的事件：中朝被俘人员奋起抗争，以迅速突然的手段，把战俘营负责人美国将军杜德扣留了。这一事件彻底揭穿了敌人所谓“自愿遣返”的骗局。新任的俘虏营长官柯尔生在答复中不得不说，“我肯定承认有过流血事件发生，结果有许多战俘被联合国军打死或打伤”，“在你们不加伤害地释放了杜德将军以后，我们不再对这个战俘营里的战俘进行强迫甄别或任何重新武装的行动”。美国政府发言人也不得不承认这一事件“使美国在这个紧张的时候，在整个东方丢脸”。可是在板门店的谈判桌上，美方代表仍然一再狂妄地声言，他们的方案是“坚定的、最后的、不能改变的”。并且屡次中途休会，离开会场，企图逼使我方屈服。像任何敌我之间的谈判一样，枝节问题的争论不过是表面现象，实际上是迷信武力的美国侵略者仍然不愿罢手。他们对我钢铁阵地举行全面进攻，已经无能为力，但是在局部地区集中优势兵力，企图割裂我军阵地，却抱有幻想。九月上旬，敌人对我白云岭战略要点展开大规模进攻的征候越来越明显了。

首先是，敌人对我白云岭一线阵地的侦察活动异常频繁：侦察机每天都在进行反复的低空侦察；小股部队经常在烟幕的掩护下进行试探性的进攻，侦察我阵地的地形。与此同时，还出现了一种反常现象：敌人大白天用汽车装载少量兵员运往别处，夜间却把大批兵力运来。很明显这是一种声东击西的诡计。九月上旬末尾的一天深夜，有一个李伪军的参谋向我投诚。据透露，美军第八军军长范佛里特亲自到这一带看了几次阵地，还召开了高级军官会议，决定向白云岭发动进攻。这就进一步证实了我军的判断。果然，几天以后，朝鲜战场上一次空前残酷激烈的搏战已经揭幕了。

这一天，敌人的炮火确是很凶恶的。据事后了解，敌人共动用了十八个炮兵营，105 毫米口径以上的火炮三百余门，在我白云岭不到四平方公里的两个山头上，倾泻了三十万发炮弹。飞机投掷了五百枚重型炸弹。阵地上天昏地暗，烈火终日不熄。敌人集中了七个营的兵力，向白云岭的两个山头猛扑过来。战士们跃出坑道与敌人反复冲杀，杀伤敌人一千多人。之后，战士们全部进入坑道，表面阵地遂被敌人占领。

接着，我乘敌立足未稳之际，于当晚展开强大反击。在我炮火准确有力的支援下，又将敌人赶下山去。此后，战斗就以这样的形式反复进行着。或者是敌人占领了表面阵地，我军退守坑道；或者是我军冲出坑道，消灭表面阵地上的敌人。随着时间的持续，据守坑道的部队伤亡不断增大。由于敌人炮火猛烈，我反击部队夺回表面阵地后无法立足，仍不得不转入坑道。这样，表面阵地遂于第五天落于敌手。退守坑道的战士们处于敌人五面包围之中，人员大部负伤，粮弹和水的供应都极感困难，敌人又千方百计破坏坑道，白云岭的防御战遂进入难以想象的困难阶段。

郭祥自从调到师的文化训练队学习以后，鉴于自己的弱点，本来想下狠心学习一下，这样一来，又怎么能够学得下去？再加上前方不断传来这样那样的消息，说是三连参加反击后伤亡很大，也被迫退入坑道，更使他的心里忐忑不宁。每天他都爬上无名山顶，望着远远的白云岭，烈火熊熊，黑烟弥漫，仿佛整个山岭都在燃烧。敌人猛烈而密集的炮火，就像打在自己的心上一样。过去，当他自己遭到敌人炮火的轰击时，他从来没有这种感觉；现在，当他想到自己的连队，自己的战友遭到这样的轰击，真是说不出的滋味。他分辨不出自己是担心，是心痛，是不安，是焦急。他对自己的再三强制已经不起作用。终于这一天下午，他找到一个借口，请了个假，向自己的团队赶去。

路上，完全是一个大战役的气氛。从师部到前线三十华里的交通壕里，一眼望去，全是背送弹药的人群。有的背着一箱，有的背着两箱，不分昼夜地向前运送。连机关的参谋、干事、科长们都参加到这个行列里。从前面下来的是运送伤员的担架。在交通壕较宽的地方，这两支队伍就擦肩而过。遇到狭窄的地方，背送弹药的人就自动伏在交通沟里，让抬伤员的人从身上踩过去。抬担架的人一旦表现犹豫不决，他们还敞着嗓门叫："快过吧，这是什么时候?"等到抬担架的人从身上走过去，他们就又站起来，背着沉重的弹药箱继续向前。

在山拐角处比较隐蔽的地方，设着绑扎所、鼓动棚和朝鲜群众专门为志愿军设的开水站。开水站里架着一口口大锅，朝鲜妇女们不断地把烧好的开水起在一个大桶里，盛在一个个铜碗里。一有人过来她们就用生硬的中国话喊："东木！东木！开水的喝!"鼓动棚的扩音喇叭，不断放送着革命歌曲、前线的胜利消息和鼓动口号，鼓舞人们为夺取这一重要战役的胜利而斗争……

郭祥嫌交通壕里过于拥挤，干脆跳出交通壕，一溜小跑地往前面赶。终于在黄昏时分，赶到了团指挥所武威山。

山头已经变得面目全非。郭祥找了好一会儿，才找到他熟悉的坑道口。原来坑道口有一棵高大的古松,现在只剩下一段烧得乌黑的树干,上面嵌满了一层一层的弹皮。真没想到,不过几天工夫,阵地上竟起了这么大的变化!

郭祥刚走进狭长的坑道,就听见邓军那洪亮、严厉而又略带嘎哑的声音:

“小马!小马!你们的门口有野猪吗?你们的门口有野猪吗?……哦……哦,不少,好,我马上把它赶下去!”

原来团长正对着步话机讲话。政委披着件破棉袄,在小土炕上斜靠着,一面抽着大烟斗,正在深沉地思考着什么。郭祥为了不打断首长的指挥,在门口停住脚步。时间不大,就听见山后炮弹的出口声,随后在白云岭的山头上爆炸了。

郭祥走进指挥室,向他们打了一个敬礼。在邓军和周仆的脸上都同时出现了喜悦的表情。

邓军把耳机一摘,转过脸说:

“你这个鬼家伙,怎么跑来了?”

“我早就料到他会来的!”周仆笑着说。

郭祥看见团长、政委并没有责备的意思,立刻接上说:

“首长看得就是准!说实在话,我是确确实实蹲不下去啦。战斗这么激烈,同志们被压在坑道里,我倒在那儿‘ㄅ、ㄆ、ㄇ、ㄈ,ㄉ、ㄊ、ㄋ、ㄌ’……”

邓军和周仆都笑起来。周仆说:

“那么,你要来干什么?”

“我要求参加反击!”郭祥说,“不能叫他们蹲在头上拉屎!”

周仆磕掉烟灰,笑着说:

“你今天就是不来,我们也得找你!”

郭祥要求任务从来没有这么顺利，笑眯眯地望着政委。周仆亲切而又严肃地说：

“我和团长已经研究好了，准备调你来执行一项非常艰巨的任务，比反击的任务还要艰巨得多……”

郭祥眼里立时放出动人的光彩，笑吟吟地说：

“什么任务？”

“我们准备让你去指挥第一线的坑道部队。”周仆神态严肃地说，“郭祥同志，你知道前面坑道里是非常困难的。那里都是各个反击部队进入坑道的零散人员，建制很多，光连的番号就有十几多个，指挥不统一，思想也比较乱，又处在敌人五面包围之中，处境是很不好的。因此，我们想派你到那里去，把大家组织起来，把党支部也组织起来。就由你担任坑道的总指挥兼支部书记……你考虑考虑，有什么意见？”

“没有意见！”郭祥爽朗地说。

看来周仆和邓军对郭祥的回答都深感快慰。在艰苦残酷的环境下，不仅下级指挥员需要上级的支持，上级指挥员也同样需要下级的支持。郭祥充满信心的声音，立刻使邓军和周仆肩上的担子轻松了许多。周仆再次提醒说：

“郭祥同志，这可是个重担子啊！……越是困难的时候，越要发挥党的作用。如果失去党的堡垒作用，再坚固的工事也是不顶用的。”

郭祥严肃地点了点头，说：

“团长，还有什么指示？”

“就照政委说的办。”邓军把那只独臂一挥。

“那我现在就去吧。”郭祥马上站起来。

周仆看看表,说:

“不忙!现在敌人的炮火封锁很紧。还是在这里吃了饭,下半夜动身的好。”

郭祥和团长、政委一起吃了饭。周仆想派个通讯员与郭祥同行,郭祥明白领导上是出于关心,为了减少伤亡,就婉言谢绝。临走时,邓军和周仆亲自把他送到坑道口。虽然已过午夜,在武威山与白云岭之间,敌人的炮火依然不停地封锁着,弥漫的硝烟和腾起的尘土,就像一道穿不透的幛幕似的,连升起的照明弹的亮光都显得昏蒙蒙的。周仆指指朦朦胧胧的白云岭说:

“郭祥!这条路虽然不过六百米,你也走过多次,可千万不能大意啊!过了这段炮火封锁区,还要从两个山头之间穿过,那两座山头都有敌人。这不是个人生命的问题,是能不能完成党的任务的问题……”

郭祥心情激动,嗓子眼里热辣辣的,压抑着自己的情感说:

“首长放心吧,我一定完成党交给我的任务!”

周仆又紧紧握住郭祥的手说:

“你这次进入坑道,困难是很多的。你要记住一条,就是依靠群众。只要发扬民主,多和群众商量,困难是可以克服的!……等到反击准备好,我们就可以见面了。”

团长没有多说什么,他上前紧紧握住郭祥的手,有好几十秒钟之久,只说了一句“去吧!”就把手撒开了。在这一刹那间,同志间深厚的情谊、无限的信任和亲切的期待,比任何语言都更有力地传递到郭祥的心坎里。

郭祥把皮带紧了紧,就一手攥着驳壳枪,跃出了坑道。山梁上原来有一道一人多深的交通壕,现在一点影子也看不到了。整个山梁蒙着一尺来深的虚土,简直像个大沙岗似的。郭祥深一脚浅一脚地跋涉着。走了不到一百公尺,就是敌炮封锁区,敌人的排炮密集地有规律地轰击着这块两山之间的山坳。显然,这是敌人想用炮火来切断我主阵地与白云岭之间的联系,以便把我退守坑道的部队置于死地。郭祥对待这种炮火封锁,当然是富有经验的。他不慌不忙地蹲下来,歇了一会儿,单等那密集的排炮刚刚落地,就一个猛跑,钻进那滚滚的硝烟中去了。

郭祥穿过呛人的烟尘,刚放慢脚步打算喘息一下,只听“哒哒哒哒”一串红色的曳光弹射了过来。郭祥立即敏捷地跳到一个弹坑里。他觉着什么东西在鞋子里硌得生疼,脱下解放鞋往手掌里一倒,在一把沙土里竟有六七块指甲盖那么大的弹片。他不由得气愤地骂道:

“哼!美国的钢铁都跑到这里来了!那些资本家怎么会不赚钱!”

他把那些碎弹片一丢,乘照明弹熄灭的当儿,跃出弹坑跑了一截。照明弹一亮,他就伏卧在地上。这样跑了几阵,白云岭的坑道口已经越来越近。借着照明弹的亮光,已经能够隐约看到一号坑道漆黑的洞口。可是前面一段路,正好夹在两个几乎并列着的小山头之间。两个小山头上都有敌人,那儿堆着他们筑起的沙袋工事。右面山头的敌人距那条路不过三四公尺,左面山头的敌人稍远一些,也不过七八公尺。如何从敌人的鼻子尖底下通过而又不被敌人察觉呢?他竟一时拿不定主意。他考虑了好一阵,觉得既然自己还没有被敌人发觉,那就还是不要莽撞为好。于是,他紧紧地贴着地面,让自己的身子尽量陷在虚土里,利用照明弹熄灭的瞬间,屏着呼吸,悄悄地向前爬去。爬了几步,敌人的照明弹又打起来。他不得不再一次停住，暗暗想道：像这样爬进，一旦被敌人发觉，还是会白送性命。在焦急之中，他微微地抬起头来，发现前面几步远有一位烈士的遗体。他灵机一动，乘照明弹熄灭的瞬间，紧爬了几步，从死者身上扯下一块血布，蒙在头上。照明弹一灭，他就迅速地向前连爬几步；照明弹一亮，他就蒙着血布趴在那里纹丝不动。他就是这样在敌人的眼皮底下爬过了小小的山鞍。

终于，坑道口一步一步地接近了。可是刚一抬头，看见坑道口顶上伏着五六个敌人！不禁吃了一惊。其中一个敌人显然已经发现了他，刚要举起枪来，郭祥的手榴弹就撇了过去。当手榴弹轰隆一声爆炸的时候，郭祥已经跳进坑道里了……

守卫坑道口的是一个青年战士。等他看清楚是自己人，就把枪收回来，抱住了他，又惊又喜地问：

“你？你是团部来的吗？”

“对，我是团部来的。”郭祥笑嘻嘻地说。

那个青年战士见他人很年轻，不大像个干部，加上光线很暗，没有看见他身后的驳壳枪，就问：

“你是来送信的吧？”

“对，我是来送信的。”郭祥又笑着说。

看来那个战士有些失望，轻轻叹了口气：

“上级不是说给我们派个指挥员吗？到底什么时候来呀？”

郭祥随口说：

“快，很快，马上就到，马上就到！”

说着，就向狭长的坑道走去。在坑道的壁上点着一盏盏豆大的灯火。在暗淡的灯光下，看见有的人在擦枪，有的人半躺半卧。轻重伤员似乎混杂在一起，枪支弹药也放得非常凌乱。伤员们的低声呻吟，不断地传来，还夹杂着争吵的叫嚷声。整个坑道都使人觉得乱哄哄的。

为了体察战士们的情绪，郭祥在黑影里靠边一站，静听着。

“走！咱们出去反击。这些家伙们都是右倾！”一个粗壮的机枪射手，提起轻机枪招呼他身旁的一个战士。

“你说谁是右倾？”马上有好几个战士站起来质问。

“算啦，算啦，”旁边又站起一个人，调解地说，“越在困难的时候越要团结嘛！……”

…………

郭祥静听了一会儿，更感到团首长给自己的任务是多么重要。战士们虽然对敌人怀着满腔仇恨，有很高的战斗积极性，没有组织和指挥是不行的。他紧走几步，站在那盏菜油灯下，提高嗓门说：

“同志们！你们辛苦啦！我代表首长向你们问好！”

吵嚷声渐渐平息下来。郭祥又继续说：

“我是营参谋长，是奉团首长的命令来指挥你们作战的……”

顿时，坑道里掀起一片嘁嘁喳喳的议论声：

“营参谋长？”

“哪个营的？”

“管他是哪个营的，只要能指挥打仗就行。”

那边黑影里，还有几个人悄声地说：

“我看他很像那个嘎子连长。”

“真的？”

“他到我们营去过，我看那劲头很像。”

“哪个嘎子连长？”

“还有哪个？就是红三连带着火扑敌人的那个，后来在黑云岭跳了崖，又回来了。”

“要真是他，敌情太好了。就是敌人再来几个团也不怕！”

“不，我看不准是他。”

说到这儿，一个人当真站起来带着笑问：

“参谋长！你是红三连那个嘎子连长不是？”

郭祥哈哈一笑，说：

“人都说我嘎，其实我这人最老实了。就是小时候，俺娘给我取了这个名儿，到现在也改不过来。”

坑道里掀起一阵哄笑，空气立刻活跃了许多。一听郭祥来到，人们的精神为之一振。刚才那个要出去的机枪射手提高声音说：

“郭参谋长，你来得好哇！这回可得好好地组织起来跟敌人干！”

郭祥马上接过话茬说：

“对！这位同志说得对！我们就是要组织起来！只有组织起来才有力量。只有团结起来才有力量。虽说咱们是不同单位的，都是共产党的部队，都是毛主席领导的嘛！我们的任务是一个，就是坚决消灭敌人，坚决保住坑道，等待最后的反击！……”

郭祥的话还没落音，人们就纷纷喊道：

“组织起来！”

“对！组织起来！”

郭祥见大家的情绪很高，心中暗暗高兴，立刻说：

“现在咱们马上编班，我先把同志们的名字登记一下……”

“好！”大家齐声喊道。

“最好让卫生员检查一下，”一个人建议说，“不然伤员也会报告参加突击队。”

“依你说，伤员就不能参加战斗啦？”立刻有几个伤员反驳他。

“伤员也可以参加战斗。”郭祥笑着说，“把重伤员和轻伤员分开。轻伤员编成一个队，没有负伤的同志编成一个队。同志们放心，每个同志都给你们一定的任务！……党员同志也要登记起来，我们要组成统一的坑道支部，重大问题由支委会讨论决定。”

郭祥说过，顺手拉了一个背包，坐在菜油灯下。然后取出杨雪留给他的那支黑杆金星笔，在小本上登记起来。除了不能动的重伤员，人们纷纷拥过来，党员掏出党费证，团员掏出团费证，争着报告自己的职务和战斗决心。郭祥随口鼓励着他们。

这时，那个要往外冲的机枪射手，也掏出党费证，挤到郭祥身边，说：

“我是共产党员。名字叫许福来。”他拍了拍他的机枪，“我一直跟这玩艺儿打交道了。你们连的乔大个儿，我们在一个机枪训练队学习过。不过我爱说话，他不爱说话，他是山东的，我是山西的。”

“好，好。”郭祥一面往小本上写，一边问，“你在党内担任什么？”

“支部的宣传委员。”

“哎呀，老许。”郭祥笑着说，“你刚才就把宣传工作忘了，光想往外冲啦。现在宣传工作可正在劲头儿上。”

“那也是实在把我憋坏了。”许福来不好意思地一笑。

登记完毕。郭祥在坑道里巡行了一遍，同坑道里的所有人员，包括轻重伤员在内，都一一地握了手，做了安慰和鼓励。坑道的气氛立刻变了。伤员的呻吟声听不见了。焦躁、埋怨的吵嚷声没有了。有的在擦枪，有的拧手榴弹盖，有的捆炸药包。一种看不见的强大力量在坑道里凝聚起来……

接着，郭祥又用步话机同白云岭的二号坑道取得了联系。不一时，驻守二号坑道的代表——三连连长齐堆，指导员陈三和副连长疙瘩李都来了。他们都显得又黑又瘦。陈三负了轻伤，挎着一只胳膊。他们好像几十年没见过面似的，一下就把郭祥抱了起来。齐堆连声说：

“太好了！太好了！你这一来，我就更有信心了！”

郭祥开玩笑地说：

“我不来，你就没信心啦？”

“那总得添上个‘更’字嘛！”

郭祥询问了二号坑道的情况，听说还有五个班，精神更加振奋。接着，召开了党员会议，通过了郭祥、机枪射手许福来为支部委员，和二号坑道的支委齐堆、陈三、疙瘩李一起组成白云岭的坑道支部。由郭祥担任支部书记。当即召开了第一次支委会，经过讨论，决定二号坑道的编制不动；一号坑道组织为五个班：三个战斗班，一个轻伤员组成的守备班，另外，由于重伤员再三要求参加战斗，也将他们编为一个班——后备班。几个委员也做了分工：郭祥负责两个坑道的总指挥；齐堆负责坚守二号坑道；疙瘩李调过来负责坚守一号坑道；陈三负责政治工作和伤员的护理工作；许福来担任战士中的鼓动工作。整个坑道，就像加了钢筋的水泥一般，又构成了坚固的顽强的战垒。

正当支部委员会讨论到第三项议程——当前斗争的对策时，忽然坑道口响起了激烈的爆炸声。原来外面天色已亮，敌人对坑道口的进攻又开始了……

第十二章　在五面包围中（二）

郭祥他们快步走到坑道口。

坑道口弥漫着蓝色的烟雾，几个守卫坑道口的战士正和敌人对掷手榴弹，一时看不清敌人有多少。蓝烟渐渐稀薄，才看见十几个敌人，头戴亮晃晃的钢盔，已经爬到坑道口附近。机枪手许福来立时抱着机枪，伏在矮矮的胸墙上向敌人猛扫起来。

谁知机枪刚打了半梭，就有两颗炮弹落在洞口。它和平常的炮弹很不一样，扑哧一声闷响，冒起两大团黄烟，向洞里涌来。人们顷刻呛得不住地咳嗽，又流鼻涕，又流眼泪。许福来就晕倒在机枪上了。

“毒气！敌人放毒气啦！”

“快戴防毒面具！”

坑道里一片乱喊。郭祥大声说：

“同志们！不要慌！有防毒面具的戴防毒面具，没有的，在手巾上尿点尿也行！”

人们纷纷忙碌着。郭祥吩咐人们尽量把防毒面具让给轻重伤员，一面把衣服脱下来，说：

“同志们！往外扇哪！”

大家学着郭祥的样子，一面堵住嘴，一面往外扇。这坑道有两个坑道口，本来是通风的，加上大家奋力往外扇风，毒气也就渐渐散去。只是机枪射手许福来受毒较重，大家连忙把他抬到另一个坑道口的通风处，进行抢救。

郭祥通过步话机向团指挥所报告，刚说了两句，又听坑道口喊道：

“参谋长！参谋长！”

郭祥知道又发生了紧急情况，急忙摘下耳机递给步话机员小马，向坑道口跑去。

“火焰喷射器！火焰喷射器！”

坑道口的战士们纷纷往回卷。一股炙人的热浪迎面扑来。郭祥分开众人，钻过去一看，火苗子夹着浓烟呼呼地蹿进了洞口。火势越来越大，顷刻间，整个洞口已被烈火包围，洞口的木架也熊熊地燃烧起来。有几个战士的帽子、衣服已经烧着，纷纷脱下来在地上扑打着。

有好几个战士端着枪，急火火地说：

“参谋长！你让我们冲出去吧！”

“我们跟敌人拼啦！”

“我们不能让敌人活活烧死！”

“参谋长！……”

疙瘩李的两个眼珠都憋成了红的。他不等郭祥发话，就从别人手里夺过一支冲锋枪说：

“同志们！我带你们冲！”

“对！往外冲！”

说着，几个人就要从熊熊的烈火里蹿出去。

“不许动！”郭祥拔出驳壳枪一挥，厉声喊道，“你们还听指挥吗？”

几个人只好收起枪,向后倒退了几步。

郭祥望着不断蹿进来的呼呼的烈火,冷静地沉思了片刻,扭过头说:

“给我一个飞雷!”

一个战士把飞雷递过来。郭祥接在手中,掂量了一下,接着,嗖的一声就投到火堆里。随着剧烈的爆炸声,猛烈的气浪和飞溅的泥土竟把火焰震灭了。这真是人们想不到的,坑道里顿时腾起一片欢声。有几个战士乘势飞奔到洞口,一顿手榴弹,把敌人赶跑了。

战士们望着郭祥,带着几分钦佩的神情问:

“参谋长!你是怎么想出这个办法来的?”

“我也就是试巴试巴。”郭祥笑着说。

“这以后有办法了。遇见火焰喷射器我们就炸!”战士们高兴地说。

郭祥想起疙瘩李刚才那种拼命情绪,对坑道的坚守是很不利的,就把他拉到后边批评道:

“疙瘩李!你那麦秸火脾气怎么老改不了哇?”

“我是实在忍不住了。”疙瘩李低下眼睛说。

“干部一急躁,在指挥上没有不出毛病的。”郭祥说,“同志们在坑道里守了这么多天,本来就滋长了拼命主义情绪,你不去制止,怎么倒领着头干起来了?”

“俺们山东人,就是这么个脾气。”疙瘩李嘿嘿一笑。

“哎呀,你这个疙瘩李,”郭祥说,“那诸葛亮还是山东人哪!你打仗是不少,就是不爱多用脑子。你要再不改,我得把你这个小肉瘤儿割了。”

疙瘩李的嘴角上露出一丝抱歉的微笑，没有再说什么。

正在这时，坑道口突然响起巨大沉重的爆炸声。整个坑道都晃动起来。桌子上的蜡烛被震得跳起一尺多高，滚到地上熄灭了。洞里一片漆黑。郭祥刚从地上摸索着把蜡烛拣起来，用自来火点着，接着又是一声巨响……

“参谋长！敌人扔炸药包了！”通讯员在那边喊。

郭祥还没有走到坑道口，迎面扑来一股强烈辛辣的硝烟。靠近最前面的三个战士，已经牺牲，被人们抬了下来。

浓烟飘散，郭祥看见坑道口被炸得凌乱不堪，下面塌落了一大堆积土。洞口外有十几个敌人，都夹着大炸药包，继续向坑道口匍匐逼近。在他们后边的塄坎下，站着一个军官模样的家伙，一面挥舞着手枪，一面不断地吆喝着。显然，他们已经拿出最毒辣的一手：企图炸塌坑道口，窒息洞里的人们。

郭祥正准备命令机枪手开枪射击，一个战士跑上来，嗖地投出了一个手榴弹，手榴弹刚一爆炸，他就从浓烟里冲出去，一连几个手榴弹，把匍匐前进的敌人打死几个，其余的连滚带爬退回去了。等敌人的机枪开火时，他已经回到坑道里。

“打得好！”郭祥乘机鼓励了一句；又接着说，“决不能让敌人再接近坑道口了。”

当他重新布置火力，严密封锁坑道口时，突然坑道口顶上，轰隆轰隆两声巨响，坑道口的顶部被炸塌了大半边，把坑道口堵塞起来，只剩下桶口那么大的一个小口。紧接着，另一个坑道口发生了更严重的情况，炸塌的积土完全把洞口严严实实地堵塞住了。

由于洞里伤员多，大小便无法及时处理，洞里的空气本来已经很坏，这样一来，情况更加严重。人们开始感到呼吸困难。被强烈爆炸震灭的油灯,虽然勉强点了起来,但摇摇晃晃像快要熄灭的样子。在幽暗的灯光下,尽管看不清战士们的面孔,但他却感到每一双眼睛都在注视着他,期待着他……

显然,情况已经十分严重。

在郭祥的一生中,经历过巨大的政治事变和无数次大大小小的战斗,有许多次都是濒临死亡,而绝路逢生;一次又一次看来是不可逾越的艰险,也总是豁然开朗,柳暗花明。因此,在他心中树立起一个牢固不拔的信念:黑暗孕育着光明,艰险孕育着胜利,不管经过多少曲折,革命总是要前进的。郭祥想道:难道今天遇到的艰险就度不过吗?难道这么多可爱的同志,就不会有好主意吗?难道他们身上强烈的光和热,就刺不破眼前的黑暗吗?不,不,今天这条狭窄、阴暗、令人窒息的坑道,正是中朝人民通向光明与胜利的通道,正是要从这里击碎沉重的闸门,跃上山川明媚的彼岸!

郭祥想到这里,信心倍增,嗓音十分洪亮地喊道:

"同志们!不要慌!我们支委会很快会拿出办法来的。"

郭祥洪钟一般的声音,立刻使大家镇定下来。他从容不迫地走过战士们的面前,和齐堆、陈三、疙瘩李一起来到他小小的指挥所里。

"马上要团指挥所!"他吩咐步话机员小马。

步话机叫通了,郭祥立刻戴上耳机,用平静的语调说:

"井冈山!井冈山!金沙江向你报告,金沙江向你报告!"

"你门口还有野猪吗?"是团长略带嘎哑的声音。

"野猪爬到我们的头顶上去了,正在拱我们的篱笆!正在拱我们的篱笆!"

"篱笆拱翻了吗?"

“拱翻了一点，但不要紧，我们正在准备修复。你们快猛吃猛喝！快猛吃猛喝！”

“好，好。”

时间不大，坑道口的顶部响起炮弹爆炸声，我们的炮火开始射击了。此后，每隔两三分钟，就打一两发。大家知道，这是炮兵同志们正用炮弹给自己“站岗”哩。

但是，究竟怎样排除坑道口的积土，怎样对付明天敌人对坑道的破坏，必须很快拿出有效的对策来。郭祥掏出他那个旧烟草荷包，正准备同支部委员们作一番研究，机枪手许福来跑来了，看上去他的脸色有些焦黄。

“你已经好了吗？”郭祥关切地问。

“好了，就是胸口还有些难受。”他没有多谈这些，接着说，“现在，有些情况不大好。”

“什么情况？”

“我看有些同志的情绪有问题。”许福来说，“特别是个别干部，对群众不宣传，不解释，跑到一边睡大觉去了。”

郭祥马上绷着脸问：

“谁？”

“就是那个有点罗锅腰的副排长，张顺成。”

“马上把他叫来！”郭祥厉声说。

齐堆知道，郭祥一向最不能忍受的，就是那些在战场上右倾怕死的，现在一看他动了火，立刻笑着提醒说：

“别急！别急！听说这个人平时战斗还很不错，可能一时情况紧张，有点发蒙。”

“可以跟他耐心谈谈。”陈三也插上说。

郭祥红了红脸,叹了口气,说:

"一不小心,我这老毛病又犯了。好好,你把他找来。"

张顺成被找来了。他罗锅着个腰站在那里,迷迷糊糊的,看去的确不大振作。郭祥摆摆手让他坐在床边上,竭力用平静的语调说:

"张顺成!你是不是有点不舒服哇?"

"也……没有什么。"他吞吞吐吐地说。

"怎么看着你不大有精神呢?"

张顺成没有言语。郭祥又问:

"你是不是觉着我们的坑道守不住了?"

张顺成红着脸,待了半晌才说:

"也不能说就守不住。不过,咱们的坑道一天就让人炸塌了三公尺,这坑道一共才几十公尺,还能守几天哪!……再说……"

郭祥瞅着他,等待他说下去。

"再说,别的困难都好克服,人没有空气不是要活活地憋死吗?……"

郭祥耐着性子等他说完,把烟灰一弹,竭力放慢语调说:

"老张啊,你怎么就不从积极方面想问题呢?你光看到敌人把坑道口炸塌了;你就没看到,这里面还有这么多革命战士和共产党员!只要把大家发动起来,办法总是会想出来的。你先叫困难吓住了,还能想出什么好主意呢?"

郭祥说到这里,稍停了停,又说:

"张顺成同志,你过去在战斗上是很不错的嘛!听说你还立过功?"

"那都是过去的事儿了。"张顺成有点不好意思。

“今天，我们就要发扬这个光荣嘛！咱们不是一个营的，也不是一个团的，可咱们都是共产党员，所以我就‘清水煮豆腐’，给你来个爽口的：你今天可是有点害怕困难哪！”

“只要你们能想出办法，我也不含糊。”张顺成分辩着说。

“现在我们开支委会，不是正在想办法吗？”郭祥说，“可是不能光靠我们，还要发动群众都来想办法。我看，你回去马上就召集大家开个会，首先作个自我批评，挽回影响，再发动大家好好地研究一下。有好办法，你就马上报来。你看这样行不？”

张顺成点点头，表示没有异议。积极的思想斗争和恰当的批评，使他的精神立刻振作起来，眼睛里也有了光彩。他向支委们又说了几句保证的话，就转身走了。

不大一会儿，就听见张顺成在坑道里敞着嗓门喊：

“各班班长集合！开会喽！……”

郭祥笑了一笑，对几个支部委员说：

“咱们的第二次支委会也开始吧。首先讨论如何排除积土的问题。”

看来疙瘩李接受了郭祥的批评，早有准备，第一个发言说：

“根据咱们的人力，一锹一锹挖不行。我考虑，是不是把爆破筒埋在积土里，炸它几家伙；等炸得差不多了，再由人去挖。我看一夜工夫，也就清除得差不多了。”

大家立刻表示同意。郭祥也点点头笑着说：

“你瞧，疙瘩李一动脑子，办法不就来了？可是还要考虑一下，如果明天敌人继续扔炸药包，怎么对付？”

大家闷着头想了一会儿，许福来说：

“恐怕要加强坑道口的冷枪射击，上来一个就打一个。我明天就到坑道口去。”

“不过,敌人要从两边接近,照样能爬上坑道口。”疙瘩李皱着眉头,抚摸着他左额角上的那个小肉瘤说。

“爬上坑道口不怕,”陈三说,“有炮弹给咱们站着岗哩! 只要跟炮兵取得联系就行。”

“那总是有空子的。”郭祥见齐堆一个劲儿地闷着头抽烟,就说,“齐堆! 你这个小诸葛怎么倒成了没嘴儿葫芦了?”

齐堆把烟蒂一丢,用脚踏灭。

“我琢磨了一个办法,不知道行不。”他笑着说,“今天夜里,咱们把积土清除了以后,接着就在坑道口外面挖一个深坑,再顺坑道挖一个陡坡。这样,敌人投的炸药包,就会滚到坑里去,也就炸不着咱们的坑道口了。”

郭祥沉吟了一阵,说:

“行! 这办法行! ……不过,还有一个基本问题需要解决。”

大家静静地望着郭祥。他把那个大喇叭筒猛抽了两口,喷出一股浓烟来,然后接下去说:

“坑道工事一出现,咱们就研究过:它不是为了单纯防御,更不是为了保命;我们必须把它当做依托,来更有力地打击敌人,消灭敌人。刚才那些办法都好,就是还要想一想:怎么变被动为主动,怎么贯彻积极的战术思想,给敌人更大的威胁!”

他沉了沉,随后又说:

“我的想法是:除了清除积土,挖坑以外,是不是在坑道口两侧修上两个地堡,把斗争的焦点推到坑道口外,使敌人根本无法接近坑道口。下一步,根据情况发展,再派出小组去袭击山顶上的敌人,破坏敌人的野战工事,使敌人白天黑夜都不能安生。这对我们大部队的反击就更有利了。”

大家对郭祥的意见都表示赞成。张顺成也进来了,把战士们讨论的结果作了汇报,又提出不少具体办法。大家立刻动手干了起来。经过一夜紧张的劳动,坑道口打开了,积土清除了,坑挖起来了,两个地堡像两个大牛犄角似的伸到了坑道口外。齐堆、陈三当夜回到二号坑道,也根据统一布置,加强了坑道口的防御工事。

第二天,敌人对两个坑道口各使用了一个连的兵力疯狂进攻。这一天我们的炮兵打得非常出色。因为坑道口的步兵随时给他们指示目标,修正偏差,那些炮弹就像长了眼睛似的专往敌人的人群里钻。有的敌人刚一集结,就被打掉了一半。剩下的敌人,向坑道口逼近时,又遭到地堡里火力的杀伤。这一天,在一号地堡里隐伏着机枪手许福来和几个特等射手,将近有四十名敌人夹着他们的炸药包躺在地堡前长期休息了。偶尔落到坑道口的炸药包,也滚到齐堆设计的深坑里……

夜里,郭祥刚宣布要组织出击小组,大家就抢先报名。张顺成拼命地挤到最前面说:

“参谋长！参谋长！你就让我去吧!”

郭祥很能理解张顺成此刻的心情,望了望大家,笑着说:

“我看,你们就让给老张吧!”

下半夜,乘敌人警戒疏忽之际,张顺成带了两名战士跃出洞口。不到半小时,就胜利归来。除了炸毁山顶上敌人两座地堡外,还带回了两挺机枪和三支步枪。当他把这些战利品交给郭祥时,脸上出现了几分宽慰的笑容……

第十三章　在五面包围中(三)

在坚守坑道的第十五天,也就是郭祥进入坑道的第十天,又发生了新的困难:坑道里的存水用完了。人们把那几个存水的大汽油桶,翻来覆去地磕打,再也倒不出一滴水来。

事实上,前两三天,郭祥已经严格地控制用水,每天每人只能分到一搪瓷碗。团指挥所对此事异常焦急,曾经几次派运输队送水,伤亡很大,送来的水却很有限。由于缺水,大家眼瞅着饼干硬是咽不下去,有时候饼干的碎末被呛得从鼻孔里喷出来。人们渴得实在难忍,就用牙膏解渴。但这只不过能润润嗓子,缓和一下暂时的痛苦而已,究竟能解决多少问题呢?

到了第十八天,牙膏也吃完了。已经发现有人在偷偷地喝尿。战士们脱光了膀子,抱着手榴弹,紧紧贴着潮湿的石壁,来减轻一点焦渴如焚的感觉。人们仿佛第一次认识到:那在生活里最平常的东西,那在地球上最普通的名之曰“水”的东西,是何等可贵的珍品啊!

这时候,在精神上负担最重的,除了郭祥,恐怕就是从二号坑道里调来的卫生员小徐了。这个十六七岁说话还有些童声童气的孩子,虽然同别人一样渴得嗓子冒烟,但他更难受的却不是这个,而是伤员们极力抑制着的低声呻唤。他仿佛觉得伤员们喝不上水,全是他的过错似的。他焦躁地在坑道里走来走去,一遍又一遍地察看着坑道的石壁，看能不能找出一滴水来。终于，他在一个潮湿的角落里，发现了一条细细的石缝，不时地渗出一两个水珠。他非常高兴，就撕了一缕棉花，把水珠蘸起来，拧到小碗里。尽管石缝是那样的吝啬，总算有了一丝希望。经过一个多小时的耐心工作，居然拧了大半碗水。然后，他就把小搪瓷碗架在小油灯上烧起来。

小小一点灯头火，总算把水熏热了。小徐多高兴啊！他立刻把小碗端到几个重伤员跟前，带着十分自豪的神情说：

“同志们！醒醒，喝水啦！”

躺在土炕上的伤员，一听说这个“水”字，都纷纷地睁开了眼睛，显得很高兴。但是，当他们发现就是这么一小碗水，却不免有些迟疑。其中一个伤员说：

“这是哪里来的水呀？”

“这，你们就不用问了。”小徐笑吟吟地说。

“小徐！你端去给参谋长喝吧。”另一个重伤员说，“你看他这几天嗓子都哑得快说不出话了，这样下去怎么指挥呢？反正我们……”

“对！对！快给参谋长端去吧！”大家异口同声说。

小徐见大家执意不肯，转念一想也有道理，就端着小碗来到隔壁的指挥室里。郭祥进坑道虽不过十几天，已经显得又干又瘦，颧骨凸出，两眼深陷，焦干的嘴唇上裂了好几道血纹。小徐把小碗往他面前的桌上一放，说：

“参谋长！你喝点水吧！”

小徐原先是后方医院的小看护员，补到三连的时间不长，又没有什么突出的表现，所以郭祥对他不很注意。今天一看这个十六

七岁的孩子,在这样艰难的环境下,竟然想方设法给伤员烧了这么一碗水来,心里很是感动。他望望小徐,非常和蔼地说:

“小徐!你怎么不端给伤员喝呀?”

“他们都不肯喝,说你还要指挥打仗呢!”

“傻孩子!光凭一个人能打仗吗?”郭祥笑着说,“快去端给伤员喝吧!”

小徐没有反驳,但仍旧站在那里不动。郭祥一转眼看见步话机员小马,嘴唇上干裂了好几道血口子,因为整日整夜地呼叫,已经嗄哑得很厉害,几乎不像他本人的声音了。郭祥端起碗递给小马,说:

“小马,你就喝了吧!叫我看这才真正是工作需要呢!”

小马是个又随和又爱打爱逗的青年。人长得很漂亮,一笑一口小白牙。今年虚岁才二十,已经结了婚,平时是大家开玩笑的对象。他执行命令一向很坚决,今天却显出异乎寻常的固执。他接过那一小碗水,立刻又送还给小徐,说:

“不行!我不能喝。”

“你就喝了吧,小马。”小徐也说。

“你真是个小傻子!首长不喝,伤员也不喝,我怎么喝得下去?”

他的态度是那样坚决,丝毫没有商量的余地,小徐只好端了碗,重新回到伤员面前。

伤员们一看,一碗水又原封不动地端回来了,一个接一个地埋怨着。这个说:“小徐呀,你这孩子看着挺精明的,怎么这么不懂事呀?我们这些人都是不能动的人了,一天价躺着,战斗又不能参加,我们早一点喝,晚一点喝有什么要紧呢!”这个说完,那个又说:

“他们不喝，你就不能想个办法？你把碗放到那里就是了，又端回来干什么？”这个说“傻孩子”，“小傻子”，那个又说“不懂事”，真是弄得小徐没有了主意，只好又端着小碗放在郭祥的桌上。

郭祥望望那大半碗水，分毫不少，不由叹了口气：

“咱们的同志一说打仗，劲头那么大，怎么今天连这一小碗水都喝不了啦！”

说着，他把袖子一挽，把小碗高高擎起，说：

“同志们！既然你们一定要我喝，那我就带头喝吧。可是你们也非喝不可！谁要是不喝，那他对我们的胜利就是不关心！”

郭祥说过，拿出在筵席上常见的那种豪迈的架势，装作要一饮而尽的样子，可是实际上只喝了小小的一口，就递给小马。小马也只喝了一小口，又递给小徐。小徐只沾了沾唇边，就端给重伤员们。其他人也都喝了一点，又转到郭祥手里。他一瞅，一小碗水本来就不很满，现在还剩下小半碗呢。郭祥是一向不轻易淌眼泪的，尤其是在艰苦残酷的时候。但今天他却再也抑制不住心头的激动，背转身来，几粒明亮的泪珠，扑哒扑哒地掉到小瓷碗里……人世间，还有什么关系能比“同志”之间，革命战友之间的关系更为纯洁，更为高贵，更为无私，更为深厚啊！……

正在这时，坑道口突然传来一阵极其强烈刺耳的叫声：

“中国士兵们！中国士兵们！现在你们在联合国军的严密包围下，已经十八天了。我们已经封锁了你们的一切道路，断绝了你们的一切联系，你们已经完全陷入绝境了。你们用十九世纪的武器和高度现代化的联合国军作战，不过是无效的抵抗和绝望的挣扎。现在我们马上就要对你们发动总攻击了！可供你们考虑的时间不会太多，还是快快投降吧！快快投降吧！……”

郭祥一听，又是那个坏种谢家骥的声音，立刻激起满腔怒火，把驳壳枪一拎，一溜小跑到了洞口。

疙瘩李正站在胸墙后凝神观察。郭祥问：

“今天这声音怎么这么大，这么近？”

“你瞧，就在那个地堡里。”疙瘩李用手一指，那是敌人对着洞口新修的一个地堡，最多不过一百米远。

正说着，高音喇叭又响起来：

“中国士兵们！你们实在太可怜了。你们被你们的上级骗出来，离开家乡来到千里迢迢的异国，住的是深山土洞，过的是野蛮人的生活。现在你们吃不上饭，喝不上水，痛苦不堪，眼看就要困死，饿死，你们的干部却不闻不问，你们何苦还要为他们卖命呢？……还是到自由世界来吧！汉城、东京的姑娘正等着你们……”

“这帮无耻的家伙！”郭祥狠狠地骂了一句，当即命令疙瘩李，“叫机枪瞄准点，给我打！”

顷刻，响起一阵狂烈愤怒的机枪声。但是那广播只哑默了一会儿，接着又叫起来。郭祥小声地问：

“火箭弹还有吗？”

疙瘩李摇了摇头。

郭祥即刻回到指挥室，对小马说：

“快要团指挥所联系炮兵！”

小马呼叫了一阵，对方的声音十分微小，简直听不清楚，原来电池的电已将用完。

“电池一点也没有了吗？”郭祥着急地问。

“没有了。”小马声音嗄哑，急得快要哭出来。

郭祥点上一支烟，打算仔细考虑一些办法，许福来急匆匆地走

进来,气愤地说:

“参谋长!有人乘机说破坏话了!”

“谁?”郭祥的眉毛立刻一竖。

“就是那个又矮又胖的家伙。”许福来说,“刚才敌人广播的时候,他说,敌人说的也不是没有一点道理。如果上级还要我们,干吗叫我们在这儿受这份罪呢?……”

“他叫什么?”

“叫白鹤寿。”

“你过去了解他吗?”

“不了解。听说他是另外一个团九连的战士。”

郭祥立即把烟掐灭,说:

“走!我们去找他谈谈。”

两个人一起来到坑道的中部。战士们多半都脱光膀子,靠着墙壁坐着。虽然一个个都瘦得厉害,但看去仍然十分有神,有的在擦拭枪支,有的在拧手榴弹盖,时刻准备着出击。独有那个叫白鹤寿的,半躺半卧,眯细着眼睛在想什么。看去他有将近四十岁年纪,短胳膊短腿,整个身躯就像一尾鱼去掉头尾后的“中段”。

郭祥在他面前一站,带着几分严厉地问:

“你叫白鹤寿吗?”

“是。”他欠欠身子,并没有站起来。

“你刚才说了些什么?”

“我说什么啦?”他故作惊讶地反问。

郭祥冷笑了一声,用手一指:

“你是不是说,上级不要我们了,嗯?”

“噢,这个——”他淡然一笑,“在这危险的关头,我一个革命战士怎么能说这个?”

“他说过这话吗?”郭祥又问大伙。

“他刚才就是这么说的。”一个战士气愤地说。

“他还说,敌人的广播不是没有道理。”另一个战士也证实说。

白鹤寿有点慌乱,但即刻辩解道:

“我刚才的意思是,我们的上级,我们的军长、师长、团长应该早点反击才对。弄得现在吃没吃的,喝没喝的,快要干死了。就是敌人不来消灭我们,我们也完蛋了……”

“你究竟是什么意思,你自己清楚。”郭祥从鼻子里冷笑了一声,“我可以告诉你,不管什么人,如果他想利用这个机会挑拨离间,瓦解我们的士气,他就是瞎了眼了。因为他没有看到,我们是共产党领导的部队,不但打不烂,拖不垮,就是把他们搞心理战的教师爷都请了来,把他们那一套臭气熏天的脏玩艺儿都搬了来,也攻不破!”

郭祥沉了沉,又指着白鹤寿说:

“你不是说,上级不要我们了吗?上级为了给我们送东西,牺牲了多少好同志!我们吃的,用的,都是同志们的鲜血和生命换来的,难道这些你不知道,你为什么要凭空造谣?”

“对!叫他说说为什么造谣!”几个战士愤怒地插话。

“我,我不是造谣,我是一时失言。”

白鹤寿看见一个个战士全对他怒目而视,手指轻微地战栗着,低下头去。

郭祥盯着他说:

“你造谣也罢,失言也罢,你要很好地进行检讨!”

“好,我检讨!我检讨!”白鹤寿一连声说。

由于坚守坑道多日，总攻尚未开始，郭祥觉得也有必要解释几句，就对大家说：

“至于说反击，上级是肯定要反击的。我们坚守坑道，就是为了不断消灭敌人的有生力量；只有把敌人消耗到一定程度，把敌人拖得筋疲力尽，才能给反击创造条件，我们的反击就会一举成功，最后恢复我们的阵地。”

说到这里，他提高嗓门，不是对白鹤寿，而是用鼓舞的调了对大家说：

“同志们！今天我们在最前沿坚守坑道是非常光荣的。我打了这么多年的仗，只受过敌人四面包围，受敌人五面包围，这还是第一次哪，恐怕你们也是大姑娘坐轿头一回吧！人活一辈子，这样的情况不会遇见很多，这是非常难得的为祖国为人民立功的好机会。虽然我们没有吃的，没有喝的，但是我们不是敌人手心上的可怜虫，我们是钻到牛魔王肚子里的孙悟空。我们应该拽住牛魔王的心肝狠狠地打几个嘀溜！谁那个嘀溜打得好，我就给他记功！”

郭祥不愧是战场鼓动的能手，立刻使整个坑道又活跃起来。有一个战士诙谐地说：

“参谋长！打不打嘀溜，全在你手心里攥着哪，你要不给我任务，我怎么打嘀溜呢？”

“任务有的是，我也不能都贪污了。”郭祥笑着往外一指，“今天晚上就得打掉那个地堡！随后我们就到敌人那里抢水。”

“对！干掉它！”又一个战士说，“蹲在大门口骂人，这个窝囊气我受不了！”

好容易挨到黄昏，郭祥在指挥室正同疙瘩李研究出击小组的人选，听到坑道里乱纷纷地嚷道：

“白鹤寿跑了！白鹤寿跑了！”

郭祥吃了一惊，拎起驳壳枪，一个箭步蹿了出去。在坑道口，望见苍茫的暮色里，白鹤寿正向敌人的地堡跑去，一边跑，一边举着双手喊：

“不要开枪！不要开枪！我是被他们俘虏去的！我是国军的团长！……”

郭祥的驳壳枪几乎同许福来的机枪同时开火，白鹤寿的胖胖的身躯，在距地堡不过三两步远的地方，打了一个趔趄，倒在密集的枪火里……

“狗汉奸完蛋了！”许福来抬起脸望了一望。

郭祥转过脸对疙瘩李说：

“多悬！审查工作太粗糙了，这是一个很严肃的教训！”

晚九时，经过疙瘩李的请求，由他带领两名战士去炸毁坑道前面的地堡。出发以前，他皱着眉头，抚着他那个肉瘤思索了好一阵，然后在坑道的旮旯里搜罗了十几个空罐头盒子，用麻绳穿起来，在手里提溜着。在他们临走出坑道口时，许福来奇怪地问：

“副连长！你提溜着这些玩艺儿干什么？”

“他是害怕我割他那个肉瘤儿。”郭祥冲着许福来一笑。

天色浓黑，坑道口飘着零散的雨点。我方的冷炮紧一阵慢一阵地落到坑道顶上。正是夜袭的好时机。疙瘩李等三人跃出坑道，很快就消失在浓黑的夜色里。

几分钟后，对面的地堡就响起激烈的机枪声。红色的曳光弹像一缕缕红线不绝地向地堡的东侧飞去。正在机关枪狂热射击的时候，突然间地堡上火光闪了两闪，接着是两声飞雷沉重的爆炸声，机枪像被人猛然掐着脖子似的哑巴了……

疙瘩李等三人，提着一挺发热的机枪、几支步枪和一个破烂的喇叭回到坑道里。郭祥看看表，前后共总不过五分钟。

“好干脆呀！”许福来赞赏地望了他们一眼。

“这全靠副连长的那几个破罐头盒子。”一个战士高兴地说，“他钻到东边那个炸弹坑里把罐头盒子一摇，敌人的机枪就冲着他打，我们从西边就上去了。”

“怎么样，许福来？”郭祥高兴地指着疙瘩李说，“咱们饶他一次，这次别割他的小肉瘤儿了。”

郭祥回到指挥室，正准备派第二个小组出发抢水，忽然听见坑道里一片声嚷：

“上级给我们送水来啦！”

“同志们！送水来啦！”

郭祥探出头一看，坑道里乱哄哄的，战士们，轻伤员们全站起来，向坑道口涌去。顷刻间把进来的两个人团团围住，有的抢上去握手，有的抱着他们的膀子，眼里流着涔涔的热泪，卫生员小徐尖着嗓子叫：

“快让他们把东西放下呀！”

郭祥挤到前面，才看清楚为首的是一个膀大腰圆的大个子，正是三连的机枪班长乔大夯。因为他的身躯过于高大，在坑道里不得不稍稍弯下腰来。他身上左一个右一个，横七竖八地挂满了军用水壶，背上还背着一个沉重的麻袋。后面是一个年轻的战士，身上也背着二三十个军用水壶。经小徐提醒，人们纷纷帮着他们把东西卸下来。

郭祥的心头一阵激动，抢过去同他们握手，无限亲切地望着乔大夯说：

“大个儿,是你呀！你怎么跑到这儿来啦？”

“连长——”他仍旧这样称呼郭祥,并且带着深深的歉意说,“俺们送来的东西不多,俺知道你们断水好几天了。”

郭祥见他没听清楚,又说：

“你不是负伤下去了吗？怎么又到运输队了？”

乔大夯仍旧文不对题地说：

“大伙都觉着萝卜这东西又解渴,又解饿,俺就背了点萝卜。”

那位年轻战士摆摆手说：

“参谋长,你别问他了。上次他被炮弹埋到土里就震聋了。他的臂部也受了伤。同志们把他挖出来,往后方送,他半道上醒过来,就跳下了担架,又跑回来了。他找到老模范,哭了一鼻子,老模范就把他留在运输队了……”

郭祥望了望这位长工出身的机枪班长,这位背负着自己走过几十里山路,和自己同生共死的战友,心中真是无限感动。但是在大家的面前,他极力抑制着自己的感情,转了话题,问：

“你们出发的是几个人哪？”

“我们三个人一个小组,半道上牺牲了一个,我把他的水壶也背来了。”那个年轻的战士说,“后边还有两个小组,由老模范亲自带着,恐怕快要到了。”

话还没有落音,就听见坑道口一个人放大嗓门喊道：

“同志们！你们辛苦啦！”

郭祥立刻听出,那是十分熟悉和亲切的老模范的嗓音。他急忙迎上前去,看见老模范伛偻着身子,背着一个大口袋走进来。后边跟着四五个人,一个个都背着口袋,满身灰黑色的泥土,显然都是从焦黑的土地上爬过来的。他急忙帮老模范卸下口袋,抱住老模范说：

“老模范哪！你这么大年纪，怎么还亲自带队呀？”

“我就不喜欢你说这个！”老模范把脖子一梗，“我多大年纪啦，七十八十啦？”他解下袖子上缠着的那块黑浓巴唧的毛巾，一边擦汗一边说：“听说你们断了水，团首长、师首长、军首长都急坏啦！就怨我们组织得不好，送了好几次都没送上来，还伤亡了不少人……”

“今天伤亡了几个？”郭祥忙问。

“今天倒不错。”老模范说，“团长把炮火组织得特别好，天又下了一点小雨，那些王八羔子都钻了乌龟壳了，所以只牺牲了一个，伤了一个，就把东西送上来啦。”

郭祥指指那些大口袋，说：

“这里装的都是些什么呀？”

“你猜猜看！”老模范容光焕发地笑着说，“恐怕你猜不到，这是祖国人民的慰问品哪！”说到这里，又特意提高嗓门说：“同志们！我告诉你们一个最大的好消息：祖国人民第二届赴朝慰问团，已经到前方来啦！”

坑道里顷刻沸腾起来。人们纷纷挤过来问：

“什么？老模范，你说的是真的吗？”

“祖国人民慰问团真的来了？”

老模范嘿嘿一笑，说：

“不光来了，现在已经到了咱们师部！”

坑道里顿时掀起一阵热烈的掌声。接着，老模范又笑呵呵地对郭祥说：“你恐怕更想不到，凤凰堡的杨大妈，还有‘志愿军的未婚妻’——来凤也来了，她们都参加了赴朝慰问团……”

"哎呀,老模范!"郭祥兴奋地说,"这些好消息你怎么不早告诉我们哪!"

"怎么告诉你呀?步话机员一个劲儿地呼叫你们,把嗓子都喊哑啦,就是叫不到。祖国的亲人们天天站在无名山上看你们的阵地,烟火腾腾地什么也看不见,直到现在还为你们担着心哪!"

"不是叫不到,是我们的电池一丁点儿也没有了。"小马插进来说。

"电池已经给你们带来啦!"

老模范一面说,一面解开口袋,取出一大包电池交给小马。接着,又取出慰问品,每个人一大包。同志们立刻打开,里面是一张伟大领袖毛主席的最近照片,一枚金光闪闪的"抗美援朝纪念章",一本精装的袖珍日记,一个写着红字的"赠给最可爱的人"的白瓷茶缸,一块印着天安门图案的手帕,一封祖国人民的慰问信。此外,还有一包糖果,几包纸烟,和一个非常精致的烟嘴,上面刻着"祖国——我的母亲"。

此刻,坑道里的气氛由欢欣,热烈,活跃,一下变得严肃、庄重和静穆起来。这些远离家乡为一个神圣的目标战斗在邻国山岭上的人们,这些在弥天的烟火中无比坚强刚毅的战士,竟突然变得像搂在母亲怀中的孩子一样。他们抚摩着那些来自祖国的慰问品,手捧着毛主席像,凝视着他老人家慈祥的面容,一个个的眼里都含满热泪……

接着,郭祥、老模范和卫生员小徐抱着慰问品来到重伤员跟前。这些重伤员听说是来自祖国的慰问品,都挣扎着要坐起来接受。尽管老模范再三劝阻,有几个重伤员还是坐起来了。其中一个伤势很重,挣扎了几下没有坐得起来,他一连声叫着:

“小徐呀！小徐呀！你快把我扶起来呀！”

“你的伤这么重，干吗非要起来呢？”小徐劝解说。

“不行！不行！”他固执地说，“我是一个战士，我这样躺着对祖国是不尊敬的！”

郭祥、老模范和小徐只好把他扶起来。他接过慰问品，用双手捧着毛主席像，充满感情地说：

“祖国呀！祖国呀！……只要我有一口气，我就要永远永远保卫你！……”

他的话没有说完，就低声地啜泣起来。感动得老模范、郭祥和小徐都禁不住洒下了热泪。老模范叹息道：

“郭祥，你看我们的战士对祖国的感情多深啊！究竟有多深，我看谁也量不出来。”

“这就是我们的战士！”郭祥说，“我相信，就是今后比现在还要艰苦残酷一百倍的环境，就是比美帝国主义还要凶恶的敌人，也是不可能征服我们的！”

老模范和郭祥一起回到指挥室里。郭祥低声地问：

“上级有什么指示没有？”

“你们好好准备吧，只剩最后两天了。”老模范附在他的耳朵上悄声地说。

“我们一定要把他们彻底砸烂！”

郭祥仰仰脸，指指头顶上的敌人，他的拳头“砰”的一声砸在那个松木桌上，把步话机员小马吓了一跳……

第十四章　反　击

第二天,整个坑道就投入大反击的动员准备工作之中。

晚上,郭祥亲自进入二号坑道,对三连的准备工作进行检查。尽管郭祥不是第一次来,同志们对他们的“老连长”总是特别亲切和热烈。这次慰问团送来的水果糖和香烟,战士们出于对祖国的那种特别纯洁和深厚的感情,是看得极为珍贵的。有人拿出糖来吃上一块,或只咬一小口,就赶快包起来。香烟也不轻易抽。今天郭祥来了,这个掏出一支,那个又掏出一支,一下递过好几支来。郭祥笑着说:

“我一个人有几张嘴呀?”

可是,人们还是硬塞给他,纷纷说:

“你慢慢抽。这是祖国人民送来的烟哪!不简单哪!”

“别老卷你那个大喇叭筒了!”

郭祥一眼看见小杨春在人丛里也抽起烟来,就说:

“杨春!你干吗也抽起来了?”

“我倒不是想抽烟,”杨春说,“我一看这个烟嘴上‘祖国——我的母亲’,就想抽一口!”

人们笑起来。

连队的“文艺工作者”小罗,本来是挺能抽烟的,尤其是当他要“搞创作”的时候,简直是一支接一支,可是现在却一口也不抽。郭祥惊奇地问：

“小罗！你怎么不抽呀？”

“我不大想抽。”小罗说。

“不是不想抽，是舍不得抽啊！”小钢炮笑着说，“人家为了这烟，还专门作了一首诗呢！”

“什么诗呀，你念念，我听听！”郭祥笑着说。

小钢炮说：“还是我替他念吧：

千里送来光荣烟，
祖国的情意重如山。
等我立功那一天，
把它叼在嘴上边……”

“噢！原来是这么回事。”郭祥说，“对祖国就是应当有这种感情。一个战士对祖国对人民没有感情，那还叫什么战士呀！这次祖国人民来慰问我们，我们就应该把大反击的任务，完成得圆圆满满的，打得干干脆脆的，漂漂亮亮的……小罗，来来来，咱们也别干着，你先抽我一支！”

说着，从口袋里掏出一盒烟来，抽出一支递给小罗。小罗点上烟，喜滋滋地问：

“老连长！听说这次反击，咱们的‘大洋鼓’①也要参加，是真的吗？”

“是真的！老模范亲口对我讲的。”

小罗拍手笑着说：

“那可太好了！这一下可要把敌人砸扁啦。”

---

① 当时对火箭炮的称呼。

“叫敌人也尝尝我们大家伙的滋味吧!”人们纷纷地笑着。

“可是我们当步兵的,不能单纯依赖炮火。”郭祥说,“无论多么厉害的炮火,都很难完全摧毁敌人的工事。我们还得做好一切准备。这次战斗可不同哇,祖国的亲人们就在旁边站着哩,瞅着我们哩!这次是只能打好,不能打坏,打不下来,啃也得啃下来!”

“没有问题!参谋长,你就到时候看吧!”战士们充满信心地说。

连长齐堆和指导员陈三,也插进来说:

“参谋长!你就放心吧!咱们红三连决不能给祖国的脸上抹黑!”

郭祥见大家情绪很高,决心很大,心中很是高兴。他望了望齐堆和杨春,神秘地笑着说:

“有一个想不到的好消息,我本来不打算告诉你们,好保持个突然性。算啦,我现在就告诉你们算啦!……”

“你不说我也知道。”齐堆笑着说,“是不是慰问团带了几个文工团来?祖国的许多著名演员也来了?第一届慰问团就来了不少嘛!”

“不是,不是。”郭祥摇摇头,笑着说,“你根本想不到:杨大妈来啦!还有你那位‘志愿军的未婚妻’也来啦!就住在无名山咱们师部那里。”

“哎呀,我的参谋长!”齐堆笑着说,“你大概又是作鼓动工作吧?”

“什么鼓动工作?你是怎么看待鼓动工作的!嗯?”郭祥横了他一眼。

“不会!不会!”齐堆仍旧摇摇头说,“要说大妈,那倒有可能。

因为办农业合作社，她是个带头人。至于说她——一个普普通通的农村妇女……”

“噢，瞧你这个脑瓜！”郭祥用手点着他说，“参加革命这么多年，你还轻视妇女呀！嗯？现在全国谁不知道有一个‘志愿军的未婚妻’呀！”

齐堆笑眯眯的，不言语了。

“要是俺娘来了……”杨春思忖着说，“什么情况该反映，什么情况不该反映，希望首长们掌握着点儿！我自己倒没什么，还有一个集体荣誉的问题。”

“这个事儿可不好掌握。”郭祥说。

人们笑起来。

郭祥发现，在他们谈话的时候，刘大顺老在他旁边转来转去，像有什么话说。郭祥就问：

“大顺！你有什么事儿吗？”

“没有啥事儿。”他说。

可是，在郭祥离开大伙往回返的时候，又发现他跟着自己。郭祥收住脚步笑着说：

“大顺！你到底有什么事儿呀？”

“也……也没有什么大事儿。”他腼腼腆腆地笑着。

郭祥知道他的特点，有什么心事且不容易说出口来，就说：

“有什么事儿，你就直出直入地说吧！”

大顺红着脸，磕磕绊绊地说：

“我从祖国回来快半年了，这期间也没摊上什么任务……”

“你不是带着小部队出去好几次吗，怎么说没摊上任务呢？”

“不是这个，我是说没取得什么成绩。”

“那也困难。”郭祥笑着说，“要是每一次都抓六十多个俘虏，那美国兵早叫你抓光了。”

“不，不是这个意思。我是说，我对祖国的贡献太小太少了。”他的声调里充满着难过，“上次回国，祖国人民对我们太热情了，这些事儿我至死也不能忘。现在祖国人民又派了亲人来，我觉着祖国人民的恩情，就是粉身碎骨也报答不完！……”

“对！大顺，你说得对！”郭祥激动地说，“你这个想法，我也有。想起人民给我们的，我们对党，对祖国，对人民的贡献确实太少了。”

刘大顺得到上级的理解，脸上流露出高兴的神采，又接着说：

“我希望，这一回有什么艰巨的任务，你想着我一点儿……”

郭祥紧握着他的手，说：

“还有什么问题吗？”

刘大顺欲言又止，脸憋得像块红布似的，终于没有说出口来，只是说：

“别的……以后再说吧！”

第三天，也就是坚守坑道的第二十五天，大反击的全部准备工作已经完成。在这以前，为了弥补前沿坑道兵力的不足，又有一个连队乘深夜突过敌人的封锁，分别进入两个坑道。这样，第一线的突击力量就更加充实了。黄昏以后，人们就静静地坐在坑道两侧，等候着进攻的号令。郭祥坐在指挥室里，早早地就戴上了耳机，全神贯注地倾听着。整个坑道里静肃无声。只有那只马蹄表在滴答滴答地走着。当它那细长的红秒针刚刚移上十点整时，只听团长高喊了一声：“开炮！”几乎与他的喊声同时，头顶上响起了天崩地裂一般的爆炸声。挂在壁上用弹箱做的碗柜，咣啷一声落在地上，小搪瓷碗丁丁当当到处乱滚。小油灯也被震得从桌子上跳起来，翻了一个跟头摔在地上熄灭了。开始还能听出炮弹的个数，随后就轰隆成一片，越来越急，越来越猛。坐在坑道里的战士们，像坐上一只被狂风大浪摇撼的小船不绝地颠簸着。

为了这一天，人们苦熬了多少个日日夜夜啊！终于这个令人振奋的时刻到来了，到来了！如果不是在狭窄拥挤的坑道里，人们一定会高兴得跳起来。整个的坑道传过一阵兴奋的低语声：

"你听，这劲头多大！是我们的大家伙发言了吧？"

"嗯，准是'大洋鼓'参加了！"

"我们的炮兵太棒了。我主张首先给他们立头一功！"

"哈哈，叫敌人也尝尝我们炮火的滋味！"

坑道口炮火的闪光就像打闪一般。借着炮火的闪光，郭祥瞥了战士们一眼，一个个的脸上都闪耀着兴奋的红光，有的紧握着冲锋枪，有的攥着揭开盖子的手榴弹，像搭在弦上的利箭，只要一松手就会飞出去。

耳机里传来团长洪亮的嗓音：

"金沙江！金沙江！快要开饭了，筷子准备好了吗？准备好了吗？"

"完全准备好了！"郭祥大声回答。

"不要随便行动！听我统一的号令！统一的号令！你听清了吗？"

"听清了！井冈山！我听清了！"

郭祥知道，团长是再一次提醒自己，按照原定计划严格执行。因为根据事先了解，在山背后一个死角里有敌人一个屯兵洞，只要我们的急袭的炮火一停，敌人就会从那里钻出来，乘我立足未稳进行反扑。前次反击未成,这是重要原因之一。因此,团长再一次地提醒他。

炮火进行了二十分钟的急袭后,开始延伸。这时坑道口就有一些战士纷纷地站起来。郭祥厉声喝道:

“那是谁?不要乱动!”

果然,我们的炮火延伸射击一段之后,又突然调过头来,进行第二轮的猛袭。曲射炮火也不绝地落在山背后的洼地里。

当第二轮炮火刚一延伸,耳机就传过来团长极其兴奋的喊声:

“开——饭!金沙江,开饭哪!”

“同志们!冲——啊!”接着,郭祥也发出几乎用他整个的生命凝成的喊声。

战士们在疙瘩李、许福来的带领下,像小老虎般地跃出坑道,按照预定计划冲上山头。山顶上顷刻响起一片手榴弹的爆炸声。仅仅经过二十分钟的战斗,一号坑道的顶部就宣布占领了。

但是,二号坑道顶部的山头却尚未得手。郭祥立即跑出去,在山腰上的一个弹坑里找到了齐堆和陈三。郭祥严肃地问:

“齐堆,怎么还没有攻上去呀?”

齐堆指了指前面山坡上一个黑糊糊的地堡,说:

“就是叫这个家伙挡住路了。”

郭祥一看,这座地堡离山头不远,正好修在一座悬崖下,因此没有被炮火摧毁。他接着又问:

“组织爆破了吗?”

“已经上去两个爆破组,都伤亡了。”陈三说,“现在我们正在组织第三次爆破。”

这时,背后传过来好几个声音:

“连长！我去！”

“我去！”

郭祥回头一看，杨春、罗小文等好几个战士都要争取这个任务。齐堆刚要发话，从旁边蹿过一个人来，几乎是用乞求的声音说：

“参谋长！参谋长！你不是已经答复我了么？还是叫我去吧！”

郭祥转脸一看，正是刘大顺。他手里提着一支爆破筒，像是早有准备的样子。就是在星光之下，也可以看出他那粗朴的容貌和赤诚的迫不及待的表情。

郭祥望了齐堆、陈三一眼，说：

“我看就让大顺去吧，他的经验比较多些。”

齐堆立刻点头，说：

“好，刘大顺你去。我让机枪来掩护你！”

郭祥上去，紧紧握住刘大顺的手说：

“大顺同志！祖国人民正在后边望着我们哪！祝你一定成功！”

“参谋长！你放心吧，我保证完成任务！”

说过，刘大顺用感激的眼光望了郭祥一眼，就提着爆破筒，扑上去了。

掩护的机枪声，哒哒地响起来。前面地堡的枪眼也喷着长长的火舌，疯狂地射击着。这刘大顺到底是个老兵，他没有直扑地堡，从它的侧翼绕过去了。他时而匍匐前进，时而从这个弹坑，跳到那个弹坑里。在炮弹的闪光里，可以看到他那强壮的身影不断地隐现着。距离地堡五六步远的时候，他突然从一个弹坑里一跃而起，猛虎般扑到地堡跟前，把爆破筒插到侧翼的枪眼里。可是，当他拉了火刚刚滚下来，那根爆破筒，又被敌人推出来了。

“糟了！”不知是谁惊叫了一声。

郭祥的心突然一紧，眼看这次爆破又要落空。就在这一瞬间，只见刘大顺又呼地立起来，拾起快要爆炸的爆破筒，又第二次插到那个枪眼里，用胸脯死死地顶住。只听轰隆一声巨响，地堡立刻消失在一道冲天的火光里……

“同志们！冲啊！”

郭祥高喊了一声。人们潮水般地涌上去，二号坑道的山顶很快就顺利地占领了。

这时，从山顶上接连飞起了三颗绿色的信号弹，以它灿烂夺目的光辉，告慰着祖国的亲人。它们在空中慢悠悠地降落着，降落着，仿佛因为战士们付出的巨大的艰辛，不愿即刻就回到地面似的。

从这天后半夜，一直到第二天整个白天，敌人组织了多次反扑，都被后续部队击退。经过二十六个昼夜鏖战的白云岭，已经最后地巩固了阵地。敌人付出两万多名伤亡的这次战役，就这样收场了。

战斗结束后的这天早晨，陈三手里捧着一个旧挎包来找郭祥。他请示说：

“这些东西可怎么办呢？”

郭祥接过挎包，仔细一看，是刘大顺烈士的遗物，心里顿时热辣辣的。他把挎包轻轻地放到松木桌上，说：

“按照规定，你寄回他家里就是了。”

“他没有家呀，参谋长。”陈三为难地说，“别的烈士遗物都寄走了,就是他没有可寄的地方。”

郭祥寻思了一阵,说:

“我仿佛记得他是四川省遂中县的。你再查查军人登记表,会有他的详细地址。”

“地址倒有,就是没有收信人了!”陈三叹了口气,从那个旧挎包里取出一个用蓝布缝成的小口袋,说,“这是我刚才拆开的,你看看就明白了。”

郭祥抽出一看,是三封没有信封的书信,其中一封,信纸已经发黄。郭祥就着油灯展开,读道:

大顺夫君尊鉴:

日前接到来信,始悉你现在地址。自去年八月中秋你被保丁捆走,母亲日夜啼哭,饮食不进,不久即身染重病,又无钱求医,已于半月后病故。你走时保长曾言明,每户抽丁者给粮食两石,谁知你走后竟一字不提。父亲曾去其家理论,该保长竟云,当前剿共系我全体国民之神圣职责,并诬父亲偷了他家的东西,将其毒打一顿,推出门外,数日后也去世了。为妻到处求亲告友,乞讨借债,始将父亲草草安葬。两起丧事,共借银元一百二十元。为妻现携一子一女,生活无着,债户催讨,实难度日。又不知夫君归期何月何年,思之令人泪下。望夫君接到此信后,火速汇款来家,以济燃眉之急。望夫君多多保重。

敬祈

福安

妻字

民国三十五年旧历八月十五日

邻舍老人李百年代笔

郭祥沉重地叹了口气，又接读第二封。这一封是那个代笔人李百年自己写的：

大顺仁侄英鉴：

来信询问你家中情况，并特别提及你妻为何不写回信。此事本当早日奉告，因不知你确切地址，又言之心酸，故迟疑不决，望予鉴谅。

自你双亲去世，你妻生活愈益困窘，虽昼夜与人缝补拆洗，亦难维持。加上催税催捐，登门逼债，几无宁日，你妻遂萌短见，于某晨汲水时投井，幸被吾等发觉，及时营救脱险。去岁年关，有几名债主，登门詈骂，口出不逊，你妻实难忍受。为不使孩子看见，到吾家偷哭数次。此时家中已断炊数日，孩子骨瘦如柴，情景至为可怜。于此走投无路，经人说合，你妻遂自卖自身，以银元一百一十元之价，卖与某行商为妾，始将债务勉强偿还。遗下长男已交你舅父抚养，因女子幼小，随其母带走。你妻临行前，曾至我家辞别，并云：他日大顺归来，请代为相告，我对不起大顺，然实出于无奈，望来生相聚等语，言时声泪俱下，昏厥数次。老夫亦为之泣下数行。古语云，苛政猛于虎，信哉斯言，此政不亡，是无天理也。闻你妻今春尚在县城居住，后移居他省，现已不知去向。耑此奉告，望仁侄在外善自保重，是所至盼！即颂

旅安

民国三十六年旧历五月廿八日李百年手启

郭祥看信上，泪痕斑斑，已使多处字迹模糊。想来刘大顺生前是看过多次的。尽管郭祥是条硬汉，看到这样的信，也不免心酸难禁，他的心竟像风中的树叶一样颤栗不已。陈三见他看不下去，叹

口气说：

“看完吧，那一封是他舅父的回信。”

“我不看了，你说说算了。”

陈三说：

“大顺只剩下一个十一岁的男孩儿，当然老惦念着他。可是他去了几封信，都没有得到回信。最后他舅父才回信说：他的儿子也不知去向了。”

“怎么他儿子也不知去向了呢？”

“这就是屋漏又碰上连阴雨啊！”陈三叹了口气说，“他舅父也是一户贫农，自己的孩子都卖给别人，怎么去养活他？就把他送去扛小活。这孩子因为吃不饱，有一次偷吃了一点猪食，竟被地主毒打了一顿。以后就跑出去了……”

“我也是十一二岁跑出去的。”郭祥沉思着说，“不过那时候共产党、八路军很快就来了。这孩子在国民党统治区，他能跑到哪里？还不是冻死、饿死罢了。”

“好端端的一个家庭，就这样完了！”陈三叹息道。

“像这样家破人亡的事还多得很哪！”郭祥也叹口气说，“这都是叫满口仁义道德的国民党害的！可惜，大顺同志的这段历史，我一直不知道。过去在诉苦会上他也没有谈过。二次战役，大家在战场上诉苦，他突然昏倒了，我现在才明白是怎么回事……我过去只嫌他落后，对他简单粗暴，现在回想起来，是很不应该的……”

说着，他深深地低下头去。过了好半晌，才说：

“既然这样，东西就保存在连里吧，这对大家也是个教育。”

陈三从挎包里又取出一个红包包，打开以后，里面装的是这次慰问团送来的毛主席的相片，“抗美援朝纪念章”，祖国人民的慰问

信,还有他回国时少先队员送他的签满了名字的红领巾,以及其他纪念品等等。陈三从里面抽出一个笔记本,说:

“这里面还有他写给党组织的一封信。可能是没有来得及交给我们。”

郭祥接在手里,翻开一看,信虽短,但写得极其认真:

齐 连 长
陈指导员并转党支部:

大反击就要开始了。我要向党,向祖国人民庄严保证:我有最大决心完成这次的战斗任务。我希望党把最艰巨的任务交给我。并希望你们考虑能不能接受我做一个光荣的中国共产党党员。

这个愿望一直仓(藏)在我心里,没有题(提)出来。因为我觉得自己的条件不够,觉悟不高,也犯过错误。这是我对不起人民的地方。但是我对旧社会恨死了,它害得我家破人亡。我要用我的生命砸烂这个旧社会,为全世界的劳苦人服务,为无产阶级斗争到底!

刘大顺

郭祥看完信,望着齐堆说:

“你们对他生前这个要求,有什么意见?”

“我们同意追认他为共产党员。”陈三说,“他最后的行动,已经作了最好的证明。”

郭祥点点头,并且深有所感地说:

“我觉得,他解放过来,时间不长就出国作战,开始虽然觉悟不高,主要是对这次战争的革命意义还理解不深。但是,革命战争是最能教育人的。没有天生的勇士,也没有天生的懦夫。只要他肯真正为人民大众着想，经过锻炼，他就会成为勇士。可是，像陆希荣那样的人就不好办。因为他想的只有他自己，他自己的幸福，他自己的前途，他自己的地位，他自己的权利！还总想把自己变成一个出人头地的大人物！这种人在战争里，用投机取巧的办法，用别人的鲜血，固然可以蒙骗一时，但是在最残酷的考验下就要现原形了……我觉得，刘大顺同他相比，就是一个鲜明的对照！”

“他现在在哪里？”陈三轻蔑地笑着问。

“已经送回国去了。”郭祥鄙视地说，“听说他住在医院里，还一天到晚吹他的过五关，斩六将呢！……让他过他的和平生活去吧！”

“这种人是不会有好结果的！”

“你说得完全对！”郭祥点点头说，“烈士们虽然牺牲了，但是他们活在人们的心里，这就是虽死犹生；陆希荣虽然活着，不过是行尸走肉罢了！”

陈三捧着大顺的遗物回去了。郭祥仍然思绪纷纭，一时难以平息。正在这时，电话铃丁玲玲地响起来。

第十五章　亲　人

郭祥拿起耳机，是团政委周仆的声音：

“郭祥吗？你赶快到我这里来一下！”周仆异常兴奋地说，“祖国人民慰问团已经到啦！杨大妈和来凤也来啦！是师长陪着他们来的！”

“现在就在团指挥所吗？”郭祥兴奋地问。

“就在这里！”周仆说，“我们的意见，本来想让她们在师部接见你们，但是杨大妈她们坚持要到前沿阵地。你赶快来一下，我们商量商量。你通知齐堆和杨春也随后来见一见面。”

郭祥立即打电话通知了二号坑道的齐堆和杨春，刚放下耳机要走，小马一把拉住他，笑着说：

“参谋长！你就这样去见祖国的亲人哪？”

郭祥把自己全身上下一看，就像刚从烟筒里爬出来的，不由得笑起来。他连忙把黑糊糊的军衣，使劲地扑打了一阵，那军衣早被硝烟、灰尘和汗水胶着在一起，哪里打得下来？小徐赶快递给他一块湿毛巾擦了几把，那毛巾立刻就像块旧抹布似的。郭祥把毛巾一丢，说：“差不多了！”就出了坑道，一溜小跑地向团指挥所奔去。

团指挥所的洞门口，贴着红红绿绿的欢迎标语，还有用松柏的绿枝和火红的枫叶仓促搭起来的彩门。郭祥跨进洞口，看见两边墙壁上点着几十支蜡烛，把狭窄阴湿的坑道照得异常明亮。通讯员、警卫员们正忙着烧茶端水，穿梭般地来来往往，一个个脸上都充满着喜气。

郭祥为避免过于激动，在指挥室的门外停了一下。小小的指挥室坐满了人，师长、团长、政委，还有别的干部，正陪着大妈和一个仿佛见过面的年轻姑娘谈话。大妈穿着一身崭新的蓝布裤褂，神采奕奕，谈笑风生。那个年轻姑娘略显羞怯地依偎着她，那想必就是来凤了。大妈的另一边，坐着一个老者，胸前飘着半尺多长的白胡子，手里拄着一根手杖。再旁边是一个穿着蓝制服、戴着鸭舌帽、身躯高大的工人。郭祥的心怦怦地跳动着，向前跨进了一步，恭恭敬敬地打了一个敬礼。

"这就是我们的营参谋长郭祥。"师长高兴地向大家介绍。

慰问团的同志纷纷站起来，同郭祥握手。师长也一一作了介绍。郭祥才知道，那位白髯老者，是一位历史学教授。那位戴鸭舌帽的工人，是一位有名的火车司机。这位司机一见面就激动地把郭祥紧紧抱住，还一连拍着他的肩膀说：

"英雄啊！英雄啊！祖国人民永远忘不了你们……"

郭祥想说句什么，嗓子热辣辣的像被什么梗塞住了。他走到杨大妈跟前，喊了一声"大妈"，大妈拉着他的手，从上到下，从下到上，总望了他好几十秒钟，突然抱着他的膀子，哭了……

"孩子，你为我们受了苦了……"她的泪珠子不绝地跌落在郭祥被硝烟染黑的军衣上。

"大妈，这不算什么，大妈……"郭祥也含着眼泪一连声说。

见到郭祥，大妈自然也想起杨雪，眼泪越发流个不住。

"大妈，"周仆连忙上前劝道，"今天是大喜事，大家都要高兴才对嘛！"

“大妈主要是心疼他们。”师长解释道，“这几天，大妈每天都在阵地上看，一见我们的炮打敌人，她就乐了；一见敌人的炮打我们，就像打到她心上似的。今天一见郭祥瘦成这个样子，她就心疼得受不住了。”说到这里，他转向大妈说，“大妈，最好是将来能有这么一种战争，我们光打敌人，不许敌人打我们，这就比较理想了。是不是呀，大妈？”

人们笑起来。大妈转过脸说：

“你这个老洪，就知道编派我。你要是事先把准备工作再搞得好点儿，把粮食和水都准备得足点儿，怎么会让他们吃这么大苦头呢？”

“好厉害的大妈！”师长笑着说，“你这厉害劲儿，真是不减当年哪！我认为，你的这个批评击中了我的要害。这个战役胜利很大，消灭了敌人两万多人，创造了坑道战的经验，特别是我们的战士表现了人类最大的勇敢，和难以想象的忍受艰难困苦的能力。这是任何资产阶级的军队都做不到的。但是，我们的工作也有缺点，主要是我们估计不足，没有想到，就在这么两个连的阵地上敌人竟投入了六万多人的兵力，动用了大型火炮三百多门，还有将近二百辆坦克和大量的飞机。整个战役又持续了这样长的时间。这就是我们事先没有充分估计到的。这是一个严重的教训。现在我们正准备好好地总结……”

“我们是慰问来啦，可不是要你检讨哇！”大妈笑着打断他。

周仆看大妈激动的情绪有些缓和，就乘机转变话题，说：

“我们还是研究一下，慰问团的同志怎么进行活动吧！”

说着，他对郭祥悄悄使了个眼色，说：

“郭祥，大妈和慰问团的同志们提出来：一定要到你们最前沿的坑道去,你有什么意见,是不是就让他们去吧?"

郭祥立刻会意,马上说:

"这可不行啊!大妈。现在阵地还没有巩固,敌人还在反扑哪!"

大妈撇撇嘴,说:

"你们在那儿坚持了二十多天,我们待上半天就不行啦?"

说着,她也向来凤他们挤了挤眼,说:

"我们慰问团这个小组,不见战士的面,怎么完成祖国人民交给的任务呀?"

"这个俺们回去也不好交代!"来凤笑着说。

"对!对!"其他几个人都抢着说,"快点去吧,又没有好远。"

郭祥忙说:

"同志们,不是远不远,交通沟都让打平了,还没挖出来。再说,敌人的炮火封锁……"

"小嘎子!别蒙你大妈了。"大妈立刻打断他,"抗日那时候,我也跟部队活动过,你们会猫着腰跑,我就不会猫着腰跑几步?"

"大妈,那是老皇历了。"郭祥笑着说,"这会儿可跟那时候大不一样。那时候,日本兵有什么?背着几挺歪把子,后面跟着几门三八野炮就挺神气了,可是现在……"

"你别吓唬你大妈了。"大妈有些生气地说。

郭祥连忙凑到大妈跟前,笑嘻嘻地说:

"大妈,不是我不让你去。我来的时候,开了一个会,征求了全体战士的意见,大家都不同意。你要是硬去了,弄得大家担惊受怕,这个也不大好。大妈,你是拥军模范,是子弟兵的母亲,你总是还得听听战士们的意见嘛!"

周仆见形势成熟,立刻笑着说:

“慰问团的同志,跋山涉水来到朝鲜,也不容易;他们代表毛主席和全国人民来慰问我们,你说不让到前面去,也说不过去;另一方面,不听广大战士们的意见,硬要到第一线去,也不太好。其实,我们这里和白云岭是一个山,来到这儿已经就是到白云岭了。”

大妈撇撇嘴说:

“老周,怪不得你当政委,你瞧你多会说!”

“我总得客观点嘛!”周仆笑着说,“我对你们两方面不偏不向。我折中一下吧:现在已经恢复了一段交通沟,咱们先到外面看看阵地,晚上再把同志们找来开个座谈会,见见面,亲热亲热。根据情况发展,晚几天再到前面去。你们看行不行啊?”

“好! 好! 这个主意好!”师长立刻笑着说,“大妈和慰问团的同志们在这儿多住几天,等阵地再巩固一下,交通沟都修复了,再去也不晚嘛!”

“行! 行!”郭祥几个人连声响应。事情只好这样决定了。

师长立起身来,笑着说:

“咱们到外面看看吧,我当向导!”

大家都站起来,随着师长出了坑道。这里的交通壕修复了一段,人们就顺着交通壕向前走去。外面日丽风清,蓝天如洗,是一个典型的明净的秋日。这时敌我双方的炮火都比较岑寂,只偶尔有一两发炮弹嗞嗞地叫着落在山顶。师长不时地停下脚步来,谈笑着,向慰问团的同志们介绍着阵地的情况。

师长说,五次战役前,他曾来这里看过地形。那时候,这里树木很多,有松树,枫树,橡子树,还有银杏树,遮天蔽日,风景是很好的。山坡上是朝鲜人的一块墓地。山顶上有一座古庙叫白云寺,建筑形式非常优美。在他看地形的时候，还有几只白鹤惊飞起来。说到这里，师长气愤地说：

“美帝国主义在这里杀了多少朝鲜人，且不去讲；你光看看这土地，叫他们糟蹋成什么样子！”

人们放眼一看，周围的山头光秃秃的，看不到一棵树和一片绿草。满眼一片荒沙，尽是一尺多深的虚土，和乌黑的石头碎末。师长随手抓起一把土，在手里晃了晃，沙土从指缝里漏下去，剩下了七八块指甲盖大小的弹片。他伸着手对大家说：

“你们看，这是什么？——这就是帝国主义的本性！”他把那把弹片放到白髯老者的手里，继续说道，“他们就是凭着这个，企图把全世界人民变成增殖资本的奴隶！说穿了，难道不就是为了这个吗？可是，我可以断定，他们是做不到的。请看，他们用了四个师的兵力，用了多少万吨的钢铁，用了各种残酷手段，连两个连的阵地都没有占领，这就是一个明显的例子……”

“那是因为时代不一样了。”白髯老者带着感动的神情，把一把弹片装到自己的口袋里，说，“清朝末年，帝国主义派上兵舰来，开上两炮，就可以占领一座城市；日本人进来，国民党的几百万兵望风而逃，几天之内就可以占领几十座县城。只有在共产党、毛主席的领导下，我们的国家才变得这么坚强啊！”

“你说得对！”周仆点点头，接上说，“据我看，这次朝鲜战争，美帝国主义的最大错误，就在于他们没有看到：今天的东方已经不是昨天的东方。东方人民已经觉醒了。毛主席说：‘中国人民已经站起来了！’帝国主义反动派的悲剧就在这里，它们没有认识到：中国革命的胜利，在东方，在全世界，引起了什么样的历史变化！”

“所以，他们只能碰得头破血流！”那位工人同志也接上说。

大家向前走了一截,前面一处洼地上孤零零直矗矗地立着一根一人多高的黑柱子,来凤指着问:

"那是什么?"

"认不出来了,是吧?"郭祥笑着说。

人们走到跟前才看出是一棵松树,只剩下一段粗壮的躯干。外面一层烧得焦咿咿的,像是一根乌黑的木炭。从上到下,一层一层,嵌满了一寸多长的弹皮,总有几百块之多。看到这棵树,慰问团的同志都有些吃惊。来凤抚摩着黑乌乌的树干,一连声说:

"哎呀,怎么会成了这样!怎么会成了这样!"

白髯老者一时望望乌黑的树干,一时望望郭祥,捋着白胡子,不绝地赞叹道:

"真是难以想象!难以想象!……我就不能理解,在敌人这样密集的炮火下,身受敌人五面包围,你们究竟是依靠什么力量,坚持住了?"

"因为我们背后站着伟大的祖国,我们没有权利给她抹黑!"郭祥洪亮地回答。

周仆赞许地点了点头,望着老人补充道:

"这确实是一种伟大而神奇的力量!出国以后,同志们对祖国的感情,确实更深更深了。不管多么艰险的环境,不管多么困难的任务,只要一提伟大的祖国,就能够度过!就能够战胜!她爆发出的能量,有时候,连我自己都觉得不可思议。"由于兴奋,他的脸上泛着红光,又继续说,"就拿我自己说,不管情况多么紧张,别的能丢,我那个收音机绝不能丢。我一打开收音机,一听播音员的声音,简直比最美的音乐还要好听,比最清凉的泉水还要解渴。真像饮了一杯醇酒似的,心里暖烘烘的!"

人们笑起来。周仆又说：

“当然，这并不奇怪。过去我们虽然也生活在同一块土地上，可是人民是被污辱被奴役的。那时候的国家，不是劳动人民的，是帝国主义的，地主的，四大家族的。自从我们夺取了政权，这才有了自己的国家，无产阶级专政的国家。我们怎么能不热爱她呢？怎么能不热爱我们新生的祖国呢？……抗美援朝开始，有些人担心，怕打烂我们的坛坛罐罐，怕我们的建设受到影响；由于毛主席的英明领导，建设不是更慢了，而是更快了，国内的社会主义建设，真是一日千里。我们在这里打仗，就好像听见祖国万马奔腾的脚步声似的，怎么会不越来越有劲儿呢！……”

这时候，从白云岭阵地的山坡上跑下一个青年战士，他身材灵活，动作敏捷，在炮弹坑间跳跃着，就像一只小燕子似的。郭祥笑着说：

“大妈，你瞧，那是谁来了？”

说话间，杨春已经跑到大家跟前，站在交通沟沿上，用一个战士的标准姿势，恭恭敬敬地打了一个敬礼，然后用清亮的童音说：

“祖国人民好！慰问团的同志们好！”

显然这两句话是早就准备好的，但是说过这两句，下面就不知道怎么说了。周仆笑着说：

“杨春！你怎么不问你妈妈好哇？”

“我妈妈也是祖国人民嘛！”杨春红着脸说。

“这调皮鬼！快下来跟你妈妈见见面哪！”

杨春这才跳下交通沟，红着脸跟慰问团的同志们一一握手，然后才腼腼腆腆地走到妈妈身边。

郭祥眨巴着眼说：

“大妈,你瞧大乱是不是有点变了?”

“是长高了!”大妈从上到下打量了儿子一眼,笑着说,“给他套上马笼嘴,他不变也不行啊!”

大家笑起来。郭祥说:

“这小机灵鬼在这儿干得不错。前两个月还创造了个‘百名射手’呢!”

“什么‘百名射手’?”大妈问。

郭祥做了解释。大妈半信半疑地摇了摇头,说:

“我就不信!这么个臭小子参军才几天哪,他就能打死一百个敌人?”

“俺娘一贯瞧不起我!”杨春有点不高兴,从挎包里掏出一个沉甸甸的慰问袋,往他娘怀里一揣,咕嘟着嘴,说,“你自己瞧去!”

大妈一接沉甸甸的,解开口儿一看,都是些小红石子儿,脸上有些生气地说:

“噢!你到前方来还要石头子儿呀?”

郭祥立刻笑着说:

“大妈,你别小瞧这些小石子儿。打死一个敌人,才能往里装一个呢!”

大妈撇撇嘴,笑着说:

“这山上石头子儿有的是,谁不会拣哪!你可别让他蒙了你,这小子心眼儿可不少!”

郭祥把来龙去脉一说,大家才明白这是寄给祖国一位小朋友的;因为没有人回国,一直存到今天。大妈捧着沉甸甸的小口袋,轻松地出了口气,感慨地说:

“这都是毛主席教导得好,首长们带得好。说实在的,我还为他担着一份心呢。你们不知道，他从小就调皮，三天不打，上房揭瓦，不是掏鸽子蛋，就是打鸟，有一次叫他看场，他还……”

“你甭说了，人就不能变啦？”杨春红着脸打断他娘的话。

大妈再一次郑重地望了望那个绣着花的慰问袋，喜滋滋地正准备扎起口来，被杨春一把抢了过去，翻翻眼说：

“这是给祖国人民的，不是给你的！”

人们哈哈大笑。周仆说：

“哈哈，现在你妈妈又不是祖国人民啦？”

“交给我啵，我是祖国人民！”那个戴鸭舌帽的工人连忙把口袋接过来。人们又笑了一阵。

忽然，头顶上穿过一阵“嗖嗖嗖”的啸声，有几颗炮弹在武威山的山坡上爆炸了。

师长摆摆手，笑着说：

“我看还是进洞去吧，敌人已经下逐客令了！”

人们进了指挥室坐下。周仆说：

“怎么齐堆还不到哇？还磨蹭什么？”

“我来的时候，他说要研究一个问题，正主持全连开会呢。”郭祥说过，又望着大妈和来凤，顺便解释道，“他现在已经是连长了。”

大妈诧异地问：

“怎么就没听他说过？他给来凤写信说，他在前方当炊事员，要保证在艰苦条件下给战士们改善生活。还提出要跟来凤比赛呢！”

郭祥哈哈大笑，说：

“大妈，他那意思你就没解开。他是暗示来凤：尽管家里条件不好，也要注意给他爹改善改善生活！”

人们哄堂大笑。郭祥接着又说：

“他的鬼名堂可是多得很哪！我算服了他那股钻劲了。去年，敌人秋季攻势正猛的时候，他就创造了坑道；今年夏天，他又大破地雷阵，给敌人来了个‘地雷大搬家’。要不大家怎么会叫他‘小诸葛’呢！”

来凤脸色绯红，眼里流动着光彩，像是刚饮下满满一杯浓酒似的。她打断了郭祥的话说：

“叫你这一说，他就成了一朵花啦，就没有缺点啦！”

“缺点不能说没有。”郭祥笑着说，“自从报上登出你的事迹，他对那个标题就有意见，有一次找着我偷偷地说：‘连长，这个记者是怎么搞的？来凤是我的未婚妻，怎么倒成了《志愿军的未婚妻》啦！’”

在朗朗的笑声中，齐堆已经来到门口。他手里提着一大嘟噜东西，往门外一放，喊了一声“报告”，给师团首长打了一个敬礼，接着又给慰问团的人每人打了一个敬礼，唯独把来凤隔过去了。大妈用手一指来凤，笑着说：

“小堆儿！你干吗不给她敬个礼呀？……我给你说，她在家可不容易。又得装男，又得扮女。没过门的媳妇就背着包袱跑到你家，伺候你那个瞎爹，为的什么呀？还不是为了抗美援朝！你可得好好地谢谢她呢！”

“她是慰问团，还没慰问我哪！”齐堆挤着坐下来，笑着说。

“你这小子，跟嘎子是一类货！”大妈说，“人家当初要不送你参军，你有这份光荣吗？你临走还对人不放心哪！”

人们哄地笑起来。

大妈看来凤脸红红的，不大自然，对齐堆说：

“我们还要跟首长们讨论点事儿，你们先到那边屋里说几句体己话吧！”

“那可不行！我的任务还没完成哪！”

齐堆说着，转身回到门口，把绿色的降落伞布包着的一大嘟噜东西提进来，笑着说：

“我刚才来得迟了一点。原因是不知道该给祖国的亲人们送点什么礼物。全连的同志们想来想去，觉着没什么可送的。有个战士在阵地上拣了这么一件东西，大家觉着还有点意思，就让我带来了。”

说着，他把那个大包袱咣当一声放在桌上，解开降落伞布，露出一个奇形怪状的铁玩艺儿。慰问团的同志们围过来，一时竟看不出是什么，经过说明，才看出是两颗炮弹在空中迎头相遇，那颗小炮弹的弹头竟钻到那颗大炮弹的弹头中去了。

“这真是见所未见，闻所未闻！”老教授啧啧地惊叹着，“完全可以说明，当时的战斗是多么激烈，双方炮火的密度是多么惊人了。”

“不错。”师长笑着说，“但是更能说明问题的，是祖国人民对我们的支援。在出国作战初期，是不会出现这种情况的。那时候，我们的炮很少，也很旧，甚至还有抗战时期缴获日本军队的三八野炮，一放起来，敌人感到很新鲜，还以为是‘共军’的什么新式武器呢！每门炮，炮弹也很少，打几发就完了。可是自从全国人民捐献飞机大炮以来，我们的装备大大加强了。虽然暂时还赶不上敌人，但是由于我们战术灵活，射手勇敢，常常可以造成局部优势。这次反击，我们就集中了几百门火炮，给敌人开了个盛大的音乐会，我们的‘大洋鼓’也参加了合唱。这次抓的俘虏，下来的时候，光会说：‘完啦！完啦！’原来他们已经神经错乱，吓傻了！我看到美联社的消息说：‘中国军队大炮炮火的猛烈集中已开始在整个战场中占优势’，已经‘一再使联军的步兵瘫痪’，并且说他们是‘坐在一座火山口上’。‘坐在火山口上’是确实的，至于说我们的炮火在整个战场上‘已经占优势’，那倒还没有，如果那样，我相信他们已经不存在了。这都是伟大祖国人民的支援，特别是工人阶级的努力，才达到了这一点。”

工人代表异常郑重地把这件珍奇的礼品包起来，同齐堆再一次热烈地握了握手。大妈说：

“齐堆，你的任务完成了，这回可该走了吧！”

齐堆笑着说：

“我们这事儿报上都登了，还有什么怕公开的！”

郭祥不由分说，和大妈等一起把他和来凤推到隔壁的房间里去了。

大妈和师长等人又谈笑了一阵，政治处一个干事进来对周仆说：

“政委，现在饭已经好了，是不是请慰问团的同志们吃饭哪？同志们都等着听大妈他们作报告呢！”

“我就办了一个小社儿，有什么可报告的！”大妈笑着说，“下午，我和来凤准备给大家把衣裳缝补缝补，你看一个个在炮火里都滚成什么样儿了！”

“衣服要补，报告也得作。”周仆笑着说，“你把你办社的事儿，给大家好好说说，别的同志也好好讲讲，这对我们就是最大的鼓舞了。还有什么更有力的政治工作呀！”

师长也接上说：

“你的社虽小，她是代表一个方向。这就是毛主席指引的社会主义道路。同志们在前方牺牲流血，不就是为了这个吗！……”

“要说成社就是不赖，穷困户都有盼头了。”大妈兴高采烈地说，“你就说郭祥他娘，孤苦零丁的，过去一到春天种地就犯愁，现在松心多了，脸上也有了笑模样儿了。”

郭祥坐在一边听着，脸上笑眯眯的。

大家正说话，只听外面有人动情地喊了一声：

“妈！……”

说着，小迷糊闯进来。他满头大汗，脸色红红的，像是刚从外面赶回来的样子。他走到大妈面前，蹲下来，攥住大妈的手，激动得说不出话。

大妈也眼圈一红，抚摩着他的头说：

“小子，你离开咱家六七年了，怎么也不给妈打封信哪？要不是嘎子上次回家，我还不知道你在这儿呢！”

“妈，我一直当勤务员、警卫员了，什么功也没有立……”

“什么功不功的，在外头东挡西杀的，都有功。你给我打封信，我不就放心了？”

周仆乘机解释道：

“大妈，小迷糊对你感情可深了，老念叨你。这次听说你来，好几天就睡不好觉，老是问：‘我妈啥时候来呀？’我看比对他亲妈还亲哩！”

“说的也是。”大妈说，“他爹妈都叫日本鬼用刺刀挑了，从十一上就住在我那儿，还非跟我钻一个被窝不行。你不叫醒他，就给你尿一大炕。你瞧这会儿多出息呀！”

大家哄地笑起来。小迷糊有点不好意思，站起身说：

“妈，我给你们端饭去！”

大妈叫住他说：

“小子，我这回来，也没有什么给你带的。我一想，你跟大乱个子差不多，就比着他的脚给你做了一双鞋，等一会儿，你穿穿合适不？”

小迷糊高高兴兴地跑了出去。不一时抱了一大摞碗走进来，小玲子在后面端着菜盆。

菜摆好了，大家刚刚入座，头顶上响起沉重的爆炸声。一个参谋进来报告：有十几架敌机，正在阵地上盘旋轰炸。邓军立刻站起来说：

“你马上告诉高射炮阵地和高射机枪阵地：祖国的亲人们在这里，要他们好好地打！狠狠地打！”

说过，又转身向慰问团的同志微笑着说：

“今天没有鸡鸭鱼肉来招待你们，如果能打下一只‘飞鸡’来，也算个招待吧！”

人们哄笑着。

不一时，就从坑道口传来高射机枪激越的哒哒声和高射炮的怒吼声，像是对敌人宣布：祖国人民的一根毫毛都是不容许侵犯的！

第六部　凯歌

第一章 战 友

炮火声里，雪花又落遍了朝鲜。

这已经是中国人民志愿军在朝鲜度过的第三个冬天。

朝鲜，这个伸到大海中的半岛，一年四季都是很美丽的。春天一来，漫山遍野开遍了金达莱花，简直就像一片桃花的海。到夏天，又是青山绿水，房前房后落满了栗子树玉棒般的花穗，就是在激烈的炮火里，也不断传来布谷鸟好像被露水湿润过的好听的鸣声。当然，最好看的还是秋天。这时候，枫叶红了，千山万壑，升腾着旺盛的火焰，整个三千里江山就像被一匹无穷无尽的红毯包了起来，使你真像喝了一杯浓酒似的沉醉在她那迷人的秋色里。至于冬天，那是另一种奇丽的景象，千万座山岭都变成银色的山岭。她庄严，肃穆，壮丽，就像这个穿白衣的民族本身一样倔强地屹立在东方。

志愿军入朝作战的第一个冬天，不消说是无心欣赏朝鲜的冬景的。那时候，弥漫的风雪与漫天的火光交织在一起，形势危急，胜负难卜，东方人民的命运，正像万斤重担压在战士们的心头。尤其是出国比较仓促的那些部队，那些来自温暖的江南的儿女，他们戴着大盖军帽，穿着单薄的军衣，就进入到长津湖畔的冰天雪地之中，其艰苦情况可想而知。而现在却完全不同了。战线稳定，粮弹充足，洞外是雪花飞舞，洞里是炉火熊熊。祖国送来的冬装，更使战士们特别满意。那些棉衣不仅布好,棉絮厚,前胸还有御寒护胸棉,袖上还有防寒紧袖扣,每件棉衣的口袋里都装着针线包、救急包、杀虫粉和慰问信。此外还有漂亮的栽绒帽,厚厚的棉大衣与暖和的棉毛靴。这些贫下中农的子弟,许多人从小给地主放牛,放羊,放猪,连鞋都穿不上,哪穿过这样的棉毛靴啊!他们受到祖国这样的抚爱,心里很是感动,有人还写出这样的快板诗来:

棉毛靴,模样强,
牛皮包头帆布帮,
底子好像装甲板,
软毛足有三寸长。

穿上祖国这双鞋,
浑身发热有力量。
挺起胸膛跺跺脚,
地也震来山也响……

在这样的情况下,战士们的求战情绪益发高涨。当前的朝鲜局势是很明显的:现在既不是战争初期能否打退敌人的问题,也不是中期能否守得住的问题,而是如何把战线推向前去争取最后的胜利。我们的主人公郭祥,就是这种求战情绪的代表人物。他的眼睛早就贪馋地盯上白云岭对面的花溪洞,以及隐隐可见的他曾经恶战过的黑云岭了。

这里,顺便交代,自白云岭战役之后,本营营长孙亮已调任副团长,由郭祥接任营长,副教导员老模范也当了教导员,这两位共过患难的战友,仍然作为"老搭档"领导着本营的工作。尽管他俩年龄相差很多,但在这方面却完全一致:都想很快把花溪洞山拿下来。为此他们作了一个周密的攻击计划，想挤到全师的计划中去。谁知计划递上不到两天，就传来完全相反的消息：部队很快就要下阵地了。郭祥深感意外，找到周仆悄悄地问：

"政委，这消息是真的吗？"

周仆点了点头。

"转移到哪里去呀？"

"西海岸。"

郭祥的脑袋耷拉下来了，半晌没有说话。周仆笑着说：

"你恐怕有些不理解吧，这是一个重要的战略部署。"

"战略部署？"

"是的，一个有关全局的大问题。"周仆解释说，"现在朝鲜的战局很清楚：敌人要想从正面突破我军阵地，已经不可能了；他们正酝酿着一个大阴谋……"

"什么阴谋？"

"他们企图用大量海空军和陆战队，从我们后方实行两栖登陆……随着艾森豪威尔上台，这种可能性大大增加了。"

"他大概也就剩下这张王牌了！"郭祥笑着说。

"你说得对！"周仆说，"可是，敌人的这个阴谋，已经被上面识破了。"

"谁？"

"那还有谁？"周仆笑着说，"谁看得这么深刻呀！"

"噢！是毛主席……"郭祥点点头，笑着说，"既是这样，走就走吧，我没有什么意见！"

接着，周仆又告诉他：为了击破敌人的阴谋，整个部署都作了调整，有不少部队要调到东西海岸两侧。到达西海岸以后，还有可能与一支人民军的英雄部队并肩作战。

“那太好了！”郭祥高兴地说。

交接任务的工作，在稳交稳接，增强团结的指导思想下，整整用了一周时间，才进行完毕。然后，郭祥所在的第五军才向北转移。

经过五六天连续行军，他们到达了预定的目的地。郭祥的一营住在几个小山村里。这里有一道蜿蜒的长满松树的小山，村庄就散落在山坡上。下面是一片被白雪封盖着的稻田。再往西不远就是碧蓝的大海了。

郭祥于拂晓时到达，刚安顿完毕，卫兵就进来报告说，面劳动党委员长，带着几个人前来慰问。郭祥和老模范立即迎出门去，看见一个穿蓝制服的中年男子，一个女干部，正同房东老汉讲话，仿佛在吩咐什么。旁边站着五六个年轻的朝鲜妇女，在早晨凉飕飕的海风中，一个个笑微微地顶着竹篮。郭祥和老模范连忙赶过去同他们热烈地握手。那个女干部，穿着厚厚的蓝棉袄，蒙着头巾，束着黑裙，她一见郭祥就快步抢过来，温和地笑着说：

“郭东木！你的不认识啦？”

郭祥仔细一看，原来是朴贞淑，不禁惊讶地问：

“朴东木，你怎么也来了？”

“怎么，你来的行，我来的不行？”她笑着反问。

郭祥握着她的手，笑着说：

“哦，恐怕是你们的部队也来了吧？”

朴贞淑笑着点点头，接着告诉郭祥，她是分配来做群众工作的。郭祥兴奋地挥挥手，用朝鲜同志讲中国话的调子说：

“好好，我们任务的一样！”

说着，把大家让到屋里。郭祥和老模范忙着给客人端水拿烟，对面委员长和群众的慰问一再表示感谢。面委员长也透露，他们早就知道部队要到这里来执行重要任务，现在正发动群众，全力支援。最后，郭祥问起白英子的情况。原来去年夏天，郭祥遇到朴贞淑时，两人谈起往事，朴贞淑仍不免为死去的孩子伤感。郭祥就想起白英子来，自从杨雪牺牲，这孩子一天天大了，也该有个人带着她锻炼锻炼，并且有个寄托才好。于是就向朴贞淑谈了自己的想法。朴贞淑一口答应。不久就把白英子接在自己身边。今天，郭祥一见朴贞淑，就想起这事。朴贞淑见郭祥如此关心白英子，就笑着说：

"她也来了。现在我走到哪里，把她带到哪里。"

"这样说，你是她的上级啰？"

"是她的上级，又是她的妈妈。"

郭祥笑了，又问：

"她怎么没来？"

"她到群众里做工作去了。"朴贞淑笑着说，"要是知道你来，还不赶快飞来吗！"

郭祥和老模范同大家欢叙了一阵。客人起身告辞。临走，朴贞淑告诉他们，她就住在山那边不远的农舍里，有事就不客气地去找她。

部队刚到驻地，就受到朝鲜同志的欢迎和慰问，使郭祥和老模范的心头感到十分温暖。他们对白英子这个失去家庭的孤儿，有了这样的归宿，尤其感到欣慰。老模范把地方同志来探望的事向团政委作了报告，周仆在电话里指示说：

"你们附近，就有人民军一个营，你们应当明天一早就去探望他们，主动取得联系，不要等人家来看望你们了！"

两人商定,明天由老模范到团里汇报行军工作,郭祥一早就到人民军去。

郭祥在老乡的暖炕上,甜甜地睡了一晚。一早醒来,觉得窗纸异常明亮,推门一望,漫天正飞舞着雪花,台阶上已经落了很厚一层。他想到,人民军在军容风纪上是很讲究的,就把自己也从上到下整饬了一番。他匆匆吃了早饭,就披上大衣,带着通讯员小牛向村外走去。

雪花飘落着。他们踏着厚厚的积雪走了半里多路,看见一个身穿绿呢子军大衣的人民军军官迎面走来,后面跟着一个挎转盘枪的战士。两个人的步态都很英武。待走到近处一看,这位人民军的军官,高高的个子,面目清秀,两眼炯炯有神,很像是五次战役消灭敌人伞兵的人民军连长金银铁。不过那时金银铁是人民军的上尉,现在这位军官却佩着大尉军衔。郭祥一时不敢断定,就走上前打了一个敬礼,试探地说:

"你是金银铁同志吧?"

那个军官急忙还礼,两眼一亮,说:

"噢,你是不是郭……"

"对,对,我是郭祥。"

两个人紧紧地握手,互相拍着对方的肩膀,几乎要拥抱起来。小牛也抢过去同人民军的战士亲热地握手。

两个人说话并不困难。郭祥一向喜欢接触群众,也善于接触群众。到朝鲜以后依然是这种作风,在炕上把腿一盘,就同那些阿爸基、阿妈妮们聊起天来,所以他的朝鲜话纵然不是很通,也能说上老半天的。金银铁在学校里就学过汉语,中国话竟说得相当流利。

郭祥首先抱歉说,他本想一早就到大尉的营里前去探望,不料大尉来得更早；金银铁也说，他本想昨天就来，因为忙一件事被耽搁了。郭祥心里很想对自己的这位战友招待一番，就转过身来邀请金银铁一同到自己的营去。

两个人一路说说笑笑，来到营部。郭祥在台阶上帮金银铁拂去身上的雪花，把他让进屋子里；又悄悄吩咐小牛好好招待那个人民军的战士；并且压低声音说：

“你告诉管理员，一定要买两只鸡来！由我个人出钱。”

“这也不是你个人的客人。”小牛说。

“你别管这个。快！鸡一定要买大一点的！”

郭祥回到屋里，拿出他最好的“大前门”香烟，给金银铁亲自点上，亲热地说：

“金银铁同志，自从咱们上次见面，一晃一年半也多了，你这一阵子在哪儿呀？”

“我一直在东线作战。”金银铁笑着说，“自从八五一高地战斗以后，我们休整了一下，就又上阵地了。最近才调到这里……”

“噢，敌人不是把八五一高地叫做‘伤心岭’吗！”郭祥用钦佩的眼光看了自己的朋友一眼，兴奋地说，“那个战斗可打得好哇！要是不把敌人打疼，它是不会伤心的。”

“还是志愿军的同志们打得好。”金银铁连忙接过来说，“上甘岭战役，那是全世界都知道的。”

郭祥兴奋地说：

“我们的部队，很敬佩你们。战士们经常说：我们应当把自己坚守的每一座山岭，都变成敌人的‘伤心岭’！”

“要是不让敌人伤心，就该我们伤心了。”金银铁微笑着说，“我们还是让敌人伤心的好。”

郭祥哈哈大笑。

“我对人民军印象很深。”他接着说，“你们的部队作战勇敢，纪律性很强，觉悟很高，从来不说一个‘苦’字。特别是对敌人有刻骨的仇恨。我遇到不少人民军的战士，他们的家属都被敌人残杀了……”

“这种人在我们部队很多。有的连队占三分之一，有的甚至占一半以上。”

“是啊，美国的雇佣兵怎么能抵挡住这样的军队？就是这仇恨的火也要把敌人烧死！”郭祥说，“上次你们打敌人的伞兵，打得多干脆！这个支援太及时了，我什么时候想起来都要感激你们……”

“不要说这个了，郭祥同志。”金银铁打断他的话说，“你们出国作战的时候，正是我们的民族最严重、最危急的关头，而对你们来说，刚刚经过二十二年的连续战争，不是没有困难的。这一点朝鲜人民是懂得的。他们在内心深处的感激是难以表达的。也是我们永远不会忘记的。我还记得，在我们向北撤退的时候……”

郭祥的眼前，又重现了那个大火熊熊的夜晚，在北撤的人流中，金银铁坐在桥头上，死也不肯后退的动人情景。虽然事情过去了几年，那幅情景仍然历历在目。郭祥不禁感慨地说：

“从那时起我就看出，朝鲜人民、朝鲜人民军是不可战胜的！”

金银铁回忆着说：“那时候，的确，我是一步也不愿再撤退了。当我听到撤退的消息，觉得就像天塌地陷一样，眼也看不见了。我在心里喊着：祖国啊祖国！故乡啊故乡！我们怎么能够离开你！当时如果宣布死守，我相信我们的战士会毫不吝惜地全部战死在这里。眼看前面就是国境线了，我觉得向北再迈出一步，都是莫大的痛苦。世界上有各种各样的痛苦，我觉得没有任何痛苦能和这种痛苦相比……所以,我们才那样珍贵中国同志的国际主义支援!"

听了金银铁的话,郭祥深受感动地说:

"要说支援,首先是朝鲜同志支援了我们。这次抗美斗争,你们不仅捍卫了自己的民族独立,也捍卫了中国的安全,而且对全世界的革命事业,做出了伟大的贡献! 我常常想,我们国家的社会主义建设事业能够有现在这样的发展,这同朝鲜人民的流血斗争是分不开的! ……金银铁同志,你就别说谁支援谁了,因为全世界的无产阶级本来就是一家嘛!"

金银铁笑着说:

"话当然可以这样说;正因为我们是一家,所以彼此的支援是不可少的!"

郭祥也笑了。

这时,金银铁像忽然想起了什么,感情深沉地说:

"有一件事,我们朝鲜人民是永远也不会忘记的,什么时候提起来,都压不住心头的激动……"

郭祥注视着自己的朋友,等待他说下去。

"我说的是毛岸英同志,他的热血也洒在我们的国土上了……"金银铁接着说,"我们听说,志愿军一出动,他就报名出国,是经过毛泽东同志亲自批准的。令我们特别感动的是,在这次战争里,不仅中国人民派出了他们优秀的儿女,连中国人民的伟大领袖也派出了自己亲生的孩子……"

"是的,这件事中国人民也很感动。"郭祥说,"听人讲,毛岸英同志牺牲以后,为了怕毛主席难过,很长时间没有告诉他。后来,他老人家还是知道了,他说:你们为什么要瞒着我呢,为什么别人的儿子可以牺牲，我的儿子就不能牺牲？……”

听到这里，金银铁深深地慨叹道：

“这次战争，敌人的残酷性达到了一个高峰；我们两党、两国之间的兄弟友谊，也达到了一个光辉的高峰！”

郭祥也激动地添加说：

“要说这是国际无产阶级合作的典范，也不算过分。”

这时候，小牛已经把菜端了上来。按中国人民军队一向的风习，不用盘子，也不用大碗，而是四个大搪瓷盆。一盆是清蒸鸡，一盆是鸡蛋粉，一盆是牛肉罐头，一盆是炒土豆丝。另外还有两瓶中国的“二锅头”烧酒。没有酒杯，就拿了两个小搪瓷碗。郭祥把小炕桌干脆撤去，放在暖炕上，然后说：

“小牛，快找那位战士同志去！”

“叫他在我们那儿吃吧，”小牛说，“我们那儿也有一只大鸡呢！”

郭祥笑着对金银铁说：

“那咱们俩就喝起来吧！”

说着，提起酒瓶，咕嘟咕嘟就给金银铁倒了满满一大瓷碗。金银铁连声叫道：

“哎呀，不行不行！中国酒厉害，这我是知道的！”

郭祥笑着说：

“朝鲜同志英勇善战，这我也是知道的！”

说着，给自己也倒了大半碗，高高地擎起来说：

“今天咱们相见不容易。让我们就为我们两国人民用鲜血凝成的伟大友谊干一杯吧！”

两人心情激动，各饮了一大口，脸色都顿时红润起来。小牛又从灶膛里掏了一大盆炭火，端到两人面前，火盆上还跳动着红艳艳的小火苗儿，不一时屋里暖烘烘的，两个人的大衣都穿不住了。外面仍然是漫天飞舞的雪花……

两个人山南海北地纵谈着，不觉谈到家事上来。郭祥把着酒碗问：

“金同志，你家里还有些什么人哪？”

金银铁轻轻地叹口气说：

“现在已经被反动派快毁坏完了……”

他沉默了半晌，才接着说：

“我的哥哥多年前就跑到中国的东北，参加了金日成将军的部队，在作战中牺牲了。我的姐姐十二岁就当了纺织工人，听说在釜山，一直没有消息。我原来在汉城读书，因为搞学生运动被反动派发现，要追捕我，我就偷越过三八线，参加了人民军，走了我哥哥的道路。战争爆发以后，听说父亲和我的妻子都被敌人枪杀了。现在只剩下我母亲一个人了。……”

郭祥一听，忽然想起被隔断在敌后时救护自己的那位朝鲜老妈妈。两家的经历竟这样相似，就问：

“你家在什么地方？”

“三八线附近，金化郡。”

“什么村子？”

“金谷里。”

“啊？金谷里？”郭祥不禁惊叫了一声，又问，“你妈妈多大年纪了？”

“五十五岁了。”

郭祥记得那位阿妈妮比自己的母亲大一岁，掐指一算，也差不多。又问：

“她是不是为了逃债和你父亲一起迁到那里去的?”

“是啊!是啊!”金银铁惊讶地说,“你怎么知道?”

郭祥笑着说:

“你们村子西北,山上有一个大石洞吗?”

“是啊!是啊!”金银铁一连声说,“那是庄稼人存放柴草和避雨的地方。我小时候到过那里。郭同志!看来你是到过那地方吧?”

郭祥感叹地说:

“不错,那是我到过的地方,也是我永远难忘的地方!”

接着,他把自己的这段经历,详详细细叙说了一遍,最后激动地握着金银铁的手说:

“就在这个村庄,就在这个石洞里,我认识了一位革命的母亲,伟大的母亲!他是你的也是我的母亲!”

两位久经战阵的战友,眼里都含满激动的热泪,在他们碰杯的时候,因为不小心,泪珠子扑哒扑哒地掉到酒碗里去了……

外面,漫天飞舞的雪花,还在不停地飘落着,飘落着……

郭祥由金银铁一家的遭遇,不禁想起朴贞淑一家的遭遇和小英子一家的遭遇,他们的命运是多么相似!这都是些多么优秀的人啊!他忽然想,自己能不能帮助他们成为一家呢?

想到这里,他慢吞吞地点起一支烟,接着刚才的话茬说:

“这次战争,依我看,朝鲜妇女的贡献也是很大的。”

“是的,她们确实表现不错。”金银铁点了点头。

郭祥又接着发挥:

“中国同志经常赞美她们。我们团政委就说过,将来要写这页历史,朝鲜妇女可是重要的一笔!”

“这也是实际情况。”金银铁说,“战争爆发以后,青壮年男子都上了前线,所有的重担都压到她们肩上去了。”

“在前线上我也看到不少。”郭祥说,“我就认识一位女同志,表现得相当出色。她原来是一个普通的农村妇女,后来成了一个人民军的战士。她经常化装,深入敌人的营地,活跃在敌人的后方,完成了许多重大任务。听说她还得过共和国的勋章呢!”

“我也听说,我们人民军有这样的女同志,可是没见过面。”

“你没有见过,你的妈妈倒是见过。”郭祥笑着说,“据我看,你妈妈很喜欢她。”

“我妈妈很喜欢她?”

“是的,很喜欢她。就是她护送我到战线这边来的。据我看,她的性格非常好,对人谦恭有礼,简直可以说,把女性的温柔跟少有的刚强和勇敢糅和在一起了……”

金银铁笑起来,说:

“这位女同志现在在哪儿?”

“她等一会儿就来。”郭祥笑着说,“我们已经约好,她要来谈谈地方的情况。”

金银铁欠起身说:

“哦,原来你今天有事,那我就告辞啦!”

“不,不,”郭祥捺住他说,“实在抱歉,我们的联络员不在家,我正要求你作翻译呢!”

郭祥把金银铁稳住,立刻假托有事,跑到外面找到小牛,说:

“快!快!你快去把朴同志请来!”

“什么事呀?”

“你别管什么事,你就对她说:有要事相商!”

小牛去了。

郭祥又回到屋里,同金银铁扯了一阵。看看二十分钟过去了,小牛也回来了,还不见她来。他有些发急,就又假托有事跑出来,走到柴门以外观望。

这时,漫天的雪花,仍旧像春天的柳絮一般不停地飘舞着。除了卷着浪花的海水以外,整个的山岗,松林,已经成了无限幽静奇美的银白世界。高高低低的松枝,都托着大大的雪团,经海风一吹,又静静地落到地上和别的枝丫上……

郭祥正在观望,从银色的山岗上走下一个人来。正是朴贞淑的身影。待走得近了,郭祥见她披了一身雪花,头巾上也落了厚厚一层,简直像戴着一顶美丽的花冠似的,脸色也显得更加鲜红了。

她咯吱咯吱地走到郭祥身边,笑着问:

"郭东木!什么要紧事的有呀?"

"有一个人民军东木,要找你谈谈情况。"郭祥笑着说。

"什么情况的谈?"

"谈谈……地方的情况。"

"哦,原来是这么回事。"

两个人说着来到屋前,郭祥推开门,说:

"金东木!你不是要了解地方的情况吗?我给你请人来了。"

"我……我……"金银铁慌乱地站起来。

"这就是朴贞淑同志。她对地方的情况是非常熟悉的。"

"哦,哦……那就请进来吧!"

朴贞淑解下头巾,扑打着满身的雪花,随后脱了鞋,走进屋里……

郭祥轻轻地吁了口气,望望天空,欢腾的雪花飞舞得更加美丽了。

第二章　春　初

一九五三年春初，山阴的积雪还未消融净尽，炸弹坑边的草已经冒出绿芽，二月兰也抢先开放了。漫山遍野的金达莱，经过严冬的孕育和雪水的充分滋养，已经挂满了坚实的花蕾。它们仿佛整装待发的战士，正准备一鼓上阵，占领春天的阵地。

反登陆作战的准备工作，仍在紧张地进行。山岭间，不时地回荡着开掘坑道工事的爆炸声，像夏季的沉雷一般从这座山谷滚到那座山谷。

初春的早晨，天气还相当寒冷。郭祥披着穿了一冬的旧棉衣，正沿着一条山溪向工地走去。在山溪转弯处，远远望见一个身着军衣的女同志，正在一块大青石上洗衣。她的裤管挽得高高的，两条腿埋在清清的水流里。长长的发辫不时地垂下来。从那熟悉的身影，郭祥看出来那是徐芳。可是又心中纳闷：听说徐芳的演唱组，昨天晚上就回去了，怎么大清早起又在这里洗衣服呢？

待走到近前，郭祥笑着问：

“小徐，你们不是已经回去了吗？”

徐芳抬头一看，笑了，用袖子拭了拭脸上的汗珠，说：

“怎么，在你们这儿多待一会儿也不行啊？”

“谁说不行啦？”郭祥连忙说，“你再待上两个月我们也很欢迎！”

“你听听,也、很、欢、迎!”徐芳笑着说,“谁知道你心里欢迎不欢迎啊? ……说实在的,我本来准备昨儿晚上走;因为乔大夯几个人老是把衣服藏着不让我们洗,昨儿晚上才让我发现了。我就让他们先走了,我多留半天。也无非是多吃你们一顿饭吧!”

郭祥带着抱歉的语气解释道:

“昨天晚上,听说你们要走,我本来想送你们,后来因为开会误了……”

“你现在是首长,工作忙嘛!”徐芳打断他。

郭祥一听这话不是滋味,就在徐芳的对面,小溪另一边一块石头上坐下来,说:

“你这个小徐! 看起来是对我有意见了。”

“有什么意见哪,要不这么说,你肯坐下来呀?”

徐芳嫣然一笑,把辫子往后一甩,又拾起乔大夯那满是汗污的特大号的军衣,在溪水里投了投,然后立在大青石上,光着两只脚丫踩起来。显然因为在水里过久,两截小腿和一双脚丫已经冻得通红。

郭祥有些怜惜地说:

“小徐,你这种精神,我很赞成;可是也要看时候嘛! 比方说,晌午水暖了你再来洗,是不是更好一些?”

“这算什么!”徐芳一面踩衣服,一面满不在乎地说,“跟小杨姐姐比,我还差得远哪! 她大冬天敲开冰凌,给战士们洗血衣,一洗就是几十件,你怎么就不说了?”

一提杨雪,郭祥低下头去,不言语了。徐芳也后悔失言。沉了半晌,郭祥才说:

“她已经牺牲快两年了……”

“可不，到今年夏天就两年了。”徐芳也难过地说。

“一个多好的同志啊！”郭祥慨叹了一声，缓慢地说，“她是那么勇敢勤劳，艰苦朴素，既老实又聪明。每年夏天，只要我走到枣树林，闻到枣花的香味儿，我就想起她来……”

“是因为，你们小时候一块砍过柴吗？”

“不。是因为，她朴素得就像那枣花似的……她不像桃花那么艳，更不像海棠那么娇。可是她倒比她们香得多，质地也坚实得多，对穷苦人也有用得多。”

“我没有你想得深。”徐芳思忖了一会儿，说，“我倒觉得她是一枝开放在硝烟中的红花。好像环境越艰苦，战斗越激烈，她就开得越鲜艳。这也不奇怪，因为她的底子厚，经过的锻炼又多，比起来，我就觉得自己像一枝可怜的小草似的。自她牺牲以后，我就想给她编一支歌子，题目就叫《硝烟红花》，可是写了好几次也没写成……”

说到这儿，徐芳羞涩地低下头去。

郭祥接着刚才自己的话说：

“当然，我们的感情也走了一段弯路。这主要是假象蒙蔽了她，使她一时没看清楚。我是能够谅解她的。因为认识一个人很不容易，特别像陆希荣那样的人，他的两面派手段是最能蒙蔽人的，许多同志都受了骗……”

说到这里，两人都沉默无语。过了一会儿，郭祥抬起头来，问：

“她的墓是在松风里吗？”

“在松风里。”

“是村南还是村北？”

“村南的一座小山上。”

“插了牌子吗?”

“有一座小石碑。”

徐芳见他问得这么细,就说:

“你准备去看看她的坟墓吗?”

“那要看机会了。”郭祥叹口气说,“至少在我们胜利回国的时候,我是要去一次的。”

徐芳也慨叹说:

“我觉得在小杨姐姐身上,最可贵的地方,就是她对革命,对同志不掺半点假,完全是真心实意的。就是亲姐妹,在最危险的时候,她也未必肯真正救助你;可是小杨姐姐,为了革命的需要,为了同志的安全,却是肯毫不犹豫献出生命的人。我跟她在一块儿时间不长,她却给我上了最好的一课。她不是用语言,而是用实际行动,使我懂得了在这一生里应该做什么样的人,走什么样的路。我相信,这条路我是会继续走下去的……”

乔大夯那件特大号的军衣已经涮净拧干,徐芳又把另一件混合着汗渍和泥土的衣服投放到溪水里。那条丝带一般的绿水,老像要把她手里的衣服夺去似的,在水里牵得长长的,并且发出充满情意的丁冬的歌唱。

世界上有些话,是最难启口的。就是一些心直口快的英雄好汉也不免如此。何况像徐芳这样刚满二十岁的女孩子呢!从内心里来说,她对郭祥是非常倾慕的。至于这情感的绿芽,究竟是什么时候悄悄钻出地皮来的,不仅春风难知,就是她自己也不知道。郭祥在医院休养的时候,她还完全是一个不懂事的少女,用她自己的话说,那时候“只晓得抢糖豆吃”。对郭祥与杨雪之间的感情,她不仅不懂,还觉得两个人躲在河边说悄悄话,简直非常好笑。杨雪牺牲后，小徐回到前方。当她得知郭祥在玉女峰壮烈跳崖的时候，她感动得哭了。但是这种情感也以对英雄的景仰居多。因为在她看来，郭祥是一个无比高大坚强的英雄，是一个具有某种神秘品质的难以企及的人物。至于其中掺杂了多少个人爱慕的成分，那是直到今天她也难以确定的。也许这些都已水乳交融又无法分辨了。或者说，比较明晰的，是郭祥从敌后归来时。那次也是在海边，她第一次向郭祥告知了杨雪牺牲的消息，当时郭祥痛苦万分，内心如焚，这件事也给了她深深的感动。此外，还有无名山的相遇，自己亲眼看见郭祥悄悄地抚弄那面小圆镜子，以及托她织做镜套、笔套的动人情景，都流露出他对杨雪的感情是多么的深沉和真挚呀！她觉得郭祥这人不仅在政治上，在同敌人作殊死斗争时，是那样的坚定，就是在个人感情上也是纯真高尚的。也许就从这时，落下的一粒种子悄悄地萌发了绿芽……

然而，既已萌芽，它就日益茁壮难以抑制了；以至到了今天，自己难以启口而对方又没有丝毫的暗示。即使自己把题目引到这方面来，郭祥又谈的总是杨雪和对杨雪无尽的怀念。更加使她伤心和懊恼的是，她发现郭祥一直是把她当做小孩看待的，就同在医院相见时没有两样。什么小徐小徐的，他就不知道小徐已经不是几年前的小徐了，她已经长大了，已经成了大人了。徐芳简直觉得自己被深沟高垒挡住了去路。可是，今天不谈，又待何时呢？……

“还是接着刚才的话题为好。”徐芳心中暗暗想道。于是她鼓足了勇气，涨红着脸说：

“你觉得，自从小杨姐姐牺牲以后，你还遇到过像她那样的人吗？”

“没有。”郭祥低着头说。

“在咱们全师、全军,都没有像她那样的人吗?”

“不能说没有,也许没有遇到过。”

徐芳心里一沉,像被冷风噎住似的不言语了。郭祥也沉默着。只有那条丁冬的山溪好像有意弥补他们的沉默似的,轻声地絮语着……

待了好半晌,徐芳才长长地叹了口气,说:

“要是小杨姐姐还活着,那该多好啊!”

这话还未说完,郭祥的眼泪已经像两条小河似的滴落到山溪里……

…………

第二天。郭祥在团部开完会,刚要离开,周仆在一棵松树下叫住他,亲切地微笑着,说:

“郭祥,昨天人家跟你谈话,你怎么哭起来了?”

“谁?”郭祥眨巴眨巴眼。

“小徐呀,小徐不是跟你谈话了吗?”

郭祥一愣:

“政委,你怎么知道的?她向你汇报了?”

“还要等她汇报?”周仆微微一笑,“昨天我一看她的气色就不对,两个眼红红的。是我问了一点二十分钟才问出来的。”

他从容地燃上大烟斗,不慌不忙地笑着说:

“人家早就爱上你了,你还傻瓜似的!”

“什么?她……”郭祥吃了一惊,“她还是个小孩子嘛!”

周仆哈哈大笑,用大烟斗冲他一指:

“你这个郭祥!有些地方嘎得出奇,有些地方又傻得要命。其实,我这个政治委员早就看出来了。那位你所说的‘小孩子’,一来咱们团,就要打听你,说不了几句话,就要问:郭祥打得怎么样啦,最近表现怎么样啦,等等。我不过不说就是了。这种事自然瓜熟蒂落,也用不着多问。”

“那,怎么今天政委又亲自过问了?”郭祥也笑着说。

“出了故障了嘛,不问还行?”周仆板起脸说,“就比如一挺机枪,哗哗哗一直打得很顺当,忽然不叫了,你不排除故障,还怎么打下去呀?”

郭祥笑起来了。周仆又接着说:

“据我看,小徐还是很不错的。虽然是知识分子家庭出身,总的看还是比较纯洁的。尤其是经过咱们这个大熔炉一炼,进步很快。你看她给伤员洗血衣呀,端屎尿呀,捉虱子呀,还跑到最前沿给战士们演唱呀,缝补衣服呀,都说明思想感情在发生变化,同工农兵群众的结合上已经跨进了一步。当然以后还要继续努力。像这样的同志同你结合,我认为是蛮好的。怎么人家给你谈着,谈着,你倒哭起来了?”

“我……我……”郭祥嘴张了几张,没有说下去。

“你说嘛,有什么不好说的?”

“我……我是想起小杨来了。”

“噢,原来是这个……”周仆叹息了一声,沉默了一会儿,又继续说,“当然,小杨是一个很难得的同志,是值得我们永远怀念的。听说朝鲜政府已经授予她‘朝鲜民主主义人民共和国英雄’的称号。可是,有什么办法呢,她毕竟离开了我们……”

“我总觉着她还活着似的。”郭祥低下头去。

周仆长长地叹息了一声,又说:

“从某一方面说,她也确实活着。我就注意到,小徐为战士服务的那种精神，甚至她给战士缝补衣服的姿势，都使我想起杨雪来。这是为什么？这就是小杨的精神和影响在她身上投射的光辉！……而且，据我看来，小杨和小徐所以爱你，是出于一个共同的情感，这就是爱慕一个真正为革命为祖国不惜献身的英雄。她们的这种情感是很纯洁很高尚的。这是我们中国革命的妇女中一种很值得赞美的倾向。资产阶级的妇女，或者有浓厚资产阶级气息的妇女，她们追求的是金钱，地位，安适，庸俗的享乐生活，她们见了我们这些‘大兵’掩鼻而过，唯恐汗气冲了她们，怎么会爱我们的英雄，爱我们的战士呢？……郭祥啊，我看小徐对你的这种情感，你还是应当看得珍贵些！”

听到这里，郭祥笑着说：

“政委，你是不是有点儿管得太宽了？”

“宽？我这也是有原则的！”周仆睃了他一眼，“那些专门追求个人幸福的人，我就不会去帮他，因为他自己已经很上劲儿了，你还帮他干什么！嗯？比如像陆希荣那样的人！”

郭祥沉思了一会儿，说：

“这样吧，政委，虽然你是一番好意，可我现在还不想考虑这个问题。是不是以后再说……”

周仆见郭祥思想还不大通，也不好勉强，就说：

“也好，那就以后再考虑吧。这种事，政治委员包办也不行啊！”

郭祥打了一个敬礼，匆匆去了。

团长邓军从那边走过来，问：

“老周，谈得怎么样？”

周仆摇摇头，说：

“不行。恐怕主要是对小杨的感情太深了。”

邓军把那只独臂一挥，笑着说：

“哼，小徐不来请我！要是我来谈，不超过一个钟头就能解决问题！”

“那，这个媒人就由你来当吧！”周仆也笑着说。

第三章　硝烟红花

果然,十多天后,团长邓军已经在履行他“媒人”的职责了。

山岗上,古木参天。志愿军第五军正在这里举行一次盛大的英雄模范会议。邓军率领本团的英雄模范人物也参加了。会议上反映出的英雄事迹,真如百花争妍,千红万紫,比漫山遍野的繁花还要绚丽多彩。最后三天,只剩下军首长的总结讲话和军文工团的晚会了。就在这个空隙里,邓军在临时搭成的礼堂外,同郭祥做了一次严肃的谈话。

“那个问题,你考虑得怎么样啦?”邓军故意沉下脸问。

郭祥一愣:

“团长,你说的是什么问题呀?”

“你这个嘎家伙!政委专门找你谈了半天,你还装什么糊涂嘞?”

“噢,这个……”郭祥笑着说,“我还没有考虑呢!”

“看!你这是什么态度?叫你说,小徐入朝以来表现得怎么样?嗯?”

“表现不错。”

“对呀,既然不错,你为啥不跟人家好好谈哪?当然,我也听过人家讲,什么‘金花配银花,金葫芦配银瓜’,你是不是觉得人家配不上你这个金葫芦呀?”

“这个，绝对不是。”郭祥涨红着脸说，“主要是因为……”

邓军知道他又要谈起杨雪，立刻把话截住，把那只独臂一挥：

“不要说了！据我看，小徐同志不错。你那样对待人家至少很不礼貌！你自己说，那天有没有缺点？”

郭祥涨红着脸，不知说什么好。小玲子在一边龇着牙笑，并且不断给他使眼色，他只好讷讷地说：

“那，那……缺点总是有的。”

“对嘛！既是缺点，就要很快改正嘛！”邓军极力掩饰着内心的愉快，又用半命令的口吻说，“限你三天之内去找她谈谈！嗯？我给你半天的假。”

邓军说完，不等郭祥表态，就一扭头回会场去了。

“团长好厉害！把指挥打仗的办法也用上了。”

第三天，也是会议的最后一天。早晨，郭祥正要进入会场，忽然小玲子停住脚步，支棱着耳朵说：

“有飞机！”

郭祥仄着耳朵一听，并没有听见什么，就笑着说：

“你这顺风耳恐怕听错了吧？”

话未落音，山尖上就鸣起防空枪声。接着，蓝色的天空里，出现了三架轰炸机和六架喷气式的混合编队。小玲子睁大眼睛，紧紧地盯着它，因为这时敌人的飞机越来越狡猾了，它们有时候装作过路的样子，不动声色地向预定的目标施行水平投弹；有时候则故意飞过预定的目标，陡然返回头来施行突然袭击。因此，小玲子等它们飞过头顶，还死死地盯着，果然，这些家伙刚刚飞过去不久，接着又返回来，盘旋在军部的上空。在山上开会的人们纷纷跳进了防空壕。不一时，山下的几个村庄里就传来沉重的爆炸声。与此同时,我军的高射炮和高射机枪也响起来。天上地下轰鸣声顿时响成一片。

直到一架敌机被炮火击落,这场短促激烈的战斗才宣告结束。人们从防空壕里跳出来,看看山下,军司令部、政治部和文工团所驻的几个村子都旋卷着黑烟。很快司令部的值班室就给山上打来电话:司、政两部略有伤亡,唯独文工团损失最重,因为他们正在为会议赶排节目,没有来得及跑出来。这种事,在朝鲜战场上,本来早就习以为常。但是不知怎的,今天却引起郭祥一种特殊不安的感觉。他老是望着山下村子里冒着几缕黑烟的地方……

山上的会议仍然照常进行。中午,军政治委员的总结报告已经讲完。大家预料,当天的晚会不可能再进行了。谁知军政委在结束报告时,用特别响亮的调子通知大家:

"刚才,文工团有一些伤亡,我们的意见,今天晚上的演出不要举行了。但是,文工团的同志们再三要求坚持演出。他们说:文艺工作者为英雄的部队服务,就要学习英雄,英雄们能够前仆后继,负伤不下火线,为什么我们就不能坚持演出呢?因此,我们就批准了他们的要求。现在我愉快地通知大家:今天晚上的晚会,按预定计划,于晚七时半准时开始!"

会场上,顿时响起一阵特别热烈的经久不息的掌声。

晚会开始了。在没有开始以前,这个可容六七百人的山林礼堂就已经挤得满满的。人人面带笑容,坐在一排一排的横木上。电灯光发出特别明亮愉悦的光辉。小小的舞台,经过红绿彩绸的装饰,显得十分美观。礼堂的入口处用防雨布严严实实地遮蔽着,尽管外面不断有敌机的肆扰,有防空哨报警的枪声,但里面的演出并不中断,不时地爆发出一阵阵的掌声、笑声和欢呼声……显然,这种大规模的演出，在战争初期是不可能出现的，现在由于战线的稳定，它已经变成人们的日常生活了。

晚会的节目，是由一个名叫《开山曲》的小歌剧开始的。幕一拉开，舞台中心耸立着一块雄伟的大青石，仔细一看，才看出这块大青石是由一个身躯特别高大的演员扮演的。这位“石头老人”的姿态十分傲慢，显出一副凛然不可侵犯的样子歌唱着。歌词的大意说，他已经在这山里居住了几亿万年，只有他才是这里真正的主宰，是任何人动他不得的。听说志愿军的战士来这里修工事，要把山打通，他一笑置之，认为不过是“毛娃子”的妄想罢了。接着，上来了三个志愿军的青年战士，高唱战歌，猛挥镢头，虽然累得臂疼腰酸，仍然没有弄得动他。这位“石头老人”益发狂笑不止。后来这几个青年战士商量了一个办法，终于把石头弄得基础动摇，摇摇晃晃地离开了原来的位置。“石头老人”大为恐慌，一面后退，一面唱道：

> 我，在这里生长了亿万年，
> 哎呀呀，想不到今天碰到英雄汉。
> 小伙子有勇有谋吓破了我的胆，
> 我只好带领大小儿孙滚下山……

人们听了哈哈大笑，响起一阵热烈的掌声。

报幕员还特别解释说：今天演“石头老人”的，是他们行军中挑汽灯和兼管服装道具的一位同志；因为原来担任这个角色的同志今天光荣牺牲了，是由他自告奋勇赶排出来的；歌词比较生疏，请大家特别原谅。会场上又响起一阵热烈的掌声。

接着，开始了一些短小精悍的演唱节目。其中有一个单弦是《郭祥大战白云岭》，那位演员十分诙谐，把郭祥的那股嘎劲表演得惟妙惟肖，使大伙不时迸发出一阵一阵的笑声。这郭祥平时虽然满不在乎，但在大庭广众之前却最怕表扬，尤其这种文艺形式，更使人吃不住劲。他见会场上的人纷纷瞅他，只好红着脸低下头去。军政委还回过头，笑着问："怎么样，郭祥？演得像不像啊？"郭祥那种不自然就别提了。幸好这个节目并不太长，等到另一个节目开始，他才吁了一口气，重又抬起头来。

最后一个节目，是徐芳的独唱《硝烟红花》。报幕员还特意介绍说："《硝烟红花》，是徐芳同志经过长期酝酿最近才完成的一首抒情歌曲。内容是歌颂和悼念本军的模范护士——国际主义战士杨雪同志的。由于徐芳同志今天上午在敌机轰炸时两度抢救伤员左臂负伤，本来团里决定这个节目日后再同大家见面，但是徐芳同志坚决要求按预定计划演出，团里批准了她的请求。现在由徐芳同志开始演唱。"

徐芳在热烈的掌声中，轻快地走到台前。郭祥静静地注视着，见她用白绷带挎着一只胳膊，似乎比平时还要精神，也显得更加美丽。郭祥不禁想起，三年前，她给自己输血的时候，还是一个天真烂漫的女孩子，今天却在不注意中长大成人了。而且在她身上确实隐隐约约生长出某种气质和风度，无论动作、神态都有点儿像是杨雪……郭祥正冥想间，徐芳已经在两把胡琴和一把小提琴的伴奏下，放出了婉转清脆的歌声。这歌声很快就把郭祥带到那深沉的回忆里。歌词的最后几段是：

想起你啊，我就想起了江声哗哗，
鸭绿江奔流在你的脚下。
你多么想追随战士的脚步前进，
在江边洒下了你一串串泪花。

啊,只因为你是一枝硝烟中的红花!

想起你啊,我就想起了风雪漫漫,
你用温暖的胸膛把冰雪融化。
你对战士的热爱为何这般深厚,
阶级的情义胜过洁白的雪花。
啊,只因为你是一枝硝烟中的红花!

想起你啊,我就想起了洪水滔滔,
滔滔的洪流啊无边无涯。
你穿行在激流中为何一无所惧,
背负着负伤的战友在树上安家。
啊,只因为你是一枝硝烟中的红花!

想起你啊,我又想起了烈火熊熊,
你扑进烈火中没有丝毫惧怕。
为了掩护亲爱的朝鲜姐妹,
你慷慨地把最后一滴热血抛洒。
啊,只因为你是一枝硝烟中的红花!

硝烟中的红花啊硝烟中的红花,
你的美胜过天上灿烂的红霞。
红霞啊也会随着暮色暗淡,
你在我们的心中永远放射光华。
啊,只因为是一枝永不凋谢的红花!……

徐芳的歌声，平时就很美妙动人。今天更加深沉有力。一来她唱的是自己亲身的感受，二来对杨雪又怀着无比深厚的感情。因此，很快地就把大家引到对这位女战士的深沉的怀念之中。尤其唱到最后两段，她眼里含满热泪，几乎夺眶而出，等到她结束最后一句时，眼泪已经像明亮的露珠一般滚落下来。

在大家深深的感动中，徐芳谢幕数次。郭祥全没看见，因为他为了掩饰自己的感情，早已深深地低下头去。他的泪水却悄悄地洒到他面前的一小片土地上去了。

邓军用胳膊肘碰碰他，说：

“怎么样啊，郭祥？嗯？”

郭祥含含糊糊地应了一声，声音是嘎哑的。因为徐芳的那首歌曲，仍旧在他耳边飘绕着，就像是一条不绝如缕的丝带一般……

第四章　在朝鲜人民军里

经过中朝人民军队一个冬春的紧张劳动，在朝鲜东西海岸修筑了数百里的坑道工事，正面战线也更加巩固。此外，还改善了交通网，增修了两条铁路、四条公路，大大便利了我军的机动。弹药物资也作了足够的储备。与此同时，又抓紧时间进行了军事训练，准备了两三套干部，增添了装备，新的兵种更加加强，空军也参加了反登陆作战的战备工作。待补兵员二十余万人已集中在祖国东北地区。这时我军的兵力空前雄厚，打大仗、打恶仗的思想准备非常充分，连在国内休养的伤病员，也提前回到了前方，准备与敌决一死战。正是在这种情况下，敌人终于没有敢打出从我侧后登陆这张最后的"王牌"。敌人的这场重大阴谋，就这样在它的酝酿、计划和准备的过程中被粉碎了。这是由于我军统帅毛主席用他的智慧之剑，刺穿了敌人的阴谋诡计；是朝鲜战场上伟大的英雄集体，用他们的汗水汇成的惊涛，冲毁了敌人的迷梦。此事虽然不为国内广大群众所知，但却是朝鲜战争重要的一笔。

板门店谈判，自从一九五二年十月上甘岭战役前就被敌人单方面中止了。这个只有两三户人家几间草房的板门店，显得更加荒冷，几乎门可罗雀了。如果不是那里还搭着两座白帐篷，上空还飘着两个灰白色的气球，也许要把它淡忘了。可是战争的较量自有其本身的规律。自从敌人的主观妄想在现实的岩石上碰得粉碎，不得不在半年以后的一九五三年四月二十六日，重新又回到谈判桌旁。但是一切反动派都是不会甘心失败的。谈判恢复以后，敌人仍然用各种方法为扣留战俘辩护。看来，天际已经出现了和平的曙光，但是，不经过坚决的战斗，不再给敌人几个坚决的打击，和平还是难以实现。这样，一个空前大规模的夏季攻势战役，已经在着手准备了。

五月上旬，郭祥所在的第五军接到命令：立即移防中线，准备参加夏季攻势。

这个消息，对全军上下都是振奋人心的。郭祥的欢乐更不用提。这一来是，自移防西海岸以来，已经半年多，"光跟石头打交道"了；二来是，即使下阵地以前，打的那些仗也并不"过瘾"。用他的话说，一次吃敌人一个班，一个排，或者一个连，简直"不够塞牙缝子"，"不值跑腿钱"。现在既然时机成熟，确确实实"应该放手大干"了。

各项准备工作都已就绪。在临行的前一天，老模范和郭祥分别到朝鲜的地方干部和人民军进行致谢告别。

早晨，鸟鸣山幽，布谷鸟声声啼唤。郭祥在满是野花的山径上轻快地走着。只过一座山冈，就是他的朋友金银铁的驻地了。

金银铁的营指挥所，也设在山坡上的几座茅屋里，正面对着大海。宅前种了一大片波斯菊，还有几株牡丹开得十分艳丽。由于哨兵通报，金银铁很快迎出来。两个人互致军礼。金银铁笑嘻嘻地握着他的手说：

"郭东木！我本来要到你那里去，不想叫你赶了先了！"

"前几次，不都是你赶了先么？"郭祥也笑着说。

两个人拉着手上了台阶，脱鞋进屋。屋子收拾得分外整洁，屋中央的小炕桌上，放着一个黄铜的炮弹壳，擦得明光锃亮，插满了金红色的野百合花。

金银铁递过一支“牡丹峰”牌的香烟，给郭祥点上，笑着说：

“郭东木！你是来告别的吧？我看谁也不要辞行了，你们明天出发，我们后天启程。”

“你们也要到中线去吗？”

“是的，到中线。我们这一次很有可能是并肩作战。”

“哎呀，那太好啦！”郭祥情不自禁地捋捋袖子，“这一回又可以大干一家伙了。”

两个人哈哈大笑。

郭祥眯细着眼，望着他的朋友，悄声地问：

“现在谈判进行得怎么样了？”

金银铁不由得握紧拳头，愤慨地说：

“还是那样！耍赖！我看不猛干几家伙，和平是没有希望的！”

郭祥连连摇手，笑着说：

“不不，我说的不是这个；我是问，你们俩的谈判进行得怎么样了？”

“哈哈，你说的是这个……”

金银铁微笑着，还没有回答，只听那边厨房间里发出一个女人忍耐不住的哧哧的笑声。金银铁笑着走过去，把厨房门打开，原来是朴贞淑站在灶台跟前正捂着嘴笑呢。

“哈哈，”郭祥笑着说，“朴东木！你来得比我还早啊！嗯？你躲在那里干什么？”

“这不是，给你开水的烧嘛！”

朴贞淑脸色绯红，笑得像是一朵花似的。郭祥两手一拍，说：

“哈哈，想不到你们俩的谈判，进展得倒相当不慢哪！”

金银铁也笑起来。朴贞淑赶忙敛起黑裙，脱了小船鞋，过来同郭祥握手，一面指指郭祥的脑壳说：

“上次，你的叫我给他汇报，你的‘这个’坏了坏了的！”

郭祥也笑着说：

“我的这个如果不‘坏了坏了’的，你们俩怎么会有今天哪！”

朴贞淑又笑了。

三个人欢叙了一阵。郭祥起身告辞时，被金银铁一把拦住，说：

“这可不行！今天朴东木要亲自做朝鲜饭来招待你。再说，你前两次到这里来，战士们都没看到你，事后老埋怨我。我们俩先到班、排里转转吧，回来正好吃饭。”

朴贞淑也拉着郭祥不放。郭祥知道朝鲜同志热情直爽，违背他们的意思反而不好，也就答应下来。

金银铁和郭祥一起走出门去。太阳刚刚越过东面静静的群山，早潮还没有停息，深蓝色的海水涌着高高的波浪，像一队队前仆后继的兵马似的向海岸冲激着，发出威严的呐喊声，随后就掀起雪堆似的浪花。

两个人下了山坡，沿着海滩边谈边走。前面是延伸到海里的一条山腿，大岩石上站着两个威严的哨兵。金银铁顺手一指，说：

“这里是一个排的阵地。”

哨兵向他们行了持枪礼。两个人就进了坑道。郭祥看见坑道壁上镶着木板，顶部镶着一层铁皮，显得十分整洁。木板铺上的行李，以及枪支、用具都排列得非常整齐。郭祥对这支部队的正规化作风，暗暗赞美。两个人又向前走了一截，看见战士们正坐在小凳上学习。一个年轻的少尉发现了他们,立刻发出口令,人们齐刷刷地站立起来。

金银铁指指郭祥,一面笑着,用朝语介绍说:

“这就是我常讲的郭祥营长,坚守白云岭的战斗英雄。你们现在就好好地看看他吧!”

人民军的战士们纷纷围过来,同郭祥握手,把郭祥的手都握疼了。他们一面握手,还一面说:“你的顶好!”“你的大大地辛苦!”

郭祥虽然朝语懂得不算太多,听到金银铁的话里有“战斗英雄”几个字,连忙说:

“同志们! 敌人把你们的阵地叫做‘伤心岭’,这就说明,你们是一支经得起考验的英雄的军队。你们每个人都是我钦佩的战斗英雄。我要向你们很好地学习……”

金银铁把话翻译过去,立刻掀起一阵热烈的掌声。郭祥笑着说:

“同志们,还是坐下来谈吧!”

金银铁招呼大家坐下来,自己和郭祥也坐在铺上。郭祥怕谈话目标再集中到自己身上,就立即争取主动。他一看那位少尉排长,脸孔黑黝黝的,虽然个子不高,长得肩宽背厚,十分结实有力,胸前还戴着国旗勋章的标志,就笑着问:

“少尉东木,今年当辛梅沙里夭[①]?”

“二十一岁了。”少尉有些腼腆地说。

大家见郭祥还能说几句朝鲜话,顿时活跃起来,不像刚才拘谨了。一个比较活泼的战士说:

“营长东木! 你的朝鲜马鹿大大的!”

---

① 朝语:你多大岁数。

“不行！我的不行！”郭祥连忙摇手说，“我的中国马鹿大大的，朝鲜马鹿小小的！”

人们哄笑起来。

金银铁告诉郭祥：那个年轻的少尉名叫金龙基，刚提升排长不久。他当班长的时候，曾经击毁过敌人三辆坦克，因此得了国旗勋章。郭祥立刻跷起大拇指说：

“金东木！你的顶好！”

说着，再一次伸出手去同金龙基握手。他觉得金龙基手劲很大，又笑着说：

“金东木！你是工人出身吧？”

“你说对了！”金银铁代为回答说，“他的父亲和他们兄弟三个全是平壤纺织厂的工人。战争一爆发，他父亲就把他们弟兄三个全送到前线去了。他的父亲还说：‘可惜我的年纪大了，不然我要同你们一起到前线去！’他的哥哥在打过南朝鲜洛东江的时候英勇牺牲了。他的弟弟是高射炮兵，今年才十六岁，曾经击落了一架B29 重轰炸机，也得了一枚国旗勋章！”

“真是一位英雄的父亲！”郭祥慨叹道，“他老人家现在在哪儿？还在平壤么？”

“已经牺牲了。”金龙基说。

金银铁一边翻译，金龙基一边说：

“我父亲是一辈子也没有离开过工厂的人。撤退的命令下来，他手里的铁锤还不愿放下。厂里决定把机器包装好，准备埋起来，他就抱着机器哭了。本来十五日撤退，十七日、十八日他们还在埋机器。机器埋好，工人们哭着离开工厂，他还迟迟不愿离开，走一步，回头看一看。敌人是十九日进的平壤。我父亲就牺牲在离工厂不远的地方……”

金龙基停了一停，又接着说：

“我父亲牺牲不久，我母亲和妹妹也在撤退到清川江桥的时候被炸死了……我当时正在前线作战。我就想：美国强盗们！让你们轰炸吧，朝鲜人民是杀不完的！只要还留下一个，就小心你们的狗命！……”

“这样的事真是太多太多了。”金银铁叹了口气，指指一个瘦高个的上士说，“崔昌昊！你家里的人也差不多叫敌人杀完了吧？”

崔昌昊的眼里立刻闪着仇恨的火星，愤恨地说：

“我是汉城附近的人。就因为我母亲给在南朝鲜的游击队做过一顿饭吃，敌人就把我全家十几口人抓去，通通杀了。……我有时看到乡村的老人，就想起我的父亲、母亲。想到我已经是一个没有家的人了，心里自然是很难过的。但是，我又想，祖国就是我的母亲！只要我活一天，我就要为祖国的统一而斗争。我决不能允许我的母亲永远被人分割成两半！……”

其他战士也都纷纷叙说了自己的过去。几乎每一个人都是一部充满着血泪的英勇斗争的历史。郭祥算了算，在这个排的二十多个人中，亲人被残害的，几乎占三分之二以上。这使他的心感到沉重、痛楚和仇恨。也使他想起了自己的过去。在座谈临近结束的时候，他说：

“同志们！天底下的所有反动派，他们的残暴和无耻是一样的。人民的命运也是相同的。我的父亲被敌人害死的时候，连心肝都被掏出来了……这些仇恨，我们是永远也不会忘记的。下一次战役快要开始了。我希望同志们再创造出第二个、第三个‘伤心岭’！到那个时候，我再来向同志们祝贺吧！”

郭祥的话虽然不多,但却使两国战士的心紧紧地贴在一起。金银铁和战士们一起鼓起掌来。

直到郭祥和金银铁走出坑道口很远,还听到后面激动的口号声。

他们又转了几个班排,然后回到营部。郭祥一看,一张大炕桌上已经摆得满满的:一大铜碗油炸咸鱼,一大盘裹着鸡蛋的山药蛋片,一碗放着大量辣椒的朝鲜酸菜……炕桌旁边,还放着小水桶般的一大坛酒。

在艰苦的战争环境下,主人竟准备了这么多东西,真使郭祥过意不去。但这种心境又必须严密地掩饰起来,不能让豪爽热情的主人看出。这时候,金银铁早已拿起勺子,揭开酒坛子,给郭祥盛了溜边溜沿满满一大碗。

郭祥“啊呀”了一声,说:

“金东木!哪有喝酒用这么大碗的?”

金银铁笑着说:

“志愿军吃菜用大盆,我们喝酒用大碗,这是风俗不同嘛!”

说着,金银铁就要端起大碗敬酒,郭祥用手一拦,说:

“朴东木还没来呢!”

“你们先喝吧!”朴贞淑在厨房间说,“我的任务还没完成哪!”

郭祥回头一看,朴贞淑高高地卷着袖子,正在那边忙碌着,挂着汗珠的脸上,露出幸福的微笑。金银铁端起酒碗,说:

“郭东木!我们很快就要到前线去啦。这一次,很可能是朝鲜战场上最大的战役。我相信,你一定会为我们的共同事业立下更大的功勋!我就敬你一杯胜利酒吧!”

一提起战斗,郭祥特别长劲,端起碗来就猛喝了一口。

两个人一面开怀畅饮,一面山南海北地谈起来。在谈到朝鲜统一的问题时,深深牵动了金银铁的感情。他的神色十分激动,语调缓慢地说:

"郭东木！今天那位家在南朝鲜战士的话你听到了。那不是他一个人的感情,那是全体朝鲜人民的感情。我可以说,就是在做梦的时候,我们也没有忘记我们祖国的统一。我老实说,今天我们的生活是困难的,战士们每月的津贴费,只够买一盒火柴,党员只能拿它来交交党费。但是,没有人叫一声困难。你假若问他们有什么困难,他们就会说,'我们了解自己国家的情况。'郭东木！他们为的是什么？就是为了我们祖国的统一,为了南朝鲜的解放！……"

他停了停,又略略偏着头,沉思着说:

"我经常在想,我们的祖国,是一个多么可爱的国家！她三面环海,山清水秀。北朝鲜是工业区,有很丰富的矿藏,自古以来就是一个产金的地方。我们的南朝鲜是农业区,有很发达的农业。所有的海岸线,都是产量丰富的渔场。像这样一个国家,人民的生活本来应该是很富裕的,很美好的,可是一百年来,自从变成日本帝国主义的殖民地以后,她的血就渐渐被榨干了。它们不仅拿走了我们的黄金,拿走了我们的煤铁,拿走了我们的粮食,还残酷地屠杀我们,污辱我们,搞什么'处女供出','虱子供出','头发供出',连我们身上的头发,甚至虱子都不放过。因为我们的头发,可以变成它们的财富,虱子可以供它们作细菌试验,再来残害东方的人民……"

说到这里,金银铁握紧拳头,愤恨地击在土炕上,震得碗盘丁当乱响。一霎时,他的眼珠子都变成红的。停了半晌,才继续说:

"解放了,我们的生活刚好了一些,美国侵略者又来了。战争以来的情况你都是亲眼看到的。我们南北朝鲜本来是一个国家，一个民族，如果统一了，朝鲜北部的工业可以支援南部的农业，南部的农业可以支援北部的工业，在革命的道路上是会进展得很快的。可是由于美帝国主义和南朝鲜反动派的破坏，一直到今天，仍然被分割成两半。想到这一点，我的心，就像被插上一把尖刀似的流着血滴。如果看不到祖国的统一，我就是死了也不会瞑目……”

郭祥对他的朋友的这种极其深厚的爱国主义情感，深为感动。他忽然想起了什么，抬起头问：

“金东木！你取‘金银铁’这个名字，是什么意思？”

“没什么。”金银铁随口回答说，“是我参加人民军的时候随便取的。”

“不，我想一定有含义。”郭祥说，“我来猜一猜，你看对不？它是说，一个人民的战士，对革命事业，要像金子一样忠贞，对人民要像银子一样柔软，对敌人要像钢铁一样坚定！”

“只能说，我希望是这样。”金银铁一笑。

“金东木！”郭祥身向前倾，望着他的朋友说，“我入朝快三年了。在我同朝鲜同志、朝鲜人民接触中间，我就从你们身上，看到了这三种好品质。你们对敌人是那么勇敢坚定，对朋友又是这么多情多义。我相信，一个国家有这样的人民，这样的战士，朝鲜的统一和解放是一定会实现的！”

郭祥说着，把碗里斟满了酒，高高地擎起来，响亮地说：

“现在让我们为朝鲜的彻底解放和统一来喝干这一杯吧！我们中国人民不管在任何艰险的情况下，都会支持你们的革命事业！”

金银铁由于心情激动，端着酒碗的手不住地哆嗦着，他深情地望了朋友一眼，两手捧着大碗，把整整一大碗酒一气饮尽。然后站起身来，抱着郭祥，亲着他的脸。两个人的眼泪都夺眶而出，像小雨点儿般地涔涔落下……

朴贞淑把一盆朝鲜冷面端了上来。郭祥正要欠身给她斟酒，被朴贞淑抢先给他斟满，双手捧起，躬着身子端到郭祥胸前。她说了一长段话，话没说完，就有几滴泪掉到酒碗里。因为她说的是朝语，金银铁只好给她做了一次翻译：

"她说，战争开始，她还是一个不识多少字的乡村妇女。尤其是感情激动的时候，她的感情是难以表达的。但是她知道，在朝鲜的山岭上，几乎每一寸土地都洒满了志愿军的鲜血和汗水，不仅是她，就是朝鲜的后代也不会忘记。至于你对她个人的关怀，也使她感念不忘。她还说，在这次战争里，敌人的残暴，虽然使她遭受了很多苦难，但是她也认识了像你这样的好人。她说，你的骨头是用金刚石做的，你的心是用水晶做的，认识你是她一生的幸运。今后不管走到什么地方，希望你也不要忘记她……"

郭祥被她的话深深打动，就双手接过酒来，把这碗酒一气喝尽。

朴贞淑又亲手把冷面给郭祥盛到铜碗里。吃饭中间，郭祥看到他们两人相亲相爱，猜想事情已经八九不离十了，就笑着问：

"朴东木！我什么时候喝你们的喜酒啊？"

朴贞淑笑而不答。金银铁说：

"喜酒你肯定是喝得上的。不过要在战争胜利以后了。到那天，我一定会请你参加我们的婚礼。而且，不是由我，而是由我们两个陪着你，去游历我们的金刚山……"

"不，还有小英子呢！"朴贞淑笑着说。

"对对,再加上小英子,还有我的母亲,由我们全家人陪着你。郭东木!你大概没有到过我们的金刚山吧,那可是一个好地方!就是在全世界来说,恐怕也是最美的风景之一。到那时候,我想就不会请你吃炸咸鱼了……"

"这一天,一定会来到!"郭祥笑着说。

朴贞淑没有说话,悲苦的回忆与幸福的憧憬交织在一起,真是苦辣酸甜一齐兜上心头。她那红润的脸庞上再一次浮现出含着泪花的微笑……

第五章　我看到了新世界

郭祥所在的第五军开上中部战线时，夏季攻势的第一阶段已经结束。战役计划从一开始就是紧紧围绕着谈判的斗争进行的。当时美国侵略者，仍然千方百计地坚持要强迫扣留战俘，艾森豪威尔甚至“打肿脸充胖子”，说什么“对于真理的考验很简单，只有行动才有说服力”。于是，在战役开始，就决定以打击美军为主。此举果然有效，“行动”产生了“说服力”，美国的态度有了缓和，谈判也取得了进展。但这时，那个南朝鲜的反动势力的代表李承晚，像所有的卖国贼一样，总想借助外国人的势力，来完成他的“北进”大业。如果战争停下来，他的这种梦想就越发渺茫了。因此，在这个关键时刻，他就极力阻止停战的实现，大肆叫嚷“不受停战谈判的约束”，要“单独干”。于是，我方的战役计划，在第二阶段中，就适时地把打击的重点移到李伪军的头上，以便敲碎这个恶棍“北进”的迷梦。

对郭祥来说，当然打美军最好；退而求其次，打伪军也无不可。问题是，第二阶段的任务，第五军仍然是次要方向，这就难免使他感到有点“那个”了。好在这时兵团政治部给了第五军一个严肃的政治任务，要他们向当面的美军开展一个大规模的政治攻势，来配合这次战役。很快，阵地上就热闹起来。郭祥这个营的前沿，设了一个对敌广播站，设置了好几个高音喇叭。广播站按照周密的计划,每天早晚和深夜向敌军广播着我军的胜利消息,板门店和谈动态,以及针对敌军思想的问题解答,向我军投诚办法,此外还有歌曲唱片等等。这些也像炮弹一样地抛向敌人的阵地,配合着其他部队的进攻。

为了加强对政治攻势的领导,团政治委员周仆亲自兼任了对敌军工作委员会的主任。这天早晨,他正在审查广播节目,师政治部打来了电话,说战俘营有一批俘虏,主动要求到前线喊话,其中有两名美军士兵和一名英军士兵将分配到他们团里。周仆一听,这无疑是一支重要力量,心中甚为高兴,就连忙派新提升的敌工干事李风到师部去接。

不到一小时工夫,一辆小吉普飞驰而来,停在山坡底下,李风先跳下车,接着从车里跳出三个人,一律穿着整洁的蓝制服,中国布鞋。他们神态自若,脚步轻快,一面说笑着向山坡上走来。

周仆觉得,他们能够主动到前线喊话,已经是以"和平战士"的身份参加前线上的斗争,就走到洞口外那一小块平地上表示迎接。走在最前面的那个美国人,是一个细长个子,态度活泼,神情愉快,胡子刮得精光,有二十八九岁的样子。周仆觉得很面熟,却想不起在哪里见过。正寻思间,这位年轻活泼的美国人,已经以轻快的步子上了塄坎,不等李风介绍,就抢先同周仆握手,并且彬彬有礼地鞠着躬说:

"亲爱的军官先生!我十分有幸能再次见到您。同时,我相信,您也不会忘记我,因为我们俩有过一次愉快的和印象深刻的谈话。在我的内心里,您是我的一位难忘的朋友……"

李风翻译了他的话,并且补充说:

"政委,他就是同你第一次谈话的琼斯嘛!"

周仆忽然想起,这就是本团在朝鲜战场上抓到的第一个俘虏,是他钻在工事里用绳子打机枪的时候被俘获的。当花正芳把他送到团部时,他满脸胡茬子,像有四十多岁的样子,想不到现在竟满面红光,这样年轻,就紧握着他的手,笑着说:

“噢! 是你呀,琼斯,我看你比那时候可年轻多啦!”

琼斯见政委提到他的名字,更为高兴,紧接着说:

“我在俘虏营里接到过我未婚妻的来信,她也说,我比以前年轻了。这同俘虏营生活的愉快不是毫无联系的!”

周仆又过去同第二个人握手。这是一位中等身材的英国人。他比较严肃,老练持重而又略带矜持。李风介绍说:

“这位是英军的下士莱特。他遗落了一本笔记,政委,当时你看过吧!”

周仆忽然想起他那本长长的笔记,微笑着说:

“看过,看过。那是一本对帝国主义的控诉书。如果还能找到,就还给这位朋友吧!”

“我想不必了。”莱特摇摇头,认真地说,“让它留给你们做一个纪念好了。那本东西虽然写得潦草,但是我可以向你们毫不夸张地说,这是一个英国士兵完全真实的记录!”

周仆忽然想起,他当时在战场上左臂是负了伤的,就微笑着问:

“莱特先生,您的伤早就好了吧?”

“对此,我十分感激您的部队,政委先生。”莱特伸了伸他的左臂,极为满意地笑了一笑。

第三个是一位美国黑人。他高大而强壮,像铁塔一般地矗立在那儿,眼睛里流露出朴实和热诚的光辉。李风介绍说:

“这位是霍尔先生。他是在二次战役中,和整个的黑人连一起集体放下武器的。在俘虏营中,他也是最早在反战宣言上签名的和平战士之一。”

周仆上前同他热烈地握手。霍尔把周仆的手捧在胸前,热诚地说:

“我非常高兴见到您,政委先生。我为我自己能够有机会在前线上贡献一点微薄的力量,是感到十分愉快的。”

周仆望着他那双粗大有力的手掌,深情地说:

“您入伍以前是一位工人吧?”

“是的,是一位失业工人,政委先生。”他带着苦味笑了一下。

由于天气炎热,周仆请他们脱去外衣,就坐在树阴下的矮凳上。警卫员忙着沏茶拿烟招待他们。敌我双方的炮弹不时地从头顶上嗞嗞穿过,落到比较远的地方。气氛甚至可以说是很平静的。几位外国朋友,抽着烟,喝着茶,因为有李风作翻译,纷纷叙说着自己的感想和经历,显得十分轻松愉快。尤其是年轻活泼的琼斯,总是抢先说话,几乎大部分时间,都被他占去了。

“我必须告诉您,军官先生。”琼斯兴奋愉快地抽着烟说,“自从我被贵军俘虏以后,我的这一大段经历都是新鲜而有趣的。因为这些都是我从来没有想到也不可能想到的。我将来回到我的国家以后,我要同我的未婚妻和我的朋友详详细细地来描绘这些细节。我甚至可以这样说,我简直是在另外一个星球上作了一次愉快的旅行……”

周仆微笑地望着他,他说得越发来劲了。

“而且,我还必须坦率地说,我对于您,军官先生,您的部队,以及我遇到的中国人,都觉得是另外一个星球上的人类……例如,在我离开您,到俘虏营去的路上,我遇到一次美国飞机可怕的轰炸。当时路边有一个很狭小的防空洞,中国人就把我和其他的俘虏推到洞里,由于洞子太小,他们就蹲在外面。像这样不顾自己的性命来掩护一个俘虏,这是任何军队所不可能做到的,也是我感到不可理解的。不久甚至发生了一件更加奇怪的事。我的脚在夜间行动时不小心被石头碰伤了,走不了路,我要求他们把我结果了事。中国人就笑我说话太傻了,后来由两个志愿军的战士轮流背着我走,而且还背着他们并不轻松的装备。这一来,我简直不知道想什么好了。因为,我从来没有见过任何人把俘虏驮在背上。难道杀了他不比背上他走省事么?道理是很明显的:少一个人只能减少对一个人的照顾。如果是一个中国兵受伤,美国兵会背着他走么?我会这样做么?显然是不会的。而他们为什么要这样做?这是我无法理解的……"

"我也遇到过类似的事。"莱特插嘴说,"有一次要过一道寒冷的溪水,他们认为我是负伤的人,就扶着我在石头上走,而自己却走在水里。我也感到奇怪。当时我曾经想过:他们都是不相信上帝的人,为什么相信上帝的人做不到或根本不愿做的事,他们却做到了?当时我是无法解答这种疑问的。"

周仆含着烟斗笑了。他正要插话,黑人霍尔闪着明亮的眼睛,说:

"对志愿军来说,这都是一些平常的事。而我所经历的一个场面,却是令人惊心动魄的。"

接着,霍尔说了这件事的简单经过:那是他所在的黑人连在危险情况下决定投降时发生的。当时,他们举起了白旗,志愿军就向前移动,准备接受武器。不料这时,一个美国兵由于过度的恐惧竟开了一枪，把一个志愿军打死了。所有的黑人都立刻意识到，有全体被毁灭的危险。但是，出人意料，其他的志愿军战士不仅没有开枪，反而想法稳定他们的情绪，上去同他们握手，向他们解释政策。顺利地完成了受降。一个惊心动魄的场面，竟因为中国人高度的冷静和理智，严明的纪律而挽救了。当时感动得整个黑人连的弟兄有的发狂叫喊，有的哭泣，有的跪下来拼命祈祷……

霍尔说到这里，感情深沉地说：

“我当时就是哭泣的一个。也就是从这时起，我第一次认识了中国人民。以后经过种种事情，使我越来越明确地认识到，中国人民是了不起的人民，伟大的人民！难怪你们的革命取得胜利，因为，在我看来，你们的确是不寻常的！”

周仆从嘴里取下他那小拳头般的烟斗，和蔼地说：

“我非常感谢你们对我国人民和军队的赞美。但是，应该说，所有国家的劳动人民都是伟大的人民，他们都是推动历史前进的动力。当然，我们也看到，由于一定的历史的原因，每个民族也不可避免地有她的长处和短处。而且，据我看，每个民族几乎无例外地都需要清除私有制度以及它在观念上遗留下来的垃圾。”

“当然，这是公正的说法。”霍尔同意说。

周仆忽然想起同琼斯的第一次谈话，微笑地望着他说：

“我仿佛记得你说过，你对共产主义从来没有兴趣，而且今后也不准备对它发生兴趣。你是这样说的吗，琼斯？”

“是的，我的确这样说过，军官先生。”琼斯笑着说，“当时，我的确认为，在反战这一点上我同你们可以有共同的语言，但是对我们的国家制度，我们的生活方式，以及我作为一个美国人的特质，我是从来也不打算改变的。坦率地说，我当时十分害怕你们的‘洗脑’;在我看,如果经过你们的‘洗脑’,我琼斯也变成一个‘共产主义者’,那是相当可怕的事。”

说到这里,他自己格格地笑了一阵,又接着说:

“因此,在俘虏营里,什么上大课呀,讨论会呀,我显然没有多大兴趣,并且觉得枯燥、乏味。但是,他们并不强迫我接受他们的观点,而且使我特别满意的,是让我参加了四部合唱歌咏队。应该说,我的男低音有相当的水平,因为我在学校里就有这方面的天才。我们的这个合唱队,经常去给伤病俘虏演唱,俘虏管理处的志愿军热烈地款待我们,有一次我足足吃了一只整鸡……

“俘虏营为我们组织的盛大的秋季运动会,也使我毕生难忘。那个运动会,整整持续了十二天。有各种球类比赛,田径赛,团体操,技巧运动,还有拳击、摔跤等等。十六个国家的战俘全参加了。那简直是一个‘奥林匹克’!在这次运动会上,我不仅参加了足球比赛,而且还是一个项目的组织者和负责人。运动会结束那天,中国人还给我们发了异常精致的奖品。那些没有当上选手的家伙,对我羡慕极了,竟把我的运动衣借去穿上过瘾。可以说,我们已经忘记自己是一个俘虏了。在发奖回来的路上,我们情不自禁地唱起了《东方红》和《金日成将军之歌》……”

琼斯兴奋得脸上发出红光,像是又回到当时的情景。他点上一支烟,又继续说:

“但是,更加触动我的是‘圣诞节晚会’。当我们正为圣诞节的来临心情苦闷的时候,一踏进会场,看到了苍翠的圣诞树,银色的钟,耀眼的红烛,以及从中国运来的香烟、糖果等等,真好像回到家里一样。中国人对我们说:他们是不相信宗教的,但是为了照顾我们的习惯,举行了这次晚会。当时我们真为这种意料之外的宽大的照顾感动极了。特别是我,它使我立刻想起我在德国俘虏营所受的苦难。德国人是信奉天主教、基督教的,他们不但不给我们过圣诞节,还百般虐待我们;中国人不信宗教,却为我们筹备了这么隆重的圣诞节。真没想到,你们的俘虏营就像座学校一样。这使我深深感到,中华人民共和国是世界上最文明的国家! ……也是从这时候起,我觉得我应该适当地学一点你们的理论。"

"你学了些什么理论呢?"周仆微笑着问。

"当然,开始我根本学不进去。"琼斯说,"旧东西的积垢太深了,就像用了几十年的水管子,完全被一层一层的水锈堵塞住了。例如你们所说的'剥削',我就觉得不可理解。我们的报纸常说,上帝给我们每个人的机会是均等的,只要努力,每个人都有发财致富的机会。我自己也同样希望有一天成为百万富翁。至于你们所说的'一个人不要自私自利','不要为了个人',那更是我不可理解的。一个人生下来,为什么要为别人而存在呢? 这真是天大的荒唐! ……后来,还是由于事实的教育对我有了启发。那是一个暴风雨的深夜。我忽然肚子疼得要命,在铺上滚来滚去。我就叫醒同屋的两个伙伴说:'请你们赶快帮帮我的忙,把我背到医务所去,如果迟了的话,我也许会送命的!'其中一个说:'琼斯,对你突如其来的遭遇,我充满同情。但是,你想必知道,距离医务所将近一公里远,还要过一座小山。而且你知道,我的身体也非常不好,如果我因为送你而得了病,后果也是很不幸的。'我看不行,就又哀求另一个伙伴。另一个说:'琼斯,我认为送你到医务所去是完全必要的,但是不知道你给我几块美金的代价?'我说我实在没有钱了,他就又说,'那没有关系,看看你是否还有其他可作为抵押的东西?'说着,他就盯着我那块老弗兰克的手表。我这时已经疼得说不出话。幸亏查夜的志愿军战士来了，他毫不犹豫地就脱下雨衣披在我的身上，把我背到了医务所。……从这件事，我就想：为什么我的两个伙伴竟因为我手头没有美金而不肯救助我？而一个素不相识的中国人却甘愿冒那样的风雨？于是，我开始思索当前世界上的两种制度，你们的制度和我们的制度……”

“这个考虑很有意义！”周仆说。

琼斯还要滔滔不绝地说下去，被英国下士莱特打断了。他有礼貌地欠欠身子，说：

“政委先生，如果您并不厌倦，我也想说一点我得到的某些结论。因为从一开始我就比较着重地研究了某些问题。”

周仆点点头，笑着说：

“那就请琼斯喝点水，您来讲吧。”

“一开始，我就集中研究了在我当时看来是一个重要的问题，就是所谓‘共产主义的威胁’。”莱特稳重而老练地说，“政委先生，您既然看过我的笔记，您当然知道我是带着厌烦的情绪参加了这场战争。那时支持我的唯一的东西，就是上面告诉我的‘共产主义的威胁’。因此，我必须搞清楚：这种威胁究竟表现在什么地方？它产生了什么后果？它与我个人有什么关系？因为我已经是一个有了家庭的中年人，我不允许由别人的脑筋来替我思考。”

他从白瓷茶缸里呷了一口水，又掏出干净的手帕擦了擦嘴，不慌不忙地说道：

“政委先生，您从我的笔记中可以看到，我的怀疑是从这样一件事情上开始的。那时候我刚越过三八线不久，我在废墟上看见一个朝鲜少女，她的眼光一碰上我，就像突然发现一条吐着舌头的毒蛇一样惊叫了一声，手里端着的锅也掉在地上摔碎了，接着就像野马般地逃去。以后,我遇到的其他情况也是这样,任何女人都会认为我要强奸她。这就不能不引起我的思考:明明我是来拯救她,使她免除'共产主义的威胁',为什么她们竟然不能领会呢?这种情况,直到我当了俘虏才有了改变。有一天,志愿军押送我们到了宿营地,很快就有一个女孩子提来了一桶开水。我注意到,那些朝鲜女孩子,对志愿军很亲热很尊敬,她们在志愿军之间泰然自若地走来走去。这就不能不使我产生疑问:为什么在三八线南边少女总是很缺少、很惊慌的样子,而在这里却随处可见,自由自在,神态这样愉快呢?为什么她们反而不怕'共产主义的威胁'呢?……其实,我们遇到的男人、老人、孩子都是这样。他们看见我们,都像是遇见了吃人的魔鬼。从他们流露出来的眼光里可以看出,不是恐惧,就是仇恨,再不然就是极端的冷漠,令人感到比冰水还冷,真使你不寒而栗。可是我看到他们与志愿军的关系就完全不同。有一件事,我从头至尾进行了异常认真的观察。志愿军押送我们来到一个村庄。有一个志愿军的战士去买烟叶,一位朝鲜老人总是微笑地推让着不肯收钱,我看看表,足足有十分钟的样子,他才勉强把钱收下来。在我们临走的时候,朝鲜人民又来为志愿军送行。这时候,我又仔细研究了每一个朝鲜人的面孔,我看出男男女女,人人都面含微笑,人人都恋恋不舍,与看我们的眼光简直有天壤之别。这就不能不使我再一次认真地考虑:为什么他们对'威胁'他们的人如此喜欢?为什么他们对'拯救'他们的人却这么仇恨?我当时的想法是:这些人肯定有一个和我们完全不同的构成'威胁'的概念!……"

莱特稍停了停,继续严肃认真地说:

"在俘虏营里,我反反复复思考着这些事。尤其是我们'联合国军’在平壤撤退中所做的那些肮脏勾当，更是一幕一幕重新出现在我的眼前。我们占领平壤后，曾经抢走了那里的一切珍贵之物作为‘纪念’。我所看到的每一个地方都发生强奸和抢劫。我们离开时，又纵火焚烧了这座古城。凡是经过的地方，我们就命令老百姓离开房子，否则就把他们和房子一起烧掉。我曾亲自看到几千名北朝鲜士兵和平民被杀死在田野里。我们在撤退汉城时，又烧毁了所有的东西，使得全城都在燃烧之中……问题是简单明白的：所谓‘共产主义的威胁’，纯粹是一些坏家伙坐在后方安乐椅上胡编出来的，是虚构的，并不存在的；而真正威胁人类生存的，却是那些想攫取利润的帝国主义！——这就是我的结论。”

“您的结论非常正确，莱特先生。”周仆说，“世界上的帝国主义和一切反动派都大喊大叫反对‘共产主义的威胁’，我不知道住在北朝鲜深山茅屋里的庄稼汉，怎么会‘威胁’到大洋彼岸美国人的生存。而且我想补充一点：那些企图称霸世界的帝国主义分子，他们不但威胁着别的民族的生存，而且同样威胁着他本国人民的生存。因为他本国的人民就是首当其冲的反革命战争的受害者。”

“是的，我完全能够体会到这一点。”莱特说，“如果不是他们进行的这场侵略战争，我为什么会在这样的地方吃这样的苦头，并且同我的丽萨分别呢？”

“所以，我们才真正是一条战线上的朋友；而想称霸世界的帝国主义才是我们共同的敌人。”周仆说。

大家欣然点头。周仆见霍尔一直在沉思什么，就笑着说：

“霍尔先生，您也谈谈吧。我想处在您的地位，一定会有许多更深的感受。”

霍尔挺挺他那强壮的身躯，充满热诚地说：

“现在您称我先生,这无关紧要,但是我相信总有一天,您会称呼我霍尔同志!因为在我内心里,不仅把你们看做热情的朋友,而且看做战斗的同志。我觉得,在当今世界上,只有你们才是最理解我们黑人痛苦的人。也正是在你们这里,我有生以来第一次被作为人来看待,被作为同志来看待,而不是作为一个动物来看待!……”

他显然激动起来,手指轻轻地颤抖着,愤恨地说:

“我的一生都充满着屈辱和痛苦。我认为,我最大的罪过就是生为美国的黑人。我的肤色就是我一切不幸的根源……当我还是一个不懂事的小孩子的时候,走在街上,母亲就紧紧地拉住我,不准我离开一步,唯恐我冲撞了白人,招来灾祸。由于家庭穷困,父母不得不把我放在孤儿院里。有一次,母亲给我送来一件新上衣。她刚一离开,白人的孩子就命令我把上衣脱掉,换上破的。当时我哭了。哥哥也用小手臂搂着我滚出了眼泪。别人把他拉开,围上去,揍他的耳光,打得他后来成了聋子。这就是我童年的遭遇。后来长大了,我当了一名工人,情况也没有改变多少。为了进饭馆和咖啡店,我受到不少的污辱和打骂。渐渐我学乖了,如果半小时之内没有端上食物,我就得起身离开。有一次乘公共汽车,我和一个白人坐在一起。他命令我离开,我就向旁边让开身子。那个白人竟愤怒地说:‘我已经说过,我们之中必须有一个人离开!’我忍耐着又向旁边让了让。这时那个白人就站起来,一脚把我从椅子上踢下来。其他的白人哈哈大笑。污辱像无数条鞭子抽击着我的心,我的头像要裂开似的,我的整个身子也像要立刻爆炸。我就把那个白人拖倒在通道上,这是我第一次敢于反抗一个白人。我被辞退了。后来又去做一个农业工人。在这里我跟白人干同样的活,但是却不让我和别人一起在屋子里吃饭,对待我完全像对待一个动物。不久，我又失业了。我在外流浪了一年，在一个游艺场和廉价体育馆搞拳击，实际上不过是用挨打来换得别人的笑声。有一次我和一个白人比赛，比赛之前，一个人塞给我一百元，叫我输给那个白人，否则要杀死我。这是我有生以来挨的最重的一次痛打，使我卧床半月之久。我结了婚，但是我无法养活我的妻儿。我勉强能够起床，就又去参加拳击，以便挣些零钱。钱是那样少，我把东西给老婆孩子吃了，自己和饥饿做斗争，有时一天一餐，有时数日一餐。这一切，我都是瞒着他们干的。就是在这种情况下，我才参加了军队……这就是我作为一个黑人的生活。它使我饱尝了屈辱、悲伤、失望和痛苦。它使我不止一次地向自己发问：为什么人类要如此受苦？为什么有些人如此穷困而另一些人又如此富有？为什么人的肤色是一种耻辱？世界上究竟还有没有不歧视黑人的地方？……我没有得到答案。我想，人类也许从来就是如此，不歧视黑人的地方是根本不存在的。”

霍尔的眼睛湿润了。但是，周仆在他的眼瞳里看见有两朵亮晶晶的火焰愤怒地燃烧着。周仆抽出一支烟递给他，并且亲自给他点上。霍尔一连猛抽了几口，又接着说：

“但是，我终于找到了这些问题的答案，我找到了真理。世界上究竟有没有不歧视黑人的地方呢？是有的。这就是在你们这里。也唯有在你们这里，我看到了一个我从来没有见到过的新的世界！……当然，我应该坦白地说，在我被俘之后，我首先注意观察的，就是看你们中国人是不是也歧视黑人。从你们的行动、言谈甚至你们的眼神，我都进行了精细的观察。确实，你们对我们黑人是真诚的，同情的，并且是热爱的。像我们国家里那种可咒诅的现象是根本不存在的。而且每当白人对我们不礼貌的时候，每当他们拒绝和我们一起游戏，拒绝和我们在一个火盆边烤火的时候，你们总是耐心地、善意地用你们的思想来教育他们，说服他们。也就从这个时候起，我们之间的万丈高墙，才逐渐拆除；我们之间的友谊，就像一粒健康的种子，通过你们的手，很快地发芽成长起来。也许这些在你们看都不过是一些小事，但它对我们来说却是无限珍贵的。因为在我的一生中，在我的不幸的黑人兄弟的一生中，都是第一次过上了人的生活……”

霍尔单纯而真诚地笑着，感情奔放地说：

“我还想谈一件令我十分感动的事。去年夏天，一个黑人伙伴到河里游泳发生了危险。这时候，俘虏营里有一位身体很弱的教员，立刻跳到河里，不顾自己生命的危险，游到激流中去救他。终于把他打捞上来。当时我们看到这位教员那样单薄的身子，所有在场的黑人都流下了眼泪。要知道，在美国是谁也不会在乎一个黑人死掉的。而在这里却把一个黑人看得比自己的生命还要贵重。所以，我说中国人民是了不起的人民，是高尚的人民。我认为你们为之奋斗的理想，是完全有根据的，是真正能够消灭剥削，消灭压迫，改变黑人不幸的命运的。在俘虏营里，我还认真阅读了一些马列主义和毛泽东的书籍，我认为只有这些才是取得黑人彻底解放的武器。我并且认为，毛泽东是一位十分卓越和伟大的人物。在他的领导下，你们是会取得彻底胜利的。我今生的志愿，就是同你们并肩战斗，做你们的一个忠实的同志，为无产阶级和黑人的彻底解放而斗争！”

周仆被他的话深深感动，上前紧紧握着他的手，激动地说：

“霍尔同志！我不是等待将来，而是现在就要称你为亲爱的同志。你讲得实在太好了。从你的话里，也从其他两位的话里，我都感到美国人民的解放事业，英国人民的解放事业，都是大有希望的。我只想补充一点，霍尔同志，你过去的一切不幸，黑人兄弟的一切不幸，并不是由于白人的过错，而是由于存在着阶级，存在着阶级压迫所造成的。资产阶级的罪恶统治才是这一切不幸的根源。白人的工人，农民，同样是处在这种压迫剥削下的阶级兄弟。资产阶级煽动民族歧视，使我们彼此仇恨，只是更便于他们的统治。所以今后我们要亲密地团结起来。全世界的无产阶级和一切被压迫的人民，被压迫的民族，都要亲密地团结起来，共同战斗，我们的胜利才是有希望的……"

说着，周仆把三个人的手都拉在一起，用双手紧握着，响亮地说：

"当我们紧紧团结起来的时候，帝国主义和一切反动派的宫殿就要最后倒塌了……这一天是一定会到来的！"

这时候，警卫员过来报告，饭已经端上来了。周仆磕磕烟灰站起来，亲热地招呼说：

"好，让我们进去喝一杯吧！今天晚上你们就在这里休息，明天再到阵地上去。"

"不，不，"霍尔摇摇手说，"今天晚上我们就要赶到广播站去！"

周仆笑着说：

"中国人有句谚语：'客听主便'。你们还是按照这句谚语行事吧！"

几个人迈着轻快的脚步，向一个很大的石洞口走去。琼斯轻松地哼着一支什么歌曲。这时有几发炮弹呼啸着落在附近，冒着几缕灰烟，可是它已经迟到，人们已经到洞里去了。

第六章　和平之声播音站

第二天一早，团政治委员周仆就同三位和平战士赶到前线阵地。郭祥和老模范在营的主峰迎接了他们。除黑人霍尔以外，琼斯和莱特都认识郭祥，大家见面非常亲热。周仆问起近两天的情况，郭祥兴致勃勃地说：

“情况很好！我们广播的时候，敌人打枪越来越少了。前天晚上，我们把一个受伤的俘虏进行了包扎，抬到缓冲区，从广播上通知敌人去领。敌人已经抬走。从昨天起，几乎没有怎么打枪，一广播，他们就静静地听着。”

“那个俘虏讲了些什么？”周仆问。

“他讲，只要让他离开朝鲜，任何光荣的协定对他来说都是要得的。他们对停战已经迫不及待了。他还说，他们对我们的广播很感兴趣，可以知道许多不知道的消息。”

“那太好了！”周仆说，“今天正好是六月二十五日，是朝鲜战争爆发三周年。又有三位和平战士参加，咱们应该大干一下。如果能争取火线联欢那就更好……”

“火线联欢？跟美军火线联欢？”

“你是怀疑做不到吧？”周仆笑着说，“十月革命前，列宁就很重视这项工作。咱们中国红军长征到达陕北以后，就同张学良的东北军进行过火线联欢。虽然咱们同美军还没有这项经验，也不是绝对做不到的。我们在主峰进行广播，你同李风在前沿喊话，注意观察情况，掌握火候。”

周仆又在细节上作了一些布置，郭祥和李风就到前沿阵地上去了。

这里敌我之间，仅隔着二百多公尺宽的一道小沟。早雾消散，对面山上密密麻麻的地堡群看得十分清楚。郭祥在交通壕里观察了一会儿，敌人的阵地十分安静，连一个人影也看不见。显然由于我军迫击炮百发百中的射击，敌人在白天的活动已经很少了。

时针刚刚指上九点，那个设在山坡上隐蔽处的高音喇叭，已经开始了广播。首先播送了一个音乐唱片，接着就听见一个女播音员清亮的声音，她用流利的英语说：

“美陆战一师〇八八阵地的官兵们！你们早晨好！和平之声播音站现在开始广播。今天是六月二十五日，是朝鲜战争爆发三周年。本台为了争取朝鲜停战谈判早日达成协议，实现和平，使你们能够早日回国，与亲人团聚，特约请你方被俘人员原英军二十九旅下士莱特先生，原美军二十五师中士琼斯先生，原黑人工兵连上等兵霍尔先生，亲自对你们进行广播讲话，希望你们注意收听！……”

女播音员广播完毕，接着男播音员以庄严的语调宣读了前线司令部的一项命令。命令说，为了使〇八八高地的美军官兵能够清晰地听到播音，能够呼吸到新鲜空气，特决定停止炮击一天。如果他们愿意走出洞子收听，将不会受到枪炮的威胁。

这项命令，怕敌人听不清楚，少顷又广播了一遍。接着是一阵轻松的音乐。音乐结束，就听到莱特老练持重的声音。他首先介绍了自己的身份、被俘经过和所受到的良好待遇，接着就宣读了由十六国俘虏签名的《和平宣言》。宣言号召所有“联合国”军的官兵向自己国内的家属和亲友写信，积极参与和平运动，迫使政府迅速结束这场干涉朝鲜独立的“肮脏可耻的战争”。

在整个讲话中，敌人静静地听着，没有打枪。显然，气氛是良好的。

接着，活泼的琼斯“哈罗”“哈罗”地打了几声招呼，已经讲开了。

“伙伴们！亲爱的伙伴们！请允许我——美军第二十五师的中士琼斯向你们讲几句话。”他用比平时稍为严肃的调子说，“战争开始不久，我想，你们和我都听到过这样的话：在当年十二月我们就可以回到家里过‘圣诞节’。这是我们的统帅——一位大名鼎鼎的将军，一位愚蠢而骄傲的将军麦克阿瑟对我们说的。那时候，我们是多么高兴，简直把他当做穿着军服的圣诞老人。可是，伙伴们，现在怎么样了？现在距我们到朝鲜执行所谓‘警察行动’已经三个整年了，我们回到家里了吗？没有，而是仍然停留在我们发动战争的地方，仍然住在朝鲜的山地，尝够了炮火的滋味。倒是那位穿军服的‘圣诞老人’，他自己代表我们大家回到国内过圣诞节去了……”

琼斯锋利而又风趣的谈话，立刻引起热烈的反应。敌人的地堡里传出一片“哈罗”“OK”的欢呼声。还有人从地堡口里探出身子，挥着手喊：

“哈罗！讲下去！讲下去！”

“琼斯，讲下去！”

郭祥立刻把这些情况用电话报告给政委。琼斯的兴致更高，继续说：

“在这个漫长的令人厌倦的战争里，我这个一向不喜欢思考的人,也不能不考虑这场名为‘反对共产主义’的战争,究竟对谁是有利的。对我们士兵是有利的吗？对美国人民是有利的吗？不,我们得到的是千千万万人的死亡,千千万万人的残废,更不要说这场不名誉的战争,带给朝鲜人民的灾难了。不错,我们还得到了一种‘恩惠’,这就是我们的家庭,我国人民赋税的加重。他们只要从这些税款里拿出一小笔钱,就可以廉价地买到我们的生命、鲜血和终身残废！而大批的钱却通过政府的加工定货流到了大资本家的荷包里去。自然,对那些在南朝鲜开办工厂和有巨大投资的人更加有利。他们正需要通过铺着我们鲜血的道路扩大剥削的地盘。你们想必知道,我前面提到的那位将军,他本人在南朝鲜就有大量投资。可是,当我们忍受着与亲人分别的痛苦,在迫击炮弹下度着漫长岁月的时候,这些真正得到战争利益的人,却在远离战场五千英里的海洋那边,坐在美国的高楼上饮酒作乐。伙伴们！应当想一想:我们这些可怜虫究竟是为了什么？我们为什么要傻瓜似的去为他们卖命？既然战争是他们喜欢的,对他们是有利的,那就让他们的儿子来打仗吧！让他们来尝尝炮火的滋味吧！……可是,遗憾得很,在我们的战壕里,你永远也找不到一个资本家的儿子。因为这样的地方他们是不会来的！……假若我琼斯的话是对的,我希望你们能够有所表示!”

郭祥密切注视着敌人的动静。琼斯的话刚一落音,对面地堡里就传出一片嘈杂的喊声:“O——K!”“O——K!”接着从枪眼里伸出一支红白两色的小旗,左右摇摆着。郭祥见此情况,也立即命令通讯员摆动小旗作为回应。对方的情绪显然更加热烈了,好几个地堡里都伸出了红白两色小旗,摇摆不已。

郭祥立即向主峰报告。政委在电话里兴奋地说:

“我已经看到啦！下面你要见机而作，不要丧失时机！”

广播机适时地播送了一支轻松愉快的曲子，被清凉的晨风飘散到远处。阵地上弥漫着一种特别愉快的气氛。

黑人霍尔用他庄严有力的声调讲话了。他是由读一封信开始的。这是美国古柏夫人写给美国总统杜鲁门的一封信。信是庄严而沉痛的。霍尔用重浊的嗓音读道：

杜鲁门总统先生：

今天，我把我的第一个孩子埋葬了。对于你来说，他不过是一个默默无闻的人，一个微不足道的一等兵小保尔·古柏……

我现在把政府给我死去的这个儿子的紫心奖章和奖状退还给你。我把它退还时怀着这样的想法：在我看来，他是不必要的屠杀中牺牲的十万零九千人的一个代表人物。这个所谓的警察行动的不必要的屠杀，对于爱自己的祖国和她的立国理想的美国人，未曾给予令人满意的解释，而且也永远不可能给予令人满意的解释。我们没有一个人会欣赏我们所必须忍受的由于这个打着幌子进行的战争所带来的贬降和嘲笑……

杜鲁门先生！假若为了保全自己的祖国而有从事武装冲突的必要，我应当骄傲地把我的儿子贡献出来，并珍视这一奖章。但是由于我儿子一生中从未有过名不符实的东西，我不能因为一个奖章和千篇一律的文字而损害了对他的怀念。这种奖章和文字毫无意义，不能为人们带来美好的明天……

霍尔读完这封沉痛而充满愤恨的信件，立即尖锐地提问道：

“你们知道，像古柏夫人这样做的并不是她一个。他们为什么不接受这种奖章？他们为什么要把它退还给政府？原因很简单，这是因为：我们所进行的战争，并不是光荣的战争，而是肮脏的战争，可耻的战争，它使一切有正义感的美国人深深感到羞耻。从古柏夫人的信件，我们完全可以看到，美国人民是不支持这个战争的，是痛恨这个战争的，是反对这个战争的。因为这场战争仅仅对极少数发战争财的人有利，而却使大多数人蒙受死亡、痛苦和不幸。你们一定知道，我国人民的反战运动是很高涨的。我们的母亲，我们的亲人，以及许许多多美国人都参加了‘母亲十字军运动’，‘和平十字军运动’。我们的一个家属，接到我们的《和平宣言》，在三个星期之内，就征集到一百万人的签名。英国也是这样。战俘的母亲和妻子已经在伦敦集会，她们向下院请愿，吓得丘吉尔只好从后门溜走。伙伴们！对待这场不义的战争，我们要积极地制止，不能只是消极地反抗。我们不能任凭别人套着我们的脖子牵来牵去，应当自己主宰自己的命运。我们也不能等遥远的将来，而是现在就要行动起来！假若你们同意的话，现在在阵地上就可以停火！……”

霍尔的话刚完，地堡里已经掀起一片欢叫声，还夹杂着几声美国兵特有的表现欢乐情绪的口哨。红白两色小旗从地堡里伸出的更多了。

郭祥见时机成熟，笑着对李风说：

“大李，我们出去吧，是时候了！”

说着，就同李风从容地走出了交通壕，站立在山坡上。他打了个手势，接着喊道：

“今天是六月二十五日。为了庆祝和平谈判取得新的成就，我们建议双方临时停火，你们同意吗？”

李风作了翻译，对面地堡里一片声嚷：

“O——K!”

“O——K!”

“停火,很好!很好!”

说着,从地堡口探出几个头来,见没有事,就从地堡里陆陆续续钻出五六个人,站在地堡顶上,向郭祥和李风招手。郭祥见第一步已经实现,又接着喊:

“战俘遣返问题已经达成协议了,军事分界线已经划定了,你们知道了吗?”

“知道了,方才听你们的广播已经知道了。”

“对这个消息,你们感到高兴吗?”

“好消息!好消息!”地堡上有两个人跳起脚喊。

这时,从地堡里又陆陆续续钻出来二十多个,伸着懒腰,大口呼吸着新鲜空气。有的站在交通沟里,有的坐在地堡上。

“但是,也有不好的消息。”郭祥接着说,“停战协定正要签字的时候,李承晚破坏谈判,扣留我方战俘,还叫嚣要‘单独干’,你们知道吗?”

“知道,知道。”一个声音说,“让这个老家伙‘单独干’吧!”

还有两个粗大的嗓门,激愤地说:

“应当枪毙他!”

“应当把这个老狗吊死!”

这时,广播机又开始播送唱片。从地堡里钻出来的人越来越多。看去总有四五十名。有的人干脆坐在地堡上,自由自在地悠打着双腿,为乐曲打着拍子。

郭祥等唱片放完,继续喊道:

“为了在停战前夕留个纪念,我们想送给你们一面锦旗,还有一些好的礼物，你们喜欢吗？”

美国兵交头接耳嘁喳了一阵，纷纷问：

“什么礼物？真的想送给我们吗？”

“好，好，谢谢你们！”

郭祥从交通壕里取出一面深绿色的绣有白色和平鸽的旗子，高高地举起来在空中挥动。李风也举起礼物袋摇晃着，说：

“你们过来取吧！”

敌人似乎犹豫了一下，一个人说：

“还是你们送过来吧，我们不打你。”

李风望望郭祥，郭祥笑着说：

“他们是不敢过来的。还是按预定方案，你和小罗到缓冲区去。我们注意掩护。”

接着，李风解下枪来，在空中晃了一晃，放在地上，用英语喊道：

“好！我们都不带枪。你们下来取吧，我们到缓冲区见面。”

说过，李风同小罗拿着锦旗，背着礼物袋往山下走。敌方也有两个人高高兴兴地下了山顶。双方边走边喊，互相招手。这时，敌我双方阵地都鼓起掌来。在敌人阵地上，美国兵有的跳跃欢叫，有的挥手挥帽。正在播送的音乐也越发来劲了。

双方都在观察着下去的人。他们下了山坡，愈走愈近，终于在缓冲区的一片荒废的稻田里相见了。当他们四个人彼此握手时，双方阵地又响起了一阵热烈的掌声。郭祥远远看到，李风打着手势谈了一阵什么，那两个美国兵就恭恭敬敬地接过旗子和礼物，再一次同李风和小罗握手。然后就一面招着手往回走。可是走出有十多步远，其中一个美国兵又转回来，蹲下身子在膝盖上写了些什么，又在口袋里乱摸了一阵，掏出一个什么东西一起交给李风。随后就匆匆地往回跑去。

李风和小罗回到阵地。李风一面擦脸上的汗水，一面兴奋地说：

“情况很好！两个美国兵说了许多感激的话。临走感到很抱歉，就从身上摸出一个打火机，还给我们写了一个条子。”

说着，把打火机和那张条子掏出来。郭祥接过条子，看了看，是临时从日记本上撕下来的，写了几行工工整整的外国字，就问：

“上面写的什么？”

李风念道：

“向伟大的人民中国致敬，美国人民永远是你们的朋友。美陆战一师上等兵詹姆、菲特。1953.6.25.难忘的一天。”

郭祥笑了笑，又问：

“那句最重要的话，你说了没有？”

“说了。他们答应明天上午第二次在这里见面。”

郭祥嘱咐李风亲自到主峰向政委汇报。接着继续观察敌方的情况。这时，那两个名叫詹姆和菲特的上等兵，已经回到阵地，地堡上的人乱哄哄地围了上去。拿到礼物的人，纷纷举着礼物袋向我们兴奋地摇晃着，一面跳着脚高喊：“感谢！感谢！”那面深绿色的绣有和平鸽的旗帜，也被人插到地堡上，在微风里轻轻地飘荡。

可是，正在这时，从山背后走过一个人来，沿着交通壕急匆匆地走着，后面还跟着几个随从。

正在跳跃、欢叫的美国兵，像老鼠见了猫一般，慌慌乱乱地钻进了地堡。随后，那面深绿色的旗子，也被这个家伙拔掉，撕碎，扔在了一旁。郭祥气愤地立即命令机枪射击，那个家伙已经溜进地堡去了。广播员当即向这个破坏阵地联欢的美国军官提出警告。但是上午的阵地联欢也只好到此结束。

下午三时许,又进行了广播和喊话。但敌人的阵地表现十分沉闷。既没有人答话,也没有摆动小旗。

第二天,第三天,也是这样。

“真烦人！打政治仗,就是不如打军事仗干脆,痛快!”郭祥懊恼地想。但因为自己已经是营级干部,又不好公开表示出来。

晚上,郭祥回到主峰,同政委一起,再次对政治攻势的细节进行了研究。凌晨两点钟,郭祥被电话员喊醒。他抓起耳机,只听李风在电话里兴奋地说:

“报告营长,有三个美国兵带着枪投过来啦!”

“现在在哪儿?”

“就在我们这里。”

“好,马上把他们送来!”

郭祥立即喊醒政委作了报告。周仆笑着说:

“我早说过,干这种事不要着急嘛！只要付出辛苦,总有收获!”

不大工夫,李风已经把三个投诚的美国兵带来。三个人身穿深绿色的美式军服,脚穿高腰儿皮靴,见了周仆“咔”地行了一个正规的军礼。周仆和郭祥上前同他们亲热地握手,随后又拿出烟来招待。

三个人中有两个瘦高个子,看去都很年轻,另一个矮胖的人显得相当苍老。李风指着那两个年轻的美国兵说:

“这两位就是我们白天在缓冲区见面的。这一位是上等兵詹姆,那一位是上等兵菲特。”

周仆笑着说：

“噢，你们已经是老熟人了！”

李风把话翻译过去，两个人都望望李风，满意地一笑。

李风又指着那位矮胖的美国兵说：

“这位是中士里奇先生。”

周仆见他长得相当苍老，总有四十岁的样子，就问：

“里奇先生，您有多大年纪了？”

“二十八岁。”

里奇见周仆的眼光里有些惊异，就笑着说：

“这是你们的迫击炮把我变老了！”

人们大笑。但里奇不笑，又说：

“这是确实的话：在朝鲜只要待上三十秒钟，我都觉着时间太长。”

周仆接着问：

“你们今天的行动是怎样决定的？”

“阵地上的情形你们都看到了。”詹姆抢着说，“我们把礼物拿回去，伙伴们，包括我们的排长都很高兴。但这时候出现了意外情况，我们的团长和随军牧师都来了。他们没收了我们的礼物，并且对排长要进行军法审判。听说把我们三个也要当做‘叛国罪’抓起来。幸亏里奇中士得到了消息，我们才跑出来。”

周仆愤愤地说：

“什么叛国罪？正是他们——美国的当权者，败坏了美国的声誉，破坏了美国人民与中国人民之间的友谊，破坏了美国人民与全世界人民之间的友谊。他们的这种罪行才是不能饶恕的。”

郭祥也笑着插嘴说：

“不要紧,詹姆,那是他们的说法。等到美国无产阶级掌权的时候,你们不仅不是罪犯,而且是人民的功臣了！这一天一定会到来的!”

詹姆、菲特和里奇都宽慰地笑了。

不一时,琼斯、霍尔和莱特都请来了。他们互相握手、拥抱,共同的心情使他们的话像打开闸门的洪水一般。坑道里充满着一种特有的热烈的气氛。周仆笑着说:

“这才是真理的力量!”

第七章　红旗飞舞（一）

我军规模宏大的夏季攻势，第二阶段从五月二十七日开始，到七月上旬宣告结束。在开始的头两天，我军首先向北汉江以东的方形山地区、金城附近的栗洞南山地区等九处敌军阵地发起了攻击，给予守敌以歼灭性的打击。接着，我军在东起东海岸高城以南地区，西至临津江右岸高浪浦里地区的漫长战线上，发起了进攻。在北汉江两岸，我军突破整营整团的阵地，一直攻入敌人师的防御纵深，敌人吹嘘为“首都高地”和“京畿山”的座首洞南山，和边沿洞附近的“八八三·七”高地一带，都被我军攻占，将战线向南推进了六公里。在这期间，全线各地几乎每天都有战斗，每处都在反击。真是战斗连着战斗，胜利接着胜利。在六月份的一个月中，就歼敌七万余名，扩展阵地约六十平方公里，使敌人遭受了惨重的损失。

六月八日，关于战俘遣返问题，本来已经达成了协议，这样停战谈判的各项协议都达成了，但是正当筹划签字之际，却发生了李承晚集团破坏停战谈判的严重事件。在十八日至二十二日的四天内，以“就地释放”战俘为名，扣留我方战俘二万七千余人。看起来，不再给李承晚这个老卖国贼以严厉的惩罚，停战是仍然不能实现的。这样，规模空前宏大的夏季攻势第三阶段，就要开始了。

第三阶段的作战目标，是集中打击李伪军的第三师、第六师、第八师和首都师。作战地区是北汉江以西、金化以东和金城以南的弓形战线上。由于郭祥所在的第五军，对这里的地形比较熟悉，也被调到这个地区来，准备对黑云岭的敌人展开进攻。

凡是郭祥战斗过的地方，他一般是不会忘记的，更何况黑云岭呢。回想两年多之前，五次战役第二阶段向回撤退的时候，他们就在这里进行了一场艰苦的阻击。当时团指挥所就设在黑云岭的主峰，主峰以南不远，就是狮子峰和玉女峰，也就是郭祥和乔大夯、小牛等英雄战士跳崖的地方。郭祥还清楚记得那场恶战的情景。那时真是肚里无食，枪里无弹，最后不得不跟敌人拼起石头来。尤其是那个地主的儿子谢家骥，竟然拿着大喇叭冲到面前，狂妄地高喊着叫他们“缴枪投降”，郭祥至今想起来还觉得心头火辣辣地不能忍受。而今天，情况却大不相同了，我们的力量已经足以压倒敌人，是应该好好惩罚一下那些反动家伙的时候了。

当然，郭祥更加不能忘怀的，是那位还住在敌人后方的慈祥的朝鲜母亲。郭祥清楚记得，他和乔大夯临走时，这位阿妈妮送了他们很远，并且拉着他的手，流着眼泪说：“阿德儿，什么时候，我们才能见面呢？”他当时是这样回答的：“阿妈妮！我们一定会打回来的！”现在是实践这诺言的时候了。这诺言究竟能否实现，就要看能不能消灭黑云岭的敌人，能不能突破敌军的防线了。

自部队移防金城前线，郭祥最满意的一件事，就是在前两天团的作战会议上，已经明确确定他们营为进攻黑云岭的突击营，二营为二梯队，三营和侦察连由副团长孙亮率领进行穿插迂回。郭祥没费多大事就把这个任务抢到手，使他感到格外的愉快。但是，在对黑云岭的具体打法上，却发生了一番争论。这黑云岭是海拔八百多公尺的一座巍峨的山岭。它沿着黑压压的主峰绵延而下，向东向西各伸出一条山腿。东面的山腿有两个山头，西面的山腿有三个山头。上面都修满了密密麻麻的工事。当时在突破点的选择上,大部分同志都主张以东边的山腿为佯攻方向,主要攻击西边的山腿,然后夺取主峰。理由是,这条山腿距我最近,而且容易攀登,攻击容易奏效。而郭祥却提出了一个相当大胆的意见,主张直取主峰,而以其它两点,特别是西边的山腿作为佯攻方向。理由是,如果我们从西边的山腿攻起,不会有出敌不意的效果;同时,攻下一点,再攻一点,容易形成逐点争夺,反而延长了时间,增大了伤亡。而直取主峰却可以避免这两方面的缺点。这两种意见争论了相当长的时间,虽然最后团长和政委同意了郭祥的方案,勉勉强强通过了,但是事实上有许多同志仍然不很赞成。这件事在郭祥愉快的情绪中又增添了一点不安的东西。他觉得自己是第一次作为营的指挥员指挥这次进攻战,必须更加兢兢业业才行。

在团的作战会议上,周仆和邓军都一再强调,虽然我们的进攻力量比过去大大加强,但是敌人的防御也比过去强固得多了。我们不但要看到自己变化的一面,还要看到敌人变化的一面。自从去年以来,由于我军火炮的大量增加,炮兵射击技术的显著提高,给了敌人很大的威胁,使敌人也不得不学我们的样子,修起了坑道工事。据前几天抓到的一个俘虏供称:在黑云岭上,除了地雷、铁丝网以及密密麻麻的地堡以外,光大小坑道就有二十多条。尤其主峰上的坑道,分上下三层,总长度有二百多公尺,里面还有节节抗击的设置。如何消灭据守坑道的敌人,就成为这次进攻战中一个新的课题。政委还在会议结束时郑重嘱咐他说:“郭祥同志,上次在白云岭坚守坑道,在军事民主方面,你搞得不错;这次打敌人的坑道,我希望你搞得更好。这样复杂的战争,只靠少数人动脑筋,不管你想得多么周全,都是搞不好的!”

团作战会议结束以后，为了加强战前的准备工作，郭祥的这个突击营就被调到一个与黑云岭类似的山坡上日夜进行演练。郭祥和战士们在一起摸爬滚打，在那样的盛夏季节，脱下衬衣一拧，常常能拧出小半盆汗水来。

郭祥虽然当了营长，还是那套老作风，他到哪里，哪里就活跃起来。这天上午小休息时，他为了进一步开展军事民主，听取战士们对打坑道的意见，就来到三连所在的一个小松林里。战士们顷刻就在他的身边围了一圈儿。他刚坐下把烟荷包往外一掏，就有好几只手伸过来卷烟，郭祥笑着说：

"行，行，我这一套作风都叫你们学到手了！"

大家叽叽嘎嘎笑了一阵。郭祥说：

"我今天主要是听你们的意见。你们看，打坑道到底存在什么困难？"

小钢炮把头一摆，信心十足地说：

"没有问题！大炮一轰，我保证能冲上去！不是说，还有一个火箭炮营来配合吗？"

"炮火很重要，可是我们步兵不能有依赖思想。"郭祥说，"任何厉害的炮火都很难摧毁地面上的一切工事，何况还有坑道呢！"

郭祥看大家都不习惯在上级面前提出困难，就笑着说：

"你们不要以为，谁一提困难，就是右倾。不！只有提出困难，才能找出解决的办法。政委说，这个才是辩证法呢！"

大家沉思了一会儿，小罗说：

"有人说，咱们在白云岭退守坑道，敌人打了二十来天都没有解决，咱们要打敌人的坑道，恐怕也不容易。"

"这就不能比了。"郭祥说，"守坑道的人不一样嘛！坑道在我们手里,敌人就拿不去;在敌人手里,我们就能拿过来。关键是你敢不敢进到坑道里去。"

小钢炮又把头一摆,说:

"只要有口儿,我就能钻进去。就是怕找不到坑道口,黑灯瞎火的,又不准打手电。"

"对,这就是困难嘛!"郭祥说,"你找不到口儿怎么钻进去呀?大家可以研究研究。"

杨春在郭祥身后,两只猫眼忽闪了几下子,说:

"呃,我发表个意见行不?"

郭祥扭头一看,见是杨春,笑着说:

"你这个捣蛋鬼!说就说吧,总要挂点零碎儿!"

"我考虑——"杨春眨了眨眼,学着干部发言的神态说,"第一,敌人的坑道口,它必定在背我们的方向;第二,凡是坑道口,必定堆着一些挖出来的土堆石块;第三,坑道口也必定会有敌人的电话线;第四,凡是坑道口,又一定会有比较明显的小路,连着交通壕什么的……你们说是不?"

大家赞许地望了杨春一眼,郭祥也点点头说:

"对嘛,就是要开动脑筋嘛!"

"找坑道口还不算难。"又一个战士说,"在坑道里怎么打手榴弹哪?要是扔不好,碰回来把自己也炸伤了。"

大家又继续闷着头寻思着。那个小鬼班的郑小蔫只抿着嘴笑。他是一年也很难得说几句话的。郭祥故意逗他说:

"瞧,小蔫要发言了,你们听着!"

这一下把郑小蔫闹得很不好意思,只得红着脸说:

"可以搞水平投弹。"

他的声音那么小,像个小姑娘似的。有人问:

“怎么叫水平投弹?”

郑小薷站起来,不慌不忙地从腰里抽出一个手榴弹。他先将右臂垂直,向前猛投时,又用左臂一拦,手榴弹竟成水平方向飞出十多米远。大家一齐鼓起掌来,小薷的脸更加红艳了。

“这个办法行,就是还要多练。”郭祥说。

接着,各人又提了许多战术技术方面的问题,在大家热烈的讨论下都解决了。最后,小罗又以他敌工小组组长的身份说:

“我还有一个建议,就是加强我们的喊话工作。只要我们一打进坑道,敌人就乱了营了。如果我们能多学几句口号,准能多抓俘虏!”

大家正在热烈地议论,山坡上传过来一片笑语声。郭祥一看,现在已经是排长的乔大夯领着一伙战士,有的手里拿着爆破筒,有的夹着炸药包,一面擦着汗,一面说笑着走了上来。

郭祥见他们全身都被汗水湿透,滚得像泥猴似的,就笑着说:

“大个儿,你到底把爆破任务抓到手了,是不?……可是也要休息一会儿嘛!”

乔大夯憨厚地笑了一笑,说:

“我们排新战士多。”

他把一个很大的炸药包放下来,擦了擦汗,试探地问:

“咱们是要打过去吗?”

“当然要打过去!”郭祥把右臂有力地一挥。

乔大夯满脸是笑,又问:

“打到哪儿?能打到金谷里吗?”

郭祥心里蓦地一动,知道他同自己一样想起了那位朝鲜母亲。

就说：

“你是惦记着金妈妈吧？”

乔大夯眼里放出热情的光辉，充满怀念地说：

“这两年，不知道她老人家怎么样了？昨天晚上我还梦见她，叫敌人抓到监狱里了……我们俩仿佛还在那个山洞里住着。”

郭祥心里一阵酸辣辣的，因为在战士面前，他立刻克制住自己的情感，斩钉截铁地说：

“我们一定能打过去！”

部队经过一周的紧张演练，七月十二日上午，师政治部派人来授予担任突击任务的三连一面红旗，要他们把它插上黑云岭的主峰。三连的战斗情绪顿时达到沸腾状态，全连都在红旗上签上了自己的名字。黄昏时分，突击营向前开进。邓军和周仆站在交通沟旁边，与出击的战士们一一握手。军文工团和师文工队的男女队员敲锣打鼓，喊着口号，说着快板。徐芳也夹杂在队伍里，挥动膀臂，激动地喊着口号。当她看到郭祥过来时，想上前说句话，当着大家又不好意思。郭祥深情地望了她一眼，微笑着点了点头就过去了。松树杈挂着的大喇叭一遍又一遍地播送着《中国人民志愿军战歌》与《歌唱祖国》的歌曲。小钢炮在前面高高地举着红旗，战士们一个个挺着胸脯，步伐越发显得威武雄壮了。

敌我阵地之间，横隔着一道宽阔的金城川。为了在攻击时避免敌人炮火的拦阻射击，同时为了迅速而突然地攻上敌人阵地，指挥员们费了许多的心思，才想出一个新奇的办法，就是事先在敌人的山脚下秘密地挖一些屯兵洞，使部队在攻击之前偷偷地潜伏在这里。当然这种办法一旦被敌人发觉是极其危险的，是过去从来不曾听说过的。但它却是指挥员们依据当时当地具体条件的大胆独创。郭祥的突击营于当晚午夜时分偷渡过那道宽阔的大川，在敌人山脚下的林莽之中潜伏下来。

自然，这种战斗方式，使各级指挥员在精神上都处于高度的紧张状态。他们唯恐敌人有一丝一毫的察觉，也唯恐哪一位战士在敌人盲目的射击下负伤而忍受不住。郭祥和老模范蹲在一个小小的洞子里，真是觉得百爪挠心，实在难挨。幸好后半夜下起雨来，使他们才宁静了一些。可是接着白天来临了，这是更危险的时刻。熬过这个白天，真比一年的时间还长。

终于天又黑下来。总攻时间一秒钟一秒钟地迫近了。通讯员小牛两只眼眨也不眨地望着我方阵地。当秒针刚刚踏上晚上九点钟时，只听他尖声尖气地欢叫了一声：

"看，信号弹飞起来啦！"

话音未落，人们就觉得身子猛地一震，炮火的风暴遮天盖地地轰鸣起来。郭祥和老模范等人立即出了洞口，向我方阵地一望，只见三颗红色的信号弹，还飘坠在空中。数百门大炮出口的闪光，像连续不停的闪电，把半面天空照得通红。尤其是成批的火箭炮弹，拖着长长的火尾巴从顶空穿过，像赤红的钢板一样，倾泻到敌人的阵地，使整个的大地都为之震动。眼前顿时火光熊熊，硝烟漫漫，成了一片火海。土木砂石不断地从空中落下来。郭祥和老模范等人在外面待不住，只好回到屯兵洞去。

这场炮火急袭，整整进行了二十分钟。霍地又腾起三颗绿色的信号弹，炮火延伸射击了。郭祥立即跃出洞口，举起驳壳枪高喊了一声："同志们！冲啊！"部队在激越的冲锋号声中，向着黑云岭的主峰冲去。在火光与硝烟中，可以看到三连突击排的前面，有一面鲜艳的红旗，火团似的在向前滚动。

冲在最前面的是乔大夯率领的爆破组。他们拿着爆破筒,夹着炸药包,向前飞快地跑着。山坡上共有七道铁丝网,已被炮火摧毁了五道,第六道也被他们迅速炸开,只剩下最后一道了。一个战士接着扑上去爆破。烟尘还没有散,乔大夯就领着爆破组的同志冲了上去。哪知冲到跟前,才发现这道足有两公尺宽的屋脊形铁丝网,只炸开了一道小口,仍然不能通过。乔大夯立刻塞进一根爆破筒准备拉火,后面一片冲杀声。回头一看,火光里闪着一面红旗,突击排已经冲了上来,只有几步远近,爆破已经来不及了。地堡里的敌人已经清醒过来,重机枪正哗哗地射击着。如果让红旗退回去,同志们就会遭到更大的伤亡。乔大夯心里一急,登时出了一身大汗。他立刻对爆破组大声喊道:

“同志们!爆破来不及啦!我们不能让红旗老等在这里。祖国需要我们的时候到啦!”

说着,他把手里的爆破筒往旁边一扔,就趴到了铁丝网上。爆破组的其他四个同志,也纷纷丢掉了炸药包和爆破筒,挨着他那长大魁伟的身躯,在铁丝网上趴成了一排。乔大夯还一个劲儿地挥动着他的手臂,大声地喊:

“同志们!快过去呀!快过去呀!”

其他几个组员也跟着喊:

“不要犹豫了!”

“为了胜利,快过去吧!”

突击排的同志停下来了。他们怎么忍心从自己同志的身上踩过去呢!连长齐堆心里热辣辣的,一时不知怎样处理才好。带领突击排的副连长疙瘩李更急得什么似的,摆着手说:

“不行!不行!快下来组织爆破!”

这时,郭祥和他的通讯员小牛已经赶了上来。他见到这种情景,真是看在眼里痛在心上。乔大夯听见郭祥的声音,又几乎用哀求的声调说:

“营长!你就快下命令吧!为了胜利,你就让大家快踩过去吧!”

郭祥回头一看,红旗已经停止前进,后面还拥挤着数百名战士,队伍里正在不断地增加着伤亡,就把心一横,牙一咬,把驳壳枪果断地一挥,说:

“同志们!踩过去!”

这一声号令,响彻云霄,震人心魂。在中国大地上,这一支战胜千难万险、冲过雪山草地的铁军,今天不得不踏着自己同志的肉身前进了。当他们踩上自己心爱的战友的身体时,从内心里惊呼起来:“轻点儿,轻点儿!”身上顿时像着了火似的,贯注了千百倍的力量,一刹那间变成了生着羽翼的天兵飞上了主峰。那面在主峰上飘扬的红旗,在硝烟与火光中也显得更加鲜红了。

第八章　红旗飞舞（二）

突击排迅速地越过山腰攀上主峰。

在敌人主要的工事集中地区，遇到三个火力点的顽抗。部队不得不在炮弹坑里隐伏下来。疙瘩李当即派出郑小蔫带领一个小组去消灭右侧第一个火力点。第一个火力点很顺利地被他们用飞雷消灭了。

杨春求战心切，马上要求去爆破中间那个火力点。得到批准后，他就带着两个战士向那个火力点接近。在接近到十几公尺处，那两个战士被打倒了。这时，杨春伏在一个炮弹坑里，睁着他那双猫眼，观察了一下地形。那个有掩盖的火力点周围平展展的，几乎没有可以利用的地物，如果贸然冲过去，仍然不可能成功。他的眼向右侧一扫，看见右侧那个刚才被炸毁的火力点，忽然灵机一动，心中想道："据战前抓到的俘虏说，敌人的火力点都有盖沟通着，我何不来个废物利用，从这个废火力点里钻进去呢？"想到这里，他就乘我方重机枪发射火力的时机，猛然跃出弹坑，像燕子掠过水面那样，飞快地跃到那个废火力点跟前。疙瘩李见他不搞中间那个火力点，反而向旁边跑去，以为他搞错了方向，正要制止他，齐堆拉了疙瘩李一把，悄声地说："瞧，这小子可能有点鬼名堂！"说话之间，杨春已经从那个废火力点里吱溜钻了进去。

杨春跳进去，左侧果然通着一条盖沟。里面李伪军吵吵嚷嚷的，显得很混乱。杨春心中大喜，心想：“里面这么黑，正好浑水摸鱼！”他就顺着盖沟向前摸，很快就混进李伪军的人群里。正打主意，忽然后边一个李伪军在他的肩膀上拍了两下。他吃了一惊，立即又镇定下来，心中想道：“这么黑，他们哪里是发现了我，多半是规定的什么暗号。”也就朝旁边另一个家伙的肩膀上拍了两下。这时，盖沟里的敌人老是乱喊乱叫，显得很恐慌。杨春心想：“我先把你搅成一锅粥再说！”这么想着，他就掏出两颗手榴弹，冲前面扔了一个，又冲后面扔了一个。自己却贴着一边悄悄地趴下来。只听轰轰两声巨响，敌人可就乱了营了。前面的打后面的，后面的打前面的，叫嚷得更凶了。等敌人镇定下来，像是在追查责任的时候，他早溜到中间那个火力点的附近。

借着枪火的闪光，他清楚看到，有五个敌人正撅着屁股，围着一挺重机枪，向外面疯狂扫射。杨春得意地想道：“这些蠢家伙，哪里会想到我小杨春就蹲在他们的身边呢。”他这么一想，乐了，把仅有的一颗手榴弹掂了掂，准准地打在五个敌人中间。顷刻火光一闪，硝烟弥漫，重机枪马上成了哑巴，五个人全被炸死。他自己也被硝烟呛得一连打了好几个喷嚏。

接着，外面传来同志们激越的冲杀声。但是，很快冲杀声又中断了。杨春踏着敌人的尸体，从射口里探出头一望，看见左侧第三个火力点仍然伸着长长的火舌，向冲锋部队疯狂地扫射着。杨春心想：“我何不顺着盖沟，把第三个火力点也炸掉呢！”但是，一摸身上一颗手榴弹也没有了。急得他抓耳挠腮地在盖沟里乱转。忽然想起，敌人这么多死尸，怎么会没有手榴弹呢！掏出电棒一照，小甜瓜手榴弹很不少，心里真是高兴，就把手榴弹兜都装满了。这时，从盖沟里过来一伙敌人，杨春抓起手榴弹就劈头打去，敌人吱哇乱叫,回头就跑,杨春紧紧追赶着,很快就追到第三个火力点。现在他有了充足的弹药,就把四个手榴弹连结在一起,一下掷到正在射击的敌人中间,敌人的第三个火力点也完蛋了。

等到同志们冲上来的时候,杨春已经从工事里钻出去,用他尖声尖气的童音喊道:

"同志们! 阵地已经占领了!"

这时,郭祥随着突击连冲了上来。他迅速观察了一下阵地的情况,发现好几个火力点,重机枪架得好好的,子弹也压得好好的,就是没有人影。他就对连长齐堆说:

"现在,只能说占领了敌人的表面阵地。我看大部分敌人都跑进坑道里了。你们赶快找坑道口,准备消灭坑道里的敌人!"

齐堆立即指挥部队向两侧搜索,很快就向郭祥报告:在正南方向和东西两侧共发现了三个坑道口。郭祥略一寻思,说:

"你先把南面那个坑道口炸坍封死,叫敌人不能逃跑,增加它的恐慌;然后在火力支援下,从东西两个坑道口同时向里发展。"

齐堆刚要走,郭祥又叫住他说:

"坑道战不在人多,多了反而增加伤亡。你只派两个坚强的小组先进去就行。要结合喊话,不要打哑巴仗!"

这时,一、二连和机炮连已陆续到达主峰。郭祥命令他们在已经占领的工事里隐蔽起来。尽管敌人的炮兵受到我炮火的严重打击,直到现在还没有还击,但是仍然不能放松警惕。

郭祥布置妥当,亲自赶到西侧的坑道口来。此时,坑道口的火力点已被摧毁,敌人全被压入坑道。战士们分布在坑道口的两侧,正准备进攻。只见小钢炮这个虎劲十足的班长,向洞子里扔了两个手榴弹,接着就要往里钻,郭祥止住他说:

“不要慌!”

话音未落,里面的机枪就嗒嗒地响起来,接着又呼呼地喷出赤红色的火焰,火龙似的蹿出好几丈远。小钢炮气愤地骂道:

“好狗日的,又搞火焰喷射器了!”

郭祥立刻命令调火箭筒来。火箭筒手瞄准洞口,连续打了三发,立刻从里面冒出滚滚的硝烟。小钢炮向事前指定的两位伙伴摆了摆手,乘着硝烟,端着冲锋枪就冲了进去。接着,小罗和李茂也跟着钻进了坑道。里面黑洞洞的什么也看不见。小钢炮在前面一面打冲锋枪,一面前进。正要换梭子,从对面一梭子弹猛扫过来。他连忙把小罗和李茂拉了一把,三个人就贴着墙蹲下。由于敌人的自动枪不住点儿地射击,使得他们无法移动。这时,小罗情急智生,把那个歪把儿电棒向旁边晃了一晃,果然,敌人的自动枪便向另一侧射击起来,碎石末溅了他们一脸。小钢炮乘势来了个水平投弹,轰隆一声,敌人的自动枪停止了。

三个人继续向前摸了一截,坑道已是转弯处。这里躺着几个死尸,还有两个伤员,不断地呻吟。这就是刚才被打中的敌人。

小罗用手电照了照,这里已开始进入马蹄形坑道。不远处挤了一大堆敌人,乱吵乱叫,极为恐慌。小罗见时机已到,他这个敌工组长该发挥点威力了,就嗖地投过一个手榴弹去。随着爆炸声,就乘势喊起朝语口号来:

“快快投降吧!你们已经被包围啦!”

其他几个战士也接着喊:

“缴枪不杀!”

“志愿军宽待俘虏!”

敌人顿时停止了吵嚷声,似乎在静静地听着。

停了片刻，小钢炮见敌方没有回应，又哗——地打了半梭子弹。小罗和李茂又乘势喊：

“快快投降吧！不要犹豫了！”

“如果不缴枪，我们就要继续进攻！”

“……”

静寂了片刻。接着，有一个哆哆嗦嗦的声音说：

“你们说话是真的吗？”

“是真的！只要缴枪，就保证你们的生命安全！”小罗接上说。

“好，我们投降！”

说过，便把枪乓嗒乓嗒地丢在地上，一个个举着双手走了过来。小罗用电棒一照，数了数共有八名。这些俘虏一个个衣服破烂，脸色蜡黄，浑身上下滚得像泥蛋似的。

小罗为了减少他们的恐惧，语气和缓地问：

“里面还有人吗？”

“有，有，大大的有！”

“小队长呢？小队长在哪里？”

有个俘虏悄悄地往旁边住室里一指。

小钢炮叫李茂把俘虏押下去，交给后面的人。接着猛跨了几步，向那个住室示威性地打了几枪，就喊起口号来。里面既不还击，也没有人应声。小罗影住身子，用歪把电棒往里一照，屋子空荡荡的，一张大毯子从床上直拖到地。丢在地上的一个烟头还在冒烟。小罗一个箭步就跨到屋里，把毯子猛地一揭，只听床下惊叫了一声，接着扔出一支手枪，慢慢地爬出一个人来，一个劲儿地筛糠。小罗见他怕成这样，连忙解释我军的俘虏政策，他才慢慢地抬起头来，哆哆嗦嗦地从里衣的口袋里摸出一个四四方方的纸片，交给小罗。小罗一看,原来是我军在政治攻势中散放的“通行证”,外面还被他精心地包了一层玻璃纸呢。小罗微微一笑,用半通不通的朝语问:

“你既然知道我们宽待俘虏,干吗还不出来投降?”

“你们士兵的宽待,我的知道;军官的宽待,我的不知道。”他用生硬的中国话说,原来他是伪军的小队长。

小罗把他扶起来。为了消除他的疑惧,掏出一支烟递给他,他脸上显出深为感动的样子。接着,小罗就问:

“里面的人还多不多?”

“里面,大大的有!”

“你能给他们喊话吗?”

伪军小队长迟疑了一下,答应了。

小罗让他在前面带路,继续向前摸去。

大约走了十几公尺,伪军小队长停住了,回过头悄声地说:

“前面,大大的有!”

话没说完,前面就响起了枪声和混乱的惊叫声。几个人都闪在旁边的住室里。小罗拍拍伪军小队长的肩膀说:

“你就喊吧!巴利巴利!”

他立刻面向前方,叉开脚步,开始了喊话。他以小队长的身份,训斥说:

“不要打啦!志愿军已经占领了坑道,你们还打什么!他们的俘虏政策,你们不是不知道,像我这样的人都不要紧,你们还怕什么!……”

枪声停止了。接着是一片窃窃私语声。不大工夫,就一个跟着一个地举起双手走了过来。小罗用电棒照着,数了数,一共是三

十七名。李茂送俘虏刚刚返回,小钢炮又派他向后转送。这个四川战士嘟囔着说:

“我倒成了运输员了!”

“运输员也很重要嘛!”

小钢炮说过,又继续向前发展。一路打,一路喊,投降者立即俘虏过来,坚决抵抗者立即予以消灭。由于这位伪军小队长地形熟悉,发展相当顺利。

正在前进中,只听对面响起冲锋枪声,接着大声喊道:

“站住! 缴枪不杀!”

小钢炮一听,是郑小蔫的声音,急忙喊道:

“郑小蔫! 我们会师啦!”

两个战斗小组立刻合兵一处。郑小蔫告诉小钢炮,后续部队已经进来,正在肃清残敌。小钢炮高兴地说:

“快! 咱们到二层楼去!”

小罗叫过那个“小队长”问:

“你们营长住在哪里?”

伪军小队长悄悄往上一指。小罗又拍了拍他的肩膀,说:

“好,你还当我们的向导!”

两个小组,一前一后,由这位不花钱的向导带着,很快就找到通二层坑道的楼梯。可是刚踏上台阶,上面就打下枪来。伪军小队长回过头为难地说:“上面的,不好去!”小罗说:“你快喊:自己人,不要误会!”他只得仰起脖子叫道:

“营长在上面吗?”

“在。徐队长,你要干什么?”

“我要报告情况。”

上面停止了射击。伪军小队长慢腾腾地往上走,小钢炮怕他犹豫误事,抢在前面,嗖嗖几步就扑了上去,把楼梯口的两挺机枪踢在了一边,接着,就威逼五六个敌人放下了武器。

二层“楼”也是环形坑道。伪军小队长领着大伙向前走了不远,就停住脚步,胆怯地向旁边一指。小罗动员他喊话,他把两只手一摊,为难地说:

“我的恐怕不行。”

“你试试看。”

小钢炮先打了半梭冲锋枪,用火力威胁,然后伪军小队长喊:

“营长!营长!你在里面吗?”

“你是谁?”里面粗暴地叫。

“我是徐成吉,你听不出来了吗?”

“你不在下面守坑道,跑到这里干什么?”

“下面守不住了,共军已经打进来了!……”

伪军小队长刚说到这里,那个粗暴的声音吼叫起来:

“爬比桶[①]!我早就看出你不是个好东西!”

这粗野的叫骂,显然刺伤了伪军小队长,他立刻抗声地说:

“这样坚固的阵地,不到五分钟就被共军突破。到现在你还躲在这里!你才是一个十足的饭桶!一个光知道喝兵血的混蛋!再不投降,你的末日马上就要到了!”

对方大声怒骂道:

“你这个叛徒!……”

伪军小队长也提高声音回骂:

“只有你们这些靠美国人升官发财的家伙,才是可耻的叛徒!你

---

① 朝语:饭桶。

应该算算，你喝了多少兵血！连志愿军圣诞节送给我们的礼物，都叫你没收了。你们还说共军的酒里有毒，可是你们倒拿去偷偷地喝……”

对方显然已经怒不可遏，大声斥骂着旁边的人：

“你们这些没用的东西，快给我打！不打我毙了你们！”

说着，里面传出乓乓两声枪响。接着，几个士兵呼噜呼噜地跑了出来，把枪往地下一扔，投降了。

小钢炮早就不耐烦了。他急火火地取出一颗手榴弹，嗖的一声就投到那个住室里去。等硝烟散去，大家在这个颇为讲究的洞子里，看到一个又肥又胖的家伙躺在血泊里。小罗用电棒照了照他的全身，他的胸前挂着好几个奖章，一只肥手里还紧握着一支粗大的皮鞭。住室里除了一幅阵地火力配系图之外，散落着许多淫秽不堪的照片，床下堆满了喝空的酒瓶……

“这里真是座人间地狱！”小罗恶心地吐了一口唾沫。

当小钢炮他们押着大队俘虏走出坑道时，郭祥和老模范的脸上堆满笑容。他们同小钢炮、杨春、小罗、郑小蔫等一一握手，郭祥深为满意地对老模范说：

“看起来，当年小鬼班的这几个小家伙，表现都是满不错的！”

老模范笑着说：

“你不也是这个班的小鬼吗？”

“我？”郭祥说，“叫我看，他们比我可强！论愣劲儿，有的比我还愣；论猛劲儿，有的比我还猛；论脑子活，有的比我还活……”

“这就叫一代传一代，一代胜过一代嘛！”

“对！你说得对！”

郭祥微笑着，抬头望望山顶，在火光照耀的黑云岭上，那面红旗正像红色的大鸟一般，在疾风里旋卷飞舞，仿佛要飞翔起来似的……

第九章　挺　进

郭祥正同老模范谈笑，邓军和周仆已登上了黑云岭主峰。周仆告诉他们：在北汉江以西，金化以东，金城以南二十二公里的战线上，已在多处突破敌人的阵地，现在各支部队正向敌后猛插。要他们很快把部队整顿一下，立即沿着孙亮的穿插路线，随后跟进。

从昨晚起，天色一直阴沉，此时又飘下零散的雨点。等郭祥这个营越过黑云岭，踏上宽大的公路，已经是大雨滂沱了。

由副团长孙亮率领的那个营，这时已经在三十里以外。他们预定的目标，是直插敌人的师部——梨香洞。沿途虽然打了三几个小仗，只是为了排除障碍，并不恋战，因此进展相当迅速。到凌晨两点钟，距梨香洞只剩下十几里路。

雨时大时小，时断时续。人们头上顶着大雨，身上冒着热汗，从头到脚，早已湿透。但是人们依然精神抖擞地行进在雷鸣电闪之中，跌倒了又爬起来，紧紧跟上队伍，唯恐掉下一步。在这个大风雨的夜晚，人们为了胜利已经忘记了一切。

走在穿插营最前面的，是花正芳率领的侦察排。尽管距目的地已经不远，但是花正芳心里仍然急火火的。因为朝鲜天亮得很早，差不多三点多钟天就亮了，如果再遇上什么麻烦，或者走错了路，任务就难以完成。他正想取出地图核对一下地形，忽然前面闪动着汽车的灯光，从公路上飞驰而来。他刚刚命令侦察排离开公路，一辆卡车，一辆吉普车已经开到面前。花正芳见路旁没有别的地形可以隐蔽，就当机立断，喊了一声“打掉它！”说着端起冲锋枪向着汽车猛扫了一梭，汽车立刻停住。接着大家就冲上去，一顿猛打，车上的敌人顿时一片混乱，也不知是打死后摔下来的，还是跳下来的，扑通扑通就像饺子下锅一般。还有人高声嚷道：

“噢包！不要打呀！不要发生误会呀！”

“误会不了！”花正芳心里暗笑，指挥全排冲到车底下，不一会儿就抓了五六个李伪军俘虏。他把联络员小韩叫过来，给他们简单解释了一下我军的俘虏政策，接着就问：

“你们是哪一部分？”

“我们是师部的。”一个俘虏战战兢兢地答道。

“你们要到哪里去？”

“我们是跟着副师长到前面去督战的。”

花正芳一听还有“副师长”，不由一阵高兴，就对大家说：

“同志们快搜！我们本来要打狐狸，倒套住狼了。”

大家在附近的草丛里搜索了一阵，忽听一个侦察员在二百米外的地方高兴地叫道：

“在这里哪！看，快钻到泥里去了！”

说着，就把一个家伙从泥水里拽出来，带到公路上。花正芳用电棒一照，见是一个大胖子，鼓着个大肚子，光着个秃脑瓜子，军衣也不知什么时候扔掉了，只穿了件衬衣，从头到脚都是泥汤子。

这时，大队已经赶到，孙亮听说抓到一个“副师长”，正要了解一下情况，就急匆匆地赶上来，问：

“你是什么人？担任什么职务？”

“我……我是一个排长。”

周围的人哄然大笑起来。他狼狈地环顾了大家一眼，无可奈何地说：

“既然你们已经知道，也就不用问了。”

孙亮盯住他说：

“你要到前边干什么？”

“前面情况紧急，师长要我带部队增援，防止……贵军突破我军的阵地。”

“那你就用不着去了。”孙亮笑着说，“你们的增援部队呢？”

“就在后面。”

“多大兵力？”

“两个营。”

“你们的师部在哪里？”

“梨香洞。”

“你们的师长在那里吗？”

“在。顾问也在那里。”

“保护师部的有多大兵力？”

“一个排。”

“你可以把师部的位置、配备画个草图吗？”

伪副师长迟疑了一会儿，说：

“可以。”

孙亮立刻叫人取来纸笔，叫他垫在图囊上画图。一个人用雨衣遮住雨点，一个人打着电棒。这位“副师长”画图很熟练，不一会儿就画出来了。孙亮接过一看，和原来了解的情况基本相符，就把图交给了花正芳。孙亮又挑出两个精壮的俘虏作为向导，其余的向后押送。伪副师长一看慌了，以为是要杀他，就带着哭腔哀求说：

“你们留下我的命吧！我家里还有八十老母，还有……”

孙亮说保证他的生命安全，他才规规矩矩鞠了一个躬向后去了。

孙亮看看表，已经两点半了，立即命令部队准备伏击增援的敌人；并嘱咐花正芳：应尽量避开敌人的大队，迅速插到敌人的师部。

花正芳率领侦察排飞快地行进着。约摸走了半个小时，前面山谷里又出现了一长串闪闪的汽车灯光，隆隆的摩托声也愈来愈近。花正芳马上让部队隐伏在路旁的深草丛里。顷刻间，长长的车队从他们的身边飞驰而过，车上满载着敌人的步兵，总共有四五十辆。等汽车过去，花正芳一挥手又让他的排上了公路。这时已经风停雨住。他们愈发加快了步伐，后来简直是一溜小跑了。

前面是个岔路口，向西有一条小公路弯到一条山沟里。那位充当“向导”的俘虏停住脚步，冲着山沟指了一指，对联络员小韩说：

“再往里去就是师部。”

“还有多远？”

“也就是两里路的样子。”

花正芳让大家隐伏在沟口的草丛里，迅速给几个班长区分了任务，接着就率领全排向沟里插去。那位“向导”真可谓称职得力，带领他们绕过敌人的岗哨，很顺利地接近了梨香洞——敌人的师部。

这梨香洞共有两簇房子，一簇靠外，住着敌人的警卫排，一簇靠里，住着敌人的师部。花正芳留下两个班攻击警卫排的敌人，并切断他们与师部的联系；自带一个班沿着山径小路，向敌人的师部接近。

看看离师部不远，花正芳在一个坡坎下停住脚步，凝神观察。只见小平地有一座坐北向南的大房子，里面点着一盏五百烛光的大泡子，照耀得十分明亮。玻璃窗敞开着，从窗子里可以看到里面有一个人正在着急地打电话，桌子旁边围着四五个人，都凝视着打电话的人，好像在等待着他询问的情况。一个上年纪的美国人坐在那里静静地抽烟，好像在寻思什么。旁边还有一个秃脑瓜的朝鲜人，神情不安地在屋子里踱来踱去。门口停着一辆卡车，两辆吉普，有几个人在进进出出地忙着往车上搬东西。一个哨兵在旁边来回走动。

花正芳观察清楚以后，立即决定：由侦察班长马海龙——一个异常剽悍的大个子，带领两个战士消灭敌人的哨兵，由门里打进去；自己带领一个组堵住两个窗口；留下一个组在外面作预备队，处置意外情况。

一切布置妥当，马海龙就带着两个战士悄悄向哨兵接近。在离哨兵还有几步远的时候，那个家伙就歇斯底里地嚷叫起来，马海龙立即猛扑上去，用匕首结果了他。这一来，房子里的敌人被惊动了。他们正要抢出房子逃跑，那两个战士的手榴弹已经飞到屋里，轰轰两声巨响，屋子里发出一片惨叫声，灯光也顿时熄灭。

这时，花正芳已经到了窗子跟前，从窗子里猛地跳出一个人来，被他哒哒两声冲锋枪也打死了。接着，花正芳就蹿到屋里，用电棒一照，屋里的几个人都完蛋了，那个上年纪的美国顾问和戴着少将军衔的李伪军师长也倒在血泊里。花正芳很后悔没有抓到活的。一怨那两个战士莽撞，二也怨自己布置不周。他用电棒照着，仔细搜索了一遍，忽然看到一个大衣柜，柜门上的铜环还在微微地摆动。他立刻把身子往旁边一闪,把衣柜猛然拉开,果然里面藏着一个敌人,尖嘴猴腮,戴着一副黑框眼镜,浑身颤抖不已。花正芳大喝一声:“你就出来吧!”那个家伙才浑身筛糠似的走出来。花正芳让侦察员把敌人的枪支和机密文件搜罗带走,接着出了房子。

这时,消灭警卫排的战斗已经结束。东方隐隐发白。花正芳又把周围搜索了一遍,才带着俘虏向沟外走去。

他们来到大公路上,公路两侧坐满了休息的队伍,远远近近,一片嘈杂的笑语声,同志们有的在抽烟,有的在吃干粮。旁边堆放着缴获的枪支。郭祥和孙亮也站在路边谈笑着。原来两个营在天亮以前就合兵一处,共同消灭了增援的敌人。

郭祥见花正芳斜背着冲锋枪,押着俘虏,英姿勃勃地走过来,上前攥住他的手,亲热地说:

“小花子!敌人的师部全消灭了吗?”

“全消灭了。”

“你们这次打得蛮不错嘛!”

花正芳红着脸,又是一副姑娘样子,带着歉意腼腆地说:

“伪师长和美国顾问,本来可以抓活的,我没有布置好,都打死了……”

郭祥笑着说:

“打死就打死吧。听说这个伪师长叫嚷‘北进’叫得最凶,这一下省得他再叫唤了!”

孙亮也带着安慰的意味说:

“没什么!我打了这么多仗,事后想起来,没有一个仗是没有缺点的。”

俘虏一个个从他们面前走过。郭祥发现,有一个俘虏和他的眼光刚一相遇，就急忙惊慌地掉过头去。郭祥心中疑惑，立刻把他叫出来，仔细一看，只见他留着大分头，尖嘴猴腮，戴着黑边眼镜，正是地主谢清斋的儿子谢家骥。立刻圆睁着眼问：

"你叫什么名字？"

那人的脸色，顿时变得煞白，舌头像打了结似的，好半晌，才吞吞吐吐地说：

"我我……我是朝鲜人，我叫朴……"

郭祥冷笑了一声，说：

"算了吧，姓谢的！你就是把皮剥了，我也认出是你！"

谢家骥索索地颤抖着。众人一听捉住了谢家骥，都围过来观看。孙亮高兴地望了花正芳一眼，笑着说：

"你是怎么抓住他的？"

"这家伙倒机灵，钻到衣柜里头去了。"花正芳笑着说。

郭祥直直地瞪着谢家骥，十六年前因为一枚柳笛引起的风波，父亲披麻戴孝为死鹰送葬，自己跪在台阶下，向他的哥哥——那个戴着瓜皮帽的小子叩头……一幕一幕，都呈现在眼前。郭祥冷笑了一声：

"谢家骥！你想不到有今天吧？"

谢家骥深深地低下头去，沉默不语。郭祥望了望他那身美式军服，肩头戴着少尉军衔的牌子，不知什么时候已经扯去了一个，又问：

"你这些年都干了些什么？"

谢家骥显然镇定了一些，低声说：

"我不过是美军心理作战部的一个雇员，并没有干什么坏事。再说我也不是真心投敌，是我吃不了苦，一时糊涂……"

“哼，糊涂？叫我看你一点也不糊涂！”郭祥指着他说，“你就是为了你的老子，为了你那个被打倒了的阶级！你们这些人，就是做梦，也没有忘记作威作福的生活。为了重新骑在中国人民头上，你们不惜当卖国贼，不惜给外国反动派当干儿子，这是你们一贯的做法！从你们的老祖宗到你们都是这样干的！……但是，我告诉你们：你们的目的永远也不能得逞！”

孙亮挥挥手说：

“别跟他啰嗦了，叫他滚吧！”

花正芳喝了一声，让他回到俘虏队伍里。

这时，不知谁喊了一句：

“你们看，那是谁来啦？”

人们向北一望，在那条宽大的黄土公路上，有十匹马飞驰而来。为首那人骑着一匹乌亮的黑马，就像沾在马背上似的，一只空袖管在身后高高地飘起。后面那人骑着一匹红马，姿态英挺，身子略向后仰，眼望前方。他们像旋风一般由远而近，随着晨风，传过来急雨般的马蹄声。

人们纷纷高兴地叫道：

“嗬，你看团长、政委来了！”

说话间，邓军、周仆和骑兵通讯班已经来到跟前，纷纷下马。孙亮和郭祥迎上前去，看见团长、政委满脸笑容，显然他们为战役的顺利发展感到满意。郭祥打了一个敬礼，笑嘻嘻地说：

“团长，政委，我看你们这些马子情绪也不一样了！”

“怎么不一样了？”邓军问。

“我瞧着，五次战役往北撤那时候，它们一个个扭着脖子，老是咴咴地叫，可不满意了；今天一往南去，一个个跑得多欢实呀！”

“你这个嘎家伙!”邓军笑着说,“什么话叫你一说就神了!”

周仆也笑着说:

“郭祥,恐怕你说的不是马,是你自己吧!”

人们哈哈大笑。

周仆看看战士们滚得满身都是泥巴,就说:

“昨儿晚上同志们够辛苦了,没有少摔跤吧?”

“嗐,简直成了摔跤表演赛了!”郭祥笑着说,“前面来个屁股蹲儿,后头就来个趴拉虎儿,辛苦倒不觉得,就是怕赶不到哇!”

孙亮把昨天夜里穿插五六十里,连续打了几仗,还消灭了敌人师部的情况,简要作了汇报。邓军满意地点了点头,说:

“这个作风要得！我们抢渡大渡河就是这么干的!”

说过,邓军让小玲子取出一张军用地图铺在地上,指着地图上的一座高山说:

“这就是白岩山！是前面这一带的制高点。根据师长的指示,要我们赶快占领它。你们很快吃完饭就出发吧!”

周仆接着说:

“师部准备把梨香洞作为指挥所。还要在这里开个会,研究下一步的问题。洪师长,还有人民军的一位师长马上就到。那里的房子没有打坏吗?”

“没有打坏。”花正芳走近来说,“就是美国顾问和伪师长都死在那里了,恐怕得打扫一下。”

“好好,”邓军说,“马上派人去打扫打扫!”

这时,从北边公路上出现了四辆小吉普,飞箭一般地向南奔驰。待开到跟前时,车门打开,洪师长和一个戴着人民军少将军衔的中年人跳下车来,接着又下来了几个中朝两军的参谋人员。郭祥一看，那位朝鲜将军，身材魁伟，红脸膛，非常面善。霍地想起，在平壤以南第一次和朝鲜人民军会师时的崔师长就是他。这时邓军和周仆已经迎上前去，并且把孙亮和郭祥介绍给那位朝鲜将军。周仆还特意指着郭祥说：

“这就是坚守白云岭的那位营长。”

将军几乎把他拥抱起来，拍着他的肩膀亲热地说：

“小伙子！打得好哇！”

“还是人民军的同志打得好！”郭祥红着脸，连忙接上去说。

“别客气喽！”将军指指洪川、邓军和周仆说，“我们都是老战友呢！咱们俩虽然见面不多，我们那个金银铁对我常谈到你。”

“他来了吗？”郭祥兴奋地问。

“来了，来了，他是从东边那条路上插过来的。”

“太好了！”郭祥说，“痛痛快快地干一场吧！李承晚这条老狗实在太可恶了！”

“他跟蒋介石一样，是一个极端残忍的家伙！”将军的神色有些激动，“他勾结美国人把我们全朝鲜都淹在血海里，而这个刽子手却在大门口挂着四个大字：‘敬天爱人’；每天上床以前还要念一段圣经！”

这时，梨香洞来人报告，房子已经打扫好了。师长立刻招呼将军说：

“老崔！咱们去开会吧！”

说过，两位师长和参谋们上了汽车，邓军和周仆一行人翻身上马，向几个小时之前还是敌人师部的梨香洞去了。

郭祥回到一营，掏出干粮刚啃了两口，只见花正芳带着几个人急火火地跑过来。郭祥问：

“你们干什么？”

“谢家骥跑了！”

“哎呀，我的天！”郭祥吃惊地说，“你们怎么搞的？”

花正芳说：

“刚才他说要解手，看管的人就让他去了，左等右等也不回来，后来一看，才知道他跑了。”

“时间不大吗？”

“不大。”

“顺着哪条路跑的？”

“就是这条山沟。”

花正芳冲着一条窄山沟里一指。

郭祥把手一挥，斩钉截铁地说：

“追！无论如何不能让他跑掉！”

他看见杨春站在旁边，就说：

“你也跟我来！”

说着，就同杨春、花正芳等几个人，一同向那条窄山沟跑去。刚刚追出一里多路，就听杨春兴奋地叫：

“瞧，那不是，正往山坡上爬呢！”

大家顺着他的手指一看，果然谢家骥正佝偻着腰拼命地往上爬，眼看就要爬到山的鞍部。郭祥咬着牙说：

“给我打！”

杨春立刻叉开两腿，用熟练的立射姿势，略微瞄了一瞄，“砰”的一枪，谢家骥身子晃了一下，就仰面朝天，一个跟头栽下来，顺着山坡向下咕噜咕噜地滚动着，一直滚到了山脚。这条帝国主义的走狗，就这样带着他复辟的梦想完蛋了。

大队继续向前开进。在他们的后尾,第二梯队师也陆续地赶了上来。公路上、山谷里到处是进军的洪流,人喊马嘶,一片欢腾。在公路中央走着的是汽车、坦克和炮兵,两侧是步兵长长的行列。每当坦克、炮兵,特别是多管火箭炮开过的时候,步兵们就欢呼起来,坦克手、炮手在车上也纷纷招手,报以微笑。这种大白天进军的场面,是叫人多么高兴啊！回想我军入朝的初期和中期,那时一切都在夜里进行,可是现在不同了,沿途都有高射炮伸着长长的脖子警戒着天空。在祖国人民全力的支援下,这一切发生了多么巨大的变化!

与这种情景成鲜明对照的,是敌人被打翻的车辆,狼藉的尸体和遗弃的枪支、弹药、军衣、军毯、水壶等到处皆是。迎面走来的是一群一群的俘虏,他们在公路两侧的稻田里跋涉着,一个个满身泥巴,低垂着头,有的撕掉了肩章,有的破破烂烂,还有的只穿着一只靴子,一拐一拐地走着。李承晚的叫嚣不虚:他们确确实实是在“北进”了。

第十章　金谷里

夏季攻势第三阶段，自七月十三日夜发起后，经过二十四小时的激烈战斗和穿插作战，即将李伪军的第三师、第六师、第八师及其精锐首都师一举歼灭。至十六日，我军已扩展阵地面积一百七十平方公里。这一胜利，大大震撼了敌人。

这时，邓军和周仆的团队，已经按照师长的指示，乘胜攻占了制高点白岩山。

郭祥和老模范站在白岩山上，放眼一望，山势迤逦而南，眼前的群山，有如大海的波涛拥在脚下。在绿色的山丛中，公路像一条黄色的带子自南延伸过来，从白岩山的左翼穿过直通北方。白岩山正好卡住这条公路。郭祥沉思了一会儿，说：

“恐怕还会有一场恶战。”

老模范偏过头望望郭祥，说：

“你是说，敌人还会要抢夺这座山吗？”

“是的。”郭祥点点头说，“李承晚这条老狗即使被迫签字，也会要来抢夺这个要点。”

“我们决不能叫他夺去！”老模范梗梗脖子，语气坚定地说。接着，他环顾了一下白岩山，“山很险要，就是太不好修工事了。”

郭祥再一次认真地看了看白岩山，山上全是白花花的岩石，树木极少，只在山缝里有几株年代久远的古松。整个山峰就像一座石灰岩雕成的屏风。他说：

“不好挖，也要挖。先抠些散兵坑，等以后把山打通，就成了铁堡垒了。”

郭祥转过身来，向后一看，左后方也有一座郁郁苍苍的高山，山形颇为熟悉，很像金谷里后面那座高峰。他不禁心中一跳，急忙取出地图对照，果然在向东一条幽僻的山沟里，望见那条明亮的银蛇般的溪水，在溪水之旁找到金谷里那个小村。他又取出望远镜，想找找当年和乔大夯藏身的石洞，在高峰下的一处山腰里，那几株永远留在记忆中的、像老朋友一样熟稔亲切的古松，也隐约可辨。这时，郭祥的心情是多么激动啊！两年来，就是在睡梦里，他也没有忘记金谷里，没有忘记金妈妈。这次战役之前，他对金妈妈的思念是更加殷切了，他唯恐打不到这里，唯恐见不到金妈妈。现在金谷里就在面前，他心头是何等高兴！但是，在这两年间，在敌人的魔掌里，金妈妈的遭遇究竟怎样，又不免使他焦灼不安……

老模范见他一个劲儿地看那座山峰，就说：

“嘎子，你怎么老往后看哪？”

郭祥收起望远镜，指指那座小村说：

“那就是金谷里。不知道金妈妈怎么样了！”

老模范也心情激动地说：

“应该去看望看望这位老人。”

郭祥布置了工作，发动全营在白岩山上挖掘工事。下午，团里考虑到他们过于疲劳，将他们撤到二线——一座较低的山上休息，阵地由三营接替。郭祥由于一心惦记着金妈妈，在小松林里胡乱吃了午饭，告诉了老模范一声，就带着小牛向着金谷里走去。

越过公路，向东的山沟里，有一条弯弯的溪水。他们沿着溪水旁边的小径走出二里多路，郭祥就看见阳坡上金妈妈的三间草房。门前是一条小路通到河边，郭祥还记得这是金妈妈每天牵着黄牛饮水的去处。他顺着小路走到门前，不由暗暗吃了一惊。园门的篱笆东倒西歪，柴门已经倾倒在地。再往院里一看，满院青草，足有一人多深。郭祥心想，是不是时间长了，记不真了？就又往房后瞅了一瞅。他记得她房后的山坡上，有她丈夫和她儿媳的两座新坟。仔细一看，两座坟墓还在，只是坟上已经长满了青草。郭祥的心越发沉重。他拨开草丛，上了台阶，门窗上结满了蛛网，不像有人住的样子。他轻轻将门推开，果然里面空无一人，炕也塌了，锅碗的碎片扔了一地。郭祥心里七上八下，不知发生了什么变故。

小牛见郭祥神情痴呆，半晌无语，就说：

“恐怕人不在了，问问邻舍去吧！”

郭祥只好将门关上。两人下了台阶，走出院子。他们向东走了几十步远，看见邻家院子里，有个束着黑裙的十四五岁的少女，正在举斧劈柴。郭祥在门外喊了一声“噢包哮”，那个少女抬头一望，忽然惊喜地叫了一声“郭叔叔”，就蹦跳着跑过来，一下把郭祥的两只手都攥住了。郭祥一看，原来是白英子，惊奇地问：

“你怎么到这儿来了？”

“是妈妈带我来的！”她笑着说。

郭祥知道她说的是朴贞淑。又问：

“她怎么来啦？”

“不光她来啦，阿爸基也来啦！”

白英子说过，就尖着嗓子冲屋里喊：

“阿妈妮！阿爸基！郭叔叔来啦！”

只见房门推开，朴贞淑和金银铁都走出来，鞋子还没蹬好就跳下台阶，和郭祥、小牛握手。金银铁笑嘻嘻地说：

“郭东木！真想不到你也来啦！”

“这是你的家，也是我的家呀！”郭祥笑着说，“我是来看望阿妈妮的！”

金银铁和朴贞淑都笑起来。郭祥问：

“你们是一起来的吧？”

“不不，我是天亮以前随着部队到的。”金银铁说，“她和小英子刚到不久。”

“阿妈妮呢？阿妈妮在哪里？”郭祥着急地问。

“快进去吧！在屋里呢。”

说到这儿，只听屋里传出一声亲切而微弱的呼唤：

“阿德儿！阿德儿！快来！”

郭祥一听阿妈妮还在，才像一块石头落了地，急忙在台阶上脱了鞋子，迈到屋里。只见阿妈妮由几个邻居围着坐在炕上，身子已经瘦弱不堪，脸色蜡黄，头发全花白了。她的白衣白裙，破破烂烂，有好几处染着紫黑色的血迹。虽然只不过两年时间，却不知怎的折磨成这般模样。郭祥蹲下身子，喊了一声“阿妈妮”，阿妈妮望了郭祥一眼，就一把搂着他哭起来。郭祥心中一热，也止不住流下了眼泪。

郭祥掏出手帕，一面给阿妈妮拭泪，一面说：

“阿妈妮！你怎么成了这样子啦？”

阿妈妮哭得说不出话。朴贞淑长长叹了口气，告诉郭祥：自从他们离开这里，阿妈妮就被敌人抓进了监狱。直到昨天夜里，那些反动家伙准备逃跑，游击队才砸开监狱，把她救出来。

“是不是敌人发觉了我在这里养伤的事？”郭祥心情沉重地问。

“不,不,”朴贞淑摇了摇头,又告诉郭祥:因为阿妈妮天天出去送饭,就引起坏人的怀疑,特务就报告说,她在人民军的儿子回来了,不知道藏在什么地方。一进监狱,敌人天天打她,逼她,威吓她,要她交出自己的儿子。阿妈妮就说:“我的儿子在人民军,你们要有本事,就到人民军里去抓!”敌人什么刑法都用上了,阿妈妮还是这两句话。

郭祥听了,又是感激,又是钦佩,同时更为阿妈妮受到的酷刑难过。他充满怜惜地说:

“阿妈妮！你身上没有留下什么残疾吧?”

金银铁替阿妈妮作翻译,把郭祥的话翻了过去。

“不要紧!”阿妈妮摇摇头,止住泪说,“不管他们多凶,我也不能向他们低头！我总是想:我的儿子是会打回来的！我的中国孩子是会打回来的！孩子,我记得你临走,还对我说过这话。现在,你们到底打回来了……”

说到这儿,阿妈妮枯瘦的脸上露出了笑容。金银铁乘机解劝说:

“妈妈,你瞧,你已经哭了三次了:我来,你哭了一次;贞淑和小英子来,你哭了一次;现在郭东木来,你又哭了一次。”

“这是在亲人面前哪!”阿妈妮带着泪花笑了,“这两年,在监狱里,在敌人面前,我一滴眼泪也没有掉!”

郭祥笑着说:

“阿妈妮,你真是一位好妈妈,英雄的妈妈。叫我说,你今天更应当高兴。你恐怕没想到,又添了一个儿媳妇吧！还有小英子,多好的一家呀!”

说着,他望了朴贞淑一眼,朴贞淑头一低,笑着说:

“瞧，你又打岔啦！”

金银铁把郭祥的话翻过去，阿妈妮也笑了。她望着朴贞淑笑眯眯地说：

“这倒是实话。我就是做梦，也想不到我儿子找了这样的好媳妇呢！”

“妈妈，你不知道，这还是郭东木的功劳哪！”金银铁说。

接着，他把郭祥如何撮合的事说了一遍。邻居们都哈哈大笑，阿妈妮更是笑得合不拢嘴，望着郭祥说：

“这可该怎么感谢你这个媒人呢！”

“叫我说，这不是我的功劳。”郭祥笑着说，“真正的媒人是这场伟大的斗争。”

阿妈妮看见小牛，忽然想起了什么，望着郭祥问：

“那个姓乔的大个儿呢，他怎么没有来？”

郭祥把这次战役，乔大夯如何趴铁丝网，使突击队从身上通过的事说了一遍。阿妈妮的眼眶里立刻涌满热泪，急切地问：

“这么说，大个儿是牺牲了？”

“不，他没有牺牲。”郭祥摇摇头说，“趴铁丝网的其他四个同志是牺牲了。因为乔大夯身体好，只受了重伤，已经送到后方医院去了。”

“大个儿可是个好人哪！”阿妈妮怜惜地说，“他见我生活困难，饭总不肯多吃。我知道他饭量大，他在我家恐怕没有吃几次饱饭。”

“确实是一个难得的同志。”郭祥也感叹地说，“这次战役开始以前，他就老是打问我：这一次究竟打到哪里？能不能打到金谷里？能不能见到阿妈妮？他还说，他做了一个梦，金妈妈被敌人抓到监狱里了，说这话的时候非常难过。想不到这一次没有能来……”

大家听了乔大夯的事都非常感动。阿妈妮拾起裙角拭拭眼泪，正要说什么，只听外面喊：

“小牛！小牛！营长在这里吗？”

接着，白英子也叫道：

“郭叔叔！有人找你哪！”

郭祥立刻站起来，推开门，营部的通讯员已经来到台阶下，向郭祥乒地打了一个敬礼，报告说：

“教导员请你赶快回去，有重要情况。”

“什么情况？”

“说敌人要进行反扑！”

金银铁也站起来，握着拳头说：

“刚消灭了它四个师，就又来了；看样子还是不甘心哪！”

“来得好！”郭祥说，“现在咱们东路，西路，中路三个集团军已经会合在一起，正可以大干一场！”

郭祥说着，伏下身子来，抚着阿妈妮的肩膀说：

“阿妈妮！你放心吧！我们解放了的土地，是一寸也不能再丢失的！”

接着，他又同金银铁、朴贞淑以及几个邻人一一握手，说：

“我回去了！等打退敌人，我们再见。”

金银铁看看表，说：

“我也要马上回去！”

郭祥说：

“阿妈妮谁照看呢？”

“你放心吧！”朴贞淑说，“我和小英子分配在这一带做战勤工作，一时还不会走。”

阿妈妮见郭祥要走，挣起身子一定要送。郭祥拦她不住，只好由朴贞淑和小英子扶着，跨出门限，站在台阶上。郭祥再一次同她拥抱告别，由金银铁等人送出门外。

郭祥走出很远，很远，回过头来，还看见他们一家站在那里，不断地向他深情地招手。郭祥想起他们的过去和现在，真是感慨万端。这是由三个被敌人拆散和摧毁的家庭所组成的一个家庭。然而它已经不是一个普通的家庭，而是一个战斗的家庭，英雄的家庭！这个家庭的每一个成员，都有一段苦难的过去，也有一段足以自豪的历史。他们每个人都对这场伟大的斗争做出了自己的贡献！郭祥想到这一点，不但感到激动，而且感到快慰。帝国主义和一切反动派们，他们总是不惜用一切手段来拆散人们的家庭，毁坏人们的生活。然而人民的意志是不可征服的，革命的奔流是不可阻挡的，历史将再一次证实：任何野蛮的侵略战争都不能毁灭人类的生活，人民有能力从斗争里取得更加光明美好的前途。这是毫无疑问的。当郭祥伴着丁冬的溪水向前行走时，一直是这样想着，想着。猛然抬头，前面已经是自己的营地了。

第十一章　灯火灿烂

郭祥回到营部,老模范一见他就说:

"看起来,你估计对了,敌人要反扑了。"

"来了多少?"郭祥忙问。

"据团长讲,李承晚又拼凑了五个师的兵力。"

郭祥不自觉地攥了攥驳壳枪的木壳:

"这条老狗,真是不见棺材不掉泪!得好好地收拾他一下才行。"

老模范说:

"刚才师长也来了电话,说要亲自和你通话。"

郭祥知道情况不同寻常,立刻摇通师部,只听师长在电话里说:

"郭祥!情况你都知道了吗?"

"知道了,首长。"郭祥恭敬地说。

"这情报比较可靠,是人民军转过来的。"师长说,"郭祥,这可是带有关键性的一仗啊!最近,我们消灭了李承晚四个师,确实把李承晚打疼了。他现在的反扑,不过是最后的孤注一掷。如果我们打得好,敌人很可能就此签字;如果打不好,也有可能增长敌人的幻想。我们的得失,是直接同板门店的谈判桌联系着的。"说到这里,师长又提高声音说,"据我估计,你那个白岩山很有可能是敌人这次的突击重点，这是关系全局的问题，你可要引起足够的重视。”

“你放心吧，师长，”郭祥响亮地说，“已经解放了的土地，我们决不能丢掉一寸。”

郭祥和老模范再一次向部队作了动员，并带领全营连夜构筑工事。第二天一早，刚吃过早饭，已经有三十几架敌机出现在上空，对白岩山进行俯冲轰炸。接着是密集炮火的轰击。顿时，这座白屏风似的山岭处在烟笼火绕之中。郭祥身处二线，惦记着一线只有简单的野战工事，很不放心，就从防炮洞里钻出来，嗖嗖地爬上山顶进行观察。等到大雾一般的炮烟渐渐消散，向山下一望，好家伙，只见敌人漫山遍野地攻了过来。不仅白岩山的正面，而且白岩山以东以西，凡目力所及处全是像黑蚂蚁一样的密密麻麻的敌人。成百辆的坦克，像乌龟似的伸着大长脖子在前面爬行，后面跟着敌人的步兵，端着枪，好像走在冰川上那样提心吊胆。等到他们走到山谷正中，各部队的迫击炮已经纷纷开火，顷刻在开阔地里腾起了无数团黑烟。接着又是我方“大洋鼓”的轰鸣。这种多管火箭炮，飞过时如飓风过耳，落地时山摇地动，腾起一大片火光。成连成排的敌人立刻被火光吞没，黑烟过后，留下了大片大片的死尸，没死的发出歇斯底里的怪叫声，四散奔逃。郭祥止不住连声喝彩，才放下心，回到防炮洞里。

截至中午，三营已经击退了敌人几次冲锋。情况已经有所缓和。但到下午二时，一线阵地上的战斗突然又炽烈起来，炮火也盖上了自己的阵地。郭祥觉得情况有变，果然前面观察所紧急报告：“敌人的坦克已经自白岩山的左翼突破了一线阵地，从公路上迂回过来，正在向金谷里方向前进。”郭祥立刻命令通讯员告诉机炮连进入阵地，接着，就从洞子里跳出来，说：

“老模范！你掌握全盘吧，我到前面去啦！”

说过，他向小牛招招手，两个人就沿着山冈小路往山下跑。还没有跑出几步，坦克炮已经迎面盖过来，“吭，吭，吭，吭”，打得山冈上一片浓烟。郭祥穿过浓烟，看见十几辆涂着白五星的坦克，一辆跟着一辆，向着山口冲过来。那边山径上，机炮连的战士，正扛着火箭筒和无后坐力炮向着公路猛跑。敌人的坦克手显然发现了他们，坦克炮一个劲儿地打过来，山冈上烟火弥漫。小牛在后面一边跑，一边尖着嗓子叫：

“营长！营长！你快趴下呀！”

“现在还趴下干什么？”

郭祥训斥了他一句，在烟尘里更加快了脚步。话刚说完，一颗炮弹落在身边，黑烟起处，小牛看见郭祥倒在地上。他猛跑过去一看，郭祥的右腿负了重伤，鲜血直往外冒。小牛急忙掏出救急包给他包上，要往回背他，郭祥摆摆手说：

“不要管我！快去告诉机炮连长：先敲掉最前面的那辆坦克！要快！要抵近去打！”

“那你怎么办呢？”

“快去！执行命令！”

听到郭祥近乎发怒的语气，小牛不敢争辩，只好把冲锋枪一攥，穿过烟雾猛跑过去。这时，机炮连长已经带领他的连进到山脚。小牛传达了营长的命令，机炮连长立刻派了两个火箭筒手，跑步接近公路，接连射出几发火箭炮弹，第一辆坦克被击中了，顿时喷出一大团火，旋卷着黑烟。但是第二辆坦克稍微迟疑了一下，接着向旁边一绕，又继续猛冲过来。其他几辆也随后跟进。

小牛一心记挂着营长，马上向回跑。等他爬上山坡时，看见郭祥用两个前肘支着身子，拖着一条断腿已经向前爬行了二三十米。在他身后的草地上，留下了一大溜血迹。小牛心疼得不行。幸好这时后边上来一副担架。卫生员又把郭祥的腿包扎了一下，然后把他抬上担架。这一切郭祥都没有拒绝。可是，当卫生员抬上他刚要向后返时，郭祥在担架上支起身子，闪着炯炯的目光，说：

“你们要把我抬到哪里？”

“到绑扎所去呀！”卫生员说。

郭祥把头一摆，说：

“不，抬着我到前面去！”

两个卫生员和小牛都愣了。其中一个卫生员说：

“营长！你你……哪有抬着伤号往前面送的？”

“为什么就不行？”郭祥厉声说，“快！我要坐着担架指挥！”

小牛急得快要哭出来，摊着两只手说：

“营长！这个事谁听说过？再说你的伤……”

郭祥立刻打断他的话说：

“小牛，你真糊涂！你瞧这是什么时候？要是叫坦克冲过来还得了么？快！执行命令！”

大家都知道郭祥的脾气，平时嘻嘻哈哈，战斗上可违拗他不得，只好掉转头来，抬起担架朝前面走。敌人的坦克炮仍旧一个劲儿地打在山头上，担架穿行在迷漫的蓝烟里。郭祥用一只臂膀支着身子，半坐在担架上，睁着两只略带红丝的眼睛，机警地观察着战场的变化。……

担架到了山脚，又黑又瘦的机炮连长吃了一惊：

“营长！你怎么坐着担架来了？”

“先不说这个!”郭祥眼望着前面,“不要乱打! 你亲自带一门无后坐力炮,先把头几辆坦克敲掉,把路堵住!”

“是!”连长答应了一声,接着用恳求的语气说,“你先回去吧,营长,我们决不能让坦克过来!”

“快去!”郭祥把头一摆。

机炮连长带着一门无后坐力炮飞跑下去,不一时,前面的三辆坦克又被击中起火。郭祥看见坦克后面的步兵已经有些慌乱,脸色微露笑意,又指示机炮连的指导员说:

“六〇炮呢? 叫他们快揳敌人的步兵!”

指导员发下命令,敌人的步兵在六〇炮的连续发射中,溃乱了。机炮连的战士们,看见营长亲自坐着担架在前面指挥,又是感动,又是振奋,真是人人奋勇,个个争先,不一时就将敌人的十几辆坦克,击毁的击毁,打伤的打伤,在山口上乱纷纷地摆了一片。郭祥也忘了自己伤口的疼痛,每击中一辆,他就大声喝彩。

小牛见阵线渐趋稳定,连声叫:

“营长! 这你可该下去了吧!”

郭祥就像没有听见似的,不予理睬。这时老模范已经上来,看见郭祥半坐在担架上,脸色苍白,又是感动,又是怜惜地说:

“嘎子! 你是怎么搞的?”

郭祥微微一笑。

老模范拿出长辈的架势,严厉地说:

“你赶快给我下去!”

郭祥欲待分辩,老模范对卫生员挥挥手说:

“把他抬下去!”

“下去就下去。”郭祥笑着说,“你发脾气干什么!”

卫生员得了命令，立刻把担架抬起来。老模范硬扶着郭祥躺下，找了一床夹被给他盖上。他向前望望白岩山，向后望望金谷里，不胜留恋。担架已经走出了几步，他又让停下来，望着老模范和机炮连的干部说：

"我估计敌人还会反扑。解放了的地方，一寸也不能丢。你们可千万要守住啊！……"

担架离开战场，郭祥精神上一松弛，就觉得伤口钻心般地疼痛，头也昏沉沉的。不知走了多长时间，只听耳旁有人呼叫：

"郭叔叔！郭叔叔！喝点儿水吧！喝点水吧！……"

郭祥勉强睁开眼睛，原来担架停在一面悬崖下，有六七个朝鲜妇女架着一口大锅忙着烧水，跟前站着一个短发少女，手里捧着一个大铜碗，正叫他喝水呢。郭祥定睛细瞅了瞅，才看出是白英子。她眼里含着泪花，问：

"郭叔叔！你的伤很重吧？"

"不咋的！"郭祥笑着说，"是我一时不注意，腿上碰着了一点儿。"

白英子伸手要揭他的夹被，郭祥用手一拦，紧紧压住被边，笑着说：

"确实不重！用不了几天就会好的。"

白英子一手端着铜碗，一手拿着小勺儿。她舀了一勺水送到郭祥唇边，郭祥欠欠身，没有起得来，只好在枕上喝了。郭祥觉得那水真像甘泉一般甜美，一勺一勺，一直喝下大半碗去。他一面喝，一面问白英子：

"你妈妈呢？"

"她带着担架队到前面去了。"

“那谁照顾阿妈妮呢？”

“你放心吧，有邻居照顾她。”

“那好。”郭祥说，“小英子！我负伤的事，你千万不要对她们讲。”

担架要起程了，白英子放下铜碗，双手攥着郭祥的手，眼泪汪汪地说：

“郭叔叔！你这一走，我们什么时候才能见面呢？”

郭祥极力抑制住自己的情感，抚摩着她的头，安慰说：

“别哭，别哭！不要多长时间我就回来了……小英子！你是个好孩子，你要好好学习，将来好为人民服务！……”

担架走了很远，郭祥欠身望望，白英子还呆呆地站在那里。两年前，郭祥在草窝里发现这个无父无母的孤儿，那时她穿着脏污的小裙子，乱蓬蓬的头发上粘着草棒儿，是多么叫人怜惜啊！而现在，她已经长大了，在战争的烈火中长大了，处处英勇果敢，意志坚强，使人感到多么快慰呀！

不远处，就是绑扎所。郭祥在这里进行了包扎，打上了护板。接着就被抬上铺着稻草的卡车。此时，天色已经薄暮。汽车沿着宽阔的公路奔驰着，半夜时分才到了野战医院。

第二天，经过一个戴着眼镜、神态严肃的医生检查，很快就通知他：必须送回祖国治疗。尽管郭祥又拿出他那嬉皮笑脸的手段，一再恳求，但终属无效。何况第五军的医院已经转移到前方，这里是后勤一分部的基地医院。晚饭过后不久，一个男护士、一个女护士就把他抬上担架，向村外走去。郭祥说：

“你们要把我抬哪儿去呀？”

“到松街里火车站，送你回祖国呀！”

郭祥一听“松街里”三个字，心里一跳，猛地想起杨雪经常从松

风里到松街里车站运送伤员。杨雪的坟墓就在松风里的南山上。一个隐藏了很长时间的念头来到心际,他问:

“护士同志！这里有个松风里吗?”

“你还不知道哇？这个村子就是。”女护士笑着说。

郭祥沉吟了一下,又问:

“这里有烈士墓吗?”

“有。还不少呢!”

“有个护士叫杨雪的,她的墓是不是在这里?”

“你说的是那个掩护朝鲜孩子牺牲的女护士吧?”

“是,我说的就是她。”

“知道,知道。”女护士连声说,“这里的群众每到清明节都给她扫墓,我们还常到那儿过团日呢！……同志,你认识她吗?”

“认识。”

“她是你什么人?”

女护士微微偏过头来问。郭祥一时沉默无语。女护士可能觉着问得有点造次,连忙说:

“是老战友吧?”

“对对,是老战友。”郭祥接上说。

担架出了松风里,村南有一座松林密布的翠绿的小山。山冈下有一条弯弯曲曲的小河,被晚霞映得通红。女护士用手冲着山冈一指,说:

“同志,她的墓就在那里。”

郭祥在担架上支起身子,深情地望着那座山冈,喃喃自语地说:

“噢！就在这里。”

说过,又沉吟了一下,望望两个护士说:

“护士同志！我有一个请求，不知该提不该提？”

“你是想到那里看看吧。”女护士说。

“是。不过就得你们绕一点路。”

“那没有什么，时间还来得及。”

“这可就得谢谢你们了！”

两个护士立刻拐上草丛中的一条小路，走到河边，越过小桥，沿着一道慢坡走了上去。大约又走了六七十步，在几棵高大的红松下，郭祥看见有一个小小的坟头，上面长满了青草，坟前有一座半人高的石碑。碑前的草地上开满了各种野花。还有一株小枫树，上面已经有好几片早红的枫叶，在晚风里轻轻摇曳，就像欢迎他的来临似的。担架在这里停下。女护士指了指，说：

“这个就是。”

郭祥支起身子半坐起来，望望石碑，中间刻着一行大字：“国际主义战士杨雪之墓”；上款是两行小字：“一九五一年五月二十一日，为掩护朝鲜儿童英勇牺牲，时年二十二岁”；下款是一行小字：“松风里群众敬立”。郭祥用手轻轻地抚摩着石碑，一个字一个字地辨认着，默默地念了数遍。顿时，这位童年的伙伴，这位战争中的好友，十几年间的情景，一幕一幕地浮现在眼前，热泪顷刻夺眶而出，像明亮的露珠一般滴落在草叶上，又从草叶上滚落下来……

在悲痛之中，郭祥仿佛听见耳边叫道：“嘎子哥！别傻哭了！你又不是不懂事儿的。你自己也常说，天底下任何革命斗争都要付出相应的代价。何况我只不过做了一点琐碎的工作，洒了几点鲜血，而我的那腔热血本来就应当是交付人民的。这有什么值得悲痛，值得惋惜的呢？嘎子哥！还是赶快养好伤，顾自己的工作要紧。别的都是小事，只有为人民工作，才是一生中最重要的。你虽然回国去了，但我在这里，并不寂寞，并不清冷，因为我是在同我们结成生死之谊的朋友的国土。你看那满山的杜鹃花开得不是很鲜艳吗！那就是我们两国战士的热血变成的友谊之花。它将世世代代地开放下去……”

郭祥在沉思默想着，就近撷了许多金红色的野百合花，用细长的草叶束在一起放在墓前。嘴里默默地念叨着：“再见吧，小雪！我亲爱的同志！……”然后才摆摆手，示意护士启程。

担架赶到松街里车站，已是薄暮时分。车站附近，已经聚集着许多伤员。这里是敌人轰炸重点之一，原来有一道繁华的大街，如今只剩下五七间东倒西歪的空房子，站台和车站早已被炸得荡然无存。满地弹坑，都是填平了又炸，炸了又填，显得坑坑洼洼，起伏不平。护士选择了一块稍平的地方，把担架放下。他们等了一会儿，白天在山洞里待避的火车，才吼叫了几声，喷着白烟从洞里钻了出来。

郭祥和许多伤员被送到卫生列车的睡铺上。郭祥由于失血过多，精神困倦，很快就在火车的颠簸中睡熟了。

不知经过了多长时间，郭祥在朦胧中忽然被一阵鼓乐声惊醒。火车正停在一个小站上。车窗外人声嘈杂，灯火通明。其他伤员也都被惊醒了。有的伤员问：“这是怎么回事?”还有的说：“后方怎么这样麻痹呀，也不注意防空了。”郭祥支起身子往车窗外一看，只见站台上挤满了欢腾的人群，有志愿军、人民军的战士，还有朝鲜老百姓，男男女女，人人手里都拿着火把，面带笑容，正围成一个圈儿在唱歌跳舞呢！一个轻伤员从铺上爬起来，把身子探出窗外问：

“同志！有什么好消息呀？又打了大胜仗吧！”

只听车窗外一个声音回答说：

“你们还不知道吗？停战协定签字了，我们胜利了！”

“什么？你说什么？”这个伤员还有点不大相信。

下面那个声音又说：

“今天晚上九点钟，停火生效。你没看见大家正在庆祝吗？”

这个伤员立刻转过身来，用粗嘎的嗓音高声叫道：

“同志们！和平已经实现了！我们胜利了！”

“我们胜利了！”欢呼声一节一节车厢传了开去。

整个列车立刻沸腾起来。女护士在车厢里穿梭般地走着，把电灯全扭亮了。轻伤员纷纷从铺上坐起来，谈笑着。

“哼，我们到底打出了一个和平！”郭祥也喃喃自语地说。

列车继续向北飞驰。郭祥向窗外望去，沿途到处是灿烂的灯火，好像落地的银河一般。在那黑魆魆的田野间，还有一长串一长串的火光在移动着，那想必又是欢庆胜利的火把。

郭祥由于精神过度兴奋，思绪万千，难以入睡。自中国革命胜利以后，在东方发生的一次规模最大的战争，已经以中朝人民的胜利和美帝国主义的可耻失败而告终了。这场战争，对于东方人民和世界人民来说，意义是多么伟大，多么深远啊！

在这胜利之夜，郭祥和列车上的伤员们，朝鲜战场上的志愿军战士们，还有祖国大地上的父老兄弟姐妹们，恐怕都处在深深的激动之中吧，恐怕都在静静地思考吧。回想起中国人民这一段奇迹般的战斗历程，真如跨过了一道极其凶险的激流一般，使人感到快慰，对前途充满希望，并且增添了更加强大的信心……

郭祥觉得，今天晚上火车司机的情绪也特别高，他把这列车开得就像要飞起来似的。车轮声又是这么富有节奏，铿锵悦耳，简直比音乐家的曲子还要动听，因为这是从他的心里奏出的一支凯旋曲啊！

第十二章　停战令后

板门店，于昨天上午度过了她最繁华的日子之后而冷落下来。

世界上的事物，它的必然性同偶然性往往形成最有趣的联结。一个异常平庸甚至可笑的人，在某种机缘下也可以成为煊赫一时的人物。地方也是一样，一个极为平常的村镇，也会成为全世界注目的中心。板门店就是这样一个地方。老实说，她连村镇也够不上，只不过是朝鲜古都开城东南不远的村野小店罢了。它只有三座被风雨剥蚀得成了灰白色的茅屋，坐落于公路两侧，实际上留不住多少行人车马。但是，这个也许是世界上最小的村庄，却于一九五一年七月，在极其偶然中被确定为停战谈判的地点，从此，板门店三个字也就离不开每天的新闻节目了。其实，在中朝军队的联合打击之下，联合国军丧失了二十二万人，其中美军丧失十万之众，这才是迫使他们进行谈判的必然因素；而谈判地点选中了这个中古世纪的山野小店，却是极其偶然的。从这时起，在几座茅屋附近，就出现了一座宽大的白色帐篷。大帐篷里面摆着一张长方形的桌子，桌子上有两个紧紧对峙的钢座子，分别插着朝鲜民主主义人民共和国的国旗和联合国的旗子。这就是作战双方进行谈判的地方。帐篷有两个门，一个是中朝谈判代表进出的门，站着两个朝鲜人民军的士兵，长枪上着明晃晃的刺刀，显得十分威武；另一个是供美军代表出入的门，有两个美国宪兵分列左右，头上戴着 US

字样的红白两色钢盔，腰里带着手枪，鼻子上架着深绿色的大蛤蟆镜，低垂着头。谈判的时候，每天上午九时，朝中代表由开城坐吉普车来，美军代表坐直升飞机来，准时进入会场。会场门外的公路上，云集着世界各国的记者，有潇洒自若的，有举止高傲的，有年老力衰勉强从事着此种职业的，也有花枝招展卖弄风姿的，他们纷纷燃着烟斗或口衔着雪茄，在等候着会场上的最新消息。人们称这场谈判为旷日持久的谈判，一点不差，一谈就谈了两年！也许是世界上时间最长的谈判之一吧。谈谈打打，打打谈谈，既谈又打，既打又谈，战场上的炮火声和会场上的争吵声，搅在一起并且互相配合。美军代表哈利逊有时把脑袋歪在一边吹口哨，有时又像皮球撒了气垂头不语，这些也全随着战场上的风云变幻而定。谈判的时间，有时要争吵几个小时，有时十分八分钟就散场，有时又干脆停下来。作为板门店的标志，白天，上空有一个乳白色的气球，晚上，有两个直射天空的探照灯的光柱。在开城附近作战的战士，有时还望望那个光柱和气球，随着没完没了的令人心烦的谈判，也就不再去注意它们了。但是事物终有它的客观规律，随着正义者力量的生长，美国人已经看出，他们以狂妄和轻率开始的这场战争，是一个毫无取胜希望的“无底洞”了。于是，他们在又丧失了十三万人之后，终于同意了停战。昨天上午十时，这个小小的村庄，在完成了它的历史任务之前，演出了最后也是最热闹的一场，金日成元帅和彭德怀司令员也来到这里，同美军上将克拉克一起在停战协定上签了字。这个天天在新闻消息里重复着的板门店，已经回复了它那清静朴素的容貌，除了那个等待拆除的气球还在天空懒洋洋地飘荡以外，已经冷落下来。

开城是一个有中古风味的小城。因为它位于三八线南，后来又被划为中立区,破坏比较轻微。街道很整齐,杨柳夹道,一色青砖瓦房,还有许多四合院子,颇类似中国人的家室格调。彭总昨天签字以后,就住在这里。由于他连日奔波,还有许多记者来访,就感到有些疲劳。晚上本想好好休息一下,却不料在停战令生效前的两小时,发生了一场惊人剧烈的炮战。开始是敌人重炮的排射,随后是我军炮火的还击,霎时间竟像是一个大规模的战役正在进行。一开始还能听出炮弹飞行时的苏苏声,随后就像刮风一般什么也听不出来了。那震耳欲聋的隆隆声,使得窗户哗嗒嗒哗嗒嗒一直响个不停,床铺也像船只一般颠簸起来。使人想到,这万千发的炮弹在空中相遇,真的要迎头撞击了。这场炮战如此剧烈,又使人感到意味深长。从敌人炮火的轰鸣中,你可以听出敌人据有海空优势而却没有取胜的深深的怨恨;从我军炮弹的呼啸中,你也可以听出,战士们空怀壮志而却没有帮助朋友完成统一大业的遗憾。你仔细听,敌方的炮弹轰轰隆隆,轰轰隆隆,仿佛在说:“决不算完,决不算完,我们是会再回来的!再回来的!”我们的炮弹也像在说:“没有什么,没有什么,我们准备着再一次把你击退!把你击退!”炮弹与炮弹在空中的对话和辩论,是如此的激烈和喧闹,使人不敢相信一个多小时以后就会停战。但是就像一把利刃将时间猛地切开了似的,在秒针刚刚指上七月二十七日十九时整,双方的炮战一齐停了下来,正像人们说的戛然而止那样。

这是三年半来第一个安静的夜,没有枪声、炮声、飞机声和炸弹声的夜。彭总情不自禁地走出屋子,看到东面敌阵上空有几颗照明弹发出熄灭前的暗红色的光芒,正在飘摇下坠,北面松岳山上,刚才被炮弹燃着的火焰,一堆一堆还在熊熊燃烧,不知什么地方已经响起了锣鼓声。不一时,锣鼓声愈来愈多,渐渐由远而近,仿佛都汇集到附近的广场上来了。随后是高亢的口号声，激情的歌声和跳集体舞的音乐声。他回到屋里，躺在床上，想睡也睡不成了。不仅是外面的歌声笑声彻夜不绝，也因为他自己心中激情的烦扰难以成眠。从中南海的紧急会议到北京饭店的不眠之夜，从与毛主席的单独谈话到再跨征鞍，当时他觉得肩负的任务是何等沉重！可是经过三年来的惊涛骇浪，这个任务总算完成了。这使他感到欣慰。他从心底里感激毛主席的领导指挥和广大军民的奋斗，特别是战斗在最前线的舍生忘死的战士。这次他到开城来，本来预定在签字之后要到第一线看望看望战士们，现在这种愿望更强烈了……

这一夜，彭总没有睡很长时间，就起来匆匆吃了早饭，催促小张把东西放在吉普车上，准备上路。自己随意地在院子里踱着步子。今天他的脚步相当轻快，就像卸下了一副重担似的，走一走，停一停，还不时仰起脸来，望一望板门店上空那个飘浮无定的大气球，脸上流露出不易察觉的笑容。

这时，林青从前院走过来，说：

"彭总，我们恐怕不能按时出发了，有几个人要求见您。一个是北大文学系的教授，一个是西北大学的教授、桥梁专家，他们都是国内知名的学者，政协委员，还有一个您的老相识，延安的老诗人。他们都在部队进行访问，一听说您来到开城，都赶来了，说无论如何要见见您。"

彭总沉吟了一下，说：

"好，那就请他们来吧！"

不一时，林青就将客人领进了院子，后面还跟着一群摄影记者。彭总第一眼就看见那位延安的老诗人，他穿着灰色的中山服，戴着一顶鸭舌帽,留着一绺花白胡子。多年前,他就是这个装束,有时披着一件灰棉衣,走到哪里朗诵到哪里,差不多延安人都认识他。今天,他还是那样热情澎湃,一见彭总,赶忙抢过来握手,激动得几乎把彭总都抱住了,一连声地说:

“彭总啊!您真太辛苦了!太辛苦了!”

彭总也紧紧握住他的手,笑着说:

“您这次来朝鲜写诗了吗?”

“他已经写了一大本了。”那个北大的教授接上说。

“不行啊,不行啊!”老诗人连声叹道,“在我们战士的面前,我第一次承认,我的笔太笨拙了。”

那位北大教授,穿着整洁的白衬衣,戴着阔边的黑框眼镜,一直望着彭总温和地微笑着。那位桥梁专家是一个精瘦而精神矍铄的老人,他手里拿着一根手杖,从眼光里也流露出倾慕之忱。彭总同他们一一握手寒暄,把他们迎到屋里。

大家在室内的木椅上刚刚坐定,摄影记者的镁光灯就像打闪一般连续不停。彭总看了他们一眼,说:

“同志们,可以了吧,你夸嗒一下得花几斤小米呀!”

人们笑起来。记者们脸红红地在一旁坐下,也不好意思再照了。

“彭总,我想提一个有趣的问题。”那个精瘦的桥梁专家欠欠身说,“我今天听了一则英语广播,克拉克对他的僚属说,美国上将在一个没有打胜的停战书上签字,这在美国历史上还是第一次。这就是说,他对这次签字是感到屈辱和不服气的。那么,您呢,您在签字时的心情是怎样的呢?”

“我么……”彭总微笑着,说,“讲老实话,我们的战场组织刚刚就绪，没有利用它给敌人更大的打击，我也觉着有点可惜！”

老诗人捋着胡子笑道：

“叫我说，他这个将军所以感到这样大的遗憾，正是因为他碰到了中国一个百战百胜的将军！”

“不，世界上百战百胜的将军是没有的。”彭总瞅了老诗人一眼，“我彭德怀打过胜仗，也打过败仗。就是在朝鲜，也有些仗打得好，有的仗打得不好。”

“彭总，您真太谦虚了！”那个戴黑框眼镜的教授温和地笑着说，“中国志愿军不是在一般情况下战胜敌人的，是在装备非常悬殊的情况取胜的，应该说这是奇迹，而您，自然是创造奇迹的英雄。”

听了这话，彭总显得局促不安，连忙说：

“一个人哪能创造奇迹哟！如果说这次战争的胜利是一个奇迹，人民群众才是奇迹的创造者。”说到这里，他笑着望望教授，望望大家，又说：

“例如朝鲜的坑道工事，大概你们都住过了。现在人们称它是地下长城，挖出来的土方和石方，可以绕地球一周还多。难道这些都是我彭德怀挖的？恐怕任何个人也挖不出来。我不过做了自己应做的一份……”

“当然各人有各人的作用。”那个桥梁专家也插进来辩论，“不同的是，你起的是统帅的作用嘛！”

“不，统帅是毛主席和金日成元帅。”彭总立即打断他的话说，“最初我们讨论出兵还是不出兵的时候，我在北京饭店一夜没有睡，把毛主席的话念了几十遍，才通了。经过这三年的斗争，对他的胆识就体会得更深了。说实话，我以前一直把他看成大哥，现在才感到他是我的老师了。”

此时,彭总对人们的称颂已经觉得心烦,怕大家再说下去,就连忙向林青使了个眼色,林青会意,立刻笑着说:

“报告彭总,出发时间已经到了。”

“好好,”彭总立刻站起身说,“诸位朋友,这些问题就等我们回国以后再辩论吧!”

一辆小吉普车,出了开城,沿着我军阵地北侧的公路向东驰去。彭总的计划是第一步先看看金城前线新夺取的要点白岩山,然后再视察东西一线阵地。这条小公路每天都处在炮火之下,经过千修万补,异常坎坷不平。何况经过停战前的激烈炮战,弹坑累累,把地面和两侧的杂草都熏黑了。沿路不断遇到修路的人群,那些朝鲜的老人们、妇女们和志愿军的战士们,他们的神情非常愉快,一面干活儿一面说说笑笑,年轻的姑娘们还哼着歌。他们看见吉普车在炮弹坑里颠颠簸簸的可笑样子,就忍不住跟车上的人开几句玩笑:“哟,小心点儿,可别翻了车呀!”“干脆,等我们修好再走吧!”随后还似乎听到人们的窃窃私议:“你瞧,车上这个老头儿年纪可不小了。”“嘿,我看至少是个团长!”说着,人们还跑过来抢着在车轮下铲土,彭总也不断向他们点头微笑。汽车司机的情绪看来也特别高,遇上好路就把车子开得飞也似的。一路还看到好几处地方,正在举行军民联欢,朝鲜老百姓同战士们正欢乐地跳着集体舞。姑娘们穿着彩色的裙子就像和平鸽似的穿来穿去,笑微微地沉醉在歌声和乐声里。

车子进入金城川,一路南行,望见朝鲜人扶老携幼,三五成群,纷纷向南走去。妇女们顶着大包袱,有的还背着孩子,男人也背着很重的东西,在慢慢地跋涉着。他们的脸色虽然又黄又瘦,但都面含笑容。彭总看出来,这都是往日北逃的难民在返回家园。他想起刚出国时,那络绎不绝的逃难的人群,曾经使他这个很少流泪人也流下了眼泪。而今天,他们却不是向北而是向南走了,等待他们的是充满阳光与希望的生活。想到这里,他不禁从内心里感到幸福。可是他举目远望,却是一片荒芜景象,稻田里野草和荆棘丛生,处处农舍败落不堪。他想起北朝鲜一座座变成废墟的城市,想起文化古城平壤的断墙残垣,觉得恢复重建的任务,还是很艰巨的。志愿军虽然完成了一个任务,但是还有一个任务——帮助朝鲜人民恢复和重建家园,恐怕还要花点力气。

彭总一行,在先头师略事休息,随后就由师长洪川乘吉普车在前引路,继续向白岩山进发。中午过后,彭总望见前面一带山岭,就像白玉屏风一般,就知道白岩山已经到了。汽车又向前略走了一程,只见前面那辆吉普车停住,洪川下了车走过来说:

“报告司令员,先头团的干部接您来啦!”

彭总下车一看,前面十字路口大杨树下站着两个军人,似已等候多时,前面离村子总有三四里路,就立刻不高兴地说:

“不是叫你不要打电话吗?”

“我怕他们准备不及……”洪川红着脸说。

“有什么可准备的?”彭总瞪了他一眼,“都是自家人,搞这一套旧东西干什么?”

“彭总,”洪川笑着辩解说,“这也不是对您,别的首长来了也是这样。”

“那也不对!”彭总严厉地说,“不论什么人,都不要搞这一套!”

说话间,树底下那两个军人已经跑了过来。彭总看见洪川的脸更红了,也就把话收住。那两个军人来到彭总面前,其中一个白面皮举止文雅的军人恭恭敬敬地行了一个举手礼,另一个黑大汉,空着一只袖管，只打了一个立正。洪川正要给彭总介绍，彭总已经紧紧握住那个黑大汉的左手说：

“不要介绍了，我们早就是老朋友了。”

接着他就说起刚出国时候，电台掉了队，部队也没有赶上来的事，哈哈笑着说：

“我打了几十年的仗，没有遇到过这种情况，前面一个兵也没有，要不是老邓赶上来，一块石头还落不了地嘞！”

邓军没有说出什么，只是嘿嘿地傻笑着。

接着洪川又介绍了周仆。然后大家一起上车，向村里驶去，在一座茅舍前停了下来。

彭总的脾气和风格是全军都知道的，尤其是在下面吃饭的问题使人为难。如果准备得好了，那是肯定要挨骂的；如果弄得太不像样，又使人过意不去。这次倒好，这里刚刚打过仗，许多老百姓还没有回来，东西很难买，只好打开几个祖国运来的罐头，炒了一些鸡蛋粉，弄了一个炒辣椒下饭。这个小“宴会”就设在茅屋里的正当屋，大家盘膝而坐。对彭总的唯一优待就是让他坐在一个背包上。吃饭时，大家心里十分不安，而彭总却特别满意，吃得满头大汗。自始至终，笑容满面，问这问那，没完没了。

“有个战斗英雄郭祥，不是这个部队的吗？”

“是，是我们的一营营长。”周仆连忙答道，“最后这一仗他打得很好，负伤以后坐在担架上还指挥呢。”

“伤重不重？”

“一条腿断了！”

彭总停住筷子，关切地问：

“还能治好吗？还能不能回到部队？”

“已经送后方了，还没有回信。”

彭总叹了口气，把碗放在小炕桌上：

“你们应当去看看他！”

“是的。”周仆说，“这确是一个好干部。二次战役起了很大作用。敌人南北两面夹击，又是飞机，又是坦克，他这个连就像钉子一样钉在那里，硬是一动不动，真有点英雄气概！”

“这我知道。”彭总说，“他在志司开会，我们还见过面，谈过话，他在敌人后方的山洞里，不是还住了几十天吗？”

“是的，是的，郭祥也说过，您那次对他鼓舞很大。”

彭总坐在背包上，若有所感地说：

“选干部就要选这样的人！对革命忠诚、老实、勇敢、大公无私。在关键时刻，这种人一个可以顶一百个、一千个。不要选那种光会耍嘴皮子的人，拍马、钻营、捧卵泡的人，那种人成事不足，败事有余，真到紧急关头，就都没有用了。”

彭总一句话捅开了话匣子，大家纷纷议论，十分热烈。周仆笑着说：

“可惜这种现象哪里都有，就是消灭不了，有些地方还偏爱用那种拍马钻营的人。”

“是啊，是啊，”彭总说，“有喜欢坐轿子的，自然就有抬轿子的。如果没有喜欢坐轿子的，抬轿子的也就失业了。我的脾气大概也难改了。对好的干部，有成绩的，我就要表扬；有毛病的，不正派的，我就要批评。所以我彭德怀弄了个高山倒马桶——臭气远扬！”

大家哄地笑起来。

接着，彭总问起部队停战后有什么问题。

“还是老规律，”周仆笑着说，“情况一松，就打起小算盘了。”

“也是实际问题。”邓军补充说,“主要是还有不少干部没有结婚,青年战士们也想探探家。”

彭总笑微微地望着邓军:

“你结婚了吗?”

邓军红了红脸,洪川笑着说:

“他那个白胖小子,一生下来就有八磅重,现在恐怕会跑了吧。老邓临出国,还抱着他的胖小子,自言自语,说了老半天呢!”

大家笑了一阵。洪川又说:

“就是周仆的条件高,现在,对象还不知道在什么地方。”

彭总用筷子指指周仆:

“你今年多大年纪了?”

“三十二了。”周仆也腼腆起来。

“不要紧,”彭总说,“我就是四十岁才结婚,看起来也不过如此。你们还年轻,我彭德怀是肯定看不到共产主义社会了,我们辛辛苦苦,还不是为了后代!”

饭后,大家劝彭总休息一下,彭总认为时间不多,还是抓紧时间去看看战士。于是,邓军和周仆坐上师长的吉普车在前引路,去看了几个连队,最后来到三连时,已经快要夕阳衔山了。

三连正在一座青青的小山岗上掩埋烈士。他们按照团的指示,准备把全团最后一战牺牲的同志埋在一起,修一个烈士陵园。当彭总一行来到山下,三连连长齐堆和指导员陈三赶快下山来接。附近的十几个战士也围拢过来。彭总看见这些生龙活虎的小伙子,穿着白衬衣,高高地挽着袖子,露出紫铜色的臂膀,一个个都是这么年轻英俊,心里着实高兴,就同他们道了辛苦,一个一个都亲切握手。

人群中有一个年纪最小的战士,眨巴着一双猫眼,望着彭总笑眯眯的，圆乎乎的脸上还露出两个酒窝。彭总同他的眼光相遇，就笑着问道：

“你这个小鬼，叫什么名字？”

小鬼红了红脸，没有马上答出来。齐堆代他答道：

“他叫杨春，是子弟兵的母亲杨大妈的儿子。”

“你今年多大了？”彭总又问。

“十七了。”杨春说。

“是今年参军的吗？”

“不，是前年秋天参军的。”齐堆又代他说，“他姐姐是个护士，五次战役后牺牲了，他母亲就把他送来参军了。夏季战役以前，他就创造了‘百名射手’，现在已经是小鬼班的班长了。”

“什么？他是‘百名射手’？”

“是的。”

彭总带着惊讶的神气，又打量了他一番，足足看了好几秒钟，然后笑着点了点头。杨春不好意思地低下头去。彭总又问：

“小鬼，这次停战你觉得怎么样？高兴吗？”

“高兴。”杨春答道，“就是有点不够解气。”

彭总很有兴致地望着杨春，有点儿故意逗他：

“我们同朝鲜一共消灭敌人一百零九万人，怎么能说不解气呢？”

“没有把敌人赶到大海里嘛！”

大伙笑起来。

杨春从未见过这样高的首长，开始还有点胆怯，经过一阵谈话，好像已经同彭总很厮熟的样子，两个猫眼眨巴眨巴地望着彭总，认真地问道：

“司令员，我提一个问题行吗？”

杨春的这句话一出口，干部们立刻瞪大了眼睛，从洪川师长直到团干部，面面相觑，不知道这个捣蛋鬼要出什么纰漏。但彭总却兴致不减，立刻笑着说：

“好好，你提。”

“我提的是一个比较大的问题。”杨春舔了舔干裂的嘴唇，“现在已经停战了，我们呼啦一走行吗？”

“你说呢？”

“我说不行。”

“为什么？”

杨春指了指四处荒芜的土地和倒塌的房舍，说：

“你看，帝国主义糟踏成这个样子，老百姓可吃什么呀？我们总得帮助他们搞搞建设再走。”

彭总不觉心中一热，没有想到这个看去还是个孩子的战士，竟同自己想的一样。他又逗他说：

“这样说，你不想你妈啦？”

杨春笑着说：“你给我十天半月的假，我回去看看不就行了！”

大家又笑起来。彭总越发觉得这个小鬼可爱，不自觉地上去捏了一下他的脸蛋，颇有感慨地对干部们说：

“革命战争真是锻炼人！他已经能想问题了。”

这时，从师长洪川，直到邓军、周仆、齐堆、陈三全笑嘻嘻的，心里一块石头也落了地。

面前的这座小山，是座长圆形的美丽的小岗子，上面长满了青草野花，还有不少幼松。后面的高山像伸出两只臂膀亲切地拥抱着它，前面还有一道弯弯曲曲的溪流。

彭总朝山上望了望，正要举步上山，齐堆上前拦住说：

“司令员，上面正在掩埋烈士呢，还是不要去了。”

“怎么，人死了就不要去了？”

彭总瞪了他一眼，径自向山上走去。众人也不敢再拦，默默地跟在彭总身后。

彭总一面走，一面察看着墓前的木牌。那些木牌上都分别写着烈士的姓名、年龄、职务和家乡住处。当他发现有几座坟前没有插木牌时，就停住脚步，对齐堆和陈三说：

“这里怎么没有插木牌呀？”

“有一些还没有查清楚。”陈三面有难色地说。

“不要怕麻烦！”彭总说，“可以找他们连队的人来亲自辨认。不是这些牺牲的同志，我们怎么来的胜利？”

他继续向前默默地走着。由于正是炎夏天气，一阵小风吹来，已经传来尸体难闻的气息。这时，团里一个参谋，出于好心，从口袋里取出一个口罩，赶到前面，送给彭总说：

“司令员，请你把它戴上吧！”

彭总一看，脸立刻沉了下来，严厉地说：

“你是什么阶级感情？”

参谋急忙退下，其他人也不敢做声，随彭总来到停放烈士遗体的地方。彭总停住脚步，默默地脱下军帽肃立着，站了很久很久……他很想说，“谢谢你们，亲爱的同志们！亲爱的战友们！不是你们，哪里会有今天的胜利呢！”但是他没有说出来，几点热泪，从他露出白鬓发的面颊涔涔而下……

那边，像白玉屏风般的白岩山，已被夕阳染成金红，显得更加壮丽了。

第十三章　新起点

卫生列车于第二天午夜到达沈阳。郭祥被接到市区的一所部队医院。他睡在软软的床铺上，虽然感到相当舒适，但由于初回祖国，心情过度兴奋，当金红色的阳光刚刚照上玻璃窗，就醒来了。

他不顾伤口的疼痛，挣扎着坐起来，从四楼的窗口贪馋地望着外面的一切。楼下是一座大院子，院子紧临着一条繁华的大街。汽车不绝地来来往往穿梭飞驰。有轨电车，一路闪射着翠绿色的火花，鸣奏着“玎玲玲——玎玲玲”的铃声，仿佛一面走一面嚷：“我来了！我来了！”使他觉得很有趣并且十分悦耳。马路两边，是无尽的骑着脚踏车的人，就像流水一般。人行道上行人也不少，穿着白衬衣戴着红领巾的孩子们，更是一群一群的。他们一个个面带欢笑、朝气蓬勃地走着。远处工厂高高低低的烟囱突突地冒着烟，与早晨乳白色的雾气交融在一起。郭祥望着这一切，简直样样感到亲切，感到新鲜，不断默默地念叨着：祖国啊！祖国啊！几年不见，你是变得多么可爱，多么兴旺啊！……此刻如果不是他的腿脚不便，他真会立刻跑到街上去，好好地看一看，走一走，看个够也走个够！

他把眼光收回来，看看院子，有几个人正在扫地。其中一个人身量高大，穿着白底蓝格的病号服，扑下身子扫得十分起劲。郭祥看他的姿势动作，很像乔大夯，就扒住窗口向下冒叫了一声：

“乔大夯同志！”

那人似乎没有听见，还在那里一个劲儿地扫着。郭祥又连喊了两声，那人才停住扫把，慢悠悠地转过身来，向上一望，郭祥才看清的确是他，就亲切地叫：

“大个儿！大个儿！”

“营长！是你呀！”

乔大夯说着，慌忙扔下大扫把，跑进楼门，不一时，就气喘吁吁地推门进来，着急地说：

“营长！你怎么又负伤啦？”

“嗐，一时不注意，碰着了一点儿。”

“伤重不重？”

“不重！不重！”

郭祥笑着说，一面亲切地握着他那结着厚茧的大手，问：

“大个儿！你的伤怎么样？”

“好啦。”乔大夯憨厚地一笑。

郭祥用怀疑的眼光看了他一眼，说：

“好啦？干吗不让你出院？”

乔大夯又憨厚地一笑。随后坐在床前的小凳上，问：

“这次打到金谷里了没有？”

“打到了。”

“见到阿妈妮了吗？”

“见到了。”郭祥说，“她老人家还问：大个儿为什么没有来。”

乔大夯深感遗憾地说：

“这次全怪我。炸药没放好，还牺牲了几个同志，我也没去成……”

郭祥安慰了他一番，接着问：

“这里还有咱们营的伤号吗?”

“有,有,”乔大夯说,“调皮骡子还在这儿呢,我马上去喊他。”

乔大夯刚站起身,调皮骡子王大发已经推门进来。他没有穿病号服,而是穿着一身崭新的军衣,端端正正地戴着军帽,从头到脚显得异常清洁整齐。他向郭祥很精神地打了一个敬礼。郭祥见他那不在乎劲有了很大改变,不免惊奇,就笑着说:

“调皮骡子,一年多不见,你可大变样儿了!……你这是参加宴会去吧?”

“嗐,你就别提了!”调皮骡子笑着说,“又是给红领巾们作报告去!这一片儿的小学、中学,我差不多快跑遍了。动不动就叫我‘钢铁战士’,叫得我这心里真吃不住劲儿,脸上也臊乎乎的。同志们经常跟我说,‘调皮骡子,你可不能再吊儿郎当了,现在身份不同了。你应该站有站相,坐有坐相,如果再满不在乎,可就是个影响问题。’弄得我跟绳子捆住了似的,浑身不自在。你今天叫我这声‘调皮骡子’,我心里痛快多了!”

郭祥哈哈大笑,又问:

“你的伤怎么样了?”

“叫我说,早就差不离儿了。可是医生老说不行。说我失血过多,身子弱,要养一阵儿;还说什么‘宣传工作也很重要’。这一下可好,把那么红火的一个夏季战役也赔进去了,朝鲜也停战了。其实,我这肠子也就是比平常人短一截儿,无非多解几次手儿,那有什么!”

说到这儿,调皮骡子伸手就去揭郭祥的夹被,说:

“营长!你这伤怎么样了?”

郭祥赶快压住被边,笑着说:

“没啥,也就是碰着了一点儿。”

“哼,碰着了一点儿?”调皮骡子鬼笑着说,“你不是碰着了一点儿,就是摔着了一点儿,再不就是烫着了一点儿! 我知道你一入院,这伤就轻不了。刚才我就作了调查研究,听你们一块儿下来的伤员说,你的腿叫打断了,还坐着担架指挥呢!”

“你别听他们瞎咧咧。”郭祥笑着说,“就是骨头碰着了一点儿,也能长上嘛!”

两个人同郭祥一直亲亲热热地谈到开饭才回去。饭后,郭祥刚刚躺下,一个胖胖的医生带着两个年轻的女护士走进来。这位医生约有四十上下年纪,和蔼可亲,一进门就用钦佩和尊敬的眼光端详着郭祥,笑嘻嘻地说:

“你就是郭营长吧?”

“我叫郭祥。”他连忙恭敬地说。

“你就是那个战斗英雄郭祥吧?”两个女护士齐声说,一面用异常钦羡的眼光望着他。

郭祥怪不好意思,红着脸说:

“你们恐怕认错人了!”

“错不了。我们在报上看到过您的战斗事迹,还有照片儿。”一个女护士笑嘻嘻地说,“您还有一个外号,叫‘嘎子’吧?”

郭祥红着脸,心里说:

“这些新闻记者怎么搞的? 怎么把这些乱七八糟的事全写上了!”

医生一面和他亲切地谈着,一面揭开夹被,让护士解去夹板,检查他的伤势。当护士把一层层的绷带和纱布轻轻解去的时候,医生脸上的笑容顿时消失。他和两位护士交换了一下目光,接着就咬起下嘴唇,皱起了眉头。郭祥见他们的神色不对,就欠起身看了一下，见那条被打断的小腿已经隐隐地呈现出黑色，伤口上好像还冒着气泡，就问：

“怎么样？”

“没……有什么。”医生苦笑了一下，吞吞吐吐地说。

“医生同志，”郭祥郑重地说，“你知道我住过多次医院，负伤不是第一次了，你对我一定要讲真话。”

医生犹豫了一下，脸色沉重地说：

“很可能是气性坏疽，恐怕要施行手术。”

“什么手术？”

“这是很明显的。”

“你是说要截肢吧？”

“是的。这种气性坏疽蔓延开，很快就有生命危险……”

郭祥觉得脑袋轰地一下，耳朵也嗡嗡作响。他沉默了好几秒钟，然后冷静地说：

“那可不成！生命危险我不怕。这条腿你不能给我锯掉。我是在前方工作的，一参军就没有离开过前线！”

“郭营长！这可不能凭主观愿望啊！”医生苦笑了一下，“到现在只能牺牲局部来保存全部！……”

“不成！”郭祥仍然顽强地说，“我不能参加战斗，还要那个‘全部’干什么呢！？”

“好，好，我们再慎重地研究一下。”

医生见一时说不服他，只好这样说。

郭祥的“气性坏疽”越来越严重了。每天的高烧都在四十度以上，烧得他终日昏昏迷迷。医院党委经过几次慎重研究，并且征得兵团党委和第五军党委的同意，最后还是果断地作了“截肢”的决定,在一个上午施行了手术。

当他被推回病房,在麻醉状态中醒来的时候,发觉他的一条右腿,已经从膝盖以下截去了。他从此就将与战斗生活永别,再不能到前线去了。想到这里,一种难以形容的痛苦啮嚼着他的心,他用被子蒙住了头……

几位年轻的女护士,哪里能够体察他此刻的心情?尽管说了许多好话,也劝不住他。一位机灵的小护士就悄悄地跑出去,把他的两个老战友——调皮骡子和乔大夯找来。调皮骡子叫了两声"营长",见郭祥蒙着头一语不发,就叹了口气,对护士们说:

"你们别劝他了。你们不知道他的心情,怎么能说到他心里去呢?我跟他在一块儿战斗了好多年,他的特点我是知道的。你们以为,他是因为失去了一条腿就那么难过吗?不是,绝对不是!他是从枪子儿里钻出来的一条硬汉。什么样的伤亡他没有见过?你就是把刀架在他脖子上,他也不会眨一眨眼,掉一滴泪!可是今天,为什么他这么难过呢?这个你们就不懂了。因为他从十五岁上参军,就拿着枪跟敌人干,他从来没有离开过部队,离开过前线。他的志愿就是消灭敌人。他认为,只有跟敌人一枪一刀地干,才是他的生活。只要一打仗,他就来了劲,他苦也吃得,累也受得,本来有病也没有病了,那个精神劲儿,就像鱼儿游在大海里似的。可是今天,你把他的腿锯了,再打起仗来,你叫他怎么到前线上去呢?他难过的就是这个……营长,我说的这话对不?"

说到这儿,郭祥把被子一掀,泪痕满面,紧紧抓住调皮骡子的手,说不出话。

调皮骡子见事情有了转机,又立即接上说:

"营长!你是我的老战友,又是我的老上级。你过去对我的帮助不小。可是也不能光是上级帮助下级，下级也可以帮助上级。尤其今天这个关键时刻，我也得帮助你几句，你说行不？”

“你说吧！”郭祥点了点头。

“叫我说，营长，你这思想也不见得全面。”调皮骡子笑着说，“你说，我们东征西杀是为了什么？是不是为了革命？”

“当然是。”

“那后方工作呢？是不是也是为了革命？”

“当然……也是。”

调皮骡子笑着说：

“对呀！既然前方后方都是为了革命，那么，你为什么就不可以做点后方工作呢？”

乔大夯见是个碴口，也接着温声细语地说：

“什么工作也是一样。营长，碰上这种事儿，你也只好想开一点儿。”

“这个道理我懂。”郭祥叹口气说，“就是我这感情转不过弯儿来呀！”

这时，门外有一个熟悉的声音问：

“他就住在这里吗？”

“对，就在这里。”另一个声音回答。

门被推开，医院的王政委——一个一只胳膊的长征老干部陪着一个人走进来。调皮骡子和乔大夯回头一望，嚯，是自己的团政委周仆到了。他满脸风尘，像是刚下火车的样子。两个人赶快站起来打了一个敬礼，一面兴奋地对郭祥说：

“营长，你瞧是谁来了？”

“政委！”郭祥叫了一声，紧紧抓住周仆的手，热泪不禁夺眶而出。

周仆握着郭祥有些冰凉的手，心中异常激动，但他竭力克制着，伏下身子轻声地问：

“郭祥，你现在觉得怎么样？”

郭祥未及回答，调皮骡子就接上说：

“政委，你来得好巧啊！你赶快劝劝他吧，营长正难过哩！”

周仆叹了口气，说：

“像他这样的人，要他离开前线，离开战斗，怎么会不难过呢？……因为他是一个真正的战士！”

周仆把凳子往床边移近了一些，握着郭祥的手说：

“郭祥同志！你从十四五岁就在我那个连队，我是了解你的。同志们称赞你一贯作战勇敢。你是一生下来就喜欢打仗吗？不是！你一不是为了多挂几个奖章、勋章，二不是为了升官晋级，更不是为了别的虚荣。因为你是一个苦孩子，是从人民的苦海中走过来的，党的教育使你认识了真理。你爱人民爱得很深，你对敌人恨得很深。你懂得，只有用战斗才能解脱人民的苦难；只有彻底消灭敌人，才是你应尽的天职。你的这种品质，我认为是异常可贵的……”

大家都点头称是。周仆停了停，又继续说：

“但是，郭祥同志，你还要更全面地理解我们共产党人的战斗任务。我们的最终目标是实现共产主义；作为第一步，建设社会主义的伟大斗争，已经全面展开了。我们多年来的梦想，今天就要变成现实。比起过去，这是一场更伟大、更艰巨的斗争。阶级斗争还是很尖锐、很复杂、很激烈的。前进的道路还是曲折的，不平坦的。你今天虽然残废了，不能再回到部队工作，但这并不是战斗任务的结束，而是另一种战斗的开始。只不过是战斗岗位的变换罢了。

我相信你是一块经过烈火锻炼的真金,放到哪里都是顶事的……”

郭祥的精神顿时愉快了许多,眼睛也显得清爽明亮起来。他低声而诚挚地说:

“好吧,政委,我听你的话:准备接受党交给我新的战斗任务。”

“这就好啰!”医院的王政委也乘机鼓励说,“看起来,这小伙子的脑筋比我灵。想当年我这膀子锯掉的时候,一想不能回前方了,心里那股难受劲儿就别提了,一直哭了三天三夜,谁说也不行!……”

大家笑起来。王政委又说:

“郭祥同志!我听说有一个自称为‘突破口’的干部,就是你吧?”

“不是他是谁?”人们笑着说。

“这小伙子真跟我年轻时候一模一样。”王政委带着十分欣赏的笑容对郭祥说,“小伙子!你就下决心,向别的突破口去突击吧!你瞧我,不是干起后勤工作来啦?革命是这么大的事业,需要冲开的突破口还多着哪!”

人们笑起来。郭祥也笑了。

调皮骡子望着周仆说:

“政委!你来得实在太巧了。光靠我们这个水平儿,还真说服不了他呢!”

“老实说,自他负了重伤,我和团长就很不放心。一听师里派人慰问伤员,我就赶快来了。听说军里和兵团部都要派人来看望他。”

说到这里,周仆忽然想起了什么,笑着对郭祥说:

“有人托我件要紧事我差点儿忘了,我还给你带着一封信呢!”

说着,他从上衣口袋里掏出一个淡蓝色的信封,递给郭祥。郭

祥一看那熟悉的秀丽的字迹,脸刷地就红起来,赶忙把信塞到枕头底下。调皮骡子诧异地问:

“谁的信哪?”

“这个你们就别问了。”周仆笑着说,“反正是最关心他的人!这是我临上火车,有人跑到火车站交给我的。还一再嘱咐我千万不要丢了,我说:‘保证完成任务。’”

人们又哄地笑了起来。郭祥涨红着脸说:

“政委,快别说了,你就饶我一条命吧!”

人们又说笑了一阵,方才离去。郭祥听听人走远了,才从枕头下摸出信来,悄悄拆开。一瞅第一行字:“亲爱的郭祥同志”,脸上一阵发热,看看四外无人,才又看下去:

亲爱的郭祥同志:

我们已经很长时间不见面了。当我在鼓动棚前欢送你们突击营时,我是多么想跟你一块到前边去啊!可是,不仅做不到,而且当着那么多的人,连话也没有跟你说上一句。等你们突破敌人防线的第二天,我们才组织了个小组,踏着你们的脚迹向前挺进。一路上我们看到敌人的狼狈相,真是高兴极了。你负伤的消息,他们一直没告诉我,还是后来我从小报上表扬你坐着担架指挥的新闻里看到的。我问你的伤重不重,他们都说不重,可是我从他们的脸色上发现他们是在瞒着我。这使我很不满意,他们还是瞧不起我!这时候,我真恨不得飞到你的身边。亲爱的同志!你的伤究竟怎么样了?你能把真实的情况告诉我吗?你别拿老眼光看我,认为我还是个孩子。我虽然很幼稚,但革命战争需要付出代价,我还是懂得的。郭祥!我郑重地告诉你:我爱你,不是由于别人的强迫,也不是虚荣的动机,而是对一个真正的战士的倾慕。不管你的伤势多重,只要你一息尚存,我将始终爱你,绝不会有任何改变。亲爱的同志,你就好好地安心静养吧!愿你早日恢复健康!因为政委等着要走,恕我不能多写了。我将遵照你多次的嘱咐,很好地向小杨姐姐学习,沿着她的道路奋发前进!

紧紧地握手!

徐芳

八月一日

郭祥把信读了一遍又一遍,眼泪好几次要滚落下来。眼前老是浮现出徐芳戴着军帽垂着两条小辫的可爱的面影,耳边也响着她那雪花满天飘的歌声。尤其是想到自己的血管里还奔流着她的鲜血,郭祥从心底里腾起一种深深的尊敬和感激之情。但是,越想到她的可爱处,便越发踌躇起来。他明确地意识到,他们的结合以前是可能的,现在却是不可能的,也是不应该的。他怎么能让这么年轻可爱的女孩子,同一个将要奔赴乡村的残废人在一起生活?那将给她带来多少难以想象的不便?即使她出于纯洁的动机甘心乐意,在自己的情感上却是通不过的。他应该比她更理智,比她更想得全面。正因为爱她,就更应当为她着想。他应该立刻写一封信,迅速结束他们之间的关系。他觉得只有这样,才是一个共产党员所应采取的行动……

他决心一定,心头仿佛轻松了许多。接着他就眯起眼睛来琢磨词句。他觉得这封信必须明确果断,同时也要注意不因自己的粗率而使对方感到难过。

世间的词汇很多,总是有选择余地的。虽然郭祥并不善于此道,但是由于他脑子快,聪敏灵活,最后还是想好了。可是,当他欠身从床头柜去取纸笔的时候，却不慎碰着了伤口，疼得他登时出了一身冷汗。他只好躺下来，稍停了一会儿。这时候，女护士进来了。为了避免她耽搁时间，他就假装睡着，打起呼噜来……

一直等护士离去，他才重新挣扎着坐起来，把信写成。第二天一早，他就叫护士把糨糊拿来，亲自封好，贴上邮票，托护士赶快发出。女护士接过信，溜了一眼，笑着说：

“这是给谁的信哪？”

“一位同志。”

“同志？别蒙人了！干吗抓得这么紧哪？”

“你赶快送出去吧！”郭祥说，“我不诓你，确实是一位同志，不过是一个很好的同志。”

第十四章　路

郭祥开刀以后，症状很快消失，体力日渐康复，情绪也越来越活跃了。不到一个月，他已经拄着双拐在院子里走来走去。一天，医院的王政委在院子里碰上他，愉快地说：

“小伙子！我瞧你走得好利索呀！”

“人的情绪一好，伤口也长得快了。”郭祥笑着说，“政委，你还没见我过去爬山那劲头呢，几百公尺高的大山，我嗖嗖地就爬上去了。”

王政委笑着说：

“小伙子，你别急。有个好消息我还忘了告诉你：我已经给上海的假肢工厂去了信，叫他们给你定做一条假腿。虽然做不到爬山‘嗖嗖地’，也能做到行动方便，如果骑上车子也可以来往如飞了……”

“真的？”郭祥眉飞色舞地问。

“谁还蒙你？”王政委笑着说，“昨天工厂已经来了回信。工人们好热情啊！他们说：为我们的战斗英雄服务，这是无上光荣。我们一定要精工细做，弄得合合适适的，叫他今后飞驰在社会主义大道上。”

郭祥扶着双拐，深为感动地说：

“政委，我非常感激党和群众对我的关怀！最近我想问题想得特别多,感到自己过去的贡献实在太小了。晚上睡不着觉,我就想起,过去有些仗,本来还可以打得更好一些,有些人和事也可以处理得更妥当一些,但是由于自己的水平和学习不够,都没有做到。想到这儿,我是很难过的。现在我既然不能回前方了,就下定决心回农村去！我很想帮助杨大妈办合作社,把汗水洒到家乡,为建设社会主义的农村尽一份力……”

“你这想法,当然很好。”王政委说,“不过,我听说,组织上考虑到你的功绩,准备把你安置到荣军学校……”

“什么？是要把我养起来?”郭祥一惊。

“那里也有工作嘛,可以给大家做做报告。”

“这可不行!”郭祥把拐猛地一蹾,“我是共产党员,不能去享那个清福。”

王政委笑着说:

“这是组织的照顾嘛!”

“不,我不能接受这个照顾。”郭祥恳求地说,“政委,你赶快向上反映一下,我年轻轻的,就像一支蜡烛,才刚烧了个头儿,怎么能就此熄灭了呢？为了党的事业,我决心一点不剩地把自己彻底烧完!”

王政委由于感动,一时无语,沉了一会儿,郑重地说:

“好小伙子！我一定把你的愿望反映上去。”

一个月后,上级批准了郭祥的请求。不久,上海假肢工厂派工人把定做的假肢亲自送来。郭祥一试非常合适。这事给了他很大鼓舞,真是处处感到祖国的温暖。他装上假肢,每天勤奋地练习。有时截肢处磨得红肿了,他还不罢休。乔大夯和调皮骡子就经常来找他说说闲话,下下象棋,打打扑克,以免他练得过度。

这天，闲谈起入朝初期的情况，就扯起陆希荣来。郭祥说：

“这个怕死鬼，不知到哪儿去了！”

“我见过他。”调皮骡子笑着说，“还是狗改不了吃屎！”

“你在哪儿见过他？”

“就在这里！”调皮骡子说，“自从他自伤以后，就送到这个医院。医院的王政委看他参军比较早，还想挽救他。伤好了，就留他在这里当管理员。谁知道这家伙旧习难改，还是拉拉扯扯，吹吹拍拍。我入院的时候，他还在这里。有一天，我看见病房里围着一堆人，叽叽嘎嘎乱笑。我走近一听，原来是他正在那里眉飞色舞地吹嘘他的‘过五关斩六将’呢。可笑的是，他把你的事迹也说成是他的事迹。那些不了解情况的伤员，一个个都睁大着眼，很钦佩地望着他。我气呼呼的，实在忍不住了，我就说：‘陆希荣！我把你好有一比，你这可真叫高山摔茶壶——就剩下一个嘴儿了！’他恼羞成怒，把我大骂了一顿，并且对大伙说：‘你们别听他的，他是我们营有名的调皮兵，最落后了。’我说再落后，也没到你那个程度，用革命的子弹在自己身上创造回国的条件！”

乔大夯哈哈大笑。郭祥又问：

“以后呢？”

“到三反五反运动扫尾时，他就被查出来了。”调皮骡子说，“好家伙！群众揭发出来的事儿可真不少！最主要的是，他跟一个国民党军官的姨太太名叫‘一枝花’的，不知怎么勾搭上了。他贪污了不少钱，还把祖国人民送给伤病员的慰问品，和前方送来的胜利品，送到那个‘一枝花’的家里……”

“真是无耻透顶！”郭祥骂道，“以后呢？”

“以后就把他作复员处理了。再以后就不知道到哪儿去了。”

“这是一个投机分子！”乔大夯说。

郭祥点点头，说：

“对！他还是一个两面派。这种人认识他很不容易。因为他有许许多多假象，包了一层又一层。在他身上，现象和本质往往相反。比方说，他本来对群众、对战士没有感情，可又装出一副非常平易近人、非常关心你的样子；他本来对上级是瞧不起的，时时刻刻想取而代之，可又会装出非常尊重你，非常听话的样子，把你吹捧得非常舒服；他本来对同级想一脚踹到地下，表面上却对你非常热情，使你信赖他，达到以他为首的目的；他本来对战斗是恐惧的、厌烦的，在某种有利时机，也可以脱光膀子，干一家伙；他对革命事业本来就没有热情，一贯虚情假意，但是他在一些场合，又往往发表一些激烈的、极‘左’的词句，表现得比谁都要革命……他就是这种人。”

“他到底是想搞些什么呀？”调皮骡子瞪着大眼睛问。

“搞什么？自然是搞个人的东西，搞个人野心。”郭祥说，“这种人，不是把革命事业看成是千百万劳苦群众闹翻身求解放的伟大事业，而是眼睛盯着一切机会，想把自己变成一个什么‘大人物’。他追求的，就是名誉、地位、金钱、权力和所谓的‘个人幸福’。这种人，也读马列的书，可是并不用马列的立场观点改造自己的思想，不过是给自己的丑恶思想，插上几根孔雀的羽毛罢了。结果马列词句喊得呱呱叫，灵魂深处，还是资产阶级那一套。这种人自以为聪明，我看迟早是要破产的……当然，他这种思想，和他的阶级出身也有关系。他是出身在一个地主兼官僚的家庭。”

乔大夯和调皮骡子都点头称是。

由于郭祥刻苦锻炼，到十月份，已经能够离开拐杖，走得颇为熟练。他就向院方提出出院。医院领导同意了他的要求。接着又办妥了转业手续。志愿军政治部还专门派了张干事来护送他。出院这天,医院的王政委,乔大夯、调皮骡子以及其他的战友们都到车站为他送行。老战友多年在一起,同生共死,感情无比深厚,今日分手,自然难舍难分,一声汽笛不知催落了多少眼泪!直到火车出站许久,郭祥还不断地回头张望呢。

第二天旭日东升时,列车到达首都北京。郭祥虽是伟大的平津战役的参加者,但是对这座举世闻名的古城,只是匆匆而过,从来没有细细参观过。出国以后,对这座毛主席、党中央居住的都城,自然感情更深了。所以,他和张干事都同意在这里停留两天,好好游览一番。

两天来,他们住在北京卫戍区的一个招待所里,每天早出晚归,游览了好几处名胜。郭祥记得,这座古城刚解放时,满街都是垃圾,一片破败景象,连电车都像走不动的样子。整个城市就像一架破旧不堪的座钟,早就停摆了多年。今天一见,气象完全不同了。整个城市焕然一新,像是从噩梦中醒来,真正焕发了自己的青春。这一切使得他多么高兴啊!尤其是当他站在金水桥上,扶着汉白玉栏杆,望着金碧辉煌的天安门,望着伟大领袖的巨幅画像,望着毛主席每年检阅游行队伍的地方,更使他心潮澎湃,激动不已。深深使他感到遗憾的,就是没有赶上刚刚过去的国庆节,没有亲自看到他老人家。几年来,在国外战火纷飞的战场上,他多少次想念着他,和战友们亲切地谈着他,在睡梦里梦见过他,总想有一天,战争胜利了,能够亲自率领着自己的连队,在天安门前咔咔地走过,接受他老人家的检阅。可惜时机错过了!只有等待来年,再来看他老人家吧!……他在金水桥上站了很久,很久,最后在天安门前拍了一张照片，作为此行的纪念，然后才恋恋不舍地离去。

他们本来只准备在首都停留两天，可是不知谁走漏了消息，第三天就有某中学的青少年请郭祥去作报告。张干事也在旁说，这是宣传工作，推辞不得。谁知一开头不得了，这个中学接着那个中学，这个工厂接着那个工厂，一连五六天，一场接着一场。弄得郭祥简直脱身不得。这天晚上，郭祥就对张干事说：

“我看咱们溜吧！要这样下去，年底也走不成了。”

张干事因为任务在身，也欣然同意。头天晚上买好了车票，第二天一早，两个人就提着行李，悄悄走出门来。谁知刚走到大门口，就被七八个戴红领巾的孩子围住，他们乱纷纷地问：

“哪一位是郭叔叔呀？”

郭祥笑着说：

“你们倒是要找谁呀？”

“我们要找郭祥，他是战斗英雄，我们请他去作报告。”

郭祥一看又走不成了，眼角一扫，看见招待所一个又高又胖的管理员，正在后面大楼底下和几个人指手画脚地谈论什么，就笑嘻嘻地冲后一指：

“你们瞧，那个又高又胖的就是！”

红领巾们一听，冲着管理员一窝蜂似的拥了过去。这边郭祥向张干事挤挤眼，说了一声“快走！”就急匆匆地出了大门，挤上电车，玎玎玲玲地开向前门车站去了。

红领巾们拥到管理员跟前，拉着他亲热地嚷叫着：

“叔叔！叔叔！您快去给我们作报告吧，我们还没听过您的报告呢！”

“作什么报告呀？”管理员一愣。

“讲战斗故事呀！讲您的英雄事迹呀！讲您怎么打美国鬼子呀！”孩子们七嘴八舌地叫。

“我有什么英雄事迹呀？”

“哎哟！您是战斗英雄，您还没有事迹？叔叔，您就甭客气了！”

“我们知道，英雄们都有这种谦逊的品质。”一个女孩子说。

管理员急得满脑门汗，涨红着脸说：

“我没有到过朝鲜，我哪儿来的英雄事迹呀？你们怕是弄错人了吧？”

红领巾们又是一片声嚷：

“不不，没错儿！您就是郭叔叔！”

“看多会蒙人！还说没到过朝鲜呢！”

“您就去一次吧，一个钟头也行！”

管理员这才知道是把他错当做了郭祥，就扑哧一声笑了，说：

“嗐，我倒是不会蒙人。嘎子才蒙人哩！你们刚才碰上的那个就是郭祥！”

孩子们吵着，笑着，立即追到车站，终于在候车室里找到郭祥。一个女孩子说：

“叔叔！您怎么净蒙人哪？”

“嗐！那也是没法子！”郭祥笑着说，“说老实话，我平常是不怎么蒙人的。”

“哼！怪不得人家叫您‘嘎子’！”

郭祥也哈哈地笑起来，说：

“你们别听那个，那都是老战友们逗着玩儿的。”

“不管怎么说，您今天得给我们说一段战斗故事。”孩子们又要求说。

郭祥连连点头答应。一个故事刚说了一半，只见从那边走过一个人来。看样子很像陆希荣。他戴着鸭舌帽，穿着很考究的咖啡色的料子服，皮鞋擦得锃亮，手里提着两个沉甸甸的大提包，好像要找寻一个座位的样子，但是看到郭祥，就匆忙地掉过脸去。郭祥就试探地叫了一声：

“呃，你是陆……”

那人只好掉过脸来，十分尴尬地说：

“噢，是郭祥啊，我刚才没看见你。”

郭祥把身子挪了挪，给他腾了个座位。陆希荣没奈何，只好放下东西，在长椅上慢腾腾地坐下来。他显出一副亲热的样子。但仍然可以听出是上级的口吻说：

“郭祥！你这是到哪儿去呀？”

“回家乡去。”

“回家乡去？回家乡干什么？是探家吗？”

“不，我残废了，不能在部队工作了。”

“唉，你也落了个这！”

陆希荣用同情的口吻说。但在眉梢眼角却流露出一种快意的神情。郭祥一听很不舒服，反问了一句：

“你觉着‘落了个这’，很不好吗？”

“哪里！哪里！”陆希荣也自觉失言，连忙改口说，“当然，这也是很光荣的！”

说过，他掏出“大中华”烟，虚让了一下，就点着抽起来，边吐着烟，边慢悠悠地晃着腿说：

“你这几年还是当连长吗？是不是提拔了一下？”

“提拔什么！”郭祥说，“光这个连长，我还觉着当不好呢。”

“说实在话，你是吃了文化太低的亏。”陆希荣叹了口气，同情地说，“要是我还在部队，恐怕早就当团长了。听说我过去的通讯员已经当营长了。过去和我一块入伍的人，已经有人当了师长。你很清楚，他们当时的能力并不比我强……”

郭祥听他这一类的话，不知听过多少遍了，要任他说下去，至少要说上两个钟头。就厌烦地打断他的话说：

“你这是到哪里去呀？”

“回西安去。”

“你在西安干什么？”

陆希荣得意地笑了笑，说：

“不瞒你说，我现在是西北潘记皮毛公司的副总经理。”

“哦？皮毛公司？”郭祥惊奇地叫了一声。

“不过，不是一般的皮毛公司。”陆希荣更加得意洋洋地说，“在西北各省，算是数一数二的了。而且是一个奉公守法户。”

“你怎么到了那里？”

“天无绝人之路！”陆希荣愤愤地说，“部队不要我了，又开除了我的党籍，我总要找一条活路嘛！你还记得我们在咸阳住的那家房东潘经理吧，我给人家一说就收留了。干了几个月，潘先生看我很能干，就让我当了副总经理，把女儿也嫁给我了。我这次到北京来，就是同北京的皮毛商店商讨一些业务方面的事情……”

郭祥斜了他一眼，鄙视地说：

“陆希荣！你要好好想想，你怎么能干这个？”

“人总不能在一棵树上吊死！”陆希荣冷笑了一声，“什么事人干不得？我这么多年，对革命忠心耿耿，兢兢业业，吃了千辛万苦，到头来，革命究竟给了我些什么？弄得我一身虱子两脚泡，落了个浑身伤疤，两手空空，最后还说我是什么蜕化变质分子，被糖衣炮弹击中的分子，把我一脚踢出门外……”

郭祥实在忍不住了，把手一挥，也愤然说：

“不是党把你踢出门外，是你背叛了党，是你踩着党的脊梁骨要往上爬！叫我看，同志们说你是蜕化变质分子，被糖衣炮弹击中的分子，都说轻了，你是一个革命事业中的投机商，变成了革命队伍的叛徒！党把你驱逐出去，是一件好事。”

陆希荣受到意外的一击，气得浑身发抖，脸色苍白，两只手哆哆嗦嗦地提起提包，站起身说：

“好你个郭祥！我不同你辩论。这也不是辩论的地方。咱们就各走各的路吧。但是我可以告诉你，我离开你们是能够生活的，而且我的生活会比你要美满得多！”

说过，他拎起提包狼狈而去。郭祥冷笑了一声，在他背后大声说：

“好，那就过你那美满的生活去吧！人要掉到粪坑里，可就爬不出来了！”

张干事和红领巾们都嘎嘎地笑起来。

“这个人倒是谁呀？”一个男孩子仰着脖子问。

“他当过我们的营长。”

“营长？他怎么会给资本家干事呀？”

郭祥笑着说：

“世界上有些事说奇怪也不奇怪。就好比一泡大粪，大家都说很臭，可是蝇子就觉着很香，一见大粪就嗡嗡嗡，嗡嗡嗡地爬上去。争先恐后，还唯恐赶不上趟儿。”

孩子们又笑起来。大家正催郭祥把故事讲完,候车室已经响起了广播喇叭,到了放行时刻。旅客们纷纷站起来,排成队向站台拥去。一个女孩子噘着嘴说:

“这个人真讨厌!要不是他故事早讲完了!”

郭祥笑嘻嘻地说:

“你们看到的这个故事,不是也很有教育意义么!”

孩子们也站起来,有的抢着帮郭祥拎提包,有的帮他拿大衣,闹吵吵地簇拥着郭祥向站台走去。初升的太阳,照着孩子们一张张红彤彤的笑脸,都像鲜花一般可爱,郭祥把他们的小手攥得更紧了。

第十五章　归故乡

郭祥回到家乡的消息，很快就传遍了全村。这小伙子从小就待人和气，不笑不说话，全村男女老少来看他的，真是一批接着一批，一伙接着一伙，把他那三间小坯屋，挤得风雨不透。窗户底下有一个鸡窝，孩子们挤不进去，纷纷登上鸡窝爬满了窗台。杨大妈怕把鸡窝蹬塌，不断地把孩子们轰下去，可是刚轰下去，接着就又爬得满满的。杨大妈笑着对郭祥妈说："真是！咱们村哪家娶新媳妇，也没这么热闹呢！"郭祥妈欢喜得不知说什么好。她一遍又一遍地把乡亲们送出栅栏门。温柔的金丝微笑着蹲在灶火坑前帮助烧茶，刚蹲下去，进来的人就把她挤到一边去了。

正忙乱间，外面有一个瓮声瓮气的声音叫道：

"小嘎子！是你回来了么？"

立刻有几个声音接着说：

"老齐叔！人家在外头是营长了，你怎么还叫人小嘎子呀？"

"我不叫他小嘎子叫什么？"那个瓮声瓮气的声音又说，"我跟他爹在一块儿扛了一辈子活，我叫他一声小名，就把他叫小啦？"

郭祥从搭起的窗子往外一看，见齐堆的父亲瞎老齐，正由来凤领着挤进来。郭祥笑着说：

"大伯！你老人家快进来吧！"

瞎老齐挤进来，郭祥连忙给他让了个座位，接着说：

“大伯！我看你这身子骨还挺硬朗哪！”

“硬朗有么用？也不能为国家出力了！”

“那是你的眼不好使嘛！”郭祥笑着说，“这几年日子过得怎么样？”

“不赖！从我记事儿起，没这么舒心过。”瞎老齐说，“这都靠咱们成了社，不犯愁了。依我说，你杨大妈没有少服辛苦。这会儿全村有一半户数随咱们了。”

“这都是毛主席指的道儿。”杨大妈笑着说，“要说咱们服的辛苦，比起志愿军可差多着呢！”

“也不能这么说！”郭祥说：“跟敌人一枪一刀地干，那个好办；大妈，你这个仗可不容易！”

“别的好说，就是阶级斗争太复杂！”杨大妈说，“你要向前迈一小步，就得同他们斗争。那些‘大能人’，‘醉死狗’，后头还站着地主、富农。手段真够毒的。你这一回来，我就更有主心骨了。”

郭祥把手一挥，精神抖擞地说：

“咱们摽着劲干！我这次回来，就没有准备再走。我不信社会主义新农村就建不成！”

“那太好啦！”大妈拍着巴掌说，“把志愿军那股劲儿拿出来，干什么事儿也干得成！”

“这话不假！”人们兴高采烈地说。

“俺家小堆儿怎么样？”瞎老齐冷孤丁地插进来问。

“那是我们的小诸葛。”郭祥称赞说，“这小子忒有心计，早就当连长了。”

瞎老齐心里高兴，但是把嘴一撇：

“哼，连长？我就不信那一百多号人，他带得了？”

“老齐哥，你也别小看人。”一个老头说，“孩子出去，共产党一教育就出息了。你别看今儿个挂着两筒鼻涕，到明天就许变成个战斗英雄！”

屋里掀起一阵笑声。但瞎老齐不笑，仍旧缘着自己的思路思虑着什么，接着又说：

“上回来凤到朝鲜去，我本有心叫他们把喜事办了，可两个人不同意，说是战斗环境儿！这不，已经停战了，也不知道他啥时候回来？”

来凤的脸腾地一下红了，推推瞎老齐说：

“爹！你怎么说话也不看个场合！”

“什么场合？”倔老头子反问，“今儿个我碰见小嘎子，有什么话说不得？”

郭祥笑着说：

“快了！快了！我听政委说，准备叫他回来一趟。”

杨大妈也笑着说：

“老齐哥！这事我给你惦记着哪。等齐堆回来，跟小契那一对儿一块办，来个新式的！”

瞎老齐面露笑容，众人也笑了。郭祥问：

“噢，小契也有对象了，跟谁呀？”

大妈朝金丝一努嘴儿，笑着说：

“你说说，还有谁？”

正在烧火的金丝，微笑着低下头去。郭祥两手一拍说：

“好好，这一来小契别再穿他那个破褂子了！”

众人也笑起来。

郭祥望望屋子里的几个老人，忽然想起本村的百岁老人郭老驹老爷爷，就问：

“咱们村岁数最大的老爷爷还在世吧？”

“前不久才去世了。”杨大妈说，“老人家临去世还念叨你，说我也看不上小嘎子了。”

郭祥叹了口气，说：

“我记得，上次临走，他老人家还拄着拐棍儿送我，扶着我的肩膀说：‘小孙孙！好好地打！可别叫那些洋鬼子和国民党再回来！’我老是忘不了他这句话。想不到老人家已经去世了。”

人来人往，从午后直到掌灯时分。吃过晚饭，人又来了许多，直到夜深才渐渐散去。这天，除小契在县里开会，许老秀出车以外，知近亲友都见到了。

这次郭祥家来，母亲自然万分欢喜。可是郭祥也注意到，母亲老是望着他那条伤腿，就知道她为自己犯愁。果然，等人们散去，母亲就走过来，抚摩着他那条腿，心疼地说：

“当娘的知道，要革命就有牺牲。可是，你年轻轻的，没有了腿，以后可怎么办呢？”

“不碍！”郭祥笑着说，“妈，你想想旧社会，像咱们这些人还不是落个狼拉狗啃，现在少条腿算什么！可惜的就是不能再到前方去了。”

说过，他站起身来，故意当着母亲的面，在屋子里咔咔地走了两趟，边走边说：

“妈，你瞧工人们多能！这是他们特意给我做的。待几天，我还要锻炼骑车子呢！”

“嗐，小嘎儿，”母亲说，“你就不想想你已经快二十八了？……”

郭祥知道母亲为自己的婚事担心，故意逗笑地说：

“不碍！不碍！咱们找不到好的，还找不到差的？只要找上个跟咱一个心眼儿的，会给你烙个饼，擀个杂面也就行了。”

母亲见儿子如此乐观开朗，也就宽心地笑了。郭祥乘机转变话题道：

“妈，我上次家来，你不是说想买个老花镜吗？我这次在北京已经给你买了，你看看戴着合适不？”

说着，他从挎包里掏出一个浅蓝色的绒眼镜盒，取出眼镜，擦了擦，把母亲的一绺苍白头发向上理了理，亲自给母亲戴上。母亲伸出手看了看指纹，乐呵呵地说：

“行，行，比李家大娘那副还合适呢！”

第二天，张干事到省委组织部去为郭祥办转业手续。一大早，郭祥就兴冲冲地随着大妈到这个已经办起了两年的“火炬农业合作社”来看望大家。社部办公室，各个生产队，豆腐房，粉房，饲养场都已初具规模。虽然家底还薄，但人们的干劲很足，显出一片兴旺景象。他们在一个牲口屋里看到了肩宽背阔的许老秀。他刚从外面使车回来，正在喂牲口。挽着袖子，肩膀头上搭了块手巾。郭祥喊了一声“大伯”，许老秀才转过头来，笑着说：

“我正打算喂完牲口去看你哩！”

大妈歪着头看看太阳，笑着说：

“老秀哥，你光顾你那牲口了，晌午饭你还没吃吧？”

“吃了。”

“吃啦？在哪儿吃啦？”

许老秀笑了笑，算作回答，一面把碎草撒在牛槽里。

大妈对郭祥笑着说：

“这可是个好管家人！出去办事儿，不管恋多大黑，熬多大晌，也是掐着空肚子回来。上回叫他去贷款,吃了块凉山药就走了。一去肚子就稀稀零零地疼。取了票子,就饿得顶不住了。赶到梅花渡,吃自己的吧,自己没有,吃社里的吧,又觉着不合适。就这么一路疼着,呛不住,就掐着肚子歇一畔儿,一共歇了三十多畔儿才回到家。你说说,背着一大捆人民币,就舍不得抽出一张来喝口热汤……"

"你说的,那是社里的嘛!"许老秀捋捋白胡子笑着说。

"那倒是!人都说,老秀真是公私分明。凭这一点,我就有了信心。"大妈又夸奖说,"他当副社长,比自己过日子还细。槽头灯,只怕点得大了;往大车上膏油,只怕蘸得多了;连个鞭梢也不肯买,总是劝社员说:'咱们细着点儿,等将来生产上去了,我再给你买根好的。'……"

"我就是这思想!"许老秀放下竹筛子,用手巾擦了把汗,笑着说,"咱们到啥山,砍啥柴,生活苦一点不要紧,等咱们把社会主义办起来就好说了。"

郭祥看了这株在家乡的土地上破土而出的充满生命力的社会主义幼苗,心里是多么欢喜啊!光辉灿烂的远景,已经出现在自己眼前。一种新的渴望战斗渴望献身的力量,充满了全身,就像在战场上面临着一个新的伟大战役似的。

半个月后,省委组织部派人来到凤凰堡,向郭祥宣布了省委的决定:本县张书记升任地委书记,任命郭祥为县委书记,并即刻到任接受工作。郭祥本来打算协助大妈把火炬农业社办好,这一决定不免出乎意外。

但对杨大妈却是一个天大的喜讯,觉得本县的社会主义事业更加有希望了。

经过一两个月的锻炼，郭祥的车子已经骑得相当熟练。纵然不能说行走如飞，也做到了来去自如。这时，在大清河的两岸，你经常可以看到一个穿着褪色军衣的年轻人斜背着挎包，骑着车子，穿行在那一带乡村里。由于他那特有的群众作风，不要很长时间，已经和群众混得很熟，连小孩子也都亲热地追着他喊"嘎子书记"了。

这天，他正在一个村子工作，有人跑来通知说，部队里来了人，杨大妈要他赶快回到凤凰堡去。郭祥立刻跨上车子，不大工夫就来到大妈院里。还没有进门，就听见屋里传出邓军那洪亮的笑声。进门一瞅，不光邓军，齐堆、杨春全回来了。杨大伯和小契正陪着他们坐在炕上说话。大妈和金丝、来凤在当屋围了一个圈儿正忙着包饺子呢。郭祥向邓军恭恭敬敬地打了一个敬礼，喊了一声：

"团长！你好！"

邓军急忙伸出那只独臂，同郭祥热烈地握手，并且笑着说：

"你这个嘎家伙，来得好快哟！比我这一只胳膊还利索哪！"

"我已经成了哪吒了，"郭祥笑着说，"一行动就踏着两个大风火轮！"

其他人也都抢着同郭祥握手。

郭祥笑嘻嘻地问：

"团长！你们怎么凑得这么齐呀，说回来都回来了？"

邓军还没答言，齐堆从旁提醒说：

"咱们团长已经到师里工作了。"

"我的能力不够！"邓军说，"上级已经答复我喽，先到南京军事学院学习一个时期。我是路过，来看望看望大妈和你，他们也顺便来探探家。当然，还有一点别的事情，我还有一件没有完成的工作……”

“什么工作?”郭祥好奇地问。

“等一会儿,你就知道啰!”

邓军神秘地笑了一笑。

大家多日不见,分外亲热,一面抽烟,一面谈笑。郭祥问起部队和各个老战友的情况,才知道朝鲜停战后,部队移防到三八线以北某地整训。师长已经调到军里任职。周仆也调到师里任师政治委员。团里由孙亮担任团长,老模范任团政治委员。一营营长由齐堆担任,教导员由陈三担任。花正芳任侦察连连长。调皮骡子王大发回队后任三连连长,乔大夯为指导员,“文艺工作者”小罗任副指导员。疙瘩李任二连连长。文化教员李风,因擅长外语,被调到上级机关的联络部门去了。小玲子调到空军学飞行员。小迷糊调到步兵学校学习。此外,小牛、小钢炮、郑小蔫和杨春等仍留在三连,也都担任排长和副排长了。

郭祥听了,点点头,高兴地说:

“好! 这些班子配得很硬! 叫我看,不管什么敌人再侵略我们,都够他们喝一壶的!”

“反正不能叫他们占了便宜!”小杨春挺挺胸脯,显出一副英勇善战的样子。

郭祥忽然想起了什么,又问:

“咱们的傻五十呢? 他现在怎么样了?”

“他也是最后一天负伤的。”齐堆说,“他从医院回来,我们本来想让他复员,可是他哭着说:‘我是翻身来的,你们怎么让我复员?’我们又考虑,他资格很老了,想提他当炊事班长;他说:‘不行,我这人不愿管人,我还是当炊事员吧!’新兵一来,他又是磨豆腐,又是做粉条，忙着给大家改善生活，挑水的时候，总是一路唱着，干得可欢着哪！”

郭祥想着这些老上级、老战友，一个个的声容笑貌都重现在眼前。他们都是多么可爱，多么亲切啊！可惜的是不能再同他们一起工作了。

郭祥正沉吟间，邓军打开皮包，取出一个小绒盒，掀开盖子，里面是一枚金光闪闪的勋章。邓军递给郭祥，并且郑重地说：

“我还没有告诉你，朝鲜政府已经授予你‘朝鲜民主主义人民共和国英雄’的称号，志愿军领导机关也授予你‘一级战斗英雄’的称号。这是朝鲜政府授给你的一级国旗勋章……”

郭祥手捧勋章，心情激动，脸色严肃，沉了半晌才说：

“我十分感激朝鲜人民，感激党给我的荣誉。我很明白，这些荣誉，应当归功于我们伟大的领袖，伟大的党和伟大的人民。”接着，他低下头去，像是对大家也像是对自己喃喃自语地说，“我们都是打过仗的人。我们自己最清楚：仗不是一个人打的！在朝鲜我们牺牲了多少好同志啊！他们已经安眠在朝鲜的土地上了。正是他们，用自己的生命才换取了这些胜利……单凭一个人，那是什么事情也做不出来的！哪里会有什么荣誉称号？什么奖章、勋章？”

说到这里，他很自然地想起杨雪，心里不禁热辣辣的，瞧了瞧大妈在场，没有再说下去。

“那是自然。”邓军说，“我们也从来不是为了个人荣誉才去战斗的。”

接着，邓军又从皮包里取出一个红绸子裹着的小包，笑吟吟地说：

“再看看这件礼物吧！这是纪念志愿军出国三周年的时候，金银铁同志亲手交给我的。他再三嘱托我，一定要亲自交到你手里。”

郭祥解开红绸子，里面有两个纸包。打开第一个纸包，原来是一大包暗红色的花子。郭祥问：

“这是什么花子?”

“无穷花。”邓军笑着说，“这是金妈妈特意送给你的。老人家说，我是见不到我的中国阿德儿了，你就把这个捎给他吧，叫他种到他家乡的土里。什么时候无穷花开了，他看见花，他就会想起来还有一个朝鲜妈妈在思念他……”

郭祥的眼睛有些湿润。他小心翼翼地把花子包好，又去解第二个纸包。第二个纸包里包的是一双用黑油油的头发编成的鞋子，乌亮的头发闪着青春的光芒。郭祥不禁心弦颤动，手指也索索地颤抖起来。邓军说：

“这是朴贞淑和小英子用自己的头发编起来送给你的。她们说，就是这样，也报答不了志愿军的恩情!”

郭祥激动万分，含着热泪说：

“朝鲜人民真是太好了！我永远也忘不了他们！他们在那样困难的环境下，同凶恶的敌人不屈不挠地战斗，他们付出了最大的牺牲，流了大量的鲜血。不只是我们用鲜血支援了他们，他们也用鲜血支援了我们，保卫了我们祖国的安全。再没有比鲜血凝成的友谊更珍贵了。我一定按照老妈妈的话，把这些花子种上，让无穷花年年月月地开下去，让我们的友谊世世代代地传下去。至于这双鞋，我不能接受也不敢接受。我建议把它送给我们的党中央，让它给我们两国人民的友谊作个永恒的纪念吧!”

邓军、大妈和全屋的人都点头称是。

这时,金丝她们已经把饺子包好了。大妈到院子里望了望太阳,说:

“已经晌午错了,我看饺子下锅吧!”

“不行,不行!”邓军摇摇头,笑着说,“后面还有一个重要人物没有到嘞!”

“谁？什么重要人物?”郭祥一愣。

齐堆向大家挤挤眼,说:

“可谁也不许说啊,说出来可就没有突然性了!”

大家哄地笑起来,霎时都看着郭祥。弄得郭祥真是丈二和尚摸不着头脑,急火火地问:

“你们这是搞的什么名堂！到底是谁?”

“你猜猜看。”杨春诡笑着说,“一个最关心你的人！……”

“最关心我的人……”郭祥沉吟了一会儿,笑着说,“我知道了,是政委吧?”

大家笑得更厉害了。大妈更是笑得前仰后合,不断地用袖子擦眼泪,最后才止住笑说:

“你这嘎小子,今天倒不灵了。世界上就是政委对你关心哪?”

正在这时,只听窗外有一个清脆的声音说:

“杨大妈是住在这里吗?”

“来了！来了!”大家一片声嚷。

话音没落,徐芳已经站在门口。她仍旧背着一把提琴,也许因为急于赶路的缘故,两颊显得绯红异常。

原来她中途回北京探家,是坐下一趟列车赶来的。

大家纷纷抢上去,同她握手。郭祥犹犹豫豫地向前跨了两步,刚伸出手来,徐芳就背过脸去,眼角上挂着两颗明亮的露珠。

“不要这样！不要这样！”邓军用上级兼长辈的口吻说道，“今天是大喜的日子，可不许哭鼻子瞅！”

“是他，是他……对我太不了解了！”徐芳掏出手绢来擦掉了眼泪。

“我们可以批评他嘛！”邓军把那只独臂一挥，“开饭！”

大妈立刻端上酒菜，还特意嘱咐小契说：

“今天是个胜利会，大家凑到一起不容易，你一定要陪他们喝够！听到了吧，就是你喝多了，我也不会骂你。”

“放心吧，嫂子，你包给我就是了！”

小契说着，拿起酒壶来，给每个人都斟得满满的。邓军首先举起杯来，沉思良久，缓慢地说：

“抗美援朝战争，现在已经胜利了。这是一个伟大的胜利！意义很不简单嘞！它捍卫了朝鲜的民族独立，保卫了祖国的安全，并且推迟了世界战争的爆发，真正保卫了世界和平。回想当时，这场战争，对我们刚刚诞生一年的新中国，是多么严峻的考验哪！”他望望墙上的毛主席像，感慨地说，“但是，这场考验，终于在党中央、毛主席的英明领导下，胜利地度过了。我们和朝鲜人民一道，在世界人民的支持下，不仅赢得了战争的胜利，而且大大推进了我们国家的建设，开始了建设社会主义的伟大事业。这场考验再一次证明，我们的党和军队是伟大的，我们的人民是伟大的，他们蕴藏的革命精力是无穷无尽的。是永远不可战胜的。任何凶恶残暴的敌人，不管它拥有什么武器，妄想征服我们都是办不到的！”

他因为激动，斟得过满的酒不断洒落下来，接着又说：

“但是，在战争开始的时候，愚蠢的敌人并没有认识到这一点。尽管我们的周总理向他们提出了严重警告，他们还是认为我们软弱可欺，认为我们不敢出兵。他们都是唯武器论的可怜虫，以为凭借他们的优势武器，就可以为所欲为，征服别人的国家。他们错了，他们忘记了今天的中国已经不是昨天的中国，今天的东方也不是昨天的东方！中国人民已经站起来了！任何想称霸世界的人，妄图宰割我们的时代已经一去不复返了……”

说到这里，他停了停，望了大家一眼，又深情地告诫说：

“可是，同志们！我们可千万不能丧失警惕！经过这一次战争，是不是就不会再爆发战争了？敌人是不是就从此甘心了，再不轻举妄动了？不会的！只要帝国主义制度还存在，只要阶级还存在，战争就是不可避免的。在我们前面，还会有艰巨的斗争，还会有严峻的考验。我们决不能存有和平幻想和侥幸心理。我们必须加强准备。只有准备充分，才能立于不败之地！不但我们这一代人，我们下一代、下两代……同样要有充分准备。一旦战争的风暴袭击过来，我希望我们的年轻人，能像抗美援朝的英雄们那样，英勇献身，前仆后继，再一次经得起严峻的考验。我相信，他们为了祖国人民的利益，为了世界革命的利益，是会做到这一点的！”

邓军说过，将满满的一大杯酒，一饮而尽。接着，郭祥、大妈、小契、齐堆、杨春等人，也都在激动的心情中，纷纷将酒喝干。邓军望着徐芳，建议说：

“小徐！今天机会难得，把你那《刘胡兰》选曲，再来上一段吧！”

大家都拍手赞成。徐芳也不推辞，立刻取出提琴，站在当屋演奏起来。也许因为她心情激动的缘故，今天的琴声显得格外激越和高昂，立刻又把大家带回到那严峻的战争年代。大家好像又看见漫天飞舞的雪花，交织着朝鲜战场上的火光。郭祥宛如处在战斗前夕一样，力量顷刻充满全身，恨不得立刻冲上前去，要求一项最繁重、最艰巨的战斗任务……

第一部至第四部第九章
写于一九五九年——一九六五年春。
第四部第十章至第六部
写于一九七四年——一九七五年秋。

“新中国70年70部长篇小说典藏”书目

书 名	作 者
风云初记	孙 犁
铁道游击队	知 侠
保卫延安	杜鹏程
三里湾	赵树理
红 日	吴 强
红旗谱	梁 斌
我们播种爱情	徐怀中
山乡巨变	周立波
林海雪原	曲 波
青春之歌	杨 沫
苦菜花	冯德英
野火春风斗古城	李英儒
上海的早晨	周而复
三家巷	欧阳山
创业史	柳 青
红 岩	罗广斌 杨益言
艳阳天	浩 然
大刀记	郭澄清
万山红遍	黎汝清
东 方	魏 巍
青春万岁	王 蒙
许茂和他的女儿们	周克芹
冬天里的春天	李国文
沉重的翅膀	张 洁
黄河东流去	李 準
蹉跎岁月	叶 辛
新 星	柯云路
钟鼓楼	刘心武
平凡的世界	路 遥
第二个太阳	刘白羽
红高粱家族	莫 言
雪 城	梁晓声
浴血罗霄	萧 克
穆斯林的葬礼	霍 达
九月寓言	张 炜
白鹿原	陈忠实
长恨歌	王安忆
马桥词典	韩少功
抉 择	张 平
草房子	曹文轩
中国制造	周梅森
尘埃落定	阿 来
突出重围	柳建伟
李自成	姚雪垠
历史的天空	徐贵祥
亮 剑	都 梁
茶人三部曲	王旭烽
东藏记	宗 璞
雍正皇帝	二月河
日出东方	黄亚洲
省委书记	陆天明
水乳大地	范 稳
狼图腾	姜 戎
秦 腔	贾平凹
额尔古纳河右岸	迟子建
藏 獒	杨志军
暗 算	麦 家
笨 花	铁 凝
我的丁一之旅	史铁生
我是我的神	邓一光
三 体	刘慈欣
推 拿	毕飞宇
湖光山色	周大新
大江东去	阿 耐
天行者	刘醒龙
焦裕禄	何香久
生命册	李佩甫
繁 花	金宇澄
黄雀记	苏 童
装 台	陈 彦